MEMORY HOUSE
记忆坊文化

任性遇傲娇

上

明月听风 著

北方文艺出版社

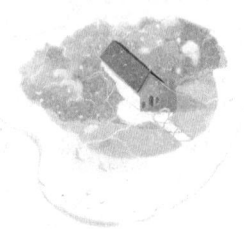

Contents
目录

第一章 开Polo的盲女　　　　　001

第二章 总裁界的泥石流　　　　019

第三章 原来她真的瞎　　　　　033

第四章 豪门晚宴情仇大戏　　　059

第五章 深夜，滑梯和麻辣烫　　088

第六章 "资本家"的约饭群　　　107

第七章 段三岁打架事件　　　　126

第八章 你怎么忍得住不找我　　149

第九章 没情调的约会，可是好开心　169

第十章 总有他保驾护航　　　　192

第十一章 不是糊口，是事业啊　207

第十二章 热心市民，见义勇为　226

第十三章 我没为你哭过　　　　257

第十四章 在绝境中寻找美景　　278

第十五章 耗到死心为止	291
第十六章 别蹚这浑水	315
第十七章 我不会允许别人欺负她	336
第十八章 妈妈，他想送我快乐	351
第十九章 那件事情，叫理想	370
第二十章 那天是我的奇迹日	387
第二十一章 你敢跟我结婚吗	411
第二十二章 这有几个零啊	428
第二十三章 小浑蛋变成了大笨蛋	448
第二十四章 婆媳时间，联络感情	469
第二十五章 地球上有个美丽又浪漫的地方	495
第二十六章 只要他平安	522
第二十七章 总裁，骑士整装待发	545
第二十八章 我很委屈但我不说	570

第二十九章 我们相爱，理所应当　　589

第三十章 我，李嘉玉，富昌老板娘　　603

第三十一章 带神奇女侠融入社会　　622

第三十二章 抱紧段总大腿　　642

第三十三章 兔子装为什么会有男款　　658

第三十四章 余生，一起挣钱一起花　　679

第三十五章 何以解忧，唯有工作　　702

第三十六章 爱情就像芥菜　　721

第三十七章 这是买给我老婆的　　744

第三十八章 回到热恋期　　769

第三十九章 夫妻之间　　797

第四十章 长相守，到白头　　823

番外一 宝宝（1）　　841

番外二 宝宝（2）　　844

番外三 宝宝（3）　　848

番外四 青梅竹马　　852

番外五 方勤与李铁　　856

第一章
开Polo的盲女

李嘉玉一脚踏进烈火酒吧,就被"动次动次"的动感音乐声包围。

忽明忽暗的迷离灯光,晃过满堂男男女女的脸,李嘉玉扫了一圈,没找到目标,正欲走到里头再仔细看看,刚一迈步,就撞到了一个人身上。

"抱歉。"李嘉玉赶紧道。

被撞的那人虚扶了她的肩一把,很快放开。

是位男士。

"没事。"他的声音低沉好听,在鼓动心脏的嘈杂音乐声浪里显得很是悦耳。

李嘉玉转身抬头看了眼,对方比她高了近一个头,20多岁的样子,鼻梁高挺,眼睛明亮,勾笑的薄唇透着几分轻浮。他身上有清爽好闻的古龙水味道,还未沾染上酒气汗臭,衣服整洁,没有褶皱酒渍,想来也是刚到。他身上的外套设计感很强,绚丽的花纹丝毫不显娘气,倒有几分英挺的感觉。花纹上嵌着的装饰扣像是翡翠,碧绿水润,很有质感,看起来价格不菲。

这个款式、质地的衣服,李嘉玉是第一次看到,不禁多看了两眼。对方肩宽腰窄,双腿修长,姿态挺拔,身材很不错。李嘉玉察觉到他低头看她,便抬了头,正对上他的双眼。

他似笑非笑,眼底带着些暧昧,指尖勾着一缕发丝,原来是她的长发绕上了他衣服上的扣子。

李嘉玉下意识后退,那缕发顺滑地从他的衣服和他的指尖上滑落。男人勾唇笑了笑,颇有些吊儿郎当的痞气。

李嘉玉顿生反感,按捺住似被轻薄了的不满,转身走了。

这绝对是个花花公子,李嘉玉想。

李嘉玉转了一圈,终于找到了方勤。方勤坐在吧台边上,面前摆着半杯酒。

李嘉玉挤了过去:"我来了。"

方勤抬了抬眼皮看她,没精打采地说:"哦。"

"怎么回事?不是去约会逛街了吗?"李嘉玉问。方勤是她同班同学兼同寝室友,铁杆闺密。两人都是企业管理方向的研二学生。今天方勤与男友熊绍元约会,晚上却突然来电让她到酒吧接她。

方勤皱起眉头一脸烦躁:"分了,终于分了。这次是真的,再不会变了。"

方勤与熊绍元在毕业求职和未来生活的规划上一直有分歧。熊绍元想出国继续深造,之后大概会留在国外发展。他要求方勤跟他一起去,方勤并不愿意。两人为这事吵架、和好、吵架、和好,反反复复好几回。今天是再次和好后的甜蜜约会,没想到最后却又绕回分手的老路上。

方勤已有些醉意,挥挥手:"先别问,好烦。让我再喝两杯。"

李嘉玉深知她的脾性,便在她身边坐下,跟酒保要了一杯苏打水,做好了一会儿把醉倒的方勤扛回寝室的心理准备。

方勤也不说话,默默地喝着酒。李嘉玉转头四下望了望,对上了不远处的一双眼睛。

还是那个年轻男人,他坐在卡座里,身边有几个男女,约莫是朋友约出来一起消遣。他们都在朝她这个方向看,见李嘉玉看过去,聚首哄笑。

这大概是在说她什么。李嘉玉更生反感。

她盯了那男人一眼。那男的也不闪避,还对她一笑。李嘉玉不理他,把头扭了回来。

当酒保把李嘉玉要的苏打水摆上桌时,那个男人过来了。

他看到了那杯苏打水,皱了皱眉头,轻笑道:"出来玩喝苏打水,挺有意思。"

李嘉玉冷淡地道:"不玩。来接朋友。"

男人看了方勤一眼，目光再转回李嘉玉身上："真可惜，还想请你喝杯酒来着。"

李嘉玉笑了笑，没接他这话。她之前说"不玩"，拒绝的意思已经很明显了。

方勤在一旁见此情景，依偎在了李嘉玉身上，下巴抵着她的肩膀，笑眯着那男人，看热闹。

男人坐下了。

脸皮挺厚。

李嘉玉有些不耐烦，便道："翻译一下，刚才那句话的意思，就是我不想跟你喝酒。"

男人一脸淡定："那就改天喝。留个电话号码怎么样？"

脸皮很厚。

李嘉玉呵呵笑："不好意思，我是外貌协会的。"顿了顿，又道，"这个要再翻译，就有点尴尬了。"

男人懂了，他很诧异："是说我长得不行？"他惊讶的模样，让李嘉玉觉得他从前遇到的人都太不诚恳。

李嘉玉看了方勤一眼，方勤很识趣地把杯底那口酒一饮而尽，把酒保叫过来买单。

男人盯着李嘉玉看，然后摇头笑："拒绝的理由还真是敷衍啊。"

他自以为是的姿态让李嘉玉很不爽，她忍不住揶揄道："句句真心，发自肺腑，你确实长得挺一般的。"

男人气笑了："你瞎。"

李嘉玉没再搭理他，拉着方勤扬长而去。

两个姑娘出了门，方勤挽着李嘉玉哈哈大笑："你真是敢，你看到他的脸色没？"

"为什么不敢？来搭讪就要有被拒绝的准备，而且他真的不帅，还一副老子天下第一美貌、女人都爱我的架势。到底是什么给他的自信哪，人民币吗？"

"其实还不错呀。"方勤笑，"我觉得挺帅的。你不能拿你家苏文远的颜值比，而且刚才那个气质真的好，一看就是公子哥儿，这比苏文远可强太多了。"

"完全不是一个类型好吗？"李嘉玉相当护短，说她家苏文远不好，她可不答应，"刚才那个说不定是那种把全部身家都买了漂亮衣服，对着镜子天天练气质，好出门骗姑娘上床的渣男。什么公子哥儿，不一定呢。"

两人拌着嘴来到了停车场，走到李嘉玉的红色Polo①小车旁，方勤眼睛一亮："哇，这是什么车！我摸一摸不用赔钱吧？"

李嘉玉也停下脚步，瞪着她的小车前头停着的那辆超级豪车。

方勤还在哇哇叫："这豪车是什么牌子呀？"

"不知道。"李嘉玉对车不熟，她的Polo是她爸送她的礼物，说是快毕业了，步入职场，有辆车代步方便。10多万的小车，以李嘉玉的车技擦着碰着也不用太心疼。

李嘉玉拿出手机搜了搜："是兰博基尼。"

"哇。"方勤轻轻摸了摸银灰色的车身，"这是超跑吧？"

"应该吧，骚包成这样。"

"这得多少钱呀！"方勤继续感叹着。

李嘉玉继续搜，而后叹气："也不是太贵，大概能买100多辆Polo。"

方勤赶紧把手缩回来。

她这时候才发现李嘉玉的情绪不太对："你怎么了，看见这种绝世好货不应该兴奋吗？嗨起来呀，姐们儿！有生之年你摸到了超跑！哎呀，帮我拍个照吧，这车主人应该不会介意吧？"

"亲爱的，"李嘉玉柔声细气地提醒，"你没发现这辆车挡着了我的Polo？"

方勤这才回过神儿来。可不是，Polo屁股顶着墙，脑袋对着兰博基尼，前后空间非常窄。以李嘉玉的车技，要开出来恐怕不容易。想到Polo很有可能会把兰博基尼屁股剐出一道痕来，方勤顿时一惊。

"你之前是怎么开进去的？"

"我停车的时候兰博基尼没在这儿。这车位是空的。"

"那你停进去的时候为什么要离墙这么近？"弄得现在兰博基尼停得近些，Polo就不好出来了。

"我能顺利倒车进去就不错了，好吗？"

"也对。"方勤愁眉苦脸。

"要不，我们找人帮忙把车开出来。"李嘉玉琢磨着。

"行。"说干就干，方勤很有行动力地去找了停车场保安。

保安一看兰博基尼的位置，赶紧摇头。

李嘉玉又找了旁边一位来取车的男子。那男子听说帮忙倒车出库，又看见了兰博基尼，顿时两眼发光、极度兴奋，"摇着尾巴"就过来了，最后弄明白

---

① 指大众Polo，一个汽车品牌，属于经济型小型车。

是要把兰博基尼屁股后头的Polo弄出来，看了一眼位置空间，果断拒绝了。

这距离移车很危险呀，万一碰着了呢，傻瓜才帮这忙。

男子恋恋不舍地看了几眼兰博基尼，好心提醒："这款Centenario[①]敞篷全球限量20辆。"

两个姑娘四目相对，思忖半晌，又去找保安："能不能帮忙找找这位车主，让他下来挪挪车呀。"

10多分钟后，车主来了。

长腿高个，身形挺拔，姿态悠闲，漫不经心，痞里痞气的花花公子模样。

李嘉玉心里顿时冒出一句：我的天！

方勤附在她耳边说悄悄话："亲人，你果然美貌与智慧并存，说得太准了，是人民币给他的自信呀。"

花花公子看见李嘉玉就笑了："这么有缘呀。"

李嘉玉回个微笑："先生，这车子是你的吗？能不能往前边挪一挪？它挡着我的车了。"

"它挡了吗？"花花公子看了看，一本正经地说，"没挡呀，你想出就能出。"

李嘉玉跟他讲道理："先生，你的车停得不对，超出停车位的线，太近了。"

"那也没办法呀。我停车的时候，只有这个车位空着，前头车子停歪了，我的车又长，只好靠着你这边进。现在虽然那车走了，但监控肯定拍到了，可不是我故意超线的。"

李嘉玉忍着气："是，停车的时候各有各的难处。现在前头空了，先生能不能帮忙挪一下车。"

"可以呀。"花花公子应得爽快，向李嘉玉伸出了手，"车钥匙给我。"

李嘉玉一愣，怎么，是要挪她的车吗？一想周围有保安有围观群众，这么多目击证人，也无所谓了，便把车钥匙递了过去。

花花公子拿了钥匙，上了李嘉玉的Polo，上去后先坐在驾驶座轻轻摇头笑了笑，似乎感觉挺新鲜。李嘉玉看在眼里，一肚子气，这敢情还装上了，绕着弯显摆他的优越感，瞧不起她的小车了。

花花公子摇下车窗，对李嘉玉喊："你不拿手机拍一下吗？"

李嘉玉被点醒了，对，得拍下来，一会儿万一他把自己的车剐了，可不能赖她身上。

[①] 西班牙语，100周年的意思，这款车是为纪念兰博基尼创始人诞生100周年而特别推出的。

李嘉玉拿出手机，镜头对好。花花公子笑了笑，点火挂挡，方向盘这边转那边转，揉了几把之后，Polo灵巧地出了停车位。

李嘉玉大喜，对这男人的印象顿时改观，正待上去道谢，却见那男人忽地对她一笑，她的Polo嗖地一下又退了回去。

李嘉玉目瞪口呆，改观的那点好印象瞬间灰飞烟灭。

花花公子把车子停回原位，笑吟吟地下了车，把车钥匙丢给李嘉玉，道："你看，我说得没错吧，我的车没挡道，你想出来就能出来，有你亲手拍的视频为证。"

李嘉玉一口气差点没提上来，这人果然又渣又贱，真想一拳打爆他的兰博基尼。

"先生，我们认真解决问题，行吗？"

"我没问题啊，有什么问题？我的车没挡道不是吗？"

李嘉玉被噎得好半天挤出一句："先生，我的车技太差，移不出来，你能帮忙把车挪挪吗？"

花花公子笑笑："你不但车技差，你的审美还不行。"

所以是因为她说他长相一般，就记上仇了？

"你说我说得对吗？"花花公子问她。

"先生，我有权利拒绝任何人的搭讪。"

"当然。"花花公子点头，"但你的审美确实很有问题，你认识到这点了吗？"

行咧，明白了，他就是不服气因为长得不行而被拒了，这会儿故意找碴儿为难她。李嘉玉很生气，拉着方勤转身就走。车子就停这儿，她回头再来取，她就不信了，他那豪车还能在这儿堵她一辈子！

一辆Polo杠100多辆Polo，看谁心疼！

回学校的路上，李嘉玉冷静下来了。她给男朋友苏文远打电话。

苏文远与李嘉玉是同校同学，两人相恋三年。苏文远也是今年毕业。他学的是艺术设计，成绩优异，大大小小拿过不少奖项，去年年底他设计的一套名为"时间"的灯具更是获得了全国性的设计大奖，一时名声大噪，风光无限。他不仅在校内深得老师的喜爱，也赢得了许多粉丝的追捧。这些追捧不全是因为他的设计，大多数还是因为他的颜值。

苏文远相貌极为出众，浓眉大眼，五官精致，皮肤白皙，眼神深邃，笑起来像个小太阳，格外青春洋溢，在学校里就是公认的校草级人物。一次艺术展览会上，苏文远被人拍下照片放到网上，引发了一拨小小热潮，更是吸引了许多粉丝涌到他的微博围观舔屏。

苏文远有人气有才气，加上奖项光环，使得他自信满满，他拒绝了几家公司伸出的橄榄枝，与几位同学一起创业，成立了"远光设计工作室"。

身为苏文远的女友，李嘉玉当然也是将未来的计划与苏文远绑在一起的。她与苏文远的分工很清楚，苏文远负责作品，而她负责经营。他们立志要将"远光"做成知名品牌，要把"远光"的作品卖到全世界。

畅谈未来的时候，他们几个年轻人坐在刚租下的小小办公室里，用奶茶碰杯，祝愿他们美丽的青春理想能实现。

这段日子，李嘉玉忙得马不停蹄，公司从注册到业务拓展，从名片设计到网站开发、线上营销等，全是她张罗操持，她跑前跑后，包揽了大部分的公司事务。

接到李嘉玉电话的时候，苏文远和他的团队正在工作室制作一件样品。听了李嘉玉说的情况，他忙问："那人是故意的吗？"

"巧合加故意吧。"挡到她的车应该是巧合，不愿挪车那肯定就是故意了。

苏文远想了想："我们今晚做得差不多了，要不我找老李他们过去看看，老李车技很好，说不定能开出来。就算不行，那车主晚了肯定也得把车开走，有我们男生在，他也不敢欺负你。"

"好呀。"李嘉玉顿时放下心来。

于是苏文远与李嘉玉约好，他带人去停车场，李嘉玉返回在那儿等他们。

方勤听完通话全程，强烈要求去凑这个热闹，便跟着李嘉玉一起回去了。

"说不定我们还能再看到那位'财貌双全'的贵公子。"

"你说的财是钱财的财？"李嘉玉没好气。

"那当然。"

"我还是不能同意他长得帅。"李嘉玉道。

方勤大笑，学那男人的口吻："你瞎。"

李嘉玉摊手，做了个无奈的表情："我的审美就是这么有原则。"

回到停车场已是半个小时之后，那位"财貌双全"的贵公子已经不在了，Polo和全球限量20辆的Centenario敞篷还停在原位，跟她们离开的时候没有两样。

保安看到李嘉玉去而复返，交给她一张纸条，上面写着一串手机号码和三个字——段伟祺。

"段先生说，如果你最后还需要他帮忙解决车子的问题，就给他打电话，微信同号。"保安顿了顿，又道，"段先生跟他的朋友已经走了。"

"走了？他还说了什么没有？"

保安道："没说别的。我就是看到他上了朋友的车，他们几个人一起走的。"

李嘉玉抿抿嘴，这家伙，全球限量20辆的车就这么丢着不管了？

"他是什么人呀？"方勤问。

保安挠头："不知道啊。但肯定是有钱人。"

这还用说！方勤转头去看李嘉玉。

李嘉玉看了看字条，折好放进了包包里。

等了一会儿，苏文远和他的朋友来了。呼啦啦竟来了六人之多。

李嘉玉一脸黑线，观光团吗？

苏文远很无奈："他们听说是兰博基尼超跑，就想来看看。"

他这边话音未落，那边几个年轻男孩对着超跑已经高声欢呼起来，各种拍照。李嘉玉眉头轻皱，一方面觉得有些丢脸，一方面已有预感：靠他们肯定没法解决问题。

过了好一会儿，男生们对着超跑激动完，被奉为车技最好的李铁同学在众目睽睽之下上了Polo。李嘉玉被他们咋呼得已经没有信心让他们碰车，有心想阻止，但这会儿也不好说什么了。她提着一颗心，战战兢兢地看着。

李铁坐在车里看了半天，启动了车子，方向盘轻轻打了一把，又赶紧停了下来。然后他下了车，一脸后怕："那什么，我觉得不行，万一剐着了，哪怕一点点我也赔不起呀。"

大家哄笑，李铁很不服气，说前面停的如果是别的车，他早就移出来了。

李嘉玉松了一口气，一边忙着安抚解围，一边拦着另一个自告奋勇要上去挪车的男生。这要是剐蹭了，还真说不清楚该怪谁。她现在觉得让别人帮忙移车不是什么好主意了。看这些男生的鲁莽劲儿，她还真是有点害怕。

大家笑闹着，而这时苏文远的手机响了，他走到另一边接起了电话。

李嘉玉忙着跟男生们说话，没注意他。

苏文远看了看李嘉玉，柔声细气对着电话那头说："嗯，嘉玉有些事，我过来帮她。我不在工作室……今晚不去找你了，太晚了。明天吧，明天我们一起吃午饭……好，听你的，今天不熬夜。"他又看了李嘉玉一眼，李嘉玉正看过来，苏文远对她笑了笑，继续对电话道，"嗯，嘉玉在呢。你放心，我会跟她谈的，但现在不是时候，公司刚起步，好多事情还得靠她。现在正是关键期，这时候跟她闹掰了，团队其他人会怪我的。你再委屈一阵子，我会找个合适的机会……好的，我知道，爱你。"

李嘉玉朝苏文远走了过来，苏文远对电话那头道："我得挂了，明天我给你打电话。"

"谁呀？"李嘉玉走到苏文远跟前，随口一问。

"文铃，她打烊收拾的时候捡到了我的笔记本。"苏文远若无其事地把手机屏幕亮出来。李嘉玉也没看，只娇嗔地嫌弃他："成天丢三落四的。"

文铃是思创咖啡厅的服务生，跟苏文远和李嘉玉这拨人都很熟。思创就在李嘉玉他们学校附近，是个创业咖啡厅，聚集了许多搞艺术的年轻人。在租办公室之前，"远光"的很多团队会议就是在思创开的。写策划、约人谈事等也都在那里。可以说，那是"远光"成形的地方。

苏文远把手机收好，揽着李嘉玉的肩走向车子："怎么样了？"

"不怎么样。我还是等等，车主肯定不能把这样的豪车停这儿太久。也别耽误大家时间，我明天上午再过来。"

"明天上午我有事。"苏文远道。

"不用你陪，你忙你的。有什么情况我给你打电话。"

苏文远想想："那你让方勤陪你来，这事怎么也是为了接她才惹出来的。"

"关她什么事，只是我碰巧倒霉遇上了。"

"还是让她陪着，我老婆这么漂亮，我不放心。"

"肉麻。"李嘉玉白他一眼。

第二天上午，李嘉玉和方勤又来到了停车场。兰博基尼和Polo仍然停在原位。

现场的保安已经换班了。其中一个保安就在兰博基尼附近走来走去，很认真地看护着。

李嘉玉上前打听。

车主没有来过，但这停车场有辆超跑的消息不知怎的被发到了网上，有些超跑爱好者特意跑来看车。所以保安经理有些紧张，虽然这方向有摄像头监控一直盯着，但保安经理特意交代值班保安要有专人盯着这头，生怕哪个不小心把这车剐了。

方勤装模作样道："那你们怎么不联络车主，告诉他车子总停在这儿不合适，赶紧开走。"

这保安颇有些八卦，跟两位美女聊得开心："听说经理联络了，人家有钱人不在乎，说有事忙，车子就停这儿。想开走的时候会开走的。我们也没办法，人家停这儿又不犯法，想停多久停多久。你看他后边的Polo，也停一晚了，也没见车主开走。"

李嘉玉心想，Polo是真心很想走的，大哥。

"我们全都一视同仁。"那保安自以为幽默，笑嘻嘻地道，"不论是兰博基尼还是Polo，我们都热情接待，好好守护。"

Polo真是谢谢您了。李嘉玉无语。

两个女生想不出什么好办法，在停车场等了好一会儿。李嘉玉心里知道，若想干脆利索地解决问题，还得直接联络那位段伟祺。但一想起这花花公子嚣张跋扈的德行，她若给他打电话，也不知会被他怎么调戏，就几番犹豫。

正跟方勤商量怎么办的时候，她接到了文博会组委会的电话。那边通知李嘉玉，他们"远光"申请的展位和论坛演讲名额批下来了，需要她过去办手续领材料。

李嘉玉大喜，高兴得差点跳起来。

文博会全称是文化创意产业博览会，是规格很高的国际展会，到今年已经办了15届，在全国乃至国际上都有影响力。每届文博会都会吸引国内外的许多文创企业参展，亦有许多政府相关机构、投资商、厂商和经销商到会，每年在博览会上都有许多成功签约的项目。

为了能让"远光"参展，李嘉玉几乎跑断了腿。

"远光设计"是家新公司、小公司，到目前为止只接了些小量的订制，还没有任何已经成规模上市的商业产品。文创博览会虽是打着扶持青年创意的旗号，但毕竟是国际商业展会，市场号召力摆在这里，展位抢手，价格不菲，且每年都有许多大企业参展，有创意有新意的年轻公司亦层出不穷。"远光"虽有苏文远这样拿过全国设计大奖的人物，其他设计师也有不错的成绩，但相比其他公司，"远光"欠缺商业知名度和市场展示，目前并没有太强的竞争力。

苏文远与李嘉玉商量参不参展时，是有疑虑的。就他看来，能参展当然是好事，但这个成本对他们来说太高了，在一个小小角落摆一些产品，营销的效果实在不容乐观。他担心参展的钱全打了水漂。

李嘉玉却不这么想，"远光"欠缺的东西，她要在这届文博会上拿到。展位并不是重点，博览会头三天的产业论坛才是。

论坛里的其中一个环节，就是创业公司的项目演讲。许多持币观望、寻找合适项目的公司，都会来参加论坛。商界大佬、行业领袖们也都在场。这对新公司来说是极难得的机会。

拿到展位，争取到论坛的项目演讲机会，这已经不是钱的问题，还得靠关系找门路。

为此李嘉玉非常努力，她寻找各种资源，甚至拜托了自己的教授，又一连在组委会的办公室蹲守了两周，摸清这博览会的门道细节，与组委会的许多人都混熟了，套得了交情。她磨破嘴皮，将"远光"的产品创意、品牌包装和市场前景说得头头是道，加上青年创业的优势、苏文远和其他伙伴的华丽获奖纪录等，再摆足了诚意姿态，"远光"在组委会这里终于获得了肯定。

方勤很清楚李嘉玉为了这事付出了多少辛劳，听到消息也很兴奋。两个姑娘击掌相庆，很快商定，李嘉玉去组委会，方勤留下想法子处理车子的事。

虽说电话里通知李嘉玉只是去拿资料和填表，但她还是忙了一天。文件简单，但流程有些烦琐。李嘉玉与组委会一点点敲定细节，不敢疏漏，又请人吃了顿饭，打探清楚论坛环节、各演讲企业情况、有无强有力的竞争对手等。待办完了事回到停车场已经是晚上了。

方勤在停车场附近的麦当劳等她，两个姑娘啃着汉堡互相汇报一天的状况。

"这才刚开始呢，辛苦的在后头。"李嘉玉道。她脑子已经转了一天，从布展到演讲内容、宣传物料的准备、参展样品、营销礼品、订货流程和表单、展会人员安排等，想了一遍，工作清单列了三页："时间太紧张了，恐怕得加班加点到展会结束。文远他们还有几样客户订制的货要出，参展样品的品类数量不知道够不够，还有代工的工厂要谈。教授那边的项目得你帮我分担点。"

"那没问题。"方勤道，"就是车子的事今天我没能解决掉。"

话题转到这边，李嘉玉仔细听方勤说。

"我找保安经理要了那位车主的电话，给他打过去了。"方勤不像李嘉玉那样有顾虑，干脆直接联络，探探对方的意思。

"他怎么说的？"

"这人特别狡猾，他一听我的声音就知道不是你，说话可圆滑了，半点没显露他故意把车子停那儿挡着我们的意思，一直绕圈子，只说他这几天工作特别忙，没时间来把车子开走。这么贵的车，他也不放心交给别人处理。又说他的车子停得虽然近些，但不妨碍我们把车开走，昨天他已经证明过了，能轻轻松松开出来，让我们别担心，大胆开。我们自己的车，开走就开走了，不需要向他报告。"

方勤点开手机放录音："亏我特意录音，想保留个证据报警用，结果也没能留下把柄。"

李嘉玉听着录音，方勤在电话里各种放软话，结果那位段伟祺非常滑头就是不中套。后来方勤直截了当问他怎样才愿意把车挪开，他很惊讶地反问怎么会开不出来。

李嘉玉抿抿嘴，看来对方就是想让她自己联络他。这事真让人烦躁，停车费一天要近200块，他也不用怎样，停个十天半月的……

一辆Polo敌100多辆Polo果然是自不量力啊。

"昨晚我不该这么潇洒甩手就走。"李嘉玉叹气,"赌气一时爽,钱包火葬场。"而且她真没时间跟个公子哥在这种事上周旋。

"要不还是报警试试?警察叔叔来挪车应该没问题吧?"方勤说得很心虚,因为她也觉得车子停那儿没犯法没违规,而且Polo真的能开出来。如果没证据显示对方恶意或故意,报警好像没啥立场。且照那段伟祺的圆滑,估计就算报了警,他也能周旋过去。到时警察使出他们的强项——"调解",恐怕又是一番扯皮和浪费时间。

两个姑娘愁眉苦脸,这时方勤的手机响了。是她"前"男友熊绍元的专属铃声。

熊绍元的声音很大,从手机里透了出来。李嘉玉坐得近都能听到。

"方勤,你又闯祸了?!"

方勤本就心情不好,听了熊绍元的话立马恼火:"我做什么了,我又闯祸?熊绍元你有毛病!"

方勤脾气暴,熊绍元却一点不惧,吧啦吧啦开始教训她。

原来他今天从同学那儿知道李嘉玉因为去接方勤,车子被某超跑卡着挪不出来的事,于是火冒三丈,为方勤跑去酒吧喝酒而生气。

"你没事跑什么酒吧喝酒,跟你说了多少次了,女孩子少去这种场合。你还敢一个人去!你自己去就算了,怎么还让李嘉玉去,你们两个女生一起也并不比一个女生安全……"

方勤没耐心听他扯:"闭嘴吧你。都分手了,你管老娘去哪儿喝酒。别说只是路过顺便喝了几杯,就是特意、故意、深思熟虑要去的又怎样?你都要投奔美帝怀抱了,你管我们社会主义好姑娘干吗?轮得到你管吗?你谁呀?"

李嘉玉忙冲方勤摆摆手,用眼神示意她别冲动别吵架。

方勤吸了口气,按捺住脾气。

熊绍元却又批评起方勤的态度:"你总是这样,怎么跟你沟通?声音大就是有道理吗?你反省反省,要不是你,李嘉玉怎么会惹上这种麻烦……"

方勤又忍不住了:"我声音大没理,你声音就小吗?"

李嘉玉叹气,真想把她电话抢过来让两人都闭嘴。她遇上兰博基尼这事纯属意外,干吗要让方勤背锅。大家为什么不去谴责兰博基尼车主?

李嘉玉对方勤做了个手势,表示自己去旁边另一桌打电话。

方勤跟熊绍元还在吵,李嘉玉坐到了附近一张空桌旁,思索着这事要怎么解决。

总归还是得她直接联络,看那人究竟想怎样。李嘉玉一咬牙,从包包里把段伟祺的号码翻了出来,实在不想跟他说话,也不想让他知道自己的手机号,于是她搜了对方微信。

段伟祺的微信名字就叫"段伟祺",一点没搞花样。头像是匹黑色的骏马,眼大眸明,头颈高昂,看上去非常英挺神气。

李嘉玉看着那马:"连匹马都比你帅,你有什么不服气的。"

话是这么说,但这回她却不敢再耍性子了,可让她拉下脸皮来向个无赖谄媚、巴结、道歉,她又做不到。李嘉玉犹豫半晌,决定委婉一点,她把她的微信名字改了,改成"开Polo的盲女"。

然后她向段伟祺发了好友申请。

申请发出去,她给段伟祺备注了名字"兰博基尼车主"。

一家名为"红色翡翠"的娱乐会所里,段伟祺正斜靠在沙发上与三两好友喝酒,笑看着一旁友人打斯诺克。友人一球击歪未进洞,大家起哄,让陪着玩球的美女加油,一鼓作气把他们的赌金都赢走。

不远处两个华服艳妆的姑娘浅酌低语,不时看段伟祺这方向两眼。

卓恺见状用肩膀撞了撞段伟祺的肩:"哥们儿,有美女看上你了。"

"这不是常有的事?"段伟祺一脸理所应当,然后转头朝那两个姑娘的方向看了一眼,"哪里美,你瞎。"

卓恺不服:"怎么不美,虽然不是你喜欢的长发飘飘的款。"

段伟祺刚想说什么,却听到手机"叮铃"一声响。

他的微信有消息进来。

段伟祺点开一看,笑了起来。

卓恺探头过去看他手机,被段伟祺按着脑袋推开。

"谁呀?"卓恺只来得及看到是一个微信好友的申请,头像是对兔耳朵。

"长发美女。"段伟祺看着那名字——开Polo的盲女,笑出声来,"真是傲娇①啊,明明要服软了却强撑着最后一口气,假装自己没低头。"

真有意思。

卓恺反应过来了:"昨晚那个?你说长发性感、脸蛋漂亮,然后嫌你丑的那个?"

"滚。她没嫌我丑。"

"四舍五入就是那意思。人家嫌你丑,哈哈哈哈。"卓恺笑到肚子痛。这笑话能让他笑三年。

段伟祺冷冷扫他一眼。

卓恺立马认怂:"不是,我错了。"赶紧转移话题,"你打算怎么教

---

① 网络用语,指人物为了掩饰害羞、腼腆而故意表现出强硬高傲的态度,表里不一、外冷内热。

训她？"

"她做了什么，我要教训她？"段伟祺凉飕飕地反问。

卓恺把"嫌你丑"这句咽回去，问他："怎么不点接受？快，看看她说什么。"

"急什么，我的微信这么好加吗？"

啧，口是心非，真做作啊。卓恺不屑理他。

一转头，看到段伟祺的堂姐带了个年轻帅哥进来，卓恺的八卦之魂立即熊熊燃烧。

"阿祺，你姐最近泡小白脸你知道吗？"

段伟祺漫不经心地抬头扫一眼："她泡小白脸还是小白脸泡她？"

"都一样吧。"卓恺道，"上个礼拜我看到他俩去酒店，今天竟然又带着来这里，看来小帅哥很得宠呢。"

段伟祺闻言又抬头看了看，堂姐段珊珊与那年轻男子在斜对角的卡座里刚落座。段珊珊的手亲昵地放在男子的小臂上，说着什么。男子温柔地笑着，将她的手握住了。两个人靠得很近，虽没什么太亲热的举动，气氛却也缱绻。一看便知这两人关系不一般。

男子很年轻，看着只有二十出头，长得浓眉大眼、唇红齿白，确实是英俊帅气。尽管他的穿着举止努力往成熟上靠，但脸上仍留着校园的青涩感觉，只是这样的反差，配上他精致的五官，却又显出些与众不同的单纯气质来。

一旁另一个友人蓝耀阳道："我知道这个男生，学设计的。那天我哥的画展，珊姐带这男生去了，给我们介绍了一下。B大的，今年刚毕业，有自己的工作室。珊姐让我哥帮忙关照下。这男生姓苏，名字我忘了，什么远来着。我哥跟他聊了聊，后来跟我提了几句，还挺欣赏他的，说他有才，拿过挺多奖。"

段伟祺对堂姐老牛吃嫩草的情事没兴趣，对象是什么人，他也管不着。他靠在沙发上，懒洋洋地伸长了腿，在手机上点了"接受"，将"开Polo的盲女"加了微信好友。

好友申请通过的一刹那，一直盯着手机屏幕等待的李嘉玉坐直了。

她咬着唇，思索着该怎么开口好。

想了半天，打上"你好"两个字，停了停，删掉了。

段伟祺点了根烟，慢吞吞地吸了一口，手机屏幕亮着，微信对话框上方闪过"对方正在输入……"的字样，过了一会儿停了，可什么内容都没发过来。

段伟祺吐出那口烟，笑了。

卓恺见了段伟祺的笑容，腹诽着这家伙心里肯定在打歪主意。

段伟祺等了一会儿，看到对话框上方"对方正在输入……"字样再次消失，而他还是什么都没收到。于是他输入："你好。"

消息发出去了，却同时也收到了她的消息："您好。"

段伟祺笑了笑，弹了弹手上的烟灰。等了一会儿，对方没下一句，于是他再输入："车子开走了吗？"

正苦思怎么引话题的李嘉玉看到这句顿时松口气，忙输入："还没，怕把您的车剐了。"

"车技不太行？"

"是的。跟您比真的差远了。"

段伟祺又笑，笑得卓恺使劲伸脑袋偷看他手机屏幕："哟，祺哥真是和蔼客气呀。下一步是不是要约她？"

"约个屁。"段伟祺把嘴角咬着的烟取下来架在烟灰缸上，"老子有这么贱？人家已经拒绝过了，我还要贴上去？"

"那你笑得这么淫荡干吗？"

段伟祺看他一眼，卓恺忙改口："不是，我是说你在处理正事，我笑得这么淫荡不太合适。"

段伟祺懒得理他，继续按手机："微信名起得不错呀。"

李嘉玉龇牙，对着手机扮个鬼脸："特别认真诚恳起的名字。"

段伟祺哈哈笑出声。

卓恺给自己点根烟，与蓝耀阳道："我赌阿祺今晚能把这姑娘约出来。"

蓝耀阳笑："那我赌不会。阿祺说不会约就真的不会约。"

两个人痛快押了赌注。

这边段伟祺发信息："这么会起名字的，车子一定也开得不错，要对自己有信心。明天去把车子开走吧。"

李嘉玉愣了愣，暗忖他这话里的意思。

她回复："好的。那我明天一早就去。"

消息发出去，她等着。

"嗯。"段伟祺很快回了一个字。

李嘉玉继续等。

但等了半天，段伟祺再没发消息过来。

会所这头，段伟祺心情很好，掏了车钥匙出来往卓恺怀里一丢："好了，今晚你开走吧。"

"约她了吗？约她了吗？"

卓恺拿着车钥匙有点激动。段伟祺前几天就答应把那辆车借他开几天，所以昨晚才特意开出来给他。结果遇上了这事，段伟祺就不让他动了，非让兰博基尼把人家的小Polo卡住。没想到居然这么快解禁。

"都说了不约。"段伟祺重新点了支烟，眯着眼吸了一口，"我这么有原则的男人，说了什么就是什么。"

蓝耀阳大笑，从卓恺手里抽走钥匙："我赢了。"

卓恺怒了："阿祺你怎么能这样！这种时候矜持就是犯罪，你装模作样给谁看呀！另待时机就是错过良机！那位美女还在等你约她！"失策了，怎么能拿那辆Centenario敞篷的借用权来赌呢，明明是借给他开的。

"她并没有等。"段伟祺道。

"那你也不能放过她呀！"卓恺暴躁。他要开车，他要开Centenario敞篷。跟新交上的妹子说好了开那车带她兜风的，办不到他多没面子。

"她做了什么，我不放过她？"

"她说你丑呀！"卓恺激动之下嚷得超大声，周围的人都看过来，甚至段珊珊和她的男伴也都看了过来。

段伟祺大怒，一脚把卓恺踹开："滚吧你！"

蓝耀阳哈哈大笑，晃着Centenario敞篷的车钥匙对卓恺道："走，跟哥去提车，哥带你兜风。"

卓恺好气啊。

麦当劳里，李嘉玉还在疑虑。就这样？没有条件没有纠缠没有借题发挥？

她又等了一会儿，段伟祺没再发消息。李嘉玉回到方勤那桌，方勤刚跟熊绍元吵完，脸色还没缓过来，听李嘉玉说完，也很惊讶："意思是说明天你去就能把车子开走？"

"不知道，他没说别的。反正他让去就去吧，大庭广众的，还能怎么样。"

"也许一会儿他又发消息装模作样说明天不行，然后趁机提要求。"

李嘉玉挥挥手："不管了。反正先这样，兵来将挡，水来土掩。"

二人收拾东西，回学校去了。

路上李嘉玉给苏文远打电话。苏文远没接，过了一会儿打过来，说他正跟朋友吃饭，刚才没听到。他说今天一收到李嘉玉的消息就告诉团队其他人了，大家都很高兴。明天要开个会，把参展的细节都落实下来，工作得排好，时间太紧张了。

李嘉玉把明天上午要取车的事说了，苏文远说他明早陪李嘉玉一起去。

两人约好了时间，苏文远说他还得继续应酬，李嘉玉便没再多聊。

方勤叹气："太羡慕你了，苏文远又帅又有才，对你还这么好。你们一定要好好的呀,等我在投资圈闯出了名堂,我给你们投资。把'远光'的设计作品卖到全世界,算我一份。"

"我先谢谢你了,方总。"

方勤哈哈笑,笑了一会儿又问:"你说,到了那天,熊绍元那浑蛋会不会后悔丢下我去美国?"

李嘉玉沉默一会儿,道:"他的人生计划,你不是一早就知道?"

方勤抿紧嘴,眼眶发酸,缓了一会儿才道:"是啊,一早就知道。但不事到临头,总以为自己能接受,能改变,或者,能让他改主意。可结果并没有。"

李嘉玉安慰地抱抱她。

方勤忽又道:"我知道,到了那天,他也不会后悔的。他比我聪明,比我优秀。我成功的时候,他肯定早就成功了。那时候他身边有了新的对象,我也一样。我们依然隔着一个太平洋,相距一万多公里。再回头看今天的痛苦纠结,肯定觉得特别傻。"她靠在李嘉玉怀里,像是自言自语,"所以分手是对的。真的。"

两人回到宿舍,忽然有外卖送过来。方勤接了电话下楼去取,回来时一声不吭,把东西放在桌上。

李嘉玉一看,是一打啤酒,两盒烤串,两盒麻辣烫。

"熊绍元订的?"

方勤点头。

"他的意思,是让你有烦心事也别跑外头买醉,就在宿舍里随便喝?"

方勤又点头。然后她突然站起,拿了衣服洗澡去了。

这晚方勤再没提熊绍元,也没吃那些东西。直到上床睡了,她忽然说了一句:"嘉玉,我想我再也遇不到像大熊这样的男人了。"

李嘉玉正想着怎么接话,方勤又道:"但我也会好好过的,也会有幸福的。晚安。"

李嘉玉松了一口气,回了句"晚安"。

她躺在床上久久没睡着,忍不住给苏文远发了微信:"文远,希望日后我们事业取得成功之时,陪伴在身边的还是彼此。"

过了好一会儿,苏文远回复了:"怎么了?"紧接着又是一条,"你还想陪伴谁呀?我们会一直在一起的。"

李嘉玉看着这话笑了:"嗯。"然后发了一个"我很萌我用力点头"的表情。

苏文远回了一个"亲亲"的表情,又说:"别跟方勤疯了,快睡吧。爱你，晚安。"

李嘉玉心里很甜，抱着手机傻笑，很快睡着了。

第二天一早，苏文远到宿舍楼下接李嘉玉。

李嘉玉心情很好，看到苏文远觉得他越发地帅。

"今天又英俊了两分。"她夸他。

苏文远大笑，揽过她在她脸蛋上亲了一口。

"你一大早洗澡了呀？"李嘉玉愉快地勾着苏文远的手指。

苏文远顿了顿，道："是呀，不是要跟你出门嘛。"

"以前出门也没见你这么讲究呀。"

"讲究点还被嫌弃，这日子没法过了。"苏文远做委屈状。

李嘉玉被逗得哈哈笑，忽又道："你换了洗发水呀？这味道挺好闻的，什么牌子的？"

苏文远僵了僵，摸摸鼻子："被你问住了，还真不知道什么牌子。"

李嘉玉斜睨他一眼。

"好像是程子去超市，人家给的试用装，我也没注意看。"

李嘉玉踮起脚摸他的头："手感不错，可以买大瓶。"

"好。"苏文远把脑袋递给她，"喜欢就多摸几下。"

李嘉玉哈哈笑，把他的发型揉乱了。

旁边有同学大叫："住手，放开那帅哥，让我来。"

李嘉玉回头看，并不认识，她大笑扮鬼脸："就不。"

苏文远也笑，拉着李嘉玉跑了。

两人吃过早饭，一起去了停车场。李嘉玉看过了手机，并没有段伟祺发来的消息。她预想了一番到了停车场会遇到的各种状况，但到了那儿，出乎意料地，兰博基尼竟然没了，已经开走了。

这段伟祺真的没有再为难她。

李嘉玉将Polo开出停车场时，保安告诉她，停车费段先生帮她付了。

"他还说了别的吗？"苏文远问。

"没有了。"保安道。

苏文远与李嘉玉对视一眼，李嘉玉道："所以说呀，有钱人就是变态，太无聊了。整我这么一出有什么意思？"

"他还帮你付了停车费，大概是泡妞的新思路。"苏文远有点严肃。

"给他泡个鬼。"李嘉玉把手机拿出来，当着苏文远的面，把段伟祺的微信删了，"这辈子都不会再遇到他了。"

第二章
总裁界的泥石流

接下来的日子,苏文远和李嘉玉以及"远光"的全体成员都很忙。文博会的参展要求很高,而"远光"之前并没有任何展会经验,产品积累也不多,一切都是新的,一切从零开始。

一大堆的工作,再加上临近毕业,学校里还有不少事务,所以每个人都连轴转。

李嘉玉就读的商学院这段日子有个系列大活动,院方请了五位商界的年轻新贵、青年企业家,来给学子们分享创业历程、职场经验。每周一位,地点就在学院的大礼堂。

活动宣传早早就在学院各处摆开,声势还挺浩大。李嘉玉见嘉宾之一是四木文化的创始人兼总裁肖杰,顿感兴趣。

四木文化是这几年在国内迅速崛起的文创品牌,从高端文具起步,后涉及出版、动漫、玩具、主题餐厅、文创展会等,业务范围广泛且定位精准,能将产品版权价值开发至极致。各类衍生产品联合营销、品牌孵化都做得非常成功。这两年扶持培养了不少画家、设计师,在文创圈里算是明星企业、龙头老大。四木文化去年已经在A股上市,肖杰也入选了"十大青年企业家"。

李嘉玉对四木文化很有兴趣，毕竟"远光"在业务方向上与四木略有重合。在一定程度上可以说，四木就是"远光"的榜样，李嘉玉很想从肖杰身上取经学习。这样面对面的机会实属难得，若能混个脸熟，日后有机会合作就更好了。

所以在得知演讲嘉宾的最后一位是四木的肖杰时，李嘉玉便托人帮她跟苏文远弄票，务必要前排中间，让嘉宾一低头便能与他们眼对眼，有互动对话时她一抬手便能让嘉宾看到。

肖杰演讲的那天，李嘉玉一早赶去了印刷厂，展会要用的宣传品印刷文件出了点问题，她得过去处理。这么不巧，苏文远这天也有事，客人订制的一套纪念水晶球今天就得寄出，但在包装之前，球里的装饰忽然脱落，苏文远他们得赶工修复。

两个人电话打了好几个，约好尽快赶去礼堂，都别迟到。

毕竟占了个嘉宾眼皮底下的座，要迟到也太难看了。

演讲时间是下午两点。李嘉玉午饭都没来得及吃，办完事便匆匆从郊区印厂赶了回来，一路小跑往礼堂奔。

方勤给她打电话说已经在礼堂门口等她，李嘉玉赶到时看到她和几个同学正站在演讲活动的宣传海报前不知聊着什么。

方勤听到她唤，转过头来冲她招手，表情有些异样。

李嘉玉喘着气看了看表，还有十分钟，没迟到呀。

"怎么了？"

"肖杰来不了啦。"

"啊？"李嘉玉很吃惊。

"听说是昨晚在高速上出了车祸，伤了腿，不能来了。"

"那改期了？"

"没有，换人了。换了他的合伙人，四木的大股东过来。"方勤说着，神神秘秘地，"班长说，虽然换了人，但那些拜托他抢票的同学都必须准时坐到座位上，不然让礼堂前排坐不满，他就一个一个打死。"

李嘉玉笑："要不要这么夸张，我肯定到呀，这不飞着就回来……"她话没说完，就僵在那儿了。

海报前的同学挪了几步，李嘉玉的眼前没了遮挡，她看到了海报。

李嘉玉惊得爆了句脏话。

新换的活动海报上，演讲嘉宾的半身像印得很清楚：白衬衫，黑西装，双目有神，鼻梁高挺，带笑的薄唇勾出几分痞气。

段伟祺。

演讲嘉宾居然是他!

他是四木的大股东,肖杰的合伙人?

海报前的同学听得李嘉玉的惊呼,转头笑道:"很帅是不是?比肖杰帅。"

李嘉玉没忍住,非要辩解一下:"哪里帅?他眼睛不够大,嘴唇太薄了,也就鼻子还行。光靠鼻子不能说帅啊。"

"我也觉得没你们说的这么帅。"有人附和李嘉玉。

"我觉得挺好的呀,就这种有点坏又不坏的感觉特别帅气,五官搭一起很顺眼,越看越有味道。"

李嘉玉摇头:"不对,真的很一般,你看……"

方勤用力扯了扯李嘉玉的袖子,阻止她往下说。

李嘉玉停下来,疑惑地转头看她。

方勤装模作样咳了一声,扬了扬下巴示意。

李嘉玉顺着那方向扭头一看。

海报上的那人正站在不远处看着她们。

他身边还簇拥着数人,有学院领导,还有几个看打扮似乎是职场人士,那应该是四木公司的人。除了段伟祺外,其他人的脸上似乎都透着尴尬,估计是听到了她们这些女生的谈话。

其中一个院领导怒气冲冲地瞪了她们一眼,对段伟祺道:"段总,让你见笑了。"

段伟祺笑道:"很久没进校园,差点都忘了校园气氛有多活泼。这种直率和热情,我现在很少能见到了。同学们很可爱。"他对女生们眨眨眼,一派风流倜傥,惹得大家笑起来。气氛瞬间轻松自在。他笑着,做了个"请"的手势,与院领导一同向前继续走。

李嘉玉提着一口气还没松下来,忽见走了两步的段伟祺转过头来,对她皱了皱鼻子,做了个佯装生气的表情。那动作只是一瞬,然后他若无其事地跟着院领导们走了,很快没了踪影。

李嘉玉身边的女同学轻声欢呼:"哇,真人比海报上帅。"

李嘉玉在心里翻白眼,她承认段伟祺今天的穿着打扮非常加分,这男人挺拔有型,就是个衣架子,那一身高定西装真的很好看。但他的五官在她这里真的称不上有多英俊。

"他刚才的表情好萌,又有钱又帅还温柔风趣,啊啊啊……"女同学们有些激动。

李嘉玉无话可说,只得在心里暗自嘀咕——可惜是个去夜店猎艳的花花公子。

方勤揽着李嘉玉的肩，调侃道："新仇旧恨啊。你的Polo这回停哪儿了？"

李嘉玉拿出手机给苏文远发微信："我问问文远到哪儿了。"

"他要是赶不过来，我可以坐他的位置，不会让班长杀了你的。"

"不是，我是想让段伟祺先生看看什么才是盛世美颜。"

方勤无语。

苏文远赶到的时候，演讲将将要开始，所有人都已就座，主持人正在介绍演讲嘉宾。

李嘉玉一边给苏文远递纸巾擦汗，一边小声跟他说："演讲换人了，换成了兰博基尼车主。"

"啊？"苏文远惊讶，还没来得及问，场上掌声响起，嘉宾登场了。

李嘉玉一边跟着鼓掌一边看向舞台，没注意到苏文远看到台上的段伟祺时表情僵了僵。

段伟祺上来便笑，接过话筒对全场道："同学们好呀！掌声请继续，再热烈一些。这样我们四木的工作人员才好向因伤遗憾未能到场的肖总转达，我这个替补嘉宾没给他丢脸，还是很受欢迎的。"

现场众人大笑，掌声顿时更热烈了。

段伟祺含笑扫视了台下一圈，目光掠过李嘉玉位置的时候滞了一滞，李嘉玉不甘示弱地迎视他的目光，分毫不躲。

段伟祺微扬眉头，很自然地将视线移了过去。

"好了，感谢各位同学的捧场，也谢谢大家一开场就这么配合给面子。我看后边还有空位呀，楼上也还有，赶紧给你们的同学发消息，告诉他们今天虽然肖杰没来，但来了一个更帅更优秀，年轻而且还单身的霸道总裁……"

全场再次大笑。李嘉玉也笑了，第一次见到活的总裁自称霸道总裁的。

旁边的苏文远跟她咬耳朵："不是肖杰的话，我想走了。还有很多事要忙呢。"

李嘉玉低声回他："现在不能走。"

对贵宾评头论足被院领导逮个正着不算，还敢在贵宾发言说你们快把更多同学叫来的时候，堂而皇之开溜，她又不是不想活了。

苏文远抿紧了嘴，表情严肃，似乎有些生气。李嘉玉便道："别急，等半场过了会有人离场的，到时再跟着别人一起走，这样不惹人注意。"她顿了顿，"我刚把院领导得罪了，低调点。"

苏文远不知道李嘉玉怎么把院领导得罪了，他也没心思问。他看了眼台上，把身子往座椅里挪了挪。

李嘉玉是听说前面几场演讲有些闷，所以半场之后有人离场，她也打算差不多的时候就跟苏文远混在队伍里撤，但她没料到这位霸道总裁、花花公子的演讲风格竟然这么放飞自我。

"一般我不出来演讲，周围的人不让。肖杰也是经过痛苦挣扎，实在没人可托付了，所以才放我出来。嗯，你们看，陈秘书很果断地按开了投影，提醒我按PPT（演示文稿）演讲稿讲。我偏不。对了，陈秘书是肖杰的秘书，不是我的。我的秘书在这种情况下早就放弃挽救了。

"念稿子有什么意思呢？四木是什么情况，公司有什么业绩，同学们在网上一查，比你的PPT资料详细多了。我给大家讲讲网上查不到的吧。

"先从四木的创始说起啊。在座的有要毕业的同学，面临就业，有些人会去上班，有些人会去创业，所以我想从四木怎么起步开始讲，对你们还有些参考意义。四木是怎么起步的呢？肖杰当年想追个姑娘，嗯，就是他现在的老婆。还真被他追上了。他怎么追的呢，他带他老婆去'恐怖故事'乐园玩。"

全场哄笑。这追妻的路数很熟啊。事实上，很多男生追女生的时候，还真是带女生去"恐怖故事"乐园玩。

"恐怖故事"乐园是非常热门的游乐园，里面有各种关卡，结合了恐怖剧情，是集探险、迷宫、解谜、推理等环节于一体的娱乐场所。布景逼真，音效很好，确实挺恐怖。加上解谜有难度，剧情很完整，玩家体验非常棒。

"恐怖故事"始创于十年前，从第一家开办以来就吸粉无数，十年来在四个大城市开办了新馆，每个新馆的故事还不一样。粉丝的忠诚度都很高，集邮一般跑遍每个城市力求通关。铁粉们还人手一本《恐怖故事》系列书，既是小说也是关卡攻略，还有各种纪念章盖戳的专页。同名电影、动漫、小说、综艺节目等全包圆，周边产品五花八门，卖到手软。

在座的都是年轻人，哪有不知道"恐怖故事"的。且许多人都去玩过，非常有共鸣。

段伟祺等大家哄笑完了，道："肖总裁的这波操作大家很熟悉了啊，都是套路。一听要带女生去玩'恐怖故事'，就知道他动机不纯。但是呢，当初我建起第一个'恐怖故事'的时候，动机挺单纯的，就是想泡妞。"

台下大笑，然后有人反应过来了，兴奋尖叫。

什么什么，"恐怖故事"是段伟祺创办的？还是因为想泡妞？太直接了，这风格好，值得点十个赞。

不到十分钟，许多人被听得兴奋的同学召唤来了。礼堂陆陆续续在进人。

半场之后开溜？没有的事。还没到半场时间，礼堂里别说坐了，站的位置都快没了。

李嘉玉听段伟祺的演讲听得直笑，这人真是可以，一点没打算掩饰自己花花公子的本性。但无可否认，这个花花公子讲故事传授经验很有一套。

他说那时候他刚大一，一群男生经常在宿舍里讨论女生，商量约会地点。那时他挺无聊，各个地方都玩遍了，带姑娘约会都没什么地方好去，觉得没意思。于是他干脆把校园里的鬼故事整理整理，租了块有废宅的地，改建了个大型鬼屋，内部开放。一传十，十传百，许多同学都去玩。他收集了很多意见和玩家体验后，就把故事完善，重新设计关卡，把那块地买了下来，一栋鬼屋变成了一个恐怖庄园，第一座"恐怖故事"游乐园正式创立。

段伟祺告诉同学们在听的过程中有什么问题都可以问，于是在他讲完这段后，手上已经拿到不少问题。段伟祺一心二用，一边继续讲，一边快速把拿到的问题都扫了一遍。简单讲完了"恐怖故事"的创业经历后，他开始回答问题。问题五花八门，包括游乐园如何营利，怎么组建团队，怎么管理，如何做到十年这么长的时间企业仍有活力，怎么处理版权保护问题，等等。

段伟祺挑了几个回答，然后把手上的问题纸片一丢，问大家："在座的各位，刚才提了问题的同学们，有谁是要做游乐园行业吗？打算创业开游乐园的，有吗？"

没人举手。

段伟祺道："我挑了几个通用些的问题答，其他的不回答，知道为什么吗？因为对你们没用。你们不打算从事这个行业，我回答这些问题不过是浪费时间。我知道为什么没人打算创业开游乐园，"他顿了顿，"因为钱。"

"对。"下面有学生大喊。

"你们现在创业，会考虑投入少的、成本低的、规模小的、好运营的，因为钱。"段伟祺扫视一眼，下面大多数的学生都在点头，于是他大声道，"那么你们为什么不问我，我开游乐园的钱从哪儿来的呢？"

下面有笑声。

段伟祺又道："觉得不好意思问的举个手我看看。"

很多人举手。

"觉得不用问，这家伙肯定是家里有钱的举个手我看看。"

很多人举手。李嘉玉也举手。

段伟祺看了她一眼，笑了笑，道："我是家里有钱，但做'恐怖故事'的时候没用家里的钱。因为在这之前我还做了别的项目，那些项目用了家里的钱，赚了不少。当然钱也不够，而且开游乐园不只是钱的问题，批文什么的也挺复杂。所以我拉了几个小伙伴入伙。但这些都不是重点。重点是，同学们，肖杰与你们的区别就在于，他在一个项目里头抓到了那个对他有用的点。"他顿了顿，继续道，"你们去'恐怖故事'玩的时候，有没有想过，哎，这个游乐园是怎么开起来的？资金从哪里来？老板是谁呀？老板是个什么样的人？我想创业，能找他合作让他投资吗？"

礼堂里静寂无声，没人想过。谁去游乐园玩的时候会想这些？

"肖杰想过，肖杰调查了，于是肖杰来找我。"

段伟祺笑了笑："这才是重点，同学们。日后你们步入职场，给别人打工也好，自己做老板也罢，请务必要有对商机的观察以及拓展人脉的胆量，不要放过每一个机会。你们想想，一边泡着妞，一边想着能不能从游乐园老板身上圈钱，这得多厚的脸皮呀。"

全场大笑。

"当然肖杰来找我的时候不是盲目的，我前头说了，他调查过。他间接认识我的同学，也是被人推荐才去玩的。那年他25岁，在一家文具厂做销售。他听说这游乐园是个大一学生弄的，马上就开始琢磨了：哎，这小子肯定家里有钱，这小子胆挺大呀，这小子挺有门路呀。但这游乐园具体是他家里弄的还是他自己弄的？这里头是有区别的。真正能拍板的人，才是需要'攻略'的对象。于是他认真调查了一番，知道我自己有钱，知道我贪玩，知道我从前做过什么项目，知道我是什么个性。最后查完了，大概是觉得我人傻钱多好忽悠，于是就来找我了。"

"人傻钱多好忽悠"这句又惹得大家狂笑。

李嘉玉的手机振了一下，是坐在后头几排的方勤发来的微信："兰博基尼车主演讲起来很奔放啊。"

李嘉玉笑，回道："大概可以说是总裁界的一股清流了。"

方勤发来一个"捶桌笑"的表情："你竟然会夸他。"

"当然了。我是一个多么公正、实事求是又讲道理的人。"李嘉玉发完这条紧接着又发一条，"所以他真的不帅。"

方勤发了一个"笑到晕倒"的表情。

段伟祺还在台上跟大家讲述当初肖杰是怎么向他介绍项目拉投资的。

"他跟我讲了文具市场，讲了国内外的产品情况。那时国内高端文具是个空白，空白意味着风险，因为谁也不傻，没人做肯定是有道理的。消费习惯、社会经济条件、文化氛围等，与此都有关系。但空白也意味着前景，别人没有你有，当有需求的时候，你便抢占了先机。或者，当你培养出市场需求时，你就是老大。我那时候还真是好个新鲜，觉得做文具也算有意思，而且我当时做的项目都是为了玩乐，总被家里说不务正业。于是我一想，哎呀，做文具挺小清新的，跟文化有些联系，拿出来跟小姑娘们做谈资也挺酷，所以我就投资了。你们看，摸清楚投资人的底细是多么重要。"

段伟祺借着四木的发展过程，又谈了几个投资项目，跟大家分享了投资人的心态、资本圈不成文的规则等，都是课堂上和媒体报道中、正经台面上很少会说到的。他又举了许多商业案例，结合四木的经验，提到了运营危机里的一些处置办法，说到了职场里的一些问题。他说话没有"人设"的包装，也不避讳提到偏见、竞争、性别问题等，相当直接、实在、接地气。

大家听得津津有味，问题纸片很快集了厚厚一摞。段伟祺挑了一些来回答。

"怎么知道自己适合什么样的工作，或者该不该去创业？这个问题是这样的，在我看来，无论工作还是创业，只有两种情况，一种叫糊口，一种叫事业。只想挣钱并不热爱，那就是糊口。糊口是有风险的，因为你会烦躁，你会厌倦，不由自主地消极怠工，然后你就没了竞争力。年纪越大，越难坚持。愿意忍耐，那就一辈子糊口下去。

"事业呢，就是你热爱。这种热爱能让你充满干劲，觉得特别好特别有意思。但是事业也是有风险的，比如它可能会让你连糊口都做不到。有些人呢，能把最开始的糊口转换成事业，有些人会把事业转换成糊口。过得好不好，开不开心，其实只有他本人知道。你问我你适合什么样的工作？只有你自己知道。当你投入进去时，你热爱，你享受，就是适合，就是事业。你不爱，你煎熬，但你不愿改变，那也是你自己的选择。

"肖杰就是从糊口到事业转变的典型。他从前在文具厂做销售，养家没问题，但他不喜欢，所以他很努力地去改变现状。这种努力比糊口还要辛苦，这也是许多人做不到的。别的人没有他的敏锐，没有他的胆识，没有他的幸运，没有他的努力，所以他能成就四木，别的人不能。我也不能，我没有他这么热爱。所以，如果你不甘心糊口，就离开你的舒适区，去找一份你自己真正热爱的工作，这份工作能让你为之奋斗一辈子，哪怕付出比别人更多的辛劳和代价，最后能有满意的收入和成就感，这就是适合你的工作了。这也是你该不该去创业的自我评判标准。你们很年轻，有很多试错的机会，别害怕，大不了从头再来。"

台下掌声如雷，大家听得相当振奋。李嘉玉也是衷心鼓掌，无论这位段伟祺总裁在其他方面有什么缺点，在台上说的这些，却都是正能量的，令她欣赏的。

段伟祺拿到的最后一个问题，是一位女同学问的：如何应对职场里的性别歧视，是不是非得把自己当成男人看待才行？

段伟祺笑："怎么把自己当男人看呢，身体构造都不一样。"

台下哄笑。

"你说要把自己当男人看,其实已经高看男人了,你本身就在无意中附和了性别歧视。你把男人放在了比女人高的位置上,所以你觉得企业把女人当男人用就是更高级的用法,这样女人才是有竞争力的。别这么想。你永远变不成男人。女人就是女人,男人就是男人,各有优势,各有缺点。你转变思想,才能摆脱歧视。现实环境不是短期内就能改变的,但你在变,他在变,一个一个在改变,就是进步了。从自己先开始,把自己当成强者来用。强者是有差异性的,但强者是不论性别的。每个人,记住,我说的是每个人,你的同事也好,你的领导也好,你的下属也好,投资者也好,合作伙伴也好,他们都是看人下菜的,女性的强者也能比男性的弱者得到尊重。好了,我已经超时了,今天就到这里,谢谢大家!"

段伟祺顿了顿,看到了陈秘书的提醒,忙又道:"一周后的文博会,四木有一个大展台,公司高层也会到论坛参与活动,同学们如果有兴趣,欢迎来玩,也欢迎带着自己的项目来。"

他摊了摊手,对陈秘书一笑,有些痞痞的公子哥气质:"圆满完成任务,求夸奖。"

陈秘书给他个白眼:"这位总裁,你透露了太多我家老板的八卦,毁我家老板'人设',我已经上报了。"

段伟祺哈哈笑,正准备下台,台下有学生喊:"段总,能给签个名吗?"

段伟祺停了脚步,看了一眼李嘉玉的方向,道:"行啊。"

台下顿时沸腾。许多人赶紧拿纸笔准备涌上台来。活动助理赶紧大叫:"大家排队,按次序来。"

李嘉玉就听到身后有同学大叫:"嘉玉,帮我抢位置。"

"嘉玉快上啊,我马上来。"

"嘉玉,快,靠你了。"

身在第一排的李嘉玉不得不赶紧往台上冲,抢到了队伍前端位置。段伟祺签得很快,转眼就到李嘉玉,托她排队的同学来不及,几个本子砸了过来。李嘉玉手忙脚乱地接着,段伟祺个高胳膊长,抬手护着她的头帮她挡了一下。他给她那几个本子签了名,一边签一边问她:"之前坐你旁边的那个,是你男朋友?"

苏文远在人群挤满礼堂的时候悄悄走了。李嘉玉觉得演讲不错,留下来继续听。

李嘉玉轻快道:"是啊是啊,怎么样,很帅吧?"

段伟祺压低声音哂笑道:"你是真的瞎。"

竟然对盛世美颜不服气？李嘉玉皱皱鼻子，学他的样子给他一个生气的表情，还没来得及张口反驳他，后头的人就把她挤走了。

李嘉玉被挤出圈外，托她签名的同学很快围上来要本子。待李嘉玉再抬头，已经看不到段伟祺的身影，他被人群包围了。

李嘉玉跟同学们一起走出了礼堂，大家很兴奋，跑到段伟祺的海报前拍照，叽叽喳喳地讨论演讲内容。

李嘉玉中午没吃饭，饿惨了，跑到旁边的超市买了两块奶油蛋糕，出来后重新跟上大队伍。

大家一起往宿舍楼走，一路还在高声谈笑，有人说起演讲开场前大家讨论段伟祺的颜值被逮个正着的事。有人道："为这事可以开个辩论会了。"

方勤狂笑："那反方估计只有嘉玉一人。"

李嘉玉不服气："你们太没原则了，明明之前有人跟我意见一致的。"

"我改主意了。"那个与她意见一致的同学道，"我现在觉得段总帅呆了。"

大家大笑，李嘉玉吃得一嘴奶油，对她们扮鬼脸。

一辆黑色商务轿车从她们身边经过，段伟祺坐在后座打电话，一抬头，看到李嘉玉狼狈滑稽又一脸欢乐的样子。车子没停留，从这群女生的身边驶过去了。

段伟祺想起她的男友，不禁摇摇头。

当晚，段伟祺参加一个家族晚宴。他遇到了他的堂姐段珊珊。

段珊珊挽着位30多岁的男伴进场，那男伴成熟稳重，西装笔挺，一看就是商圈的人。段伟祺知道那人，姓陈，是盛海船运的太子爷。

段伟祺与他们打了招呼，寒暄了几句。

稍晚时候，段伟祺独自在露台上抽烟，段珊珊拿了杯酒过来坐到他身边，问他："今天你去B大了？代表四木做演讲？"

段伟祺抬眼看看她，笑了笑。

他本来还想着那小男生是不是很快会滚出段珊珊的花名册，现在看来短期内是不会了。

"你的小男朋友告诉你的？"段伟祺凉凉地问。

"是呀。"段珊珊坦荡答，反正也瞒不住。

"然后呢？你想说什么？"

"没什么，我那小男友，我现在还挺喜欢的。"段珊珊啜口酒。

"有多喜欢？"段伟祺笑，语气里有些嘲讽。

段珊珊对段伟祺的态度不以为意，淡淡地回道："你什么时候管起闲事来了？"

"我管了吗？你自己凑过来叽歪。我去B大，又关你什么事？"

段珊珊被讽得有些不高兴，但一想段伟祺那臭脾气，她便忍耐道："我们互不干涉就最好了，省得不愉快。"

"你也知道自己会让人不愉快就好。"段伟祺伸长了腿，把烟头在烟灰缸里按灭，吐出了最后一口烟，"你自己心里也有点数，人家有女朋友的，别弄得太难看。"

段珊珊哼笑："你们这些臭男人还好意思教训女人别弄得难看？说得就像自己的两性关系多纯洁似的。"

段伟祺怼回去："我不碰不乐意的，不碰有主的，怎么不纯洁？你有什么不服气的！"

"他怎么不乐意？他成年独立，愿意跟谁睡就跟谁睡。我又没打算跟他结婚，他想走就能走，我没绑着他，大家玩玩而已，各取所需。他有女朋友，关我什么事？"

段伟祺一脸恶心地看她："还挺骄傲是吗？当自己捡了个大便宜？你被人睡了还给人倒贴，到底在得意什么？"

段珊珊猛地站了起来，手里的酒杯差点都要朝段伟祺砸过去。她咬着牙，按捺住怒火："别太过分，段伟祺，别以为现在长大了，我就不敢揍你。"

段伟祺一副懒洋洋的姿态："现在长大了，我倒是不好再揍你了，但你敢碰我一根指头试试！"

段珊珊瞪着他，气氛僵着。

这时有人往这边露台走，边走边嚷："阿祺，我看到一美女，求介绍。"

随着话音，卓恺闯了进来。

卓恺刚迈进露台就看到了段珊珊，她那凶悍的表情姿态让他脚步顿时一滞，厌得差点想转身就跑。

他们这群子弟从小一起玩，段珊珊是最悍的一个。虽然是个女生，但她小时候真没个女生样，对他们做恶作剧不说，还打人。打人还不算，还带着别的小姑娘一起装可怜告状，让他们挨家长教训。而他们去告状，却只得到一个"人家珊珊是女孩子，你们跟女孩子计较什么"的结果。

那时候敢对抗段珊珊的只有段伟祺。

段伟祺从小叛逆任性，惹到了他，他可不管你男的女的，照揍。

敢欺负人？揍你。

欺负人还敢装哭？揍你。

欺负人还敢告状？揍你。

段珊珊是"女魔头"，段伟祺就是"大魔王"。

"大魔王"是"女魔头"的克星，因此段伟祺在当时的孩子圈里深受爱戴，是名副其实的老大。

卓恺一看"女魔头"脾气要发作，赶紧往"大魔王"身边靠。

段珊珊被言语羞辱，气得头顶生烟，但如今他们这年纪，又是这样的场合，她还真不能把段伟祺怎么样。段珊珊重重放下酒杯，泄愤地踢了椅子一脚，转身走了。

卓恺刚要松口气，却见段珊珊猛地又回转身。

"你们这些男人，少摆这种自以为是的德行。被人睡还倒贴这种事，你们干得少吗？你们又在得意些什么？"段珊珊瞪着段伟祺，手指指他又指指卓恺，"同样的事，你们做了叫有男性魅力，女人做了叫犯贱，滚你大爷的。老娘爱干什么干什么，要跟谁睡跟谁睡，谁也管不着。"

她说完，怒气冲冲地踩着高跟鞋走了。

卓恺直到看不见她的背影，吊着的这口气才敢吐出来，跟段伟祺道："你大爷不就是她爸？"

段伟祺横他一眼："觉得自己挺幽默是吗？"

卓恺忙摆手，转移话题："没，没。这不是看珊姐今天心情不太好吗，来大姨妈了？女人嘛，你别跟她计较。"

段伟祺冷哼："这么关心她？要不你给她送点红糖姜茶姨妈巾慰问一下？"

"啧。"卓恺缩缩脖子，"我先出去，你享受享受独处的宁静，心情好的时候再给我打电话。"说什么都不对，那还是先撤退。介绍美女什么的，不着急，不着急。

卓恺一走，周围又安静下来。段伟祺看看夜空，又点了一根烟，吸了两口后，拿起桌面上的手机。

点开微信，划拉着找聊天记录。

距离上次且是唯一一次联络"开Polo的盲女"已经过了挺久了。段伟祺一直没有再找过她，与她的聊天记录已经被别的记录挤到了后面。段伟祺刷了一会儿，找到了。

这姑娘的头像还是一样，但名字改了。"开Polo的盲女"改成了"开Polo的美女"，看来是拿到车后就改掉了。

段伟祺用大拇指揉揉下巴，自言自语道："美有什么用，又瞎又蠢。"

他吸了口烟，把手机丢回桌面。

跟她熟吗？不熟。她男朋友是个渣男关他屁事。

可她这么蠢，能明白他今天说的"真的瞎"的意思吗？肯定没明白。散场后她还笑得像个傻瓜。

他要是突然告诉她，她男友出轨，她会不会以为他对她有什么不轨念头在挑拨离间呢？

那多掉价。

段伟祺又吸一口烟。他犯不着送上门去被她猜疑，反正她跟他也没关系。

可是那男的真的太渣了。

段伟祺慢吞吞地吸完手上这根烟，最后按灭了烟头："好吧，看在你长得美的分儿上，我做做好人。"

段伟祺把手机拿过来，点亮屏幕，点开了"开Polo的美女"的对话框。

"你男朋友出轨了。"

输入完，手指在"发送"按键上停了停，想了想删掉那句话，重新写。

"我见过你男朋友，他跟别的女人在一起，很亲密。"

他把这句话读了一遍，发出去了。

不知道她是什么反应，会怎么回复。

段伟祺脑子里的念头还没转完，就愣了。

"开Polo的美女开启了朋友验证，你还不是他（她）朋友。请先发送朋友验证请求，对方验证通过后，才能聊天。（发送朋友验证）"

从来没被人删过好友，完全没想到会遇到这种情况的段伟祺，反应了一会儿才想明白发生了什么事。

他忍不住爆粗了。

段伟祺气得站起来，原地来回走两步，不相信地再看看手机。他现在知道被人删除好友后发信息出去会得到什么回复了。

段伟祺把手机丢回桌面，超级不爽，有种"好心被当作驴肝肺"的委屈和愤怒。

"下次你想把我加回来，就没那么容易了。"段伟祺指着手机放狠话，仿佛它就是那个盲女、蠢姑娘。可是狠话放完，他仍觉得不能解气。

段伟祺把手机拿起，飞快地把"开Polo的美女"删了。

反正他是不可能向这不识好歹的女人发好友申请的。删就删呗，谁不会删啊。

美成天仙也不管用，何况也没美到那程度。

太气人了。

这天晚上李嘉玉照例要加班，因为要写文博会论坛演讲的PPT，需要很多资料，她去了工作室，方便跟伙伴们沟通。

工作室里还有几个人都在做文案工作，苏文远和另两位去了学校做参展样品的打磨。

李嘉玉的PPT上需要摆几个公司作品的设计过程素材，便问李铁要他的设计稿草稿图样。李铁一边忙着手上的活儿一边道："在文远的笔记本上。"

李嘉玉便去苏文远的工作台上拿他的笔记本。

苏文远的笔记本又大又厚，自己装订的，封面上画着五颜六色的涂鸦，又乱又美。熟悉他的人都知道他的习惯，他什么都爱往这本子里写画，标注日期、地点，写上灵感来源。

李嘉玉拿到了笔记本，在翻看着，李铁补充道："应该在中间位置，有三页吧，我画了两天的，前面有两页是文远画的整体概念构思，后面三页是我画的细节。"

李嘉玉应了一声，很快翻到了。她把图仔细看了一遍，确认是自己要的，然后她看到了李铁在图下标注的日期和地点。

她遇到兰博基尼的那天，地点在工作室。

李嘉玉心里忽然有丝异样感觉划过，但来不及多想，她赶紧把图拿去扫描，继续赶制PPT。

第三章
原来她真的瞎

文博会那天很快到了。

参展的各公司提前半天进场布展,"远光"全体人员出动,大家还拉上了些同学来帮忙。

思创咖啡屋的老板海哥与"远光"的诸位也是老朋友了,他开了他的车子帮着运货,还很豪气地拉了冰镇饮料机过来助阵。他说他们现场送冷饮,让来逛展会的人都到"远光"的展位前多停留一会儿,提升人气。

李嘉玉也不跟海哥客气,同时也回报海哥,在展位饮料机的位置给思创咖啡屋做了宣传牌,派发思创咖啡的优惠券,算是给海哥的思创咖啡打个广告。

海哥很高兴,直说李嘉玉可以呀,有做老板的范儿。

李嘉玉哈哈笑,买了很多饮料和点心给大家吃。她说今天很辛苦,但不请大家吃饭了,明天开始就要忙碌起来了,需要大家憋着一股劲,别吃吃喝喝把劲泄了。明天开战,务必取胜。

"各位老板,加油!"大家举着饮料碰瓶为团队打气。"远光"团队除了李嘉玉和苏文远,还有苏文远的四位同学、学长,也是股东,六位全是老板。大家看着辛苦布置出来的亮眼展位,心里充满憧憬和希望。

李嘉玉看自家展位布置得差不多了，抓紧时间快速把各个展厅走了一遍，看了看别的公司的展位模样。她带了许多名片，挑了些公司上前去搭讪，交换了名片和联系方式。她在四木的大展位前驻足良久，仔细看了四木展位的功能划分和展出内容，与现场四木的负责人聊了好一会儿。那负责人是位40多岁的男子，姓方，职位是总裁助理。他也知道四木在B大有演讲的活动，收下了"远光"的资料，并鼓励了李嘉玉一番。

　　"行业论坛新项目推荐会我们四木也受邀请了，我也会去。加油啊，小姑娘，预祝你们成功。"

　　李嘉玉很高兴，虽知对方是客套礼貌，但来自行业前辈的祝福也让她倍受鼓舞。

　　李嘉玉又去了报告厅，看了看产业论坛的讲台，她站上去，看着下面的座位，体会了一番站在这里做演讲时的感觉，感到紧张，也很兴奋。

　　"远光"的演讲被安排在第八个，只有五分钟时间。在五分钟内要将"远光"的业务介绍清楚，推销"远光"的合作项目，明确"远光"的合作需求，展现优势，赢得肯定，这个时间是很紧张的。

　　一开始，李嘉玉是希望整个演讲由苏文远来，因为"远光"最重要的是设计能力，苏文远作为工作室的首席设计师兼创始人，由他来讲再合适不过。但苏文远演讲台风没有她好，应对这种场面的经验也远不如她。

　　李嘉玉跟随导师做项目，不但做得一手好报告和大师级的PPT，也见识过不少商业场合，随导师出席过会议、座谈，进行过演讲。她外貌出众，身形高挑，笑容迷人有气质，要说在商业演讲这种场合出场，整个"远光"里当数李嘉玉最出色。都不用苏文远说，其他人已经一致要求还是李嘉玉来。

　　而且苏文远也觉得演讲过程中夸赞设计的部分，自己夸自己挺不好意思的。李嘉玉倒是无所谓，让她上她就上。最后她把演讲流程确定为她来主讲，设计部分引出公司的三位设计师，然后苏文远带领其他两位设计师上台亮个相，简单讲几句结束。

　　为了这个演讲，大家一次次排演，PPT的内容精修再精修。举手投足、说话语调，李嘉玉对着镜子一遍遍练习。就连平常最邋遢不修边幅的李铁同学都特意买了新衣、新鞋，剪了头发，剃了胡子。尽管大家只需最后登场一会儿，但所有人也还是排好队练习了好几遍。谁站哪个位置，鞠躬弯腰多少度，每人一句话怎么说，等等，大家一边练一边互相打趣调侃，笑闹着打磨质量，消除紧张。

　　李嘉玉站在台上，在脑子里预演了一遍PPT里的内容。

　　明天呀，明天快点到来。

明天来得很快。

所有人一早进场，精神抖擞，各就各位。"远光"的展位位置比较偏，人群需要走到很里面才能看到。赠送冰镇饮料的策略这时候发挥了作用。海哥还带了两个人帮忙。其中文铃最为卖力。她用托盘盛了冷饮一趟趟跑出去，引着人群往"远光"的展位走。

李嘉玉感激大家的辛苦，但她今天一见文铃，忽然想到那天苏文远接到的那通电话。那电话是文铃打来的，文铃捡到了他的笔记本。但那天笔记本是在李铁手里，李铁在工作室画图。

李嘉玉不知道是不是自己有了疑虑后的心理作用，怎么看文铃都觉得她有些奇怪。她太卖力，太热情，以前在思创咖啡时她似乎与他们也挺亲近，但现在想来，应该是对苏文远更亲近。

李嘉玉仔细观察，几次都看到文铃有意无意朝苏文远看，那眼神炽热，充满感情。

李嘉玉心神不宁，强迫自己不要多想，今天是很重要的日子，并不适宜去追究别的女孩对自己男朋友的企图心。等展会过去，最起码等今天过去，她再来处理。

时间来到下午。李嘉玉交代好了展位的事，与苏文远带着两位设计师到报告厅参加论坛去了。他们来得早了些，活动还没有开始，会场里只坐了一半的人。

李嘉玉坐好了，静静等待。他们"远光"的位置被安排在后头靠过道，临近后门。李嘉玉在脑子里默默背着演讲稿，不经意一转头，看到一队西装革履的人从门外走过。其中一个气宇轩昂、身姿挺拔的男人很是眼熟——清流派总裁段总。

李嘉玉想起段伟祺的演讲，不禁笑了笑。

这时段伟祺一转脸，正对上她的笑颜。

李嘉玉赶紧收敛表情，客套端庄地对他点点头，算是打招呼。

不料段伟祺见到她之后板起脸，横眼扭头，故作无视地走过去了。

有钱人果然是变态啊，完全不知道哪里又惹他了。明明演讲那天他还表现挺正常的，就是调侃她眼瞎时也没现在这冷冰冰的态度。李嘉玉咬咬唇，想不明白便不想了，她继续在心里背稿子。

过了一会儿，活动马上就要开始了。可是苏文远去洗手间还没回来，另一个设计师郭荔也没回来，李嘉玉打了苏文远的电话，他没接。若是以往，李嘉玉不会多想，但今天她不放心，于是跟李铁交代了一声后，她出去找他们。

洗手间离会场有些距离，拐出好几个弯才到。男女洗手间各在一条走廊的左右两头，李嘉玉先去了女洗手间，郭荔正洗手，听到她催，忙应了"马上来"。

李嘉玉又往男洗手间去，站在门口正欲喊苏文远的名字看他在不在，却似乎听到了苏文远的声音。

那声音是从走廊后头的花园传来的，李嘉玉刚迈步，又听到了一个年轻女子的声音，像是文铃。

李嘉玉心里咯噔一下，那种不舒服的异样感觉又浮了上来，虽听不清两人具体说的什么，但那不适感如爆炸一般瞬间炸开心房。

李嘉玉迈了两步便到了拐角处，正巧就看到文铃踮起了脚，抱住苏文远的颈脖，在他唇上轻轻一啄。

那是一个很轻的吻。

而苏文远，没有推开她。

这个吻很短暂，短暂到李嘉玉还没有从惊讶、愤怒、伤心等情绪中缓过来，就结束了。

文铃轻声说了句什么，李嘉玉只听清"加油"两个字。苏文远对她微笑，回了一句话。文铃也笑了，然后转身离去。

李嘉玉全身紧绷，手已紧紧握成了拳头。她的脑袋嗡嗡作响，脑子里的画面只有这两人的拥吻以及苏文远的温柔微笑。

苏文远并未看到李嘉玉，他看着文铃离去，低头看了眼手机赶紧转身也走。

他一动，李嘉玉便反应过来了。

她的愤怒如决堤洪水，冲得她血气翻腾。她一个箭步便往前冲，但什么都没来得及做，忽然一股极大的力量将她猛地往回拉，拉回到走廊里。

郭荔一脸惊讶和焦急，表情无比复杂，她的手似铁钳一般紧紧拉着李嘉玉的胳膊。李嘉玉瞪着她，两眼中怒火熊熊。

"嘉玉，求你。"郭荔压低声音，语无伦次，只不停说，"别这样，你冷静，求你。"

李嘉玉一声不发，她说不出话，她太生气了，但眼前人并不是她生气的对象，她挣扎着，要从郭荔的掌握中挣脱出来。

郭荔越发用力，最后干脆整个人将她抱住。

"放手。"李嘉玉喝道。

郭荔终于缓过神来，组织好了语言："嘉玉，求你，别在这个时候，别在这个时候跟他吵。我们马上就要做项目推荐演讲了，求求你。"

"我知道他浑蛋，我也看到了，但别在这个时候。这个展会对我们很重要,这演讲很重要,求求你。别让我们参展的钱打水漂。求你。"郭荔说着说着,声音也已经哽咽。

"我们这么辛苦,这么努力,别在这个时候……嘉玉,求求你。是你带我们来展会的,是你说参展的钱一定会赚回来的。'远光'不是你们两个人的,还有我们。别毁了我们,别毁了'远光'。如果现在闹起来,演讲就完了,不只钱,我们'远光'的信誉呢?在这么多业界大佬面前失信丢脸,以后'远光'怎么办?'远光'也是你的心血呀。"

李嘉玉的身体僵住了,她没再挣扎。

郭荔赶紧再趁机道:"我是站在你这边的,文远他浑蛋,但无论如何,等展会结束,不,至少等演讲结束再质问他。无论他解释什么,都是他不对。我理解你的心情,我是站在你这边的。到时我帮你一起谴责他,决不让他辜负你。嘉玉,真的,求求你,你忍耐忍耐,好不好?我们大家都是支持你的。是非对错很明白,是文远不对。但公司不是你们两个人的,还有我们。为了我们,求你了。"

李嘉玉没说话,但她的身体放松下来。

郭荔小心翼翼地松开了她。两个姑娘脸对脸,四目相对。

李嘉玉紧咬牙根,强忍着泪意。郭荔看着她红通通的眼睛,不敢言语。

四下里很安静,李嘉玉忽然道:"你帮我去拿我的包包。"她哽咽得厉害,郭荔几乎没听清,待明白过来,差点惊跳起来:"别,别走……"

"那里头有我的化妆包。"李嘉玉道。

郭荔仔细看她神情,想了想,点点头:"你……那行吧,你等等我,我很快回来。"

郭荔转身跑了。李嘉玉再站不住,蹲下身来,抱住自己,号啕大哭。

痛哭的她并没有看到男洗手间里走出一个人。

段伟祺也并不想让她看到。听到了全程对话的他颇有些尴尬,他想这种情形下她应该不愿让人目睹她狼狈的样子。所以他什么话也没说,只静静看了她两秒,悄悄地离开了。

郭荔拿着李嘉玉的化妆包跑回来的时候,李嘉玉已不在原地。

郭荔吓了一跳,第一反应是李嘉玉支开了自己。她急得赶紧四下找,生怕李嘉玉撇下正事冲到展厅找文铃算账。待她转到女洗手间时,看到李嘉玉,顿时松了口气。

李嘉玉正用冷水使劲扑脸,听到郭荔唤她,缓了好一会儿才抬头。郭荔把化妆包递过去,小心翼翼地看她。

李嘉玉接过化妆包，淡淡道："没事了，你先回去吧。"

郭荔不敢，她不放心，打算守着李嘉玉一起回报告厅。

李嘉玉道："回去吧，不然苏文远该起疑心了。你与其跟着我，不如盯着苏文远。如果苏文远这时候来跟我叽叽歪歪，要解释什么，我保证我会拼命抽他大嘴巴子。"

郭荔一听，赶紧道："那我先回去了。"她顿了顿，又道，"那个，会议已经开始了，你抓紧点时间，好吗？"

李嘉玉没说话，只盯着镜子里的自己看。

郭荔见她这般模样，也不敢再说话，赶紧转头跑了。

李嘉玉看着镜子半晌，终于有了动作。她从化妆包里拿出卸妆水，仔仔细细把脸上已经花掉的妆擦干净。然后她拿眼贴敷了敷眼睛，接着重新擦乳液、上底妆……一步一步认认真真地给自己化了一个精致的妆容。

眼影用了重色，口红用了正红，整个人看着一下子明艳干练起来。

李嘉玉把所有东西都收好，整理了头发，再看了一眼镜中的自己。她抬头挺胸，深深吸了一口气，再吐出气。

通往会场的走廊变得很长，李嘉玉走得很慢，越靠近会场，就意味着越靠近苏文远。近来相处的细节一点点浮现心头，原来许多地方有疑点，一切早有痕迹，而她丝毫没有多想。

她真的是瞎。

李嘉玉终于走到了报告厅的门口，活动已经开始，门关上了。隔着门能听到报告厅里有人演讲的声音，有掌声。李嘉玉听了一会儿，用尽全身的力量对自己说：你可以的，你能办到。

报告厅里的掌声再一次响起。

李嘉玉闭了闭眼，再睁开，然后轻轻将报告厅后门推开条缝，轻手轻脚地钻了进去。

郭荔和苏文远、李铁就坐在座位上，见李嘉玉回来了全都如释重负。郭荔忙过去将她拉过来："你回来得正好，快到我们了，还有三家公司。"

苏文远对李嘉玉笑："你给我打电话，我没听着，结果我赶回来了，你不在了。是去化妆了吗？很漂亮。"

李嘉玉看了看他，费了很大的劲才忍住没给他一拳。

郭荔不待李嘉玉开口，便抱着她的胳膊道："就是，很漂亮。我就说了不用紧张的。"

苏文远又笑，挨着她耳边亲昵地道："你居然还会紧张？所以才要换个妆吗？真的很漂亮。"

这番态度和话语，在此时的李嘉玉看来都透着心虚和讨好。

她以前怎么会没发现呢？

"好了，文远你少说话，不紧张都被你说紧张了。"郭荔拼命打圆场，她的手在底下用力捏着李嘉玉的手，笑道，"嘉玉别理他。酝酿酝酿情绪，准备上台了。我们都准备好了，就看你的了。"

郭荔话里的意思李嘉玉明白，可是她的心情，她觉得郭荔不懂。

现在她回到这里，不是为了"远光"，不是为了不让苏文远辜负她，不是为了给挽回苏文远留后路，不是为了表现委曲求全、顾全大局，争取同情和盟友。她回到这里完成工作，是为了她自己。

为这个展会、这个演讲，她付出了太多努力，现在是验收成果的时候，她怎么能不战而退？今天是遇到这个挫折，下次可能还会遇到别的，难道每一次都逃跑？

不能退缩，不能为了个浑蛋退缩。

世上渣渣千百万，她李嘉玉只是倒霉遇上其中一个，不值得为了他牺牲自己的前程。这里台下坐着的，有业界大佬，有投资公司代表，有她的竞争对手，也有她辛苦拓展的人脉、结交的朋友。今天的演讲若出了什么差错，他们不会说"远光"如何，而是会记得一个叫李嘉玉的姑娘连个演讲都不行。他们会认为她谈起事来天花乱坠，做起事来无能为力。这怎么可以！

他们不知道今天她经历过什么，他们也不需要知道。他们只会看这五分钟里，她是什么表现。

李嘉玉看着郭荔，冷淡地道："我知道，就看我的了。"

很快，"远光"演讲的时间到了。

李嘉玉从容地站到了台上，神采奕奕、笑意盈盈："大家好！我是李嘉玉。非常荣幸今天能在这里向大家介绍我们'远光设计'。"

台下有人鼓掌。

一个人的掌声带动了全场。

李嘉玉清楚地看到，带头鼓掌的是坐在第一排的段伟祺。他对她微笑，目光中透着欣赏。

有钱人真是变态啊，不久前还对她横眉冷对呢，现在突然和蔼可亲起来。可既然他主动示了好，那她就顺杆儿爬了。

"谢谢大家的掌声，也谢谢段总的鼓励。一周前，段总代表四木在我们B大的演讲超级精彩，我们获益匪浅，学到不少技巧，今天就展现一下。"

台下有人笑，是四木集团那个区域的。前排对段伟祺熟悉的人也笑了。这笑声又带动了其他人。李嘉玉看到全场对台上的关注度高了起来，暗自满意。

四木是业界老大，段伟祺的知名度有多高，她不清楚，但应该也是大佬级。她这番话拿四木搭桥，消费了段伟祺，借以吸引大家的注意力，效果达成。

李嘉玉正欲继续往下说，段伟祺却突然道："我的风格可不好学，你好好加油，我拭目以待。"

竟然配合她，助她一臂之力？李嘉玉有些惊讶，但也反应很快地接话道："段总放心，名师出高徒。"

台下又笑。

有人交耳私语，李嘉玉想，他们大概是在科普这位清流派总裁的风格是怎么样的吧。

这些不重要，重要的是头已经开好，她要继续表现。

"之前大家已经听过不少关于设计的理念，美的影响，好作品的价值。我们'远光'也有一套关于美、关于设计、关于产品的想法。我们认为，好的设计，好的产品，是无论你的审美如何，都会对它有好感，觉得它好看，觉得它好用，觉得自己很需要它。它既满足日常生活需求，又满足精神追求需要，既接地气，又很时尚。"李嘉玉顿了顿，语气轻快地道，"比如这个。"她一指大屏幕，手里的遥控一按，屏幕上出现好几摞人民币。

全场爆笑。

李嘉玉也笑，她接着道："比如这个。"

屏幕上出现"远光"设计的储物躺椅。流线外形非常时尚，托颈的位置可以扣下，也可以拉起，扶手可以放下，也可以抬起。使用者可根据需求改变椅子外形。椅子下面封闭的部分是可以打开的储物空间。从实物的亮丽照片，再到设计图纸、实物雏形、打磨拼装、使用示范等，大屏幕上的展示速度很快，却也清楚明白。设计简约时尚，也确实精巧实用。

"比如这个。"

屏幕上出现另一件"远光"设计的产品——球形收纳盒。不同大小的盒子拼在一起，成一个圆球状。圆球外形配有不同色板，色板可替换，可拼成地球仪，不同颜色代表不同的国家，也代表不同的物类。也可以在上面涂鸦、写字，DIY（自己动手制作）设计。用途上，收纳盒可收纳耳机、数据线、小物什，等等。装饰、实用两不误。

李嘉玉一件件展示，产品的顺序经过精心编排，越往后越精彩。"远光"的产品有些外形惊艳，有些设计精巧，还有些幕后故事有趣。李嘉玉适时插入讲解，节奏控制得当，妙语连珠。说起设计理念、市场定位以及各种数据等商业信息，她也非常风趣，再穿插一个个小故事，引得台下爆发阵阵掌声和笑声。

郭荔在台边看着李嘉玉如此表现，总算是把心放了下来。她悄悄看了苏文远一眼，苏文远正盯着台上的李嘉玉看，那眼神专注而热烈，丝毫看不出移情别恋的痕迹。郭荔咬咬唇，把头转开了。

嘉宾席上，四木的那位方姓总裁助理小声与段伟祺道："这个小姑娘很不错。昨天她还给我递名片，向我推荐了他们公司的项目，胆子挺大的。"

段伟祺笑笑："胆子是挺大的。"

台上，李嘉玉的时间掌握得刚刚好，她幽默地推销完"远光"项目，在笑声与掌声中，将苏文远等三位设计师请上了台。三位设计师的履历都很漂亮，获过不少奖项。加上刚才李嘉玉提过他们的一些趣事，对应他们的作品，使得三人颇获好感。苏文远他们就这样在众目期待中推了一个长方形柜子上来。

三人一人一句自我介绍开场，然后苏文远作为代表说了两句，接着，三个人一起打开了柜子。柜子里装的是他们设计的一些产品，有家居摆饰，有实用小物，这些东西有部分刚才在大屏幕上演示过，台下观众意意思思鼓了掌。

但苏文远他们继续翻开柜子，又是一层储物，再打开，还有一层。小小的柜子，竟然也是他们的作品。柜子层板颜色靓丽，配色精彩，每打开一次，都带给观众一次视觉享受。柜子的储物功能强大，还能翻开做展架。

李嘉玉道："分秒必争再展示一件我们的作品。储物柜'魔方'，可收纳，可展示，可装饰，适用于小居室、小展会、豪宅等多种场景。"

外形很出色，变化很讨巧，家居、商业都适用。这下，下面的掌声热烈起来。

"远光设计"就这样完成了他们的演讲，大家一起致谢鞠躬，有序下场。

这场演讲无疑是非常成功的，"远光"的诸位还没回到座位，就有厂商上来搭讪，细问产品授权及产品设计合作。苏文远开心地与人坐到后头的空位聊了起来。李嘉玉没有停留，回到座位拿了包便往外走。

郭荔跟着她，一路跟到报告厅外。

李嘉玉回头与她道："我先走了，若他们问起，你就说我有急事。"

郭荔试探问她："嘉玉，你什么打算啊？"

李嘉玉表现得情绪很平静："没什么，我再想想，总之先等展会结束再说吧。你什么都别说，就当没事发生过。别担心，我会处理好的。"她说完，大踏步地往外走，很快没了踪影。

郭荔站在原地，觉得事情不妙。

李嘉玉出了报告厅所在的楼，开始一路小跑，跑到停车场，钻进了自己的车子里。

这时候她才垮下了肩膀，伏在方向盘上吐出一口气。

演讲时的紧张兴奋慢慢消散，悲愤又涌上心头。李嘉玉觉得心口堵得厉害，想哭又哭不出来，想起那些蛛丝马迹，又觉得恶心愤怒。

她拿出手机打给方勤："你在哪儿？从机场回来了吗？"

今天是熊绍元赴美的日子，方勤去机场送他。

"还没。"方勤看了看身边的熊绍元，"离登机还有时间，我还在机场呢。"

熊绍元皱眉头看她，方勤用嘴形说了"嘉玉"两个字。熊绍元点点头，没打扰她们通话。

李嘉玉深呼吸几口气，听到好友的声音，她顿觉委屈软弱起来："我去找你好吗？"

"行。"方勤听出她声音里的不对劲，赶紧答。

熊绍元等方勤挂了电话，这才问："李嘉玉怎么了？"

"她要来机场。"

"来送我？"熊绍元很诧异，他知道今天文博会，李嘉玉没时间。

方勤白他一眼："自作多情什么呢？你在嘉玉那儿也就是个闺密前男友的身份，以为自己多重要。"

熊绍元对方勤和李嘉玉都太熟悉，一下明白过来，遂嘱咐："要是有什么情况，你们俩都别冲动，三思而后行。可以找苏文远，他毕竟是男的。"他顿了顿，自己也叹气，"不过苏文远的个性不行，不担事儿，还不如李嘉玉能干。"

"行了，行了。"方勤不耐烦，"你走都走了，别管我们社会主义好姑娘怎么办事了。"

熊绍元是真的不放心，所以支走了来欢送他的大队伍，独留下方勤，就是想多跟她说几句。他道："以后你要有什么需要帮忙的，也可以找我……"

方勤没等他说完，呛道："跟你长途视频聊几句就能解决？"

熊绍元一噎："我在这边还有朋友，我可以找他们帮你。"

"我再找个本地男朋友不是更实际？"方勤凶巴巴地说。

熊绍元没法反驳。他沉默片刻："你再找男朋友，记得找个脾气好点的。"

"放心吧，肯定得比你好。总不能越找越差呀。"

很有道理，这个也没法反驳。熊绍元再次沉默了。

方勤皱皱眉头，知道自己态度不对，但她控制不住。她盯着地面，足尖戳着地板，好半天才道："你快进去吧，别迟了。"

"行，你好好照顾自己，有事多跟人商量。别总闹人家李嘉玉，别闯祸。"

"不会的，我怎么会闯祸？"方勤烦躁，站起来领着他往安检口去，又道，"你在那边过得不好就别告诉我了，我也帮不了你。要是过得好也别告诉我，我怕我伤心。"

"那联络的时候，能跟你说什么？"熊绍元问。

方勤站定了，抬眼看他："时间长了，就会慢慢不想联络了。"

这么遥远的距离，会把深厚的感情扯细扯薄，最后断了。刚开始分离也许情浓不舍，时间久了就会埋怨，怨对方不在身边，怨对方不够关心。生病时无法拥抱，想念时不能亲吻。没法体谅，不能体贴。生活工作都不在一个圈子，渐渐也就无话可说。

他们两人都明白现实就是如此，所以他们分手。

长痛不如短痛，及时止损，各自安好。

熊绍元深深看着她，说不出话来。

"走吧，你快走吧。"方勤挥手。

熊绍元走了。

走出几步，他忽又回头，奔回来一把将她紧紧抱住："方勤。"

不知道能不能再次拥抱，这最后一次，弥足珍贵。

半晌两人分开，方勤踮起脚尖，吻了吻他的唇："再见了，大熊。"

这一次，熊绍元真的走了，没再回头。

方勤也没等他回头，他走进安检的队伍，她便扭头朝反方向走，将自己埋进人群里，不想让他看到。

她沿着墙根走，一直走，走到巨大的落地玻璃跟前，望向外头的天空。也不知站了多久，看到一架飞机飞向云层。景象有些模糊，她这才发现自己在流泪。

方勤用力抹去泪水，这时听到手机铃声，刚把手机掏出来，那铃声却又停了。她拿起一看，是李嘉玉。

"方勤。"

方勤转头，看到李嘉玉拿着手机朝她走来，想必是刚打电话想问地方却已经看到她了。

方勤笑："你是装有雷达吗？这样都能把我找到。"

李嘉玉走近了。方勤看清她的表情，笑不出来了："这是怎么了？"

李嘉玉再也按捺不住，扑进方勤怀里，放声大哭。

30分钟后，两个姑娘坐在了机场的咖啡厅，一人一杯咖啡，都冷静下来了。

"那王八蛋居然这么混账，看不出来呀。"方勤听完李嘉玉所述忍不住骂。

"你打算怎么办？"方勤问。依她对李嘉玉的了解，分是肯定要分的。但李嘉玉强忍着没摊牌没暴打那渣男一顿，肯定是有所计划。

"现在苏文远还在文博会，你陪我去趟景苑，有些事，我想确认一下。"

"行。"

景苑是离学校不远的小区，许多学生在这里租房，苏文远也租了一间。

苏文远租的是个一居室，他出设计、画图、做样品常常熬夜，觉得在学校里不方便，于是出来弄了个自己的地盘。房子还是李嘉玉帮他挑的。刚租的时候，李嘉玉与他在那屋子同居过一段时间，但因为那屋子小，苏文远的那些图纸、材料、模具、样品等乱七八糟的东西永远收拾不清楚，实在不是个好的居住环境。李嘉玉收拾了几回屋子后就放弃了，宣布这地方只能被称作仓库和工作间，不能叫住处。所以她回宿舍住，只偶尔过来。

后来她越来越忙，"远光"又有办公室，工作所需材料在办公室都能拿到，李嘉玉就更少去那屋子了。基本上她也不爱黏人，不是那种天天围着男朋友转，什么都要管一管的类型，她有很多自己的事情做，没想过要查苏文远的勤。

李嘉玉带方勤去了景苑。

距她上次来，应该有一个月了。她上次也只是陪苏文远回来找资料和拿作品。房间看着一团乱，她还跟苏文远开玩笑说，他们以后要多挣钱买两套对门的房子才够用，一套是住的，一套是给他当工作间的。当时苏文远笑道一定跟着老婆好好努力。

情话犹在耳边，现在想起来真是个笑话。

李嘉玉进了屋子，没有乱翻，她只查看了苏文远的卧室，检查了卫生间。

方勤没作声，客厅太乱也找不到地方坐，她就站着等。等了好一会儿，李嘉玉从卫生间出来，回到客厅默默流泪。

方勤问："怎么了？他带女人回来住了？"这也太猖狂了。

李嘉玉摇头。

"所以没有他出轨的证据？你亲眼看见了，这个用不着跟他摆证据。"

"不是。"李嘉玉摇头，她吸了吸鼻子，道，"我觉得，不止文铃。"

方勤惊得下巴都要掉下来："不是吧？他渣成这样？"

"他曾经大清早洗过澡来接我，那洗发水不是他自己的，也不是文铃的。文铃身上不是那味道。"李嘉玉含泪整理头绪，"他衣柜里有两套名牌西装，五条领带，都是奢侈品品牌，还有名牌皮鞋、衬衫，甚至还有袖扣。这不是讨好文铃需要的，也不是目前工作需要的。而且他的财务状况我清楚，他没那么多钱买这些。我还看到块手表，手表盒里有保修单和发票，那块表三万多。还有名牌的古龙水。"

方勤张大嘴："你是说，他……"

"这些行头，大概是名流云集的场合才需要。这完全不是他的审美和穿衣风格。我从来没见他穿过。他在迎合某人的喜好，并且随她出入她那个阶层的活动场所。"李嘉玉用力擦掉滑过面颊的泪水，"如果他遇着了男伯乐，需要他收拾体面带他出去见人，他会很得意地告诉我的。况且，就算要带他见世面应酬，也不必这么下血本精心打扮他。能给他买衣服买表配古龙水的，不是女人，还能是什么？原来之前就有许多细节，我都没在意，现在仔细一想，其实全是线索，真的是我太傻，我眼瞎。"

"他、他为什么呀？"方勤没法理解，"没必要呀。他现在过得这么好，前程似锦，怎么这么想不开。"

李嘉玉摇头，止不住眼泪："他变了，他为什么变成这样？他原来不是这样的，真的。他怎么会变成这样？"她心里那个既热情又腼腆，爱生活爱艺术，单纯真挚的男生已经没有了。

方勤上前一步，将李嘉玉抱在怀里："好好哭，哭完了我们报仇去。你说你想怎么撕，我上。"

"分手是肯定的，但我要把钱拿回来，暂时还不能打草惊蛇。"

"你投在'远光'的100万？"

李嘉玉点头。这笔钱是她爸给的，说是她的嫁妆。她跟苏文远恋爱三年，感情稳定，算是走到谈婚论嫁的这步了。只是他们还年轻，不着急。双方家长都已经见过，她今年过年还去过苏文远的老家。苏文远要创业，她跟随。开公司总是需要启动资金的，苏文远家庭条件一般，拿不出太多钱，他倒是有奖学金这些，拿过的奖项也有奖金，还有他在校期间接过设计、画图的活也存了些钱，开网店也有一定收入，但这些钱用来开公司远远不够。设计这行很费钱。

所以李嘉玉去找她爸。李爸爸是开旅行社的，生意还不错。他们两口子只有李嘉玉这么一个宝贝女儿，万事都顺着她。但拿钱创业这个事，李爸爸还是稍稍跟女儿商量了一下。

"钱是有的，爸爸妈妈早给你准备好了，不太多，100万。是想等你毕业了，让你自己挑个小房子，当投资也好，自己住也好，这是婚前房。以后不论你跟文远怎么样，自己手上有房还是好的，就当是爸爸妈妈提前给你的嫁妆。"

但李嘉玉不想要房子，离结婚还太远，她想拿钱跟苏文远一起创业。

最后李爸爸同意了。这100万原本就是要给女儿的，她想怎么用，都随她。

于是"远光"股权分配是这样：苏文远出资20万，加上产品版权、专利及技术入股，占股40%，任法人代表；李嘉玉出资100万，占股40%，任总经理；其他四人共出资30万，加上产品版权、专利及技术入股，总共占股20%。

李嘉玉对"远光"的运营这么考虑：先拿几位设计师现成的自有版权和专利的产品，与厂商合作，量产上市，拿回现金流；同时争取拿下高端家居品牌的设计合作，稳定及推广"远光"高端设计的市场定位。

设计，才是"远光"最核心的业务。待名声打响后，再每年推出几件自有品牌的单品，找工厂开模上生产线，自有品牌进卖场，线上线下联合营销。

这是一个长线的目标，资金、设计能力、产品、运营缺一不可。

所以股权分配在公司注册之时就做了公证，五年之内各位股东不得撤资。这些文件和手续，当初还是李嘉玉办的。

这事李嘉玉是从商业角度考虑的，做公证是为防止其他四位股东干着干着转身带着版权和专利跑路。毕竟公司也打算要培养设计师个人品牌，是要在他们身上投入的。若把设计师捧出来了，他们转身就走，对公司来说损失太大。

李嘉玉完全没想过自己和苏文远需要被这个协议约束，只是既是股权协议，那就全体股东都需要签。

万没想到，最后被这东西绑死吃亏的，会是自己。

"我要把我爸的钱拿回来，一分钱都不能给那人渣留下。"

方勤马上明白了："你说得对，不能打草惊蛇。"

"远光"的始创资金大部分靠着李嘉玉这笔钱，苏文远当然不会放手。如果他知道自己出轨一事败露，肯定会警惕李嘉玉撤资。协议签了，还公证过，于法而言，李嘉玉想这么随随便便就拿钱走人，还真是不行。这需要时间，想想办法。

这时李嘉玉的手机铃声响了。

是苏文远。

李嘉玉和方勤一起看着手机上的名字，对视了一眼。

李嘉玉吸了吸鼻子，她刚哭过，声音里还带着沙哑。她把手机递给方勤："我现在接不了。"

方勤接了，按开了免提。

"喂，苏文远，我是方勤。嘉玉帮我买咖啡去了。"

那头苏文远愣了一下，开口时语气有些不高兴："方勤，怎么回事，嘉玉说有事,是去找你了?"

"嗯,今天大熊走了,我让她来机场接我。"

"你……"苏文远气得不行,但似乎不好意思骂,忍了一会儿道,"让嘉玉给我回电话吧。"

"行。"

苏文远没挂,又道:"你那什么,方勤,我知道你跟嘉玉关系好,嘉玉挺照顾你的。但你……我们这几天特别忙,你也照顾照顾嘉玉吧。"

"哦,这样啊。我今天问她,她说刚好做完演讲了,我才求她来接我的,不好意思啊。她一会儿回来,我告诉她,你打电话找她了。"

"行吧。"苏文远把电话挂了。

方勤把手机还给李嘉玉:"听语气,他应该还不知道。"

李嘉玉道:"今天实在没力气再看到他这张脸。我明天还得去会展中心,先把他稳住,查清楚情况。"

"那我做什么?"方勤问她。

"你手上有苏文远的照片吗?"

"有几个人一起的合影。"

李嘉玉翻手机:"我给你发一张他的单人照,把他那些奢侈品品牌也发给你。这些品牌店大多集中在华远。如果苏文远真抱上了女金主的腿,那女的应该带他去逛过。她若是愿意一掷千金给他买这些,肯定也是这些品牌的常客。苏文远这样的长相,见过的人肯定都能记得他。"

"好。我去打听出来是谁跟他在一起。"方勤道。

"表的发票、保修卡,我拍下来了,也发给你。如果衣服、鞋这边问不到,查查表店。"

"没问题。"方勤看了看收到的图片,上前拥抱李嘉玉,"放心吧,亲爱的,你有我呢。"

李嘉玉感激地抱紧她。熊绍元走了,方勤心里肯定难受,但这节骨眼上她却一直安慰她,做她的后盾。好姐妹呀,真的比男人靠谱多了。

稍晚,李嘉玉与方勤回到了宿舍,她洗了个澡,平复了情绪,这才给苏文远打电话。

苏文远没问她去做了什么,只抱怨了方勤一句,然后开始兴奋地向李嘉玉讲述今天的情况,说演讲之后反响特别好,在报告厅里就有人与他们搭讪。后来他们回到展位后,有五六家公司特意跑到展位来看,沟通了一下业务。还有一家是欧洲的时尚家居家饰品牌,今年他们打算拓展中国市场,路过他们展位时,特别感兴趣。

"这个看起来应该是长线业务，毕竟他们还没有在国内落地呢。听翻译说他们想找国内设计师合作中国元素的家居装饰。那负责人很喜欢我们设计的风格，现代时尚又有些传统元素。哎呀，真的特别好，比我预期的推广效果要好。明天你会来吧？一定得来呀。有几家约了明天再过来聊。还有两个老外，没带翻译。我们英文不太行，聊不了业务，只交换了名片。他们说明天再来。"

"好。"李嘉玉冷静地答，"我明天会按时过去的，放心吧。"

"好。你也别太累了。晚上早点睡。晚饭吃了吗？吃的什么？"苏文远越是温柔体贴，李嘉玉就越是心如针刺，不要命，不流血，但剧痛。

他是不是也这样与文铃说话，是不是也这样跟那个金主说话？

她越想越难受，阵阵恶心。

"我要挂了，方勤在哭，她今天情绪很不好。"

在床上嚼着牛肉干的方勤听了李嘉玉这话，马上压着嗓子喊："嘉玉，嘉玉……他真的不回来了吗……呜呜呜……"

李嘉玉对苏文远道："她喝了酒，我去看看她。"

"行吧行吧。"苏文远忙道，"明天见。"

李嘉玉赶紧把电话挂了，深深吐了一口气。

方勤也叹气，丢了包牛肉干给她。李嘉玉拿着牛肉干，没有动。方勤挪到她床上坐着，搂着她。

李嘉玉哑着声音道："你的手摸过牛肉干的。"

"嫌弃什么。"方勤拍拍她的头。

李嘉玉转身将她抱住，再度泪流："方勤，我好痛苦。太难过了。"

"没事的。熬一熬就过去了。真的，我有经验。"

"远光"工作室里，郭荔竖着耳朵听办公室里的苏文远打电话。他没关门，声音都听得清楚。郭荔听到他对李嘉玉柔声细气，深感不安。

郭荔佯装去倒水喝，拐到李铁的座位那头，小小声唤他："老李……"

"干吗？"李铁正狂按着手机玩游戏。今天累坏了，回来还一通收拾，好不容易歇一会儿，玩上两盘放松一下。

"我问你啊……"

李铁等了半天，没听到下文，忍不住抬眼看了看郭荔："问啊。"

郭荔咬咬牙："你知道文远和文铃的事吗？"

"他俩啥事？"李铁继续按手机，"文远、文铃，兄妹吗？滴血认亲了？哈哈哈哈……"

"他俩那什么……"

李铁没心没肺,等了半天又没听到下文,然后他反应过来了:"不是吧?你是说,文远脚踏两只船?"

郭荔点点头。

李铁猛地回头看苏文远办公室,苏文远正打电话,看不出异样。他再看向郭荔。郭荔再点头:"是真的。"

"文远这么浑蛋?"李铁不敢相信。

"我之前就觉得他俩有些不对劲,文铃看文远的时候总是特别热情,两个人私下有些小动作。就比如文铃过来给我们上咖啡什么的,会悄悄碰碰文远的手之类的。"

李铁张大了嘴:"真恶心呀。那嘉玉怎么办?"

"嘉玉已经知道了。今天演讲前,她看到他们在一起。我正好在那儿,把她拦住了。不然咱们'远光'今天就完蛋。"

李铁更震惊了,他眨眨眼,忽地跳了起来:"天哪,嘉玉这么牛!"

郭荔嫌弃地拍了李铁一下:"你能不能给点正常反应?"

"我反应不正常吗?"李铁道,"嘉玉被绿了,然后没事人一样做完了演讲,不是牛是什么?文远居然还活着呀,简直是奇迹。"

郭荔压低声音:"我就是担心这个,你说,嘉玉会怎么办呀?我要不要告诉文远?"

"你发现文远出轨的时候,你怎么不想着告诉嘉玉?"

"我哪知道究竟出没出,只是些暧昧小动作。我去嚼舌根,万一最后文远否认,又把嘉玉哄好了,那我算什么?以后她不把我当坏人,拼命给我小鞋穿吗?得罪老板,我还混不混了?"

李铁皱眉头,张了张嘴想反驳,最后没说话。

郭荔又道:"嘉玉肯定很生气,以她那脾气,居然让我当作什么事都没发生,她肯定有什么主意呢。我们得跟文远说,让他有所防范。这个矛盾不解决,公司会出大问题的。"

"防范什么?这种情况就应该文远下跪求原谅。然后人家嘉玉要不要原谅他,是人家的自由。"

"你说得轻巧。你别忘了,我们可是拿了所有设计投入公司的。"

"那又怎么样?你这辈子就那几件设计?以后脑子就残了,手就废了?"

郭荔生气了:"我跟你说不通。总之这公司大家都有份,不能让嘉玉毁了。我去提醒文远一声。"郭荔说完,朝苏文远办公室去了。

李铁看着郭荔的背影,自言自语斥道:"要毁也是文远毁的。"

李铁看着郭荔进了苏文远的办公室，她说了几句什么，苏文远的脸色变了。

居然是真的。苏文远真的出轨了。李铁也没心思打游戏了。他站起来，动作幅度很大地收拾他的背包准备走人。

办公室里，郭荔和苏文远的声音都大了起来。李铁隐隐听得苏文远道："嘉玉不会的。"

郭荔的声音更大，像吵架一样："怎么不会，你什么都不知道，公司的事全是嘉玉在办，那股权协议也是嘉玉弄的，你到底搞没搞清楚，如果嘉玉生气了，她是不是能随时把钱抽走呀？财务这块的事你管过吗？你就是一甩手掌柜，你脑子进水了，居然有胆子在嘉玉眼皮子底下乱搞？"

"我、我没，不是，那个，股权协议不是约定五年内不能撤资吗，每个人都一样。嘉玉也不能乱来。"苏文远慌了，"我查一查，我会跟嘉玉解释的。"

李铁不想再听，收拾好包推门出去了。

下了楼，夜风一吹，他仍觉心头烦躁："这都什么事儿！"

李铁回了宿舍，舍友还没回来，他转来转去不知干吗，只得继续玩游戏，心不在焉，一个劲给人送人头，正生气，却见苏文远提着个手提旅行袋回来了。

李铁顿时惊了："你回来住？"

"不是，拿些衣服回来。"苏文远打开衣柜，却发现自己久不回来，衣柜已经被别的舍友占用了。

"老李，借你柜子放袋衣服行吗？"

李铁不讲究打扮，衣服只有那几套，柜子还挺空。

李铁皱了皱眉："行。"过了一会儿他问，"什么衣服啊？"

苏文远手上顿了顿："就是几件西装和衬衫。"

李铁没说话，苏文远又道："你放心，那个事儿，我会解决好的。"

既然他开口提了，李铁就不客气了。他从床上坐起身来，道："你究竟怎么回事？怎么跟文铃好上了？你跟谁恋爱是你的自由，可既然移情别恋了，就跟嘉玉说清楚，敢做敢当！嘉玉也不是什么不讲道理的人。就算伤心难过，骂你打你一顿，也算大家明明白白清清楚楚的。你这样一边瞒着人家，一边使劲使唤人家干活，你像话吗！还是不是个男人！"

苏文远一脸沮丧："不是，我……拿了大奖之后，我想创业，压力很大。这事毕竟不容易，我不知道怎么办才是好，嘉玉学管理的，就听她的。她的要求高，脾气也比较直，这你也知道。所以我有段时间很混乱，觉得自己做不到，脑子空空的，似乎再也画不出东西了。那时候我们在思创不停开会，不停想。是文铃鼓励了我，我从她那儿重获了灵感。我觉得撑不下去的时候，是她带我走了出来。"

事实上，春节时苏文远带李嘉玉回家，他母亲对李嘉玉很不满，觉得李嘉玉是娇小姐，什么也不干，连饭都不会做。她觉得李嘉玉以后不能很好地照顾自己儿子。她没当着李嘉玉的面说，但三番五次地跟苏文远抱怨。苏文远好面子，没跟母亲说创业很多事靠李嘉玉，苏母更觉得她不过就是个长得漂亮、学历高、家里有钱的娇小姐。就算家庭条件好，但若她嫁到他们苏家，就得有个贤惠妻子的样子。

那段时间苏文远一边要跟李嘉玉说谎，说母亲挺喜欢她，一边又要应付母亲的唠叨。母亲让他对李嘉玉厉害些，让李嘉玉多干活，学做家务。苏文远哪里敢，更不敢提当初李嘉玉嫌弃他的屋子脏乱，解决办法就是拎了行李搬走。别提什么任劳任怨收拾了，那是不可能的。

从前苏文远默默无闻，从小地方考到大都市，有些自卑。尽管长得英俊招人，他还是腼腆害羞。直到遇到李嘉玉，她似女神一般，带他开阔眼界，改变他的生活态度。她给他打扮，提升了他的气质。她鼓励他、督促他，他的天赋得以被充分挖掘，他越来越自信，他的学业越来越顺，灵感不断，设计频频获奖。

他是校草，他是天才，许多女生为他尖叫，他的粉丝数嗖嗖往上涨。网上很多人叫他老公，男的女的发私信约他，他随手发张图出去都有许多人点赞，各种花式夸奖，让他觉得自己真的了不起。

得到的赞誉太多，尤其是拿了全国大奖之后，他便膨胀了。他渴望成功，渴望被人仰望，这种感觉不要太爽，他有些上瘾。他遇到段珊珊，她让他知道原来艺术也有捷径可走，那些才华不如他的却爬得比他高，不过也是如此。而文铃，她是他心里渴望的另一面，温柔单纯的小女人，勤劳、乖巧、崇拜他。

她们都知道李嘉玉的存在，而她们都不在意。这让苏文远胆子变大，他并没有多想，只管享受。需要说谎就说谎呗，一开始可能有点难，但说多了，就很熟练了。

李铁盯着苏文远，都懒得说他。当初苏文远刚跟嘉玉在一起的时候，也是跟他们说嘉玉是他的灵感女神，是她让他明白了设计的真正意义，抓住了精髓。李铁冷冷道："那你跟嘉玉说清楚，别耽误人家。你错了就是错了，别扯这些理由。"

"嗯，我会跟嘉玉说的。我是一时糊涂，我明天就去跟文铃分手。"

李铁无语极了。不是才说了文铃带他走出低谷吗？转头就要甩人家？这是权衡之下觉得温柔的解语花不如能干的御姐好用是吗?还是说,事情暴露了就挑好欺负的下手?

李铁不想理他,倒回床上摸过手机玩起来。真是太渣了,做他的朋友都觉得丢人。从前那个老实男孩看来已经死了。

这时候苏文远的电话响了。苏文远一看,是段珊珊。他皱了皱眉,大家怎么都赶在一起来事儿呀。苏文远到阳台上接电话。段珊珊来电是想约他现在出去吃夜宵。

"太晚了,我手上还有好多事情要做呢。"苏文远拒绝了。

段珊珊对他很好,给他带来不少人脉,给他当靠山。但人家也说得很清楚,这就是你情我愿的陪伴,她没打算跟他进一步发展,互相取悦就好,该结束的时候就结束。现在李嘉玉已经知道文铃,那段珊珊这边也一起断了吧。他今晚想了很久,还是李嘉玉最适合他,她很重要。他要把她哄回来,以后就一心一意对她。

段珊珊听出了苏文远话里的意思,有些不高兴。虽然她说过苏文远想走的时候就能走,但嘴上说说谁不会。她现在对他很喜欢,还不想放。而且,要说分手,当然得她来说。

"没事,那你忙你的。不过周三晚上蓝耀明的巡回画展庆功宴,你有时间去吗?他还挺喜欢你的。宴会上有很多艺术圈的人,你可以趁机结交一下。"

苏文远犹豫片刻:"行呀,周二文博会结束,周三我有时间。"

"那好的,我把你带上。是正式的晚宴,得穿晚礼服。之前的休闲款不行。我给你订了一套新的,后天到货。你后天下午来阿玛尼吧,试完衣服我们一起吃晚饭。"

"后天下午我没时间,还在展会上呢。"这话半真半假,重要的是这几天要哄住李嘉玉,他找不到理由半途从展会上跑掉。而且想去晚宴结交贵人是真心的,想与段珊珊结束这种关系也是真心的。

"总得先试穿一下,看看合不合适。"

"应该是合适的。"苏文远想了想,"我让我同学帮忙去取可以吗?"

"可以呀。回头我把单据发你手机上。"段珊珊爽快答应,但又道,"周二晚上能来聚一聚吗?那衣服穿给我看看,如果不合适,周三白天还来得及换。"

这一个来回互相试探,双方也明白对方的意思了。

苏文远只犹豫一秒便答应了。

通完了电话,苏文远走回屋内,对李铁道:"老李,能帮我个忙吗?后天下午帮我去华远的阿玛尼取一件衣服。"

李铁的手在手机上停了一停,他应道:"行。"

第二天,李嘉玉一早下楼就看到苏文远拿着早餐袋子在等她。

她只看了他一眼,就知道他已经知道了。

真奇怪啊,从前她怎么会看不出他神情里的异样呢?现在知晓了真相,就敏锐得像把苏文远按在了显微镜下,每个表情都清清楚楚。

她站住了,冷冷地看着他。

"嘉玉。"苏文远小心翼翼唤道。

李嘉玉不说话。

苏文远舔舔唇,有些艰难,但还是撑着脸皮道:"我错了,我一时糊涂、鬼迷心窍,我对不起你。我已经跟文铃说清楚了,以后都不会再见她,不会跟她往来。我不会再膨胀再虚荣了,一定改过自新。求你再给我一次机会。"

这些话,苏文远想了一晚上。李铁教训他的那些话提醒他了,跟李嘉玉道歉可不能磨磨叽叽找理由找借口推卸责任,那样她会更生气。错了就是错了,好好道歉求原谅比装可怜编苦衷更管用。

"求你原谅我。我真的错了。你要问什么,我都老实答,你想怎么罚我都行。"

李嘉玉看了他半天,问道:"你先告诉我,你怎么打算的?要分手吗?"

"不,不,不。"苏文远慌得忙上前一步,想抱着李嘉玉。李嘉玉后退,摆手将他拦住。

"也就是说,你不想分手。对吧?"

"我真的错了。我太虚荣了,得意忘形,我错了。我跟文铃说清楚了,真的。我一时糊涂,我可以解释。"

李嘉玉再盯着他看,然后冷道:"等展会结束再解释吧。我现在没心思听你扯这事儿。"

"行,行。好的。"苏文远忙把早餐袋子递过去,"你先吃东西吧,然后我们去展会。我知道现在你肯定很生气,我说什么都没用,那你看我表现吧。我真的会改过自新,吸取教训的。你相信我。"

李嘉玉不再多说,她把早餐吃了,开车去会展中心。苏文远上她车子的时候她没拒绝,但她一直冷着脸。苏文远小心翼翼,丝毫不敢惹她。

到了展位,郭荔已经在了,见他们两人一起到了,忙迎过来。

李嘉玉没理她,她有些悻悻。她看向李嘉玉身后的苏文远,苏文远也不理她。

两个人很快越过她去了展位。

郭荔抿了抿嘴，跟了上去。

其他人似乎敏感地察觉到了他们之间的低气压，没敢多问什么，只认认真真做事。李铁迟到了，但没人说他。他今天换回了牛仔裤、涂鸦T恤，胡子没刮，一副不修边幅的样子。

有人跟他玩笑："哟，老李，你只帅一天啊。"

老李笑应："老子只是恢复了原本的帅。我原本就很帅，懂吗？虽然昨天穿了身西装，但我还清楚自己是谁，原本是什么样。忘本会被雷劈的。"

周围人笑，说难怪他今天穿件雷劈图的T恤。老李也不反驳，只跟他们一起笑。

苏文远听了那些话，没回头，只继续招呼过往游客，给人介绍讲解产品，让他们扫码关注公众号，获赠小礼品。

苏文远长得帅，站出来就是一招牌，回头率超高。许多人驻足与他搭讪聊天，且"远光"现场贩售的小东西也确实精巧又漂亮，很有意思，销量还不错。公众号的粉丝数更是嗖嗖往上涨。

这天，好几家厂商都来"远光"的展位了，昨天约好的外商也来了。苏文远和李嘉玉一起接待了他们。李嘉玉的英文流利，说话有逻辑又幽默，很讨人喜欢。几家来联系的厂商和品牌对"远光"的印象很好，他们互留了联络方式，交换了名片。

苏文远见李嘉玉工作还是卖力，松了一口气。他殷勤地给李嘉玉倒水，午饭时又专门给她订了她喜欢吃的，还帮她拿了平底鞋换上，免得她站一天太辛苦。

他做什么李嘉玉都接受，话不多说，但态度就是有些冷冷的。

文铃今天没有来，李嘉玉不知道苏文远怎么跟文铃说的，但不管怎么说，她都觉得文铃有些可悲，明明知道她跟苏文远是一对，还愿意跟他在一起。现在出了事，无论是真分手也好，还是暂时不要出现在她面前也好，这都太卑微了。

不该这么卑微。

李嘉玉现在觉得苏文远知道露馅了也好，起码她不必假装跟他亲密。不然真的太恶心，她不确定自己能做到。

这一天平平顺顺过去，展会闭馆时苏文远要请大家吃饭，感谢大家的辛苦付出并庆祝"远光"参展开门红。这种情形下，李嘉玉没推辞，跟大家一起去了。

席上苏文远挨着李嘉玉坐，给她布菜倒饮料，体贴周到。

一旁的郭荔忽然当众问李嘉玉："嘉玉，之前开会的时候你不是说参加文博会还有演讲什么的,会发些媒体宣传吗,那准备了没有呀?"

"有呀。"李嘉玉淡淡道,"稿子和照片都准备了。这两天现场拍了不少照片。"

郭荔道:"我想留一份备份呢,好不容易参加一次大活动。"

苏文远看她一眼,知道她是怕李嘉玉甩手就走,后续工作掉链子。但这姿态有些不好看,他皱皱眉。

李嘉玉一脸无所谓:"东西都在小程那儿呢。"

一个小姑娘举手:"对的,荔姐,照片和推广文都在我这儿呢。微博和公众号上我每天都发的。我传给你一份。"

李嘉玉道:"把媒体和合作自媒体的名单也给你荔姐发一份,报道发出来了,你荔姐肯定也想看看的。"

"行。"小程没多想,一口答应。

李铁看了郭荔一眼,笑了笑。那笑意中有些嘲讽,郭荔生气地瞪他一眼。

这边小程还在很开心地道:"我跟你们说,今天微博发的照片你们一定要去看看,都是我的心血呀。太帅了。好几张远哥的玉照,360度无死角,有张他跟个女娃娃对视一笑的,他正给女娃娃递小礼物,萌死了,特别暖。下面鬼哭狼嚎一大片啊,大家哭着求我接着发照片。你们去参观一下那场面,真的,太有成就感了。"

众人笑。有人说以后不卖产品不卖设计,光卖苏文远的照片就可以发达。李嘉玉也笑。从前别人夸苏文远帅破天际,她会感觉很骄傲,自己男朋友又帅又可爱,对自己还很好,哪个女生不骄傲。如今别人一夸他帅,她满脑子却只想到他靠张脸到处骗女生混交际圈。

真可悲,太让人难过了。

难过得她得用力笑才能压制住心里的泪。

晚上,李嘉玉回到宿舍,方勤赶紧向她报告:"那些品牌店的店员真是太势利眼了,好说话的没几个。"她今天出门特意穿了自己最贵的衣服,化了美美的妆,戴了首饰,但进了奢侈品品牌店还是被店员冷落了。

"她们一眼就看穿我买不起。"方勤哈哈笑着,"我一家一家试,你给的那几个品牌店,我都没问到什么,但是!"她做了个夸张的表情,"请夸我机智勇敢勤勤姐!"

李嘉玉用力鼓掌:"机智勇敢勤勤姐!"

方勤大笑,坐到李嘉玉身边:"我去了别的品牌店,女人啊,除了帮男的买衣服拉他逛店,还有就是自己买衣服让男人陪着逛店啊。我在LV(路易威登)的包包店里问到了。那个店员还挺可爱的,刚做没多久。我猜也是因为这样,所以还没那么势利,没那么狗眼看人低。她说她见过苏文远,他陪着一个30岁左右的女人。他管那女的叫珊姐。"

虽然早猜到有这么一个女人,但听到事实,李嘉玉还是忍不住心口胀痛,堵得慌。

"那姑娘还说,那位珊姐约了明天下午去取个新款限量包。"方勤道,"我明天再去,我可以在那店外的咖啡座等着,等那珊姐来了,拍个照片给你。到时摊牌,你把照片一亮,苏文远肯定吓个半死。"

李嘉玉想笑,却笑不出来。

从前哪承想过她跟苏文远会有这样互相算计的一天,真是太难过了。

第二天,李嘉玉继续去文博会,苏文远又带着早餐来接她。

方勤再次去了LV专营店,那店员姑娘在呢。方勤塞给她300块钱,只让她看到珊姐时,给她打个眼色,指明是谁就行。方勤一再保证自己绝不惹麻烦,就是认个人。那店员隐隐察觉她是为感情之类的事,便也答应了。

方勤为免错过,上午就在附近转,中午在LV店外的咖啡座吃的三明治,然后拿本书装模作样坐着不走了。一直等到了下午3点多,还没等到珊姐,却看见苏文远的同学,同在"远光"工作的那位老李,走进了阿玛尼。

方勤顿时警惕起来。她生怕被老李看到,侧了身拿书挡着自己半张脸,然后悄悄盯着他看。

李铁穿着破洞地摊牛仔裤、涂鸦T恤衫、平价板鞋,背了个最普通的单肩帆布包走进了阿玛尼。他新理的短发因为用手扒了好几次已经有些凌乱,胡子没剃,下巴全是胡子楂儿。他对自己不合宜的装束毫不在意,轻松自在,大摇大摆。

阿玛尼的店员目瞪口呆地看着他。

方勤忍不住喷笑。想起这些店员的势利,配上她们现在的表情,真是太搞笑了。

然后她看着李铁从裤兜里掏出他那套着花花绿绿涂鸦手机套的旧手机,像摆出黑卡一样潇洒地把手机摆在服务台上,说了一句话。店员更愣了,但仍将信将疑地把手机拿起来看。

看完手机后,店员堆起了笑脸,把手机还给了李铁,然后走到后边,不一会儿取出一个长形的挂衣袋,拉开拉链让李铁看了一眼。方勤从这边的角度看不清,但知道是套西装之类的衣服。

方勤皱皱眉头,看来李铁是来帮苏文远那渣男办事的。哼,帮凶!

李铁装模作样看了看店员打开的衣服,然后道:"只有衣服吗?不是说还有个领结之类的？"

阿玛尼的店员忙道："没有，就是一套晚礼服。"

李铁摇头："我记得说是李小姐订的衣服，带领结的。"

店员道："不是，先生你肯定记错了。是段小姐订的，这套衣服没有领结。"

李铁道："你有单子吗？我对一下号码。这么贵的东西，我别拿错了。"李铁只收到苏文远转来的取单号码，说是凭这个号就能取衣服。

店员听李铁这么说，转身去找了单子过来。李铁拿手机上的号跟单子对，他特意看了看签字的位置，看到了"段珊珊"三个字。

"行，没错。那我拿走了。"

店员把衣服包好，李铁拎了便走。

刚转身，就对上了外头咖啡座里一个女生的眼睛。他认得她，见过好几次，李嘉玉的好友方勤。

方勤见他看到自己，知道没法躲，便打算若无其事打招呼蒙混过去。

这时却见到LV的店员一个劲冲她打眼色，垂在身侧的手暗地里指着一个30岁左右的华贵女人。那女人艳妆明眸，一身贵气，穿了身火红长裙，正从另一个LV店员手里接过一个包装纸袋。

一面是正朝自己走来的李铁，一面是正走出LV店的珊姐，方勤有些着急。

她干脆对李铁笑了笑算是招呼过了，然后转身朝着珊姐的方向去。

方勤也不管李铁如何反应，一边走一边拿出手机调出相机，戴上了耳机，假装在听歌。

段珊珊刚好低头接电话，长发落下来挡住侧脸，方勤按了快门没拍着她相貌。段珊珊继续往前走，方勤跟在她身后，这角度拍不上。于是方勤快步拐到另一边，试图与段珊珊在扶梯前正面相对。

扶梯很快就要到了，方勤调整脚步，将手机举起……

一个胖男人忽然横着蹿过来，把方勤挡住了。待他走过去，段珊珊已经站在扶梯上往下走。

方勤赶紧跟上，但只能看到段珊珊的后脑勺。

段珊珊个子高，走得很快。方勤下了扶梯想跟上，却又被几个路人挡了一挡，待她绕了出来，却再看不到段珊珊的身影。

方勤转了两圈，仍是没找到。她低头查看手机，刚才拍了六张照片，全没正脸。她懊恼地咬咬唇，却听到有人叫她："方勤。"

方勤转头一看，是老李。

她迅速武装起来，盘算着与他虚与委蛇一番，不料李铁大踏步走到她面前,开门见山就问:"是李嘉玉让你来捉奸的吗?"

方勤正在犹豫如何回答,李铁又道:"我刚才看了单子,帮他买衣服的女人叫段珊珊。"

方勤怔住,李铁再道:"是刚才那个红裙子女人吗?"

方勤这时才回过神来:"也许吧。"

"拍到了吗?"

不待她答,李铁看她表情便猜是没拍到。他把方勤拉到墙边角落,把手里的衣服递给她:"帮忙拿一下。"

方勤不知道他要干吗,把衣服接过去了。

李铁从他的帆布包里掏出一个速写本,再摸出一支笔,然后就站在那儿画起来,唰唰唰了几分钟,再把那页画纸撕下,递给方勤:"她长这样。你拿去给李嘉玉吧。"

方勤接过一看。

哇,艺术生就是牛。

四木的总裁办公室里,段伟祺正伸长腿坐在沙发上玩手机游戏,他在等肖杰回来。

刚杀完一局,微信有消息进来,他一看,是蓝耀阳。

"阿祺,周三晚上我哥巡回画展庆功宴,你一定要来啊。"

"会去的。"

"要备好礼啊。"

"有准备。"

"要很贵的礼啊。"

段伟祺笑笑,输入:"放心,特别值钱。我买了个大蝴蝶结,到时往身上一贴就行。"

蓝耀阳忙道:"你还是别来了。我哥备的酒水有限,给你喝太亏了。"

段伟祺坚持:"我一定要去!"

第四章
豪门晚宴情仇大戏

肖杰拄着拐杖进办公室的时候,段伟祺还在按手机。

肖杰坐到办公椅上,没好气地问他:"怎么了?被你爸捉着要开会,你跑来我这儿躲?一次两次还行,多了我们四木吃不消啊。"

"喝你两杯咖啡你就吃不消?你把我的钱都花哪儿去了?"

"那再给你倒一杯,你喝完就走行吗?我很忙的。"

段伟祺不理会他的逐客令,问他:"你们四木在文博会的签约仪式是不是明天?"

"什么叫你们四木?"肖杰不乐意了,"虽然这里没你办公室,没让你管过业务,但你好歹也挂着合伙人、大股东的名头,有钱分红,有事分担,什么叫你们?"

"是你刚才说我来你们四木,你们吃不消。"

"我说可以,你说就见外了。"

真虚伪啊。段伟祺给他一个白眼。再问:"是不是明天?几点呀?"

"上午10点。你干吗?"

"我去观礼。"

肖杰一脸黑线："这多大的仪式值得您亲自观礼呀？"

　　"你那什么高校的小演讲我都去了。为伙伴两肋插刀说的就是我。"

　　"嗯，说起来，自从你去了那高校演讲后，就变得很殷勤啊。陈秘书说他很惶恐。"

　　"陈秘书胆子太小。"段伟祺没个正经。

　　"陈秘书说演讲前他去接你，你还挺不耐烦，说讲10分钟就下来行不行？照念PPT就好了对不对？结果到了学校，发现一群女生批评你的颜值，你就打了鸡血似的，瞬间开屏了。"

　　"你这么随便就把陈秘书卖了，不合适吧。"

　　肖杰一愣，对啊，怎么把陈秘书私下嘀咕的话就说出来了呢。他嘴硬道："总得有人提醒你，你也顾及一下自己的形象，勉勉强强也算个公众人物。"

　　"公众个屁。"段伟祺把手机放回口袋，"我刚回国没多久，谁知道我是谁呀。就是替你们四木去做了演讲才出道的。"

　　演讲后，他的照片和演讲片段被放到了网上，让他小火了一把。不过他从前都不往媒体跟前凑，后来又出国这么久，国内鲜有关于他的报道，这把火也就没烧起来。

　　"明天10点我去文博会那边找你。"段伟祺丢下这句话，走了。

　　第二天文博会，郭荔趁着李嘉玉没在，把苏文远拉到一旁说话："我找律师看过我们那个股权协议了，律师说不必担心，条款定得挺清楚的，五年内不能撤资。律师说这种情况可以转让股份。就是说如果嘉玉不想干了，想把钱拿走，那是不行的。她只能把股权卖给别人。卖给别人，也是需要别人把钱投进来，相当于她帮公司拉来了新股东。这对公司也不是坏事，所以没影响，你放心吧。"

　　苏文远很不高兴："这个不用你说，我知道。而且嘉玉不会走的。我已经跟她谈了，她虽然生气，但会原谅我的。我也下了决心把以前的事儿都处理好，跟嘉玉好好重新开始。你不要再说这些了，弄得鬼鬼祟祟的，没事儿都整出事儿来。"

　　"她原谅你了？这么简单？"郭荔一脸不相信，"嘉玉那脾气，怎么可能？"

　　"你什么意思？"苏文远生气了，"你这是盼着我们不好，是吗？我跟你说，别搞事！"

　　"我搞什么事？你真是不识好人心。要不是我，嘉玉那时当场就把你揍了，然后甩头就走。还有什么演讲，还有什么厂商洽谈啊！你得了好，就得意忘形了。你要记得，如果以后你跟嘉玉过得好，'远光'发展得好，那全是因为我那天及时阻止了嘉玉的冲动。若是日后嘉玉走了，害了'远光'，你也别说我没提醒过你。"

郭荔说完，拂袖而去。

苏文远立在原地生闷气，却又不知如何发作。公司里的这几位，都是他的同学，熟得不能再熟，所以虽然他是老板，但他们从来没怕过他，有时候说话真的是有些不够尊重。苏文远这时候惦记起李嘉玉的好来。她可比他有气场多了，而且说话有条理，特别镇得住人，让她管公司确是明智之举。

他相信她一定会原谅他的。毕竟她说了，文博会后再好好谈。她顾念文博会的成果，对公司上心，也给了彼此冷静的时间，这证明她还是爱他，珍惜与他的感情。

苏文远想了想，突然想去找李嘉玉聊聊。他真的真的决心跟她好好过，他一定会处理好那些事儿的。

苏文远出了展厅，往报告中心的楼宇方向走。今天有几家公司合作项目的签约仪式，其中有四木，李嘉玉说要去看看情况。

李嘉玉确实是去了报告厅，今天签约仪式上有很多媒体，席位都安排在前面。她便从后门悄悄溜了进去，打算先在后头观察一下。

不料刚进门，就看到坐在后头过道座位上的段伟祺。周围没人。

李嘉玉暗呼走运，赶紧过去打招呼。

"段总，好巧啊。"

"不巧。"段伟祺一本正经，"我们四木集团的签约，我肯定得来。不过今天肖总的腿能走了，他也决定出席。"

李嘉玉听了，抬头往前面望了望，果然看到肖杰与几个衣冠楚楚的人一起坐在台上的长桌前签字呢。记者们咔嚓咔嚓地按动快门，摄像机也沿着桌子跑了一圈。

"你呢，你来干什么？"段伟祺问。

"我来找你的。"李嘉玉很坦率，"我知道今天四木签约，我猜你应该会来。"

段伟祺笑了笑，故意道："哪用特意跑一趟，你不是有我微信？"

"我删了。"李嘉玉道，"我开走车子的那天就删了，电话号码也丢了。"

段伟祺心想，这位姑娘是觉得他脾气很好，一点都不要面子是吗？坦率得太过分就讨人嫌了啊。他是表现出介意好，还是装作不介意好？

可没等段伟祺给出反应，李嘉玉又紧接着道："特别后悔。希望段总原谅我。"表情很诚恳，还做出双手合十的动作。

这样软萌的姿态，太犯规了吧！

段伟祺觉得自己不能落了下风。

"不怪你，反正我也把你删了。"

"那就好。"李嘉玉道。

好个屁。段伟祺脸上维持微笑。

"段总，我是想请教你一件事。"

"什么事？"

"段总认识一位叫段珊珊的女士吗？"

段伟祺顿时有些蒙。

"她30岁左右，长这样。"李嘉玉亮出手机，屏幕上是一幅手绘的人像，虽然线条简单，但惟妙惟肖，确是段珊珊。

段伟祺沉吟："她是我堂姐。"

李嘉玉怔怔的，表情有些复杂，似乎并不惊讶，却也有些意外。

段伟祺明白她肯定知道了。他不说话，只看着她。

李嘉玉咬咬唇，把手机屏幕关了，道："我想起那天在学校礼堂，找段总签名的时候，段总问我那是不是我男友，然后说我真的眼瞎。我昨天才明白段总的意思。"

"嗯。我曾经在会所里见过他俩一起吃饭，姿态挺亲密的。"

"段小姐是个什么样的人？"

段伟祺坐直了，认真看李嘉玉："出轨就是出轨了，出轨对象是什么样的人又有什么关系，难道你还要跟她对比一番，看看自己输在哪里？"

"不是。"李嘉玉也坐直，认真道，"段总，我有些麻烦事，说起来不好意思，但我正想办法处理。段小姐是个怎样的人，对我来说挺重要的。"

"那你说说，她是个怎样的人会对你处理这事有用？"

"我希望她在社交圈里有影响力，为人强势好面子。"

段伟祺挑挑眉："恭喜你，她就是这样的人。"

"她结婚了吗？"

"没有。她也没有固定男友。所以如果你是打算用揭露丑闻这招来解决你的麻烦，行不通。"

李嘉玉敛眉，想了想。

"段总，你堂姐最近要参加一个晚宴，她会带上苏文远，你知道是什么宴会，什么时间，在哪里办吗？"

"你连参加晚宴都知道？你是在你男友手机里装窃听器了吗？"

"这么高级的手段，我不会。我都是在用很传统的方法找线索。"

"比如？"

"他的洗发水味道表示他出轨了,他的名牌衣物表示对方有钱,从名牌店能查出对方身份,再从衣服的种类能推断他们要去什么场合。"李嘉玉平静地说着,丝毫不带炫耀,事实上,这件事真是可悲,她说起来便觉得难过。

段伟祺听得出她的情绪,他笑笑:"你真是有意思,眼瞎的时候挺可怜,不瞎的时候挺可怕啊。"整个福尔摩斯附身。

"我现在还不知道时间、地点。"

"所以你再根据她的姓氏和我当初提醒你的话,推断我跟她认识,还可能是亲戚关系?"

李嘉玉点点头:"从段总的演讲可以看出段总是个光明磊落、热心和善的人,段总又暗示提醒了一句我男友的情况,所以我就厚着脸皮冒昧来向段总求证,希望能得到段总的帮助。"

段伟祺哼道:"我当初可不只暗示你这一句,我在微信上想详细跟你说的,但是你把我删了。"讨债的语气很明显了。

"对不起。"李嘉玉苦笑,"我那时真的很瞎。我一直以为……"一直以为自己很幸福,"完全没想到他能做出这样的事,其实当初就算段总跟我说明白,我也可能不会相信。他那时在我心里,是一个很好很好的男人。"

段伟祺看着李嘉玉微微泛红的眼眶,心软了下来。这女孩的表情和眼神,都真切反映出她对那个渣男曾经的爱,因为很爱,所以她很受伤。

她还在细细碎碎地说:"直到我亲眼看见……其实他,他的出轨对象不止你的堂姐……"

段伟祺挺同情她,渣男一脚踏几船,真的很恶心。她还能维持冷静,拉下脸来寻求帮助,也是不容易。然后他听见她问:"段总,我可以再加你的微信吗?"

可以还是不可以?

段伟祺有些小别扭。他是第一次被人删好友,而且是在他好心想帮她的情况下。

他超级没面子,很生气。

但这李嘉玉也是厉害的,她要是表现出半点心虚、小心翼翼,那事情会显得尴尬,但她没有。她坦荡地说拿到车就删了,其实言下之意挺明白,当初她被他调戏,他故意为难她,她觉得不舒服,对他没好感。她删得理直气壮,就这事她不觉得自己做得不对。

但她又说特别后悔,因为她现在有事求他了。

没有故作姿态,没有落泪哀求,而是控制好情绪,跟他说明白、讲清楚。

他要是说不行，相信她也不会把场面弄得难看，但会显得他不如她，情商比她低，胸襟比她窄，这样真是有失体面。

"嗯……"段伟祺拖长了尾音，也不说可以不可以。

李嘉玉安静看着他，微微垮了脸。这种小小的示弱，有点可爱。

"请我喝杯咖啡吧。"

"好的。"李嘉玉答应了。

两个人出了报告厅，步行去了会展中心旁边的一家咖啡厅。

段伟祺要了一杯曼特宁，李嘉玉点了一杯耶加雪菲，再加一客香草冰激凌。

段伟祺没提加微信的事，李嘉玉也没再问。段伟祺暗暗腹诽这姑娘挺沉得住气呀。

"如果你今天没在报告厅找到我，你能怎么办？"段伟祺问她，这问话里暗藏了小心机。你看，留下手机号、加个微信多重要。

李嘉玉道："我昨晚搜了搜，段总似乎没微博呢。"

"对，没开。"段伟祺顿了顿又道，"就算开了，名字也不一定是段伟祺三个字呀。"

"是的。所以我没找到。"李嘉玉道，"我打算今天碰碰运气，如果段总没来，我就找四木的人打听。若打听不到，我就去上回停车的停车场找保安经理。保安经理害怕车子出问题，肯定留有段总的号码。"

"这么久了，也许他像你一样，号码早删了。"

"是有这种可能性。所以我想如果还找不到，我就去四木。"

段伟祺笑："前台没有我的号码。而且不是随便个人，前台都会接待，你就算编瞎话说来谈业务，也见不到我。"

"我可以在大堂等的。"

段伟祺又笑："守株待兔吗？我不在四木工作，你等不到的。"

"那我就等肖杰肖总，等不到肖总就找陈秘书。如果陈秘书这样级别的，我也见不到，我就找陈秘书的助理。总有一个人能让我找到你。我先搞定前台，弄明白四木的管理构架关系，看有可能攻破哪个有效联络人，然后就找他。再不行，我还有你车子的照片，上面有车牌号码，通过车牌号码也能查。总之，一定能找到你的。"

段伟祺靠在椅子上伸长腿，扬起眉头笑："你拿到文博会展位和项目推荐演讲，也靠死缠烂打这招吗？"

"我这人还是有些运气的，遇到的人都比较和善。"

段伟祺笑笑，不接她这话。

服务员把他们点的咖啡、冰激凌送上来了。

段伟祺打开桌上的糖盒，问李嘉玉："一包糖？"

"我不放糖。"李嘉玉道，"要保持体形。"

段伟祺"呵呵"笑，拆了一包糖倒进自己的咖啡里，再放了个奶球，然后用眼神示意了一下李嘉玉面前的冰激凌："保持体形？"

李嘉玉毫不脸红，道："起码少吃了五克白砂糖。"

段伟祺给她一个嫌弃的表情："你对你的体形真是很有诚意了。"

李嘉玉哈哈笑，喝口咖啡，问他："段总，关于令堂姐准备参加宴会的事，你有什么消息吗？"

"你知道蓝耀明吗？"

"知道。青年油画家。苏文远很喜欢他的画。"

"他的巡回画展刚结束，周三晚上要办一个庆功晚宴。我堂姐跟他关系挺好的，每次他的画展，她都会捧场，还会买上一两幅画。这个晚宴她肯定会去。"

李嘉玉眼睛亮了："那参加晚宴的，都是艺术圈里的人吧？"

"大多数吧。"

"那苏文远肯定会跟令堂姐一起去的。段总，你在受邀名单里吗？能把我带进去吗？"

段伟祺警告她："那里头全是有头有脸的名流，你要是打算要泼捉奸，可就找错场合了。"

"我如果进去了，肯定得打扮得漂漂亮亮，耍泼捉奸这么丢脸的事我怎么会干，我也是要面子的好吗？"

段伟祺摇头："我还是不放心。我要是带你进去了，真出了问题，你的面子值几个钱，我才是真的颜面无存。"

"段总，我保证，我会特别低调，没人知道我进去过。"

段伟祺仍摇头："听上去像是要做贼，更不敢带你进去了。"

李嘉玉泄气，开始吃冰激凌。

段伟祺瞪她："你的诚意呢？应该继续劝说我答应呀。"

"我先歇会儿，想想如果段总一直不答应，我能怎么办。"

"想出来了吗？"

"嗯，我可以到现场门口试试看能不能混进去。"

"怎么混？"

"给钱呗。"李嘉玉咬着小勺，"1000块应该够了吧。"

段伟祺扑哧一笑："1000块够什么？够找人带你进去？哪个稀罕你的1000块？不够买颗扣子的。"

"夸张了啊。"李嘉玉皱眉头,"怎么买不了一颗扣子?你们有钱人的世界通货膨胀也太厉害了吧。"

"我说的是事实,别搞笑了,1000块。"

李嘉玉咬唇瞪他:"你才搞笑,1000块给门卫,或者后厨的人,分分钟放我进门,你信不信?"

段伟祺愣了愣。门卫?后厨?

"你以为我要把1000块给谁?不是只有受邀宾客才能进去啊,还有很多工作人员。"她继续吃口冰激凌,"所以说,思想不能僵化,手段可以灵活。"

"这么嚣张。"段伟祺尾音拖得长长的,"这是你求人的态度吗?"

李嘉玉马上双掌合十:"段总,求你。"

段伟祺心里直呼:又犯规了!

"我保证不惹麻烦,真的。"

段伟祺沉吟片刻,道:"那你给我1000块吧。"

李嘉玉心想,买颗扣子?刚才是谁说搞笑的。

"总得拿点什么好处,不然帮你的忙多吃亏。"

"行,行。1000块,没问题的。"

"怎么给?现金还是微信转账?"

李嘉玉马上反应过来了,他答应了,答应让她重新加好友。李嘉玉赶紧道:"微信吧,微信转账。"

"行吧。"段伟祺装作不情不愿的模样掏手机,"看在1000块的分儿上。"

"是,是,我加上就马上转。"

嘀一声,扫二维码成功,好友加上了。

段伟祺看了看好友列表——"又盲又美开Polo"。她又把名字改了。

这么喜欢改名,真不是好习惯。

段伟祺给她备注上"李嘉玉"。这样无论她改成什么,他都能找到她了。

"你给我加备注了吗?"段伟祺问。

正把段伟祺名字改成"1000块"的李嘉玉赶紧停下:"没。"

"那你按半天写什么?"段伟祺突然伸手拿她的手机,"我看一下。"

李嘉玉眼疾手快按删除键,但来不及,被段伟祺拿走的时候,屏幕还有一个"1"。

"1什么?"段伟祺瞪她,"1000块?"

"怎么可能?"李嘉玉淡定答,"谈钱多庸俗。"

"那你1什么?"

"1颗纽扣。"

段伟祺彻底无语。

苏文远到报告厅的时候，四木的签约仪式已经结束了。台上一位动漫公司的老总正在接受记者提问。

苏文远在报告厅转了一圈，没有看到李嘉玉。他退出来，穿过走廊，一边走一边拿出手机，想给李嘉玉打电话。号还没拨出去，他看到一个眼熟的身影走了过来。

苏文远认得他。段珊珊的堂弟，段伟祺。

他第一次见到他，是在红色翡翠会所。段珊珊带他去吃饭，而段伟祺跟他的朋友坐在斜对角那桌。段珊珊跟他提了一句，说那桌那个，是她堂弟。

她说她堂弟很厉害，这个厉害既指脾气，也指事业。

她说段伟祺特别不服管，任性不羁，她叔都镇不住他，是让家族很头疼的孩子。他上小学时就宣布自己长大了不要生小孩，因为他讨厌小孩。他自己就是个熊孩子，还好意思说讨厌小孩，于是被他爸一顿胖揍。

结果到了初中他又说自己不要结婚，因为看他爸妈就知道结婚这种事太没意思了，把他爸妈气得够呛。但这次他爸想揍他已经揍不到了，他已经长得高大，不服揍了。他妈赌气骂他还不如直接坦白自己是同性恋，他竟然说他试过了，他不是，他喜欢长发美女，长腿细腰翘臀的那种。他妈气晕。

偏偏这种浑蛋，做什么都成功。他高中就开始拿自己的压岁钱玩投资，居然赚得像模像样。然后大学时为了泡妞搞了游乐园，又赚翻了。他还投资了好几个项目，每个都成功。他爸刚觉得有些欣慰，结果这小浑蛋宣布自己有事业要干，没时间读书，退学了。接着他说对骑马有兴趣，考了个国外的赛马专业，读书去了。读了一半投资了个赛马俱乐部，赚了钱，他又觉得没意思了。接着他对中国古镇文化又有了兴趣，想在国内修古镇，又回来了。

当时苏文远听得很羡慕，觉得这段伟祺活得太潇洒，经济富足，无忧无虑，想干什么就干什么。这种自由自在的狂妄，他求都求不来。

直到他在学校礼堂见到段伟祺，吓了一跳。一是担心他认出自己，向李嘉玉透露自己与段珊珊的关系；二是听说他就是兰博基尼车主，在夜店向他女友搭讪，调戏他女友的男人。

这关系有些乱，而苏文远还未开战便已腿软，自卑又不服气，只想逃。

现在见段伟祺迎面而来，苏文远说不清心里是什么感受，正犹豫要不要打招呼，却见段伟祺毫不在意地扫了他一眼，完全无视地走过去了。

苏文远捏紧了拳头，莫名难堪。

苏文远回到展厅时，心情已经调整好。他看到李嘉玉站在展位里，郭荔在她身边，绕着公司业务在问问题，李嘉玉一一回答。

苏文远顿时恼火，过去斥郭荔："没看都忙着吗，你什么问题这么紧急，非挑这时候来请教。"

郭荔有些不高兴，但没说什么，走开了。

苏文远拉李嘉玉到一边，让她坐着休息，又给她倒了一杯水："你别介意，郭荔最近神经兮兮的，不用理她。等展会结束了，我会跟她好好谈谈，让她专注于工作，别整天想些乱七八糟的。"

李嘉玉看了他一眼："没关系，让她问。多了解业务对设计也有帮助。"

苏文远见她似乎心情不错，便道："嘉玉，我这几天想了很多，我从前是太浑蛋了，拿了金奖之后就飘飘然，好像觉得自己值得得到更多，心态不健康，所以做错了。我……我及时纠正，改过自新。我个性上也有许多缺点，太依赖别人了。对公司，我一直是甩手掌柜，你这么辛苦，我还不知足，我真的是浑蛋。"

李嘉玉没接话，她默默地想，苏文远确实是很依赖别人的个性，从前她觉得这种个性，很软萌，很可爱。他就像小奶狗似的，需要她，信任她，什么都听她的。这让她很满足。所以她大包大揽，所有的事都帮他安排好，他只需要专心于学业，好好做设计，其他都不用操心。

如今想来，却是她不懂男人，或者说，她从来没有真正认识苏文远。

他需要她的照顾，也需要文铃的崇拜，还需要段珊珊的财势。他需要的太多了，一点点诱惑就能让他丢掉原则，贪婪、虚荣、不知羞耻。

她真是太宠他，让他以为她没有底线、非他不可，让他以为他可以肆无忌惮地从她和其他女性身上掠夺好处。

他说他想了很多，她又何尝不是。

苏文远在她面前蹲了下来，看着她的眼睛："嘉玉，我会改，我会变好、变强。我们一起，我和你，可以创造出美好的未来。'远光'一定会成功的，我们一起，把它变成伟大的设计公司。"在段伟祺那儿得到的莫名的难堪与挫折感激发了他的斗志，他要变强大，他会变成那种强大的男人，让别人像夸赞段伟祺一样夸赞他。

李嘉玉在他的眼神里有一瞬间的恍惚。他的眼睛很漂亮，深邃迷人。他的五官精致，声音动听。他真的可以轻易迷倒很多女生，她也是其中之一，她曾经那么爱他……

但此时此刻她的心，更冷了。

夜半暗自伤心流泪时，她也曾经以为自己有可能会动摇，曾经想过他是不是真的有可能改过，是不是不该这么简单轻易地判他死刑。

但当她走出宿舍大楼看到晨光，她又会坚定决心，尽管这个男人就站在晨光中等她。

她意识到一件事，苏文远的忏悔和表白，誓言与决心，都说了不少，但他没有再说过一句"我爱你"。

这三个字，他从前经常说，说的频率高到像说"我饿了"这么自然，说得她听得太习惯，已经不会怦然心动。而现在他们的感情正经历最严重的危机，他认真琢磨说辞，一次次诚恳对她发誓，但竟然没有再说"我爱你"三个字。

也许他自己都没有发现，也许他自己都没有意识到。

而李嘉玉如醍醐灌顶。

是他太蠢，嘴太笨，还是他太认真思考，直视他内心最在意的那部分？他迫切要解决麻烦，避免分手之后他无法承担的痛苦。

那个痛苦，不是失去爱。

跟她完全不一样。

所以她不该动摇，一丝一毫都不该动摇。

李嘉玉盼着周三快点来，她希望这一切快点结束。结束了，就意味着能重新开始。她的愚蠢，她的伤心，都能丢到风里去。

苏文远也在等，他很紧张，内心挣扎又挣扎，他还是想再跟段珊珊周旋一次，看看段珊珊的态度。他希望她如一开始她委婉表达的那样——不会绑着他。

周二，为期一周的文博会结束了。各家公司都提前半天收摊撤展。开展时说好了撤展时请大家吃顿好的，但苏文远没心思，便说这一周辛苦大家，先回家休息，公司放假两天，回来上班后再吃大餐。

大家欢天喜地地各自散去。

而苏文远回到了自己的出租屋，一直等到晚上9点多，看着时间拨通了段珊珊的电话。

段珊珊很快接了："你到哪儿了？"

"珊姐，"苏文远清了清嗓子，"我这边有些事儿走不开，今晚过不去了。衣服我试了，是合适的，明天早点去你那儿可以吗？"

电话里很安静，段珊珊有一会儿没说话。

苏文远的心跳得厉害。他赌上的是明天结交权贵的机会和以后广阔的交际圈。

半晌，段珊珊笑道："好啊，你明天8点前到就好，也不用太早。"

苏文远顿时松了口气。

事情一如他希望的那样进展着。明晚宴会后，他就去找李嘉玉，跟她好好聊聊。后天还有一天假期，他们可以去看场电影，一起去溜冰。她会原谅他，然后就像从前那样，他们共同努力经营好"远光"。

周三。

段伟祺给李嘉玉打电话，说他7点半到学校接她。

李嘉玉道："不用接，我自己开车去。"

"开Polo吗？"段伟祺没好气，"我谢谢你了。能给我这位冒着极大风险热心助人的好人留点面子吗？我的女伴是从Polo车上下来的，你想象一下那个场景。"

李嘉玉不服气："现场这么多车，谁会注意到我是从哪辆车上下来的啊？"

"就是因为现场很多车，所以你的Polo会非常醒目。"

想象了一下全场豪车围着一辆Polo的画面，李嘉玉觉得段伟祺说得有道理。

7点28分，段伟祺开车到了李嘉玉的宿舍楼下。

李嘉玉接到电话跑下楼。她穿着白色露肩及膝小礼服，银色高跟鞋，整个人显得青春典雅，又美又仙。

段伟祺站在车旁，一见她奔来就皱眉头。

"别担心，女生都练过的。"李嘉玉说。

"练过什么？"

"高跟鞋跑步。快，我们先上车。"

段伟祺上了车就揉眉心，他之前问过李嘉玉，她说她有礼服，所以他就没再管。

"我怎么能相信一个开Polo的女人会有合适的礼服呢？"

"这是迪奥的，谢谢。"李嘉玉又不服气了，迪奥都不行？

"是前年的款。"

李嘉玉惊奇了："段总你可以呀，居然还知道是前年的。我趁打折买的，当然没当季新款。"

"它还是当季新款的时候，我有个女伴穿着它随我参加晚宴，然后跟同场的另一位姑娘撞衫了，两人还正好不太对付，险些当场撕起来。当晚她们谈笑风生，却在心里大战了300回合。别的女装我记不住，这件可是刻骨铭心，记得死死的。"

李嘉玉哈哈大笑："她们没人去换掉吗？"

"换了。两个人都十万火急找人拿了新衣来，都换了。"

李嘉玉笑到肚子痛："你不会是为了给我壮胆编的这故事吧。"

"当然不是。你今晚能见到另一位在现场的男士，你注意他表情，就知道我没说谎。"段伟祺开着车，无奈地道，"重点不是撞衫这个故事好吗？"

"我知道。"李嘉玉笑着小心印了印眼角，怕糊了眼妆，"你往好处想，虽然在你们通货膨胀的世界里穿旧款不够风光，但不会发生撞衫事件，多么令人安心。"她顿了顿，又道，"放心，进去了我就离你远远的，不会让人知道你带了个穿旧款礼服的姑娘去。"

"我是无所谓。只是到时万一有些势利的异样眼光看你，你自己开解自己就好。"

"有什么好开解的，我长这么漂亮，穿什么衣服无所谓。"

段伟祺哼笑出声："你的脸皮，还可以呀。"

"抹了好几层保养品和定妆粉的。"

"我是说厚度。"

"我也是。"

两个人静默一秒，都笑起来。

一路都没有堵车，两人顺利到达酒店。

宴会厅里布置得富丽华贵，李嘉玉进去了便与段伟祺道："自由行动？"

"随你。"

于是李嘉玉自行在宴会厅里转了一圈，看了看艺术品摆设、现场环境和布置后，便取了餐点，站在角落的桌旁吃了起来。

不一会儿段伟祺带了一个年轻男人过来，那人看到李嘉玉身上的礼服便笑了。

李嘉玉回他一个微笑，知道这便是当时目睹撞衫事件的证人。

"蓝耀阳。"段伟祺给他们介绍，"李嘉玉。"

"嗨。"蓝耀阳笑着招呼，"餐点还合适吗？有什么需要尽管说。"

李嘉玉客气了一番，称赞食物很美味。

客套完了，两个男人没有走，站在她身边闲聊。李嘉玉一边吃一边听，顺便观察着场内的情况。

苏文远还没到，而她的心跳开始加速。

过了一会儿有人唤蓝耀阳，蓝耀阳招呼了一声走开了。

李嘉玉看了看身边的段伟祺："段总，你可以忙你的，我自己可以的。"

"我也没什么事。"段伟祺仍站她身旁。

一旁有人路过，看到段伟祺过来打招呼，段伟祺跟他寒暄了几句。

李嘉玉提醒他："会有越来越多的人知道你带了个穿旧款礼服的女伴来。"

"挺好，这样当你在我看不见的时候跟别人打起来，周围的人知道你是我带来的，会帮着你点。"

李嘉玉笑起来："我穿得这么美，怎么会打架……"她的话没说完，就看到了苏文远跟段珊珊一起走了进来。

李铁的画寥寥几笔，但从中已可以看出段珊珊挺漂亮。如今真人就在眼前，李嘉玉得承认，段珊珊比李铁画的更漂亮，高挑艳丽，晚宴妆和礼服让她气势十足。苏文远比她高了大半个头，高大英俊，穿着华贵的晚礼服。

李嘉玉从来没有见过这么正式打扮的苏文远。他很帅，有了衣装的加持，盛世美颜更加夺目。他一进场，便吸引了许多人的目光，有些女宾的眼睛已经发亮。

这让段珊珊有些得意。她有些刻意地与苏文远说话，苏文远微低头听她说，然后笑了笑。那笑容帅气，让他的脸更亮了几分。段珊珊亲昵地挽着他的胳膊，两个人看着非常亲密。

李嘉玉看着苏文远，有种陌生的感觉，心头像是被钝刀子划了几道，火烧一般地疼。

"他来了。"段伟祺轻声道。

"嗯。"

蓝耀阳走过来："阿祺，你姐来了。"

"看到了。"段伟祺看了看李嘉玉。

李嘉玉仍在慢条斯理吃那块奶油蛋糕。

等她吃完，段珊珊和苏文远已经走到几个人的面前，在那儿聊天谈笑。苏文远只顾着与人交际，完全没往李嘉玉这个角落看。

李嘉玉喝了几口清水。然后从手包里拿出面小镜子，扯了纸巾对着镜子擦干净嘴角，再掏出一支口红。她站在段伟祺的身后，借他的高大背影挡了挡，仔细给嘴唇涂上了正红的颜色。

段伟祺从容地拿着酒杯抿了口，似乎不知道身后有人把他当屏风用。

蓝耀阳不明所以，但也绅士地与段伟祺肩并肩，为身后的女士提供遮挡服务。

他没忍住，低声问段伟祺："她要干吗？"

段伟祺轻笑："战斗。"

"战斗？"蓝耀阳不知道要斗什么，他用肩顶顶段伟祺，"战斗该让骑士上啊。"意指男士该挺身而出。

李嘉玉从两人身后走出来，闻言停了脚步，回头对蓝耀阳道："我就是骑士。"

然后她转身，一步一步，朝苏文远走去。

苏文远浑然不知即将发生的事。他随着段珊珊走向另一拨人。

他很帅，英俊潇洒，他自己知道。他笑起来很讨人喜欢，这从看他笑容的人的表情中便能知道。他对面的这位女士就是，她脸有些红，看着他两眼发光。苏文远很熟悉这种反应，刚开始他还会害羞会紧张，后来他很从容，到现在他掌握得游刃有余，进退得度，很清楚怎么利用他的外表获取别人的好感。

李嘉玉一步步朝着苏文远靠近，看着他刻意卖弄自己的魅力。段珊珊依偎在他身旁，笑靥如花，似乎也很享受，就像自己的所有物获得赞赏，得意满足。

蓝耀阳一直看着，忽然看出了些端倪，顿时有些小激动："阿祺，小美女是要去撕你姐了吗？！"

"不是。"

"啊？"蓝耀阳的语调马上降了，兴趣减弱50%。

"我姐的小男友，是这姑娘的男朋友。"

"天哪！"蓝耀阳的语调上升八个度，好兴奋！"正宫娘娘很有气场啊。她靠近他们了，哎呀，你姐走了，带着小白脸见我哥去了。哎，等等，不对，这是我哥的晚宴，有记者的，不会打起来吧？不打架，当众骂架也不合适呀，阿祺你快把正宫娘娘先带开，回头私下再解决。"

"她说她不会干这么丢脸的事。"

"可以相信她吗？"

"可以吧，毕竟人家长得漂亮。"

蓝耀阳真是无话可说。

段伟祺递了一杯酒给蓝耀阳。

蓝耀阳心里道，这是摆开场子看戏的意思？

"这是我哥的庆功宴，我爸妈都在呢，还有不少记者。"蓝耀阳还要再挣扎一下。

"嗯。"段伟祺点点头，再递过来一小盘车厘子，自己塞了一颗进嘴里，给了蓝耀阳一个"那又怎样"的表情。

蓝耀阳看看场上的李嘉玉，她很从容地在段珊珊不远处晃，看看画，看看艺术品，喝喝小酒，似乎真没有冲上去抢巴掌的打算。蓝耀阳心里安稳了些，叫来了一个服务生，让他拿两客牛排过来。

于是两位衣着光鲜的公子哥在角落吃着牛排喝着红酒，看场上暗波涌动。

"那小白脸一眼都没有看到正宫呢，往右转头，转一点点就可以，唉……"蓝耀阳好遗憾。

"怀特先生请正宫娘娘跳舞。她答应了。哟，不是捉奸去的吗？居然还有心情跳舞。"蓝耀阳实时播报。

"你不能安静点吗？"段伟祺嫌弃他。

"正宫娘娘是挺漂亮的呀，比你姐漂亮，舞也跳得好。"蓝耀阳不理他的嫌弃，在他家的场子上搞这么刺激的活动，他唠叨几句怎么了，"她跟老怀特聊得挺起劲，对了，她是做什么的？"

"读商科的，具体不清楚。她跟她男朋友一起创业来着。"

"哦，产品设计呀。那天听我哥说小白脸做这个，目前偏重创意家品方向。哎哎哎……"蓝耀明忽地又有些激动起来，"卓恺也请正宫娘娘跳舞。美女果然招人喜欢呀，都要排队了。"

段伟祺哂笑："那傻子。"

"就是。不赶紧上去宣示一下主权，跳什么舞呀，再跳下去老公就没了。这捉奸大戏一点都不热血。"

"我说的是卓恺。"

"啊？"

"这姑娘就是Polo姑娘。"

蓝耀阳再次失语。

段伟祺道："看卓恺的表情，那傻子肯定没认出人家来。"在烈火酒吧第一次见到李嘉玉时，蓝耀阳不在，卓恺却是在的。这家伙全程目睹他去搭讪，并对他铩羽而归进行了嘲笑。

蓝耀阳又有些激动了："你们这些人啊，关系太复杂了。"他掏出手机打电话给卓恺，让他过来汇报情况。

卓恺那头刚跟李嘉玉跳了一支舞，正想多聊几句，但另一位男士也来请李嘉玉跳，他便礼貌地退到一旁，这时候接到蓝耀阳电话，他按照他的提示左看右看，终于找到了窝在角落的两人。

刚走过去还没说话，就见蓝耀阳忽然握拳兴奋低呼"Yes（好）"，还伸手想与段伟祺击掌。段伟祺没理他，蓝耀阳悻悻地把手掌收回来，拉住卓恺的手意思意思击了个掌。

卓恺一副茫然状："发生什么事了？"

"终于啊！"蓝耀阳搂着卓恺的肩做欣慰状，"等了好半天，男主角终于看到了女主角，吓得花容失色，面目全非，太精彩了。"

卓恺一脸蒙，这是在说什么？

段伟祺没理会蓝耀阳怎么与卓恺解释，他勾着唇在笑。苏文远的表情简直该被拍下来放入电影学院的课堂做教材，老师可以指着他在屏幕上被放大的脸跟学生们说:"出轨男人被捉到时就是这样的。"

惊讶、慌张,却还要努力维持住脸面。而女主还在翩翩起舞,谈笑风生,那份从容与出轨男扭曲的脸对比着,简直是年度大戏。

厉害呀,段伟祺笑着再喝一口酒。这么沉得住气,放任那渣男在人群里得意,然后当他志得意满时猛地亮出了刀子,在他震惊时一脚将他踩住,让他惶然等死,刀却迟迟不落。这精神上的凌迟,比一刀夺命更痛苦。

苏文远确实吓坏了。

今天段珊珊没对他提任何要求,也没怪他昨晚失约,只热情地带他来宴会,似乎默认了他俩回归到朋友的关系,待这次宴会结束便友好分手。所以苏文远很感激她,也很安心。他知道段珊珊要面子,所以他在宴会上格外争气,表现得顺从体贴、温柔风趣。他能感觉到,段珊珊非常满意。

他随着段珊珊认识了不少人,他认真听他们说话,小心奉承,这些人也喜欢他,也许以后能成为他事业上的贵人。苏文远很高兴,但就在他觉得今夜一切都好的时候,突然一转头看到了舞池里的那个靓丽身影。她正在某位年长绅士的臂弯里跳舞,随着音乐的节拍旋转。当她转过来,面朝他这个方向时,对上了他的眼睛。

她冲他一笑,还眨了眨眼。

犹如一道旱雷劈到了他的头上。苏文远的脑子嗡的一声,被劈得一片空白。

他好一会儿才反应过来自己失态了。他的脸色想必很难看。他对面的人已经在关切地看他,段珊珊抚上他的手臂,顺着他的视线朝舞池里看,问他怎么了。

苏文远忙把头低下,脸上火辣辣地疼。他有些语无伦次,但仍得硬着头皮组织语言:"我……我……我突然觉得……觉得,嗯,我肚子疼得厉害。"

段珊珊狐疑地看着他,再望了舞池一眼,然后柔声道:"要去洗手间吗?"

"嗯,嗯。"苏文远不敢看她,也没顾上跟别人打招呼,落荒而逃。

之前小心翼翼维持的好姿态,崩掉了。

段珊珊微眯了眼,目光从苏文远的背影上转向舞池。正好一曲方罢,舞池里几对舞伴互相鼓掌行礼,一个年轻的白裙姑娘背对着她,朝她的舞伴微屈膝俏皮地施了个礼,惹得那位老者哈哈笑。两人说了两句什么,笑着从舞池下来。

那年轻姑娘的脸,对上了她的。

段珊珊下意识地挺了挺背脊,板起了脸,抬了抬下巴盯着那姑娘。

她认识她,原本是不在意,压根不想查,但苏文远突然起了分手的心思,所以她还是让人去查了。

李嘉玉，苏文远的女朋友。

段珊珊是一个很强势的女人，加上家庭背景硬，圈中名媛见了她都礼让三分。如今她盯着李嘉玉，气势如女王，很蓄意地想给李嘉玉一个下马威。段珊珊觉得，李嘉玉不过是普通家庭出身的普通姑娘，这样的小姑娘，与自己面对面，不畏畏缩缩也会小心谨慎。怎知李嘉玉与人说笑着过来，目光在她脸上一扫，然后若无其事就过去了，就似看到了路边的甲乙丙丁，完全无视。

段珊珊顿时恼火，却发作不得。她握了握拳，转身与人继续应酬，原来的好心情已经荡然无存。

这头卓恺已经听蓝耀阳八卦完情况，激动兴奋地挤在两人中间一起看戏："两个女人正面杠，一个眼神碰撞就能火花四射。Polo敢挑衅你姐，牛！"

蓝耀阳也相当投入："话说这款礼服简直有毒，谁穿上谁就会跟人撕。男主呢，怎么不回来了？"

"我赌他不敢跑，珊姐还在呢。男人惹出来的情债，自己跑了让女人厮杀，珊姐会把他干掉。"卓恺看向段伟祺，"Polo能赢吗？"

"当然。李嘉玉同学是带着刀来的。"

蓝耀阳和卓恺顿时一惊。

蓝耀阳马上道："这可是我哥的庆功宴，我爸妈也在呢，还有很多记者。"

"哎呀，先别吵。"卓恺抓住重点，"就她那身小裙子加手包，还带刀呢，藏哪儿了？"

"藏胸口那儿，插在心里。她要把它拔出来，插进渣男心窝。"

两人对段伟祺怒目而视。

你以为自己写小说呢！

他们不想理这神经病了，专心等男主。

男主苏文远还在洗手间，刚刚才缓过神来。他脑子里千百个念头闪过，逃离这里的心情万分迫切，但他不敢。段珊珊还在这儿，而且他觉得段珊珊知道了，她看向舞池的目光，似乎已经抓到了李嘉玉的身影。

李嘉玉来这儿做什么？来找他跟段珊珊的麻烦吗？她怎么知道的？她又是怎么进来的？她居然对他从容微笑，这有些可怕，表示她肯定有计划。

而他什么都不知道。

苏文远焦躁不安，似油煎火烤，万般煎熬。

苏文远不敢走，他断不敢留段珊珊独自面对李嘉玉，万一发生了什么事，害她丢了脸，他就完蛋了。

苏文远洗了把脸，深吸一口气，还在想李嘉玉是怎么来的，这时候手机响了，是微信。

点开一看，是李嘉玉给他发了条消息："过来。宴会厅东边露台。"

苏文远深呼吸几口气，将手机收好，去了。

他不敢不去。

待他重新走进宴会厅，一眼就看到了段伟祺。

段伟祺拿着杯酒，懒洋洋地靠在墙边，那地方离东边露台不远。苏文远忽然想通了，一定是他，一定是段伟祺。他看上了李嘉玉，所以他向李嘉玉通风报信，他把李嘉玉带来了这里。

苏文远愤怒，他盯着段伟祺看，段伟祺回他个冷笑。

苏文远握了握拳，终究什么都没做。他扭过头去，再看了看他离开时段珊珊所在的方向，她还在那个位置，背对着他在与人说话。苏文远犹豫了两秒，还是决定不跟段珊珊说，待他将李嘉玉打发走了，再跟段珊珊解释。

苏文远快步朝露台走去，推开了玻璃门，看到露台上只有李嘉玉一人。

李嘉玉独自坐在观景木椅上，手边的茶几上放着两杯水。她看到苏文远进来，平静地道："坐吧，我给你倒了杯水，我们好好聊聊。"

苏文远不知道她心里打的什么主意，有些不安地走过去，坐下了。

不等李嘉玉开口，苏文远抢先道："我来这里是想结交些圈里人，这对我们'远光'是有帮助的。"

李嘉玉点点头："我知道，你来这里当然是为了结交人脉。"

苏文远看着她。

李嘉玉又道："可我也知道，你跟段珊珊的关系不一般。你的衣服是她买的，你的名牌手表、古龙水等都是她买的，你还跟她过夜。"

苏文远如被针刺一般跳了起来："我跟她不是那样的关系。你别听段伟祺乱说。他对你不怀好意，他在挑拨离间。"

李嘉玉冷冷道："跟段伟祺又有什么关系？我都看见了，你以为纸包得住火吗？洗发水那次，你还记得吗？"

苏文远当即变了脸色。所以那天早晨，李嘉玉问洗发水是故意在试探他？她竟然在那么早的时候就知道了？

苏文远咬咬牙，深感耻辱："我不是被她包养，我们不是那种关系，不是你想的那样。"

"那你们是什么关系？"

苏文远一时答不出，但他真的不认为他们是包养关系。

李嘉玉看着他，道："你说过，我问你什么，你都会答，你会好好跟我解释。现在文博会已经结束了，可以谈了。你解释吧，我听着呢。"

"非要挑这个时间、这个地点吗？我们回去说行不行？"

"不行。我觉得这里非常好。我在，你在，她在。有什么事，可以当面说清楚。"

苏文远沉默片刻，说道："我没有被包养，我发誓，我没拿过她的钱。那些衣服、手表什么的，是为了出席那些场合，我才收下的。去那些场合，也是为了拓展人脉，为了公司业务。"

李嘉玉抿紧唇，放在膝上的手握成了拳，很努力才控制住自己没有给他一拳。这无耻的不算被包养的理论和全是为了公司业务的理由，他究竟是怎么有脸说出来的？

苏文远继续道："嘉玉，做设计是很难的，尤其是产品设计，真的很难，压力很大。"

哪行不难呢？谁压力不大呢？李嘉玉在心里默默与他对话。

"每年金创意设计大赛都有许多优秀的设计师，有很多出众的产品，要在那个大赛上拿到产品设计金奖，你知道有多难。"他咬咬牙根，看着李嘉玉，"你一直陪着我工作，你知道我付出多少努力才能设计制作出满意的作品。一次次失败，一次次重来……去年年底的大赛，我的设计获赞无数，大家都说，这个奖该是我的了。结果呢，我得到了内部消息，有个小子，他爸爸是大赛专业评委团，他们要把我挤下去，抢我的奖。这不公平！"

苏文远说起这事还愤愤不平："那次展览我认识了段珊珊，她很喜欢艺术，喜欢设计。她对'时间'那套灯非常非常喜欢，当场就订了一套。她鼓励我，夸奖我。我知道奖会被抢走后，不敢告诉你。当时你在学校跟着教授赶项目写报告，我怕影响你。但我真的气不过，我就告诉了她。当时只是想着，能有个人听我倾诉。没想到，她竟然是大赛主席的朋友，跟主席关系很好。对我来说是天大的难事，到她那里却简简单单就能办到。她一句话，为我拿回了公平。"

苏文远扒了扒头发："这社会就是这样，有关系有权势有钱，就能掠夺，或者，就能守护。我很感激她，她帮了我，对我没提什么要求。我们就成了朋友。"

"高兴了就上上床的朋友？"李嘉玉讥他。

"我只是……我只是犯了错。我喝多了。"

"有了第一次，第二次也就无所谓了，对吧？"李嘉玉忍不住再讥他。

苏文远张了张嘴，难堪地发现他无法反驳，沉默了一会儿，道："嘉玉，我已经跟她说清楚了，我们以后会保持距离的。"

李嘉玉闭上眼睛，心痛难忍。

只是保持距离，不是一刀两断。

他是怎么说得出口的？难道他真的认为这样是很大的退让，是已经改过，她应该原谅他了？

为什么要试探真相？根本不必试。这种真相，就是往自己心口捅刀子，一刀又一刀，将原本的伤口再割开，将心切成碎块。

苏文远快速地继续说道："嘉玉，你得承认，'远光'的起步，以后的发展，很大程度上是靠着我的履历和作品成绩做卖点。我们招募来的合伙人、股东，郭荔、老李他们，不求他们有多少投资，最重要的是要有设计能力和优秀的作品，要有拿过奖的成绩，对不对？你看，这些多重要。珊姐在这块，是给了我很大帮助的。"

李嘉玉真的没法再忍，她打断他："所以以后如果有另一个女人，能给你别的帮助，很重要的很大的帮助，你也跟她上床，是吗？"

苏文远跳了起来："你这是什么意思，我说了半天，你还是不能理解，对不对？我是犯了错，但是……"

"但是都是别人的错！别人有能力，有钱，有权势，能帮你达成你想达成的目标。所以不怪你，是别人的错，对不对？"李嘉玉打断他的话，瞪着他。

苏文远一时愣了。

"你给我坐下！"李嘉玉斥他。

苏文远坐下了，但他马上又跳起来："嘉玉，我已经跟她们都谈清楚了，文铃也好，珊姐也罢，你听我说……"

"别说了，你坐下。"李嘉玉伸出手，摆了个阻止的姿势。

苏文远看了她片刻，终于坐下了。

李嘉玉道："好了，你说要解释，我已经听过了。"还有脸提什么文铃，真的不必再听他鬼扯了。对苏文远的三观，她已经绝望，是她眼太瞎，她怎么能三年都没发现。

"现在，我要告诉你我的决定。"

段珊珊看着露台的落地玻璃门已经有一会儿了。因为角度问题，从外头看不到门里的人，但段珊珊知道，苏文远在那里。

他走进去的时候她正转头，碰巧看到了。于是她一直等，而他没出来。

待了这么久，这表示李嘉玉也在里面。

段珊珊等得没了耐心，她放下酒杯，朝那个露台的方向走去。

快到门边的时候，一个人挡在了她的面前。

"你要去哪里？"段伟祺懒洋洋的模样，让段珊珊很气。

"段伟祺，你滚开。"

段伟祺道："人家小两口的家务事，你一个外人掺和什么？"

段珊珊瞪着他，又说了一遍："滚开。"

段伟祺冷笑道："你不要面子，大伯还要面子呢，我们段家还要面子呢。你现在进去，两女一男，吵起来，打起来，被别人看到怎么办？堂堂段氏家族长女继承人插足大学生情侣，老牛吃嫩草包养男大学生，这些新闻光彩吗？今天可是蓝耀明的重要日子，蓝家长辈都在呢，还有许多记者。你想好了再行动。"

段珊珊握了握拳，虽是气恼，但也知段伟祺说得有道理。她僵立片刻，"哼"了一声转身离去。

蓝耀阳和卓恺还在角落看戏，但现在看不到男女主角了，有些失望。

"阿祺和珊姐的杠戏不好看。"

"看了太多年都不新鲜了。"

"所以我们肯定不能去露台外头偷听，是吧？"

"你想死就去呗。就算阿祺不拦着你，我也会把你打死。今天是我哥的庆功宴，我爸妈都在呢，还有好多记者……"

"行了行了，你闭嘴吧，我已经死了，被你烦死的。"

露台外头，李嘉玉看了看星空，感觉心凉如水。

在他们坐着的位置，还能隐隐听到宴会厅里的音乐声。她冷静又清楚地说："现在，我要告诉你我的决定。"

"我决定，跟你分手。"

苏文远瞪着她。

"我会离开'远光'。"

苏文远叫道："不行。"

"我要拿回注资的100万。"

"不可能。"苏文远再度跳了起来。

李嘉玉看着他。

苏文远叫道："我们都签了股权协议的，五年之内不得撤资。你想拿回钱，好呀，你可以转让股份，你把你的股份卖掉就可以。你找来新的投资方、新股东，然后我们全体股东开会确认，就可以了。"

李嘉玉冷笑："苏文远，你挺懂的，是吧？"

"我只是按合同和法律办事。"苏文远瞪着她，非常恼火。他以为她不会这样，他还跟郭荔放话说了她不会这样，结果呢，她竟然如此。

他感觉自己的脸被打得啪啪响："你找来新股东，你就能拿走你的钱。我不会为难你，我会让其他股东都同意你转让股份的。"

"你放屁吧苏文远,你有什么本事为难我？"李嘉玉冷笑,"如果我要卖股份,是需要股东开会,这是说你们有权优先认购我的股份,如果你们不要,那就得同意新的股东进来。"

"对,所以你不用在这儿跟我说废话,你找来新的股东,你就走。"

"我根本不打算找新股东,因为我看不上你苏文远,我不想再帮你谈业务,不想再帮你拉资金。"

"你是要跟我翻脸吗？"苏文远也控制不住脾气了。原先的忐忑惶恐没有了,他现在很生气。

"对,我是要跟你翻脸,我忍你很久了,忍得太辛苦。你让我大开眼界,刷新了我对无耻下限的认识。我怎么可能用我的人脉帮你找股东,昧着我的良心对信任我的人夸赞'远光'夸赞你,让人给你掏钱。不可能！"

"那你就别想。你就安安心心拿着你的股份,等到'远光'发展壮大甚至上市,你白拿分红,简直是让你占了大便宜。"

"你就做梦去吧。没有我,你们根本没法做业务。别说业务,你连设计都少根腿。你是有天赋,但你需要别人全程帮着你。是我帮你想概念,是我帮你找资料,是我帮你整理思绪找素材。你的灵感很惊艳,但你的细节不如老李。我爱你,所以我愿意捧着你。老李厚道,从来不争不抢。这都是团队的成绩,苏文远。包括你的'时间',那套拿了金奖的灯。我们花了多少时间讨论,我们一起找了多少作品参考,又有多少素材被淘汰、拿起、拿起、淘汰。老李给你出了多少点子,帮你修订细节。郭荔帮你试验材料,调整配色。苏文远,你很有才华,这谁也无法否认,但你一个人不行,你没有自己想的那么伟大。"

"很好。"苏文远冷笑,"那么你要从贬低我的人品再转到攻击我的专业能力了？"

李嘉玉冷静了下,道:"你说得对,说这些没有意义。是我的错,我失控了,越扯越远了,现在让我们转回正题。"

她打开包包,拿出折好的两份合同,再拿出一支笔:"苏文远,我要把我的股份卖给你。这是股权转让协议。"

苏文远呆了呆,有些不敢相信自己的耳朵。

"你说什么？"

"我说,你给我100万,我把我那40%的股权转让给你。我不计较利息了,我只要回我的100万。"

苏文远整个傻眼:"你疯了吗？"

"我没疯,我很清醒。是你欠我的,不是别人。不是文铃,不是段珊珊,也不是其他人。只是你,苏文远,是你欠我。我们之间的问题,只限于我们之间。你的背叛，你的出轨，伤害了我。我不愿意再跟你共事，我也不愿意把我的钱给你创业。你欠我的，不牵扯别人，不拖累别人。所以，这100万，应该你还给我，不是什么别的新股东。"

苏文远目瞪口呆，完全没想到李嘉玉竟然会这样操作。

"你还我100万，你持有'远光'80%的股份。以后'远光'发展壮大甚至上市，你光分红就能赚得盆满钵满。如果你经营不善，资不抵债，那亏掉的也是你自己的钱。你看，这样很公平。你努力，你能干，你赚钱。"

苏文远摇头，再摇头："你疯了，就算我愿意，我也没钱给你。"

"你为什么要想着你没钱？你刚才不是很大声地说让我去卖掉我的股份，给你找新股东吗？为什么你不想着你自己去找新股东，卖出部分股份？依现在'远光'的情况，40%的股份，不止100万了。"

苏文远张了张嘴，又愣了。

"你总是想靠着别人，让别人把条件都帮你创造好了。可你并没有善待全心全意对你，帮你创造一切条件的人。"

苏文远不说话。

李嘉玉现在情绪已经很平静了，她道："苏文远，我并没有为难你，协议里给了你半年的付款周期。半年时间，足够你去拉到新的投资。文博会的营销效果非常好，那些有合作意向的厂商、品牌方，那些留下过联络方式的投资公司，每一个都有可能合作成功。你要做的，就是一个个去打电话，一家家谈。公司里有小程、小杜，还有老罗，他们都能帮你做初步联络，你跟进，你盯紧资源，三个月之内一定能签下合同。产品方面，郭荔、老李还有秦子，都可以分担。你还可以同期物色着业内有经验的经理人，投资到位后，聘一个职业经理人帮你打理业务。你看，我已经帮你做到这个地步，路都开好了，你只需要再劳动一番，将路面修整，就能通车高速奔驰。"

苏文远动动嘴角，半晌挤出一句："我不同意。我不会签你这份协议。我还是那句话，你想拿走你的100万，就去谈个新股东，拉来新投资，你就能转让你的股份。"

李嘉玉笑了笑："我就知道你不会同意。所以呀，苏文远，我一直在等一个合适的时机跟你谈。我发现你出轨的时候，那么愤怒我都忍了下来。文博会一周的时间我也挺过来了。如果没有今天，我不知道还要等多久。谢谢你，谢谢你跟段珊珊牵扯不清，谢谢你经不住诱惑，不然我真的没这个机会用这样的方式跟你谈。"

苏文远怔住，心里有了不祥的预感。

李嘉玉一整脸色，气场全开，严肃地对他道："苏文远，我告诉你，这是一份条件宽厚,充分考虑了现实环境和操作可行性的协议,你不论拿到谁那儿,甚至拿到法庭上,它都是合理合法、无可挑剔的协议。我不为难你,我只想拿回我的钱,我希望你认真将它读一遍,然后把它签了。不然,我就出去找段珊珊,找蓝耀明,找媒体,找现场刚才跟你聊得火热、跟我跳舞、相见甚欢的那些宾客好好聊聊。我可以不混艺术圈,我不怕。我甚至可以不工作,我家里养我。但你不一样了,你靠这圈子吃饭的。你没了工作,公司倒闭,你怎么回家面对那些把你捧上天的父老乡亲,怎么面对你妈妈?"

苏文远倒吸一口凉气,忽然明白过来了。

"你以为我有毛病,想尽办法来到这里,是看你到处展现魅力结交朋友,是闲着没事与人共舞打发时间吗?不是的。苏文远,你结交的人越多,认识你的人越多,当我闹起来,效果就会越好。刚才与我聊天的,与我跳舞的,他们也欣赏我、喜欢我。我这样一个弱女子,头戴绿帽被人骗财骗色,身心俱伤,你说,他们会不会同情我?

"苏文远,我可以不要颜面,你呢?段珊珊呢?我出去大闹一场,让段珊珊在她的朋友面前,在媒体面前,在社交圈里脸面扫地,这一切都是拜你所赐。你觉得,她还会跟你做'朋友',还会当你的贵人?"

李嘉玉的声音越发严厉,她姿态强悍,如同高举利剑的复仇女神,只待一剑劈向苏文远。

"苏文远,你若不签协议不把钱还我,我就毁你名声、断你生计,你看我能不能做到!"

苏文远瞪着李嘉玉,喘着粗气,声音都有些颤:"李嘉玉,你竟然,这么可怕!"

李嘉玉冷笑:"这才哪跟哪,怎么就可怕了?我还没开始发挥呢。"

苏文远瞪着她,而后慢慢平静下来。

"你真要做得这么绝?"

"我做得绝吗?"李嘉玉笑笑,"你还不知道我刚发现你出轨并且对象不止一人的时候想过什么,那才是绝。但我后来慢慢想通了。我只要拿回我的100万就好,其他的,我不报复你,也不会跟你过不去,不会再跟你纠缠。事情已经发生了,我们回不到过去,也不再有共同的将来。我要做的,是及时止损,尽快抽身。我要从伤害里快速爬出来,重新开始。"

她看着苏文远:"这才是我要做的,离开你,重新开始。我不应该再花时间精力在你身上,不值得,太浪费。时间这么宝贵,精力这么有限,还有这么多有意义的事可以做,继续跟你纠缠,报复也好,不甘心也好,都不值得。被你伤害已经够了,我不应该再自己伤害自己。苏文远,你该庆幸我这么想,该庆幸我顾念其他的合作伙伴，顾念小程、老李、郭荔他们，大家都付出这么多，所以我把展会的工作做完了。所有联络过的厂商、投资公司，等等，我都整理好了，只要你好好努力，三个月之内，一定可以拿到大笔资金，达成产品合作。"

苏文远不说话。

李嘉玉道："真的不难，只是辛苦。"

苏文远咬牙："你笃定我做不到，你不过是想羞辱我。"

"你人见人爱，一直被捧着，没真正受过羞辱。现在不过是有些不如意，受点挫折罢了。"李嘉玉把协议和笔往苏文远面前推了推，"你辜负我，伤害我，我拿回自己的钱，天经地义。100万，是你欠我的。你看一看，签了它。不然，我就真要羞辱你了。你知道我的，我说到做到。"

苏文远垂在身侧的手紧紧捏成了拳头。半晌，他将协议粗鲁地拉到面前，一条一条看，条款跟李嘉玉说的一致，她在上面已经签好了字。他越看越气。签了它，就变成了他个人欠她100万。在他想着如何与她重新开始的时候，她却在算计他。

100万，他活这么大，全家都没拥有过这么多钱。

明明她可以自己解决这个资金问题，她去拉投资比他容易太多，可她偏偏却为难他，把这100万扣在了他个人的身上。

苏文远瞪着这协议。

李嘉玉站起来，站在了落地玻璃门前，看着宴会厅。仿佛下一秒她就要推门，进入那个觥筹交错的世界。那亭亭玉立的身影，在苏文远的眼里，满是冷漠薄情。

苏文远不敢赌，李嘉玉这人定好目标定要达成，起码在学业和工作上她一向如此。他不敢赌她不会闹事撒泼，于是伸手拿笔，但胸中郁气无法消散，他冷冷地道："你会后悔的，李嘉玉。"

李嘉玉转头看他："我唯一可能后悔的事，大概就是没跟你要利息。是我有眼无珠，总要有个教训。况且要跟你算细账，根本算不清。"

每算一笔，就是折磨自己一次，在心上重割一刀。花过的钱，走过的路，相恋的时光，她给了他多少，他又给过她多少。彼时浓情蜜意，毫不计较，现在回头细算，都是痛苦。与其计较物质得失，不如追求精神自在。利息究竟该多少，她根本无力去算，她放过自己，只求能重新出发。

苏文远签好了字，将笔拍在茶几上。

李嘉玉过去，把一份协议拿起，检查了一遍。确认签字无误，她把合同收好。

一抬眼，对上了苏文远瞪着她的目光。

"你会后悔的,李嘉玉。你错估了我。你等着瞧吧,我不但能给你100万,还能把'远光'做成最伟大的设计公司,没有你,这个目标会更快地实现。"

李嘉玉摇头:"苏文远,不是你给我100万,是你还我100万,一字之差,谬之千里。跟你分手这件事,我不可能后悔,因为你到现在都不明白你为什么会失去我。'远光'日后如何,我不想知道。我根本不想再看到你。"

她转身离开,走了两步,回头道:"别忘了按时还钱,不然我去法院告你。"

苏文远咬牙,深感屈辱愤怒。

李嘉玉一走出露台,便看到隔着舞池盯着这头的段珊珊。李嘉玉没理她,扭头寻找段伟祺的身影。段伟祺就站在不远处,懒洋洋地靠着墙。蓝耀阳和一个与她跳过舞的年轻人在说着什么。李嘉玉走过去了。

段伟祺看到了她,冲她抬了抬下巴算是打招呼,问她:"办好了吗?"

"嗯。"

"揍他了吗?"

"没有。"

"没动手就好。"蓝耀阳道。后半句还没说,段伟祺和卓恺就异口同声道:"闭嘴。"

"干吗,我又没打算说今天是我哥……"他看到段伟祺和卓恺都在瞪他,硬生生憋回去,"什么什么的,我是想说男女力量悬殊,他们两人单独在那儿,真打起来也是李嘉玉吃亏呀。"

李嘉玉拿到了合同,浑身撑着的那股劲放松下来,感到疲倦,她没心思听这几个男人说笑,便道:"谢谢你们,我今天的事办完了,我想先回去了。"

"行。"段伟祺看出她的情绪,"你去找我的车,让泊车服务生叫个代驾,等我一下。"

"好。"

"认得我的车吗?"他把停车牌给她。

"认得,小马驹,尾号8800。"这么骚包的车子,很好认。

段伟祺又被她弄得无语。

蓝耀阳重复一遍:"小马驹?"

卓恺抚额:"那叫法拉利,姐姐。"

"好。"李嘉玉从善如流,"我去找段总的法拉利。今天谢谢你们,改天请你们吃饭。"

李嘉玉转身往外走,快到大门时下意识回眸一看,看到段珊珊正推开露台的门进去。李嘉玉把头转回来,走出了大门。从此以后,苏文远与谁交往,是什么关系,都与她无关了。

段珊珊走进露台,看到苏文远垂头坐在木椅上。她走过去,拍拍他的肩:"怎么不出去?"

苏文远抬头看了她一眼,又低头:"想坐着冷静一会儿。"

"她走了?"

"嗯。"苏文远道,"她就是我的女朋友,不,前女友。我们刚刚分手了。"

"很伤心?"段珊珊在刚才李嘉玉坐过的那把椅子上坐下了。

苏文远没回答,沉默了好半天后,他突然问:"珊姐,你能借我100万吗?"

"100万?"段珊珊语带笑意。

苏文远的脸火辣辣的,他硬着头皮道:"嗯,100万人民币。我会还你的。"

段珊珊笑道:"100万,小钱而已,说什么借不借的,就给你了。"

苏文远抬起头,看向段珊珊。

段珊珊妆容精致,钻石耳环闪闪发光。苏文远盯着那耳环,半晌之后道:"那我谢谢珊姐了。"

段珊珊绽开了笑容,拍拍他的手:"不必在意,真的是小钱。"

苏文远吸了口气,抬头望了望夜空,再转头回来看段珊珊:"珊姐,你说过,我会红的,会成为最有人气的设计师。我真的可以吗?"

"当然。"段珊珊笑,"你想要多红?"

"红到到处都是我的报道,红到有些人想不看到我都不行。"

段伟祺这头,蓝耀阳道:"这李嘉玉可以呀,竟然真的悄无声息解决了问题,一点没闹。我白担心了。"

卓恺笑他:"你是不是跟她唠叨了800遍,所以她不敢了?"

"完全没有,谢谢。"

段伟祺左顾右盼,东张西望,不知在找什么。

卓恺道:"这种事情,女人都是比较吃亏的,闹起来她也没好处。"

"可怜,她肯定很难过。"蓝耀阳一副怜香惜玉的样子,"前头故作坚强虽然帅气,但还是让人心疼啊。"

段伟祺把礼服外套脱了下来,丢给蓝耀阳。

蓝耀阳莫名其妙:"干吗,有这么热吗?"

段伟祺不答,在卷袖子。

卓恺拍拍段伟祺的肩："阿祺，你姐跟小白脸出来了。她是认真的吗？"

段伟祺声音凉飕飕的："谁管她不认真。"他说着便朝一个服务生走去，那服务生手上端着一整个圆形大蛋糕，已经切好了块，正准备往甜点台上放。

段伟祺动作很快，一把接过那蛋糕便走。

服务生傻在当场。卓恺和蓝耀阳也愣住。

大家眼睁睁地看着段伟祺迎面走向苏文远。

然后他迅速又有力地抡起胳膊，将那整个蛋糕砸在苏文远脸上。那力道，直接将人扇到了地上。

"咚"的一声巨响。苏文远一声惨叫，一脸一身都是奶油，狼狈地横躺在了地板上。

段伟祺大声骂："去你的，敢勾引我姐，也不撒泡尿照照镜子！"骂完了，转脸像模像样地对段珊珊朗声道："大伯不会同意的。"

段珊珊放声尖叫："段伟祺！"

全场安静！

舞池里所有人都停了下来。乐队的伴奏声没有了，场子里交谈的声音都卡住了，享受美食的嘴巴张开也定住了。

只有段伟祺，拍拍衣袖转身就走，手插进裤袋极其嚣张。

蓝耀阳张大了嘴，第一反应就是找他父母和大哥的身影。他们也正好正瞪向他。

关他什么事！

不对，虽然他抱着段伟祺的外套，但绝对不是帮凶。他事先根本不知道。

蓝耀阳骂出了声。

千防万防，女骑士没怎么样，可怎么就漏掉段伟祺了呢！这家伙任性起来，可不管是在谁的场子上，有没有记者！

卓恺在一旁快速道："耀阳，有记者拍照了，快拦下来。"

怎么拦？！

整个宴会厅似突然被按动了开关，一瞬间举座哗然。

有人奔跑，有人大声叫服务员，有人拿手机拍照，有人兴奋议论。

而始作俑者，已经走掉了。

有记者追了出去。

蓝耀阳大怒："我要把他的头拧下来。"

卓恺叹气："大概轮不到你。好多人排队呢。"

麻烦大了。

第五章
深夜，滑梯和麻辣烫

李嘉玉站在停车场段伟祺那辆骚包的法拉利车子旁，一页页刷着她的朋友圈，一条一条地删掉有关苏文远的内容。

终于就这样了。一切到此为止。

李嘉玉的心情有些复杂，没有失去的悲伤，也没有胜利的喜悦，只是感到疲惫。

她一条条删着，像是要将记忆里的枷锁解开，将那些爱与怨的负担，通通抛掉。她不想恨他，恨也是一种感情，她觉得花费任何一种感情在他身上都是浪费。

四周一片寂静，夜风吹过肩膀有些凉意。

突然，前方建筑物里传来一阵嘈杂声，似发生了什么事。李嘉玉扬着脖子张望，不远处的停车场值班保安和泊车服务生也在看。

看不出宴会厅里发生了什么，但有一个挺拔高大的身影忽然从酒店大堂跑了出来。

李嘉玉皱了皱眉头，她觉得那身影看着像段伟祺，但又觉得不会是他。那人身上穿的是衬衫，跑得急匆匆的，且是朝着与停车场相反的方向跑。

那身影拐了个弯，跑到建筑物的后头去了。

这时有两个男人从酒店跑了出来，左右一张望，似乎在寻找什么人。他们略一商量，果断兵分两路，一路朝着刚才那身影的方向去，另一路朝着停车场跑来了。

跑进停车场的男人挺年轻，穿了套黑色西装，还背着个相机。那男人跑进停车场，一眼就看到了李嘉玉。李嘉玉没动，盯着他看。相机男快速扫了一圈停车场，没看到别人，只有李嘉玉一人站着。

这时候李嘉玉的手机响了。

男人还在停车场张望，但注意力明显在李嘉玉身上。

李嘉玉接起电话，下意识地放低了声音："段总。"

"李嘉玉，代驾来了吗？"段伟祺的声音有些喘，还有些呼呼的背景音，像是风声。

他在跑步？李嘉玉忙答："还没来。"

"你没喝酒吧？"

"没有。"

"那你开我的车，到酒店西边的华光路来接我。"

李嘉玉吓一跳。所以刚才那个被人追逐的人真的是段伟祺？他干什么了？

李嘉玉迅速看一眼那男人，那男人也正盯着她看，见她望过去，忙佯装看往别处。

李嘉玉若无其事地一边通电话，一边拿着停车牌到停车场边上的泊车管理室取车钥匙，拿到了钥匙，取消了代驾，再回到段伟祺的法拉利旁。

她再看一眼刚才那相机男。那男人正打开一辆车的车门，那是辆普通轿车，在一堆跑车里很是显眼。男人坐了进去，却没启动。

李嘉玉没理会他，假装很熟练地，仿佛这就是自己的车似的，进了法拉利的驾驶室。

一进去就蒙了。

"段总啊。"

"怎么？"

"我建议你还是打个车跑路吧。"李嘉玉道，"这车我不会开，找不着启动的地方。"

然后她听到了段伟祺的叹气声："我都忘了你开车有多菜了。"

李嘉玉不爽。这是事实，无法反驳，但跟她不会开这车无关。

"这不是技术的问题，这是见识的问题。"她纠正他。

"嘿，就算你知道怎么启动，你开车还是菜。"

李嘉玉没好气:"所以你是要认真跑路,还是要浪费时间批评我的车技?"

"你待在那儿别动。"段伟祺说完,把电话挂了。

李嘉玉坐在车里,一脑袋的疑惑。不知道段伟祺之前做了什么,也不知道他之后打算做什么。她就在车子里等着,早知如此就不要取消代驾了,但这会儿再叫也不知道合不合适。

不管了,反正他让等着,她就等。

李嘉玉刷手机,回了方勤的留言,说她一会儿就回去,聊了几句说了情况,然后看到朋友圈有新消息。她点进去,看到她在宴会上新认识的、加了微信好友的两位男士发的朋友圈动态。

"看了一场豪门情仇大戏。段氏大小姐的男友被打了。动手的好像是她弟。说那男的勾引他姐,他们段家反对恋情。"下面配图是凌乱的宴会现场,还有一个满脸满身蛋糕看不清相貌的男子被扶起的照片。

就算看不见脸,李嘉玉还是一眼认出那是苏文远。

"论门当户对的重要性。无论男女,攀高枝有风险。"

这位没配图,但李嘉玉知道他说的是同一件事。

段伟祺把苏文远打了!因为他攀了他们段家的高枝?

李嘉玉呆愣,简直不能相信。这是谁递的剧本,演错了吧?

正猜想着,忽然一个人影扑到副驾驶那头把车门打开钻了进来,李嘉玉吓了一跳,定睛一看,是段伟祺。

段伟祺微喘气,额上有些薄汗,一副刚奔跑过的模样。

他坐进来就指了指方向盘,上面有各种功能键。

"按这里,启动。再按这儿,这里升挡,这里降挡,倒挡是这里。好了,踩油门,可以走了。"

李嘉玉愣愣地把他说的看了一遍。

段伟祺帮她按启动:"走起,快,有狗仔。我把他甩了,不知一会儿会不会又追来。"

"停车场也有一个。"李嘉玉踩油门把车开起来。

段伟祺也看到那记者的车了。看他们的车走起,那车也启动跟了出来。

段伟祺说:"没事,他的车跑不过我们。开快点。"

李嘉玉小心地把车开出停车场。

"这是跑车。"段伟祺提醒她。

李嘉玉谨慎地加了油门。

段伟祺倒在座椅上扶额:"我收回我的话,我们的车跑不过他的。"

李嘉玉抿抿嘴,不理他的讽刺,专心开车。开了一条街后,她慢慢找到了感觉,车子越开越快,超了两辆车又拐了一个弯,把后头那记者的车甩出了距离。

"可以啊,再接再厉。再往右,并线,拐过去……"段伟祺指挥着李嘉玉,再跑了两条街后,终于把记者甩掉了。

这时候李嘉玉放下心来,放慢了车速。

"你把苏文远打了?"

"不是为了你。"

"那为什么?"

"干吗,采访我?"段伟祺笑,心情很好,"别剖析我的内心,怕你爱上我。"

李嘉玉给他个白眼。

"好吧。"段伟祺假装正经,"原因是,他丑到我了。"

这回李嘉玉连白眼都懒得给他。

"面目可憎。"段伟祺道。

这话倒是对的。李嘉玉抿抿嘴,想起自己的眼瞎。

"你对他太仁慈,他不会受教训的。你信不信你签了协议,他转头就会问我姐要钱?"

李嘉玉顿了顿:"他怎么去弄钱,我就管不着了。无论他做什么,我都管不着。"

"不用你管。"所以他想揍就揍了。

李嘉玉沉默了一会儿,问他:"你会惹上麻烦吗?"

"什么样的麻烦,你觉得是麻烦?"

"比如刚才记者追你。你不是跑了吗?躲他们?"

"是躲着,因为我不想被他们对着脸瞎拍。要是愿意好好约,做个正经访谈,找个好环境,打好灯光,做好造型,安排个美女主播,我还是愿意的。"

李嘉玉心想,恐怕别人不愿意吧。

"那蓝耀明呢,他的晚宴你这么闹。"

"没事,闹都闹了。"

李嘉玉无话可说,她觉得这位段总裁能活到这么大年纪没被打死真的不容易。

"别担心,除了你前男友,大家都见多识广,承受能力挺强的。我心里有数。"

李嘉玉想想,确实,苏文远最在乎的,应该就是在他费尽心机想打入的交际圈里的他的名声。她也正是利用了这一点要挟他把协议签了,不然还真是拿他没办法。苏文远大概没想到,她没敢这么做,却还有个段伟祺。

李嘉玉想象了一下苏文远的狼狈和难堪,顿时心情舒爽。

段伟祺见她笑,道:"高兴了?"

"高兴。"李嘉玉大方点头,"我就是脸皮薄,要脸,不然我也想当众揍他。"

"嘿嘿,怎么说话呢?"难道他不要脸?

"我是说,苏文远大概没想到会遇到像段总这样见多识广、承受能力这么强的人。"

"别骂人啊。"

"褒义的。"

"信你才有鬼。"段伟祺忽然反应过来,"你怎么知道的?"

"什么?"

"你怎么知道我打了他?"

"看到了朋友圈。"

"谁的朋友圈发这些?"

李嘉玉说了两个名字,段伟祺不认识:"刚才晚宴上认识的?"

"对,一起跳舞来着。"

段伟祺沉默了一会儿突然说:"李嘉玉,你的微信这么好加吗?"

李嘉玉莫名其妙:"那要多难加?"

"你们女孩子要注意点,别什么人要加你微信,你都答应,万一加到流氓、坏人之类的。"

"怕什么,隔着手机能怎样。一言不合就拉黑删除咯。难道还留着体验社会?"

段伟祺好一会儿没说话,玩手机。李嘉玉扫了他两眼,问他:"段总,车子要开到哪里去?送你回家还是怎样?"

"先靠边。"

李嘉玉不知道他要干吗,听话靠边停下了。

段伟祺问她:"你微博名叫什么?"

"嘉玉不是玉。"

段伟祺动动眉头,按着手机:"好了,关注你了。你回关一下。"

"你不是没号?"

"刚注册了。"

李嘉玉拿出手机打开微博,看到新关注她的那个ID:英俊的纽扣。

李嘉玉扑哧一笑:"段总,你的承受能力确实挺强的。"

"不许骂人啊。"

"中性词。"

"刚才还说是褒义。"段伟祺横眉竖眼。

"刚才确实是。"

段伟祺龇牙:"你是杠精①吗?"

"我才怀疑你是水仙精②咧。"

李嘉玉一边跟他拌嘴,一边在微博上关注了他。点进他的微博看,头像跟微信一样还是那匹马。他发了一条微博,没配图,只写着:"如果微信没了,手机号也没了,可以在这里找到我。"

李嘉玉怔了怔,心里似有一股暖流涌过。

她看到这条内容下面居然有条评论。新号怎么这么快就有评论了?她点开,却发现是段伟祺自己留的:

"但我不会原谅你了,找到也没用。"

后来李嘉玉请段伟祺吃了夜宵。

"我就不到微博找你了,我请你吃夜宵吧。"

段伟祺跟她去了。虽然不愿意夸她,但不得不承认这姑娘确实很聪明。不扭捏,不矫情,相处起来非常舒服。给她的招她都能接下,且春风化雨,磊落自在,真的很讨人喜欢。

请吃夜宵这个举动,就把他故意翻旧账的小花招解掉了。

李嘉玉带段伟祺去吃麻辣烫。

"特别想吃。"去之前她用这句话征求了一下段伟祺的意见。

段伟祺没意见,于是李嘉玉用法拉利载着他去了一家路边小店。

小店生意非常好,店里头坐得满满当当,店外有人坐着小板凳吃,路边还有人蹲着吃。

"特别好吃。念念不忘,垂涎三尺。我闺密为了能吃到它,都不愿随男友赴美深造。失恋的时候来一碗真的太安慰了。"

段伟祺无语。

李嘉玉把车停在路边停车位上,倒了好几把才把车停正。

段伟祺已经不再对她的车技发表意见了,但他对怎么吃有意见:"我拒绝

---

① 网络用语,指通过抬杠获取快感的人、总是唱反调的人、争辩时故意持相反意见的人。

② 网络用语,指极度自恋的人。

蹲在街边吃。"

"放心，我穿得比你美，走光风险比你大，长得也漂亮，我才不会蹲在路边吃。"

"我也拒绝拿到我的车子上吃，全是味儿。"

"放心，我这么穷，一滴油溅到你的车座上，我都赔不起。我才不会拿到车上吃。"

最后段伟祺跟着李嘉玉拎了两盒麻辣烫、冰啤酒和冻奶茶，去了旁边的街心公园座椅那儿。

石桌、石椅、路灯，气氛还不错。

麻辣烫和饮料摆好，两个人都拿出手机拍照。

"你干什么？"段伟祺问。

"交代一声。你呢？"

"挑衅一下。"

李嘉玉把照片发给了方勤。方勤很快发来语音，大声叫："我也要吃。"

李嘉玉回她语音："回去的时候给你买。"

段伟祺忍了忍，没提醒她，他的车子不许装麻辣烫。

李嘉玉边吃边刷朋友圈，发现段伟祺发了动态，内容就是他拍的麻辣烫照片。她笑起来，明白了他说的挑衅一下是什么意思了。打了人就跑，还嚣张地去吃东西了。

"你的朋友，那位蓝公子，没找你吗？"

段伟祺亮出手机给她看，何止找了，简直上天入地万字檄文，还拉了个群，群名叫"段伟祺快来受死"。

李嘉玉哈哈大笑。

她就着段伟祺的手看了看群里的内容。基本上都是"二蓝神"在说。

"阿祺，你姐已疯，你的死期快到了，真的。"

"你看朋友圈了吗？大家都在发，以为你姐跟个英俊少年苦恋，被你恶意阻挠恋情。豪门恩怨，阶级斗争。你大伯还打电话给我爸了。你妈打电话给我妈了。你自己看你要不要回个电话给我。"

"我们的友情值已经负10000分，回不来了。"

"你手机是不是调静音了？你有本事瞎胡闹，怎么没本事回电话啊？"

李嘉玉笑得停不下来："蓝公子真是个感情充沛的人。"

"确实。他的表达方式总是很热烈。"

段伟祺收了手机，继续吃麻辣烫。

李嘉玉猜他手机上肯定有无数个未接来电和信息，亏得他一点不着急。

她问他："打人的事，真的没关系吗？"

段伟祺笑："能有什么关系？段珊珊难道有脸解释她是小四，包养别人男朋友？这口气她只能咽下去。这事我之前就提醒过她，她自己还不以为耻，也该受点教训。今晚我的'人设'就是个误会了她与男性朋友亲密程度的忠犬堂弟，一心为了家族利益着想，这才冲动动了手。我大伯只会找她算账，替她向蓝家道歉。我爸妈也一样，口径绝对一致。"

"你怎么知道她是小四？"

段伟祺愣了愣，摸摸鼻子："文博会行业论坛，你演讲那天，我在男洗手间。"

李嘉玉懂了。难怪他会帮她鼓掌，配合她演讲。

其实，这花花公子有时候还真是挺体贴的。

段伟祺伸手摸了摸李嘉玉喝的冻奶茶的杯子，转了话题："这么辣的配这么冰的一起吃，你的胃没问题吗？"

"没问题，我常这么吃。"看，他真的挺体贴。李嘉玉想。

"那你痛起来的时候，我只能跟你说活该了。"

李嘉玉心想，她看男人的眼光果然不准。

段伟祺无缝衔接，继续跳话题："至于你前男友，就更不是问题，他再多10个胆子也不敢碰我一根指头。我闹了这一场之后，我姐肯定会压着他。因为但凡有风吹草动，我有什么事，我家族里头肯定会把账都算我姐头上。我姐虽然浑蛋，但并不笨，不会干弊大于利的事。她会管着他，所以你也不会有麻烦，放心吧。"

李嘉玉一想，确实如此。她吸一口奶茶，点点头。

"还有我那些朋友，你不用担心。他们就是嘴上说得夸张，其实能帮我摆平的都已经做了。不然哪有空在手机里叽歪个不停。"

李嘉玉忙道："嗯嗯，我明白。看得出你们感情很好，是可以一起吃瓜看戏，一起喝酒吃肉泡妞的那种铁哥们儿。"

段伟祺瞪她："明明有更好的形容词，你为什么偏偏说得这么猥琐，把我们这些精英好男人说得跟无所事事的花花公子似的。"

精英好男人？自己给自己贴这种标签不脸红吗？

"我这是通俗接地气，比喻很形象的表达方式。"

段伟祺就呵呵了："就比如说，我明明可以说你头戴绿帽，但我偏要说你头上扣着个屎绿屎绿的盆子这种通俗接地气的话吗？"

李嘉玉想翻白眼。

清流派居然是误解，他是泥石流。

段伟祺摊摊手,一副"我就是这么英明,就是这么没办法"的模样。

好气。

"我当然也有清新风格的形容。"李嘉玉道,"比如说,你们友情深厚我能理解,毕竟人以群分,你们这些精英好男人聚在一起,就像洪湖水一样。"

段伟祺好奇:"内涵深厚?沉稳,波澜不惊?大气,碧波浩瀚?"

"不。"李嘉玉伸出一根指头摇了摇,"浪打浪。"

段伟祺蒙在那儿。

李嘉玉还唱了起来:"洪湖水呀,浪呀么浪打浪呀,洪湖兄弟浪呀么一起浪呀……"

段伟祺继续蒙。

李嘉玉哈哈大笑。

笑够了,她跳起来往旁边的儿童滑梯跑。她把高跟鞋踢了,爬到滑梯上去,滑了下来。

段伟祺把最后几口吃完,收拾好袋子,然后走过去,看到李嘉玉往滑梯跑时差点被地上乱丢的鞋绊倒,便帮她拎了起来。

李嘉玉再一次从滑梯上滑下来。

"上次我跟苏文远来买麻辣烫,我很想玩这个,他说这是小朋友玩的,没让我玩。"

段伟祺静默,原来麻辣烫不只是她与闺密的,还有与苏文远的回忆。

她之前告诉他,她一定要来晚宴的计划时,说过她没法计算太多,只想把苏文远在她生命里的痕迹彻底抹掉,其他的就不计较了。但她现在开心玩着滑梯,不经意开口却又是苏文远。

她似乎没意识到,再跑上去滑了下来。

段伟祺没阻止她,但她玩了十来遍,他终于不耐烦了。

"好了,别玩了。"

"为什么?"

"警察要来把你抓走了。"

"警察不会因为别人长得漂亮就抓人的。"

段伟祺心里说道,究竟谁才是水仙精?

"你破坏公众设施。看你的体形,是能玩几岁孩子的玩具的吗?"

两个人斗着嘴,并没注意到,有台相机在稍远的地方,把他们的一举一动都拍了下来。

这晚,李嘉玉给方勤带回了麻辣烫。

她不用等段伟祺提醒就没打算再开那辆法拉利。在小公园玩够滑梯后,她去排队给方勤买了夜宵,段伟祺靠在车边刷手机等她。李嘉玉拎着麻辣烫回来后,告诉他自己叫了辆出租车,也替段伟祺叫了代驾,今晚谢谢他,就此别过。

段伟祺既意外又不意外,这个姑娘向来拎得清,与他的关系也就这样,说笑嬉闹可以,再越界一步以主人姿态拿食物上车,她就知道不合适了。

段伟祺淡定地跟她说了再见,目送她轻盈地跑向在等她的出租车,笑嘻嘻地上了车,还跟他挥了挥手。

出租车在他眼前驶过去,驶到路口,拐了个弯,在他眼前消失。

段伟祺忽然想,那身小礼服虽然自带衰气,但她穿着还真是好看,像个傲娇的公主。

段伟祺点了点李嘉玉的微信,发现她又改名了——女骑士穿着公主裙。

段伟祺笑了,她真是挺可爱的。

他把给李嘉玉标的备注名字取消了,又将她的微信置了顶。这样能看到她改了什么名,也是挺有意思的。

段伟祺回了爷爷家。

手机里的各种消息已经翻天。段老爷子已被惊动,段伟祺回了信息,今晚回去解决,晚上大家都睡个好觉。

当段伟祺像没事人一样晃进段老爷子的别墅时,段家重要成员基本都在了。

段伟祺嬉皮笑脸地道:"这么大的排场,搞不清楚的以为我把姐夫给揍了呢。"

"你坐下。"他母亲邱丽珍怒气冲冲地对他说。

段伟祺像个很听话的乖儿子一般坐下了。

段老爷子一指两个小辈:"你们俩,什么都不用说了,握个手,这事就过去了。以后可别让我听到谁还在这事上纠缠。"

段伟祺马上把手递向段珊珊。

段珊珊咬着牙,用力握住段伟祺的手,靠近他小声道:"你等着瞧,段伟祺,我不会就这么算了。"

段伟祺抽回手捂上脸:"好害怕,特别后悔。"

"你……"段珊珊气得拿起手包就往他脸上砸。

"珊珊!"段延孝和妻子徐春云齐声喝止女儿。

段伟祺早有准备,脑袋一偏,那手包砸到了沙发上。

邱丽珍也生气了,当她的面打她儿子算怎么回事,且她就坐在段伟祺身边,这手包差一点就打到她。她冷道:"爷爷就坐这儿呢,你们动手动脚的做什么,眼里还有没有长辈!"

说是"你们",但大家都看得到是段珊珊在动手。

段珊珊气得深呼吸几次,恨不得冲过去撕了段伟祺的脸。他害她这么丢脸,她长这么大,从来没有这么丢脸过。不算从前她给苏文远引见的人脉,就这一晚上她带着苏文远见了多少人,与人介绍都说是她学弟。大家就算心知肚明是怎么回事,但圈子里这种事不少,也都心照不宣,各自客气。苏文远年轻英俊,对艺术很有见地,履历也拿得出手,她看那些女眷和姑娘眼里发光,对她羡慕不已,她心里别提多得意了。

可段伟祺来这么一下,简直就是当众给她耳光,让她沦为社交圈的笑柄。她知道他的意思,那李嘉玉是他带进来的,李嘉玉与苏文远翻了脸,他恐怕苏文远借她的手来报复李嘉玉,便闹了这一出大的,既教训苏文远,又告诉她,那李嘉玉是他罩的人,别轻举妄动。且她与苏文远的关系被摆上明面,她反而不好与他走得太近。起码带着他出入社交圈,以学姐学弟的名目与人交际,那是不能够了。

段珊珊是真的气,但她确实不能把段伟祺怎么办。她能回击的,也不过是让段伟祺不痛快罢了。

段老爷子盯着这俩孩子看,待两边家长都训斥完后,他道:"好了,这事就到今天为止。"

大家都应"是"。

段老爷子又道:"珊珊,那个男生,以后别跟他来往……"

"爷爷,"段伟祺打断老爷子的话,道,"姐都30岁了,四肢健全,智商合格,这年代都不兴包办婚姻了,更别提限制交友、控制人生什么的,对吧?"

对你个头!

一屋子人全瞪他。也不知道是谁在那么重要的社交场合里这么卖力地演什么"你勾引我姐,你配不上,我打死你"的烂俗戏码,现在怎么有脸说不能包办婚姻、限制交友?

"电视剧都不这么演了。爷爷你这么时髦,肯定不能说出来这么老派的台词。"段伟祺像看不到大家的目光,继续淡定道,"爷爷你换一种表达方式,让姐姐明白你只是不想她被坏男人骗了就好。"

段珊珊冷眼看着段伟祺,心里怨气更重。

你演啊,你继续演。越这样越表示你在意那个李嘉玉。

段珊珊可算是看透了,这厮表面上是帮着她说话,其实也不过是给他自己留后路而已,省得以后他自己跟李嘉玉走得太近被老爷子烦。

段老爷子顿了顿,盯着孙子半晌,转了口吻:"嗯,我就是这个意思。什么人值得交往,什么人不值得,你们年轻人心里要有个数。现在时代是不一样了,我们做长辈的也不好管你们太多,但你们也要懂事。段家这么大脸面摆在这儿,别给它抹黑。"

"那肯定不能抹黑。"段伟祺语调轻快,"爷爷你放心,我今年就出道,好好争取拿个十大杰出青年奖回来。"

去你的十大杰出青年!段珊珊又想拿东西砸段伟祺的脸了。

气氛变成了这样,这责备说教也维持不了太久了。最后众人各回各家,段珊珊和段伟祺跑得飞快。

段珊珊没回自己住处,她去了酒店。

进了套房,一眼便看到垂头坐在沙发上的苏文远。

他已经洗过了澡,换了身干净衣服,头发还是湿的,黑黑润润,泛着光泽。听到声音,他转过头来看。他的眼睛鼻头都是红的,嘴角抿得死紧,想必之前已经哭过一场。那隐忍委屈的模样,加上刚出浴的白皙,让他的盛世美颜无可挑剔。

段珊珊走过去,在他身边坐下,轻拍了拍他的头,道:"没事了,已经解决了。"

"珊姐。"苏文远一开口声音便哽住了。

"别多想,事情过去了。"段珊珊揽过他的肩,把头靠在他宽厚的肩膀上,"我在呢,我会帮你的。好好加油,做出番事业来,谁都不能看轻你。"

良久之后,苏文远"嗯"了一声。

段伟祺回了自己家,换了身衣服倒了杯酒,横在沙发上翻手机。

没有李嘉玉的消息。

段伟祺看着她的ID:女骑士穿公主裙。想着她今晚的姿态,亭亭玉立,舞姿曼妙。段伟祺觉得自己真是吃亏,帮了她这么大的忙,却连支舞都没有跟她跳过。

嗯,回头有机会,他要跟她跳舞。

"段伟祺快来受死"群里有动静,段伟祺点进去看,蓝耀阳和卓恺在询问他回老爷子那儿的情况。段伟祺在群里冒头简单说了几句,说已经解决。

卓恺又问李嘉玉什么反应。

"她请我吃麻辣烫。"段伟祺答。

蓝耀阳和卓恺发了一串"大笑"的表情。

二蓝神："这谢意也是很明显了。"

卓而很烦："吃完了麻辣烫呢？"

段伟祺："她打包了一份回去给她室友。"

这次两人笑到脱力，表情包都发不动了。

过了好一会儿，卓恺问："她对你什么意思呢？"

段伟祺没好气，发了语音："她刚甩了那渣男，现在在她眼里男人就是团屎，她能对我有什么意思？"

蓝耀阳道："否认是男人和否认是团屎，这个抉择有点艰难啊。"

段伟祺输入："艰难什么，无论你承认不承认，在女人眼里，男人都是死男人。"

蓝耀阳不服："我不承认！我明明有这么可爱的灵魂！"

卓恺被恶心得直呼："去死。"

段伟祺没理他们的嬉闹，他想了想，输入："我拉她进来。"

然后他很快把"女骑士穿公主裙"拉进群里。

蓝耀阳和卓恺都呆愣，不知道段伟祺这是要做什么。

紧接着段伟祺发了一条语音，口吻正经严肃："跟大家交代一下，刚才我回了一趟家，已经在家里长辈的调停下，跟我姐握手言和了。所以大家不用担心，事情已经解决了。"

很突然，很异常。群里两位"死男人"都没反应过来配合。于是群里尴尬地冷场了几秒。

然后"女骑士穿公主裙"说话了："我是谁，我在哪儿，我在做什么？"还发了个"左顾右盼"的萌表情。

蓝耀阳一下就乐了。

二蓝神："哎哟，这也是个可爱的灵魂，跟我很配。"

卓恺没眼看。

群里那位"女骑士穿公主裙"又说话了："我不只灵魂可爱，我还很漂亮。"

蓝耀阳玩得开心。

二蓝神："我也很帅。"

女骑士穿公主裙："我还有钱。"

二蓝神："我也富有。"

女骑士穿公主裙："绝配！"

段伟祺突然冒头："你还是去微博找我吧。"

女骑士穿公主裙飞快发了个"抱大腿"的图:"别啊,我就皮了这么一下下。"

卓恺私敲蓝耀阳:"兄弟,你死定了,你很快就是真的死男人了。进来的是Polo啊,阿祺想借我们过桥,你却挖他墙脚。"

二蓝神发了一串感叹号。

蓝耀阳赶紧回群里,复制了"抱大腿"的图发出去:"我也是只皮了一下下。"

李嘉玉被拉到群里时正与方勤说到段伟祺。

她把麻辣烫带回来的时候,方勤正与熊绍元视频。熊绍元在美国已经安顿下来,住的公寓挺小,每天坐公交车去学校,饮食的口味跟国内不太一样,他也还在适应,一切都从头开始。环境、语言、文化、生活、餐饮、交通,等等,全都与国内不同。

熊绍元也没说苦,只是陈述事实,也没因为这些是当初方勤不想到国外发展的理由,而故作愉悦轻松以免被方勤嘲笑。

方勤也没说"你看我早知如此"之类的话,只是问东问西,像个好奇宝宝,像是他们从来没有因为这个争吵过。

睹人思情,心有戚戚。

李嘉玉回来时,两人正聊完一个段落。方勤看见麻辣烫欢呼,对熊绍元道:"刚才总结的分手五大好处,现在再加一条,就是我想吃东西的时候,可以果断关你视频也不必被你说没良心了。"

"是,是。你真有理。"熊绍元附和完,隔着屏幕与李嘉玉打招呼,两人简单聊了几句,方勤把视频关了。

两个姑娘吃着夜宵聊着今晚的事,方勤听得津津有味。

"可以呀,姐们儿,你现在也是开过法拉利的女人了。"

"社会主义好姑娘给'资产阶级'当了回司机有什么好骄傲的?"

"说得也是。"

两人哈哈大笑。

方勤听说段伟祺把苏文远揍了,又开了微博写了那些话,还陪李嘉玉吃麻辣烫,不禁问:"哎,你说,那段总是不是还对你有意思啊?"

"好感肯定是有,不然也不会这么帮我。但你说是不是还想发生点什么,我觉得又不像。反正到现在为止挺含蓄的,没说过什么这方面的话。我们只是开开玩笑聊聊天而已。"

"无利不起早,他又不是闲着没事干,不会无缘无故对你好的。"

"我知道。但我也没亏欠他什么,正常的人与人之间的交往,也不必矮他一等。"

"说得也是。"方勤点头。

"我感觉他这人在大事上还是挺大度的,小事上有些孩子气,总的来说还是有胸襟的,情商不低。要说这样的朋友,我是愿意交的。他不多说什么,我自然也不必扭捏作态,相处着舒服就好。"

"嗯。"方勤道,"我觉得当初他也不是记恨你拒绝他的搭讪,他是记恨你说他丑。"

"我没说他丑。好了,这个梗还能不能过去了?"

"你说他不帅他也介意。"

"所以我说他水仙精嘛。"

方勤哈哈大笑:"他没生气吗?"

"他说我是杠精。"

"哈哈哈……"方勤大笑,"他说得对呀,你确实是。"

"我并没有。"李嘉玉不服气,刚要说话,这时候手机微信响了一下,她一看,是段伟祺把她拉进了"段伟祺快来受死"群。

"怎么?"方勤凑过来。

李嘉玉亮给她看,点开了段伟祺刚发的语音。

他一本正经说事情过去了,不必担心。

方勤道:"哎呀,有些做作呢,我就说他应该是喜欢你的。"

李嘉玉笑了笑。

群里冷场了,她要是不说话,似乎有些尴尬。

李嘉玉输入:"我是谁,我在哪儿,我在做什么?"

然后蓝耀阳跳了出来。

一来一往插科打诨,方勤在旁边看着笑得不行:"你俩挽尊①小能手啊。"

李嘉玉一边发"抱大腿"的图,一边也笑:"专业级的。"

蓝耀阳也跟着发"抱大腿"的图。

方勤笑得肚子痛:"段总的朋友跟他一个风格啊。他俩要是站台上一起演讲,那就是相声了吧?"

李嘉玉想象了一下画面,哈哈大笑。

方勤抱着她的胳膊,看着微信里蓝耀阳向段伟祺各种卖萌讨好,笑道:

---

① 网络用语,是"挽救尊严"的缩写,一般指某人聊天时发的消息过于无聊,导致聊天陷入冷场或者长时间无人回复,在这种情况下回复某人的行为称为"挽尊"。

"挺好的，嘉玉，你说得对，就是交个朋友也不错。起码你现在没有为那个人渣伤心了。"

群里，段伟祺说道："李嘉玉，钱拿到后要请我们群里人吃饭。"

"那必须的。"李嘉玉很快回复，"希望快点拿到。"她还发了个"兴奋跳舞"的图。

蓝耀阳又跳出来发了个"乖巧等待"的图。

后面的时间李嘉玉就没在群里说话了。很快群里就安静下来，话题结束得正如其他许许多多微信群一样。

李嘉玉并不确定段伟祺拉她进群的用意。是因为群里都是今晚的当事人，所以一起交代一声，约个饭，还是说想借群聊来表明他对她并无更多意思，只是把她当朋友圈中一员，又或者是想让她进入他的朋友圈子以制造更亲近的感觉？

但无论是哪样，李嘉玉都不介意。

她与段伟祺相处愉快，她对他是信任的。段伟祺这样的人精，定是一点就通。他与她都好面子，维持个场面关系肯定没问题。她相信哪怕退一万步，他真的对她有意思，那么如果有一天他向她表白却遭到她拒绝，他也能处理得很好。而在这之前，她没必要自作多情，也没必要疏远他，她愿意交他这个朋友，这么好的资源人脉，傻瓜才会往外推。

之后几天李嘉玉都没有联络段伟祺，段伟祺也没找她，那个群安安静静。一切正如李嘉玉所想，这种距离感刚刚好。

李嘉玉花了一周的时间与"远光"的同事们交接工作。苏文远并没有出现，也没有跟她联络过。所有的事，他都是通过郭荔和李铁来与她协调。

李嘉玉很认真仔细地把工作都交接明白了。她还一个一个地跟工作上的联络人打电话，跟他们沟通清楚她离职的事，表示工作交接给同事了，以后有事联络新的接口人。

李嘉玉的离职对工作室的其他人来说很突然，小程甚至哭了鼻子。这让李嘉玉庆幸自己没有一怒之下马上甩手不干。这些一起打拼的伙伴还是很好的，她现在也算没辜负他们。

李嘉玉的工作交接完的那天，她的账户收到了110多万元。郭荔与她说，苏文远让她转告，收购股权的钱已经打到她的账户了，多出的10多万是公司成立这半年的股息还有别的什么零零碎碎的钱。郭荔拉拉杂杂地报了一串，李嘉玉笑笑，拍拍她的肩："替我谢谢他了。我受之无愧。你们好好加油吧。"

李嘉玉转身离开，背过身时笑容慢慢垮了下来。只一周时间他就拿到100多万，段伟祺说得对，苏文远必定是转身就向段珊珊要钱了。

李嘉玉想起摊牌那天苏文远与她说的那句"我没有被包养，我发誓，我没拿过她的钱"，内心不由得替他悲哀。他是真的不知道自己失去的是什么。

她甚至想她这半年拼下来的资源，也不知最后他能用上多少。毕竟他伸手伸惯了，骨头一软，就再也站不起来。

李嘉玉给段伟祺发了微信，说她收到钱了，还多拿到了10多万。

段伟祺隔了几个小时才回复过来："他真有脸拿女人的钱，还拿这钱跟你赌气争面子。虽然我不想再提，但你真的太蠢了。"

"往事不要再提，人生已多风雨。"李嘉玉回他这句，再附上《当爱已成往事》的歌曲链接。

段伟祺回复："上回没皮够，是吧？"

李嘉玉哈哈笑，跑到"段伟祺快来受死"群再发一首《洪湖水浪打浪》歌曲链接。

不一会儿蓝耀阳发了三个问号。接着他发了一首《南泥湾》的歌曲链接。

卓而很烦："你们俩又发作了？这是什么梗？"

二蓝神："不知道啊，我乱接的。"

卓恺真是无话可说。

李嘉玉要笑死，蓝耀阳简直太可爱了。他才应该是总裁界的一股清流吧？

女骑士穿公主裙："蓝公子，你是总裁吗？"

二蓝神："我是啊。"再配个"兴奋跳舞"的图。李嘉玉的表情包很好用，每张他都存下来了。

女骑士穿公主裙："卓公子也是吗？"

卓而很烦："必须是啊。"

女骑士穿公主裙："嘿，那在咱们这群里，总裁太泛滥了，不值钱。"

二蓝神："是谁把这个杠精放进来的！"

段伟祺："你接着皮，我看你能皮多久？"

女骑士穿公主裙发了个"叉腰大笑"的图："我拿到钱了，请大家吃饭。"

二蓝神："你这话题跳跃得也太快了，我这年轻总裁的心脏有些受不了。去红色翡翠吧，开两瓶2008年的拉菲，来份黑松露奶油、神户牛肉刺身、法式鹅肝、清蒸雪蟹、鱼子酱，等等，我再想想……"

女骑士穿公主裙："先别想，我查一下。"

二蓝神："嗯，你网上搜搜看，我特意说的特大众的，网上能搜到的。搜不到的先不说了，现场点。"

女骑士穿公主裙发来一个省略号。

过一会儿她搜完回来了。
女骑士穿公主裙:"啥都别说了,把我踢出群吧。"100万不够一顿饭的。
二蓝神发了个"兴奋跳舞"的图:"以后还敢欺负我们当总裁的吗?"
女骑士穿公主裙:"不敢了!"配一个"捂脸大哭"的表情。
段伟祺:"你俩说相声呢?等我回来了再约饭。"
女骑士穿公主裙:"你去哪儿了?"
段伟祺:"出差。"

李嘉玉放心了,出差好啊,她有时间慢慢找家看起来很好但是稍稍便宜的餐厅,再研究一下听起来很牛但不是很贵的菜。无产阶级与"资产阶级"约什么饭呀,简直自取其辱。实在不行就麻辣烫了,还能请他们玩滑梯。

可最终这顿饭也没约上,因为段伟祺出差一个月还没回来。

这一个月,李嘉玉身边发生了不少事。

一是方勤上班去了。她入职的是一家叫耕田的投资公司,她是在校招会上找到的工作。这是一家才创办了一年多的新公司,薪水和福利都不错,且在CBD(中央商务区)的5A级写字楼里,一听就是财大气粗型的。方勤去了之后特别满意,说前台都美得冒泡,冰箱里永远塞满食物。她作为一个新人还不算太忙,跟着学做项目,过得挺滋润。

二是毕业典礼。李嘉玉红了一把,在这个各学院所有学生齐聚的日子,校草苏文远恢复单身的消息传开了。苏文远甩李嘉玉,李嘉玉甩苏文远……各种消息满天飞。李嘉玉没理会。她现在对带"苏文远"三个字的事都不关心。

但消息再热闹也不过是学生间的八卦,事情很快翻篇,没起什么波澜。

毕业典礼后,李嘉玉回了一趟家,将自己与苏文远分手的事当面跟父母说了。

李齐和宋音都很生气,当初苏文远来家里,他们看着还挺喜欢的,没想到却渣成这样。夫妻俩安慰了女儿一番,最后讨论那100万,李齐是这么说的:"这钱原本就是打算给你买婚前房的,但你跟了苏文远,想跟他一起创业。现在既然重新开始了,那还是拿去买房吧。你自己挑一挑,选个喜欢的,负担得起的。100万给你当首付,余下多少你看着自己的能力贷款。这房子是你自己的,自住也好,升值也好,跟你未来老公都没关系。以后就算结了婚,你的收入和财产不比老公差,心里也有底气。"

李嘉玉觉得可以,谢过了爸妈,又把她那100万嫁妆带回来了,一边研究房产,一边找工作。

李嘉玉求职的方向是企业咨询。她跟着教授做过几个项目,对企业咨询一直很有兴趣,觉得这工作很有挑战性,可以接触到各种行业,探究不同的问题。

之前跟教授做项目时，曾有家业界知名的公司向她递过橄榄枝，但那会儿她已在创业，就与机会失之交臂。这会儿想再敲门，对方已没有合适的空缺职位。

李嘉玉只得寻寻觅觅，简历投了不少，但前不久才校招过，大公司的合适职位基本没有了，小公司她又看不上，她不想浪费时间在跳板上，希望能直接进入能让她得到有效磨炼、有提升空间的岗位。

最后还是教授给了她机会。宋教授作为企业管理方面的专家，与不少大型咨询公司有往来，也是几家公司特聘的顾问。有天他把李嘉玉叫过去："你有兴趣去华美吗？你有位师兄在那儿做到项目总监了，他说他的小组有空缺，初级咨询顾问。你要是愿意，可以跟他联系一下。"

李嘉玉听了自然高兴。这公司算得上全国前五，与教授一直有合作，再加上顶头上级是师兄，那肯定能教给她很多东西呀。

李嘉玉当即给那位师兄打了电话。陈博明师兄很快与李嘉玉敲定了面试时间。

面试其实就是个过场。陈博明跟人事那边打好了招呼，李嘉玉履历漂亮，学历合格，各方面都很优秀。人事人员例行公事地问了些问题，面试就通过了。

"我这边也挺着急的，刚好有两个人离职了。你可以的话，明天来上班。"

李嘉玉答应了。

当天李嘉玉发了两条朋友圈。其中一条是下午发的，她说找到工作了，特别开心，一定好好努力，争取两年内成为李总。

这条下面许多人祝贺她，连蓝耀阳和卓恺都说了恭喜。

晚上的时候李嘉玉又发了条朋友圈。她来大姨妈了，痛个半死。她写着："不该喝那杯奶茶庆祝的。现在痛得死去活来，明天还要上班呢。"

段伟祺在这条下面点了个赞。

李嘉玉好气，这位泥石流！她懒得理他。

但段伟祺偏偏还给她发了微信过来："我明天回去了。"

回就回呗，李嘉玉没兴趣。

第二天，李嘉玉上班。

段伟祺出差归来。

还有，段伟祺上微博热搜。

以及，苏文远上微博热搜。

第六章
"资本家"的约饭群

李嘉玉第一天上班,很郑重地穿了身粉蓝的新裙子,清新的颜色,端庄的样式,又仔细化了个明艳的妆。整个人看上去气色很好,年轻但不稚嫩,整洁干练。李嘉玉自己很满意。

到了华美,还差5分钟才到上班时间。等了一会儿,陈博明就到了。他带着李嘉玉熟悉了一下,便将她交给部门里的一个项目经理。那经理名叫杜利,陈博明让她叫杜哥。

杜哥30岁左右的模样,看着像是常熬夜,眼袋重,有些憔悴,说话也有些瓮声瓮气,李嘉玉要仔细听才能听清他说的话。

"陈总说你是宋教授的学生呀。"

"是的。"

"有项目经验的,对吧?"

"有的。"李嘉玉简单介绍了一下自己参与的项目的情况。

"那就好,组里现在在做两个项目,每个人都当三个人使,没时间手把手教你们。对了,陈总说你的PPT做得不错,宋教授的讲座和演讲的PPT都是你做的?"

"我参与的那几个项目是我做的。"

"我去听过喜语品牌建设的那一场。"

"那一场是我做的。"

"那真是挺好的,很大气。"杜哥道,"不过,我们的报告不需要这么华丽,所有的PPT模板都是现成的,最重要的是资料与数据要填齐全,不要自作主张自己做内容,模板里让你填什么你就填什么,不然做错了还得重新来,浪费大家的时间。"

李嘉玉愣了愣,点头应好。

杜哥又道:"对了,听说你之前自己创业做公司,后来不做了。年轻人有冲劲挺好的,但也不能瞎冲,做事稳着点。大公司有大公司的成熟流程和做事方法,都是积累下来,经过验证正确且有效的,所以教你什么就做什么,这样少走弯路。有什么不懂的就问。明白了吗?"

"好的。"

杜哥满意地点头,把李嘉玉领到小组的工位区,介绍给已经到公司的几个同事,又把她领到自己的工位那儿。

李嘉玉的工位在角落,标准的办公室格子间。旁边的格子里坐着同组的另一个女孩,名叫秦西。秦西25岁,很年轻,也是昨天刚来上班。

小组里就她们两个女生,又都是新来的,所以很快熟稔起来。

他们小组里一共两个项目,一个还在谈,一个正执行。在谈的是一家珠宝公司——盛熹珠宝,咨询需求是人力资源管理体系。正在执行的项目是一家在线旅行服务公司——E喜游,合作的内容是战略咨询。

两家公司都是全国知名企业,公司体量大,产品市场占有率高。为他们提供的咨询服务,项目标的几百万起,是极富技术含量的服务,要求很高。

刚才杜哥说的话虽然有些不中听,但李嘉玉倒也受到了提点,她提醒自己思维模式要快速转变,从"远光"这样的小型创业公司的运营战略中拨出来,站高立远去看。从前宋教授作为顾问角色,主要是提供分析和研究,指点方向,他们参与进来也是为教授整理案例、数据和写报告,实战经验当然远不如在公司里真正投入来得丰富深入。李嘉玉有些兴奋,这是她想要的挑战。

李嘉玉和秦西都是初级咨询师。秦西在另一家咨询公司工作过一年半,但每家公司的经验、方法不同,各有各的模式,且秦西那家公司业务并不算出众,所以到了这儿,她仍只是个初级咨询师。

初级咨询师往上走,是高级咨询师,接着可升为项目经理,项目经理可带团队,可签项目,已经是很厉害的角色。再往上走就是项目总监,总监再往上的奋斗目标,就是公司合伙人了。

咨询公司里工作繁重，内部竞争激烈，李嘉玉从来没在这类公司里上过班，无法体会。秦西原来所在的公司规模远不如华美，但毕竟也是业内从业人员，知道的比李嘉玉多。她向李嘉玉传授了不少经验，李嘉玉仔细听了。

一上午李嘉玉忙得水都没喝上几口。人事、行政、IT等部门都来与她对接，协调她入职后的各项手续和事务。她从一个办公室转到另一个办公室，回到工位后各种工作文件已经堆了一沓，新开通的工作邮箱里也已经躺着好几封电邮，附件资料10多个。

早上起来的时候，李嘉玉的肚子倒不痛了，只是隐隐还有些不适。这么一忙碌，她都忘了不舒服，觉得浑身是干劲。

中午杜哥请全组一起吃饭，算是为李嘉玉和秦西举办的简单的欢迎宴。饭桌上男人们胡侃瞎扯，聊得不亦乐乎，偶尔问李嘉玉和秦西，两个姑娘一一作答，但就算是像李嘉玉这样容易与人打成一片的，也没能融入这些男人的话题里。

待大家吃得差不多时，大多数人开始刷手机，其中一个男同事忽然道："唉，我的女神又恋爱了。"

旁边人都笑，大概是知道这同事的女神是谁。然后一人问："怎么，齐琪又有绯闻了？"

齐琪是当红女星，长得很漂亮，影视作品不少，演技也不错，在娱乐圈里的美誉度还是很高的。这两年她参加一档真人秀《走走停停》，收视爆了，人气也爆了，属于走错路也能上热搜的体质。李嘉玉当然知道她是谁，也挺感兴趣地竖起了耳朵。

不知这次绯闻男友是哪位男星。

"段伟祺。"

李嘉玉一口汤差点喷出来，赶紧咽了下去，抬起头。这回不只竖耳朵，连脖子都竖起来。

"这谁呀？"周围男同事纷纷问。

"不认识，上面说是富商。"

李嘉玉忙问："哪儿写着呢？"

"看微博，到处都在刷呢。都上热搜了。"

李嘉玉赶紧拿手机出来刷微博。

一男同事笑："李嘉玉，你也是齐琪的粉丝呀？"

"是啊。"李嘉玉应着，找到了那条热搜。

那条新闻配了9张图片，每一张上都是齐琪与段伟祺。两个人在一个古朴小镇里，有漫步的，有坐在河边对视的，有一起吃饭的，有相视大笑的，还有些镜头角度比较暧昧，两个人看着很亲密。

配文是说齐琪近日现身于靖田古镇，与富商段伟祺甜蜜共处一周。文中对段伟祺进行了一番介绍，称其是富二代，一直在国外创业，拥有赛马俱乐部、快艇公司等产业，回国发展不到半年。半年前齐琪正好在美国拍戏，她前脚回国，段伟祺后脚便跟了过来，殷勤热烈可见一斑。众所周知，齐琪喜欢中国古文化，家里中式装修，戴中国风首饰，穿旗袍，等等。段伟祺回国后第一件事就是考察古镇，近期正与相关部门商谈，欲买下靖田，小编大胆猜测，这怕不是要以古镇献美人，作为求婚礼物吧？

文里把段伟祺吹捧得非常帅、非常有钱、非常深情。下面评论里一堆女生嗷嗷叫，都在喊这样的老公给她们来一打。而李嘉玉面前的男同事们，都在议论这个突然冒出来的新晋国民老公究竟是什么背景。

李嘉玉简直要哈哈大笑，但是周围都是同事，她又不好太张扬。只好憋着，给方勤发消息。

方勤那头也是午休时间，很快给她回了消息，发过来一张"笑到扑街"的图，又道："段总自己知道吗？"

李嘉玉正输入"水仙精……"，还没敲完，刚好手机有个来电。

这回李嘉玉没忍住，扑哧笑了出来。

来电人——段伟祺。

李嘉玉拿着手机到一边的角落接电话。段伟祺声音如常地道："我回来了。"

"哦。"李嘉玉很想八卦一下这绯闻，在想怎么开口好。

"你胃还痛吗？"段伟祺问。

胃痛？李嘉玉莫名，答："不痛啊。"

"那晚上约饭。我叫上耀阳和卓恺。"

"哦。"那就等晚上吃饭的时候再问？

"那挂了，我一会儿发地址给你。"段伟祺说完就挂了，好像很着急似的。

李嘉玉拿着电话，过了一会儿反应过来了，赶紧奔进"段伟祺快来受死"群，写道："晚上约饭预算1000元，请各位大佬赏脸。"

过了一会儿卓恺回复了："你少写了一个零，是吗？"

李嘉玉发了个"可怜"的表情："看在我们跨越阶级、性别、审美的天差地别艰难建立起来的深厚友谊的分儿上，让那个零随风消散吧。"

段伟祺突然冒了出来："审美的天差地别是什么鬼？"

"我瞎的意思！！！"李嘉玉果断敲上三个感叹号，"这位大佬，我真瞎！！！"

段伟祺不说话了。

李嘉玉赶紧又道："我要带我的知己、爱人、同学、室友、亲人一起去。"

蓝耀阳马上提出反对意见："我不同意！1000块，你还带上一支足球队一起去！你是不是想一人发个馒头？"

李嘉玉龇牙，看看，"资产阶级"的世界通货膨胀就是厉害，馒头都这么贵了。

段伟祺甩出一个店的地址："今晚7点，来这里。"

李嘉玉心里一抖，赶紧点开看。

是家粥店。页面上写着人均86元，不便宜，果然是"资本家"挑的粥店，但1000块应该是够了。

李嘉玉通知了方勤，待回到群里，看到段伟祺要求群主蓝耀阳改群名，几番压迫威胁之后，蓝耀阳不情不愿地把群名改成了"约饭群"。

明明他自己也能改，偏偏要表个态度，让群主屈服。

李嘉玉瑟瑟发抖，无产阶级在这样的约饭群里生存简直太艰难了。

她把微博热搜链接发到群里，再发几张烟花图，再来一张"兴奋跳舞"的图："今晚喝粥我请客，恭贺段总绯闻出道。"

段伟祺发了个省略号。

蓝耀阳飞快地发了一个"我已笑死"的图。

李嘉玉想象了一下段伟祺的表情，也快笑死了。

下午的工作依旧忙碌，李嘉玉熟悉了公司的业务系统和流程，跟着小组一起开了个会。会上给她分配的工作是配合其他组员一起执行"E喜游"的战略咨询项目，她负责整理同事们的报告和数据，做成PPT。而秦西的工作则是与另两位同事参与"盛熹珠宝"项目，进行前期资料收集和行业调查。

李嘉玉对分到的工作还是挺高兴的，她爸爸就是做旅游业的，她对在线旅游服务也算熟悉，因为爸爸的旅行社就与各旅行网站合作过，与"E喜游"也有合作。李嘉玉对这个行业有感情。

一下午的时间很快过去，李嘉玉看完了好几份资料，过了一遍PPT模板，一转眼下班时间就到了。

李嘉玉把一些资料存好，准备晚上回家再看看。她收拾包包准备走，却发现其他同事还坐着，似乎没人打算下班，看来咨询业工作压力确实大。李嘉玉跟大家打招呼，说她先走了。

一男同事也不知是心情不好还是怎的，酸酸地道："这么多资料没弄呢，这就走了？以后要天天这样，这活儿怎么干？"

另一同事解围道："人家第一天上班，干吗弄这么辛苦。没事，李嘉玉你走吧，明天见。"

那心情不好的男同事却又说："工作肯定辛苦呀，想不辛苦就找个段伟祺这样的老公。"

李嘉玉挑挑眉，笑道："行咧，我问问段伟祺是不是这样。"

那解围的男同事笑笑，指指那发难的同事，用嘴形道："失恋了。"

李嘉玉点点头表示理解，跟大家说了"再见"，走了。

她心想，找个段伟祺这样的老公才辛苦吧，"资本家"的世界多累。

李嘉玉去的路上遇着了一起车祸，堵车严重。等她到的时候，其他人都已经就座了。段伟祺已经点好了菜，在刷手机。蓝耀阳和卓恺在跟方勤聊天，已经聊得挺熟了。

李嘉玉一进去就笑："恭喜段总。"

段伟祺抬眼皮看她："想死是吧？"

卓恺大笑："拉炮我都准备了。开始吧。"说完还真拿出两根拉炮来。

李嘉玉忙摆手："我不敢。"

卓恺把拉炮塞蓝耀阳手里。

蓝耀阳豪迈道："我来！"一看段伟祺凉飕飕的表情，忙改口，"……来给你。"

他把拉炮递给方勤。

方勤笑嘻嘻起身接过："好咧。我来替你们收着。大家先吃饭！"

粥和小菜很快都上来了。李嘉玉道："各位大佬，这顿饭很珍贵，一个穷姑娘掏出了血汗钱请你们吃的，以后机会不多，且吃且珍惜。"

段伟祺哼道："可以呀，李嘉玉，挺会暗示呀。"

蓝耀阳装模作样叹气："听了这诀别的话，我都吃不下了。"

李嘉玉掏出手机："那我们来段网络留言助助兴吧。"

她点开微博打算念念段伟祺的绯闻，活跃一下气氛，可一看热搜，愣住了。

"怎么了？"段伟祺问。

李嘉玉点开消息仔细看，不敢相信："苏文远跟李欣约会，上热搜了。"

饭桌上有几秒的安静，然后大家都掏出手机。

方勤傻傻地问："是齐琪红还是李欣红啊？"

两个当红女星，同一天带着圈外男子上热搜，太神奇了。

段伟祺看着手机，皱起了眉头。

卓恺看向段伟祺："怎么回事？"

蓝耀阳也不闹了，开始打电话："我问问哪个营销公司买的热搜，谁干的能查出来。"

方勤悄悄给李嘉玉发微信："现在的感觉就像是，你过去的男人跟你未来的男人，在同一天，全都绯闻出道了。"

段伟祺道："苏文远那人渣是怎么回事我不知道，但我的吧……"

卓恺抢话道："你的绯闻我没兴趣。我就想知道你姐刚给小白脸钱，他怎么有胆转身就搭上别人了？"

段伟祺板着脸盯着他看。

卓恺赶紧拱手："不是，你的绯闻我太好奇了，特别想知道，这不是怕你嫌弃我八卦嘛。"

段伟祺冷哼："求我啊。"

卓恺心想，这还蹬鼻子上脸了。

"求你。"李嘉玉和方勤很默契地双手合十，异口同声。

段伟祺差点没绷住脸色。

卓恺哈哈大笑："可以的，你俩肯定有前途。"

蓝耀阳这头打完电话，正看到这一幕，不禁也笑，他转了话题，道："已经问了，等消息。"

段伟祺道："我猜苏文远和李欣的事应该是我姐安排的，绯闻是假的，就是帮他炒个热度。这男人软骨头，哪敢转身又傍上一个，还闹出这么大动静来。李欣也不是傻的，她从我姐那儿拿这么多资源，不会得罪她的。"

"我以为你姐跟苏文远分手了呢。"蓝耀阳道，"这段日子，我看到她跟别的男伴出入社交场所。"

"那肯定是做给我爷爷看的。"

"那现在你姐是连你的热搜也一起打包做了，让苏文远压你一头，好让他出出气？"卓恺问。

"什么叫他压我一头啊？"段伟祺不高兴。

卓恺刷了刷手机页面，亮出来："李欣秘密恋情疑曝光，与美男设计师亲密进出公寓。看看，排第一。你的，齐琪新恋情，与富商男友共游古镇，排第四。"

段伟祺冷笑："你找事是吧？"

蓝耀阳问："你跟齐琪这个要不要撤下来呀？"

"不用。"段伟祺一脸无所谓，"虽然不知道是谁发出来的，但对我跟齐琪没坏处。我今天跟她聊过了，她过一阵子会出来澄清，趁机推一推靖田古镇，等到节目出来再炒一拨。"

"所以你跟齐琪在古镇那儿是聊合作？你想请她做古镇项目的代言人吗？"

"不是。今年的《走走停停》，齐琪任制片人，她有投资。我想让她把节目拉到靖田去。"

《走走停停》是一档真人秀体验节目，每集三个嘉宾。嘉宾们共同商定，派代表抽选一个地方，然后用一周的时间在那个地方探索。也许是找到一个喜欢的景点，也许是遇到一个有趣的人，也许只是发现了一道自己从前不曾吃过的美食，做自己从前没做过的事，得到自己从前没有得到过的休息。在那个地方行走，在那个地方停留。

可以独自进行，也可以与人结伴。没有固定的模式，也没有指定的内容。每集嘉宾都能体现出不同的面貌来。

当然为了保证节目内容的观赏性，节目组会在嘉宾不知道的情况下给他们人为地安排一些情节。比如安排人搭讪，安排一些遭遇，让嘉宾能有所表现。嘉宾的各种反应既有笑料又有温情，当然也会出现一些争议。每一集的讨论度都很高。

至今为止，节目办了三季，齐琪是在第二季加入的。李嘉玉和方勤都爱看这节目，却不知道这位女星竟是节目的制片人。

"办了三季，形式上若是没什么变化，观众会审美疲劳。第三季的收视率就没预期那么好。之前的投资方见好就收，不做了。齐琪却对节目有了感情，想接手，她第一次做制片人，是押了很大赌注的。"段伟祺道。

"所以第四季节目肯定得转型，你就推荐了靖田古镇？"卓恺道，"你这一个月都在那儿吗？"

"对，我过一段日子还得去。跟政府的协议签下来了，他们已经同意将靖田交给我开发。修缮的师傅我找好了，但人不够，现在真正会修古宅，能让它恢复原貌的不多，还得继续找。"

"段总是打算把靖田修漂亮了，开发个古镇旅游城吗？"李嘉玉问。

"不，我要把它修好，恢复原貌，做成古文化体验村，其实就是度假村。"段伟祺见李嘉玉有兴趣，便认真与她说，"这个镇很有意思，它在古时候曾是个富裕的地方，有许多大户人家。史书上对它是有记载的。后来由于一些原因，许多宅子被毁，村民都跑了。再后来又有人回来生活，但与外界有些隔绝，仿佛世外桃源。它有历史内容，有文化底蕴，旧宅也保留了不少。它在两个大城中间，周边都被开发得差不多了，这个镇却仍旧破破烂烂。年轻人都去大城市打工，基本不再回来。还有许多人家都搬迁了，留下废宅旧宅。政府不敢乱动，毕竟是历史名镇，但又没法大修，因为要花很多钱，而在这个地方花钱就表示要赔钱。要改造成旅游胜地，它又太小，体量不够大，收入有限，离其他地方又有些远，配套设施不好办。所以眼下就是小打小闹地弄弄旅游，经济效益没法跟其他地方比。"

段伟祺把手机打开，调出图片给李嘉玉看，方勤凑过来，两人听段伟祺继续说。

"我回国后去过很多古镇和村子，那些有名的地方，都被旅游毁得差不多了，现代工业化的翻修，大量的垃圾和污染，千篇一律的廉价纪念品商店，到处是烧烤、小吃店，走在路上永远只能看到别人的后脑勺或头顶。"

李嘉玉和方勤也去过，闻言不停点头，确实是这样。

"再做一样的东西就没意思了。我想修一个古镇，跟古时候一样的，没有现代的汽车，没有现代的商店，古朴美丽，安静怡人。在古宅里居住，听宅主人的故事，体验他们的生活，喝酒吃肉，骑马游山。靖田刚刚好。它地方不算太大，后山可做果园、种农田，可辟山路、引水渠，还有一大片的空地可以建马场。等交通状况改善了，我再把年轻人都引回来，给他们工作，让这个古镇重新活起来。"

段伟祺看她俩翻完照片了，把手机拿回来，又道："只接受预定住宿的游客，限制人数，保证提供优秀的独一无二的度假体验。"

段伟祺讲了一些服务内容，描述了一番古镇生活的美好，两个姑娘听得两眼发光。最后方勤抓住了重点："段总，你这个镇子，是不是有钱人才能住得起啊？随便玩一天就得花几千了吧？"

段伟祺理所当然地道："当然了，我定位的客源就是高端人群。你说的好几千都是便宜的了。"

"这么漂亮的地方，怎么对我们普通老百姓这么不友好？"李嘉玉撇嘴。

段伟祺笑："你做企业咨询，还这种思维？市场就是有区分的。有多少钱就去多少钱的地方消费。难道还要埋怨奢侈品品牌对普通老百姓不友好？我做什么质量的产品、提供什么质量的服务，就收多少钱，公平合理。而且我一开始就没打算做同质化的旅游产品，有差异性才有竞争力，不然投进去的钱就是打水漂。"

李嘉玉叹气："确实如此。"

"其实我是想找个漂亮的古镇好好玩一玩，没找到满意的，只好自己建一个。"段伟祺道。

李嘉玉垮脸给他看，总裁，你这富炫的，我给满分。

卓恺在一旁大笑:"李嘉玉,他说的是真的。他在国外带他的马去了什么欧洲古镇参加马术大赛,然后突然给我们发消息说觉得在国内也可以搞一个。然后他就把国内几个地方都转遍了,又跟我们说——这样的度假环境,对我这样的有钱人太不友好。"

最后一句话,卓恺学着段伟祺的欠揍语气,逗得蓝耀阳哈哈大笑:"对,这话跟李嘉玉刚才说的那句一样。我印象特别深。"

李嘉玉捂眼睛:"快别说了,该挑起'阶级矛盾'了。"

大家哈哈大笑。

方勤又问:"段总,你这项目投资至少得十几亿吧?"她现在做投资这行,对这些挺关心。

"不止,目前的预算是50多亿,后期也许会再调整。这个开发周期很长,我们分了五期规划。"

"你吃得下?"卓恺有些心动,想投点。

"分期。而且我把蛋糕切了,一块块单卖。"段伟祺笑笑,用筷子在盘子上比画示意,"一期的几个大宅除了我给自己留的,其余的基本都卖出去了。"

"什么卖出去?这还能卖?"

"齐琪就买了一套。售价就是修缮的费用,她整个包了,然后从宅子样式到装修到运营安排,她可以全部亲力亲为,也可以托管给我公司。宅子建好后,使用权是她的。她可以招待朋友,空闲时放开经营,收入归她。"

蓝耀阳愣了愣:"你把房地产那套带租约销售用在了这里?"

"很好用,为什么不用?一来分担资金压力,二来有明星效应。齐琪亲自修的房子啊,现在能让你们住,你住不住?齐琪也获得了支持古宅修复、维护文化遗产的美誉,以及未来的经济效应,再加上她的节目内容已经有了,这解决了她的大问题。我投资她的节目,她买一套古宅,她一点没犹豫,马上签约。我广告都不用打,以后几个明星帮着喊一嗓子,这镇子就能客满。古镇旅游市场成熟,我坐着赚钱,稳稳当当。"

李嘉玉寻思,这种脑子,活该他有钱啊。

"给我留两套,我也要买。"卓恺道。

"没了。"段伟祺很嚣张,"不是我吹,真的供不应求。而且钱我有,我想要明星效应,你又不是明星,我不稀罕。"

卓恺气得直咧嘴,道:"难怪你被拍了也不撤热搜,是不是打算自己出道了连明星效应都不用求人。"

"这倒不是。不过是老爷子让我下周参加个财经访谈,大节目,说是很牛，让我以杰出青年企业家形象出道。狗仔提前了，也挺好。老爷子下午已经给我打过电话了，哎呀，老人家生气呢。"段伟祺摊摊手，"可我有什么办法呢，又不是我让狗仔偷拍的。我正经谈生意，人家偏要写我用小镇求婚。神经病。"

"哼，我看你挺高兴。"蓝耀阳吐槽他。

"原本也没什么高兴不高兴的，反正发了就发了，齐琪觉得正好有用就让她用呗。但那苏文远冒出来，就太恶心了。"

大家都大笑。

卓恺趁机损他："人家年轻，盛世美颜，还是设计师，你除了有钱泡女明星，还有什么'人设'卖点啊？"

"我可是杰出青年企业家好不好？"

大家又笑，李嘉玉也笑。

段伟祺斜睨她："你笑什么，盲女？"

李嘉玉撇撇嘴，想了想问："真是你姐帮苏文远炒作吗？"

"我猜是的。"

李嘉玉沉默，觉得这事的可能性确实很大。从前就有人提议过让苏文远走网红路线，用他的人气来打响"远光"品牌。毕竟以他的脸和履历，打造成网红不难。但李嘉玉没同意。她觉得当前最重要的是作品的积累，苏文远再有才华再优秀，也是一个新人设计师，他必须要积累足够多的产品经验才能树立品牌形象。产品基础扎实了，再去谈网红营销。以苏文远的性格，一旦分神了，设计工作自然会受影响。

当初苏文远事事听她的，她说不好，他便作罢。现在她与他没有关系了，他想走捷径自然也是很有可能。

"我打个电话。"李嘉玉拿了手机出去。

李嘉玉打给了李铁。

李铁很快接了。

李嘉玉问他："苏文远怎么回事呢？"

李铁明白她在问什么："他走邪路了，好好的设计师不做，去卖脸了。他前几天跟公司打了招呼，我还以为他说笑呢。今天热搜出来，公司都炸锅了。他们想不明白，还傻乎乎地高兴呢。苏文远今天粉丝涨了几十万，网店订单也涨了很多。"

李嘉玉说不出话来。

"苏文远是傻子，不知道谁对他好。你才是认真帮他考虑前程的，而她们只想讨好他。"

"她们?"

"文铃回到他身边了。她听说你跟苏文远分手了,那天在思创问我来着,我告诉她苏文远劈腿富婆,她竟然还不知教训,跑回来找苏文远了。"李铁又道,"我今天辞职了。"

"老李……"

"没什么的,三观不合,也没法共事。最重要的是,我是设计师,网红工作室不适合我。李嘉玉,我很遗憾'远光'这样,但它完蛋了,真的。谢谢你了,当初在你那儿学到不少。有缘的话,江湖再见。"

李嘉玉挂了电话,站在原地久久没法动弹。

虽然心里有预期,但李铁说出"'远光'完蛋了"这样的话,她还是颇感震撼的。毕竟,她全心全意付出过心血,用了半年时间,一点点把它创立起来。

有个人走过来,站在李嘉玉身边。

李嘉玉闻到了烟味。

她转头看过去,段伟祺痞痞地叼着烟看着她。

"打给苏文远?"

"不是。"

段伟祺不说话了,过了一会儿又问:"什么感觉?看到他这样,你痛心?"

李嘉玉想了想:"还是觉得很遗憾的。"

段伟祺把烟掐灭了,看她半天,道:"我车里有胃药,走的时候你记得提醒我给你。"

胃药?李嘉玉想起今天他问她胃痛不痛。她忽然反应过来了,失笑道:"不是,我不是胃疼。"所以他特意选了粥店吗?李嘉玉心里颇感动。

段伟祺看着她,忽地扬了扬眉头,他懂了:"哦,女生那个……我还以为……"他笑了笑,"不过,不论是哪儿疼,你还是撒娇了呀。"

李嘉玉一愣,撒娇?她发了朋友圈喊疼……这个,确实不是她的风格啊。也许是昨天太兴奋了。

"我觉得你是发给我看的。"段伟祺又说。

李嘉玉又愣了。

是吗?因为他说过如果她喝奶茶胃疼,他会说活该。

就像约定了什么似的。

李嘉玉眨眨眼睛。

所以当她公开喊痛,像是在发送信号。

李嘉玉忽然不确定，自己为什么要发那条朋友圈。

段伟祺仍在看着她。

李嘉玉忽然一笑，哥俩好似的拍了一下他的肩："大兄弟，忘了它吧。"

段伟祺也笑，冷笑。他没好气地伸手弹她额头："赶紧从我眼前消失。"

"好的好的。"李嘉玉以狗腿姿态退后两步，"大佬放心。我马上消失。"

李嘉玉跑回了包厢，方勤跟卓恺他们正聊得热烈，在讨论关于古镇项目的操作，那里头有许多门道，说起来一长篇一长篇的。李嘉玉坐在旁边一起听。

过了一会儿，段伟祺回来了，他身上一股烟味。

接着服务员又上了菜。段伟祺说他没吃饱，加菜了。

最后结账的时候，李嘉玉拿到账单，1001元。比她宣布的预算多了1元。李嘉玉不禁笑，段总裁还挺幼稚的，不高兴了就这样"报复"她。

吃完饭结完账，大家一起走，去停车场取车。

李嘉玉来得迟，里头没车位了，只得停在外头稍远处。与三位"资本家"告别后，方勤与她手挽手地慢慢走。

"以后这样的饭局请务必多多组织，太有料了，超多干货，比我上班两个星期学到的东西还多。"方勤道。

"可别了，大姐。喝粥喝了1000块啊，我好心痛。"李嘉玉把头靠方勤肩上，"卓公子在群里还问我是不是预算少了一个零。"

方勤哈哈大笑。

李嘉玉道："为了省钱，我得跟'资本家'们绝交了。还计划买房呢。"

"他们应该不会再找你请客了。"

"是啊。毕竟真不是一个世界的，该客气的也客气了，偶尔维系一下联络吧。"

"话说我今天在网上看到两个不错的房子呢。一个二手的，一个是新房，都带装修，拎包入住那种。二手的大一些，新的好像小区好点，就是远。哪天我们去看看。"

"行啊，要不约周末吧。你上班怎么还有时间找房子，我今天一天感觉都没时间喝水，下班的时候还有个同事借题发挥说我怎么走这么早。"

"天哪，你们那儿压力这么大呀。"

"等适应了也许就好些吧。不过也可能适应了之后工作量更大。"

方勤道："这么一比，我这工作简直太好了，起码目前很不错。工资高还清闲，哎呀，我都觉得对不起我老板，太愧疚了。"

"演得不够诚恳。"李嘉玉鄙视她。

"对了,你跟段总后来怎么回事?你们一起消失后,再回来他似乎不太高兴。"

"有吗?"

"有的。我感觉他兴致不太高似的,还总看你。之前他侃侃而谈的时候没怎么看你。"

"你从特工学校毕业的吗?"

"很明显啊。你肯定注意到了。"

李嘉玉没说话。

她们这会儿已经走到车位那儿,李嘉玉低头翻包包找钥匙。

方勤又问:"所以怎么回事嘛?"

李嘉玉道:"抽烟抽得吧,抽烟很臭的,大概他把自己臭到了。"

方勤哈哈笑:"我听你瞎掰……"说话间一转眼,吓得差点蹦起来。

"段总。"方勤很快镇定下来,若无其事地唤道。

这位"资本家"什么时候跟过来的?听到了多少?

李嘉玉也吓了一跳,跟着方勤唤:"段总。"

段伟祺手里拎着个小袋子,嘴里叼着根烟,看了看她俩,冲李嘉玉勾勾手指:"李嘉玉,你过来。"

李嘉玉过去了。

段伟祺忽地一口烟轻轻呼到她脸上,还没等李嘉玉反应过来,他把手里的小袋子塞给她:"反正买都买了,还是给你吧。"

说完不再看她,转身就走。

段伟祺的背影走远了,李嘉玉这才低头看,袋子里装的是三种胃药。李嘉玉怔怔看了两秒,拿了小袋上了车。

方勤上了副驾驶座,看了看那些药,叹气:"我说亲人啊,这真的很明显了。"

李嘉玉没接话,默默启动车子,回宿舍去了。

这晚李嘉玉有些失眠,躺床上翻来覆去,久久进不了梦乡。

方勤也睡不着,忽然问她:"你在想什么?"

"想快点睡着。"

方勤沉默了一会儿,道:"我想大熊了。今晚吃饭特别开心,但是开心过后竟然觉得寂寞。我真想他啊。"

李嘉玉心底一软。

方勤过了一会儿又道:"有时候觉得自己好牛,这么理智冷静地分手,分手了还能是朋友。有时候又觉得自己是傻子,这么失败的经历,却硬要拿来得意一下,强行找个理由夸自己。"她停了很久,"其实很难过呀。我希望可以不用理智冷静,要是一切都没有变多好。他还在这里,我们一起上课,赶报告,写论文,一起逛街,吃东西,还可以吵架,可以对他发脾气。现在连跟他吵架的机会都没有了。视频的时候,虽然说说笑笑,好像关系还不错,但其实总觉得差了点什么。我刚才一直想,想那种感觉究竟是什么。"

"是什么?"

"是客气吧。那种表面关系不错的客气,挺投缘的样子。"

"就像跟那几位'资本家'公子哥一样。"李嘉玉接口。

"对。我就是想说这个。就好像今天跟那几位公子哥,一起吃饭,一起聊天,似乎特别投缘,可以放肆说笑话,可以调侃,可以一起吃同一盘菜。但其实表面再熟络,大家也只是客气罢了,骨子里压根跟你没深交,大家各有各的圈子。普通朋友能做到这样,在一起时愉快玩耍,分开后各无牵挂,挺好的。但是,他是大熊呀,终于也有这一天,他跟我成了投缘的热情的普通朋友了。"

李嘉玉下了床,爬到方勤的床上与她挤在一起:"等再过一段,我们搬出了宿舍,住进新房子,你的工作也忙起来,结交的新朋友越来越多,你会感激还有机会跟大熊做投缘的普通朋友的。起码从前的感情没有错付,只是缘分不够,生活让你们在一起,各自从对方身上学习和享受到爱,然后你带着这样的能量,走进下一个阶段的生活。"

"我想他了,嘉玉。"方勤喃喃道。

"我也想苏文远。"李嘉玉叹气,"我真想念还没有变质之前的他。越想念,就越遗憾。太遗憾了。"

方勤将李嘉玉抱住,安抚地拍拍她的背。

过了好一会儿李嘉玉又道:"我大概没什么信心了。"

"你是说段总?"

"不是。"李嘉玉失笑,"我对爱情有信心的时候,对段总也没信心。"

"说得也是啊。他这种条件,真的让人放心不起来。当他老婆会很累吧,天天防着小三小四小五小六……"

"他老婆肯定得超厉害。"

"我脑中已经浮现漂亮霸气有钱有权的美女形象了。到时会不会是段总得防着小三小四小五小六……"

"段总要是知道我们又拿他来调侃肯定又记上一笔仇。"

方勤哈哈笑:"你今天又得罪他了。"

"是啊。"李嘉玉打了个哈欠,"我都不怕了。仇多不用慌,哈哈。"

"对,不用怕他。反正他又不是我们老板,不靠他发薪水。"

"嗯,没错。"李嘉玉忍不住笑。

"我都困了。"方勤跟着也打一个哈欠,"段总真是消愁解忧良方,聊聊他马上犯困了。"

"这句话又能记你一笔了。段总拿出了小本本。"

"别这样。"方勤笑。

两人有一搭没一搭又聊了两句,终于睡着了。

第二天,两个姑娘如常上班。李嘉玉开车将方勤送到地铁站,然后自己去了公司。

一上班就开始忙碌,李嘉玉直到午休去吃饭时才喘口气。她跟秦西一起到大楼的食堂吃饭,秦西欲言又止,最后还是忍不住跟她道:"我听说,我们的前任,就是之前辞职的两人,都是女生,都是做了三四个月就不做了。"

李嘉玉一愣:"为什么?"

"具体不清楚。我也是听别的组的人说的,说最后是看到其中一个姑娘哭着从杜哥办公室出来的,杜哥的脸特别黑。然后两个姑娘一起辞职了。"

"不会有什么骚扰的事吧?"

秦西推推眼镜:"就是担心这个,所以跟你说一下。也许是多虑了,但注意着点也好。"

"行。谢谢你。"李嘉玉没往心里去,毕竟只是听说,也没什么实证,没发生不用管,她比较在意的是工作上的事,手上堆的资料太多了,她得尽快消化。

吃完了饭,李嘉玉刷了一下微信,看到"约饭群"里有消息。

点进去一看,是蓝耀阳发的链接,今天苏文远单独上热搜了。

经过昨天的铺垫后,今天的炒作果然又有了后续。李欣出来解释与苏文远不是情侣关系,她经朋友介绍与苏文远认识不久,苏文远是获过大奖的优秀设计师,在业内很有名。她对他的设计非常喜欢,所以请苏文远到了家里,根据她家的装饰和风格,设计些搭配的软装摆饰。这属于苏文远的"远光工作室"的私人高定业务,在"远光"的网店和官网上都能查到,并不是她编造出来的。她想要自己独有的,别人买不到的家居饰品,这就是苏文远进出她家里的原因。而且当时还有她的助理,苏文远公司其他的设计师也在场。狗仔明明看到有其他人,却故意挑着角度拍摄,恶意制造她与苏文远亲密的感觉。

李欣站出来这么一解释,又顺带夸赞了苏文远一番,于是事件的风向变了。

微博里开始各种点评苏文远，夸他帅出天际，问李欣要不要干脆把苏文远签下来带他进入娱乐圈。又有人说帅成这样，不靠脸吃饭，偏要靠才华。还有人把苏文远的校草底细挖出来，说什么B大全都知道这人，在设计学院特别红。也有人把苏文远的旧照翻出来，各种360度舔屏。

明显有人在带节奏，热搜里出现苏文远的名字也就不足为奇了。

卓恺跳出来，兴高采烈道："老段啊，段总啊，这样不行啊。这么个渣踩你头上抢你热搜，你怎么能忍？"

蓝耀阳接着道："必须不能忍啊，快看，当当当当……"

他发了一张微博截图，是一个认证加V的个人微博，ID：段伟祺。头像是一张段伟祺穿着西装人模人样的照片，认证身份是富昌资本总裁。微博是今天新开的，只发了一条内容："大家好，我是段伟祺。"

卓恺看了截图，发了一连串的"哈哈哈"，之后又发："哈哈哈，大家好，我是段伟祺。哈哈哈……"

这都无法表达他的心情，他又发了两张"笑到扑地"的表情图。

蓝耀阳揶揄他："段总啊，你家老爷子太可爱了。他还没有放弃你，他还试图挽救你。"

段伟祺心情复杂。

卓恺来补刀："老爷子是不是怕你拼不过苏文远，亲自下场为你助阵来了？"后头跟着一串"狂笑"的表情。

蓝耀阳再发一张截图，是网上段伟祺的照片，应该是段家发出来的形象照。照片中段伟祺正专注看文件，严肃正经，全然没有了平日散漫痞懒的模样。

段伟祺默默无语。

卓恺简直要笑死。

勤勤不勤勤："段总好帅。"方勤昨晚饭局里被拉进了群，现在跟着凑热闹。

二蓝神："段总好帅。"

卓而很烦："段总潇洒。"

二蓝神："段总潇洒。"

女骑士穿公主裙："段总可爱。"

蓝耀阳正准备也跟着敲"段总可爱"，却见段伟祺发了一句："可爱想……"

蓝耀阳顿时一愣，这太低级了。群里的两个姑娘，可不是他们去会所找的陪酒聊天的姐们儿，不是能开这种荤玩笑的对象。

李嘉玉也愣了，心里有些不舒服，她快速选了张"气得大哭"的丑脸表情图发出去："得做个变性先。"

把招接了，话圆过去了。但她已经打算离他远点，虽然愿意与他做朋友，但不表示她要忍受他这样的性骚扰玩笑。她与他并不是可以拿这话调情的关系。

蓝耀阳接道："让我来，我不用手术。"

方勤这头看到段伟祺发这话也不高兴了，她迅速敲："这么污，我们纯洁小学生必须退群了。"后面跟了个"红领巾严肃"的表情。

这句话还没发出去，她看到李嘉玉自己把话接了，又看到蓝耀阳打的圆场。方勤想了想，还是把这话发了。

给李嘉玉铺好路，摆好台阶，她退她就跟着退，可不受这些纨绔子弟的气。

反正段伟祺又不是她老板，怕什么。

刚这么想，一抬眼却看见办公区边上站着一个高大挺拔的身影，真是眼熟，长得跟段伟祺一样。

方勤吓得手机差点掉了。

定睛一看，妈呀，还真是段伟祺。

他正低头看手机，表情非常严肃。他身边跟着耕田投资的两个高管，看样子挺恭敬。段伟祺站着不动，他们就在旁边等着。

方勤忙一缩脖子，努力把自己藏在办公位格子后面，转头小声问隔壁同事："富昌资本跟我们耕田有合作？"

"什么？"

方勤指指段伟祺的方向："那位段总，富昌资本的总裁，跑来我们公司干什么？"

那同事抬头一看："他是我们老板啊。"

方勤下巴都要惊掉了："我们老板不是李总吗？"

同事道："段总又是李总的老板啊。他是我们的大老板。他来得少，所以你不知道。这公司段总是真老大。"

方勤一脑袋差点磕桌上，可怕，真可怕。

她悄悄探头再观察一下，段伟祺还在盯手机，他拧着眉头，似乎很为难，然后他按了按手机。

方勤的手机振了下，"约饭群"又有消息了。

段伟祺说："对不起，我道歉。"

太吓人了。比可怕还可怕。

臭流氓突然郑重其事道歉，臭流氓还是她老板。

方勤有点心虚。

不知道刚才她在群里发言带着的怒火，老板有没有察觉，不知道她卖萌背后是要带着闺密不撕破脸和平退群的意图，老板有没有体会。老板现在道歉了，而且是当众，有点尴尬。

手机又振了一下。

段伟祺又发来：“对不起，我不该这样说话，诚恳道歉。”

女骑士穿公主裙：“好吧，我接受。”

段伟祺又发了一条：“嗯。谢了。”

群里其他人都没说话。方勤想大概是跟她一样觉得尴尬吧。

她偷偷看了看段伟祺，他似乎是松了口气，表情放松了下来，迈着步子朝前走了。

方勤忙缩着身子低下头，假装盯着电脑在工作，余光看到段伟祺从她的工位前走过去了。她摸出手机，调出李嘉玉的对话框，输入：“段伟祺是我老板。”

还没输入完，眼角余光看到有人影走过来，她抬眼一看，吓呆。

段伟祺去而复返，正站在她工位前看着她，以及，她的手机。

方勤也低头看手机："段伟祺是我老公。"

方勤惊呆了。

打了"老"字出来几个联想词，她光顾抬头看了，选了什么词？！

李嘉玉还回复了，发了一串问号过来，当着段伟祺的面。

方勤迅速把手机屏幕翻过来扣在桌面上。

但来不及了，她看着段伟祺的表情就知道他全都看到了。

段伟祺凉飕飕地看着她：“方勤？”

“段总你好。”方勤努力维持冷静。

“到我办公室来。”段伟祺丢下这一句，转身走了。

方勤垮了脸，这次确定段伟祺真的走远了，才在微信上输入："亲人，救命啊！"

第七章
段三岁打架事件

"段总是我老板,发薪水的那种。

"刚刚才发现的。

"我给你发消息把老板写成老公,被他看见了!

"他黑着脸让我去他办公室!

"害怕!

"而且我才目睹他以黄色暴力言语侮辱女性并在案发现场露面!

"你说他是想灭口还是收买?"

方勤一口气连发好几条。

李嘉玉回复了:"镇定。社会主义好姑娘什么都不怕。现在都什么年代了。霸道总裁一手遮天、为所欲为、想上谁就上谁这种情节,言情小说都不这么写了。"

"不是啊,亲人,言情小说现在还这么写。"

"那你就少看点吧。"

"哦。那我去了。"

"去吧。不用慌,大不了辞职回家做饭,我养你。"

"我不喜欢下厨。"方勤配了个"大哭"的表情,"所以如果他跟我求婚,我就答应了。"

"好的,委屈三个月就离,分他一半家产,咱俩平分。"

"好咧。等着我。"

方勤与李嘉玉瞎掰扯了一番,冷静了。

她整了整衣服,跟同事问了段总办公室在哪里,去了。

耕田投资占了写字楼整整一层。方勤入职后一直在普通职员这半层楼的范围内活动,很少进高管的区域,更没越过高管区进入最南边,这次总算有机会深入虎穴,一探究竟。

段伟祺的办公室外头有个六人的办公区,这边办公区条件明显比方勤他们那边好。办公位没隔挡,桌子也大。三个一排,共六个位置。现在那里只有三个人坐着,他们正低头办公。其他位置上有零星个人用品,看来也是有人办公的,只是现在人不在。

一个眼镜男抬头,看了方勤一眼,问道:"方勤吗?"

方勤点头。

"你稍等一会儿。"眼镜男指了指一旁的沙发。方勤也不客气,谢过之后就坐下了。

等了5分钟左右,有两个高管从里头出来,跟那眼镜男打了招呼走了。

眼镜男往段伟祺办公室打了个电话,确认之后把电话挂了,唤上方勤,带着她往里去。

方勤进了办公室有些愣,觉得这不叫办公室,应该叫游乐场。她真想把这里拍下来给李嘉玉看看,这位段总裁真的是泥石流,与众不同,果然是靠着玩乐发达的人才。

办公室的空间很大,没有隔断,一大片全打通的,顶上居然还是挑高两层的空间。这么大的地方,摆的全是玩乐设施,有两个保龄球道,一个室内高尔夫果岭。这边墙上有篮球架,那边还有一个壁球室。顶上吊了艘巨大的海盗船,船身垂了两根粗绳下来,看那架势,想上去得用爬的。另一面墙上是攀岩壁,一直到顶。

穿过这片游乐区,才看到段伟祺的办公桌。他的办公桌正对落地窗,迎着森林公园的无敌景致。

办公桌的另一边是沙发组,沙发组的另一边摆了一张巨大的桌子,桌子上有一个巨大的沙盘,古镇、山林、水系一应俱全。模型做得很逼真,看来是为靖田古镇项目准备的。

段伟祺正低头按手机。

眼镜男唤了他一声，说方勤到了。段伟祺头也不抬："等等。"

方勤应了一声，站在一旁等着。她看着段伟祺的动作，猜想他是不是在聊微信。这么一想，她也很想把自己的手机拿出来看看群里的情况。不知道李嘉玉后头还有没有说话。

段伟祺确实是在聊微信。

二蓝神："我找她了，把'抱大腿'的图都用上了，求她原谅你别退群。她说'好'。"

段伟祺问："还说了什么吗？"

二蓝神："没了，就说了'好'。"

段伟祺在心里叹气。他先前在群里道歉后，见李嘉玉回话说接受，他还松了口气，赶紧私聊李嘉玉，再次道歉。但李嘉玉没回他。路过办公区时，他看到一个熟人，很意外。上一秒还在群里威胁要退群的，这一秒竟然就在面前，于是他过去了。

结果看到方勤称他老公，简直是被雷劈了。祸不单行应该就是指他现在的状况。

段伟祺越想越觉得不行，于是去拜托蓝耀阳。

果不其然，蓝耀阳说话，李嘉玉就理了，但也是冷淡。段伟祺心知完蛋，这下前面留下的那点好印象怕是都没了，一下回到解放前。

段伟祺放下手机，抬头看了看方勤。

"段总。"方勤客客气气。但段伟祺知道这姑娘跟李嘉玉的脾气很像，而且两人极有默契，默契到一个生气了，另一个马上搭台阶准备一起跑路。

他真的很生气，她说他是她老公。

"段总，刚才是因为太惊讶在公司里见到段总，所以手抖了一下，我是想发'老板'这个词的。"方勤很干脆地直接解释，一点没绕弯。

这解释合情合理，但段伟祺还是气，越气越觉得完蛋，人家这样的"手抖"可比他的"口误"值得原谅多了。他自己都没法释怀，那李嘉玉更没可能不把他那句话往心里去。

段伟祺盯着方勤半晌，盯得她心里直发毛，他忽然问："你什么时候进公司的？"

"有两周了。"

"现在手上什么工作？"

"在罗瑞那个组里，跟着他们学习项目呢。"

"嗯，那就是没事干？"

唉，所以"老公"真是不能乱叫的。看吧，段总裁的小本本里肯定又记上了一笔。方勤心里叹气,道:"要学的东西挺多的,段总。"

"嗯。"段伟祺看着她。

方勤不知他在看什么,心里又发毛。

过了一会儿,段伟祺挥挥手:"行了,你走吧。"

方勤赶紧告辞,出去了。

方勤回到座位,掏出手机向李嘉玉报告了这趟总裁办公室之旅,又问了问群里那事。

李嘉玉那边忙,没多聊。于是方勤也开始工作。她所在的小组刚刚结束了一个项目,新项目还没有,所以她真的有点闲。这里摸摸,那里摸摸,她刻意让自己显得忙碌一点。可没忙一会儿,人事经理一个电话将她叫去了办公室。

找她的事挺简单,就是上头发话了,要将她调到总裁办去,做总裁的业务助理。

方勤惊得下巴都要掉下来。

"段总那边有个业务助理要调到富昌去,这个空缺得有人顶。他点名让你去。你的直属上司是邱特助,工作由他安排。"

人事经理拿出张调岗人事通知书给方勤,段伟祺、邱石,还有方勤现在的上司罗瑞,都已经在上面签了字。方勤仔细看了一遍,工作内容其实跟她在项目组里的差不多,只不过项目组拿的是几百几千万的项目,而段伟祺主导的项目,怎么都是以亿元资金单位起跳的。薪水还给她涨了20%。这下不只工作档次拔高了,连钱包也鼓了。

方勤不是傻瓜,当然不会拒绝。她签好了字,谢过人事经理,回工位去了。

小组的同事得知了消息,很羡慕,纷纷恭喜她。那个告诉她段伟祺就是公司老板的同事用意味深长的目光注视她,问:"小勤啊,你是不是一早就认识段总啊?段总看到你很吃惊,把你叫过去马上给你升职,这情节很言情啊。"

方勤嘿嘿傻笑道:"姐们儿,你想太多了。"

言情女主角拿着恐怖片剧本,满脑子只想好好工作多赚钱。

方勤把自己调职的事第一时间又报告给了李嘉玉。李嘉玉在忙,没看见,过了好一会儿才回复,发了个"惊讶"的表情。

方勤让她看群里。

原来之前段伟祺又到群里说话了:"方勤竟然在我这儿工作呢,自己人,各位大佬以后多照应。"

另两位总裁跳出来恭喜方勤,起哄让方勤今晚请客。

二蓝神："约饭群可不能浪得虚名。"

勤勤不勤勤："大佬们，等小的发薪水再说。"

卓而很烦："让段总请客，哪有老板让助理请吃饭的。"

段伟祺："行啊。你们挑地方。"

勤勤不勤勤："今天不行呢。今天小的室友、闺密、亲人、爱人、知己要加班，小的要去陪她。"

群里顿时安静。

过一会儿二蓝神跳出来，道："那改天。"

群里一种沉重的尴尬气氛久久不散。

李嘉玉看得直笑，给方勤发了个大大的赞。

方勤回她："看到段总这么顽强地尬聊，我感觉我要原谅他了。"

李嘉玉却说："我不。"

方勤回："好，好，随你。"

李嘉玉拿她打趣："你看你，升个职加个薪果然就叛变了。"

方勤喊冤："我冤枉。我请你吃饭。"

李嘉玉迅速回复："好，那你有空你挑地方。"

这时候群里又有人说话了。

二蓝神："@女骑士穿公主裙 @勤勤不勤勤 晚上我们去红色翡翠会所吃饭，还有一些很熟的朋友，也是商圈的，你们有空就一起过来呗。我们会待到挺晚的。"

方勤敲李嘉玉："你看，想用介绍资源人脉给你赔罪呢。感觉小段段好努力的样子啊。"

"不想理他。"

"行，行，你有权利傲娇。"

方勤故意拖了很久才在群里回复，说她晚上去接李嘉玉的时候问问她。

李嘉玉一直没在群里露面。

晚上，段伟祺没精打采地在红色翡翠喝酒。

"她们不来了。方勤刚才发微信说李嘉玉不太舒服，她们直接回去了。"蓝耀阳道。

"嗯。"段伟祺懒洋洋地应，他早就预料到了。

"那你今天找Polo，她怎么说？"卓恺问。

"她什么都没说，没理我。"

蓝耀阳问他："你都跟她说了什么呀？"

"就是那些啊，道歉了。然后说原来方勤在我公司上班呀。还有问她晚上出不出来吃饭呀。"

蓝耀阳懒得评价他了。

卓恺直接说："所以你是把群里的话又单聊一次？你不尴尬？"

段伟祺横他一眼："你现在这么追问，我会觉得尴尬。"

"明显没有，你的表情像生气。"

"所以老子也是有脾气的，你少说话。"

"好凶凶啊。"卓恺怪叫。

蓝耀阳叹气："所以你今天干吗要说那几个字？"

"嘴贱呗，谁知道干吗会说。想卖萌卖成个屎萌。当时她一说可爱，我脑子里就冒出这几个字，想也没想就发了。"段伟祺一脸懊恼，"发完我就察觉不对了，但也来不及了。她都回复了。"

蓝耀阳拍拍他的肩："节哀吧。"

卓恺也安慰："算了，反正你俩也没开始呢。你就当是那天酒吧你搭讪被她拒了，一样的。"

"不一样。"段伟祺点了根烟，吸了一口，想起昨天他吐了一口烟到她脸上，她惊讶又嫌弃的表情，"那时候我没有像现在这样喜欢她。"搭讪那天他只是觉得她漂亮又性感，正对他的胃口。现在他既喜欢她的漂亮，又喜欢她的内在。她的坚强、她的小聪明、她的死缠烂打，他都觉得喜欢。

"那就趁你现在还没有像未来那样更喜欢她，赶紧断了念头吧。你跟她不合适，她可不是那种会花时间陪你玩爱情游戏的小天真，她是特别务实的人。我打赌她谈恋爱是要找老公，奔着结婚去的。你难道要结婚？"

"当然不。"段伟祺再吸一口，"我没说不断。她昨天又把我拒了，我是打算断的。"

"昨天？"蓝耀阳哈哈笑，"那今天是拒你第三次了。事不过三，你和她之间没戏了。"

"她今天拒我什么了？"

"她差点退群又不肯理你，不是拒，是什么？"

"滚。"段伟祺一脚踹在蓝耀阳小腿上。

但是蓝耀阳说得真对，所以他是没过脑子不自觉地又试探了她吗？

他又想起她说的话，他问她对苏文远什么感觉，她说她很遗憾。他懂这种感觉，因为他也遗憾。明知不合适，明知她不会接受，但他还是想问问她。

可惜犯了一个很蠢的错误。

"可爱！"不远处隔壁有几个男女在玩游戏，一个女的大笑，戴起兔耳朵装萌。

"可爱想……"一个男人道。显然都很熟的这群人哈哈大笑。

段伟祺忽地大怒,一个酒瓶就砸过去。

正大笑的男男女女顿时尖叫,跳着躲开。

"你找死吗?"一个男的看着酒瓶在地上被砸成碎片,顿时大怒,冲着段伟祺的脑袋砸过来一个酒瓶,破口大骂。

段伟祺躲开酒瓶,二话不说,扑过去就是一拳。

对方男男女女人叫起来,几个男的围着段伟祺,两边打成一团。

卓恺也不说话,果断冲过去帮架。

蓝耀阳大喊:"段伟祺,我才答应我哥不跟你一起混,绝对不打架!"他扯过一个扑向段伟祺的男子,奋力给他脸上一拳,"绝对不打架!"

稍晚,李嘉玉点开了朋友圈,看到段伟祺发的一条朋友圈。

"好久没打架了。"配图是他擦破皮和带着瘀青的拳头。

李嘉玉看了半天,把这条刷过去了。朋友圈看完,她把手机屏幕按灭了。过了一会儿,她又把手机拿起来,打开朋友圈,再看一遍段伟祺发的那条。

她没忍住,点了个赞。

段伟祺一身的伤,捧着手机,呈摊尸状卧在沙发上,一会儿刷一下手机,一会儿再刷一下。

突然他"啊"了一声,把横在沙发边地毯上的蓝耀阳吓了一跳。

"干吗突然叫,被老爷子打傻了,隔这么久才高潮。"

"滚。"段伟祺踢他一脚。

蓝耀阳嗷嗷喊痛,抱着腿滚到一边。

他们今晚打架没闹到警局,是因为红色翡翠会所的人认识他们,还没打几下,七八个保安就呼啦啦拥上来将他们隔开。无辜被打的那群人当然不肯善罢甘休,能来这里消费的也不是普通人,定要讨个说法。

顶级会所的服务当然也是顶级的,管事的经理几分钟赶到,老板也很快到,不一会儿将事情交涉清楚。段伟祺赔礼道歉加经济赔偿,事情就这么了了。

段伟祺打了一架清醒过来,自知理亏,于是按老板的要求照办。对方虽不满意他的态度,但也不想闹大,便也同意算了。

原本事情已了,但会所经理跟段珊珊很熟,生怕段伟祺被人打出个好歹来,着急忙慌地给段珊珊打了电话。段珊珊又怎么会放过这个机会,转身就到段老爷子跟前告了段伟祺一状。

于是段伟祺道歉赔钱之后不到三分钟，接到了段老爷子的电话。

段老爷子中气十足，喝问段伟祺被人打死了没，没死就滚到他那里，他要亲自动手。

段伟祺挂了电话一问，才知道是会所经理自作主张，他气得黑着脸，问经理："你看看我，像多大年纪的？"

经理嗫嚅着不知如何作答，答嫩答老了似乎都不合适。

段伟祺冷笑："你看我像是在外头干点什么事还需要跟家长报告的小朋友吗？"

经理终于知道段伟祺哪里不爽，只得连声道歉。

段伟祺虽然在外头耍威风，但爷爷家他还是不敢不回去的，于是带着两个尾巴——蓝耀阳和卓恺，灰溜溜往爷爷家赶。

两个哥们儿要一起去的理由很充分。

卓恺道："我得去给爷爷做证，他要被你气死了，打死你纯属正当防卫。"

蓝耀阳也道："我必须去跟爷爷问个好，必须让他知道我是无辜的，他知道了才能帮我在我爸妈面前做证。"

段伟祺对他们嗤之以鼻，嘲讽都懒得。

到了段老爷子住处，别的人都没有，只有老爷子一人坐在客厅等着。

段伟祺心里咯噔一下，这才知道事情闹大了。

只有场面会很不好看时，老爷子才会支开其他人。

老爷子抬眼，看到三个小子一起来了，便道："正好，你们三个都过来。"

三人你看看我，我看看你，过去了。

老爷子也不客气，问："为什么打架？"

段伟祺犹豫了一下，道："我喝多了。"

老爷子一拐杖抽他腿上："所以不是别人做了什么，就是你这小子自己浑蛋是不是？"

之前还插科打诨的卓恺和蓝耀阳都不敢说话了。

段伟祺点头承认："是我先惹事的。"

"你给我跪着。"老爷子一声喝，段伟祺跪下了。

段伟祺是段家单传，老爷子有些重男轻女，所以从小常带着段伟祺。段伟祺叛逆任性，天不怕地不怕，对老爷子却是有几分惧的。

老爷子开始训他："我有没有教过你们，别仗着自己有钱就去欺负人！当年我跟你奶奶背着担子在码头卖菜，看过多少白眼，受过多少气？你们承庇祖萌，生下来就有好日子过，想买什么买什么，想吃什么吃什么，人人对你们客气，你们倒忘了做人的本分。"

老爷子一边骂一边拿拐杖抽他几下。段伟祺吃痛，但不敢跑，跪那儿生挨。

卓恺、蓝耀阳虽然心里暗说段伟祺今天犯的毛病跟钱没关系，就是他犯贱惹祸，但这情形下他俩真不敢乱抖机灵，默默看着段伟祺挨打。

老爷子打了几下，却转向卓恺、蓝耀阳："你们两个，跟他一起瞎胡闹！"

蓝耀阳顿时大喊："爷爷，我没有，我想阻止他的。"

卓恺、段伟祺都鄙视地瞪他。

"可我能拉住他之前，对方有人冲着他的头过去了，我当然先拦着那人，不然阿祺现在就是死人了。"

段老爷子冷笑："你再夸张一点。真心想阻止，先把阿祺打晕了，也就没后头打架什么事了。"

蓝耀阳心想，爷爷您搞笑呢，您是笑星吧。要真把阿祺打晕了，现在跪着挨抽的那个就是我了吧？

卓恺和蓝耀阳都一副正经脸，再不说话了。

这晚老爷子把段伟祺训了将近一个小时，告诫他应忆苦思甜，做人要脸，有钱没钱，人品要好。再敢惹是生非、打架斗殴、仗势欺人，他就打断他的腿。

最后段伟祺拖着完好的腿，带着卓恺和蓝耀阳回家去了。

卓恺和蓝耀阳脸上都有些擦伤，说是怕被家里知道，非要赖段伟祺这儿。但卓恺待了没半小时，打了通电话跑了。据说有美女关心他的伤势，他要约会去。

剩下段伟祺和蓝耀阳两人各刷各的手机，空虚无聊。

直到段伟祺一声"啊"，这才打破屋子的宁静。

蓝耀阳被段伟祺踹后，又滚回沙发边，问他："你到底叫什么？"

"我叫段伟祺。"

蓝耀阳无语。

段伟祺见他一脸怨气，终于正经地理了理他："李嘉玉给我发的朋友圈点了个赞。"

蓝耀阳皱眉头，拿手机再刷一遍："你发的什么朋友圈，我怎么没看到。"

"我单独给她发的。"

蓝耀阳突然劈手夺过段伟祺的手机:"你发了什么我看看。"

看到了段伟祺那条"好久没打架了"的朋友圈,蓝耀阳把手机丢回给段伟祺,抚了抚自己的胳膊:"真恶心,作死了。"

段伟祺不理他,再看一眼那个赞,把手机屏幕按灭了,丢在茶几上。

蓝耀阳忽然反应过来:"不对呀,那个时间不是正被爷爷训话吗,你怎么发的?"

"他骂累了,你给他倒水喝的时候,我发的。"

"哎,你在那种时候怎么还有心思琢磨发朋友圈?"

"不分散下注意力怎么熬得过去。"

说得也是。蓝耀阳想想,问他:"她点赞是原谅你的意思?"

段伟祺琢磨良久:"我想大概是拒绝我的意思。"

"不对啊,你干什么了,她又拒绝你?"蓝耀阳爬上沙发,"拒绝看你做作?"

"滚开。"段伟祺把蓝耀阳踢远点。

蓝耀阳忽然懂了:"你跟她撒娇是不是啊?"

段伟祺把手枕在脑后,没答。

他曾经跟李嘉玉说过,说她无论哪儿疼,发那条朋友圈都是在撒娇。他还说过,他认为那是发给他看的。

所以,今天他发的这条朋友圈,她肯定能明白意思。

那么她的意思应该是——活该。

段伟祺忽然笑了笑。

蓝耀阳受不了地瞪他:"要不要送你去医院啊,你脑子是在红色翡翠被打坏了,还是被老爷子打坏了?"

段伟祺很烦他:"你快回家吧,别在我这儿待着了,讨人嫌。"

"你快告诉我,你笑什么呀,我听不懂啊,你跟Polo搞什么暗语啊。"

段伟祺不耐烦地把他拨到一边:"就是我在撒娇,她说活该。就这么简单,哪有什么暗语。"

蓝耀阳瞪眼:"你自己看一看你发的朋友圈和你说的话,有哪个字是对得上意思的,这还不叫暗语?还有,她说活该怎么又是拒绝你了?你撒娇她不是回应了吗?"

"是啊,她回应了。但她一点没问我为什么打架,受没受伤,严不严重,需不需要探望。

"所以!她没有不理我,没有无视这朋友圈,这表示她原谅我了,愿意继续做朋友,但也就是这个距离了,不会再进一步,不会给予更多的关心。这就是拒绝。你这傻瓜明白了吗？"

蓝耀阳瞠目结舌："你俩是密码学同学是吗，一起进修过？还是你脑子真的有问题，一个小小的赞，你就脑补出一出言情大戏。"

"戏个屁。"

"等等，意思是说你第四次被拒绝了是吗？哈哈哈哈……"蓝耀阳大笑起来，"我给你建个备忘录记录一下你一共会被Polo拒绝几次吧。"

"记你的头，被拒绝了就算了，也不是多稀罕。"

"啧啧啧。"蓝耀阳一脸鄙夷，"你第一次被拒绝的时候就是这么说的，结果呢？你的原则呢？不是被拒之后不会再撩了吗？"

"我没撩啊。"

"臭不要脸。"蓝耀阳更鄙夷了。

他想了想，把手机掏出来，打开"约饭群"，输入："我想给大家发一张段伟祺先生的裸照。"

"我试试啊，你不是说Polo原谅你了吗？要是真原谅了，肯定就会冒泡了，跟以前一样活泼可爱。"

段伟祺赶紧伸长手从茶几上捞起手机，点开了群。

群里没人说话。

"她肯定是睡了。"段伟祺道。

"不要为你的失败辩解。"蓝耀阳恶狠狠地说。

刚说完，群里有条消息跳出来。

是方勤："求别发，我怕被老板灭口。"配了一张"捂眼偷看"的图。

紧接着又一条消息跳出来。

是李嘉玉："求别发，我怕长针眼。"同样配了那张"捂眼偷看"的图。

"哎呀哎呀，"蓝耀阳很高兴，"我们可爱的Polo回来了。"

"不是你的，也不是我的。"段伟祺拖长了声音，"所以不是我们的Polo。"

"这么有觉悟？你这次是真的死心了，不打算再撩她了是吧？"蓝耀阳问。

段伟祺沉默了一会儿，低声"嗯"了一声："现在这样就挺好的。"

蓝耀阳嘻嘻笑："我怎么听到了一股凄楚的味道。哎……"他用脚踢踢段伟祺，"那你下定决心了，别反悔。"

段伟祺没理他，看了看群里，李嘉玉没再说话。

蓝耀阳继续道："既然你已经醒悟了，那我就说了啊，我觉得李嘉玉这种类型挺适合我的。"

段伟祺缓缓抬头,以为自己听错了。

这家伙看来对人世的眷恋不是太强烈。

"你知道我家里,我姐我哥我妈都特别强势,我这种纯良温柔型的好男人生存有点困难,要是李嘉玉是我老婆,她这么悍,笑里藏刀,绵里藏针,伶牙俐齿,抗打击能力这么牛,肯定能把我家里都镇住。你想想一虎震山的画面,是不是挺好的?"

段伟祺冷笑:"听了想杀人,那画面能多好?"

蓝耀阳觉悟得很快:"哎,你这人脾气怎么这样,这不是打比方吗。"

李嘉玉这边,方勤捧着手机等半天,也没等到照片:"蓝公子不行呀,这么没效率,是不是被段总灭口了?"

李嘉玉笑笑:"他不发我发。"

段伟祺和蓝耀阳的手机同时响了一下,两人低头看群里。女骑士穿公主裙发了一张当红小鲜肉的半身裸照,英俊的脸庞、优美的线条、完美的八块腹肌……

女骑士穿公主裙:"晚安了,总裁们。"

蓝耀阳和段伟祺被噎得说不上话来。

人家的意思就是不稀罕看呗。

蓝耀阳狠狠一拍段伟祺的腿:"太过分了,她这是赤裸裸地挑衅。腹肌我们没有吗?脸我们没有吗?"

段伟祺从他的脸看到他的肚子。

蓝耀阳说:"明天我们就去健身房。"

段伟祺冷笑,他上网找图。

很快群里有动静了。

段伟祺发了一张图片——桌子上放满了人民币:"晚安。总裁们要去睡了,毕竟明天还要早起赚钱。"

李嘉玉狂笑,抱着枕头笑到停不下来。

蓝耀阳叹气:"你们这对工于心计的男女,做作起来真可怕。"

方勤这头也叹气:"亲人啊,你说我在段三岁手底下,能活满一个月吗?"

第二天,方勤提着一颗心去上班,但什么事都没发生。因为段伟祺并没有来公司,在群里也没有冒头。而她的直属上司邱石也没来,只跟她通了个电话,说他帮段总办事,今天会留在富昌,下周再给她安排具体工作。

方勤下班回来跟李嘉玉说,同组的其他同事都挺好的,挺热情。大家互通八卦，气氛很不错。工作的时候都很专注，特别忙，休息和吃饭的时候聊得也很好。她感觉大家都很牛，不但思维很敏捷，且对各行业都挺有见解，国内国际经济形势什么的张嘴就来，而且不是那种夸夸其谈吹牛型，是真的有看法有见地，带着思想的沟通。

"亲人，虽然第一天跟在原来岗位一样清闲，但我能预见以后的日子不好过。在一群牛人中间求生存啊，也不知是祸是福。"

"是好事。"李嘉玉鼓励她，"跟高手一起干活儿才来劲呀。"

"你现在怎么样？"

"还那样，每天好多资料，听说在客户那儿入驻的同事更辛苦。我在后方好好为他们服务。"

方勤道："新人都这样，咱俩也算有运气的，好好加油吧。"

说到运气，两个姑娘运气还真是不错。周末的时候她们去看房，还真选中了一套。

不到70平方米的小两居，双阳台，朝向好，带精装修，全新现房。虽然离市区远点，但离地铁近。周边的生活配套设施也挺好。房价加契税等算下来100万出头。李嘉玉和方勤去看了房子，都很喜欢。李嘉玉当场给爸爸打了电话，把房子情况一说，李齐没意见，让女儿看中了就买。

李嘉玉和方勤又把小区看了一遍，在周围转了一圈，然后回到售楼处把合同签了。

交钱拿钥匙，到物业办手续，各种事务忙了一天。

她和方勤饭也没顾上吃，直奔家居市场挑家具，打算趁周末，把东西都买齐，然后就可以从宿舍搬出来了。

她们毕业了，宿舍也即将到期，要是再找不到合适的新房，她们也打算租个房子先过渡一下。没想到运气这么好，在限期到来之前买到了满意的新房。

"房东大人。"方勤殷勤地抱着李嘉玉的胳膊。

"来，爱人，拍一个。"李嘉玉搂着方勤站在新房里，自拍了一张。

然后她发了朋友圈："家、知己、我。"

很快，这条动态下面很多人点赞评论，还有人开玩笑说："你终于和方勤出柜了？"

也有人留言："什么都有了，还缺个老公。"

李嘉玉嘻嘻哈哈给大家回复着。

"少个男人""缺个老公""赶紧再找个男朋友"之类的留言越来越多，李嘉玉干脆又发一条："行，行。各位友人热情呼吁，那请大家帮忙留意。本人欲寻身高1.8米以上,品貌端正,25岁—30岁,年薪20万—100万,无不良嗜好,不吸烟,性格好的优质男人。"

卓恺看到了这条动态,私聊段伟祺:"除了身高、年纪,其他项你没一条符合。"

不一会儿,李嘉玉这条朋友圈下面出现了一条留言。

是段伟祺:"20万—100万?呵呵,从来没有赚过这么少。"

李嘉玉回了他一个"挥手再见"的表情。

正在刷朋友圈的蓝耀阳火速私聊段伟祺:"不是说再不撩了吗?"

"我没撩。"

"呵呵。"蓝耀阳把截图发过来。

"我这是在拒绝她。"

"放!屁!"

段伟祺不理他。

蓝耀阳也不理他,径自跑到"约饭群"里找李嘉玉和方勤聊天去了,问她们租了房子还是怎么的,周末怎么过的,等等。段伟祺没说话,全程窥屏。

周一,段伟祺去电视台录一个访谈,结束后回富昌投资。他开车经过建宁路时,看到一个熟悉的身影独自站在路口树荫下,似乎在等车。粉色的裙子,亭亭玉立,顺滑的长发垂在身后,风吹起,发丝扑在她颊上,她伸手将头发撩到耳后。

段伟祺握着方向盘的手指不禁动了动,犹豫几秒,最终没有停下。

他从她身前慢慢驶了过去,她看到了他的车,却没有看到他。

前方红灯,他停下了,离她就几米的距离。

他等了等,忍不住从后视镜里看了她一眼,她依旧没发现他,正拿着手机摆弄,不知在看什么。

绿灯了,段伟祺舒了口气,一踩油门,离李嘉玉越来越远。

段伟祺回到富昌的办公室,刚坐下就听到手机微信的提示音。他打开一看,又是蓝耀阳,他发过来一张图片。

段伟祺点开一看,居然是自己的车,看那路正是建宁路,他在等红灯。

蓝耀阳问:"是不是你的车,车牌很眼熟,我记得你有一辆这款车。"

"嗯。在哪儿看到的?"

"Polo发的朋友圈啊。"

段伟祺心里一动,跑去看了。

李嘉玉的朋友圈里写的是:"哇,这辆车太漂亮了。路遇豪车,今天要买彩票。"配图就是他的那辆车。

微信提示音还在响，蓝耀阳在问他今天怎么在街上遇到了李嘉玉。

段伟祺嚣张回复："看吧，这就是我说到做到的证明。"

"什么情况？"

"我看到她了没跟她说话，她不知道我在这车里。"

蓝耀阳给他发来一个"大拇指"。

段伟祺不理他了。他开了电脑，处理了一些工作邮件，想了想又去看李嘉玉的朋友圈。

那条动态下头有方勤的留言："亲人，你今年跟豪车真有缘啊。"

李嘉玉回复她："是的，而且款款不同呢。这辆是三叉戟。"

二蓝神："这是玛莎拉蒂，姐姐。"

女骑士穿公主裙："好的，长见识了。"

段伟祺看啊看，再看几眼。

段伟祺："这是我的车。"

女骑士穿公主裙和二蓝神都发出了一串省略号。

段伟祺又补充道："没看到你啊，早知道你就在那儿，我就捎你一段路了。"

片刻后，微信"约饭群"有动静了。

二蓝神："对不起，ladies and gentlemen（女士们、先生们），我要给大家唱首歌《痒》，忍不住了，必须得唱。"

然后他发出来语音，他自己清唱的："来啊快活啊，反正有大把时光。来啊爱情啊，反正有大把愚妄。来啊造作啊，反正有大把风光。啊，痒。"

群里死一般寂静。

二蓝神："还有一句，我记得，等下我查一查。"

卓而很烦："你今天吃药了吗？"

二蓝神又发过来一条语音，仍旧是他的清唱："越慌越想，越慌越痒，越搔越痒。"

群里死一般寂静。

唱得真的太难听了。

李嘉玉发出来歌曲《痒》的链接："还是洗洗耳朵吧。"

二蓝神给自己打圆场："对，对，听原唱也行。大家认真听啊，这歌可好了。"

没人理他。群里再没人说话。

蓝耀阳等半天，跑去私聊段伟祺："你们都不接话了，你们心虚，哼。"

段伟祺把他拉黑了。

周五晚上8点,段伟祺的访谈在电视台播出。

段伟祺装死,什么都不说。但卓恺和蓝耀阳在朋友圈和群里各种发广告,还在"约饭群"连续预告了两天,说是在会所包了间房,大家一起看段总的出道访谈,路易十三喝起来,还有空运的雪蟹、鱼子、黑松露。

听上去像是好些公子哥准备齐聚一堂共同看节目,调侃段伟祺浪子装绅士。

李嘉玉回应:"不去。我们在新房里看新电视不要太爽。麻辣烫配冻奶茶不要太美。"

拒绝了蓝耀阳,李嘉玉和方勤却也真的在家守着电视,把段伟祺的首个正儿八经的个人访谈看完了。

段伟祺在电视里看上去像换了个人似的,就连轻浮的薄唇都抿出了正经的感觉。女主播问的问题都挺公式化,段伟祺答得也是有板有眼,像是对过稿子似的。

整个访谈围绕着段伟祺刚刚接任富昌投资总裁一职这件事,他们聊了富昌的业务,段伟祺上任后的打算,对富昌投资乃至富昌集团的经营策略的安排,等等,又聊了聊段伟祺27岁这么年轻就担起如此重任有什么想法。

段伟祺的回答中规中矩,李嘉玉觉得毫无灵气,完全不像段伟祺自己想讲的话,不是他的风格。想起卓恺他们总说段伟祺的爷爷怎样怎样,要安排他"出道"之类的,李嘉玉也理解他为什么是这样的表现了。

方勤也道:"没意思,这完全不是段总啊。"

她今天才跟李嘉玉汇报过,这位老板观察了她的工作一周后,今天终于约谈她了。

方勤进段伟祺办公室之前很紧张,因为她这周的表现非常不好。段伟祺上班基本每天都会开会,因为项目的细节特别多,他每天都有新进度。开会的时候他不看电脑,那脑子像装了芯片似的,运转速度非常快。那么多细节,哪个项目怎么样了,什么事该找什么人,找完之后进展如何,等等,他全都记得住。

邱石提前告诫过方勤,说老板开会效率很高,让她务必集中注意力,方勤有思想准备,但没想过开会的速度会是这样。

大家报告事情唰唰唰的,一说完,段伟祺就会马上给反馈,这事该怎么办,找哪个公司,联络哪个联系人,采取什么策略,如果这样不行改哪样。光是公司名、地名、人名、项目计划,等等,方勤就已经觉得忙乱,笔记记不过米，再加上各种数据、事务交代，每天卜米她跟打仗似的，跟不上进度。

方勤去见段伟祺，做好了挨训的准备，可没想到段伟祺居然问她："你测过自己的智商是多少吗？"

方勤整个愣住，难道还要羞辱一下她的智商？她有些难堪，没说话。

段伟祺又道："公司可以出费用，让你去测一测，如果你想测的话。"

方勤不想测，她觉得自己智商没问题，她只是没经验，对项目的细节不熟，还没有适应。

段伟祺接着道："但我可以告诉你，公司每个人测完智商回来，拿到的数值都差不多，没有人特别低，也没人特别高，差不多，都是正常人范围。但有人做事特别好，有人不行。做得好的，是因为他们很投入，讲方法，集中所有的注意力。你太紧张了，我开会的时候你一直在走神。"

方勤张了张嘴，想说她并没有。

"我知道你很努力想跟上，但你脑子里一直在想他们怎么这么快，我记不住怎么办，刚才那段说了什么，要是能再说一遍就好了。"

方勤呆愣。

"所以你注意力没集中。"

方勤抿紧嘴，说得这么准。

"你那张脸，充满着对自己的不满意和不自信。"段伟祺道，"我开会都不乐意看你。"

方勤紧张得手心出汗。

"如果对自己不自信，就去测一下智商。你会知道你跟邱石差不了多少。希望这能帮助你。既然大家起点都一样，那就是方法问题。你是新来的，与同事的配合还在磨合中，工作内容你还需要消化，所以你不可能马上跟得上进度，那你到底对自己不满意什么？如果你的心态和方法不能调整过来，你会更加跟不上。"

段伟祺伸出手："你开会做的笔记，拿过来我看看。"

方勤有些尴尬，把记得乱七八糟的笔记本递过去。

段伟祺扫了几眼，拿支笔给她画："这些，这里，跟你没关系，不用记，听着就行，过一遍脑子。这里才是和你有关的，数据不用记，这些会后可以再查到。记下数据和策略背后的逻辑才是重点，逻辑理解了，明白为什么要这么做，回头你才能完成工作。别管别人的内容，只盯自己这一块。你要理解分工的意义。"

段伟祺拿着她的笔记解释了一遍会上的东西，方勤很快就明白了。

"我就教你这一次，要让我再看到你开会的时候是那种慌张的样子，你就滚蛋，回你原来的岗位去。"

方勤上学和工作以后，第一次被这么训。她回到位置，消化了半天，却又觉得受益匪浅。

晚上回到家，她仔细跟李嘉玉说了一遍这事，嘀咕了一遍老板。这位泥石流总裁真的会让人有复杂的情绪，又佩服他又不服他。别人都会说，你再做不好事你滚蛋，他可好，再看到你慌张你就滚蛋。这意思不就是让我看不顺眼你就走。但是他又愿意教你，教得还挺好。

李嘉玉却帮段伟祺说话："因为他允许你现在做不好，你这个阶段只能做到这程度，但如果你的方法和心态没改变，他预见你以后也做不好，所以才要滚蛋。他是这个意思。"

李嘉玉与方勤聊了一晚上段伟祺。"约饭群"里也全是聊"段总"。卓恺和蓝耀阳真的组织了一场"吐槽大会"，在会所花着巨款调侃着段伟祺的"首秀"，还全程直播。

"哎哟，老段你居然说人话了，这稿子背得辛苦不？现场有提词器是吗？"

"当初谁在我们面前说富昌的风格太老气，谁回去接手谁是猪。"

"段总，你这么正经真的好吗？你被什么附身了？"

段伟祺跟他们抬杠了一晚上。李嘉玉和方勤看着光顾着笑了，插话很少。

原以为这会是一个欢乐的周末夜晚，没想到访谈节目结束不到一小时，网上有人爆料了。

"刚才《精英青年》访谈大家看了吗？年少有为的段伟祺，富二代，商业英才。呵呵，其实他是个纨绔恶霸，不学无术，大学都没毕业，家里只得拿钱送他出国镀层金包装包装再回来。打架斗殴，花花大少，仗势欺人，劣迹斑斑，全靠家里拿钱摆平。就这样的一个人，现在也敢衣冠楚楚地装商业精英，出来骗股民的钱了。"

后头附了一大篇长文，细数了段伟祺数桩罪状。

这爆料刚出来的时候大家并不知道。

李嘉玉和方勤一夜好眠，第二天一早到家居城买家饰，准备布置小家。

在家居城居然遇到了苏文远跟文铃。

方勤暗道晦气，李嘉玉看过去，正对上苏文远的双眼。苏文远见到李嘉玉一愣，静静地盯了她几秒，而后一脸冷漠地转过头去。

他身边的文铃倒是紧张，看到李嘉玉忙低下头，似乎有些心虚。

苏文远拉了拉她，文铃抬头看他，苏文远摸摸她的头，她这才松口气，笑了笑,但还是紧张,拉着苏文远要走。

他们走进一旁的店里,那服务生正巧是苏文远的粉丝,见到他来惊讶得小小叫了一声,而后欢喜相迎:"啊,啊,苏文远,我是你的粉丝,你画的画太好看了。我每天都去看你的微博……"

苏文远下意识地回头看了李嘉玉一眼,李嘉玉没理他,跟方勤转身走了。

直到走远了,方勤还在犯恶心:"他还回头看你是什么意思,难道觉得自己现在很牛,既有文铃这种瞎眼的妹子誓死跟随,又有无辜的粉丝一脚踩进屎坑,他想看看你羡慕嫉妒恨不?"

李嘉玉拍拍方勤的肩:"你理他干什么,一个路人甲,犯不着这么生气。"

"也是,但是还是不爽。"方勤拿出手机准备到班级几个要好的女生群里披露一下这事,结果打开群刷了一下,惊了,"嘉玉,段总被人黑了。"

这时候段伟祺的黑料在网上已经铺天盖地,虽然比不上大牌明星有轰动效应,但搭着《精英青年》那假模假样、道貌岸然的访谈表现一起服用,简直别有一番滋味。况且前一阵子与齐琪的那个古镇绯闻还为他预热了,黑料一出,简直如一场豪门大戏,段公子形象已然丰满,跃然纸上:很有钱,很坏。人模人样,禽兽不如。泡女星,玩女人。挥金如土,炫富打人。不学无术,滥情花心。

长文列举了好几个例子。说他高三时飙车碾坏农民菜地,大一时聚众将邻校学生打到住院,还有最新鲜热辣的例子是他前不久在红色翡翠会所的打人事件。对方什么都没干,连个眼神交流都没有,好端端地玩着自己的游戏,段大公子突然砸个酒瓶过去,主动挑起争端,挥拳打人。若不是保安赶到阻止,恐怕要闹出人命。而所有的一切,最后如何解决的?给钱!

长文引导了话题,很快又跳出来许多号爆料。

一个号说段伟祺之前到高等学府里炫富,号称自己牛,家里有钱,于是创立了"恐怖故事"乐园来泡妞,特别无耻。下面的师长、学生听着特别尴尬,人家在台上还得意扬扬。这帖子下面附上了段伟祺在高校演讲的海报,还有现场的几张照片。

又有说段伟祺一次在酒吧看中了一个女大学生,想甩钱让女生给他睡,女生不干,他便叫了人把那女生堵了,还用豪车别着女生的车子,故意整人家。这事那学校里好多人都知道。那豪车停在烈火酒吧停车场几天,还被人拍下来了。全是实料,可以查到的。

这个帖子下面有人附议,还甩上了当初汽车论坛的帖子。帖子里讲的正是烈火酒吧停车场惊现一辆兰博基尼Centenario敞篷,全球限量的豪车竟然在酒吧边停着。第二天还有人去围观拍照跟帖。

几个帖子引发了热议，水军不需要太多，引导几句就能让大家群情鼎沸。仇富是长在许多人骨子里的情结，何况有钱的是这么一个人渣。

于是各种脏话、各种臆想漫天飞舞，还有许多编造自己为受害者的帖子也凭空出现。甚至有人扯道，那个去酒吧被搭讪的女生肯定也不是什么好鸟，不然怎么会去那种地方，才大学就有车了，是被包了吧，有了金主不敢跟段公子走，或者两边价钱没谈拢什么的。

方勤和李嘉玉都看到了这个帖子，方勤气得不行。群里几个女生也在热议这事，互相劝告不要去参战，不然本来人家只是臆想那女生如何如何，自己跟去认领就太傻了。

各个帖子下全是谩骂，负面言论把一些正面的如"我去听了那场演讲，明明很好，根本不是博主说的这么不堪"一类的回复埋了下去。

后又有人放出视频，段伟祺在宴会上痛殴一年轻男子。没拍到打人的画面，镜头很晃，似乎是慌忙之下打开的镜头，只拍到一个男的满脸满身蛋糕狼狈地躺在地上。画外有人惊呼："打人了！""谁呀？""好像是段家的。"镜头快速一转，抢拍到一个离开的侧脸背影。大家全都惊讶地站着，只有那人嚣张离开，想也知道正是打人者。

这短短的视频与段伟祺在《精英青年》上的受访视频对比，再与他在网上的照片对比，让人得出一个结论：打人了还不可一世扬长而去的，就是这个段伟祺。

视频下面又是一群愤怒的正义人士。

爆十个料，两个有实锤，那这十个料都会被认为是真的。真真假假掺在一起，根本摘不干净。

李嘉玉有些着急，忙在群里问，那天段伟祺的演讲学校没录像吗？

同学答其他嘉宾的录了，段伟祺这场录没录不清楚，因为他是代班过来演讲的，不知道跟学校有没有补协议，没签的话，学校不能留影像资料的。

也有同学说就算录了，这种风口浪尖，学校也不会拿演讲录像来给段伟祺站台，这种事躲都躲不及，现在说不定正后悔当初让他来。何况段伟祺当时确实也说了他是为了泡妞才创立"恐怖故事"的，全场骚话连篇，拿出来被解读成得意扬扬，恐怕会更黑。

李嘉玉叹气。她很想问问段伟祺现在怎么样了，但又觉得这么私戳他说这事不合适。

而且这个时候恐怕他的微信被各路人马的探问淹没了吧。

李嘉玉犹豫了一下，选择点开"约饭群"，输入："没事吧？"

很意外地，段伟祺竟然在，他马上回复："别担心，没事。"

李嘉玉的心稍稍安定下来。而方勤这时接到了邱石的电话,总裁办的所有成员马上收邮件,大家需按邮件要求办事,不参与网上的话题,即刻处理应对负面消息可能对各项目带来的影响。

方勤看了邮件,一条条列得特别仔细,工作安排也很清楚。

李嘉玉与方勤均无心再逛,赶紧回去了。

此时的段伟祺坐在段老爷子段弘文的书房里,身边坐着他爸段延富,对面是大伯段延孝及堂姐段珊珊。

段老爷子刚挂了电话,一转头就看到段伟祺在按手机,他不满地喝他:"什么时候了,你还玩你的手机呢?"

段伟祺输入"别担心,没事",抬头应话:"爷爷,我也有重要事情要交代的。"他说完,乖乖把手机收起来,"现在交代好了,不碰手机了。"

一屋子人全瞪着他,段伟祺做乖巧状。

段老爷子盯他半晌,沉着声音道:"周一股价铁定会跌,损失是肯定的,就看损失多少。已经通知他们应对了。律师一会儿就到,取证结束就发函,马上办。这事会牵连我们段家所有的产业,你们心里要有数,谁都不许在这节骨眼上给我再出差错。"

众人均点头。不只段家自己的产业,就是相关的投资也会波及。所有人一上午狂打电话联络安排,希望及时止损,抢先做好防范。

"你!"段老爷子拐杖一指段伟祺,"周一与我去董事会。"

"好的,爷爷。"

"把你的臭脾气全都给我收起来。"段弘文太了解这个孙子,提前给他打好预防针,"按我说的好好解释,不许倔,不许耍你的牛气,不许趁机赌气辞职。"他力排众议刚把他抬上去,他要是因为这事辞职,那就是狠狠打他的老脸。

"我不会的,爷爷,你放心吧。"

段延孝、段延富均不吭声,安静地听着段弘文训人。

段家发展了三代,有许多产业,富昌是段弘文一手创办起来,并亲自经营到今天的,是段家最有象征意义的企业。段延孝和段延富各自掌管经营好几家公司,涉及地产、媒体、珠宝、交通,等等,其中许多也有富昌的投资占股。

段弘文这几年身体不好,考虑要将手上他亲自掌权的最后一家,也是他最重视的公司经营权放下去,观察了几年,选了段伟祺。

段伟祺虽然叛逆任性,但生意眼光却是让家族里众人服气的。从他小时候小打小闹玩票似的投资开始到现在,也有十来年的时间了,虽然年轻,但经验不少，且他选的项目无论一开始大家觉得有多荒诞多不可理解，最后竟都赚得盆满钵满。

段弘文选段伟祺还有另一个原因：段伟祺的经营理念与他的伯父和父亲都不一样。两个儿子是段弘文一手带出来的，他们的想法和经营策略都依照着他来。而段伟祺不是。段弘文不得不承认，他的思路老旧了，公司需要新思路。

可段伟祺对接手家族里的任何一家企业都没兴趣。他嫌弃。但这次他要重建靖田古镇，这项目需要的资金太大，他自己吃不下，段弘文趁机提出富昌与他的耕田合作，条件是他接手富昌。

就这么谈判了三个月，费了很大的劲，又给股东会做了许多工作，这才让段伟祺就任富昌总裁。段弘文一步步安排，包括让段伟祺上商业访谈节目，接受商业杂志采访，以及上杂志封面，等等。不料刚完成第一步，就被人摆了一道。时机挑得这么好，且准备充分，各种材料收集齐全，明显有备而来。

这不只是损害段伟祺的名誉，这是在往富昌和段家的产业心口上捅刀子。

段弘文气得差点病发，一上午没闲着，这会儿把所有事情都交代完，才稍稍安心回房休息。

段珊珊把网上的消息再刷了刷，拿了手机去露台。她给苏文远打了电话："网上的事，你没参与吧？"

"什么？"苏文远似乎没反应过来，过了一会儿道，"没有没有，我怎么会。"

"不会就最好。"段珊珊没跟他客气，"我说过了，你跟我弟的事，就这么翻篇了，你别再多想。你受的委屈，会在事业上弥补回来。你想要的，我会帮你，但你得听话。"

"放心吧，珊姐。"

段珊珊听了他的保证，仍继续道："我弟跟我虽不对付，但我们都是段家人，利益是一致的，如果损害了我们段家，我是不会放过你的。"

"珊姐，我真的不会。你对我好，我回报你都来不及。"

段珊珊这才道："那就好，网上的事你别凑热闹，别发评论别点赞。就算有人认出宴会视频上那人是你，你也别吭声。这些消息很快就会删没了，这事会过去的。"

"好的。"苏文远应得乖巧。

段珊珊挂了电话，颇有思虑。

过了一会儿，段伟祺走了过来，叼了根烟点上。

"给我一根。"段珊珊道。

段伟祺给了她一根，帮她点上。姐弟俩肩并肩在露台上望风景。

半晌，段伟祺道："这事跟你那小男友没关系吧？"

"他不敢的。"

段伟祺嗤笑。

段珊珊不满地白他一眼："笑什么？你跟他那个女朋友怎么样了？"

"是前女友。"他纠正她。

这回轮到段珊珊嗤笑："你认真的？"

段伟祺不答，道："有太多细节证明，说你那小男友没参与，我都不怎么信。出轨男人什么都缺，就是不缺胆子。等我证实了，我会收拾他的。"

段珊珊瞪他："你可别栽赃，故意给我下马威，我不吃这套。"

"他是个屁，值得我栽赃他。"

"你还不是惦记那个李嘉玉？"

段伟祺不理她。他看手机，没有她的消息，但是蓝耀阳又开始抓着他们不放。他在群里说的"别担心，没事"被蓝耀阳截图下来，意味深长地发回给他。

段伟祺回他："干吗，说句话都不行了。人家问我答，不可以？"

蓝耀阳为他愁得，简直恨铁不成钢："大哥呀，什么时候了，你专心干正事行不行，成天脑子里琢磨啥呀？"

段伟祺不回他。

段珊珊吸完烟走了。他独自站在露台上。

今天天气很好，天空很蓝，他看到朵朵白云，各种形状。

段伟祺看了半天云，低头给李嘉玉发微信："那天我发的朋友圈，不是想炫耀打架的。"

过了好一会儿，李嘉玉才回复："我知道。"

段伟祺看着那三个字，笑了笑。

网上的黑料很快被删除了，富昌发了律师声明，将控告发帖人。事情闹得沸沸扬扬，但三五天也就平息下去了。

李嘉玉观察富昌股票，跌得一塌糊涂，第四天才稳下来。段伟祺没去耕田上班，方勤也没有他的消息。只听说这段日子他都在富昌。黑料果然波及了段伟祺投资的所有产业，甚至包括四木的股票都跌了。方勤说古镇项目可能也受影响，邱石第一时间飞过去了。

李嘉玉很担心，但她没有追问段伟祺的近况。他最后与她说的那句话，让她的心有些异样。

他当然不是炫耀打架，她知道。

他突然挑明一下，打破他们俩心照不宣的默契，让她感觉有些什么在蠢蠢欲动。

第八章
你怎么忍得住不找我

这段日子，李嘉玉没有段伟祺的消息，她也没问。沉迷工作大概是她现在的状态。

这周她完成了一个重要的工作。表面上看其实挺简单，是个数据。

李嘉玉入职以来，一直在做数据分析和整理工作，其实就是Excel和PPT。E喜游的项目已经进行到中期，有大量的人员访谈、策略会议和报告文书工作。咨询师们与E喜游的主管开会讨论策略，入驻他们总公司及各地分公司访谈调查，并就讨论和调查结果做报告，结合行业和市场调研的数据，制作出客户满意的策略方案。

李嘉玉是新人，因此做的是最基础的配合工作，同事们将开会讨论的结果和数据、案例的需求汇总给她，她来进行搜集和整理。

这是一个烦琐而枯燥的工作，要求对软件表格操作熟练，对如何收集数据、寻找资料也要有方法。但李嘉玉还是有着满满的热情。Excel和PPT的操作都是她的强项，找寻数据是个挑战，新鲜的案例她看得津津有味，专心工作，每天时间都过得很快。

李嘉玉同组的咨询师同事与E喜游高管配合了一个多月，终于有了一个自己满意的很有亮点的方案，这个方案需要数据支持。李嘉玉拿到需求后查了两天，发现无论是网上还是公司里的数据库都找不到相关支撑数据，建模来估算，数据恐怕也不准。

只是三个待填数字的空格，但她没办法。

"是个新想法，市场细分到那个程度，没数据也正常。"同事给她出主意，"不行就找找相关案例看看，数据不全，用案例来补。"

李嘉玉找了，没有。重新区分旅游市场之后用在线服务抢占新市场，既然是新的，那就意味着没有相同的案例。没有案例，没有数据，这个策略只是口头说说，只是个点子，不是个具有可行性的战略。

小组同事都在为这个发愁，工作似乎卡在这儿。大家继续推进，开会讨论新的思路，继续收集企业数据。李嘉玉翻了几遍会议纪要，找关键词一点点在网上搜，后来在图书馆的文献资料馆里找到类似的一篇报告，作者是某所大学的一位教授。

李嘉玉跑了一趟图书馆，把报告影印回来，又辗转找到了这个教授的联系方式。她给教授打了电话，表示对这篇报告很感兴趣，说这篇报告对他们的工作很有帮助。

教授倒也热情，愿意聊聊。李嘉玉开车跑到了邻市，认真向教授讨教。教授就如何得出的报告结论，有哪些数据支撑，对当前的旅游市场和新式的在线旅游服务有什么看法，都与她沟通了一番。

李嘉玉在邻市待了两天，跟着教授学习，回来的时候带回来了完整的数据推算、建模过程，还有几个可用的案例。甚至同事们提出的那个策略的改进思路都有了。

同事们大喜，与李嘉玉击掌相庆。李嘉玉心里也是满满的成就感。

当天李嘉玉加了个班，把这份数据应用和报告写出来，给同事们发了邮件。

第二天中午时，杜利从办公室出来，看了看正热烈讨论问题的李嘉玉和秦西，敲了敲李嘉玉的桌子。

李嘉玉和秦西坐直了，一齐喊了声："杜哥。"

杜利点点头算打招呼，看了看李嘉玉，道："嘉玉做得不错啊，很用心。"

"应该的。"李嘉玉笑笑。

杜利又点头："嘉玉会喝酒吗？"

"一般般吧。"李嘉玉答。

"晚上我带老孙去见个客户，你也一起来吧，学习学习。"

"行呀,好的。"李嘉玉很高兴。

杜利走后,秦西拉着李嘉玉的手:"哇,真好呀,居然带你见客户了。嘉玉,我跟你说,做咨询这行,沟通、方法、数据、汇报,这些都不如销售重要。最牛的咨询师是让客户主动找你。有客户资源就会受重用,能涨薪能升职。"

李嘉玉受教了。她很期待晚上和客户见面,学习一下杜利怎么推销项目。

饭局约在一家高档酒楼。杜利和孙宇航都没开车,要喝酒。李嘉玉也跟着照办。三个人搭出租车一起去的。

路上杜利跟李嘉玉说了说这个客户,鼎阳地产,大企业,开发了多个不同类型的地产项目。

"那他们企业是什么问题?需要哪方面的咨询呀?"李嘉玉问。

杜利笑笑:"每个企业都有问题,他们的需求就靠我们去谈出来了。"

李嘉玉懂了。

孙宇航给补充:"而且要挑付得起钱的,咨询的费用都很高,有些企业一看就不会花这么多钱在咨询上,就可以略过。"

杜利道:"也得礼貌应酬下,做这行人脉很重要,谁知道哪天你应付的这人会去哪里呢。"

李嘉玉点点头。

杜利又道:"把服务卖出去,然后写标书,签合同,做项目,收钱。"

孙宇航道:"哎呀,我最喜欢最后这个环节。收到钱,大家拿提成。"

"我也喜欢。"李嘉玉挺直背。

杜利和孙宇航都笑。杜利道:"你走运,一来就进项目,这都项目中期了,你捡现成的。以后得自己多努力,也不能每次都把项目喂你嘴里,自己也得拉拉资源。"

"好的好的。"李嘉玉嘴里应着,心里却有些不舒服。什么叫捡现成的,她进项目又不是不干活,虽然是新人,但她有经验,数据搜集分析快又好,PPT和Excel用得烂熟,效率比同组其他一些同事都高,就算拿提成也是应该的。杜利这话说得,好像她占了什么大便宜似的。

李嘉玉悄悄打量杜利和孙宇航,两人没什么特别表情。杜利似有口无心,又与孙宇航扯别的了。

到了地方,站在酒楼门口,李嘉玉拍了个照片发微信。

"怎么了?"杜利问她。

李嘉玉笑笑:"家里管得严,报备一下行踪。"

"小孩子呢。"杜利讽她一句,率先进酒楼去了。

李嘉玉不理他，发了个定位给方勤，又把杜利、孙宇航的名字和电话也发过去，告诉她，自己与这两个同事出来应酬，对方是鼎阳地产。

方勤回复知道了，让她自己小心点。

李嘉玉跟杜利、孙宇航进了包厢，对方已经到了，是两位男士。一位挺年轻，看着30岁左右，另一位是中年男性，40多岁的样子。

中年男性对那位年轻的挺恭敬，称他任总。中年男性自己姓汤，李嘉玉跟着杜利他们一起叫他汤总。

那位任总看见李嘉玉就眼睛一亮，高兴道："这样就好嘛，吃饭还是要跟美女一起吃才有意思。"

这位任总脸形有些长，五官倒还端正，但就是身上有股轻浮的调调，让李嘉玉想到了段伟祺。

杜利对任总很客气，说了番"难得能见到任总"之类的客气话。

任总跟大家握手招呼，握到李嘉玉的手时握得紧了些，笑得有些意味深长。然后他也不松开，拉着李嘉玉到自己身边坐。

杜利见任总高兴，似乎也很开心，忙附和："嘉玉坐吧。"

李嘉玉借着坐下拉椅子的动作把手抽了出来。孙宇航坐到她另一边，趁杜利跟任总说话时，低声对李嘉玉说："没事，你少喝点。女孩子他们不会太为难的。"

李嘉玉点点头。

任总点菜，问李嘉玉要吃什么。李嘉玉说随意就好。任总就挑了好几样贵的，又要了两瓶很贵的酒，给李嘉玉单点了盅燕窝。点菜的时候，他刻意在李嘉玉眼前摆弄了一下他的手表。

李嘉玉忍不住拿这位阔少与段伟祺比较。段伟祺也看着像花花公子，可他第一次见她时，虽然对她有意图，但与她保持了距离，她撞到了他，他虚扶了她的肩就很快放开。段伟祺也炫富，但他炫得自然，不是刻意让你知道，但你很难不知道，不令人反感。

眼前这位任总，段位真是差远了。

也不知道是段伟祺有钱还是这位任总有钱。

菜很快上来，杜利跟任总聊天套近乎，任总却总把李嘉玉拉进话题。

李嘉玉反应敏捷，倒也不扭捏。任总似乎很开心，给李嘉玉倒酒。

杜利率先举杯，话却是对李嘉玉说："嘉玉陪任总喝一杯。"

这第一杯李嘉玉不好推辞，喝了。她只小饮几口，说自己酒量不好，得慢点喝。

任总哈哈笑，亲手帮李嘉玉把酒又倒上："慢点喝有慢点喝的好。"这话说得暧昧，他自己说完就笑了。

一桌人跟着笑，李嘉玉喝完后低头吃菜，笑不出来。

杜利跟任总聊了几句业务，任总道："嗯，我们是想找咨询公司合作的，现在房地产公司太多，我们也想在营销战略上再多下些功夫。"

杜利忙跟进话题聊了聊房地产行业，他提前做了功课，说起市场来也有模有样。

任总听了，却夸奖华美确实不错，有李嘉玉这样的美女员工。他说这话时看着李嘉玉。

李嘉玉不得不接话，她道："任总谬赞了，我还是以专业能力取胜的。我是咨询师。"

这话既解了尴尬，又强调了自己的职业身份，暗示拒绝骚扰。

这任总却不买账，哈哈一笑，借机道："来来，那一定要再敬美女咨询师一杯了。"

这已经是李嘉玉喝的第三杯。这酒度数不算低，李嘉玉知道自己的酒量。她喝完了这杯，便借口要去洗手间。

李嘉玉在洗手间坐了一会儿耗时间，她给方勤发微信，让她半小时后给自己打电话。方勤答应了。

李嘉玉出去前看了看镜子，给自己补了一点点腮红，显得有些醉酒的样子。

回到包厢，孙宇航故意问她是不是不舒服，说那就少喝点。

任总却道："这才喝多少，我看嘉玉挺能喝的，没事。"

杜利帮腔："没事，这点酒哪能喝醉呀。"

任总又举杯要跟李嘉玉喝。但李嘉玉这会儿已经不高兴了。她对杜利不满。她举杯碰了碰唇，捂着肚子说："哎呀，肚子又痛了，不知是不是下午喝的奶茶不干净，我再去下洗手间。"

李嘉玉又到了洗手间，坐了好一会儿，她给方勤发消息说改时间了，10分钟后就给她打电话。

李嘉玉与方勤聊完微信出来，正打算洗个手，却惊见那任总站在女洗手间门口。

任总笑道："我正好也上洗手间，来看看你需不需要帮忙。肚子还痛吗？要不要看医生？"

李嘉玉笑道："不用了，可不敢再乱吃乱喝，一会儿早点回家去。"

任总笑着带她回包厢。这回他没再劝酒，倒是跟她闲聊，有没有男朋友，什么学校毕业的，到华美多久了云云，又说一会儿送她回去。

李嘉玉恐怕方勤来电话也不行了。她在桌下拿出手机，划进"约饭群"。

"哪位大佬有空给我来个电话，饭局，想走。"

李嘉玉发完，刚把屏幕按灭，电话就响了。

她一看，段伟祺。

李嘉玉舒了口气，赶紧接起："我男朋友。"她一边说一边把手机放耳边。

"你在哪儿吃饭呢，我去接你。"段伟祺的声音透过手机，周围人隐隐听到男声。

李嘉玉报了地址，装模作样地说："你就在附近呀，那我马上下去了，你等等我。"

她挂了电话，站起，一脸歉意地对桌上的四位男士道："今天身体不太舒服，我先回去了。"

"好呀。"任总眼带笑意，"我们改天再约。"

李嘉玉微笑应好，心道约你个头。

她把包包拿起来，手机又响。杜利正不满地瞪她。李嘉玉扭头不理，以为还是段伟祺，接了。岂料蓝耀阳的声音响亮无比："宝贝你什么时候回来呀，快点回来。"

特别入戏，比段伟祺的语调像男友。

桌上的四人都看着她。

这是几个男友？

李嘉玉只得对着电话道："马上回来了。"

她跟大家点头，转身出包厢。

走到包厢门口，手机又响，卓恺。

李嘉玉走出包厢接了电话："多谢了，我出来了。"

"哦。"卓恺把电话挂了。

李嘉玉出了酒楼，上了辆出租车，跟司机报了地址后安心地吐了口气。她拨了段伟祺的电话，他马上接了。

"段总啊，多谢了。我出来了，已经上的士了。"

"我正要去接你。"段伟祺道。

还真来呀，李嘉玉心里一暖："不用接，我回家了，已经上的士了。"

那边静默片刻："那好吧。"听着似乎挺遗憾，"其实我就在附近。"

李嘉玉不禁笑了："谢谢你。"

"光说谢有什么用，请我吃饭吧。"

李嘉玉犹豫了一下："等发薪水吧，最近真的穷。"

段伟祺"啧"了一声。

李嘉玉又想笑:"那再见了。"

"好。"

挂了电话,段伟祺忽然发过来一条微信:"我想借钱给你呀。"

李嘉玉盯着这句话看半天,笑了笑,回他:"不借。"

段伟祺回了个"哦"字。

李嘉玉把手机握着,闭了闭眼,过了一会儿想着到群里跟总裁们道声谢,一点开却见已经有人说话了。

二蓝神:"好了,我已经把Polo救出来了,你们不用管了。"

卓而很烦:"搞笑吧你,明明是我打电话救的。"

李嘉玉真是笑出声了,虽然身边有些人让人糟心,但这些朋友真令人开心。

女骑士穿公主裙:"谢谢各位大佬,改天请你们吃饭。"

段伟祺:"我不服。"

二蓝神:"你滚蛋。你说过什么来着?我要发截图了啊,我真发了啊。"

卓而很烦:"你还是唱歌吧。"

然后蓝耀阳真的发了语音。

李嘉玉又笑了,怕吓到司机大哥,她没点开语音。

方勤给她来电话,李嘉玉接了,把事情跟她说了说,告诉她自己正在回家的路上,让她别担心。

李嘉玉挂了电话,没再看微信,把头靠在车窗上,看着窗外。

路边小吃店生意红火,街上行人三三两两,车子驶过,路灯打下的光影在她眼前交错。她忽然想起那天晚上的麻辣烫,还有陪她玩滑梯的人。

"师傅,麻烦换个地方。"李嘉玉跟司机报了地址。街心公园离得很近,司机拐了个弯就到了。

李嘉玉付了车费,朝公园里走。路过游乐园边的石桌椅,她还看了一眼,没人坐。

李嘉玉往前走,走到滑梯前头,却见滑梯后似乎有个身影。

有别的人。她停了脚步。

本来还想玩一会儿,看来不行了。

李嘉玉正想离开,却见那人一脚迈了上去,他身形高大,踩着儿童滑梯透着滑稽。滑梯太小,他根本坐不下,于是蹲着,抱着膝用两只脚滑了下来。

滑下来,正蹲在李嘉玉面前。

四目相对,都惊讶,都欢喜。

他眼里有光,亮如星辰。

李嘉玉扑哧笑出声。

"段总。"

"李嘉玉，你不是回家了吗？"

"警察要来抓你了。"

"警察不会因为人长得帅就抓人的。"

"确实，所以你有危险。"

段伟祺从他搞笑的蹲姿中站直了："李嘉玉，你还瞎着吗？"

"又没说你不帅。"

"别解释，不爱听。"

李嘉玉笑个不停，今晚生的气受的委屈似乎都烟消云散了。

她道："段总啊，今晚居然有人在我面前炫富呢。"

段伟祺哼道："你自己听听你这语气，穷鬼是怎么有自信用自己是超级富豪的口吻讽刺别人炫富的。"

"我是没钱，可我整天见识别人炫富啊，你炫得比他好。"

"我谢谢你啊。"段伟祺没好气，他瞪她，忽地走近一步，低头看她眼睛，"哪有整天，你都多久没见着我了。"

李嘉玉看着他的眼神，说不出话来。

她想应该是喝了酒的缘故，她反应有些迟钝，脸也有些热。

突然，一阵欢快的歌声响起，打破了这暧昧的氛围。

"洪湖水呀，浪呀么浪打浪⋯⋯"

段伟祺很生气地掏出手机，接了。

竟然是他设的铃声吗？

电话一接通，话筒里就有歌声："来啊快活啊，反正有大把时光。来啊爱情啊，反正有大把愚妄。来啊造作啊，反正有大把风光。啊，痒。越慌越想，越慌越痒，越搔越痒。"

段伟祺怒气冲冲："蓝耀阳你想死是吗？"

"你怎么不在群里说话了，我唱的你肯定没听，我特意单独唱给你听，感动不感动？"

夜深人静，蓝耀阳的声音从手机里透出来，李嘉玉虽听不真切，却也听到个五成，她哈哈大笑，完全控制不住。

蓝耀阳大惊："谁？你身边有女人！"

段伟祺把他电话挂了。

李嘉玉还在笑，耳边似乎还能听到那旋律："越慌越想，越慌越痒，越搔越痒。"

段伟祺看着她,伸出手揉揉她的头:"李嘉玉,你怎么忍得住不联系我呢?"

"呃……"李嘉玉轻咳两声,正了正脸色,还是很想笑,忍住了,"这个啊,我忙啊,工作特别忙,还出差。"

"啧。"段伟祺弹她脑门一下,"你自己听听,像不像渣男的借口。"

李嘉玉再度大笑。

"你看,你也知道你们男人的借口还真是贫瘠。"

"你们女人花样更多些?"

"对呀。而且你们男人不能说,说了就很渣。"

段伟祺双臂抱胸:"说来听听。"

"嗯哼。"李嘉玉清了清嗓子,忍不住又笑了一下,然后端正脸色,刚想说话又破功,道,"你再问一遍,帮我找找状态。"

"对戏呢?"段伟祺粗声粗气,说完了自己也笑,拉她到滑梯边上坐。

"哎呀,我这条裙子很贵的。"李嘉玉一边嫌弃一边坐下了。

段伟祺白她一眼:"就你这一身,好意思说贵?"尾音拖得长长的,是真的嫌弃。

李嘉玉赶紧接话:"我错了。"

"你怎么忍得住不找我?"段伟祺冷不丁直接跳这句。

李嘉玉很顺溜地娇嗔答:"我为什么要找你呀?"

两人目光一碰,段伟祺张嘴欲言,却被李嘉玉伸出一根手指打断:"这是第一种。"

她又伸出一根手指:"你呢?你还好意思问,你找我了吗?"她板着脸装凶巴巴,说完了嘻嘻笑,"第二种。"

她一共伸出三根手指,再道:"为什么不找你,你自己心里没点数吗?"

段伟祺忍不住笑了。

李嘉玉道:"你看,我都不用过脑子就有三种答案了,是不是比工作忙更有水准?"

"是,是。"段伟祺语气巴结,还在笑。

这些由男的说出来果然显得有点渣。

李嘉玉舒口气,伸了伸腿:"我赢了。"

"你赢了。"段伟祺附和。

然后,安静了。

"我挺忙的,还出了趟差。"段伟祺忽然道。

两个人同时笑了起来。

"我忙得连耕田都没去。"段伟祺继续道,"还跑了一趟靖田古镇,还有一些投资项目的合作方需要安抚处理。"

"事情怎么样了?"

"是我一个仇家干的。"段伟祺漫不经心道。

李嘉玉惊讶地张大了嘴:"这么大的仇?"

"我们两家也是世家了。小学的时候他摸我姐,被我打掉过牙。初中时他带人堵我,被我打断了胳膊。大学的时候,酒吧里头他往一个姑娘的酒杯里下药,被我看到了,那次把他的头打破了。

"这次他就是报复呗。蓝耀明的庆功宴他去了,看到我打人,所以就找了找线索,收集我的动向和黑料。他家跟我家太熟,他也知道我爷爷要推我出来主持富昌,所以他就挑了这么一个时机动手。"

"你爷爷气坏了吧?"

"嗯。"

"那怎么处理?要告他吗?"

段伟祺笑了笑:"怎么告?不说两家的渊源,就是要告,也是他家告我多一些吧。之前我们打架,也是两家互相道个歉,我家赔了些生意过去,算是帮我摆平了。只是这次他闹得有点大,把我家所有产业都拖累了。他家也是说拿生意赔呗。"他一脸不耐烦,"谁稀罕啊。还让那小子给我道歉,道个屁歉,这事肯定没完。"

李嘉玉不说话,豪门恩怨,她这样的平民小百姓还是别多问的好。

"对了,苏文远找过你吗?"

"没有。"李嘉玉挑了挑眉,"怎么?"

"我总觉得这事苏文远也有份,但我没查到证据。"

"你是说,你那个仇家,找了苏文远?"

"毕竟我那天打的就是他,不是吗?要拉拢同盟,了解敌情,当然会去接触。他肯定认识苏文远。"

李嘉玉想了想,摇头:"还真没听说有什么事,你被黑的那天我在家居城还看到苏文远了,他跟文铃在一起,就是……"

"我姐之外的那个?"

"对。那女生又回到他身边了。"

段伟祺叹气:"居然还有比你更瞎的。"

李嘉玉打他胳膊一下。

段伟祺龇牙:"居然打我,男人能乱打吗?打了得负责知不知道?"

"刚才是谁在这儿说他打这个打那个的。暴力分子还好意思说别人。"

段伟祺摸摸鼻子,有些讪讪道:"我现在,比小时候乖多了。"

李嘉玉看着他。

"好吧,虽然还有改进空间,但真的比小时候懂事多了。"

李嘉玉不说话。

"前阵子打人那次,确实是我不对。我反省过了。"他看了看李嘉玉,叹气,"每次我觉得好像在你这儿的印象能有所改观时,就又会出事,打回原形。"

李嘉玉笑了笑。

段伟祺用脚碰了碰她的脚:"怎么不说话?"

"不知道说什么好。"

"你可以说,并没有,你在我心中,形象挺好的。"

李嘉玉大笑:"并没有。"

段伟祺也笑:"我知道,所以好气。"

李嘉玉笑累了,有些想往段伟祺身上靠。她忙坐直了,道:"我想吃冰激凌。"

段伟祺对这边不熟,微眯眼在想:"哪里有卖的?"

"我知道。我自己去。"李嘉玉站起来。段伟祺也跟着站起,在她晃了晃时扶了她一把。

她身上还有酒气,脸颊红红的。

"喝了这么多。"

"也没有。我偷偷打了些腮红,让自己显得醉一些,这样能少喝点。"

段伟祺跟着她往街上走:"今晚什么饭局?"

"领导带着去谈生意来着。女职员就是个陪酒的角色。"

段伟祺皱了皱眉:"有什么麻烦吗?"

"没有。我自己都处理好了。就是提前跑掉了,领导有些不高兴的样子。管他呢,我又不是陪酒的。这么缺女人助兴,就多花点钱去能点小姐的地方喝嘛。"

"嗯。"段伟祺抚了抚她耳旁的碎发,"喝了几杯?"

"三杯。"李嘉玉晃晃脑袋,正好把他的手晃开了。

段伟祺把手收回来,插进裤兜里。

"那个度数我喝四杯多点就会有一点点晕,所以三杯就得打住了。我就往卫生间跑,耗时间。"李嘉玉笑笑,"放心吧,我心里有数,知道怎么应付。我已经约方勤给我打电话了,但那人有些无赖,我怕女生打电话过来镇不住他,所以得找男的打。"

"挺好的。以后有事你就给我打电话。"

李嘉玉笑了笑:"别咒我啊,我可希望顺顺利利,什么倒霉事都没有。"

"哎,你应该接,没事不能打你电话吗?"

李嘉玉大笑。

"然后我就可以很嚣张地说,当然不能。"段伟祺一脸遗憾,"你都不给机会。"

李嘉玉笑得没力。

段伟祺扶了她一把:"三杯还是有点多,下回喝到两杯就停。"

"好。"李嘉玉应了,眼前就是一家小小的冰店,"段总,请我吃冰激凌吧。要香草的。"

段伟祺叹气:"有没有人夸过你,太聪明了。"他也不等她回话,迈步到店里给她买。

李嘉玉站着看他的背影,也觉得三杯确实有些多了,多得她觉得有些心软。

不一会儿段伟祺拿着个冰激凌出来:"到车上吃吧,我的车正好停这边。"

李嘉玉转头看,还真是几步之外停着辆看着就很贵的车。

她跟着段伟祺过去,看了看车子:"这翅膀是什么车啊?"

"宾利。"

"哦。"李嘉玉上了车,"段总啊,我见你几回,每回车子都不一样。"

"也不是特意换。正好今天穿这衣服,这车颜色比较配。"

李嘉玉目瞪口呆。

段伟祺看她的表情,哈哈大笑。

李嘉玉咬一口冰激凌:"好了,换话题吧。"

"你之前还夸我炫富比别人炫得好,我还没开始炫,你就不要听了。"

"这还不炫?"

"真没炫,没什么值得炫的。我就是对车子很有兴趣,看到喜欢的款就会买。"

"可以了。"

段伟祺笑着继续道:"买得多了,就成了品牌的VIP(高级会员)客户,大型车展推高端新款车会给我发邀请函,请我去观展。"

"是,是,我知道。观展之后就会说,这辆这辆这辆,除了这三辆,其他的帮我包起来。"

段伟祺哈哈大笑。

"李嘉玉。"

"干吗?"

段伟祺笑得胸腔轻震,他心情很好:"你喜欢钱吗?"

"喜欢呀。"

"那你一定喜欢我。"

"神经病。"

段伟祺又笑。

"我想带你去看我的车子。"

"你的车子有迷药?看了就会喜欢你?"

"神经病。"他学她的语气,笑得更开心。

"那干吗想让我去看?"

"炫富呗。你好不容易夸我一回,夸我炫富炫得好,我要保持这优点。"

"你一共有几辆车呀?"

"放在市区的车不太多,也就这么几辆吧。我在机场那边有块地,我建了个车库,三层的,不常开的放那边。"

"可以了,打住吧。"李嘉玉一脸嫌弃。

段伟祺哈哈笑。李嘉玉忍不住也跟着笑了。

他笑够了,伸手帮她拂开她嘴边的发丝,一直看着她。

"李嘉玉,你说我们怎么办?"

李嘉玉吃完最后一口,接过他递的纸巾擦了擦手,道:"只要你克制,我应该还是守得住的。"

"我很克制了,就算很想你,我也没给你打电话,只悄悄自己一人来玩滑梯。"

"你现在这句就很不克制。"

"怎么是我的错。你说你回家了,不让我接你,却突然撞到我跟前来。"

李嘉玉静默一秒:"我只是想来买点麻辣烫。"

"嗯,是啊,你想买点麻辣烫,最后吃了盒冰激凌。"

李嘉玉绷不住脸,笑了:"掰得不行,是不是?"

"太生硬了。"

"好吧。"李嘉玉叹口气,"段总啊,你以前谈过的恋爱,最长维持了多久?"

段伟祺张了张嘴,扭过头低声说了一句脏话。

李嘉玉大笑。

段伟祺无奈地捂了捂眼睛:"这招有点狠呀。"

"快狠准！"李嘉玉的语气有些得意，"厉害吧？"

"很厉害，绝世大招。"

李嘉玉笑。

段伟祺转过头来看她。

李嘉玉不笑了，她叹气，道："我小时候，养了一只小狗，养了三年多吧，特别喜欢它，吃饭睡觉都要跟它在一起。后来它病死了。我眼睁睁地看着它走的。那种无能为力的痛苦，太痛了，我很久都没有缓过来。后来我再没有养狗。每次看到别的人带着心爱的狗狗散步玩耍，我想到的竟然是，那狗狗走的时候，主人该多难过。"

段伟祺知道她想说什么，他静静听着。

"段伟祺，我并不觉得我有多喜欢你，但跟你在一起真的很开心，你很优秀，你说话很有趣，感觉能一直聊一直聊。但我从前跟苏文远在一起的时候更开心，就算什么都不说，坐在他身边就开心。那时候我真的以为，会一直这样下去了。苏文远不是狗狗，他能陪我一辈子。不是我天真地以为恋爱就会永久，只是这一段太顺利太圆满，我以为会永久。我这么笃定的事情，最后却是这样的结尾。我真的……"

她停下来，在想能用什么词形容，想了一会儿想不出来，她放弃了。

"如果一开始就知道结果，那我们就该避免开始。"

"如果避免不了呢？"段伟祺冷静地问她，"我试过了，无法阻止。"

李嘉玉静默两秒，忽地学他伸手捂眼睛："噢，你还是继续炫富吧。"

段伟祺大笑，笑着戳她眉心。

李嘉玉放开手，也笑了笑。

两个人对视着，有种默契的感觉将他们包裹住。

段伟祺忽地探身，用鼻尖碰了碰她的鼻尖。

亲昵得让人心跳加速，却又没有亲吻那般缠绵。

"送你回家？"

"好。"

车外不远处，按快门的声音轻响。

车里的两个人浑然不觉。

把李嘉玉送回家后，段伟祺兴奋难耐，将蓝耀阳和卓恺叫出来喝酒。

"所以你们现在是什么关系？"卓恺真是被段伟祺脸上那暧昧的笑容弄瞎了眼，大男人贱兮兮笑成这样。

"反正不是普通朋友。"段伟祺晃着酒杯，心情愉悦。

蓝耀阳站在点歌机前，拿着话筒一指段伟祺："强行不是普通朋友。我要为你唱一首《普通朋友》。"

说唱还真的唱起来。

"等待，我随时随地在等待，做你感情上的依赖，我没有任何的疑问，这是爱……"

段伟祺踢卓恺一脚："你干吗要约这种可以唱歌的地方，不能安安静静喝杯酒吗？"

卓恺一脸愤愤："群里没人理他，这贱人就冲着我来了，一直发唱歌的音频过来，死难听，谁受得了啊。你不打电话过来，我也约了他到这里，打算打死他算了。现在看在有人陪我一起受苦的分儿上，我饶他一命。"

段伟祺道："唉，这种时候应该约任明俊出来，让耀阳给他唱歌。深仇大恨就应该这么报。"

"你滚蛋！"蓝耀阳对着话筒大吼，段伟祺和卓恺都捂耳朵。

蓝耀阳吼完他们继续唱。

段伟祺放下手，掏掏耳朵："这样他都听得见？"

"精神病人的某些感官总是超于常人的。"卓恺道。蓝耀阳扭头看他们，一脸严重怀疑他们又在说他坏话的表情。

段伟祺和卓恺同时扭头不理他。卓恺问段伟祺："任明俊还敢接你电话？"

段伟祺冷笑："没接。怕是他爸打他打得还不够，他居然还想抢我的古镇。"

"他真是一点没变啊。"

"提他干吗，扫兴。"

"你先提的。"卓恺叉块苹果放进嘴里。

蓝耀阳那边，《痒》的前奏响起。段伟祺和卓恺一起往蓝耀阳头上丢水果："不许唱这首。"

蓝耀阳大叫："我换！"

换了一首《暧昧》。

"暧昧让人受尽委屈，找不到相爱的证据，何时该前进何时该放弃，连拥抱都没有勇气……"

段伟祺叹气："没想到有一天我打死了人，那个人居然不是任明俊，是蓝耀阳。"

卓恺哈哈大笑。

"暧昧让人变得贪心，直到等待失去意义，无奈我和你写不出结局……"

蓝耀阳唱得投入，卓恺听了一会儿，撞了撞段伟祺："你究竟怎么想的？"

"什么怎么想的，被吸引了，觉得很喜欢她，还要怎么想？"

"你的喜欢又能有多久？之前的分手不是都挺快？有超过一年的没？"

"有吧？"段伟祺不是很确定，他想了想，"唉，以前十几二十岁的时候，恋爱都能谈挺久的吧，怎么这两年越来越短了。"

"以前你还不必顶着段家人的身份接受采访呢，现在呢？以前有时间有精力，现在年纪大了，事情多了，对感情的要求不一样了。"卓恺道。

"以前觉得小姑娘可萌可萌了，现在觉得可烦可烦了。"蓝耀阳正好一曲唱罢，探身过来拿酒喝，接着话题说。

"以前小姑娘喜欢你，就是单纯喜欢你，现在这个年龄段的姑娘喜欢你，是喜欢你的钱。"卓恺喝口酒，"岁月是把杀猪刀，杀的不只容貌，还有感情和思想。"

"不不，请听我的总结。"蓝耀阳道，"重要的还是家里。以前读书的时候我谈个恋爱吧，家里就觉得只是恋爱而已，根本不放在心上，我也能开开心心。现在要是谈个恋爱吧，了不得了。那就是结婚对象呀。恐怖！家里直系三代调查清楚，人品、爱好、感情史调查清楚，生怕对方是来谋家产的。拜托，人家跟你儿子八字还没一撇呢。"

"所以也不怪人家陪你恋爱一段就走了，我们自己也没多认真。她们拿了包包和钻戒，开开心心，好聚好散，各取所需，谁也别烦。"

段伟祺一人踢一脚："你们两个矫情得要死。恶心。"

蓝耀阳抱着话筒哀号："我们有钱，帅，还不坏，怎么就这么可怜呢？"

卓恺和段伟祺一起吼他："滚。"

蓝耀阳滚去继续唱歌。

半晌，段伟祺道："李嘉玉这个人，很有意思。和她在一起，你别的都不用担心。不用担心她会不会让你丢脸，不用担心你的朋友圈子她适不适应，不用担心你话里的意思她懂不懂，不用担心你的钱她爱不爱，也不用担心你的家庭会不会吓到她。她什么都能应付，她什么都不怕。你唯一需要担心的是，她愿不愿意，她开不开心。"他顿了顿又道，"越想越觉得喜欢她呀。"

卓恺、蓝耀阳忍无可忍："闭嘴。"

李嘉玉回到了家里，没跟方勤提今晚与段伟祺的事，在她看来，这事有点复杂，复杂到以她的语言组织能力尚不能很好地归纳总结眼下究竟是什么情况。她只说了说今晚的饭局，说起她的上司杜利对客户的谄媚态度和那个油腻的任总。

两个姑娘狠狠骂了一番。方勤提醒李嘉玉小心杜利今后给她小鞋穿，李嘉玉说知道，但就算有小鞋等着她，她也不能真把自己当陪酒小姐了。

夜色中，四个男人一起从酒楼出来，相互告别。其中一个40多岁的和一个30岁左右的男子上了一辆加长商务车。司机得了指示，将车开了起来。

年轻男子道："咨询公司可以再多对比几家。"

稍年长的那位忙道："好的，任总。"

这时候姓任的年轻人手机响了，他点开看，收到了几张照片。对方同时也发来几句话。

"他今天没做什么特别的事。晚上去了宴会那晚的街心公园。后来那个女的来了。

"两人聊了一会儿，买了个冰激凌，上了车，很亲密的样子。照片发你了。

"之后他送她回家就离开了，没上楼。女的地址是……"

姓任的仔细看了看照片，忽地哼笑："我说名字怎么这么耳熟，好像在哪里见过她，原来真是同一个人。"

他按手机，嘱咐了几句，对方很快回消息，答应了。

他把手机屏幕按灭，想了想，道："汤总，这家华美也挺不错的，先联络着。"

"好的。"

第二天李嘉玉精神抖擞，如常去上班。下午时杜利把她叫进了办公室。

李嘉玉去了。

杜利与她聊了几句工作上的事，然后道："昨晚的应酬，你不太适应，我也不怪你，刚出社会刚工作，是会觉得有点困难。"

李嘉玉顺杆子走，点头应了声"嗯"。

"以后接触多了，自然就会知道怎么应付了。"

"好的，杜哥。谢谢杜哥。"

"你不用谢我，你需要做的，就是把我说的话真心听进去。女孩子出来上班，应酬上肯定会出现这样那样的情况，算不上真正吃亏。公司里别的同事都在，肯定会看着你的。像昨晚那样，我和老孙都在，你最后喝醉了，我们肯定会把你安全送到家的。这次你不了解就算了。下次我希望你能处理得更好一些，半途离席这种事不允许再发生了。交际应酬要有交际应酬的样子，扭扭捏捏的怎么谈生意？"

李嘉玉一开始还打算忍的，但越听越忍不了。

"杜哥，谢谢你的教导，但现在社会情况比较复杂，客户里有些什么人，我们也无法确定。杜哥觉得可以保护好我们女生，身为女生我却没太大的信心。杜哥也好，我们女生也好，自我保护防范意识还是要有的。毕竟现在坏人也不一定只对女生下手。杜哥你自己也要多留心。"

杜利板起脸，语气严厉："李嘉玉，别耍这些小聪明，逞口舌之利没用。你别以为你是陈总塞进来的人就可以嚣张，公司是个讲管理的地方，人人都像你这样，公司怎么运营，业务怎么开展？你不服从管理，我没法用你，你就滚蛋。"

李嘉玉顿时也怒了，她冷道："公司是讲管理的，但不知是什么公司？我进来的时候是咨询公司，现在还以为是夜总会呢。"

杜利脸色铁青，猛地一拍桌子："李嘉玉！"

李嘉玉踏前一步，清清楚楚道："还有，我不是陈总塞进来的人，我是堂堂正正经过业内泰斗基于对我的专业能力的肯定而进行的人才推荐，经过陈总面试，经过人事面试进来的，走的完全是正经规范的流程和手续。我的学历、资历全都合格，业务能力也有目共睹，我并非吃闲饭占便宜的，我对得起公司给我的职位和薪水。"

杜利气得话都说不出来，抓起桌上的杯子就往地上摔："你给我出去。"

李嘉玉镇定地看他一眼："杜哥的情商还有待提高，生气对身体不好，我先出去了。"

李嘉玉退出杜利的办公室，外头办公位的人都一脸吃惊地看着她。李嘉玉若无其事地回到工位，没说话。

隔壁的秦西过了好一会儿才敢问怎么回事。李嘉玉大致说了说，秦西有些慌张："你小心他以后整你。"

"与其担心以后，不如先解决现在的问题。我不认为为了以后的假安宁而委屈自己做个陪酒女是正确选择。现在不解决，就没有以后，永远都是陪酒。"

秦西听完，给李嘉玉竖了大拇指。

李嘉玉虽然嘴硬，但心里还是有些不舒服的，她预想了种种后果。这个后果，一周后出来了。

陈博明将李嘉玉叫去了办公室。

这一周，杜利完全没有理会李嘉玉，正眼都不看她。李嘉玉也不理他，工作照做，班照常上。当陈博明把李嘉玉叫过去的时候，她明白，肯定是杜利那边生的事。

陈博明也不跟李嘉玉兜圈子,他道:"李嘉玉,杜经理找我谈了,说对你的工作很不满意,你无法配合他的工作要求,对业务的开展起了负面作用。"

李嘉玉看看陈博明,他的表情还算温和。她道:"陈总,我确实不擅长喝酒,但工作我都认真完成了,完成得也挺好的。我问心无愧。"

陈博明点点头:"我也不会只听一人的一面之词下判定,但你得理解,杜经理有他工作上的考虑,你们女生是敏感一些,两边脾气又都比较冲,确实不好再共事了。不然以后继续起矛盾,公司没法管理,对其他同事也有影响。"

李嘉玉不说话,她沉住气,等着陈博明继续说。

陈博明道:"你来公司,是宋教授推荐的。我怎么都会卖宋教授的面子。但杜经理也是公司重要的管理层人员,我也会听取他的意见,既然他觉得没法再用你,我就把你调到其他组吧。等到有合适的机会,再给你做更好的安排。"

李嘉玉隐隐听出了这话里头的意思。她点点头:"谢谢陈总。"

陈博明又道:"你一来我就把你安排到杜经理这组,确实是出于照顾你的意思,毕竟项目做到一半了,完成后就有提成,只是没想到配合上会有这样的问题。现在你从头开始,希望你珍惜机会。"

李嘉玉心里不快,但仍点头应了。陈博明把具体安排跟她说了说,让她回座位去了。

李嘉玉出来,正遇上杜利出办公室,他见了她,冷笑了一下。李嘉玉直视他,一直盯到他走开。

秦西在工位那儿早有些忐忑,就等李嘉玉回来。

李嘉玉安慰她:"没事,就是把我调到另一组去了。我手上的E喜游工作转给你。你手上的盛熹珠宝转给我。我带这项目到新组去做。"

秦西愣了愣,压低了声音:"你被整了。盛熹珠宝杜哥没拿住,盛熹已经内定了另一家咨询公司合作了,我们华美参加招标是去陪标的,毕竟谈了,面子总是要给的。杜哥让我把标书意思意思做得差不多就行,要留着人脉关系,以后还有机会谈。你接手这个,等于白做工啊。"

李嘉玉也愣了。秦西看了看周围,声音压得更低:"这客户是杜哥的,你就算去陪了标,最后客户回头还是找杜哥,再有单子可谈也轮不到你啊。"

李嘉玉道:"我去新组,是有新的项目经理呀,参加招标会,也不是我这个初级咨询师出头吧。"

"让你去哪个组呀?"

"贺亦春贺经理那组。我在公司通讯录上见过她名字的。"

"但她是谁？我们见过吗？"

李嘉玉皱眉头："我没有见过她的印象。"

孙宇航在另一头看她俩窃窃私语，滑着椅子轮就过来了。秦西和李嘉玉忙噤声。

孙宇航问："李嘉玉，陈总找你什么事呀？"

"把我调到贺经理那组去了。"

秦西忙问："老孙啊，贺经理是谁呀？"

孙宇航愣了愣："哪个贺经理？"

"贺亦春。"

孙宇航压低了声音："妹子，你被整了吧。"

"啊？"李嘉玉和秦西都一惊。

"贺经理那组没人了呀。"

李嘉玉愣在那儿。

"她那组上一个项目已经结束好几个月了。她原本跟陈总竞争总监位置的。但她怀孕了，公司立马提拔了陈总，她一气之下就休假去了。正好她手上项目都做完了，她手底那些人不是转组就是离职了。最后两个在你们来的一周后也走了。

"贺经理怀孕四个月了，没来过公司。我听说公司把总监位置给陈总后，贺经理原也是要走的，但后来她改主意了，要在这里把孕产期福利都用完再说。我们咨询公司本来就假期多，贺经理攒了好多假，再加上孕产假什么的，估计还能休个一年半载。"

李嘉玉这才明白，所以她不但丢了手上的项目丢了提成，还要白做工，还要被丢进冷宫坐冷板凳，以后也不会有项目了？

第九章
没情调的约会，可是好开心

李嘉玉很愤怒，但她知道她跑去找杜利和陈博明理论是不会有结果的。对安排不满意可以辞职，或许他们等的就是这个。

李嘉玉到楼下花园走了一圈，平复了心情。

回来后她到洗手间洗了脸，补了妆，换了个明艳的妆容，重色眼影让眼睛分外明亮，正红的唇色显得人很有精神。看着镜中自己干练犀利的模样，李嘉玉觉得很有斗志。

她回到工位，把微信名字改了：女骑士枕戈坐甲。

然后她开始跟秦西还有其他同事做工作上的交接，一边交接一边打听，贺亦春经理是个怎样的人。

到午休之前，她脑子里差不多有了个人物形象——微胖、能干、有原则、个性强悍，从业五年，经验丰富，专业过硬，人脉很好，在业界有些名气。所以她才很硬气地说休假就休假，敢摆脸色给老板看。

这是个厉害角色，李嘉玉想。

李嘉玉在公司通讯录里找到了贺亦春的联系方式，把她的手机号码和公司邮箱存好了，并用公司邮箱给她发了一封邮件，说明自己是新调入她小组的员工,做了一番简单的自我介绍,询问她是否在本市,是否方便联络。

邮件发出去,如预期那般,直到中午吃饭之前都没有收到回复。李嘉玉查看手机,发现微信收到一些消息,其中有段伟祺的。

"你受委屈了?"

李嘉玉回复了两个问号给他。

"你改名字了。"

李嘉玉正好下楼吃饭,就找了个清静地方给他回电话,简单说了说情况。段伟祺没多说,只问她什么想法。

"没什么想法,既然发生了,我得先弄明白形势,然后再看看能怎么做。"

"不考虑换个工作吗?"

"暂时不考虑。现在还没到绝境呢,我还是再了解下,而且遇到点挫折就逃跑不是我的风格。"

段伟祺在电话那头笑了:"是,是,我都差点忘了你是骑士。"

李嘉玉也笑。

段伟祺笑了一会儿,道:"那……"

他没往后说,李嘉玉等着。

过了一会儿段伟祺又笑,道:"哎,我给你机会主动点你也不接着。"

"为什么是我主动啊?我工作很忙的。"

段伟祺捏了捏眉心,道:"你真是太渣了。我一片真心错付。"

李嘉玉哈哈大笑:"别戏多,不然我叫蓝公子给你唱歌了。"

两人一起笑。

段伟祺最后道:"行了,快去吃饭吧。要有什么事,你就打电话给我。"

李嘉玉答应了。

收了手机刚走没几步,微信的声音又响。

李嘉玉拿出来一看,还是段伟祺。

他给她发了一张照片过来。

那似乎是一个有着落地玻璃窗的巨大房间,旁边还有别的游乐设施,但照片没拍全,照片上是一座滑梯,挺高大,成人可以玩。

段伟祺问:"想玩吗?"

这真是惊喜。

李嘉玉心头一暖,也不跟他客气,答:"想。"

"一直等你找我,你都不找。不带你玩。"

李嘉玉无语。

段伟祺发来一个"大笑"的表情。

李嘉玉把手机收起来,心情好多了。

中午吃饭时,李嘉玉与方勤发微信,嘀咕了一通杜利和陈博明。

方勤非常生气。

"那个陈师兄怎么这样?这种人品,怎么当上总监的!"

"这都是隔着多少届的师兄了,之前也不认识。要不是看在宋教授的面子上,我估计他是想直接开除我了。现在这样,一来不得罪宋教授,我总不能去告状说师兄故意给我冷板凳坐,他毕竟放话了,说以后有合适机会再调我。"

"对,就是这种虚伪嘴脸最恶心了。"

"二来嘛,我觉得他们也是趁机杀鸡给猴看,立个下马威,看以后谁还敢叽叽歪歪的。"

"太可恶了。咱不受这气,辞职得了。你工作慢慢找,不着急。我的薪水够,付你房租,再负担咱们的生活费,肯定够。"

"不行。我想过了,他们下作还要脸,如果把我丢进一个空组,手上没活儿说不过去,跟公司没法交代,毕竟还发着薪水。但正好有个盛熹珠宝的陪标,塞给我当打发了。既然如此,我就做下去,怎么都磨炼一下,而且我还没参加过招标会呢,是个机会。

"再说招标会上肯定有各家同行公司,我借机接触接触,拓展些人脉。

"还有,我现在走了,就是我们女生的认输,全公司女同事看着呢。他凭什么欺负我们女生啊,老娘出来上班靠的是头脑和素质,不是大腿和酒量。

"必须斗争到底。我要走,也绝不灰溜溜地走。"

方勤给她鼓劲:"好!那就斗争到底。我们社会主义好姑娘什么都不怕。"

两人同时发出个"握拳"的图片,哈哈笑。

下午,李嘉玉把盛熹珠宝的文件大致看了一遍,然后她联系了对方的联络人,说自己是这个项目的新联络人,希望能跟对方见个面,聊聊情况。

但对方拒绝了。

"招标的事我已经跟你们杜经理都谈清楚了,没什么再补充的。那天你们过来就是。我们最近太忙了,没时间这样每家都重复接待呢,也请海涵哈。要是你有什么不明白的地方,发邮件给我,我随时给你补充资料。"

对方的态度客气但公式化,挑不出什么毛病。李嘉玉失望地挂了电话。在线联络的效果与面谈相差甚远,没见过真人的交情就是没有交情。这个客户她连认识都称不上。

李嘉玉盯着电脑屏幕思考，却见杜利从她工位前走过，故意扫了她一眼，脸上挂起了嘲讽的笑。

李嘉玉生气，她暗自下定决心，一定要结交上盛熹珠宝的人，一定要把这客户变成自己的。

她再过了一遍资料，接着刷新了一下邮箱，没有新邮件，贺亦春还没有回复她。

周围的同事忙碌，只有她一人对着资料发呆。虽说心怀斗志，但也会感到些许委屈伤感。

这时候桌面上的电话响了，李嘉玉吓了一跳。接起来却是前台找她，说是有她的快递。

李嘉玉没有买东西，狐疑地去前台，想着是不是送错了。但收件人和地址确实是她的。这是一个挺大的箱子，扁扁方方的，像行李箱。李嘉玉怕是恶作剧，便当场拆了，让快递看着验货。

一开箱，周围女生叫了起来。

李嘉玉也是一呆。

Mac（魅可）128色的口红礼盒套装，三层抽屉式，满满一大箱，很壮观。

"这得两万多块。"前台小姑娘捂着嘴很激动。

说到钱，李嘉玉忽然知道这东西哪儿来的了。

她拍了张照，发给段伟祺："你送的？"

段伟祺很快回复了："哇，这么多呀，可以，挺有气势的。"

听那语气，显然他也是第一次看到这个。

段伟祺又说："你不是喜欢口红？受打击了要抹个红色提升一下气场好战斗。送你一箱，好好加油。"

李嘉玉看着这一箱，简直无法形容自己的心情。很意外，很美妙。但是送一箱，她很想爆笑是怎么回事。

前台两个姑娘看她发微信已经按捺不住了："李嘉玉，是不是你男朋友送的呀？好浪漫啊。"

李嘉玉笑笑："不是男朋友，是个支持者。"

"好羡慕。"前台当她不好意思承认，但是不是男友不重要，重要的是这礼物太豪气了。她们已经迫不及待发图片和消息跟别人分享。

李嘉玉提着这箱子回办公区，还没到座位，她获赠超级豪气的口红套装的事就已经传遍全公司。

一路走过去，大家都盯着她的箱子看。

秦西在工位那儿伸长了脖子，激动地等待着。

李嘉玉把箱子放下，附近几个女同事很快围过来，她打开了让她们看，她自己退到一边发微信。

"你怎么知道我用的是Mac的Ruby Woo①？"

"我不知道啊，我怎么可能知道这种东西。我就是让秘书买口红，挑套装，数量多点，最贵的。可惜口红再贵也没多少钱。金额上没什么震撼力，只能靠数量刷点存在感了。她说下午能送货的最贵最多的就是这个了。你凑合着先用。"

"还凑合着先用？这位总裁，这些能用一辈子吧。我还想顺顺利利，不想一辈子都得战斗啊。"

"你看看你这小农意识，有什么前途！这么一大箱是给你抹的吗？给你装门面用的！"

李嘉玉无语。

段伟祺接着发："别让贫瘠的思想限制了你的气场。公司女同事，一人送一支，任她们选。你不是一个人在战斗。全都武装起来。"

李嘉玉哈哈大笑，不行了，太好笑了，这泥石流总裁。

段伟祺问："你是不是在笑？我知道你一定会笑的。"

李嘉玉笑得不行。

他接着说："别沮丧，要多笑。"

李嘉玉明白他的意思，她看了看杜利的办公室，那厮站在门口正皱着眉头看这边，一脸阴郁，显然不太爽。李嘉玉再度哈哈笑，没错，他以为她该被打击得垂头丧气，但她偏不！

李嘉玉对女同事们说："口红赞助商说送大家，任选一支。全都要美美的。女生都要美美的，都要精神抖擞。"

有人迟疑："真的吗？可以拿？"

秦西跟李嘉玉熟，已经下手了："多谢多谢，我要这支。"

其他人一看秦西拿了，也道声谢，挑自己喜欢的色号。

李嘉玉拿上自己的战斗色Ruby Woo，退到一边想给段伟祺发消息，却看见他刚才又发了一句："你笑起来很美。"

李嘉玉忽觉得脸热，她咬咬唇，发了"谢谢"两个字。

谢谢他的鼓励，谢谢他的礼物，也谢谢他的赞美。

下班时，李嘉玉仍未收到贺亦春的回复，于是她直接拨通了她的电话。电

---

① Mac口红的一种色号，经典正红色。

话响了好几声，她接了。

李嘉玉报了身份："贺经理，我是华美的初级咨询师李嘉玉，今天被分到了你的业务组，素未谋面，与你联络一下。"

那边沉默几秒，忽笑道："我收到人事的邮件了，你的邮件我也收到了。"

"嗯。"李嘉玉暗想，还会每天看公司邮箱，那这位贺经理也不算是完全放弃公司。

贺亦春又道："李嘉玉是吧，你是不是得罪了什么人？陈博明吗？"

还真是挺直接的，这种沟通方式李嘉玉喜欢。

"确实与前上司有些不愉快的地方，所以陈总把我调离了。贺经理在本市吗？方便见面吗？我去找你，可以吗？"

贺亦春似乎有些惊讶："你知道你的处境吗？"

"你是说被打进冷宫？"

贺亦春笑了："这个形容挺贴切的。所以你来找我有什么用呢？我在休假，不做业务了。"

"我手上有个投标的工作要完成，贺经理毕竟是我上司，我还是希望能与贺经理聊聊。如果贺经理对工作没兴趣，那就当认识一下我，多交个朋友，毕竟有缘在这样的情况下在一个小组团队里。"

贺亦春沉默了一会儿，同意了。

李嘉玉很有行动力，当晚就去了贺亦春的家。

贺亦春长相挺和善，因为怀孕的关系，整个人有些圆圆的，显得更和善。她的先生与她很有夫妻相，也是戴着眼镜，圆圆的脸，好好先生的样子。

李嘉玉给贺亦春带了些水果做拜访礼，还有两套小婴儿的衣服。

贺亦春看了东西，笑笑收下了。

两人在贺亦春的书房聊了半个多小时。贺亦春问清楚了李嘉玉的遭遇，又说了说自己的情况。跟公司里传的一样，当初她是项目总监的热门候选人，论资历，论业绩，她比陈博明要强。但老板一直没给她那个位置，她隐隐觉得是因为她的性别，而且她已婚，33岁，正是待孕的年纪。

终于老板问她是不是有生育的打算了，她说是，但她不认为这会严重影响她的工作，因为手底下有团队，只要协调好工作安排，她觉得工作不会被耽误。而且女性生育，天经地义。

那时老板在谈一个客户，她带着团队做了前期工作。然后，她怀孕了，她很高兴，向同事们宣布了这个好消息。但两天后，老板忽然宣布，将提拔陈博明做项目总监，那个客户，让她转到陈博明手上。

贺亦春自然大怒，她向老板据理力争。老板安抚她，承诺待她生完孩子回来再考虑她的升职，话说得好听，但眼下并不打算给她公平。于是贺亦春一赌气，休假养胎。这一休假，又是一连串的事。她团队里有经验的老资格员工，被分到陈博明手上继续完成那个客户的项目，正培养的新人受到了排挤。最后走的走，转组的转组。

贺亦春心平气和地道："我挺后悔的，觉得挺对不起那些跟我的人。但后来我发现他们现在也都过得不错，没有谁离了谁不行。反而是我，算是失业状态了。等休完产假，享受完这些福利，我就辞职。这是公司里人人都知道的事，所以公司不会再给我什么资源了，我也不打算再给公司拼命。"

李嘉玉没放弃，她道："我把盛熹珠宝的招标资料带来了，贺姐你闲的时候可以看一看，就当是打发时间吧。我是新人，业务上很多地方不懂。公司里头，虽然有同事也愿意指点我，但像贺姐这样有经验的人也不多。如果贺姐不介意，我希望平常还能给贺姐打打电话，请教请教。"

贺亦春看着李嘉玉，道："他们这么对你，你居然要忍下来吗？你这么年轻，学历也好，换一份工作，不会太难的。"

"换一份工作，也许还会遇到同样的事。反正我这边架都吵完了，处境已经这样，那不如先把眼前的事做完。今天见了贺姐，聊着还挺投缘，我更觉得还有机会。盛熹是杜利送到我手上的，我要做完它。"

贺亦春笑："只是陪标而已。陪标这种事，捞不到好处的。真的就是给对方一个面子，大家维持个关系。"

"是啊，那这个关系，变成我的人脉关系，怎么不是好处？这次陪标，下次呢？下下次呢？"

贺亦春愣了愣。

李嘉玉道："贺姐，我跟你不一样。你是资深前辈，你已经积累了很多，所以可能觉得有些事做了是浪费时间。但我什么都没有，所以做任何一件事，都能吸收到好处。我负责这个项目，别管是不是陪标，我在工作，公司的数据库就对我敞开，案例随我看，公司的资源就为我服务。我不是在忍，我只是没有浪费时间在被打击这件事上。我遇到了你这样的业界前辈，也许以后还能成为益友，我身靠着华美这个大公司品牌，可以有身份有底气接触各大企业。我打算多印两盒名片，我要使劲敲盛熹的门，还要敲其他公司的门。当我离开华美的那天，我要吸走我能从这个平台吸取的所有养分。"

贺亦春沉默着，她看着李嘉玉的目光已有不同。

"李嘉玉，咨询这行不容易，一方面项目不好拿，另一方面工作强度确实很大。虽然每完成一个项目就意味着你又迈进了一个新行业，接触到新内容，新鲜刺激，但数据、案例、PPT、入场、问询、调研，这些工作周而复始，也烦琐枯燥，需要极大的耐心和毅力。客户难缠，工作量巨大，总要出差，许多人熬不住，所以这行的人员流动很大。但是熬出头的，绝对是精英。你明白我的意思吗？陈博明也好，杜利也罢，别管他们在销售上是用什么手段，他们在专业上都是很牛的。当每个人都很牛的时候，竞争的就不是专业上的东西了。"

李嘉玉精神一振，她在教她。

"既然是内定了合作咨询公司，就表示对方的方案盛熹接受了，这种接受是基于人情关系还是专业提案，抑或是其他，那就是你需要了解的。如果你想争取到下次或者下下次的合作，那光认识盛熹的人是不够的。公司高层的经营理念、人际关系，以及他们真正的需求……

"这一点你要记住，很多企业有时候并不了解自己对咨询的真正需求是什么，他们可能只是感觉到公司出问题了，管理混乱，业绩下降，又或者是公司很不错，但他们觉得明明可以更好。可他们并不真正了解该怎么办，也不了解咨询公司能给他们什么帮助，所以很多时候，他们提出的需求是他们自己以为的需求，但其实并不能解决他们想解决掉的问题。如果在这个点上，咨询公司没能与企业很好地沟通清楚，了解到真正的需求点，就算前期提案让企业满意，后续的执行也会不理想，因为问题没有解决，项目推进不了，后期结款也会出差错。"

李嘉玉点点头，用心记着。

"你既然想把盛熹的这个项目当教材来练手，那就好好从头开始理一遍。也许你在华美只有这么一个项目可以拿来练手了。招标会在什么时候？"

"两周后。"

"嗯，那你只有两周时间。招标会结束，你也就没什么理由再缠着盛熹了。"

李嘉玉明白。而且盛熹这项目一旦结束，她就两手空空，在公司没事可做。到时公司自然不会白给她发薪水。

"李嘉玉，好好加油吧。两周，可以学到很多东西。"贺亦春道，"你若保持这样的心态，我相信无论你在不在华美，都一定能成功的。我孕期的计划都是安排好的，我要做孕检，要旅游，上健身课，还报了个在线法语课程。我没打算回去上班。但是呢，如果你有任何问题，欢迎你随时给我电话。"

这意思就是把李嘉玉当朋友了，就算不是同事，日后也愿意与她往来，愿意教导她。李嘉玉大喜，向贺亦春道谢，告辞回家去了。

第二天李嘉玉精神抖擞，早早到了公司。她穿了身香奈儿红色印花修身

V领连衣裙，配了个明艳的妆，气场张扬，靓丽动人。前台姑娘一见她就笑："嘉玉今天好漂亮呀。"

李嘉玉勾她下巴："你也好漂亮啊。"

前台姑娘抹的是李嘉玉昨天送的口红，笑得灿烂。

李嘉玉坐下就开始忙。她昨晚回家列了个单子，把想了解的问题都罗列出来，一上午就主要查询解决这单子上的问题。

秦西和其他两个先前跟进盛熹项目的同事很热心地帮她，知道的情况对她是知无不言，言无不尽。但他们这个层面接触到的也有限，想要更深入地了解，得去问杜利。但李嘉玉明白问杜利没什么好结果，她也就不去碰这个钉子。

快11点的时候，前台来电话说有她的快递。李嘉玉昨晚网购了三个空的口红礼盒，打算把那一箱Mac充分利用，挑几支包装一下给盛熹那姑娘送一送，拉拉关系。

前台姑娘已经帮她签收了，盒子就摆在那儿。李嘉玉道了谢，伸手就要去拿。前台两个姑娘眼里发着光看她，李嘉玉失笑，道："是空盒子。"

她一边说一边拿起盒子，却是一愣，怎么这么重。

见李嘉玉惊讶，前台姑娘更兴奋了，昨天她也是这么惊讶的表情，看来这快递又有料。

"拆开看看。掂着不像空的。"

李嘉玉看了看快递盒上贴着的单子，确实是她的名字和地址。她心里有种预感，不会又是段伟祺吧。

李嘉玉对前台姑娘笑笑，不顾她们失望的眼神，拿着盒子回座位了。

她拆开盒子，居然又是口红。CL[①]萝卜丁女王权杖三支装限量套装。李嘉玉又好笑又好气，觉得段伟祺有些幼稚。一旁的秦西目光闪闪地盯着她看，凑过来道："你男朋友真是豪气啊，对你真好。"

李嘉玉心道段伟祺要是知道别人用口红价格来判断他豪气，肯定得吐血："还不是我男朋友。"

李嘉玉拿起手机准备到楼下中庭花园走走，放松下脑子，顺便跟段总裁讨论一下口红问题，走出两步忽然反应过来，转头对秦西改口道："并不是我男朋友。"

她打电话给段伟祺，他没有接，过了一会儿他回过来，说刚才正跟别人谈事情。

---

① 全称是Christian Louboutin，一个法国的奢侈品牌。

"那现在方便说话了吗？"

"那要看你说的是什么内容了。聊得开心就方便，不开心就不方便。"

李嘉玉心里说，皮死你得了。

"我又收到口红了。"

"哦，那应该是昨天一起订的。是不是名字挺厉害的那个，CL女王权杖？名字很配你。秘书说这个牌子口红挺好的，好的你留着自己用吧。是你喜欢的大红色吗？我告诉她挑这个颜色的。"

李嘉玉忽然不知该说什么好，她运了一口气准备交涉，结果人家云淡风轻根本没当回事。

李嘉玉叹气："那后头不会再有口红了吧？"

"不会了，同样的东西老送多没意思。"

"那也不会有其他的东西了吧？"

"哦。你想要其他的什么？"

"什么都不想要，别拿这种事麻烦你秘书了。"

"怎么会，她做这个可开心了。今天还问我粉底、隔离、眼影、睫毛膏要不要了解下。"

李嘉玉表情复杂。

段伟祺笑出声："我开玩笑的。"

"真别送了。"

"真没有了，我保证。"

"嗯嗯，没有就好，我同事都以为我勾搭了一个淘宝彩妆卖家。"

段伟祺愣住。

这回李嘉玉笑出了声："我开玩笑的。"

"我自尊心受到了严重伤害。"

"别啊，真正的'资本家'不会在意这点小事的。"

"你对'资本家'有误解。"

"我原本误解是挺深的，认识了你以后，我就对这个阶层重新了解了。"

"你又杠精了是不是？"

"哪有，这不是有理有序讨论中。"

"你什么时候请我吃饭？"

李嘉玉忍不住笑："等我发薪水吧。"

"听起来很危险的样子，毕竟你有没有薪水还不一定。"

"放心，就算没薪水，麻辣烫还请得起。"

"那就今晚吧。"

李嘉玉大笑:"这么玩套路也太花花公子了,我对你的印象大打折扣。"

段伟祺也笑:"这怎么是套路,话都是你自己说的。"

李嘉玉道:"我今晚想请别人吃饭,不知道请不请得上。"

"这种伤心事就别告诉我了。"

"想请盛熹那个对接人吃饭。"李嘉玉把自己的打算告诉他。

段伟祺道:"盛熹我不熟,我帮你问问别人。"

李嘉玉忙道:"暂时还不用,毕竟你那个层级的,认识的也是大老板,跟我这样的也没什么好说的。我还是先跟业务层面的人建立好联络,段总你这样的王炸留最后用。"

"那行吧。要是有需要帮忙的,你就找我。"

李嘉玉挂了电话,回到楼上,这回她订的礼盒终于到了。李嘉玉挑了三支口红,包装了一下,把自己的名片放进包装盒,又写了张小卡片,给盛熹的那个姑娘快递了过去。

刚刚认识的关系,这三支口红做礼物不失体面又不算隆重,正合适。

下午,李嘉玉一直在研究盛熹珠宝,包括大老板的背景,高层领导都有谁,他们的微博上都发了什么内容,互相关注了什么人,都有什么新闻报道,股市情况如何,等等。这个项目的会议记录,她也看了好几遍。

快下班的时候,她终于等到了盛熹珠宝联络人的动静。那姑娘叫董忆,职位是总经理助理。她加了李嘉玉的微信。

董忆这回的态度亲近了些,她说东西收到了,跟李嘉玉道谢,又道:"这么客气做什么?我也没帮上什么忙。"

"小东西罢了,不用客气。我昨天正好收到一箱Mac口红,这不公司里分着也没分完,求大家赶紧帮忙消耗点。"

李嘉玉给董忆发了张那箱口红的照片,现在里头还剩下一半。

董忆果然有些兴奋:"哇,这么豪气。"

李嘉玉发了个"脸红"的表情。

"你认识品牌的人吗?"董忆跟大多数人一样,开始打听。这在李嘉玉的预料之中。关系没这么近,她自然不好问私事,于是拐了个弯问是不是品牌送的。

"我不认识品牌的人,但朋友那边的关系好像比较多。我也没问。"李嘉玉说了句似是而非的话。答得暧昧,没撒谎也没说实话。但这回答显得她似乎有些个人背景。

李嘉玉还记得段伟祺在学校演讲时说的那句话——所有人,都是看人下菜的。

她需要董忆重视她。不是当她是华美的咨询师那样重视,而是把她当成值得结交的私人朋友那样重视。

李嘉玉押对了。董忆跟她聊了好几句美妆的话题,李嘉玉对时尚和品牌也算了解,都能接上她的话。她能感觉到,这个董忆肯定收入不低,而且是个很讲究的姑娘。

李嘉玉给段伟祺发微信:"段总,恐怕得拿你送的东西唬人了。不好意思啊。"

她把CL女王权杖限量套装盒拿出来,找角度拍了张照。

然后她收到了段伟祺的回复:"在跟盛熹的那个总经理助理聊天吗?装吧,送你的东西随便用。但是用口红唬人,会不会太有失颜面了,能唬住吗?"

接着他发过来几张照片。

红色的超跑。

"给你唬人的道具。这辆法拉利挺适合女生。回头车子给你开,让她看看。"

还有油亮、黑色毛发的骏马。

"它叫赛尼。专业级赛马,有血统证的,在法国拿过冠军。它比那辆法拉利都值钱,已经被运回国内马场了。你可以说回头带她去马场玩,看看赛尼。但不能给她骑,危险。"

还有游艇。

"可以带她出海玩,但要看她给你多少资源。"

还有一座非常美貌的庄园,有外景和室内照片。

"庄园在苏格兰。可以去旅游,住多久都行。"

李嘉玉目瞪口呆地看着段伟祺唰唰地发过来一堆照片。

卓恺正巧这时发信息过来问段伟祺在干吗,要不要晚上一起打球。

段伟祺正说得兴奋,回他:"在炫富,超开心。"

卓恺无语。

段伟祺回到李嘉玉这边:"够吗?对了,你不是要请她吃饭吗?我给你几个会所地址,你想去哪个告诉我,现在安排还来得及。让经理在门口等着你们,一排服务生全程站桌边接待,乐队伴奏,吃什么都行,一人一大束花,还想要什么服务提前说。"

"想起来了,你的Polo不行,开去这些地方有点丢脸。我派司机去接你,加长凯迪拉克,里面有酒有音乐,可以看电影。"

李嘉玉不想理他了。什么心情都没了,连CL女王权杖都不想晒了。

神经病。

之前怎么会觉得他炫富炫得好呢？

她不理段伟祺了，自己慢慢与董忆聊。

段伟祺等半天没等到李嘉玉的回复，慢慢冷静下来才察觉不妙。

完了，玩脱了。

段伟祺连忙解释："我刚才开玩笑的，真的。"

李嘉玉还是没理他。

段伟祺转向卓恺："完蛋了，炫过头，把腰闪了。"

卓恺回他："你还是找耀阳给你唱歌吧。"

李嘉玉这一晚都没再理段伟祺，她如愿请到了董忆吃饭，两个人谈得很好，关系一下亲近了。董忆告诉她许多盛熹珠宝的情况，还有有关这个项目，盛熹这边的考量。

李嘉玉回到家好好整理了一番。

第二天上班，李嘉玉满脑子还想着项目，进公司却看见前台姑娘又两眼发光地看她。

李嘉玉狐疑地走到座位，吃惊地看到很夸张的一大束红玫瑰，占满了她半张桌子。

李嘉玉顿时恼火，拍了照片发给段伟祺："不是说好了不送了吗？昨天这样，今天这样，有点过了啊，我要生气了。"

段伟祺很快回复。

"哪个男人送你的？谁？我要生气了。"

见段伟祺如此回复，李嘉玉冷静下来了，仔细一想确实不该是段伟祺送的。

昨晚她回家跟方勤揶揄段伟祺的炫富，方勤还大笑了一番关于段伟祺买口红的事。方勤说秘书在那儿挑口红，段总裁在旁边叽叽歪歪觉得不大气不值钱，而且人人都能买到。还说什么要不联络阿玛尼、迪奥这些牌子定制一个高定套装，要一个手提箱大小，打开后金光闪闪那种，那样在办公室里才显得牛气。

秘书直接说他老土，只认得这几个牌子。方勤也揶揄道要不别送口红，直接一箱金子，这样才能保证打开了金光闪闪。

然后老段同志不高兴了，哼着说就你们懂。然后口红事件这才打住。

方勤道："亲人啊，你可感谢我们吧，我们可是冒着生命危险才阻止了，不然你等着收真正豪气的口红套装吧。"

李嘉玉想象了一下那画面，惊出一身冷汗。小炫一下挣点薄面还行，炫大发了就成笑柄了。毕竟像段伟祺那样炫富炫得自然流畅还让人心服口服的真是不多见。她自认没这个实力，还是适可而止的好。

方勤又道："现在你是我们办公室红人了。我都不敢透露你和我的关系。对了，秘书大人还故意问段总要不要送玫瑰花，摆满一桌也很有气势。段总就趁机回怼她，说她老土。"

既然如此，那玫瑰花应该就不是他送的。

李嘉玉把包包放下，走到花束旁翻了翻，在花束里翻到一张小卡片，上面写着："身体好些了吗？"署名是任明俊。

李嘉玉皱眉头，想起来这人了。

鼎阳地产的那位年轻老总。当时只听得叫任总，倒不知他全名是任明俊。

李嘉玉把卡片丢进了垃圾桶，把花送到前台，说客户送的，太占地方了，让前台姑娘帮忙给公司其他人分分，谁想要的尽管拿。

前台大喜，开心地把花收下了。

李嘉玉回到工位，看到手机上又有段伟祺的微信消息。

"谁给你送的呀？"

李嘉玉回他："不好意思呀，误会你了。查出来了，是个客户送的。"

段伟祺秒回："你还有客户呢？"

这话说得，虽然是实话吧，但真是戳人心口呀。她这冷宫里的社会主义好姑娘确实手上没客户。

李嘉玉还没来得及回话，段伟祺又发来一条："是不是上回饭局里的人？"

真是聪明。

李嘉玉输入："已经解决了，没问题的。"

段伟祺那边却说："我有问题啊。"

李嘉玉给他发了个"摸头"的表情，意思意思给个安抚："你也没问题。"

段伟祺回道："男人的头是能乱摸的吗？你摸你敢负责吗？"

李嘉玉发了个"捂脸"的表情："不敢不敢。我要好好工作挣钱呢，不然没钱请你吃饭。"

"太敷衍了。遍寻诚恳，不知所终。"

"诚恳从远方发来消息：勤劳上班中，再联络。"

李嘉玉发完，把手机放一边，开始专心工作。

把资料整理完，给项目方案的对应材料画了几个重点，她起身去倒水，想了想忍不住又看一眼微信，段伟祺最后发来一句："好吧，我也要去挣钱了。等你请我吃饭。"

李嘉玉笑了，可怕啊，"资本家"要去挣钱了！

她脑子里都自动浮现表情包了。

李嘉玉忍住了，没给段伟祺发消息。

快中午的时候，李嘉玉的手机响了，是个陌生的号码。李嘉玉接起，是个男声，道："李嘉玉吗？我是任明俊。"

"鼎阳地产的任总吗？"李嘉玉问他。

"对的。"任明俊低笑着，听语调好像跟李嘉玉很熟似的，"花收到了吗？"

李嘉玉轻快地道："任总，稍等一会儿啊。"

任明俊等着。

李嘉玉拿着手机走到杜利的办公室，把手机递给杜利："杜哥，鼎阳地产的任总来电，打到我这儿来了，你处理一下吧。业务好好谈，你的号码再跟他确认确认，让他别再打错了。"

杜利缓了一会儿，把李嘉玉的手机接过去了，对电话那头道："任总，你好。"

也不知任明俊说了什么，杜利只一连应声："是，是，好的。"

之后杜利挂了电话，把手机还给了李嘉玉。

李嘉玉也不问他，不管他脸色难看，拿了手机就走。

一下怼了两个人，开心。

李嘉玉没放心思在这事上，她把所有想到的问题整理完，下午看着时间，估摸着孕妇午睡应该结束了，便给贺亦春打了电话。

她跟贺亦春讨论了一番盛熹珠宝的项目。

贺亦春已经看完了标书提案，这让李嘉玉高兴。而她这么快就打探到了盛熹的情况，也让贺亦春意外。

李嘉玉问贺亦春觉得提案还有什么可改进的地方，贺亦春说："按盛熹那人与你沟通的，他们对自己的需求非常明确，并且约谈了不止一家公司。每家公司做的方案都差不多。所以最后拼的就是关系。很显然泰宁咨询的关系更硬，或者公关打点得更到位，谈判人更对盛熹老总的眼缘。"

"所以挖墙脚的机会完全没有，是吧？"

贺亦春笑了："应该是没有。而且，难道你打算挖过来送给杜利和陈博明吗？他们没签到的单，你签回来送给他们？"

李嘉玉当然没那么傻："我是没想到有什么挖墙脚的手段，所以想请教一下呢。毕竟手上就这么一个项目可谈，想把所有的可能都研究一下。就是学习学习。"

"我觉得没可能。起码在你现有的条件下没可能。如果你有新想法，我们可以再讨论。"

李嘉玉没想法，她也觉得没可能。

下午李嘉玉一直在看案例。她忍不住仍琢磨盛熹，假设她现在是一个项目经理，她要把这个项目从对手公司里抢过来，能怎么办？重新建立客户关系？时间怕是来不及。重做方案？这方案已经挺好。

李嘉玉想不出头绪。

手机短信响。

李嘉玉点开看了。

"你好，我是任明俊，今天是我唐突了，请别介意。确实是对李小姐很有好感才会如此。希望日后能有机会让李小姐印象改观。"

李嘉玉没理他，不回复。

富家公子哥油油腻腻的。

遇到这种人，她总忍不住拿来跟段伟祺对比一下。

她刷开了朋友圈，看见段伟祺发了几张古镇的一间古宅正在动工的照片。李嘉玉随手点了个赞。

过了一会儿她收到段伟祺的微信："忙完了？"

"休息一会儿。"

"想玩吗？"段伟祺又发了一次那个滑梯的照片，这次旁边居然还多了个秋千。

李嘉玉大笑："想。"

"那下班过来呗。"他发了个定位过去。

"好。"

段伟祺一手夹着烟一手拿着手机，正懒洋洋地靠在办公室的沙发上，看到那个"好"字还愣了愣，而后坐直了。

居然答应了？真的假的？

段伟祺又发去消息："大概几点？"

"6点下班。"

段伟祺微眯了眼，所以真不是唬他的？

"那给你订餐，想吃什么？"

"麻辣烫行吗？"

"行。"

李嘉玉笑了笑，忽然觉得没那么累了。

段伟祺这头，切出微信界面就给卓恺打电话："今晚我不去了，你跟他们聚吧。"

"怎么了？"

"有事。"

"什么事呀？"

"玩滑梯。"

段伟祺挂了电话走出办公室，跟秘书说："帮我订两份晚餐，一份海鲜炒饭，一份麻辣烫。7点送到就行。"

秘书愣住，炒饭她知道，段伟祺加班的时候吃过几回，他喜欢哪家饭店的什么口味她清楚，但麻辣烫是怎么回事？

段伟祺站那儿想，回忆当初李嘉玉吃了什么："呃，要加红薯粉丝的，还要莲藕、莴笋、海带，哦，对了，还有芋头。"

他想不起来了，下意识地看了一眼方勤。

方勤正见鬼一般地听他点菜，见他望过来忙低头。

段伟祺看她那鬼表情，不满地瞪一眼。

方勤假装在办公，敲电脑，偷偷给李嘉玉发微信："亲人，是你要来吗？某人正在点麻辣烫。"

"对的，我去接你下班呀。"

方勤嘻嘻笑，很高兴。

这头秘书记好了要点的菜，问："还有吗？"

段伟祺又补充："还要鸭血、香菇，没了吧？"

方勤从电脑后头探脑袋出来："还有金针菇、魔芋丝、毛肚。"

"就你懂！"段伟祺喝她。

方勤把头缩回去。

"金针菇、魔芋丝、毛肚。"段伟祺嘱咐秘书。

秘书记下了。

"对了，再买一杯奶茶。"段伟祺补充。

"好。"秘书又记下了。

方勤忍不住又探脑袋："要黑糖珍珠的，三分糖，少冰，大杯。"

段伟祺横一眼过去，方勤赶紧把头缩回去。

"黑糖珍珠的，三分糖，少冰，大杯。"段伟祺酷酷地嘱咐完，进办公室去了。

方勤等他进去关了门，探头出来小声跟秘书说："宁姐，同样的麻辣烫和奶茶，帮我也订一份。"

闺密牌电灯泡,也要吃晚饭呀。

6点,段伟祺又跑出办公室,跟外头的众人道:"今天别加班了,早点下班吧。"

总裁办一共六个人,平常也没这么准时走,见段伟祺出来说,都有些惊讶,但还是都应了声。

6点半,段伟祺又出来,看到方勤和秘书还在。

他瞪着方勤。

方勤喝了一口水,镇定答:"我闺密说今天来接我下班。"

"那你麻辣烫还吃吗?"秘书随口问。

段伟祺瞪得更凶了。

方勤抬头挺胸,刚要说话,却见段伟祺转了头,脸上表情一下放软了,两眼还闪着光。

方勤顺着他的视线看,看到李嘉玉过来了。

段伟祺已经迎了过去,装模作样道:"保安居然就这么放陌生人进来,该开除了。"

秘书凑到方勤耳边说:"明明是他让我嘱咐有个叫李嘉玉的姑娘来,让保安放人、引路。"

"嗯,嗯。"方勤装不知情。

秘书又说:"李嘉玉就是段总送口红的那姑娘,快递上的名字写的就是这个。"

"嗯,嗯。"方勤没敢说她闺密拿了好几支口红回去分给她用。

段伟祺领着李嘉玉过来了,道:"你们先回去吧。"说这话的时候特意看了方勤一眼。

方勤低头拨头发,装看不见。

李嘉玉笑笑。

还没等她说话,段伟祺把她拉走了。

李嘉玉进了他办公室,道:"我一会儿要载方勤回去的。"

段伟祺道:"外卖定的是7点到,不知道你来这么早。"

李嘉玉笑笑。

段伟祺若无其事,一点也不心虚。

办公室外头,方勤让秘书先回去了,说自己帮着等外卖就行。

秘书一边收拾包包一边小声议论:"这李嘉玉挺漂亮的,不知段总能跟她在一起多久。"

方勤忍不住道："人家未必能看上段总呢。"

秘书哈哈笑。

李嘉玉在办公室里抬头看那艘海盗船："可惜我穿着裙子，不然真想爬上去看看。"

"下次呗。"

李嘉玉没应他这邀约，只道："你这里是办公的地方还是玩乐的地方呀？"

"要在玩乐中寻找工作的灵感。"

李嘉玉笑，坐在秋千上晃："真好。以后我当上李总了，有独立办公室，也要摆玩具。"

"你原来不就是李总吗？"段伟祺调侃她。

"往事不要再提，人生已多风雨。"李嘉玉唱给他听。

段伟祺一脸嫌弃："快打住，感觉下一秒耀阳要蹦出来了。"

李嘉玉哈哈大笑。

段伟祺握着秋千的绳子，挨着她很近："不生我的气了？"

李嘉玉摇头。

"那送你花的那个，怎么解决的？"

"送同事了。他打电话给我，我转给别人接了。"

"嗯，听上去没什么威胁。"

李嘉玉忍不住又笑。他的语气真的好笑。

段伟祺又道："以为要约很久才能约到你。"

"啊，那我答应得太早了？"

"有点早。男人的胃口要吊久一点效果好。"

李嘉玉大笑。

"你可以说下回改进。"段伟祺教她。

"我不。"她装蛮横。

"那你是有跟我进一步交往的意思？"

"我其实是有工作上的问题想跟你请教。"

"不教。"他也做蛮横状。

"你还不知道是什么问题，自己懂不懂呢，就说不教。"

"激将法对我完全不管用。"

"那装可怜呢？"

"你自己照照镜子，有一点柔弱可怜的样吗？"

李嘉玉真的掏包包拿了面小镜子出来照。

段伟祺捂住了眼睛大笑。

"我觉得挺可怜的。"李嘉玉忍着笑意说,说完了再忍不住,也笑起来。

"好吧,看在你可怜的分儿上。"段伟祺坐在地毯上,双手撑在身后,没骨头似的懒样。

李嘉玉跳下秋千,坐他身边:"段总,你这么聪明,我想听听你的意见。"

"说吧。"

李嘉玉把今天跟贺亦春说的又说了一遍:"贺姐说这项目抢过来的可能性几乎没有。我就是想研究一下,这类情况还能怎么处理。"

"如果是我的话……"段伟祺顿了顿,"用钱解决。"

李嘉玉忍不住拍他手臂。

段伟祺大笑:"我认真的。"

"没钱。"

段伟祺又笑:"我是说,质量一样的情况下,就价格取胜。"

"放低价吗?"李嘉玉摇头,"价格都是核算过的,其实每家的投标价不会差太远。毕竟项目需求摆在那儿,人力成本很高的。价格放低了,对方反而会怀疑质量了。虽然有合同约束,项目做不到承诺的结果可以不付款,但执行过程中对方也会投入大量的人力配合,还有时间成本。你愿意不赚钱,人家还不愿意浪费时间陪你耗呢。付得起几百上千万咨询费的大集团,自然是诚心想花钱解决公司问题的。"

段伟祺坐直了:"所以你们的想法还是那老一套。为什么放低价就要牺牲利润、影响质量呢?"

李嘉玉不明白。

"我举个例子,那套128色口红,多少钱?"

"20000多块。"

"如果只买10支呢?"

"1000多块。"

"所以价格是不是低很多?你再卖得贵一些,10支卖2000多块,单支利润高了,质量也一样,但总价是不是比20000多块还便宜很多。"

李嘉玉张了张嘴,明白了。

"对方的需求是整个集团的人力资源管理体系的改进,这么庞大的体系调整,是分好几个阶段才能执行完的。他们有八家公司,我不了解细节,但估计是包括了设计、制造、营销、实体店四个职能体系,也就是说,咨询公司需要从整体结构做诊断,按体系分公司来一步一步完成改进调整。实际上服务是可以拆分的。"

"段总!"李嘉玉如醍醐灌顶,但她仍道,"可是正常公司出来谈128支的生意，是不会提出只卖对方10支的。谁都想一口气拿下，毕竟项目有流产风险，合同签全了才行。万一这家用了10支，就不想再要其他118支了呢？"

"你不也说了正常公司吗？你们正常吗？你们是陪跑的。你就是一只小虾兵，在冷宫待着，连蟹将都没。原本就毫无希望。你要把自己的情况考虑进去。你就是一个光脚的，怎么斗穿鞋的，当然要特殊手段。你问我要怎么挖墙脚，这就是挖墙脚。

"对方的需求是拆一面墙，所以竞争公司派出了一整个队伍。你只有一两个人，能怎么办？只收一个人的工钱，挖个漂亮的洞给对方看。你看，这洞挖得技术特别好，拆墙更不在话下。这时候你再拉一支队伍过来，让前面占位的竞争公司滚蛋。

"而对方公司的合作风险也降低了，只是把一个大合同的几期付款改成了两份单独合同。说不定对方还会有侥幸心理，如果第一份合同执行完，他们也会自己调整其他公司了，还省了后面的钱。所以我觉得是有机会的，就看制定的政策得不得当。这些都是细节，需要根据具体情况判断，见招拆招。"

李嘉玉眼睛亮了。

"这提案你们老板会不会批？如果是我，我批，利润增长了啊。合同金额虽然小多了，但不吃亏。你的薪水、孕妇的薪水，反正本来也是白白在付的。做不好，后期合同没签上，你不亏。做好了，后期继续签，你也有机会拉着孕妇把小组重新组建起来。"

"段总！"李嘉玉很兴奋，"每次我对你有反感的时候，你总能让我刮目相看啊。"

"呵呵。"段伟祺不爽了，"这么巧，我也是对你欣赏后各种嫌弃。比如，你现在对我的夸奖，我特别不满意。"

李嘉玉双手合十："段总天天两米八，才财双全，出类拔萃，青年才俊，精英中的战斗机。款款有型，走路带风，是我的偶像。"

段伟祺弹她脑门："你用了这么多形容词，是怎么完美避开'帅'这个字眼的？"

"带了'俊'字。"

"才俊是英俊的意思吗？"

"对的，有才又英俊的意思。"李嘉玉硬掰。

"厚脸皮。"段伟祺笑。

李嘉玉也笑，因为受到了启发，兴奋得脸有些红。

段伟祺又道："只是个思路，但如何执行，能不能执行，要看具体情况。对你而言，现在最重要的不是竞标方案，而是你那位孕妇领导。"

李嘉玉点头："我知道。"

咨询公司报价当然不像卖口红那样论支算，只要签约了，入场、调研、做分析报告，那都是成本。事实上，初期成本其实是最高的。哪怕只整改一家公司的人力资源系统，也需要从集团整体的系统基础上进行判断和入手。

如果按段伟祺给的思路，首期投标拿一份小合同，金额可以只报大合同的60%甚至70%，这样金额数目一下降了许多，而咨询公司没有亏。而且因为前期已经完成了整体的诊断和分析，如果第一份合同的执行没有问题，盛熹后期抛弃华美的可能性就不大了，从头再来盛熹得付出更大代价。再有，一份合同一份价格，如果政策得当，包装适宜，两份合同加起来的总价甚至可以比一份大合同高出一点点。

先不论这份方案盛熹会不会买账，反正他们只是陪标的，方案怎么样都行。最重要的是华美公司内部，老板会不会批这个方案，批了她才能拿这个去投标练手。她这个刚入职不久的初级咨询师没有说服力，甚至她的提案都报不到老板那里。

再进一步，万一中彩票一般地中标了，是要签约的。谁来执行？她一个人当然不行，她的职位连代表公司签约的权力都没有。到时这项目很可能又被陈博明和杜利抢走。

必须有人为她撑腰。

最起码，得有人保障她的劳动成果。

她想试试，这个思路对她而言太有启发，她想挑战一下。

"我给贺姐打个电话。"李嘉玉道。

段伟祺摆摆手随她。李嘉玉走到窗边拨电话。段伟祺听到她说："贺姐，我是李嘉玉。刚才有位很厉害的大佬给了我一个建议，特别棒。我想跟你商量一下……"

段伟祺听得直笑。想让她当面夸夸他，她小气巴拉，转身对着别人却把他捧上天。

他看着她的脸发着光，非常专注且兴奋地描述着方案和政策，她的手指在落地窗玻璃上点着，像是一边说一边在描绘着重点。

段伟祺也不想做别的，就是看着她。

这晚的约会是段伟祺长这么大约过的最特别的一次。约的地点是办公室就算了，还吃的外卖，且一边吃一边谈别人的工作。眼前的女人还算不上自己的女朋友，但他还是挺开心，像毛头小子一样满满的表现欲。

李嘉玉告诉他，贺亦春对她说的这个投标策略还挺有兴趣，只是仍理性地泼了她冷水，觉得能把项目抢过来的可能性不大，但她会支持她的工作。等李嘉玉把新方案做出来，她会去找老板谈，让李嘉玉可以拿这个新方案去参加招标会。如果真的天上掉馅饼，盛熹的老板被这个方案打动，愿意签约，那么华美也要表彰李嘉玉的创新精神和积极努力的工作态度，并确保无论这个项目的执行被分到了哪个小组，李嘉玉都能参与，获得该有的经济收入。

"贺姐真的是一个很体恤他人的人。她虽然对公司失望，对老板的不公平有怨言，但她还是很鼓励我的。一个对事业充满热情的女人。"李嘉玉对段伟祺说，"段总，她就是你说的把工作当成事业的那种人。我能感觉出来，就算被不公平的待遇打击过，她也不想把工作当成糊口。她现在休假，是给自己调整和充电的时间，她还报了个法语班。我相信当她重返职场的那一天，肯定还是光芒四射的。我公司里的同事都很崇拜她，对她赞誉有加。她说让我明天去她那里一趟，她仔细跟我说说新方案的细节，教我怎么核算成本，怎么圈定服务范围。要从大蛋糕里面切一小块出来，手不能抖，不然会把整个蛋糕弄糊了。"

李嘉玉特别高兴："啊，我要感谢那个饭局上不礼貌的油腻腻的公子哥，要不是他这么没品讨人厌，杜利也不会摆我一道，我也不会认识贺姐，也不会有这种一对一、手把手专业教学的机会。塞翁失马，焉知非福。"

她吃了一口段伟祺分给她的炒饭，很惊喜："哇，这炒饭也太好吃了吧。"

"我点外卖的保留菜单，就它了。"

"可惜你这边离我那儿有点远，外卖肯定不送。"

"不会。豪庭西餐厅的外卖，给钱就送。"

李嘉玉不说话了。

行吧，五星级酒店的西餐厅不设外卖，果然给钱就送。

段伟祺看着她的表情，忽然抿着嘴偷笑起来。

李嘉玉忍不住瞪他了，然后也笑起来："你是不是一天不炫一下就心痒痒？"

段伟祺哈哈笑出声："我谢谢你哈，真的只想低调地吃个炒饭，你偏偏给我机会。"

"太烦人了。"李嘉玉嫌弃他，但是笑容显露了她的开心。

"一个炒饭也叫炫？你对炫富的标准定得太低了。真的。"

"可以了，别再说了。我有预感接下来要花式炫了。"

段伟祺哈哈大笑。

真开心。

这么没情调的约会，开心死了。

第十章
总有他保驾护航

　　这晚回到家里，李嘉玉的嘴角还勾着笑。方勤与她肩并肩坐在沙发上，听她眉飞色舞地说着段伟祺的巧思，贺亦春的细心。她眼睛里满是光彩，三句里面有两句是段伟祺，两句里面有一句揶揄。

　　最后方勤搂她肩膀，道："当初我与大熊恋爱之前，就知道他是一定会去美国的，虽然最后的结果还是没变，我也确实伤心过一阵子，但说真的，如果时光倒流，我还是会选择与他恋爱这一场。第一，没的选择，喜欢了就是喜欢了，根本无法抗拒；第二，那么美好幸福的日子，不经历一次真的枉来世上一趟，我真的不会再遇到第二个大熊了，想到曾经与他在一起过，我还是挺开心的；第三，我也就是伤心期过去了，现在站着说话不腰疼。段总毕竟不是大熊，你也不是我，你自己的感觉自己把握，可以不用管我说什么。"

　　李嘉玉听到第三条大笑，抢起抱枕砸她。

　　两个姑娘笑闹着倒在沙发上，李嘉玉安静下来，想起段伟祺，想到他看着她时亮闪闪的眼睛。

　　"我听他们说，段总人挺好的，不渣，不玩弄不欺骗，但确实也交过不少女朋友了。"方勤靠在李嘉玉身边，轻声道，"他很喜欢工作，也许是因为他把兴趣变成了工作吧，总之每一个项目他都很投入，但如果是他觉得不想做的项目，他丢弃结束得也挺果断的。他的私事细节大家不清楚，但从他对项目的态度上，也能大概知道他的感情观吧。还有呢，听说他不止一次说过，他对婚姻没兴趣。有一次有同事打趣说未来老板娘怎样什么的，段总说他这种男人当不成好丈夫，就不要害人了。"

李嘉玉安静地听着。

方勤又道："我看得出来，他是真的喜欢你。他今天很认真地帮你点麻辣烫，为你要过来而高兴。但他跟我们不是一个阶层，他不想结婚，这么算起来，他还真不是什么好对象。可是呢，我也看得出来，你也喜欢他。"

"我不是……"李嘉玉想说她不是喜欢他，她是一会儿喜欢他，一会儿烦他，但想想，又烦又惦记，不是喜欢又是什么呢，于是她叹气，"好吧，段总这样的，多金、有风度、双商在线，全人类都喜欢。"

"你就你，干吗要拉全人类作陪呀。就说讨你喜欢就行。"

李嘉玉笑笑："其实他就算愿意结婚，结婚对象也不会是我呀。他们这个阶层，有他们的婚姻法则吧。"

"也是。"

李嘉玉又笑，撞了撞方勤："你说，如果我跟他真在一起了，以后分手的时候会是什么情况啊？会不会他说：李嘉玉，我妈让我娶谁谁家的千金，我们分手吧。"

方勤哈哈大笑："妈呀，好狗血。"

"又或者是，给我买一幢大别墅，把钥匙寄给我，里面放一张纸条：我对你没感觉了，我们好聚好散。"

方勤笑得不行："你把小说桥段都演一遍。对了，人家小说里还写了，总裁老婆带球跑呢，说不定你怀着龙胎跑路了，他跪着求你回来，然后手拉手去结婚。你母凭子贵，嫁入豪门。然后不许工作，天天穿金戴银跟阔太太们聚会，比谁的首饰好看。"

"好可怕。"李嘉玉笑得肚子痛，"要是段伟祺知道我们背后这么说，他一定会害怕的。"

"可不，女神经病他也敢惹。"

两人笑成一团，李嘉玉好不容易缓过来了，道："我想给他买礼物，你说送什么好？"

"我给你买个大蛋糕盒，你钻进去。"

"哈哈哈哈哈……"

李嘉玉忙了一周后,才想好要给段伟祺买什么礼物。那天她出门,太阳很大,烈日炎炎,威力不容小觑。李嘉玉看到一男士晒得脸通红地跑进银行吹空调,她想到段伟祺总要去古镇出差,那里的条件可没有城里那么好,想了想,决定给他买支防晒霜。一来表示她关心他的身体;二来这东西贴肤,颇有些亲密的感觉;三来嘛,她手头真没什么钱了,这小东西她买得起。

李嘉玉这一周把方案改好了。贺亦春确实是非常有经验且专业能力非常强的业界前辈,她把所有问题点得清清楚楚,李嘉玉加了一周的班,天天忙到十一二点,查资料、找数据,把杜利他们那个方案做了重大调整,合作条款全部重来。

这天方案终于完成,还有三天就是招标会的日子。李嘉玉把最终方案给贺亦春发过去,等着她的消息。

第二天贺亦春给她电话,说她已经跟老板谈过了。老板同意了方案,并承诺如果顺利中标签约,会给李嘉玉项目金额5%的奖金,并在发给全公司的邮件中对她进行嘉奖表扬,项目执行亦会让李嘉玉参与。

李嘉玉听了很高兴,就算没有中标,她的方案得到贺亦春和老板大人的肯定,就已经达成了她最初的目标。

接完电话没多久,华美的老板谢景鹏忽然走到这边办公区,杜利刚好在,他问杜利:"谁是李嘉玉?"

杜利掩饰住吃惊,给老板指了指李嘉玉。

谢景鹏走过来,李嘉玉见了,赶紧站起来。

谢景鹏和气地笑笑,对她道:"方案我看了,是花了心思的,你好好加油。"

"好的,多谢谢总。"李嘉玉应了,见一旁的杜利脸色铁青,她心情大爽。

午饭时间李嘉玉又吃了炒饭,最普通的蛋炒饭,便宜管饱。她真的没什么钱了,还想存钱请段伟祺吃顿好点的,于是就在自己的餐费上省省。

吃完饭她到中庭给段伟祺打电话,想告诉他方案的事很顺利,老板还帮她打了杜利的脸,同时也想问问防晒霜他收到了没有,等她忙完投标就请他吃饭。

段伟祺接了电话,却不似以前那样热情地唤"李嘉玉",而是不冷不热地"喂"了一声。

李嘉玉敏感地察觉到了,忙问他:"怎么了,今天心情不好?"

段伟祺冷道:"收到一个娘里娘气的东西,不知道怎样才能心情好。"

李嘉玉顿时一噎,存在心里那句"我送了你一个礼物你收到没有"的话说不出口了,她呼吸几口气,问他:"你说防晒霜吗?"

"你给我这个干吗，你不是说没钱吗？"

"对呀，我是没钱。"所以花好几百买个防晒霜给你，你有什么不满意？

"你买这东西的钱可以请我吃饭了，麻辣烫也行呀。你就是没诚意。"他都约她两次了，她都不肯再出来，有事想求他的时候就见他，没事用上他了，就把他甩一边。她不肯见他，却送个小破玩意儿是什么意思？收到东西他就气。嫌弃他的颜？

"吃饭不是说了吗，我忙完这阵子。"

"你有多忙，能有我忙？"段伟祺声音大起来。

李嘉玉真是气不打一处来："我怎么就不能比你忙？怎么现在忙不忙是看性别和财产多少了吗？"

"那你接着忙。"

"莫名其妙！"李嘉玉挂断电话，好心情全没了。她上楼工作去，没时间陪大少爷耍脾气。

李嘉玉整理了一下案例，把PPT再检查了一遍，有些心神不宁，她看了看手机，没有段伟祺发来的消息，又打开朋友圈看，他刚发了一个动态，写着："妈的生气！"

李嘉玉觉得这话是给她看的，顿时火冒三丈，神经病，居然还爆粗口。

她给他评论了两个字："滚蛋。"

过了好一会儿，微信提示音响，李嘉玉火速点开，却见是方勤发来的。

"你们怎么了？怎么在朋友圈吵架了？"

"不知道。"

李嘉玉缓了缓，忍不住再给方勤发："跟中邪似的，每一次，真的是每一次，我对他正有好感的时候，他都能一铲子把那些好感全铲没了。"

李嘉玉跟段伟祺冷战了。

其实她也不知道能不能称为冷战，反正他俩的状态本来就是久久才见一面，偶尔微信聊聊通个电话什么的。这次只是三天，三天没有联络过，既没电话也没微信。李嘉玉听方勤说段伟祺那天早早离开公司，后来只来过公司一次，其他时候听说在富昌那边。

李嘉玉没多问，她专心备战盛熹的招标会。

招标会那天，贺亦春产检，没能陪李嘉玉去。但她在电话里鼓励了李嘉玉一番，让她有问题随时打电话给她。

其他参加投标的公司都是两人或是三人到场，只有李嘉玉，独自一人。

李嘉玉也不怯场，她在那儿与周围人全都搭了讪，换了名片，聊得还不错的加了微信。先不管招标会，同行的联络就建立了起来。

董忆这段日子跟李嘉玉相处得不错，提前给了她不少消息，她说估计让老板改主意是不可能了，泰宁那边的项目总监挺厉害的，特别能说。

李嘉玉不在意，她一个坐冷板凳的，今天能带着自己做的方案来这里就是胜利。

在会议室外等待的时候，李嘉玉透过玻璃墙看到里头除了正席上坐着的五位盛熹高管外，外围还坐着两个人。其中一位老者身着西服，很有气势，那气质一看就是身居高位者，而旁边那位40岁左右的男子看上去像是老者的秘书助理之类的。

咨询公司进去讲解方案时，那位老者蹙眉认真听着。

盛熹的老板明明已坐在上位，这位老者又是谁？他为什么坐在一侧旁听？

李嘉玉给董忆发微信问了。

过了一会儿，董忆回她："打听了，是X市基创实业的老板。他跟我们老板是战友，也想找咨询公司，这次出差来这儿是见咨询公司的，今天我们招标会，他临时过来听听。"

李嘉玉心一动，忙问："他定咨询公司了吗？"

董忆回她："你想拉这单生意？我问问。"过一会儿她答，"不清楚定没定，但他只在这儿待三天，今天就要回X市了。"

李嘉玉在心里迅速盘算着，她用手机查了查X市基创实业，也是间规模颇大的集团公司，与盛熹珠宝不同，基创实业的业务很多，涉及房地产、机械制造、种植、食品等。

李嘉玉大概扫了一眼基创实业的资料，这时上一家公司讲完了，下面轮到她了。李嘉玉站了起来，做好准备，她要好好表现，说不定也能在基创实业老板面前博得好感。

但她还没进会议室，就见那位老者领着身边人走了出来，与她擦肩而过，往电梯那头去了。

李嘉玉一愣，会议室那边在唤"华美"，李嘉玉便不再管基创实业，进会议室去了。

李嘉玉的方案讲解和问答花了15分钟左右，她自认表现还不错，整个过程没出差错，应答也流利，没被卡住。但盛熹老板没什么表情，并无特别反应。

李嘉玉出了会议室，跟还在候场的各位同行打了招呼，祝大家顺利，说有空约饭，她先走了。

然后她往电梯去，发微信向董忆打听基创实业。5分钟后，李嘉玉知道了这位老者的名字和他住的酒店，以及他想和咨询公司合作的业务，与盛熹一样，也是人力资源管理体系。

这段日子李嘉玉一直在研究这个,她一咬牙,直奔酒店而去。

到了酒店,在前台联络,找806号房的葛飞。

不料前台道:"806刚刚退房了,我们帮叫的车,去机场。"

李嘉玉拿出手机一查,15点40分有一趟飞往X市的航班。李嘉玉奔出酒店,没开自己的车,叫了辆的士。

"去机场。"李嘉玉嘱咐完司机,就给贺亦春打电话。

贺亦春正在B超室外等着做产检,看到来电赶紧接了:"嘉玉,什么情况?"

"我讲完了,感觉没什么戏,但讲得挺顺利的。贺姐,我遇着一个客户,X市的基创实业,他们也在找咨询公司,我没赶上。他们去机场了,准备回X市,我在去机场的路上。"

"去机场?"贺亦春很惊讶。

"一个明确有咨询需求的客户摆在眼前,我不能错过。哪怕只有十几二十分钟的时间,我也想争取一下。"李嘉玉道,"我去机场堵他,递个名片,认识认识。但如果后头有机会详谈,恐怕对方信不过我这个菜鸟,你会支持我吗,贺姐?"

贺亦春听到了医院广播在呼叫她的号码,她先生过来拍拍她,示意她该进B超室了。贺亦春深呼吸一口气:"我当然支持你,李嘉玉。去谈吧,放手去谈,我就是你的后盾。"

"好的,那我就放心了。"李嘉玉有些兴奋。

贺亦春挂了电话,觉得胸中有一种情绪在燃烧,她握了握丈夫的手:"那个傻姑娘,真有斗志。"

李嘉玉下一个电话打给了秦西:"秦西,你忙吗?我需要在公司数据库查些行业资料,你有空帮我吗?"

秦西正抱着笔记本电脑往会议室走:"我们正要开会,我开完会帮你查好不好?"

"行吧。"

李嘉玉想了想,再拨给方勤:"亲人,你忙吗?我需要查些跟X市基创实业相关的行业资料,我同事没空,你们投资公司的行研资料库能不能查到啊?"

"啊,我们耕田是新公司,行研只做了自己项目的部分啊。"方勤听着李嘉玉说,叫道,"你跑机场去了?你这么猛啊!你想要什么行业的呀,我给你查查那公司,不行的话我去学校的资料馆搜搜。"

方勤话还没说完,忽觉一片阴影压在头顶,抬头一看,是段伟祺。

"是谁？"段伟祺问她。

"嘉玉。"

段伟祺伸出手，方勤不敢不从，把手机递过去了。

段伟祺接过电话，跩兮兮地道："李嘉玉，你把我的业务助理当你助理用了？"

方勤咬唇，暗自着急：老大你就别在这种时候挑刺找架吵了。

过一会儿就听段伟祺道："耕田没这些，你等着。"他转头对邱石道："上富昌的系统，查些行业资料。X市基创实业。"

然后他把方勤的电话挂了，拿出自己的手机拨了李嘉玉的号。

邱石那边很有效率地刷出了基创的资料，以及涉及的产业和全国、全省、同市等同类产业的一些报告。

段伟祺俯身过去看他的电脑屏幕，道："这些没用，太多了，她没时间看完的。"他拖着鼠标，快速浏览内容，然后对李嘉玉道："你想知道什么，我直接告诉你分析结果。"

李嘉玉虽说有心理预期，觉得能递上张名片说上两句话就不错，但如果走运能与对方聊上10分钟，那她必要好好把握，努力表现。若是对基创实业及其所处的行业不了解，没法说出个一二三来，那就实在是尴尬了。

于是李嘉玉提了许多问题，包括基创实业的业务经营模式、业务结构、收入占比、市场占有率、股价走势、财报状况，还有当地的经济分析，等等，但凡她想到的问题都一股脑丢了出来。

李嘉玉一边问，段伟祺一边查看资料，然后挑了几个重点的答了，接着道："你这种方式不对，这些细碎的问题对你初次见面建立联系没有用处，这些等你需要出方案的时候再研究都来得及。况且事实上，你再怎么研究都不可能比基创实业的老板更懂这些行业，更了解他的公司，他几十年只专注于这个。你现在到哪儿了？嗯，你还有30分钟，别紧张，时间一赶就容易紧张。刚才那些你记下了吗？好，你现在换个思维，回到平常心来。你们这行，今天接触一个行业，明天接触一个行业，你们不可能把所有行业都精通了，所以你就接受你不懂的现实。你跟基创实业的关系就跟你与盛熹珠宝的关系一样。对，我明白，你没有前期调研的时间，但那套调研的规则、诊断的方法、重建架构和调整措施都在你的脑子里。所以初次见面，你要推销的是你的方法，是你的逻辑分析能力，是你们公司优秀的专业团队和你们的成功案例。"

"好的，好的。"李嘉玉舒口气，冷静下来了。

"好了，那我们别管数据多少，我们看数据背后的趋势和逻辑，这个才是你要记住和表现的。基创实业成立29年，涉及6个产业领域，葛老头白手起家，从种植到食品，再拓展到其他，有些产业之间毫无联系，业务分散，组织管控出现问题也就不意外了。他的需求是改革人事资源管理体系，那也就是说，他们已经感觉到企业机制落后、观念陈旧和人才缺乏的问题。他必定也与其他人沟通讨论过管理问题，他大老远地跑到这里来找咨询公司，一是因为这里的咨询水平高，二来我猜也因为他与盛熹的老板是战友，交情好，于是互相取经。他们这个年纪，跟我爷爷一样，接受新的管理理念和运营手段还是需要一些勇气的。"

李嘉玉想起贺亦春教导的那些，有了想法："所以盛熹的问题出在人力资源体系上，这位葛总便觉得自己企业的问题也是人力资源管理的问题。他认为把人力资源改革做好了，人才适用，企业管理就能跟上了，但其实他并没有得到真正有效的诊断。"

"许多公司的老总确实没有正确判断出公司的真正问题。但究竟基创的问题是什么，在没有调研考察的情况下也不能下结论。只是我从经验来看，以他这样的公司历史和业务架构，有可能组织结构松散，核心失效了。好公司烂公司全挤在一起抢夺集团总部资源，烂公司抢吃的，好公司不服气，互相拉扯拖累，这也影响他们在资本市场上的表现，所以他家的股价拉不起来。再有就是这样的架构会让他们缺乏核心竞争力。老公司因为起步早，当年的竞争小，所以发展非常迅速，但到了今天，业务分散，竞争加大，每样业务的市场占有率都在变低，而他们还没有改变。开拓一个新业务是为了赚钱还是转型？快钱赚到了还不能顺利转型，就是在消耗集团资源。但因为赚过大钱或仍在赚钱，所以舍不得扔。这个就是战略的问题了。从刚才跟你说的那些市场数据上，可以看出来这些，这个你明白吧？"

"嗯嗯，听明白了。"李嘉玉赶紧应。

段伟祺接着又跟她分析这些行业在X市及全省的竞争情况，以及当地的政府政策和市场导向："你跟他聊大方向，聊企业战略，这样显得你有宏观眼界，他才会有兴趣与你聊。一旦他愿意与你沟通他的企业状况，你就有机会向他推销你们的服务。这就得见机行事了。"

"好的，好的。"李嘉玉心里踏实了。她这些年书可是没有白念，论知识、谈理论那是没问题，且跟着教授做项目多少也学到了教授的那种底蕴。现在经段伟祺一提点，她镇定下来，心里有谱了。

段伟祺就这样与她说了一路，帮她给行业资料做了分析，包括当地企业常见的问题、企业数据背后的意义、市场逻辑、管理表现，等等。那大篇大篇的资料被他简化成有说服力的理论及通俗易懂的经验。李嘉玉对如何应对葛飞已经有了腹案。

耕田总裁办这头，大家都无心办公了，竖着耳朵听老板给电话那头的一个姑娘上了半小时的课。那一套套经验一层层分析简直太精彩了，有人忍不住偷偷做笔记。

邱石的电脑被段伟祺占了，只得退到一边。方勤悄悄问他："段总牛啊，看看资料库就能看出来这些门道？"

"这就是经验，没的比的。我们大学才开始学，段总叼着奶嘴的时候就被老爷子抱着上谈判桌了。我们小时候玩泥巴，段总小时候玩钱。我们家里吃饭时父母说今天买菜猪肉多少钱，段总家里吃饭时父母说今天公司出了什么问题。"

方勤心里道：服气！

电话那头，李嘉玉遭遇了堵车，好不容易终于到了机场，时间迟了，她开始狂奔。

段伟祺嘱咐着："别跑别跑，小心扭着脚。"

李嘉玉挂了电话，直奔机场柜台而去，葛飞他们肯定要换登机牌的。但她到了那里看不到那位老人家的身影，她看了看时间，转头往安检口跑。安检的队伍排得长长的，她一路望过去。

段伟祺握着手机，手指在桌上敲着。

周围的人都盯着老板，感觉到了悬疑剧的气氛。

段伟祺的手机突然响了，大家都一惊。

"李嘉玉。"段伟祺飞快接起。

"他进安检了，我看到他刚过去。没赶上。没能说上话。"李嘉玉喘着气，很着急。

她的声音很大，透过手机，总裁办的人都听到了。大家不禁惋惜。

"那也没关系……"

段伟祺安慰的话没说完，就听李嘉玉大声道："他离我不到200米……"她似乎在奔跑。

大家的心都提了起来，她不会要冲安检门吧？

"我要去买机票了。"李嘉玉中气十足。

众人呆愣。

方勤捂脸笑出了声，她的好闺密呀，那是踩着风火轮的女子。

"买机票？"段伟祺也被震住了。

"不到2000块换一个争取客户的机会，我觉得可以。我要到候机室那儿找他。"李嘉玉已经奔到柜台前，她没听到段伟祺的回应，忙道，"我知道这有些疯……"大概所有人都会觉得她疯了吧，但她已经到这里了，就这样放弃？她不！

"买头等舱，我帮你买。"段伟祺打断了她的话。

这下换李嘉玉愣了。他比她还疯。

段伟祺已经对秘书道："3点40分，去X市的航班。"

秘书愣了愣，反应过来了，飞快敲电脑，上一秒还看戏呢，下一秒进入极速援救角色了："还有两张头等舱的票，身份证号码。"

这头段伟祺正跟李嘉玉说话，方勤忙跟秘书道："我有，我有，我告诉你。"在秘书惊讶的目光中，她把李嘉玉的名字和身份证号输入了。

段伟祺跟李嘉玉道："他很可能坐的是头等舱，待的是VIP候机室，你拿着经济舱票，连他的面都见不着，头等舱票才管用。他在VIP室，你就去VIP室；他在经济舱，你拿头等舱机票跟任何一个经济舱的人换，人家都愿意的。无论他在哪里，你都能堵到他。"

还换票？李嘉玉愣了愣。

"如果候机的十几二十分钟没聊好，你还想聊，就上飞机继续聊，聊够三小时。你都拼成这样了，那就拼到底。"段伟祺清清楚楚地说。

李嘉玉大笑。

太疯了，太棒了。

真的是中邪了。每一次，当他在她这儿印象被扣成负分时，他总会做点什么让她重新认识他。

"好。"李嘉玉应得响亮。

段伟祺继续道："如果你上机了，告诉我一声，我给你订酒店和返程机票，你在那边好好睡一觉，明天一早再回来。要是决定上飞机，一定要告诉我。你手上的钱够不够？我一会儿转点钱给你，饭要好好吃，手机的电要充够……"

秘书打了个手势，段伟祺忙道："机票买好了，你去取登机牌吧。"

"好的，好的。"李嘉玉这边开始移动，"今晚没有回程飞机了吗？"

段伟祺问秘书。

"晚上9点有一班。"秘书答。

"我想今晚直接回来。"李嘉玉说。

"行，我帮你买今晚回来的票。"段伟祺冲秘书打个手势，秘书点点头，订票了。

李嘉玉舒了口气，忍不住笑起来："段伟祺，我真开心呀。无论能不能把这个客户谈下来，我都开心。"

就像是想撒野的孩子，有人对她说：去吧去吧，想干什么干什么。

畅快淋漓，无所畏惧。

"开心就好。"段伟祺道。

这语调有点恶心呀。大家全都埋头到电脑屏幕后头去，假装没听见。

李嘉玉拿了登机牌，顺利过了安检。

她给贺亦春打电话。

"贺姐，我到机场了。我买了机票，一会儿跟那位葛总聊聊，如果聊得好，我就上飞机跟他继续聊。我今晚就回来。你还有什么要嘱咐我的吗？"

贺亦春震惊了。她带过许多新人，带他们谈项目、见客户、写方案、改报告。许多人都很优秀，但她没遇见过像李嘉玉这样的。这不是"优秀"两个字可以形容的。那是使尽了所有能量在发光的姑娘。

坐飞机送他一程，顺便聊一聊。

是这意思吗？还有这样的操作？

贺亦春哈哈大笑："你真是个惊喜啊，李嘉玉。我没什么好嘱咐的了，你一定能搞定的，我对你很有信心。"

贺亦春挂电话后，坐了好一会儿。她先生就坐在她身边，安静地陪着她。他手上拿着B超结果，宝宝很好。

"老公啊。"贺亦春突然唤。

"嗯？"

"把机票退了吧。"贺亦春摸了摸肚子，"不去旅游了。我想带着宝宝，重返职场。"

她先生轻笑出声："我就猜到了。想上班，就去吧。"

"嗯。"贺亦春挽着老公的胳膊，"不该赌气的，没人因为我的赌气受损失，除了我自己。没有绝对公平的环境，一切都该自己争取。"

机场。李嘉玉走到了VIP候机室门口。这一次，她看到了葛飞。

葛飞就坐在沙发椅上，望着前方在发呆。也许他在思考公司的前景，又或者是别的什么。李嘉玉深吸了一口气，理了理鬓发，然后款款向他走去。

"葛总。"

葛飞一愣，转头看，一个年轻的、美丽的姑娘站在沙发边唤他。

"我是华美咨询的李嘉玉，今天在盛熹珠宝见到葛总，听说葛总正在寻找咨询公司合作，我冒昧前来，毛遂自荐。"

葛飞张了张嘴，非常惊讶。

他仔细打量李嘉玉。她拿着手提电脑包，穿着荷叶边的白衬衫，浅蓝的齐膝裙，既时尚又得体，一副白领精英的打扮。她像是在办公大楼里与人寒暄的职员，而不是经转机场的旅客。

李嘉玉继续道:"我参加盛熹的招标会,正要进场时,葛总您离开了,没听到我给盛熹做的方案。不知道葛总能不能给我机会,让我在这里给您讲讲?"

所以,这个姑娘,是从盛熹一路追到了这里吗?

葛飞再次认真看了看李嘉玉,终于点点头:"你坐吧。"

段伟祺这边,他回到了办公室,坐在秋千上晃着,盯着手机看。

等啊等,3点40分了,没动静。

再等啊等。

3点42分,微信提示音响了。

他精神一振,点开看。

"我上飞机了,我要再给他讲三小时。"

段伟祺大笑。

李嘉玉,你牛!

他给李嘉玉转账10000块,留言:"吃好喝好,安全回来。"

李嘉玉发了个"鞠躬感谢"的表情:"真的穷,谢大佬借款应急。"

她把钱收了。

段伟祺很开心,他跳上滑梯,滑了下来。

李嘉玉从未经历过这么充实的一天,兴奋又疲累。

她与葛飞聊得出乎意料地好,不但聊了经济、企业,还聊了些家庭情况。她比葛飞的孙女大几岁,个性差很多。他们在飞机上说个不停,到了X市,葛飞要尽地主之谊,李嘉玉说已买机票准备返程。于是葛飞留在机场陪她吃了个简单的晚餐,又嘱咐她注意安全,一直送她进安检。他说他明天就回公司开会,他们很快会再见面的。

返程的飞机票仍旧是头等舱,李嘉玉太累了,睡着了。

她一直睡到飞机落地,没睡好,刚闭眼就到了似的。她满身疲惫,脑子却还在兴奋。她在机场的洗手间卸了妆,把自己打理得清爽干净,人也精神了一些。

她看了看表,已经0点40分了。机场里没什么人,空荡荡的。她慢吞吞地走出旅客出口,却看到空旷的到达大厅接人处,站着一个熟悉的身影。

个子高高的,笑得痞痞的,一看就是花花公子。

段伟祺没好气地道:"你怎么这么慢,别人都走光了。"

李嘉玉兴奋尖叫,太意外了,太惊喜了。她上飞机的时候还跟他报告了一声,他一点没说他会来接她。

她完全没想到，毕竟时间这么晚了。

李嘉玉大笑着冲向他，段伟祺张开双臂，很自然地，将她紧紧抱在了怀里。拥抱的双臂非常有力，结实的胸膛似可依靠的港湾。

李嘉玉的心跳很快。

手上的包丢在脚边，她也用力回抱他。

凌晨的气温有些低，而他让她感觉到温暖。

李嘉玉在段伟祺的怀里抬起了头，她看着他的眼睛，亮如星辰。

他也看着她，她双颊粉红，唇瓣微张，带着笑意，似最甜美的邀请。

他低头吻住了她，而她没有拒绝。

她踮起了脚尖，回吻他。

段伟祺更用力地将她抱紧，加深了这个吻。

身边有人经过，吹了声响亮的口哨。段伟祺和李嘉玉都没有理会，他们拥吻着，分享着彼此的心跳，还有舌尖的热情、唇瓣的甜蜜。

过了好一会儿两人分开，目光胶着，凝视彼此。李嘉玉仍在笑，她的脸颊红通通的，像熟透的苹果。她忽地拉下段伟祺的颈脖，再度吻住了他。

没人在意这是哪里，也没人在意时间过去了多久。

当他们最后分开时，只看见对方眼中的自己。

"可以了，走吧。你今天太累了，不带你去开房。"段伟祺说得理所当然，就好像说今天天气很不错一般自然。

李嘉玉简直无力怼他："我刚才就在想，不知道你什么时候就会给一铲子，破坏掉气氛。"

段伟祺哼道："难道我说得不对？这怎么是破坏气氛？这明明是残酷的现实。"

还残酷的现实。他真的是泥石流，怎么会有这种男人？

李嘉玉没好气地说："难道你不该先问一问我的意愿，然后才考虑别的？"

"无论你的意愿是什么，你今天的状况都不适合开房，难道我考虑得不对？"段伟祺也没好气，"你不夸我体贴，还埋怨什么？"

"埋怨你太自我，没有尊重我的意愿。"

"我怎么不尊重你的意愿？我强迫你什么了？"

"不是强迫的问题，是优先级的问题。我的意愿必须摆在第一位。"

"你意愿个屁，今天这么累，赶紧滚回去睡觉。你要是想强迫我，我也不会让你得逞的。"

"滚蛋吧你。还以为挺幽默的是吗？你都不明白我在说什么。"

"是你没逻辑。"

"你有逻辑?"

"当然。你自己听听你的话,翻译过来是不是你特别想开房,而我不愿意。"

"你的母语是外星语吗?翻译过来明明是你应该先询问我的意愿,我说不愿意,这样你就不必自以为是地什么体贴我累不累了。"

"唉,女人呀,真是莫名其妙。"

"你才莫名其妙呢。我送你防晒霜,你还要发脾气,不可理喻。"

"你才是没心肝,敷衍。"

"我认真想了好几天才想好送这个礼物,怎么是敷衍?"

"你把对工作的一半热情放我身上,我们早就滚800回床单了。"

"你把在事业上的一半智商放在我身上,我们……算了,你还是炫富吧。"

段伟祺忍俊不禁,哈哈大笑:"早就滚180回床单了是吗?"

"你滚吧。"

段伟祺还是笑,揽过她的肩亲她眉梢:"你真是傲娇,明明很喜欢我,却口是心非。"

"你不要太得意。我对你的喜欢,真的是很艰难地在维系。"

"有多艰难?"

"艰难到我好想写份报告《总裁的铲子》,给你提供咨询服务。"

段伟祺再次哈哈大笑:"虽然不太懂什么铲子,但我等你的报告。"

"那一定是部很有社会意义的巨著。"

段伟祺一直笑。

李嘉玉拍他的肩:"趁我还没有彻底嫌弃你,珍惜吧。"

段伟祺开心地捧她的脸,啄啄她的唇:"我一定好好表现。饿吗?直接回家还是吃点消夜?"

"喝点粥吧。"

"行。"他牵她的手往外走,她却拖住他。

他停下来看她。

李嘉玉指指地上的电脑包:"你帮我拿。"

段伟祺眉梢扬得高高的:"你前一分钟还在嫌弃我,现在就使唤我了。"

"你前一分钟也还在说体贴我今天很累呢,还说一定好好表现。"

"你不是不要体贴?而且你使唤一个身价百亿的总裁要不要这么顺嘴?"段伟祺一边说一边弯腰拿起她的包。

"我什么时候说不要体贴?"李嘉玉瞪他,"总裁了不起啊?我也是总裁啊,我只是辞职了。"

"我想给你唱首歌。"

"你唱。"李嘉玉看他乖乖拿包超开心。

段伟祺开始唱了:"往事不要再提,人生已多风雨。"

李嘉玉笑弯腰:"原来你唱歌跟蓝公子一个水平。"

"我随便唱唱,重点是提醒你这个辞了职的总裁,你过去的总裁生涯完全不值一提,好吗?"

"怎么不值一提,同样也是百打头的身价。"

"百万也好意思说。你又杠精上身了是不是?"

"这哪是杠,明明是事实。我给你来个真正杠的。"

"我完全不想听。"但他脸上笑得这么开心,一点看不出来不想听。

"我给你唱首歌。"

"救命啊。"

李嘉玉哈哈大笑,开始唱了:"两只老虎,两只老虎,真奇怪,真奇怪……"

段伟祺已经笑到不行:"快打住,太丢脸了,警察要来了。"

"段伟祺呀,段伟祺呀,真奇怪,真奇怪。以为自己很帅,觉得自己很帅,真奇怪,真奇怪。"

段伟祺探手就要抓她,李嘉玉尖叫着大笑转身就跑。

两人一前一后跑出机场大厅,段伟祺抓到她,把她往停车场带。

"我还想给你唱首歌。"

"我真要报警了。"

"如果感到幸福你就拍拍手,啪啪。如果感到幸福你就拍拍手,啪啪。"她一边唱一边鼓掌,还带配音。

段伟祺走不动了,他掏出手机:"我真的要报警了。"

李嘉玉哈哈大笑,继续唱:"如果感到幸福你就要让我知道,所以你究竟要不要拍拍手?"

段伟祺点开了摄像,在拍她。

"如果感到幸福你就拍拍手……"李嘉玉还在唱,笑得眼睛弯弯,脸红红,她看着段伟祺的手机,叫道:"咦,你是不是在录像,那我要换一首歌。"

"段伟祺呀,段伟祺呀,真奇怪,真奇怪。以为自己很帅,觉得自己很帅,真奇怪,真奇怪。"她唱了两遍,哈哈笑,"你还在录呀,那你要天天播给自己听呀。"

段伟祺关掉手机,把她拉到怀里吻住。

如果感到幸福,你就拍拍手。

他听到心里有掌声,连绵不绝。

第十一章
不是糊口，是事业啊

李嘉玉原以为第二天自己会起不来，她把闹钟关了，决定晚点上班。

没想到这晚睡得特别香甜，早上准时醒来，觉得精力充沛。倒是方勤因为不放心，一直给她留门，没睡好，早上起来很萎靡。

李嘉玉的车子还停在酒店，便和方勤一起挤地铁上班。路上她告诉方勤，她和段伟祺在一起了。

方勤大叫"啊啊啊"，然后又故作镇定道："我激动什么，我一点都不意外。"

李嘉玉哈哈笑。

过一会儿方勤忍不住又道："希望你幸福呀，亲人。"

"别担心，又不是没失恋过。"

"哎。"方勤拍她。

"反正，现在高兴就好。以后的事以后再说吧。"

李嘉玉抿抿唇，想着段伟祺的眼睛，想他说过的话。

其实也没错，如果她拿对待工作的一半勇气来对待与他之间的感情，那她就不该有什么害怕的。

失败而已，从头再来呗。

李嘉玉来到公司，看了看手机，段伟祺给她发了消息："中午给你订午餐，你别下楼去吃了。"

李嘉玉心里一甜，回他："好。"

过了一会儿，她忽觉得不放心，赶紧给段伟祺发消息："求低调的午餐。"

"我从来都是很低调的。"

"你对自己是有什么误解？"

段伟祺没回复，倒是发过来一段视频。

李嘉玉点开，看到画面听到声音，顿时吓一跳，赶紧关上。然后她把耳机戴上了，再点开。

视频里，她在停车场唱着歌，非常放飞自我，惨不忍睹，像个女神经病。

李嘉玉捂眼睛，天啊，昨晚怎么不觉得，她一定是幸福的空气吸多了，醉掉了。

这回轮到她说了："我要报警了。"

段伟祺发过来一个"大笑"的表情："对我好点，不然我就发到网上去了。"

"发呗，素颜都这么美，自然不造作，除了红没有第二个结果了。"

"你脸皮厚度可以的，不用求低调了。多炫你都扛得住。"

"那求用金饭盒装，闪闪发光的那种。"

"可以。"

李嘉玉对着手机做鬼脸，可以你个头，敢送来试试。

等到午餐时间，盒饭送来了。李嘉玉松了一口气，普通的外卖盒，看着非常正常。

打开一看，海鲜炒饭、蘑菇浓汤、西蓝花炒牛肉，有荤有素有汤，还是热的，卖相很好。

李嘉玉吃了炒饭，跟上次在段伟祺办公室吃的味道一样。心里不免有些感动。钱对他来说没什么，但难得他有这份心。

李嘉玉吃着饭，陈博明和杜利正好走过，陈博明看了她的饭菜两眼，对她道："昨天去竞标怎么样啊？"

"挺好的。"李嘉玉答。

杜利笑笑："谢总可是寄予厚望啊，你可要把这单子签回来。"

李嘉玉也笑笑："我倒是觉得签不到也好，不然对杜经理有些不好意思。"你签不到的被我签了，打你脸多不好。

杜利自然听得出弦外之音，皮笑肉不笑。

陈博明道："这项目结束了就让它过去吧，后面的工作好好努力。"

"好的，陈总放心，我一定努力。"李嘉玉笑着。他们以为她是真的没事做了，等着看她笑话呢。

陈博明和杜利确实是这么想的，两个人若无其事地走了，一边走一边说着手头项目的事。

李嘉玉不搭理他们。吃完了饭，她走了两圈活动活动，然后开始整理案例，为继续跟进基创实业做准备。葛飞虽说答应了很快会给她回音，但毕竟还没谱，提案没做，合同没签，那就不算数。

一个案例还没看完，董忆忽然联络她，说她的上司刚才问她，李嘉玉是谁。

"啊？问我？"

"对，我就告诉他就是招标会上华美代表那个姑娘。他就说那他有印象了。"

"问我做什么呢？"

"没说。就说老板刚找他开会，说暂时先不跟泰宁签呢，想跟你们华美再谈一谈，然后再做决定。"

李嘉玉一愣，盛熹居然还愿意给他们机会？

李嘉玉狂喜："啊，昨天我讲解的时候，看你们老板完全没反应啊。"

"谁知道呢，今天突然这么说。反正是个好机会。你准备准备，下周三跟你上司一起过来呗。"

"行。"李嘉玉答应了。

又跟董忆聊了几句，李嘉玉挂了电话。她想了想，准备打电话给贺亦春。这项目还能谈，但要怎么谈，现在不是她这个初级咨询师能定的了。贺亦春当时说跟谢总说好了，就算把项目给别的组也算她的业绩，那现在谈判要怎么办，她得问问。

电话还没拨出去，她听见杜利叫她。

李嘉玉皱了皱眉，过去了。

杜利领着她去了陈博明的办公室，陈博明道："李嘉玉，刚才盛熹那边通知杜经理，合作的事要跟我们华美重新谈。你把你新做的提案和相关资料打个包给杜经理，后续的工作杜经理这边来接手。"

李嘉玉定了定神，道："盛熹的联络人刚才给我打电话了，确实是要跟我们重新谈。约我下周三过去。"

"嗯，那杜经理会带你一起去的。"

"不是，那边约我和我的上司一起去，我的上司不是杜经理啊。"

陈博明和杜利脸色都不好看了。

李嘉玉继续道："我刚才正要打电话给贺姐，这方案她跟谢总谈过的，我得看她这边要怎么安排。"

陈博明道："我一会儿就去找谢总，贺经理在休假，盛熹这么大的项目，去开会没人带你肯定不行，而且后期执行也需要人手。这项目前期就是杜经理这边做的，由他们来继续做最合适。"

李嘉玉抿抿嘴："嗯，没问题的。我听公司的。我先给贺姐打个电话。"

杜利按捺不住了，道："李嘉玉，随便你打几个电话，贺亦春已经不在公司了，算不上是公司里的人了。你别耽误正事，先把资料给我，然后你再去聊你们的。"

李嘉玉脾气也上来了，正要反呛回去，却听得外面一阵喧哗。

陈博明办公室的门没有关，李嘉玉一转头就能看到外头。

她看到不少人从工位站了起来，一脸惊喜。

她还听到有人喊："贺姐！"

李嘉玉心里一动，忙起身往外走。

贺亦春提着电脑包，穿着件宽松的连衣裙，套了件开衫，一副圆润和气的模样。她挺着肚子，踩着平跟鞋，笑盈盈地走了过来。

"贺姐！"

贺亦春原就微胖，现在有孕，肚子都有些显了。她站定了，对李嘉玉笑："我回来了。"

李嘉玉顿觉心中一股暖流流过。

你放手去谈，我就是你的后盾。

言犹在耳。她的后盾真的来了！

贺亦春与李嘉玉打完招呼，笑看了陈博明和杜利一眼，问道："这是怎么了？你们在开会？"

李嘉玉忙道："盛熹珠宝刚联络我，想跟我们重新再谈谈合作案子，约下周三过去。"

"挺好。"贺亦春道，"那就把我们之前讨论的那些条款整理整理，他们说再谈谈，恐怕对方案还有想法，但低价这个策略他们心动了。"

陈博明适时插话："老贺你刚回来，先不忙安排工作呢。这项目的事我们再商量。"

"是要再商量的。"贺亦春一副理所应当的模样，"嘉玉你到我办公室来，拿上笔记本。以后有事你找我，现在你不是杜哥组里的人了，别什么事都麻烦人家。"

"好的,贺姐,我知道了。"李嘉玉乖巧听话地一口答应了。

陈博明抿抿嘴,干脆挑明了:"这项目当初是杜经理谈下来的,所有前期工作也是杜经理这边做的,现在要继续推进下去,我建议还是交由杜经理办。老贺你刚回来,工作上的事还需要再熟悉下。况且你手底下没人了,恐怕也没办法开展工作。"

贺亦春笑了笑,和颜悦色对李嘉玉道:"我说呢,还奇怪你怎么在陈总办公室开会,原来是被人挤兑了。嘉玉呀,你刚来公司也没多久,我是告诉过你,咨询这行的竞争很激烈的吧。不只外部竞争,内部竞争也是如此。毕竟岗位层级就这些,升职通道都是透明的。有项目就有业绩,有业绩就有钱,还有升职的机会。所以竞争这种事,不是只有良性的。遇上扯皮耍赖斗心眼的,你还小,且站一边,让我们这些老人来吧。"

"好的,贺姐。"李嘉玉心里暗爽,卖力演出,狗腿地接过贺亦春的电脑手提包,站在她身后。

陈博明很好脾气地道:"跟新人胡说八道什么,小姑娘不知道你爱开玩笑,会当真的。你先回办公室休息,一会儿我们去谢总那儿聊。他知道你今天过来吗?人事那边销假了吗?你那办公室太久没坐了,得先擦擦吧,我叫行政安排人过去帮你整理下。"

李嘉玉一旁看着,暗叹这儿全是人精,之前还真没看出来陈博明这么圆滑,三言两语把贺亦春的暗讽化解了,再不动声色连刺几刀,明面上关心,实际却摆出一副我职位比你高的架势来提醒你。

贺亦春也不生气,她笑眯眯地道:"陈总不必紧张,你这个位置坐得安稳,我们已经不是竞争关系了,放心吧。况且我跟以前也不一样了,我现在浑身散发着母性光辉,特别温柔善良。"

"是,是,你特别温柔善良。"陈博明附和着。

贺亦春哈哈笑:"我开玩笑的。"

陈博明摊开双手做无奈状。

贺亦春拍拍他的肩:"不用装客气了。人事知道我回来,销假手续我办好了。谢总说他安排人帮我收拾办公室,所以也不劳您费心了。刚才我已经去过他办公室打过招呼了,半小时后,我们碰个头吧。"

贺亦春说完,领着李嘉玉走了。

贺亦春办公室在办公区的另一头,离李嘉玉原来的工位不太远。一路走过来都有老员工跟贺亦春打招呼,看得出来她原来在这里人缘不错。贺亦春的办公室外头还有两个空的工位,她让李嘉玉搬过来,李嘉玉应了。

进了贺亦春的办公室，里头果然已经收拾好了，还放了一个漂亮的花瓶，花瓶里插着一束美丽的鲜花。

贺亦春看了看上面的卡片，是谢景鹏送的，欢迎她回来。

贺亦春笑了笑，对李嘉玉道："其实老板对我不错的，可惜跟所有老板一样，觉得怀孕的女人不如男的，怕一耽误就一年多，拖公司后腿，所以先提拔了陈博明。女性在职场上真的吃亏。"

李嘉玉不知道怎么答，没说话。

贺亦春又道："对了，一直没问你，你有男朋友了吗？"

"应该算有了。"

"应该算有了？"贺亦春笑笑，也不多问，"那你要做好思想准备，跟男朋友好好协调下。做这行加班多，常出差，比异地只好一点点，让他多理解。"

李嘉玉笑笑："他理解的。"

"那行。那我们先来说说项目的事。你昨天谈得怎么样？"

李嘉玉把情况仔细说了一遍，贺亦春听得哈哈大笑："可以的，你牛。这次算差旅，你把费用申请填上，我走流程给你报销。"

李嘉玉高兴，头等舱5000多块，来回10000多块，虽然段伟祺不在意，但她是为公司业务跑的，公司支付也是应该的。只是各家公司都有差旅标准，她一个新人，也没提前申报，一出手就花掉10000多块，严格说来是报不了的，所以她也没提。贺亦春主动说了，让李嘉玉觉得心里特踏实，有了靠山的感觉。

两个人把盛熹和基创实业的业务大致谈了一遍，然后贺亦春带着李嘉玉去谢景鹏办公室。

陈博明和杜利已经在了。

贺亦春笑眯眯的，进去就先跟谢景鹏招呼："老大好呀，老大你年轻了好多呀，更加帅了。"

谢景鹏笑着指她："你行了啊，要当妈的人了，别跟我来这套。"

贺亦春抚着肚子："这不是要当妈的才好来这套，不然人家以为我要抱老板大腿，跟老板有不正当关系。"

陈博明目不斜视，知道她是暗讽之前公司里传的流言。贺亦春因为受谢景鹏重用，得了不少公司资源，谢景鹏也常带她出去应酬，给她介绍人脉，所以公司里有些话不好听，陈博明自然也私底下暗指过一两句。

谢景鹏当然也明白意思，拍拍沙发让贺亦春坐："好了，一把年纪了，别总是小心眼。说过多少次，眼界高些，格局大些。现在人家小姑娘看着呢，你给教坏了。"

"怎么会，我这不就是让新人看看，能干的职场女性一般会遭遇到什么困难，让她有个心理准备。"

谢景鹏听出弦外之音了，这是说李嘉玉很能干，贺亦春当她是自己接班人一般看了。

"李嘉玉是吧？"谢景鹏和气地道，"坐吧。"

李嘉玉谢过了，坐在贺亦春旁边。

谢景鹏看了看在场诸位，说话了："我刚才跟陈总还有杜经理谈过了，盛熹项目还是交给老贺去谈。他们这边没问题了，老贺你这头需要什么帮助就跟他们说。"

"好的，那我就先谢了。我现在也没什么难处，就是休假太久了，人手也没了。谢洋和王肖现在手上项目在收尾了，他们同意回我的组，我想跟公司申请一下。"

谢洋和王肖都是高级咨询师，是贺亦春一手带出来的。贺亦春休假后，他们手上没活儿，别的项目缺人手，他们自然就过去了。两人都很优秀，业务熟练，很好用。贺亦春一回来就抢人，陈博明有些不爽。杜利倒是无所谓，那两人不在他的小组，对他没影响。

陈博明道："老贺你先去谈，盛熹那边到签约那步了再调人吧。不然谢洋和王肖被调来调去的，影响不好。你也考虑一下他们的感受。"

"这话说得，我这人可从不会恶整员工，干出什么故意让人坐冷板凳、看人笑话、想把人逼走的事来。我的组现在有三个项目要跑。一个是盛熹，谈了之后方案要改，是不是需要重新调研现在还不知道。还有X市的基创实业，他们老总跟盛熹老总是战友，昨天就在招标会上旁听。嘉玉参加完投标一路追到机场跟到了X市谈了几个小时，把人家老总谈服了。所以盛熹今天突然改主意说不定就是因为基创的推荐。我说这些是想告诉陈总、杜经理，盛熹这项目能重新谈，不是天上掉馅饼，是因为我们重新认真做了方案，还有嘉玉敏锐洞悉商机，努力拼搏争来的，可没占你们前期工作的一点便宜。还有我手上也在接触生隆酒业，他们想做品牌，意向还是挺大的。三个项目，我只带三个人，怎么都不会浪费人力吧？"

陈博明再说不出什么来。

事情很快就定了。

贺亦春虽休假几个月，但对公司这几个月里的项目和动向还是挺清楚的，跟他们过招一点没含糊。谢景鹏对她的表现非常满意，原以为失去了这一员得力干将，如今她回来，自然会照顾些。于是谈的一些事，谢景鹏都一路开了绿灯，有求必应。

陈博明脸色不太好看，李嘉玉却觉得很爽。

这一下午，李嘉玉搬了工位，跟谢洋、王肖认识了。贺亦春效率很高，开了个会，很快把所有事情和计划都安排出来了。李嘉玉虽跟着忙碌，但神清气爽，觉得这才是上班的感觉啊，不是糊口，而是事业。

快下班的时候，段伟祺来电话，说蓝耀阳和卓恺知道他们在一起了，正好今天又是周末，就约晚上一起喝酒。他们也会带女伴来。

李嘉玉这边没问题，段伟祺就说那他下班了过来接她。这时李嘉玉想起她的车还停在酒店停车场，就说她去取车，自己开车去会所。

"周末很堵，你去取车再过来就太晚了。明天再取吧。"

"停车费很贵的。"

段伟祺那边沉默两秒，道："我让他们别闹太晚，结束了再陪你去取车好了。"

那沉默的两秒让李嘉玉敏感地猜测，他是不是觉得她在意停车费太小家子气，但她不打算理会这种情绪，而且她也不想让段伟祺大半夜陪她去酒店取车。

她跟他才刚开始，她并不打算这么快跟他上床。让他陪她去酒店，恐怕不是什么好主意。

"我一下班就过去，很快的。如果我迟了，你们就先玩着。不然晚上大家正嗨的时候你说散场了，会扫大家的兴的。"虽然拒绝了他陪着去取车，却也表示可以陪他和他的朋友玩到很晚，她觉得这样可以了。

段伟祺那头又沉默了两秒，然后道："行吧。我把地址发给你。"

下班了，李嘉玉飞快地赶去酒店取车，但不幸被段伟祺言中，从她公司到酒店那条路很堵，还没有地铁。她到酒店时，段伟祺他们已经在会所了。李嘉玉取了车再一路堵，等到会所已经是一小时后。

段伟祺报了一声他们已经到了之后，就再没发消息，也没催她，李嘉玉不确定是懒得催还是体贴地特意不催。到了会所外头她就赶紧发了微信说她到了，正停车。

但这停车又停了五分钟，因为停车位窄，两边又都是豪车，她车技不行，小心翼翼，停了半天才停好。

她跑到会所门口，看见段伟祺正等着她。他叼着根烟，没好气地道："我就看看，你停个车得多久。"

李嘉玉站他身边一转头，原来这位置正好能看到停车场，又正好看到她的停车位。她就埋怨他："你会说我，怎么不过去帮我停一下？两边车子都很贵的，我好怕蹭到。"

"你就蹭啊，蹭到我来赔。"

这语气，真烦人啊。李嘉玉白他一眼："那我下回开你的小牛崽子去蹭。"

"可以。说得你有胆似的。"

李嘉玉不想理他。

"就你那车技，估计正经想蹭就蹭不上了。"

李嘉玉更不想理他了。

段伟祺忽然笑了笑，揉一把她的头发。今天李嘉玉散着发，又柔又顺。段伟祺忍不住又揉一把，把她揽过来亲一口。

"你抽了多少烟，臭死了。"

段伟祺干脆亲她的嘴。

李嘉玉拍他一下。

段伟祺咧嘴笑，拉她进门："我等你这么久都没埋怨，你倒埋怨起来了。"

李嘉玉把电脑手提包塞他手里："你怎么出来了，我自己进去就行。"

"开辆破车，穿成这样，我怕门卫以为你是推销的，不让你进门。"

"那我们下回还是约麻辣烫吧，起码店家素质高。"

两个人拌着嘴进了包厢。卓恺正打牌，看见李嘉玉就叫："哎哟，Polo你终于到了。好久不见。"

蓝耀阳二话不说唱了起来："来呀快活呀，反正有大把时光。"

旁边一男的踢他两脚，他扑过去揍两拳。

李嘉玉一看，这一屋子人，除了卓恺和蓝耀阳以及他们的女伴，还有一男两女。

段伟祺给她介绍："张扬，张妮，他们两兄妹。还有……"他顿了顿，不记得这女的名字。

"陈嘉丽。"那女生自我介绍。

"正好在门口碰到了，他们非要凑过来。"段伟祺解释。

张扬大叫："这不是听说你带妞出来，我们见识一下。"

"你们好。"李嘉玉大方打招呼。

卓恺输了牌，嗷嗷叫着不玩了。张妮欢呼，拿手机扫码收钱。

卓恺喊："Polo你玩牌吗？你们女生玩吧。"

蓝耀阳嫌他不懂事，喝道："Po你的头，过来帮哥倒酒。"

卓恺这才反应过来，但陈嘉丽已经开口问了："你英文名叫这个啊？"

"不是，我开Polo车，总裁帮表示嫌弃，总拿这个笑话我。"

陈嘉丽笑笑，不说话了。

段伟祺不高兴，这女的他根本不认识，一起来玩就算了，摆什么谱啊。

他把李嘉玉的包放一边，按她坐下，拿了菜单过来让她点菜吃："我们吃过了，你看你要吃什么？"

李嘉玉早饿了："来个面或者炒饭。"

陈嘉丽听见又笑。

段伟祺瞪她："你脸抽筋？"

陈嘉丽脸色一僵，把头扭到一边，看张妮打牌。

李嘉玉也不在意，轻轻推段伟祺一把："快点，我饿死了。"

段伟祺按铃叫来服务员，点了一堆菜和一碗面。李嘉玉就坐他旁边吃吃吃。

卓恺和蓝耀阳带了女伴，不像在群里那么耍宝，而且那个群也很久没什么动静了。张扬和张妮显然跟他们这群人都很熟。陈嘉丽不知什么来历，但李嘉玉完全没兴趣理会她。

她就是吃饭，听他们聊天，继续吃，继续听。

一晚上也没什么开心的，她觉得还不如回家看案例。

最后段伟祺带李嘉玉先走了。

李嘉玉没喝酒，便说她自己开车回去。

段伟祺有些不高兴："我约你出来的，结果你自己开车来，又自己开车回去？"

李嘉玉摊摊手："哪里不对？我有车，我会开。"

"或许你可以考虑多体贴一下我的男性自尊心。"

李嘉玉大笑："那我装成不能自理，腿脚无力让你背我回去，你的自尊心会不会幸福得吹泡泡？"

"呵呵。"段伟祺笑，"这会儿又有精神抬杠了？"

"为了你的自尊心，怎么都能强打精神。"

段伟祺抿抿嘴，低头看了看脚尖，忽然道："我不知道会遇到张扬他们。他们兄妹俩跟我们都很熟。卓恺和耀阳先到的，遇到张扬了，聊起来，说我一会儿就到，会带女朋友来。所以张扬就说那他等着，要看看我女朋友什么样。然后我到了，一个人。我说你要晚一点，大家就一直在等你。"

李嘉玉安静听着。

"我怕大家饿着肚子等你，你来了会尴尬，所以就先点了东西吃。张扬他们也就没走。那个什么嘉，我不认识的。我不知道她这么没礼貌。"

一片小叶子被风吹来，落在他肩上。他毫无察觉，认真在说。李嘉玉上前一步，替他拂掉那叶片。

段伟祺停下，顺着她的动作看了看，将她的手握住了。

"卓恺和耀阳带女伴来，也是想着有人能陪你聊聊天，而不是你一个人对着我们几个大男人，那样会很奇怪。我们一般都是这样安排。"

李嘉玉点头，拍拍他的肩："理解。"然后她皱皱鼻子，压低声音很八卦地问，"那两个女生跟他们什么关系？我看卓公子挺殷勤的，蓝公子就感觉一般般。"

段伟祺被她的表情逗笑："你观察得还挺仔细。卓恺对美女都殷勤，好像在追她吧？上次他带出来的也是这个。耀阳那个我没见过，今天第一次见。我看你跟她们没怎么聊，看起来不是太投缘。"

"两个都是模特，她们同行比较有话聊吧。我强行插进去就没意思了，所以就听她们说说话也挺好的。"

段伟祺张了张嘴，然后还是把话咽下了，总之今晚的聚会就是失败。李嘉玉不懂他们这个圈子的这套交际法则，而他担心卓恺和蓝耀阳带的人势利眼，给李嘉玉脸色看，所以还特意嘱咐带乖一点的，有眼色的。这两人可好，一人带一小模特。

"好了，别板脸。本来就不够帅，还板个脸更不好看了。"李嘉玉踮起脚，捏捏他的脸，左右拉扯一下。

他把她的手拉下来："你说什么？"

"我说你有点太敏感了。那位陈嘉丽其实也没怎样，你不必特意去怼她。再有呢，你的生活圈子跟我不一样，朋友的娱乐方式、话题范围跟我不一样，所以大家见面，原本就不会相见恨晚，相谈甚欢。你太在意了，反而会累呢。卓公子叫我Polo也没什么，他一直这么叫的，但蓝公子就马上掩饰一下，这样反而显得心虚。阶级敌人就是阶级敌人，你们试图伪装很容易被识破的。"她仰着脸对他笑。

"笑也没用。"段伟祺哼道，"转移话题也没用。"

李嘉玉捂眼睛："真的没挽救回来吗？"

"没有。"

"可是你板脸确实不好看。"

"没板脸的时候呢？"

"比板脸的时候好看。"

"李嘉玉！谁会去嫌弃自己男朋友的颜值啊？"

"实事求是的社会主义好姑娘。"

段伟祺生气:"李嘉玉!"

"哎!"

"你不是外貌协会的吗?你男朋友肯定是帅的。"

"我瞎呀,不是你盖过章的吗?"

段伟祺弹她额头,李嘉玉捂着额憨笑:"段总,你是靠才华散发男性魅力的。"

段伟祺没好气地瞪她。

"哦,对了,还有钱。你炫富的时候特别潇洒。"

"呵呵。"段伟祺冷笑给她看。

李嘉玉哈哈大笑。

段伟祺揉揉她的发顶,低头亲亲她,然后将她抱在怀里,两人什么也没干,就是安静地抱着。

过了一会儿李嘉玉打了个哈欠,她累了。昨晚睡得少,今天又一整天兴奋工作,现在倦意涌上来,她想睡了。

段伟祺拍拍她:"好了,你回去吧。能开车吗?要不要给你叫代驾?"

"我可以。"李嘉玉站直了揉了揉脸,"靠着你才困的,现在精神了。"

段伟祺不多说了,送她上车,嘱咐她路上小心,让她回家去了。

李嘉玉回到家,方勤正在客厅贴着面膜看电视,见她回来忙问:"怎么样了,约会?"

李嘉玉叹气:"他尽力了。"

"啊?"方勤按着面膜让它别往下掉,"你这语气这内容,好像在说他在床上不行似的。"

李嘉玉笑扑在沙发上。

方勤踹她:"所以不是,是不是?你太误导人了。这话千万别让段总知道,我对现在这份工作很满意。"

李嘉玉还在笑。

方勤干脆起身,去洗手间把面膜摘了,把脸洗了,回来审她:"所以究竟是怎么回事?约会不顺利?"

"就那样吧。没什么意思。"

"那他尽力了是什么意思?"

"就是他尽力想让我觉得有意思。"

方勤摊摊手:"但是阶级矛盾还是爆发了?"

李嘉玉在沙发上挪了挪,让自己躺得舒服点:"他大概不知道问题在哪儿。"

"嗯，怎么了？"

"你知道他们带女伴这种社交礼仪传统多让人无语呀。但他觉得这样是体面的、体贴的。看他认真解释的样子，我忍住了没怼他。他担心我被势利眼羞辱了，但其实他这种担心才是势利眼。因为他并没有把我摆在跟他平等的位置看待，他下意识地就觉得我穷，所以我在他的朋友圈子会被人看不起，而他是拯救灰姑娘的王子。席上有个女生听到他们叫我Polo笑了，听我点菜也笑了，但人家没说什么，无论她是用但笑不语来表达对段伟祺这样的人找个拿不出手的女朋友的惊讶，还是无恶意随便笑笑，我觉得都没那么严重。但是段伟祺直接瞪过去讽刺对方。"

"段总是那样，杠精，有钱的那种，可怕。因为他任性起来谁都敢杠，简直乱杠。邱石经常要帮他圆场，跟在他屁股后面收拾挽救。"

"然后呢，卓恺和蓝耀阳两位公子哥带小嫩模，他带着我。"

方勤叫道："他们不觉得有什么不妥？"

"对。"

"可怕的资产阶级封建思想。"

"我觉得，我还是跟他网恋合适。"

方勤哈哈大笑。

"算了，不想了。我已经习惯了。"

"习惯什么？"

"习惯一会儿嫌弃他，一会儿喜欢他。"

方勤笑得不行。

"对了，我跟你说，今天贺姐上班了，就是我的上司，那个孕妇。"

"哇，那你不是有人撑腰了？"

"对。"李嘉玉把今天发生的事跟方勤说了，然后道，"特别羡慕贺姐，她那样才是女性的正确生活方式，有事业，有爱人，有孩子。老公支持她，自己又有能力。想上班就上班，想休假就休假。想回来了，老板举手欢迎；想回家了，老公温柔等着。对自己的生活拥有选择权，就是成功啊。"

段伟祺这边，找了个酒吧喝酒，把卓恺和蓝耀阳约来了。这回没有女伴，就他们三个。

卓恺有些心虚："是不是我喊Polo，李嘉玉生气了？"

"没有。"

"我看李嘉玉一晚上没怎么说话。"蓝耀阳道，"她平常杠精上身的时候话可多了。"

说起这个，段伟祺就气，给他们一人一脚："你们带的什么人啊，层次就不能高一些，聊聊股票，聊聊全球经济，聊聊企业管理不行吗？"

卓恺不作声。

蓝耀阳："那你直接约你姐来嘛。"

卓恺赶紧道："约了珊姐请务必通知我，我很忙的。"

蓝耀阳唾弃他。

段伟祺不理他们耍贫，安静半晌，哀怨道："我觉得她并没有太喜欢我。"

"说得你对她有多深情似的。"卓恺怼他。

蓝耀阳也道："你也许在享受得不到的快感。"

"Polo这样的，也不会玩弄你的感情。她很忙的好吧。她看着也不是图你的钱。"卓恺道。

"可惜你的长相不是她迷恋的那一型。"蓝耀阳道。

"找死是吧！"段伟祺顿时大怒。

蓝耀阳跳起来，躲卓恺身后："我还没说完呀。就是她不图你的钱，不迷你的颜，还愿意跟你在一起，不是真爱是什么？"

卓恺冷笑："你还挺会安慰人的。"

蓝耀阳看段伟祺不发脾气了，又坐回来："我说真的呀。不然她干吗跟你在一起？"

"可她对我一点都不像对男朋友的态度，就像是工作里的应酬一样。张扬带的那个妞，叫什么嘉，妈的跟嘉玉名字重了一个字，我总记不得另两个字是什么。我觉得她不礼貌，嘉玉却无所谓。她觉得闷，也不跟我抱怨，一点没撒娇，还跟我摆道理说我敏感什么的。"

卓恺和蓝耀阳不说话，今晚确实没觉得他俩像男女朋友。

段伟祺也不说话了，他倒了杯酒喝。

蓝耀阳小声跟卓恺道："不会这样就分手了吧？"

卓恺小声回："你应该问他俩真在一起过？"

段伟祺恶声恶气："我听得见。"

"哦。"

"哦。"

段伟祺又喝几口闷酒，道："我想给她买车，特别想，不是嫌她的车不好，就是想给她用好的。但我怕她不高兴。"

"那你问她呗，告诉她不是嫌Polo不好，是她配得上法拉利。"蓝耀阳建议。

"咦,这句台词不错。"段伟祺精神一振,拿过手机要给李嘉玉发消息。

蓝耀阳一脸骄傲。

卓恺道:"你发在群里问,我想看Polo怎么怼死你。"

"变态。"蓝耀阳骂,然后道,"这个主意不错。"

段伟祺想想,发在了群里。

"嘉玉,我给你买辆车吧。Polo挺方便的,但你配得上法拉利。"

李嘉玉在洗澡,方勤看到群里消息哈哈笑,去敲浴室门:"亲人,赶紧洗完出来回话了。你的总裁男友想给你送豪车。"

段伟祺等了很久,终于看到李嘉玉的回复。

她发了张"抱大腿"的图,然后写:"大佬,小女子想要宾利。"

段伟祺一愣,顿时欢喜:"买买买。"

李嘉玉发了个截图上来:"这钢笔我相中很久了。"

段伟祺又愣了,看清楚后火冒三丈:"宾利为什么会出钢笔?!"

蓝耀阳和卓恺已经笑疯,无法回答。

李嘉玉又说话了:"求买。毕竟我以后是要当李总的人,签个上亿合同,怎么都得拿出支牛气的笔来。"

蓝耀阳笑到差点摔下椅子。

段伟祺把手机摔在沙发上。

好气!

还以为她牛起来了,敢开500万的车了。

结果她是真牛,敢把500万降到5000块地要!

霸道总裁段三岁先生觉得自己受到了羞辱!

蓝耀阳和卓恺深刻检讨了自己觉得这两人不像情侣的看法。他们错了,错得离谱。

李嘉玉配段伟祺,绝配呀!

一整个周末段伟祺都没约李嘉玉,也没联系她。

李嘉玉也不理会,睡了一天,把精神补回来,然后跟方勤去逛超市,收拾收拾又花一天,转眼周末就没了。

方勤拍了她们的采购成果发朋友圈:"忙碌充实开心,还要男人做什么?"

李嘉玉给她点了赞。

两人都没放心上,吃吃喝喝到天黑,然后"约饭群"里忽然有动静了。

二蓝神:"方勤啊,挺厉害的呀。"

方勤琢磨了半天,没明白,于是小心翼翼地问:"蓝公子何出此言?"

"你朋友圈,把我们男人都骂了啊。"

"没有骂,保证。社会主义好姑娘绝不乱骂人。"

"呵呵。你自己看看你写的,还要男人做什么?意思就是男人无用。现在还说什么社会主义好姑娘,给自己下这个定义是什么意思?不但把全部男人都骂了,还重点骂了我们这些辛苦工作、认真挣钱、给国家纳税做贡献的经济宽裕型男士。"

经济宽裕型男士。

李嘉玉和方勤看着这个名词简直无语。

蓝耀阳看那边没回话,高兴地私聊段伟祺邀功。

"怎么样,满意了没?帮你怼方勤了。"

段伟祺没回话,却在"约饭群"里冒头:"就你戏多。人家发朋友圈,关你什么事?我女朋友给'还要男人做什么'点了赞,你看我说什么了吗?"

蓝耀阳私聊段伟祺:"你要脸吗要脸吗要脸吗?"

段伟祺就是不理他。

方勤在群里飞快地发了个"抱大腿"的图:"老板!天大的误会!我这条朋友圈翻译过来就是女性具备独立生活能力,男朋友可以省心放心安心。"

段伟祺:"嗯,说得挺对的。我可不省心放心安心嘛。我女朋友一周末两天了完全没联络过我,独立生活能力也是很强了。"

方勤看向那个两天不联络男朋友的罪魁祸首,向她摊摊手。

李嘉玉把目光从手机屏幕上转回来,"嗯"了一声,慢条斯理地撕开一条鱿鱼丝吃:"没有特意不联络,这两天不是睡懒觉就是收拾屋子,还出去买东西,特别忙。我也在等他电话呀,但我看他没联络我,以为他也很忙,就没打扰他。本来打算一会儿进屋就给他打电话的。"

那语气,现在看他戏多就不想打了吗?

方勤求生欲极强,赶紧自救:"老板,真实情况是这样的,一日不见,如隔三秋,嘉玉她这两日苦等电话不得,经历了六载寒暑的折磨,很不好过。你看,两个有情人都在等对方先打电话,也是情趣。现在知道对方心意了,赶紧聊起来吧。"

蓝耀阳发了一个"笑到扑地"的表情:"方勤你可以呀,杠精专业毕业的,词儿一套套的呀。"

"不不,真没有。全是肺腑之言。"

"所以骂我们男人也是真心实意的?"

"不不，真没骂。真实情况是这样的，这条朋友圈是给我家人还有前男友看的。他们很关心我的感情生活，我就表个态度。"

"你居然还有前男友呢。"

这话说得，方勤不乐意了："我年轻貌美、双商喜人，怎么就不能有前男友？"

"说起来你跟Polo挺像的呀，也是杠精。应该也是不惧权贵不畏钱多的吧？"

方勤惊恐了："不不不，我胆子特别小。"

她把手机丢一边，去摇李嘉玉："你你你，赶紧把你的段总安抚一下，让他把蓝公子牵走，还有卓公子也别放出来。"

"嗯。"李嘉玉正好把鱿鱼丝吃完了，她擦干净手，拿起手机，"让我来对付他。"说完进卧室去了。

方勤松了口气，到群里说了句："大佬们晚安。"然后遁了。

李嘉玉进了房间盘腿坐在床上给段伟祺发微信，她发了一张"我跳起来就是一个么么哒"的图。

段伟祺秒回："晚了，么么哒不管用了。"

李嘉玉再发图："我跳起来就是两个么么哒。"

"还一套一套的是吧？两个也不管用。"

李嘉玉再发："我跳起来就是三个么么哒。"

李嘉玉继续发："我么么哒到你服气。"

电话那头的段伟祺终于没绷住脸，笑了起来，他发了一个视频邀请。李嘉玉接了。

"我不服。"

李嘉玉哈哈大笑，嘟起嘴对着手机亲两下。

"烦人。"段伟祺板脸。

李嘉玉又大笑。

段伟祺终于也笑起来。

两个人透过屏幕望着对方，静静地没说话。

之后段伟祺清了清嗓子，问她："你刚才在干吗？"

"吃零食。"

"一会儿早点睡。"

"好。"

"以后要每天给我发消息。"

"行。"

"有空就见面。"

"好。"

段伟祺想想周五晚上聚会的不愉快，又道："下回就我们俩。"

"行。"

段伟祺不说话了，又看了她一会儿，似乎犹豫了一下，微微嘟了唇，冲着摄像头做了个轻吻的动作，很克制，有点禁欲的感觉。

李嘉玉起鸡皮疙瘩，笑着叫："不对，你这个太不标准了。来来，跟我学一下。"她嘟起嘴，动作夸张，还带声音，"mu——ma——"

"哼。丑死了。"段伟祺板脸，"你有本事过来当面mu。"

"不是mu，是mu——ma——"李嘉玉闹他。

"丑到我了。我要报警了。"

李嘉玉大笑。

段伟祺的手机有来电，他看了一下："好了，不能跟你聊了，生意上的事，我接一下。"

"拜拜。"李嘉玉很爽快地把视频关掉了。

然后她收到了段伟祺发来的消息："你要不要这么迫不及待地就关了？好歹对我表示一下舍不得。"

李嘉玉笑着把那套"么么哒"的图又从头发了一遍。

她很开心。

她等他两天，他都没来电话，她心里还嘀咕呢。原来啊，他也一样。

第二天周一，李嘉玉收到了快递。

是段伟祺送的礼物。

一支钢笔。

不是她发的那个宾利钢笔，而是一支正红色加金色的，特别美的一支钢笔。

李嘉玉一眼就爱上了。

那漂亮的红色，还有笔帽夹嵌着的一颗小小珍珠，真的太好看了。

李嘉玉看了看产品说明卡，万宝龙缪斯系列玛丽莲·梦露墨水笔。

名字听起来就很棒。

李嘉玉太喜欢了。

比她随手在网上乱搜出来的宾利钢笔漂亮太多。她先前并不是真的想要钢笔，也是当天为了怼段伟祺的法拉利临时乱搜，才知道宾利居然还有钢笔。她不想要豪车，但段伟祺故意在群里提这事的意思她也明白，她若拒绝得不好看，段伟祺会在朋友面前没面子。他知道她不会让他下不来台的。

所以宾利钢笔，对应法拉利跑车，刚刚好。

现在，段伟祺按她的要求送了她一支钢笔。如果是宾利，她大概不会这么感动。

他用心了，没有直接把图片丢给秘书代购，而是按她的喜好，为她挑选了一支适合女生的笔。她最爱的正红色，她的战斗色。

礼盒里还有一张卡片，李嘉玉打开看。

上面是段伟祺手写的字："李总，加油啊！"

李嘉玉忍不住笑。

她把笔放办公桌上拍了个照，不用查就知道这笔不便宜，不想炫，所以她没带盒子，就摆了支笔在桌面拍了，然后发了朋友圈："好好工作，天天向上。"

过了一会儿方勤联络她："他真的送了你一支笔呀？"

"对的。"她还附上一张"高兴得转圈圈"的图。

方勤回道："这笔真好看。"过了一会儿她又发来，"刚去问宁姐，她说不是她帮着买的，但一早快递是她帮着发的。哎，看来段总有心了。"

李嘉玉回了个"乱点头"的表情。心里觉得特别幸福。

她刷了一下朋友圈，想看看段伟祺有没有给她那条动态评论，结果却刷出了他新发的朋友圈。

"奢侈！某人上班没多久，职位也不高，就想用好笔签客户了。看看我这样的正经商务人士，多大的合同都是只用两块一支的签字笔签。"

附图是一支最最普通的中性签字笔。

真是不皮这一下他痒痒。

总裁先生又挥起了大铲子。

李嘉玉扮个鬼脸。给段伟祺那条朋友圈留言："段总，你这笔是五毛一支的，你买贵了。"

她退出朋友圈，给方勤发消息："你今天下班先别走，等我。"

"你要过来？"

"对，我过去收拾他。可以顺路接你。"

方勤发个"大笑"的表情："你还收拾他，狂得你。"

"等着。我么么哒到他服气。"

方勤要笑死。

李嘉玉又发消息："帮我保密，别让他知道。我想给他一个惊喜。"

第十二章
热心市民，见义勇为

这天总裁办几个人都出去办事，就方勤和一个行政助理在。下了班，那行政助理看没什么事也走了，独留方勤一人。

方勤看了看段伟祺的办公室方向，没什么动静。今天下午段伟祺出去了一趟，快5点的时候又回来了。方勤看了看他的行事历，后头没什么事了。

这挺好的，他出了门表示案头的工作积压了一些，他平常下班就不是准点走的，今天应该还会留得挺晚。

方勤给李嘉玉报了信。李嘉玉6点准时离开了公司，让方勤帮忙盯着点。

方勤看了看表，这会儿6点20分了，估计再有十来分钟李嘉玉能到。她拿起杯子正准备给自己倒杯水，却见段伟祺办公室的门开了。

段伟祺拿着车钥匙走出来，看到方勤一脸惊异地瞪着他，他皱眉头反瞪回去："做什么？"

方勤心里有些着急，看段伟祺那架势是要走了，今天走这么早呀。

"呃，我去倒水。"方勤看了看手上的杯子，想了想又问，"段总你去哪里呀？"

"下班了。"段伟祺觉得她怪怪的，"我下班去哪儿得跟你报告？"

"不是，不是。"方勤赔笑，"就是今天段总走挺早的，我以为有什么事呢。"

段伟祺看了看她："怎么你不走？"

"我手上还有些活儿。"

"嗯。你忙。"段伟祺抬腿就要走。

"哎，段总段总，那个，今天那个古镇游戏方案我发邮件给你和邱哥了，游戏公司说想让我们这边尽快确定用哪个梗概。"

"不急，明天再说。"段伟祺再看看方勤，"还有事吗？"

"呃……"方勤犹豫，"没了。"

段伟祺点点头，走了。

方勤赶紧把杯子放下，拿起手机打给李嘉玉，看她到哪里了，是需要自己把段伟祺拦下来，还是等下次找别的机会给惊喜。

但铃声响到停，李嘉玉都没接。

方勤猜大概是开着车不方便。她按手机给李嘉玉留言，还没按出两个字，突然一个人影过来了。

方勤抬头看，吓了一跳，竟然是段伟祺。

段伟祺道："我想了想，你真的不对劲。是不是嘉玉要来？"

"呃……"方勤看他表情知道瞒不过去，只得点头，"她说想给你个惊喜。"

段伟祺立时板脸："那你为什么不阻止我走？"

方勤忙道："我正给嘉玉打电话想问她是怎么打算的。"

段伟祺皱眉头："她怎么说？"

"她没接，开车呢。"

"所以她不知道我走了是吧？"

"嗯。"

段伟祺扬眉："我还没走呢。"

方勤愣了愣，反应过来了："哦，哦。那段总你忙吧。"

段伟祺回办公室去了，前脚刚进去，马上又转出来，对方勤道："你不许告诉她啊，不然她该失望了。"

"是，是，不会的。我什么都不知道。"方勤狗腿样地应着。就让你们互相惊喜一下吧。

段伟祺满意了，回到办公室关上门便笑。

哎呀哎呀，真开心。

刚还想着早点下班给她打电话呢，结果她竟然要过来。

给什么惊喜呀,真老套,俗气死了。

段伟祺嘴角含笑,瘫在办公椅上伸长了腿等着。

时间一分一秒过去,段伟祺觉得等了许久,可还没等来李嘉玉的身影。他看了看表,6点40分了。也许是堵车呢,不着急。

外头的方勤也在看表,这个点了还没到,堵得这么厉害吗?中间怎么也该有红绿灯停一停吧,怎么不给她回电话?

正想着,电话来了。正是李嘉玉。

方勤赶紧接起。

"方勤,你别等我了,我这边出了点事。路上看到一老太太被车撞着了,正好老李在,给她扶了起来。我送他们到医院,老太太糊涂了,记不清事,我怕老李吃亏,得留下帮他做证。我车上有行车记录仪,拍下来了。那车子撞了人就跑,我们报警了。"

"啊,那严重吗?哪个老呀,李铁?"

"对,李铁。老太太骨折了,得去拍片子。她家属一会儿就到。啊,警察来了,我先过去了。你别等我,自己先回去吧。"

"不是,你等下。"方勤看看段伟祺办公室门口,压低了声音,"段总知道你要来,正等你呢。他不让我告诉你。"

"啊?"李嘉玉这边有些喧哗,似乎有人在大声讲话,她停了一会儿道,"我给他打电话,你回去吧。我这边处理完这事再回去。别担心,没事的。"

方勤想想还是不放心:"我回去也没事,我过去找你吧,看看有什么需要帮忙的。你们吃饭了吗?我给你们带些吃的。"

"不用。我想起来了,我买了吃的,想带过去给你和段伟祺的,落在车上了。"

"行,那我直接过去。"

李嘉玉报了医院地址,把电话挂了。

办公室里,段伟祺正在刷手机,他想着一会儿要带李嘉玉出去吃大餐,让方勤自己找吃的,自己回家去,别当电灯泡。

这时候电话响,是李嘉玉。

段伟祺清了清嗓子,接起来,装模作样道:"你好呀,李总。怎么了,竟然主动给我打电话?想找我约会吗?我今天得加班到很晚,没空。"

"段伟祺,"李嘉玉说话有些着急,她这边还有事呢,"不好意思啊,我今天过不去了。路上遇到些小状况,一个老太太被撞了,我跟一个朋友把她送来医院,已经报警了,现在正处理这个呢,可能会很晚。我处理完了再给你打电话好吗?"

段伟祺心里一沉。他刚才一演完就察觉不对了，李嘉玉要是到了不会给他打电话，惊喜应该是有人敲门，他一打开，她跳了出来，而不是电话。

"嗯。"段伟祺很失望，但讲道理的男朋友是不应该对这样的事发脾气的。她又不是故意的，临时有状况也是难免的。但他不爽啊，非常不爽，他这么期待。

白高兴了一场。

段伟祺沉默着，他清了清嗓子，把脾气压下去了："没事，你忙吧，我加完班就走了。"

"好的。"

"你等等。"段伟祺叫她，"事情糟糕吗？需要帮忙吗？"

"不用。警察已经来了。老太太之前在来医院的路上脑子不清楚，问是不是我们撞了她。这会儿她缓过神来又清醒了。应该没事的。我的行车记录仪都拍下来了。"

"那行吧。"段伟祺有些赌气，"挂了。"

段伟祺把手机丢在桌子上。桌上的电话响了，是方勤打来的："段总，要没什么事，我先走了。"

"走吧。等一下，李嘉玉在医院，你知道了吗？"

"知道了，她说没什么大事。我现在过去看看。段总有什么要嘱咐的吗？"

"没有。"段伟祺生气，把电话挂了。

他站起来，在宽阔的办公室里走来走去，还是不高兴。他跳到滑梯上滑下来，更生气了。

他拿起手机打给卓恺他们："喝酒喝酒，不去的打死。"

方勤赶到医院时，警察已经走了，可老太太的家属还没有到。李铁和李嘉玉便还在等着。

三个人找了个地方把李嘉玉带的餐点吃了。方勤问清楚情况，确实没什么大事，李铁也没被人讹，这才放下心来。

"老铁你真是个好人呀，爷们儿！"方勤夸李铁。

"这么夸张。"李铁笑笑，"就在我眼前发生了，不管不行。再说了，我不管也会有别人管的。李嘉玉不也过来帮忙了？"

方勤给他竖了大拇指。

李铁收拾了餐盒，拿去扔。方勤趁这会儿跟李嘉玉道："段总似乎生气了。我给他打电话说我走了，他的声音听着不对。吓死我了。"

"他怎么知道我要去？"

方勤忙把情况说了:"贼精贼精的,一转头就猜到我们搞什么鬼了,真是不敢在他眼皮子底下作妖。他不让我告诉你,自己屁颠屁颠跑回办公室等你去了。"

李嘉玉想了想:"现在还不算太晚,我去找他吧。"

"也行,这边我帮你盯着。家属还不知道是什么样的人呢,要是不讲理的,我给老铁帮个腔。"

"行,那完事了,让李铁送你回去。"

李铁丢完垃圾回来,李嘉玉把事情跟他说了,说她先走,方勤留下。方勤不会开车,她就把她的Polo钥匙给了李铁,让他们用她的车。

方勤忙道:"那你打车?"

"对。"李嘉玉笑笑,"给他一个用豪车送我的机会吧。"

李嘉玉挥手跟他们告别。李铁目送她离开,问道:"李嘉玉交了新男友?"

方勤点头:"是呀。"

"那挺好的,不用再为苏文远伤心。"

方勤怕他追问李嘉玉的感情的事,便转话题问他:"你现在在哪里工作?"

"在四木。产品设计部。"

"啊?"方勤叫道,"这么巧。我们公司有项目跟四木合作。我上周还去了,不过我是在17层,跟市场部开会。"

"我在18层。"李铁不是很在意这个,他忽然把方勤拉到一边,站在大盆栽的后头,指了指前方一个男人的背影,"那男的你认识吗?"

方勤看了看,摇头。

李铁道:"他似乎一直在跟着我们。现在看起来,他应该是在跟着李嘉玉。"

"啊!"方勤顿时警觉,她仔细再看看,那男的正拐弯,果然是跟着李嘉玉离开的方向,"你是怎么觉得他在跟着嘉玉?"

"在车祸那里我就看到他那张脸了。然后刚才我们跟警察说这事的时候,我看到他站在走廊那头。现在我们下楼找个空地方吃饭,他也在。李嘉玉走了,他就走了。"

方勤拔腿就朝那男的消失的方向跑。

"喂!"李铁忙跟上。

方勤跟着跑到了医院大门口,没有看到李嘉玉的身影,也没有看到那男的。事实上,这里人太多,她认不出谁是谁了。她一把拉住李铁的胳膊:"你看到他了吗？"

"没有。"李铁问她，"李嘉玉最近发生什么事了吗？得罪了人？"

"没有呀，什么情况都没有。工作也挺顺利的。她没得罪人呀。"

"那也许是我太多疑了。毕竟从那条路过来就是医院，也许一直同路。"李铁虽是如此说，但显然还有疑虑。

方勤打电话给李嘉玉。李嘉玉已经上的上了，方勤把事情跟她说了。李嘉玉很惊奇："有这种事？我没觉得有什么可疑的人呀。身边没什么古怪的事发生。"

方勤稍稍平静下来："你确定吗？那你也要小心点。那人中等个头，五官我没看清，只看到个侧脸，年纪似乎不太大，三十来岁？穿着牛仔裤，好像是蓝色的上衣……"

李铁在一旁刚要补充，他的手机却响了。他一看是座机，猜是医院来电，赶紧接了。

方勤这边在说："你要是看到身边有这样的人，就多留意了。别落单，小心点啊。"

李铁挂了电话，急匆匆喊："家属来了，以为我跑路了，正闹呢。我要赶紧回去。"

"哎哎。"方勤赶紧跟李嘉玉说家属来了，果然是刺头。

"你们快去。放心吧，我没事的。我会小心的。"

李嘉玉挂了电话，琢磨了一会儿，确实没想到会有什么人要跟踪她。狗血一点地猜，只能是段伟祺家里来调查他的新女友，但段伟祺跟她刚开始，他们既没谈婚论嫁也没生死相许，按说这样的豪门应该见多识广，不至于这么夸张。

李嘉玉觉得也许真的是碰巧了。

李嘉玉先到了段伟祺的公司。保安说段总已经走了，没让她进去。

李嘉玉也不着急，她在大厦大堂里坐下，翻了翻朋友圈，没看到什么有用的消息，段伟祺没发动态。她点开了蓝耀阳的对话框，问他："蓝公子，你知道段总的家在哪里吗？"

"知道。"蓝耀阳过了好一会儿才回。

"我有事找他，能告诉我吗？"

"他有两个常住的地方，不一定回哪边呢。你找他干吗，不过来呀？"

"你们现在在一起呀？在哪里呢？我过去。"

"别告诉他，我想给他个惊喜。"

蓝耀阳正要发地址，看到后半句顿时停住了。

可怕！这是要给惊喜还是惊吓啊！

他想了想，今天段伟祺心情不好呢，这两人不会吵架了吧？他看了一眼正在唱歌的段伟祺，输入："你真的要来吗？我们好多人呢。不知道方不方便。"

"多少人呀？"

"五个哥们儿。"

"那加上五个姑娘才十个人，我以为一个师呢。"

蓝耀阳心想，她怎么知道还有五个姑娘的？

李嘉玉又发来："拜托了。我今天计划去找他的，结果有事耽搁了。他不高兴了。我想弥补一下，让他高兴高兴。"

她发了个"鞠躬恳求"的图，又发了个"流泪恳求"的图，再发了个"泣血恳求"的图。

蓝耀阳仍犹豫。

李嘉玉又发消息："拜托，真的。我不想让他失望。"

这时段伟祺唱完歌了，蓝耀阳把手机递给他看："你看，Polo这是不是套路啊？她是不是想查你的岗呢？"

段伟祺接过来看，看完了笑了，特别开心，立刻给李嘉玉发了个定位过去。

李嘉玉秒回谢谢。

段伟祺笑眯眯地把对话又看了一遍，然后把"我想弥补一下，让他高兴高兴。""拜托，真的。我不想让他失望。"两句话截图，发到自己的微信上。

接着他用蓝耀阳的手机给李嘉玉发消息："你什么时候来？"

"我上的士了，现在就去。"

"你的车呢？"

"没开。"

"今天阿祺心情不好，原来是你干的呀，你好好哄哄他吧，他生气起来吓人。"

蓝耀阳目瞪口呆地看着段伟祺用自己的名义发着这些话。

李嘉玉回话了："好的好的，我现在就过去了。"

段伟祺继续发："他都没怎么吃饭，光喝酒了。"

蓝耀阳忍无可忍："可去你大爷的吧，臭不要脸的。把手机还我，用你自己的号聊。"

段伟祺放下手机把他揍了一顿，然后坐好拿起手机继续聊。

"你们女生也不能总想着工作呀。工作哪干得完,你要多抽时间陪陪他。像周末两天你都不联络他,我都看不下去了。"

蓝耀阳是真的看不下去了,他扒拉卓恺要他的手机。段伟祺眼皮都不抬:"你敢!"

蓝耀阳大声道:"我不敢!"他把手机扒拉出来塞卓恺手里,"快,给Polo发消息,揭穿这恶心男人的真面目。"

卓恺把手机丢给蓝耀阳:"滚!老子更尿。"

段伟祺不理他们,继续聊:"阿祺问我跟谁聊天呢,我给掩饰过去了。"

"多谢多谢。"

"你从哪儿过来?还要多久?"

"我从耕田这边出发的。原想到他公司碰碰运气,结果他不在了。"

段伟祺笑笑,输入:"那肯定不能在了,这么晚了。早走了。"

"是啊,但我不知道还能去哪儿找他。所以先来办公室看看。"

"看来你不够关心他啊。是不是除了手机号和微信,你就没别的途径找他了?要不是方勤在耕田工作,你是不是连他办公室在哪儿都不知道?这样不行啊,你们都谈恋爱了,还是要多了解多关心对方。他对你挺上心的,总念叨你,想给你这个,给你那个的。你也要多花心思在他身上才行啊。"

那边李嘉玉久久回了一句:"好的。"

段伟祺想了想,输入:"阿祺很优秀的,从小追他的女生就特别多。现在我们在唱歌,女生都抢着要和他唱。不过你放心,他不理她们的。我可以做证。"

蓝耀阳在旁边看得要恶心吐了,猛捶沙发,被段伟祺一脚踹开。

段伟祺继续:"你知道,他家世好,品行优,有钱,又长得帅,受欢迎是肯定的,但他不花心。他对你挺好的,我觉得比对以前的女朋友都好。这个你可以放心。"

"好的,我放心。但是你能先把手机还给蓝公子吗?用你自己的手机跟我聊吧。这些对话留在别人的手机上,还是挺羞耻的。"

蓝耀阳在一旁见段伟祺表情突然一僵,赶紧不怕死地凑过来看他的手机屏幕,却看到段伟祺飞快地把李嘉玉删了好友。

蓝耀阳愣了愣,然后他反应过来了:"你干了什么?你删我的好友!凭什么删我的好友!对话记录呢?老子要打印出来裱好挂墙上,印刷成册,人手一份,嘲笑你100年。你这个臭不要脸的,把对话记录给我吐出来。"

段伟祺不理他,把手机丢回给他,拿出自己的手机。

蓝耀阳拿手机翻了翻,真没有了。

太生气了。

蓝耀阳冲进"约饭群",把段伟祺踢了出去。

段伟祺斜睨他一眼,给李嘉玉发消息:"为了表示对我的支持,你也退群吧。"

李嘉玉坐在出租车上,看着手机里对方的那一系列骚操作,笑出了声。

"别闹,我很快就到了。你离那些小妞远一点,不许跟她们唱歌,不许跟她们喝酒。乖乖等我。"

段伟祺捧着手机傻笑。装什么,这女王口气,管得这么严啊,但还是回道:"好。"

李嘉玉赶到的时候,几个公子哥正挤在台上一起高唱"洪湖水浪打浪",没注意到门口进来一人。

李嘉玉站着听了一会儿,笑得停不下来。

屋里几个姑娘见到李嘉玉,都看了她好几眼,李嘉玉也不在意,冲她们点点头。

很快段伟祺就发现她了,丢下话筒从台上几步迈下来,揽过李嘉玉亲了一口:"你是坐牛车过来的吗?"

蓝耀阳拿着话筒大喊:"诸位,容我介绍一下,这位是我铁杆闺密李嘉玉。"

卓恺受了惊吓:"什么时候成你铁杆闺密了?"

"就在20分钟前,无耻的段伟祺先生把我闺密从我好友列表里删除的那一刻,她就是我的铁杆闺密了!"蓝耀阳掷地有声,非常坚决。

李嘉玉笑道:"太荣幸了。但是这位铁杆啊,闺密是女生跟女生之间的称呼。"

蓝耀阳一脸蒙:"是吗?只有女生能用?"

众人笑成一团。

蓝耀阳大声喝:"那男女之间的友谊呢?"

卓恺拍他脑袋:"男女之间有个屁的友谊,全是套路!"

其他两位公子哥纷纷附和:"对!"

"呸!你们这些被世俗旧观念束缚了思想的凡人,岂能理解我们超脱性别、跨越阶级、不计较审美的深厚情谊。"蓝耀阳演得来劲,"总之李嘉玉就是我的铁杆哥们儿!"

段伟祺一脸不屑:"是你亲姐都不管用,对话记录你别想了。"

蓝耀阳把话筒放嘴边:"李嘉玉,我要为你唱首歌。"

"闭嘴。"所有人都喝他，只有李嘉玉笑眯眯地等着。

蓝耀阳护着话筒从屋子这边跑到那边，唱起来了："请把我的歌带回你的家，请把对话记录留下。请把我的歌带回你的家，请把对话记录留下。"

李嘉玉大笑。段伟祺拥着她，冲众人挥手："走了，这神经病交给你们了。"

蓝耀阳装模作样地大叫："段伟祺你等着，我一定会把对话记录印成书全世界发行的。"

段伟祺没理他，和李嘉玉很快出了门，再没回头。

一旁的友人问卓恺："老段新找的女朋友？"

"是啊。"

"很拼嘛，这是刚下班？还拎着手提电脑就追来了。"

卓恺横他一眼："追个屁，谁黏谁还不一定呢。"

另一友人道："正好是阿祺最喜欢的那型啊，长发飘飘，明眸皓齿的。"

卓恺听了笑："漂亮吧。但她觉得阿祺长得不行呢。"

"什么？"众人笑。

"长得不行，她不也从了吗，现在的女生，有钱就行。不结婚，不是真爱，都没关系。我看阿祺挺上心的，别被套路了。"

"你滚蛋啊。"蓝耀阳不高兴了，"不许这么说我铁杆。我家阿祺就不能靠人格魅力啊？"

卓恺也道："虽然我对段伟祺先生的人格魅力存疑……"

大家都笑起来。

"但是李嘉玉应该不是那样的。"

段伟祺拉着李嘉玉，出门就吻住她。

他笑得得意扬扬，拉着她一直看，然后道："不是说不来了吗？怎么又舍得见我了？"

"我这不是检讨了一下，对待客户都能追到机场上飞机了，对你也该这样。"

"你不说我还不觉得，真的，李嘉玉，你是怎么办到对客户比对男朋友还好的？"

"对外人都客气。"

段伟祺心情好，也不跟她太计较："饿不饿呀，吃饭了没？"

"有点饿。"其实并不，但来都来了，就给段土豪个面子，让他请吃饭吧。

果然段伟祺道："我带你去吃饭。"

"好。"李嘉玉笑。

段伟祺带她去了一家私房菜馆，地方还挺隐蔽的，李嘉玉第一次知道这地方。

刚坐下就收到方勤的消息，她说他们已经处理完了，家属弄明白事情经过，感谢了李铁，又把李铁垫的医药费还了。警方也跟家属说清楚了，会追查肇事车辆。现在她跟李铁准备回去了。

段伟祺帮李嘉玉点了菜，看她一直按手机，多看了几眼。

李嘉玉道："不是蓝公子，放心。"

段伟祺哼道："我有什么不放心，你俩还真闺密呀？那对话记录也没什么了不起的。"

"那你还知道羞耻地删了好友。"

"我是为了你的面子。"

"我从头到尾都没说什么，一直是你自说自话，真的，我打印出来你好好念一念。等你老了，可以……"李嘉玉突然停了下来。段伟祺也是一愣。

两个人再没说话。李嘉玉若无其事地拿起筷子吃小菜。

段伟祺莫名有些心虚，道："车子，真的不考虑吗？可以买个大众款的，很低调的。"

李嘉玉笑，段伟祺先生买的车还有低调这一说呢。

"不是钱的问题，主要是好车的安全性能好些。你开车那架势，真的，我觉得你需要一辆安全点的车子。"

李嘉玉道："你怎么不问问我，怎么知道跟我聊天的那人是你？"

见她转了话题，段伟祺也不纠缠，顺着杆子走："你怎么知道的？"

"满满的仙人气息透着屏幕就过来了，想不知道都不行。"

"仙人气息？"段伟祺哼，"我怎么不觉得这是夸我。"

"确实没夸，中性词。"李嘉玉哈哈笑，"水仙精的意思。"

"我就知道。"段伟祺伸手捏她的鼻尖。

李嘉玉正笑着，忽僵了僵。段伟祺顺着她的视线望过去，却是他堂姐段珊珊跟一个年轻男子在斜对角的一桌吃饭。她正看着李嘉玉，脸上是高深莫测的笑。

段伟祺转身过去，对着段珊珊道："快别笑了，今天的妆显得你老了10岁。"

段珊珊脸一板就要发作。她对面的男子不知说了什么，还安抚地按了按她的手，段珊珊忍了下来。

她不再看段伟祺这桌,与那男子轻声细语说起话来。

李嘉玉不禁问:"你姐跟谁一起呢?"

"谁知道,新男友吧。看着挺亲密的。"段伟祺给李嘉玉倒了杯水,给她夹了一筷子菜。

这边段珊珊起身去了洗手间,回来的时候先拐到他们这桌,在李嘉玉身边坐下了。

段伟祺没好脸色:"有人请你坐了吗?"

段珊珊笑笑:"你怎么还一副浑不懔的样子。"也不等段伟祺接话,便又转向李嘉玉,道,"你跟我弟在一起吗?"

"是呀。"李嘉玉大方地笑笑。

段珊珊也笑:"你知道他是不结婚的吧?"

段伟祺脸一沉:"段珊珊你找死是吧?"

段珊珊不理他,只看着李嘉玉。李嘉玉回视她,道:"你怎么不问问我,有没有跟他结婚的意向呢?"

段珊珊笑道:"你还挺嘴硬的。"

李嘉玉回道:"难道我们女生自己的意愿不重要?男的有钱,男的家世好些,就要看他脸色,就非要抱着大腿求赐个婚?"

段珊珊嘲讽地在李嘉玉和段伟祺之间看了一眼。

李嘉玉又道:"万一他对我不好呢,以后的事谁知道。就算是条件一般的男生,恋爱三年谈婚论嫁了都有可能出轨,我可是过来人,吃一堑长一智。"

段珊珊脸上的表情终于撑不住了。她也不再装,把脸板了起来。

段伟祺也不知道该给什么反应才对。他这位新任女朋友一骂骂一串,她对他不高兴了?

"对了。"李嘉玉继续道,"段姐你开了一家电商公司对吧,开了一年刚上正轨,前期应该是烧了不少钱,需不需要咨询公司给把把脉,做做行业分析,定个品牌战略什么的?"

段珊珊瞠目,很惊讶:"可以呀,李嘉玉,我真是小看你了。"

"一开始跟我不熟的人都会这样的。"

段珊珊哼笑:"那你来找我谈啊,看能不能让我成为你的客户。"

"那加个微信吧。"李嘉玉真的掏出手机来。

段珊珊大笑,盯着李嘉玉的表情,然后把她加上了微信好友。

李嘉玉把自己的手机号码发了过去:"这是我号码,段姐你的呢?"

段珊珊用力按手机,把电话号码发了过去。

"谢谢段姐,回头我找你谈。现在我先跟我男朋友吃个饭。"

段珊珊又多看她两眼，一脸古怪地走了。

段珊珊一走，段伟祺就对李嘉玉道："李嘉玉，我真是小看你了。"

"你跟我也不熟？"

"你连我姐的生意也敢谈？"

"为什么不敢呀？你爷爷来，我也敢谈。"

段伟祺大笑："狂得你。"

"我有空就研究研究你家产业来着。"

段伟祺笑得更厉害。

李嘉玉抿嘴："真的，你这么牛，我觉得从你们段家的生意上肯定能学出点什么来，所以有空就当案例看。"

"看出什么了？"

"只看了一点。我做了笔记，把问题都记下，回头问你。"李嘉玉道，"既然现在你姐送上门来，那我先研究你姐的。我真的会去找她谈的。"

"如果你真谈成我姐的生意，我跳舞给你看。"

李嘉玉惊叹："怎么办，我不知道该不该期待。想看又怕辣眼睛。"

"原本是想说带你一起跳华尔兹的，但看你这态度，我觉得非得给你跳段钢管舞了。"

李嘉玉捂眼睛哈哈大笑："我的天，好怕签成这单生意。"

段伟祺也大笑。

李嘉玉握拳："为了能看段总的钢管舞，我一定要加油。你姐不肯签也要么哒到她服气。"

"我还等着你让我服气呢。"段伟祺道。

"这里人多，我要脸。"

段伟祺不要脸，站起来，隔着桌子探身在李嘉玉唇角亲了一下，然后又是一下。

李嘉玉笑着推他："好了，好了，我特别服气。"

"不要怂，正面杠。"段伟祺鼓励她。

"滚蛋。"李嘉玉被他闹得一直笑。

段珊珊看着他们这一对，心里不知什么滋味。她跟苏文远走到现在，遭了那场变故后，相处起来总觉得差了些什么，越来越没滋味，鸡肋一般，食之无味，弃之可惜，感觉远不如从前开心了。但李嘉玉和段伟祺却正相反。

段珊珊给苏文远发微信："李嘉玉跟我弟在一起了。"

这边李嘉玉也收到一条微信，方勤发来的，是一张手绘的肖像图："老铁画的,就是他觉得在跟着你的那人,长这样。"

李嘉玉认真看了看,不认识,对这张脸没印象。

她把图片给段伟祺看:"你认得他吗?"

段伟祺摇头:"这谁?"

李嘉玉把事情讲给他听。段伟祺皱眉头:"我给你安排个保镖吧。"

李嘉玉瞪大眼:"要不要这么夸张?"

"我们有钱人都这样。"段伟祺一本正经。

"神经病。"李嘉玉笑他。段伟祺没绷住脸,也笑了。

李嘉玉道:"也有可能是弄错了。反正我自己会小心的。"

"好吧。如果你觉得身边有什么可疑状况,就告诉我。"

"行。"

"那张画像发我呗,我回头再看看。"

李嘉玉发给他了。

段伟祺若无其事看了两眼,把手机收了起来。

第二天李嘉玉如常上班。近中午时,她终于收到了基创实业葛飞的邮件。

从邮件里能看出,葛飞时隔数日才回复是经过了深思熟虑。他说他们加班开了会,他又去了集团下属的各业务公司与高管层进行了沟通,经过全盘考虑,并对比了各家咨询公司与他交谈时给的思路,他决定还是与华美再做进一步的交流,希望能达成合作,解决企业的问题。他邀请李嘉玉和她的上级下周到X市来实地看看他们基创实业,洽谈合作。

邮件里还附上了他们基创的一些资料,包括企业面临的问题和咨询的需求,等等。

葛飞希望李嘉玉他们来之前可以消化参考附件,带着比上次飞机上聊的更具体的方案来。

李嘉玉很高兴,当即将邮件转发给了贺亦春。

贺亦春很快便召集开会安排工作,她将基创实业的项目交给谢洋和李嘉玉跟进,要求在下周出差前整理出相关企业资料和行业报告。她自己带着王肖谈生隆酒业。明天盛熹的谈判,她带着李嘉玉去。

会开得很有效率,半个小时就结束了。贺亦春对工作心里有数,要求明确,内容详尽,对大家提的问题都一一回答。每个人都把工作安排事项列了一串。

李嘉玉出来的时候还盯着本子看,脑子里全是项目的事,待回到座位时才发现周围的眼神似乎不太对。随即她又发现了,每人桌面都有份点心和饮料。

"公司福利？发生什么好事了？"李嘉玉问旁边的同事。

同事道："鼎阳地产来公司谈业务，他们任总说天热给大家买点喝的。刚订上来的，一人分一份。"

"哦。"李嘉玉想起那油腻腻的公子哥，把点心和饮料推到同事桌上，"给你吃吧，我不饿。"

同事不客气地收下了，看了看李嘉玉，欲言又止。

"怎么了？"李嘉玉问。

那同事摇摇头，把头埋回电脑屏幕前，继续工作去了。

李嘉玉也没在意，她翻开笔记本电脑，一条来自秦西的消息弹了出来。

"嘉玉，你被人黑了。上微博。"后头是条微博链接。

李嘉玉点开那链接，看到是一个简介自称"B大设计废"的人，看起来好像是设计系的学生。那人最新的一条微博爆了，被转发数千次。内容是说今天学校论坛有人爆出大料，B大设计系大神办义远被人绿了，前女友李嘉玉那货也与多人有染。

博主把论坛内容截图搬到了微博上。九宫格，每格都是长图，还附上了论坛的地址。

李嘉玉看了看长图内容，皱眉去了论坛看原帖。

原帖楼主是从李嘉玉和李铁的照片开始扒起的。说自己昨天去医院看病，碰巧遇到了李嘉玉和李铁。因为自己是苏文远的粉丝，在校时就一直关注苏文远的动向，苏文远成立设计工作室时很为他开心，对他的合作伙伴也比较了解。

李嘉玉是苏文远的前女友这事就不用说了，大概知道苏文远的人都知道李嘉玉。两人分手的事在毕业季还在学校闹腾过一阵子。当时就有传言说是李嘉玉绿了苏文远，苏文远退回李嘉玉投在公司里的钱，要求李嘉玉滚蛋，与她分手。楼主称当时自己只是觉得气愤，为苏文远不值，没有多想，可没想到现在居然看到了实锤。

楼主发了几张照片，角度非常迷，李嘉玉与李铁看上去靠得很近，似乎很亲密的样子。还有一张照片是李嘉玉在医院指示牌前走过，走的方向正是妇产科、外科、B超科方向，指示牌上科室和方向箭头很清楚。

楼主下面又继续说，李铁也是苏文远的重要合作伙伴，当初李嘉玉被踢出公司后不久，他也辞职了。现在看来，情况很清楚了，李铁陪李嘉玉到医院看妇产科，发生什么事一目了然。

李嘉玉看了心里真是佩服李铁，他真是火眼金睛呀，果然有人跟踪她。但跟踪她的目的是为了黑她，也是够无聊的。

这幕后黑手的时间和精力真是不值钱，有这工夫做点什么不好呀。

帖子后头有人跟帖，绝大多数是跟风骂她的，然后还有一起爆料的。

爆的料是说很惊讶，李嘉玉居然跟李铁在一起，之前明明看她跟了个富家公子。那公子哥还开了豪车到学校接她，一点没避嫌，也是够无耻的。

下面有人附和，说确实见过豪车来接李嘉玉。

又有人接着爆料说之前去吃麻辣烫，见到过李嘉玉，她跟一个富商在一起，之所以说富商是因为豪车。没错，又是豪车。看来这女人喜欢这一款呢。当时觉得她眼熟，后来想起来了，因为知道她跟苏文远的事，便觉得恶心，于是拍了照片下来存证。反正这李嘉玉是挺那啥的，她跟那富商撒娇，好像是要人家给她买礼物吧，然后两个人就上了车，上了车后就有些不雅动作。

附图几张，一张是李嘉玉在车子上笑，一张是一个男人的手在拂她的发，还有一张是鼻尖碰鼻尖，看上去似乎要接吻。因为角度问题，男的脸被遮了大半，从李嘉玉露出的半张脸却可以看出是她。

下面又有人说这车跟开来学校的不一样啊，这是又换人了。

这帖子现在已经是热帖了，里头各种爆料，有些一看就假得不行，有些又似乎挺有根据。甚至还有说李嘉玉得教授宠爱，教授经常带她做项目，谁知道里头有点什么事。

这帖子原只是在学校论坛里火热，李嘉玉再黑也出不了校门。但因为有人把帖子搬去了微博，情况又不一样了。

情况不一样的重要原因是——苏文远是网红，超级红的那种。

李嘉玉与苏文远分手三个月，苏文远已经今非昔比，如果说以前他发张英俊的自拍会有人留言，那么现在就是发个标点也会有一群接一群的人关注。

这三个月的营销效果非常明显。"远光"出了自己的品牌产品，刚开了一家实体示范店。苏文远的粉丝已经近千万，他签约了直播平台，直播画画和一些日常，又因为人气高，刚刚成为一个绘图板产品的网络代言人。

简而言之，苏文远很红，长得帅，有才华，还跟当红明星有互动，他的粉丝大多是女生，战斗力很悍的女生。

于是李嘉玉贪慕虚荣，多次出轨，给苏文远戴绿帽的消息一经揭露，苏文远的粉丝们就愤怒了。再加上多人证实李嘉玉个性强悍，苏文远与她恋爱时一直被她欺压管束，苏文远的粉丝就更无法忍受。

苏文远发了许多条微博，从前有些微博删了，但还有些许痕迹表露着与李嘉玉在一起时的甜蜜。粉丝把那些旧内容挖出来，心疼得不行。

李嘉玉的微博就此沦陷。

无数@她谩骂侮辱的，她的微博留言里也全是一样的内容。

李嘉玉把微博关了，拿起杯子喝了口水，看了看周围，难怪同事看她的眼神怪怪的。她在公司里收到一件又一件高调豪气的礼物，可不正验证了网上的内容嘛。

遇到这种事，心情肯定不能好，李嘉玉看看时间，差不多到饭点了。她干脆背上小包包，提前下楼吃午饭去。

正往电梯去，却听有人喊："李嘉玉。"

李嘉玉转头看，是任明俊跟陈博明他们几个一起从谢总的办公室里出来，叫她的，正是任明俊。

任明俊丢下众人，含笑走到她面前："又见面了，听说你调组了，真可惜呀，还想有机会跟你合作来着。"

李嘉玉笑笑，客套道："任总好。"

任明俊道："这是要出去吗？"

"下楼吃饭。"

"这么早呀，不如跟我们一起去吃？"

"不了，多谢任总。我中午还有事。"

"好吧。"任明俊客客气气，伸出手，"那下回有机会吧。"

他摆的姿态很有礼，李嘉玉也只得伸出手去，与他一握："任总再见。"

"再见。"任明俊认真地看着她。

李嘉玉不去看周围人的眼光，转身走了。

到了楼下中庭花园，李嘉玉找了个椅子坐下了。她刷了下手机，果然留言已经爆了。许多同学都找她，告诉她这事，又说已经去学校论坛跟那些造谣的人理论了，也有说已向论坛管理员申诉删帖，等等。

李嘉玉先回了方勤，与方勤说了几句。其他人太多，没法一一回复，她只得发了条朋友圈谢谢大家仗义辟谣，又自嘲没想到有朝一日自己会有这样的丑闻，人生处处有陷阱，时时有惊喜。

很多朋友冒出来给她留言安慰鼓励，李嘉玉统一谢了。

这时"约饭群"里有动静，蓝耀阳冒泡道："铁杆，这事我来处理，不用慌，已经找人删帖了。"

段伟祺也出来说话了："这种时候你能不能不要抢我风头？"

蓝耀阳回道："哦。可是你的处理，就是找我帮忙删帖呀。"

段伟祺骂他："你滚吧。"

李嘉玉笑起来，看他们耍宝真是有意思。她发了个"抱大腿"的图，道："谢各位大佬。"

段伟祺私聊她："耀阳家里是开娱乐公司的，对营销炒作那套很熟，他有办法处理的。你别上微博了,不用看那些。明天就没事了。"

"好的,别担心,我没事。"李嘉玉回他。

"那我先去处理一下,回头办完事了再找你。"

李嘉玉回了"好",然后想起这事还连累了李铁,便赶紧给李铁打电话。李铁还不知道发生了什么,听了这事很惊讶,然后道:"没事,我上网看看。你别担心。"

段伟祺这头,刚给律师打完电话,又给蓝耀阳打。

蓝耀阳道:"你律师在这儿呢,他要求的存证,我已经让人做了,跟学校也联系上了。源头还没有查出来,但这次导向从学校论坛出来,做得还挺隐蔽的,没上次你那事那么好查。微博我安排人删帖了,先处理这个吧。但说真的,就算删了,舆论还在的。Polo这次真的得心脏坚强些才行,估计那些脏话得维持好一阵子呢。以后也许还会有人提起,继续坚持给她扣这帽子。"

"她肯定心里有数。先不说这些,我昨晚发你的那个男人的画像,你找着人了吗?"

"已经散出去了,没消息呢。如果他在记者圈,最后肯定能挖出来的,就是时间问题。如果他不是记者,那就麻烦一点。"

"嗯。"段伟祺电话开着免提,一边敲着电脑一边道,"不能拖了,要速战速决。我就是太仁慈了,他们就觉得我好欺负。黑我就算了,敢拿嘉玉下手,我要让他们跪地上哭。"

"你别冲动,这事还不一定谁干的呢。就算是苏文远干的,你也要三思而后行,别闹出大事来,最后你没进局子,老爷子打死你进了局子。"

段伟祺撇嘴:"我替爷爷谢谢你啊。"他手上点了发送,然后道,"我用实名认证的那个大号发了微博,你找人帮我炒起来,炒进热搜第一。花多少钱都行,我要第一。"

蓝耀阳飞快抓住重点:"什么叫大号,你还有小号呢?"

段伟祺不答,他等着。

等了没几秒,蓝耀阳那头大叫一声。

段伟祺的微博发的是:"大家好,我有急事找下图中的这人聊一聊,请问有没有人认识他的,请把他的联络方式给我,或者向我提供他的行踪。第一个提供有效线索的人,我将支付10万元人民币的酬谢。"

附图是一张手绘的男子画像。

蓝耀阳叫道:"你牛!你家老爷子的拐杖又要沉不住气了。"

"在他的拐杖飞到之前我已经找到人了。"

"可是你这得有多少无效信息进来呀，你怎么一个一个去查证啊？"

"我把用户名密码发你了，你找团队来处理一下收到的信息。"

"凭什么呀，你的团队呢？"

"我的团队要挣钱，才有钱支付给你的团队费用。你看，我们两边团队都挣钱，皆大欢喜。"

蓝耀阳心里嘀咕，怎么说得挺有道理的。

李嘉玉没再上微博，但方勤却是关注的。当富豪一掷万金寻人的热搜把其他社会热点、明星消息的热搜压下去的时候，方勤差点喷了。她火速截图发给李嘉玉。

李嘉玉正在中庭把面包当午饭，她旁边坐着任明俊。

任明俊刚来，说是在她公司里听到了网上的事，他下楼想抽个烟，正好看到她在这儿，于是过来表达一下关心："我是相信你的。若有什么需要帮忙的地方，你告诉我。"

李嘉玉一口面包没咽下去，很想翻白眼给他看。

她听到手机响，赶紧向任明俊示意有事，正好不用理会他这话题。她打开手机一看，那口面包差点把她噎死。

好不容易缓过来，她火速拨给段伟祺。

"嗯，没事，你别管了。会找出那人的。霸道总裁有霸道总裁的处理方式，你这个社会主义好姑娘先靠边站吧。"

李嘉玉扶额，这位有钱人你就使劲炫吧，别闪着腰。

"我有事，先挂了。"段伟祺挂了电话，抬头看了看大厦。

大厦三层，"远光"的新办公室。

苏文远接到了段珊珊的电话。

"文远，不管之前发生过什么，一个男人用这种下作手段对付女生，就太恶心了。"

苏文远压低声音走到窗前解释："珊姐，真不是我，我也很吃惊。做这事对我一点好处都没有。让别人以为我戴了绿帽，我形象也不好呀。再者说，这扒得深了，最后把我和嘉玉分手的真相扒出来，我就更不用混了。我没那么蠢。"

段珊珊沉默了，一想确实如此。

苏文远叹口气，正想再开口，却看到楼下一辆豪车驶过，最后在路边停下了。

蓝色的跑车，长得特别骚包。苏文远心里顿时升起不祥的预感。

车门打开，走下来一人，果然是熟悉的身影——段伟祺。

他拿着手机，似乎在与人通话。

苏文远对着电话那头的段珊珊道："珊姐，段伟祺来了。"

段伟祺是从楼梯上来的，还没走到就接到了段珊珊的电话。

段伟祺压根不想听她扯什么，他只道："我知道他在公司，你告诉他别躲，不然我砸了他的办公室，他这么红，惹来了记者问一下事情起因什么的，可就不好办了。"

段珊珊知道他说得出做得到，便道："你有话好好说，事情确实不是他干的。他红他怕事，难道你不怕？"她顿了顿，反应过来自己失言，她这个弟弟确实是无赖不怕事的，于是她放软了语气，道，"还有，你发网络悬赏的事，爷爷知道了。"

"那真是多谢你通风报信了。"

"我不说别人也会说的。爷爷早嘱咐了他的秘书团盯紧你的动向。我先说，比那些人告诉他更好。我已经把他安抚住了，但你今天还是回家一趟吧，别等爷爷主动找你。"

"你可以啊，真是越来越会办事了。"段伟祺笑道，"为了这么个软骨头，你倒是挺费心思的。"

段珊珊按捺住脾气："总之你别冲动，把事情解决了就好。"原想客气一句说需要她帮忙就说，但想了想还是别送上门让段伟祺嘲讽吧。

苏文远挂了段珊珊的电话，嘱咐助理说一会儿有人找他就说他不在。然后他进了办公室，锁上门，这时候手机响了，一看竟然是李铁。苏文远深吸了一口气，把电话接了。

李铁的语气很平静，他道："苏文远，是个男人，就不应该这样抹黑女生。我今天就会处理掉关于我的谣言，我处理完之后，等明天，如果你还没有做出澄清，还李嘉玉清白，那么我就要说话了。你来解释，言辞上还可以自己斟酌下，如果让我来说，就不一样了。你好好考虑一下吧。"

苏文远气得咬紧牙，这时候手机提示又有来电，他看了一下，仍是段珊珊。他便努力抬起气势来，对李铁道："不是我干的，我这边有电话，先挂了。"

苏文远挂掉李铁的电话，再接起段珊珊的电话。段珊珊道："我给他打电话了,拦不住。你别躲,不然事情更糟,你好好跟他谈,不会有事的,我现在过去。"

段珊珊把电话挂了,苏文远听到了办公室外头有动静,段伟祺到了。

苏文远想了想,打开门出去。

"远光"的新办公室装修得很有设计感,但人不多,地方用不了太大。苏文远一出去就能看到靠在前台的段伟祺,他嘴角含着嘲讽的笑,手插在裤兜里,一副无害的模样。

"苏总。"助理求助地看向苏文远。这个气场很强的男人让人发慌,对他说谎压力太大了。而且这男的根本不听劝的,直接道:"我知道他在,让他滚出来,不然我报警了。"

他语气并不强硬,但说得让助理更慌了。看这气定神闲、胸有成竹的样,就像报警他稳赢似的。助理不知发生了什么,正想给苏文远打电话,苏文远自己出来了。

"段总,"苏文远努力镇定,"到我办公室说吧。"

"不用了。"段伟祺笑了笑,挂上和蔼的表情,"我就说两点,说完就走。第一,限你两小时之内发表声明,澄清网上对李嘉玉不实的指责和臆测。你母校论坛、微博、微信公众号上都要发。还有,声明里要有致歉内容,就你对李嘉玉的伤害致歉。从前也好,现在也好,你自己也好,你的粉丝也好,对李嘉玉造成了伤害,你要对她真诚道歉。第二,我不管你用什么方法,管束好你的粉丝,别纵容她们再去谩骂李嘉玉。"

苏文远抿紧嘴:"第一,不是我爆料抹黑她,这事我不知情;第二,我管不住粉丝。"

段伟祺仍笑:"发声明澄清与是不是你造谣没关系。在我还愿意给你机会让你自己写声明稿的时候,你就珍惜吧。第二点,你管不住粉丝,那我就替你管了。到时粉转黑,黑上加黑,你自己享受。"他说着,看了看周围惊疑地看着这头的"远光"众员工,又看看一脸慌张的苏文远助理,再转向苏文远道,"我姐花三个月砸钱、请人、送资源把你捧起来,我一个月就能把你打回原形。打回原形你还不满意,那我还能让你更糟,你信不信?如果你对我不够了解,就去问问我姐,我段伟祺下定决心要做一件事的时候,是多有毅力,完成度有多高。"

苏文远脸唰地白了。

段伟祺看着他冷哼:"两个小时。"他拿出手机来定闹钟,"从现在这一分钟开始算,你该找公关公司找公关公司,该找人写稿就找人写稿,我真是慷慨,时间非常充裕。"他顿了一顿,语气严厉起来,"两个小时之内,如果我没看到满意的公开声明和道歉信，你就等着吧。"

段伟祺说完，再不理他，转头走了。

郭荔早就站在办公室门口张望，这会儿飞快地跑到苏文远跟前，问他："怎么回事，这人来这里干吗？"

苏文远没理她，他脸色铁青地转身进了办公室，把门重重关上了。

李嘉玉这头，盯着手机想了想，决定先不管这事。既然总裁大人出手了，她这会儿还是不要掺和。况且说实话，她作为被抹黑被谩骂的当事人，心里真的非常不好受，让她现在冷静地做些什么，她恐怕自己也做不到。从前看段伟祺被黑，她替他着急焦虑，但不痛到自己身上，真是无切身体会，何况当时他还背负着家族产业的压力，自己与他一比，真是差得远了。

李嘉玉便按段伟祺嘱咐的，不再看微博。她收拾好面包袋子，拿起矿泉水，准备回办公室。

扭头却见任明俊还坐在原处，李嘉玉只得礼貌地打个招呼："任总，我先上去了。"

任明俊正刷着手机，不知道在看什么，脸色有些难以名状，闻言忽地抬头："李嘉玉，你一点不担心吗？"

"要担心什么？"

"他们，说得这么难听……"任明俊很委婉。

"那他们说都说了，别人都看到了，我也没法让全世界失忆呀。"

任明俊看看她："你男朋友呢，看到网上这样说你，他不生气吗？"

"生气呀，正常人都会生气的。"

"你们吵架，谁会赢呢？"

李嘉玉蹙眉认真看了看任明俊，然后道："为了这事要吵架吗？他赢。他比我厉害多了。"

任明俊没什么表情，忽而笑了笑："你们看上去感情挺好的呀。"

李嘉玉站直了："任总倒是挺关心陌生人的私生活，这真是越界了。"

"抱歉抱歉。"任明俊揉了揉眉心笑道，"热搜第一呢，他挺有意思的。"

李嘉玉皱了眉头。

"段伟祺，就是你男朋友，对吧？"任明俊道，"我认识他。"

"哦。那还挺巧的。"

"是挺巧的，没想到那天饭局会遇到你。那天表现得不太礼貌，真是后悔。"

李嘉玉不接话，她不明白任明俊想表达什么。

"其实我们喝酒的时候就爱闹一些，但真的不会做什么出格的事。段伟祺也是这样的。"

"嗯。"虽然段伟祺确实是常有公子哥的臭德行，但李嘉玉不喜欢别人暗示贬低他，她谨慎地道，"事情都过去了，任总也不必解释什么。"

"好的。那我就不矫情了。你上去吧。"

"任总再见。"李嘉玉飞快地走了，觉得有钱人各有各的神经病。

李铁给苏文远打完电话，又一连打了好几个电话，然后向公司请假。他出了公司大楼，想了想，联络方勤和李嘉玉。他说他要去医院找昨天的当事人给做个证，问方勤和李嘉玉能不能一起。

方勤当然愿意。她赶紧向邱石请了假，邱石倒也没为难她，准假了。李嘉玉这边更方便，贺亦春盯着她看了半晌，道："嗯，别往心里去，这事是恶心人，但发生了就好好面对。你去拿证据好好打他们的脸，不算请假，我批你外勤。公司这边我帮你撑着，会跟老板说明白。等你的证据出来了，我来处理公司舆论。"

李嘉玉心里感激，出门去了。

大家约在医院门口会合。到了那儿，方勤和李嘉玉发现李铁还带了一人。

"这是我一个高中同学，他在一家新闻网站做编辑。"

那男生戴着眼镜，有些兴奋："没想到有一天李铁会成为新闻男主角呀。"

李铁翻个白眼："毫无价值，浪费社会资源。这也算新闻？"

"那就，呃，社会热点？"

"勉强算舆论垃圾，还没回收价值。"李铁一边调侃一边把大家往楼上带。

那男生跟李铁显然很熟，哈哈开着玩笑。

不一会儿大家到了病房，昨天受伤的老太太和她的家人都在。李铁显然是事先联络好了，那家人见着他们也不意外。老太太的儿子还很不好意思地来握李铁的手，说给他们添了麻烦，昨天还误会他们，真是对不住。

李铁客气应了两句，然后让他那同学开始做采访。那男同学熟练地掏出录音笔，开始访问昨天李铁和李嘉玉、方勤助人为乐的事，老太太和家属说了一堆。那同学又意思意思也采访了一下李铁他们，然后拍了几张照片。

最后李铁忽然从背包里掏出一面锦旗来，上面写着"助人为乐，雷锋精神"。他把锦旗展开，道："我们一起来张合影吧。"

这道具还真挺全的。大家有些意外，但都配合地照了张相。

李铁他们谢过老太太及其家属，告辞走了。

一行人又去了警局。男同学又把昨天出警的民警采访了一番。李铁又掏出一面锦旗来，上面写着"热心市民，见义勇为"。

大家又是一愣，道具不是一般地全呀。民警很好说话，跟他们拿着锦旗合了影。

最后收工散队，男同学说他回去马上写稿子，很快就能上线，让李铁等他消息。

李铁还一本正经嘱咐："写得热血一点，牛一点啊。"

方勤笑得靠在李嘉玉肩上，觉得李铁这人太逗了，又仗义又有意思。

在李铁他们操作采访的时候，段伟祺的律师带着技术人员和公证员去了学校。他代表李嘉玉跟学校做交涉，声称就遭到网络诽谤一事报了警，现在过来调查取证。一番谈判和查验后，最后他们将那个帖子封了，保留了证据。发帖人的IP是在校外，是首次注册发帖的，有可能是校外人员，也有可能是披的马甲。但下面跟帖的许多人倒是在校内，可以查到IP。其中很多人声称知道李嘉玉这个那个的，言语不堪入目。因为证据被保留，学校火速通知学生们纠正错误，赶紧澄清。

律师就在当场盯着，一个一个处理。造谣的被揪出好几个，竟然都不认识李嘉玉，就觉得这个帖子热闹好玩，挺刺激，就随便写，编造了些内容，觉得反正没人管，无所谓，没想到这么小的事情会闹得这么大。

律师面无表情："你觉得是小事？学校还是要加强教育才好。"

学校方面最后答应会出公告，加强管理。

段伟祺这边也有进展，他接到了蓝耀阳的电话，说经过筛查，有一个"自首"的人确认就是那位画中人。

"他说与其被别人骚扰，不得安宁，不如他自己来领10万的好。反正迟早是要被揪出来的，事情不了结，他没法安心出门，工作也没了。"蓝耀阳发来那人的自拍照，又说那人称自己是个私家侦探，受雇搜集段伟祺和李嘉玉的日常。

这样就对得上了。

段伟祺不用把照片发给李嘉玉就能确认，就是这个人。

一小时后，段伟祺在一间小茶室见到了这位私家侦探乔麦。

这时候已经是给苏文远限定期限的最后几分钟，段伟祺把乔麦晾着，自顾自地翻微博，然后他看到了苏文远发的声明。

声明语气挺官方的，但该说的也都说了。他说李嘉玉在与他交往期间，一心一意，绝无出轨之事，就连暧昧对象都没有。李嘉玉是个勤奋上进，对自己要求很高的好女生，自己喜欢她也正是因为这一点。分手也是因为她要求太高，而自己有着艺术生的懒散等毛病，加上两人对公司运营有不同意见，最后和平分手。他声称自己对有人这样抹黑李嘉玉非常愤怒，必要的时候将帮助李嘉玉对幕后黑手采取法律行动。他也为当初自己的不懂事、冲动、坏脾气对李嘉玉造成的伤害进行了道歉。对粉丝不明真相、人云亦云，致使有心人趁机混在其中对李嘉玉进行毫无根据的侮辱谩骂，他也表示歉意，呼吁粉丝不要被有心人利用，如果被蒙骗被引导对李嘉玉口出恶言，请道歉。喜欢美、喜欢艺术的人，心灵一定也要是美的。

段伟祺看完，冷笑了一声。

他给蓝耀阳发了微信，蓝耀阳说他已经看到了，正在处理，会借这个把话题风向转过来，让段伟祺放心。

段伟祺谢过他，到李嘉玉微博下面看了看，看到一长串人在排队道歉。段伟祺把手机放下，抬眼看了看面前的乔麦。

乔麦长得很普通，是放在人群里找不到的那种普通，确实有做私家侦探的先天条件。段伟祺暗叹，幸好李嘉玉还有那么个有本事的朋友，把人认出来了，还有画像，不然这事到现在还没法了结。

"你说吧。"段伟祺道。

乔麦也很识相，被整了这一把，干脆也不挣扎了，一五一十地交代了。监视段伟祺的任务是五个多月前通过邮件接到的，他这行常干的就是监视，捉捉奸，拍拍照片。这个任务也一样，跟踪、拍照、拍视频，所以他很痛快就接了。

他一般每周通过邮件汇报一次，发发照片视频。如果有什么特别的事发生，比如起冲突了，打人了，那当天就汇报。雇主希望能够找到段伟祺的黑料，所以让他多留意这些，也曾让他去查过段伟祺生意上的情况，税务什么的，但他没什么发现，对方也没再提。

监视李嘉玉是从拍到他们在车上亲密开始的。雇主看到照片后，似乎对他们之间的关系有兴趣，就让他也跟一跟李嘉玉，查她的底细。

段伟祺和李嘉玉生活都挺规律，工作时间多，所以他跟踪也没太多发现。能用上的看图说故事的照片，基本都在网上出现了。

第一次黑段伟祺的那些，不是他发的。当时他也关注了网上，觉得应该是有人请了营销公司操作。这次李嘉玉的，是雇主看图说话编好了发给他，让他整理编撰好，从学校论坛入手，用不同的IP发，然后再到网上引导一下。苏文远很红，很好利用。他伪装成粉丝，进了群，煽动几下就成事了。

乔麦很痛快地全交代了，然后道："我没有追究过雇主是谁，但如果段总愿意放我一马，我可以帮段总把他查出来。"

"好呀。"段伟祺拿出手机调出微信，让他加自己好友，乔麦加上了。段伟祺把自己手机号码发过去，乔麦也发了他的。

接着，段伟祺把他拎来的一个手提袋放在了桌上。他打开，露出里面的现金。

10万。

"你应得的。"

乔麦看着，伸出了手。

段伟祺却又道："我给钱虽爽快，但我的钱不这么好拿。"

乔麦的手停了停，道："我明白。"

"他是谁我心里有数，我要的是证据，以及他的黑料。"

乔麦把袋子拉到自己跟前，应了声："好。"

李嘉玉的网络丑闻事件爆发得很突然，反转和结束得也非常突然。

下午学校论坛的帖子被屏蔽，跟帖散布谣言的同学被抓到，很快事件就朝着另一个方向走了。

辟谣和嘲讽造谣的帖子一下出来了好几个，更有同学借题发挥，把从前某某被栽赃被抹黑的事也翻出来，这个说被冤枉，那个说从前自己也有此类不平遭遇，一时间学校论坛成了平反平台，控诉与反驳的帖子齐飞。管理员不得不出面将同类话题集中起来并封帖，以免损害学校形象和名誉。

但紧接着苏文远的声明和道歉出来了，李铁与李嘉玉、方勤助人为乐的新闻报道也出来了，不但有受助人出来证实，还有警方的夸赞褒奖，那两张手持锦旗的合影尤其打了造谣者的脸。

微博上的风向彻底变了。首个截图转发学校论坛帖子的苏文远粉丝把那条微博删了，并发了一条新微博，说太冲动，被打脸打得疼，以后再不看到什么转什么了。

其他发帖参与这事的人也纷纷删除帖子，更多的同类帖子是被官方以该内容被多人举报，违反社区管理规定为理由而删除。剩下一些翻不起水花的，也就淹没在海量的网络信息里了。

苏文远翻着微博，看着短时间内网上信息翻天覆地，而他的微博下面大批的粉丝在夸他有情有义有担当，李嘉玉的微博下一串人在排队道歉，他颇有种荒诞的感觉。

短短三个月，他已不是原来的他，李嘉玉也不是原来的李嘉玉了。

"珊姐，"苏文远问坐在他办公室沙发上的段珊珊，"你昨天发消息给我，说嘉玉跟段伟祺在一起……"

"文远，"段珊珊打断他的话，"我只是告诉你这件事，并不是希望你在这件事上多纠缠。"

苏文远噎了一下，辩解道："我不是要纠缠，我只是，只是觉得有些奇怪。"

段珊珊没说话，只是看着他。苏文远觉得有些尴尬，硬着头皮继续道："就是，挺奇怪的，她居然跟你弟弟在一起了。我是说，我跟你在一起，而她跟你弟弟在一起。"

段珊珊道："也没什么好奇怪的。感觉对了就在一起，没感觉了，就分开呗。"

苏文远愣了愣，觉得段珊珊话里有话。

段珊珊又道："现在你这边的业务都顺了吗？给你找来的人，好用吗？"

"嗯。刘哥很有经验，圈子里的人脉也很好。现在他管运营，挺顺的。网络营销这头也给力。我们网店要再添人手才行。"

"好。"段珊珊点点头，"那我就放心了。"

苏文远皱皱眉头，确定段珊珊的话另有深意，他希望不是他想的那样。

他看着段珊珊，段珊珊也看着他，两人对视片刻，段珊珊忽地温柔一笑："以后恐怕见面机会不多了，你好好加油，你这么有才华，会成为最棒的设计师的。"

"珊姐。"苏文远紧张地站起身。

"我没有不高兴。"段珊珊安抚地摆摆手，"跟这件事没关系。只是我们在一起也挺久了，该到结束的时候了。"

"珊姐。"苏文远不知道该说些什么。

段珊珊起身，拍拍他的肩膀："原想找个时间跟你说的，今天正好出了这事，我就过来看看。既然都圆满解决了，那我们以此为结束点，挺好的。"

"我……"苏文远捏紧手指，下意识地想挽留。

可段珊珊已经拿起了包，对他道："再见了，文远。以后有机会一起吃饭。"

她说完，没给苏文远说话的机会，转身走了。

苏文远愣愣地看着她打开办公室的门，消失在门后。

时间过得真快呀，一眨眼，竟然也快一年了。

那时候段珊珊对他说："我们一起去吃个饭。"那是开始。

现在段珊珊对他说："以后有机会一起吃饭。"这却是结束了。

苏文远说不清心里的感受,有些不知所措,又有些自由的感觉,仔细一想,又觉得段珊珊狠心。

但这结果其实他早就知道的。她当然不可能跟他结婚,她喜欢他,只是喜欢而已,喜欢到愿意给他钱,给他资源,仅此而已。一转头,腻味了,就把他换掉。苏文远忽然笑起来,所以李嘉玉唾弃他、看不起他,最后还不是跟他一样。

段伟祺也不可能跟她结婚。他跟段珊珊一样,他们这些人都一样。所以李嘉玉又有什么好骄傲的,她跟他也一样。

要不了一年,也许半年,也许更短的时间,她就会被段伟祺甩了。

苏文远这么一想,心情好多了。

段伟祺把事情办完,又跟蓝耀阳确认了网上舆情已经控制好,便与李嘉玉联络。

李嘉玉正与方勤、李铁准备去吃火锅,因为时间还有点早,所以他们还在商场里闲逛。

李嘉玉把今天下午他们办的事与段伟祺说了,又报告了现在的行踪。段伟祺听得一脸黑线,这哪是被全网抹黑扣屎盆子的女子啊,一点应该有的反应都没有。他是希望她坚强点,平静面对,她可好,不是坚不坚强的问题,是她还过得挺欢脱的。

李嘉玉还把他们几个人拿着锦旗的合影给段伟祺发过去了,段伟祺觉得好笑:"你们可真厉害。"

李嘉玉得意:"那当然。"

她问他要不要来跟他们一起吃火锅,段伟祺拒绝了:"今晚得回家一趟。"

"那好吧。"李嘉玉没多问,"那等我把盛熹的合同签下来,拿了奖金和提成,请你吃大餐。"

"你也太心宽了。头上的屎盆子还没清干净,就想着签合同拿奖金了。"

"人倒霉起来,只有钱能让人高兴了。"

"你这个志向很好。那你好好逛,看到什么喜欢的就买,我给你转钱。"

"不用。我们光看看就很激动了。"

段伟祺无语。

"买不起会让我们激发斗志。买什么都没压力那多无聊。"

"确实是,对此我深有体会。"

这回轮到李嘉玉无话可说了。

"我说的是真心话。"

李嘉玉叹气："可以了，段总，悠着点炫。"

段伟祺也叹气："没炫，真的。算了，换话题吧，那个跟踪你的人不用担心，我处理好了。"

"你的悬赏那么管用？"

"那当然。"段伟祺顿了顿，又道，"这次黑你的，跟上次黑我的应该是同一个人。"

李嘉玉叫道："原来如此。我说呢，平白无故的怎么会有人跟踪我。我们还以为是苏文远，刚才还在讨论呢。"

"也未必没有他，但今天事情多，我先不跟他追究。"

"对了对了，"李嘉玉很兴奋地向段伟祺报告，"我跟你说，老李特别牛。就是李铁，苏文远的同学，当时我们在'远光'的合伙人，这次多亏他帮了大忙。啊，上次也是他帮了大忙。就是我之前查你姐的事，我只猜测苏文远可能被包养了，但不知道是谁，是老李查出了名字，画了画像。"李嘉玉把那次的事情经过细细说了，又道，"这次也是。他说他是画画的，最喜欢画人物了，所以对人脸特别敏感，那人跟着我们，他重复见着他几次，就起疑心了。"

"嗯，那画像确实起了挺大作用。"段伟祺道。

"不止呢。今天我告诉他我被黑了之后，他就打电话给苏文远了，他说如果苏文远不澄清，那他就会出面澄清，到时会把苏文远的渣事抖出来。然后苏文远就害怕了，着急忙慌地发声明，还假模假样地跟我道歉，那语气太恶心了，我一会儿得多吃点火锅才行。你有没有看到他的声明，真的特别恶心。他究竟是怎么说得出口的？我太低估他了。"

段伟祺很不爽："是我让苏文远发的，我去找他了。"

"啊，是吗？你也找他了呀。么么。"

"不要用个'也'字。是我让他发的，是我。"段伟祺很坚持。开玩笑，别的事就算了，这个功劳无论如何不能被别人抢走。

"好的，好的，知道了。多谢段总。我家段总就是厉害。"

知道个头。段伟祺不高兴。听她的语气就知道她肯定没放在心上。

好气，那个什么李铁，干吗要去要挟苏文远，有他什么事吗？

"你一会儿要跟这个李铁去吃火锅？"

"不是，是我们三个一起去吃火锅。"

"你现在跟这个李铁在逛街？"

"不是，是我们三个在逛。而且李铁嫌弃我们逛店太闷，他自己看鞋去了,他的审美跟我们不太一样。"李嘉玉听出段伟祺的语气不对,赶紧安抚。

段伟祺更气了:"是吗?我也挺嫌弃你的,你的审美跟我也不一样。"

李嘉玉无语。

段伟祺带着一肚子气回爷爷家吃饭去了。

坐在饭桌上想起李嘉玉此时正在吃火锅,更不开心了。

段老爷子看他那样就来气:"怎么,回来吃个饭委屈死了是吗?"

段延富忙给儿子搭台阶下:"是不是遇到了什么麻烦?"

段老爷子哼道:"他能有什么麻烦,他都会搞悬赏那一套了,可牛坏了。"他用筷子指着段伟祺,"别成天整些乱七八糟的,玩什么花样,找人非得这么找?钱不是钱?10万拿来玩玩是吗?你就是没过过苦日子。你这么有钱,怎么不到街上撒去呢?公益多捐捐,多少孩子吃不上饭……"

邱丽珍给公公夹菜:"爸,你吃菜。阿祺知错了,那悬赏已经删了,他下回不敢了。"

"他有什么不敢的,还敢买热搜。老脸都给你丢尽了。"他原想吃完饭再说,现在干脆提前开审,"你说,究竟怎么回事?"

"那人是个私家侦探,任明俊雇他跟踪我,找我的黑料。上次整我,被收拾了,这次整我女朋友。所以我得把这人找出来,尽快解决问题。"

"什么女朋友?"邱丽珍终于反应过来发生了什么,"今天网上那个?那个设计师,不就是上次……"她想说就是之前段珊珊的那个小男友,但顾忌大伯一家都在,邱丽珍把话咽了回去,她吸了口气,"别胡闹。"

段伟祺道:"你们不用管,我自己都处理好了。"

邱丽珍道:"别的我不管,但那个女的……"

"那女生你也不用管,跟你没关系。"段伟祺一点没跟自己母亲客气。

邱丽珍放下筷子,很不高兴:"怎么没关系,我儿子交的女朋友我不能问问?"别人就算了,这个不行,太复杂了,姐弟两个拆了人家一对,然后自己用,算怎么回事?说出去脸往哪儿搁。圈子就这么大,上次段珊珊那事到现在还有人嚼舌根,她这做婶婶的都跟着丢脸,若是下回八卦主角换她儿子……

段延富安抚道:"好了,吃饭别说这些,交朋友而已,又不是娶回来给你当儿媳,你不要反应过度了。"

邱丽珍倒吸一口冷气,想到这可能性,真是吓一跳。她缓了缓情绪,道:"嗯,说得也是。"以儿子叛逆的程度,还是别刺激他。反正他恋爱向来维持不了多久,让这女生很快翻篇就算了。要是她太激动反而会激得他真娶回来,那她真是会气死。

"你心里有数的,妈相信你。"邱丽珍对儿子道。

段伟祺不接话，完全没兴趣与家长聊这话题。

段老爷子一瞪眼："扯到哪里去了？刚才说的是这个吗？不是在说任家那小浑蛋吗？他家里管不了他了，是不是？管不了就等着别人收拾他去。"

段珊珊道："爷爷，姓任的这回也没直接对付阿祺，想收拾他都没正当理由。总不能再找他家里说他抹黑阿祺女朋友。女朋友这关系，太远了点，又没谈婚论嫁，又没山盟海誓，没法出头。要真出头了，我们段家就沦为笑柄了，毕竟那女生被扣了个屎盆子，就算澄清了，以后大家提起来都还会讲起谣言，听说她如何如何的。总之呢，这次事情我们段家是没损失，但阿祺被整惨了。你看他这不是回来被你们一顿教训，以后估计你们还得接着教训，会说他女朋友怎么怎么样。姓任的现在不敢再作妖，不能把阿祺怎么样，但能借你们的手，一直恶心他呀。所以都别上当，这事就过去了吧。"

段珊珊这么一说，老爷子和邱丽珍都噎住了，想教训的话真的不好再说。

段伟祺皱着眉头看了段珊珊一眼，段珊珊用嘴形跟他说了两个字："蠢货。"

段伟祺觉得自己是犯了蠢，他才意识到，李嘉玉被抹黑的后果，不只是让她难过、让他着急而已。

第十三章
我没为你哭过

一顿饭吃得没什么滋味。

饭后,段伟祺、段珊珊到阳台抽烟。

段珊珊道:"我今天跟他分手了,苏文远。"

"哦。"段伟祺一副没兴趣的表情。

段珊珊用胳膊肘撞他一下:"给点反应。"

"哇,居然分手了!"段伟祺夸张地咬着后槽牙说话。

"神经病。"段珊珊弹弹烟灰,问他,"你对李嘉玉是什么打算?"

段伟祺道:"谈个恋爱要什么打算?"

段珊珊讥笑一声。

然后两个人都沉默。过了一会儿,段伟祺把烟头按灭了,问她:"怎么想着分手了?小白脸不讨你欢心了?"

"也挺长时间了,该腻了。又不打算跟他结婚,早晚要分的,挑个好时候。"

段伟祺不接话,段珊珊也不在意,她把手上的烟抽完,道:"这次你真的太蠢了。那浑蛋想让你不好过,你还上赶着配合。"

段伟祺仍不接话，段珊珊把烟头也按灭了，道："你明白我的意思，你自己考虑清楚。"

姐弟俩一前一后从阳台回来。段珊珊的父亲段延孝道："珊珊，你爷爷找你。"

段珊珊叹口气，去书房，临进门的时候回头看了段伟祺一眼，段伟祺已经转身跑路了。

段珊珊进了书房一看，老爷子正喝茶，见她进来摆摆手。段珊珊乖巧地过去帮爷爷把茶倒上了，然后在他面前的椅子上坐下。

老爷子喝了一口茶，问道："阿祺那个女朋友什么情况？"

段珊珊故作茫然地道："什么什么情况？"

老爷子瞪她一眼，而后慢悠悠地道："他似乎挺上心的，是吧？"

"有吗？我也不是太清楚。爷爷，你知道我跟阿祺关系不太好，他的事不会对我说的。"

老爷子审视地盯着她："他不说你就不知道？你不是认得这姑娘以前的男朋友？对她应该挺清楚的。"

段珊珊赔笑："爷爷你说得真委婉。我跟那男的没关系了，已经分手了。"

老爷子干脆直接问："你跟阿祺没因为这个吵架？你俩不是为了一片西瓜都能吵三个月吗？这把人家小情侣拆散了，没为这个打起来？阿祺没透露过他对这姑娘啥心思？"

"挺喜欢的呗，还能啥心思。总不会讨厌她还找她做女朋友。"

老爷子瞪眼："他这回是认真的吗？"

"我又不是他，我哪知道。"

"你俩在外头抽烟，没聊这个？"

段珊珊挠挠下巴："他真的没跟我说什么。我没听他说过爱她爱得要死这类的话。"

老爷子微皱眉，拿起杯子抿一口茶。

段珊珊从书房出来给段伟祺发微信："爷爷问我李嘉玉的事。"

过了一会儿段伟祺回了个问号。

段珊珊输入："我没告诉他你爱她爱得要死。"

段伟祺秒回："别试探了，我并没有。爷爷再问你，告诉他，我小时候的志向没有变，我不打算结婚，谢谢大家。爷爷若想早日抱到曾孙，就得让你加油了。"

段珊珊看了那条信息，把屏幕按灭了，咬牙骂："渣男。"

段伟祺把车子停在他与李嘉玉玩滑梯的那个街心公园边，慢吞吞地抽了一根烟。

正要启动车子回家，收到李嘉玉的微信。

"我们回到家了，吃好饱。你呢，家里晚餐怎么样？"

"我跟你说，今天这家火锅味道很好。下回我带你去吃，我请客。"

段伟祺只看着，没有回。半晌他把手机丢一边，再点了一根烟。

过了一会儿，李嘉玉又发微信过来，这次发的语音：

"我洗完澡了。火锅好吃，但是弄得衣服全是味儿呀。今天真是刺激的一天，从来没有经历过。好像发生了很多事，但很快又没了，做梦一样。真的谢谢你。今天都没来得及跟你说，基创实业的葛总给我发邮件了，就是上回被我追到机场的那个，约我们下周去详谈呢。多亏了你呀，好像只要你在，什么都没问题。谢谢你啦，段伟祺。么么哒。我明天上午要跟贺姐去盛熹谈合同呢，这个也是因为你才成功的。我要把你送我的笔带上，明天把合同签下来。哈哈哈，虽然我现在还没资格代表公司签合同，但以后肯定会有这么一天的。

"明天下班我去找你好不好？你明天忙吗？想找你庆祝一下，我们去吃火锅吧。"

段伟祺把烟抽完，把语音听了几遍。他还是不回复。坐了一会儿，他启动车子回家了。

到了家再看手机，李嘉玉又发来一条消息：

"你是不是被家里训了？这么久没看手机呀。我困了，先睡了，明天得早起呢。签约的大日子，一定要美美的，晚安。"

然后她把她那套"么么哒"表情包又发了一遍。

段伟祺盯手机盯半天，李嘉玉都没有再发消息过来。段伟祺倒了杯酒，慢吞吞地喝光了，又去洗了个澡，出来上网看了看财经新闻，拖过了12点，回了微信。

"晚上有点事，刚看到。明天应该会忙，有可能得出差，改天再去吃火锅。"

消息发出去了，李嘉玉没有回。一如他所料，她应该睡熟了。

段伟祺也去睡。他倒在床上，想起段珊珊的话，烦躁地翻个身，把头埋起来。

睡觉。

第二天早上李嘉玉起床看到段伟祺的回复。看他留言时间这么晚，看来昨晚麻烦不小。她担心他还没起床，就没发消息吵他。

李嘉玉吃饱了早饭，精神抖擞地去上班。

跟盛熹约的是10点，9点20分她载上贺亦春，开车去了盛熹。到了那儿差5分钟到10点，刚刚好。

前台打电话做了通报，不一会儿董忆出来接她们进去。董忆看到贺亦春的大肚子愣了愣，很快笑了，和善地道："看来不能备咖啡茶水，喝果汁行吗？"

贺亦春笑笑："虽然科普说一天一杯咖啡不影响，但我尽量不喝。白水就好。果汁太甜，我也尽量不喝。麻烦了。"

"不麻烦。"董忆嘱咐了小助理，然后带贺亦春和李嘉玉去董事长办公室。

她俩在办公室外头的沙发稍坐了一会儿，这时候办公室的门开了，两个中年男子拿着公事包走了出来。其中一位看到贺亦春点头示意，上前招呼："好久不见。"

贺亦春含笑："确是好久不见。"

那人又道："这么拼，大着肚子还要跟我们抢破头。"

贺亦春哈哈大笑："那你就让着我一些嘛。"

那男的也笑："你真是一点没变。"

李嘉玉顿时明白过来，这两人是泰宁的人，也就是盛熹原来的内定合作公司。

那个泰宁的人与贺亦春握了握手，然后领着同事离开了。

李嘉玉忙小声问董忆："怎么泰宁的人也来了？"

董忆道："老板约了你们两家。"

贺亦春与李嘉玉对视了一眼。

董忆去与办公室外头的一个大概是秘书职位的人说了两句，那人进去通报了。贺亦春迅速与李嘉玉道："刚才那是泰宁的甘总，这次看来不是我们以为的那么好，一会儿看看万董怎么说。"

李嘉玉暗暗提防，来这儿的一路上的紧张兴奋，在这一瞬间忽然都冷静下来了。

进了办公室，李嘉玉再次见到了万怀智。

万怀智跟基创的葛飞差不多年纪，头发已经快全白了，但脸看上去比葛飞要年轻。他眼睛狭长，鼻子英挺，长得不怒而威，加上可能是长期皱眉的关系，眉心那儿有一道很深的印痕。

李嘉玉在招标会上见过他一次，如今是第二次见了，感觉这回比上回还要严厉。

万怀智这人颇传奇，年轻的时候做过许多营生，后来跑去做矿，忽然发达了，紧接着开始进入玉石宝石行业，创立了盛熹珠宝。

万怀智看了看贺亦春和李嘉玉，脸上毫无表情，然后突然道："华美还真是挺有意思的。"

李嘉玉猜他说的意思是，华美派了一个孕妇、一个菜鸟出来截和别人谈好的生意。

"请坐。"

贺亦春和李嘉玉先递上了名片，然后坐下了。

万怀智特意看了看李嘉玉："你是李嘉玉？"

"是的，万董。"李嘉玉答。

"招标会是你来的？"

"是的。"

万怀智点点头："那天我注意到你了，但没留心你的名字。你是到场的人里最年轻的，我还想着华美挺敷衍的。"

李嘉玉忙道："我们是很认真地做了准备。"

"看出来了。"万怀智的语气听不出喜怒，"你们的方案倒是别出心裁，很讲门道地拼了个价格。"

贺亦春适时地接过话头："我们的方案是基于对项目的理解来设计的。"

万怀智点点头："那你们理解得挺对的。"

李嘉玉看了看贺亦春，她不是太明白万怀智的意思。

万怀智又道："后来葛飞给我来了个电话，他说华美那个叫李嘉玉的姑娘从我这边的招标会上，一路追他追到了机场，还与他聊到了X市再回来。我觉得，这个拼劲和执行力倒是很不错的。"

李嘉玉有些高兴，果然是葛飞为她争取了好感。

"我原先与泰宁已经谈定了，选定他们是因为感觉他们的配合度最好。但既然你们做事挺巧妙的，我想我们可以再谈谈。"万怀智道，"我希望你们的价格能再低20%。"

这是看他们华美做了个拼价格的方案，所以趁机占他们华美的便宜吗？

李嘉玉看了一眼贺亦春。

贺亦春面不改色，看上去很镇定。她笑了笑，道："这倒是出乎我们意料了，还以为万董对我们方案满意，只是需要再讨论一下细节。"

万怀智不为所动，他淡淡地道："价钱就是细节。"

贺亦春摇头："在这里不是。减掉20%就不是我们的方案了，也不是任何一家的方案，这是推翻了我们之前的工作，需要整个重来。现在的方案是这个价，再减20%就是另一个东西。"

万怀智不说话，只是看着贺亦春。

贺亦春又道："万董的企业做得这么大，就算之前跟咨询公司没有合作过，但也与这么多家进行了沟通，万董一定是明白人。针对盛熹的需求，我们的方案已经是拼到最低价了。万董开了招标会，必然也不会在意这百分之一二十的，不知是不是万董的需求有变化？如果是需要新的方案，我们可以重新谈。但因为前期已经出过两个方案了，恐怕没法再免费投入人力物力重来一遍。"

李嘉玉一听，顿时精神一振，不愧是贺姐，有理有据，不卑不亢。

没错啊，他们为了盛熹，前期投入的工时太多了，没这么砍价的，又不是菜市场买菜。想要这个方案，就这个价。要从前那个方案，那就从前的价。如果还不满意，要重做方案，那就给钱。

李嘉玉挺直了腰杆，有贺亦春在，她觉得特别有底气。

万怀智看了看贺亦春，再看看李嘉玉，嘴角忽松了松，看上去没那么严肃了，但他的话还是一点没退让："贺经理可以好好再考虑下。方案我觉得可以，但感觉价格还有空间，毕竟你们的方案是只做一家公司的人力资源系统改造，你也清楚，一旦签约合作，执行完这份合同，后期若不是继续签给你们，盛熹需要付出的代价更大。"

"而从另一个角度讲，"贺亦春接口，"无论一家公司还是八家公司，都是基于集团战略而设定的人力资源体系，每家公司情况不一样，对接到集团资源系统，便要有相应的策略和体系。我们完成一家公司的改造，就要先把整个集团战略和管理体系梳理完毕，这是最大的工作量。我们完成得优秀，万董把后头的工作继续签给我们，一点都不吃亏。我们若不能让万董满意，那相信其他公司也一样。"

万怀智淡淡地道："贺经理倒是很有自信。"

"那是肯定的。"

万怀智沉默片刻，忽地话锋一转，说起了公司里的业务，贺亦春对项目方案烂熟于心，对答如流。两人就业务层面的话题来来回回交锋十几分钟，万怀智忽然停了，他道："价格方面贺经理再考虑考虑，或者回去跟陈总、谢总再商量。毕竟泰宁也是很优秀的团队。"

李嘉玉的心提了起来，万怀智的意思是如果他们华美不愿意降价，那他就签泰宁？毕竟他刚才夸过泰宁的配合度高。

贺亦春和气地笑笑："万董也认真考虑一下吧，这样优质的、性价比超高的咨询服务，真的没有第二家了。我等万董的答复。"

万怀智看了看她，再看看一直不说话但勤奋做笔记的李嘉玉一眼，道："那我们今天先这样吧。"

"好的。耽误万董时间了，希望有机会再见面。"贺亦春起身跟万怀智握了手，李嘉玉也上前握手。两人就此告别。

出了大厦看看时间，回到公司差不多也要到午休饭点时间了，贺亦春嘴馋，干脆让李嘉玉先别回去，两人去了一家商场吃豚骨拉面。

贺亦春吃上面，长长地舒了一口气："太美味了，这汤我能喝三碗。"

李嘉玉笑了笑，脑子里还在想着盛熹的项目："贺姐，那万董这边，我们要不要降一点点表示个诚意，然后才好往下谈？"

"不降。一毛都不给他降。你看万董那样的，像是舍不得那点钱的吗？"

李嘉玉老实答："看不出来。有些老板不就是很小气吗？"

贺亦春吃两口面："我觉得他不是在意钱的。"

"那他为什么这么砍价啊？"

"也许是想试试我们吧。"

"试什么？"

"试我们扛不扛得住压力。"贺亦春再吃口面，"当然这只是我的直觉，不一定就对。但是原则就是，已经退到底线了，绝不能再退。退下去，两败俱伤。我们赚不到钱，咨询师又辛苦，大家怨气重，不好好干活，这样不行。咨询师入场，天天跟甲方公司待在一起，你们脸上的怨气，哪怕一点点懈怠，对方都能感受到。一旦这种印象打到他们脑子里，那么这里头的信任感就差了，对我们的判断和报告还能不能信服？你们做访问还能不能沟通出有效内容？没有有效的访问结果，报告靠瞎编吗？"

李嘉玉懂了。

贺亦春继续道："不是便宜几块钱的事，是合作的基础必须是双赢。这就跟谈恋爱一样，双方觉得都舒服，双方都有付出，开开心心，这样才能长久。而不是一方占便宜，另一方苦哈哈。这样就算合同签下来，也后患无穷。别忘了，如果服务结果对方不满意，坏账烂账的事也是有的。然后坏了口碑，影响商誉，其他的合作也受影响。一环扣一环，不能只盯着眼前，不要以为打掉牙和血往肚子里咽，死也要把合同签下才行，那样不是胜利。"

李嘉玉觉得非常有道理。

"这就好比，有了结婚证不代表以后就会幸福。"贺亦春道，"但如果对方连好好领个证的想法都没有，那就是没诚意。不用浪费时间，我们赶紧换个客户谈。盛熹如果非要在这关头计较这20%，那签不下来也不用遗憾。这表示我们避开了后续的一系列麻烦。"

李嘉玉连连点头，受教了。

　　下午，李嘉玉给段伟祺发微信："今天去谈签约不顺利，盛熹老板居然要求我们再降价20%。贺姐很坚决地拒绝了。她说如果没诚意，那签不下来也不用遗憾。但我还是觉得很遗憾啊，毕竟付出了这么多，得到希望后再被打破，有些残忍啊。"
　　BLUE娱乐办公室里，齐琪第三次提醒走神看手机的段伟祺："段总。"
　　段伟祺盯着手机上刚收到的微信消息，皱眉看了好一会儿。
　　然后他放下了手机，道："我没意见，就这么办吧。"
　　齐琪抿紧嘴，道："行，那就这样。今天就到这里吧，后续的事情先麻烦蓝总了。下回要再开会，挑段总不忙的时候吧。"她暗讽段伟祺心不在焉，频频看手机的举动。
　　段伟祺心情不好，也不讲究什么绅士礼仪，直接道："好。"
　　齐琪心有不悦，带着助理转身走了。
　　蓝耀阳把人送出去，又嘱咐了与会的其他人员几句，大家都散了。蓝耀阳转回来掐段伟祺脖子："你说《走走停停》制作给我了，结果第一次开会你就这种死德行，是不是没诚意呀？老子看你面子上第一次试手就接这个，要是搞砸了，面子往哪儿搁！"
　　段伟祺跟被电着了一样跳起来："我怎么没诚意，没诚意干吗浪费时间，你以为我闲着没事吗？我的时间、我的感情不值钱吗？"
　　蓝耀阳吓一跳，叫道："你做错事叫得比我还大声。时间就时间，扯感情干吗！你的感情值几个钱呀！8岁那年就被你用完了。现在都是负值，一直在透支，你明白不！"
　　段伟祺一愣："是吗？为什么8岁用完了？"8岁那年发生了什么，怎么他不知道。
　　蓝耀阳理直气壮："我就随便说说，重点不是8岁，重点是用完了！用完了！"
　　"滚蛋吧你！"段伟祺站起身就要走，想想又坐下来，按手机。
　　蓝耀阳好奇，探头过来看。
　　段伟祺一掌把他脑袋推开："你先走开，让我安静回个微信。"
　　"Polo的？"蓝耀阳看到李嘉玉的微信名了。
　　段伟祺不理他，发消息："刚刚在开会。"
　　发出去之后，他心里的烦躁终于少了一些。这次没有拖她太久，应该可以吧。她遇到了不愉快会想着跟他说，那表示昨晚他没回她消息，她也没生气，这是好还是不好?

段伟祺咬咬牙,对着手机很纠结。蓝耀阳在一旁看着着急:"你连安慰人都不会吗?"

他一把抢过段伟祺的手机,帮他输入:"工作的事总是有顺利有不顺利,不用太在意。"

段伟祺跳起来,正待发作,看他这样说,忽又不抢了,只在旁边道:"她用不着你这样劝,她特别明白。"

蓝耀阳继续写:"小小挫折等于激励,客户再谈就有了。这个签不成,还有下一个。"

李嘉玉回道:"我知道。"

蓝耀阳再写:"就算一个都签不成,还有我。"

段伟祺开始抢手机:"你还我。"

蓝耀阳拿着手机跑,继续发:"别气馁,我永远支持你,永远爱你。"

李嘉玉忽然发来:"你是谁?"

蓝耀阳愣住。

李嘉玉接着发:"把手机还给段伟祺。"

段伟祺已经把手机抢回来了:"还我了,现在是我了。"

李嘉玉问:"刚才是蓝公子?"

段伟祺回复:"对。"

蓝耀阳在一旁大叫:"Polo是不是装了监视器呀,你的手机摄像头被黑了是吗?"

段伟祺不理他,他输入:"我有点忙,回头跟你联络。"

蓝耀阳看着,愣了一愣,不叫了。他看着段伟祺盯着手机的样子,忽然明白了:"你今天一天这鬼样子就是因为Polo?怎么了?你们又分手了吗?"

"滚,没分手。"段伟祺暴躁。

"哦。"蓝耀阳不说话了。

段伟祺把手机收起来,想想拿出来看一眼,再收起来。

蓝耀阳道:"那你现在就是对Polo冷暴力呗。你真渣啊。想分手直说呗。"

"我不想分手。"段伟祺冷道。

"那你更渣了。"蓝耀阳评价。

段伟祺不理他,板着脸往外走:"节目的事找邱石,他会搞定的。我出趟差。"

蓝耀阳看着他的背影喃喃道:"想躲一躲就出差,学到了。"

段伟祺猛地转身回来，蓝耀阳吓一跳："我什么都没说。"

段伟祺道："我希望她很爱很爱我，又希望她不爱我。你说怎么办？"

还没等蓝耀阳回答，段伟祺又道："算了，你肯定不懂。你都没人爱。"说完转身又走了。

蓝耀阳愣了好一会儿，跳脚道："你才没人爱！居然小看我！"

段伟祺真"出差"去了。

他把工作全交代下去，然后自己跑去登山了。

李嘉玉联络不着他，听方勤说谁也联络不上他。据说想"杀"他的人，已经可以从富昌大门排到耕田大门了。邱石忙得脚不沾地，他们耕田总裁办加上富昌总裁办全都人仰马翻。

段伟祺从珠峰下来又晃了一段时间，回来已经是一个月后。

他洗了澡吃饱饭，狠狠睡了一觉。醒过来的时候已经是半夜了。

这种时候再睡不着实在是有些虐，他看着星空颇有些寂寞的感觉。段伟祺把手机拿出来，忐忑地开了机。这段日子他在用另一个号联络跟进工作上的事，也跟家里报了平安。虽然好几天才出现一次，但也算没有完全失联。只是之前一直用的手机，他不敢开机，怕看到某人"追杀"他。

其实一开始并不是这么打算的，他还是想着每天都线上联系一下，但每天盯着手机跟变态似的，他也觉得难受。后来为了戒掉，他干脆全关机。

现在开机，他心虚又有些期待。

有很多未接电话，他看了一眼，有她的号码。他再看微信，有18条她发来的消息。

她问他去哪儿了，又告诉他，盛熹跟他们签约了，一毛钱都没少，她夸贺姐真厉害，料事如神。她还告诉他，她跟贺姐去了X市，这次很顺利，在那儿待了三天，合同直接签下了。她说她用他送的笔让贺姐签的合同。她还说等她发了奖金，她要把同款的签字笔也买上，凑一对。

她告诉他，她约了方勤和李铁又去吃了那家火锅，大家为她庆祝。

她说她想去滑滑梯，可惜他不在。

她问他去哪儿了，看到什么风景。

她问他去哪儿了，什么时候回来。

她问他去哪儿了，是否平安。

段伟祺把她的留言看了好几遍，心头发堵。他又打开朋友圈，一条一条翻她的消息。她发的内容不多，但每一条都很开心。

签约了。

吃到好吃的了。

喜欢的衣服终于打折了，但可惜还没钱。她向衣服喊话："你坚持住，再有一星期就发钱。"

上班路上没堵车，觉得自己车技进步了。

加班累瘫，但去买夜宵时大叔喊她美女，她高兴，觉得自己确实美美的。

被客户夸了。被贺姐称赞了。老板叫她过去说，李嘉玉你干得不错。

段伟祺看得不过瘾，又去翻她的微博。

看完了微博，他忽然想起自己为她建了个小号，建完之后再没去过。他也不知怎么就登录了。

英俊的纽扣。

只发了一条微博：

"如果微信没了，手机号也没了，可以在这里找到我。"

段伟祺叹气，当初只是戏言，没想到有一天真的会让她找不到。

这时候他忽然发现有条私信。

他点开，是ID为"嘉玉不是玉"发来的消息：

"我来找你了。可惜这里你也不在呀。"

段伟祺顿时心口一痛，如被狠狠打了一拳。他再控制不住，给李嘉玉拨了电话。

电话嘟嘟地响，他的心怦怦地跳。

紧张在等待中一点点堆积。

李嘉玉接了：

"你有病啊！大半夜打什么电话！"

段伟祺忙道："是我，我回来……"

李嘉玉不待他说完，直接挂了。

段伟祺赶紧再拨，李嘉玉刚一接，他飞快地道："是我，段伟祺。"

李嘉玉这次更凶了："知道是你呀！你了不起呀，大半夜就能扰人清梦。你不睡，别人不睡呀！你不上班，别人不上班呀！滚蛋！滚！滚！滚！"

骂完果断又挂了。

可以的，不愧是李嘉玉。

段伟祺不敢再打，这时候无比清醒地意识到已经是半夜，又无比清醒地知道自己太浑蛋。

那些纠结、矫情、不知所措……通通没了。

回想起来，一身冷汗。

他是怎么做到这样消失一个月的？

看看手上这部手机，彻底没电之前的无数个未接电话，还有挤爆邮箱的邮件，数不清的短信、微信。他再拿起新手机看了一眼，三通电话！这么久，他只打过三通电话！

这样真的太过分了。

他究竟是怎么想的？

段伟祺看看表，3点36分，时间确实是不合适，换了他被电话吵醒，他也生气。

他倒回床上，躺了一会儿睡不着，给蓝耀阳和卓恺发微信："我回来了。"

很久很久都没人理他。他感到有些慌张和寂寞，明明知道大半夜没人回他是正常的，但他仍感不适，更何况李嘉玉呢。

一个月，她得多难过。

段伟祺非常悔恨。他翻来覆去，最后干脆坐起来，把李嘉玉的微信、微博又来来回回看了几遍。

一转眼天亮了，再一转眼，7点了。

段伟祺犹豫半天，没敢给李嘉玉打电话，不知道她起床没有，担心再次打扰她的睡眠。他正要给卓恺他们打电话，蓝耀阳却给他回微信了：

"多大的事儿，也值得你报告一声。"

段伟祺给蓝耀阳拨过去。

蓝耀阳接了。

"那个，"段伟祺有些心虚，"我昨天晚上到的。"

"哦。"蓝耀阳的态度很敷衍了，"知道你肯定没死。"

段伟祺理亏，完全不敢怼，很讨好地道："是我不好，今晚请你们吃饭吧。"

"行啊。"蓝耀阳一点不客气，"那我去群里通知一下，看有谁要去。"

"好的，好的。你把我拉回群里吧。"上次他被蓝耀阳踢出"约饭群"就一直没回去。

"行呀。"蓝耀阳应道。

"那什么，嘉玉那边我来跟她说。"

"呵呵。"蓝耀阳冷笑了，"嘉玉去不了。"

段伟祺蒙在那儿。

"她出差呢，在X市。人家是真出差。"蓝耀阳语气嘲讽。

段伟祺沉默，心如刀割。他走之前，跟李嘉玉说的最后一句话就是："我去出趟差,回来我找你。"

结果他这趟"出差",去了这么久。

"嗯,我今天会给她打电话的。"

"呵呵。"蓝耀阳又冷笑了,"你打呗。赶紧打。"

这态度,没法聊了。段伟祺还想打听什么,但决定改问卓恺,便说道:"你先把我拉群里,晚上见面聊。"

"行。"蓝耀阳挂了电话。

两秒后,段伟祺被拉到了一个群里,群的名字叫"段伟祺今天死了吗"。

群成员加上他居然有15人。

段伟祺进去就愣了,这是什么群?!

还没等他去找蓝耀阳问,电话来了。

是卓恺。

段伟祺赶紧接起。

"你还没死呀。"卓恺的态度跟蓝耀阳一样。

段伟祺道:"对不起,晚上请你们吃饭赔罪。"

"谁没吃过饭呀。"

段伟祺姿态摆得低:"反正都要吃饭嘛,赏个脸。"

"行。"

段伟祺松口气,问他:"那个,这段时间,嘉玉有没有跟你们联络?"

"有呀,我们聚过几次。耀阳跟她真的成铁杆了,就差办个结拜仪式。"

"嗯,那她……"他一时不知该问什么好。问她生不生气?她肯定生气。问她好不好?这问题矫情又恶心。

"我是说……"

"行了,你也不用挣扎了。Polo说你们已经分手了,人家干脆利落,大气得体,比你强一万倍。恭喜你得偿所愿。"

段伟祺一愣,心似被狠狠拧了一下那样疼,他下意识地道:"我不……"

他噎住了,不知能说什么,他怎么还有脸说什么。

卓恺接话道:"你不想分手吗?呵呵。"他冷笑,"那更恭喜你了,活该。"

段伟祺不说话,他知道他活该。

"对了,"卓恺又道,"我看到耀阳拉你进群了,他提醒你了吗,Polo也在群里,所以你别在群里说你是Polo的男朋友,别让她尴尬。"

段伟祺真的没想到会有这一天,他说他是某人的男朋友,会让某人尴尬。

段伟祺觉得尴尬，脸上火辣辣的。

挂了电话，他发现蓝耀阳果然给他发了微信，跟他说不要在群里说他是李嘉玉的男朋友，因为他们已经分手了。

"你们已经分手了。"

段伟祺觉得这句话真是刺眼，但这真的是李嘉玉的风格。她是骑士啊，她怎么会忍气吞声，她怎么会任由他欺负她。何况他还不是她什么人，她还没有深深爱他。

他在她心里，也许连苏文远都比不上。

段伟祺垂头坐在床沿。四周空气的寂静像是为他奏响的悲歌，而他谁也不能责怪，一切都是他自作自受。

半晌，段伟祺划开了那个名为"段伟祺今天死了吗"的群，在群成员列表里找到了李嘉玉。

群里因为他的到来而炸开了锅，大家乱七八糟纷纷发言，而李嘉玉静悄悄的，一句话都没有说。

这十几个人，都是他的好朋友，他失联，每个人都担心。看到他们争先恐后地出来或询问或指责，段伟祺硬着头皮道："非常对不起大家，对不起。"

这话刚发完，就见段珊珊跳了出来："哟，这谁呀，这么眼熟呀，这不是我们段家少爷吗？还会说对不起呢，真是牛坏了。我还以为段少爷只会任性地想干吗就干吗，想走就走呢。"

段伟祺只得再发："真的对不起，晚上请大家吃饭。"

"吃你的头！"段珊珊发了个"生气"的表情，"你回家吃去。"

段伟祺道："我一会儿就回去看爷爷和爸妈。"

"这样啊，行吧。"段珊珊这样说。

段伟祺刚松口气，却又见段珊珊问："群主呢，可以开始了吗？"

段伟祺一头雾水，开始什么？

蓝耀阳跳出来道："等一下，正一个个打电话通知呢，有些还没醒，马上。"

过了一会儿，蓝耀阳又跳出来道："好了，来吧。段伟祺先生，请你说句话。"

段伟祺茫然："说什么？"

蓝耀阳说："说大家好。"

卓恺说："说我回来了。"

段伟祺不知道他们要做什么，但他照办了："大家好，我回来了。"

这话一出去，段珊珊立马发了个表情图："我跳起来就给你一拳！"

紧接着是蓝耀阳，他发的是同一张图，但上面的配字不一样："我跳起来就给你两拳！"

然后是卓恺："我跳起来就给你三拳！"

接下来是四拳、五拳、六拳……

大家排着队，一人发一张，像是排练过似的，每个人都拿好了图，就等着他回来的这一刻。

段伟祺盯着手机，等着某个人也跳出来。

群里加上他有15人，也就是说，应该一共有14拳。

段伟祺看着，一直等到了第13拳。

他心里不禁猜，这最后一拳的图上写的应该是："我就打到你服气！"

但是13拳之后竟然停了。

没有了。

段伟祺坐直了，李嘉玉呢？她连打他都不愿意了吗？

突然一张图蹦了出来：

"我就打到你服气！"

段伟祺还没来得及松口气，心便沉了下来。

图是蓝耀阳发的。

她果然，不想再理他了。

蓝耀阳发完了图就私聊他："你以为最后一拳会是谁？哈哈哈哈，还是老子。滚吧你，赶紧回去看爷爷，让爷爷留你一条狗命，晚上记得请吃饭。"

段伟祺没回他。他刷出去看了看李嘉玉的对话框，看了看时间，应该不会吵到她了吧，于是他小心翼翼留言："我知道我错了。等你出差回来，我们聊聊好吗？"

李嘉玉没理他。

段伟祺叹口气，回家去了。

段伟祺到了段老爷子那儿讨了一顿打，全家将他痛骂了一番，一向浑不懔的段伟祺一声不吭，默默地听着。

段老爷子最后指着他问："你说，你究竟怎么回事？"

段伟祺垂头认错："没怎么回事，就是混账病犯了。"

段老爷子听得又想抽他了。这小子十来岁的时候倒是三天两头跑出去混，失踪个几天是有的。但自他高中毕业后，他就没这么浑蛋过了。

段老爷子审视地盯着他，段伟祺犹自发呆。

段伟祺留在爷爷那儿吃了午饭。吃饭的时候终于收到李嘉玉的回复，只一个字："好。"

段伟祺差点把碗摔了。

他离了席，跑到阳台给李嘉玉打电话。李嘉玉很久才接，嘴里含含糊糊的，说道："我正吃饭呢，一会儿还得开会，我特别忙，不想分心跟你扯那些有的没的，你等我回去吧。我大概还要一个多月。"

也不等他回复，李嘉玉挂了。

段伟祺愣了半天，垂头丧气回到饭桌前。段老爷子盯他半天，"哼"了一声。

下午段伟祺去了耕田，公事积压成山，他过去处理。方勤见了他没表现出惊讶的样子，表情如常地招呼："段总好。"

段伟祺停下，对她道："李嘉玉……"

他话没说完，方勤便大声问："你说谁？"这回她语气里的嘲讽太明显，段伟祺把话咽回去了。

晚上饭局，大家吃喝笑闹，讨伐段伟祺，蓝耀阳很嚣张地视频连线李嘉玉："铁杆，你今天又加班啊？我们在唱歌呀，你要听什么，我唱给你听。"

李嘉玉在那头哈哈大笑："救命啊，多大仇。"

段伟祺听到李嘉玉的声音便凑过去，被蓝耀阳一脚踢开。

蓝耀阳拿着手机跑到另一边，大声说："我要给你唱《分手快乐》。"

然后他真的唱了，唱完了《分手快乐》，唱《凉凉》，换了别人唱了几首，蓝耀阳又接着唱《他不懂》。

"他不止一次骗了你，不值得你再为他伤心，他不懂你的心假装冷静，他不懂爱情把它当游戏，他不懂表明相爱这件事，除了对不起就只剩叹息……"

段伟祺静静地听完这一首，然后拿起烟出去了。

他点了烟，用力吸了几口，但心情仍未平复。

一只手伸过来，拿他手上的打火机。他转头看，是段珊珊。

段珊珊点了烟站在他身边，姐弟俩静静地吸完了一支，段伟祺没忍住，道："我不是……是因为……"支离破碎，不知所云。他无法组织语言，不可言说。

段珊珊问他："你是不是还有什么事？不然，不该这么反应过度。"从小打到大，她自认是了解他的。

段伟祺沉默，好半晌道："说什么都没用了。"

他揉了揉脸,进屋去了。

屋里大家仍在欢唱,该吃吃,该喝喝,没人在乎他的难过,没打死他算客气的。

段伟祺找个角落独自窝着,过了一会儿看到蓝耀阳又跑上台,屏幕上显示他要唱的这首歌名叫《你就不要想起我》。段伟祺没听过,他愣愣地坐着听。

蓝耀阳的歌声依旧恐怖,但歌词却唱得清楚。

"我都寂寞多久了还是没好,感觉全世界都在窃窃嘲笑。我能有多骄傲,不堪一击好不好,一碰到你我就被撂倒……明明你也很爱我,没理由爱不到结果。只要你敢不懦弱,凭什么我们要错过。夜长梦还多,你就不要想起我,到时候你就知道有多痛……"

一首歌没唱完,段伟祺再忍不了,他奔出会所,开车走了。

他把车子开到了那个街心公园旁。那座滑梯有个小朋友在玩,两个家长一左一右护着。段伟祺点了一支烟,用手机把那首歌搜出来,坐在车里静静听。

单曲循环了一遍又一遍,烟也抽了好几支。

待段伟祺回到家时,已经很晚了。他看了看手机,原以为会有人找他,结果没有。

段伟祺想给李嘉玉打电话,但这次很懂事地看了看时间,没敢打扰她睡觉。一夜睡得浅,似梦非梦,昏昏沉沉,醒来时看表,8点了。他赶紧给李嘉玉打电话。

李嘉玉接了:"一大早的,又怎么了?"她问他。

"你在X市住哪儿啊?"

"你要干吗?"

"嘉玉,我去找你好不好?我真的,需要见见你。"

李嘉玉沉默了一会儿,把地址给他了。

段伟祺记下了,李嘉玉问他:"还有事吗?我得出门了。"

"没,没事了。"

李嘉玉挂了。

段伟祺飞快换好衣服,到富昌上了半天班,让秘书定好机票,买好礼物,他坐李嘉玉上次追葛飞的那班机去了X市。

他提前跟李嘉玉说了,到了李嘉玉那儿时,她已经在楼下等他。

她穿着浅蓝上衣、灰色裤子,长发绾成髻,踩着高跟鞋,亭亭玉立。她脸上化着精致的妆,正红的唇色让她很有精神,气势十足。

那是她的战斗色呀。

段伟祺快走了两步，走到她跟前。

"嗨，段总，你好啊。"

段伟祺有些不自在："嘉玉。"

李嘉玉很平静，似乎什么都没发生过一样，她问他："你还没吃饭吧？"

段伟祺点点头。

"那一起去吃吧。我吃完回来还有活儿要干。"

段伟祺不敢有异议。他跟着李嘉玉走。

旁边就有一个商场，李嘉玉带着他，很熟地走进了美食广场。

路过一家火锅店，段伟祺多看了几眼，他想起他走之前，李嘉玉曾说要带他去吃那家好吃的火锅……

"不吃火锅。"李嘉玉看到了他的视线，"我赶时间，我们随便吃点。"

她领他去了一家卖咖喱饭的店，找了张桌子坐下了。

"这家还不错，便宜大碗味道好，而且快。"李嘉玉笑着说。

"嗯。"段伟祺跟着她坐下。

李嘉玉点了一份咖喱牛腩饭套餐，段伟祺跟她一样。

点好了，李嘉玉便开门见山地说了："你是来跟我道歉的吗？"

"嘉玉……"

李嘉玉打断他："不用了，道歉能说的话我都知道，来来去去就那些。要解释原因的话，我也不想听，任何原因都不值得原谅。"

段伟祺沉默。

李嘉玉看了看他，忽然问："珠峰好玩吗？"

段伟祺摇摇头，又点头："还行吧，就是挺刺激的。"

"危险吗？"

"嗯，有点。看天气。"

"我在网上查过，从尼泊尔那边上去是吗？"

段伟祺点点头。

"去那样不好联络又有危险的地方，会觉得一个月过去得很快吧？不知不觉，时间就过去了。"

"也不是。"段伟祺盯着桌面上的一个纹路。

"我理解你的，段总。"李嘉玉也盯着桌面的一角，道，"无论别人怎么说，我觉得我比他们更理解你。毕竟，我们两个才是当事人。如人饮水，冷暖自知。在机场奔向你的那天之前，我从来没有想过我会跟你在一起。甚至在我坐飞机回来的路上，我都没有想过要跟你在一起。所以不该说那天，应该说那一刻吧，我筋疲力尽地走在空旷的机场大厅，感觉自己刚刚战斗完，很兴奋也很累，然后一抬头，你就站在那里。好像你就该站在那里，理所应当。好像我们就该在一起，理所应当。"

段伟祺抬眼看她，静静地听她说。

"但是就算理所应当在一起，有很多事都是不确定的，不确定我们会在一起多久，不确定我会爱你多深。我唯一确定的是，我们最后不会结婚。其实很多人谈恋爱的时候都没想过结婚，恋爱而已，谁知道以后会怎样。只是你早早摆出不婚姿态，给恋爱设定了条件罢了。而我也不觉得你是一个好的结婚对象，何况家庭条件差得这么远，所以我也有所保留。我只当你是一个恋爱的对象，享受被你宠的感觉。你不在的这个月，一开始我很难过，我给你留言，生你的气。但后来我想通了，这个结果，其实不就是我一早就设定好的吗？或者说，我们俩一早就共同设定好的。我们默契地允许这个结果发生，只是我们没有想到它来得这么快。"

段伟祺想说不是，但他无法反驳。他们之间，确实太默契了，默契得匪夷所思，契合得不可思议。在一起的时候，他确实能感觉到她的内心，他知道她纵容了他的不婚观念，同意他们只好好恋爱。但太快了呀，他这么喜欢她，他害怕她厌恶。

"其实我们两个在一起时，你付出得比较多。"李嘉玉继续道，"你对我的好，比我对你的好多很多。但一个月失联，连心里话都不敢说清楚，你实在太懦夫了，这个我不会原谅你的。"

段伟祺低头道："我后悔死了。"

"嗯，后悔去吧。"

段伟祺听到她的语气，忍不住笑了笑。李嘉玉也笑了。

两个人均抬头，看到对方的表情，再度相视一笑。

"所以，我们真的喜欢过对方，真的努力过了，对吧？"

段伟祺点头，他想说他现在还喜欢着，比以前更喜欢。但他不敢说，他只能点点头。

"我想过，不知道最后我们谁先提分手，但没想到你突然来这么一出。你现在就这么对我，我不想以后再被你伤害，反正结果都一样，就不要再试图挽救了，我这么说，你明白吧。"

段伟祺想说明白归明白，但他不想分手，可他不敢。她把话都说到这分儿上了，他哪里还能挽留。他伤害了她，他没有资格挽留。

"我工作特别忙，打算回去再找你算账的，那样时间充裕些，能好好骂你一顿，但你着急见面，我明白那种等待的煎熬，所以就见吧。时间太赶了，真的不太解气。"李嘉玉说着，突然拿起筷子抽了段伟祺的手一下。

段伟祺痛呼一声，把手一缩。

李嘉玉瞪他："手伸出来，让我再打一下。"

段伟祺把手伸出去。

李嘉玉狠狠再抽一下，段伟祺有了心理准备，咬牙忍痛，没缩手。李嘉玉再抽一下。

段伟祺道："你不是说抽一下？"

"一次抽一下，又没说几次。"

段伟祺乖乖把手就这么放着。

李嘉玉把筷子放下了，招手让服务员帮她再拿双新筷子，然后又对段伟祺道："你好歹挣扎抵抗一下，这样打起来才爽。"

段伟祺龇牙："你是变态吗？"

李嘉玉给他个白眼，道："好了，现在我们两清了。虽然我们在一起的时候没正式说过我们在一起，但分手还是要正式分一下。从此以后，桥归桥，路归路，男婚女嫁，各不相干了。"

段伟祺想说什么，这时服务员把他们点的餐送上来了。段伟祺把话咽回去，想了想，一声叹息。

李嘉玉看了看表，开始大口吃饭。

段伟祺帮她扯了张纸巾："你慢点，那上亿合同不差这一会儿的。"

李嘉玉把那口饭咽下去，道："所以我说等我回去再谈嘛，这样谈分手真的没气氛。"

"你还要什么气氛。"段伟祺郁闷死了，一点胃口没有。他把盘子里的牛腩都给李嘉玉拨了过去。

李嘉玉道："像我跟苏文远谈判分手的时候气氛就不错，感觉自己棒棒的。"

"你现在也棒棒的。"他看她喜欢咖喱酱，便也都拨给她。

"对了，我还没能打你。"

段伟祺一脸蒙："刚才拿筷子抽我的是谁？"

"我是说，群里练过的，最后打到你服气的应该是我。我熬夜太晚了，蓝公子没叫我起来，我看了群里的记录，队形这么整齐，就缺我。"

段伟祺无语："你们这群还挺有乐趣的。"难怪她被吵醒这么生气，原来熬夜了。

"是的，天天骂你，特别解恨。全靠大家一起纾解呀，不然我真的要打爆你的狗头。"

李嘉玉不再说话，专心几口把饭吃完。

她擦了嘴,再看一眼时间,叫服务员过来,指指段伟祺:"买单。"

段伟祺付了钱,抓紧时间对李嘉玉道:"我给你带了礼物。"他低头打开他的旅行袋。

李嘉玉也低头翻她的小包。

段伟祺把包装盒拿出来:"那支红色梦露的同款签字笔……"

李嘉玉拿出一支笔亮给他看:"我自己买了。"

段伟祺愣在那儿。

"我拿到了奖金,就给自己奖励一下。签了两个合同呢,等项目做完了,还有提成。"李嘉玉笑着,"情场失意,幸好事业还算顺利。"

段伟祺尴尬地举着包装盒。

李嘉玉把包装盒往他那边推:"我自己买了,谢谢你。"

多默契。段伟祺难过地想,他什么都没说,她就知道他想送她这个。

李嘉玉站起身:"我真的得回去工作了。"

段伟祺也起身,跟在她身后。

两人一前一后,又回到了碰面的地方。

李嘉玉挥手:"我点的餐不合你胃口,你自己去找点吃的吧。再见了,段总。"

段伟祺很难过,这时候失去她的感觉如此强烈,心如刀绞,他说不出"再见"。他调整了一下呼吸,开口道:"你以后,要是有困难,或者有什么需要帮助的,还可以找我。"

"当然了。"李嘉玉道,"我脸皮这么厚,金大腿还是想要抱的。"

他才不信,但他只能点点头:"好。"

李嘉玉看着他,忽然道:"段总,我没为你哭过,你也别哭呀。"

段伟祺差点跳起来,挥手赶她:"滚吧你,快走快走。"

李嘉玉转身走了。

段伟祺立在原地,低头看手上的包装盒,真的太难过了,难过得眼睛疼。

李嘉玉走进大楼,转弯时迅速转头看了他一眼。他垂着头,脚边摆着旅行袋,手上拿着包装盒,街灯离他有些远,他的身影有些模糊,像被困在灰色里,有几分落寞凄楚的感觉。

李嘉玉抿紧唇,继续向前走,把他丢在了身后。

第十四章
在绝境中寻找美景

李嘉玉上了楼，一进办公室就见谢洋黑着脸正收拾电脑包。

李嘉玉忙问："怎么了？"

谢洋心情不好："鲁总那牛脾气没法谈，明天再说吧。先回酒店，不想在这儿耗了。回去先把明天开会的资料弄出来。"

"行吧。"李嘉玉应了，也收拾自己的东西。

这间办公室原先是间小会议室，基创给他们办公用。目前是李嘉玉跟着谢洋入驻基创做内容采访、数据分析，其他人员在华美那边做支持。

项目组的人飞来飞去，李嘉玉和谢洋是留在这边最久的。他们需要设立咨询系统，收集企业人员的答案，并与基创的每家公司每个部门管理层做访问。项目组要根据这些整理出企业现状，找出企业问题，结合行业及市场情况再做出战略分析，与基创做进一步讨论后，一起推进企业改革的执行。

所以李嘉玉和谢洋目前的工作就是谈话、整理、开会，谈话、整理、开会。任务繁重，形式枯燥，还要求耐心和细心。偏偏遇上了不太配合的公司高层，进度推进不了，作为领导的谢洋压力很大，这两天常有脾气。

两人收拾好东西进电梯，谢洋问李嘉玉："你帮我买饭了吗？"

"啊？"李嘉玉惊讶，"没呀。"

"我给你发微信了。"

"不好意思，我没看。"

"算了。"谢洋一脸疲惫，"能麻烦你再帮我跑一趟吗？我在酒店门口抽支烟再想想事。我还吃上回那个咖喱牛腩饭。"

"行。"李嘉玉出了电梯就往左边的商场去，谢洋往右走，隔了200多米是一家五星级酒店，按合同要求，基创给华美在这里包了两间房。

谢洋满脑子项目内容，打了几个电话，抽了两支烟，李嘉玉拿着饭盒回来了。

两个人走进酒店大堂，谢洋正与李嘉玉说今天跟鲁总交锋的过程，裤袋里的手机响了。谢洋把右手的资料袋递给李嘉玉拿着，自己掏手机接电话。李嘉玉两手又是电脑包又是盒饭还有资料袋，满满当当。她站一旁等谢洋，不经意转头，却见酒店前台那里，段伟祺正看着她。

那表情有点，不知怎么形容。

还没等李嘉玉给反应，谢洋已经一边讲电话一边往前走了，李嘉玉只得跟上。

两人进了电梯，谢洋还在讲电话，电梯门将要闭拢，忽地又重新打开了。

段伟祺拎着他那小旅行袋表情严肃地走了进来。

脸要黑出墨汁来。

李嘉玉两只手没空，悄悄用脚尖踢了踢段伟祺的小腿肚，小小警告。段伟祺秒尿，撇了撇嘴，把脸放松下来。

谢洋讲完电话按楼层键，10楼、12楼，段伟祺看着，脸色又更放松一点。

"你几层？"谢洋就站在按键面板前，礼貌问了下段伟祺。

"顶层，谢谢。"

顶楼是总统套房。谢洋帮段伟祺按了楼层，不禁又多看他两眼，觉得他有些眼熟，但想不起来在哪里见过。

电梯上到6层的时候，他突然想到了："呃，请问，你是富昌的段总？"他想起他曾经看过《精英青年》那一集，介绍富昌新上任的年轻总裁段伟祺，之后段伟祺黑料满天飞，后又声明是谣言，各路人马纷纷道歉删帖等，闹得动静挺大，他印象深刻。

段伟祺看了李嘉玉一眼。

谢洋下意识地顺着他的视线也看了李嘉玉一眼，不明所以。

李嘉玉非常淡定地回视了两位男士。

段伟祺把头转回来，对谢洋道："你好，我是段伟祺。"

李嘉玉忽然想起当初富昌帮段伟祺实名认证的微博，发的第一条内容就是："大家好，我是段伟祺。"段伟祺在"约饭群"里对此反应很激烈。

　　现在他用这种语气说出这句话，让李嘉玉不禁笑了笑。

　　两个男士又一起转头看她。

　　李嘉玉从容笑道："段总好，我是李嘉玉。这位是我同事谢洋。"

　　这时电梯到10楼了，谢洋抓紧时间道："段总好，我们是华美咨询的。"他用电脑包挡了挡电梯门，给段伟祺掏了张名片。

　　段伟祺忍住没再看李嘉玉，一本正经地把名片接过了。

　　"呃，我到了，那回头有机会再跟段总联络。"谢洋不好意思总拦着电梯，于是先出去了。李嘉玉忙把他的资料和他的盒饭递给他。

　　电梯门关上，电梯里只有段伟祺和李嘉玉两人。

　　李嘉玉道："他忘了跟你要名片。"

　　段伟祺皱眉头："你们做咨询的都很牛呀，电梯上就拉拢人脉。"

　　"嗯，我上个礼拜在基创的电梯上也遇着一位公司负责人，也是这样认识的。我比谢哥走运，我们是一起下楼，所以我有机会拉着那人多说了几句话。我打算在基创的项目结束之前，再试着谈几家看看。"

　　电梯"叮"的一声，李嘉玉又道："我到了。"

　　"嗯，再见。"段伟祺目送她出去。

　　电梯门缓缓关上。

　　李嘉玉忽然回头："你……"

　　段伟祺猛地把手插电梯门里把门拦开："你说什么？"

　　李嘉玉吓了一跳："你小心夹到手。"

　　段伟祺干脆走出来："你说什么？"

　　"我是想问你什么时候回去。"

　　"明天早上7点多的飞机。"

　　李嘉玉点点头："那行，祝你一路顺风。"

　　段伟祺想说什么，张了张嘴闭上了，改口道："你自己注意点身体，在这边人生地不熟的，总加班，又住酒店这种地方。"

　　李嘉玉道："你放心吧，五星级酒店还是安全的，而且谢哥人很好，挺照顾我。"

　　段伟祺咬着牙加重语气："你这么一说，我真的更加放心了。"

　　李嘉玉瞪眼："滚滚滚，分手了记得吗，快回你的总统套房去。"

　　"哼。"段伟祺板着脸，按开电梯又进去了。

　　电梯门关上，将段伟祺的身影挡住，将两人隔开。

李嘉玉看着上升的数字，忽然有些恍惚。她站了一会儿，回房间去了。

李嘉玉洗了个澡，振作了精神，打开电脑准备再整理一下明天开会要用的报告。前段时间，她由基创的高层带着走访了X市的相关单位及合作企业，对本地资源、政策和行业情况有了进一步了解，搜集和查阅了大量的资料。明天她得将梳理好的内容仔细与基创的相关管理层进行沟通，就基创的产业结构调整做讨论。

刚把文档调出来，手机就响了。李嘉玉一看，是段伟祺。

李嘉玉想了想，接了："又怎么了？"

"你在干吗？"

"工作。"

"你们做咨询的真的太牛了。"

"是啊，加班是常事。"

"你同事居然来堵我了。"

李嘉玉吓一跳："啊？"

"他通过酒店电话打到我房间，说他是电梯里的那个华美咨询的，想就项目里的投资案跟我聊聊。"

"谢哥果然是一条好汉啊，太猛了。"没拿到名片也能追上总裁，真是可以的。

段伟祺问："这事跟你有关系吗？"

"当然没关系，不是我让他找你的。我们俩刚分手都没来得及尴尬呢，我怎么会干出这种事。"

"不是，我是说项目里的投资案，跟你有关系吗？"

"有呀有呀，基创的募股资金挺充裕的，我们的方案里是打算结合产业调整，给他们些投资建议，锁定一两个产业方向，打造他们的强项资源，国内的空间有限，如能扩展到国外合作就更好了。"

段伟祺却道："什么叫我们刚分手还没来得及尴尬？"

"哎，你这人，说话怎么这么跳呢。你到底是聊私事还是公事啊？"

"我就是要弄明白投资案跟你有没有关系，有我就聊，没我干吗要理他。"

"项目完成了，我有提成，就是这么个关系。但你不要说这种话，你理不理他跟我没关系，何况最后用不用得上你合作投资都不一定。你可千万别学小说里什么我为了你把公司买下来……"

段伟祺啧啧打断她："你说你也读了这么多年的书，都看些什么小说，多恶俗啊。"

"哦，恶俗吗？我可爱看了。"

段伟祺不语。

李嘉玉笑起来："我开玩笑的。谢哥肯定是一回房就查你的履历去了，看到你成功操作了挺多投资案的，想着找你聊聊。你觉得有兴趣就聊，没兴趣就算了。不用考虑我。"

"嗯，我刚才告诉他我得先打个重要电话，完了再回他。"

"那你赶紧打你的重要电话，然后要是跟谢哥约了，你告诉我一声就行。"

"我正在打啊。这样吧，我们20分钟后在楼下大堂的咖啡座见吧。要是姓谢的约你一起来，你就跟他下来。要是他没约你，你直接下来装偶遇。"

"我为什么要装偶遇？"

"我讲课是白讲的吗？你傻啊，便宜白给别人占了。你不在，我跟他讲个屁。"

李嘉玉精神一振，段伟祺别的不说，业务上还是很牛的。听他一席话，能得到很多启发，她想听。

"我去可以，但你别露馅啊。谢哥不知道我认识你。"

"嗯，为了不让我露馅，你来监督一下吧。不然我怕我说漏嘴，他那个很厉害的女同事刚甩了一个百亿总裁。"

"呵呵。"李嘉玉冷笑，"那你别忘了解释一下她为什么要甩你。"

段伟祺不用挣扎马上认怂："行了行了，我错了。我被甩得特别服气。那我跟你同事说，20分钟后咖啡座见。你会来吧？"

"来。"

李嘉玉答应得爽快，但20分钟到了，谢洋果然没有给她电话说约了段伟祺。李嘉玉能理解，客户资源就是资历，就是钱。同事之间除了合作，还有竞争关系。

李嘉玉换了身衣服，下楼制造"偶遇"去了。

等电梯的时候她就在想，上班族真可怜啊，失恋了都没时间伤心。

李嘉玉下了楼，溜溜达达地往咖啡座那边去。走过去就看到谢洋和段伟祺正坐在靠窗的位置在聊。

谢洋见到她很惊讶，招手让她过去："怎么又下楼来了？"

李嘉玉笑笑："想喝杯咖啡。"

谢洋便道："那正好过来听听，我正跟段总聊基创的投资。段总在投资这块很有经验。"

李嘉玉看看谢洋和段伟祺："不打扰吧？"

段伟祺道："不打扰，坐吧。"

李嘉玉落座，谢洋道："这位是我同事，李嘉玉，刚才电梯里见过了，她跟我一起负责基创的这个项目。"他转向李嘉玉道，"我联络了葛总和鲁总，他们一会儿过来。段总时间宝贵，他只在这儿待一晚，明早就走了。"

"哦。"李嘉玉点点头，心想谢洋果然很会把握时机，居然把葛总和鲁总都叫来了，这是看段伟祺好说话，打算一起围剿吗？

李嘉玉点了杯拿铁，坐一旁听他们聊。谢洋和段伟祺都很专业，所以几句就能点到核心。谢洋惊讶于段伟祺对基创和相关行业的了解，段伟祺只道："之前曾经看过相关的行业报告。"

李嘉玉有些恍神，想起当初她追葛飞追到机场的那三四十分钟，段伟祺帮她查资料、提炼要点、分析数据，她带着他的支持，杀到葛飞的面前。

"李嘉玉。"谢洋唤。

李嘉玉从走神状态中被拉回来，赶紧答应一声。

谢洋给她一个谴责的眼神，李嘉玉垂了头，知道谢洋是责怪她在重要客户面前失态。她通常是不会的，但这人是段伟祺，她就不自觉地放松了。

"麻烦你帮我们买包烟吧。"谢洋道。

"行。"李嘉玉看了看桌面，谢洋的烟盒放在那儿，果然是空的。

李嘉玉起身往外走，走出一段又听谢洋在身后道："你知道在哪儿买吗？"

李嘉玉回身，想说她知道，却见谢洋已经起身朝她走过来，李嘉玉站定了等着。谢洋走近她，背着段伟祺，压低声音与她道："打起精神来，难得段总这么愿意交流，你认真听能听到不少经验知识，出去走一圈醒醒神。若一会儿你回来还这么没精打采，我就得把你打发走了。"

"好的，好的，对不起，谢谢哥。"李嘉玉忙道歉，转身出去了。

此时夜色正好，路上行人如织，街灯明亮，有些许斑斓，光线温暖却又显得孤单。李嘉玉吐了口气，缓缓朝街口的那个烟酒专卖店走去。

听到手机微信提示音响，她拿起来看，是段伟祺发来的："我都没这么使唤过你，又是买饭又是买烟的。"后头跟了个"生气"的表情。

李嘉玉回复："人家是我领导，你是谁？"

段伟祺哑了，没再回复。

李嘉玉把手机收起来，迈进了店里。

烟的种类很多，店柜台摆得满满的。李嘉玉挑了谢洋和段伟祺抽的两个牌子，一样买了一包。李嘉玉没抽过烟，她不喜欢烟味，但她爸爸抽，抽了很多年，也戒了很多次，都没戒掉。后来他干脆放弃了，他说这就是生活，总得有些小瑕疵。这鸡汤太毒，他被老婆臭骂了好几顿。

李嘉玉拿着烟往回走。自从入了咨询这行，她发现似乎身边大部分的人都抽烟，就连贺亦春也说她从前抽烟，后来为了要宝宝，戒掉了。

李嘉玉问她又臭又不健康，为什么会抽？贺亦春答说加班熬夜，一堆人一起抽，她也就抽起来，然后莫名觉得自己挺帅挺潇洒的，后来想要孩子时，为戒烟熬过一阵子，后悔自己当初为什么要抽。

"可当初抽的时候不觉得，真的不觉得。那时候那样才是舒适快乐的，现在这样又才是舒适快乐的。"贺亦春谆谆教导，"如果非要享受一次叛逆，就早点，完了之后快快改掉，别等将来后悔。"

李嘉玉忽然想，段伟祺的叛逆期大概永远不会结束吧。

李嘉玉走回酒店，葛总和鲁总已经到了，四个男人围了一桌聊得热火朝天。葛飞见了李嘉玉，随手拉开自己身边的椅子："嘉玉回来了，坐。"他对李嘉玉的喜爱可见一斑。

李嘉玉与两位老总打了招呼，然后坐下了，把烟放桌上："谢哥，买了两种。"

段伟祺看看烟，又看看李嘉玉，笑了笑，伸手拿起自己抽惯的那个牌子，收进口袋。谢洋拿了另一包，道："都忘了酒店里头不能抽烟了。"

葛飞忙道："要不我们出去找个舒服的地方聊，还能喝喝酒吃点东西。"

段伟祺摆手："不了，晚了，这里挺好。"

一众人便作罢，继续聊起来。李嘉玉松了口气，她可不想被四杆烟枪一起熏着，且到了吃吃喝喝围一桌的环境，就她一个小姑娘，她就成了倒水添茶的角色。

李嘉玉看了段伟祺一眼，他似乎没想这么多，只认真听葛飞说话。

段伟祺虽然年轻，但思维敏捷，逻辑清楚，且也许是他有着丰富的与段老爷子周旋的经验，对老企业家的那一套思路非常熟悉，总能讲到点子上。不一定对葛飞的基创实业有用，但很有启发。且他在国外待了几年，对国外的投资市场情况也了解，对基创这样国内市场饱和，需要扩展海外市场的企业来说，段伟祺举的亲身经历的实例就非常有参考价值。

葛飞简直对他相见恨晚，他那愉悦兴奋的神情，李嘉玉一眼就看出来了。想当初段伟祺隔着电话教她那几招都能换得葛飞的欣赏，现在他真人亲自上阵，自然是让葛飞赞赏有加，葛飞连说了好几次年轻有为。

段伟祺客客气气，对葛飞这样的老企业家也非常尊敬，没有丝毫年轻气盛的架子。李嘉玉原以为他这人怼天怼地炫到宇宙尽头，没想到倒还有这样的一面。

一众人聊得兴奋，除李嘉玉外，其他人都很有商业经验，她在一旁听得获益匪浅，但眼看着11点多了，葛飞他们还没有结束话题的意思，她没忍住，道："要不今天先这样，段总明天早上7点的飞机呢。"

葛飞一听，很不好意思，连连道歉，直说下回再约，又道他必抽空到B市拜访下段老爷子，还望段伟祺能给引见引见。段伟祺替爷爷谢过，与大家都客气了一番。

段伟祺与谢洋、李嘉玉一起将葛飞他们送出酒店，段伟祺先转身回去，谢洋问李嘉玉："段总是明早7点的飞机？"

李嘉玉眨眨眼："不是吗？你告诉我的。"

"哦。"谢洋点点头。

两个人回到酒店，李嘉玉听到段伟祺跟前台道，要个海鲜炒饭送他房间，反应过来他还没吃晚饭。

谢洋笑道："段总要夜宵？"

段伟祺点点头。

三个人又一同坐电梯上楼。

到了10楼，谢洋先下了，电梯里只剩下段伟祺和李嘉玉。

李嘉玉沉默着，盯着电梯门看，但眼角余光能看到段伟祺正看着她。所幸12楼很快到了，李嘉玉走出电梯，段伟祺也跟着出去。

李嘉玉停下，转身看着他。

段伟祺道："我明早走得早，就不跟你打招呼了。"

"嗯。"

"等我回到B市，再给你打电话。"

李嘉玉犹豫了一下，还是道："要没什么特别的事，就别打了。"

段伟祺抿抿唇，又道："我回去以后，可能很快就得出差去靖田……"

李嘉玉打断他："你不需要跟我交代。"

段伟祺张了张嘴，又闭上。

李嘉玉又道："我做什么，也不需要跟你交代了。"

段伟祺沉默了一会儿，道："等你做完这项目回去了，我们再聊聊好吗？到时候我们都冷静了……"

李嘉玉再度打断他："我现在就很冷静，真的。"

李嘉玉看着段伟祺，段伟祺也看着她。

他的眼神炽热，李嘉玉不得不提起精神再与他道："段总，我很冷静，我考虑得很清楚了。你离开得太久了，若是你刚走的第一个星期，我大概会很生气地打你一顿。但现在不会了。我连愤怒都不太愤怒了。再有呢，我也感谢我的工作,真的忙碌,分散了我的注意力,所以我都没什么时间悲伤。如果我有时间,闲得没事,我大概会很恨你的。"

段伟祺道:"我明白,我知道我做错了。可是……"

"段总,你是不是觉得,刚才那样卖力,是很给我面子,讨好了我?但我说过了,你愿不愿意跟谢哥聊,有没有意向参与到项目里跟基创合作,跟我都没关系,你不要说是为了我。"

段伟祺闭紧嘴。

"段总,你很有商业才华,我很欣赏,也从你那里学到许多。这份欣赏不会变,甚至日后你取得更大的成功,我应该会更佩服更景仰。我自己也会努力取得事业上的成就,这是我自己的意愿,与两性关系无关,与感情生活无关,是我喜欢。我喜欢工作,希望在工作里有好表现。不是做给你看,所以你也不必做给我看。"

李嘉玉觉得自己有长篇大论,但脑子有些乱,一时竟也不知说什么好。再说下去,又是反反复复的话,没意思了。

她看着段伟祺,他就站在她面前,离她这么近,她想起这一个月,忽然脑子一热,冲动地道:"有些话本来不想说的,但如果段总你仍不死心,我也只能坦白。我们再聊几次都没用了,就算重新在一起,结果还是一样的。所以我是真的觉得,我们现在结束挺好的,我没那么爱你,所以也不算太伤心。我真的经历不起像当初与苏文远分手那样撕心裂肺的痛了。"

段伟祺的心猛地一抽,脑子里闪过李嘉玉为苏文远蹲在男洗手间门外号啕大哭的情景,而她对他说的却是:"我没为你哭过……"

段伟祺僵在原地,似被人狠狠抽了一巴掌。

李嘉玉张了张嘴,段伟祺却不想再听她说话。他一言不发,扭头就走。

电梯门一按就开了,段伟祺走进去,转过身来,与李嘉玉四目相对。

两个人都倔强地没有移开眼睛。

李嘉玉看着他的眼睛,那悲怆受伤的情绪感染了她,她有些后悔那样说,又觉得早知道就该那样说,他这样对她,她这么回击一点都没错。

电梯门关上了。李嘉玉呆呆站着,并没有感受到报复的快感。

这一晚李嘉玉没睡好,5点多就醒了,看着时间,想着段伟祺应该起床了,也许已经出发了。她闭上眼睛想再睡一会儿,睡不着,再看时间,再闭眼,如此反复,竟然到7点了。

她心里空荡荡的,脑子里是段伟祺坐着飞机离开她的画面。

感谢工作,感谢忙碌。

李嘉玉经历了一个高强度高信息量的会议后就基本恢复了，如果不是谢洋在她面前得意地提起他向贺姐汇报他搞定了富昌少东段伟祺，她大概真能把他丢到脑后。

"可是他昨天不是说建议基创独立投资，资金实力足够，不需要把项目弄得复杂，集中精力做简化，这是基创目前最迫切的需求。"李嘉玉道。

"对，我不是说的基创项目。"谢洋道，"富昌投资了很多传统行业呢，而且段伟祺自己也有公司，以后说不定能有合作机会。"

李嘉玉不说话，她可是见识过富昌自己的行研能力，虽然没具体问过，但她相信富昌自己的咨询部门就很牛了。

段伟祺走后，真的没有再给李嘉玉打电话。但他也许是吸取了这次教训，开始在朋友圈报行踪了。

"回到B市了，飞机落地。"

"要出差了，去靖田。"

"要进古镇了，信号不好。"

李嘉玉夜深时刷朋友圈看到，发出一声叹息。

那个"段伟祺今天死了吗"群这几天很热闹，群里都是互相认识的朋友，每天互相调侃，说的话挺有意思。李嘉玉偶尔看一看，就当解压了。

某天，李嘉玉忽然在群里看到段伟祺的消息，他又在微博红了。

没到上热搜的程度，但两个消息都涉及红人，男主都是段伟祺。

李嘉玉看着群聊，也大概明白了情况。原来之前段伟祺回去后的第一天就爆娱乐新闻，只是她忙工作不知道，群聊对话记录太多她也没翻，也没人特意圈她，所以她错过了。

那是段伟祺回程时，与一新晋流量小花同机，两人在头等舱的位置还挨着，被小花的粉丝拍到了照片。粉丝说是姿态亲密，问小花是不是她男友。小花在网上俏皮地答没这个运气，当然不是，还圈了段伟祺微博，说谢谢他在旅程中的照顾。这事网上小热了一把。

段伟祺没上微博，直到第二天才知道发生了什么。他发了顿脾气。那小花还正好是蓝耀阳姐姐蓝耀宁经纪公司的艺人，段伟祺直接打电话找了蓝耀宁，小花当天把微博删了。

于是这事就过去了。可是事隔没两周，又有个网红美女圈了段伟祺，这次是个旅行达人。

竟然是段伟祺登珠峰的驴友。

驴友小姐其实从有登珠峰计划起就开始写微博记录，做了什么准备，如何安排行程，中间登峰断了一段时间更博，下来后马上恢复写，并说太多的记录，要好好整理，承诺粉丝会将过程好好发几篇长文，供大家欣赏参考。

于是她两三天一篇长文，这天正好写的是伙伴。她在长文里写了几个旅程中印象深刻的人，然后用很多篇幅记录了一个优质男人，腿长颜好气质佳，一看就是贵公子。只是当时不知道这人是谁，大家聊天时他也只说自己是个商人，说到他登山的目的，他沉默了很久说：“想在绝境中寻找美景。”

这句话太浪漫，打动了驴友小姐的心，她记录下来，要跟粉丝分享。

驴友小姐说她在整理记录的时候，在微博发现了有趣的消息，这位神秘优质先生，竟然是段伟祺。前一段某某流量女星澄清了与他的绯闻，说感谢他在旅程中的照顾，她相信是真的。因为这位段总裁是真的很有风度，旅程中给伙伴很多照顾。

驴友小姐发了很多照片，因为是专业摄影，照片质量非常好。段伟祺的英挺姿态衬着美景特别迷人，尽显男性魅力。最后的大合影里，他在人群里是最显眼的那个。

段伟祺的微博因为这篇长文，粉丝数唰唰往上涨。

因为有许多美美的照片，长文内容有趣又很正面，加上充满浪漫的元素，这长文竟然比小花那条微博热度要高很多。

段伟祺莫名其妙地小火了一把。

"想在绝境中寻找美景"这句话被许多人当鸡汤转发。

但这句话在"段伟祺今天死了吗"群里被嘲笑了。

"我的妈呀，段总有毒！哈哈哈哈哈！"

"段总你这么浪漫的吗？今天才发现。绝境中寻找美景，哈哈哈哈哈哈哈！"

"段总煲鸡汤，味道好极了。"

"等一下，难道不是段英俊艳遇技能满点才是重点吗？"

"对对，这真是羡慕不来，同样豪气同样帅同样风度翩翩的我，怎么就没有走哪儿都遇美女的运气呢！"

"滚滚滚！"段伟祺出现了。

他发了一句话后大家开始刷屏，于是他发了语音："你们这帮禽兽别瞎起哄，老子生气着呢。飞机上遇着个废柴带着个废柴助理，行李箱都拿不起来，走个路也要摔，我也是贱，管她去死啊，好心扶一把就被消费一下，我活该。去登个山隐姓埋名不想交朋友，多说了一句话又被拎出来秀，感动个屁，老子丧得跟狗似的还浪漫？都去死。还圈我发照片，发个屁照片，老子自己没照片吗，我一点都不想看那些照片，滚滚滚，全都滚。"

没人滚，大家继续刷屏。

"恭喜段总艳遇出道！"

"恭喜段总艳遇出道！"

"又出道，这都出几次道了，老段这把年纪难红。"

"还没到三十，还有机会。"

"那别恭喜出道了，为老段艳遇技能点赞！"

"为老段艳遇技能点赞！"

"为老段艳遇技能点赞！"

"为老段艳遇技能点赞！"

....

大家排起长队刷，李嘉玉咬咬唇，手痒了一下，复制了这条信息，点了发送。

"为老段艳遇技能点赞！"

后头跟着别人的信息，也是这句话，队伍排得整整齐齐。

李嘉玉心跳得快，忽然觉得很心虚，她划到前面，想找到她那句话撤销，但大家刷屏快，后头又刷起图来了，她一时竟然找不到她发的。

希望段伟祺没看到。

李嘉玉有些着急，她还在往前翻，应该还来得及撤销。

突然，群里的消息一下停了。

因为蓝耀阳说了一句话："老段退群了。"

全群静寂了。

李嘉玉的心沉了下去。

蓝耀阳开始慌张："怎么办怎么办，是不是我们玩脱了？啊，刚才他发语音时好像就很生气。"

"谁退了？老段退了？真少了一个人。"

"他逗我们呢，他不是这么小气的人。"

"嗯嗯，以前更大的玩笑都开过，他一人怼三十人，记得吗？"

"怼王新招：退群！就问你们怕不怕！"

"怕！"

"怕死了！"

群里又开始闹，但蓝耀阳没再说话了。

李嘉玉心情沉重，她不想往自己脸上贴金，也许是她太敏感了，但她确实后悔了。她不该跟风开他玩笑的，也许对他来说这事一点都不好笑，他受了伤害，而她还取笑他。

她甚至说不清自己干吗要跟风嘲他，是想给他看看她真的不在乎他了吗？

她后悔了。

之后段伟祺没再回这个群。蓝耀阳回来说了一句:"他真的生气了。"

大家这才开始反应过来,纷纷商量怎么哄大魔王回来。

李嘉玉没再看,心里难受。

过了几天,李嘉玉结束工作回酒店,收拾干净,带着一身疲倦倒在床上发呆,呆了好一会儿,把手机拿出来,打开这个群,群成员仍是14人。段伟祺没回来。

李嘉玉把手机丢一边,翻个身试图睡过去。睡不着,她去刷朋友圈,刷微博,最后她没忍住,点进了段伟祺的小号。

英俊的纽扣。

他发了一条新的微博,时间是他离开X市的那一天早上,6点58分。

"我发誓若再让你找不到我,我就是猪,可惜我是什么你并不在乎。"

李嘉玉盯着这微博盯了好一会儿,然后她摸了摸脸颊,摸到了泪。

图书在版编目（CIP）数据

任性遇傲娇 / 明月听风著. -- 哈尔滨：北方文艺出版社，2019.11
  ISBN 978-7-5317-4680-5

Ⅰ. ①任… Ⅱ. ①明… Ⅲ. ①长篇小说 – 中国 – 当代 Ⅳ. ① I247.5

中国版本图书馆 CIP 数据核字 (2019) 第 236559 号

任 性 遇 傲 娇
RENXING YU AOJIAO

作　　者 / 明月听风
责任编辑 / 路　嵩

出版发行 / 北方文艺出版社	邮　编 / 150080
发行电话 /（0451）85951921 85951915	经　销 / 新华书店
地　　址 / 哈尔滨市南岗区林兴街 3 号	网　址 / www.bfwy.com
印　　刷 / 北京中科印刷有限公司	开　本 / 670mm×970mm　1/16
字　　数 / 1035 千	印　张 / 56
版　　次 / 2019 年 11 月第 1 版	印　次 / 2019 年 11 月第 1 次印刷
书　　号 / ISBN 978-7-5317-4680-5	定　价 / 108.00 元（全三册）

 MEMORY HOUSE

MEMORY HOUSE
记忆坊文化

任性遇傲娇

When Mr. Caprice Met Miss Pride

中

明月听风 著

北方文艺出版社

女骑士的傲娇,是明明喜欢,但偏要口是心非——
我不想做段总的夫人,我要让段总成为优秀女企业家的丈夫。

第十五章
耗到死心为止

李嘉玉结束基创项目的首期工作回到B市，已经是一个多月后——11月中旬了。

这期间她只回过B市几趟，完成需要在B市进行的工作并稍做休整。

第一次在X市待了大半个月回来，贺亦春特意请她吃饭，细细询问工作情况、强度能不能适应，甲方的合作态度，等等，还多放了她两天假。第二次在X市待了大半个月回来，贺亦春拍她的肩问："习惯了没？"

等到李嘉玉第三次回来，贺亦春就没再多安慰多问了。进入工作状态、适应劳动环境是她该办到的，李嘉玉也确实比刚出差时要老练多了。

李嘉玉回来的时候正好是周日，方勤并不在家。她也出差去了。

她去的是美国，正好是熊绍元待的那个城市。

所以，两个人在分手后，获得了一次见面的机会。

李嘉玉不知道这次重逢会是怎样的情形，在她看来，两个人还是互相关心、颇为亲密的。毕竟三天两头视频一下，互相报告一下近况。但现实里又是有变故的，那就是，方勤交新男友了。

新男友是耕田楼下外贸公司的一个经理，30岁，名叫陆勤。他与方勤在电梯、楼下食堂偶遇过几次，因为各自的同事叫他俩的名字，他们发现都有个"勤"字，于是很自然地搭上了讪，再然后约饭、送礼，开始谈恋爱。

所有感情开始、发展的套路都差不多。

方勤与陆勤确定男女朋友关系的第一天，就跟李嘉玉交代了。她特别开心，还跟李嘉玉说："我们名号都起好了，就叫'勤恳恋人'。"

李嘉玉觉得好幼稚，为什么谈个恋爱还要起情侣名号？当时闪过她脑海的是，她若与段伟祺有情侣名号，那应该是"浪子与骑士——浪骑"，嗯，成洗衣液了。

后来方勤说了什么，李嘉玉没太听进去，反正就是一直说她很开心。李嘉玉替她高兴，但她满脑子浪奇洗衣液。这个梗挺好笑的，虽然她没笑出来，但应该也算好梗，可惜了，不能跟段伟祺分享。

后来过了没几天，熊绍元在微信上找李嘉玉，问她："李嘉玉，方勤是不是谈恋爱了呀？"

李嘉玉心想若是方勤没跟熊绍元说这事，那恐怕是她有自己的顾虑，那她也别在中间添乱。于是她答："不太清楚呢。"

熊绍元又道："你不知道吗？我以为她会告诉你。我感觉是恋爱了，那男的叫李铁，你认识吗？"

李嘉玉愣了一下，赶紧输入："这个应该是你误会了，李铁是我以前在'远光'的同事，他现在在四木做产品设计，正好跟方勤合作一个项目，工作上有接触而已。"

"是吗？可是这段时间方勤一直提起他。"

李嘉玉给方勤打电话。

方勤听了哈哈大笑："大熊这傻子。"

"所以你总跟大熊提起李铁吗？"

"我跟你也提过呀。"

李嘉玉反应过来，认真想想，自那次她在网络上被黑之后，方勤还真是经常提到李铁。

她去四木开会遇到李铁了，他来参加会议，特别贱，市场部的需求他列了个一二三四五的表，不合常理、做不到的一条一条列出来，弄得市场部不高兴，与李铁强行就市场分析展开了辩论。李铁同学也是牛，他把市场上同类产品图片一个一个摆出来，产品实物一箱子拿出来，跟市场部讲为什么人家没有这么做，别人又不是傻，你想到的，人家也能想到，不这么做是因为做不了，讨论完毕。

方勤说终于明白为什么产品设计部派李铁上来开会了，原来是来应战的，那战斗能力无敌了。不吵不闹，只是跟你好好讲道理。关键是道理还讲得对，且人家非常认真地做了功课，产品研究得透透的，让人丝毫拿不住把柄。

还有一次会议特别无聊，不知道他们在说什么，特别没效率，浪费大家的时间。方勤听得都打瞌睡。李铁同学坐在市场部发言同学对面，光明正大地趴桌上画呀画。那发言同学大概是见大家都不给面子，于是拿最不熟的李铁开刀，问李铁："产品设计那边都明白了吧？"

李铁很淡定地答："都明白呀。"他把发言同学说的意思准确地重复了一遍，然后说，"就是没我们产品设计什么事呗，我们等你们确定好了再跟进吧。"

会议结束后，李铁还把速写本的两页撕下来给发言的同学："送给你。"方勤就在旁边，伸头一看，李铁无聊得画了两页发言的同学的速写画像，画得像极了，那地中海发型和长方脸特征抓得准准的，重点是画得超级像，但就是比本人帅十倍。

"我签了名的，你收好呀，以后说不定就升值了。"李铁说。那发言的同学原是不高兴，但看画得这么好，又似乎被李铁忽悠得信了这画极具收藏价值，又也许只是给同事留点颜面，反正最后跟李铁勾肩搭背地走了。

李铁参加了几次会，几乎与会人员都被他画遍了。方勤也收到了自己的画像。她还要求李铁画一张她跟李嘉玉的闺密合像，要签名的。

李铁低头画，也不用看她跟李嘉玉的照片，还真给画出来了。

总之李铁就这样与方勤混熟了，他们一起痛批开会的效率，一起讨论项目产品。李嘉玉长期出差，想把Polo给方勤开，但方勤不会开车，还怕学，于是找了李铁先教。他们跟李嘉玉有个"哥们儿三人群"，李铁教了几次后，在群里与李嘉玉道："李嘉玉，你的Polo在我眼里还是非常值钱的，请不要让手残的人糟蹋它吧。方勤同学还是给公共交通继续做贡献就好。"

李嘉玉为这事取笑了方勤几次，方勤也在李嘉玉这儿嘲笑了很久李铁当老师怎么不合格。

如今这么说起来，她还真是提起李铁太多次了。

方勤与李嘉玉道："我还没跟大熊提陆勤的事呢，等我找到合适的机会，再跟他说。"

但这个机会似乎直到方勤出发去美国前都还没有找到，起码李嘉玉没听方勤说她跟熊绍元说了。

李嘉玉不知道方勤在美国与熊绍元的见面会怎样，她有些好奇。她想等方勤上线找她了，她得好好问问。

李嘉玉打开微信，摸进了许久没进去的"段伟祺今天死了吗"群，这个群已经改名为"老段今天回来了吗"。这么巧,群里正在说段伟祺。下周六是段伟祺28岁生日,大家商量着今年给他弄个生日派对,算是弥补之前把他闹生气的错。

大家讨论热烈,时不时开开玩笑,话题扯到天边去。李嘉玉怔怔地看着,段伟祺的生日,她是不该凑热闹的。但说到礼物,她想到了贺亦春。

贺亦春如今已经怀孕35周了,离预产期还有一个多月,李嘉玉给宝宝的礼物还没有买,原来还担心在贺亦春生之前不能回B市,现在看时间来得及,今天又休假,她正好去商场逛逛。

李嘉玉说走就走,开起她的Polo就奔商场去。她很久没开车了,很久没逛商场,到了那里感觉非常好。李嘉玉在商场拍了一张自拍,发了朋友圈:"好好工作,尽情买买买。"

段伟祺正陪着段老爷子在茶室试新茶,一起来的还有他母亲邱丽珍以及堂姐段珊珊。

邱丽珍、段珊珊来商场的目的都和新款包包有关。品牌店的新品册子下来了,接受预订,作为店里VIP客户的邱丽珍和段珊珊都接到了店员的电话,这么巧,老爷子要来这儿喝茶,于是就一起过来了。

段老爷子与茶店老板聊茶,邱丽珍与段珊珊聊包包,段伟祺无聊地坐在一旁刷手机。

老爷子横了段伟祺一眼,这小子不对劲已经很久了,端正严肃得不像话,哪里像他那个任性活泼到让人想狠狠揍一顿的好孙子,要不是骂他两句他还知道顶嘴,老爷子真怀疑孙子被人换掉了。

"阿祺,你说买哪种好?"老爷子故意问。

"都买了。"段伟祺很敷衍地抬头看了一眼面前的杯子。

"哼。"老爷子不高兴,"就买一种,你挑一个。"

段伟祺刷了一下朋友圈说:"那就买最后一种。"

老爷子道:"最后那杯你都没喝,你知道什么味……"

老爷子话还没说完,段伟祺忽然猛地站了起来。

所有人吓一跳,都盯着他看。段伟祺没注意大家的反应,只慌张道:"我肚子痛,我去厕所。"说完撒腿就往外跑。

老爷子透过店面的落地窗玻璃往外看,看见段伟祺顺着扶梯往下跑:"这小浑蛋,这层没厕所吗?"

段伟祺一口气从四楼跑到二楼。李嘉玉发的朋友圈,身后背景是二楼B区的一排店铺,他认得,其中一家表店他今天刚陪爷爷走过。

但在B区急急转了一圈，他没有看到李嘉玉，明明看到朋友圈是她刚发的呀。

段伟祺从这头转到那头，一抬首，忽然看到通往三楼的扶梯上，背对着他的，正是李嘉玉。

段伟祺抬步往扶梯去，李嘉玉已经到三楼了，转眼没了身影。

段伟祺三步并作两步上了三楼。这电梯上来后分左右两个方向，他看不到李嘉玉朝哪个方向走了，干脆选了左边走，这边女装铺子多，他一家一家店顺着找下去。

李嘉玉在右边第三家的母婴店转了半天，店里头的东西琳琅满目，她看花了眼。不知道哪种适用，她便一边逛一边用手机查着，看得非常仔细。

段伟祺从左边一路转到右边，没有看到李嘉玉，他想会不会她又上四楼去了。他迈上了扶梯，往四楼去。

李嘉玉一出母婴店就看到了段伟祺，他不知遇着了什么事，着急忙慌地往扶梯跑，很快就顺着扶梯上四楼去了。李嘉玉原想逛下一家店，犹豫了片刻，还是去了四楼。

上去之后没有见着段伟祺，李嘉玉信步走。这一层男装店挺多，李嘉玉走过一家奢侈品品牌店，看到橱窗里展示的几颗宝石袖扣，她凑近了看，想起段伟祺当初说"1000块还不够买一颗扣子"。

段伟祺跑出了一段后又折返，不对，这一层不对，这层是男装多些，李嘉玉应该是在三楼逛的，他刚才肯定是看漏了。他转身，打算再下楼。

这一转身，看到了斜对角的店铺外头，站着的可不正是李嘉玉，她很认真地在看橱窗展示的商品。

段伟祺的心一下平稳下来，他想走过去，但想了想又转身，透过身边店铺的玻璃墙审视了一番自己的模样。今天陪爷爷出来穿得挺随便的，最近头发长了也没打理。他对着玻璃墙拨了拨头发，想到李嘉玉一直嫌弃他不够帅。说到帅，他又想到了苏文远。

想起苏文远，他犹如被一盆冷水从头顶泼下，彻底冷静了。

算了，见到她又能说什么呢？她当初已经把话跟他说明白了。

李嘉玉多看了几眼那几颗袖扣，一转身看到段伟祺，他正看着那边店铺里头，似乎在等人。李嘉玉看了他两秒，不知道自己上四楼来做什么。在X市时，她跟他说的那些话，伤害他了吧？她把话说到了那份儿上，他应该是不想再见到她了。那时他退群，大概也是被她气到的缘故。

李嘉玉有些心虚。这时候段伟祺往前走了，他没有看到她。李嘉玉在心里叹口气，转身朝着反方向走。

算了，来都来了，要不给爸爸挑件新年礼物好了。

李嘉玉一家店一家店地逛着，不确定买什么好。

段伟祺很刻意地不回头，沿着店铺一直走，感觉自己离李嘉玉越来越远。背后像有针在刺他，但他就是不回头。

拐个弯，继续走。对了，他还得回茶叶店呢。

真不想回去，想回家，想自己一个人待着。

那茶叶店在哪儿来着？他好像迷失了方向。

段伟祺忽然停下了，他看到了李嘉玉。

她就在他面前，非常吃惊地看着他，他想他脸上的表情肯定跟她一样。

然后他听到了敲玻璃的声音。他转头，看到一旁竟然就是他遍寻不见的茶叶店，段珊珊在落地玻璃后面使劲瞪他，爷爷和妈妈坐在茶桌后头，虽比段珊珊隔得远，但也透过玻璃墙在看他，脸上的表情，嗯，非常精彩。

段伟祺再看一眼面前的李嘉玉，再转头看看家人。

段珊珊用嘴形对他说："蠢货！"

他跟个白痴一样地跑下跑上，在店外面转了好几圈。

李嘉玉顺着段伟祺的视线望过去，看到了段珊珊。她定了定神，佯装淡定地对段珊珊点了点头算打招呼，没好意思仔细看跟段珊珊同桌的那位妇人和老者。也许是段伟祺的家人吧，她想，但跟她也没什么关系。

段伟祺扭捏一会儿，清了清嗓子，道："真巧啊。"

李嘉玉客气笑笑："是挺巧的。"

段伟祺指了指茶叶店里："我是来找我姐他们的。"

李嘉玉端庄点头："那段总你忙。"

"好。"

李嘉玉继续往前走，与段伟祺擦肩而过。段伟祺吐了口气，准备往茶叶店里走，但突然不知怎么，猛地回头看了一眼，却见李嘉玉也正回头看他。

一瞬间，四目相对。

眼波中似有情绪流转，两人均是一怔。

李嘉玉下意识赶紧转身就走。她不知道还能与他说什么，当初与他谈分手时来不及体会的尴尬此时正包围了她的全身。李嘉玉加快脚步，脑子里乱糟糟的。

好丢脸，为什么要回头看他，还被他逮个正着。

段伟祺愣愣地看着李嘉玉似在逃跑的背影，她跑什么，他又没把她怎么样，她不爱他，他也没说什么呀。

"李嘉玉！"段伟祺听见自己的声音。

然后李嘉玉走得更快了。

段伟祺追了上去。

"李嘉玉！"

李嘉玉似聋了一般，差点跑起来。眼看着她马上要跑下扶梯，段伟祺向她冲过去。

"砰！"

一声巨响。

段伟祺也不知自己脚下绊着了什么，脚踝一痛，眼前一花，然后"砰"的一声，待他反应过来，他已经四肢着地趴在了地上。很痛，尤其是膝盖。

段伟祺不需要灵魂出壳换个角度看自己，就知道现在他的姿态有多狼狈。

四周忽然都安静了。

段伟祺想死。

全世界都看到他摔成个狗样！

旁边一个孩子忽然"哇"地放声大哭。

段伟祺更想死了。

虽然很不愿意，但他不得不抬头，企图爬起来以最快的速度从这个地方消失。这一抬头，他看到李嘉玉震惊的脸，然后她迅速朝他跑了过来。

"你没事吧。"李嘉玉半蹲着扶他。

段伟祺的膝盖痛得让他吸了一口气，借着李嘉玉胳膊的力站起来，他看看脚下，是一辆玩具车。旁边那个哇哇大哭的孩子看来正是害他摔倒的罪魁祸首，孩子的母亲跑过来，把孩子抱进了怀里，好像他们是被欺负的那一方。

段伟祺看都不想看他们，事实上，他完全没有勇气环视一圈周围。

太丢脸了！

"李嘉玉，你帮我个忙。"

"哎。"

段伟祺吸着气，他现在抬腿走有些痛："你能扶我离开，当什么都没发生过吗？"

"走，走！快点。"李嘉玉比他还积极，"你刚才这么大声喊我名字，现在他们都不知道你是谁，但知道我叫李嘉玉。"

对呀！段伟祺笑起来："李嘉玉！"

"滚滚滚，闭嘴，我要把你丢下楼了。"

李嘉玉半撑半拖，把他扶到了扶梯上。两个人随着扶梯缓缓下降。

段伟祺全程目不斜视只盯着地面，李嘉玉在扶梯下去的那一刻抬头看了一圈，咬牙切齿："所有人都在看我们！"

"不用告诉我，谢谢。"

"你知道你刚才摔得多大声吗？"

"闭嘴吧，谢谢。"

"摔得太夸张了。"

"李嘉玉，你想死吗？"

李嘉玉扶着他再下一层楼："你还好吗？要不要去医院？"

"没看我健步如飞嘛！"

"哎呀，我太傻了，我扶你干吗呀？我应该跑远点，把你丢给你姐的。"认领个二货干吗呀，真的太丢人了。李嘉玉非常非常后悔。

"多大仇？！"段伟祺嫌弃她，"能走快点吗？"过一会儿他又道，"这商场再也不来了。"

"别呀，这里挺多1000块一颗的扣子，挺适合你的。"

段伟祺无话可说。

两个人下到了地下停车场。李嘉玉扶他上了Polo，检查了一下他的伤，这时才发现他摔得休闲裤膝盖的位置都破了，膝盖蹭破了皮，还流了血。

"还有哪里痛？"李嘉玉问他。

"脸皮痛。"段伟祺没好气。

"脸皮还在呢？"

段伟祺伸手弹她的额头。

李嘉玉痛呼一声，捂着额头揉，揉着揉着忽然大笑起来："真的太丢脸了。"李嘉玉笑到停不下来，"当时楼板都好像震了一震，你有没有感觉到？"

段伟祺捂着眼睛说："你赶紧失忆吧！"

李嘉玉哈哈大笑，笑着笑着拍他一下："害我也好丢脸，太烦人了。"

"打死我算了，反正不想活了。"

李嘉玉再度大笑。

笑完了，她道："我送你去医院吧，外伤还是要处理一下，再检查检查骨头摔着没。"

段伟祺没反对。

李嘉玉拿手机出来查附近哪儿有医院，一边查一边问："你要不要跟你姐联络一下啊？刚才就那么走掉了。"

段伟祺不说话。

李嘉玉又道："另外两人是谁呀？"

"我爷爷和我妈。"

"唉!"李嘉玉更后悔了。她真的不该跑回去扶他的。

她查好了,启动导航,再次问他:"给你家里打个电话说一声吗?毕竟他们亲眼看到你趴地上,结果你头也不回地走掉了。他们会担心的。"

段伟祺懒洋洋地靠在车椅上,道:"也没见他们冲出来扶我呀!"

李嘉玉心想,也是啊。而且他们也没给段伟祺打电话问一声。

"好吧,那我们先去医院吧。"李嘉玉启动车子。

茶铺里,段伟祺"砰"地摔那一下时,邱丽珍就站了起来。

"快坐下。"段老爷子在一旁喝道。

邱丽珍愣了愣,这时候看到刚才走掉的那个年轻姑娘跑了回来,去扶段伟祺。

段老爷子道:"太丢脸了,我们暂时先装不认识他。"

邱丽珍还来不及说什么,就见段伟祺跟那个姑娘丝毫没有回头看一眼的意思,就这样走了。

段老爷子就这么看着外头,看着段伟祺和那姑娘上了扶梯下楼,消失了踪影,再看着外头围观的人群恢复了行动,再不关心刚才那糗事,这才问段珊珊:"那谁呀?"

"什么谁?"段珊珊道。

"是不是那谁?"

"哦,就是那谁吧?"段珊珊装傻。

段老爷子一瞪眼,段珊珊赶紧认怂:"李嘉玉。"

"哦,对,是叫李嘉玉。"

邱丽珍皱眉头:"就是那个有男朋友的……"

段珊珊拨拨头发,不说话。

邱丽珍又问段珊珊:"他们现在怎么回事?"

"不知道。"段珊珊答得干脆。

段老爷子又瞪眼了。段珊珊无奈道:"真不知道。"

邱丽珍清清嗓子,道:"爸,我看这两人应该没什么。毕竟也不是一个圈子的,处不来的。对了,下周六是阿祺的生日,他都28岁了。"

"28岁很老吗?"段老爷子不爱听了。

段珊珊暗地里翻个白眼,她更不爱听。

"不是,我是说,阿祺也该正经交个女朋友了。"

"这种事要是能勉强,珊珊现在都生俩娃了。"段老爷子道,还白了段珊珊一眼。

段珊珊笑嘻嘻道："我生的又不姓段，还是让阿祺操心皇位继承的事吧。"

"咱家没皇位。"段老爷子气呼呼地说，"只有点家产。"

"哦。"段珊珊掏出手机，家产谁在乎啊，她自己也能挣。

趁着邱丽珍跟段老爷子商量趁段伟祺过生日的时候给他介绍些名门闺秀，段珊珊给段伟祺发微信："爷爷让你赶紧生娃继承家产。"

过了一会儿段伟祺回了："滚蛋。"

"好多好多家产呢。"

"滚滚滚。"

段老爷子忽然问："阿祺怎么知道那李嘉玉在这里的？"

"啊？"段珊珊没反应过来，不是正聊名门闺秀吗？

"你有那个李嘉玉微信吗？"老爷子又问。

"有……"段珊珊答完忽然犹豫，"……吧？"

"有就有，没有就没有，吧什么吧。"

"记不清了嘛，我加的好友这么多。"

"拿来我看看。"老爷子伸手要她的手机。

"不行。爷爷你不能侵犯我的隐私。"段珊珊拒绝。

"那你帮爷爷翻，看那李嘉玉有没有发什么朋友圈。"

段珊珊犹豫着。

"快点。"

段珊珊无奈，翻了翻还真看到了，她把李嘉玉发的那条亮给段老爷子看了一眼。

"哼。"段老爷子看完哼了声，段珊珊不知道他什么意思。

邱丽珍也要看，段珊珊无奈也给她看了一眼。

邱丽珍看着那"买买买"几个字就眼疼，但她忍住没发表意见。

段珊珊又给段伟祺通风报信："他们要求看李嘉玉的朋友圈。"

段伟祺回复："她朋友圈很正常的。"

"她朋友圈正常，是你不正常。"

段伟祺看到这条，皱了皱眉。

李嘉玉小心翼翼地开着车，这停车场很大，路有些绕。她眼角余光看到段伟祺皱眉，不由得多看他一眼，正想问怎么了，忽然一辆车从她后头超上来，挨着她的车身飞快地冲了过去。

李嘉玉吓了一跳，下意识地打了方向盘躲避，车道太窄，她的Polo直冲着旁边停车位的一辆车而去。

李嘉玉赶紧踩了刹车，但来不及。车头顶着车头，停下了。

李嘉玉大惊失色，赶紧跳下来查看。一看到那车子长了一副很贵的模样，她就慌了。再仔细一看，不严重，剐着了一点点。但这车子太新，剐着的这一点点看着也很刺眼。

"这什么车？"她问段伟祺。

段伟祺趴在车窗探头，眉眼带笑："没事，布加迪而已。"

这口气！而已？

李嘉玉将信将疑："多少钱啊？"

"3000多一点。"

李嘉玉垂死挣扎："有个万字是吧？"

"废话。"

李嘉玉倒吸一口冷气："真的假的？"

"真的，我刚买的。"

李嘉玉的表情难以形容。

"失恋以后太丧了，所以买辆新车安慰一下自己。喏，就是这辆。"

李嘉玉心情有点复杂。

段伟祺看着她，她也回视回去，沉默半响，她诚恳商量："我把我的Polo赔给你吧。"

"呵呵。"段伟祺冷笑。

段伟祺一冷笑，李嘉玉就冷静了。

她叉上了腰，等着段伟祺说下一句。

段伟祺一堆俗套台词都准备好了，但一看李嘉玉的表情和架势，顿时把到嘴边的话咽了回去，改口道："好了好了，你也知道我肯定不会让你赔的，咱俩就别演了，都别矫情，赶紧上车送我去医院吧，我觉得我的骨头可能伤了。"

他这么一说，李嘉玉倒不好再说什么。

"快快快。"段伟祺冲她招手。

李嘉玉上了车，不放心地又问："真的是你的车吗？"

段伟祺给她个白眼，拿出车钥匙按了一下。

"嘀"的一声响，车子的中控锁开了，验明正身。

李嘉玉长长叹了一口气。

段伟祺装模作样也叹气："这就是债，逃得了兰博基尼逃不了布加迪啊。"

李嘉玉心里道，算了，还是赶紧先去医院吧。

Polo驶出停车场，段伟祺突然道："你怎么能质疑这不是我的车呢？"

"拜托，难道全天下的好车都是你的吗？"

"不是，我不是说好车都是我的，我的意思是，我已经说了这车是我的，你质疑我冒领名车，这比让我摔个大马趴更伤自尊。"

说起这个，李嘉玉就忍不住笑："那是你没看到自己摔的大马趴的姿势，相信我，看过的人都宁可被人诬陷冒领名车。"

段伟祺往椅子里缩了缩："我不想说话了。"

"生气了？"李嘉玉抽空瞥他一眼。

段伟祺面无表情，不吭气。

李嘉玉忽地心一紧，想起那次段伟祺被嘲讽后退群，她清了清嗓子，道："别生气了，我道歉。"

段伟祺更气了。她竟然为这点破事跟他道歉，客气得跟陌生人似的。

李嘉玉又看了段伟祺一眼，他脸都黑了。

李嘉玉想想，又道："你之前，想跟我说什么？"

段伟祺看她一眼。

李嘉玉声音大了一些："就是我说用Polo赔你，你想说什么？"

段伟祺动了动腿，嘀咕着："想说些霸道总裁式的骚话呗，但你不是不让吗？"

"你说嘛，我听听。"

段伟祺瞥她一眼，李嘉玉趁等红灯也转头看他。

段伟祺看着她的眼睛，忽笑了笑，心情阴转晴："你求我啊，你求我，我就说给你听。"

"段总，求你了。"

段伟祺笑出声："李嘉玉，你真是能屈能伸啊。"

"那是。"李嘉玉一脸骄傲。

"你哄人的时候比你怼人的时候可爱多了。"

"你炫富的时候最可爱。"

"你夸人的时候真可爱。"

"你炫富的时候最可爱。"

…………

段伟祺瞪她："我除了炫富没别的优点了是吧？"

"不是。"李嘉玉顿了顿，"我是说，这不是抓住最优秀的那一点先使劲夸,其他的留着以后慢慢夸。"

"好了,别说了。你为了补偿我车子的损失已经很努力了。"

李嘉玉哈哈笑:"你感受到了就好。"

"嗯,我感受到了。"段伟祺看着李嘉玉的侧脸,忽然觉得摔这一跤也不是太糟糕。

又遇红灯,李嘉玉转头看他一眼,正对上他的目光。李嘉玉心一跳,佯装镇定地扭过头,直视前方。

"李嘉玉。"

"嗯?"李嘉玉紧张地握紧了方向盘。

"你想不想知道,我在商场叫你是想说什么?"

李嘉玉心跳得快,面上若无其事地问:"你想说什么?"

"我是想问问你,周六是我生日,朋友们都闹着要聚会,你要不要来玩?"其实当时他脑子是空的,并没有话要说,但现在他有一肚子话想说。

"还是不了吧,我跟你的朋友也不熟。"李嘉玉顿了顿,又道,"而且话题也聊不到一块儿。你们聊兰博基尼、保时捷、布加迪,而我只有Polo。"

段伟祺过了半天,"嗯"了一声:"那好吧。"一肚子话,又无从说起了。

李嘉玉直直地看着前方,认真开车。

过了好一会儿,她忍不住道:"提前祝你生日快乐。"

"谢谢。"

一股低沉的气压充满车厢,李嘉玉有些难过,她多希望段伟祺还是之前那副跩跩的样子,神采飞扬地炫富,开怀大笑。他还是那种讨人嫌的样子最让人喜欢。

好在医院很快到了,李嘉玉把坏情绪丢在脑后,将段伟祺扶了进去。

段伟祺这时候的腿要比刚摔的时候更痛。其实他之前同意来医院只是想能跟李嘉玉多待一会儿。现在真到了医院,到处吵吵闹闹的,他又觉得烦。尤其是旁边有小孩哭闹,又有小孩跑来跑去。

"我真的,不喜欢小孩。"段伟祺瞪着那哭闹的孩子,孩子看到他的表情,哭得更厉害了。

段伟祺把头转回来,烦躁又生气。

李嘉玉坐在一旁哄他:"忍一忍吧,让医生检查一下安心。"

"李嘉玉。"

李嘉玉看着他。

"你送我一件生日礼物吧。"段伟祺的声音低低的,表情看上去比一旁哭闹的孩子还要委屈，"不用太贵的，哪怕送个防晒霜也好呀。"

李嘉玉鼻子一酸："行。"

段伟祺忽然又重复了一遍："我真的，很不喜欢小孩。"

李嘉玉再也坐不住，站起来说："我去看看前头还有几个人。"

待李嘉玉转了一圈回来后，段伟祺身边已经没有小朋友在闹了，他似乎也恢复了正常。后头看医生的过程也挺顺利，摔伤，没什么大碍，上完了药，李嘉玉又将段伟祺送回了家。

一路上段伟祺都没说话，到了他家楼下，他忽然又霸道总裁上身了，赖在车上不走，嚣张地道："对了，我还没跟你说那些话呢，就是你说要赔我Polo之后，我要说的话。"

那德行，就是想了一路台词吧？

李嘉玉都不想揭穿他，她很配合地道："总裁请说。"

"Polo我就不要了，没开过这么次的车。"

第一句话刚说完，李嘉玉就没忍住笑了起来，可以的，这很段伟祺。就是这样，是她喜欢的段伟祺。

她一笑，段伟祺就笑了："哎，我还没说完。"

他清了清嗓子继续道："你是不是以为我会说，车子不用，但要你的人赔。你想得美！我不会让你有丝毫的机会赖上我的。"

李嘉玉大笑："你演技好差。"

"太浮夸了吗？"

"对。"

"好吧，其实我确实是想让你用人来赔的，最起码伺候我一个月。毕竟是你害我受伤的。我现在生活不便，不能上厕所，不能洗澡，也不能自己吃饭。"

"你是用膝盖吃饭的吗？"

"这不是摔坏了脑子吗！"

李嘉玉忍不住一直笑："段伟祺，我想到送你什么生日礼物了。"

"对了，你害我受伤，生日那天都不能跟美女跳舞了。我华尔兹跳得不错的。你赔你赔你赔。"

"我决定送你一根拐杖。"

"送头盔都没用，这种故意装傻引霸道总裁注意的伎俩，我早就看穿了。我是不会说出'女人你成功地引起了我的注意'这句台词的。"

李嘉玉哈哈大笑："想不到你看过不少。"

段伟祺也笑："耀阳看过很多。有一段时间，他们要拍偶像剧，他被迫看了很多霸道总裁小说,很受刺激,然后演了一整套给我们看,他说我们全都不合格。"

李嘉玉笑疯。

段伟祺跟着她一起笑,觉得真开心,出了糗也开心。

两个人笑完了,段伟祺清清嗓子,换了正常口吻:"我走了。"

李嘉玉也如常道:"要送你上去吗?"

段伟祺挥挥手:"不用,我不会让你有丝毫的机会赖上我的。霸道总裁的床哪有这么好爬。"

"滚吧你。"

段伟祺慢吞吞地挪了腿下车,走了几步,腿活动开,没那么疼了,他正常迈步子走,走出一段忽然停下来转身看。

李嘉玉还趴在车门上看他,她脸上挂着灿烂的笑容,那么甜美,眼睛熠熠生辉。

段伟祺忽然火速拿出手机拍了一张她的照片。

李嘉玉吓一跳:"你干吗?"

"想让你看看,你看着我的样子。"

李嘉玉哈哈笑:"台词不是这样的,台词是,女人,满意你看到的吗?"

她掏出手机,也拍了一张他的照片。

段伟祺挑眉毛:"拍个照也要较量一下吗?"

李嘉玉摆好架势:"来吗?出牌吗?"

"出就出!"段伟祺把她的照片发给她。

然后还写了一句话:"你看着我的样子。"

李嘉玉抿嘴笑,回敬一句话:"我看到的你的样子。"然后发出了照片。

段伟祺看到了照片,顿时一僵,而后暴跳如雷:"李嘉玉!"

李嘉玉哈哈大笑:"你问我啊,女人,满意你看到的吗?"

"滚滚滚!"段伟祺好气,"删掉!必须删掉!"

"就不。"李嘉玉启动车子赶紧逃。

微信提示音响个不停,李嘉玉开出了一条街才靠边停下。

她拿起手机看,全是段伟祺发来的。

"删掉!不然绝交!"

"生气!不想理你了!"

"李嘉玉!"

"删了没?删掉之后记得失忆!"

李嘉玉大笑,又看了一次她拍的照片。

照片里，段伟祺身姿挺拔，衣冠楚楚，可惜裤子在膝盖处被剪了两个大洞，伤口涂着药水，脏兮兮的一大片。整个人看上去上半身华贵，下半身滑稽，简直是爆笑，偏偏他自己丝毫不觉，还满脸的得意。

太搞笑了。李嘉玉觉得她可以拿个什么摄影作品奖。

她划拉着段伟祺发给她的话，笑得停不下来。

然后她看到了段伟祺发给她的照片。

照片里的她笑得温柔甜蜜。

李嘉玉停下了，她认真地看自己，原来她看着段伟祺时，是这样的表情吗？

晚上，方勤上线了。

她果然是跟熊绍元见了面，第一时间来找李嘉玉倾诉。

"怎么样啊？"李嘉玉问她。

"分手男女友好会面，还能怎样啊。"方勤叹气，"我发现我特别渣，我先问他有没有计划回国，他说没有，然后我才告诉他陆勤的事。"

"没懂你的渣点。"

"就是我原本的想法是，如果他说回国，我就嘲他，呵呵，回来也来不及了，我已经交新男友了。但是当他说没有的时候，我发现我松了一口气。我竟然觉得不用面对纠结选择的难题很好。"

"所以你的意思是，如果他回来，你得在他和陆勤中间选一个？他说不回来，你不用做坏事，不用面对自己的渣，所以松了一口气？"

"我从前完全不知道我竟然隐藏了这样的想法。难道我还会期待他回来吗？我来美国之前就想象了很多次见面的情形，连话题都准备了好几个。我觉得我做好了准备要好好打击他。我想告诉他，我过得很好，我有新男友，工作稳定，薪水不错，闺密可爱，老板牛气，我自己的前途不可限量。但真的见了面，却发现不是我以为的那样，我并没有自己想象中的那么坚定。"

"嗯。"李嘉玉能理解，"以为自己怨气很重，其实并没有。"

"对。当我跟他显摆这些的时候，是希望他开心的。"

"大熊当然会替你高兴。"

"是的，他夸我的时候，我都有点得意了。"方勤哈哈笑，"然后我们还讲了一大堆尴尬的冷笑话，但真心觉得好笑，还聊得特别开心，互相吹捧，真的特别幼稚。可我回酒店了一回味，我怎么跟个傻子似的，简直是尬聊啊。但当时真的太投入了，真是此尬只留余味。"

"对，对，我懂。确实是会这样。"

方勤马上抓到重点了:"你懂什么你懂,说得跟你在现场似的。"

"我今天见到段伟祺了。"李嘉玉把事情经过说了,但淡化了段伟祺出糗的部分。

方勤笑到没力:"我的天,你真的剐到了他的车吗?哈哈哈,这什么缘分啊。你记不记得我们是怎么认识他的?"

"怎么可能不记得。没有最尬,只有更尬。"李嘉玉摊手。

方勤狂笑:"太好了,这种糗事有你陪我,我一下子就平衡了。"

"超级丢脸好吗?"

"而且回来之后我一想我们之间的对话,我的妈呀,我觉得大熊能笑话我一年。"

"这种叫事后尬。"

"哈哈,现场用力过度。"

两个姑娘哈哈大笑。

方勤道:"我跟你说,我反省了之后,决心一定要好好对陆勤,人家真心实意对我,我不能还摇摆不定的。大熊早就是过去式了,这个必须,必须,坚定下来。"

"你想通了就好。"

"我把我发现自己挺渣这件事告诉大熊,他摸了摸我的头,说你一直都这样,表面咋咋呼呼的,爱喊个口号,好像特硬气似的,但其实挺脆弱,没主意,你自己不知道吗?唉,他说这话的时候,语气特别特别温柔,我也不知道怎么了,当场眼泪就下来了。"方勤说到这个叹息道,"你知道吗,大熊妈妈埋怨过我,她说既然当初决定在一起,最后却不愿陪大熊去国外吃苦,等苦尽甘来那天没我的份。当时大熊帮我说话,他说谈恋爱不是为了一起吃苦的,谈恋爱是为了一起开心的。这次我来这里,他妈妈托我帮她带东西,跟我说起这事,我才晓得。"她顿了顿,长长叹了一口气,"好遗憾呀,嘉玉,我跟大熊错过了,这么好的男生,错过了。"

李嘉玉清了清嗓子,提醒她:"刚才是谁说大熊先生是过去式这件事一定要坚定下来,一定要好好对人家陆勤的?"

"对,对,对。"方勤揉揉眼睛,"我家陆勤也很好的。大熊已经过去了,真的,过去了。"

"你呢?"方勤问李嘉玉。

"我?我当然还是工作排第一呀。"

"那段总呢?"

李嘉玉想起自己的那张照片:"也许我也跟自己以为的不一样,但没关系呀，人生这么长，我还这么年轻，不需要当下就给自己下结论。但发生过的事就是发生过的，我们是真的分手了。我觉得……"她咬咬唇，"原则就是，大家都该对自己做的事、做的决定负责任吧？如果谈好的分手不算数，那么过去犯的错也不需要认真对待了。人和生活都是在变化的，以后的事再看看。"她顿了顿，叹气，"不知怎么说，我也说不好，真的挺乱挺难的。"

"你还是心软了。"

李嘉玉的脑子里忽然跳出段伟祺摔个大马趴的画面，她忍不住笑，真的太好笑了。为了追她说句话摔成这样，她当然会心软。

"你干吗笑成这样？"

"没事。"李嘉玉没打算把这些告诉别人，她很维护段伟祺的面子，她转了话题，"周六是他生日，他想请我去生日party（聚会），我拒绝了，但我答应送他生日礼物，你说送什么好？"

"哇，这是个大难题。又不能太亲密，又不能太冷漠，富贵比不了，但又不能显寒酸……"

"好了，别说了，这礼怕是送不出去了。"

方勤哈哈笑道："我帮你想想啊，我周四回去，周五我们可以一起去挑。"

"行。"

两个人闲聊几句别的，挂了。

李嘉玉退出界面后发现段伟祺给她发了条微信："你删了吗？"

李嘉玉失笑，他是真的很在意。

"放心吧，删了。以社会主义好姑娘的优秀品德做保证。"

"哎，你居然舍得？！"段伟祺发了个"不服气"的表情图。

"多看两眼，眼睛痛，还是删了保证安全。"

这话刚发过去，就收到了段伟祺发过来的几张照片。

段伟祺写道："给你看点别的。"

珠峰的风景照。

李嘉玉心一动，点开认真看。

照片质量很高，应该不是手机拍的。

巍峨险峻，奇峰磅礴，皑皑白雪似云似海，群峰争势连绵不绝。

在绝境里寻找美景。

李嘉玉捧着手机，把这些照片看了几遍。

段伟祺又发了信息过来："我从珠峰回来后就想跟你说的，我登山的时候想，连这么凶险的大自然都能征服，还有什么困难克服不了。"

李嘉玉怔怔地看着这话，想着他们交往的那短暂时光，真的非常短暂，分明什么都还没发生，她没要承诺，因为顾及他的感受，而他竟然有绝境的心情了？

她理解不了他的压力，她不够了解他。毕竟阶层不一样，处世的态度真的差很远。也许对他来说，稳定的两性关系给他太多的束缚恐惧，他应该是真的喜欢她，所以他这么反应过度？

她只能这么想了，不然还有什么？

但他的反应过度又何尝不是给她的压力？

她并不想要求他什么，所以还是就这样吧。

李嘉玉回复信息："照片很美，我存下了。晚安。"话题打住，她不想聊。

段伟祺正输入的手停了下来，想了想，把输入的话删了。

"晚安。"

还是耐心点吧，她好不容易才对他心软些，就当是从头再来。反正他们第一次见面的时候她对他的印象也是极差，后来他不也追上了？他现在比以前好很多了，她会懂的。

段伟祺把手机丢一边，龇牙挪了挪腿，伤口还真是挺疼的。他把双臂枕到脑后，忽然想起第一次见面她害怕剐到他的兰博基尼，现在重新开始，她又蹭到他的布加迪。

段伟祺高兴起来，到朋友圈发动态："想再买辆车庆祝一下。"

李嘉玉看到这动态简直不敢相信自己的眼睛，不是才买的新车吗！

这家伙沮丧的时候买辆车安慰自己一下，高兴的时候买辆车庆祝一下？

她忍不住留言道："自行车吗？"不怼他都不行，真的太奢侈浪费了。

段伟祺看到她留言，更高兴了，一嘚瑟又按捺不住了，再发一条："我女朋友虽然不爱开豪车，但她喜欢蹭啊。要什么给什么。"

李嘉玉翻个大白眼，这神经病，自己演上了吗？

"你女朋友贵姓？"

过一会儿，段伟祺把这条动态删除了。

李嘉玉"哼"了一声，算你识趣。

可没过一会儿他又发了一条："我喜欢的女生虽然不爱开豪车，但她喜欢蹭啊。要什么给什么。"

李嘉玉心想，算了，跟神经病计较什么。屏蔽他的朋友圈，睡觉。

第二天，李嘉玉上班。

工作果然让人精神抖擞,李嘉玉心情非常好。

贺亦春看到她很开心,把她叫到办公室聊了好一会儿。末了她跟李嘉玉道:"我得先跟你打个招呼,我孕晚期了,过两周就足月,足月到预产期这段时间,随时可能生产。我就不太跟项目了,只盯盯你们的进度。项目会由谢洋、王肖分着管,他们都在谈新业务,我猜应该会找你,你可以挑跟哪个项目,这个没关系。我休完产假回来就升总监,谢洋、王肖两人之一,会升项目经理,所以这段时间也是他们的竞争阶段。上升通道都是透明的,大家用业绩说话。他们若让你站队,你要心里有数。如果有问题,你就告诉我。"

李嘉玉点头答应了。

贺兰春的招呼打得很及时,因为当天下午王肖就来找李嘉玉:"鼎阳地产杜经理没谈下来,我有渠道,重新接触了一下,应该挺有戏的,那任总对我们提的新方案有兴趣。"

李嘉玉傻眼:"杜经理该吐血了吧。"盛熹没拿下被他们组签成了,要是鼎阳也这样,杜利在公司真就颜面无存了。

王肖笑:"竞争残酷,客户就这么多,大家各凭本事呗。"他敲敲李嘉玉的桌面,"这项目我算你一份了,你手头不正好空了吗?"

"嗯,基创还有些收尾的活儿,然后就空了。"

"行。"王肖道,"鼎阳的任总还提起你呢,我说了你也在项目组里。"

李嘉玉想想,虽然她不喜欢任明俊,但又不用她去陪酒,正经做咨询工作,像基创、盛熹那样,应该没什么问题。何况没有把项目和钱往外推的道理。

李嘉玉点点头答应了。

第二天开项目会,谢洋却又与她说,他正在整理富昌的资料,想去谈项目合作:"富昌手里就拿着项目,还有他们旗下不少公司,可以找些机会。李嘉玉,我把资料发你,你也处理一部分。目前我感觉最有可能的是山夫,这电商平台正在上升期,咨询有介入的空间。"

李嘉玉一愣,忙道:"我与山夫的总裁段珊珊联络过的,这家我盯一段时间了。"她查过不少资料,但就是与段伟祺关系那样,反而不好找段珊珊。她是打算先放一放,等之后有合适的机会再找段珊珊谈的。

谢洋皱了眉:"之前我不是都跟段总谈得不错吗,你怎么自己又去谈呢?"

李嘉玉抿抿嘴,这时候更不好说自己跟段伟祺的关系,只得道:"这些公司都是独立核算各自运营的,业务都得一家一家磕。集团肯定不包办。"

谢洋很不高兴:"算了,那你忙你手上的活儿吧。山夫你别动,等我把富昌的关系打牢了再说。"

李嘉玉有些委屈，但也只能应了。

李嘉玉连着几天都在忙基创项目收尾的工作，段伟祺的生日礼物还没有头绪，她在等方勤回来商量。但这天她收到方勤的消息，她说总裁办宣布段总生日会开个超大的party，总裁办的职员都可以参加，还能带家属。

"哈哈哈，段总是不是不知道我真有家属了，他以为我会带上你啊。"

方勤的消息还热乎呢，谢洋也来找她，他的态度明显好很多："李嘉玉，富昌的段总周六有个生日party，邀请我们去呢，听说会有不少商界的人，可以去结交些人脉。你那天有空吗？要去吗？"

李嘉玉失笑："我考虑一下吧，那天的时间还得看看。"

谢洋指指她："你呀，该上的时候还犹豫，不该上的你又瞎忙。行，你考虑下，如果不去就早点告诉我，名额有限，我好安排别人。"

"好的。"

李嘉玉等着段伟祺找她。

快下班的时候，段伟祺的电话来了。

"嗨，他们跟你说了吗？"

"说了。方勤还在美国呢，都赶紧报告了。"

"哈哈。"段伟祺轻笑两声，听着竟有些腼腆，"会来很多人的，你不用担心跟别人聊不来了，而且有很多好玩的，不会无聊的。"

李嘉玉道："谢谢你啊，很体贴了。"

"那你来吗？你要愿意来，看是跟同事一起来，还是跟方勤来……"段伟祺顿了顿，把"或者我直接去接你"这句吞回去了，只道，"嗯，怎么都行的。"

李嘉玉心有些软，但还是说："不了，我就不去了。我们说好的。"

段伟祺那头沉默两秒，道："我以为你是介意那种类型的party……"

李嘉玉柔声道："你又不是只开一次party，以后还有机会的。"

话说得委婉，但段伟祺听懂了。他就算为她改了一次聚会类型，也不能次次都改。

段伟祺捏着那支没送出去的万宝龙梦露红签字笔，无意识地在纸上戳着。英勇的女骑士如果愿意，当然也敢披荆斩棘，他曾经赢得过她的勇气，但现在没有了。

李嘉玉又道："我知道你会亲自打电话给我的，所以我没有回复他们，我想亲自跟你说。"

拒绝的话，不该由别人转告他。

他尊重她，她就回报以尊重。

"我会送你礼物的，我特别认真地在想送什么呢。"她语气轻快。

段伟祺在纸上写李嘉玉的名字，犹在挣扎："真的不来吗？我很少开party的。这次真的会很好玩的，我把'恐怖故事'关门一天，专门用来招待大家。"

虽然是他自己的产业，但他也是协调了几天，去开了两次会才把游乐园那边安排好。之前一直不说是不想给她压力，如果她愿意来，那就当是惊喜。但现在她这么坚持，他忍不住拿这个当筹码诱惑她，尽管他觉得肯定也不管用。

李嘉玉愣了愣，这还真是大手笔了。她笑起来："段总，你真的太豪气了。"

"唉，不小心又炫了一把是吗？"他自嘲的语气听着挺轻松。

李嘉玉忍不住又笑。

"来嘛来嘛来嘛。"

李嘉玉轻咳一声："不了，说好的，不去就是不去。我们社会主义好姑娘特别有原则。"

"好吧。"段伟祺叹气，"我们'资产阶级'好青年只能说，你会后悔的。"

李嘉玉笑出声。

段伟祺听着她的笑声，忽然道："李嘉玉，我的生日礼物，你必须用心准备啊，不然我就生气了。"

"好的，好的。"

他想了想，又道："那你同事那边，我能说我早就认识你，跟你很熟吗？"

"那人家会奇怪为什么在酒店的时候我们俩一副不认识对方的样子。"

"随便了，他奇怪就奇怪。我们就爱这么玩不行吗？"

"会这么玩的男女关系，就很值得推敲了。"李嘉玉道，"到时同事问来问去，或者公司里有些什么传言，我不想太尴尬。"

"好吧。"段伟祺再度叹气，"听你的。"

"那就先这样，挂了。"

"好的。"

李嘉玉等了等，段伟祺竟然没挂。李嘉玉张嘴想说什么，想想作罢，自己挂掉了。

段伟祺没精打采地把手机丢一边，泄愤似的在纸上再乱画几笔。

原本因为段伟祺说有重要电话而远远坐在沙发上等的蓝耀阳，支着耳朵偷听得挺高兴，虽然每一句都能找到槽点，但他都忍住了没说话，现在一看段伟祺乱画乱涂，他反应过来了，猛地跳了起来。

"你画的是什么？"蓝耀阳冲过来一看，顿时炸了，"你竟敢这么对待我的合同！"

Blue和耕田就古镇项目的合作，蓝耀阳今天把合同签好了，正好要过来找段伟祺，他就顺道把合同带过来给他签。结果聊都没聊上几句，这家伙就频频看表，说要打电话。打电话就打电话，在合同上乱画什么！

又是打叉又是画心的，还写了一大堆"李嘉玉"。

蓝耀阳气不打一处来，伸手就要拿笔砸他。结果还没碰到那支红笔，段伟祺就抢先一步护着了。蓝耀阳只好抓了另一支笔砸他。

段伟祺被砸到胸口，龇牙咧嘴道："多大事儿？你再签一份带过来不就完了。"

蓝耀阳非常生气地说："滚吧你，不签了。"

段伟祺也不在意，小心地把那支万宝龙签字笔放回笔筒里。

蓝耀阳盯着他的动作，冷哼道："是想送给Polo的吧？送不出去了吧？我跟你说，你可不是个人了，难怪Polo不要你。"

"滚滚滚。"轮到段伟祺发飙了。

看他这么不高兴，蓝耀阳舒坦了，他往段伟祺对面的椅子上一坐，开始嘲他："生日宴人家不去吧？换成游乐场也不去吧？丢人了吧。还主动要礼物呢，人家连认识你都不想承认，你的脸呢？"

原以为段伟祺会怼回来，结果他只沮丧地把那份画坏的合同揉了，丢进了垃圾桶。

蓝耀阳看他那模样，又觉得不忍心，摸了摸鼻子，问他："你们现在怎么样了？"

"没怎么样啊，你不是都说了吗，她不要我了。"

"哦。"蓝耀阳想了想，劝他，"那就算了呗，反正也没结果的。人家Polo大度，都没跟你计较了，大家还是朋友。你现在贱兮兮地又去撩人家，可别最后闹得反目成仇。"

"你怎么知道没结果？"段伟祺瞪他，还反目成仇呢，这乌鸦嘴。

蓝耀阳愣了愣："什么意思啊？"

段伟祺没好气："能有什么意思？我脑抽去什么珠峰，爬得高了，脑袋被风吹傻了，我就是自找的，自作自受，我还能有什么意思？"

"不是。你冲我发什么脾气呀。"

"那我还能冲她发脾气?"

"你他妈尿成啥狗样了!"蓝耀阳唾弃他。

"滚滚滚。"

蓝耀阳摆出慈爱脸:"你这样,让我特别想为你唱首歌——《浪子心声》。"说唱就唱起来,"命里有时终须有,命里无时莫强求……"

他才唱了一句就见段伟祺站了起来卷袖子,于是赶紧闭嘴,重新摆了慈爱脸道:"要不咱哥俩谈谈心。"

段伟祺摆出恶心的表情。

"你说说你到底咋想的,我帮你跟Polo说说。我跟她现在关系可好了。"

"想死是吧?"段伟祺瞪他。

蓝耀阳马上改口:"我跟她友谊地久天长。"

段伟祺坐回椅子上说:"你们帮不了我,有些话只能我跟她说,我好不容易下定决心要好好跟她谈的,但回来已经没机会了。现在我在她那边分数太低,说了更是死路一条,现在不能说。"

蓝耀阳一脸谄媚地道:"你先跟我说说,我帮你鉴定一下究竟会不会死。"

"滚吧你。"

"那你到死都没机会说了,太可怜。Polo这么骄傲要强的,你这么对她一次,肯定就没戏了。除非她爱你爱得要死,可惜她并没有。"

段伟祺抄起文件夹要砸他,蓝耀阳赶紧道:"人生虽然总有挫折,但还是要乐观的。"

段伟祺板起脸:"反正我跟她耗。"

"耗到什么时候啊?"

段伟祺沉默,那种沮丧的情绪又要冒头了,他咬牙道:"耗到死心为止。"

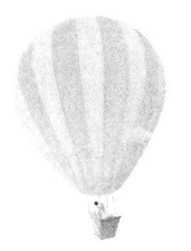

第十六章
别蹚这浑水

李嘉玉非常佩服自己,居然抵挡住了"恐怖故事"的诱惑。任玩任吃还有特别招待,拒绝它简直是人生一大考验。

方勤回国,知道那个所谓的party居然是"恐怖故事"特别专场后,已经疯了。

"我的天啊,段总行啊,活该他有钱,太有想法了。能在那里玩一整天,不用排队,免费吃喝,豪华自助餐,专场歌舞,烟火表演,还有抽奖……我的天啊,我歌颂他,段总天天二十八。"

谢洋也非常激动,特意跑来跟李嘉玉道:"你没时间去真的太可惜了,你知道是什么party吗?'恐怖故事'啊,段总包了一个游乐园,哈哈哈,太有意思了,没想到啊,我原本还以为是酒店宴会厅那种呢。我女朋友特别高兴,在看'恐怖故事'攻略了。我又争取了10张票,段总还是很大方的。"

因为这10张票,谢洋已经成公司里最红最受欢迎的人物了。

"李嘉玉,下次真的没机会了。你确定你真的没空去吗?"

李嘉玉微笑表示遗憾。她看着谢洋得意扬扬地炫耀,觉得自己的意志力和精神都得到了升华。

她的虚荣心在拼命呐喊：10张票算什么，我要是愿意，我能带全公司去。怎么会下次没机会，这次的机会都是靠我争取来的！

太罪过了。李嘉玉反省检讨，社会主义好姑娘真的不能放松警惕啊。

小说里女主角抵挡不了霸道总裁的追求都是有道理的。

连方勤都冲动地说："嘉玉你牛，你是我见过的最牛的女人。要是换了我，马上甩了陆勤嫁给段总，我天天住'恐怖故事'里就行。"

李嘉玉冷哼，装出一副特别跩的样子道："我们的境界确实不一样。我打算自己开家游乐园，想娶谁娶谁。"她明明心在滴血，羡慕死你们这些拿了票的人了。

李嘉玉虽然硬扛着不去，但对段伟祺做这样的安排还是很感动的。她认真地为段伟祺挑了礼物，仔仔细细包好。

周五那天，段伟祺收到了一个快递，是李嘉玉寄来的。

段伟祺很开心地拆了，打开一看，是张生日贺卡。

上面只有一行字："祝你生日快乐。"落款是李嘉玉。

段伟祺愣了，有些失望。翻遍了那个快递袋子，没别的了，确实只有一张生日贺卡。

段伟祺把自己关在办公室里，坐了半天，拿过手机给李嘉玉发微信。他琢磨了好一会儿要怎么说，在心里给强颜欢笑的自己一点鼓励。

"收到礼物了，还真是礼轻情义重呢。"

不一会儿李嘉玉回复了："你喜欢就好。"

"喜欢。想预约明年的生日礼物。"

李嘉玉回道："有点远，明年再说。"

"明天我直播生日会给你看。"

"太狠了，我已经煎熬了好几天。"

"哼，活该。"

"生日快乐啊，段总。明天玩得开心。"

"那肯定的。"

开心个屁。段伟祺把手机丢一边，一点都不开心。

第二天，段伟祺在"恐怖故事"招待各路友人。认识的，不认识的，来了几百号人。大家送他的礼物全堆在了广场，小山一样，段伟祺也没在意，有工作人员帮他接收和清点，他们会负责帮他运回去。

虽是游乐场，但商务人士还是抓紧了机会拓展人脉，聊聊商机。段伟祺被不同的人逮着聊啊聊，心神不宁，情绪不高。

直到方勤气喘吁吁地跑过来，递给他一个包装精美的小盒子："段总，这是嘉玉给你的生日礼物。"

段伟祺很意外。

方勤又道："嘉玉昨天让我给你的，但我昨天去四木开会了，没来得及。刚才看到你那堆礼物太夸张了，我怕嘉玉的被埋起来漏掉，单独给你吧。"

段伟祺的心简直就像是坐了过山车一样，起起伏伏，他一会儿夸方勤懂事，一会儿骂方勤耽误事。

段伟祺去了园区办公室，把自己关起来，不让人打扰，然后才拆开李嘉玉给他的礼物。

这个礼物才是真的啊，昨天的贺卡是什么鬼。

打开一看，是条手链，羊脂白玉的平安扣，用红绳编的链子。

等段伟祺反应过来，他发现自己一直在傻笑。

他把手表摘了，把平安扣手链戴上，左看右看，想起方勤说李嘉玉为了这礼物忙了两天，开心到飞起。

是手编的红绳呢。

段伟祺给手腕拍了照，给李嘉玉发过去了。

"收到礼物了。"

李嘉玉发了个笑脸过来。

段伟祺干脆拨了电话过去："你送个礼还分两次呢，整我是不是？"害他失望了好一阵。

"没有，没有。昨天到公司后想着手链配个生日卡更好，就临时出去买了卡片快递过去，谁想到方勤出去开会，她回来后你已经不在办公室了。她晚上回来告诉我，我才知道你没收到平安扣。"

"哼，我还以为真的只有一张卡片。"

李嘉玉哈哈大笑："那你昨天还说喜欢，还嘲讽礼轻情义重，我以为你不喜欢呢。我跟你说，这颗扣子真的1000多块。"

"还真便宜呢。"

"滚蛋吧你。"

段伟祺大笑，笑完问她："是你自己编的吗？"

"对。"

"难怪这么丑。"

"可以了，我要挂了。"

"别啊，我还没说完。"

"你还要说什么?"

"这礼物多娘啊。你为什么总送我娘里娘气的东西,我在你心里究竟是什么形象?"

"娘你的头。明明很好看,而且寓意很好呀,平安扣。"

如果他需要去绝境看风景,希望他也能注意平安。

段伟祺懂,但他偏要嫌弃:"那红绳太细了啊,真的有些娘,你帮我重编一个。我再挑挑款式。"

"你接着作。"

"那明年帮我换款式。"

"我要挂了。"段伟祺听到电话那头有人说"你的麻辣烫好了",接着是李嘉玉说"谢谢",然后他又听到她道,"我真要挂了,好饿。"

"你又去吃麻辣烫啊?"

"是的。没有游乐园玩,就吃点喜欢的安慰一下自己。"李嘉玉笑嘻嘻,"生日快乐,段总。"

李嘉玉挂了电话。段伟祺看着他的手链,越看越高兴。

不行,他得去找李嘉玉。

段伟祺奔出办公室,跑去停车场,丢下一园子的人,走了。

李嘉玉吃完了麻辣烫,又去买了杯奶茶,一边喝一边慢悠悠地朝街心公园去。走到那儿的时候,她看到路边停了辆豪车。

李嘉玉心一跳,有些意外,但竟觉得喜悦。

她快步朝公园里面去,心想这怎么可能,但她又不得不承认,很有可能,这家伙向来任性,丢下所有人跑掉这种事他真干得出来。

这时正是大中午,街心公园人不多,儿童滑梯那儿没有小朋友在玩,但滑梯后面站着个高大的男人。

李嘉玉奔过去,高兴地大喊一声:"段伟祺。"

那高大身影从滑梯后面走出来。

李嘉玉的表情僵住了:

"苏文远。"

苏文远看到李嘉玉也很意外,但他很快笑了:"好久不见啊,李嘉玉。"

李嘉玉板起脸,心情完全坏掉了,有意外,有失望,还有对苏文远这嬉皮笑脸的态度的反感。

不过分手半年多而已,他变化太大了,原本干净阳光的单纯俊朗,已经变成油腻圆滑的世故样貌。脸还是那张脸，盛世美颜，但整个感觉已经变样。

苏文远看她的表情，又笑了："你看看你，不至于，不是说了把情绪花费在我身上都是浪费吗？用不着板脸给我看。"

李嘉玉不说话，转头想走。

苏文远却突然问她："你有没有珊姐的消息？她最近好吗？"

李嘉玉停下脚步，不可思议地看着他。

苏文远同学真可以，真是一次又一次刷新她对一个人能厚颜无耻到什么程度的认知。

苏文远笑笑，继续道："我跟她分手了，有一段时间没联络了，不知道她现在怎么样。她甩的我。你跟段伟祺呢？刚才听到你叫他的名字呢，他甩了你吗？他今天生日，在'恐怖故事'开生日会，没邀请你吗？"

李嘉玉不走了，她双臂抱胸，冷淡地道："你想说什么，苏文远？"

苏文远也不笑了："我想说，你跟我是一样的，李嘉玉。别以为自己多清高，双重标准谁都会玩。当初你说我被包养，羞辱我，现在呢，你是不是被段伟祺包养过？你是不是想说你没拿过他的钱，但你收过礼物吗？你用过他给的资源吗？按你的标准，这就是包养吧。"

"你真是恶心，苏文远。"

"你也一样，李嘉玉。你总是指手画脚，这个不行，那个应该。你甩我的时候是怎么对我的，我根本忘不掉。如果你真的圣洁就算了，结果你还不是一转头就爬上了段伟祺的床，你这样不恶心？"苏文远顿了顿，语气平静，"我挺恨你的。"

李嘉玉冷笑了："你恨我？然后呢？"

"没什么然后。"苏文远耸耸肩，靠在滑梯边上，"我就是恨你而已，所以经常会想起你。我也常想到珊姐，我感激她。你们对我来说，都是很重要的曾经。没有你就没有那个获奖的苏文远，没有珊姐也没有苏文远的获奖。没有你就没有现在的我，没有珊姐也没有现在的我。这挺讽刺的，是吧？我伤害了你，你也伤害了我，挺好的。"

李嘉玉狐疑了："你犯什么病呢，苏文远。"

苏文远对她笑笑，将目光投向一边，不看她，说道："我想我江郎才尽了，李嘉玉。我很久没有满意的作品了，今年我连比赛都没参加。"

李嘉玉冷哼："那恭喜你了。"

"是该恭喜我的。"

李嘉玉一愣，皱了皱眉，觉得苏文远的情绪不太对劲。

"我路过这里，想起从前，所以过来看看。你想玩滑梯，我说太丢人，没让你玩。你还真就不玩了。真奇怪，我们在一起三年，我能想起来你听我话的事情，竟然只有这一件。"

"苏文远，你发生了什么事吗？"

"发生了什么，又与你没关系。"

李嘉玉抿嘴："说得对。"

苏文远又道："你别管别人，管好自己。上次你被人黑的事情，没那么简单。我查过了，这事跟段伟祺肯定有关系，你和我都不过是无辜受牵连的。我听说，他有个仇家，姓任，一直跟他不对付。之前也搞过他们段家一次，段家损失惨重。这事没完，你还是小心点。段伟祺自己有段家护着，你就不一样了。"

李嘉玉冷笑："你知道得还挺多。"

"珊姐关照我，之前帮我组好团队，又给我介绍了不少人脉。他们圈子的事，我多少还能打听到一点。"

李嘉玉嘲道："是吗？现在你真是能耐了。对，我差点还忘了，你还是网红名人呢。"

苏文远不接这句，只道："其实比较起来，段伟祺根本比不上珊姐。珊姐看牵扯得复杂，就离开我了。我事后想想，她是真的对我好，不让我再被拉进浑水里。反正都是玩玩，没结果的。段伟祺就自私多了，你还是离他远点吧。"

"真搞笑，就你那混乱的两性关系，居然还有脸给我提建议。"

"段伟祺的两性关系不混乱？他们这些有钱人，你真当是纯真少年吗？"苏文远说得很冷静，"李嘉玉，别让自己陷进去。我已经回不了头，你还来得及。你跟我不一样，你家境好，你有能力……"

突然一个声音插进来："你居然不反驳吗？"

苏文远和李嘉玉都吓了一跳，转头一看，不远处，段伟祺面黑如炭，怒气冲冲地站着，也不知道听到了多少。

苏文远居然也不慌，他看着段伟祺，再看看李嘉玉，叫道："段伟祺……"

段伟祺大踏步走过来，理都不理他，只看着李嘉玉："他这么诋毁我，你居然不反驳？"

李嘉玉有些愣，还有些莫名其妙。段伟祺逮着有人在他背后说坏话，居然不是为说他的那个人生气，反而要跟她这个听说话的人计较吗？

"你就让他这么污蔑我，都不出声维护一下？"段伟祺气得吼她，"你说话呀！"

苏文远在一旁道："段伟祺……"

他还没说完,就被段伟祺转头骂了:"你给我滚蛋,我们说话有你什么事!跳梁小丑。真当自己是个人物呢。我现在没空理你,不想死就赶紧滚。"

苏文远冷笑道:"说得好像你真能弄死我一样。"

李嘉玉这时候立马警醒过来,她一个箭步过去,拦腰将段伟祺抱住:"别冲动,冷静一点。"

段伟祺果然被激得就要往苏文远跟前冲,拳头都握好了。他力气大,李嘉玉被他带得踉跄了两步,再对他嚷:"段伟祺,你冷静点。"

段伟祺低头看她。

"冷静点,这里人来人往的。苏文远是网红。"李嘉玉压低声音,"被他拖累又冒出丑闻来,不值得。"

段伟祺突然转身就走。

李嘉玉怀里猛地一空,一下愣住。

段伟祺怒气冲冲地走了一段,又回头:"你不跟上来?"

李嘉玉反应过来,赶紧过去了。段伟祺步子大,李嘉玉小跑着才赶上。

"别追我。"段伟祺发脾气。

李嘉玉停下了脚步,段伟祺又猛地回身把她抓住,拖到他的车子旁,打开了门,将她塞了进去。

李嘉玉顺从地坐上了车,段伟祺也上去了。

李嘉玉赶紧道:"段伟祺,你听我说。"

"闭嘴。"段伟祺把外套脱了,扔她怀里,"帮我拿着。"

然后开始摘他的平安扣手链。

李嘉玉抱着他的外套,愣了下:"你做什么?"不会一生气要把礼物退给她吧?

段伟祺把手链摘了,放到车子仪表台上。

李嘉玉张了张嘴,还没来得及说话,段伟祺却突然转身下了车,重重地将车门一关,转身朝街心公园的方向走去。

李嘉玉反应过来,推车门想追上去,却发现车子锁上了。

他把她锁在了车里。

李嘉玉大怒,用力拍车窗,叫道:"段伟祺!"

也不知道隔着车窗他能不能听见,反正他头也不回,一下子消失了身影。

李嘉玉赶紧拿出手机拨他电话,却听到怀里抱着的衣服里传来歌声。

"明明你也很爱我,没理由爱不到结果,只要你敢不懦弱,凭什么我们要错过,夜长梦还多,你就不要想起我,到时候你就知道有多痛。"

李嘉玉一怔,下意识地把手机按断了。

歌声停住了。

李嘉玉翻了翻段伟祺的外套口袋，找到了他的手机。她再用自己的手机拨号，歌声再度响了起来。

李嘉玉怔怔地听着，低头看到段伟祺手机上的来电显示：我的骑士。

李嘉玉心里顿时五味杂陈，刚才那些怨怒着急一下都没了。

歌声唱到停，车子里安静下来。李嘉玉正沉浸在气氛中，突然段伟祺手机屏幕一亮："洪湖水呀，浪呀么浪打浪呀……"

李嘉玉被突如其来的歌声吓得差点跳起来，一看，卓恺来电。

段伟祺的手机，李嘉玉不敢乱接。她把他手机放回他的外套口袋，等着歌声停。

终于没有再"浪打浪"后，李嘉玉也被这醒脑的歌声唱清醒了。她开始担心段伟祺，这家伙不会真回去找苏文远打架吧，万一被人拍到了怎么办？万一有人借这事又黑他怎么办？苏文远到底怎么回事，他说的段伟祺的仇家那事没完，又是怎么回事？

正胡思乱想，一阵歌声突然又响起："洪湖水呀，浪呀么浪打浪呀……"

李嘉玉这次被吓得跳了起来。

好不容易歌声停了，没几秒又响。

"洪湖水呀，浪呀么浪打浪呀……"

李嘉玉无奈，她把段伟祺的手机翻出来，这次来电的是蓝耀阳。

李嘉玉刚要按断，歌声停了。李嘉玉舒了一口气。下一秒歌声突然又响起。

是卓恺。

这次李嘉玉忍无可忍，把来电按断了。

这下像是捅到了马蜂窝，下一秒蓝耀阳又打，李嘉玉按了，卓恺接着打，李嘉玉又按了。

然后是蓝耀阳。

李嘉玉无奈地只得翻出自己手机，给卓恺拨过去。卓恺秒接。

"求你们，别再打他电话了。"

"啊？Polo，怎么了？"卓恺很惊讶。

李嘉玉刚要解释，车门却开了，段伟祺坐了进来。李嘉玉赶紧道："没事，他回来了。一会儿让他给你们回电。"

她把电话挂了，打量段伟祺。

这家伙真去打架了。

她还没开口，段伟祺先问她："你在干什么？"

"在浪打浪的歌声中思索。"

李嘉玉把手机丢给他，他低头翻了翻，随口再问她："思索什么？"

"明天大概两条社会头条新闻。百亿富翁街头打人，被警方拘捕。"

他抬头看她："第二条呢？"

"惊，年轻貌美社会主义好姑娘被锁在豪车里，真相竟然是点点点点。"李嘉玉比画了一下省略号。

"真相竟然是……"段伟祺嗤笑，学她在空中画省略号，"点点点点，车子，根本，没锁！"

李嘉玉蒙了。

"你自己把中控打开不就好了吗？"段伟祺再嗤笑。

李嘉玉此刻的心情真是难以言喻，所以是她自己情急之下闹乌龙了吗？她扳了一下没打开，确实就没多想，只以为他把她锁了。

段伟祺看着她，脸上的笑容越来越大。

李嘉玉皱着眉头垮脸道："有点尴尬，是吧？"

段伟祺哈哈大笑起来。

"唉。"李嘉玉跺脚，"丢人了，后头想教训人的气势都没了。"

"你还想教训我？我都没跟你算账呢。"

"你把我锁车里，限制我的人身自由，违背我的个人意志，这对我非常不尊重，是很严重的罪行。再加上这种行为带来的安全隐患，我打算搜出一串社会新闻念给你听，让你给我道歉，保证以后绝不再犯。"

"我不会不尊重你，也不会做出危害你安全的行为，保证不会再犯。"

李嘉玉怔了怔："你不是没锁车吗？"

"你不是想听这些吗？想听我就说呗。"

太行了，这下子她真的一点气势都拿不出来了。

段伟祺看了她一会儿："干吗不说话了？"

"无地自容中，先假装思考一下。"

"你没话说，那我就要算账了。"段伟祺故意板起了脸，比她有气场多了，"那人渣在你面前这么贬低我的人格，诬蔑我的品德，你居然就这么听着。不阻止就是帮凶！不反驳就是认同！"

"不是，苏文远这种人死轴死轴的，跟他浪费口舌没有意义。"李嘉玉说着，看段伟祺的脸还是板着的，于是道，"你等等，我切换一种模式重新来。"

言罢，她双手握拳抵在胸前，用狗血剧女主角的语气喊道："我不是，我没有，你听我解释啊。"

段伟祺顿时没绷住，一下就笑了："滚滚滚，别耍赖。"

"真的，他现在心态特别变态，所有的不好都是别人造成的，他自己的失意也一定会发生在别人身上，然后他就可以站得高点，低头用怜悯的目光看你，即使他赤身裸体，也觉得比别人穿得体面。你还花力气跟他反驳什么呀？你越跟他争辩，他越觉得你早已体会到现实的残酷，只是好面子不承认，他就说得越来劲。"李嘉玉顿了顿，加重了语气，"你干吗打他？让你别冲动，就是不听。"

"打两下怎么了！"段伟祺又不高兴了。

"当暴力不是解决问题的唯一手段的时候，就不该用暴力啊。你上回无端打人才闯祸，你忘了？打人都打习惯了。"

段伟祺的气焰一下子就没了："哦，上回那个，上回跟这回不一样，嗯，以后我会克制的。"

李嘉玉又道："而且你也要看看环境呀，万一惹上麻烦呢。他有很多粉丝的，又或者他报警呢？"

"他这么多粉丝，他有脸报警吗？人家问他为什么被打，难道他答嘴贱？"

李嘉玉想想也是，她挪了挪身体，问："他现在怎么样了？怎么没见他出来？"

"他还能怎样，没缺胳膊缺腿，才揍两下就哭，恶心死了。"

李嘉玉很惊讶："他哭了？"下意识地把手放在了车门把上。

"是啊，哭得还挺好看的，你要不要去看一下？"

李嘉玉把手收回来："不是，我就是觉得他今天怪怪的。他肯定有什么事。"

段伟祺哼道："你管他有什么事！渣！你说说，你挑男人都什么眼光？"说完觉得不对，把自己骂进去了，赶紧改口，"我是说，你以前的眼光不行。"说完又觉得不对，他也是"以前"的，还是把自己也骂进去了。

段伟祺干脆抿了嘴，不说话了，想想还是不甘心："所以你当初究竟喜欢他什么？"

"他帅呗。"

段伟祺冷哼："肤浅。"

李嘉玉也哼："你不肤浅？你当初在酒吧找我搭讪的时候，是一眼看穿了我优秀的品格吗？"

段伟祺又不说话了。

这时候苏文远从街心公园走了出来，他看上去没什么精神，看了一眼段伟祺的车，然后上了自己的车，走了。

"他走了。"李嘉玉道。

"嗯。"

"我们也走吧。"

"去哪里？"段伟祺问。

"你回'恐怖故事'呀，那里那么多人等你呢。"

段伟祺瞥了她一眼，那眼神似乎在控诉她的无情。他道："你去帮我买份麻辣烫，不要太辣，买瓶矿泉水，对了，再帮我买包烟。"

"哎，你还挺会使唤人。"

"'资本家'嘛。"段伟祺痞痞地说。

李嘉玉拿他的外套砸他，然后开车门。第一下没打开，她听到段伟祺在她身后的闷笑声，想起自己说的社会新闻那里，还点点点点，真是挺好笑的。她转头瞪段伟祺，段伟祺指指中控锁，李嘉玉伸手自己打开，这次顺利出去了。

李嘉玉把东西买齐了回去，这次才认真看了看段伟祺的车子，他今天开的是越野车。李嘉玉笑了笑，打开车门，看到他又戴上了那平安扣手链，戴好了正端详呢，便问他："你在哪里吃呀？"

"车上吃。"车里的封闭空间，感觉像情侣专座。

李嘉玉把东西拿上车，水和烟放好，小心地把麻辣烫的碗打开递给他："你给蓝公子他们回电话了吗？"

"回了。让他们自己玩。"

"你今天这车是为了配'恐怖故事'的气氛吗？"

段伟祺笑起来："你开始了解我了。"

李嘉玉给他个白眼。

段伟祺道："啊，我知道我们可以去哪里了。"

李嘉玉再白他一眼："有谁说要跟你去什么地方吗？"

"哦，对。"段伟祺反应过来，"我应该先询问一下你的意愿。你等一下。"他把碗找了个平坦的地方放，然后两手握拳，"你刚才手怎么摆来着，这样？"他学李嘉玉之前的样子，双拳支在胸前，尖着嗓音装嗲，"我想带你去看我的车库，很多漂亮的车车呢。想去要一起去嘛。"

李嘉玉惊了，然后笑倒在椅子上，笑到崩溃："救命啊！"

段伟祺也笑，装不下去了，但仍说："去嘛去嘛去嘛。"

"去去去，饶命啊。"

于是麻辣烫也不吃了，段伟祺带李嘉玉去了他的私人车库。

车库建在机场后边的山上，离市区挺远。从机场高速出口出去，一路往山上开,青山绿树,风景很好。李嘉玉一直没看到有什么建筑,直到拐了一个弯后,眼前豁然开朗,一幢很大的三层房子就在半山腰上。

山不高,树却很茂,把山下的视野都挡住了。

房子周围的园林明显是人工栽植修剪的,既大气又很有风格,与山里自然生长的树林不一样。

半路上有一道栅栏门,段伟祺用遥控打开了,把车子开了进去。

"比我想象的美太多了。我还以为就是一个空旷的地方随便建个那种能放车的车库。"李嘉玉赞叹,对车库里面很期待了。

"近市区的没那么大地方,而且地皮不好买。"段伟祺把车开进车道,看起来是要直接开到那个建筑里去。

"山就好买吗?"李嘉玉揶揄他。

"还可以了,毕竟在这么偏远的山上开发房地产项目的价值不大。"

李嘉玉辩道:"也可以开发呀,这山这么漂亮,你就建那种特别高档的别墅群,有钱人这么多,肯定有人买。"

"我又不缺钱。"段伟祺答得很自然。

也是,她怎么忘掉了。

但下一秒李嘉玉已经不想跟段伟祺抬杠了,她被眼前的景致迷住了。

这是一个超级豪华的汽车乐园。

"哇。"就算她是个不懂车的土包子,也觉得这里太美好了。

段伟祺不知道按了什么开关,四面墙的遮掩收起,下午的阳光透过玻璃墙洒了进来,把这里装点得像个金色殿堂。

李嘉玉跑下车,忍不住又惊叹一声。真的是很大很高很气派的地方啊。每辆车子都擦得锃亮,特别风骚地摆在各处。

"哇,这辆好看。这个颜色我喜欢。"李嘉玉一路走过去指指点点,道,"段伟祺,你是打算开汽车博物馆吗?"

"有这个计划,我想等我70岁以后,每一年开一场展。"

"哇,那时候你不是攒了更多的车子?"

"对。"段伟祺抚了抚手边车子的引擎盖,"楼上还有,你要看吗?开车上去会比较快。"

"走着上去,走着上去。"李嘉玉太兴奋了,大开眼界啊。

两人走走看看停停,段伟祺问她:"你最喜欢哪一辆?"

"哪辆最贵就最喜欢哪辆。"

段伟祺哼她:"没见识。"

李嘉玉笑嘻嘻:"我就不问你这里值多少钱了,虽然我不懂车,但也知道，这是宝藏啊。"

"确实不是钱能衡量的，这里我付出很多心血的。"

李嘉玉点点头，段伟祺这人似乎就是这样，一旦喜欢就很投入，就会做到极致。"恐怖故事"是这样，古镇是这样，就连她以为的"纨绔子弟的肤浅爱好"，他竟然也这么认真地喜欢。

"段伟祺，你的那些马场、车队什么的，一定也非常精彩。"

段伟祺喜欢她眼睛中的神采，有崇拜和欣赏，让他很高兴。

"我最喜欢的还是这里。"段伟祺道，"我曾经想过，如果有天我破产了，这里一定会是我最后变卖的产业。"

李嘉玉不可思议地问："你居然设想过会破产？"

"打个比喻，随便想想，怕什么。"

"那如果你破产了，要做什么？"

"弄个项目拉点投资继续挣钱呗。"

"这样哪里有破产的气氛。"

"那就去上班呗，给别人打工。当个投资顾问或者别的什么。"

"这么能屈能伸？"

"当然假的。"段伟祺笑，"我爷爷说了这事不可行，因为我去为别人工作，不出三个月会把老板气死。"

李嘉玉哈哈大笑。

李嘉玉不懂车，段伟祺很耐心地给她讲。最后两个人都饿了，跑到了天台上吃点心饮料和他们带来的麻辣烫。

李嘉玉问他："为什么这么喜欢车？"

段伟祺想了想："觉得它很酷吧。开车的时候可以很疯狂，风驰电掣，但再怎么快，最后一脚刹车，它还是会停下来。就好像在叛逆里加上了克制，可以放飞自我，也可以静立不动，但不管是疯狂还是安静，它都是长那样，很帅很酷。它有坚硬的外壳保护驾驶者，又需要驾驶者有高超的驾驶技术让它免于受伤害。它需要加油打气，也会损耗衰老。但它走过的路，都在里程表里。它见过的风景，都在行车记录仪上。"

"哇！"李嘉玉道，"我突然觉得，我对我的Polo太冷血了。"

段伟祺笑笑，话锋一转："它还可以炫富，可以装门面，可以泡妞……"

李嘉玉大笑，忍不住要打他了，太烦人了，她刚刚才付出了感动。

段伟祺也笑："我曾经开车走了三天四夜，身上没带钱，不联络任何人，就是想自己待着。那时候，跟车子相依为命，觉得它特别可靠。"他点了一支烟，又道，"其实车子跟烟有点像，但烟生命太短了。"

李嘉玉道:"能让人短暂地装门面,还对健康不利。"

段伟祺笑,他晃晃手上的烟:"我小时候刚开始抽,老师去告状,我妈追着我骂,我就觉得心情特别爽。"

李嘉玉笑:"你就是传说中的熊孩子。"

"就那种死小孩,讨厌死的那种。他们不想让我干的事,我就想试试。我小时候,也挺受欺负的。"

"是吗?"李嘉玉不太相信,"你家这么有钱。"

"你看,就是这样。为什么有钱就不会受欺负?那种欺负就是,他们看不起你,他们觉得你除了有钱,一无是处。读书读得好?应该的呀,你这么有钱。女孩子喜欢你?应该的呀,你这么有钱。什么事情做得好,不奇怪啊,他有钱嘛。好像人有钱了,他的努力就不值钱,他的成绩不值得尊重,他的兴趣爱好都是狗屎,他的真心就不是真心。"

李嘉玉道:"你小时候还挺敏感的。"

"不是敏感的问题,因为我爷爷管得严,什么都让我让着别人,出什么事第一个骂我。我特别不服气。这样打打骂骂的,别人也都觉得这孩子不是好孩子,也就他家有钱惯着他。哼,这种话我听太多了。"段伟祺吸一口烟,再吐出来,"我那时候抽烟抽得很凶,觉得自己好叛逆,特别帅。后来长大了,也就坦然了。不论别人怎么看,反正我就是有钱。所以我使劲花,买买买,想干什么干什么。"

"然后就变得更有钱了。"李嘉玉帮他总结。

段伟祺笑:"对。"

李嘉玉道:"我好像从来没有叛逆过。我从小就是乖小孩,上课不迟到,作业按时交。我特别要强,一定要干干净净、漂漂亮亮,一定要很优秀。"

"看出来了。"段伟祺吸口烟,眯眼对她笑。

"我家条件还可以,我爸我妈对我也很好,我真的是蜜罐里长大,没吃过苦。我爸因为做旅游这行的嘛,就经常不在家,爷爷奶奶身体不好,我妈照顾家里也辛苦,所以我懂事也早,好管个事。我对自己要求很严的,什么都想做到最好,虚荣心挺重的。别人夸我能干、优秀、乖什么的,我就高兴。所以叛逆什么的,真的没干过。"

"继续保持。"段伟祺冲她吐口烟。

"臭死了。"李嘉玉挥手拂开烟。

段伟祺道:"今天最后抽一天。过完生日,就不抽了。"他顿了顿,看着李嘉玉,"我也要做个乖小孩。"

李嘉玉哈哈笑:"好可怕,段总变乖小孩。"

"你不信？"他挑眉。

"信的信的。"李嘉玉看着那盒烟，"要不让我试抽一口。"

"滚一边去，什么好东西你也试。"

"哎，你对我态度好点，乖小孩。"

"一想到你今天对苏文远态度这么好，我就好不起来。"

"神经病。"李嘉玉轻轻踹他一脚，"我就是想多听些消息，他说你有仇人嘛，还有事情没完。"

"他懂个屁！真当他进圈子了呢！任明俊那浑蛋背后下阴手，根本不会透露太多，我们两家的事，圈子里也是大家乱猜，苏文远可能听了一耳朵，便拿来忽悠你了。"

李嘉玉一怔："你说谁？"

"任明俊，就我那仇家，任家小浑蛋，我爷爷盖了章的。他叫任明俊。"

李嘉玉想起了什么："鼎阳地产吗？"

这下换段伟祺愣了："你知道他？他不会借什么公事跟你接触了吧？"

"上次有饭局，我喝酒喝不动，向你们求助，那客户就是任明俊。后来他送我玫瑰花，我以为是你送的，就那次。"

段伟祺的脸顿时黑了。

"之后我们就没联系了。"李嘉玉继续道，"再后来就是我在网上被黑那天，任明俊来了我们公司，请大家吃点心喝茶，还跑到中庭来安慰我。"她越想越觉得恶心，"这人是变态吗？事情明明是他做的，他居然摆出一副关心我的样子来。他能有什么好处呀？对了，他那天还跟我提了一句，说他认识你。我没有在意。我想着你们这些富家子弟，互相认识也不稀奇。"

段伟祺骂了句脏话，问她："后来呢，他有没有对你做什么？"

"没有呀。他没再联络过我，我公事上也没跟他有接触，没人给我使什么绊子。我这几个月都挺顺利的。但就是我们组的一个同事，说他跟任明俊谈好了鼎阳地产的项目，算我一份。"李嘉玉想想，"但是那又能怎么样？难道他还能在项目里为难我？我又不是项目牵头人，干不下去，我大不了退出啊。"

段伟祺皱眉头："你们签约了吗？"

"没有吧。但听王哥的语气，应该挺有把握了。再说，签不签，要不要做，我介入不了的。而且王哥跟谢哥现在拼业绩呢，他们要竞争升职机会。况且项目跟收入挂钩，我要是在中间说些什么，不合适。毕竟鼎阳现在又没做什么。"

段伟祺想了想："你还是别跟这项目了吧。"

"那我手上没别的事情，还拒绝接受工作安排吗？"李嘉玉不同意，"我想不到任明俊能在这事里把我怎么样，项目做砸了也跟我没关系啊。他能得到什么好处？"

段伟祺不说话。

李嘉玉又问："上次他黑了我，你除了要抽空出来帮我，心情受了影响，还有什么别的损失吗？"

让他难受心疼，让他的家人对李嘉玉留下坏印象，让她名声受损，给他们日后的感情路留下阻碍，这些算损失吗？段伟祺张了张嘴，没说话。

他顿了顿，道："你去谈些别的项目，这不就有事忙了吗？我可以给你几个公司，你接触一下。"

"段伟祺，今天到现在为止我们都相处得挺好的。"李嘉玉端正脸色道，"我也不是什么清高的人，如果工作上需要帮助，我肯定会找你的。但我并不想被你牵着鼻子走，我有我做事的节奏。"

段伟祺自知失言，他想想："我姐的山夫，你不是准备了一段时间吗，现在可以谈谈看。我保证不插手。"

"谢哥跟你们富昌想谈大的，让我先别动山夫。而且接触新的客户与执行签约合同不冲突，就算我去谈10个客户，我也是需要完成上头给我安排的工作。再有，我谈新客户，有初步意向后，也是需要拉着领导一起跟进，我自己没有签约权限的。"

段伟祺只得道："任家的企业有些问题，经济犯罪，我已经在查了，需要理清一些关系，但很快，很快就会收拾他了。所以我不想你参与进来。"

李嘉玉惊讶，忙道："那我要不要跟公司打声招呼，不要跟鼎阳合作？"

"别打草惊蛇。"

"那你还说半天，既然这样，就更需要我加入项目了，我可以看看那个任明俊到底在搞什么鬼呀。我实在想不到他能做什么，而且我们又不是那种关系，他绑架我也没用啊。"

"你让他绑你试试？我觉得应该有用。"

"呸呸，乌鸦嘴。"

当晚段伟祺送李嘉玉回街心公园取车，自己去了父母为他办的生日晚宴。

他在李嘉玉说要回家的时候才提起他晚上还有一个生日宴，他父母借他生日的机会搞个商业应酬的那种宴会。李嘉玉看看时间，真是对段总大人说的从此当个乖小孩不指望了，迟到这么久，等他赶到了，人家都散场了吧？要是她是他妈，肯定得气死。

她替他着急，催催催。他却不当回事。

所谓的车库三楼是个居家环境，有房间，有厨房、卫浴设施，段伟祺偶尔会在这里住,也用来招待些关系亲近的朋友。他答应送李嘉玉走了之后,还慢悠悠地去洗个澡,换了身衣服,然后到楼下挑了辆兰博基尼配他的衣服,这才上路。

李嘉玉都急死了,真想揍他一顿。这么大的事,一直没听到他电话响,她严重怀疑这人不是关机就是静音了。

路上还开得不快,她真是替身价不凡的兰博基尼不服气。

等把她送到她的Polo旁,他还下车,要看着她上车,还啰唆地嘱咐她:"一定一定要注意安全,有事及时打我电话。"

"快滚快滚。"她都没心情嘲他,电话都不响,还让人打个屁电话。

晚上李嘉玉回到家,方勤还没有回来。

李嘉玉便联络了李铁。她问李铁最近有没有跟"远光"的人联系过,"远光"是否出了问题。

"没有吧,我前两天还跟小杜他们一起喝酒来着。没听他们说公司出问题。他们看着都还挺高兴的。怎么了,为什么这么问?"

李嘉玉便将今天见到苏文远的事与李铁说了,说了说苏文远的不对劲。

李铁也觉得不对劲,会自省还会落泪的苏文远真的太古怪了。自从红了之后,他一直都是自鸣得意、意气风发的。

"我离思创咖啡挺近的,我去打听打听。"李铁是个行动力超强的人,说去就去。

稍晚的时候,他给李嘉玉回了电话:"我想苏文远应该真的有什么事。他跟文铃分手了。文铃并不明白发生了什么,她还问我苏文远怎么了。她觉得他的情绪很不对,但苏文远赶她走,说她一点用没有,他不再喜欢她了。文铃说她离开后,站在大门外,听到苏文远在屋里哭。但她后来再怎么去找他,苏文远都不理她,还把她的联络方式全部拉黑,似乎是铁了心甩她,特别绝情。"

李铁来电的时候方勤已经回来了,听李嘉玉说这事,简直气死:"这文铃也是奇了怪了,干吗对这个人渣死心塌地的。"

李嘉玉也觉得听到这些很不舒服,想想干脆不管了。

方勤却跟李铁聊了好半天,又是说今天"恐怖故事"的盛况,又是聊今天她抽中的奖品,然后八卦了一通苏文远。最后她跟李嘉玉道:"老铁真的特别讲义气,他说虽然跟苏文远理念不合,但毕竟是几年的舍友、好兄弟,他会打听打听苏文远是不是遇着什么困难了。"

"嗯,随他吧。"李嘉玉决定不再理会这事。

周一上班，李嘉玉第一时间去找王肖，但王肖直到中午都没有来。贺亦春今天要产检，上午也不在。

李嘉玉便自己查了查鼎阳地产的情况，研究王肖给她的项目方案。

下午王肖来了，志得意满的样子。他来找李嘉玉，与她道："鼎阳的合同签下来了。"

李嘉玉吃了一惊："这么快，上回不是只说有戏吗？"

王肖笑道："我盯得紧，周末一直陪着任总耗呢，便定下来了，今天上午去签的约。"

李嘉玉不知道说什么好。

杜利看着王肖来了，便过来问合约的事，得知签了，阴阳怪气地道："不愧是贺经理的人，人人都会抢东西。这个还得跟谢总好好说说才行，该定个规矩，不然怎么做事。"

王肖倒也不惧他，回敬道："杜哥说这话多不合适。谢总问进度，你确定签不下来，跟谢总说了这公司不再跟进了。OA（办公自动化系统）项目进度记录也标记着终止。要不要我翻出来给你看看？你签不下，还不让别人签了？我这边重新接触的时候可是请示过谢总的，没什么不合规矩的。"

杜利不占理，但还要啁一句："可不你们能签下来吗，有个美女在。"他说着，还看了李嘉玉一眼。

话里头的意思太恶心了，王肖顿时板了脸，待要为李嘉玉出头与杜利理论一番，却听李嘉玉笑嘻嘻道："那杜哥赶紧整容去啊，项目提成够整好些地方呢，不亏。整好了，咱们公平竞争。"

杜利黑着脸转头走了。王肖笑起来，指指李嘉玉："你可以的。"

李嘉玉笑道："王哥也要跟我竞争一下？"

"不敢不敢。你美你有理。"王肖哈哈笑，"王哥带你吃肉。周五去鼎阳开会啊，你这几天好好准备一下，我把资料发你，务必吃透了，周五我们去讨论清楚他们的需求和执行。"

"好的。"李嘉玉点头。

王肖走了，李嘉玉的表情敛了下来，她打开微信，准备给段伟祺发消息说说这事，结果一看"今天老段回来了吗"群里消息很多，她便点进去看了一眼。大家居然在讨论和笑话段伟祺的最新绯闻八卦。内容是段伟祺昨天举办生日宴，与名媛深情共舞，两家乐见其成之类的。

"老段简直太衰了，我同情他。"

"幸好他不在群里了，不然肯定又要生气。"

"别啊，有啥好气的呀，我看照片拍得他还挺帅的。"

"那晚宴到底请的什么人啊,哈哈哈哈,居然这么爆料。"

"我猜是他妈亲自开小号写的。"

"哈哈哈哈,你的想象力比这八卦还狠。"

李嘉玉有点好奇,段伟祺现在有这么红了吗?他的绯闻的社会意义和价值在哪里?

她点开那些链接看,里头写得有点夸张,说段伟祺豪气一掷千金,包下"恐怖故事"乐园庆祝28岁生日,如此高调,不同寻常。待到晚上时,如此行为得到了解释。舞会上的相拥共舞、深情对视道出了玄机。段、陆两家家长谈笑风生,整晚一起窃窃私语,也很能说明问题。

李嘉玉虽已猜到这八卦内容的套路,但撰稿者的脑洞还是让她佩服了两分钟。她刚从八卦链接退出来,就见谢洋发来了消息。他现在很能投入到段伟祺的事件中,也给李嘉玉发来了链接:"你看,周末的'恐怖故事'游乐园生日会被爆了。原来段总晚上还有一个正经的豪华晚宴生日会相亲宴。有钱人的世界啊。"

李嘉玉给他回了:"哈哈哈哈,羡慕不来的。"

真庆幸没同意段伟祺向谢洋公开他俩的关系,不然她现在岂不是成了笑柄。

心里正超级不爽,这时候段伟祺的消息来了:

"我不是,我没有,你听我解释。"后面跟了个"可怜"的表情。

李嘉玉回他:"别扯八卦,说正经事。我们公司跟鼎阳签合同了。"

段伟祺发来:"能不能稍微重视我一下啊?"

李嘉玉知道不该生气,段伟祺确实没做什么,但她就是不爽,于是回他:"你稍等一会儿。"

段伟祺很乖地回复:"好的。"

15分钟后,李嘉玉给他发了个长图,里面是网上能搜到的他的各种绯闻照片拼接。

段伟祺发了个"大哭"的图:"我们还是聊合同吧。"

于是两人就签约事件做了简短讨论,段伟祺让李嘉玉去查清楚他们签的条款。

下班之前,李嘉玉查清楚了,合同订得挺严谨,华美毕竟也是大公司,法务流程也完善,条款看上去没什么问题。李嘉玉就把情况又跟段伟祺说了。

段伟祺回了"知道了"三个字后,不到两秒发过来一长篇的解释。这么多字显然是提前打好的。

他说明了周六晚宴的情况,他总共就待了不到一个小时,因为迟到太久,所以爸妈让干吗他就干吗,见了谁谁谁,聊了些生意上的事,跟谁谁谁基于社交礼节跳了舞,然后他就走了。

长篇解释之后,他发了个"生气"的图:"他们胡说,根本不是相亲,联姻个屁呀,我不只跟一个人跳了舞的,他们放图出来看图说话,完全不可信。"

李嘉玉叹气,不知道男人的脑子是怎么长的。不只跟一个人跳了舞,这个解释也是很给力了。

"我完全没在意,你放心。"她回复。

"这话听着让人更不放心了。"

李嘉玉发了个"笑笑"的表情。

段伟祺说:"完全感受不到你的愉悦。"

李嘉玉一口气发了六个各种"大笑"的表情。

"好了好了,我知道你心情好。"段伟祺在后面附了个"受惊吓"的表情。

李嘉玉不理他了,开始认真研究鼎阳地产的资料。

周四晚上,李嘉玉接到了妈妈宋音的电话。宋音问了问李嘉玉近期的生活、工作,然后说她跟李嘉玉爸爸打算下个月到B城看望她:"圣诞节前后你爸有空,我们过去跟你一起过圣诞,正好也给你过生日。"

"行啊,可以看看你们资助我买的房子。虽然小点偏僻了些,但是很好住,已经升值了。"

宋音很高兴:"所以还是投资房子好呀,比创业强。爸妈钱不多,也就先给你这些了。"

"已经很好了。我很有小富婆的自觉。"

宋音顿了顿,问她:"现在有没有喜欢的对象呀,都过去大半年了。"

李嘉玉想起段伟祺,只能打哈哈说:"喜欢一个人哪这么容易。"

"也不急,你这么年轻,喜欢工作就好好工作,缘分到了,就遇上了。"

"对,对。"

"但是平常也要留点心,好对象也不会凭空掉下来,觉得条件不错的就观察观察。你脾气不好,找个性格好点的,稳重点的,比较容易合得来。"

李嘉玉心想那就没段伟祺什么事了,他脾气比她还不好,也不知道稳重的意义。

"咱们家条件就这样,比上不足,比下有余。你得吸取苏文远的教训,要找个家庭条件好点,自己收入也不错的,学历不要求比你高,但素质得好。不是贪图人家什么,而是门当户对,相处起来才舒服。"

李嘉玉忍不住问:"收入多少算不错啊?你跟爸的标准是什么?"

"跟你差不多就行。差距别太大。"

"比我挣得多,多很多的,你们不喜欢啊?"

"多很多是多少?年薪百万?你有喜欢的人了?"

李嘉玉想起段伟祺说他从来没挣过百万这么少,不禁叹气道:"没有,我就随口一说。你们标准也别太高,上哪儿找年薪百万的呀,我还是自己多努力,自己年薪百万吧。"

"你行的,女儿。"

李嘉玉哈哈笑。

第二天,李嘉玉跟王肖、谢洋一起到鼎阳开会。

鼎阳要打造品牌,这次一口气签了广告公司、咨询公司、设计公司,等等,安排在一起先开个大会,之后再细分工,各家公司协作配合。

李嘉玉进了会议室,一眼就看到坐在会议桌旁的苏文远,他身边坐着"远光"的同事小程。

小程看到李嘉玉,很惊喜地唤:"嘉玉姐。"

苏文远一脸震惊,李嘉玉看他迅速地转头瞪了任明俊。

李嘉玉也看向任明俊。

任明俊高深莫测地笑:"哎呀,你们认识呢,那太好了,这样配合起来,应该更没问题了。"

小程年轻,完全没察觉这里头的波涛暗涌,没心没肺地应道:"任总放心吧。"

王肖、谢洋却不一样了。做咨询的,看惯脸色,已察觉不对劲,看了李嘉玉一眼。

李嘉玉对他们点头,示意没事,镇定地坐下了。

王肖和谢洋坐在了李嘉玉的两侧,表现出了保护姿态。

任明俊毫不在意,只笑笑,跟大家打着招呼。苏文远低头不语,悄悄拿出了手机。

李嘉玉的手机振了一下,她拿出一看,苏文远给她发了短信:"退出吧,别蹚这浑水。"

李嘉玉不动声色地将手机屏幕按灭,心里却紧张起来,究竟发生了什么事?

第十七章
我不会允许别人欺负她

鼎阳这次签了五家公司,加上鼎阳相关部门的负责人,会议室里拉拉杂杂地坐了十多人。

任明俊这人虽然很油腻,但鼎阳的业务倒也运营得不错,与会的相关管理层人员看着也挺靠谱,起码会上的发言在李嘉玉看来还是言之有物的。

李嘉玉认真听了会议内容,做了笔记。

华美咨询关于这项目的负责人是王肖,所以会上发言没李嘉玉什么事,她抽空观察了其他公司,看着都挺正常,但她又隐隐觉得哪里不对劲。会议休息时间,华美三人自己聚一块儿闲聊,王肖道:"难怪要把我们价格压得这么低,他们签这么多公司,有必要吗?"

谢洋也有些不满:"这种会我们完全没必要参加啊。我们做品牌战略分析,这些设计、广告需求混在一起讨论有什么意义啊。战略没定,这些全是扯淡,浪费大家的时间。"

王肖道:"也许任总就是想摆个场面给大家看看。"

"请的公司多就有场面?那这任总也太不专业了。而且行研我们就能做,鼎阳还非要再找一家市场调研公司,怕我们的数据质量不好还是担心我们做手脚？"

王肖摇头："谈的时候可是特别爽快的，但就是说行研要找第三方来执行，我跟贺姐和谢总说了，他们觉得可以。但我也没想到一个项目签五家。签了广告公司，居然再单签一个设计公司，还有一家专做线上的，搞得这么散。"

两个人说着，看了眼李嘉玉。

当初李嘉玉的黑料在网上炒得凶，虽然只维持了大半天，但公司这种地方，该知道的也都知道了。所以网红设计师苏文远与李嘉玉曾是情侣，苏文远还跳出来为李嘉玉作保，给她撑腰的事，王肖和谢洋也都知道。但今天看到这两人见面都不是那么热络的样子。

李嘉玉知道他们想问什么，她耸耸肩："我也是今天才知道任总还请了苏文远。也许是看在苏文远有名气的分儿上，想借他的名气炒一炒。"

这些跟他们的咨询业务没关系，王肖和谢洋两个人又聊到别处去了。王肖打听谢洋新谈的项目的情况，谢洋笑称："你别担心，项目经理那职位是我的。"两个人嘻嘻哈哈，李嘉玉总觉得他们有什么话没说，但既然岔开话题了，她也就识相点。李嘉玉转到另一边，看到苏文远独自站在窗边喝咖啡，便想过去问问。可刚走过去，苏文远看到她，转头就走远了。

苏文远板着脸，看着极严肃的样子，摆明了不想理她。李嘉玉皱皱眉，便作罢，她去找小程。小程跟广告公司的姑娘正攀谈，两个人各自介绍着自己的公司，小程卖力推荐"远光"，希望能从广告公司这头拉业务。

李嘉玉听了一会儿，不禁莞尔，小程办事可比从前老练多了。以前是追在她身后问嘉玉姐这样行不行那样好不好，现在用不着别人指示，甚至在老板装酷躲在角落的情况下，小程自己也能拉活儿了。

小程跟别人聊完，转头看见李嘉玉，高兴地靠过来："嘉玉姐。"

李嘉玉与她叙了叙旧，小程很高兴地向李嘉玉显摆"远光"现在的规模业绩，李嘉玉笑着听，附和了几句，道："现在业务够广的，连地产公司的品牌设计都做了。"

"这也是第一次接这类业务。苏总定的。"小程压低了声音，掩不住骄傲，道，"现在苏总可红了，好多慕名来找的。这次鼎阳也是以高价来请苏总出马。"

李嘉玉心里一跳，也压低声音："有多高价？"

小程道："具体数我也不清楚，我就是听到郭姐和苏总在办公室开会时，郭姐'哇'了一声，说这么高。然后他们俩说话压低了声音，我听不到了。看郭姐这反应，那肯定是特别高的。"

李嘉玉点点头,心里有不祥的预感。她转了一圈,看到苏文远从任明俊的办公室里出来,脸色挺不好看。

后头的会也开得稀里哗啦,毕竟一大堆杂事堆在一起说,许多与各公司不相关的,大家也得陪着听,熬到最后所有人都累了。终于熬到散会,任明俊说请大家去豪华餐厅吃大餐感谢,算是项目的第一次聚餐,预祝项目顺顺利利。

王肖看看李嘉玉,李嘉玉压低声音:"有点尴尬,我不去了。"她扫了一眼苏文远的方向,苏文远正低头收拾东西,似乎没听到任明俊说什么。其他人倒是有响应的,有感谢的,挺热闹。

王肖会意,点点头:"那你走吧,我就说公司有事,派你回去加班。"

"行,谢谢王哥。"李嘉玉也不好弄大动静,悄悄走了。

李嘉玉出来便给贺亦春打电话,把会议的情况和自己的疑虑跟她说了。

贺亦春也觉得情况挺怪的,不过因为不知道别家的合同情况,所以也不能下结论。单就他们华美而言,合作是很正常的。

"不能下结论指的什么?"李嘉玉直接问了,"会有洗钱的可能吗?"

贺亦春想了想:"可是你想,如果你拿这项目洗钱,你会不会把其他没参与的公司也请来,让他们猜测你是不是在洗钱?万一有人举报了呢,这个说不通。"

李嘉玉一想也是,但任明俊特意制造了她与苏文远的见面机会,肯定是有意图的。

想恶心一下段伟祺,让他吃醋?这也太没脑子了,比让别的公司猜测他洗钱还弱智。

李嘉玉回了家。方勤今天约会不回家吃饭,她就点了份外卖。吃完了饭,还没琢磨出头绪来。然后她联络了李铁,她让李铁联络苏文远,就说见到了文铃,知道他们近期分手了,他对他的现状表示下关心,想约他出来聊聊。

李铁应了,他给苏文远打电话。

没一会儿李铁联络李嘉玉,说苏文远不接他电话。他打了几次,后来苏文远干脆把他拉黑了。

李嘉玉皱了眉头,这太不对劲了。于是她自己给苏文远打,一直占线中,很明显,她也被拉黑了。

李嘉玉再与李铁联络,李铁是个行动派:"我去找文铃问一下苏文远的地址,我上门去找他。"

"我也一起去。"既然事关段伟祺,李嘉玉自然不能袖手旁观。

李铁应了,让李嘉玉等他消息。

半个小时后,李铁拿到了地址,李嘉玉开车去接他,两个人直奔苏文远的公寓去。

　　苏文远自红了之后，搬到了一个高档小区。李嘉玉和李铁没门卡，便跟在一个业主身后进了楼门。李嘉玉原本还担心苏文远今晚可能参加任明俊的饭局，会不在家，但上了楼一看，有灯光，屋里有人。

　　李嘉玉按了门铃站到了一旁，由李铁站在猫眼前。屋里有脚步声，但门没开。李铁直接敲门，喊道："文远。"

　　又等了好一会儿，门慢慢开了。苏文远站在门后："老李，我们没什么可聊的了。"

　　李铁迈进门内，问他："屋里有别人吗？"

　　"没有。我一个人住。"

　　李铁点点头："还是聊聊吧。"

　　这时苏文远看到不知从哪里冒出来的李嘉玉，顿时懂了。他想发脾气，沉了沉脸，又忍住了。

　　李嘉玉直接问他："你说的浑水，是什么意思？"

　　苏文远想了想，退回了屋里，摆摆手，示意进屋说话。

　　李嘉玉看了看李铁，李铁点点头。李嘉玉进去了。

　　两人站在客厅里，李铁站在门口，有段距离，但也能将两人的举动看清楚。

　　苏文远将这两人的防备看在眼里，心里不爽。他只想让他们快点离开，于是开门见山道："任明俊不是什么好人，李嘉玉。你离他远一点，离段伟祺远一点。这个项目你就不该参与。"

　　"我参与了会怎么样呢？"

　　"我哪知道？"苏文远没好气，"但明知道不是什么好事，离远点就对了。"

　　"那你怎么知道他不是好人？"

　　"我就是知道，不需要跟你报告细节吧。"苏文远恶声恶气，"我们没什么好说的了。总之我也算好心，提醒你了。你照做就是，不然后果自负，之后发生什么，我可是帮不了你的。"

　　李嘉玉冷静地看着他虚张声势，直截了当地问："苏文远，你在帮他洗钱吗？"

　　苏文远一僵。

　　李嘉玉看他脸色，顿时火冒三丈："你在用'远光'帮他洗钱吗？"

　　苏文远闭了闭眼，低下了头，没有反驳。

　　李嘉玉这下确定了。

"苏文远……"李嘉玉不知道还能说什么,"远光"啊,那是她付出过心血的地方啊。

"我不是自愿的。"苏文远终于开口,"嘉玉,我不是自愿的。你知道的,'远光'是我的命,我不想让人毁了它。可我没办法。"他的自尊,他所追求的名与利,都寄托在"远光"上。用它来犯罪,让它随时处在被毁灭的边缘,他真的不愿。

苏文远抬眼,眼角已经泛红。

李嘉玉不说话,她确是知道,他没这个胆子的。

"苏文远,你到底怎么了?"

苏文远看了看李铁。

李嘉玉也转头看李铁,李铁会意:"我在外头等。"

李铁出去了,大门依旧没有锁。

苏文远在沙发上坐下了,酝酿了许久,低声道:"你被人在网上黑那时,珊姐跟我提了分手。我不甘心,过了几天,我又约她,后来终于约出来了。"

李嘉玉憋着一口气,她也得找把椅子坐。这都什么事啊,她为什么要在这里听前男友讲他跟前小四的感情历程。但事情与现在的局面有关,她不想听也得忍着。

苏文远似乎也有些尴尬,支吾了半天,道:"我们,我们去了酒店……然后珊姐又跟我说了分手的事,说以后就不要再见面了。然后……然后我们就没再见面了。"

说到这里,他停住了,半天没再往下说。李嘉玉气得跳起来:"苏文远你恶不恶心,说重点啊,说这些有什么意思!"

"再然后任明俊来找我,说他手上有我和珊姐的视频。"

李嘉玉愣住了。她呆若木鸡,愣了一会儿又慢慢坐下。

"你说什么?"

"任明俊,他用视频威胁我,让我帮他洗钱,也许后头还有别的,我不知道。"苏文远抬眼,眼睛红红的,"嘉玉,我被他控制了。"

李嘉玉张了张嘴,好一会儿反应过来,她愤怒地跳了起来:"你这懦夫,什么叫你被他控制了?他吓一吓你,你就尿了,你查证了吗?你得反抗啊!"

"我怎么反抗?!"苏文远吼得比她还大声,"我看过了,真的被拍下来了,脸都看得清清楚楚。这视频一旦流出去,我毁了,珊姐毁了,我们俩的名声都完了!"

李嘉玉还待说什么,苏文远不管,继续吼她:"事情不发生在你身上,你倒是会说风凉话。你是女孩子,你想想珊姐,那种视频流出去,她怎么受得了。一切都是我的错,她明明已经跟我分手了,我还缠着她。我太自私,我怕从此没了她的支持,我的事业发展不起来,我就想挽回。我约了她好几次,她答应出来再见我一面。如果我没约她,如果我们没去酒店,就不会发生这样的事。我能怎么办?我不敢告诉她。她会以为我是任明俊的帮凶,我故意约她,我设局拍下了那些东西,我不想让她恨我,我不能让她恨我……"他说到最后有些哽咽,眼睛红得更厉害。

李嘉玉咬牙,说不出话来。

苏文远吸了口气,继续道:"任明俊说,只要我帮他做事,他就不会把这些视频发出去。这个项目,他会支付'远光'很大一笔费用,然后'远光'再用支付设计费的名目把大部分钱打到我的账上,我还给他。"

李嘉玉握紧拳头,果然啊,设计这种产品,卖的是才华是技术,标多少钱都行,"远光"这个公司,苏文远这个身份,太好用。

"苏文远,你这样不行。"

"我知道。"苏文远吸吸鼻子,也冷静些了,"但我现在真的没办法,我只能先拖着他,他让我做什么,我先做。然后我再想办法把视频要回来。"

"就凭你吗?"李嘉玉真的不想嘲他,但这是事实。

苏文远压着嗓音:"我不行难道你行?你们离这些事越远越好,不要掺和,这样事情才不会越来越不可收拾。你、文铃、李铁,你们都滚得越远越好。李嘉玉,你怎么不明白呢,任明俊想对付的是段伟祺,他们之间有仇。也许他一开始想拍的是你跟段伟祺。他对付珊姐,也是因为段伟祺。珊姐跟我分手,是想保护我,她是真心对我。段伟祺呢,他警告过你危险吗?他一直缠着你,他置你于险境,到时候出了事,他拍拍屁股就走了。他们这些人,去国外不回来都可以,照样过着好日子。你呢?我呢?我们这些普通人,不过都是他们手上的工具。"

"你不可能自己处理得了,苏文远。"李嘉玉脑子有些乱,她揉了揉脸,走了几步,又折回苏文远面前,"你现只是有一个视频把柄在他手上,但接下去,你会有洗钱的经济犯罪证据在他手上,再然后,你做得越多,你落在他手上的把柄就越多。苏文远,你明白吗?你说先拖着,再想办法,你太蠢了。你越拖,就会越陷越深。"

"我当然知道,但我还能怎样?"苏文远激动地挥舞双手,"我还能怎样,我亲眼看过那些视频,那些要是流出去,我怎么见人?珊姐怎么办?她会恨我的,她真的会恨我的。我想过了,我大不了,大不了跟那姓任的一起死!"

"你敢吗?"李嘉玉直接一句话就将苏文远点破了,他僵在那里,抿紧嘴。

"你根本不敢,你连承担恨都不敢,你连坦承问题找段珊珊商量应对办法都不敢。你还敢做什么?"李嘉玉瞪着他。

苏文远就僵着,迎着她的目光,红着眼。

"你去洗把脸。"李嘉玉挥挥手,"看着你这样,我都想揍你。"

苏文远没动,李嘉玉踢了他一脚。

苏文远吸了吸鼻子,起身去了洗手间。出来的时候,他看着冷静多了。

李嘉玉双臂抱胸,对他道:"你说得对,事情不发生在我身上,所以我现在还能冷静,起码比你冷静。所以现在你听我说。苏文远,这不是你一个人的事。任明俊那浑蛋今天安排我们见面,肯定是故意的,他想要控制的不是你。你说得挺对的,我们只是普通人,在他眼里算哪根葱啊,他要控制、折磨的,是段伟祺和段珊珊。之前他成功整过段伟祺一次了,段家损失了很多钱,他也被教训了。这次段珊珊的视频落在他手里,他肯定觉得胜券在握。他不只欺负你,他还欺负我,欺负段伟祺,欺负段珊珊,我们这些人焦虑、屈服、对他唯命是从,他肯定很得意。"

苏文远不说话。

李嘉玉又道:"我是女孩子,若遇上这种事,我肯定会受不了,但发生了就是发生了,大概真的跟他同归于尽的那个人会是我。苏文远,无论如何,我是不会让别人这样欺负我的,这就是我的想法。也许我会害怕,会焦虑,会吃不下、睡不着,会哭会发脾气,但我绝不会认命地让别人就这样欺负我!你明白吗?这就是我身为一个女孩子的想法!所以,你也不应该!不应该这么轻易就屈服。至于段珊珊怎么想,你应该交给她做决定。"

苏文远张了张嘴,又闭上。

"任明俊的目标如果是段伟祺和段珊珊,他终究会让他们知道的。你觉得,段珊珊从任明俊嘴里知道这事好,还是从你嘴里知道这事好?"

"他说如果我听话,他就不会告诉珊姐,会把视频毁了,这事就像永远没发生过。"

"你听他放屁!"李嘉玉很愤怒,"他今天故意让我们见面是什么目的,你还没醒悟吗?"

"所以我警告你了,让你离得远远的。"

"所以你应该警告段珊珊,告诉她发生了这件事。她比你我都更有能力,应该交给她处理!"

苏文远抿紧嘴,没答应。

李嘉玉道:"你好好想想,他现在没有动手,没有直接找段珊珊,就是想先把你拖到深渊,再出不来,到时候段珊珊什么办法都没有了。现在还来得及。"

李嘉玉说完，盯了苏文远一会儿，又道："你手机呢？"她四下看了看，在茶几上看到苏文远的手机。她把手机丢到他身上，"我给你机会先打电话。10秒之后，如果你还没有打，那么我来打。我也有段珊珊的号码。"

苏文远低头瞪着手机，像是看着怪兽。

李嘉玉在心里从1数到10，然后道："好了，时间到了。我现在打。"

她拿出手机搜段珊珊的号码，这时候听到苏文远轻轻地道："我来打。还是我来告诉她吧。"

李嘉玉吐口气："我出去，你慢慢打吧。我打给段伟祺，他得知道这事，如果他姐太冲动，他在一旁看着会好些。"

苏文远点点头。

李嘉玉看他拿起手机拨号，便走了出去。

李铁在外头靠在墙边等着，见李嘉玉出来了，忙问："怎么样了？"

"是出了些事，我得打个电话。"李嘉玉有些抱歉，"可能会弄得很晚，要不你先回去吧。"

李铁摆摆手："不用，你一个人在这儿怕不安全，我还是等着吧。"

李嘉玉感激地道谢。她去楼梯间给段伟祺打了电话，又给方勤发了微信，说她在苏文远这儿处理一些事，要很晚回去。

方勤很快回电，说不放心她一个人，要过来陪她。李嘉玉说了李铁在，方勤还是问了地址。

半小时后，方勤到了。

几个人静默地坐在苏文远的屋里等着，气氛沉重，没人说话。李铁拿出画本又画起来，方勤刷手机玩。苏文远和李嘉玉发着呆。

又过了20分钟，段珊珊和段伟祺到了。

一见到段珊珊，苏文远便涨红了脸，低下头，满是心虚与羞愧。

段珊珊看了他一眼，便与其他人道："麻烦你们回避一下。"

方勤赶紧往外走，经过正收拾画本的李铁身边时，不小心撞到画本一角，画本脱手，飞了出去。方勤忙过去帮李铁捡，这一弯腰低头，却见摊开的那两页上面全是她的画像。

方勤怔了怔，李铁已经抢先一步把画本合上了。他若无其事地对客厅里众人道："那我们在外头等。"

他一边把本子往包里塞，一边率先往外走，方勤跟在他身后，觉得他的走路姿势有些僵硬，仔细一看，耳朵是红的。

李嘉玉对段伟祺他们三人道："我也出去了，你们好好谈吧。外头楼道空间小，我跟方勤他们下楼去，在花园的椅子那儿坐坐。有什么情况打我电话。"

段伟祺点点头。

李嘉玉路过他身边，拍拍他的胳膊，他低头，李嘉玉在他耳边轻声道："别冲动，别打人。"

段伟祺抿紧嘴不说话。

李嘉玉再拍他一下。

"好。"他应了。

李嘉玉这才往外走。走到门口回了头，看到段珊珊亭亭而立，抿紧的嘴角显露情绪，亮闪闪的大耳环在灯下甚是耀眼，让她的气势显得越发凌厉。李嘉玉听到她说："好了，现在，你把事情从头到尾再仔细说一遍。"

李嘉玉没再听，她把门关上了。

李嘉玉与方勤、李铁下了楼，转了一圈，在小区花园里找了个观景亭坐下了。李铁说他还没吃饭，要出去找东西吃，问她俩是否需要带什么，李嘉玉和方勤都说不用，他飞快地走了。

李嘉玉看他跑这么快，还挺惊讶："他之前没说他没吃饭呢，我让他先回去他还不肯。"

方勤清了清嗓子。

李嘉玉狐疑地看她："你干吗？"

方勤有些尴尬，明明周围没有人，她还四下看了看，然后小声道："那个，我刚才发现，老铁好像，我是说可能啊，有点喜欢我。"

方勤对上李嘉玉的眼神，脸一热，把头转开。

李嘉玉说："你的陈述还挺严谨的，这么多好像、可能，还有点。"

方勤只得把发现画本画像和李铁害羞窘迫的事说了："你没发现那之后他一直没看我？"

"没注意。"

"嗯。"方勤点点头。

两个人安静地坐了一会儿，李嘉玉用胳膊撞撞她："然后呢？"

"什么然后？"

"你发现他可能喜欢你，然后呢？"

"没什么然后，我有陆勤了。"方勤指指楼上，"你以为我是苏文远那种渣啊，看到渣渣的下场了吗？"她只知道苏文远被人要挟了，至于具体内情，李嘉玉说涉及个人隐私,方勤也就没问。但把段家两位霸道总裁都惹出来了,还这种架势,看来麻烦不小。

"我就是觉得……"方勤想了想该怎么形容,"还是挺高兴的,感觉很荣幸。老铁这个人多好呀,真男人。"她给李铁竖大拇指,"我之前不就跟你说过,谁做了老铁的女朋友,一定很幸福,他这么仗义,心又细,很体贴。"

"我记得我当时就否定了你的这个说法。"

"是啊,你说从朋友角度去想,和从女朋友角度想就不一样了。对朋友太关心,反而会冷落女友嘛。"方勤往后靠,"我觉得不会的。但其实我觉得怎样不重要,我又不是他女朋友。有一段时间,我是觉得还挺喜欢他的,他实在太有意思了,但很快就不想了,毕竟大家差距挺大的,他的生活习惯、个性什么的,我觉得跟我不太合适。而且人家也不可能喜欢我,总觉得他喜欢的类型是那种特别小女生、会撒娇、很浪漫的小姑娘,所以我自己把自己否了。这事我没对你说过。后来我遇到了陆勤。"

"啊?"李嘉玉很惊讶,"我还真不知道你对老李曾经有意思。"

"不好意思提啊,也没多投入,不想弄得尴尬嘛。"方勤顿了顿,"今天突然发现他可能也有点喜欢我,我觉得还挺幸福的。我真是幸运,对吧。虽然有时候错过,但总遇到好的人,被善意地温暖地对待。你看,陆勤也是非常棒的男人,我何其有幸,遇到一个又一个好男人。"

"哇,你这么一说,我只想说,我究竟做错了什么。我遇到的都什么人啊?"

方勤哈哈大笑,搂着李嘉玉的肩膀:"亲人,你这是感情路上常经历练,炼出铁血丹心,会有后福的。"

"快拉倒吧,还铁血丹心,你跟老李游戏打多了是吧?"

方勤笑笑:"别跟老铁说啊,咱们就当不知道,别让他尴尬。他跟我一样,以后会遇到真正合适的人,过上幸福的生活。"

"这么快就给自己和陆勤盖上章了?还过上幸福的生活。"

"不然呢,'勤恳恋人'的称号不是白取的,要对自己有信心啊。"

李嘉玉摇头:"我不知道,我感觉挺迷茫的,没什么信心了。没信心,却又不死心。"

"这么惨?"

"也不是,日子还是过得挺好的。虽然感情上没什么信心了,但对生命有信心啊。你知道的,生命不息,奋斗不止。"李嘉玉说着看了看苏文远的那栋楼,"不知道他们谈得怎么样了。"

"很严重的问题吗?"

"嗯。"

"有段总在呢。"

"希望吧。"李嘉玉知道内情,无法像方勤那样轻松。

等待的时间有些煎熬,李铁出去了好一会儿又回来了,看她们还在,也不过来聊天,远远地又走到别处晃悠去了。李嘉玉和方勤也不招呼他什么,继续有一搭没一搭地说话。

一小时后,段伟祺来电话,问他们在哪儿,说他们谈完了,正下楼。

李嘉玉忙到楼门那儿等着。

不一会儿段伟祺下来了,手里拿着一支烟,已经抽了一半。他看到只有她一人,问:"他们呢?丢下你走了?"

"没,他们在亭子那儿。我想你可能有什么话要说,就自己过来了。"

李嘉玉看看他的烟,段伟祺正抬手想吸一口,想起自己说过戒烟,便道:"是我姐的,我借来抽抽,就一根。"

话音刚落,段珊珊走了出来,走到他身边道:"给我根烟抽抽。"

段伟祺一脸窘迫,段珊珊也不等他答应,直接掏他的口袋拿烟和打火机,然后走到另一边去了。

段伟祺张了张嘴,李嘉玉挥挥手:"行了,别在意,我也没信你会戒。"

段伟祺道:"我真要戒的,已经抽很少了。"

李嘉玉面无表情。

段伟祺叹口气,把那半根烟丢脚下,踩灭了。

李嘉玉问他:"情况怎么样?"

"当然不会好,谁遇到这种事都不会好。但我姐很坚强,她会熬过去的。"

李嘉玉点点头,转头寻找段珊珊的身影。她正站在楼边阴暗的角落里抽着烟,单薄的身形显得很脆弱,烟头的火光一明一暗,隐隐映亮了她的脸,那侧脸显得坚毅,与脆弱毫不相干。

"她的感情观我并不认同,做的一些事我也看不顺眼,我们时常争吵,互相敌对,但她是我姐,我不会允许别人这么欺负她。"段伟祺道,"我会保护她的,也会保护你,你要相信我。"

"我相信。"

段伟祺知道并没有,但他也没反驳,他只道:"那次你被黑之后,我找出了幕后黑手,还有发帖的人,并让那人反查任明俊,并以此为由到任明俊身边接触他,用反间计。任明俊上当了,以为那侦探还是他的人,那侦探向他报告我的事,任明俊嘱咐他向我编造一些假消息,但那侦探其实在利用这点查探任明俊有什么黑料。我不是离开了一个月吗,疏忽了,没太关心我姐,而且那侦探接触到任明俊本人的时候,已经是我姐被偷拍之后了,我考虑不周全,所以他也没查这些。是我的错,如果我应对得更好些,我姐就不用经历这些。"

"不是你的错,是那变态的错。"

"我之前给你安排了保镖,让他在你上下班和外出的时候跟着你,保护你的安全。没告诉你,怕你生气。"

"我确实会生气。"李嘉玉很吃惊,一想到自己被人跟踪,隐私被侵犯,很不舒服。

"别生气,这事过后我就把他撤掉,我保证。"

"段伟祺,你跟我的关系没到那一步,我不希望有人每天跟你报告我做了什么,去了哪里,见了什么人,吃了什么饭,这样像是被变态盯着……"有段珊珊的遭遇在先,李嘉玉越想这事越觉恶心。

"我知道,我知道。"段伟祺心虚,哀求道,"我小时候有一段时间也被保镖盯着,我自己也不喜欢。我明白的,但现在情况特殊,就这段时间,好吗?本来不想告诉你的,但发生这种事,我担心你害怕,又担心你觉得我不关心你。反正不瞒你了,你别生气。"

李嘉玉一口气堵在心口,发作不得。确实是这个道理,但也确实让她很不舒服。

段伟祺看她不说话,又道:"我不能跟你聊太久,我得陪我姐回她家一趟,这事得告诉我大伯。我之前查任家生意,掌握了一些问题,任明俊应该是有所察觉,他拉苏文远下水一起洗钱,还故意这样恐吓你,应该都是想阻止我或者我们段家继续查下去。本来我可以慢慢跟他磨,对他这种人,小小惩戒是不管用的,我打算掌握好证据之后,让他和他家都吃个大教训。但他有视频在手,所以得一动手就扳倒他。这需要我爷爷和大伯他们的帮助。我姐决定把事情跟家里交代,不被任明俊要挟。"

"好的,那你们快回去吧。"李嘉玉的气一下子又顺了。自己这事都是小情绪,段珊珊那头才是需要紧急处理的。

段伟祺又道:"这项目,你退出吧。离任明俊远一点,也别跟苏文远接触了。"

"行。我同事今天开会知道我跟苏文远尴尬,还帮我推了饭局,我正好用这个借口。"

段伟祺点头:"我后头应该没什么时间约你见面了,联络少了,你别生气。"

"我不生气。"

"我这不是有前科,所以现在是惊弓之鸟嘛。"

"你拉倒吧。"

段伟祺笑起来,李嘉玉推推他:"你快走吧。"

段伟祺走了两步,忽又回头:"李嘉玉,每一次出事,你都让我刮目相看。我希望我也能让你改观。"

"有改观有改观。"李嘉玉很敷衍。

段伟祺对她的态度不满,但最终没说什么,走了。

当晚李嘉玉开车先送李铁回去,然后载着方勤回家,路上她一直想着段伟祺这事,忽然对方勤道:"其实段伟祺跟李铁也差不多呀,也是很聪明、有才华、很仗义的一个人。"

方勤受了惊吓:"你是怎么把这么耿直好品格的老铁对应上段总的?完全不一样好吧!"

李嘉玉道:"段总也不坏,品格也不错呀。"

方勤挥手:"跟老铁不能比,不是一个档次。"

李嘉玉坚持:"我觉得差不多,段总也很仗义很体贴的。"

方勤翻白眼:"还体贴?李嘉玉你危险了,我告诉你。"

李嘉玉不觉得自己危险,但她担心段伟祺有危险,任明俊看上去真的挺变态的。

周一,李嘉玉跟王肖说了,因为前男友也在,这项目她不想做入场工作,只想在公司帮他们做些基础工作。李嘉玉工作能力强,很好用,王肖不想放弃,劝了几句,但李嘉玉挺坚决,他也就同意了。

王肖和谢洋带着别的组员开始忙鼎阳的项目,李嘉玉没太多事情,干脆跟着贺亦春学些东西。贺亦春预产期临近,也不出外勤谈事了,天天在公司给李嘉玉上课。

李嘉玉这段日子都没跟段伟祺见面,但段伟祺每天给她发消息或是通电话,有时候话挺多,有时候一两句。他告诉李嘉玉,他爷爷和大伯带着他与段珊珊去了一趟任家,把任明俊堵了,段珊珊当着任家长辈的面把这事挑明,臭骂了任明俊一顿。

任明俊大概没料到段珊珊敢这么不要脸面,他一开始还否认,说他根本没视频,他就是跟苏文远开玩笑的,谁知苏文远当真了。他还讽刺段珊珊不检点,男女关系太混乱,是不是被别人拍了什么,想借机赖他头上。以后外头真有什么视频出来,那也与他没关系。

但段珊珊特别强硬,她说:"你看看你现在这副嘴脸,在给以后发视频留后路吗?还威胁我?我告诉你,我的男女关系怎样,与你没有丝毫关系。你犯法偷拍,却是侵犯了我的权益。我知道今天来你家说这些,日后圈子里肯定会传得特别难听,但我原先名声就不好,你看我在乎过吗?脸面与尊严,我都想要,这两个是绑在一起的,但如果非要舍弃一个,我保留尊严。我堂堂正正,可不像你干些给人家姑娘下药的恶心事。假脸面与真尊严,你的智商能明白?今天我把话放在这里,当着我们两家长辈的面,你把视频拿出来删了,把这保密协议签了,不然,我就在这儿跟你耗到底。你大可找任何理由,你也可以借口上厕所跑掉,没关系。我既然不要脸把事情都说了,你就该知道,我达不到目的,什么手段都能使出来。今天你不删视频,不签协议,我下半辈子别的不干,就盯着你。"

任家家长很吃惊,对任明俊一顿责骂。大家耗了一天,各种扯皮,任明俊最后耗不下去,把视频拿出来删掉了,还签了一份段家律师拟的协议,为此事担责,对视频内容保密并承诺不向外泄露。

李嘉玉听完段伟祺所说的,简直太崇拜段珊珊了,虽然她仍介意段珊珊当小四,永远不会认同她在这种事上的态度、观念,但在视频处理这事上,段珊珊简直太牛了。

"就是这样,无赖赢就赢在不要脸上,如果能比他更不要脸,就能打败他。"李嘉玉很激动。

"赢了也很受伤。我姐装得没事,但我知道她心里那道坎还没过去。她会出国一段时间,一来散散心,二来让任家以为这事了结了。"

"但你们不会这样就放过他了,是吧?"李嘉玉问。

"当然。说真的,当初那浑蛋那样黑我,害我家股票跌成那样,损失那么大,我家里都没这次这么生气。我姐都做好了被骂被打被逐出家门的准备了,结果并没有。我第一次见她哭成这样,我爷爷说了,这次不整死那小浑蛋,他就不配做段家一家之主。"

"真好呀。"李嘉玉由衷地道,"段总啊,你家让我刷新了对豪门恩怨的刻板印象。"

"呵呵。"段伟祺冷笑,"真豪门恩怨你没见识过。"他顿了顿,又道,"希望有机会让你见一下。"

"我可不要。"李嘉玉道。

段伟祺没说话。

李嘉玉也从王肖这边听到一些别的消息,比如鼎阳的高管透露任总有公务出国了，又比如听说"远光"与鼎阳解约了，等等。但看起来项目进行得还顺利，李嘉玉希望鼎阳地产别这么快出状况，老老实实先把合同款付清了才好，别让他们华美白做工。

另外李铁也告诉李嘉玉，苏文远约他谈了几次，想让他回"远光"，但李铁拒绝了。

李嘉玉对苏文远的事没兴趣，也没多打听。

倒是李铁还有别的好消息，他为四木设计的产品，拿了全国设计大赛的金奖。这是四木这么多年第一次拿到这么重要的奖项，四木给李铁发了一大笔奖金，为他办庆功宴，并给他升职。再有，四木在L市建了一个园区，打算明年把产品和设计部都搬到那边去，那边的设计环境和条件更好，生产线也在那边。这也是四木下决心加大产品投入，提高产品竞争力的一个大动作。大概在明年年中的时候，李铁就要带团队搬到L市，到时他不但是部门领导，而且就住在园区，会有公司分配的好房子住，上下班不必挤公交，待遇简直提升了N个档次。

李嘉玉和方勤都为李铁高兴，三人小团队又去吃了一顿火锅庆祝。方勤很搞笑地去为李铁定制了一面锦旗，上面写着"德才兼备，钱途无量"。

李铁很高兴地收下了。那天他喝多了，拿着锦旗摆各种姿势，让方勤帮他拍了好多照片。

第十八章
妈妈,他想送我快乐

然后一转眼,圣诞就到了。李齐和宋音来看女儿,提前帮女儿过25岁生日。

圣诞大餐兼生日会,李嘉玉挑了一家高档餐厅请父母吃饭,一家人很久没见,说说笑笑很开心。

李嘉玉没想到会遇到段伟祺。

段伟祺和他母亲在餐厅外头走过,手里拿着购物袋,看起来是孝子陪妈买买买。

段伟祺一见到李嘉玉就走不动道了,隔着落地玻璃对李嘉玉挤眉弄眼,李嘉玉被他的表情逗笑,用嘴形跟他说:"圣诞快乐!"

段伟祺指指蛋糕,李嘉玉又用嘴形说:"我生日。"再看看父母,用嘴形说,"我爸妈。"

正在说话的李齐和宋音似乎感觉到什么,抬眼看李嘉玉,又顺着李嘉玉的视线往餐厅外看,看到了段伟祺。

段伟祺瞬间站直,笔挺端庄。他对李嘉玉的父母礼貌地笑笑,李齐与宋音也笑了笑。在旁边店里挑帽子的邱丽珍出来正好看到此场景,李嘉玉对她礼貌笑笑，她扫了他们一家三口一眼，没表情地转过头去。

段伟祺有些尴尬，忙对李嘉玉一家摆摆手，做了个再见的动作，赶紧把他妈带走了。

宋音转过头来，和蔼地问："这男的是谁？"

"段伟祺。"

"在追你？"

"嗯。"

"看着挺花花公子的呀。"

"确实长得不太行。"

"他妈妈很没有礼貌呀。"

"确实很失礼。"

"所以，你们没在一起吧？"宋音干脆直接问了。

李嘉玉想了想，老实答："还是挺喜欢他的，但之前尝试过在一起，差距挺大的，他的个性也有点问题，最后还是觉得不合适。"

"妈妈也觉得不合适。"宋音道，"看上去就很花，没定性。看他们买的东西，全是名牌，是上回说的年薪百万的那种吧？"

李嘉玉没敢说百万再多几个零。

"还有他妈妈，什么态度。素质这么差，暴发户吧？"

李嘉玉没敢说那是正经豪门太太。

"你也觉得不合适就好，不然妈妈就得跟你谈谈了。"宋音道。

这时候李嘉玉手机响，她看了眼，段伟祺发来的微信。

"你生日不是27号吗？"

李嘉玉回道："提前过。"

"你爸你妈生气了吗？"

李嘉玉偷偷看了妈妈一眼，回："没有。"只是说你家是暴发户。

宋音听着她手机嘀嘀响，问她："是刚才那男的？"

李嘉玉赔笑："不是。"

"没生气就好。我过去赔个不是行吗？就假装去订位，然后打个招呼。"

李嘉玉被吓到："求别来。"

段伟祺没再回话。

李嘉玉继续陪爸妈吃饭聊天，商量着一会儿吃完饭去看广场上的圣诞音乐喷泉秀。

过了一会儿手机微信又响，李嘉玉拿起一看，又是段伟祺。

"可以出来上个洗手间吗？就在餐厅出门左拐过四个铺面。"

紧接着又发来一条:"我等着你。不过不着急,你挑好时机再出来。"

李嘉玉想了想,回复了:"行。"

李嘉玉又坐了一会儿,然后叫来了服务生拿餐牌,让父母再点些餐后甜点。父母看餐牌的时候,李嘉玉说她先去个洗手间。宋音看了女儿一眼,没说话。

李嘉玉拿上小包走出了餐厅,按段伟祺说的方位去,那边果然有个洗手间指示牌,李嘉玉按指示方向推开门,一眼就看到了段伟祺。

这个路口因为是去洗手间的必经之路,人来人往的,段伟祺穿得一身名牌,身形修长,气质出众,很是显眼,过往路人都要看他一眼。也有人窃窃私语,似乎觉得他眼熟。

"怎么挑这么个地方呢?"

"这不是说上洗手间,借口比较好嘛。"

"对,我可以说要上洗手间,但我不必去洗手间啊。"

"啊。"段伟祺挠头,紧张得智商下线了,"我第一次见你父母,这样太失礼了。"

"请在'见'字前面再加个'遇'字。遇见,谢谢。"李嘉玉说着,领着他往外走。

段伟祺跟在她身后,随她拐进一家男装品牌店。

店里人很少,也安静,段伟祺放松下来:"要不要给你爸买点礼物啊?"

"我买过了。"

"哦。"其实他想说他来买,但知道这么一说,李嘉玉又该说他们还不是那种关系,于是他换了话题,"我妈刚才没礼貌,你别生气。我姐的事,在圈子里被当成笑话说,家里其实受了挺大的影响,社交圈说话是比较难听的。我伯父和我家都有压力,我妈好面子,最近一直不开心。所以我趁着过圣诞,带她出来逛逛。"

李嘉玉道:"再加上我又是当事人的前女友,还跟她儿子不清不楚的,她心里不痛快能理解。"

"其实关系没那么复杂。"

"然后阶层还不一样。"

"嘿,你这样说,我们怎么聊下去。"

"我妈刚才问你是不是在追我呢,我说是啊。"

段伟祺眯眼笑道:"你怎么擅自下结论呢?"

"我自作多情?"李嘉玉白他一眼。

"我不是追求你,我是热烈追求你,这里面差别挺大的,你得把副词加上，这样显得我比较有诚意。"

"谢谢你的副词啊。"

"但是遭到了你的无情拒绝，然后越挫越勇，坚持不懈，可歌可泣，值得珍惜。要让阿姨感受到这份心意。"

"快闭嘴吧。"

段伟祺不闹了，他端正脸色道："说真的，等事情过去，我们找个时间好好聊聊吧。我是认真的。"

李嘉玉心里一动，看着他的眼睛："可是你妈妈对我爸妈和我这样的态度，你觉得还有什么可聊的？"

段伟祺极严肃地说："你恋爱不跟她谈，日子不跟她过。而且，我会处理我家里的部分的。"

李嘉玉摇头，她道："我妈也不喜欢你。她说你看上去就很花。"

"你要告诉阿姨人不可貌相。"

李嘉玉道："还财产不可斗量呢。我妈嫌年收入百万太多了。"

段伟祺努力挣扎："我薪水不高的，我可以给阿姨看看我的薪资账户流水。"

"行了，别闹了。搞笑呢。"李嘉玉无情地泼他冷水。听这对话，不知道的还以为他们谈婚论嫁见父母了，但其实她觉得他们不会有谈婚论嫁这一天。

"好了，你还有什么别的事吗？我得回去了，洗手间也不能上太久。"

段伟祺忙道："我爷爷跟大伯一家去美国陪我姐了。大概过完农历新年才回来，所以富昌的事都压在我一人身上，我特别忙。"

"我知道。"李嘉玉道。

"我明天出差，去几个地方，估计回来也得1月下旬了。"

"嗯。"

"然后马上就是农历新年，我们全家要去美国跟爷爷他们会合。再回来就2月了。"

"嗯。"

"就是大概有两个月的时间我都不在。你生日那天我也不在，但你的生日礼物我准备好了。"

李嘉玉马上警觉地道："你别搞什么花样让我尴尬啊。"

"不会的。"

"别送什么贵重礼物，我不要。"

"不贵重，超级低调的，我保证。别人都不知道你收到礼物了。"

李嘉玉皱眉头，对此表示怀疑。

"真的真的。"段伟祺道。

"好了，那我走了。"

"嗯。"

李嘉玉刚转身，电话响了，她一看是贺亦春的号码，赶紧接起来。电话那头的话让她兴奋得跳起："生了？哇，生了！"

她一把抓住段伟祺的手，听着电话。

"女儿吗？太好了，太好了。6斤2两。顺产的？太棒了。哈哈哈哈，太棒了。我去看你呀，贺姐你太棒了。"李嘉玉放开段伟祺的手，一边讲电话一边出了男装店，朝餐厅方向飞快走去，"真的吗？哈哈哈。"

李嘉玉没回头，段伟祺看着她背影消失的方向，怅然若失。

段伟祺去了停车场，找到自己的车子，邱丽珍已经在车上等了许久，非常不满。

"去哪里了？"

"洗手间。"

"洗手间用得着这么久？"

"排队，还便秘。"段伟祺皱着眉答，心情并不好。

邱丽珍不再说话，等段伟祺把车子开起来，顺利上路，这才道："刚才那女孩就是李嘉玉，珊珊养的小白脸的女朋友，对吧？"

"妈，"段伟祺道，"你这么扭曲他们的关系，用明知故问这样的方式表达你的负面情绪，并不能改变现实。"

邱丽珍抿紧嘴，然后道："我不管现在是什么现实，总之珊珊已经闹成这样了，你这边可不能再给我们丢脸。等忙完这阵子，妈帮你物色物色合适的对象……"

"妈，"段伟祺打断她，"什么年代了，你当演狗血电视剧呢，这么老套的台词就不要说了吧，这才真是丢脸啊。自己儿子没有健全的人格，不能独立思考，没有择偶的自由，喜怒哀乐还要看别人的脸色，跟旧社会里的奴才似的，你这做母亲的，听着还能多骄傲？"

邱丽珍恼羞成怒道："别跟我耍嘴皮子。"

段伟祺继续道："妈，这种封建社会残余，试图统治控制他人的思想，还是不要有了吧。"

邱丽珍张了张嘴。

段伟祺又道："还有，你刚才对李嘉玉他们一家人真是太失礼了。如果我与李嘉玉能有所发展，你想想今天自己的表现，你尴不尴尬？如果我们没发展,以后成了陌路人,人家一家子对你的印象只有傲慢无礼素质低,你说你丢人不丢人?左右横竖怎么算都是自己颜面受损失,以后别这样了。"

邱丽珍气得这一路再不说话。

第二天,段伟祺出差去了。上飞机之前给李嘉玉发了微信。

李嘉玉带着父母去医院探望了贺亦春,见到了贺亦春的宝宝。李齐和宋音给贺亦春和她的宝宝带了礼物,客气了一番,说女儿时常提起贺姐,他们正好在,就一起来看看,感谢贺亦春对李嘉玉的指导和照顾。

贺亦春一家子很开心,她先生忙前忙后,热情招呼客人,对老婆也非常体贴。

李嘉玉和父母出来后,说道:"看吧,这就是我说的女性榜样,人生赢家啊。"

李齐赶紧抢话:"说的不就是你妈吗?"

宋音拍他:"也不害臊。"

一家人找个地方吃饭,吃完饭,两口子又要赶飞机回家去了。

宋音趁着吃饭的空当跟李嘉玉道:"女儿啊,你从小就很乖,没怎么让爸妈操心。你要做什么,爸妈也是支持的。之前你跟苏文远谈恋爱,他家庭条件不太行,爸妈也没说什么,只要你们年轻人自己努力,生活条件能改善。只是最后很遗憾,苏文远竟然是这样的人。但妈妈仔细一想,他会是这样的人,跟他的家庭条件是有关系的。也许是生活条件不好造成他自卑,也许是从前过得不好突然有了名誉财富让他迷失,又也许是他家庭教育的关系,总之,肯定是有影响的。"

李嘉玉不说话。她爱上苏文远时没想这么多,后来分手后,冷静了,理性了,仔细一想当然也明白其中的道理。

宋音又道:"所以昨天那位段先生,我跟你爸昨晚在酒店还讨论来着,他真的不合适。"

"妈,我跟他现在并没有……"

"你昨天说去洗手间,是去见他了吧?需要这么小心地找借口,怎么会没什么。"

李嘉玉没法反驳,只得闭嘴。

宋音问她:"你们怎么认识的呢?"

李嘉玉老实答:"我去酒吧接方勤,撞到他了。"

"然后他就来搭讪了?"

"我们不是因为这个。"李嘉玉这时候反应过来要说点好的,"我参加文博会,他是企业家之一,他还应邀来我们学校演讲。"

宋音沉默了一会儿,李嘉玉不敢说话。

过一会儿宋音道:"嘉玉啊,爸爸妈妈过得很幸福,因为我们两人性格互补,家庭条件也差不多。你那位贺姐,一看就是风风火火的个性,她先生就稳重些。我记得你提过,他们俩都是白领,薪水职位都不错。你看,这样才配得好。这位段先生呢,你还是慎重些吧。这么年轻的企业家,条件这么好,什么姑娘没见过,他是真心喜欢你吗?能喜欢多久?昨天他母亲那样的态度,你也没必要去受他家里的欺负。当初苏文远的家庭条件不好,我担心你跟他结婚后受苦,你说没关系,你能应付。现在你们分手了,我这做妈妈的可以说一句,没必要找个得强迫自己坚强去应付的,要找个能让你舒舒服服、放松开心过日子的。"

李嘉玉点点头。

宋音又道:"这位段先生,跟你真的不合适。你这么懂事聪明,你肯定明白。"

李嘉玉再点点头。

宋音接着道:"但是妈妈也知道,男人有钱,哄女生特别有一套。什么贵重礼物了,包包衣服了,出入高档餐厅什么的,甚至买车买房了,特别能满足女生的虚荣心。妈妈就是想提醒你,物质,咱家不缺。比不上大富大贵,但吃穿用度,爸妈一直给你好的。你别被这些手段忽悠了。"

"我不会的。放心吧,妈妈。"李嘉玉很认真地道,"我会认真处理这事的,你别担心。"

爸妈回去了,李嘉玉回归现实。妈妈说的那些道理,她都懂。如果她跟段伟祺之间有深爱,她还能为他反驳那些道理,若有爱,什么都不是问题,但她跟段伟祺不是这样。她曾经因为喜欢他而想着只享受恋爱也好,但她发现不行,她会在意,非常在意。她毕竟不像苏文远那样放得开,用玩玩的心态去交往去索取。所以他的失联让她如此愤怒,他对她不负责任的态度让她极度失望。

这些愤怒和失望就算到今天已经变淡,她也没勇气去探究段伟祺所说的他是认真的,是什么意思。

但她真的喜欢他啊。

她喜欢过的男生都是非常帅的。只有段伟祺,他的长相真的不是她的菜。

从前他令她折服的是他的商业才华,但现在听他讲车子,她也觉得有趣,听他说没营养的话,她也觉得有趣,他摔跤也好笑,他在厕所门口等她也好笑。

但是妈妈的话，有道理。

12月27日，周五。李嘉玉继续休假不上班。

她没搞什么生日活动，只在微信上接收朋友们的生日祝福。方勤上班，家里只她一个人。她睡懒觉，等快递，睡懒觉，等快递，但一直没快递。李嘉玉不禁怀疑段伟祺是不是忘了她告诉过他，生日那天她在家。

直到下午4点来钟，快递一直没来，段伟祺的所谓生日礼物并没有出现。

但段伟祺的微信消息来了。

他说生日快乐，然后他发来一个链接。

"送你的生日礼物。"他说，"点开的时候请确保身边无闲杂人等，这是只给你一个人看的。"

李嘉玉点开了。

以为会是什么网站礼物商品任选之类的，没想到只是一个视频。

视频里，段伟祺穿着很有型的西装，在他那个豪华车库里，很耍帅地倚在一辆车上，对着镜头说："亲爱的李嘉玉同学，今天是你的生日，想了很久应该送你什么，想不出来，这个真的很难。送贵重的你不喜欢，我已经能想象到你的脸色。送便宜的我不行，太掉身价，你看看我的表情。"他做了个很嫌弃的表情。

李嘉玉笑出声。

"我想来想去，得送你我最喜欢的东西才行。"

李嘉玉自言自语："所以要把你的车库送我吗？"

"所以我想送你的生日礼物是：让你笑。"

画面突然一变，一张照片跳了出来。

是李嘉玉拍的那张段伟祺摔跤后的照片，上半身有型，下半身狼狈，两条腿膝盖处裤子破了两个大洞那张。

李嘉玉微笑。

那照片突然一变，上面配了字："帅到膝盖着地。"

李嘉玉哈哈大笑。

接着图片再变，头像表情变成了嘟嘴亲吻状："帅到给个么么哒。"

嘴嘟得很夸张，裤子上的破洞超搞笑，图片还做了动态处理，上一秒装帅，下一秒嘟嘴。

李嘉玉笑得眼泪都出来了。

然后视频画面又切回了车库，这次段伟祺换了个姿势，换了辆车，装帅装得很刻意。因为之前图片的配字印在李嘉玉的脑海，所以她看到段伟祺这样，忍不住一直哈哈笑。

视频里的段伟祺道："你有没有笑，一定笑了吧。接下来呢，是重头戏。"

他清咳两声，道："你记不记得，你说要约我姐谈山夫的咨询合作，我那时候说，如果你成功签约，我就跳舞给你看。但是现在看我姐的状况，恐怕她没法跟你谈什么山夫的咨询合作。但是没关系，我相信你一定能谈下来，我也相信你能谈下别的你想合作的公司。你很优秀，要继续努力。所以呢，我要给你跳支舞，预祝你心想事成。就跳这么一次，以后你每成功一次都可以拿出来看看，就当我每次都跳过了。"

他说着，开始脱外套。

李嘉玉捂眼，又尴尬又想看，忍不住一直笑。

段伟祺甩开西装外套，穿着衬衫，解开了四颗扣子，算得上半裸，下半身穿着西裤，配着皮鞋。他奔向一旁，镜头一切换，旁边竟然摆了一根钢管。

李嘉玉拍沙发："这就算脱完了？！"

段伟祺还算轻盈地跃上去，转了一个圈，姿态称得上潇洒。他转完圈，说道："你以为我脱多少？我就不脱，急死你。"

李嘉玉大笑。

段伟祺又转了一个圈。

李嘉玉津津有味地看着。

但接下来的画面惨不忍睹，明明跳华尔兹这么帅的人，为什么跳钢管舞这么尴尬，跳成这样，你就不要硬跳呀！

李嘉玉笑得倒在沙发上，眼泪横飞："救命啊！"

好在没跳多久，就结束了。

李嘉玉拉进度条，重新再看一遍，又笑到脱力。

段伟祺跳完之后，打开双臂，单膝跪地，一个标准的结束动作。这动作做得很帅，然后他说："生日快乐。"

李嘉玉的笑停了，她抹了抹泪水，觉得眼睛有些发热。

她拨了一下进度条，再听一遍他说："生日快乐。"

李嘉玉倒在沙发上，把手机放在胸口。

她闭上眼睛，听到自己的心跳声。

"妈妈，他没送我豪车、房子和包包，他想送我快乐。"

李嘉玉觉得她很快乐。

段伟祺还在线上等她，他问她看完了没有，他问她开不开心。

李嘉玉给他拨电话,段伟祺秒接。

"段总,你完蛋了,你算是有把柄落我手里了。"

"什么都落你手里了,你也不敢要啊。"

确实不敢。李嘉玉沉默。

段伟祺自己给自己解围,又道:"你看,这种黑料我都给你拿着了,总该放心了。我不敢对你不好的,不然你把它挂网上,我就不活了。"

李嘉玉刚想说"你怎么可能这么脆弱",段伟祺却又道:"不过我手上也有你的黑料。"

"我哪有?"

段伟祺又发过来一个视频。

李嘉玉点开看,是当初傻乎乎的自己,在机场停车场唱"如果感到幸福你就拍拍手",接着又唱"段伟祺真奇怪"版本的《两只老虎》,太糗了。

段伟祺道:"所以你也要对我好点啊。"

李嘉玉抿嘴笑:"我记得上次我们比拼照片,是我赢啊。"

"是啊,你总是赢的。我认输。"

李嘉玉觉得她也快要认输了。

这时候有人在那边叫"段总",段伟祺道:"我得开会去了。生日快乐,李嘉玉。"

段伟祺挂电话了。李嘉玉把自己的脸埋在沙发靠枕里,脸热热的,有些烫。

李嘉玉再见到段伟祺已经是1月下旬的事,那时离除夕还有一个星期。

段伟祺出差回来没几天,那天要随父母一起回一趟母亲老家,然后直接从那边飞美国与爷爷会合。而李嘉玉那天晚上公司开年会,下午全公司就进会场了。

段伟祺说有新年礼物要让她带回老家,他路过会场的时候停一停,让李嘉玉出来拿。

李嘉玉答应了。

华美的年会非常热闹,除了常规的吃吃喝喝、节目表演、抽大奖之外,今年的员工升职、评定奖项、年终奖金等也都在年会上公布。

段伟祺跟李嘉玉说快到了的时候,李嘉玉这边年会正进入高潮,老板谢景鹏刚刚说完公司的新规划、新展望,点名夸奖了刚过去的一年里的几个项目和几个表现出众的员工。李嘉玉的基创实业项目和她的出色表现被提到好几次,她兴奋得脸红红的,非常振奋。

接下来是颁奖。孩子刚刚满月的贺亦春被授予年度最佳员工奖,并被升职为项目总监。谢总与贺亦春握手:"期待你成为合伙人的那一天。"

贺亦春致谢词说的是:"谢谢老板没有放弃我。谢谢李嘉玉,把我拉回来。谢谢我的女儿,让我体会到做妈妈的幸福。也谢谢我先生,给我一切。我会继续努力。也祝所有的女性,能像我这样幸运,能享受到工作带来的成长、财富和荣誉。"

李嘉玉用力鼓掌,很受鼓舞。

膝上的手机振动,段伟祺说他到了,就在停车场。这时台上的司仪宣布:"下面要颁另一个最佳员工奖,李嘉玉。"

李嘉玉忙回复:"我上台领个奖,等我一会儿。"

台上谢总道:"李嘉玉是6月入职的咨询行业新人,仅仅半年多的时间,她参与了五个项目,改进了一份行研报表,独立完成三项行研数据研究,签约两个项目客户,访问了八位行业顾问,协助公司完成四次论坛演讲选题报告。"

大家都鼓掌,主持人在台上叫李嘉玉名字,让她上去。

谢总停了停,看到李嘉玉上来了,他道:"经公司合伙人一致同意,将李嘉玉的初级咨询师职位,晋升为高级咨询师。这是我们华美公司成立以来,周期最短、速度最快的一次升职加薪。希望大家都能以李嘉玉为榜样,要有初生牛犊不怕虎的精神,勇往直前。"

下面的掌声更热烈,灯光打在了李嘉玉的身上,她红着脸,想着她这么努力,终获肯定;想着门外有个人在等她,她这么高兴,迫不及待想与他分享。

李嘉玉领完了奖急匆匆往外赶,按微信上段伟祺提醒的,她把车钥匙带上,东西先放车子后备厢。

李嘉玉去了停车场,段伟祺就在她的Polo旁等她,见着她便笑:"今天这么漂亮。领什么奖?"

李嘉玉特意把小小的水晶奖碑带出来给他看,告诉他,她升职加薪还领了一大笔年终奖金。

段伟祺装模作样地皱眉头:"听上去更不需要男人了,怎么办?"

李嘉玉哈哈大笑,上前一步抱住了他:"谢谢你啊,段总。"她想念他啊,真的想。

段伟祺回抱她,将她紧紧搂在怀里:"你要是不主动,我都不敢碰你呢。"

李嘉玉拍拍他的背:"段总你厌起来,有点可爱呢。"

"你就喜欢这类型的,是不是?"段伟祺有些咬牙切齿。莫名想起了苏文远,心里好不爽。

李嘉玉哈哈笑,心情特别好。

她没否认，也没顺着话头说"不是，我喜欢你这一型的"，段伟祺更不爽了。

　　"东西都在这儿了，你收起来，过年回去的时候，帮我问声好。"

　　"好的。"李嘉玉也没跟他客气推拒，"我会跟爸妈说是你送的。"

　　"真的？"

　　"嗯。"李嘉玉点头。

　　段伟祺又高兴起来："那要是他们问起……"

　　"我就说没什么，人家年薪不止百万，这点东西小意思。"

　　他戳她额头："你就不能帮我说点好话，非拆我的台。"

　　"哎哎，"李嘉玉揉了揉额头，"别动脸，一会儿留下手指印。"

　　"你抹了多少粉，会留下手指印？"段伟祺嫌弃，把她拉近了扳着她的脸仔细看了看，皮肤白嫩光滑，眼睛水润明亮，他忍不住在她额头那里亲了亲，把她推开了。

　　"哎，刚才谁说不敢碰的？"李嘉玉捂额头。

　　"我是那种人吗？"段伟祺趾高气扬。

　　李嘉玉一脸嫌弃。

　　段伟祺扭头要走："我得走了，我爸妈在等我呢。"

　　"什么？"李嘉玉吃了一惊，"你父母也在这儿？"

　　"在车上。"段伟祺指指路口方向，"我过去了。"

　　"快去快去。"李嘉玉赶他，从她这个方向，隐隐能看到一辆车子的影子，"晚上开车小心一点啊。"

　　"有司机，我们轮着开。时间有点紧，没办法。"段伟祺摸摸李嘉玉的头，"那我走了，你自己注意点身体。"他停了停，又道，"等过完年回来，我们聊一聊吧。"

　　"行。"这回李嘉玉答应他了。

　　段伟祺有些意外，然后高兴地笑起来："那我走了。"

　　走了两步，他突然转身折回来，捧起她的脸啄了啄她的唇："新年快乐，宝贝。"

　　李嘉玉反应不及，待回过神来要揍他，段伟祺已经放开了她，跑得飞快。

　　"新年快乐，宝贝。"远远地，他还在喊，声音里带着笑意。

　　李嘉玉看着他的背影消失，回身看了看他留下的东西，包得好好的，两个小箱子，她也就不拆了，直接放到后备厢里去。她脑子里盘算着，过年见了妈妈，怎么跟她说段伟祺的事。

在春节假期之前，段伟祺的古镇项目有了些成果。

首先是四木的古镇文化系列产品上线，登陆四木专营店及各大电商平台。李铁的获奖消息成为宣传的一大重点，还配上了李铁的照片。

有四木的全国营销力度，加上产品设计确实出彩，第一批货刚上线就被抢购一空。

产品包装上带着古镇版《走走停停》真人秀宣传，还带着《古镇寻宝》游戏公测码，系列联动带起了一波。

《走走停停》改版后开播，就在华美年会的第二天，周六晚上8点。李嘉玉、方勤等一大堆朋友拿着手机守着电视、电脑一起看。

这期嘉宾很有看头，有影后、歌坛天王、娱乐公司总裁、历史学者以及一位机电专业女大学生。

五位年轻人齐聚靖田古镇，挑选房子，规划自己的小镇家园，设计揽客计划，等等。

第一期大家选房，找专家和工人帮忙修缮宅园等，各出奇招，笑料百出。各路"人设"个性都很鲜明，技能又各不相同。用弹幕的话说，历史学者与机电专业女学生那是知识的碰撞，文科与理科的厮杀，影后和天王那是气场的对决。而其中的人物爆款，居然是娱乐公司总裁蓝耀阳。

蓝耀阳出场的时候一本正经，说是朋友出资做的节目，想找一个总裁"人设"来参与一下，给节目加分，左挑右选，朋友全是总裁，但最出众的就是他了。朋友没办法，求了他好半天，他收了巨额出场费，就来了。

观众爆笑。每次蓝耀阳一出场，弹幕就疯了。

"我是谁，我来干什么？"

"收了巨款不得不来参加节目的总裁。"

蓝耀阳的个性很好，在其他四位嘉宾争夺资源、争论不休的时候，他总是出来调和。影后和天王都给他面子，学者们不跟他计较，动不动他就唱首歌给大家开心下，一不小心就把节目风头抢了。

"程天王：'老子还没唱，你唱什么唱？'"

"看在你是总裁的分儿上，让你唱！"

但是老好人的结果，就是别人都抢了好房子，把专家和工人都请走了，就剩下蓝耀阳自己还在徘徊，最后跟只小黄狗蹲宅子前啃草根等人回来。

于是弹幕又疯了。

"老子只是想装装样子，你们趁机欺负老子。"

"有没有人啊，没有人我就要唱歌了。"

李嘉玉他们看着电视也要笑死了。好久没见蓝耀阳，还真不知道他居然去录了节目。

大家使劲在线上敲蓝耀阳，蓝耀阳跳出来道："行了，不要再@我了，不就是红了吗，老子红得起。不就是看段伟祺那厮的面子，帮他一把。看看，节目不就靠我吗？"

"二蓝你自我放飞起来，真辣眼睛啊，你看节目了吗？请问你是什么感受？"

"滚滚滚，老子不看。"

李嘉玉简直要笑死了，特别欢乐。她偏心地想这欢乐还是段伟祺给的。

新年，到处喜庆忙碌。

李嘉玉是除夕那天早上坐飞机回的家。

段伟祺给李嘉玉准备的新年礼物全是高档食材，还有一瓶红酒。李嘉玉上网查了查，决定这红酒的价格还是不要跟父母提了。

宋音问怎么买这么贵的东西回来，家里都不会做。李嘉玉直言是段伟祺送的。

宋音顿了顿，没说话，把东西都收拾好。

那天全家一起看电视，正好又看到《走走停停》第二期，宋音挺喜欢这节目，觉得比以前几季都有意思。李嘉玉趁机提了段伟祺，说这季有段伟祺的投资，由蓝耀阳的公司制作的。

宋音和李齐对视了一眼，只说："挺好呀，涉猎面挺广的。"语气平淡，没什么特别。

李嘉玉又与父母说了段伟祺的古镇项目，结合节目里的内容，夸赞了段伟祺的商业头脑和才华。

宋音看完了节目，这才问她："你跟他在一起了？"

李嘉玉犹豫："还没有。"

"那你一直夸他，是怎么考虑的？"

李嘉玉咬咬唇："就是希望爸爸妈妈能对他改观。"

宋音又问："如果妈妈就是觉得你们两个不合适，不能同意你们在一起，你怎么想？"

李嘉玉又犹豫一会儿："我想，再试一次。"

"你不是说之前试过了不合适吗？"

"现在还是想再试试。"李嘉玉低了头。

"你觉得他喜欢你？"

李嘉玉点点头。

"有多喜欢？"

喜欢到连面子都不要了，应该配得上一个"很"字吧。

"应该是很喜欢的。他对我挺好的。"

宋音默了默，再问："他跟你提过以后吗？"

李嘉玉低着头，有些心虚地说："我们约好春节后就聊聊的。"

宋音便道："那你跟他聊了之后再决定吧。你这么年轻，不着急。"她顿了顿，又道，"你自己要想明白，不只是他提没提以后，而是你自己也要想想以后。你现在工作正是上升期，以后会有更广阔的空间，结识更多的人，你以后打算做什么样的事，过什么样的生活？如果结婚，你又想做什么，过什么样的日子？妈妈说你年轻不着急，但妈妈也觉得你的时间很宝贵，不该浪费。"

"嗯。"李嘉玉点头。

宋音过了好一会儿又道："妈妈回来后，在网上搜了段伟祺。"

李嘉玉紧张地捏捏手指道："妈，网上很多事都是假的，都是瞎编的。我在网上还被别人黑过呢。"

宋音停了一会儿，平静地道："妈妈相信你，他肯定很有才华，肯定有许多优点，才能吸引你。但妈妈还是觉得，他跟你不合适。"

整个春节假期结束，李嘉玉也没能争取到爸妈对她与段伟祺的感情的支持。

别说支持了，他俩的意见是：不同意。

李嘉玉从前并不为父母的反对而苦恼，高中的时候她暗恋校草，爸妈也批评了她几句，她也没太在意，毕竟她那会儿对自己很有把握，对高考也很有信心。

她跟苏文远刚在一起的时候，妈妈也有顾虑，觉得长得这么帅，会不会不可靠，但后来也没管她，由她自己决定。

但这次不一样。

经历过了苏文远，父母与她自己的心态都有变化了。

父母对她的判断和坚持不再有信心。

而她自己呢？当初与苏文远的恋爱，她太笃定，最后却被狠狠打脸，她对感情的事也没了底气。再加上与段伟祺先前的一段不愉快，她的信心更受重创。

两家条件明明白白摆在这儿，段伟祺母亲的态度也很明确。

所以若真有理智，就该放下了。李嘉玉以为自己能做到，结果不行。于是现在的她多希望能够得到鼓励，哪怕有人对她说一句："可以的，试试看。起码要努力一下对不对？"

可惜没人鼓励她。

没有人认为他俩应该在一起，除了他们自己。

甚至他们自己也不认为在一起就会有结果。

那么为什么她还想试一试？她不知道。她就是想念他，他若能对她坚持，那么她真的愿意再冒险一次。

她想起段伟祺手机上给她做的备注：我的骑士。

他大概也是期待着，她愿意再为他冒险一次。

春节期间，李嘉玉与段伟祺连过一次视频，视频里段伟祺问李嘉玉，他送的礼物她爸妈喜不喜欢。

李嘉玉答："有点贵重，我妈说这些东西不会做。"

段伟祺忙道："我给阿姨发份菜谱过去。"

李嘉玉笑，然后她告诉他："我妈说不同意咱俩。"

段伟祺愣了愣："真的啊？"

"真的。"

段伟祺沉默了一会儿，问她："那你呢？"

"我很听我妈话的。"她故意道。

段伟祺垮了脸，还撇嘴。

李嘉玉骂他："赶紧收一收，都奔三的人了，装可爱不合适，你当你是'蓝可爱'啊。""蓝可爱"是网民给蓝耀阳的昵称，群里众友人为此笑崩溃，称Blue影业形象尽毁，二蓝难辞其咎，看来董事会开除这位小蓝总的日子不远了。

段伟祺听到"蓝可爱"这称呼也是笑："我就知道耀阳可以的，真的是求他好几次，用几个合作交换，他才愿意上节目。我眼光多好，这家伙浑身是戏，往那儿一站就是收视率的保证。"

"你自己身上的戏更多。你怎么不自己上？"

"我要脸啊。"

李嘉玉扑哧笑出声。

"他现在天天发消息骂我，说他非常后悔上节目。"

李嘉玉哈哈笑。

然后段伟祺不乐意了："哎，我们俩好不容易通一次话，为什么要聊别的男人啊？"

"是你在聊，我哪儿知道。"

"明明是你起的头。"

"我那个话题是在聊你，让你不要装可爱。"

"那你还让我上节目。"段伟祺撇嘴，"'段可爱'！"他做了个呕吐的表情，"恶心。"

"你滚蛋吧，还'段可爱'，你要是上了节目，外号肯定是'段渣'！"

"听听你对我的评价，你妈对我的印象能好起来吗？在你心里我的分数就不高，现在加上你妈妈，感觉更渺茫了。"他苦着脸，还想继续装可怜，画面外却有人叫他："阿祺。"

段伟祺马上正了脸色，飞快地说："我得去看看，回头有空聊。你要帮我说好话啊。"

段伟祺匆匆下线，李嘉玉想着他在视频里难掩疲倦的面容，有些后悔没跟他说实话。但她又一想，他们很快会再见面的，到时面对面了，她再好好跟他说。

但李嘉玉预料错了，等她与段伟祺再见面时，已经是9月初了。

春节过后，段伟祺迟迟未归，之后往返数次，都是来去匆匆，似乎美国才是长居地。李嘉玉几次追问，段伟祺才说了。

当初虽然逼迫任明俊删除了视频，又签了保密协议，但任明俊依然没有老实。事实上那次段珊珊对他的打压，让他在全家面前颜面尽失，他还受到了责打，连带着在集团里的职务都受了影响。任明俊对段珊珊怀恨在心。段珊珊到了美国之后，任明俊经常打来骚扰电话，用极下流的龌龊言语对她进行侮辱，还描述视频场景，说他早分发给众哥们儿看过了，把视频删了又如何，该看的都看了，等等。

一开始段珊珊还战斗力十足，与他对骂，但她毕竟是女生，这种侮辱对她的伤害太大，时间久了，导致她精神出现了些问题。她又要强，没跟别人说。恰逢她父母和祖父到了美国，发现她瘦到脱形，还有掉发、失眠、紧张、幻听等症状，便带她去看了心理医生。这也是为什么他们全家春节都要在美国会合的原因。

段伟祺去美国之前，还不知道段珊珊的情况，段老爷子怕他冲动之下在国内犯事，所以等他到了美国后才商议此事。

段珊珊在美国治疗了一段时间，已经慢慢在恢复，以她的状况，当然不能回国。段老爷子和两个儿子先行回来给公司坐镇，段伟祺和伯母、母亲则留在美国照顾段珊珊。段伟祺还有一个任务，就是与国内的段老爷子联手，将任家的产业打垮，让任明俊再无靠山，然后再收拾这个人渣。

"快了。"段伟祺这样告诉李嘉玉。

李嘉玉为段伟祺担心，也同情段珊珊。她时刻关注财经消息，观察任家企业的股市表现。这半年里，任家出现了两次重大投资失败，血本无归。三家公司高管都爆出经济犯罪的丑闻，被警方逮捕。李嘉玉猜想这里头应该有段家的手段。

但任明俊一直没事。

李嘉玉不知是任家一直护着这兔崽子，还是段家还没对他动手。

7月，国内爆出两个大新闻，全是关于任家的。

一是鼎阳集团破产清算，二是鼎阳集团的太子爷任明俊在美国被捕，罪名是谋杀未遂、恐吓、性骚扰等，受害人是富昌集团千金段珊珊。

消息一出，媒体都炸了。

李嘉玉也很吃惊，她赶紧联络了段伟祺。

段伟祺过了许久才回复，他是直接拨来了电话。李嘉玉看看时间，他那头应该是半夜。

"这次应该没什么问题了。"段伟祺声音里透着疲惫，但显然很高兴，"鼎阳破产，好几项经济犯罪还在检方手上排队待查。任明俊不得不出国避风头。我和我姐故意激怒他。那小子果然智商不行，全按着套路走，一来就被拘捕了。他手上拿着枪，被抓了个现行。加上他半年来给我姐打的那些骚扰电话，我姐很聪明地从第二通电话开始就录音了。攒下的录音文件好几个G。我也在这边找到不少人证。那人渣吸毒、打人、迷奸，坏事没少干。在国内有关系护他，在美国就不行了。以他家现在的情况，怕是连律师费都付不起，这回他得在美国把牢底坐穿。"

李嘉玉非常高兴，这样真的太解气了。

"我解决清楚这些事就回去了。"段伟祺道，"西餐我都吃腻了，我想念麻辣烫。"

李嘉玉大笑："不信，这台词我怎么觉得应该是方勤的。"

"不是，你听到这话难道不该说你要练一手好菜等我回来？"

"怎么可能，我最不喜欢做菜了。我自己都点外卖。"

段伟祺不死心，还要再争取一下："这么久没见，你怎么都要表达一下心意，哪怕炒个丑丑的鸡蛋也行呀。你就穿得漂漂亮亮说下厨做给我吃，我就藏着胃药捧场，这不是皆大欢喜吗？"

"你有病啊。我干吗要炒个丑丑的鸡蛋，我不要面子啊？"

"这不是比喻吗！"

"比喻也不行。你在诋毁我的厨技。"

"可你确实没厨技不是吗？"

"所以我没打算下厨装贤惠啊。"

段伟祺长叹一声："你赢。"

"当然。"

段伟祺继续叹："我到底喜欢你什么呀？"

"我漂亮呗。"

段伟祺笑出声："对，对，你最漂亮了。"他打了个哈欠，被李嘉玉听到了。

"这段日子压力很大吧，是不是都没休息好？你快去睡觉吧。"她放柔了声音道。

段伟祺哼道："不去。本来想睡了，你让去就偏不去了。"

"快滚去睡觉。"李嘉玉不高兴。

"不想去。就喜欢听你骂人。"

"注意你的颜值，睡眠差脸色很难看的，你照照镜子，别招我嫌弃。"

段伟祺咬牙切齿，一字一顿地说："李、嘉、玉！"

"本来咱俩还能来一个'浪奇'组合的，现在恐怕只能是美女与野兽了。"

"滚滚滚！"号称就喜欢听骂人的段总挂电话了。

过了一会儿发过来微信："我上床了。"

李嘉玉回他："乖。"

他又发来一条："刚才没听清，什么组合来着？"

李嘉玉没反应过来："什么？"

"美女与野兽前面不是还有一个组合？我没听清。"

"哦，浪奇洗衣粉。"

"什么意思啊？"

"之前方勤跟陆勤恋爱的时候，他们给自己取了一个绰号叫'勤恳恋人'。我听了，想起我们，当时脑子里就跳出浪奇洗衣粉这词了。"

"意思是要把我们之间的争吵嫌弃洗一洗？"

"意思是浪子与骑士。"

段伟祺飞快地发来语音："哈哈哈哈哈，美女，你很有梗啊。"

"你到底睡不睡啊？"李嘉玉发消息。

段伟祺发过来两个"大笑"的表情。

李嘉玉摇头，搜了个歌曲链接，给他发过去了。

《美女与野兽》主题曲。

微信安静了。

第十九章
那件事情,叫理想

李嘉玉安安心心等段伟祺回来。但她没有料到,段家和任家的这场大火,最后居然又烧到了她身上。

段家、任家都是商界巨头,这场跨国官司卡在任家破产清算之时,非常微妙。各路记者像是闻到了血腥味的狼,倾巢出动,千里迢迢赶赴美国,追踪案件的最新进展,挖掘案情的背后故事。

这一挖了不得,原来一切源起于任明俊雇人偷拍的一段视频。视频没找到,但据说香艳刺激,当事人是段珊珊和网红设计师苏文远。

这下舆论又哗然了。盛世美颜、才华横溢的苏文远啊,与段珊珊有7岁的年龄差,这两个人是怎么搞到一起去的?

于是国内的网媒和自媒体也忙碌起来。

等一下,苏文远是不是当初还给前女友站台,帮忙澄清她的黑料来着?前女友的名字叫李嘉玉。

那个李嘉玉的黑料是什么?傍大款、坐豪车,男女关系复杂,而且还有照片。

照片翻出来,车牌被拍得挺清楚,一查,太精彩了,豪车是段伟祺的。

段珊珊、段伟祺可是堂姐弟关系，两个人平常走得挺近，都是有钱有颜游戏人间的花花富商。苏文远、李嘉玉是B大有名的校园情侣，成绩优秀，毕业创业，有计划未来要结婚。

但是苏文远与李嘉玉分手了，苏文远与段珊珊上床了，李嘉玉与段伟祺呢？那肯定也是肉体关系啊。

贵圈真乱。

恶心。

网上各种评论。

苏文远与李嘉玉是真分手还是假分手，是纯真校园情侣还是心机傍富搭档？

这个中关系看着复杂又精彩，夹杂着最吸引眼球的两性关系话题，吃瓜群众津津乐道。

一时间八卦热度赶超案情进展，段家知道里头有水军在带节奏，有心处理压制，但这次事件波及面太大，有艳照门，有杀人未遂，有豪门恩怨，有网络红人，一时半会儿也不能全删除干净。

最重要的是，删了"四人行"谣言，又出来"段珊珊、段伟祺身家大起底"，删了"大起底"，又出来"细述段珊珊的男人们"，管得了"段珊珊的男人"，又冒出来个"段伟祺风流账本"。

段伟祺第一时间联络了李嘉玉，就案情拖累她一事与她道歉。

李嘉玉心里头是真不痛快的。一次两次总这样，后头还得三次四次五六次吧。她近期正准备谈两个客户，网上将她丑化成这样，还闹上热搜，她还见不见人了？！而且她的微博已经乱七八糟，上面全是污言秽语。上次被黑后她就不怎么上微博了，发的东西很少。这次看完这些消息，眼见自己的账号成了粪池似的，她真是怒火中烧，下定决心要弃用微博。李嘉玉关闭了评论功能，把那些用脏话骂她、恶意邀约什么的恶心私信全删了。

她知道这也不是段伟祺的错，现代社会的互联网病，大家隔着屏幕不分青红皂白地发泄自己的负面情绪，反正不用负责，不用成本。谁关心对面的那个名字背后的人是什么感受？谁关心真相？

段伟祺见发完消息李嘉玉迟迟不回复，干脆打了电话过来。

李嘉玉接了，语气不是太好。段伟祺当然也明白她肯定不爽，但他没什么时间安慰她，于是只得再道歉，又嘱咐她见机行事，如果遇到记者偷拍或是有人来跟她问话，让她拒绝。段伟祺还把保镖的照片和电话号码发给她，让她如果遇上紧急情况，比如被围堵什么的，可找保镖掩护她离开。

"任家穷途末路，除了抹黑也干不了别的，想拖着我们跟那人渣一起不好过。让你受委屈了，我以后一定补偿你。"

李嘉玉没说什么，但心里直叹气，她想到了爸妈。希望他们不要看到这些，不然她真的不敢想以后。

"你自己多小心。我跟耀阳和卓恺也说了，让他们多照应你。你有任何困难，发现什么不对劲，我不在，你就找他们。"

李嘉玉答应了。

糟心事一件接一件。

网上消息爆发后，她就看尽了同事们探究的眼色。王肖话里有话，暗指她当初怎么不预警一下跟鼎阳合作的风险，差一点他们的项目款就收不回来了，最后是出了律师函追讨才全拿到的。谢洋也问她："原来你一早就认识段总？"

秦西悄悄把几个女同事私下的群聊截给李嘉玉，群里在讨论当初那些口红什么的是不是段伟祺送的，又说那李嘉玉挺不值的，这么一个富豪，才送Mac这种平价牌子云云。

李嘉玉正在接洽的一家客户打电话给贺亦春，要求换一个业务对接人。

李嘉玉好烦，虽然有许多人安慰鼓励她。比如前台姑娘帮她怼记者，同事掩护她上下班，贺姐和谢总特意把她叫过去让她安心，问她需不需要休息两天。

李嘉玉不敢休息，她怕她闲下来忍不住去刷微博。

刚才她已经不小心刷到有人在传言有"四人行"视频，说这才是让段家头顶冒烟、倾全力要压下去的事。李嘉玉又气又恶心，不理解怎么就有这么恶劣的人呢。

这种时候，谁安慰都没用。

但她确实是收到了一大堆的安慰，微信都要被挤爆了。

然后，李嘉玉最担心的事发生了，妈妈来电话了。

宋音一开口没说别的，只柔声细气问她好不好。李嘉玉这时候忽然意识到，她的丑闻传遍网络，她父母也要受亲朋好友的指指点点，而她只顾着逃避，连个提醒、问候、解释都没有，她真的太渣了。

"妈妈，对不起。"李嘉玉忽然想哭，"网上说的都不是真的。"

"妈妈知道。自己的女儿，爸妈当然了解。爸爸妈妈是相信你的。妈妈打电话来，也不是为别的，就是想告诉你，爸爸妈妈没事，你别担心。"

轻飘飘的一句话，重重地击在李嘉玉心上。

完蛋了，她觉得她输了。她怎么能跟受到伤害的爸妈说她喜欢段伟祺，她在等他回来？

李嘉玉静默了好半天，对宋音道："妈妈，网上说的不是真的，段伟祺没这么坏。我跟他不是那种关系。"

"嗯。"宋音道,"但他姐姐跟苏文远的关系是真的,对吗?你当初哭着说苏文远出轨,是他姐姐吗?"

李嘉玉艰难地回答:"是真的,但那个跟段伟祺没关系。"

脑子太乱,李嘉玉惶然地在脑海里组织着说辞,想着如何说服宋音,段珊珊跟苏文远,真的跟她与段伟祺没关系。

但宋音没说这个,她换了话题:"网上说的段家的家世,是真的吗?"

李嘉玉支吾着:"有点夸张了,其实。他家没那么有钱。"

"嗯。"宋音很冷静地只应了一个字。

李嘉玉吐了一口气,从小,大家都说她像妈妈。她也确实像妈妈。妈妈现在这个态度,她知道她生气了。

"妈妈。"李嘉玉捏紧了手机。

宋音道:"妈妈知道你现在肯定不好受,从前妈妈说你俩不合适,只是考虑到家庭条件,现在丑闻都出来了,以后怕是会没完没了吧?事情已经发生了,爸爸妈妈不给你添堵。要是在那边闲言碎语多,你回家待一段时间也是可以的,随你。总之,你要照顾好自己。等风波过去了,你冷静了,我们再谈。"

"行。"

网上的风波持续了四天,在段家一次一次严厉声明、一封一封律师函的打压下,抹黑的水军终于消停了。

而警方的一纸通报,把其他零散的起哄声音也打下去了。警方逮捕了三位在网上造谣的网民,三位的言论分别是"四人行视频确有其事,我看过""苏文远靠着脸发迹,从大一开始泡遍各种富家女,B大人都知道""苏文远、李嘉玉是一对男娼女婊情侣,B大竟然还有人不知道"。三个人都言之凿凿,列举各种证据事例,说得有模有样,转发量巨大,引来不少好事者的附和。

警方通告一出,吃瓜群众顿时倒戈。

李嘉玉是通过方勤之口才晓得这事,让她吃惊的是,报警人居然是苏文远。

警方通告出来后,苏文远在微博进行了转发,只有简单的一句话:"因为我的关系,让造谣者有了可乘之机,伤害了两位女孩,在此向她们诚恳道歉,请大家不造谣、不信谣、不传谣。谢谢。"

方勤啧啧有声:"这次又是谁逼他这么做的?这家伙突然有骨头了,真让人不敢相信。"

李嘉玉没理会,她对苏文远的事没兴趣。

方勤又道:"任明俊的案子还在审,事情没完,但关于你们的这些破事,应该不会再炒起来了。听邱哥说,段总找了人,端了两家水军公司呢。"

"嗯。"

方勤撞撞她问:"你怎么了?事情过去了,轻松一点吧。这不像你啊,打起精神来。"

"我没事。我就是……我得回趟家。"

"得跟家里解释一下?"

李嘉玉点点头道:"我有些生气,又有些茫然,还有些不甘心。"她瘫沙发上,"完全不知道要怎么跟我妈说。还没开聊就觉得自己已经被说服了。"

"那你应该考虑的是怎么跟段总聊。告诉他,你妈不同意,你俩完蛋,一起唱首《凉凉》,从此再见亦是朋友。"

"我会把你这话告诉段伟祺的。"

"别啊,我还想多活几年。"

"别总欺负段伟祺啊,他够可怜了。"

方勤受不了地瘫在另一个沙发上说:"段总哪里可怜?"

"他明明没做错什么,但坏的结果都是他承担。"

"你这明显偏心眼。"

"他想我但他见不到我。"

方勤揉揉胳膊说:"别太恶心,我要报警了。"

"他其实挺多优点的。"

"那你就把他的优点一项项点给你妈听听。"

李嘉玉沉默了一会儿,问方勤:"除了聪明之外,他还有啥优点来着?"

方勤无语。

"快帮我想想。有钱有车有房有事业现在全是他的缺点,体贴、稳重、上进这些他都没有。"

"你让他还怎么上进啊?再上就上天了。"

"孝顺好像也不太行,他说自己特别皮,在家里只怕他爷爷,但他也不听爷爷的话。勉强加上个专一?"

方勤问:"网上绯闻什么的,你妈看到过吗?"

"那好吧,专一去掉。这项没说服力,会被我妈反攻。"

方勤建议:"你就说他帅得让你无法自拔。"

李嘉玉说:"我的审美遗传自我妈。"

方勤又沉默了。

"完蛋了,所以怎么跟我妈谈判?我自己数一数都不想要他了。"

方勤说:"好吧,段总是挺可怜的。"

李嘉玉心烦："我想熬到见到段伟祺了再回去见我妈，但发生这种事晾着她跟爸爸这么久说不过去。而且拖得越久，她的准备越充分，我就更要完蛋了。"

"那什么，我把《凉凉》的歌词给你们准备好。"

李嘉玉拿抱枕砸她。

"要不你就跟你妈说实话吧！"

"什么实话？"

"就段总这样的，哪个女人受得了啊，出于人道主义精神，你决定牺牲自我，拯救他。"方勤说完把抱枕递回给李嘉玉，李嘉玉拿上了又砸她。

"我需要一点信心。"李嘉玉道，"你说，段伟祺喜欢我什么？"

"你漂亮肯定排第一。"方勤不用想，"第一次在酒吧遇见的时候，他看着你就两眼发光。"方勤用手指比了两个圈，放在眼睛上面，"那故意耍帅过来搭讪被你怼，然后恼羞成怒的样子我还记得。真的，他看你的眼神就那样。"

"行了，行了。别比画了。"

"然后我觉得他有些受虐倾向，被你怼多了就爱上你了。"

"我谢谢你的分析。"李嘉玉没好气。

"这分析增加你的信心没有？"

李嘉玉心情变好了，哈哈笑道："并没有。"

方勤大大咧咧地说："我不敢乱夸，真的，万一让你做了错误决定，我会悔恨终生的。"

"我自己做决定。"李嘉玉在沙发上打滚，"啊，我决定了。"

李嘉玉拉方勤去了美发沙龙，她剪了个短发，利落妩媚又有些爽快。

方勤瞪了她半天，然后才说："我第一次见你短发的样子，好看是好看，有些不习惯。"

李嘉玉回了家，熬到晚上，看看时间，拿出手机跟段伟祺连视频。

她跟方勤道："我要看他的第一反应来决定要不要跟我妈太挣扎。"

视频接通了，段伟祺似乎刚睡醒，胡子没刮，眼底黑眼圈明显，他捏着鼻梁，不经意看了看屏幕，顿时呆住了。

李嘉玉对他笑。

段伟祺张了张嘴，然后反应过来，飞快地道："好看！宝贝你的新发型很好看！"

方勤在一旁捂着嘴，笑倒在沙发上。

段伟祺在那头清了清嗓子，缓和了一下情绪，仔细看了看李嘉玉，又道：

"宝贝,只要你不是光头,我都觉得你好看。"

"滚滚滚!"李嘉玉瞪他,然后忍不住又笑了。

优点可以加上一项:求生欲很强。

李嘉玉与妈妈通了电话,约好下周末回趟家,那时爸爸也有空,一家子可以聚聚。

周一一上班,李嘉玉的短发造型就吸引了许多人的目光,大家眼里都带着同情。同事们纷纷嘘寒问暖,觉得她受到网络黑子的打击太大了,断发明志。

大家都没明说,李嘉玉也不好解释。况且也没什么好解释的,短发而已。

同事间还有窃窃私语,舆论的余威仍在。李嘉玉装看不见。

当天贺亦春把李嘉玉叫去办公室,问了问她的私人状况。网上的吵闹已经算是平息,但对当事人的影响不可能马上消除,处理不好,可能一辈子跟随她,让她终生被阴影笼罩。李嘉玉明白贺亦春对她是真的关心,对她而言,贺亦春既是上司,又是导师,还像姐姐。

这次没有谢总在一旁,李嘉玉也就认认真真地与贺亦春坦白了自己与段伟祺之间的事。经过这几天的思考,李嘉玉的情绪已经平静,尤其是在脑子里演练过如何与妈妈就此事沟通,所以她说起这事来也已挺全面挺流利。网上的谩骂当然对她有影响,但她已经把微博卸载,不关注不理会。在法律层面和舆论控制手段上,段家已经做到最大努力,她也没什么好置喙的,也不需要再做什么,只能管好自己。而且也许是要与妈妈谈判这件事给她的压力太大,她的关注点已经转移,所以反而能比较快地从负面情绪中抽身出来。

最后她道:"我没事的,贺姐不必担心。也就是现在这个小圈子知道我,真走出去,谁还知道李嘉玉是谁。而且网上信息这么多,热点三天两头换,除了真正的大明星黑料能让大家记住,我们这样的普通人,网民真的不关心,现在只是一时兴起,借着这事撒撒疯。明天有了新事件,他们又去新事件那儿撒疯。我没事的。"

贺亦春看着她:"你能这么想就好。"她顿了顿,"本来还想问你,汽车行业论坛的交流会你还能不能去,看来不必担心了。"

李嘉玉忙道:"啊,那个时间定下来了?我能去,贺姐,别换人,我能去。"

汽车行业论坛每年都在9月初召开,与会的都是汽车行业的各类企业,还有投资、广告、咨询公司,等等。李嘉玉当初听说华美有意参加今年的交流会,便跟贺亦春说她对汽车很感兴趣,希望能参加。但那时外头有可能今年不开的传言,所以大家都在等。

"好的。"贺亦春笑笑,"那我把你的名字报上去。"

李嘉玉很高兴。她见贺亦春欲言又止的模样,便问她:"贺姐,还有别的事吗?"

贺亦春犹豫了一下,道:"嘉玉,我准备辞职了,我计划两个月之后去C市。"

李嘉玉非常吃惊:"为什么?"

"我去创业。"

李嘉玉更吃惊了:"啾啾不是还没断奶吗?"

啾啾是贺亦春女儿的小名,贺亦春一直母乳喂养,回来上班后就过上了每天背奶回家的生活。她每天要在公司挤三次奶,下班后再把奶带回家。

贺亦春道:"当然是带着啾啾一起去,我们全家一起去。"她顿了顿,道,"是个母婴项目,公共育婴哺乳室。"

"公共育婴哺乳室?"

贺亦春点点头说:"我怀孕在家闲着的时候,C市的朋友就把项目书发过来给我看了,让我给些意见。生了啾啾之后,我对当妈妈的不容易,体会太深了。所以春节的时候我那个朋友回B市过年,我们又聊起来。那项目他有些政府资源,但是没有头绪,不知道如何启动,所以一直放着了。我其实一直惦记着这事,想着怎么能帮帮他,但毕竟在异地,动动嘴也做不了什么实事。这几个月我看到不少报道,关于妈妈带宝宝外出的困难,没有地方喂奶的窘境,妈妈们不但要克服自己的羞耻心,还要忍受遭遇别人谴责和异样眼光时的伤害。我自己做妈妈后,特别能理解。那天我看到一个视频,一位妈妈在车上喂奶被人骂哭了,还被人拍下来发到网上,我当时就落泪了。所以我跟我朋友谈过,又跟我先生商量了,我决定去C市,把这项目做起来。"

李嘉玉张了张嘴,有些震撼。她缓缓情绪,问道:"那B市这边呢,谢总不是说了,今年年底就要对你做合伙人评核了吗?公司很器重你,老板们都欣赏你,大家都在说,你会成为华美第一位女性合伙人。"

贺亦春笑了笑说:"那恐怕得把华美第一位女性合伙人的位置让出来了。"她顿了顿,似有留恋,但还是摇摇头,"我已经决定了。我这周得把手上的一些工作盘点清楚,下周去跟谢总谈。"

"那宋哥呢,他的工作怎么办?"宋哥指的是贺亦春的先生,李嘉玉跟着同事们都称他宋哥。

"你宋哥就是C市人,他的公司在C市有分公司,正好负责人职位有空缺,他去申请,已经批下来了。我们一起回去后,我婆婆也高兴,她也不必背井离乡来这儿帮我们带啾啾,在这边她没有朋友打麻将,也闷呢。总之,各方面条件都挺合适，我才敢做这个决定。"贺亦春笑了笑，"毕竟有啾啾了，我也要考虑养家糊口的事，我们有些积蓄，生活不成问题，再加上有她爸爸做后盾，我就放心去做自己想做的事。"

李嘉玉听得有些神往，这就是她理想中的生活啊，总是有自己的选择权，想做什么的时候，有个人总在背后支持着。

贺亦春又道："原是想邀请你一起去的。你年轻，单身，没有家累，正是拼搏的时候，我和你的理念合拍，工作配合有默契，你能力出众，又能独当一面，开拓资源是一把好手，业务创意也很好，遇到问题总能找到办法解决，所以我还是很希望能把你挖走的。虽然创业有风险，但我想我应该还有机会说服你跟我一起冒个险。我会比照华美项目总监这一档付你薪水，给你副总的职位，给你新公司的股份。"她笑了笑，"股份什么的，虽然有些像在画饼，但万一成功呢。我做事，是往前看的，而且C市的市场还是很好的，企业咨询这块我会拿起来，毕竟公司要发展要挣钱，得有收入供养公共育婴哺乳室项目。所以对我来说，你是再合适不过的创业搭档了，我们可以一起磨新项目，一起继续做咨询业务。但就是没想到，你原来也有感情上的牵绊。这倒是让我不好意思开口了。人才难得，我还是争取一下吧，你考虑一下好吗？"

李嘉玉缓了缓神，消化了一下这里头的内容，心跳开始加快，有些兴奋。也就是说，她离开这里，随贺姐去C市创业，薪水涨一倍，职位跳两级，还有不知道会不会有价值的公司股份。但是从大公司变小公司，且新公司的生命力还不知道有多久。

也许早早夭折，也许发展壮大。

"那个公共育婴哺乳室，什么运营模式？如何盈利？"

贺亦春笑了笑说："我就知道你会对这个感兴趣的。"

李嘉玉有些不好意思地道："因为不懂嘛，所以就觉得还挺有挑战性的。"

"在公众场所建立母婴室，是由政府出资，但需要我们出方案，通过审核后，争取下一年度预算，建成后由我们公司运营。另外就是政府协调资源，我们出资，我们运营。再有就是商业合作了，我们找商场找相关单位合作建立，合作运营。这些得看资源。"贺亦春吐口气，"但是说到盈利模式，我还没有想透。说白了，这其实是个公益大于商业的项目，毕竟哺乳人群有限，在街上寻找哺乳室的妈妈人群更有限。为了避免外出哺乳的麻烦，许多妈妈会选择不外出。我的理想就是，让哺乳妈妈安心带着宝宝出游，能很方便地找到一个整洁的哺乳室，休息休息，喂喂奶，陪伴安抚好宝宝，然后继续前行。"

"所以需要一个App（手机应用程序）？"

"对，需要一个App让妈妈们知道哪里有哺乳室，但其实也可以简单点跟各家地图App合作。只是目前盈利上我初步只想到借助App，所以大概开发独立的App跑不掉。用App来获得收入，比如收费的育婴知识系列课程、母婴商品销售等，用这些收入来补贴哺乳室的成本和开销。但哺乳室的前期投入很大，App上线再快、运营再好也没法撑得起。何况把一个App平台建起来本身的投入就不小，运营的内容越多，成本越高，运营产品太少，收入又不够。总之战线挺长的，目前还没有特别完善的方案。需要扎到当地去具体谈资源，根据资源再来想操作的办法。"

李嘉玉点点头说："确实是个大摊子。"

"这也是为什么我跟那位朋友讨论了一年，他也没法推进项目的原因。是挺难的。"贺亦春道，"但公司不靠这项目活，所以我还是有信心的。这是理想，现实我们也要兼顾。我希望最终能找到好的哺乳室的运营模式，在C市做起来，然后推广到全国。"

李嘉玉咬咬唇道："贺姐，我考虑一下。"

"好的。"贺亦春笑，"你没有马上拒绝我，让我很惊喜啊。"

"也许最后还是拒绝呢？"

"那有什么关系。就算做不成同事，以后也许还有别的合作机会呢。"

李嘉玉笑了。回到座位后不久，她就收到了贺亦春的邮件，她把哺乳室的项目资料发给了她："你可以看看，给我些建议也好。"

这一周李嘉玉的工作不忙，她花了点时间研究国内的母婴市场以及哺乳室，还与贺亦春就她的方案进行了讨论。越研究越讨论，她对这个项目就越感兴趣。

周五，李嘉玉乘坐红眼航班回了家。

周六，她与爸妈一起逛了公园，上餐馆吃了午饭。回了家，李齐泡了茶，全家坐下一起喝。

李齐问女儿，发生网上那事之后，她在公司有没有被人欺负，走在街上有没有被人砸鸡蛋。

李嘉玉笑疯："爸，你看电视看多了吗？还砸鸡蛋。路上谁认识我是谁呀。在公司也没人欺负我，大家挺护着我的，放心吧。苏文远会比较惨吧，毕竟他那张脸，回头率高，又是红人。他之前这么花心思把自己捧红了，现在肯定遭大罪了。"

宋音看准机会插嘴道："所以做个普通人就最好了。暗戳戳有点钱，别太多，能吃好的，穿好的，买个房子住得舒服，就够了。太多的不需要。"

李齐和李嘉玉都笑。

"暗戳戳有点钱……"

"爸，你是不是暗戳戳有点钱？"

"对，对，你妈说什么就是什么。"

一家人笑起来。李嘉玉看气氛好，便赶紧道歉："这次的事情，让爸妈受委屈了。真是对不起。"

"对不起什么，又不是你的错。"宋音道，"你妈妈我是这么不讲道理的人吗？出轨又不是你出轨，偷拍又不是你偷拍，网上造谣的又不是你，你有什么错？"

李齐也道："你放心吧，以你妈这脾气，别人欺负不了咱家。出那事后，你妈特意请亲朋好友吃饭，把网上的律师信和警方通告拿出来当场念了，然后引着话题让大家伙儿一起骂网上那些黑子来着。人都骂完了，那些碎嘴又哪里好再说什么。网上舆论你妈控制不了，面对面的，你妈还是镇得住的。"

"是，是。"李嘉玉拍马屁，"我妈就是厉害。"

宋音道："别转话题啊，我刚才话还没说完呢。"

李齐赶紧捧上一杯茶道："您请说。"

李嘉玉赶紧端过来瓜子道："您请说。"

宋音指指女儿，李嘉玉正襟危坐。宋音道："你在这事上没错，但你在别的事上错了。妈妈讲道理，一码归一码。妈妈今天跟你说清楚，你爸爸也是同样的意思。"

李齐配合地点头。

"段伟祺不合适，我们不同意你们交往。"

李嘉玉垂眸，看着自己的指尖。

宋音继续道："这次网上的事虽然是偶发事件，但这种阶层形态却应该是他们的常态吧？商界的钩心斗角，复杂的人际关系，还有混乱的两性观念。你要是跟他在一起，以后日子怎么过？"

李嘉玉抿抿嘴，沉默了好半响，道："妈妈，我回来之前，想了很久，想找理由说服你，找不到。在我自己跟自己承认喜欢他之前，我也想找理由说服自己，理由很多，但最后还是很喜欢他。妈妈你说跟我讲道理，道理我都懂。但这件事，我不知道该用什么道理。而且，我觉得，现在我们把事情弄得太复杂了。我跟他，其实八字还没一撇，他还没有回国，我们都还没有谈过，究竟会怎样，我自己都不清楚。我很想让你跟爸都高兴，说我绝对不会喜欢他，我也很想爱上一个你说的门当户对的对象，普通白领，收入不错，他喜欢我，我喜欢他，他有和睦的家庭，像我一样有风趣可爱的妈妈，我把他领到你面前,你跟爸都高高兴兴的。我真的很希望这样,但我没找到,我也不知道以后能不能找到。我只知道现在,现在的事实就是,我跟段伟祺,在一个很挣扎的处境里,谁都想皆大欢喜,谁都想顺心顺意,喜欢我对他来说也很有压力,真的。"

李齐和宋音听着,都没说话。

李嘉玉继续道:"我们将来会如何,真的不知道。生活也好,工作也好,总是有些出乎意料的事发生,哪有什么心想事成,对吧。所以我觉得现在就说一定要怎样怎样,真的太早了。我虽然喜欢他,我也不能跟你们说我一定要跟他在一起,因为我也不知道会有什么变故。就拿这周来说吧,我遇到一个新状况,把原本我以为笃定的情况打乱了。我也不知道该怎么才好,还没做决定。"

李齐忙问:"什么新状况?"

李嘉玉便把贺亦春邀请她去C市共同创业的事说了。

宋音顿时有些恼火:"又创业?你不会是因为想转移我们对段伟祺的不满,故意弄出这事来……"

"妈,我不是这种人。"

宋音自知失言,缓了缓语气,道:"你不久前才说在公司做得很好,之前讨厌的同事还离职了,老板很器重你,项目也做得很顺手。"

"嗯。"

"你在B市买了房,户口都在那儿,工作又才一年多,薪水高,工作体面,又正是上升期,公司满意,同事友爱,然后你不要了,要去C市,做一个看上去就不靠谱的项目?"

"妈妈,这项目是有些难,但公司不靠这个活,我们还有老本行企业咨询业务呢。贺姐是个很有商业头脑的人,能力很强的。"

宋音有些生气,李齐也皱眉头。

"这个,做生不如做熟,换工作,在B市换也行啊。你在B市读书这么多年,那里也算你的地盘。C市你都没去过吧?"李齐道。

"我上大学之前,也没去过B市啊。"

宋音道:"你之前说要创业,爸爸妈妈把钱拿出来;你说不创业了,爸爸妈妈给你买房。你要什么,爸妈都尽力满足你。但不能因为这样,你就开始任性起来。明明过得好好的,为什么非要折腾呢?"

"妈妈,这个项目虽然难,但它很有意义。贺姐的条件比我更好,她很快就要升上合伙人了,但她也放弃了……"

宋音打断她:"别人做什么,你也要做什么吗?你跟人家能比?而且我管她做什么呢,她跟我没关系。我在乎的是你呀。"

"妈妈，"李嘉玉的声音小了，但仍坚持道，"我不是说别人怎样，我就要怎样，我只是想说，有些事，是值得我们放下安逸去冒险的。"

宋音和李齐都瞪着她。

李嘉玉小声道："那件事情，叫理想。"

宋音和李齐都没说话。

李嘉玉继续道："我其实也还没最后做决定，但说实话，我很想去。可我还没有跟段伟祺谈过，所以最后我跟段伟祺怎样，还不一定。也许他跟你们一样生气，然后我们就没然后了。"

宋音看着她，李嘉玉咬咬唇道："其实我在B市也好，在C市也好，对爸爸妈妈来说没有区别，只是我已经在B市站稳了脚，去C市要重新奋斗，爸爸妈妈心疼我。但是段伟祺不一样，他在B市，我要是去了C市，跟他就不在一起了。"

宋音冷哼道："这是跟爸爸妈妈谈条件的新招吗？A和B选择一样？你问问你爸行不行，反正我两样都不同意。"

"不是的，妈妈，无论A和B，对我来说都是想要但是需要牺牲安逸才能得到的。两样的结果究竟怎样，是好是坏，我不知道。但我今天认真地过，不管明天怎么样，起码我对得起今天的自己。如果我没有努力过，我连知道结果的资格都没有了。"李嘉玉抬头，认真地看着父母，"我希望能得到你们的支持。"

宋音静默了一会儿，转身回房去了。

李齐想了想，拍拍李嘉玉的肩说："你妈妈只是一时太意外了，你过得是好是坏，爸妈不都是你的后盾吗？"

"爸爸。"李嘉玉抱着李齐，眼眶热热的。

周日下午，李齐和宋音把李嘉玉送到了机场。宋音终于重提起昨天中午的话题，她说："妈妈还是保留意见，妈妈不能违心地说支持你，因为妈妈不看好。但你长大了，你要做什么，妈妈阻止不了。妈妈就想告诉你，不论你遇到什么人，做了什么事，家永远都是你的家。做什么决定，要跟爸爸妈妈说一声。就算意见不一致，但爸妈知道你在做什么，爸妈也放心些。"

"放心吧，妈妈。"李嘉玉紧紧拥抱了宋音，为自己有这样的父母感到骄傲。

李嘉玉回了B市之后，如常投入工作。她还没有答复贺亦春，因为她还在犹豫。放弃现有的一切去一个新地方重新开始，确实需要很大的勇气，而她并不像贺亦春那样有位好先生做后盾。她甚至不知道该怎么跟段伟祺提这事。

最近跟段伟祺联络，她只跟他说了自己要参加汽车行业论坛的交流会，段伟祺为此笑话了她一个星期:"主办方知道他们论坛会混进一个倒车都倒不进车库的司机吗?"

李嘉玉生气地回他:"不就是剐了你一辆布加迪,看你记仇的。"

段伟祺的回应是把他山上私家车库的密码和钥匙都给了她:"去那儿随你剐。"

李嘉玉还真去了。她把她的Polo停在段伟祺的豪车队伍末尾,拍了张照给他发过去。

段伟祺回她:"车子丑就算了,还脏,你多久没擦车了?"

真讨厌啊!李嘉玉好气。变态才会把车子当成脸来保养吧!

李嘉玉找到钢管舞视频里的车,倚在车上自拍一张又给段伟祺发过去:"可惜没找到钢管啊!只好重温一遍视频了。"

段伟祺发了张"生气"的图:"忙。下线。"

李嘉玉哈哈大笑。

段伟祺说他9月初回来,而贺亦春说她9月下旬就走了。

李嘉玉很挣扎。

那天她路过一家户外运动俱乐部,鬼使神差一般,她进去看了看。

里头有各种项目,竟然也有登珠峰的。李嘉玉站在那儿看了半天。一位教练过来问她想参加什么项目,李嘉玉摇头,过一会儿她又问,没有爬山经验的人,可以去登珠峰吗?

教练笑笑,说那建议还是去戈壁徒步吧,同样磨炼意志,感受大自然,有难度,有挑战,但要安全得多。

"别看只是走路,但很多人走不下来呢。半途放弃的可不少。4天3夜,128公里,很考验人的。"

"哇。"李嘉玉看看自己纤细的腿和漂亮的高跟鞋,"那是不是得特殊锻炼一下?"

"那倒不必,但体力肯定是要有的,然后还要讲究方法。"

"什么方法?"

"保持自己的速度就好,一直走。别显摆,别沮丧。不要在一开始有体力的时候拼命赶,这样后头就走不动了,也不要在疲倦的时候轻易放弃,坚持一下,其实就会发现自己也可以做到。保持速度,一直坚持就好。别因为有些人走得比你快就慌张,也别因为别的人走得慢或是放弃了,就觉得自己可能也不行。你有你的速度,你有你的步伐。不用抢第一,但也别掉队,就用你的速度一直走。"

李嘉玉笑道:"就是别管别人,走自己的路的意思?"

那教练也笑道:"很多创业论坛啊、IT会议啊、某某行业俱乐部啊,都喜欢这条线的徒步呢。鸡汤怎么说来着,别因为别人比你成功就慌张,别因为别人失败就害怕,你有自己的速度,路就在脚下。"

李嘉玉哈哈笑,觉得很有意思。她留了教练的名片,想着如果有假期,她一定要试着走一次。

那天晚上,李嘉玉觉得自己要疯。她在屋里待不住,在楼下走了一圈又一圈。她想着如果她告诉妈妈,妈妈会不会失望。毕竟这段日子她们通电话,妈妈还在说:"不要太辛苦,没必要。还是别去了吧。"

如果她告诉段伟祺,他会不会很生气?他一定会生气的。期待这么久的见面,以为从此以后两个人就在一起了,结果并没有。她不敢想。她觉得告诉段伟祺这件事比告诉妈妈更困难。

转到第五圈的时候,李嘉玉在小卖店的临街柜台那儿看到了段伟祺常抽的烟。她看了半天,买了一包。

她把烟拿上楼,方勤惊了:"你干吗?"

"闻闻味儿。"李嘉玉笨拙地把烟点上,段伟祺的味道。

方勤问她:"你怎么了?"

"我做决定了。"李嘉玉道,"但我真害怕。"

方勤坐到她身边。

李嘉玉像是要说服自己似的,道:"哺乳室,真的很有意义,我真的想试试。"

方勤点头,"嗯"了一声。然后她忽然红了眼眶,将李嘉玉抱住。

"别这样。"李嘉玉也难过起来。

"这几年我们一直在一起,没分开过。"方勤哽咽。

"是啊,是啊。"李嘉玉眼睛也热了。

真的可以吗?决定了吗?

李嘉玉忽然拿起烟用力吸了一口,她不会吸,呛出了眼泪:"我从小到大,没有叛逆过。"她把眼泪擦干,"无论感情还是事业,或者什么别的,我没干过什么不顾一切的事。"

方勤也抹眼泪:"你当初追飞机,记得吗?那个已经很不顾一切了,我就干不出来。"

李嘉玉闻了闻烟味:"那是因为有段伟祺啊。"这一次,他不会站到她这边了吧。

李嘉玉看着烟燃尽,给贺亦春打电话:"贺姐,我跟你去C市。"

9月5日,段伟祺回国。

那天正好周五,段伟祺算了时间,约李嘉玉在车库见面。那里离机场近,他说他想一下飞机就见到她。李嘉玉看了看,周五没什么事,她提前走些没什么问题,于是答应了。

但那天下午李嘉玉还是有些事耽搁了,等她到的时候,段伟祺已经到了好些时候。

他就站在大门那边等她,远远地看到她的车子,他笑得像个傻瓜。

李嘉玉看到他的笑容,方向盘都要握不住了。

她危险地将车停住,他一个箭步迈了过来,她打开车门,他把她拉进了怀里,深深吻住。

他的吻很热烈,热烈得毫无章法,只想把她吃到肚子里去。

李嘉玉紧紧地拥抱他,回吻他。

段伟祺咬她的唇,揉她的头发,笑道:"我警告你,这么短是极限了,你要敢剃个光头,我就不要你了。"

李嘉玉眼眶发热,踮起脚搂着他的脖子用力吻他。

两个人的热情烧起来一发不可收拾。段伟祺把她拉进屋里,把她按在他的车子上吻。她咬他的喉咙,扯掉他一颗扣子。

"1000块?"她女王一般地哼,把那颗扣子丢了。

段伟祺大笑,握着她的腰一把将她扛上肩头,转身往楼上跑。

她踢掉高脚鞋,用脚趾蹭他大腿。

他喘着粗气,将她扔到3楼的床上。她脸颊红艳,与他四目相对,他俯身,将她压在了身下。

淋漓尽致、筋疲力尽之后,天已经黑了。

段伟祺等气息平稳,便去摸他的烟。点上了,他躺回李嘉玉身边。他深深吸了一口,快活似神仙。

李嘉玉翻身抱住他。

段伟祺懒洋洋地说:"两次还不够?你是采阳补阴的妖精吗?来日方长,留着点以后采。"

李嘉玉掐他的腰。

他痛呼一声,笑了。

李嘉玉爬上去一点,凑近他嘴边。

段伟祺把烟拿远点,吐了一口烟到她脸上:"干吗,小心烫到你。"

"我前几天抽了两口。"

"抽什么抽。"段伟祺打她屁股,"我都要戒了。"

李嘉玉斜睨一眼他手上的烟。

段伟祺心虚地笑道:"最后一根,真的。"

"我信你。"可惜语气听起来完全是两回事。

段伟祺把烟按灭,清咳两声:"真的,我不骗你。那什么,我让管家买了饭提前放这儿了,我们吃饭,然后我们聊聊。"

段伟祺起身拿衣服,李嘉玉抱着被子,把自己裹得紧紧的,脱口而出:"段伟祺,我要去C市了,我跟贺姐去创业。"

段伟祺愣了愣,似乎不敢相信自己的耳朵。他慢吞吞地转身,手上捧着衣服,直直地看着李嘉玉。

李嘉玉不敢看他,只盯着被子上的褶子,怕自己再没勇气,憋着一口气把事情说完,中间都不带标点符号的。

段伟祺不说话,像是石化了一样,维持着原来的姿势,捧着衣服看着她。

李嘉玉紧张得捏紧手指道:"这个真的是特别有意义的事,是我想做的事,我想去试试看,看我到底能做到多少。我不是不回来,我是说……"

"你是渣吗?"段伟祺猛地一声吼,李嘉玉吓得一震,什么话都咽回去了。

段伟祺用力把手里的衣服砸到床上:"你当老子是什么!"

他呼哧呼哧地喘气,指着李嘉玉,好半天说不出话来。

"对不起。"李嘉玉终是受不了这气氛,红了眼眶。

段伟祺一脚踩上床,怒气冲冲地扑到她面前。

李嘉玉含着泪道:"对不起,但我真的很想做这件事。"

他盯着她看,她抬眼,委屈巴巴地回视他。

他忽然用力捶了一下床,吼道:"你去!你尽管去!什么都依你了,这总行了吧。"

李嘉玉的眼泪一下便涌了出来,她伸臂将他的头揽在怀里。

"你怎么这么狠心,李嘉玉,你怎么这么狠心。"他喃喃地说,展臂也将她紧紧抱住,"我告诉你,李嘉玉,你要做就做最好,别失败了回来跟我哭。你离我这么远,我移情别恋了你也别哭。"

李嘉玉把眼泪抹在他脖子上。

"哭什么哭,眼泪不值钱是不是?不就是创业,多难似的。有老子在,你想做什么就做什么。你想上天,老子就给你造飞船。"

第二十章
那天是我的奇迹日

李嘉玉不想要飞船,把勇气用掉,把话说完,又得到了这么让她感动的回应,于是,她肚子饿了。

段伟祺嘀嘀咕咕的,不高兴,捧了一大盘子炒饭到床上,你一口我一口地分享。

炒饭是段伟祺最爱的海鲜炒饭,其实他也为李嘉玉准备了麻辣烫,还有别的好吃的,但他说李嘉玉太渣了,不给她吃。他只是捧了炒饭过来,第一口喂的还是嗷嗷待哺喊饿的那个渣。

李嘉玉一边吃,一边跟段伟祺念叨她那个育婴哺乳室项目。

"我们讨论了很多很多种方案,就等公司落地后,把资源谈起来,然后根据实际情况来操作。"段伟祺塞她一嘴的饭,她嚼着,段伟祺另一勺又递过来,她往他的方向推,让他自己吃。

她把嘴里的饭咽下去了,又说:"总之呢,我们没法做得跟公厕一样,毕竟产品不同。哺乳室的需求小,喂奶妈妈是少数,所以使用率肯定没法跟公厕比,收使用费的话,应该没法支撑日常维护的成本。我跟贺姐说了你的古镇项目的前期操作思路,我觉得我们白营的哺乳室或许也可以这样。方案之一,就是招商，找母婴品牌或是日用品品牌，给他们这间哺乳室的冠名，然后哺乳室外头满幅全是他们的广告，比如富昌育婴室。好了，这间哺乳室你家给了钱，归你了。这样企业既有公益美誉度，提升了品牌形象，又切切实实地得到一块广告位。可以算一个成本，付一笔广告费，然后让他们冠名多久。"

"嗯。"段伟祺又喂她一口饭，自己吃两口。

李嘉玉把饭咽下去了，道："做成广告牌后，日常维护的费用增加了，而且需要专门的人员处理。如果我们公司自己建队伍，那成本太高，且客服部门的工作量也增长了。所以外包给广告公司最合适。但算一算我们有好多业务需要这样外包，一旦哪一块的合作出现问题，会影响整体。投诉量增加，服务跟不上，这样业务也会受到损失。不过前期搭平台肯定得我们公司自己来，得烧钱。贺姐朋友那边有笔投资，还有政府资源。我们想做成移动式的，这样在闹市区放置比较方便，想搬到哪里都可以。"

段伟祺再喂她一口饭："最后两口了，吃完它。"

李嘉玉吃完了，接过他递的纸巾擦嘴，问他："段总，你觉得怎么样？"

段伟祺顺手把空餐盘放一边，躺回床上，双臂枕在脑后。李嘉玉讨好地偎在他身边。

"你不是都做决定了，才问我怎么样。"

李嘉玉蹭蹭他说："两码事，现在问你的是商业模式上，你有什么建议没有？"

段伟祺伸手捏住她的后颈，她立马老实了。

段伟祺改成揉了揉，李嘉玉舒服地叹口气，枕在他胸膛上。段伟祺道："如果是我做，先做两三个示范哺乳室，形象立起来。"

"嗯，这个是肯定的。广告效应一定要有。"

"不只广告效应，还有社会效应。你们公司做得再大，能把全国的哺乳室都做了？那是不可能的。花多少钱就能做多少钱的东西，所以你不要总想着省成本，一定要先把东西做漂亮。别跟公厕比，哺乳室一定要做得有档次、实用，带给用户五星级享受。引发讨论度，成为社会热点，这样谈政府资源才好谈，政府资源给你们倾斜，项目规模就不一样了。你们建立起模式和平台，拿到政府授权，可以让别的企业按你们的标准来一起做，加盟。你们要做牵头人，做老大。"

"哇！"李嘉玉听着有些兴奋，资本家想问题的角度跟她这种下面做事的果然不一样。

"地盘先圈好了，然后其他人想在这地盘里头做，就得给你们交钱。差不多是这个意思。所以你们的哺乳室要有技术含量，要有独创性，不可轻易复制。胡乱打个比方，使用一次半小时三元，外表的广告牌设灯箱，三块拼图，只要哺乳室在使用，整个广告牌是亮的。你知道'存一杯咖啡'吗？一个人使用完，可以给下一位妈妈存一次使用机会，扫码存钱，广告牌上显示着可使用的次数和时间，广告牌隐隐亮。没有免费使用次数，广告牌不亮。又或者女性哺乳，男性买单，也可以做些什么营销号召男性为妈妈们存下使用机会。比如男性存入使用费用，给他们一瓶饮料或是什么别的奖励。"

"那样很有趣，我为哺乳妈妈点亮广告牌。"李嘉玉高兴地道，"女性哺乳，男性买单，这个好。这样广告牌可以玩起来，还可以互动，招商有噱头，也能在网络上炒起话题度，让全社会关心哺乳妈妈，建立起一个鼓励母乳喂养，帮助带孩子出行的哺乳妈妈的氛围。"

"嗯，你不就想要这个？有意义的事。"

李嘉玉用力抱紧段伟祺说："对，对，就是这个。有意义的事。段伟祺，我好爱你呀。"

段伟祺努力把翘起的嘴角往下压，恶声恶气地道："别跟我来这套，你在我这里的分数已经全部用光了。撒娇、示爱通通不管用。以后你的皮给我绷紧一点。要是惹我不高兴，我就教训你，以为我还会像以前那样把你捧着？没有的事了。你自己作没了知道了吗？"

李嘉玉在他脸上亲一口："不管用了吗？"用力再亲一口，"真的不管用了吗？"接着再亲一口。

段伟祺终于憋不住表情，笑起来，把她按倒了深深吻住。

"你这个项目要做好，不容易。"段伟祺鼻尖抵着她的鼻尖，柔声对她道。

"我知道。"李嘉玉抱紧他，"我知道。"

"想做就去做吧。不是人人都能找到自己想做的事的。"他摸摸她的头发，把她的头按在自己胸膛，"这么年轻，该拼搏一下的。最难得的是喜欢，既然有兴趣，就努力努力。"

李嘉玉抬头看他，故意道："年轻才行呀，那我以后老了，你还支持我吗？"

"支持啊。那时候台词就变了。这么老了，再不去做，就要没机会了。"

李嘉玉哈哈大笑，亲了他下巴一口。

段伟祺又哼道："真的，李嘉玉，我真的很生气。我们在一起的时间，本来就很少。"

李嘉玉笑不出来了，她愧疚地抱紧他。

"可是你就是这样的人啊。"段伟祺低头吻在她的眉心，"我真的很爱你，李嘉玉。"

"段伟祺。"李嘉玉有些想哭。

"C市也不远，坐个'飞的'一下就到了。"

"我会经常回来的。"

"哼，我信你？"段伟祺咬她鼻子，"你工作起来一高兴就什么都忘了。"他叹气，"但我真喜欢你聊工作的时候的样子，跟做爱的时候一样漂亮。"

李嘉玉涨红脸拍他。现在真是可以了，敢开黄腔了。

段伟祺笑，继续道："脸红红的，两只眼睛水汪汪的，特别可爱。"他顿了顿，轻笑道，"可爱想……"

"滚滚滚！"李嘉玉这回用脚踢他。

"哼。"段伟祺把她压住，"我现在想说什么说什么。"

李嘉玉抱住他的肩膀，想起当初他说这几个字后的慌张和道歉，想着他们两人今时不同往日，不由得想笑。

段伟祺看见她的笑容，忍不住按着她又做了一次。

李嘉玉最后累得喘不过气，埋在枕头里撒娇："其实不常见面也是好的。"

段伟祺轻笑，有些得意。

李嘉玉没力气踢他，闭着眼想睡了，过了一会儿挣扎道："段伟祺，我想明天回家一趟。"

"怎么？"

"我得跟我妈当面说一声。我决定去C市了，还有，我和你在一起了。"李嘉玉觉得自己快睡着了，"你提醒我一会儿起来订明早的机票。我明天去，后天就回来。"

段伟祺静默了一会儿，突然跳了起来。

李嘉玉被身边的动静震了一下，吓醒了："怎么了？"

"我跟你一起回去。"段伟祺在穿衣服。

李嘉玉彻底清醒了："为什么？"

段伟祺摊摊手说："你还问我为什么？你把我睡了，还不让我见你妈？"

李嘉玉张张嘴："我妈不同意我们在一起的。"

段伟祺停下动作看着她。李嘉玉小心道："我努力争取来着。"

段伟祺皱着眉头道："我知道。所以我想跟你一起回去。她不同意，我怎么也要表达一下态度吧，我是认真的啊。你们都不相信我。"

"我信你。"

段伟祺冷笑道："你不是说你听你妈的话？"

李嘉玉语塞，这位总裁真记仇，她只得道："你去了，万一我妈不见你，你会生气的。"

"不生气。"段伟祺拿手机订票,"本想一周末都跟你待在一起,你又说走就走。"他说起这个又怒了,指着她,"总是别的事比我重要。我刚回来,你又要走。我要气也是气这个。"

李嘉玉不敢说话了。

过了一会儿她忍不住问:"你妈是不是不喜欢我啊?她也不同意我们俩吧?"

"我又不听我妈的话。"段伟祺牛哄哄的语气。

李嘉玉又闭嘴了。

过了一会儿她嘱咐:"要是见了我妈,她问你你家里的态度,问你怎么办,你可不能这么说啊。"

段伟祺愣了愣,小心求教:"那我怎么说?"

他顿了顿,紧张起来:"要不我们先对好台词?"

李嘉玉没敢提前告诉妈妈段伟祺会跟她一起回去。

她跟段伟祺商量好了,她先回家,看看爸妈的脸色,如果妈妈同意见一见他,就约一起到外头吃个饭,这样环境轻松些,双方都不会太有压力。然后她会陪他到处走走逛逛,就当他来度个假。若是爸妈觉得见面不合适,那就委屈他在酒店等等,她跟爸妈沟通完再来陪他出去走走。

段伟祺没有意见。事实上他订完机票后就有些后悔,但又觉得这事必须得这样做。

他之前的分数已经很低了。与李嘉玉久别重逢,积攒的热情狠狠燃烧了一把,他担心烧完了,人家一清醒又嫌弃他了。他还是得继续加柴,烧到她心里真的暖烘烘的,全是他了才好。

第二天一大早,坐上头班飞机,段伟祺开始紧张起来:"只准备好茶叶和红酒是不是不合适?其实我觉得玉器摆件送长辈也挺好的。"

"别。都说了你未必能见着我爸妈的面,你弄太多礼很尴尬。再说了,摆出太大的架势,人家还以为你来求亲呢。"

段伟祺抿了抿嘴,刚想说话,李嘉玉又打断他:"快别聊这个了。我本来就是负荆请罪,现在还要带上你这个罪证,我压力很大。让我缓缓。"

段伟祺不说话了。

过了一会儿身子一歪,把头靠在李嘉玉肩上,一副委屈小媳妇的姿态。

李嘉玉摸摸他的脸:"别这样,我自身难保啊,不然肯定会为你撑腰的。"

段伟祺喃喃道:"我本来谁也不怕的。但你这么怕你妈,弄得我也心慌。"

李嘉玉拍拍他的脑袋说:"我这不叫怕,我这叫尊重。"

段伟祺冷哼:"可别装了,尊重单剂就是尊重,但是加上心慌,成了复方,就是害怕。"

李嘉玉也哼:"让你跟着来了吗?让你跟着怕了吗?"

段伟祺又尿:"没让。我这不是尊重你吗!"

下了飞机,李嘉玉先送段伟祺去了酒店,将他安顿好,然后自己回家,说跟父母谈完就给他打电话。

段伟祺一个人在酒店里待着,安静和无所事事让他心里更不踏实了。他给蓝耀阳和卓恺的三人小群发消息。

段伟祺发去:"要怎样才能改变家长对自己的坏印象?"

卓恺很快回复:"你的逆子形象坚不可摧,你妈对你印象好不起来了,放弃吧。"

蓝耀阳也回复:"你浪子回头,企图挽救亲情了吗?"

段伟祺又发:"滚吧你们。我跟嘉玉回家见家长了。"后面跟了个"得意"的表情。

卓恺发了一串省略号。

蓝耀阳则回道:"你是谁?快把手机还给段总。他生起气来很可怕的。"

段伟祺连忙打字:"别闹,正经的呀。见家长要说什么才能树立良好形象?"

卓恺答:"很正经呀,首先,你得有良好形象。"又补充道,"Polo居然这么牺牲自己拯救世界,她会被载入史册的。"

段伟祺骂他:"滚吧你。"

蓝耀阳发了一个"害羞"的表情:"我见过不少家长,我有经验。"

卓恺不信:"你扯呢,你都见过什么家长啊?"

"我爸妈帮我安排过好几次间接相亲啊,家长带着孩子们一起玩耍,美其名曰应酬晚宴的那类。"

"那也算?"

"怎么不算?那些全都是家长啊,而且他们对我印象都很好。"

卓恺配了个"不屑"的表情:"因为你一直对他们傻笑吗?"

"滚吧你,我那是礼貌的微笑。"

"然后你还给他们唱歌吗?"

"后来确实笑累了,我给大家唱了一首歌,从此我妈再也不带我出去应酬了。"

卓恺和段伟祺都不说话了。

蓝耀阳发过来一段语音。段伟祺就知道这语音有问题，但偏偏手贱点了一下，蓝耀阳刺耳的歌声从手机里飘了出来。

"不管什么时候你总是啰里啰唆，叫我不要懒惰，叫我好好地干活，说我毛病太多，说我不停地犯错，说我把你的话当作耳边风，不管你怎么说，我总是保持沉默，只要快快乐乐，过我自己的生活。年轻岁月不多，我必须好好把握，我何必多开口，无话可说，哦……虽然你说他说，大家都有话要说，我总是默默听你们说，无话可说，哦……虽然大家都说不知在说些什么，我还是默默不开口……"

段伟祺评价道："你妈没打死你，很善良了。"

蓝耀阳反击："那你妈妈就是善良中的善良。"

段伟祺把微信关掉了，这些人只会捣乱，再看他们的废话，一会儿万一真见家长，他会不知道该怎么应付才好了。

可是蓝耀阳那魔音像是把他洗脑了一样，不停地在他脑子里响，"无话可说，无话可说"。段伟祺真恨手贱的自己。

半小时后，李嘉玉给段伟祺打了电话，说她跟爸妈谈好了，中午一起吃个饭。她发过来地址、饭店名字和包厢号，还有时间，显然她已经预订好了。

段伟祺回复她"好的"，但耳边还在回荡"无话可说"，他更恨自己了。

他跳进群里，刷屏骂了蓝耀阳好几句。

蓝耀阳又给他唱了一首《明天我要嫁给你》。

段伟祺又手贱听完了，这回沉默半天，回复他："原谅你了。"

段伟祺飞快地洗了个澡，换了身衣服，梳好了头发，还打了发蜡，照了照镜子，庆幸自己准备了西装，现在镜中的自己一副精英模样，看着就很优秀。他拿着礼物去了餐厅，报了包厢号，进去了。他到得早，包厢里没人，他自己坐着，翻着菜谱，脑子里预演着与李嘉玉妈妈的对话。不经意看到了手腕上的表，他想了想摘了下来，别让人家妈妈觉得自己太有钱，不好亲近。然后他马上又后悔穿什么西服，还愚蠢地打发蜡，这时候去洗头也来不及了。

李嘉玉回到家里，父母在等她。

李嘉玉这么郑重其事地说要回家谈，两口子对女儿的决定已经心里有谱了。所以当李嘉玉说她已经给公司递了辞职信，准备去C市，还有她已经和段伟祺在一起时，李齐和宋音也不算吃惊，但心里还是失望的。

宋音便问她："段伟祺回来了？"

李嘉玉点点头说："昨天到的。"

"那你也够着急的，今天就跑回来。"辞职信都交了也没马上跑回来说。

李嘉玉低着头道："正好今天周末，有时间。这事在心里压了挺久，确定了之后就想着跟爸妈交代一声，说出来了心里就轻松了。觉得当面说好一些，就回来了。"

宋音又问："那你去C市，他什么态度？"

李嘉玉道："他挺生气的，但他支持我。"她顿了顿，有些羞涩又有些得意，"他说我要上天，他就给我造飞船。"

宋音淡淡地道："那你让他造一艘啊。"

"妈！"李嘉玉半是埋怨半是撒娇。

"挺会做人的嘛，花言巧语张嘴就来。"

李嘉玉不敢帮段伟祺说话，依她对段伟祺的了解，恐怕这不能算花言巧语，还是别让妈妈在飞船上计较了，不然段总大人非要证明一下跑去造飞船就糟了。他要真有心做什么，怕是又会变出花样来，很不低调。

李嘉玉小声道："他也跟我回来了。"

宋音张大了嘴。

李齐也惊讶地停下了倒茶的手。

李嘉玉抬眼看看爸妈，然后解释说："他说想跟爸妈表明一下态度，他对我是认真的。"

宋音又道："怎么表明，求婚来了？"

李嘉玉咬咬唇道："怎么可能，我们才刚刚开始。哪对情侣刚开始就说到结婚去呀！"

"怎么算刚开始？你不是说过谈过一次了吗？这谈过了分手了又谈，不是该深思熟虑对未来有打算了吗？"

"妈！"李嘉玉有些后悔自己对妈妈太老实，把从前的事都抖了出来，又庆幸没提过段伟祺抽风去爬珠峰与全世界失联的事。虽然她自己已经原谅段伟祺这个因为任性自我而犯的错，也理解他这样的人避世求清静的冲动。那"绝境中的美景"，大概是他自我心境的一个印证吧。况且他一再道歉保证，且后来的表现确实很好，所以她放下了，将这事翻篇。但她能原谅能理解不代表她爸妈也这样。恐怕对妈妈而言，这是极度不负责任的表现。

可她也不知如何与妈妈说段伟祺这个人。他算是一个矛盾综合体？说他有责任心，他可以任性地丢下所有事；说他没责任心，他想做的事从来都是做到极致，大获成功。说他孝顺，他说从来不听妈妈的话；说他不孝顺，但他对家人却很照顾。说他花心，他确实对她一心一意；说他可靠，他绯闻一个接一个，靠近他的女性都两眼发光。说他轻浮，他做事又井井有条；说他稳重，他又炫富搞怪像三岁小孩。

李嘉玉在心里叹气，这样的男人，在爸妈心里绝对称不上优秀吧？

宋音道："你这事办得多不合适。你们的关系都没成熟到那个阶段，爸爸妈妈去见他多尴尬。要是不见，又显得咱们家里没礼数，矮人一截了。"

李嘉玉忙道："没关系的。我跟他都说好了，不想见也没事，他就是顺路来这儿旅游旅游。"

"哼，还旅游旅游。小孩子不懂事。"宋音哼着。

李嘉玉不知道她说的这个小孩子是指她还是段伟祺，她没敢问。

过了一会儿，宋音又道："既然来都来了，就见见呗。你小时候念书，不也把一起写作业的男同学往家里带吗？"

李嘉玉心想，这能比？可现在不是计较这些的时候。她忙道："好的，我订餐厅啊，咱们就中午随便吃个饭，见面认识一下就好，不用太正式。"

跟爸妈说好不用太正式，李嘉玉带着一身家常便装似出门溜达随便下个馆子的爸妈去了餐厅，一进包厢门就看到盛装以待、肤滑头油、像是正经来相亲的段伟祺。

李嘉玉愣了愣。

段伟祺也不知在发什么呆，见他们来竟惊得跳了出来，椅子都撞翻了。

段伟祺开口道："爸妈，啊，不是，我是说，叔叔，阿姨，你们好。"

李齐和宋音面面相觑。

落座后，李嘉玉坐在段伟祺旁边，在桌下握了握他的手鼓励一下。

李齐小声对宋音道："看着怪可怜的，别吓唬人家。"

点好了菜，上了茶。段伟祺正襟危坐，宋音说话了："小段别客气，来者是客。"

"好的好的。"

"小段是来旅游的？"

段伟祺愣了愣说："不是，我是来看望叔叔、阿姨的。"他说着小心看了一眼李嘉玉，来旅游是什么梗？

李嘉玉目不斜视，不敢插话。

宋音不接段伟祺的话头，继续道："我们这儿临海，旅游城市，玩的地方还挺多的。小段以前来玩过吗？"

段伟祺忙道："来过的。几年前在这儿弄了个游艇俱……"

话没说完，就被李嘉玉暗地里踢了一脚。

段伟祺忙改口:"我是说,来过的。几年前来过。"

刚才不小心炫富了吗?哦,对,不能表现出太有钱。

段伟祺咳了咳,严阵以待。

宋音笑了笑:"游艇俱乐部吗?小段家里条件挺好的吧?"

段伟祺小心地看了一眼李嘉玉,李嘉玉冲他眨眨眼,他心里没底,眨眨眼是什么暗号,唉,就说要提前对台词了。

段伟祺答道:"还行吧,我爷爷那辈创业,打下了些家业,到我这儿三代了。富不过三代……哎哟……"

又被踢了一下。

他改口道:"我是说,我们作为第三代也要很努力工作才行。"

他有点绝望是怎么回事?见家长好难啊。

"来来,还是喝茶吧。"李齐终究还是不忍心。这好好的公子哥儿,被逼得都咒自家富不过三代了,真是不成样子。他们李家又不是坏人,犯不着这样。

"你爷爷还真是挺厉害的,那个年代创业不容易。"李齐给老婆倒了茶,对段伟祺道。

段伟祺松了口气,点头道:"确实,他老人家也常忆苦思甜。"

"小段平时都有什么爱好呀?"李齐问。

段伟祺这会儿已经很警觉了,他看了李嘉玉一眼,答:"喜欢会动的,车子、马啊这些。"游艇就当刚才没说过,有私人飞机这种事也要捂紧了不能说。

"是吗?"李齐道,"我也喜欢车子。"

段伟祺眼睛一亮:"那太好了。"车子这个话题很解压。

"嗯哼。"宋音和李嘉玉母女同时咳了一声。

李齐看了看老婆。

段伟祺看了看李嘉玉。

宋音喝着茶,漫不经心地揶揄李齐:"你见过几辆车呀,你就喜欢车子。"

李齐不服气了:"我可是车迷,杂志期期买,论坛也是老会员了。"

"我也是啊,叔叔。"段伟祺有了好不容易找到共同点的欣慰。

李嘉玉侧着脸,假装撑着下巴,实则为了挡住下半张脸,用嘴形无声道:"你不是。"

"我是啊。"段伟祺很坚持。多么艰难才跟叔叔搭上线了,绝不能放掉。

李齐很高兴,刚要说什么,被老婆瞪了。于是他改口:"小段今天坐这么早的飞机,很辛苦吧?"

"还好,我车库就在机场旁边……"又被踢了,段伟祺的脸歪了歪,"我是说,我的车子就停在机场。"

"你们这是干什么!"李齐终于决定要拿出一家之主的威严来,"让小段好好说话。人家不就是有钱吗,富商怎么了,富商还不能好好聊个天了?小段你别紧张,其实我家旅行公司也有高端旅游服务,比如一家子过来,我们给订度假别墅,安排专职管家、厨师、导游、车子等,一天也是好几万的消费。所以做我们旅游这行接触的人不少,各行各业各个阶层都有。你是不是被嘉玉吓唬了呀,她就是这样,从小就调皮。你不用管她,又不是相亲,普通朋友一起吃个饭,聊聊天,不用拘谨。"

段伟祺赔着笑脸,觉得甚是扎心。什么叫普通朋友一起吃个饭?

宋音也笑道:"就是的,不用紧张,嘉玉带回来的朋友,我们尽个地主之谊吃个饭应该的。"

"就是。"李齐继续鼓励段伟祺,"想说什么说什么,聊个天还要琢磨这个那个的,那就没意思了。"

段伟祺看了看李嘉玉,李嘉玉已经放弃挽救了:"想说什么说什么,好好聊。"反正他也装不出稳重老实的中产白领样子,与其在装穷与表现优秀的矛盾中挣扎出白痴效果,不如随便他发挥吧。

段伟祺寻求确认地再看李嘉玉一眼,李嘉玉点点头,他顿时放松了。那就是说他的骑士会给他撑腰的。

这时候服务员上了菜,李齐招呼大家吃菜,又问段伟祺:"你喜欢什么样的车子呀?"

"都挺喜欢的。不同车型有不同的特点,可以搭配不同环境和衣着。"

李嘉玉认真吃,不说话,不知道她那心大的爸有没有听懂"搭配衣着"的含义。

李齐果然没听懂,他道:"我喜欢越野车。常在外头跑,还是越野车方便。而且大气啊,那些超跑什么的,太花哨了,娘里娘气的。"

李嘉玉嘴角抽了抽,忍着笑,偷偷看段伟祺一眼。

段伟祺面不改色很镇定地道:"越野确实大气。"

"我有一辆牧马人3.6,还有一辆路虎卫士。"李齐喜滋滋地说,"都是心头肉啊。我有个朋友才厉害,他有六辆顶级越野,可以开展览了。"

段伟祺看了李嘉玉一眼,小心道:"我也挺想开车展的,想等70岁以后,攒够车了就办。"

李齐高兴地道:"挺好,这志向不错。"他问,"现在攒了多少辆?"

"87辆。"

宋音和李嘉玉镇定地继续吃饭。

李齐缓了缓神道:"挺好,挺好。"

后头就没聊车了,大家安静吃饭,偶尔评点一下菜式。

待吃得差不多,段伟祺鼓足勇气道:"叔叔、阿姨,这次过来,我也没什么意思,不是想给叔叔阿姨添堵的,就是嘉玉跟我在一起了,我想着既然她要回来交代一声,我就跟着回来,让叔叔阿姨见见我。嘉玉也跟我说了,叔叔阿姨对我们俩的感情和以后的发展都没什么信心。但我就是想表达一下我的态度。我对嘉玉是很认真的。如果可以放弃,也不会走到现在了。"

李齐看看老婆。

宋音擦擦嘴,道:"小段啊,也不是阿姨泼你们冷水。阿姨和叔叔的态度是这样的,你们年轻人交朋友,那是你们的自由,我们做长辈的也就是给些建议,但你们跟谁在一起,是不是谈恋爱,我们拦不住。所以恋爱的事,你们自己看着办。至于有没有以后,阿姨不知道你们怎么想,阿姨是不乐观。别的先不说,一个在B市,一个在C市,阿姨不知道为什么你们做了别离的决定后还要在一起。但阿姨拦不住。阿姨只一句话:你们是成年人了,喜怒哀乐,你们需要自己承担了。若是要谈以后,让你母亲来跟我谈,你来没用,你明白意思吗?"

最后一句话说得极有分量,段伟祺见惯各种场面,但从没有感到压力如此大,他脸上火辣辣的。

"我明白的,阿姨。"

段伟祺被打击得有些沮丧。手上一紧,是李嘉玉捏了捏他的手。他看向李嘉玉,她对他笑笑,似乎在安慰他。但她也并没有多说,只继续吃她的饭。

骑士啊,没给王子撑腰。

一顿饭客气吃完,李齐和宋音回去了,李嘉玉带着段伟祺在街上随便逛了逛。他以为她会抓着他问以后,毕竟他都这样跟她父母说了,结果她没有。段伟祺也不知道如何说起,宋音的话很有技巧,将他的话全部封得死死的。

段伟祺有些走神,李嘉玉晃晃他的手,问他在想什么。

"我会让我家里接受我们的。"段伟祺道,"你想去见他们吗?"

李嘉玉马上摇头:"不想。"她都要去C市了,并不愿被不喜欢她的人再盘问她这个那个的。

段伟祺自然也明白。他沉默一会儿,又道:"我希望你能成功,李嘉玉。你这么努力,你该获得成功。但我又挺担心你成功。你成功了,还回来吗?"

李嘉玉想了想,有些愧疚地抱紧他的胳膊:"我不知道,段伟祺。我不知道我是成功了回来,还是失败了回来。但只要我们还在一起,我保证,我一定会回来的。"

段伟祺想着想着又怒起来："你不回来，我们怎么在一起。我们不在一起，你就不一定会回来。绕口令呢？"

他扯开她的手大踏步往前走，将她甩在身后，走了一段忽又回头："我忽然想到你妈妈问的那个问题，答案是什么了。"

"什么？"

"为什么做了别离的决定后还要在一起。"段伟祺恶狠狠地道，"因为你把我睡了。睡完就想跑！不在一起太便宜你这个渣了！我想来想去，答案只能是这个了。你快回去告诉你妈妈。"

李嘉玉无语。

"而且你妈妈说对我们俩的未来一点信心都没有，你一句话都没说。"他控诉，指了指她，道，"李嘉玉，你在我这里分数又往下跌了，负分！"

"我对不起你。求原谅。"

"没用。"段伟祺恶声恶气地说，"李嘉玉，你就是欺骗我感情和肉体的渣。"

李嘉玉垮脸撇嘴，委屈欲泣。

"别来这套啊。"段伟祺叉腰瞪她，"我生气。"

"我知道。"李嘉玉声音特别软。

"越想越气。"

"那怎么办啊？"李嘉玉道，"我要是有尾巴，就拼命摇尾巴给你看；要是有长耳朵，就拼命晃耳朵，可是我没有呀。"

"装什么可爱！"段伟祺瞪她，"你给我过来！"

李嘉玉过去了，站在他面前，抬头看他。

他也看着她，看着看着，脸绷不住了。他一把将她拉进怀里，骂道："你怎么这么可爱。"

李嘉玉也伸臂将他抱住："你也很可爱啊，段伟祺，我很爱你。"

段伟祺心都要化了，似乎所有的茫然都被她这句话拨开："李嘉玉，算你走运，你遇到的是我。"

第二天，两个人辞别李嘉玉的父母回B市。段伟祺不知道是不是心理作用，觉得李齐和宋音对他的态度似乎缓和些了。

他问李嘉玉，李嘉玉说不觉得。段伟祺批评她没良心。

回到B市，李嘉玉就准备交接工作，因为她的辞职，华美不让她参加汽车行业论坛了。李嘉玉觉得有些可惜，她花了很多时间研究这个行业，了解各家公司和品牌。

段伟祺听她这么说，便找了一个周末约她到车库见面，让她跟他说说这几十辆。

这下李嘉玉得意了，长篇大论，滔滔不绝，说得还挺像模像样的，一听就是真的对照着段伟祺的收藏做了笔记的。段伟祺听得也一脸得意："李嘉玉，你是有多爱我，才这么下功夫呀？"

"狂得你。"李嘉玉学他的语气，给他白眼，"我这是认真学习求进步，为成为李总时刻准备着。"

段伟祺笑道："李总，请你安排一下，我得跟你的贺总见个面。"

"为什么？"李嘉玉惊讶。

"我得亲自看看她靠不靠谱，顺便问清楚你们那公司的业务。不然你傻傻的，我怕你吃亏。"

李嘉玉觉得她没吃亏，但她很高兴段伟祺这么关心她。

与贺亦春的会面定在了一家私家菜馆。段伟祺这次准确摆出了商业精英的模样。

他与贺亦春认真谈了一次她公司的规划、业务发展、资金和资源的状况，等等，还有贺亦春对李嘉玉的安排、给她的发展空间和各项福利。业务方面他问得特别细，有些地方点得尖锐。贺亦春比他年长五岁，又是做了妈妈的人，但在他面前仍紧张，感觉像是被老师考了个试，如果成绩不及格，她的好搭档就要被没收了。

段伟祺的"考试"进行了一个多小时。饶是贺亦春这样的商业老手也差点招架不住，但被他问住的部分，又正好是她之前忽略的地方。她也不禁暗暗感激。

段伟祺给了她许多建议，又列了些C市他朋友的公司，说到时有什么合作，可以找他们。若是需要他提前打招呼，就告诉他。

最后段伟祺问："你们那个哺乳室的项目启动，还差多少钱？"

贺亦春看了李嘉玉一眼，段伟祺道："你不是老板吗？看她做什么。"他知道李嘉玉肯定不要他的钱，不然早就提了。真是气，他在她面前，还不能正经做个投资人了？

李嘉玉清了清嗓子，道："段总，初期资金我们是有的，但要发展还需要继续融资。我跟贺姐商量过了，因为有你在，我们特别有底气。"

段伟祺冷哼，这马屁拍得。

李嘉玉谄媚地继续道："但我想先去找找别的公司谈，肯定会被拒绝，会碰钉子。但越是这样，我们越能打磨完善我们的项目，听听别人拒绝的理由，吸收些别人的意见，对我们挺重要的。"

段伟祺默然，虽然不爽，但她说得确实有道理。

"你是我们最后的王牌。"李嘉玉摇尾巴说好听话，"等我们揭不开锅的时候，就找你救命。还有呢，自己人，有好处肯定想着你的。等我们项目起来了，稳赚的时候，肯定会有许多资本想进来，到时我们谁家的钱都不要，就要你的。"

"狂得你。"段伟祺给她白眼。

10月初，国庆节，李嘉玉收拾了一大堆行李，去了C市。

这个时间是配合了段伟祺，正好假期里他时间方便些。他跟着李嘉玉，去了C市帮她安顿。

贺亦春早李嘉玉一个星期来，方方面面都打点收拾了一番。她与先生带着孩子住婆婆家，婆婆家正好离商贸圈也不远，她在那一片找了几家办公楼备选，又找了一些租房信息，就等李嘉玉来。

段伟祺带着李嘉玉先去住了酒店，李嘉玉头一回见识了总统套房，在几个大套间转了好几圈，最后瘫在观景落地窗前说："这种生活太糜烂了，我喜欢。"

段伟祺把刚脱下的外套扔她头上。

李嘉玉把外套扯下来，摆出一副土匪样又道："我以后就长住这儿了，包下来。"

段伟祺朝她看过来，李嘉玉顿时警觉，跳起来道："我开玩笑的，倒带，删了吧。"

段伟祺冷哼："让你住这儿？想得美，今晚你睡衣柜，回头给你租个没窗户的小阁楼，让你始乱终弃！"

李嘉玉撇嘴，不敢出声。

段总裁这段日子喜怒无常，她理亏，不敢惹。

两人在酒店吃完了饭，去与贺亦春会合。贺亦春领他们去看办公楼，看完办公楼又去看了两间出租屋。出租的房子就在商圈一带，租金不便宜，按贺亦春给李嘉玉的承诺，她在C市的租房费用是算在公司成本里的。贺亦春不敢亏待李嘉玉，让中介找小区环境好的，比较新的小公寓。

李嘉玉看了房子觉得哪间都行，倒是办公室比较难选，她正与贺亦春商量，段伟祺却在问中介旁边一个高档小区的房子。

贺亦春顿时一惊，握住李嘉玉的手道："亲爱的，姐姐付不起那边的。"

"我付！"段伟祺耳尖听到了，很果断地答。中介眉开眼笑，忙联络去了。

段伟祺过来，一脸嫌弃地说："这洗手间也太小了，没浴缸。衣柜也小，门口连个鞋柜都放不下。我过来怎么住？"

李嘉玉讨好道:"段总说什么就是什么。"

段伟祺对贺亦春道:"把她租房的钱省下来,你租那间大点的办公室,门脸要像个样子,不然怎么圈钱?合同赶紧定,杂事多,做决定就要快,时间也是钱。"

于是这一天,办公室合约签下了,租房合约签下了。然后兵分两路,贺亦春去安排办公室家具和装修,李嘉玉跟着段伟祺置办新房用品。

一番买买买,段伟祺买的全是一对的。马克杯是一对的,拖鞋是一对的,漱口杯也是一对的……李嘉玉全无异议,他说买什么就买什么,她还主动给他买了支男士洗面奶。

段伟祺很满意,高兴地帮她也拿了一支同品牌的女士洗面奶。李嘉玉忙放回去:"不,不,我用另一个牌子的。"

段伟祺瞪她。

李嘉玉道:"女生用的比较讲究,你们男的无所谓了。"

"凭什么呀!"段伟祺把那支男士洗面奶也放回去了,后来押着李嘉玉去了专柜,非让她给自己也选了一支"讲究"的洗面奶。

当天晚上段伟祺挤了一大坨洗面奶洗脸,糊墙似的,李嘉玉看着都心疼。

段伟祺洗完了,拿脸去蹭李嘉玉:"香不香,嫩不嫩,白不白?"

李嘉玉被蹭得痒得受不了,喊救命:"你是狗吗?"

段伟祺按着她说:"洗得这么干净的脸你不亲几口吗?"

李嘉玉亲了他好几下,然后拿自己的保养品给他擦脸:"奔三的男人了,是该保养一下的。"

段伟祺忍耐地让她抹:"到底要抹多少东西呀?"

"你以前洗面奶、保湿霜都用什么?"

"谁知道,管家都买了放屋里,我就用了。"段伟祺嫌弃地抽抽鼻子,"你把我抹得太香了,娘气。"

"下回给你买没香味的。"

"行,以后我的保养品就全让你买了。"

这听起来,有些像老夫老妻。李嘉玉抱紧段伟祺,将脑袋枕在他的肩上说:"段总,我一定要非常非常努力,才不枉我们受这分离的苦。"

"好的,李总。我有空就过来陪你。"段伟祺学她的语气,然后突然又恶声恶气起来,"李总!哼!"

李嘉玉哈哈大笑。

过完国庆,安顿好李嘉玉住的地方,段伟祺就回去了。

贺亦春去了李嘉玉的租屋看,那是一个60多平方米的LOFT①,挑高的6.3米的超大落地窗,一整面对着江景。一楼是全打通的敞亮空间,二楼是卧室。家具段伟祺给换了一些,那组超大的沙发看看就让人想扑上去不起来,还买了些电器,比如新的大电视、洗碗机这些。

贺亦春啧啧有声:"居然还有跑步机。"

"段总说我得锻炼,变胖了他就不要我了。"

贺亦春哈哈大笑:"他对你挺好的,比我想象的要好太多。"

李嘉玉笑笑。她觉得所有人都不会知道他对她有多好,这种好,表面上是看不到的,只有她知道。

10月底,工商注册什么的都办完了。李嘉玉给公司的招牌"积木咨询"和自己的办公室拍了照片发给段伟祺看。

11月,积木咨询要举办一场公司开业兼业务推荐晚宴,邀请了C市的相关政府部门和商界人士参加。这是积木咨询成立后很重要的一场商务拓展公关活动。

段伟祺动用关系帮她们找了家豪华度假酒店提供了场地赞助,有了排场还省下不少费用,并帮她们邀请了许多商界的朋友,壮大了晚宴声势,给积木长了脸。

贺亦春和李嘉玉天天加班,带着新组建的团队做业务推荐资料,策划筹备晚宴细节,为了在晚宴上能给大家一个亮眼的第一印象拼尽了全力。

晚宴的时间定在了11月22日,正好周六,方便各界人士的出行和游玩。而段伟祺当初建议这个时间也是有自己的私心。因为23号是他生日,他计划来参加晚宴,第二天就顺便跟李嘉玉一起过生日。他特意跟李嘉玉说了他会留两天,周一再走。

但李嘉玉对他生日这件事提都没提,段伟祺觉得这个没良心的肯定忙忘了。

他故意不提醒她,想着到时说出来看她惊讶愧疚的样子,然后又可以在她面前趾高气扬一番,接着让她赔——各种道歉,各种巴结他。

他想想就觉得得意。

可惜如意算盘打错了。

11月21日,突然从国外来了两位很重要的客商,段老爷子出面亲自接待,段伟祺从头陪到尾,没法离开。

两位客人的行程也是匆忙,定了23日中午的飞机离开,段伟祺得负责送

---

① 由旧工厂或旧仓库改造而成的、少有内墙隔断的高挑开敞空间。

他们到机场。算算时间，他只能送完客人后买张机票飞C市，那样还能赶在晚上到。

段伟祺觉得很不爽，但还好，起码生日那天还能见到李嘉玉。

段伟祺跟李嘉玉各种装，说他超级忙，客人多么重要，他是去不了她们积木的晚宴了，让她别惦记。李嘉玉果然很配合地喊可惜，说晚宴没了段总，那可是失色不少。段伟祺仔细听着她说的每一个字，心里有期待，但她仍然没提他生日。

她应该是真的忘了。

段伟祺决定晚上杀到C市收拾她。

然而天公不作美，段伟祺没能如愿。

23日，倾盆大雨。

客人走不了了，从中午开始，所有航班停飞。段伟祺把客人安顿回酒店，等待着航班恢复的消息。

雨一直下到晚上，客人的机票改在了明天。段伟祺也没能飞C市。他住在车库，盯着航班信息，从前也不是每年生日都快乐，但今年特别不开心。

段伟祺决定给李嘉玉打电话，琢磨了一会儿该怎么说，拨过去了，但电话没人接。

段伟祺等了一会儿又拨，这次是占线。过了一会儿又拨，还是占线。

段伟祺皱眉头，开始担心起来。

他正想拨给贺亦春问问，这时候听到楼下安全锁被打开的嘀嘀声。

段伟祺心里一惊，赶紧跑下楼。

他看到了李嘉玉。

她一身全湿了，外套在滴水，头发全贴在脸上。外头大风大雨，伞已经没了用处，她淋得像落汤鸡。

段伟祺简直不敢相信自己的眼睛。

李嘉玉对他笑："生日快乐啊，段总。"

段伟祺胸中所有的郁闷全都烟消云散，他奔过去，将她紧紧抱在怀里。

"你怎么来了？"段伟祺明知故问，开心得想拍翅膀。

"你三天两头找话题暗示我，不就是想让我给你过生日？"李嘉玉太冷了，把雨伞丢到一边。

段伟祺不承认："嘿，我可没有暗示你什么，自己瞎想的吧。我这把年纪了，过什么生日。"

段伟祺一边说一边急急地拉李嘉玉上楼，开热水给她冲澡："快洗一下，别感冒了。"

李嘉玉把湿衣服丢满地,进浴室去了。段伟祺在这里给李嘉玉买了各式衣物和保养品,现在喜滋滋地给她拿,准备好了,自己也脱光,跑去跟她一起洗。

"你没带行李吗?"他抱着她咬一口,太开心。

"明天一早就得回去了。"李嘉玉往头上抹洗发露。

段伟祺帮她揉泡沫,李嘉玉闭上眼,将脑袋交给他。段伟祺帮她把泡沫冲干净,问她:"怎么来的呀?"

"我们那边雨更大,早上飞机就停飞了,我就改坐火车,想给你一个惊喜。你说要送客户去机场,所以住这儿。我下了火车就直接过来了。的士都不愿上山,多给了300块。到了山腰花园那个门,我就下了车自己走上来。谁晓得风又大起来,本想摸进门扑你面前给你惊喜的,淋成这样就算了。"

段伟祺又是好笑又是心疼,将她紧紧抱住,热水冲过他们的身体,段伟祺的心比水还热:"太危险了,下次一定要告诉我,我去接你。万一坐上了黑车,或者雨天出了什么事故……"

"放心吧,没下次了。我从山腰走上来,把自己骂了一万遍。"

段伟祺哈哈笑,蹭她的鼻尖。

久别重逢,两人难免一番亲热,在浴室里做了一次,回到床上又滚了一回。段伟祺抱着李嘉玉舍不得放手:"明早就走吗?多留一天不行吗?"

"你不上班?"

段伟祺语塞,明天他确实有事。"唉。"他叹口气,"你说会不会有一天我们只能出差的时候在机场碰个头啊?"

李嘉玉想象了一下那场景,哈哈大笑。

"笑什么?"

"我忽然想到我们在机场隔着安检门,伸长了手臂想触碰对方,但安检员把我俩分开,我就大叫阿祺,你就大叫嘉玉。然后我们一起喊来不及了,下回机场见!"李嘉玉一边说一边演了起来。

"神经。"段伟祺打她屁股。

李嘉玉滚回他怀里,打了个哈欠,累得睁不开眼。

"昨天的晚宴怎么样?"

"很好。效果很好。贺姐之前谈了一个咨询客户,昨晚在宴上办了个简单的签约仪式,然后我跟她一起做了个演讲,讲我们的育婴哺乳室,大家反响挺好的,掌声热烈,尤其喜欢'女性哺乳,男性买单'这个口号。我们下来后,有很多来问的人。"

"很好。"段伟祺亲亲她的眉心。

"就是成本高了，政府这边支持不了。我们搞商业噱头的，只能我们自己玩，跟政府合作的，得是另外一个版本。"李嘉玉再打一个哈欠，"所以我们分两期，先做商业版的，把社会影响造出来，然后再推政府简约版的，那需要重新设计另一款哺乳室，这样好把哺乳室的数量铺开。"

段伟祺玩她的手指，道："听起来接下去还是很忙啊。"

"会一直忙啊，需要做的事太多了。"

"下个月你生日，空出一周给我行吗？"

李嘉玉在心里算了算时间后说："应该是不行。你想帮我过生日？今天就当一起过了好不好？"

"当然不行。我查过了，那天周六，加上之前圣诞，挤一挤，把别的假期挪过来不行吗？"

"圣诞节正好商场有活动，人流旺，我们想联合推广哺乳室，在商场的广场里办体验活动，正在谈呢。"李嘉玉搂着他的腰，"你的古镇，圣诞节有活动吗？"

"有啊，不过不用我亲自去。成立了家公司做运营，我请了总经理，组建了团队。"

"真好。"李嘉玉羡慕道，"段总运筹帷幄，李总身先士卒。总和总还是不一样啊。"

段伟祺轻笑道："还是李总比较厉害。李总想让段总干什么，段总就去干什么。"

李嘉玉故意露个得意的笑，把头枕在他臂弯上。

段伟祺又道："争取一下好不好，我花了很大力气安排的，想带你去旅行。"

"为什么去旅行呀，你送我礼物，我们一起吃个浪漫晚餐，然后滚床单好不好？"

"不好，俗不俗！"

"你说我俗！"李嘉玉踢他的脚，忽然清醒些了，爬起来去找自己的包包，"差点忘了给你的礼物。"

过了一会儿她回来，手里拿着一个小盒子，上边还绑着蝴蝶结。

"这么大雨都没淋着啊。"段伟祺很高兴，拿着盒子左看右看。

"知道下雨嘛，拿塑料袋子包好的。"

"我拆了。"段伟祺像个孩子一样宣布。

李嘉玉在他脸上亲一下。

段伟祺把盒子打开，里面是个精致的布加迪车模。他拿出来，嘿嘿笑，把车门打开关上,又把引擎盖打开关上。车模是合金的,做工精致,细节跟真车一样。

"剐了我的布加迪,赔我个布加迪车模吗?"

"你不是要开车展吗?你开大车展,我开小车展。以后遇着好日子,我送一个你车子的车模。攒够了,我们在家里就能开车展了。"

"先模拟一下吗?"

"对。"

段伟祺咧嘴笑道:"那要送到至少70岁呀。"

李嘉玉心里一荡,认真地答应下来:"好呀。"

段伟祺亲亲她的唇,再看看车模说:"质量还挺好的。"

"5000多块呢。"

"喜欢。"段伟祺开心地翻个身,把车模放李嘉玉背上。

李嘉玉拍拍他问:"你那辆布加迪拿去修了吗?"她最后一次来这里看到布加迪停在楼下,前面的剐痕还在。

"没有。"段伟祺像小朋友玩车,拿着车模在李嘉玉背上滚,"你好不容易蹭出来的,不舍得修。"

"滚吧你。"

"那天是我的奇迹日,不舍得修。"

李嘉玉不说话了,这样的段伟祺真的让她心软啊。

"下个月你生日,挤出一周吧。真的,很重要。"

"想去哪里呀?"

"不能说,是惊喜。"

"你一说惊喜,我就觉得会是惊吓。"

"怎么可能。到时候你跟我走就行了。我们出国。"

"去尼泊尔?"

"不是。"段伟祺撇嘴,"我恨死珠峰了。"

李嘉玉笑起来。

段伟祺抱紧她,用脑袋在她颈脖处蹭蹭,撒娇道:"宝贝,努力挤点时间嘛,我从来没要求过你什么吧,这次挤点时间。事情交给贺姐不行吗?公司请了人,交给他们不行吗?"

李嘉玉心软了:"好,我回去好好安排一下,把时间挤出来。那周末就没时间陪你了。"

"好呀,反正我也没时间。"

段伟祺心满意足地亲亲她,拿了礼物去放柜子里,等他回来,李嘉玉已经睡着了。

之后一个月，段伟祺一有机会就提醒李嘉玉要加油工作，挤出时间。

李嘉玉忙得连回他微信的时间都少了。她奔走在各个单位和企业之间，努力谈下合作，每天都得带着团队写合作案，做PPT，还有咨询项目的执行、团队的磨合等一堆事情，开不完的会，回不完的邮件。

她的鞋磨薄了底，磨伤了脚。她拍了张照片给段伟祺看。

段伟祺知道她在撒娇，也隐隐觉得这家伙是在给爽约做铺垫。但他仍心存希望，再次提醒她说："不管啊，答应过生日那周归我。几号到几号能空出来，你报个日子。"

李嘉玉叹气，看着越填越满的行事历，一个头两个大，当时就不该心软松口的。

第二天，李嘉玉收到了好几家品牌当季新款的鞋，各式各样总共12双，全都是中粗跟，看着舒适又好搭配套装的款式。还有一台足疗机，小腿、足底全按摩到的那种。

李嘉玉更愧疚了。

日子一拖再拖，实在是拖不下去了，李嘉玉琢磨了一遍又一遍，确实是挤不出时间来，这关键时候，她没法离开。这事不敢打电话说，她只得硬着头皮给段伟祺发消息："段总啊，跟你商量件事。"

段伟祺可能在忙，过了好一会儿回复过来六个点："……"

李嘉玉有些慌，输入："等春节我们再去旅行，行吗？"

段伟祺秒回："春节要陪爷爷去美国。"

李嘉玉想起来了，他有一次在微信里提过。段珊珊还在美国休养，避开国内社交圈的风言风语，她报了个课程学设计，身体恢复得还不错。爷爷心疼这个孙女，一早就定好了，春节全家都要去美国过。

李嘉玉便道："那等春节后，你回来了，我们找个假期再一起去好了。"

这一次段伟祺很久很久才回复："等你真的有空了再说吧。"

李嘉玉读着这句话，知道段伟祺是真的生气了。

她发了好些话哄他，他都没回。后来她发了个"大哭"的表情。结果他回了10个同样"大哭"的表情。

完败。

李嘉玉只得承诺："以后一定补偿你，真的。"

段伟祺再发10个"大哭"的表情。

过了一会儿，段伟祺发来消息，让李嘉玉把她爸爸的电话号码交出来。

李嘉玉吓一跳："不会这样就要告状吧？我跟你说，我爸妈都护短。"

段伟祺催问："交不交？"

李嘉玉不敢不交。

于是她把爸爸的电话发给了段伟祺。

第二天，李齐给女儿打电话："女儿啊，段伟祺给我来电话，说你下周生日，他要送你礼物，要给寄到咱家里来，问我要地址，还让我到时帮忙签收一下。"

这是玩的什么花样？李嘉玉跟爸爸说，段伟祺给什么就收什么。

她现在在他那儿的分数估计已经负到100了，不敢不收啊。

跟爸爸挂了电话，李嘉玉给段伟祺发消息："要给我送什么呀？"

段伟祺回道："你个渣渣怎么好意思问？"

李嘉玉不敢多说，不问就不问。哼！

12月27日，周六，李嘉玉26岁生日。

那天，李嘉玉在C市城东金玉广场有一场演讲，演讲之后，是他们在金玉广场的哺乳室体验活动的开幕。当天，贺亦春在城西万利广场举办同样的开幕式。电视台、纸媒、网络大V，以及提前约好的哺乳妈妈、志愿者等齐聚，等着点亮第一块哺乳室广告牌。

这两个广场的四间哺乳室只是她们的示范工程，虽还没走到真正的运营阶段，但这是前期的品牌和市场营销的关键，李嘉玉和贺亦春领着积木咨询全员出动了。

李嘉玉的演讲很成功，台下笑声一片，又时不时掌声雷动。工作人员给现场游人发了推广单和小礼物，立在台侧的两间哺乳室早早就被热情的路人刷破了哺乳时长赞助。

有些妈妈看到网上直播，原本无出行计划的，还带着宝宝出来想体验一下。

哺乳室里有音乐播放机，有宝宝整理台，有婴儿小床，有妈妈坐的沙发和哺乳高低凳、饮水机，等等，各类出行急需用的小物件也都齐全。

妈妈们进去体验出来，工作人员会向她们征求体验感受和意见。不只哺乳妈妈，还有未婚的年轻男女，也进去看了看，了解生育和哺乳知识等。甚至有新婚夫妇在装点华丽的哺乳室门前合影。

整场活动有序且热闹，因为前期在电视播放的问答小视频以及在网上发布的一些母婴段子的推广，积木的这个活动在本城还是有些热度的。但活动效果仍是超出了李嘉玉的预期。

有位妈妈抱着宝宝过来,让宝宝给李嘉玉递了个小球球玩具:"宝宝,谢谢阿姨。阿姨为你建了个可以安心喝奶奶的房间。妈妈以后带你来这儿逛街街。"

宝宝其实并不懂,但李嘉玉的眼眶热了。

活动结束,李嘉玉看了看手机,这才发现爸爸给她打了十几个电话。李嘉玉吓了一大跳,赶紧给爸爸回过去。李齐接起电话,还有些激动:"女儿啊,段伟祺送了你一辆悍马啊!悍马H6!"

李嘉玉在脑子里迅速回忆了一下悍马,是6个轮的那款?500万?

李齐还在激动:"他派人直接开到家里来了。说是送给你的生日礼物。你要不要啊?"

那声音里透着极度渴望。

李嘉玉叹气:"要的。爸爸,我要的,你帮我收着。我没空开,你帮我开啊。"

"行,行。爸爸帮你。"李齐眉开眼笑,李嘉玉还听到妈妈在电话那头训爸爸的声音。

电话挂了,李嘉玉想想有些失笑,段总可以的,故意气她呢。这肯定不是送她的礼物,但他不送她生日礼物了,改送她爸,让她眼红。

李嘉玉用手机搜了搜这车子,然后觉得她爸今晚肯定睡不着觉了。

李嘉玉给段伟祺打电话。

段伟祺接了。

"段总啊,礼物收到了。很喜欢。谢谢你。"

"别客气。你说好日子就送我个车模,今天日子不错,你欠我一个车模,记着了。元旦也是好日子,又欠一个。春节也是好日子,又欠一个。"

"行,行,一定给你补上。"李嘉玉非常狗腿,"回头一定跟你去旅行。"

"我还能指望吗?"段伟祺一听这个就来气,"李嘉玉,我警告你啊,最后一次了,下次你再这么浑蛋,我肯定不会放过你的。"

"好的,好的。"李嘉玉满口答应。心里暗暗决定,下次无论什么事,没有绝对的把握,一定不能答应他。没可能的事,刀架在脖子上也不能答应他。

但事隔几个月,李嘉玉再次让段伟祺不高兴了。

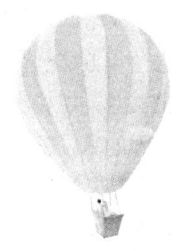

第二十一章
你敢跟我结婚吗

事情源起于李嘉玉公司的简约版哺乳室的设计大赛。那是春节后积木咨询重磅推出的一个活动,这次是与政府合办的,向全国设计师邀约作品,意欲选出简易美观、成本低但功能齐全的设计,也借由这些设计向全社会呼吁对哺乳妈妈的关心。

三个月的作品征集时间,许多设计师参与。

李嘉玉原本邀请了李铁合作,毕竟李铁如今名声响亮,已是四木设计的顶梁柱,若得他相助,或者拉上四木合作,那就事半功倍。但四木目前有两个大项目,产品方向与哺乳室不合,而李铁忙得不可开交,以个人名义设计也没空。

李铁介绍了几家设计公司,还有些个人设计师。李嘉玉仔细与他们谈过,但都没有满意的结果,所以最后还是走了公开征集的路子。

这一公开,结果完全出乎李嘉玉的意料。

苏文远的"远光设计"竟然参赛。

参赛就算了,竟然还遥遥领先。也不知这两年苏文远的所有灵气是不是都积攒着用在了这一次,两年的沉寂后,突然爆发。他设计的哺乳室,外形简单大方,时尚亮眼,就算放到艺术馆里都不拖后腿,室内功能齐全,部件易组装,生产成本低。作品优秀到让黑子都挑不出什么毛病来。

这两年苏文远在网上低调了很多,人气已不如从前大炒特炒时高,但毕竟是盛世美颜,黑料真真假假,他又报警处理,表现得颇正直有勇气,所以完全不影响他的真爱粉对他的仰慕。但他毕竟是个设计师,这两年没拿出什么特别出彩的产品,被李铁远远甩在身后。李嘉玉猜,他大概也是憋着一股劲吧。

虽然非常不待见苏文远,完全不想跟他说话,但李嘉玉没办法推拒这么好的哺乳室,也没办法毁掉活动规则。于是她带着同事回到B市,去"远光"找苏文远开会,商议具体的哺乳室细节,以确认最后是否能采用他们的设计。

回到B市,先去了"远光"。一屋子人在等着他们开会。苏文远坐在正中,郭荔坐侧位,还有两位李嘉玉不认识的年轻设计师。

小程等人再见李嘉玉,甜甜唤她"嘉玉姐"。而苏文远则是淡淡点头,叫声"李总"。

李嘉玉颇有些感慨,这"苏总""李总",真是尴尬。

还没具体开聊,李嘉玉的电话响了。她一看,是段伟祺,于是向在场的人说了一声抱歉,出去接了电话。

"李总啊,大忙人啊,你回来了?"段伟祺的声音听着很高兴。

"嗯,回来开会。"

"能待几天呀?"

"两三天吧。"

"太好了。那我改飞机,今晚回去。我们可以在一起待两三天。"

他这么高兴,李嘉玉也高兴,见到苏文远的那点不舒服消退不少,于是道:"好呀,我回我家住,你来我这儿吧。"

段伟祺应了,听说她在开会,便不多说,挂了电话。

李嘉玉的房子,现在空着。

方勤搬去了L市,跟李铁在一起。

对这事,李嘉玉觉得很神奇,方勤也说不可思议。但李嘉玉想,方勤大概只是漠视了内心的真实感受,所以才会觉得不可思议吧。

方勤与陆勤原本发展还不错。李嘉玉去了C市后还常听方勤说陆勤如何如何。她是在"铁人三人组"的群里说的,那群里还有李铁。李铁很少说话,只偶尔发过来一些冷笑话。方勤夸陆勤,他偶尔应个声。他帮方勤画过各种陆勤的表情包,"跪下认错""比心心""再也不敢了"什么的,也画过方勤的表情包,全是萌系。

但方勤忽然不怎么提陆勤了,李嘉玉太忙也没在意,直到李铁有天忽然在群里问:"你们最近怎么样啊?很少说话呢。"

李嘉玉才惊觉方勤真的有些不对劲,她不只不在群里说话,也不怎么跟她私聊了。

半个月后,李嘉玉有个周末回B市跟段伟祺约会,回家拿衣服,却在楼下惊见远在美国的熊绍元背着个旅行包呆呆站着。李嘉玉顺着他的目光望过去,又是一惊。

应该在L市的李铁搂着方勤的肩膀,方勤在他怀里号啕大哭。

这是什么修罗场?李嘉玉看看周围,没有陆勤。

熊绍元见到了李嘉玉,冲她摆摆手,两个人悄悄地离开,没让不远处的方勤和李铁知道。

李嘉玉与熊绍元去了附近的咖啡厅。从熊绍元嘴里,李嘉玉才知道了事情的始末。

原来这段日子,方勤与陆勤的感情出现了危机。事情还是陆勤的一个同事向方勤爆的,不管那个同事出于什么目的,但曝出的事却是实情。

陆勤心里有个白月光,两人的关系,竟与方勤和熊绍元差不多。大学毕业后异地,用力坚持了几年,但最后还是没敌过距离造成的寂寞,最后他们和平分手。分手后两人没再联络,陆勤觉得自己已经把那姑娘放下了。

他与方勤在一起,感情稳定,方勤对他很好。但某一天,白月光回来了。

白月光辞了工作,回到B市,想重新挽回陆勤。

陆勤悄悄与白月光见面,向方勤撒谎。陆勤的同事就向方勤报了信。

以方勤的个性,她当然不可能忍气吞声,直接杀去了陆勤与白月光的见面地点,然后她看到了他们拥吻。方勤怒不可遏,陆勤解释说他拒绝了白月光,这个吻只是道别。白月光只站在一旁看。

方勤将陆勤大骂了一顿,冲动之下马上发起了跟熊绍元的视频。

熊绍元并不知道怎么回事,接通后就听到方勤在骂:"谁还没个初恋,谁心里没有白月光?"又见方勤对着屏幕跟自己道,"大熊!你告诉这个人渣,告诉他老娘有多好!"

然后屏幕转过来,熊绍元见到了"传说"中的陆勤。

方勤骂陆勤:"你知道什么叫拒绝吗!老娘这样的才叫拒绝,放下所有从前的感情,屏蔽掉其他的好感,只一心一意地对现任。你连这么简单的事都做不到!吻别?你是猪吗!编出这话你自己听听吐不吐!"

熊绍元还没听清后头骂了什么,方勤把视频挂断了。

熊绍元很担心,拨方勤的电话,但方勤挂断了。一连好几次,熊绍元便耐心等方勤回电。但方勤一直没回电话,他拨过去,一直占线。两个小时后,熊绍元终于拨通了方勤的电话。他问方勤的电话怎么了,方勤说李铁给她打电话，她一直哭，以为是他又打来，哭诉了一番，后来才发现哭错了。但既然错了，索性就倾诉到底了。

方勤虽然已经跟别人倾诉过，但还是很沮丧，她跟熊绍元把情况说了。她还说爱她的人都离开了，她很难过。

熊绍元越想越不安，便买了最近的机票飞了回来。没想到，还没上楼，便看到方勤已经有人安慰了。

"那是李铁，她常挂在嘴边的李铁。"熊绍元道。

李嘉玉只得点头。

"他是在L市吧？"

李嘉玉再点头。

熊绍元笑笑说："我要回去了，美国那边还有很多事呢。别告诉她我回来过，我太冲动了，别给她笑话我的机会。"

熊绍元起身，李嘉玉忽然问他："大熊，你有没有可能，会回来？"

熊绍元知道"回来"是指什么，他摇头说："我喜欢美国的环境，我在那里发展挺好的。我没打算回来。"

李嘉玉沉默了。所以，他才说别告诉方勤他回来过。既然没可能复合，回来过又能怎样呢？更何况，还有别的人也能坐飞机回来安慰她。真的不止他一人而已。

李嘉玉不知道这件事该怎么说，索性就当不知道。她回了家，李铁已经走了。方勤这晚拉着她把陆勤的事仔细说了一遍，但她没提李铁。

可是三个月后，方勤给李嘉玉打电话。她说她不想网恋，不想异地恋，所以她决定去L市。李铁在那里帮她找了新工作，她想跟李铁在一起。

"这一次一定会成功的，是吧？"方勤问李嘉玉。

李嘉玉没答案。但她知道方勤既然决定了，就一定会尽全力去做的。

这件事后来被段伟祺知道了，因为方勤辞职，他这当老板的理所当然地跟方勤聊了聊。然后他恶狠狠地跟李嘉玉道："你学学人家方勤！"

李嘉玉学不了方勤，所以她很苦恼怎么哄她家段总。这次回来见苏文远，段伟祺肯定也会生气。但想到这次借公事名目回来，能与段伟祺待几天，李嘉玉又很高兴。为了能陪段伟祺，她把第二天空了出来，跟同事们约好第二天大家自由活动，后天再一起去"远光"继续开会。

李嘉玉买了红酒，布置了房间，打算晚上还是用美人计让段伟祺高兴。

结果当晚段伟祺没赶上飞机，只得改乘早上最早那班。李嘉玉拍了红酒和烛光的照片给他看，段伟祺哈哈笑说可以留着明天晚上用。

李嘉玉这晚趁着段伟祺不在，赶紧处理公务，想挤出时间多陪他。她3点才睡下，睡得不太好，脑子里许多事情打转。她烦恼如何哄段伟祺，又十分期待与他见面。

第二天早上一睁眼，李嘉玉看到了段伟祺愤怒的表情，一时间她还以为在梦里。

"你跟苏文远见面，居然瞒着我！"

真的在说话，所以不是梦。李嘉玉愣愣的，段伟祺打开微博给她看。

那是他们与"远光"几人开完会一起在附近餐厅吃了晚餐，有人拍到她与苏文远。李嘉玉吓了一跳，赶紧翻了翻，没上热搜，什么搜都没有。消息没激起什么大水花，直接搜都搜不出几条来。

李嘉玉有些蒙："你从哪儿知道的？"

"我姐。"

"哦。"段珊珊不是在治病吗？居然时刻关切苏文远，这病还能好吗？李嘉玉不理解。她揉揉眼睛，起了床，拿起手机看了看时间，却看到有短信，她点进去，是苏文远。他说有粉丝拍到她跟他的照片，发了微博，在粉丝圈被转发，但他已经让她们删了。

李嘉玉看完了，脑袋还有些昏沉，她按灭屏幕，道："我去刷牙。"

段伟祺却喝住她："李嘉玉，你就这么若无其事吗？"

李嘉玉莫名其妙，她都没睡醒，还要怎么激动？

段伟祺被她的态度激怒了，他生气地踢了一脚旅行袋，吼道："李嘉玉，你就这么对我！"

李嘉玉也生气了："我怎么对你了！我跟苏文远因为公事开个会，没有事先向你报告，我就十恶不赦了？还有你不要在我面前踢这个甩那个的，好好说话！"

"我怎么好好说话！你知不知道如果我没找人处理，你又跟他一起在网上被挂了？你要见他，就应该先跟我说，这很难吗？不对，你就不该见他！"

"段伟祺，你不要一大清早就找我吵架。我见他又不是因为私事，没看照片上还有许多人吗？我们的大赛'远光'胜出，这又不是我能控制的。"

"你是主办方，你怎么不能控制？你一开始就能把他踢出比赛。"

"你别无理取闹。"

"我怎么无理取闹，若是我，我就能为了你，把比赛都取消了，你信吗？"

"我不是你，我不可能，也没能力像你这么任性！"李嘉玉听得真是火大。

"你当然不是我，你比我渣多了。"段伟祺指控着，"你自己数数，你这是第几次了。你说走就走，你爽约，放我鸽子，你瞒着我跟危险人物见面。工作比我重要，什么都比我重要。李嘉玉，我跟你在一起，很没有安全感。"

"你在说笑话吗？段伟祺，谁跟你在一起能有安全感！你自己搜搜你的绯闻，懒得搜的话我可以给你打个包，你不只绯闻多，你还'资产阶级'，你妈妈有门户偏见，你还说失联就失联，你还跟我叫嚣安全感。我说什么了吗？我也想要安全感，你给我吗？"

"我怎么不能给你？"段伟祺非常生气，嗓门根本压不住，"现在是翻旧账比新账吗？失联的事不是早翻篇了吗？我当时是很纠结，我也有痛苦，但我做了决定，便是一心一意的，我怎么对你，你心里没数？你呢，对我却越来越漫不经心。李嘉玉，你也是个看人下菜的，我对你掏心掏肺，你就吃定了我好欺负。你根本也没多爱我，你不过是享受着我爱你的感觉。"

李嘉玉捏紧了拳头，委屈得眼泪都要出来了。她压着自己的怒火，咬着牙道："段伟祺，你不要在别处受了什么刺激，就在我这里借题发挥。"

受了什么刺激？段伟祺很生气，他是受了刺激。他一晚上几乎没睡，最早的那班飞机6点多，他5点便奔机场，累得头有些晕，还得被段珊珊一个不好好养病的人打越洋电话说这个说那个，他真的不想再听到关于苏文远的什么消息，不想看到这个男人意气风发的屎样。但事情里偏偏有他心爱的女人，他生段珊珊的气，生苏文远的气，生李嘉玉的气，他气得半死还得费心费力给他们擦屁股，帮他们把事情摆平。

可是李嘉玉居然是这样的态度，这真的是火上浇油。他处处让她，处处宠她。他为了她打破了自己的多少原则，她根本没放在心里。

"你爱我吗，李嘉玉？"段伟祺冷冷问她。

这态度让李嘉玉很受伤，这问题让李嘉玉很愤怒。

"爱啊。"李嘉玉冷笑，"我很爱你呢，所以我们结婚吧。"不就是挑刺，不就是攻击，段伟祺的大禁忌，他的要害，她清清楚楚，"你爱我吗，段伟祺，你要和我结婚吗？"

段伟祺瞪着她，气得喘气。

李嘉玉笑了笑，问他："你敢跟我结婚吗，段伟祺？"

段伟祺盯她半晌，李嘉玉刚要说话，却见他突然转身去翻旅行袋，掏出一个小本本甩到床上："来呀！看谁不敢！"

李嘉玉一下子蒙了，她眨眨眼，这太出乎她的意料，她有些头晕。

随时掏出个户口本，这是什么技能？

她看了看段伟祺，段伟祺正看着她，板着脸，很酷很生气的样子。两人对视了一会儿，然后李嘉玉淡定地道："我去刷牙。"

她一出房门，段伟祺就腿一软坐在床沿，拿出手机在他和蓝耀阳、卓恺的小群发信息。

"有人吗?快出来救命。"

过了一会儿,卓恺出来了:"救你不可能,是需要我亲自收尸还是通知你家里,可以选一样。"

"刚才我跟嘉玉吵架了。"

这时候蓝耀阳跳出来了:"所以你们又分手了?"

"分你的头。我一冲动,把户口本掏出来了。"

卓恺问:"户口本还能当兵器呢?"

蓝耀阳问:"你随身带着户口本吗?"

段伟祺答:"这不是随时准备着。"

蓝耀阳评论道:"你有点可怕啊,段总。"

段伟祺继续求助:"现在怎么办?"

蓝耀阳询问事态的发展:"她没同意,打你脸了?"

"没呀,她去刷牙了。"

卓恺有点蒙:"不是,我搞不懂你们的路数,你现在算求婚吗?"

蓝耀阳同样发蒙:"男方求完婚,女方没表态跑去刷牙,这个我也不是很懂。"

段伟祺自己也很懵懂:"我算求婚吗?"

卓恺道:"那你拿户口本出来是证明自己不是黑户吗?"

蓝耀阳反问:"你不是说时刻准备着吗?"

段伟祺老实承认:"是时刻准备着,可是还没准备好。是她先开口的,我一激动就王炸了。"

卓恺和蓝耀阳各发了一个省略号。

段伟祺还在忐忑:"我紧张。万一她不答应怎么办?"

卓恺说:"那正好大家都缓缓,别冲动。"

段伟祺直言:"我怕我下次找不到这样合适的机会了。是她开的头!下次得我先开头,我要脸!"

蓝耀阳说:"我不懂。"

段伟祺问:"不懂什么?"

"不懂你为什么觉得自己还有脸。"

卓恺在一旁发出了一串"哈哈"。

段伟祺骂道:"你滚。"

蓝耀阳回骂道:"你才滚啊,你有屁脸啊。黏人精、没骨头、心机鬼、矫情怪。"

卓恺提议："二蓝快给他唱首歌。"

段伟祺接着骂："滚滚滚。她要是答应了怎么办？"

卓恺又蒙了："你不是希望她答应吗？"

段伟祺坦白："有点慌。"

蓝耀阳不禁说："答应也不行，不答应也不行。你怎么这么烦人呢？我是李嘉玉，我就打死你。"

段伟祺辩解："不是，我就是想应对得从容点，显得牛。要脸。"

卓恺不再说话。

蓝耀阳却火力未减："李嘉玉不打死你，我来！"

段伟祺还想回什么，却听到脚步声，李嘉玉回来了。

段伟祺一惊，就这样放下手机太没气势，于是他把手机拿到耳边，用真霸道总裁的标准口吻道："今天的会我不回去了，有事呢。帮我把行程全推了。好，就这样，没急事就别打我电话。"

说完假装挂了电话，把手机放下了。

李嘉玉坐在梳妆镜前，往脸上抹护肤品，透过镜子看着段伟祺。刷了牙洗了脸，她清醒多了，现在怎么看他都觉得他虚张声势。

段伟祺也看着她，不说话，努力板着脸，维持住气势，视线控制住，不要往他的户口本上瞄。

李嘉玉慢条斯理抹完护肤品，梳好头，简单化了个淡妆，然后看了看段伟祺，再看看床上的户口本，冷道："以为出了对王炸是吧？"

段伟祺摆出一副"不知你在说什么"的表情，还倨傲地抬了抬下巴。

李嘉玉打开衣柜，换了身衣服，又从衣柜下方的抽屉里，掏出户口本。

她把她的户口本，丢在段伟祺的户口本上面，冷笑道："可把你牛坏了，吓唬谁呀，走啊！"

段伟祺盯着那两个小本本，心跳加速，跳得非常快。

会后悔吗？是因为做了后悔，还是因为没做后悔？

段伟祺一咬牙，大掌一拍，拍在两个小本本上面，道："走！"

他把两个户口本捏在手里，跳起来率先往外走。走到大门的时候，他突然道："先等等，我上个厕所。"

李嘉玉笑了笑，往回走到客厅，坐在了沙发上。

她一副从容的样子，似乎笃定他不敢。

段伟祺咬了咬牙，走进了洗手间。他上完了厕所，洗干净手，擦干了，想拿出手机再问问，寻求一下帮助，但最终还是没拿。他看看镜中的自己，想着他在珠峰上的思虑，想着他回来后想与李嘉玉谈的话，想着他的生活，想着他与李嘉玉的种种，想着她的笑脸，想着她说没安全感。

他真的，没给过她什么。

段伟祺深深吸了一口气，鼓足了勇气走了出去："嘉玉，我们谈一谈。"

李嘉玉笑笑说："没关系了，别往心里去。我们中午吃什么？"

她这无所谓的态度让他恼火。如果说之前她与苏文远合作那件事，他是半真半假借题发挥，那么现在他是真正地、深刻地、非常认真地生气了。

她从来都不相信他。她跟他恋爱，享受与他的相伴，但她不相信他。他们在一起这么久，这是他维持得最久的一次感情，而且他有自信还会继续维持下去，她却把他的认真与努力视为游戏。

段伟祺板上了脸："不谈是不是？不谈就走了，去民政局。"

气氛有点僵，李嘉玉也不笑了："段伟祺，我在给你台阶下。"

段伟祺冷笑："谁需要台阶？！"

李嘉玉也冷笑，站了起来率先走出家门。

两个人一路无话，下到了地下车库，上了车，段伟祺调出导航，然后一路开到了民政局。

段伟祺全程黑着脸，李嘉玉也憋着一股劲不说话。她就不信了，不需要台阶？每次吵架不都是她哄他，她不哄了，最后没脸的不还是他吗？她就看看他能撑到哪一步。

到了民政局，两个人冷着脸肩并肩走了进去。站在大厅里看了看，一旁有人好心提示道："离婚在那边。"

段伟祺的脸更黑了。

李嘉玉对那人笑笑说："谢谢。"

段伟祺找着了流程指示牌，看了一遍，复印了户口本、身份证，拿了表单，在大厅的写字台上填，顺手拿了台上的签字笔，又丢开，从自己的西装外套内袋里掏出一支万宝龙红色梦露签字笔，这才开始认真填。

李嘉玉站在他身边，看到他把笔捏得死紧。她猜到不了拍照那步他就不行了。

结果段伟祺拉她去拍照，李嘉玉也不说话，配合地跟他一起排队，一起坐在了摄影棚的椅子上。

摄影师看了看他俩，道："挨近一些，对的，新郎请放松一点，不要这么严肃……"

话还没说完，段伟祺忽然噌地站了起来："对不起，我先去下洗手间。"也没等别人给反应，他就跑出去了。

摄影师有些愣。李嘉玉微笑道："让后面的人先拍吧。"

李嘉玉走出摄影棚，就站在门口等。等了好一会儿，段伟祺回来了，一身烟味。

李嘉玉问他："走吗？"

段伟祺"哼"了一声，拉着她又进了摄影棚。这次段伟祺没再"尿遁"，拍照的时候挨得李嘉玉很近。李嘉玉能感觉到他身体的紧绷。她猜，到了婚检的那一步，他肯定就缩了。

婚检是去旁边不远的一间医院做的。虽然不是强制必须要做，但两个人都默契地选择去了，大概都是想多些时间缓缓。不知是运气好还是运气不好，人不多，各项目竟然很快就做完了。李嘉玉坐在椅子上等，收到方勤发来的微信，她说她看到苏文远与李嘉玉的照片了，同学群里传的。她在网上看了看，没什么事，来跟李嘉玉问问情况。

李嘉玉便回她说只是公事上的合作，昨天开会，今天休息，明天继续开会。

方勤又问她今天打算干吗，回B市了会不会见到段伟祺。

李嘉玉犹豫了一下，终究还是没说她现在正跟段伟祺做婚检。她想过一会儿段伟祺就会跑路，她还是要保全一下各自的面子，这事就别让别人知道了吧。

段伟祺回来了，他似乎洗了把脸，额角还有些水渍没擦干净。李嘉玉拿出了纸巾帮他擦。他把李嘉玉的手握在手掌里，深呼吸了几下。

拿到了医生签好字的婚检表，两个人又回到了民政局。

拿着资料到窗口办手续，工作人员审核他们的资料，然后给了他们需要填的最后一张单子。李嘉玉淡定签上自己的名字，按了手印，把单子推向段伟祺，盯着他看。

段伟祺把笔捏得紧紧的，呼吸似乎都很慎重。

他转头看了李嘉玉一眼，他觉得她的表情，是在探究他究竟敢不敢。

段伟祺低头在签名一栏签上了自己的名字，再看了李嘉玉一眼，然后用大拇指按了手印。

段伟祺把资料表单一起往窗口里推。

李嘉玉狐疑地看着他，忽然喊："段伟祺。"

她的手伸出来，似乎是想按在那些资料上，他握住了她的手，用力地握着说："李嘉玉，你敢不敢信我？"

李嘉玉一愣，表单被窗口里的工作人员收走了。

后面排队的男女拿着资料走上前来，段伟祺把李嘉玉拉到了旁边，到取证窗口前面等。这下换李嘉玉慌了："段伟祺。"她叫唤。

"我在呢。"他握着她的手，拍拍她的手背，"我在呢。"

李嘉玉有些蒙。

"段伟祺。"

段伟祺将她抱在怀里:"李嘉玉,我大概这辈子只够勇气结这么一次。"

李嘉玉真想踢他。你还想结几次?

"你叫声老公听听。"

"滚。"

"我就看看自己能不能适应。"段伟祺也不等李嘉玉说话,又道,"我有些慌。"他抱紧她,脑袋压在她的肩膀上。

李嘉玉不知道是该拍他的背安慰他还是把他按地上打一顿。

她不慌吗?她也慌啊!她真的慌死了!发生什么事了!

取证窗口有人在叫他俩的名字。段伟祺猛地跳了起来,欢快地朝窗口奔去。李嘉玉一时间还以为自己看到了他的尾巴在摇。

段伟祺取到了结婚证,翻开左看右看,忽然大叫:"嘉玉!你看!哈哈哈哈,你看!"

刚才说心慌的那个人呢?在公众场合大喊大叫,脸呢!

李嘉玉刚想斥他,却被他一把抱了起来,连转了三个圈:"宝贝,宝贝,宝贝!"

旁边的工作人员笑着问,要不要拍个照?举着结婚照的那种。

"要啊。"段伟祺喜滋滋地拉过李嘉玉,一人一本结婚证。"咔嚓"一声,照片拍好了。

段伟祺取了照,掏出钱包,把现金全都拿了出来,然后也不看周围是谁,一人发100元:"没提前准备红包袋,就这样吧,谢谢大家。"

周围人蜂拥过来领钱,李嘉玉也领了两张,然后被段伟祺发现是她,他又从她手里把钱抽走了,转身给了别人,还瞪了她两眼。大家大笑,祝福他们新婚快乐,百年好合。

段伟祺把手上的钱全发光了,最后剩下的零钱,他也不看,干脆全塞一人手里去了。钱包空空,他心满意足地带着李嘉玉走了。

上了车,两个人坐了一会儿,终于都冷静下来。

李嘉玉不满道:"你这样太不好了。"

段伟祺满不在乎地说:"没多少钱,才几千块。"

"你这样不是发红包给喜糖啊,你这阵势像是散财消灾。"

段伟祺蒙在那儿。

"真的。"李嘉玉比画着,"你就差这样把钱撒起来喊天灵灵地灵灵……"

"打住吧你,乱说什么。吉不吉利啊!"段伟祺不高兴了。

他把结婚证拿出来又看一眼:"把你的也给我看看。"

李嘉玉拿出来,段伟祺把两本摊开并在一起,然后抬头看了看她,笑了:"哎呀,怎么办,我想叫老婆但是觉得好不习惯,哈哈哈。"张嘴又想叫,然后没叫,又大笑,"哈哈哈,好奇怪的感觉。"

"神经病。"李嘉玉想打他。

段伟祺给结婚证拍了照,李嘉玉问他:"你要干吗?"

段伟祺道:"发朋友圈啊。"

"你想死是吗?"李嘉玉拍他,"我爸会看你朋友圈。"

李齐自从收到悍马后,就跟段伟祺打得火热。那是车迷与车迷的交心,灵魂与灵魂的碰撞。李齐看到什么车子的最新资讯,还会跟段伟祺分享一下。段伟祺的朋友圈,他真的会看。

"你要是敢让我爸妈从你朋友圈知道我们结婚,而不是我们亲口当面告诉他们的,不是你死就是我亡。"

段伟祺严肃道:"你妈就不能把我们一起打死,好歹合葬?留一个活着太残忍了。"

"滚吧你。"李嘉玉又拍他。

段伟祺绷不住脸,笑起来。

"好吧,确实不能发,也不能让我爸妈从朋友圈知道我们结婚了。不然我会被烦死。啊,还有我爷爷,他的拐杖打人也挺疼的。"段伟祺想了想,"还是先告诉你家里,然后再通知我家里。先难后易。不然你妈会说,什么,这事不跟我们商量却先告诉了段家……"

李嘉玉也想了想,越想越害怕:"要怎么说啊,段伟祺。"

段伟祺不知道,这个丈母娘他害怕。

李嘉玉又想了想,心情沉重地问:"我们真的结婚了吗,段伟祺?"

段伟祺张了张嘴,然后又笑场:"哈哈哈,为什么想叫老婆会觉得不好意思啊,哈哈哈,好别扭,哈哈哈,真好笑。"

李嘉玉忍无可忍,按着他"啪啪啪"一顿揍:"跟你说正经的,你闹个屁啊!"

段伟祺哇哇叫:"结了结了,结婚了,老婆。"

这声"老婆"喊出来,两个人都愣了愣。

李嘉玉的表情复杂,难以言喻,段伟祺的笑还残留在脸上,他正了正脸色,坐直了,握着她的双手,与她四目相对。

李嘉玉想说什么,但脑子里的头绪还没有理清楚:"先回家吧,回家再说。"

"行。"段伟祺也觉得车子里不是说话的好地方,他也需要时间消化消化这事实。

段伟祺启动车子,回了李嘉玉的家。

回到家里,仿佛回到了自己的地盘,李嘉玉心里踏实了,她在客厅里来回走动,觉得有一肚子的账要算。但从何说起?!

"段伟祺。"

段伟祺正用手机查自己的行事历,道:"我后天要去德国出差,大概得两周。我们买今晚的机票去你家,明天回来。"

李嘉玉愣一愣:"明天我要去开会。"

段伟祺的视线立马射了过来。

那谴责的眼神、责备的姿态,氛围一秒回转到他们吵架的时候,李嘉玉按捺不住心头火起,道:"正经公事,怎么就不能开会了?我跟苏文远距离都在一米之上,公事之外的话一句都没说。"

"所以这么尴尬的关系,你还跟他开个屁会啊。这事情交给下面的人就好了。"

"不行。这产品很重要,关系到我们跟政府的合作,还有妇女儿童权益基金、妇联这些单位,三年内要在C市布置2000个移动哺乳室,覆盖全市的公众场所。是要申请做示范城市的。"

"三年?"段伟祺忽又冷笑,"那么这么重要的产品,你交给苏文远这么不靠谱的人,你对项目的责任感呢?你就不怕他给你摆挑子,到最后关头把项目搅黄了?"

"还没有最后决定就要交给'远光'。前三名我们都需要谈一谈,最后挑综合条件最好的那家。'远光'的评分和产品设计确实领先很多,我们优先把他们排在第一顺位理所应当。"李嘉玉解释着,然后又不耐烦了,"段伟祺,这事不是我私人的事情。项目也好,比赛也好,各个联办单位都在看着,产品设计交上来,几家单位一起评审,大家一致觉得'远光'的最好,网上投票也是他们的票数最高。你不要胡搅蛮缠。"

"怎么成我胡搅蛮缠了,我提醒你苏文远这个人不靠谱,又哪里不对?"

"难道我还要去跟合作伙伴说我跟苏文远认识,这人绿过我,在男女关系上是个渣,所以我不信任他,不想跟他合作?"

"这有什么不可以?你不用说得这么直白,但暗示一下他的人品可疑,不值得信任,不必花时间跟他谈,怎么不行?他在网上的黑料虽然已经被爆出很久了,但搜一搜还是有痕迹的,借题发挥一下,有什么难的?"

"我没这么借题发挥过，我做事有我的原则。"李嘉玉很生气，真的生气，"我在网上还有黑料呢，拜谁所赐，段大总裁忘了吗？"

"这是又要翻旧账吗？从前你怎么不拿这事怪我，现在我说苏文远，你倒是算起来了。"

"关苏文远什么事，我在说你的态度问题。"

"我态度有什么问题，我就是看他不爽，看他不顺眼，觉得他恶心。这种人你还要跟他合作，你态度才有问题。"

"不是我要和他合作！"李嘉玉与段伟祺一个比一个嗓门大，"怎么说来说去说不通？我不可能跟那几家合作单位说我自己的私事。再说了，苏文远再烂，这次作品设计就是很棒，有他过去的水准，'远光'是用心在做的。我不屑于他的私生活作风，但他的能力我还是欣赏的，没理由把这么好的产品往外推。合同是跟政府签，他苏文远敢出半点差错，赔不死他，他敢掉链子吗？"

段伟祺冷笑："谁知道他赔不赔得起，也许他又找到新的金主了？人家朝三暮四，你们女人傻子一样旧情难忘。"

李嘉玉忽然懂了，她盯着段伟祺，气得咬牙："段伟祺，是不是你姐一大早找你说这事，你生气她还惦记苏文远，然后迁怒到我身上？"

"我在说你的问题，关我姐什么事？"

"你是不是接到你姐的电话，她说这事你很生气？"

"我当然会生气。她病都没好，还管这人渣跟谁在一起，吃药吃饱了闲着吗！"

"我没跟苏文远在一起！"李嘉玉气极了，他说这话，太伤她的心，何况还是刚刚领完结婚证的时候，"段伟祺，老娘跟哪个男人在一起你心里没点数吗？跟你吵这种架简直太幼稚了，带着你的户口本滚蛋吧。"

她也不管段伟祺什么反应，继续道："总之产品会议很重要，我要去开。而且不只明天的会，以后还有，如果最后真的用了'远光'的设计，跟'远光'签约，那肯定业务上还有接触。到了执行层面，我会安排具体人员跟进，但我不能保证完全不跟苏文远接触。你高兴不高兴，就这样。这么不爽，再出对王炸啊！"

段伟祺瞪着她："什么王炸？"

"把结婚证甩出来啊！"

意思是离婚吗！段伟祺气得头顶冒烟。他想她永远不能理解，像他这样的人，结婚是件多需要勇气的事。

不婚，在别人眼里的不负责任，却是他自己认为的很负责任。

他自认做不好，受捆绑，受束缚，要对另一人付出关怀、承诺未来。这个未来,是几十年。几十年,对一个女人全心全意,被她管束,他觉得他做不到。

他不能想象他的人生要这样过。他想随心所欲,他乐意做什么就做什么。钱不重要,赚了赔了,有什么关系。做什么事也不重要,危险不危险,有没有意义,他高兴就好。可是结了婚,会有一个人有权利问他去了哪里,要做什么,会说这个不好,那个为什么,会埋怨,会嫌弃,会跟他唠叨。他的时间这么宝贵,人生很短暂,乐趣这么多,在等他发掘。所以不结婚,是对他的人生负责,是对那个未来他不能够照顾好的妻子负责。

他不属于像别人那样将就、庸碌地随便找个妻子,结了婚却不能善待彼此。那婚姻的意义是什么?生小孩?传宗接代?多么荒谬。

所以他很早就为自己做了决定。他也一直觉得自己的这个决定明智又新潮,很酷很任性,很段伟祺。

但他遇到了李嘉玉。

那么有默契,那么开心。他突然后悔自己年少时的鲁莽与武断。他慌张,想不出办法。一直以来根深蒂固的想法要去打破,改变的是后半生,他还不知道对方会如何对他,他对此无法掌控,这比放弃一切去另一个城市重新开始更有挑战性,更需要勇气。

而她却把他的勇气踩在脚下。

如果随随便便能离婚,那为什么还会害怕结婚?

段伟祺冷笑,所以人人都谴责的不婚没什么不对,没把婚姻当回事的,才是真的渣渣。

比如李嘉玉。

段伟祺把两本结婚证都拿出来,轻飘飘地丢在沙发上道:"好呀,王炸。"他的语气满是嘲讽,却透着伤心。

李嘉玉话一出口便知失言了,但她不知道该怎么收回。如今见段伟祺这般反应,她脸上火辣辣的,眼眶一下热了。

段伟祺不看她,只道:"拿上,走了。民政局还没关门,来得及。"

也不等她反应,他率先往外走。

李嘉玉僵在原地,心如刀绞。

段伟祺走到门口,停住了。李嘉玉看着他的背影,声音哽在喉咙,说不出话来。段伟祺背对她站了一会儿,忽然沉声道:"我先去趟厕所。"

段伟祺钻进了洗手间,把门重重关上了。

李嘉玉坐在沙发上,拿起两个红本本看。结婚照上的段伟祺傻傻的,领口有些歪,头发也有些乱了。那个摄影师真是随便拍拍,一点都没提醒这些细节。段伟祺看着极严肃,眼睛里透着紧张。李嘉玉想起当时自己很想跟摄影师调侃一句"我可没逼婚",不禁想笑,这一笑,眼泪落了下来。

她摸着照片里段伟祺的脸。这是段伟祺啊,那个全世界都知道他是不婚主义的段伟祺啊,他跟她结婚了。

他拿到结婚证时那么高兴,他抱着她转圈圈,他还认真适应叫她老婆。他说好不习惯啊,但是他哈哈哈笑得开心。

李嘉玉抹去泪水,想着段伟祺说得对,她真的挺渣的。那句话太伤人了,她竟然对他说这话。话说得狠,争得一时意气又怎样,吵赢了又怎样,她真的太不应该了。

李嘉玉在外头等了很久,段伟祺才出来。

他站在洗手间门口,很委屈地看着她。

李嘉玉张了张嘴,道:"对不起。"

段伟祺僵硬的肩膀放松下来,表情更哀怨了。

李嘉玉清了清嗓子,又道:"对不起,是我错了。"她顿了顿,"老公。"妈呀,叫得好不习惯啊,她也想笑了怎么办。

李嘉玉憋着,表情有些扭曲。

段伟祺忽然笑了,他走过来说:"你再叫一声。"

李嘉玉也笑起来:"那你原谅我没有啊?"

"原谅,原谅。"段伟祺很大方,把李嘉玉抱着,把头埋进她怀里,"自己老婆,有什么不原谅的。"

"谢谢你啊,老公。"李嘉玉说着,然后大笑,"真的,为什么这称呼怪怪的。"

段伟祺用脑袋顶她肚子抗议。

李嘉玉摸他脑袋,亲亲他的头发:"真的对不起,我不该说离婚的。"

段伟祺干脆抱着她滚到沙发上:"你保证以后不这么对我了。"

"嗯,保证。"

"我也保证以后对你好。"

李嘉玉揉他的脸:"不能对我乱发脾气了。"

"行。"段伟祺蹭蹭她,"我乱发脾气,你就骂我。"

"那肯定的,我是那样忍气吞声的人吗?"

"对,对,不是。"段伟祺吻她,忽又笑道,"我这么浑蛋,你浑蛋一下也是应该的,不然我们怎么相配。"他咬她的下巴,大掌探进她的衣内,"我很爱你啊,李嘉玉,特别生你的气,但是还是爱你。"

"对不起,对不起。"李嘉玉亲他的鼻子,吻他的眼睛,"我也爱你,真的。"

段伟祺眯着眼享受她的温柔轻啄,道:"通常加上'真的'两个字,就是心虚的表现。"

李嘉玉笑骂他:"鬼扯吧你。"

段伟祺解开她的衣服,又道:"我跟你说,李嘉玉,你要好好珍惜我。别看你表面上不排斥婚姻,但没了我,你嫁不出去。就你这臭脾气,工作狂,又傲娇又要强的,别说结婚了,你谈恋爱都找不到对象。"

李嘉玉被他撩得痒痒,一直笑:"你在厕所生气想了半天,就想出这些词?"

"对呀。"段伟祺一本正经地道,"琢磨了半天怎么出来骂你,把你骂哭了,跪着求我不离婚。"

李嘉玉哈哈大笑。就他从厕所出来那委屈脸,还想把她骂哭呢。

但她没力气笑话他,他把她吻住了,用力爱她。

李嘉玉醒过来的时候天已经快黑了,她饿得不行,转头看到一旁的段伟祺,他醒着,正严肃地盯着手机。

"我好饿啊,段总。"她想起来早饭、午饭都没吃。

"啊?"段伟祺也反应过来了,"带你出去吃大餐?"

"不想起来。"

"那订外卖。"

李嘉玉翻过身来咬他耳朵:"哪对夫妻结婚第一天只吃一顿外卖啊?"

"带你出去吃你不要,订外卖你嫌弃。"段伟祺恶声恶气地说,"那你就只能吃我了。"

李嘉玉轻轻踢他一脚,依偎在他身边看他手机:"你在干吗?"

"噩梦醒了,起来整理我的行事历。"段伟祺严肃地说,"必须挤出时间见丈母娘啊。"

李嘉玉也是一惊,把手机拿过来,与段伟祺肩并肩对照工作日程。一对比时间,两人面面相觑。

段伟祺清咳一声:"还是先吃饭吧,死也当个饱死鬼。"

大概丈母娘能把他俩一起骂哭。

第二十二章
这有几个零啊

第二天，李嘉玉照常去"远光"开会。她穿得很喜气，妆容也很明艳，看起来心情很好。

苏文远总觉得她哪里不一样，但又说不上来。

只是她对他的态度似乎更疏离了，开会坐的位置也远远的，说话的语调非常公事公办，全无她曾经是这家公司联合创始人的迹象。

不过也是。"远光"创办三年了，人已经换了好几拨，产品都更新换代几次了。"远光"早已不是从前的"远光"，他也不是从前的苏文远了。而李嘉玉，当然也不是当年那个初出茅庐的姑娘了。

苏文远很配合李嘉玉的态度。她疏离，他便也当不认识她，两个人就如同刚刚认识的合作者那样，他努力推销"远光"的设计，希望能签下合同，而她作为甲方，提出一大堆的问题和条件。两边谈判得颇为紧张，但推进的效率还算喜人。

会议休息时间李嘉玉一直在玩手机，她在跟段伟祺聊天。段伟祺明天飞德国，两个人领证后只有今天一天的相处时间，接下来再见面就得半个月后了。

段伟祺在微信上给李嘉玉发来一个"惊恐"的表情："嘉玉，太可怕了，我们居然没有买婚戒。"

李嘉玉这时候也才想起来,对呀!他们没有婚戒!

他发这消息时李嘉玉正开会,所以没有看到,于是段伟祺等了一会儿后自言自语:"算了,反正在你心里婚戒大概不如PPT重要吧。"

过一会儿他又发:"你开会开到什么时候,今晚一定要把时间留给我呀。我们补昨天的大餐,然后去挑婚戒。"

李嘉玉看看时间,这是半个小时之前的。她回复:"好的,我下午开完会直接去你公司找你吧。你今天在富昌还是耕田?"

段伟祺没回复,李嘉玉猜想他大概在忙,正想再跟他说一句今天会议进展很快,她下午应该能早点走,还没输入,就见一个人影站了过来。

李嘉玉把手机屏幕按灭,抬头一看,是苏文远。

"李总。"苏文远招呼她。

"苏总。"

苏文远道:"没什么事,我就是过来想跟李总说,'远光'这两年没什么特别出彩的产品,外头包装虽然亮眼,但我自己心里清楚,这两年我过得挺混乱的,没有状态。今年好不容易重整旗鼓,育婴哺乳室我自己很满意,网络票选我们没有做手脚,我们是凭实力走到现在的。我希望'远光'能参与这个项目,借这个项目有个真正的提升。希望李总公事公办,过去的事,放下了可以吗?"

李嘉玉觉得好笑,她真的笑了,然后道:"苏总放心,我不至于拿这个打击报复你。你的产品做得好,才会有机会。一个设计师靠产品说话,我从前是这么说的,现在也是这么说。但你的办事方法和状态我确实有点不放心,为了保证项目能够顺利实施,违约条件和赔偿条款,苏总你要有心理准备。"

"可以的。"苏文远点点头,"这次我一定不会让自己失望。"他说完,转身走了。

李嘉玉怔了怔,琢磨着苏文远这句话。他说"不让自己"失望,在他心里,还有对他作为一个设计师的期待吗?

很快,会议继续进行,接着是午饭。

这时候李嘉玉发现她开会时段伟祺又发来了消息,他说他临时要代父母出席一个挺重要的晚宴应酬,他们刚告诉他。他推不了,怎么都得去露个脸,跟两个大佬打声招呼聊一聊,代他父母为缺席道个歉之类的。他不会待太久,争取9点前就出来。

李嘉玉给段伟祺打电话,段伟祺没接。过了一会儿他回过来,他那头声音挺嘈杂,似乎也在开会。

李嘉玉让段伟祺别着急，有正事就好好办，她在家里等他。段伟祺说晚宴酒店不远有家品牌珠宝店，他让秘书联络了，李嘉玉晚上可以先去挑戒指，他从晚宴出来就直接过去。

"今晚无论如何得买上一个，小一点的也算有一个吧。不然我心里不舒服。"段伟祺道。

于是李嘉玉答应了。

李嘉玉回到会议室，看到斜对面的苏文远，他正跟坐他身边的"远光"同事低声讨论着什么。李嘉玉想起当初她跟苏文远谈婚论嫁的时候，他们坐在学校礼堂对面的草坪上，喝着奶茶讨论着结婚。她说戒指要什么什么样的，婚礼要什么什么样的，他们还就蜜月去哪里争论过。那时候他们不为时间担心，只计算着费用。

现在她真的结婚了，她完全不为钱担心，但她坐在会议室里开着会，吃着外卖，考虑着合同条款。

李嘉玉拿出手机给段伟祺发消息："你说得对，今晚无论如何得买上一个。我吃完晚饭就过去好好挑。"

"挑贵的，老婆。"段伟祺回道。

李嘉玉笑，又给他发："跟家里坦白后，我们再好好商量婚礼的事，还要去度蜜月。"

"好的，好的。"段伟祺发了个"高兴得转圈圈"的动图。

过了一会儿他发过来一张图，是他们的结婚证。

李嘉玉问他："什么意思？"

"我总觉得不太真实，今天拿出来看了三回。不敢相信我居然有老婆了。"

李嘉玉又想笑了，道："晚上见。"

李嘉玉把手机收起来，看了一眼苏文远的方向，他没注意她这边的动静，只专心与同事讨论着。

时间真的厉害呀。李嘉玉想，磨掉他们的天真，让他们世故、圆滑、妥协。想改变也好，不想变也好，都得与时间对抗，而他们都不可能赢。

时间走掉了，就再不会回头。

晚上，李嘉玉自己去吃了麻辣烫。那家老店已经关门了，街口开了一家新的，李嘉玉觉得没有老店好吃。街心公园换了模样，滑梯没了，多了些新的健身器械。

李嘉玉玩了一会儿健身器械，觉得也挺有意思的。然后她看了看时间，去了那家珠宝店。

她报上了自己的名字,店员很热情地接待了她,没领她看柜台上的戒指,而是直接带她去VIP室,用绒布托盘拿出了贵重的钻石戒指。

李嘉玉也不客气,一样一样仔细看。她给段伟祺发微信,告诉他自己到了珠宝店,又发过去几张戒指的照片,说这几款她挺喜欢的。她开玩笑道:"是不是不够贵?我再努力努力?"

过了好一会儿,段伟祺回复了:"嗯,再努力努力。"

李嘉玉挑了挑眉,她家段总有些冷淡啊。难道晚宴上不开心了?

李嘉玉看看时间,又让店员给她拿了别的首饰过来看看,打发一下时间。原以为还要等段伟祺很久,没想到没一会儿他就来了。

他进来的时候脸黑黑的,很不高兴。

店员吓了一跳,惶恐地看了李嘉玉一眼。段伟祺看那店员的表情莫名其妙,便瞪了她一眼。店员更吓着了,小心翼翼地退到一边。

李嘉玉小声问段伟祺:"你怎么了?"

段伟祺余怒未消:"我被骗了。"

"谁呀?"

"我爸妈。"段伟祺愤愤,"也不是什么重要得不行的晚宴,突然给我塞个女伴,我本来要带我秘书去的,没想到最后是个变相的相亲。"

他还穿着晚礼服,领口被他扯乱了,李嘉玉伸手帮他整了整。

"气死我了,我老早就告诉过他们别来这套。要不是看徐老在,我都不进那宴会门。"

"好了,别嚷嚷。"李嘉玉柔声细气,抚抚他的脸,"那店员该以为我偷偷来想刷老公的卡,被老公逮个正着呢。"

段伟祺看那店员一眼,李嘉玉把他的脸扳回来,看着他的眼睛说:"没什么可气的。"

"浪费我时间。"段伟祺嘀咕。

李嘉玉道:"贞操还在吧?"

段伟祺绷不住脸了,笑起来:"别闹。"

李嘉玉也笑了:"行了,别板脸。选戒指呢,这种时候你板脸给我看,我可要走了。"

"挑戒指,挑戒指。"段伟祺被安抚了,但又忍不住道,"我气不过,就告诉我妈我结婚了。"

"啊?"李嘉玉紧张,"那怎么办,不会让我们马上滚过去见她吧。"

"没。她就呵呵冷笑两声,挂我电话了。"

李嘉玉说不出话来。

"她不信。"段伟祺看着李嘉玉,"你要是批准,我就发结婚证给她看!"

李嘉玉想想说:"还是先给我妈看吧。我比较怕我妈。"

"我也是。"段伟祺附和,"我也比较怕你妈。"

两个人苦脸对苦脸,然后笑起来。

段伟祺摸摸她的脸,转向托盘问:"看中哪个了?"

"这两款,你喜欢哪个?"

段伟祺招手叫店员,顺嘴问李嘉玉:"多少钱啊?"

店员过来正听到这问话,赶紧道:"不贵的。"正想介绍一下款式设计和工艺、钻石质地什么的,却被段伟祺打断了。

"不贵干吗拿给我们看。"

店员一脸蒙。

李嘉玉轻轻拍他一下,对店员笑道:"他就喜欢开玩笑。"

李嘉玉也不管段伟祺的意见了,挑了一款对他道:"就这个吧,这个男款更低调点,你不会嫌娘气了。"

"可是这个女款也很低调。"段伟祺不是太满意。

"我喜欢这个。"

"那好吧。"段伟祺掏出银行卡,"反正先买个戴戴,回头我拍颗好钻回来,再找设计师专门设计好了。"

李嘉玉没意见。

段伟祺付了款,两人郑重其事地给对方戴上了戒指,相视一笑。

临走的时候,段伟祺看到柜台上的一款情侣太阳镜,又让店员拿出来看了看,给李嘉玉试戴了一下,自己也戴上,对着镜子左照右照,买下了。

李嘉玉哈哈大笑。段伟祺拉她出了门,问她笑什么。

"你刚才买太阳镜照镜子的时候,我只想到'臭美'这个词。"

段伟祺作势我打,李嘉玉哈哈大笑抬腿就跑。两人你追我赶了一段,段伟祺把她抓住了,揽过来在她脸上亲了好几口:"我们把太阳镜戴上吧。"

李嘉玉笑得不行:"我不要,好丢脸。"

"我想戴。"

"那你自己戴。"

"不行,大晚上的,你得陪我一起丢脸。"

"我不要。"

段伟祺揽住她不放:"戴嘛,情侣款我们第一次买。"

"家里对杯、牙刷这些都是情侣款。睡衣也是情侣款。"

"那能一样吗?"段伟祺凶巴巴地说,"戴上。你老公就这么点要求,你都不满足。"

李嘉玉戴上了，段伟祺也把自己的戴上，与她手拉手走着。

"幸好街上没什么人。"李嘉玉道，"你穿着礼服，还戴太阳镜，像个神经病。"

"真开心。拉着神经病老婆的手。"段伟祺道。

李嘉玉哈哈笑，忽然又道："你知道到处都有监控摄像吗？现在你和我就走在监控下吧，警方会不会看到我们这样，觉得很可疑，正调警力过来准备盘查啊？"

"他们来了，我给他们发红包。"段伟祺胡言乱语。

李嘉玉晃着他的手轧马路，突然又道："段伟祺，你开车来的吗？"

段伟祺停住了。

李嘉玉也停住。

两个人一起转头往刚才的珠宝店去。

"我的车子停旁边的停车场了。"

"我也是。"

"差点就这样走回家了。"

"那不可能，远着呢。"

两个人嘻嘻哈哈地跑回去取车。

第二天，段伟祺飞德国，李嘉玉要回C市。李嘉玉特意提前了两个小时陪段伟祺去机场，送他。

"你在机场干坐两小时吗？"

"我看看电脑整理一个文件，两小时很快的。"

"你一定要等我回来再一起去你家，千万别自己偷偷交代了。我怕你妈更嫌弃我了。"

"不会的，一定等你。"

"我突然想到，我们结婚那天是9月9号，特别吉利。这是姻缘天注定，这个告诉你妈能加分吗？"

"我妈不迷信。"

"怎么会，老人家都迷信。"

"我妈最讨厌人家说她老了。"

"那好吧。"

段伟祺走了，两人约好国庆假期怎么都挤出两天回李嘉玉家里。李嘉玉为此挤掉了一个活动，计划转给贺亦春。

但她没想到，不用等国庆，段伟祺刚飞德国没两天，宋音就来了电话，说要与她谈谈段伟祺。

　　李嘉玉接到妈妈电话的时候，刚从一个会议上下来。她看了一眼来电显示，飞快地嘱咐助理把会上说的那些做到新方案里，今天发她邮箱，然后走进自己办公室，这才接起电话。

　　"嘉玉啊，你忙不忙？"宋音柔声细气地问女儿。

　　"还好。"李嘉玉坐下了，打开了电子邮箱，看了看今天新收的邮件，一边回复着妈妈，一边顺手把邮件做了分类。

　　"那方便说话吗？"

　　"方便的，你说。"李嘉玉又看了看微信和QQ，没有需要马上回复的工作上的留言，于是关了，拿起杯子准备出去给自己接杯水，却听电话里妈妈问："你跟段伟祺还在一起吗？"

　　李嘉玉一愣，坐下了，认真答道："还在一起。"

　　宋音沉默片刻道："你们异地，相处的时间不多吧？"

　　李嘉玉咬咬唇，问道："妈妈，怎么了？"

　　宋音道："妈妈只是觉得，你们相处的时间不多，你对他的生活可能不是太了解。"

　　"发生什么事了吗？"李嘉玉小心翼翼再问。

　　"妈妈看到网上有篇报道，就在前两天，段伟祺去参加一个豪门相亲宴。"

　　李嘉玉松了一口气："那不叫报道，那叫小道瞎编八卦。"

　　"妈妈发给你看。"宋音说着，用微信转了一条长微博过来。

　　李嘉玉扫了一眼，这篇还真不是专门说段伟祺的，而是八卦娱乐圈和商界大佬秘史的，主角其实是蓝家和徐家。李嘉玉看到了熟悉的蓝耀阳的名字。在蓝家小辈里，他得到的评价还挺一般的，他的哥哥、姐姐倒是得到不少赞许，他们的光芒将蓝耀阳压了过去。有关蓝耀阳，只给了三句话就带过了。

　　然后文中说到一年一度的豪门盛宴，各家族未婚男女由家长们带着盛装出席，犹如豪门界的《非诚勿扰》。今年这场宴会是9月10日在某某酒店办的，席中如何如何。他们还大胆八卦一下豪门的婚姻安排，谁家属意谁家，哪个明星陪着谁出席，哪个明星的资源从哪儿来，哪个明星有豪门梦，又提及一位叫汪颜的年轻女孩，汪家最小的女儿，刚满20岁，名校在读，却一心想做演员。汪家宠女儿，但对女儿进娱乐圈的态度并不积极，宴上并没有撮合汪颜与蓝耀阳，倒是积极让汪颜与段伟祺靠近。段伟祺赴宴时，带着汪颜入场。只是不知汪、段两家是否就小辈的婚事有什么想法，据说段伟祺是不婚主义者，不知他会不会与汪颜发展出什么火花来。

这篇长微博图文并茂，扒了许多明星与豪门间的事，段伟祺在其中只是一小段而已，只比蓝耀阳多了一行字。李嘉玉也不知她妈妈从哪里翻出来的，简直有狗仔队的风范。

李嘉玉迅速扫完，宋音在电话里还等着，李嘉玉道："这典型的娱乐八卦文啊，妈妈你居然对这种瞎编的东西有兴趣？"

宋音道："真假参半，还加点夸张，妈妈懂。但之前妈妈就跟你说过，他们的生活方式，与我们普通人不一样。妈妈不想你受委屈。"

"我不委屈啊，妈妈。这上面真的是在瞎编，段伟祺只出席了一会儿，然后他就走了，那天晚上我们在一起。而且他事先不知道，是他父母临时说让他代为出席，他才去的。后来才发现给他安排了女伴，他原本计划带秘书去的。"

"这不是一场宴会的事，嘉玉。他今天带秘书，明天带小明星，后天带个名门闺秀，你看着不难受吗？"

"妈妈，"李嘉玉深呼吸几口气，觉得整个人被压得紧紧的，"爸爸整天在外头跑，今天带着漂亮的导游姑娘，明天带着干练的合作方女经理，后天还有旅游专业女大学生讨好巴结……他只是不出席宴会而已。"

宋音在电话那头沉默。李嘉玉知道自己把妈妈惹怒了，但她不能不为段伟祺说话："妈妈，对不起，我并不想这样打比方，但这样评价段伟祺真的不公平。而且我觉得不应该看这些表面的东西，最重要的是爸爸真心实意对你，重要的是段伟祺一心一意对我。他有他的工作需要和社交礼仪。我也有我的，我的男助理还挺帅的，长得干干净净，性格开朗大方，工作能力强。他上台讲话，与客户交流，拓展合作方关系都很好用。我也带他出席会议，带他去见客户。那在外人眼里，是不是也要给我扣一个不安于室、花心滥交的帽子？"

宋音依旧不说话。李嘉玉心里挺难受，但仍努力解释："妈妈，前几天，我跟段伟祺吵架了。我受的委屈，不是他带谁出席宴会，而是他质疑我与苏文远在公事上的接触。他吃醋乱发脾气，我非常生气。那么换过来，他带秘书出去办事，我发脾气；他与明星合作，我发脾气；他被狗仔写绯闻，我还发脾气，那还怎么相处？"

李嘉玉说到这里，停了停，她脑子也乱，一时也不知还能说什么。

宋音终于说话："你说的妈妈懂，妈妈不是那个意思。妈妈只是觉得，你可以活得简单一些。他们的生活，太复杂了。"

"妈妈，我活得挺简单的。我努力工作，充实自己。我经济独立，思想独立，不依附任何人。段伟祺对我好，我与他好好过；他对我不好，我就享受单身，重新开始。这不是挺简单的吗？"

宋音问她："他对你好吗？"

"很好的。"

"他带你回家见过父母吗？"

李嘉玉一噎："他提过，那时我不想去，觉得没到时候，怪怪的。后来不是异地了吗，我见他都少，就也没见他家里。"

"所以你也并不知道他家里的态度。"

李嘉玉不敢说以段伟祺的脾气，他的态度就是家里的态度了。她之所以并不担心段伟祺的妈妈，也是因为段伟祺太强势，有他在，她真的不太担心别的。

"妈妈，我们最近打算跟两家都见见的。国庆假期，你跟爸都空下时间来，我跟段伟祺回去一趟。大概3号、4号这样吧。"

宋音语调有些变了："你上周不是还说国庆有活动得参加，不回家吗？这是特意把时间改了？你跟段伟祺回来，是什么意思？"

"妈妈，等国庆我们回去，再跟你和爸说，好吗？"

宋音沉默一会儿，直接问："你们是打算结婚吗？"

李嘉玉很心虚，不敢说话。

宋音再问："你是不是怀孕了？"

"没有没有。"李嘉玉吓得冷汗都要出来了。

宋音道："如果你们是想回来谈婚事，那么妈妈丑话说在前头，妈妈还是那个立场。上次我跟段伟祺话也说得很清楚了，如果要谈这个，必须得他妈妈来。我女儿不是什么富家千金，但也是我们家里的掌上明珠，不管他家多有钱，宇宙第一有钱，那也得拿出诚意来。就上回他妈妈那个没素质瞧不起人的态度，我不可能同意。"

"好的好的。"李嘉玉又是感动又是慌张。

与妈妈聊完挂了电话后，李嘉玉发现自己真的出汗了。她呆坐了一会儿，回味了整件事，想了想重新看了看那篇长微博，虽然明知不完全是事实，但看着上面拿段伟祺跟别的女人配对，心里确实很不舒服。转念一想，若是这文章作者知道段伟祺已婚，怕是又能编出花来。

"豪门大少情海掌舵，前脚与美女共赴相亲盛宴，后脚与新婚妻子补买婚戒。"李嘉玉觉得这内容应该也挺吸睛的。

李嘉玉想了想，给蓝耀阳发微信，把这文章链接发过去了："蓝少啊，你们豪门还一年一度相亲盛宴啊？成功的概率是多少呀？"

过了一会儿，蓝耀阳发过来一个"震惊"的表情，紧接着是六个感叹号。

又过了一会儿，他发过来一条微信语音，非常愤怒："这王八蛋居然敢这么乱写，一年一度，还相亲宴，都是鬼扯淡，我们豪门明明一年360度相亲宴！还蓝家秘辛呢，狗屁！才给老子三行字，凭什么老子才三行字啊！我要去找这作者算账！铁杆，多谢你报信！"

李嘉玉真是无语。

闹不清楚蓝少爷是因为人家乱写生气，还是因为人家给他的篇幅少了生气。反正不是什么传统相亲宴就好，段伟祺没骗她。

李嘉玉给段伟祺发消息，说妈妈给她来电话了，她说了国庆回家一趟，妈妈猜到了意思，态度有些严厉，这一关不好过。

过了很久段伟祺才回复，他是直接打电话过来。

"一直开会，没看手机。你妈妈怎么说的？"

李嘉玉把她跟妈妈的对话内容说了一遍，段伟祺有些愣："什么相亲宴？还豪门秘辛？"

李嘉玉把文章链接又给他发过去。段伟祺大致扫了一眼，惊叹："这么长的文，我翻半天差点没翻到自己的名字，你妈是怎么发现这文章的？"

李嘉玉清了清嗓子："我怀疑，她大概搜了你的名字。"

段伟祺好半天才缓过来，道："丈母娘一直这样缜密吗？"

"她应该是很担心吧，她怕我吃亏。"李嘉玉叹气，"段伟祺，我妈妈真的对你不放心啊。"

段伟祺在电话那头不说话。

李嘉玉怕他心里不好受，忙又道："没关系，我们慢慢跟她说。"

"嗯。"段伟祺闷闷地应了一声。

听起来他真的有些受伤，李嘉玉挺心疼，但不得不面对现实，与他商量："我妈很坚决地说要谈婚事的话，得你妈妈去。怎么办啊？我们俩瞒着家里领了证，会不会被打出来？"

段伟祺语气哀怨："别担心，要打也是打我。"

李嘉玉沉默了一会儿，问他："你觉得你妈妈有没有可能特别亲切、特别热情地去我家谈亲事啊？"

"要是没领证，你肚子里怀着一个，她应该会吧。"

李嘉玉顿时蔫了，证都领了，别说肚子里没怀，怀了也不管用了："那怎么办？"

"没事，我想想。"段伟祺道，"一定会让你妈妈感受到我的诚意的。"

李嘉玉不知道段伟祺最后想出了什么办法，他没告诉她。他后来只说还按原计划进行，国庆先去她家里见父母，其他的事他会安排好的，不但会让她家里认同婚事，他家里也不会再有异议。

李嘉玉担心啊，段总大人的思维跟常人不一样，万一又搞出什么花招来，适得其反就糟了。

但段伟祺守口如瓶，就是不说。

国庆前，李嘉玉把产品大赛的事收尾了，又回了一次B市，与"远光"谈判。初步确定之后，苏文远带着团队来了C市两趟，敲定合作细节。合同条款也都拟好了，提交到了政府相关单位，就等着签署下来。

10月1日那天段伟祺便飞C市，在那儿待了两天，3号与李嘉玉一起去了H市，见她父母。

宋音听说段伟祺的父母并没有来，且李嘉玉也并没有去见过段伟祺父母，她的态度也就还如上次一样，没在家里招待段伟祺，只在饭店订了个包厢，答应与他一起吃顿饭。

李嘉玉紧张得胃痛，到了饭店门口还问段伟祺到底有什么办法。段伟祺道："如果这招没用，那我真的没办法了，只能任打任骂了。"

"所以究竟是什么招数？"

"我们有钱人还能用什么招数，给钱呗。"

李嘉玉拍段伟祺一下："别闹。真把你打出去。"

"不会的。"段伟祺想了想，补充道，"我觉得，不会的。"

李嘉玉觉得没指望了，算了，硬着头皮一起挨打挨骂吧。

两人赴刑场一样进了包厢，宋音和李齐已经等着了。

段伟祺进去之后犹豫了一下，没敢叫人，先问李嘉玉："叫爸妈可以吗？"

李嘉玉踢他一脚，自己叫人："爸，妈，我们来了。"

李齐招呼他们："坐，坐。"

宋音没说话，端庄的样子很能给人压力。

"那什么，爸，妈，是这样的，长痛不如短痛，我们先谈事吧，不然这饭怕是都吃不好了。"段伟祺说着，看了李嘉玉一眼。

李嘉玉惊恐地用力握紧他的手，这什么路数，二话不说直接开场了？

"这事挺严肃的，如果爸妈不介意，我想请一个人到场，为这事做专业的解释，也好让爸妈放心。"

宋音和李齐都不知他什么意思，段伟祺也没给他们机会问，直接拨电话，对电话那头道："你进来吧。"

李嘉玉也一脸茫然，不知道他搞什么鬼。

包厢门被敲了两下，然后一个人推门进来了。中年男子，穿着西装，拿着个公事包。

段伟祺摆手示意了一下，对李齐和宋音道："这位是我的律师，宋律师。"

宋音和李齐有些愣，谈婚事不找家长来，找律师？

"我和嘉玉已经领证结婚了。"段伟祺道。李嘉玉吓得闭上眼，不敢看父母的表情。

段伟祺握紧她的手，继续道："事发突然，没跟爸妈商量，真的很抱歉。"

宋音的脸色已经变了，她极怒之下，倒也一言不发，就盯着李嘉玉和段伟祺看。

段伟祺道："我知道爸妈对我还有疑虑，也担心嘉玉的幸福，言语说得再多，我也不知道怎样才能让爸妈安心。所以我让律师草拟了文件，法律保障我和嘉玉的婚姻关系，法律也会保障嘉玉在这段婚姻关系里的权益。"

一旁的宋律师打开公文包，拿出两份文件来，递到宋音和李齐的面前。

宋音和李齐下意识地接过了。

李嘉玉狐疑地看向段伟祺。

段伟祺道："这是财产转让协议。大意是说，如果我在婚姻中有任何出轨、暴力等负面行为，让嘉玉对我失望，导致我们感情破裂，她提出离婚，我便同意。离婚之日起，我所有的个人财产转移到嘉玉名下。因为时间有点紧，会计公司还没能算出具体的财产数值，所以现在协议附件只列了财产项目名目，嗯，可能还需要再核对一下。总之，可以随时补充吧。后面有个表是个估值。"

李嘉玉震惊了："你疯了吗？"果然是拿钱解决啊，这也太吓人了。

李齐也吓到了，他没看协议，直接翻到最后，悄悄问老婆："这几个零啊？"

宋音也是愣了好一会儿才缓过神来，设想过种种，但绝没想到这段伟祺一上来就出这种大招。

别说他这样的富家子弟，就是寻常人家，对小夫妻的财产分配也是慎重又敏感的。不只是给不给得起的问题，还有愿不愿给的纠结。但这段伟祺迈过所有步骤，直接跳到了最后。

宋音一时间也不知道该说什么好，很生气，但对方摆出这样的姿态了，她一时也把握不好发火的方向。宋音假意认真翻那个协议，实则花时间整理整理头绪。

李嘉玉从爸爸手上拿过另一份协议，反正他也不看，数零这件事不重要。

李嘉玉大致翻了翻，生气了。她把协议丢桌上，瞪着段伟祺说："你给我出来，我们聊聊。"

于是段伟祺就在宋音、李齐和律师的注目下特别乖巧地跟着李嘉玉出去了。

大家的表情都一言难尽。宋音看着站在一旁的律师，有些尴尬，于是便道："宋律师是吧，请坐吧。小辈们有些任性，让你看笑话了。"

宋律师扶扶眼镜，也不客气，坐下了。他语带笑意道："段总做事是有些随心所欲，习惯了就好了。"

宋音抿抿嘴，随心所欲？那还是任性的意思。

宋律师又道："段总承诺过的事，就一定会做到的。这个两位请放心。这份协议，段总也是拿出了真心实意，我给两位细说一下条款吧。"

李嘉玉这边，她领着段伟祺一直走到饭店大门外，找了个清静地方，这才转身瞪他道："你怎么想的？"

"我刚才不是说了吗，无论说什么，你父母都会有疑虑的。就算今天我妈妈来了，我爷爷来了，坐在那儿跟他们和颜悦色地谈婚礼，他们也还是会担心。"

这个倒是真的，李嘉玉知道。

"什么人都无法保证什么，你与我也都不能，只有法律。"段伟祺简洁地道，"我想了半天，只有这个办法了。"

"那也不用拿这么多出来吓唬人啊。"李嘉玉皱眉头，"过户几套房子给我就行了。"

"开玩笑呢？"段伟祺冷笑，很不满，"这是多看不起我。我一辆车就抵你几套房。"

李嘉玉双臂抱胸，脚打拍子。

段伟祺反应过来，赶紧道："不是，我就是随口一说，没有要炫的意思。"

李嘉玉瞪他："你那财产协议都拿出来了，你还能炫什么呀？"

段伟祺忙道："但是管用。你看你妈没有骂我们吧。你把协议签了，我妈更不会有什么意见，直接把你捧掌心里哄着。一招杀四方，两边都搞定了，多好。"

李嘉玉好气："我要是签了，我在你家人眼里成什么人了？"

"狐狸精呗。"段伟祺嬉皮笑脸地说。

李嘉玉伸手拍他。

段伟祺握住她的手说："自尊心不要这么强，结婚前你说避避嫌，别让别人觉得你图谋我什么,我也随便你了。但都结婚了,我的钱就是你的钱,你上哪儿避嫌去呀。肯定就是图财,没的跑。"

李嘉玉故意道:"可不是只能图财了,还能图什么?"

"还有颜啊!"

李嘉玉没绷住,笑了。

段伟祺凶巴巴道:"快点承认,你就是图我的颜。"

李嘉玉哈哈笑道:"你怎么这么臭美呢。"

段伟祺揽过她,亲亲她的脸蛋:"好了,笑了就行。有老公在呢,别担心,再来10个爸妈都不怕。"

"你就瞎扯吧。"

"回去你把那协议签了,我们必须夫妻同心,一致对外啊。你要是不给我面子,我在你爸妈面前就再也抬不起头了。"

"不敢签。"

"你傻不傻,签了以后我们还可以解约嘛。"

李嘉玉简直不知说什么好。

段伟祺又道:"你放心吧,那是我全部身家,我压力可比你大多了。万一你哪天不高兴,随便抓我一个错处,我就得上街讨饭吃。所以你慌什么?"

李嘉玉再次失语。

段伟祺捏捏她的脸说:"自尊心不要这么强。"

李嘉玉拍开他的手道:"你再夸张点,还上街讨饭吃!"

"去你门口讨饭吃,总行了吧?"

李嘉玉想想说:"那你回头给我一份合理的,不那么夸张的协议。我们婚前什么条件都没谈,确实不合适。到时我再跟我家里好好说,你对家里也好交代。"

"我的钱,不用交代。"

"段伟祺!"

"好的,我好好交代。反正你拿着这份终极王炸,想换什么合同都行,对吧?"

两个人商量好了,回到包厢。宋律师也跟李齐、宋音把协议条款解释完毕。这协议除了金额吓人之外,其他的还是很正常的,对女方的权益保障得很全面。

段伟祺便问宋音、李齐:"爸妈看看还有什么要补充的吗?"

宋音、李齐对视一眼,真的是被这份协议完全打乱了阵脚。

李嘉玉坐下把合同仔细看了一遍,然后向段伟祺伸出手。段伟祺拿出支笔给她，李嘉玉"唰唰"签上自己名字，段伟祺在一旁笑，也签上自己的名字。

宋音目瞪口呆，想开口阻止，却一时也想不出阻止的理由。

"钱太多"这样的话，说出来似乎有点荒谬。

她看着两个孩子过家家一样把这么一份涉及巨大数额的协议签了，忽然明白他们为什么能结婚了。

宋律师工作完成，先走了。

段伟祺眉开眼笑，催服务生上菜，俨然一副主人家模样，李嘉玉暗地里捏了他一下，示意他不要得意忘形。

段伟祺赶紧做乖巧状，给宋音、李齐倒茶，然后坐好等训话。

事已至此，宋音对婚事不好再说什么，只得道："小段啊，你那份协议，跟你家里商量过了吗？你们签得这么痛快，可别到时候你家里怪罪到嘉玉头上，以为嘉玉做了什么手脚。"

"妈你放心吧。"段伟祺道，"我从高中开始就经济独立了，没问家里要过钱。我创业早，离家也早，我父母不怎么管我的。我的兴趣比较广，创业方向跟家族企业的方向不一样，互相不影响。刚才那协议只是我个人的财产，涉及家族的部分没有列进去，我家里没什么好说的。"

李嘉玉轻轻踢了段伟祺一脚，段伟祺茫然，不知道自己哪里说错了。

这时候宋音说话了："小段跟家里的关系不太亲近吗？"

"啊？"段伟祺更茫然了，他刚才说了跟家里不亲近吗？

他看李嘉玉一眼，忽然反应过来："不是，我刚才只是解释经济的部分，婚事这块肯定会跟家里好好沟通的。"

"那就是还没沟通呗。"宋音抓住重点。

李嘉玉不敢出声，段伟祺孤军作战："因为嘉玉说要先跟你交代，所以我们先来这边，回头就到我家去见我父母了。"他没敢说自己也怵，推到李嘉玉身上。

宋音又道："我是什么洪水猛兽，要先跟我交代？"

段伟祺硬着头皮道："女儿跟妈妈亲近嘛，她特别需要你的支持。"

"我不支持，她不也自己偷偷结婚了吗？"

李嘉玉和段伟祺连对视都不敢了，只在桌下偷偷牵个手。

段伟祺没火力了，学着李嘉玉低头装可怜。

李齐心疼孩子，忙打圆场："行了，好好吃饭，婚都结了，翻这旧账也没意思了。小段和嘉玉知道错了，以后他们会乖的。"

"对，对。我们知道错了。"段伟祺赶紧附和。李嘉玉猛点头。

李齐给老婆夹菜，与段伟祺道："结了婚，就是两口子了。你们要好好过日子。回头约上你的父母长辈，我们两家见个面。我跟嘉玉妈妈没什么要求，对我们嘉玉好就行。其他的，就看嘉玉乐意。"

"是，是。"段伟祺点头，"爸放心吧，我敢跟嘉玉签那协议，就是表明我的态度，我一定会对她好的。"

李齐笑笑："那就行了。"

宋音却道："说到那协议，我说句不好听的。你们年轻人冲动，现在觉得能天长地久，但就算有白纸黑字，也不能保证感情始终如一。你们签了字，我刚才没反应过来，没阻止，现在想想，却还是想跟你们说，法律是法律，感情是感情，别让这份协议成了你们感情不和睦的导火索。等冲动的劲头过去了，或者以后感情不那么深了，想起这协议又后悔，那可不是闹点小矛盾的事了。"

李嘉玉想说话，段伟祺却抢先道："妈，我不是冲动，我是深思熟虑过的。我这人，对钱并不是这么在意。也许外人看来，那是我从小没穷过，发展也挺顺利的原因。但我觉得，我是一个有能力承担失败，负得起生活责任的人。凡事无绝对，生意也好，婚姻也罢，谁也不能保证以后就会怎么样。就算没签这个协议，我经济上也许也会遇到别的困难，未来无论如何都存在一定的风险，但我们不能因为这样就不去做了。我不能保证未来，但我想把握好现在。因为有冲动才会恋爱，因为恋爱了才会结婚，结婚了就要经营，其实跟生意是一样的，因为突如其来的灵感找到项目，然后寻找开发的机会，花时间花精力去经营。也许经营不善，也许发展壮大，也许做到一半找到了新的灵感想转换跑道，这些可能性都存在。所以需要我们努力，我们自律，还需要两个人齐心协力。"

宋音不说话，安静听着。

李嘉玉握紧他的手，对他微笑。

段伟祺道："妈，我知道很多人都认为我们富家子弟毛病多，其实我真的是毛病多。"

李嘉玉笑出声。

段伟祺也笑了笑，补充道："但我遇着嘉玉了。她毛病也挺多的。"

李嘉玉瞪他了。

"我们两个臭毛病还挺搭的。"段伟祺不理李嘉玉的瞪视，继续道，"妈，你对我不了解，但你了解嘉玉，她愿意跟我在一起，我身上肯定有值得欣赏和肯定的地方，你要相信她的判断。"

他说得好累，把老婆推出去挡挡枪。

果然宋音看向李嘉玉，李嘉玉用力掐住段伟祺大腿。

段伟祺忙道:"但我的优点,我还是自己跟爸妈介绍一下。"

段伟祺说完这话,李齐、宋音和李嘉玉都盯着他看。

段伟祺看了李嘉玉一眼,佯装淡定地抿一口茶。

李嘉玉兴味盎然,轻轻推了他一把道:"说呀!"

段伟祺一脸无辜道:"刚才说到哪里了?"

"说到你要跟我爸妈介绍一下自己的优点。"李嘉玉故意闹他。

段伟祺再喝一口茶,悄悄瞪了李嘉玉一眼。

李嘉玉道:"是你自己要说的。"

李齐和宋音没一个给他解围,还真打算听听了?

段伟祺叹气,一本正经道:"我优点挺多的啊,最大的优点就是实事求是,然后呢,低调、谦虚,所以不太好意思夸自己。但是人长得帅、老实、有素质,还扛打,你看你又捶又掐的,我身上伤痕累累都能面不改色,这些都是很明显的,掩饰不住。就算我不说,爸妈也能看得出来。是吧,爸、妈。"

李齐和宋音说"是"也不好,说"不是"也不好。

李嘉玉没绷住脸,笑得不行:"你是把事情都反着说,就当优点了是吧?"

"什么叫反着说。"段伟祺哼道,"刚才不是说了吗,我最大的优点就是实事求是。你的家庭地位已经很高了,不能再企图掩盖我的正面形象。爸、妈都是明眼人,一看就知道我是社会主义好青年,对吧,爸、妈?"

反正每说一句就把丈母娘和老丈人拉下水就对了。

宋音清清嗓子,低头喝茶,努力把上翘的嘴角往下压。李齐笑道:"好了,嘉玉别欺负小段,吃饭吧,我和你妈年纪大了,不像你们年轻人这么活泼了。吃饭吧。"

段伟祺一看效果不错,有些得意,忙道:"爸你不老,看着可年轻了,成熟有魅力,还帅气。穿上皮夹克,戴上墨镜,再牵条金毛,开着悍马在海堤上跑一圈,肯定很多小姑娘围上来……"

话说到这儿,他忽觉得不太对,桌上气氛已经变了。他小腿一痛,又被李嘉玉踢了一脚。

李嘉玉道:"年轻人,你还是少说话多吃饭吧。"

李齐干笑道:"哈哈哈,小段真幽默。"

宋音淡定道:"很多小姑娘围上来,那也是摸摸金毛,打劫一下悍马,跟车上穿皮夹克戴墨镜的老头子没什么关系。"

李齐继续干笑:"那肯定的,肯定的。"

段伟祺低头吃菜,装聋作哑。李嘉玉附他耳边道:"悠着浪,段总,小浪荡漾,大浪翻船。"

段伟祺猛点头。

一顿饭终于有惊无险地吃完,宋音和李齐对小两口最后也算和颜悦色,没再摆脸批评。李嘉玉心情非常好,跟爸爸说说笑笑,跟妈妈撒撒娇,再欺负欺负段伟祺。

四个人出饭店的时候已俨然一家人的模样。李齐、宋音走在前头,段伟祺、李嘉玉在后头咬耳朵说悄悄话。

李嘉玉问段伟祺:"段总啊,我们什么时候把解约协议签一下?"

"签什么签,现在不挺好吗?你把协议拿好,今天出乎意料地顺利,那晚点我就给家里打电话约时间了,明天我们一起先回B市,你拿着协议,我们一鼓作气全解决了。"

"不是。跟你家里用得着这协议吗?"

"签都签了,就用上呗。让我妈体会一下你的重要性。"

李嘉玉无语。

段伟祺看她的表情就笑,揽过她,用鼻尖蹭她鼻尖:"让你威风八面。"

"不是。"李嘉玉没好气地说,"我怎么觉得你故意拿这事跟你妈调皮啊。你心里有没有一点数啊?对你妈能跟对我妈一样吗?"

"当然不一样。对你妈我还心虚,对我妈我挺有底气的。"

"就是把财产全给了老婆的底气吗?别闹了,我家这关已经过了,我们把协议解了,然后你重弄一份合理的。我们跟你家里好好说。"

"不解。我觉得这协议特别好。"

李嘉玉斜睨他:"可把你牛坏了是吧?有本事把离婚协议也一起弄出来交我手里,我看你还得不得意。"

段伟祺冷笑道:"天真。上船容易下船难。你以为财产分配协议在手就行了?真想离婚,官司先打你个十年八载的,耗到你年老色衰,心力交瘁。"

李嘉玉无言以对。

段伟祺又笑道:"当然我不会为难你的。到时痛痛快快地,钱也给你,公司也给你,股份全都给你,证券什么的全给你,哎呀,还有我心爱的车子们。到时候那些公司的合伙人、总裁、管理层什么的天天找你开会,从B市你家门口排到C市你家门口,经营不善的、员工讨薪的从B市你家门口,排到H市你爸妈家门口……

"保险公司、证券公司、理财经理什么的,天天打爆你的电话。

"我呢,身无分文,又失去了心爱的车子,只好发奋图强。跟朋友借点钱,靠着我的脸面找点投资,弄它几个亿,重新开始。做生不如做熟,所以只好操盘旧行业,抢你公司客户,挖你公司高层,很快你那些公司没有人找你开会了,只剩下讨薪的了。但你不用慌,你还有车子、房产、存款什么的,一个独身女人,有这么多钱,很多小白脸吃软饭的都会来追求你的,一年365天天天缠着你,包围你的公寓,围堵你的父母,还有坏人打算谋财害命……"

李嘉玉怎么觉得自己被他坑了?他根本不怕离婚,她怕才对!

"必须解约!"李嘉玉咬牙切齿。

"哈哈哈哈,就不!"段伟祺哈哈大笑,特别得意。

李嘉玉作势要打他,段伟祺撒腿就跑:"打死我了,遗产还是你的。"

李嘉玉追在他身后喊:"你站住,让我揍一顿。"

两人一前一后跑开了,过了一会儿又一起回来。李齐和宋音就听这俩孩子嘀咕着:"你干吗往停车场跑?"

"以为开车来的呢。"

"笨死了。"

"死了遗产全是你的。"

"滚蛋吧你。"

两人说着说着,又走到宋音、李齐他们前面去了。

李齐跟老婆感叹道:"小段其实挺开朗的,没什么架子,挺好的。"

宋音道:"给你买件皮夹克?"

李齐眼睛一亮:"好呀。"

宋音微笑。李齐看到那笑容,忙道:"我是说,我们一人一件皮夹克。然后你开悍马,带着我。"

宋音大笑,揽过李齐的胳膊说:"行,我们到海堤开一圈,看谁敢打劫。"

李嘉玉和段伟祺听到笑声,回头看。段伟祺道:"你父母还挺活泼的呀!"

"你爸妈呢?"

"我爷爷的拐杖最活泼。"

当天晚上,宋音与女儿关门详谈了一次。

李嘉玉向母亲坦白了目前她与段伟祺的状态还是两地分居,她并没有计划要辞职回B市,但未来一定会回去的。既然结婚了,她会对婚姻和丈夫负责。只是她也需要对自己负责,对工作伙伴负责。

目前的工作正进展到关键时期,她不能丢下那些不管,而且她热爱现在的工作。他们还没商量过婚礼,她现在特别忙,她自己也不太想办,所以也没挑这个话头。她也没打算要孩子,想过几年等30岁之后再说。她有点担心公公婆婆催她这事。她也没敢挑这话头,反正段伟祺不提,她就不提。

"妈妈这边都好说,但公公婆婆那头呢?你还没有真正进入他的生活,还没有真正体验过他的生活环境。"宋音拉过女儿的手,对她道,"既然已经领证了,那妈妈说别的也没用。你就记住一句话,你自己最重要。你觉得开心,就跟他过;不开心,爸爸妈妈永远是你的靠山。别因为怕丢脸或是怕被妈妈骂就不告诉妈妈了。"

李嘉玉感动地抱住母亲。

段伟祺这晚与母亲邱丽珍联系,说要带李嘉玉回家,有重要的事要当面与家里说,让母亲联络一下家里其他人,明天下午安排时间,他带李嘉玉回家吃饭。

"我联系不上爷爷,他没接电话。"

邱丽珍压低声音道:"你爷爷刚刚晕倒了,现在我们全都在医院呢。脑出血,正在手术室抢救。我刚要给你打电话。"

段伟祺一下蒙了。

"你快回来吧。你跟李嘉玉的事,以后再说吧。"邱丽珍道。

段伟祺挂了电话,用手机订机票,然后去敲宋音的房门:"妈、嘉玉,我爷爷脑出血入院了。"

房门很快开了,李嘉玉紧张地问:"怎么了?"

段伟祺把事情飞快说了,让李嘉玉收拾一下,他们得现在赶去机场。

宋音和李齐也很重视。李齐赶紧去开车,宋音给他们准备了些路上的用品。一家人一起去了机场,路上李嘉玉刷了刷手机,习惯性地查看C市本地新闻,却看到了一条让她震惊的消息。

C市包括市长在内的几位官员贪腐被查,已被双规。

李嘉玉吓了一跳,忙把新闻链接转给贺亦春。贺亦春很快回复:"我已经知道了。很突然,事先一点消息都没有,看来是怕走漏风声,突击的。"

"那我们的项目呢?"

"恐怕悬了。我跟孙哥在一起呢,正商量这事。为了避嫌,这合同怕是短期下不来了,而且这项目卡在这关口,恐怕相关公司都需要被调查一番。我们行得正,没事,但就是会被拖着。"

李嘉玉的心沉了下来,她看了看段伟祺,他一脸严肃地看着窗外,灯光映在他的侧脸,气氛冷冽。

第二十三章
小浑蛋变成了大笨蛋

段伟祺与李嘉玉赶到医院的时候,已是深夜11点多。

段延富、段延孝两兄弟都在,段伟祺的母亲邱丽珍也在,再加上管家和律师等人,医院VIP楼层的会客室里显得有些拥挤。

邱丽珍见段伟祺来,也顾不上见到李嘉玉的诧异,上前低声道:"你爷爷要不行了。"

李嘉玉心一惊,看到段伟祺的脸色惨白。

邱丽珍道:"做过手术了,但医生说没有希望了,让我们准备后事。"

段伟祺好半天说不出话来,其实当他看到爷爷的律师也在时,就已经有了预感。他很用力地控制,才维持住面部表情。

李嘉玉的手被他握得生疼,但也一言不发,她挨着他站着,给他支持。

段延富走到儿子面前,正要说什么,会客室的门忽然被推开了,一个医生走进来道:"段老先生醒了,你们有什么话要说的,抓紧机会吧。都冷静点,别喧哗。"

所有人一下子都站了起来,互相看了一下,抬腿往门口走去。段伟祺拉着李嘉玉靠边,等大家都走出去了,他们跟在后头。

段弘文的病房非常大，大家有序地安静地进去，距床边一段距离站住了。

老人戴着氧气鼻管，身上连着大大小小的管子，体征监测仪嘀嘀的声响在安静的病房里显得尤为刺耳。老人听到了脚步声，虚弱地睁开了眼睛。段延孝、段延富两兄弟站到了床跟前，喊了一声："爸。"

段弘文认真地看了看两个儿子，道："你们妈妈叫我去陪她了，你们要好好的。"

两兄弟眼眶一热，段延富落下泪来："爸，你会没事的。"

"一把年纪了，还自欺欺人。"段弘文嘲笑儿子，但因为太虚弱，语调扬不起来。他喘口气，休息了一会儿，又对段延孝道："珊珊其实是个好孩子，别总骂她，要爱护她。"

"好的，爸。珊珊和她妈妈在买机票了，她们很快就会回来看你的。"

"别折腾她了。告诉她，我答应今年春节还去美国陪她过，我要食言了。"

段延孝终于也忍不住哭了："我告诉她，我告诉她。"

"阿祺呢？"

"在呢，在呢。"邱丽珍忙应声，"阿祺回来了，他在呢。"

段伟祺也不用人催，赶紧拉着李嘉玉就上去了。

段延孝和段延富让出了位置。段伟祺拉着李嘉玉蹲在床边，握住老人的手："爷爷，我在。"

段弘文看着他，段伟祺又拉过李嘉玉的手，把她的手握在老人手里："爷爷，她叫李嘉玉，我的妻子。我们结婚了。"

李嘉玉听到屋里有人抽气的声音，但她没转头看。其他人不重要，她看到了老人眼里的光芒。

"我知道你。"老人虚弱地笑，"我猜对了。能让小浑蛋变大笨蛋的，一定就是你。还以为他会很快把你带回来呢，结果等了这么久。后来我想，他大概追不到你，毕竟是小浑蛋啊。"

"对不起，爷爷，对不起。"李嘉玉声音哽咽了。

老人笑了笑，转向段伟祺说："你也有说到做不到的时候啊……"

李嘉玉猜他大概是在说段伟祺宣称自己不婚的事。

段伟祺也笑，他从西装上衣口袋里掏出结婚证，亮给老人看："真的，我没做到，脸可疼了。"

结婚证一出来，李嘉玉又听到屋里有人吃惊地抽气。

老人没理会别的，他仔细盯着那结婚证看，忽然道："真想揍你一顿啊。"

段伟祺笑道:"那你要好好休息才有力气呀。"

老人喘口气,看看段伟祺,又看看李嘉玉,道:"要好好的呀,爷爷看不到了,你们自己要好好的。结了婚,是大人了。"

"好的,爷爷。"李嘉玉忙答应,握紧了老人的手。

段弘文闭上了眼睛,李嘉玉一惊,不敢动,过了一会儿,老人忽然又道:"我把富昌交给你了,阿祺。"

"好的,爷爷。"

老人睁开眼睛,声音比刚才更虚弱些:"我知道你不喜欢,你有自己喜欢的事业,但你大伯和你爸都不合适。我原想着,有我在,做你的靠山,我们一起把富昌变个气象,但现在我走了,你得自己来。你答应我……"

"我答应你。"

"保住富昌,阿祺。别让董事会那帮人改变它。不要玩资本、炒概念,只顾赚快钱,踏踏实实做些事,钱不是最重要的。"

"我知道,爷爷。"段伟祺努力忍住泪。他希望爷爷不要再说了,省些力气,说不定好好休息能缓过来,会有奇迹,但又希望爷爷能多跟他说一些,尽管这些都是从前他说过的。可也许这是他最后的话语了,他希望他能一直说下去,不要停。

"传统行业还是要做的,市场变了,世界变了,那你就想个办法让它们也变变,让这些企业跟上时代,活下去。别跟风,那些新技术,很多资本会去捧的,不差我们。但那些传统行业还得活,多看看它们。"

"好的,爷爷。"

"你记住啊。"老人看看段伟祺,目光又投向段伟祺身后,段延孝和段延富赶紧凑上前来。老人努力放大声音,道:"企业家和资本家,是有区别的。"

"是。"段家三个后辈认真恭敬地应声。

李嘉玉夹在他们之间,在这样的气氛之下,内心受到不小的冲击。

企业家和资本家,是有区别的。

李嘉玉忽然落下泪来。

一天之后,老人去世了。

段家都陷入了深深的悲痛之中。段伟祺瞒着家里偷偷结婚这种大逆不道、打破不婚誓言的爆炸性事件,在此时此刻都算不上什么了。

段家家长们虽然非常吃惊,但都无心置喙和批评。段珊珊和她母亲徐春云从美国赶回来,已来不及见老人最后一面。段珊珊当场哭晕过去。大家担心她旧病复发，又赶紧联络医生，仔细陪护，观测她的病情。李嘉玉由段伟祺陪着，正式见过了段家各家长，这事就算过去了。

李嘉玉把情况跟父母说了，宋音也不禁感叹世事无常。她与邱丽珍通了电话，算是双方家长的第一次正式沟通。宋音向邱丽珍表达了他们的慰问，邱丽珍按礼节致谢，并邀请他们来参加葬礼。关于婚礼什么的，暂时就没法谈了。

段伟祺顾不上这些，他让李嘉玉跟她家里多沟通。但李嘉玉自己项目的事也是焦头烂额，她也没心思多管。这段时间，段家人乱中有序，女眷负责处理老人后事，男的处理法务和公司里的事。李嘉玉帮不上忙，就靠电话和电脑远程处理自己业务上的麻烦。

段弘文生前立有遗嘱，财产分配上没什么大问题，段家两兄弟一向也算齐心，没在这方面太过纠结，但生意上的情况就不太一样了。

富昌是个大集团，董事会成员有12人，股东众多，组织架构复杂，业务繁多。集团一直都由段弘文掌舵。这两年虽然把段伟祺推上了CEO的位置，但他毕竟年轻，富昌的企业风格与他的个人风格还是有挺大差异，加上他自己的生意也花费他很多时间和精力，中间因为任明俊的事还有大半年的时间在国外，那段时间富昌仍是由段弘文管理。所以严格说来，段伟祺在富昌的根基不算稳。只是从前有段弘文在他身后撑腰，董事会也都给几分面子。而段弘文做有些决定时，扯不下脸来跟董事会的其他人弄得不好看，都是由段伟祺出面。现在段弘文走了，富昌里的各种权力斗争立时浮出水面。

争什么？争董事长之位。

董事长这个位置并不是段弘文一人就能说了算的，这也是他生前没能定下的原因。他的计划是先把总裁之位传给段伟祺，几年之后，待富昌改革成功，段伟祺在董事会里有声望有势力之后，再顺理成章地将这事提上日程。他借着退休之机，把董事长之位也传下去。

只是天有不测风云，谁也没料到段弘文走得这么突然。

段伟祺都还没来得及伤心哭泣，就得穿上西装，打上领带，回公司主持大局。发公告，安排股东大会，应付股市动荡，协调各公司情况，盯紧各方势力的举动。李嘉玉急需回C市，但这种时候她不好提出什么要求，她跟段伟祺一起住进了段家的大宅里。段家众人忙碌，她孤单焦虑，有苦难言。

李嘉玉对谁都不好倾诉，但知子莫若母。几次电话之后，宋音已经察觉到李嘉玉的情绪。别说段家这样的豪门，就是普通人家出了这种事，新媳妇的日子也是不好过的。于是段弘文去世第三天，宋音和李齐到了B市。宋音的想法挺简单，她就是来给女儿做主的，不能让女儿在这样的环境里孤立无援。两家人若处得好，大家熟络熟络增加了解，他们也帮帮忙，不是坏事。若是两家处得不好，婆家借这关口让女儿不好过，那她就来圆场面，把女儿带走。小辈不好说的话，她这长辈却是可以出面的。

宋音和李齐没给段家添麻烦，自己住进了酒店，也不需要段家人招呼。宋音与邱丽珍道："我是来陪陪女儿的。她年纪小，不懂事，在这种大事上怕是帮不上什么忙，还得我们大人出面才好。亲家若是需要什么帮助，尽管说。"

邱丽珍这几天几乎是一人独撑段老爷子的后事杂务，妯娌徐春云得照顾段珊珊，徐家老人也正好生病，且段延孝虽对遗产分配未多言，但徐春云却似乎有不满。她觉得段延孝是长子，又对家族事业贡献大，却只因为段延富生的是儿子，老人便偏心，把富昌整个给了段伟祺。徐春云言语之中总带着点意思，邱丽珍懒得理她。

但徐春云正好借机不怎么管老人身后事。邱丽珍又要应付各方亲戚好友的慰问，又要应对媒体和交际圈的打探八卦，还有葬礼、亲友接待等一系列的杂事堆在眼前，她心力交瘁，烦躁疲累，对原本就不喜欢的李嘉玉更无好感。

李嘉玉虽跟着段伟祺一起暂时住进了大宅，方便这段日子的事务协调，但她整天电话不停，要不就是躲在房间里玩电脑，就连吃饭都得人去三请四请，整日抱着手机按啊按，很少与人说话，也没分担家务杂事的意思。邱丽珍顾不得理她，只当她不讨喜，摆架子，没点眼色。因为眼下忙着丧事，段伟祺突然结婚的事不好大张旗鼓宣扬，李嘉玉不出来见人，邱丽珍更懒得自找麻烦到处说。先前在交际圈子里被人戳脊梁骨的难堪，她到现在还心有余悸。

这婚是这两个年轻人自己偷偷结的，一点没尊重他们做长辈的，现在也没好好跟他们商量什么，邱丽珍心中不满，便也置之不理，打算等着儿子、儿媳回头来求她做主办婚事了，再好好跟他们算账。

但宋音他们忽然跑来摆出一副要为女儿撑腰的架势来，邱丽珍忽然从一团混乱中理出了头绪。这婚结得蹊跷，来得太过突然，先前可是一点预兆都没有。她的儿子她知道，拿不结婚不生孩子这事顶嘴气她也不是一次两次了。他言之凿凿说让她别指望了，吃好喝好开心过日子，别总唠叨他自寻烦恼，他一定好好为他们养老尽孝，但生活方式他还是要遵从自己的意愿。

结果呢？现在铁树开花，儿子结婚。这个李嘉玉，看来真不是个简单的姑娘。那个苏文远弄得段珊珊精神抑郁却还心存挂念，徐春云憋着一肚子火。邱丽珍心想李嘉玉比苏文远更厉害，直接把儿子拐去领证了，这先斩后奏，真是可以的。现在她父母又是这种姿态，邱丽珍免不了往坏处想，只不知李嘉玉背后是不是有她父母出谋划策。这儿媳和亲家，怕都不是善茬。

邱丽珍与宋音的会面并不愉悦。邱丽珍对宋音心存警惕，宋音对邱丽珍提及李嘉玉时语气里的冷淡不满，但大家都维持了表面的客套，互称亲家，礼貌和谐。

当晚李嘉玉没有在家吃饭,她去陪父母,后来干脆带他们回了自己的公寓,一家人挤在小公寓里,也比酒店和大宅舒服。

李嘉玉与段伟祺说了晚上不回去吃,段伟祺应了。但等他与他爸加完班一起回大宅时,才发现妈妈还给李嘉玉留了饭菜。邱丽珍见了儿子、丈夫就抱怨:"你们一个个的,不回来吃饭也不知道说一声。"

段延富便道:"加班嘛,你看时间差不多就知道不用留了。"

"我怎么会知道。加班是加班,回来吃还是在外头吃了,也说一声啊。"邱丽珍又转头与段伟祺道,"嘉玉也是,出门也不说回不回来。"

"她不回来。她跟我说了。"

邱丽珍一肚子不痛快地说:"是,你们都不用跟我说。"

段延富拍拍妻子肩膀道:"好了,别生气,我错了,明天看着时间给你打电话。"

"不用电话,我明天让管家别做饭,我也出去。"邱丽珍横眉竖眼,指了指沙发,对儿子道,"你坐着,我有话问你。"

段伟祺扯了领带,坐下了。

"你跟嘉玉,怎么决定结婚的?你搞大人家肚子了?然后又流了?"

"怎么可能,现在电视剧都不这么演了。"段伟祺一脸不耐烦地道,"你要是说这些乱七八糟的,我就上楼了,累得要死。"

"我就是担心你,一头栽进去。"

"没的栽,你唠叨;栽了,你也唠叨。"

邱丽珍很严肃地说:"栽得好我还能唠叨什么?"

"你还会唠叨明明可以栽得更好。"

邱丽珍瞪儿子,真想借公公的拐杖用一用。

"我和嘉玉两情相悦,结婚证不是领来玩玩的。妈你就别多想了。"

"那你们婚后什么打算?"

"什么什么打算?"

"什么时候办婚礼?她不是在C市工作吗?辞职回来后做什么,是跟你一起进富昌还是有什么别的打算?什么时候要孩子?"

段延富在段伟祺身边坐下了,道:"我今天跟阿祺谈过了。"

段伟祺点点头,道:"婚礼先不办,婚讯也先不要发,现在不是时候。媒体和那些董事都盯着咱家呢,现在把嘉玉亮出来,她的正常生活会受打扰的。"

这事他与李嘉玉沟通过,两人有共识。现在那些媒体和消息人士借着老爷子的丧事，恨不得把段家的人与事都翻个底朝天，弄出点爆炸性的大料来吸引眼球。董事长之争也好，股价跌涨也好，哪家公司人事变动也罢，都是他们随时在网上爆料的素材。

其中甚至还有把旧闻新炒的，段家和任家的恩怨又被重新拿出来说。

一说段任两家当年有这么多生意往来、亲密合作，实则背地里互捅刀子；二说段珊珊的病以及与任明俊的那场官司，还有揣测任家破产就是段家的手笔，等等。

若在这种时候曝光李嘉玉与段伟祺的婚事，那么李嘉玉怕是从出生证到现在的工作状况都会被查得一清二楚。什么与苏文远、段珊珊、段伟祺的四人关系当然也逃不过，更别提现在她工作上还有官商勾结的传闻，如处理不当，被有心人士利用一番，不只李嘉玉的公司会受严重影响，富昌也会受到波及。那么那些董事拿来做做文章，董事长之位不用想，恐怕总裁的位置也要坐不安稳了。

段伟祺、段延富稍一解释，邱丽珍就明白了。她顿时松了口气，让她这时候去张罗宣布婚讯什么的，她还真觉得难办。一想到有可能被一群人围着问李嘉玉、苏文远和段家姐弟的事，还有李嘉玉那平平的出身，拿不出手的家世，门不当户不对的，也不知会遭多少人嚼舌头，她就觉得难堪。现在暂时不用说，她觉得挺好。

但段伟祺下一句话又让她炸了。

"嘉玉不辞职，她现在的工作她挺喜欢的，我们商量好了，她在C市继续工作，等以后时机合适了再说。"

邱丽珍差点跳起来："什么叫挺喜欢的，喜欢的事多了。这么喜欢就别结婚啊，结了婚把老公丢下，弄得两地分居，这也叫夫妻？这要被别人知道了，我们段家的脸往哪儿搁？"

"她又不是跟你结婚，又没把你丢下。"段伟祺应得超级浑，"我才是她老公，我同意，我愿意，她想做什么都可以。"

邱丽珍气得指了指儿子，噎了半天，道："你自己去跟你爷爷说。你们像话吗？有哪对夫妻像你们这样的！我跟你说，段伟祺，我丑话说在前面，你自己就贪玩，什么事就没个正形，你爷爷把富昌交给你，你好自为之。那个李嘉玉，跟你也差不多，一会儿做做这个，一会儿做做那个，哪个工作都没做够一年。你们两个怎么想的，结了婚还各干各的，能长久吗？反正不是我结婚，我管不了你。你要发婚讯、办婚礼，你们自己搞定，我可不会再问了。"

邱丽珍说完，拂袖而去。段延富拍拍儿子道："看吧，我就说你妈肯定生气。两地分居这事，我也不赞成。"

"爸，"段伟祺揉揉眉心，"你们总骂我任性，但我的决定没有阻碍伤害任何人，只是没有与你们想的一致。我把她娶回来，不是为了让她迎合其他人的期待，是因为我喜欢她。我想让她按照自己想要的方式生活，就是这样而已。"

段延富叹气道："爸爸是不懂你。你说你不婚，但真结了婚，又跟没结差不多。那你何必结婚？"

段伟祺想了想，忽然笑起来。

那笑容竟有些宠溺甜蜜，非常刺眼，段延富还是第一次见到儿子脸上出现这样的表情，忙道："行了，你不用解释了，我怕听着恶心。"

段伟祺起身，甩着他的领带上楼道："没打算解释，我也觉得恶心，说不出口。"

段延富回到房里，邱丽珍还在生气："我是说不动他，但我跟你说，李嘉玉那家子真不是普通人，她那个妈妈，看着精明着呢。你跟阿祺常在一块儿，能说上话，你看着机会点点他，我怕他吃亏。"

"你还怕他吃亏？"段延富正要笑，想起段伟祺的表情，又觉得确有这可能性，"算了，那也是他自找的。"

邱丽珍揉揉眼睛，正要说话，却听到门外段伟祺的声音："我出门了，晚上不回来了。"

"你干吗去？"邱丽珍打开房门追出去。

已经换了身休闲装的段伟祺一边下楼一边道："去找我老婆。"

邱丽珍愤愤地回到房间，越想心里越不舒服。

李嘉玉这头也在与父母说这几天与段伟祺商量好的婚后事宜。宋音也很吃惊："不公布婚讯？"她的脸板起来，"别说婚礼了，我女儿嫁了个人，还得偷偷摸摸的？"

"只是暂时不公开而已，不对外公开，家人还是可以说的。"李嘉玉与父母解释了眼下的状况，说了说对社会公开婚讯会对家里造成的麻烦等，"跟爷爷、外公他们还是要说的，只是告诉他们先不办婚礼。"

宋音很不高兴地说："所以说，门当户对多重要。你要是嫁个普通人，哪至于这样。"

"对不起。"李嘉玉想了半天，也只能说这句。

宋音张了张嘴，终究还是没说话。她对女儿的这场婚姻，没信心。

当晚段伟祺过来拜见丈母娘和岳父大人，没得什么好脸。他也没在意，把李嘉玉拐回他的公寓过二人世界去了。

李嘉玉斟酌半天，想跟段伟祺商量她何时回C市的事，段伟祺却先说了："葬礼之后，你就回C市吧。政府那边一时半会儿没那么快有结论，但你们前期市场动作的钱肯定打水漂了。那些客户还有员工的军心都得安稳下来，只靠贺姐一人恐怕撑不住。我都明白，你不用担心。我今天跟我爸妈说好了，我们暂时还跟婚前一样，以后事业稳定了，再做打算。"

李嘉玉一愣："你跟你爸妈怎么说起这个了？"

"他们问婚后计划，我就说了。我帮你做主了，你没意见吧？我说你的工作很好，你不会辞职，等以后有合适的机会再说。是这样吧？"

李嘉玉看着段伟祺，忽然扑过来紧紧抱着他。

"行了，别太感动。"段伟祺笑起来，拍拍她的背，"我说过了，你走运，就是碰着我了。不然你嫁不出去，你现在信了吧？"

"不信。但我很高兴嫁给了你。段伟祺，事情有点糟糕，局面不太好，但我不后悔嫁给了你。"

段弘文过世第七日，葬礼。

宾客如潮，媒体蜂拥而至。段家举办了一个小型的媒体见面会。段伟祺代表段家发布了公告。媒体的闪光灯"咔嚓咔嚓"响个不停，话筒在段伟祺面前垒了一堆。

宾客们在场外围了一圈，李嘉玉与父母站在段家的亲戚中间。蓝耀阳、卓恺他们随着家人也来了，过来与李嘉玉打了招呼。

葬礼严肃庄重又有些热闹。一切结束，宾客们都告辞，李嘉玉随着段伟祺他们来到段老爷子的墓前，作为家人向老爷子做最后的告别。

李嘉玉蹲在老爷子墓前，与他说悄悄话："爷爷，我们不太熟，但我对您一见如故。原来阿祺这么像您呀。我不是说他任性调皮像您，我是说，有时候他身上有一种光芒，跟您很像。我也想有这种光芒，我会好好努力的。我也想像您一样，成为一个有社会责任感的企业家。

"我很爱阿祺，我会好好对他的。我保证。"

葬礼过后，李嘉玉回到了C市。

贺亦春看到她给了她一个大拥抱："我的天，我还没有这么想念过谁呀。"

"抱歉啊。"离开其实也才10天，但李嘉玉却觉得过去了许久。经历大喜、大悲、生死、别离，葬礼上的情景似乎还在眼前，妈妈的叮嘱也还在耳边。

"我看到新闻了。段总现在压力一定很大吧。"

李嘉玉点点头。

"我差点以为你要留在那里助他渡过难关。我苦思三日怎么挽留你,要把你抢回来,演讲稿都写好了。"

李嘉玉哈哈大笑。真好呀,回到工作环境里,感觉整个人都振作了,精气神也上来了。

"你丢下他回来,他不生气吧?"

"放心吧,是他让我回来的。他还鼓励我加油,说这边情况不好,你一定撑不住,让我赶紧回来支援。"

贺亦春啧啧有声:"看看这气度,果然是站在金字塔尖上的男人。你一定要好好把握,别让人把他抢了。"

李嘉玉张了张嘴,想提他们已经结婚的事,但犹豫了片刻还是咽回去了,只道:"现在具体什么情况,你再跟我说说。"

贺亦春拉李嘉玉坐下,拿出了资料一项项一件件跟她讲。这些事在邮件和电话里其实已经沟通过,但远没有当面仔细商议来得有效果。两个人很快便把工作理顺了。政府这块短期内确是没法再有进展,之前送过去的合同肯定是签不回来了。新班子上任后先烧三把火,抓政务,树立廉洁形象,与商业行为挂钩的全都重新审核一遍,能不做的先不做,不紧急的先不做。

贺亦春这几天已经把她们的损失计算了出来。李嘉玉看了数目,一阵心疼。

贺亦春道:"目前最重要的还是资金。之前投资人是看中有政府资源支持的哺乳室项目才投的我们公司,现在资源没了,纯商业运营的哺乳室盈利比较难,投资人不看好,前天我们聊了一次,第二笔款应该是不会再给了。所以我们得把主要精力转到咨询项目上去,先把钱赚了,让公司维持下去。"

"但哺乳室还是会继续做下去的,对吧?"

"当然。"贺亦春斩钉截铁,"我可是放弃了华美合伙人的光明前景来做这个,这是我的梦想啊。一定要做下去。"

"那就行。"李嘉玉点点头,"我们去找新的投资,打磨出合理的商业模式。政府短期内不给资源,但长期来看,这项公益还是需要做的,我们盯紧了,有机会的时候别错过。"

贺亦春很兴奋地道:"你回来真是太好了。我这几天特别沮丧,你简直就是强心针,你在这儿,我就觉得特别受鼓舞。"

"那是。"李嘉玉故意做作地拨了拨她的头发说,"我可是追过飞机的女人。"

贺亦春哈哈大笑。

两人快速分了工，贺亦春在咨询这块是资深大拿，她负责拼项目创收入。李嘉玉去拉投资，谈资源，为公司长线生存努力。

两个人其实都没有太多谈融资的经验，但李嘉玉自称脸皮厚，这一项在经验里已经能占60分，再加上她有个强力外挂，"保证完成任务"——她这么跟贺亦春打包票。

这晚李嘉玉跟段伟祺视频，把她这边公司的情况与他说了。她说她先把手头上的工作处理了，过几天带着资料回B市，让段伟祺给她上上课："嗯，我是说，等你不忙的时候，可以花时间好好教教我的。"李嘉玉想到段伟祺的辛苦就感到心疼，他都有黑眼圈了。

"那你不用等了，我哪有不忙的时候。"段伟祺故意道，"给你上的第一课就是，别管别人忙不忙，想达到自己的目的，就要见缝插针，把别人的时间抢过来。"

"我给你买支眼霜好不好呀？"

"嘿。"段伟祺一脸恨铁不成钢的样，"你这女人啊，怎么这么计较外表呢。"

李嘉玉笑倒在床上说："我明明是关心你。"

"关心不是应该补肾补肝之类的？"

李嘉玉拍床说："回去就给你炖上猪腰子！"

"说得你会炖似的。上回我们比赛煎荷包蛋，你还记得吗？我赢。"

"那不算。我那个散了是因为粘锅了，第一个下锅的会粘。你第二个煎，锅都热好了，油也好了，所以你的才没有破。"

"输了就是输了，找这么多理由。"

"不是。我们为什么要比煎蛋啊？"

"以我们俩的厨艺，还能比什么？"段伟祺笑着问。

"我就是说啊，为什么要比厨艺啊？哎……"李嘉玉叫唤，"我好想你啊，段总。"

"这话题沉重了。"

"我跟你说，也就是我对下厨没兴趣，不然我认真研究起来，成为厨神，那也是指日可待。没什么太难的，就看用心不用心。"

段伟祺简直无语："你转话题的目的是什么？"

"你不是说沉重？换个轻松点的。"

"我想抱着你睡。"

李嘉玉叹气:"更沉重了。"

"算了,还是聊煎蛋吧。"

李嘉玉哈哈大笑,然后她想到了:"有那种跟真人一样高的抱枕,可以把我的照片印上去,然后你就可以抱着睡了。"

"我又不是变态。"段伟祺没好气地说,"而且大男人怎么会抱抱枕睡,娘气死了。"

"就当是我嘛,摆在身边就好。"

"你又没死,摆什么身边。"段伟祺语气更不好了。

"呸,乱说什么呢。"

"而且又不能做爱,摆身边有什么用?"段伟祺现在对她开黄腔已经非常自然了。

"肉体上得不到满足,你还有精神呢?"

"行了,不聊了。我要挂了。"

"干吗,这就生气了?"

"没生气,我要去浴室,精神上幻想你,然后满足一下我的肉体需求。"

"滚滚滚。"李嘉玉明白过来了。

"要不别挂,你视频协助我一下。"

"挂了挂了,讨厌死了。"李嘉玉红着脸嚷,把视频挂了。

段伟祺发过来一条消息:"老夫老妻害羞什么。"

臭不要脸,李嘉玉红着脸戳手机,然后猛地想起来,拨电话给段伟祺:"段总,我郑重警告你,虽然我们分居两地,性生活不太够,但这是你我都同意的生活方式。如果你对夫妻生活有不满,请提前沟通,协商解决。我绝不接受出轨这种事。"

"你放心吧。"段伟祺懒洋洋的语调,"为夫一定养精蓄锐,精力全花在你身上。你勤练身体,别掉链子。"

李嘉玉心里道,真是黄不过他。

"哼。"李嘉玉把电话挂了。

两天之后,李嘉玉拍了一张照片给段伟祺发了过去。拍的是她的床,床上有一个真人那么高的抱枕,头部的位置是贴纸,那是段伟祺的样子。

段伟祺直接就爆炸了,打过来电话一顿骂:"李嘉玉,你是变态吗?"

"把他扔了,马上。李嘉玉,我警告你,精神出轨也是出轨。真人你不抱,你抱个枕头,你太过分了。

"你出轨抱枕就算了,为什么我脑袋的位置弄得这么恶心?是不是下面是别的男人的脸,你把我的暂时贴上敷衍我一下,回头就把我撕了?"

"不是,主要是考虑到你现在也算名人了,我要是提供照片给店家,店家把你的抱枕印了到处卖,全世界的女人晚上都抱着你睡,我受不了。"

"所以我到实体店打印了一张大贴纸,盯着店家把照片删了才放心的。"

段伟祺不禁讽她:"你以为还会有像你这样的变态吗?"

"怎么没有。你搜一搜就知道了,好多男明星的真人大小抱枕到处卖,我搜'段伟祺'说不定……天哪!"李嘉玉一边说一边随手在淘宝上搜搜,突然炸毛了,"段伟祺!"

"干吗?"

"真有你的抱枕!我不干!"

段伟祺完全搞不清状况。

"钻石王老五系列?可恶!啊,竟然还有蓝公子!"

"你把链接发给我。我让二蓝找律师告他,让店家下架。二蓝生气起来是真疯,他有时间处理。"

"唉,好烦啊。"李嘉玉一边发链接一边抱怨,"蓝公子好歹上过真人秀,算半个明星。你算什么呀?"

"富昌继承人,谢谢。网上已经有人在估算我的财产了。再加上长得帅……"

李嘉玉很不给面子地叹了口气。

"重点是长得帅,又有钱。李嘉玉你就珍惜吧。"

李嘉玉很珍惜,她飞快下了个单订了段伟祺抱枕,在被下架之前,希望店家发货。

第二天,李嘉玉看到店家已发货。晚上,商品下架了。李嘉玉暗呼好险,有些期待,希望抱枕抱起来舒服。

抱枕是三天后送到的,正好是周末。

李嘉玉下午接到电话,快递说正往她这儿送货,问她在不在。10分钟后门铃响了,李嘉玉兴冲冲开门收货,却见段伟祺站在门外。

李嘉玉一脸惊恐。

段伟祺道:"怎么看到我是这种表情?"

李嘉玉咳嗽了一声:"你怎么会来?"

"我来检查一下你那破抱枕丢没丢。"段伟祺两手空空走进来,没行李。

她没丢,而且马上又要来一个。李嘉玉心虚,这时门铃又响了。

段伟祺正打算上楼去卧室,听到门铃转身开门,却见快递送来一个挺大的箱子。他代她签收了,一看箱子上面写着"抱枕"两个字,顿时挑了挑眉。

李嘉玉乖乖站着,没敢说话。

段伟祺亲手拆箱,把巨大的抱枕拿了出来,目测质量还不错。但是,抱枕上那张脸——蓝耀阳。

李嘉玉顿时跳了起来:"发错货了!我发誓,我下单是买你的!"她气得围着客厅转圈圈,"太过分了!怎么可以发错货!我要告他!他这是谋财害命!"

段伟祺一言不发,把手上的抱枕丢到地上,朝李嘉玉走过去,那表情有些恐怖,李嘉玉尖叫着跑,被他追上了一把抓住。

段伟祺兑现了他的承诺,虽然加班辛苦,但还是把精力全花在了老婆身上。

事后两人瘫在床上,李嘉玉又累又饿,抱怨道:"段总啊,为什么跟你过夫妻生活总要饿肚子?"

段伟祺打了个哈欠说:"为了过来睡你,我昨晚通宵加班没睡。"

李嘉玉脑海里浮现出"精尽人亡"这个词。

"先睡一觉,等睡醒了再带你去吃。"段伟祺抱着她,很快睡着了。

李嘉玉睡不着,她翻身看了看段伟祺,感觉他瘦了。她亲亲他的眼皮,决定好好安排自己的时间,每周一定要回B市一趟,陪他过周末。如果这件事对她很重要,那她一定能做到。

她应该做到。两地分居,对他确实不公平。

段伟祺醒过来的时候已经晚上10点多。楼下有灯光,他趴在栏杆上往下看,看到李嘉玉坐在沙发上按手机,他叫道:"饿死了,有没有人管啊?"

李嘉玉听到声音抬头看,对他笑道:"有外卖,烧鹅饭,要不要吃?我去给你热一下。"

段伟祺套上条裤子溜溜达达地下来。李嘉玉把饭菜放微波炉里,手还在按手机,抬头看他一眼,赶他回去穿衣服:"天气冷,病了可没人理你。"

段伟祺又上楼找了干净衣服穿上再下来,看到她还在按手机,便问:"你在干吗?"他给自己倒了杯水,坐餐桌上等着。

"在整理行事历。"李嘉玉把热好的饭菜端给他,坐在他旁边。

段伟祺吃几口,喂了一口鹅肉给她。李嘉玉把手机亮给他看:"我这个App超好用,日历记事可以共享,我们共享一下好不好?"

"查勤啊?"段伟祺笑。

"怕啊?"李嘉玉也笑。

"我手机在外套口袋，你去拿。"段伟祺指指楼上。

李嘉玉兴冲冲地跑上楼，把段伟祺手机拿下来。段伟祺按指纹打开手机，先让李嘉玉在他手机上输入她的开机指纹存好，然后再给她弄她的行事历App。

李嘉玉抱着两台手机窝在沙发上研究了半天，宣布："段总，我的这款真的比你现在用的这款好。我帮你装上。"

段伟祺吃完把餐桌收拾好，到沙发上跟她挤在一起。

李嘉玉给段伟祺的手机装好App，与她的互联了好友，然后把自己的行事历共享给他了。

段伟祺接过来翻了翻："挺好呀，以后你要做什么我都知道。"

"美得你。不想让你知道的，我可以不共享。"李嘉玉把脑袋靠在他的肩膀上。

"所以这招叫障眼法？可以呀，李总。"段伟祺亲亲她额头，看她的行程，"下周三回去？"

"嗯。"

"周四要去'远光'？"

"嗯。昨天我们收到正式通知了。项目黄了，那合同市政府暂时不会批了。"李嘉玉抱着段伟祺的胳膊，"我得跟'远光'那边交代一声。当初是我去谈的，现在也该是我去收尾。"

段伟祺久久不说话，过了一会儿道："好吧，看在你会留到周日晚上才走的分儿上，不跟你计较了。"

李嘉玉知道他就是介意苏文远，亲亲他脸颊安抚一下，然后她划拉他的手机，调成月历视图给他看："蓝色的都是私人行程。我把周末都排出来了。航班都查好了呢，我周五晚上8点多这班飞B市，周日晚上7点航班回来。如果有什么特殊的事，我再取消。你平常看看我的时间，如果你周末没空，不在B市或者有什么别的状况，就跟我说。节假日也一样。还有你生日这天，是周一，工作日，我现在暂时还不知道是什么安排，标注上了。我生日是周日。"

段伟祺看着，嘴角翘了起来，听她说着说着，越来越高兴，藏不住笑容，揽过她用力吻她。虽然他有些大男人，觉得这些奔波劳碌的事该他做，但她愿意这么宠他，他很高兴。

"每周都是你跑，太辛苦。我们轮流吧。这周你飞，下周我飞。飞机票钱都是你出。"

"当然。"段伟祺答应得很爽快。

"我的生活费你也得出。"

段伟祺故意笑她："你都混得这么惨了？"

"不惨，暂时的低谷。"李嘉玉装成凶巴巴的脸给他看，不乐意他说"惨"字。

段伟祺笑："是，是，低谷。"他低头摆弄手机，把他的行程加到那个App里，共享给李嘉玉。

李嘉玉靠在他身边看，他原本的行事历上满满当当的各种事，现在搬家到这款App上，主要挑了靠近周末的，或者离开B市的行程。

"你的日程都排到这么久以后了吗？"李嘉玉摸摸他的头，揽着他的脖子，把头压在他肩膀上，"现在你那边情况怎么样了？"

"我是肯定不能当董事长的，我太年轻了，董事会那帮人现在我按不住。跟我伯父和我爸商量了，捧我伯父上去，让他来的话，我们好操作一些，还有胜算。这样起码富昌还全在段家人手里。"

李嘉玉明白，若是别人做了董事长，掌握了董事会的绝大多数意向，再加上股市里的一番操作，股东成分里再一变化，那么之后段伟祺能不能坐稳总裁之位都难说了。

段伟祺停了停，道："我打算明年就把耕田交接出去，然后把主要精力放在富昌上。"

李嘉玉惊讶，耕田是段伟祺的心血，他回国后的项目，都是用耕田在操作。放弃耕田，全力做富昌，那就意味着他放弃自己随心所欲挑项目的自由，投身到家族企业的束缚中去了。

"段伟祺。"李嘉玉唤他，有些心疼。他是那么自由自在、天马行空的投资人，他满脑子的大胆想法，任性得令人羡慕。现在，他打算把他的翅膀收起来了。

"傻。"段伟祺用脑袋撞撞她额头，"不把精力集中起来，怎么可能为富昌掌舵。我伯父上位后，就未必像现在这么好说话了。亲兄弟还明算账，何况叔侄关系。我伯父是长子，其实在爷爷传位给我之前，我也一直以为爷爷会把富昌传给伯父的。连我都这么想，你能想象我伯父的心理落差。后来伯母一直在爷爷背后说他重男轻女，爷爷也知道。其实爷爷并不是，他很疼我姐，这也是我姐在国外养病，爷爷会要求全家春节都必须过去陪她的原因。换了是我，爷爷大概不会这么兴师动众。"

李嘉玉想起老人家，也不禁唏嘘。

"爷爷把他在富昌的股份大部分留给了我，不是钱的问题，是权力，有股份就有话语权，可惜这东西还是跟钱绑在一起，这样就变得不太单纯。其实我们段家没人缺钱，但就是会去计较公平不公平。我爷爷也想做到平衡，所以他想拉我进富昌，也跟我爸谈了很多次，我进董事会，我爸就得退出。一家人，左算右算,左开导右劝慰,才有了今天这样的结果。如果我爷爷在,那就是大和谐,明面上都没矛盾,现在他不在,矛盾就只是时间和大小的问题了。哪有绝对的公平,想要达到自己的目的,取得想要的结果,有时候就不能顾虑别人的感受。"

段伟祺仔细跟李嘉玉分析段家的各种关系和利弊,包括伯父上台之后会有的种种可能性和反应。不只是伯父的意愿问题,他上台还得借助他妻子娘家的一些势力关系,伯母考虑的角度又跟伯父不太一样。还有段珊珊,虽然她现在因病站在圈外,但她身为段家一分子,也不可能完全置身事外。

李嘉玉认真耐心地听着,任段伟祺唠叨,难得他唠叨这些,想必他是真的压力很大,平常也没地方能让他说这些。最后李嘉玉道:"你不喜欢这样,对吧?所以你之前这么努力地发展自己的兴趣,投入身心去做自己的事业,就是想过另一种生活,对吗?"

"嗯。"段伟祺叹气,躺下来,枕在李嘉玉的腿上说,"好日子到头了。"

"你让我挺意外的。"李嘉玉抚他的头,"其实你是个乖孩子呀。"

"不是,就是年纪大了,就会为家人妥协吧。要再早几年,我肯定不答应。"

"只是你这样以为而已。其实你心挺软的,段伟祺。"

段伟祺沉默了一会儿,道:"嘉玉,我就是想跟你说,你不要觉得有负担。我跟你在一起很开心,你在身边当然更好,你不在我身边,我们惦记着对方,我也开心。"

李嘉玉知道他是在说她特意分享行程表和排时间的事。

"我没负担,我只是想做,并且也该做。而且现只是说说,能不能执行还是个问题呢,万一我后头就懒了呢。你知道的,分居两地,感情很容易淡的。"

段伟祺仰面看着她道:"你总买些乱七八糟的,当然容易破坏感情。"

李嘉玉嚷嚷:"真的是店家乱发货,我发誓。我可以给你看购买记录。"

"不看!太心塞!"

李嘉玉笑得不行,低头亲他额头说:"我跟你在一起也很开心,段伟祺。"

"我自己不能随心所欲了,就想着,起码该让我老婆想做什么就能做什么。李嘉玉,你不知道有老婆这种感觉对我来说有多新奇。"

"说得我就跟二婚似的。我也是第一次有老公好吗!"

"我们大概都不是合格的已婚人士。"段伟祺玩她的手,"你在C市挺好的，我认真说。这样给我一些缓冲的时间，我现在也没时间照顾你，也还不知道要怎么照顾老婆。万一我们在一起待的时间太久，我忙得不见人影，你独守空闺，我一回家你就给我怨妇脸看，我肯定得烦死你。"

李嘉玉把手抽回来，用行动表达对他"烦死"她这种可能性的不满。

段伟祺笑笑，把她的手拉回来："所以你的事业心很好，你活得充实又有目标，我很喜欢。你就是我喜欢的样子，长发也好，短发也好，杠精也好，水仙精也好，骑士也好，公主也好，我都喜欢。"

"我实话跟你说，"李嘉玉一本正经地道，"刚才的烧鹅饭，我下了迷魂药的。"

段伟祺猛地一拍沙发说："我说我怎么不由自主说这些恶心话，嘴巴根本不受控制，心里一个劲喊大傻子快住嘴，这根本不是你想说的，嘴巴偏不理，还一个劲说。原来是被你下药了。"

李嘉玉装不下去了，哈哈大笑。

段伟祺也笑，翻身过来，按倒她，打她屁股："气氛这么好，表白得特别自然，你偏偏搞破坏。迷魂药是什么梗，一点不好笑，冷得要死。"

"那你还演。"李嘉玉笑得停不下来，"你演得好好笑。"

"我不配合一下，你怎么下得来台。"

"我也是为了配合你呀。你说得这么肉麻，我怎么接呀？"

"你可以说你也是。"

"我不是啊。"

段伟祺瞪她道："你必须是！"

"我不是。你要是变了个样，我肯定不喜欢你了。你杠精的时候很讨厌，水仙精的时候很烦人，你头发长了会显得邋遢，头发短了就更不帅了。我就喜欢你现在这个样子。"

"好吧，我收回我的话。你杠精的时候也挺烦人的，我决定不喜欢了。"

李嘉玉哈哈笑。

"药效有点短。"段伟祺一脸正经地说。

李嘉玉笑倒在他怀里。

段伟祺抱着她，随她一起笑，然后他突然很温柔地问："嘉玉，我们就一直过二人世界，不要孩子好不好？"

"谁要跟你生啊。"李嘉玉给他一个白眼，"我要趁着年轻拼搏一番的，两地分居已经很辛苦了，我们又都这么忙，你现在自己乱七八糟一堆事呢，怎么可能生孩子。"

段伟祺张了张嘴，想说什么又咽回去，正待再开口，李嘉玉的电话却响了。

李嘉玉抄起电话一看："是我妈。"完全不敢怠慢，赶紧接起。

段伟祺耳朵凑过去，李嘉玉按了免提。

宋音开场就是问问李嘉玉忙不忙，身体怎么样，说给她寄了些干货，让她自己煲汤喝。然后话锋一转，问她有没有跟段伟祺联络。

段伟祺赶紧用眼神示意，李嘉玉忙道："有联络啊，两口子怎么可能不联络。他现在就在我这儿。"

段伟祺抓住时机喊了声"妈"。

宋音顿了顿，大概是意外于段伟祺竟然在，然后她道："伟祺在正好，我就想问问你们，看伟祺什么时候方便回来跟爷爷、外公、外婆一起吃顿饭，婚礼虽然不办了，但对你外公、外婆、爷爷也要交代一声。"

段伟祺和李嘉玉对视了一眼，忙应了"好"，说尽快排时间回H市一趟。

宋音又嘱咐了几句，挂了。

段伟祺和李嘉玉拿起手机翻行事历，对了一下，定了下周末。孩子的话题，就再没人提。

段伟祺在李嘉玉这儿待了一天就走了，他吃了睡，睡了吃，过得懒散安逸。李嘉玉看他很累的样子，任他睡懒觉。起来后两个人就吃外卖，没离开屋子。

"吃多了迷魂药就不舍得回去了。"段伟祺说。

后来李嘉玉帮他抹保养品，教他涂眼霜，他又大笑："算了，还是回去吧，担心跟你一起住久了成了娘炮。"

李嘉玉气得要打他，把他按住了，要求他必须接受她的眼霜教学。段伟祺闭着眼任李嘉玉在他眼皮上轻轻揉。他觉得有些痒，眼皮微微打战。小心翼翼的样子有点可爱，李嘉玉凑上去在他眼皮上亲了好几下。

段伟祺忽然道："我跟你说，我有个新发现。"

"什么？"

"我忽然发现，我的眼皮是我的敏感带。"

李嘉玉哈哈大笑，把段伟祺按倒在床上，再亲他的眼睛。

段伟祺离开时，李嘉玉开车送他去机场。路上李嘉玉与他说了说自己这边对项目的思路。

没有政府拨款，也没有后期投资，她们目前急需寻找新的投资。她的想法是，先期小规模操作，这样投资商的资金压力小，谈起来会容易些。但小规模的问题是，市场效应不大，回报就小。她这几天试着接触了几家母婴品牌公司，对方都没有兴趣。如果像上次节庆活动一样，在商业广场一起做做营销是可以，甚至长期赞助几间哺乳室也可以再讨论，但给整个项目投资，大规模地铺全城，却意愿不大。

李嘉玉把几家公司的回复和态度跟段伟祺说了，她问段伟祺，假设有人拿这样的项目去找他谈融资，他会怎么考虑？

段伟祺道："项目太小了，花的钱太少，不考虑。"

"哎，你这人。我认真在请教。"

"我也是认真答复你。你问我的意见，我就是这个意见。你自己刚才也说了，规模小，市场效应不大。也就是投资回报比很小。那些有钱的大品牌有的是地方花钱，不缺你这个项目。花了钱拿到大的宣传回报，这是他们想要的。你想帮他们省钱？你想错了。"

李嘉玉愣了愣，有些回过味来了。

段伟祺又道："那些本地小品牌是想省钱，因为他们没什么钱，所以市场营销投入算得很细，凭什么投给你这种运营模式还不成熟、风险大的。"

李嘉玉又问："那如果是投资公司呢，你觉得这项目是什么情况，你会投？"

"我老婆要钱我就给。"

"哎。"

段伟祺笑："我觉得，你的思路被框住了。你们一直落足于本地。当然之前你们的方案是跟本地政府合作，有市政拨款，有本地资源平台，投资商也是本地的，所以你们谈的全是本地的。但现在本地资源全没有了，你就得跳出来重新审视了。"

"我想过，但我们只是小公司，吃不下的。一没经验，二人手不够，我们甚至没有产品，我们只是拿着概念和理想在谈钱。"李嘉玉皱皱眉，"说得不好听些，就是空手套白狼。"

"所以说你还是太老实。空手套白狼觉得不好意思吗？"段伟祺笑笑，"你好歹还认真做方案，研究市场，分析概念，核算数据。你知道很多人就是拿着一页纸甚至空口白牙就去谈融资吗？"

"我一点都不打算向他们学习，谢谢。"

"你要转换思维，拿出你们做咨询的那一套出来。你们咨询卖的是什么？是专业，是脑子，是技术，是数据。哪儿来的实物产品？你们小公司就要担当小公司的角色，别想当老大。为什么想全都自己干？你心里清楚，你们公司吃不下的。所以你们就是个统筹，把所有资源整合在一起，把事情做成，就行了。我记得你之前就说过各项业务需要外包的状况，但那样太零碎，所以你还是得找有实力的大公司。找大公司合作，找大投资，做大项目。"

李嘉玉听懂了，她琢磨了好一会儿，道："每次我想着开小吃摊，你却告诉我得开餐厅，而我总觉得你说得真对。"

段伟祺道："你拿着连锁餐厅的梦想策划小吃摊，当然行不通。起步很难，但是方向要对，这样才能走下去。不然就算初期你们谈成了合作，很快又会像这次一样，一有些阻碍立马夭折。一旦你们做成成功模式，再去推动政府层面的合作，建立公立育婴室，就又有机会了。这样就能达成你们最初的美好愿望，只是先后次序反过来而已。"

李嘉玉点点头："我会跟贺姐商量商量，重新做个方案出来。下周我回B市，你再帮我看看。"

"行。你的方案，视角高一点。琐碎的细节不重要，那是执行层面的东西，会随着项目情况随时变动的。你要把握的，是大方向，是战略。资本和大品牌，看中的也是这些。拿投资去忽悠品牌参与，拿品牌说动资本投入，两边忽悠在一起，搞定。"段伟祺道，"我再给你一张底牌，你放手去谈，资本这部分如果最后谈不下来，缺多少，我给你补。"

"行。我就是这么打算的。我都跟贺姐拍胸脯了，揭不开锅的时候就找你要钱。"

段伟祺笑道："狂得你。"

第二十四章
婆媳时间，联络感情

李嘉玉送走了段伟祺，马上找贺亦春，把思路重新又捋了一遍。两人最后商定，先解决产品问题，把育婴室的授权先签下来，然后手里拿着产品去谈品牌和投资。

周三，李嘉玉乘红眼航班回B市。段伟祺原本约好要去接机，并让她去他的公寓住，结果他临时要去出差，就连周末一起回H市拜见李家长辈的事都得失约了。

李嘉玉安抚他，保证一定会做好家里的工作。她提着行李，回自己的小公寓。想了半天怎么跟家里交代，最后硬着头皮打电话。

宋音接了电话，一开口就没好气道："行了，知道了，伟祺出差没时间回来。"

"哇，他自己交代了是吗？"

"是啊。给我打了电话，还跟你爸在微信上道歉，发些搞怪的图片，你爸有样学样，多大年纪了，还装可爱。"

装可爱？李嘉玉挂了电话便给段伟祺发消息，问他怎么装的可爱。

段伟祺一口气发过来八张"跪求原谅"、"打滚求原谅"、"自捅刀子求原谅"、"面条泪求原谅"之类的图:"我给你爸解释一句就发一张图。"

"我都不知道我爸居然吃这套。"

"他说他今天正好把你妈惹生气了,这些图他存下来也用用。"

"你妈吃这套吗?"

"吃!我就是这么对付她的!"

"那你妈还挺可爱的。资本家太太这种风格不常见吧?"

"什么风格?"

"一边嫌弃你怼你,一边吃你卖的萌。"

"挺常见的呀,你不也是这样?"

李嘉玉无话可说。

段伟祺发过来一长串"哈哈哈",然后又发一张"高兴得转圈圈"的图:"萌不萌?"

李嘉玉回答:"萌。那我去约你妈了。"

"啊?"

"本来就想着这次回来也要跟你家里吃顿饭多熟悉的嘛,你不在,我只能孤军作战了。不然回来都不跟他们见面太不像话了。"

"老婆你果然是骑士!"

"我去了!"李嘉玉发了个"握拳加油"的图过去。

段伟祺火速给他妈发消息:"妈,一会儿要是我老婆约你吃饭逛街或是干什么别的,求和蔼可亲风趣有爱。"

邱丽珍给段伟祺回复语音:"你妈我是什么洪水猛兽?还要求这个?"

段伟祺回道:"我忘了写'保持'两个字了。我妈一向和蔼可亲风趣有爱的。"

邱丽珍刚想继续回复他,手机却响了,有个来电,李嘉玉。

她一怔,下意识地清了清嗓子,缓了一会儿,才接起。

"妈,我是嘉玉。"

"嗯。"邱丽珍再清了清嗓子。

"我回B市了,晚上刚到,我会一直待到周日。妈有没有时间一起去逛街啊?下个月是阿祺的生日,我想给他挑些礼物,妈对他最了解了,我想跟妈一起去看看,让妈帮着出出主意。"

邱丽珍刚被段伟祺打了预防针,有些别扭,觉得有些抗拒,但又不好回绝,便道:"大概可以吧,我看看时间,回头再给你打电话。"

"好的。那我等妈的消息。"李嘉玉听出了她语气里的勉强。

挂了电话,李嘉玉给段伟祺发消息,说了这事:"你妈说看看时间,再联络我。"

"这么矜持啊。"段伟祺回复,"必须萌死她才行了。"

段伟祺接着指导:"你按我说的发,直接复制。"

然后他发过来一张"抱大腿哀求"的图,写道:"求逛街求约饭。"

李嘉玉犹疑着。

段伟祺发来一个字:"发!"

李嘉玉犹豫半天,闭着眼复制发过去了。

邱丽珍看着微信,儿子发过来一张"抱大腿"的图,求逛街求约饭,儿媳也发一模一样的。

李嘉玉半天没等到婆婆的回复,觉得好尴尬,要是这样约不上婆婆,她决定打死段伟祺。

她点开段伟祺的微信,发了个"打死你"的敲头图。

不料婆婆给她回复:"打算去哪里逛?"微信一下子跳到最上面,李嘉玉点开的是与婆婆聊天的界面,"打死你"就这么发过去了。

李嘉玉火速撤回。

但她猜婆婆肯定看到了,只得发一句解释:"发错了。"

邱丽珍回她:"嗯,要打死我儿子,是吧?"

李嘉玉战战兢兢,想了好半天回复:"要不,联手?"

李嘉玉等了好一会儿没收到回复,心如死灰,冷笑话接话对婆婆怕是不管用。她把她与邱丽珍的对话截图发给段伟祺。

段伟祺也发给她一张图,是他妈妈与他的对话。邱丽珍也把李嘉玉与她的对话截图发给他了。

很可以的。段总裁收到了妈妈跟老婆双份同样的截图。

李嘉玉哀号,在床上打滚。

然后她振作精神,拿出死磕客户的精神来,给婆婆发消息:"要不,去华远吧?那里品牌店多。"

直接装失忆,刚才什么都没发生过。

邱丽珍很快发过来回复:"行,周六上午吧。"

很好,大家都失忆。婆媳之间也算有默契了。

第二天,李嘉玉起了个大早,精神很好。她将昨晚的尴尬尽抛脑后,总之约上了婆婆,就当关系往前迈了一步。她也是想通了,她家段总这秉性,他爷爷那气度风范,段总父母肯定也差不到哪里去。她是能感觉到婆婆对她不满意,有时脸色不好看,情绪挂脸上,但也没故意刁难过她,与她父母该见面见面，表面的客气还是有的。

何况以段伟祺的脾气，如果真觉得婆媳关系不可能融洽，无法协调，他就不会让她去碰钉子受欺负。所以既然他是鼓励的，那就表示婆婆这人还是可以好好相处的，只要她找对方法。总之，互相了解是第一步吧。

这么一想，李嘉玉便觉得自己运气还不错。今天去"远光"，也希望能有好运。

其实早在C市政府那边出问题的时候，苏文远便得到了消息，当时他与李嘉玉通了电话，大概了解了项目夭折的可能性。这回是有了明确结果，李嘉玉过来要跟"远光"团队交代和商谈后续。

此次跟"远光"合作，李嘉玉多少都有些尴尬，现在合同半路流产，她更觉得面上无光。但为了项目能重新推进，她还是得摆正心态，厚着脸皮，努力把哺乳室的产品授权谈下来。

李嘉玉觉得挺难的，原先是三方合同，哺乳室的产品授权费用是由C市政府承担。她了解"远光"，也清楚苏文远的身价，他并没有开高价，但这价格转到他们积木咨询身上，就太高了。

现在与政府的三方合同没了，而她还想压价要人家的产品授权，大概会被奚落揶揄一番吧？李嘉玉做好了心理准备，在脑子里又盘算了一遍如何应对，出发了。

到了"远光"，刚过上班时间没多久。"远光"的运营总监接待了她，他说苏文远还没有到，让她先等等。后来郭荔也进了会议室，大家一起聊。

郭荔问李嘉玉是不是过来告诉他们C市育婴哺乳室项目流产的事，总监说他们已经知道了。公司上下都觉得挺遗憾的。他们设计的育婴室在业内评价还是很高的，他们"远光"还做了系列的衍生产品设计。

郭荔又说现在已经有别的公司在接洽他们了，还有国外的家居品牌在找他们谈，希望拓展设计家居版的母婴室用品。言语之间颇有些自得。当初李嘉玉离开时与"远光"闹得并不愉快，后又有段伟祺上门威吓，郭荔心里有郁结。如今在同一件事上，李嘉玉落魄狼狈，而他们"远光"此路不通另辟蹊径，郭荔自然是有些得意，颇有在李嘉玉面前扬眉吐气的感觉。

总监在一旁打圆场，说希望以后在C市还有机会继续合作。

李嘉玉听了，心里一沉，知道想压价拿到授权是不可能了。

有别的公司在接洽，无论真假，郭荔和总监都在传递给她一个信息：他们的产品设计是有价值的，还挺抢手。

李嘉玉稳了稳心神，正待与他们再周旋，多了解些情况，苏文远来了。

苏文远站在会议室门口，对李嘉玉道："来了呀，到我办公室谈。"

李嘉玉向总监和郭荔点头示意,拿了包包跟着苏文远走了。

苏文远领着她进了办公室,没跟她客套,直接问她:"合同黄了,你们公司怎么打算?"

"还是希望能做下去。"李嘉玉把他们打算将项目完全商业化操作的意图简单说了说,没透露太多细节,但也表明清楚了意愿。

苏文远道:"一直没问过你,你离开B市,是为什么?"

"就为了这个项目。"李嘉玉没多说,她与苏文远,早已不是无话不说的关系,她顿了顿,转移话题,"听郭荔说,有公司找你们接洽了,也想做母婴室?"

"对,B市的一家公司。上次你们的活动做得挺成功,别家也在看着呢。"

李嘉玉心里苦笑,她们把钱赔进去,倒为别家做嫁衣了。

苏文远又道:"你还记不记得,我们分手那年,第一次参加文博会,有个欧洲的家居品牌'虹'想进入中国市场,找我们谈来着。"

李嘉玉记得,那段时间的记忆太鲜明,恐怕忘不了。

"当时'虹'的业务在国内迟迟没能落地,但他们一直跟我保持着联络。今年年初,他们的旗舰店开了,线上业务也正式开展,然后找我约产品设计,但我一直没有好的灵感。这次他们看中了母婴室的设计,想改版成家居款,就是家庭育婴室、宝宝房间的系列家居产品。上周我们签约了。"

苏文远说这些的时候盯着李嘉玉看,颇有些咄咄逼人的气势。李嘉玉想他大概对当年她批评他的那些话还在介意,这次想趁机挣回面子。

"那就恭喜你了。"李嘉玉淡淡地道。她对谈成授权已经不抱希望了,那些精心准备的话在这样的情景和气氛之下,已经没法开口。她想,她该去找大赛的其他选手谈设计授权。

苏文远看了她一会儿,忽然道:"李嘉玉,哺乳室的产品设计授权,我可以免费给你用一年。"

李嘉玉很吃惊。

"一年之后,按这次三方合同的金额每年支付我们费用,并给我们项目收益分成。"

李嘉玉有些不敢相信,她看着苏文远的眼睛,他很镇定,看起来像是经过深思熟虑,心里很笃定的样子。

李嘉玉想了想,道:"我们项目新方案不局限在C市了。"

"嗯,你刚才说过了。"苏文远在桌面的名片盒里翻了翻,找出一张名片,递给李嘉玉,"我可以给你全国独家授权,这家公司就是来找我谈的那家，我让他们找你，你可以跟他们谈谈合作，如果他们真有意向，他们负责B市，你们负责C市，客户资源还可以共享。如果觉得他家不合适，那你们自己做。之后若还有来找我的，我也让他们去找你谈。还有'虹'的母婴室产品，我可以帮你牵线，在哺乳室投放广告或是产品展示推广，应该还是有机会合作的。"

李嘉玉简直太惊讶了："苏文远，你为什么这样？"

苏文远没什么表情地道："我想回报你，回报你当初对我的贬低，也回报你这个项目给我的灵感。我找回创作的激情了，李嘉玉。当初在学校里满脑子想法，迫不及待想实现，闷头在工作室待上三天三夜的那种感觉，又回来了。"他看着李嘉玉，又道，"况且，风水轮流转，换成你有求于我了，我感觉挺好的。"他顿了顿，问她，"所以，你要不要跟我签合同？"

李嘉玉放在膝上的手捏紧了："签。"

苏文远笑了笑，一副早知如此的表情。

李嘉玉道："我回去拟合同，回头给你发过来。"

"行。"苏文远双手交握放在桌上，那姿态比几年前刚毕业创立"远光"时，成熟干练了许多。

李嘉玉站了起来："那没什么别的事，我就先走了。"

"李嘉玉，"苏文远忽然道，"我信得过你，才敢冒这样的风险。你不是半途而废的人，这项目对我们'远光'同样重要，你好好干，别让'远光'损失太大。时间很宝贵，你们的概念和想法已经有别家在学，这个市场不大，一旦错过先机，同质化产品出来，就更不容易操作了。"

"我知道。"

"有时候做事情也不能太老实。"苏文远又道，"我不是想教训你什么，但事实就是，'远光'这几年能活下来，确实有很大一部分原因是我红。"

李嘉玉不说话，一时不确定苏文远是真心给建议，还是又在"回报"她当年对他的"贬低"。"我走了。"她道。

"不送。"苏文远点点头。

李嘉玉离开"远光"，有些恍惚，仍有些不敢相信，但又觉得这是苏文远会做的事，是当年那个怀揣梦想、满怀激情的少年设计师会做的事。

李嘉玉找了家咖啡馆坐下，给贺亦春打电话。两个人在电话里沟通了这事，贺亦春那边赶紧张罗法务草拟合约。李嘉玉喝了咖啡，已经在脑子里理顺了这合作里的各项要点，她在手机上写出来，给贺亦春发了过去。

时间还早，李嘉玉一时没什么地方去，就坐上了地铁，随便找了几家商场逛。三个商场,平面位置指引图上都标注了每层有一间母婴室,李嘉玉都去看了看。有些母婴室关着门,有些放了杂物。也有好的,干干净净,但空空如也,谈不上舒适,只是给了间独立安静的屋子。

李嘉玉一边走一边看商场里各品牌的代言广告牌,俊男美女,时尚气派。广场屏幕上播着广告片、放着MV,地铁站里整面墙都是某部电影的上映预告。

李嘉玉想起苏文远说的因为他红的言论,又想到段伟祺的古镇,他找了明星,投资了节目,不但成功融资还引发了社会热点,靖田古镇已经一票难求。

有什么想法和灵感在李嘉玉的脑子里隐隐闪过,但她没能抓住。

李嘉玉下午去了华美,见了老同事,向他们取经要资源,讨论这个项目。大家一直联络,但也许久未见,聊得很是热烈。晚上一起出去吃了饭,还唱了卡拉OK。

华美几位同事最近压力都挺大。秦西前一段时间升了高级咨询师,但因为工作太忙,被男朋友分手了。另一位同事妈妈生病了,但她正在项目执行最繁忙的阶段,无法请长假回老家照顾,只得每天电话问候,心疼父亲独自照顾妈妈的辛苦。又有位同事的房东突然要收房,她一时找不到合适的房子,借住在同事的租屋里。

几个女生互相搂着肩,高唱起了《飘向北方》。

> 我飘向北方(这里是梦想的中心,但梦想都遥不可及)
> 家人是否无恙(这里是圆梦的圣地,但却总是扑朔迷离)
> 肩上沉重的行囊(多少人敌不过残酷的现实,从此销声匿迹)
> 盛满了惆怅(多少人陷入了昏迷,剩下一具空壳尸体)
> ············
> 忍着泪(不听也不想,不敢回头望的遗憾)
> 掩着伤(扛下了梦想,要毅然决然去流浪)
> 抬头看(卸下了自尊,光环,过去多风光)
> 这斜阳(就算再不堪,败仗,也不能投降)

大家唱着唱着,心弦触动,忽然落泪。李嘉玉想着自己的倔强要强,想着父母的失望,与段伟祺的分居,也觉得眼眶发热。

李嘉玉原计划周五去拜访两家投资公司的,但现在觉得还不是时候,她在家里待了一天,改了一天的方案。她给蓝耀阳打电话,向他咨询做一首歌需要多少钱。蓝耀阳听了她的想法有些吃惊,但他不在B市,无法详谈,他答应周六回来就找她。两个人在电话里做了初步的沟通,李嘉玉得了启发,越想越兴奋。

周六上午，李嘉玉带着满脑子关于项目的新想法赴婆婆的逛街之约。

邱丽珍早到了一会儿，她在咖啡店里点了份咖啡和甜点坐着等，段伟祺的微信一会儿发过来一条。

"妈，今天是重要的日子，请一定好好表现。"

"帮嘉玉买些礼物吧，钱都算我的。"

"嘉玉到了吗？你到早了吧，那她不算迟到。你先吃着，一会儿好好逛，买买买。"

邱丽珍一开始还回他，后来懒得理了。

过了一会儿，李嘉玉来了，卡着时间，有些匆忙的样子。她见着婆婆，赶紧过来："对不起，对不起，车子不好停。"

这时候邱丽珍的微信又响了，她打开一看，又是段伟祺。

"她不会迟到的，肯定已经到了，就是她车技烂，肯定是停车的时候开不进车位。赌一个包包。"

邱丽珍把那条微信给李嘉玉看。

李嘉玉心想，好烦这种老公啊。

李嘉玉对邱丽珍不了解，所以她摸不透婆婆的心思。就这么姿态倨傲、一言不发地让她看这微信，是想拉近与她的关系，还是矜持的幽默感，抑或是委婉地嘲讽她迟到了一两分钟？

李嘉玉镇定了一下心神，道："要不，赌两个包包吧。"

邱丽珍没说话，但当着她的面回复了微信："赌两个包。"

段伟祺秒回："你俩串通了是不是？"

"唉，这人真无趣。"李嘉玉嫌弃段伟祺。邱丽珍看了她一眼，李嘉玉察觉了她的目光，忙摆端庄脸。李嘉玉看到婆婆不高兴的表情，不知道她是不高兴自己还是不高兴段伟祺，但她这样小情绪都摆脸上显得有些孩子气，让她想笑。

两人没再管段伟祺，坐下吃东西。

离午餐还有些时候，所以李嘉玉也是点了咖啡和蛋糕，先垫垫肚子。服务员点完单下去的时候，李嘉玉看着她的背影忽然有个脑洞——开个托儿所一样的育婴餐厅。家长们在家里带孩子太辛苦又有些闷，可以在需要的时候把孩子带到餐厅来，餐厅有育儿师帮着一起照顾孩子，提供孩子的辅食、儿童餐，提供早教游戏服务，还有各类育儿知识辅导。餐厅还有小包厢，妈妈可以不受打扰地哺乳，也可以陪着宝宝睡觉，还能用电脑工作，或者看书、画画、上网什么的。

李嘉玉想想觉得很有意思，笑了笑。

"怎么了?"邱丽珍问她。

李嘉玉便把自己的想法说了,邱丽珍耐心听完,道:"挺好的,可以在B市开一家试试,让阿祺给你投资。"

李嘉玉听出她是想让自己回B市的意思,便道:"也许以后有机会吧,现在想先把手上的项目做起来。到时候我就回来。"

邱丽珍没追着问,转了话题道:"你对母婴的项目这么有兴趣,应该很喜欢孩子吧?"

"挺喜欢的。"李嘉玉点头。

邱丽珍顿了顿,有些小心地问:"阿祺跟你聊过孩子的事吗?你们打算什么时候要宝宝?"

李嘉玉道:"聊过一些,他是说不想要孩子,我暂时也不想要,现在我们都挺忙的,我想等30岁以后再说。"

邱丽珍顿时松了一口气,愿意要孩子就好。周三那天收到李嘉玉要与她联手打她儿子的邀请后,她就重新审视了一下这桩婚事。虽然"联手"之邀只是发错信息后的圆场玩笑,但能看到李嘉玉与儿子相处时的地位,以及她遇事的应对方法。

其实,不是善茬有不是善茬的好。

这段日子,邱丽珍也与段延富讨论过他们的将来,儿子的将来。照他们父子现在的策略,先与大伯家一起把富昌稳稳占住,然后再处理伯侄之间的竞争。这里面自然有他们被大伯家踢出富昌的风险,段延富提及儿子在这事情里头挺霸道,完全不像从前"你们老人家的财产自己管好,也别管我干什么"的那种态度。

段老爷子的遗嘱对段伟祺的影响是很大的。以他的个性,他一旦下定了决心要做,那就铁定要完成,谁也不能让他改主意。如果到时候段延孝真的不打算按老爷子的意愿,把富昌全权交到段伟祺的手里,怕是段伟祺会不惜与伯父翻脸。但段延富对兄长还是有些信心的,觉得他不至于。

邱丽珍却觉得,就算大伯不至于,她嫂子却是至于的。但这也不是由他们这样坐家里胡乱猜想就能猜中的,总之到时事情发生了再说。段延富也不在富昌董事会里了,能帮儿子的有限。但由此话题,他们说到儿子偷偷结婚的事,邱丽珍觉得女方有手段,段延富却说:"没点手段拿得住你儿子?你看你儿子手段多多,但也勉强算得上是个好孩子。"

邱丽珍笑话他:"也不知是谁说的,这儿子生下来跟捡的似的,恨不得再送回垃圾桶去。"

段延富装失忆,只说:"儿子一直说不婚,也不会要孩子,让我们死心。你看他做事什么时候反悔过？现在他结婚了，自己打脸，你就别要求太高了。"

"我不是要求高。"邱丽珍觉得她这当母亲的心，有时候真是不讨好。但事情已经这样了，婚都结了，她就算不满意，也不想做坏人。儿子自己喜欢就好吧。结婚就比不婚强，以后再生个孩子，这样他们年纪大了，去世了，儿子还有老婆孩子陪着到老，不必孤孤单单的。

邱丽珍当初只把李嘉玉当成段伟祺的一个会分手的"恋爱对象"，因为儿子坚定的"不婚主义"，她从来没想过这个姑娘会成为她的儿媳妇。这冲击来得如此突然，她也是消化了很久才消化掉里头的各种不适。

"30岁以后再生会不会有点晚啊？"邱丽珍装淡定，试探着。既然这儿媳妇有手段，那就让儿媳妇对付儿子吧。

李嘉玉有些紧张，怕的就是这个，什么辞职了，什么生孩子了，应付了妈妈再应付婆婆。自己亲妈好搞定，婆婆就不一样了。

"30岁以后不晚的，妈。"李嘉玉道，"孩子生下来，也要对他负责。养不好、教不好，对不起孩子，对不起家庭，也对不起社会，是吧？"

邱丽珍心里道，对不起社会都出来了？

李嘉玉想想也觉得自己说得夸张了，于是又道："现在我跟阿祺都还不稳定，生孩子不合适。"

邱丽珍又放下些心来，听李嘉玉的语气，看来是肯定想生，就是时间问题。而她提到不稳定，邱丽珍也想到了，现在小两口虽然结了婚，但其实还没有真正体验夫妻生活，分居有分居的矛盾，在一个屋檐下又何尝没有？等李嘉玉真正进入他们的生活圈，说不定也有不适应。以她儿子的脾气，结婚也不知会不会三分钟热度。要说不稳定，还真是不稳定的，这时候生宝宝确实不合适。

邱丽珍这么一想，便不再催。有个态度就行，这样她心里有数。

婆媳二人都努力找话题，气氛也算融洽。喝完了咖啡，便去逛品牌店。

李嘉玉习惯了段伟祺的各种自然又不经意的炫富，对邱丽珍买买买的火力还算承受得住。邱丽珍要给她买衣服和包包，她也没有拒绝，还主动挑自己喜欢的款式。没多要，两件衣服一双鞋一个包，不多不少。

两个人吃饭的时候，段伟祺的微信又来了。他问李嘉玉帮他买了什么，同样的问题直接复制，又发给了邱丽珍。

婆媳两个人看了手机，同时抬头看对方，她们把要给段伟祺买礼物的事忘了。

"再说吧。"邱丽珍把手机放下，淡定切牛排，"反正他什么都不缺。"

这种冷漠劲还挺酷的。李嘉玉也学婆婆把手机放下了。

邱丽珍吃了几口,忽然问她:"你以前都给阿祺送什么礼物?"

"固定的是汽车模型,其他的就看情况了。"

"汽车模型?"邱丽珍有些意外。

"阿祺喜欢汽车,他想70岁之后开车展,展示他的那些收藏。我就说,一年送他一个模型,等到我们真能在一起到70岁之后,在家里也能用车模做车展了。"

"我好像也听他说过想开车展的事。我以为是因为我说他总买车太夸张,他找的买车理由。"

"应该是认真的吧。"李嘉玉是把段伟祺的理想当真的。

"那买得也太过分了。"邱丽珍开始抱怨,"一款车还要买两辆。我问他为什么,他说一辆拿来开,一辆摆着看。嘚瑟什么!"

"买两辆?!"这个确实过分了!

"他这么个买法,用不着70岁,估计50岁就该建个车库申请吉尼斯世界纪录了。"

"这事千万别跟他说,他真干得出来。"李嘉玉赶紧道。

邱丽珍懊恼:"来不及了,已经说了。他已经有这打算了。"

李嘉玉倒吸了一口冷气。

"这孩子这点真不好,谁的话都听不进去,太任性了。想干什么干什么,迟早会吃亏的。我也不是不让他玩车,花钱是其次,主要是太危险。他以前还自己改装车,去飙车,我听到轰轰的车声就心惊胆战。他自己也撞过车,在医院躺过几个月,这都不长教训。躺在病床上呢,又买一辆。"

"嗯,他是说难过的时候要买辆车安慰一下自己。"

"都是借口。"邱丽珍喝口红酒,"他就是故意气我呢。"她气呼呼地板着脸,豪门太太的气场还是很足的。但现在李嘉玉能够体会到邱丽珍的情绪了,她的语气里,透着对儿子的爱。这母子俩的相处,也很有意思。

邱丽珍忽然问李嘉玉:"你有信心,陪他到70岁吗?"

"没有。"

邱丽珍都做好准备了,儿媳妇跟她表决心,她顺杆子提些建议,抖落抖落儿子的缺点优点,对儿媳妇提些要求。结果人家这么果断地说"没有"。

"我们经常吵架的。"

邱丽珍无语。依她儿子的脾气,再看这李嘉玉的脾气,吵架是肯定有的。但李嘉玉这么客观老实,怕是有后话呀。

"我觉得大多数时候,我们吵架都是他没理的。妈,到时你会站我这边吗?"

这不废话吗,亲妈当然是站儿子这边。邱丽珍觉得李嘉玉这么聪明的姑娘,不是真心指望她帮她撑腰,而是委婉表示只要自己占理就一定会力争到底。段伟祺这种牛脾气的任性大王,她都不怕,所以她这做婆婆的不要不分青红皂白为难她,她也不是逆来顺受的人。

邱丽珍斟酌了一会儿,道:"嘉玉,其实我这做母亲的,有做母亲的担忧,就如同你妈妈对你这样。我们都希望自己的孩子好。我相信你妈妈也跟你说过,门当户对有门当户对的道理。但你们既然结婚了,那就好好过。你送他再多的车模,都比不过你真心待他管用。所以如果你们吵架,我是不管谁有理谁没理,能过好,你们就过下去;过不好,就别互相伤害。对他这样,对你也是这样。我们做家长的,管不了你们太多。你要自己管住阿祺,管住了,你是我们段家媳妇;管不住,吵来吵去,也没什么意思。你说呢?"

李嘉玉笑了起来,觉得这个婆婆不难相处。

"我说的话哪里好笑?"邱丽珍皱了眉头。

"没。我觉得妈挺可爱的。妈愿意跟我说心里话,我很高兴。谢谢妈。"

邱丽珍的表情放松下来,她道:"你约我出来,也是有心了。有些话其实一早该说,但也不知你能不能接受。毕竟婆媳总隔着一层,心里话弄不好会被当成下马威。既然你有这心胸,没哭哭啼啼、别别扭扭,那我也不必藏着掖着。"

"妈你放心吧,我有心理准备。"

"也是啊。"邱丽珍道,"敢嫁给阿祺,结了婚又两地分居,这心理准备应该挺充分的。"

李嘉玉笑了笑说:"确实脸皮越来越厚了,挺扛打的。"

邱丽珍见她落落大方,便更放松了些,道:"我想你也知道,你并不是我理想中的儿媳妇,大家的生活环境不太一样,交际圈子也不同,还有珊珊跟你那个前男友的关系,挺让人尴尬的。我要说面上无光,真的一点不夸张。出事之后,我都很少出去应酬了。但别人背后说些什么,总会传到我耳朵里,真的让人不愉快。可是不管怎么样,你都已经跟阿祺结了婚。这事过去了。但我希望以后你们不要再这样,有什么事要跟家里商量。就算你们再独立,再不必看家长的脸色,父母始终还是父母,这点尊重还是要有的。"

"是,这事确实是我们不对。"李嘉玉就不打算跟婆婆细述领证的原因和过程了,到现在她回想起来还觉得有些荒唐。

"现在你们婚讯没有公开,你又不在B市,有些事情可能你还没有体会。但只要你们是夫妻,这事是迟早的。如果提前跟家里商量,家里还能为你们做做铺垫,稳一稳外界的口风,可现在什么准备都没有,一旦被媒体知道了,会编排出什么话来,就不好说了。我和阿祺爸爸也商量过这事,既然现在婚讯没公开,那就不着急了,还是等一等。等到你回来了,你们是正常小夫妻的样子,那时候富昌也稳定了,我们提前打点好人脉和口风,到时候再说。"

李嘉玉点点头。

"你这边呢,你说会回来,我是觉得,越快越好,拖久了不合适。一旦公开了,你的底细,从前各种事都会被翻出来说。所以公开的时机最好是在你处于最佳状态的时候,这对你、对段家、对富昌的形象都最好。我知道你喜欢工作,这个年代了,好好工作也是应该的。只是我希望你能考虑转做投资,或是相关行业,进入富昌体系的公司,一来能在事业上更了解阿祺,夫妻俩能更齐心,一起奋斗;二来有什么事,富昌能帮你处理。如果你在别家公司,我们段家控制不了。"

李嘉玉听罢,沉默了一会儿,道:"工作这部分,我还不想这么快做决定。我很喜欢现在这份工作,手上的项目遇到些挫折,是个很大的挑战,我非常想把它完成,让它茁壮成长起来。之后回B市做什么,到时候我再看那时的状态和兴趣吧。而且,我不想进富昌。"

最后那句话说得挺坚定,邱丽珍不禁多看了她几眼。

李嘉玉道:"若是妈不介意,我可以跟妈解释解释我的想法,希望妈能理解我。"

邱丽珍点点头:"你说吧。"

"妈,我这个人,挺要强的。而且我觉得,我之所以有底气跟阿祺在一起,以及我今天能够跟妈这样面对面地谈谈心,都是一个原因,那就是——我在精神上、经济上都是独立的,我并不依附阿祺,也不依附段家。我从前有一段恋情,妈也是知道的。那段感情结束,对我伤害很大,但我没有犹豫,也不害怕,是因为我知道我离开谁都能活。我可以凭着自己的能力和知识,好好工作,让自己过上自己满意的生活。"

邱丽珍不说话。

李嘉玉继续道:"我对阿祺最初的好感,来自他在我们学校做的演讲。他当时说,工作分两种状态,一种叫糊口,一种叫事业。我的理解是,人究竟在糊口还是在开创事业,取决于收入,也取决于精神状态。我当初决定跟阿祺在一起的时候,正好也决定去C市,没有因为要跟他恋爱就放弃我向往的事业,也没有因为要打拼事业就轻易放弃段伟祺。从另一个角度说,这有些自私,也很自我,但我幸运地得到了阿祺的支持。

"没有因为阿祺而放弃事业,是因为我并没有把他放在超越我自己的位置。在我心里，他与我自己是一样重要的。我爱他，就如同我爱自己一样。我愿意为自己做的，也愿意为他做。甚至有时候我对自己都没有做到的事，却愿意为他做，但他并没有比我自己更重要。也许这话妈听着不舒服，但妈刚才跟我说心里话，我也斗胆跟妈说心里话。我觉得，让我自己过得好，能以最优秀的状态站在他身边，就是对他最大的负责。为他放弃这个，放弃那个，最后我伏低身躯，只能对他仰望，他越站越高，越走越快，而我再跟不上，我们也未必能够长久。

"其实我也清楚，我能够没有负担地在C市做自己喜欢做的事，是因为他是阿祺，他对我太好，给我很大的空间。换了别的男人，情况就不一样了。我现在做的项目，阿祺也说过，可以给我投资，但我并不想这样。这不是因为我清高、故作姿态，而是授人以鱼不如授人以渔的道理，我做完项目，不论成功与否，我能得到资源和经验，那么再去做别的事，能依靠的是我的资源和经验，而不是阿祺。

"这也是我目前不想去富昌的原因。我现在在职场里还处于上升阶段，在努力学习知识、吸取经验，也需要拓展人脉。我不想我的职场世界除了阿祺还是阿祺。我需要他的帮助和指导，但我也需要自己的成长空间。那样我在C市也好，在B市也好，或者在别的什么地方，我都是挺直腰杆的。这样日后我不会被人说，那个李嘉玉啊，我知道，抱上了段伟祺的大腿，自己没本事，全靠段伟祺。"李嘉玉说到这儿，语气有些孩子气，道，"那我多没面子啊。"

邱丽珍愣了一下，前面听得还挺动容的，结果最后一句话出来，知性职场女强人形象立马大打折扣，变成了孩子气的骄傲。

李嘉玉喝了口水，清清嗓子，又道："把感情交给爱人，但事业要握在自己手里，这是我的前任给我的惨痛教训。否则，当感情变质的时候，事业也毁了。那时候我年轻，重新开始不算太难，以后就不好说了。"

邱丽珍的心情有些复杂，若是站在陌生人的角度，这个姑娘的话很有道理，她会欣赏；但这姑娘是她儿媳妇，她儿媳妇说他儿子在她那儿不是排第一，不是最最重要的那个，还把界线划得挺清楚，话里头透着"若豪门媳妇不好当，我分分钟走人，没在怕的"的意思，这就有些微妙了。

说不上喜欢这个儿媳妇，但又觉得她难得。

而且人家说得没错，也确实没怕，不然不会这么坦然地跟她这个婆婆交底。

心里话弄不好会被人误会为下马威，邱丽珍想起自己对李嘉玉说的话，不禁失笑。这下子，体验下马威的人其实是她吧。

邱丽珍忽然明白为什么儿子会愿意结婚了。这是一个与他相似的灵魂，这是一个与他平等且势均力敌的个体。以阿祺的个性，怎么会愿意错过。

"嗯。"邱丽珍点点头，"虽然我对某些部分持保留意见，但我能理解。"

李嘉玉笑了笑："妈你真好，跟我妈妈一样。有时候她虽然不赞同，但她也会尊重我的想法。"

真是挺聪明的。温柔和气地把两位妈妈摆在一起对比，这让她这个好面子的婆婆怎么甘心被亲家母比下去，她当然也要做个明理又包容的长辈了。

邱丽珍笑了笑。不是善茬有不是善茬的好，这样的姑娘，拿得住她家任性的儿子。

这时候两人的手机同时响了，是微信消息。邱丽珍与李嘉玉对视一眼，都有一个想法，肯定又是段伟祺。

一看，还真是。这次段伟祺建了个群，把她们两人都拉了进来，他就在群里问："怎么没人理我？"

李嘉玉回他："在吃饭呢。"

邱丽珍也回复："婆媳时间，联络感情。"

李嘉玉看到这话笑起来。

段伟祺发来一句："我似乎有了些危机感。"

李嘉玉大笑，回道："感情联络得很不错。"

段伟祺直呼："那完了，我真的有了危机感。"

李嘉玉发了个"高兴得转圈圈"的图。

段伟祺回她一个"害怕得发抖"的图。

李嘉玉哈哈笑。

邱丽珍看着，弯了弯嘴角。傻里傻气的，明明没说什么特别的，有这么好笑吗？

这时候邱丽珍发现段伟祺私聊她了，她点开。

"妈，谢谢你。"

然后是一张图："我跳起来就是一个么么哒！"

肉麻死了。邱丽珍嫌弃。

稍晚，婆媳二人吃完饭，又逛了几家店，然后准备回家。李嘉玉表示要送婆婆，于是邱丽珍没叫司机来。刚上车，李嘉玉接到了蓝耀阳的电话，他说他回来了，但需要先回一趟公司，晚点约。

李嘉玉忙说这样真不好意思，那她请他吃饭好了。

邱丽珍在一旁听着，便道："要谈公事？请他上家里来好了。"她伸手把李嘉玉的电话拿过去，对蓝耀阳道，"耀阳啊，你忙完就来我们家里吧，在家里吃饭好了。你段叔也好久没见你了，正好一起喝一杯。"

邱丽珍的语气淡淡的，但挺有威严感。李嘉玉竖着耳朵听，蓝耀阳在电话那头似乎是答应了。邱丽珍便道"那晚上见"，然后把电话给回李嘉玉。

李嘉玉把手机放回耳边，那边却已经挂了。

紧接着蓝耀阳发过来一条微信："铁杆，发生什么事了，为什么要摆鸿门宴？"

李嘉玉转头看婆婆一眼，邱丽珍淡淡地道："耀阳虽然是阿祺的铁杆哥们儿，但你们年轻男女，能避嫌还是避一避，顺便就在家里谈事了，挺好的。我跟伟祺爸爸在呢，有什么条件你就尽管提。你在B市也没个办公室，若是项目需要常回来见客户什么的，我的基金会有办公室可以给你用。这样像个样子，气派点，别跟打游击似的。"

"谢谢妈。"李嘉玉应了，给蓝耀阳回话，说自己跟邱丽珍逛街，正好一起回家。

蓝耀阳知道段伟祺和李嘉玉结婚了，这时候他反应过来："哼，她居然防着我？我这么正直的男孩！"

"婆婆大人是说她在旁边盯着呢，让我有条件尽管提。"

正直男孩忐忑赴会，去之前给段伟祺发消息："哥们儿，如果我被敲诈了，一定会找你索赔的。"

段延富夫妇在段老爷子的葬礼后就搬回了自己在城里的小别墅。老爷子的大宅按遗嘱传给了段珊珊，但段珊珊不住，按她的要求，大宅保留了原样，留下了老爷子生前的管家和雇员继续打理那里的房间和花园。遇到大节庆，段家人一起回去，在那里聚聚就好。

蓝耀阳与段延富、邱丽珍夫妇很熟，带了瓶红酒作为上门礼。他很识趣地没来吃饭，挑了饭后的时间上门，进了门就喊："段叔你又帅了，邱姨你又年轻了。好久不见啊，李嘉玉。"

段延富笑着夸蓝耀阳越来越稳重了，李嘉玉在一旁笑起来。邱丽珍也揶揄道："哪里稳重？蹦蹦跳跳的。"

蓝耀阳不敢出声，他从小就有点怕这位邱姨。可他明明是稳稳地走进来的，好不服气呢。

邱丽珍拿了一堆零食出来摆桌上，又泡了蓝耀阳喜欢喝的柠檬水。蓝耀阳乖乖坐下，心里更不服气了，这是招待小朋友吗？

他拆了包薯片啃，来都来了，不能亏待自己。

段延富陪着坐了一会儿，先与蓝耀阳拉了拉家常，问了问蓝家父母的情况，蓝耀阳工作的进展，等等，又笑问蓝耀阳现在是明星了，走在街上有没有被粉丝拦截签名什么的。

蓝耀阳一一作答，最后那个问题他可逮着了机会："段叔，我可全是为了阿祺牺牲的。他的古镇现在一票难求，我出门却寸步难行，我真的亏大了。"所以你们有什么要求悠着点提，我不能每次都吃亏。

邱丽珍淡淡道："哪有亏，你家Blue股票涨成什么样了？你妈跟我说，那节目大火，你长进不少，连带着你们旗下艺人都抢手。你自己有了知名度，活跃了公司话题，你投资的两部戏都大卖，董事会对你很满意。"

"嘿，别听我妈吹牛。"

"没吹牛。我三天两头就在网上看到你的名字，确实是红人。青年才俊，潇洒多金，你的粉丝不是还哭着喊着让你自己演男主角？对了，前天不就有个女艺人，叫什么来着……"

"哎，哎。"蓝耀阳忙摆手，"邱姨快别说了，多大仇。咱们还是谈正事吧，谈正事。"

段延富哈哈大笑，拍拍邱丽珍的肩膀道："好了，你别总开玩笑，吓着耀阳了。让他们年轻人赶紧谈正事，我先回书房了。"

邱丽珍跟着他站起来说："你去吧，我给你泡杯茶。"

蓝耀阳抚抚心口。邱姨那表情是开玩笑？讨债似的。

李嘉玉盯着蓝耀阳，很好奇地问："什么女艺人？"

"没事。"蓝耀阳换上一本正经的表情。

"我搜搜看。"李嘉玉拿出手机刷起来。

蓝耀阳装模作样地叹气："你这是脱离社会多久了，这么大的八卦不知道。这还用得着搜吗？"

李嘉玉正要怼他，却已经看到报道了，一搜还真是满屏都是。

18线女艺人倪蓝为求戏份偷偷摸进小蓝总在酒店的卧房，被小蓝总丢出房间。求潜规则的女艺人未得手，衣冠不整愤而离开。

"很劲爆啊。"李嘉玉看了看那些报道里倪蓝的照片，"挺漂亮的呀。"

"哼哼。"蓝耀阳一脸正直，"漂亮有什么用？我小蓝总的贞洁和操守是这么容易夺去的吗？"

"对。"李嘉玉忽然一拍手掌道，"我就说有什么没想通呢，现在通了。"

她把手机收起来，对蓝耀阳认真道："蓝总啊，我那个育婴室项目，你知道吧？"

"知道啊。不是政府那边出问题，黄了吗？"蓝耀阳道，"老段还高兴了一阵，我送了他一首'你快回来，我已经等待不来'，多应景。"

李嘉玉心想，这笔账先记着吧。

"是这样的。"李嘉玉耐心道，"我们原先的项目思路是市政公益育婴室加上我们商业版育婴室两条线做，当然因为资金和商业模式的问题，是比较依赖政府这边的项目。公益的上线后，商业版为育婴室数量做补充。现在公益版暂时做不了，我们只能单靠商业运营。产品授权我能谈下来，但资金和运营模式还有些困难。"

李嘉玉把关于项目的想法跟蓝耀阳仔细说了一遍。邱丽珍给段延富送完了茶，也坐过来听。

李嘉玉说到最后："我们需要品牌商参与才能确保运营顺利。母婴室的市场需求不像公厕那么大，毕竟是少数人群，使用收费肯定不多。所以我们想做成广告平台，靠品牌广告收入和使用收费两部分共同支撑运营费用。但是母婴室的投放数量少，广告效果有限，我们跟品牌谈的筹码不多，就算谈成，费用肯定也不高。费用不高，母婴室就少，一直循环。"

蓝耀阳点头："你在电话里问做歌的事，你想做首歌来推广？"

"也是跟前同事在卡拉OK里得到的灵感。在外打拼的工薪族，经历了许多困难与挫折，有许多辛酸，那些讲述背井离乡打拼事业的故事的歌曲，特别能引发共鸣。"李嘉玉道，"我们做这个项目，不是纯为钱，而是希望能改变些社会现状，为带宝宝出行的妈妈们提供些便利。这些问题，不是一间小小的母婴室能解决的，而是整个社会，个人、企业、政府都参与进来，才能真正解决。"

"做歌没多少钱。但想达到你想要的效果，包装和推广运营的费用很高。而且吧，歌能不能红，也得看运气。这里头有时挺邪门的。"蓝耀阳道，"你想用歌谈广告植入，绑上母婴室吗？你想要什么类型的歌，讲述妈妈带孩子的辛苦，做母亲的伟大，让大家对她们多些理解包容？"

"不是。"李嘉玉摇头，"我想做一首很快乐的歌。宝宝喝奶很快乐，宝宝逛街很快乐，宝宝看到街上的新奇东西很快乐，宝宝看到小哥哥小姐姐很快乐，看到叔叔阿姨很快乐，看到汽车很快乐，看到商场很快乐，得到微笑很快乐，获得拥抱很快乐……他们看着这世界的一切，得到这世界的善待。"

蓝耀阳愣了一会儿，道："可以呀，李嘉玉。这比卖惨可有趣多了。他们还可以看到玩具很快乐，看到奶瓶很快乐，看到婴儿车很快乐，看到你们的育婴室很快乐……你这个能植入很多产品广告呀，还可以剪成不同版本，分渠道投放。"

邱丽珍插话道："MV的最后，宝宝长大成人了，他看到街上的宝宝，帮宝宝妈妈推开商场的门，帮宝宝捡玩具，给宝宝妈妈指路，哪里有你们的母婴室。宝宝得到了这世界的善待，长大了，也善待这个世界。"

蓝耀阳和李嘉玉都转头看向邱丽珍，眼里有惊喜。

"邱姨你可以呀，这主意好！"

"妈，这个结局太好了！"

邱丽珍微微一笑，继续道："那个长大成人的优秀青年，可以让阿祺来演啊。"

蓝耀阳很想说：这位女士，你对你儿子是有什么误解。他想了想，硬着头皮道："邱姨，阿祺演这个不合适，他那样子一看就不喜欢宝宝，演个丢宝宝奶瓶的坏人还行。"

兄弟啊，你就感谢我吧，我可是冒着生命危险维护你浪子的尊严啊。

邱丽珍不高兴了："阿祺怎么看着像丢宝宝奶瓶的坏人？他说他不喜欢小朋友，他还说他不结婚呢。去拍拍MV，多看看萌宝宝，不是挺好的吗？"

蓝耀阳赶紧道："不是，邱姨，我是说啊，从出品人选角的角度去看这事，阿祺不合适。"

邱丽珍板着脸道："什么出品人，谁家拍不起个MV啊？"

蓝耀阳道："这不是拍不拍得起的问题，是艺术！"

李嘉玉赶紧插话进来，不然让他们争论下去，估计一会儿这歌曲制作、MV投拍以及全球播放什么的，邱丽珍要包下来了。

"那什么，八字没一撇呢，人选什么的后头再讨论吧。我刚才还没说完。"

邱丽珍很有威严地道："你接着说。"这会儿她已经不是坐旁边安静地随便听听的角色了。

蓝耀阳摸摸鼻子，不说话了。

李嘉玉道："我后来也想到了歌曲传播的问题。能打红的歌，太少了，热度也维持不了多久，所以风险太大，对长远的运营没太大作用，对我们拉投资和品牌长期作用处不大。但刚才蓝少的那个绯闻……"

"那叫丑闻，谢谢。"蓝耀阳插话，"那位108线失业小演员的丑闻。"

"好吧，那位演员的丑闻给了我灵感，其实之前我也一直想借鉴阿祺的古镇项目来着，现在想到了。我想做一个小游戏，这首歌呢，就当是这游戏的主题曲。游戏叫'宝宝来了'或是别的什么，情节就是一个恶魔抢走了宝宝的奶瓶，宝宝哇哇哭，然后愤而起程去夺回奶瓶，最后带着妈妈到达育婴室算胜利。"

蓝耀阳愣愣地问："那恶魔是阿祺？"

邱丽珍皱眉瞪他。

李嘉玉道："恶魔啊，是社会落后的观念和对妈妈这个群体的权益的忽视。闯关的环节也可以是消消乐这类的，把宝宝对抗恶魔的情节加进去。里头的环境和关卡可以加入各品牌内容。比如进入了某某品牌街，尿布大作战。又进入了某某区，婴儿车赛车场……游戏可以长期玩，配合歌曲传播理念，推动我们线下的运营，这样是不是可行性高很多？"

"这事你可以跟阿祺谈谈。"邱丽珍很明显就是想拉段伟祺下水，她道，"点子很好，钱的问题好解决，品牌这些也都可以联络上。你的方案得重新写。"

"我昨天修改了一版，但今天有新想法了，我再去改改。"

"改完了让我看一看。"邱丽珍道，"还有你今天说的那个餐厅，你也大概写一个框架。那餐厅，在B市可以操作的，这边的消费水平可以。"

李嘉玉见邱丽珍有兴趣，便向她请教起来。

蓝耀阳看看这个，又看看那个，不是叫他来，向他取经的吗，怎么没他什么事了？

蓝耀阳给段伟祺发微信："兄弟，你完蛋了。你妈非常迫切地想让你演正人君子、奶瓶英雄。"

段伟祺发过来一串问号。

蓝耀阳又道："反正夺奶大盗和护奶宝贝，你可以选一样出演。"

段伟祺怒骂："滚蛋！"

蓝耀阳接着发："Polo是从我誓死在108线小演员魔掌中护住贞操的事件里，得到了宝宝誓死护住奶瓶的灵感。她是不是变态啊？"

段伟祺发了个省略号过来。

蓝耀阳补充道："总之现在她们婆媳二人正热烈讨论，恭喜你了，奶瓶英雄。"

段伟祺瑟瑟发抖。

李嘉玉这晚收获颇丰，如打通了任督二脉。她当晚就买了第二天一早回C市的机票，联络贺亦春明早碰面。电话里，贺亦春听了她的新点子和谈到的新资源，很兴奋，干脆召集公司几位干部，周日一起加个班。

李嘉玉回到了C市直接拖着行李箱去了公司。她赶到的时候，所有人都已经在了。贺亦春已经初步跟大家沟通过，把项目的各条要点在白板上列了出来，还罗列了大家提的好些想法。

李嘉玉投入会议，与大家仔细说了一遍目前的新情况。大家一起脑力激荡，讨论个不停，发散思维，蹦出许多创意和细节，将李嘉玉的方案内容一点点圆满。大家聊得热火朝天，忘了午饭时间，竟也不觉得饿。

最后还是贺亦春把大家的热烈讨论打住了："好了，先到这里吧，再聊下去，我们母婴室要开到火星上去了。"

众人大笑。

李嘉玉将工作分配安排了一番，贺亦春请大家吃了一顿豪华午餐。

饭后李嘉玉与贺亦春回到办公室，贺亦春拍拍桌上厚厚的资料夹："第三回合了，嘉玉。第一次，政府公益，败了；第二次，融资招商，败了；现在是第三次了。这第三次，弄得架势很大呀！"

李嘉玉笑："第三次要是败了，还来吗？"

"来呀，姐姐我岂是半途而废的。"贺亦春挑挑眉，"你呢？"

"越挫越勇。"

贺亦春哈哈笑，满办公室打转："不行，我一定得跟你干一杯。"

她还真翻出一瓶红酒，又拿了两个杯子，倒上了，递了一杯给李嘉玉。

"敬我们！"

"敬越挫越勇！"

"敬女性！"

"敬宝宝！"

两人笑，为理想一起拼搏的感觉真好呀。

李嘉玉的项目新方案，就把名字定为"宝宝来了"。

整个方案的基调非常明确：重点不在于妈妈的辛苦和艰难处境，不卖惨，不喊苦，从宝宝的视角去倾诉需求。

因为当一个女人要成为妈妈，苦的难的不只是哺乳、外出不便这些事。怀孕十月的各种不适，生产时的痛苦甚至生命危险，家庭的压力，职场上的损失，遭受的不公，等等，她们都要诉苦，诉不完。

当她们决定成为妈妈的时候，她们已经切换了模式，成为宝宝的守护神，成为战士。这是她们愿意为家庭、为自己、为宝宝承担的责任，所以她们是积极的、勇敢的。但她们也有她们不应该遭遇的阻碍和困难。这需要全社会的支持与包容，鼓励与帮助。

"理解"是项目的核心。

理解宝妈、理解宝宝、理解爸爸、理解女性，也同样理解男性，理解不是宝妈的那些人群。

让大家从宝宝的视角去看待这一切，没有偏见，不带个人喜恶，而是正视宝宝外出的确切需求和客观社会现状。

"宝宝来了"的整个架构还挺大的，李嘉玉带着市场部的同事做了一周的方案。

贺亦春没什么时间参与太细节化的工作，她带着项目组做咨询项目去了。必须发出薪水来，身为老板，贺亦春的压力很大。

周五晚上，李嘉玉乘飞机回B市。段伟祺在邻市有个行业会议要参加，周六晚上才能回来。

于是李嘉玉自己先约了蓝耀阳周六就新方案再讨论请教。她还依邱丽珍的嘱咐把做好的方案也发了她一份，邱丽珍看完，提了两点。

第一，找律师处理方案里涉及的版权问题。李嘉玉在方案里写了游戏框架设计以及歌曲的词创作初稿，还有母婴室的一些设计及功能描述，这些需要保护起来；第二，在操作层面有把握之前，方案不要到处给人看。不需要在前期就着急广撒网、谈合作。等到方案磨得成熟了，看准合作目标再去谈。

这两点是为了确保项目内容不外泄。邱丽珍道："你自己越想越细，要求又高，手上还没有现成的资源，操作起来周期会很长。如果被有心人抄袭，对方不需要做得这么高端，只需要拿你这东西出去转一圈骗笔钱回来，抢了你的先机，回头项目做不做得好他不关心，反正钱到手了，但你这边就很被动了。失败的案例会成为你争取资源的很大阻碍，而且不知情的人反而会说你们是山寨，这样得不偿失。"

李嘉玉顿时一激灵，被点醒了。她一心扑在思考项目细节上，倒真是没考虑到这个层面的东西。

邱丽珍给李嘉玉介绍了律师，又给她的方案提了些想法。李嘉玉非常感激。然后邱丽珍提出她要参加与蓝耀阳的会议，李嘉玉没法拒绝。

蓝耀阳得知邱丽珍居然也要来，发了个"大哭"的表情给李嘉玉："你老公已经很烦人了，你还派出你婆婆。有没有诚意谈合作呀？"

李嘉玉也发个"大哭"的表情回去："全家都在抱你大腿，你还不满意。"

蓝耀阳寻思，这也太能瞎掰了，可听着还挺顺耳的。

但段伟祺就算了，说邱丽珍抱他大腿，蓝耀阳顿时打了个寒战。

李嘉玉把这天的安排跟段伟祺说了，她看到段伟祺分享的行事历上下午有个小会取消了，他能早三个小时回来，她很高兴。这样晚上他们能有多一些时间休息。她和段伟祺约好明天回H市见她家里长辈，一早的飞机，她怕段伟祺太辛苦。

段伟祺别的倒没说什么，只道："可以跟耀阳先谈，他是自己人。但跟别的公司你先别着急,我让宋律师联络你,你这边要做个版权保护还有保密协议……"

李嘉玉赶紧道:"这事妈提过了,她已经帮我找律师了。"

段伟祺一愣:"谁妈?"

"你妈。"

段伟祺不高兴了:"为什么亲妈会拆亲儿子的台啊。我就这么点表现的机会,她都不放过?"

"妈对这项目还挺有兴趣的。给我提了不少建议,还是很好的。"李嘉玉帮婆婆说话。

"呵呵。"段伟祺心说,当我不知道呢。蓝耀阳早跟他把事情说了,他亲妈肯定是合计着用这项目委婉催他生娃。

段伟祺道:"你还有别的事吗?没有的话,把跟耀阳会面的时间改改,等我回去一起聊吧,我给你出主意,比我妈靠谱。"

李嘉玉心想,这是要跟自己亲妈比拼一番的意思吗?

李嘉玉跟蓝耀阳说了,蓝耀阳沉默片刻:"所以真的要凑够一家人过来,是吧?"

李嘉玉觉得非常不好意思地说:"要不我跟他们再说说,还是我自己过去吧。"

"不必。你真是太不了解他们母子了。"

蓝耀阳这过来人的语气让李嘉玉很窘。

蓝耀阳又道:"你这次让他们别来,他们就会时不时骚扰我一下,我与其日后得花时间一个一个应付,不如一次性全搞定。都来吧,都来吧,把段叔也叫上。去我家,我爸妈应该有空,我问问,干脆两家人一起吃晚饭吧。"

李嘉玉更不好意思了,这给人家添了多大麻烦,她就是想聊聊项目而已。

晚上,段伟祺和父母带着李嘉玉去了蓝家。

两家真的是太熟了。段延富和邱丽珍跟回自己家似的,与蓝家的家政阿姨都能聊几句,两家扯家常能聊上半小时不带重复话题的。蓝耀阳的妈妈没在,蓝爸爸很热情地招呼他们,还给李嘉玉见面礼,说是段伟祺跟他自己儿子差不多,他儿子没能娶上媳妇,段伟祺娶了,他也当是自己儿媳妇了。

李嘉玉简直受宠若惊,段伟祺跟她说悄悄话:"不用太感动,他爸隔山打牛呢。"

果然下一秒,蓝爸爸开始训斥蓝耀阳不争气,别说老婆了,连个女朋友都没有,害他想送礼都得送给别家的儿媳妇。

段伟祺很故意地笑道:"耀阳长进多了,这都有绯闻了。"

"就那个被别人霸王硬上弓还未遂的?"蓝爸爸一脸恨铁不成钢的表情。

蓝耀阳很镇定地接话:"是比不上阿祺,他绯闻多多啊,可牛了。"

李嘉玉心想,果然是塑料兄弟情。

段伟祺一推椅子,蓝耀阳跳起来就跑,段伟祺追了过去。

蓝爸爸埋怨:"又来这招?从小到大,你们几个就会这样装打闹跑掉是不是?有没有新花样?"

已经追上楼的段伟祺又跑下来:"有的,蓝叔,忘了带上老婆。"他说着把李嘉玉拉上跑了。

蓝耀阳领着段伟祺和李嘉玉去了三楼。他姐姐已经结婚,他哥哥也早搬了出去,这一层全是他的地盘,他自己弄了个影音室,看片听音乐。

"还能唱卡拉OK。"蓝耀阳说。

李嘉玉顿时警惕起来:"咱们能去个方便说话的地方吗?"

"这里不方便?"蓝耀阳一脸惊奇。

"她是担心你一言不合就唱起来。"段伟祺转头让李嘉玉把装了方案PPT的U盘拿出来。

蓝耀阳冷哼道:"唱歌还用挑地方?"他接过U盘,去柜子那儿翻出个话筒,塞李嘉玉手里,"话筒给你总行了吧,放心。"他把U盘插进电脑里,一转身,墙上的幕布显示出了李嘉玉的方案。

"哇!"李嘉玉改主意了,她找个懒人沙发舒服窝着,"这里好,很方便。"第一次看自己的方案跟看电影似的,真是电脑小屏幕不能比。

段伟祺过去和她挤在一起坐,还把她搂怀里。

蓝耀阳拿抱枕砸过去说:"姓段的,你差不多就行了,我这里又不是电影院情侣卡座。"

李嘉玉也踢他一脚。

段伟祺恬不知耻地说:"爆米花、可乐,谢谢。"真当这里是情侣座了。

蓝耀阳愤愤,但还是走出去了:"给你10分钟。"

等蓝耀阳回来,两个人已经分开坐了,离得还挺远。蓝耀阳惶恐了:"你们没在我这里干什么不轨的事吧?"

段伟祺一个抱枕砸过去:"你才走了几分钟,够干什么的。"

蓝耀阳狐疑地看他,视线往下走,被段伟祺按着脑袋揍了几拳。

两个人孩子一样扭打一番,然后看到李嘉玉叉腰蹙眉看着他们。两人赶紧坐起来,段伟祺拿过遥控器唰唰地给PPT翻页,一本正经地浏览起来。

蓝耀阳悄悄问他:"你是不是欲求不满?"

"你滚。"

"不滚。"

"段伟祺你说三分钟帮我看完的。"李嘉玉又瞪他了。

段伟祺不吭声了，严肃地看PPT。蓝耀阳也严肃，小声嘀咕："不婚主义？呵呵。"

段伟祺不理他。

蓝耀阳又小声嘀咕："怕老婆？呵呵。"

段伟祺终于转过头来看他一眼，蓝耀阳赶紧假模假样道："翻回去，刚才讲歌曲那部分，我再重点看看。"

李嘉玉干脆坐过来一点，给他俩翻页，一边翻一边讲思路。

段伟祺决定暂时放过蓝耀阳，注意力转回到项目上来。他给李嘉玉讲方案，游戏这部分他有合作得不错的公司，可以介绍给她。但游戏公司开发个新游戏周期不短，她还需要把合作场所、赞助品牌植入等放到游戏里，属于定制类的剧情，再加上没有市场基础，营销要从零开始，这样花费会比较大。

段伟祺预估了一个数，李嘉玉咋舌："我们没那么多钱。"

蓝耀阳接口："但如果你有明星效应，又有营销的优势，谈合作还是会比较容易的。"他清清嗓子，"看在我们是铁杆的分儿上，我跟阿祺又是亲兄弟。"

段伟祺冷笑道："呵呵。"

蓝耀阳揽着他的肩跟他和好，对李嘉玉道："我把我们家最有名气、最有明星效应的人友情借你用。"

"你吗？"李嘉玉问，"最后那个优秀青年？"

蓝耀阳一脸嫌弃道："优秀青年不是预定了阿祺吗？"

"滚蛋。"段伟祺拿抱枕砸他，终于有机会动手了。

蓝耀阳接了抱枕道："我把我姐的宝宝借你。刚1岁，长得特别漂亮，特别可爱，会说些话了，拍MV挺合适的。我把事情跟我姐说了，她同意了。"

"好呀。"李嘉玉挺高兴的，有萌宝宝当然好了，"我初步设想MV需要好几个宝宝呢，但我们主要需要一些普通家庭的宝妈宝爸和宝宝出镜，这样比较容易引发共鸣。"

"这是嫌弃起我家宝宝有钱了？"

"不是。"李嘉玉忙解释，"都欢迎，但我们也需要普通家庭宝宝。"

蓝耀阳指着李嘉玉道："我姐都答应了，你问问你老公，他敢不敢嫌弃。你刚才说主要需要普通家庭的宝妈宝爸，那不行，我家宝宝和他爸得是主角，而且不能装穷。"

"也装不了。"段伟祺笑。

"我觉得我们得先确认脚本，还有费用，然后根据内容来定角色。可能没有主角之说，全是群演。"李嘉玉不为权贵折腰，很有原则地坚持。

段伟祺在一旁大笑道："他姐夫是连旭。"

李嘉玉愣愣地问："谁？哪个连旭？"

蓝耀阳撇嘴道："都说了我们家最红的。"

李嘉玉反应了一会儿，跳起来大喊："那个连旭吗？"帅出天际，"苏"①出月球，国内外大奖拿过无数，现在影院还在上映他的最新电影的那个连旭。

"连旭和他的宝宝，可以来参加我们的项目？"李嘉玉简直不敢相信。

"友情支持。"蓝耀阳对李嘉玉一脸嫌弃地说，"你居然不知道他是我姐夫吗？我跟我姐吹了很久的，她听完了，很喜欢你这个项目。我姐夫听我姐的，他们可以带宝宝出镜。"他指一指墙上的PPT，"你们不是设计的第一幕就是宝宝特写吗，然后画外音喊'宝宝'，家长入镜。然后宝宝咿咿呀呀答应，还笑着，然后家长说'宝宝快来'。你想想，我姐夫帮你喊一声'宝宝'，这什么效应？"

全国女生大声应"哎"的效应。

要是再喊一声"宝宝快来"，那就是全国女生大声应"来了"的效应。

李嘉玉立马向权贵折腰："蓝少，求你家宝宝出演主角。"

---

① 网络用语，常用来形容男生外表、性格等方面十分完美，魅力十足，非常吸引人。

第二十五章
地球上有个美丽又浪漫的地方

　　李嘉玉、段伟祺和蓝耀阳谈了一个小时，把各项内容都梳理了一遍。约歌、找歌手、拍MV以及歌曲投放推广的事，都交给Blue娱乐，项目的媒体运营也签给Blue。李嘉玉谈妥了合约条款，离开的时候真是心满意足。

　　邱丽珍虽然打着参与项目的名义，但实际上到了蓝家倒是不好跑到三楼插入小辈的话题里。但见李嘉玉下楼的时候眉开眼笑，段伟祺也开心满意的模样，她也就放了心。后来听说连旭竟然也同意带宝宝参与MV拍摄，邱丽珍赶紧道："难得这项目挺有意义，你们兄弟几个都可以参与参与。"

　　待一家人出了蓝家，邱丽珍还与段伟祺说了句，让他多帮着李嘉玉，把"宝宝来了"做好做漂亮。

　　段伟祺目不斜视，育婴室就育婴室，非说什么"宝宝来了"，不想听，一听就心塞。

　　李嘉玉没留意段伟祺的表情，她沉浸在兴奋里，觉得天上掉了馅饼，正落她怀里。

　　邱丽珍见儿子浑不懔，儿媳妇没心没肺的样子，简直没好气。

　　段伟祺拒绝了父母把李嘉玉带回他们的别墅去住的邀请，把李嘉玉带去了自己的公寓。李嘉玉在路上与贺亦春通电话沟通最新进展，讲得停不下来，进了家门还在唠叨。两个女人在电话里都很激动，一直在聊连旭。

"段总，为什么都没怎么看到连旭说起老婆和宝宝啊？"李嘉玉把手机开了扩音聊。

段伟祺看了她一眼，道："以前连旭的粉丝给蓝姐寄过带血的刀片。"

贺亦春吓一跳："这么恐怖。"

段伟祺道："后来虽然把人抓到了，但连旭在感情这方面就一直挺低调了，不会特意隐瞒讲假话，但也不会主动秀恩爱。"

"难怪，很少看到他说起家人。"李嘉玉说着，忽然跳了起来，"啊，那我们让他带着宝宝出镜，会不会违背了他的原则啊？"

段伟祺笑道："听听你那口气，好像是你让人家上镜，人家就上似的。那是看耀阳的面子，看蓝姐的面子好吗？既然答应了，就肯定认真考虑过。其实那事也过去很久了，蓝姐早不当回事了。"

贺亦春在电话那头叫："但是连旭还是记在心里，平常小心翼翼地呵护着老婆孩子。"

"真是好男人啊。"李嘉玉跟着贺亦春一起赞叹。

"真不愧是国民老公。"

"真正的国民老公。"

"两位女士，"段伟祺觉得自己能忍到现在也真是脾气越来越好了，他对着李嘉玉的手机道，"容我提醒一下二位，你们都是已婚人士。贺姐，很晚了，要挂了。珍惜你们在现实中的老公吧。"

他说完，把李嘉玉的手机挂断了。

"现实中的老公小心眼。"李嘉玉控诉。

"哼！我要真的小心眼，你还想拍MV？"

"老公，你也很帅。"李嘉玉迅速转换成拍马屁模式。

"来不及了。在听了20多分钟你仰慕别的男人的内容后，我已经帅不起来了。"

李嘉玉的微信提示音响了一声，她拿起来看，是贺亦春发过来的。

"段总说咱们两位都是已婚人士！他真爱你呀！看来婚期近了，记得请姐姐吃喜糖。"

李嘉玉这才想起她还没告诉贺亦春自己跟段伟祺结婚的事。

"段总啊？"她跟在段伟祺身后进了房间。

"干吗？"段伟祺拿衣服准备去洗澡。

"我们什么时候把协议签一签？"

"什么协议?"段伟祺一头雾水,"你想通了,打算走点捷径直接让我投资?"

"不是。就是之前你让我签的那个离婚财产协议,不是说好了要签个解约协议的?"

"有吗?"段伟祺弯了嘴角。

"有呀!这么重要的事,你不会赖账吧?"李嘉玉扑过去勾住段伟祺的脖子,爬到他背上压着他。

段伟祺咧嘴,伸手到身后把她托了托:"我当时是说可以签一份这样的解约协议,没说要签。"

"不是,你是说要跟我签解约,我才会这么痛快签那份东西的。不然我又不是活腻了。"

段伟祺笑。

李嘉玉拍他道:"快解约,那财产协议很烫手。我都不敢跟你妈说,好怕她问我有没有跟你协商过财产的事。"

"财产是多大的事?也就你小家子气放在心里。"

"你贬低我!"李嘉玉把全身重量压在段伟祺身上,企图把他压倒。

段伟祺很轻松地背着她进浴室,把她揪下来,开了热水,脱她衣服,打算跟她一起鸳鸯浴。

"真的,那协议太吓人了。万一有人给我寄刀片怎么办?"李嘉玉道。

"报警。"

"万一走漏了风声,大家知道有这份协议在,导致你们富昌股票大跌怎么办?"

"想太多。"

"万一我死了,你那些钱,谁继承啊?"

"胡说八道什么?"段伟祺板脸给她看,"而且你这话有语病,我死了才是继承,你死了那钱跟你没关系。"

"我是说……"李嘉玉忽然怔住,她也反应过来她刚才说什么了,"如果我不在了,你会有下任老婆吗?"

"李嘉玉!"段伟祺真的生气了,"你找不痛快是吗?"

"没有,没有。"李嘉玉抱住他,"我就是忽然想到,不婚主义者,恢复单身后,还会再次投身婚姻吗?"不婚主义者结过婚,就不是不婚主义者了吧?

段伟祺把李嘉玉抱到花洒下,让热水冲刷两人。他沉默了好一会儿,拿了沐浴露给李嘉玉打泡泡,在她觉得他应该不会回答了的时候,忽然道:"哪有这么多李嘉玉啊。"

李嘉玉仔细品味了一番他的话，觉得自己的心像被加热过的棉花糖，化掉了。

"段伟祺，"她抱住他，让他身上也全是泡泡，"有时候我真的觉得，我们结婚，就像做梦一样。其实我们两个人，结婚不结婚都差不多。我有时真的会想，你会不会不乐意。"

"我当然不乐意。"段伟祺咬牙切齿地说，"但是遇到你这种渣，不乐意又有什么办法。我怕我再遇不到李嘉玉，可李嘉玉却不一定只要段伟祺。"

李嘉玉不一定只要段伟祺？这话一直在李嘉玉脑子里转。是吗？

这晚段伟祺似要印证他那"非她不可"的表白，特别热情地爱她。李嘉玉很不服气，她回应得很热烈。

在他怀里高潮的时候，她忽然闪过一个念头：爱过段伟祺的人，才是真的别无选择吧。

世上有许多像她李嘉玉一样的普通女性，但怕是找不到第二个段伟祺了。

结婚、不结婚，其实还是差挺多的。

他是她的，官方公证。

第二天，李嘉玉与段伟祺回H市见李家、宋家的长辈。李齐与宋音并没有张罗太多人，就是几个直系亲属，简单地吃了顿饭，见见段伟祺真人。

不知是昨天说寄刀片的事让段伟祺有所顾忌，还是见长辈让他紧张，他表现得特别低调，一点没显露出有钱的样子。长辈们也不上网，不太懂什么富昌，只问段伟祺："干什么工作的？"

"在投资公司上班，爷爷。"

"那一个月挣多少钱呀？"

"养家没问题的，爷爷。"

"能有10000块吧？"

"有的，外公。"

"有车子吗？"

"有的。"

"有房子吧？"

"有的。"

"那就行了。别让我们嘉玉跟着你受苦就行。"

"好的，放心吧，外公。"

李嘉玉一家三口很沉着地吃饭，没人去戳穿段伟祺的"装穷"。

李嘉玉第一次见到段伟祺这么厌，颇有些感动。回B市的路上，她对段伟祺道:"你炫富的时候觉得你烦人,你不炫了,我竟然觉得心疼。"

"确实是委屈。"段伟祺装可怜。

"可以了。"李嘉玉马上不心疼了。

段伟祺嫌弃道:"你的心疼好歹坚持久一点。"

"要这么久做什么?"

"不持久无高潮。"

李嘉玉心里道,这位总裁现在荤话一套套的啊。

"还是别太久,心疼的高潮是心塞。"李嘉玉道,"心塞再持久点就心梗了。"

段伟祺哈哈笑,把她的手捏在手里说:"你的梗挺多的呀。"

"我妈问我们春节回哪里过。"李嘉玉转了话题。

"必须回去吗?"段伟祺道,"我想带你出国。"

"去哪里?"

"先保密。"段伟祺眨眨眼睛,"我猜你今年生日肯定也挤不出一周假期来,我们先预约春节的假,好吗?去年给你准备的生日礼物,还一直没机会送你。"

"礼物要出国才能看到吗?"

"对,它动不了。只能我们去。"

李嘉玉想象了一下说:"你不会买了个庄园给我吧?"

"想什么呢?俗气。"

"花钱了吗?"

"花了。"

"那肯定俗气,没跑的。"李嘉玉继续猜,"会不会买了个玫瑰园给我,把玫瑰种成了心形,或者种成了'李嘉玉'三个字,然后你带着我坐着热气球飘到它们上空,你指着那些花对我说,嘉玉,看,这是朕为你种下的玫瑰。"

段伟祺无语。再猜下去,他都不想带她去了。

这年的生日确实如段伟祺猜测的那样,两个人都没时间。

段伟祺生日那天,他在国外出差。

李嘉玉生日那天,段伟祺出差,她自己也出差。

但两个人今年都淡定许多,有了心理准备,也过了需要营造仪式感来追求安全感的阶段,内心深处的刻意讨好已经进化为成熟的从容相处。他们提前送了礼物,找了时间共享了豪华大餐。因为聚少离多,每一次共处的时光,他们都觉得很有激情。

周末打个飞的来相会的计划在执行上确实也有些困难，倒不是每周坚持下来有多难，而是两个人的日程常有变动，有时一人飞到对方所在地，却也只能独守空闺，坐等对方加班回来。但大多数假期他们还是在一起的。

这样的相处模式造成的结果，就是他们很关注放假的日子，很依赖日程管理App。每天看看App，检查一下对方的行程，再彼此揶揄一番，这也成了小情趣。

为了这一点点乐趣，他们把行程记录得很详细，再后来，用不着等对方揶揄，自己先在App的行程记录上自黑，抢占先机。

那天，段伟祺在记录详情里写："10点无聊的会，前排三个地中海，总忍不住看两眼，担心自己。我的美貌一定要保持住。"

李嘉玉看到了笑得不行，给他发微信："你的美貌都沦落到要跟地中海比了？"

段伟祺回复："给你十秒钟重新组织语言！"

过了好一会儿，李嘉玉发过来一条语音，段伟祺点开听，她的歌声就从手机里倾泻而出："我爱地中海的伟祺，爱他从容淡定脾气，他就像翱翔的鹰，他在我心里第一，我在尽心尽力地多情，直到他嫌弃。"还发过去一个"抱大腿"的表情。

"你可以的，都会自己编词了。"

"地中海让我文思泉涌。"

"真有这歌还是你瞎唱的？"

李嘉玉发过去《化身孤岛的鲸》的歌曲链接。段伟祺听完了，给她回复："还是你唱得好听，但'地中海的伟祺'这句不符合事实，其他的都不错。"

真够不要脸的。

李嘉玉大笑，开心了一整天。

那个周末是段伟祺到C市。李嘉玉特意买了男士防脱洗发水送他。段伟祺搬了张椅子到浴室，享受了一把老婆帮洗头的福利。

洗完了澡，段伟祺乖乖坐床上，等着李嘉玉按惯例给他擦保养品。结果这次李嘉玉拿出了面膜。

段伟祺还没来得及拒绝就被按倒，面膜纸糊了他一脸。

他等着李嘉玉帮他调整好面膜，忍着脸上湿漉漉、凉飕飕的不适感，还听她说一句："你脸真大。"

这真是太欺负人了，段伟祺认为必须反抗。

"别动，100多块一张的。"李嘉玉警告他。

段伟祺又忍耐了几秒，道："你要是愿意让我现在就揭下来，我帮你买一箱。"

"不用。"李嘉玉也给自己贴了一张，对着镜子调整好，然后躺到了段伟祺身边，"我囤了两箱，用你的卡。"

"现在糊在你脸上的，是你的钱。"

"还有我的心意。"

段伟祺清清嗓子，这最后一句，还挺让人舒心的。

元旦过后，段伟祺的工作取得了阶段性胜利，段延孝顺利出任富昌集团董事长。

但很快，段伟祺之前的担心也得到了印证。在任职晚宴上，有两位叔伯借寒暄祝贺段延孝的机会，当着段延孝的面对段伟祺说，富昌这样的企业，还是得由大佬掌舵才稳得住，这次事件就充分说明了这一点。年轻人有年轻人的优势，但想真正镇得住大场面，还是需要长辈来，几十年的经验和人脉不是白来的。

"当初你爷爷扶你上位就是冒险，不过那时候有他给你撑腰。他走得突然，你就把不住车头了。这次幸好有你伯父在。"一位伯伯道。

另一位也道："伟祺也很优秀，不然老爷子当初也不会这样做决定。不过伟祺自己也有生意吧？年轻人喜欢的东西就是跟我们不一样。现在富昌是你伯父掌权了，伟祺你也就放心吧，富昌还是你们段家的。你可以做你感兴趣的事去。"

段伟祺似笑非笑地听着，也不应话。

气氛渐渐有些尴尬。两位叔伯又说了几句才离开。

段伟祺便与段延孝笑道："外人们也不太了解情况，说说而已，伯父千万别放在心上。"

段延孝听出他的言外之意，有些不高兴："可不是我找人来说这些，你心眼太多了些。"

段伟祺又笑道："我确实心眼挺多的，所以丑话说前头，爷爷在世的时候，我确实不怎么在意富昌，但爷爷临终把它交给我，它就是我的。我们一家人都在爷爷面前领过话，我可不希望这一转身，大家就把他的嘱咐忘了。爷爷给伯父和爸爸起的名，先延孝，再延富，我想该算是祖训了吧。我从前虽然贪玩，但爷爷的话我可是记心里的。"

他的话说得不客气，段延孝便恼了："你爸倒是把你教得好，这么目无尊长。"

段伟祺哂笑道："我记得爷爷生前，你和爸总跟他抱怨，都是他把我惯成这样的。现在，却变成我爸教得好了。伯父你放心，我爸不参与这事，是我和你，我们两个人，要一起把富昌做好。我先前与你说过的，都没变。但伯父现在上位了,也别耳根子太软,被别人怂恿就不合适了。"

段延孝气得一晚上不怎么搭理段伟祺,段伟祺也不在意。其实之前他就听到风声,段延孝的那派人确有打算等段延孝上位后,就排挤掉他,以确保段延孝的位置坐得安稳。为此,段伟祺也做了些工作,如今说些难听话,在他看来,根本不算什么。

再后来,段伟祺开始加快速度着手安排别人接手他的其他产业的事务,欲将精力全部放在富昌的姿态摆得很足。那段时间他忙得脚不沾地,李嘉玉有时回B市,也足足大半个月见不到他的身影。

李嘉玉差点要怀疑段伟祺与她的春节之约要变卦了,结果到春节的前两天,他才跟她最终确认,计划不变。但得压缩旅程,为了节省转机候机的时间,他们坐段伟祺的私人飞机出行。

这波炫富炫得也挺自然,李嘉玉第一次坐私人飞机,觉得很兴奋。

李嘉玉这三个月的工作也挺顺利。在经过多次核算和讨论后,整个项目的流程大转弯,从前是从拓展资源入手,这一次,她们拿着与Blue的合作,从营销入手。

别看蓝耀阳平常嘻嘻哈哈的,但办起事来很靠谱。李嘉玉因为这次合作与蓝耀阳的团队有接触,也看到了他的另一面,如同他的助理说的:"小蓝总看着温良老实,有些孩子气,不爱计较,跟谁都能打成一片,所以大家都喜欢他。在圈子里,我们小蓝总是出了名的好好先生,有时候这种风格,办起事来也是很有优势的。"

确实很有优势。蓝耀阳很快就请到了有名的词曲作家为积木创作《宝宝来了》主题曲,又请到了有名的MV导演为MV掌镜。虽然费用对积木这样的小公司来说并不算低,但李嘉玉她们心里也清楚,这放在任何一个案子里,性价比已经是超高的了,而且这样级别的人物,可不是哪家公司砸钱就能请得动的。

积木把前期所有资金投在了与蓝耀阳的合作上,赌对了。

蓝耀阳不仅人缘好,而且头脑也灵活。什么事情都还没干,他先与连旭的团队通好了气,让营销团队放出了风声:影帝连旭首次MV出镜,为爱子站台。

连旭的儿子,小名正好就叫宝宝。因为那段日子连旭太忙,而蓝姐姐太懒,不爱想名字,就说叫宝宝顺口。于是大影帝的独子,小名毫不出众。

但对李嘉玉而言,这是好事。宝宝与《宝宝来了》,不谋而合。

作词作曲的名字放出来,连旭的名字摆出来,许多歌手主动联系询问,想唱这首歌。母婴品牌蜂拥而至,想请连旭和宝宝做代言,MV的广告植入当然也不在话下。

于是项目进展八字还没一撇呢,蓝耀阳已经把几个大品牌和当红歌手的资料摆在了李嘉玉的面前:"你挑吧。"

李嘉玉不禁感叹:"蓝少啊,你说我以前怎么没找你呢?"

"谁知道呢。"蓝耀阳做作地拨了拨头发说,"那时候你傻吧?"

段伟祺听说蓝耀阳居然敢在自己老婆面前显摆,很不高兴。他跟李嘉玉道:"不经历前面两次的失败,你的项目方案达不到现在的水平,没现在这个方案,你找耀阳也没用。谁也不傻,好的东西,才会获得认可。"

李嘉玉有些感动地说:"段总啊,多谢你的肯定。"让她又自信起来。

"不是。我还没说完。"段伟祺道,"重点是,除了你老公之外,任何男人在你面前炫,你都该唾弃他们!"

李嘉玉不唾弃蓝耀阳,她简直要崇拜他了。

别看蓝耀阳平常孩子气、爱闹,但商务谈判时也是很机灵的。李嘉玉与团队开会讨论后,选了两家品牌想接触洽谈试试,蓝耀阳领着连旭的经纪人还有李嘉玉去了。蓝耀阳与连旭经纪人一唱一和,都没李嘉玉什么事。她在一旁看着,默默学习。混娱乐圈的,就是跟他们做业务的不一样啊。

两家品牌给李嘉玉的感觉都挺好,开的价也不错。但蓝耀阳不满意,他说先拖着他们再说。

作为急需收入的当事公司,积木咨询倒是有些担心拖一拖就没了。李嘉玉给段伟祺打电话,想听听他的意见。段伟祺听完李嘉玉说的,第一句话竟也是:"这么少,晾着他们好了。"

"可我觉得还行。"李嘉玉道。

"心理战啊,嘉玉。这是心理战。"段伟祺道,"你对付我的时候不是挺溜的吗,对付品牌可不能怂。"

"可我们只是小项目,我觉得是不是该务实一点?"李嘉玉见过太多的商业案例,他们这个,真的只能算小项目。

段伟祺哼道:"连旭的项目是小项目?你问问他的粉丝答不答应?"

连旭在MV里统共就一个镜头,一两秒,有两句台词。这样就吹爆说是连旭的项目,李嘉玉觉得不好意思这么吹,脸皮不行。

但后来MV拍出来了,导演剪了第一个版本,网上试播。

李嘉玉顿时改主意了,她觉得可以吹爆,这就是连旭的项目啊,谁不服?

没有品牌介入的情况下,积木先自行承担了第一版MV的费用,太值了。李嘉玉和贺亦春一个在B市,一个在C市,守着电脑等MV上线,感动得热泪盈眶。

从宝宝摇摇晃晃入镜开始,弹幕就炸了。

"我连旭的宝啊!"

"长得太像爸爸了！"

弹幕唰唰地，盖了一半屏幕。

"宝宝。"连旭的声音在画外响起。

弹幕疯了！

"哎！"

"我在呢！"

"老公你叫我？！"

弹幕把屏幕全遮上了。

李嘉玉也激动地输入："哎！"

贺亦春发来微信："我答应了！"

李嘉玉哈哈大笑："我也是。"

把MV进度条再拉回去重来。

"宝宝。"连旭说完这句，宝宝看他，咧嘴笑，迈开小短腿"嗒嗒嗒"地晃着奔向镜头。

连旭入镜，唯一的镜头，他说："宝宝快来。"

屏幕被一大串"来了"遮得满满的。李嘉玉一边大笑一边输入弹幕："来了！我来了！"

然后她的脑袋被人戳了一下。

回头一看，段伟祺黑着脸站她身后。

妈呀！吓死宝宝了！

李嘉玉愣愣的。

段伟祺双臂抱胸瞪着她。

李嘉玉求生欲很强地果断回头迅速输入弹幕："我老公也来了！"

她观察了一眼他的神情，企图再补救一下："我是和我老公一起来的！"

段伟祺默默地看着她。

MV上线一周后，两家品牌给积木开出的合作价码翻了五倍，连旭的代言费就更不用说了，那声"宝宝"简直太撩，撩人撩心还撩钱。

李嘉玉咋舌。作为一个务实派，她头一次感受到了空手套白狼的快感。积木与Blue经过综合考虑后，又参考了一下连旭这方的代言选择，最后终于选定了合作方。

签约那天，贺亦春飞来B市，与李嘉玉一起去了品牌公司，郑重签下了自己的名字。

心中的一块大石终于放下，全新的一步，稳稳迈出。

贺亦春和李嘉玉一起请蓝耀阳他们吃了一顿饭。李嘉玉选了当初她请客的那家粥店。

"我们公司现在还穷。"李嘉玉说。

蓝耀阳鄙视她。

席上说起这粥店,李嘉玉告诉贺亦春,这是她与蓝少的友谊开始的地方。她说起当初她请客,预算1000元以内,蓝耀阳问她是不是少写了一个零,贺亦春哈哈大笑。

贺亦春跟蓝耀阳聊起她与李嘉玉创业的事,聊起自己从前在职场上的遭遇,聊起她当妈妈后的一些体会。蓝耀阳不愧是可爱系的,跟贺亦春也聊得火热,差点结拜。

最后贺亦春和李嘉玉一起感谢蓝耀阳的相助。平常总是嬉皮笑脸的蓝耀阳却说了句感性的话:"你们要谢谢自己,谢谢自己坚持下来了。"

贵人不是没来,贵人还在路上。

谢谢自己的坚持。贺亦春和李嘉玉碰杯。

拿到了品牌合约,后续的事简直一帆风顺。

因为得到的一系列资源,融资计划书已经改到了第N版。之前李嘉玉去敲过门的几家公司,又都主动联络她,问她目前是个什么状况,可以进一步沟通下。

但这次李嘉玉不急了。

她一手拿着好产品,一手握着顶级品牌资源,再加上政府项目黄了之前她们谈下的育婴室投放地点,可以说现在项目已经具备了启动能力。

说到产品部分,这又是李嘉玉意外的地方。苏文远这几年还真是变化挺大。这次育婴室的设计时尚大方,组装方便,功能齐全,占地小但空间感舒适,配套的小物件也很亮眼。苏文远似乎又找回了设计师的灵魂。

他还很大方地免费授权一年,这大大减轻了积木项目筹备期的压力,降低了操作风险。且在李嘉玉她们签下品牌赞助投资后,苏文远还按品牌合作产品的需求,将育婴室的设计升级了,工作做得认真细致,一点都没有马虎。他没有因为合作方是有旧仇的李嘉玉以及合作没任何盈利,而表现出丝毫的怠慢。

但李嘉玉对苏文远还是有所警惕的,总担心他这边出什么状况拖后腿。她对"远光"的感情很复杂,那是她一块骨头一块肉养育出来的孩子,她看着它一点点成形,一点点成长,当年的她,倾注了所有的热情与梦想在"远光"身上,只是还没等这个孩子长大,她就离开了。

离开得伤心欲绝,离开得果断又痛苦。

李嘉玉觉得,这种感觉是她之后再工作多久,再创业几次都不会再有的了。

而这种感情跟苏文远绑在一起，五味杂陈。

她会排斥苏文远，却希望"远光"能好。

所以李嘉玉在搞定了初期关键的那些沟通后，就把后续的跟进和配合交给了项目总监杨勋。

杨勋原来是李嘉玉的助理，跟李嘉玉同岁，C市本地人，营销专业大专学历，在进入积木之前，他在互联网公司做销售。贺亦春的朋友认识他，觉得这人不错，脑子灵、踏实、外形佳、能谈业务，是贺亦春和李嘉玉这类型的互补，贺亦春就给挖来了。

进入积木之后，杨勋果然表现很好。虽然学历不高，但他勤奋，业务学习能力很强，很快就适应了贺亦春和李嘉玉的高强度工作要求，于是试用期没过就从市场部转做李嘉玉的助理，帮着李嘉玉谈业务做关系，确是一把好手。

杨勋的统筹能力强，危机处理也很不错，有上进心，为人也正派。李嘉玉跟贺亦春商量了，有意栽培他接班。那次商议中，李嘉玉也第一次正式地跟贺亦春提出了日后会离开的决定。

贺亦春虽然惋惜，但也有心理准备。两人对公司的未来都做了一番长远的规划和安排。于是杨勋加薪升职，有了自己的团队。

李嘉玉的工作重心放在品牌合作和融资上，一切都进行得风风火火的时候，春节长假到了。

李嘉玉对这次的春节长假非常期待。她惦记着段伟祺要送给她的礼物，也期盼着坐一坐私人飞机。但春节后的工作安排已经满档，放假临走前还有一堆工作卡着，段伟祺便把出发的地点定在了C市。

为了能好好度个假，段伟祺也是大半个月没休息过，私人飞机的飞行申请早早就定好，他分秒必争地签完最后一份文件丢给秘书，就坐私人飞机先去了C市接李嘉玉。

坐车到李嘉玉的公寓路上，他还在处理邮件，用手机点发送的时候，他就站在李嘉玉的门口。门打开，出来一个年轻男人，段伟祺愣了一愣。

"那就这样，有什么事也不要联络我了，我度假回来再给你们发消息。你放假前得再催一次'远光'，工厂那边元宵节之后才会上班，这个进度一定不能落了。"

李嘉玉跟在那男人后头，见到段伟祺顿时笑成一朵花道："你来了呀，我都收拾好了。"

段伟祺见了她的笑容，舒心许多，伸出手将她抱进怀里。

李嘉玉拍拍他，指了指那男人道："杨勋。"

杨勋点了点头说："段总好！久仰大名。"

李嘉玉哈哈笑，有些不好意思地拨拨头发。杨勋又道："那我先走了，假期愉快，李总。"又转向段伟祺，"再见，段总。"

"再见。"段伟祺保持住了风度。

杨勋走了，段伟祺进了门，脸色还没缓过来："他就是杨勋？"他倒是听李嘉玉提过这人好几次，可从来没有见过真人。

"对呀。有份文件落了签字，我赶着收拾行李呢，只能拜托他送过来。"李嘉玉把两个大箱子拖出来，一个蓝的，一个粉的。

段伟祺拍拍蓝箱子道："我的东西要带这么多？"

"不是。这个是我的，粉的那个是你的。粉的那个有点小，装不下。"

段伟祺看看粉色的箱子，愣愣的。

李嘉玉亲亲他说："别嫌弃，反正行李都是我收拾，没人知道段总的东西放在粉箱子里。"

段伟祺叹气道："你早点说，可以再买箱子嘛。"

"早点哪知道，收拾完了才知道。我倒腾换箱子还收拾两遍呢。"

段伟祺拎了一下说："你是打算搬家吗？放了什么？"

"差旅常用的那些。"李嘉玉跑前跑后，把背包什么的也拿过来放一起，"齐了。我们是再休息一会儿，还是现在出发？"

"你过来。"段伟祺坐沙发那儿，拍了拍。

李嘉玉过去了："看这架势是可以休息一下，不着急走。"她在他身边坐下，看了看他，伸手帮他整理领口，然后忍不住顺势抱住他的颈脖，窝在他怀里，"真想你呀，段总。"

然后她放开他了，问他："你想跟我说什么？"

段伟祺张了张嘴，最后还是咽了回去："没什么想说的，就是想跟你一起坐一会儿。"

李嘉玉嘻嘻笑，看得出来她心情很好，她挽着他："你是不是很累？"

段伟祺想了想，还是忍不住，道："这杨勋长得是不是有点像苏文远？"

李嘉玉惊奇了："不是吧，你眼瞎？"

"同一型的。"

"哈哈。"李嘉玉觉得好笑，"哪种型？"

段伟祺不答，又问："杨勋说久仰大名，你在别扭什么？"

"我哪有别扭？"李嘉玉瞪他。

"有。你很做作地拨头发。"

李嘉玉瞪着眼睛。

"你就算眼睛瞪再大，你也做作地拨了头发。"

李嘉玉不高兴了:"你怎么不问人家为什么说久仰大名?"

"我段伟祺被人久仰大名不是很正常吗?"

"你拉倒吧。你当你是连旭吗?在我们积木,你不是沾我这李总的光,谁在乎你是谁呀。"李嘉玉气呼呼地站起来,"我吹爆我老公,所以你被别人久仰大名,你还当自己飘在全国上空发着光呢?"

吹爆我老公?

段伟祺清了清嗓子:"你怎么吹我的?"

"滚蛋吧你。"李嘉玉过去拿包包,"出发了。"

段伟祺也过去,李嘉玉把两个箱子都推给他:"全都你拿。"

段伟祺敢怒不敢言。

李嘉玉昂首挺胸地走在前面,步子踏得嗒嗒响:"居然说我做作,段伟祺你死定了。"

段伟祺真是服了她的思路,怎么重点不是他吃醋,而是她被说做作?

段伟祺在去机场的一路上都没敢吭声,明明觉得自己之前挺有气势的,不知怎么地拖了两个箱子后就怂起来。李嘉玉一路板着脸,偷偷看他好几眼。

段伟祺壮起熊胆,恶声恶气说了句:"不用看我,没打算哄你。"

李嘉玉扭头看窗外,段伟祺又哑了,摸出手机搜老婆生气要怎么哄,没找到什么合适的答案。他想了想,给机长发信息。过一会儿机长回复他,他再回过去。几个回合后,段伟祺把手机放下了。

到了机场办完行李手续,段伟祺不着急入闸,拉着李嘉玉逛机场商店:"买本书,飞机上打发一下时间。"他找个理由。

两个人就在书店待了好一会儿。段伟祺心思不在书上,李嘉玉倒是挑得津津有味。

好几次他偷瞄她被她发现,她没说话。最后她实在没忍住,道:"没打算哄我就别看过来。"

段伟祺把头扭到书架那边。

段伟祺收到一条消息后,拉李嘉玉上飞机。

私人飞机比客机小很多,但内里非常豪华,李嘉玉看到飞机笑了,很兴奋。

段伟祺道:"上了飞机就不能再生气了啊,不然容易出事故。"

"你家飞机还感染情绪呢?"

段伟祺一本正经地说:"是我们的飞机。"

李嘉玉不理他,跑上飞机,机长和空姐在等,对她笑。段伟祺跟着上来,机长低声对他道:"买不到真花,段总。花店的花被别人全包了。"

段伟祺咬牙,其他男人也挑这日子得罪老婆吗?

机长道:"我帮你包下了机场全部的巧克力,效果应该也一样。"

段伟祺的脸抽抽,怎么可能一样?

他走进机舱。机舱里摆满了巧克力,甚至还有包装精美的巧克力花束。

李嘉玉似笑非笑地看着他说:"这是朕为你买下的巧克力?"

段伟祺窘在那儿,看看,这气势真的差很多。

满舱的巧克力。

李嘉玉只吃了一颗。段伟祺也不爱吃。最后大部分巧克力又被搬下了飞机,李嘉玉想把巧克力运回公司分给同事,段伟祺答应了,只留了那一束巧克力花应应景。

这过程有些尴尬,结局有点寒酸。

段伟祺强撑着脸面,道:"这总行了吧?"

"行。"李嘉玉很给面子地说,"开心。"

李嘉玉是真的开心,很快把段伟祺吃醋和乱说话的事丢在脑后,这个男人有时候脑子不灵光,就别跟他计较了。

李嘉玉坐私人飞机很兴奋,也为不知要去哪儿而有些激动,与段伟祺在飞机上胡乱聊天,问东问西,吃吃喝喝睡睡。

最后到达了目的地,欧洲。

一开始也没什么太特别的,从意大利到法国,一路买买买的节奏。李嘉玉不动声色,等着看最后是什么大招。

假期太短,马不停蹄,一路急赶,奔向西班牙。

李嘉玉听说去西班牙,脑子里就想到了加那利群岛。

那是三毛与荷西人生的终点,是那个浪漫又坚强的女人美好的梦想之地。

段伟祺带李嘉玉果然是去了那里。

李嘉玉不想扫段伟祺的兴,便没说自己在大学的时候曾与几个女同学一起来过,还被当地混混抢过包。当然更不会提当初苏文远与她说起未来时,说过等他们结婚后,想来这里度蜜月。

这两个经历都让她对这里感觉有些微妙,重新走一遍特内里费岛、大加那利岛,时隔多年,身边的人也变了,倒也是很开心。她很惊讶于段伟祺居然会些西班牙语,还对这里挺熟。

李嘉玉开玩笑地问他:"你不会以前交过一个西班牙女朋友吧?"

段伟祺没答,但神情有些尴尬。

"天哪!你真有!"李嘉玉瞪他,想了想把她的旧版蜜月之旅计划咽了回去，在这种事上计较还报复一下太幼稚了，她又不是他。

后来段伟祺带她去了戈梅拉岛，这个岛她没来过。段伟祺提前租了可观海景的房子，带着她到处逛，慢悠悠玩了一天。第二天吃完了早饭，他递给她一个提前准备好的大背包说："我们去探险。"

"终于要去看礼物了吗？"李嘉玉很兴奋地问。

段伟祺带着她去了码头，那里已经有一队人在等着，有男有女，还有十来岁的少年。大家很热情，看着李嘉玉笑。一位中年妇女走上前，给李嘉玉递来一束玫瑰。

"嘉玉。"她说，笑得有些兴奋。

李嘉玉很惊奇。她竟然会中文吗？结果那女的接着又说了一句西班牙语。

李嘉玉转头看看段伟祺，段伟祺道："她夸你漂亮。"

李嘉玉用现学的西班牙语说了句："谢谢！"

那妇人与其他人都笑了，大家居然都唤她："嘉玉。"

"哇！"李嘉玉挽着段伟祺的胳膊问，"你教他们的唯一一句中文是我的名字吗？"

段伟祺很傲娇地说："哪用得着我教。"

段伟祺拉着李嘉玉上船，那队人也跟着。

李嘉玉问段伟祺："我们去哪里呀？"

段伟祺只是笑。

几分钟后，船长过来与段伟祺打了招呼，一众人扬帆出海。

这天的天气极好，海面平静，海水蔚蓝，远远望去，海天一色，美丽又壮观。船身在行进中轻轻摇晃，李嘉玉偎在段伟祺身边，心情也颇荡漾。

一路上什么都没有，除了海还是海。走了一个多小时，终于看到了一座孤岛。

"段伟祺。"

"嗯？"

"你不会，真的送我一座岛吧？"

"想什么呢？"段伟祺冷哼。

李嘉玉不信，她眺望着那岛，心跳越来越快。

不一会儿船便驶到了岛边。段伟祺驾游艇带李嘉玉上岸。其他人也乘小艇，却从另一边上了岸。

"他们要去哪里？"

"去准备吃住的地方，我们今晚在岛上过夜。"

李嘉玉掏出手机看了看，没有信号："有点可怕啊，段伟祺。你确定这趟是惊喜浪漫之旅,对吧?"

"没手机信号就可怕了?"

"对呀。"

"你的安全感来源真古怪。"段伟祺哼道,"我不是还在你身边吗?"

"我想起了阿加莎的《无人生还》。"

段伟祺瞪了她一眼。

李嘉玉眨眨眼说:"你知道这本书吧?"

"你放心吧。"段伟祺道,"就算有手机信号,在这孤岛上,发生什么你报警也没用。"

李嘉玉在心里道,谢谢你的安慰,我觉得踏实多了。

段伟祺轻笑:"死心了就好。"

他带着李嘉玉往前走,走着走着,进入树林。李嘉玉注意到这里的林木被整理过,并不像野生丛林那般杂乱:"这里开发过?"

"只有这一片。再过去就没了。"

"所以一会儿会有狮子跳出来吗?"李嘉玉说着,忽然停了脚步,她看到前面的树干上挂了一块牌子,牌子上写着:"买买买,打一花卉名。"

李嘉玉愣了愣,问他:"猜到这谜会怎样?"

"能找到礼物。"

"好幼稚啊,段伟祺。"李嘉玉嫌弃着,但两眼发光,迫不及待。

李嘉玉想了半天:"想不到,下一题。"

段伟祺哈哈大笑。

李嘉玉不管他,拉着他继续往前走。

走了好一段,转了两圈,李嘉玉以为谜语没有了,却见段伟祺在笑。她一转头,看到一棵树上又写着:"春花秋月何时了?"

李嘉玉怔住,瞪向段伟祺问:"然后呢?打什么呀?要猜什么?出题人没出全呀?"

她叉腰问他:"这么没水平的题,是不是你出的?"

段伟祺哈哈笑道:"哪里没水平,就是简单了点。"

李嘉玉抿嘴,想了好一会儿道:"不知道要猜什么,下一题。"

李嘉玉领着段伟祺到处乱走,走着走着,她发现这一大片园林确实是开发过的,越往里走,景致越美,还有人工开辟好的小径,甚至搭了凉亭,有座椅。

李嘉玉走累了,进了亭子,却看到亭子里的桌面上摆着十辆车模,上面还有一个牌子:"专一是美德,只许摸一辆。"

李嘉玉又想瞪段伟祺了，就这个买车跟买萝卜似的主儿，好意思让别人只摸一辆？还专一是美德。哼！

段伟祺就站在旁边看着她，笑道："要挑哪辆？"

这是看不起她了？以为她不认得？

李嘉玉不服气。她看着那些车子，忽然灵光一现："春花秋月何时了？往事知多少。"

往事？

再看一遍这些车。兰博基尼！

她把兰博基尼的车模拿起来，打开一看，里面有张纸，纸上画的是一幅地图。地图上显示的是这个园林的路径，在某处画个了星。

李嘉玉兴致勃勃地奔着那个地点去了。那地方有个花圃，花圃旁有个平台，平台上放了个盒子。李嘉玉笑着去拿盒子，却发现它上了锁。

"钥匙呢？"

段伟祺很无辜地说："你不是有一题没猜？"

"那不是打花名？所以埋在这花园里某处花下？"李嘉玉拍段伟祺，"干吗搞得这么复杂，买买买是什么花……"

这么俗的谜面，太没有水平了。

这林里树多花少，她都不认识，不可能在这里头。买买买，不花钱吗？可以的，就是不贵买得起呗。

李嘉玉又拍段伟祺："什么烂题。不贵，玫瑰吗？啊，我前面那束玫瑰放在船上了。你怎么不早点说，又要走很远还开船回去拿吗？"

段伟祺叹气，伸手给她牵："行了，行了，你真是凶巴巴，收个礼物跟打仗似的。"

李嘉玉嘟嘴，抱着她的礼物盒子，让段伟祺带她走。

走出花园，却见一座庭院。庭院后头，是几幢木头房子，看上去很结实，古朴又有气质。

段伟祺把李嘉玉牵到主屋里，李嘉玉眼前一亮，看到了她的那束玫瑰花。她奔过去，从花束包装里找到了一把钥匙。

她很兴奋地对段伟祺笑，段伟祺拖过一把椅子，坐她身边看着她。

李嘉玉小心翼翼地打开了盒子，里面有一对戒指，还有一张地图。

是钻戒。女戒的粉色钻石晶莹剔透，鸽子蛋般大小；男戒上有一点点粉，不仔细看看不出，但看清了觉得甚有点睛美感，低调却又有气质。

李嘉玉很高兴，把男戒帮段伟祺戴上，又伸出手指，让他帮自己戴上了女戒。

"这个太夸张了,我肯定不能戴出门。"

"随你。"段伟祺亲亲她。

李嘉玉看着戒指,越看越觉得漂亮。她打开那张地图,问段伟祺:"还有礼物?要去哪里找?"

她仔细看,发现这是张加那利群岛的最新地图,在岛上各处都有卖的。在海的这边,有几个零星的孤岛,其中一个有小小的名字标注"jiayu",旁边画了个星号。

李嘉玉眨眨眼睛。

想起之前她和段伟祺的对话。

"你不会,真的送我一座岛吧?"

"想什么呢?"

还有段伟祺说,那些人叫她的名字,用不着他教。

"段伟祺,"李嘉玉叫他,"这是什么?"

段伟祺淡定地道:"地球上有个美丽又浪漫的地方,叫嘉玉。"

嘉玉岛。

李嘉玉喃喃地念,然后笑起来,还挺好听的。

"段伟祺。"李嘉玉叫道。

"嗯。"段伟祺做好了被拥抱被亲吻的准备,准备接受她的感动和崇拜。

李嘉玉果然过来紧紧拥抱他:"虽然很不实用,但我很喜欢,谢谢你!"

等一下,不实用?

段伟祺没好气地说:"怎么不实用?修一修,想卖门票卖门票,想租出去租出去,想自己住着玩就住着玩,什么都不想干,坐在千里之外听听自己的名字也很爽,哪里不实用?"

李嘉玉心想,说得轻巧啊。也是,毕竟是段伟祺。

好几年后,李嘉玉时不时能听到"嘉玉岛"这个名字。首先是美国一家电视台办的名为《勇者生存》的海岛探险真人秀节目火了,取景地点就在嘉玉岛。又有欧洲一档真人秀综艺节目《挑战孤独》,也取景于嘉玉岛——给你足够的粮食、水,让你独自在孤岛豪宅中过着没有Wi-Fi和朋友的孤独生活,你能坚持多久?还有,好莱坞的两部票房火爆的电影也取景于嘉玉岛。

每个影片的花絮中都会说:据当地人讲,这座岛原本只是远离岛群的孤岛,后来一位富商买下求爱,将名字改成他爱人的名字。当然,这也只是传说。

再后来,嘉玉岛借助影视和综艺大红后,每年限期开放,一票千金难求。

那时候方勤与李嘉玉聊完妈妈经,还提起往事:"当年我告诉老铁,段总给你买了个岛,老铁问我,街口有家小吃店,叫'嘉玉卤味',是不是也是你的?作孽啊,这么浪漫的事,到了老铁这儿,怎么就变味了呢。"

当然,那都是很久之后的事了。

在嘉玉岛的那天晚上,李嘉玉与段伟祺一起躺在沙滩上,看着夜空中的星星。

四周寂静,只闻海浪波涛轻刷滩岸的声响。天上的月亮极美,星星亮得炫目,李嘉玉指着星空对段伟祺道:"看,朕为你买下的星星。"

"买不起。"段伟祺懒洋洋地说,"朕也就只能买个看星星的海滩给你。"他忽地翻身,亲亲她的眼睛,"你现在看到的不仅是星星,还有我的心意。"

李嘉玉亲亲他嘴角,爬起来往篝火旁自己的包包那儿跑去:"你等我一会儿。"

不一会儿她回来,手上拿着两片面膜。

段伟祺惊奇了:"李嘉玉,出来探险你还带面膜!"

"又不重。"

段伟祺简直无语:"不是。什么人会在探险的时候想着会用得上面膜呀?"

"美女呀!"

段伟祺更无语了。

李嘉玉不允许段伟祺拒绝,把面膜贴在他的脸上,仔细帮他贴正了,然后自己也贴了一张,再躺一起看星星:"好了,现在我们享受着彼此的心意。"

段伟祺躺了一会儿,忍不住嘀咕:"你的心意,嗯……"

"怎么!"

段伟祺赶紧把话咽回去,改口道:"我是想说,你的心意,挺上进的。"

李嘉玉哈哈笑。

她家段总还是尿的时候最可爱。

段伟祺过了一会儿又道:"嘉玉,今年,我把董事会梳理清楚,我们就办婚礼吧。"

"好呀。"李嘉玉笑嘻嘻的,侧头看了他一眼,"行。"

她想凑过去亲亲他,但两人脸上都有面膜,她赶紧作罢,还仔细把面膜再抚一抚。段伟祺不满意地瞪她:"这破纸居然比亲老公重要吗?"

"当然了。"李嘉玉正经道,"我可是要站在媒体面前的女人。"

"因为婚礼上会有记者采访你吗?"

"因为我会是全国十大杰出青年、优秀女企业家代表。"

段伟祺有点控制不住自己的表情。

李嘉玉揭开他的面膜看了看他的表情,哈哈大笑,她自己的面膜也掉了,但她不在意,就觉得很好笑。她抱着段伟祺的胳膊,假装在接受访问:"大家好,我是李嘉玉,段伟祺是我先生。"

段伟祺学着她的语气,接口道:"我先生是全国十大杰出青年,我是优秀女企业家代表。"

李嘉玉笑得不行:"感觉说段伟祺是我先生好炫啊,比买了座岛还炫。"

"马屁精。"段伟祺白了她一眼。

李嘉玉笑着滚到他怀里。

假期转眼即逝,李嘉玉回到了C市。各项工作齐齐地等着开工,积木咨询却有些开年不顺。

春节刚过,贺亦春的父母就都生病住了院,她赶紧回老家安排父母的治疗,并需要留下照顾他们一段时间。于是急待进入第三阶段工作的味香食品公司的咨询业务,李嘉玉得分心帮她盯着。"宝宝来了"项目有两份大合同需要签署,都是春节前谈好了在走流程,等春节后签字就好。

但不料三项工作全都出了状况。

味香食品公司突然宣布对积木给出的市场数据报告和营销战略表示质疑,对合作的效果不满意,要终止合作。李嘉玉查看了项目进程记录以及各项报告,觉得没什么问题。她又与贺亦春通了电话,贺亦春已经知道了这事,她与味香食品公司通了电话,但并没有取得满意的结果。

"其实什么都做完了,这个节骨眼上生事,他们是想赖掉尾款。"贺亦春非常生气,她这边走不开,正是忙的时候,公司状况她当然清楚,什么都压在李嘉玉身上,她很过意不去,结果现在还出了个烂摊子,"等我回去吧,我来处理。我爸明天手术,我再过几天就能回去了。"

"哪有这么快,手术完了还要看术后情况,你先别着急,我跟成哥去一趟,当面问清楚。"李嘉玉道。

成哥名叫宗成,是积木的项目经理,应聘来的。他在C市的咨询公司做过几年,挺有经验,在C市也有资源。味香食品公司就是他谈来的客户。

李嘉玉与宗成一起去了味香食品公司。味香食品公司是C市的纳税大户,知名的小食品品牌,一直发展不错。但近年小食品市场竞争激烈,渠道又受电商冲击,他们虽积极跟进,在传统经营模式上加入了新的营销方式,但一直未能占据更多的市场份额,反而还被一些新的品牌厂商在渠道上挤压。于是味香食品公司找积木咨询,希望能得到详细的行业市场分析以及建立有效的营销战略。

前期谈判顺利，合约很快签署。之前的合作也都不错，他们对积木非常配合，所以现在到了这一步突然要赖，除了想赖账，李嘉玉她们真是想不出别的原因了。

味香食品公司的老板叫蔡恩。李嘉玉听贺亦春说过这人，很精明，文化程度不高，善交际，在C市挺有人脉势力。贺亦春也是看中了这一点，想结交这个朋友，所以当初签下的合同金额并不高。

蔡恩见了李嘉玉，表面上客气，话说得委婉，但意思让人很不痛快。

他说积木提供的咨询服务，花费了他们三个月的时间，当初就说好了，他们想抢占春节的这个大市场，但现在春节的数据出来了，他们的销售额不升反降。积木浪费了他们的时间，耽误了他们的营收。因为积木在入场调查和做内部访问时的手法及态度不当，还引发了他们职工的不满情绪，有三位中高层人员还于春节后离职了，他们的损失很大。这些与积木都有直接关系。当初签署的合同中有相关条款，他们有权终止合作。已经付出的款项就不向积木追讨了，但是后续的金额他们拒绝再向积木支付。

李嘉玉按捺住怒火，道："蔡总说的这些，我在项目往来的文书报告中都没有见到。所有的项目进展和相关报告，你们都是满意的，每一样工作都有你们的相关高管的签字。蔡总现在突然这样指责我们的服务，我们无法接受。还希望蔡总能在正式的邮件或是项目报告里，给我们一份具体的服务反馈。我们要检查这些环节，到底哪里出了问题。"

蔡恩道："李总今天第一次见我，大概对我这人不熟悉。我这人是喜欢交朋友的，能包容退让的，我都尽力去做，不喜欢跟人撕破脸。对积木的服务不满意，我当然不是突然这样，而是一直觉得有问题，但基于好好合作的心理，我也一直在给积木机会。只是最后的结果这样，我真是没办法，实在无法容忍。再做下去，还继续给你们钱，我岂不是成了冤大头？我想大家都各退一步，和气生财，到这里就算了。"

"可蔡总还是没回答我刚才的问题。我刚才是说，蔡总想要终止合作，拒付尾款，又条理清楚地提出了那么多的理由，那蔡总是否可以给我们一份书面的报告，以供我们做总结和核查？"李嘉玉很坚持。

蔡恩微微一笑："李总真是年轻，怎么听不懂呢？我刚才的意思是，有些话当面说清楚就好了，难道还非要我撕破脸给你们积木难看？出什么报告，那报告除了让你们难堪之外，又有什么用呢？"

李嘉玉道："那么我确认一下，蔡总的意思是，刚才蔡总说的，就是正式的违约理由，你们打算以这些为理由，在积木完成了合同约定的工作后，违约拒付积木的尾款。是这意思吗？蔡总如果出书面报告，也是会把这些理由列上，只是觉得不好意思，不想跟我们积木撕破脸，所以才不落到纸面上，只口头与我沟通，是这个意思吧？"

蔡恩微眯了眼盯了一会儿李嘉玉，再开口语气不太好了："李总真是年轻气盛，我既然都说清楚了，李总这么咄咄逼人，倒是显得没风度了。"

李嘉玉嗤笑道："作为违约方，蔡总的风度就显得虚伪了。"

蔡恩板脸道："所以说跟女人做生意不痛快。既然都说明白了，还有什么拉扯不清的。我对你们积木不满意，就是不想付款了，就是这么简单。你是想与我打官司还是怎么样？就你们这小公司，两个女人，还能怎么样？还有，我告诉你，你们那个什么宝宝、母婴室，想在商场和公共场所落地，你知道C市是什么地方吗，如果我乐意，帮你们打声招呼，一切好说，放个母婴室也不是多大的事。但你们若是给脸不要脸，你就等着看吧，你看看你们能在C市放几个。你们那项目烧了这么多钱，还请了大明星，最后落不了地，赔死你们。这里头的轻重，你们好好想想。"

居然还威胁她。

李嘉玉气得站起来，道："积木的服务没有问题，我们完全按协议的约定完成了工作，如果蔡总非要违约拒付款，那我们只能走法律程序了。"

蔡恩冷笑道："你去告。看看法院在你们积木破产之前能不能给你们立案。"

李嘉玉抿紧嘴，转身走出了蔡恩的办公室。

李嘉玉和宗成回了公司。路上宗成小心翼翼地劝她："要不，就算了吧。这蔡总是C市的地头蛇，人脉挺广的。"

李嘉玉看了他一眼说："人脉广就可以耍无赖了？"

宗成不说话了。

过了一会儿，李嘉玉道："成哥，我是这么想的，退让挺容易的，多一事不如少一事，但让惯了，就再不敢争了。我们开公司做企业，挣钱过日子，不只是钱而已，但也不能没钱。如果趴下任由别人欺负，损失了钱，也没了尊严。最起码，不该这么轻易就屈服了。"

宗成抿抿嘴，不说话。

李嘉玉又道："这事放到贺姐那儿，她也不会同意的。"

宗成叹气："我明白的，李总。"

回到了公司，李嘉玉给贺亦春去了电话，把情况说了。贺亦春很生气："当初谈项目的时候只是觉得他有些滑头，为人小气些，但没想到居然这么不要脸。怎么也是个大企业的老板，至于占我们这20万的便宜吗？真是，太气人了。"

贺亦春同意李嘉玉的处理方法："不能就这么让他欺负了，我不同意终止协议，尾款他必须付。我就不信了，C市这么大的地方，他蔡恩还能一手遮天了。"

"好，既然你也这么想，那我们就两手准备。一来继续跟蔡恩沟通，态度强硬些，要求他们履行合同，必须付款；二来做好打官司的准备吧。"李嘉玉道，"今天的谈判，我录音了。想着他既然想赖账，那总得留下点什么证据。所以我反复问他是什么理由要终止协议。我把录音文件发到你邮箱，你听听，挺可笑的。他也是狡猾，不愿意给我书面的报告，大概也是知道自己站不住脚，怕留下什么把柄。总之他瞎掰的那些，说什么我们的营销战略让他们春节销售额下滑，又说什么我们的工作造成他们的人才损失，他怕是忘了我们咨询是干什么的了。我们可以提前准备准备，把他们的春节数据、人员流动状况摸清底，要是他坚持拿这些荒谬的理由来要赖，我就要拿分析报告打他的脸了。"

"行。"贺亦春道，"商场落地那边，也不得不防。你赶紧联络阳光那边，尽快把合同签了。白纸黑字，签了合同就放心了。"

李嘉玉与贺亦春沟通完，便给阳光集团的联络人打电话。

阳光集团公司是C市的大企业，拥有10多家商场、大型社区项目，还与政府合作了公园、游乐场，等等。贺亦春通过朋友关系与阳光集团接上了线，李嘉玉与对方谈了好几个月，终于谈下来一个战略合作意向。阳光集团在他们的商场、社区、公园等地提供地点，供积木放置母婴室，首期100个。阳光集团可为他们的会员发放宝宝卡，阳光会员免费使用"宝宝来了"母婴室，阳光集团不参与运营，也不享有母婴室的收入。积木承诺为保障阳光会员的权益，母婴室投放后至少运营两年，并及时提供客户服务。积木会在各项宣传物料中鸣谢阳光集团的支持。

阳光集团的联络人是位中年女士，名叫盛燕。她挺喜欢"宝宝来了"这个项目，觉得是件很好的事。同时她也是连旭的粉丝。李嘉玉送了她一套连旭的写真画册加特签，她与李嘉玉关系还不错。

盛燕接了李嘉玉电话。寒暄几句后，李嘉玉问她年前谈好的合同现在是什么进度，盛燕道："已经在走流程了，你放心吧，没什么大问题。"

与盛燕通完电话，李嘉玉收到了宗成转来的邮件，是味香食品公司的市场总监发来的，表示基于双方的沟通情况，他们拟定了解约协议，让积木过目。又说和平解约，互不追责，希望积木签署。

李嘉玉把宗成叫进了办公室,与他道:"我跟贺姐通了电话,贺姐的意见跟我一致,不同意解约。他们必须支付我们尾款,少一分都不行。周五就是付款的最后期限,如果不按时支付,按合同约定,他们需再支付滞纳金。三个月后仍不支付,我们就要采取法律手段了。"

宗成张了张嘴,但最后没说话,点点头出去了。

李嘉玉把刚才的意思唰唰地写成邮件,发给宗成,抄送贺亦春,让宗成就按这个回复给味香食品公司。

李嘉玉发完了邮件,联络了华美行研部,想找最新的包含今年春节时期的小食品市场各项数据;又把公司负责数据调查的同事叫进来,让他借行研的名义,查查刚从味香食品公司离职的中高层人员,以及这半年来,小食品行业的从业人员流动情况。

下午5点左右,"宝宝来了"第二款MV首播。

这款MV仍以连旭家的宝宝开场,有连旭唤的那声画外音"宝宝",但连旭没有出镜。这次说出"宝宝快来"这句台词的,换成了一位女性科研工作者,她穿着工服,对着她的宝宝微笑;镜头一转,她穿着日常的小洋装,打扮漂亮,和老公一起带着宝宝逛街。下一位妈妈,是位工人,她举着宝宝转了个圈,宝宝对她咧嘴笑;再换镜头,她穿着套裙,和老公一起推着宝宝逛公园。再下一位,是位年轻的爸爸,画家,他画着画,身旁是咿咿呀呀的半岁婴儿,"宝宝,"他唤,"妈妈快下班了。"镜头再换,爸爸、妈妈一起带着宝宝在餐厅吃饭。

一首MV,出来好几组不同职业、不同家庭环境的父母,其中标示了他们的职业和宝宝的年纪。MV的最后,一个衣冠楚楚、穿着时尚的帅气年轻人抢先几步,为一位宝妈推开了商场大门,听宝妈说了几句话后,为她指了指街上的一个母婴室……

弹幕在这个时候疯狂起来。

"我蓝可爱!"

"哈哈哈哈,蓝可爱。"

"连旭那版的意思是,明星素人,宝宝都得喝奶。这版的意思是,有钱没钱,宝宝都得喝奶。"

"这版最可爱宝宝,我投蓝可爱一票。"

"我:'宝宝。'蓝可爱:'哎。'"

"我:'宝宝快来。'蓝有钱:'来了。'"

李嘉玉被逗笑了,她把截图发到了段伟祺他们的群里。

过了一会儿,卓恺先出来,发了一个"笑疯倒地"的图,然后又发:

"宝宝。"

没一会儿蓝耀阳来了："哎！"

李嘉玉笑得不行。

又过了一会儿，段伟祺私聊李嘉玉："看来这版的效果也还行呀。"

李嘉玉回他："如果最后的有为青年是你，估计效果更好。"

段伟祺发了个"吐血"的图给她。

然后他又道："耀阳这么卖力帮你，你可别让他失望啊。"

"那当然。"李嘉玉想了想，没把今天发生的事跟段伟祺说。

这边段伟祺又说："周五我要去缅甸出差，为那个纺织厂的项目，大概10天吧。咱们可能两个周末都见不上面了。你别趁机猛加班，该休息还得休息。我回来了再找你。"

"行。"李嘉玉翻了翻手机，看到段伟祺刚更新了他的行事历，看来是刚刚定下的行程，"你自己也要多注意。"

"放心吧。让你继承这么多遗产，我也不放心。"段伟祺回她。

李嘉玉回他一个"敲头打死你"的图。

段伟祺去缅甸了，李嘉玉这边的事情都静悄悄地没了进展。宗成回了邮件后，味香食品公司那头没了消息。周五已经过去，味香没有付款。周一，宗成去了一趟味香，回来与李嘉玉道："蔡总态度很强硬，坚持说他不会付这笔款子的。"

事实上，蔡恩的话要说得比这难听许多。他甚至没让宗成进办公室。味香食品公司的市场总监进了蔡恩的办公室，门没有关，蔡恩的声音传了出来，宗成猜那是故意的。

宗成想请市场总监吃个饭，再谈谈看还有没有斡旋的余地，市场总监却说若是为这事，饭就别吃了，他也不好意思。

李嘉玉听罢，让律师出了一份律师函给味香食品公司发了过去，催促他们履行合同。她也亲自给蔡恩打了电话，蔡恩对她的态度倒是没有对宗成那么恶劣，可阴阳怪气的，还不如直截了当来得痛快。他还是那番意思，还暗嘲李嘉玉怎么好意思催款，又说大家做生意，做朋友要比做敌人好，让李嘉玉不要这么想不开，为了区区20万损失掉C市的市场。

李嘉玉很想讥他，他可是为了区区20万连脸都不要了，还管得了C市的市场？但李嘉玉忍住了，她问他："不知蔡总说的C市市场指的是什么？蔡总也给个明示，我好掂量掂量，值不值20万。"

蔡恩没说话，把电话挂了。

李嘉玉把这次的通话录音也保存了起来。

周三，贺亦春终于安顿好父母，赶回了C市。她每天都与李嘉玉沟通进展，对事情一清二楚，回来之后与李嘉玉发了一顿牢骚："真是恶心。他那么大的厂，20万真不算什么。太恶心了。真后悔当初给他开价太低，我就是想着多个人脉，以后还能多拓展业务，真是瞎了眼。以后遇着这种行事风格的，真不能接生意。"

两个人讨论着后续，却接到了阳光集团的电话。盛燕在电话里告诉李嘉玉："负责此事的副总说，对这项目的合同还有些疑虑，想再谈谈。"

李嘉玉的心咯噔一下，她看了贺亦春一眼。难道还真被蔡恩动手脚了？

李嘉玉便与盛燕道："李总那边还有疑问的话，都可以谈的。这样吧，我给李总打电话，看约个什么时间。"

"行。李总也是这意思，让你给他去个电话。"

李嘉玉打电话了。李正辉在电话里说话很和气，但李嘉玉听得直冒火。

李正辉说他有个哥们儿，叫蔡恩，是味香食品公司的老板，他说跟积木合作过，但很不愉快。阳光集团这边对合作一向谨慎，所以既然有这样的风声，还是需要请积木再出面说明一下情况，再过一遍合同细节。如果方便的话，顺便把与味香食品公司的误会也解决一下。

李正辉约贺亦春和李嘉玉一起吃个饭："我把老蔡也叫上，大家都认识，好好聊聊，你看怎么样？"

还能怎么样？真不能就这样甩电话。

李嘉玉答应了。

贺亦春很恼火，但眼下也只能走一步看一步，先去饭局看看他们究竟唱什么戏。

可这天，有一条新闻让李嘉玉蒙了。

缅甸发生了7.2级地震，地点正是段伟祺出差的城市。

李嘉玉看罢新闻，火速拨打段伟祺的电话。

电话不通。

第二十六章
只要他平安

李嘉玉那一瞬间脑子嗡嗡作响。她一连拨了好几次那倒背如流的号码,可惜都无响应。

李嘉玉腿软得站不住,扶着椅子坐下了,试图在混乱的思绪里找出条理。她缓了一会儿,终于想了起来,拨了电话给邱丽珍。

邱丽珍很快接了。

"妈!"李嘉玉这一声唤,语气中的急切和不安太明显,邱丽珍马上明白了她为什么来电话。

"别着急,在联络了。"

"联络上了吗?他平安吗?"

"还没有。"邱丽珍也很紧张。

"他跟谁去的,他身边的人呢,能联络上他身边的人吗?"李嘉玉觉得心都要跳出来,急切得话都有些说不清了。

"已经在联络了,要等等。"邱丽珍缓了缓情绪,道,"你先别着急,我这边联络上了就告诉你,好吗?"

"行。"李嘉玉不知道还能怎么办。

联系不上段伟祺，也联络不上他身边的人，这表示什么？

李嘉玉不敢想。

挂了电话，李嘉玉又赶紧拨给了卓恺和蓝耀阳。卓恺刚知道地震的消息，刚想联络段伟祺就接到了李嘉玉的电话，他答应李嘉玉马上打听消息。蓝耀阳也在出差，听李嘉玉说缅甸地震，他还反应不过来："地震了，然后呢？"

李嘉玉哽着嗓子，还没说下一句，蓝耀阳明白了："啊，阿祺在那里是吗？"

"我联络不上他。"李嘉玉要哭了，"除了手机，还有什么办法吗，蓝少？"

"我试试看，有消息就告诉你。"蓝耀阳挂了电话。

李嘉玉坐不住了，站起来，慌得六神无主，再拨段伟祺的电话，不通。她给他发微信，没人回应。她给他发邮件，给他微博留言，所有她能想到的渠道，她都去试了。

她等啊等，没有消息。

新闻里还没有伤亡的报告，李嘉玉瞪着屏幕，眼睛发痛。

贺亦春听说了这事，有些担心地问："要不晚上的饭局我自己去？"

李嘉玉摇头。她现在也没有别的办法，干坐着等太煎熬，还不如做些事分分心，而且今晚这饭局上的两个人都是她最后联络的，她不出现就太不应该了，那样贺亦春会很被动。

李嘉玉和贺亦春一起去了饭局。

路上，贺亦春对李嘉玉道："一会儿无论他们说什么，我们听归听，坚持归坚持，但不要当面撕破脸，你同意吗？"

"同意。"无论如何，留下几分余地，别断后路，总归是没有错的。

有些堵车，贺亦春和李嘉玉迟到了两分钟。阳光集团的副总李正辉和蔡恩已经在了。蔡恩见着了贺亦春和李嘉玉一点没有不好意思的样子，微微笑着，好像什么事都没发生过。

四个人一桌，包厢里的气氛有些微妙。李正辉一副和事佬的模样，给大家倒了饮料，又招呼吃菜。他说听蔡恩说了味香与积木的合作，大概是有些不愉快，但大家都是朋友，应该着眼未来，大事化小，小事化无。未来大家还有更多的合作，就不要拘泥于小节。

他说着，拍拍蔡恩的肩："你一个大老爷们儿，就不要跟女士计较。有什么不满意的，合作都结束了，过去的就算了。"

蔡恩便道："我没计较啊，这不是没让她们退款，就想大家安安乐乐地结束了，互不追究就算了。和气生财，大家都在一个城市，抬头不见低头见的，我还可以给她们介绍些资源，但她们不同意啊。"

李嘉玉忍不住堵他一句："蔡总挺会介绍资源的，跟我们的合作方说我们做事不行，别跟我们合作。"

李正辉打圆场："也不是这么说，就是有什么事，大家说说清楚，心里别留疙瘩才好。"

贺亦春把话头接过来："确实是如此。所以蔡总对我们的工作有什么不满意，还是要说清楚才好，心里别留疙瘩。不然我们搞不明白，自然是要追究的。蔡总搞不明白，到处去说我们积木不行，影响我们的业务，干扰我们正常的运营，这个就更不合适了。先前是我家里有事，赶不回来，嘉玉代我跑了一趟，她年轻，又不是这项目的经手人，所以大概与蔡总没沟通到位。现在我回来了，正好李总也在，阳光集团也是我们重要的合作伙伴，母婴室不只是我们积木的项目，对阳光集团而言也是提升美誉度、树立品牌形象的好项目。大家坐在一起，正好都探讨探讨。"

贺亦春向来有气势，很能镇得住。李嘉玉无心扯皮，低头发微信，又把所有人都问了一遍，问有没有段伟祺的消息。

过了一会儿，邱丽珍回复，说还没有联络上，但找了当地的关系，一有消息就会马上通知她的。

邱丽珍又发来一句："没消息也算是好消息，先不要慌。"

李嘉玉忧心忡忡，怎么可能不慌。

她放下手机，听着贺亦春跟蔡恩过招。蔡恩还是那无赖嘴脸，提了好几样积木在项目执行过程中的处理不当行为，以及由此引发的他们员工的不满，又提起他的公司在采用了积木提案里的营销策略后销量下降，等等。

贺亦春对味香的项目再熟不过，就一点点一面面地揉碎掰开讲，从行业讲到味香，从味香讲到营销，从营销讲到战略，从战略讲到行业。

做咨询的本就能说会道，何况贺亦春这样的老将。她不但讲了小食品行业，还讲起了母婴室的社会需求、项目现状，又讲到阳光集团。

蔡恩来来去去就那几个理由，末了只能冷笑道："贺总是真的厉害，当初就是这么长篇大论，让我相信了花这么一大笔钱请咨询公司，会让我们味香有大提升。可惜，结果却太不理想。"

言下之意，倒像是贺亦春骗了他签约似的。

贺亦春也笑道："哪比得上蔡总，我从业这么多年，遇到过各种企业，解决过各类企业问题，第一次遇到蔡总这样吃完了抹嘴不认账的。"

蔡恩不理她，转向李正辉道："你现在懂我的意思了吧。找合作方真的得慎重，不是听着好听就行了。"

李正辉接口道："好了，你也别总往心里去，两个女老板要运营公司，挺不容易的。女性在职场打拼，真的要比男人辛苦得多，这个我明白的。这样吧，大家都卖我一个面子，这事就这样了，行吗？贺总你们呢，就当给老蔡打个折扣。老蔡呢，念着点贺总的好，多给她介绍些客户。这样和和气气的，我们阳光和积木的合作才好顺利推进下去，你们说是吧？"

蔡恩顺杆儿往上爬道："我是没问题的，我也是这个意思。"

贺亦春道："我们积木不行，这折扣确实没法再打了。当初谈合约时，蔡总就说对咨询不熟悉，不知道有没有效果，但又觉得应该试一试，所以我们谈了一个特别低的价，二位可以出去打听打听行情。我当初给了低价，也是想让蔡总念我一个好，结果却太不理想。"她用了蔡恩说的话，又道，"折扣真的不能打，尾款还请付了吧。我们积木确实挺不容易的。"

蔡恩道："谁家容易呢，贺总。"

李正辉看了看蔡恩，也道："贺总再考虑考虑吧。"他转向李嘉玉，试图转移话题，"李总今晚精神不太好啊，身体不舒服？"

李嘉玉道："确实没什么精神，我现在闹不清李总的意思，是说如果我们不给蔡总抹掉那尾款，李总就打算不给我们的合同签字，阳光集团就不跟我们合作了，是吗？"

"怎么会。"李正辉很圆滑地道，"我不是说了吗，听说积木的服务有问题，我当然需要进一步了解一下。有什么问题，大家好好沟通沟通。这不是沟通不畅，容易有误会吗。"

"那么现在，李总有结论了吗？"

李正辉道："我今天就是个和事佬，给你们双方圆圆场子，希望你们化解矛盾。"

贺亦春笑道："我们没矛盾，我们积木都是按合同办事的。"

李正辉又看了蔡恩一眼，道："嗯，大家都再考虑一下。"

局散了，贺亦春开车送李嘉玉回家。她一整晚绷紧的弦终于松了下来，对李嘉玉道："做好思想准备吧。"

"嗯。"李嘉玉烦乱地翻着手机，没有消息，一直没消息。

她再一次拨了段伟祺的电话，仍然无法接通。

李嘉玉心里乱糟糟的，捏着手机，盯着窗外。一辆骚包的跑车从她们的车子旁驶过，李嘉玉盯着那车直到再看不见，然后她忍不住了："对不起，我得下车缓口气。"

贺亦春忙靠着路边，找了个停车位停下了。

李嘉玉下了车，奔到昏暗的墙角处对着墙放声大哭。

段伟祺最后发给她的微信是一块布料的花色的图片,他说很好看,他还要求她也必须说好看。他说她的审美不行,他得把她的审美提升一下。然后他说他想她了,会尽快回来。

李嘉玉心如火烧,痛得哭到停不下来。

贺亦春坐在车里,没去安慰她。她知道现在怎么安慰都没用。她就耐心地等着。车里有上次她载男同事时,男同事留下的烟,她看了几眼,抽出一支点上了。

过了好一会儿,李嘉玉回来了。

她哭得眼睛通红,鼻子还堵了。她把自己打理干净,看了看烟,也抽出一支点上了。她呛着吸了几口,把烟按灭了,又开了瓶矿泉水,喝了几口,润了润嗓子。

然后她拿起电话,拨出去了。

贺亦春就看着她,没打扰她。

"李总,"李嘉玉道,"我们不用考虑,只是当着面,大家各留几分余地吧。这事情明摆着的,蔡总觉得项目做完了,尾款不想付了。但我们积木不能同意。李总你与蔡总的交情有多深,我不清楚。但我感觉能用自己工作的信誉和自己集团的声誉来为区区20万做筹码,这简直堪比过命交情。我们做事是这样的,一码归一码,蔡总不想付款,我们会跟他交涉,交涉没结果,那就走法律途径。跟阳光集团的合作是另一个项目,另一码事。

"李总愿意把两个项目放一起谈,我们不愿意。我个人觉得,这种行为真的挺掉价的。区区20万,这真的是个赖账的好数目。大概蔡总觉得,这样一笔小钱,我们花大精力去追讨不值当,浪费时间精力,打官司请律师还需要费用,这事最后可以不了了之。但我的想法是这样的,如果是2000万、2个亿,蔡总给不出来,确实没钱,打折不打折的还真的可以谈。但是20万,对味香来说就是九牛一毛,个人都拿得出手。这点小钱不给,不过就是想占便宜,欺负人。

"你们说女性创业多么不容易,女性做这个做那个多么不容易,你们嘴里说着,但行动上却用力在踩着。女性创业不容易,女性在职场上不容易,就是因为你们挂在嘴边说太多,心里想太多,行动上做太多的缘故。偏偏嘴里说一套,心里想另一套,做的又是另一套。从这方面来说,男性也挺不容易的。李总,男女都是一样的,都需要遵守法律法规,都需要讲道德操守,都需要有尊重与善意,都需要有品格与公道。如果女的能做到,男的却不行,那确实女性太不容易了。

"我们与阳光集团的合作谈了这么久,我自认所有条件都是恰当合理的,于阳光集团有百益无一害。这是双赢的合作,没有任何附加条件,没有任何不正当的利益往来，我们做的项目是好项目，我们走的也是堂堂正正的路。最后失败，我们也认了。大不了从头再来。我今晚喝多了，情绪不太好，心里话就这些。李总若是觉得积木是值得合作的公司，母婴室是值得合作的项目，是值得为阳光集团的会员和业主提供的服务，那么我就等着李总的消息。多谢李总。"

李嘉玉一口气说完，李正辉愣了好一会儿，道："我听明白了，李总既然喝多了，好好休息吧。"

李嘉玉淡淡道："李总再见。"

她把电话挂了，对贺亦春道："对不起，我没忍住。"

"没关系。迟早的。"贺亦春探手摸摸她的头。

"我要回一趟B市。"

"嗯，回去吧。"贺亦春柔声道，"别担心，公司有我呢。"

李嘉玉买了第二天最早的一班飞机回B市。这晚她睡不着，在半梦半醒间听到段伟祺叫她，她惊出一身冷汗。天还没亮，她就打车去了机场，在机场坐了两个小时，终于坐上了飞机。

她戴着段伟祺送她的那枚低调的戒指，戴着他非要晚上一起戴的太阳镜，回到了他的城市。

她希望一落地就能听到好消息，她希望他回她电话。

但没有。

B市下着细雨，她没带伞。她被淋得半湿，敲开了邱丽珍的门。

看到邱丽珍憔悴焦虑的面容，李嘉玉的心一沉。

邱丽珍见了李嘉玉很惊讶，忙把她迎进了屋里。

段延富也在，他正在打电话，见了李嘉玉点了点头算打过招呼，然后继续把注意力放在电话里。李嘉玉听得只言片语，似乎是在说缅甸寻人的事，她便屏气凝神地等着。等了半天，段延富挂了电话，邱丽珍与李嘉玉都凑过去。

段延富极严肃地说："那酒店塌了，救援队已经到了，目前伤者和死者名单里都没有阿祺，也没有找到付厂长和程助理。"

李嘉玉一阵晕眩。

酒店塌了？段伟祺在里面？

伤者和死者名单里都没有他，那他……被埋在废墟下面？

李嘉玉顿时喘不上气来，她腿一软，忙扶着一旁的沙发坐下了。

"他可能、他可能是外出了。"李嘉玉好半天才能说出话来，"他们去看布料了，他说这趟是跟纺织厂厂长一起去研究新工艺的，他们当然不会在酒店待着。他们外出了，肯定是这样。"

段延富和邱丽珍不说话。

都希望他外出了，希望他平安，希望他只是手机摔了，或者因地震暂时没了通信讯号，但人是平安的，这样就好。

李嘉玉又缓了半天。外出了，手机不通？但只要人没事，总该能找着通信设备给家里来个电话报个平安呀。她的脑子已经混乱："我可不可以过去？我去缅甸找他，行吗？"

"别添乱了。"邱丽珍道。

李嘉玉抿紧嘴，低下了头。

"现在那边还有余震，交通不便，生活物资紧缺，治安混乱，你人生地不熟，去了那儿怎么办？大家自顾不暇，哪里还顾得上照顾你。到时你也丢了，不是添乱是什么？"邱丽珍很严厉地说。

李嘉玉知道她说的是事实，她当然知道去缅甸不现实，但只坐在这里等，真的太痛苦了。

"你好好待着。该找的人我们已经找了。已经联络了当地的朋友，联络了大使馆，还有救援队的关系，能找的都找了，比10个你过去都强。一有消息，我们就会告诉你，你别在这个节骨眼上添麻烦。"

"对不起。"李嘉玉红了眼眶。

段延富插话道："好了，都累了，先把自己照顾好吧。嘉玉，你住哪儿？"

"我能在这儿住吗？"李嘉玉捏着手指，她想守着这儿，这样段延富一有消息，她马上就能知道。

邱丽珍揉揉眼睛转身说："我叫小陈给你收拾房间。"

这边段延富的手机又响了，李嘉玉心里一震，邱丽珍也停了脚步，但电话是讲公事的，于是邱丽珍走了，李嘉玉很失望。

李嘉玉在段伟祺的房间住下了。房间里还有段伟祺住过的痕迹，他虽然不常在父母这边过夜，但衣服留下了一些，洗漱用品也放了他惯用的，抽屉里还有他的充电器，桌面上摆着相框，照片里是他骑着马的英姿。

李嘉玉几乎一夜没睡，这会儿已经有些熬不住，她和衣躺在床上，抱着段伟祺的相框，似乎睡着了，又似乎没有。也不知过了多久，忽听得有人敲门，李嘉玉猛地跳了起来，几步冲到门口，一把将门拉开："有阿祺的消息了？"

邱丽珍站在门外，敲门的手还举着，被李嘉玉吓了一跳。她定了定神，道："没有。我是来叫你吃晚饭。"

"晚饭？"李嘉玉怔住，一时没反应过来眼下的时间、地点。

邱丽珍道："午饭时敲门你没应，我猜你大概睡着了，就没再叫。现在该吃晚饭了。"

李嘉玉终于回过神,她看了看窗外,天还亮着:"已经……一天了吗?"

"晚饭早点吃,收拾收拾出来吧。你午饭没吃,该饿了。"邱丽珍欲转身走,看了看李嘉玉呆愣的表情,又道,"去洗把脸,快点出来。就等你了。"

李嘉玉去了房间附带的洗手间,好好把自己收拾干净,这时候真切地感觉到饿。她不但没吃午饭,早饭也没吃。昨晚那个饭局,她也食不下咽。看着镜中的自己,李嘉玉想起从前有一次她出去开会错过了午饭,下午回公司又有会,直到晚上见到段伟祺时才一起吃饭,她撒娇说自己忙得没饭吃,以为他会心疼,结果他板了脸,嘲讽她道:"你都要成仙了,吃什么饭呀?这顿也别吃了。"

李嘉玉擦干净脸上的水渍,出去了。

该好好吃饭,好好休息,不然段伟祺会生气。

李嘉玉在段延富夫妇家里住了三天。

这三天,一直没有段伟祺的消息。救援队挖出了一些人,有活的,有失去生命迹象的,但都没有段伟祺,也没有他身边的人。

缅甸政府和中国大使馆一直在更新伤者、死者名单,也没有段伟祺。

这不知该算是好消息还是坏消息,就算段伟祺一直没在名单里,可他也没有跟家里联络过。李嘉玉越来越害怕,害怕从此就没了段伟祺的消息,生死不明,下落无踪。

她想起上次她跟段伟祺分手的事,他莫名其妙跑去爬什么珠峰,然后不跟任何人联络。她希望这次也是他犯毛病了,她宁愿他突然脑抽了,也不愿面对另一种结果。但她知道不是,因为段伟祺答应过她不再这样,他答应过的事,一向是会做到的。

时间进入第四天,李嘉玉不知道自己是怎么熬过来的。她已经能很冷静地翻看新闻了。她还去看了微博,当然依旧没有段伟祺的回复。

段延富和邱丽珍都不在家,他们没有说他们去了哪儿,李嘉玉也没问。两位老人这时候面对的压力大概比她还大,她只需要承担可能失去段伟祺的后果,而他们却还得承担可能失去段伟祺后,向公司和公众交代的后果。李嘉玉听过几句他们在客厅商议富昌董事会的事,段伟祺的失踪,还是引起了一些麻烦的。

但这些她都不关心,她只挂念段伟祺的安危。

李嘉玉的手机忽然响了,她猛地一震。这几天手机铃声就跟炸弹似的,每次一响都狠狠敲动她的神经。

李嘉玉火速拿起手机,却很惊讶地看到来电人名字:段珊珊。

李嘉玉接了。

"我是段珊珊。"段珊珊的语气还跟从前一样,她没跟李嘉玉寒暄,也没什么客套话,直接问李嘉玉在哪儿,又说现在她父母和段伟祺的父母都在爷爷的老宅,他们在开会。

李嘉玉一愣。

"不是阿祺的下落问题,是富昌。"段珊珊猜到李嘉玉会怎么想,她道,"我妈一直觉得爷爷的遗嘱不公平,她觉得阿祺有自己的事业,有这么多公司,完全不需要富昌,但爷爷偏偏把富昌的所有东西都留给阿祺。这次阿祺失踪,富昌一直不敢对外公布消息,但拖久了肯定不行,所以富昌得赶紧出对策。我妈我爸讨论后,想让莫叔接替阿祺出任代理总裁,但商场上的事,你懂的。若阿祺不回来,代理就会被扶正;若阿祺回来,代理也赚够了声誉,拉拢好了派系,再出点什么事,也很容易被扶正。我妈的意思,是想把富昌拿回来,以后留给我。我不想要。我已经跟他们说了,我不想要。我现在画画,看看书,写写东西,挺好的。我不想要富昌,但他们听不进去。二叔已经不在董事会了,他想插手大概也没办法。"

李嘉玉听着,怒火已经在她胸腔熊熊燃烧起来。

"段伟祺还没死呢!"她听到自己的声音,她在咆哮。

段珊珊笑起来道:"你来吗,李嘉玉?我们都在老宅。"

"我来!"李嘉玉挂了电话,气得握拳头。太过分了,段伟祺生死不明,他们却惦记着什么争权夺产。

李嘉玉火速拨了电话给段延富,向他求证段珊珊所言是否属实,又问他有什么打算。

段延富虽然惊讶于儿媳妇突然过问这事,但还是据实以告,最后道:"你们爷爷把富昌留给阿祺,我自然是要帮他争取。"

李嘉玉咬咬牙道:"等着我,我过去。"

段延富不知道李嘉玉过来能怎么样,但也没心思问了。来就来吧,这种豪门戏码,她嫁了过来,迟早要见识一下。当然,如果他儿子平安,她以后迟早要见识一下。

段延富心累,挂了电话,捏了捏鼻梁。邱丽珍看着他,他小声说嘉玉要来。他又看了段珊珊一眼。段珊珊刚刚上了楼,想必是躲房间打电话去了。

段珊珊接了那眼神,笑了笑,大方承认:"是我呀,是我通知李嘉玉的。"

段延孝皱眉头道:"关她什么事。"

"阿祺是她丈夫。她当然有权知道。"段珊珊握着面前的水杯,看着父亲道,"你们这么个吵法,我也挺烦的。李嘉玉挺会吵架的,哦,不,她挺会讲道理的,让她来协调一下呗,万一她有什么见解呢。"

"珊珊。"段延孝板着脸,段珊珊的母亲也很不高兴。场面弄得这么难看，还不是为了这个女儿的将来，她却尽拖后腿。

"这件事我已经表明过立场了。"段珊珊道，"照我说，就按二叔说的，二叔来出任代理总裁。他之前就在董事会，现在也还是富昌的股东，虽然已经挺长一段时间没过问富昌的业务了，但过去他一直管事，现在再回来做总裁，怎么不行？莫叔是贡献大，有威望，人人服气，但他跟阿祺不对付呀，阿祺要做的事，莫叔总唱反调。你说现在这个特殊时期，莫叔上来是帮着阿祺继续推进他的业务，还是趁机做自己的事呀？阿祺在缅甸没死，回来也得气死。"

"胡说八道什么。死呀死的挂嘴边，有没有脑子。"段珊珊的母亲喝她。

段延孝对段延富道："延富，这不是我自己的决定，各董事为这事开了两天会，大家讨论决定的。我倒是想让你回来，我们两兄弟还跟从前一样，但你已经离开这么久了，当初是爸安排的，也不是我让你走的。现在正值多事之秋，如果阿祺真出了什么事，富昌会出乱子的。你对富昌这两年的变化了解不多，到时怕是应付不来。而且我怎么跟董事会交代呢？老莫也是有势力的，别让他觉得又摆了他一道，到时他联合着别人使什么绊子，给富昌火上浇油，你我的日子也不好过。我跟老莫谈过，他就是帮着过渡这一段时间，阿祺回来了，位置当然还给他。如果……以后若真有什么，到时我再慢慢安排你回来，这样顺理成章，大家都不会太难看。"

段延富道："既然老莫这么有心，那他当然不介意也帮着我一把，又何必呢。"

段延孝叹气："咱们就别明知故问了。老莫当然有他的权衡，他也有他想要的，这个我就得想办法与他周旋。现在同意他出任总裁，也是为了稳住他。他什么为人，你也很清楚。说句不好听的，现在阿祺什么情况，我们还不清楚，我们说的这些，都只是计划，也许明天阿祺就回来了……"

又也许，永远也回不来了。

后头的这句话没人说，屋子里安静下来。

管家给大家上了点心和茶水，段延富拿了几个水果，去段老爷子的牌位面前，把桌上旧的供品换了下来。段延孝看着他的动作，站起身来说："我上楼打几个电话。"

他妻子看了看邱丽珍，默默地跟着老公也上楼去了。

邱丽珍放松下来，靠在沙发上发呆。段延富坐回她身边，两个人互相握住了手。

段珊珊看着他们，安慰的话说不出口，脑子里浮现出段伟祺与她争吵，嘲讽她，帮她打架，帮她哄爷爷的情景，想起他们一起在阳台上躲家长，一起抽烟……

段珊珊忽然无法抑制情绪，冲进最近的洗手间，打开了水龙头，抽泣落泪。

一屋子人各干各的事，过了将近一个小时，段延孝才从楼上下来。段延富在客厅也打了好几个电话，安排了许多事。

段延孝一脸疲惫，道："我跟几个董事沟通了，老莫也跟我保证了，事情越简单越好，总之不要引起外界的无端猜测，引发股价暴跌。其他业务层面的东西，我们都能把握。老莫说他可以过来，一起聊聊，你看怎么样？说实话，这事在公司层面不需要经你同意，但富昌是我们段家的，阿祺是你儿子，我才这样与你商量。如果你能出面支持，对稳定阿祺那边的人有帮助，这样最好不过。我们都在等阿祺回来，真的没必要在这时候较劲。"

段延富也是心力交瘁："老莫过来又能说什么？"

"他就是跟你们表个态度，希望你能相信他。"

段延富叹气，他很累了，不太想争了，如果儿子不在了，争这些又有什么用？什么都比不上儿子平安。只要儿子平安归来，什么都不重要。况且，当初儿子真的不想要富昌，没有了就没有吧。

段延富刚要妥协答应，却听见门铃响了。管家过去开了门，李嘉玉走了进来。

李嘉玉穿着白色上衣，红色直筒裤，化了一个很明艳的妆。深色的眼影让她的眼睛很大很明亮，正红的唇色让她干练又有气势。

她踩着高跟鞋，"嗒嗒嗒"地走过来。

段珊珊坐在屋角，看着李嘉玉。她抽了抽鼻子，笑了起来。李嘉玉呀李嘉玉，几年不见，竟然没怎么变。

"爸、妈、伯父、伯母。"李嘉玉跟长辈们打招呼，她看见段珊珊，微微点头。她与段珊珊的关系并不好，从来没叫过她，段珊珊平常没事也从不搭理她，除了之前那个电话。

"嘉玉。"邱丽珍对李嘉玉招招手，让她过来。

李嘉玉过去了，对段延富道："爸，借一步说话吧。"

段延富看看段延孝，点点头。他带着李嘉玉到阳台，邱丽珍也走了过去。

李嘉玉问了问具体情况，段延富又仔细说了说。其实李嘉玉对富昌的情况也略知一二，段伟祺常与她聊富昌，聊他的想法，聊他遇到的困难，聊他的进展，也自得于取得的一些成绩。

所以段延富这么一说，李嘉玉也基本明白了。段延富最后道："其实你不必过来，随他们吧。总之富昌好好的就行，那是阿祺爷爷毕生的心血。"

李嘉玉一扬眉头道："当然不能随他们，那也是阿祺的心血。"

段延富正要说什么，门铃又响了。他们从阳台望过去，看见段伟祺的律师走了进来。

段延孝很吃惊:"宋律师。"

"段总。"宋律师招呼。

段延富急忙过来问:"宋律师,可是有什么消息吗?"

"没有。"宋律师看了看李嘉玉说,"是李嘉玉女士让我过来的。"

"宋律师。"李嘉玉跟他道谢,"多谢你了。"

"应该的。"宋律师把李嘉玉要的文件拿出来,递给她。

"这是怎么回事?"段延孝问。

段珊珊也好奇,挪了过来,坐在母亲旁边,看热闹。

李嘉玉让段延富夫妇坐下了,自己和宋律师也坐下,然后她道:"伯父、爸,是这样的,作为段家的一分子,我想对现在的状况下,谁出任富昌的代理总裁,提些建议。"

段延孝冷哼道:"这又关你什么事?"

段延富也皱眉道:"嘉玉,这事你别掺和了。"

李嘉玉淡定地道:"如果富昌真的需要一位代理总裁出面稳定股价、处理大局,那我建议由爸来。那位莫叔,据我所知,是段伟祺绝不会同意让他出任此职位的人。段伟祺不同意,我也不能同意。"

段延孝这回是直接冷笑了:"你一个外人,懂什么!我连解释都懒得跟你解释。完全不需要跟你说什么。你要找存在感,让你公公、婆婆带你回家聊去。"

李嘉玉道:"不必解释。我也不是什么天真小姑娘了,商场上的把戏,解释也好,苦衷也罢,鼓励、安慰,甚至威胁,我都领教过。我也不绕圈子,今天我来说这些,肯定是会得罪伯父的,也许连爸、妈都得得罪,但我必须来。我是段伟祺所有财产的合法继承人,这所有财产,在有争议的情况下,包括他在富昌的股份。具体一点说,就是如果我跟段伟祺离婚,或者段伟祺去世,我应该可以争取到富昌27.3%的股份,成为富昌最大的股东。现在既然你们基于段伟祺不在的前提来安排富昌的高层职位变动,我想我有权利来提建议。"

屋里所有人,除了宋律师,全都愣了。

"怎么可能!"段延孝不相信。

李嘉玉道:"我知道口说无凭,所以我把宋律师找来了,也把段伟祺签的协议原件带来了。你们有什么疑问,可以当面向宋律师求证。"

邱丽珍的脸色变得很难看:"什么叫所有财产,什么叫有争议的情况下?你们什么时候签的这个,我怎么不知道!"

"婚后不久签的。"李嘉玉面对邱丽珍还是心里打鼓的,但她仍然要把话说清楚，"段伟祺的意思，如果我们离婚，他的所有个人财产，全都给我。"

邱丽珍气得猛地站了起来，她不相信！

李嘉玉继续道："协议里有一句，任何情况下，财产分配以我的利益为优先。具体条款，你们可以看一下协议。我咨询了宋律师，若段伟祺没有其他遗嘱和协议，那么在他意外逝世的情况下，这份协议里的财产也是由我继承。当初定协议的时候，他没有把项目列得很细，当时他说没来得及算清楚，所以只有范围，日后需要核算的时候再列细目，毕竟财产的事，每一年都有变化。也就是说，虽然这份协议里没有列出他继承的富昌股份，但按协议条款，这股份也该算进来。"

"他疯了吗？"段延孝瞪向段延富。

段延富目瞪口呆。

只有段珊珊哈哈大笑。她只是想让李嘉玉知道发生了什么，但没想到李嘉玉能把剧情翻转得这么精彩。

宋律师看着这一屋子人的反应，叹了口气，道："虽然很夸张，但这确实是实情。我可以证明，段先生定这协议的时候，意识清楚，没受胁迫，而且，还挺高兴。"

段珊珊笑得更大声了，笑得眼泪都出来了。

四位长辈脸色铁青，李嘉玉面无表情。

"现在，我再说一遍，如果有必要设立一个代理总裁，那么，让爸来。我也希望，爸能尊重段伟祺的意愿，把他的经营策略继续下去，像他那样，继续顶住董事会的压力，不妥协，不后退；像他答应爷爷的那样，让那些传统的、不能挣快钱，但是应该继续扶持、帮助他们发展的企业，继续发展下去。无论段伟祺能不能回来，把这个理念，继续坚持下去。"

没人说话，大家还没反应过来。

李嘉玉看了大家一圈，最后目光落在段延孝身上，道："伯父说我是外人，不懂状况。我是不懂富昌的具体状况，毕竟这么大一个集团企业，里面这么多公司，我没参与经营，当然不懂。但我懂段伟祺，我知道他不喜欢继承富昌，但他还是做了。他对爷爷照顾的一些企业没兴趣，但他继续照顾。

"他这次去缅甸，就是带着纺织厂的付厂长一起去的。他要帮着付厂长找出路，他们手上有快失传的传统纺织技术，在文化遗产保护范畴之内，但是工序烦琐、产量低，所以很难经营。去年，段伟祺去德国，谈纺织机的技术创新，谈开发，要把传统工艺与新技术结合。今年，他去缅甸，找更美的花色、更包容的国际展现平台。他说，一方面降低成本，用科技拉动传统；一方面追求精进，提高传统的艺术价值。大而美，小而精，两条腿走路。

"这样做，当然比不上资本滚一圈来得赚钱快，但这是爷爷的理想，这是段伟祺继承下来的理想。董事会多少人提出要砍掉这样的项目，把钱投到更有效率的地方，我听段伟祺说过，那位莫叔，就是其中很积极的一位吧。能帮着大家赚钱的，大家自然喜欢。莫叔声威高，也是能理解的。

"爷爷在时，大家听他的。爷爷不在了，人走茶凉。只有段伟祺放弃了自己的兴趣，傻乎乎地在坚持。他若不在了，谁还坚持？说真的，我不关心，也不在乎。可现在，段伟祺还没有死，他还是富昌的总裁，富昌最大的股东。虽然时机难得，但你们急匆匆就铺路，也太难看了。莫叔要赚钱，伯父想要富昌，我都能理解。每个人都有每个人的打算，这也没错。但我不能允许别人这样不尊重段伟祺，也不允许别人这样践踏他的努力。所以，我再说一次，我不同意让那位莫叔做代理总裁，如果必须有一位代理总裁，就让爸出任。"

李嘉玉一口气说了这么多，大家都静默。

段延富终于道："我同意。那么，大哥，我们又绕回来了，我要做这个代理总裁。"

段延孝黑着脸道："确实是又绕回来了，我该怎么说服董事会？"

李嘉玉道："伯父威望不够，控制不了董事会吗？那个莫叔，挺难对付的吧？那让我做坏人吧。如果董事会不同意爸出任代理总裁，那么，我就要找媒体了。"

段延孝忍无可忍道："你闹什么闹？嫌不够丢人吗？"

"爷爷给你们起名，延孝、延富，我想在爷爷心里，孝为先，富在后。如果最后只有段伟祺一个小辈在苦苦坚持爷爷的理想，那才是段家丢人吧？"李嘉玉对段延孝的大嗓门和狠劲毫无所惧，她道，"如果段家不能保护爷爷和段伟祺的心血，那么我来。如果最后都保护不了，那就谁也别想要。董事会如果不同意，我就找媒体公开，我要跟富昌打官司，我要拿回我的股权，我要进董事会，我要投票权。不论最后结果如何，一旦外界知道富昌竟然有这种事，股价会怎么样？你们非要弄个代理总裁，不就怕这个吗？董事会究竟是想选爸当代理总裁，还是想让富昌卷进这种风波，股价跌穿地心，这个选择，不会太难吧？"

"你这个……"段延孝气极，指着李嘉玉想开骂，但气到不知骂什么好。

"说实话，段伟祺拟这份协议的时候，是吓唬我呢。我是挺怕的，这么多钱，傻子才要继承，我还想好好多活几年。但是如果段伟祺被人欺负了，别说这些钱了，再多10倍给我，我也敢要。"

事情算是了结了。

段延孝拿过了宋律师带来的协议原件仔细读了两遍，面色阴沉。邱丽珍把协议接了过去,也认真读了。

段延富自顾自打了几个电话,开始着手安排他替补段伟祺位置的事情。他的态度变得强硬积极,段延孝听着他打电话,看了他好几眼。然后他也开始打电话。

两兄弟约好了人,一起出去了,说是去跟董事会的几个人开会说说这事。段延富临走前与李嘉玉道:"后头交给我吧,别担心,我不会退让的。"

之前他想着随他们去,不争了,是他错了。他现在明白过来,妥协并不代表能圆满,其实只是懦弱。

段珊珊还在笑,不知道在高兴什么。她母亲徐春云很生气地说:"珊珊,回家。"

"这房子就是我的呀。"段珊珊道,"爷爷留给我的。我今晚住这里。说不定做梦的时候爷爷会来找我聊聊天,这样我可以把今天的事情告诉爷爷。"

徐春云气得无话可说,拂袖而去。

李嘉玉谢过了宋律师,也起身要走。她看了眼邱丽珍,邱丽珍却未理她,只拉过宋律师,似乎有话要问。

李嘉玉也不管了,她走出老宅,开车回到了段延富夫妇家中。

屋子里空荡荡的,没有段伟祺。

邱丽珍直到晚饭的时候才回来。她脸色不太好,原本想直接上楼,后来看了看正在吃饭的李嘉玉,又转了过来,在餐桌前坐下了。她看了李嘉玉一会儿。李嘉玉放下筷子,唤了声:"妈。"

邱丽珍很严肃地道:"阿祺的这份协议,简直太胡闹了。"

李嘉玉点点头。她能理解邱丽珍的心情,换了任何一位母亲,心里都会不痛快的。

离婚之后净身出户,这种事发生在豪门简直是笑话。这类百亿财产的争夺官司怕不是得打个十年八载的,而段伟祺,随随便便就签了。

邱丽珍还想多骂几句,但儿子现在生死未明,儿媳妇今天又为了儿子一番大战,这时机让她有些难堪。她觉得自己明明在理,却又发作不得:"你们两个,真的太胡闹了!这事不能这么办,我不允许。"

李嘉玉再点点头道:"等段伟祺回来了,我们就处理。"

她语气淡淡的,似乎段伟祺只是普通外出,一会儿就会回来了。

邱丽珍瞬间又难过起来。她瞪着李嘉玉,感到自己的拳头打在棉花上,越难过就越生气,越生气就越难过。她喘了口气,起身回了房间。

李嘉玉原就没胃口,但强迫自己按时吃饭,这下更是食之无味。她机械地把饭菜塞进嘴里嚼了,咽下肚子。

家政过来收拾碗盘，李嘉玉道了谢，回了房间。

房间里太冷清，李嘉玉很疲惫。她开始感到害怕，如果段伟祺真不在了，他的钱怎么办啊？她已经把底牌亮了出去，让自己成了枪靶。如果没了段伟祺，她成了百亿寡妇……太可怕了，这简直是恐怖片。

李嘉玉拉过枕头抱在怀里，但枕头上并没有段伟祺的气息。

她想他呀，真的好想好想。

李嘉玉坐了一会儿，再按捺不住，去敲了邱丽珍的房门，邱丽珍出来了。李嘉玉跟她说，她想回段伟祺在机场山上的那屋子住，若是有段伟祺的消息，麻烦她第一时间通知她。

邱丽珍没挽留她，只应了声"好"。

李嘉玉犹豫了片刻，又道："若是，若是富昌那边董事会还有什么麻烦，也请告诉我。"

邱丽珍抿抿嘴，又应了声"好"。

李嘉玉不再逗留，收拾了行李，开车去了段伟祺的车库。

夜里上山的路有些难走，李嘉玉车技不佳，开得小心翼翼。她想起那年段伟祺生日，天降暴雨，飞机停飞，她为了给他庆祝生日，改坐火车，又乘了的士上山。的士进不了安全栅栏门，她踩着高跟鞋，淋着雨从半山腰一直走到屋子那头。

那时候她一心想着段伟祺见到她必定会惊喜，竟也不觉得累。

现在她的车子朝着那屋子去，她希望那里也有惊喜等着她。说不定一开门，段伟祺就在门后对她喊"surprise"，他告诉她，他的失踪只是恶作剧。如果那样，她也原谅他。只要他平安，怎样她都原谅他。

但李嘉玉知道不可能。

车库里寂静空荡，墙上的记录里显示着两天前家政过来工作过，近期再没有其他人来过的痕迹。李嘉玉仔细看了一遍段伟祺心爱的车子们，最后她停在了那辆车脑袋上有一点小划痕的布加迪面前。她摸摸那辆车说："委屈你了，只被开过一次。等他回来了，我让他一定把你修好，然后带你出去跑一跑。"

布加迪当然不会回复她。李嘉玉坐它旁边，发呆了好一会儿，才站起来上了楼。

稍晚的时候，山上下起了小雨，天有些冷。李嘉玉把厚被子翻了出来，在床上裹着被子抱着段伟祺的枕头，心满意足，这才是段伟祺的气息。

她扒拉过手机，给段延富打电话，段延富说还没有段伟祺的消息，但是今天跟董事会的几个人谈得还可以，那位莫叔知道段伟祺居然签了这种协议，虽然气得半死，但也没办法。

"目前的问题应该是能解决的,但我恐怕这事日后会有些麻烦。今天没来得及跟你细聊,明天你还是回来一趟,我们得统一一下口径,做好应对的对策。无论是在法律层面,还是应对媒体,又或者是富昌董事会这边的担忧等,都是需要处理的。"

"好的。"李嘉玉答应了。

挂了电话,李嘉玉用力捶段伟祺的枕头:"我就说你的钱不要太多,这么多钱给我,吓唬谁呢!"

枕头不像段伟祺一样会喊痛,但李嘉玉还是帮它抚了抚,又道:"算了,我答应你。最后的底线,是一定好好保住你的宝贝车子,绝不让别人动它们一根指头。等你70岁的时候,车展开起来。"

她忽又掩面,挡住发酸的眼睛,叫道:"开个屁啊,段伟祺你快给我回来,不然我把你的车都卖了。"

她忍不住呜呜地哭。窗外细雨绵绵,冷寂与悲伤让人痛苦。

这晚李嘉玉做了一个梦,她梦见她接到了段伟祺的电话。

段伟祺在电话里说:"喂,李嘉玉,你听得到吗?我在缅甸。"

李嘉玉使劲骂他:"你干吗没消息,干吗不回来?"

段伟祺嘻嘻笑道:"我问你一个问题,你答得好,我就回去。"

"滚蛋。什么都不许问,马上回来。"

但段伟祺不理,他问了:"李嘉玉,你爱我的钱还是爱我的颜?"

李嘉玉要爹毛了:"你还能更肤浅一点吗?"

"说呀,你爱我的钱还是爱我的颜?你答对了,我就回去了。"

可去他的吧,他的钱跟他的颜哪里讨人喜欢啊?但这两样都是他的骄傲。这个自恋狂、水仙精、大变态,天天炫个没完,又臭美。所以说爱哪样都不对是吧?这肯定是个陷阱,要想让他开心,肯定得答两样都爱。

是这样吗?答错了怎么办?答错了他真的就不回来了吗?

李嘉玉有些慌了。

段伟祺还催她:"你快点说呀,爱我的钱还是爱我的颜?"

李嘉玉又听到了手机响,她像抓到了救命稻草,忙道:"我接个电话再告诉你。"

"不行。"段伟祺很严厉地说,"必须马上说。答不对,我就不回去了。"

"等等。"李嘉玉急得冷汗都下来了,"你等等,这电话很重要,真的……"

她摸到了手机,她想接,却听段伟祺喊道:"我数一二三,你不答,我就回不去了!"

"段伟祺!"李嘉玉大声叫,段伟祺在数数字了,她急得落泪,用力大声喊,"我爱你的钱也爱你的颜,真的。你快回来!"

电话里一阵沉默。

李嘉玉的头嗡嗡作响,头好痛。她答对了吧?一定对了!必须得对呀。

"段伟祺,你快点回来,我答对了,我爱你的钱也爱你的颜。"

过了一会儿,她听见段伟祺问:"那我的身体呢?"

她吸吸鼻子,觉得哪里不对:"这是附加题?"

"你清醒吗,李嘉玉?"

李嘉玉又吸吸鼻子说:"清醒的呀,我不是答了吗?"

"爱我的钱又爱我的颜?"

"对。"

李嘉玉觉得电话里的声音似乎不太一样,她看了看手机,这号码一长串,不认识,但声音确实是段伟祺的呀。

等一下!

李嘉玉猛地坐了起来,脑子一阵晕眩,但她顾不上,她大声叫:"段伟祺!"

"是我。"

"你在哪儿?"

"我在缅甸。"段伟祺的声音有些断断续续的,但还算清楚,"我没事。你别担心。我们去了县里找个纺织工匠,结果地震了,我们被困住了。现在没事了,已经出来了。你别担心。我把后续的事情处理一下,就回去了。"

李嘉玉不敢相信,她觉得自己的梦还没有醒。她掐了自己一把,很痛,头也很痛。

"段伟祺!"她又叫。

"听到了听到了,听得很清楚。你爱我的钱,又爱我的颜,我记住了。看不出来你是这么肤浅的女人呀。算了,肤浅就肤浅吧,又不能换了。我回去再跟你讨论一下身体与精神的契合问题,提升一下你的品味。"

这么贱兮兮、讨人厌的语调,真的是段伟祺呀。

"段伟祺!"李嘉玉又喊他,这次她哭了出来。

"别哭,别哭,我很快就回去了。宝贝呀,别哭了。我得把电话给别人了,大家排着队报平安呢。你帮我通知一下其他人,好吧?"

"好。"李嘉玉哭得撕心裂肺的。

"我爱你,老婆。等我回家。"段伟祺最后说。

李嘉玉哭得上气不接下气,简直不敢相信。隔了很久,她终于反应了过来,真的是段伟祺,他活着!

李嘉玉开始尖叫，跳起来，太高兴了！她尖叫着赤脚跑到楼下，对着车子们大喊："他活着！他要回来了！"

李嘉玉疯了一般地狂打电话，她打给每一个人，告诉他们段伟祺活着，他要回来了。

三天后，段伟祺真的回来了。

李嘉玉和段延富夫妇去机场接他。

段伟祺的腿受了伤，是坐着轮椅被推出来的。李嘉玉事前并不知道段伟祺受伤，这三天他们每天都通电话，但他丝毫没有透露受伤的事。虽然李嘉玉知道地震时肯定不是他轻描淡写说的"困住了"这么简单的情形，但看到他受伤，她还是吃了一惊。但她很快反应过来，几步就冲了过去。

段伟祺张开双臂拥抱她，段延富夫妇也赶了过来。

段伟祺对李嘉玉道："你再说一遍。"

"什么？"

"就是你说的那句：爱我的钱，也爱我的颜。"

李嘉玉的脸似火烧。公公婆婆还在旁边，她都不敢往旁边瞄。

还是段延富解了围："断腿了，就安分一点吧。"

对。李嘉玉用力点头，不然想把他的另一条腿也打断。

段伟祺被送去了医院。

他在地震里不但伤了腿，还被埋着大半边身子困了近30个小时。山路崩塌，出不去，进不来，通信又断了，本地居民奋起自救，通路的通路，救人的救人。既要集齐物资，确保有干净的饮水和食物，又要安全转移，防止地震再度发生。

地震时被段伟祺奋力推出的付厂长苏醒后，带着伤一直奔走，为受伤的程助理寻医找药，为被困的段伟祺呼救拉人。他语言不通，急得老泪纵横，但硬是给程助理和段伟祺找来了水和吃的，最后还找了一队人过来将段伟祺救出。

三个人筋疲力尽、死里逃生，身上有伤，没有物资，手机等物也在地震和等待救援时损坏、丢失。一直苦撑到救援队打通山路，他们才被转移回市里。

段伟祺第一时间找手机联络李嘉玉，又在医院做了初步的治疗，等到机场能使用，航班能排上，三个人赶紧回国。

段伟祺自己没说什么。是付厂长和程助理在去医院的路上讲述了这几日的惊险，听的人都觉得后怕。李嘉玉握紧段伟祺的手，想起地震那天晚上，自己在梦中听到他叫她，吓得一身冷汗。差一点，真的就差一点，她就只能在梦中听到他的声音了。

段延富对付厂长很是感激,连连道谢。付厂长却摆手道:"是段总救了我,要不是段总推了我一把,我已经被砸死了。还有我的厂,若不是老爷子生前多加照顾,我这厂也早倒闭了。现在段总给我们厂找路子,上了新机器,建了新的生产线,解决了300多号人的饭碗问题,要说谢,是我们谢段总啊。"

因为一早联络好,要安排去缅甸的三人都去医院,所以段延富让人开来的是九人座的奔驰斯宾特房车。现在车上坐了七人,全都安静,各有所思。

人生机缘,富贵难求,凶险难料,以德报德,自当珍惜。

这么感性的时刻,只有段伟祺还在皮。他小声问李嘉玉:"你在电话里为什么这么说?梦到我了?"

"你好好休息吧,一会儿医院就到了。"李嘉玉转移话题,暗示他闭嘴。

"你梦见什么了?"他还问,于是李嘉玉偷偷掐了他一下。

段伟祺龇牙,老实了一会儿,过了一会儿没忍住,再问:"你知道我的腿被砸到的时候,我第一个念头是什么吗?"

李嘉玉瞥他一眼说:"幸好不是脸?"

全车人都表情复杂。

只有段伟祺哈哈笑道:"李嘉玉,我在你心里究竟什么形象啊?"

李嘉玉又偷偷掐他一下。段伟祺痛得龇牙,道:"不过你还真说对了,我当时就是这么想的。"

李嘉玉白他一眼,脸部有些扭曲。段伟祺道:"想笑就笑呗,忍得多辛苦。"

李嘉玉拍了他一下,笑了。

医院终于到了,一众人下车,李嘉玉推着段伟祺走在最后。她看隔着挺远,别人应该听不到,便道:"臭美自恋的富三代。"

段伟祺反应很快地道:"我在你心里的形象吗?你是憋了多久啊,现在才回答。"

"我这不是维护你的形象吗,毕竟那个付厂长还挺欣赏你的,还有司机、助理都在,你父母也在。"

"维护我的形象,你可以在当时就大声回答:段伟祺,你是英俊、潇洒、睿智、稳重、才华出众、年轻有为的企业家。"

李嘉玉不服气地反驳:"那我也得维护我自己的形象。"

"你好好夸夸你先生怎么会损害你的形象?"

"社会主义好姑娘不可能是这么虚伪的马屁精!"

"呵呵。"

"哼！"

前面众人正等着医院安排做检查的事项，全都站着，李嘉玉和段伟祺斗着嘴就过来了，于是大家就看着他俩在互相冷笑。

邱丽珍与丈夫交换了一个复杂的眼神——这就是交付了全部身家的深厚感情和牢固关系？

医生看诊、各项检查很快都安排上了。付厂长和程助理都没什么大事，程助理的伤还需要每天换换药，回家自己处理就好。段伟祺的腿就不行了，且因为他被压在废墟下的时间挺长，身上大小伤不少，虽在缅甸处理过，但大家都不放心，住院是必须的。

段伟祺也不挣扎，住院就住院。送走了付厂长和程助理，段伟祺住进了VIP病房。他让李嘉玉把手机给他，让她在手机里翻他秘书的电话，然后打过去了。他问了秘书这段日子公司里的情况，听着听着看了他爸一眼，然后又嘱咐秘书把近期的工作文件都给他带来，再带台笔记本电脑和手机过来。

李嘉玉在他打电话的时候一言不发，但等他都交代完了，挂了电话，这才道："你身上有伤，需要休息，这么着急工作做什么？"

段延富也想劝两句，段伟祺却道："我没打算这么拼，这不是做做样子？"又道，"我这才消失几天，他们就迫不及待想占位了。"

段延富道："你没事就好。"

段伟祺问："最后定了谁做代理总裁？莫叔？"

段延富清清嗓子，看了李嘉玉一眼，道："没有。还在小范围内讨论，没进入董事会投票议程，应该算是谁也没定。"

邱丽珍在一旁道："嘉玉，你去医院办公室问问看，化验的结果都出来没有。还有这几天住院治疗方案是什么，照顾上有什么禁忌，一会儿我让家里做些吃的给送过来。"

李嘉玉答应了，松开了段伟祺的手，往外走。

她走到门口就听到段伟祺的冷哼："干吗，支开我老婆啊。说呗，想说什么？"

李嘉玉去了医生办公室，问了几句，拿到了几张化验单，正巧护士拿着药去病房，要给段伟祺换药，李嘉玉赶紧跟着去了。之前医生检查的时候他们家属都在外头，她没见到他伤成什么样，心里还是担心的。

她走到病房门口，就隐隐听到段伟祺的声音："我的钱当然就是她的钱，这有什么问题？"

李嘉玉忙敲了敲门，邱丽珍应了："请进。"

李嘉玉帮拿着托盘的护士打开了门，跟在她身后进去了。

段伟祺看到托盘上的纱布和药就知道要做什么，一指李嘉玉："你在外头等着。"

"我想看。"李嘉玉道。

"不行。"段伟祺应得还挺有威严感的。

两个人目光对峙了片刻，李嘉玉妥协出去了。

还没走到门口就听段伟祺跟他父母嘚瑟："看，多乖，小绵羊一样。"

段延富完全不想搭话，邱丽珍直接给了儿子一个白眼。

李嘉玉加快脚步，没耳朵听他说骚话。

而段伟祺接着又说了："就她那小胆子，给她钱她都不敢花。这么有钱还开辆破Polo，钻戒大一点就慌张。别看她张牙舞爪的，其实厌得很。真的，你们不了解她。她就是那种可爱的肤浅女人，翻不出大浪花。"

李嘉玉打开门出去了，算了，不跟他计较，毕竟他是英俊、潇洒、睿智、稳重、才华出众、年轻有为的企业家。

李嘉玉再次去了医生办公室，她问了问段伟祺的饮食和日常起居有什么禁忌，又问清了他的伤情，然后她慢慢悠悠地回病房。护士刚从病房出来，见到她过来特意多看了她两眼，表情是明显的忍笑。

也不知那傻子又乱说了什么。李嘉玉已经锻炼得皮厚心大，无所谓了。

段延富和邱丽珍在病房待到了晚上，盯着段伟祺吃饭、睡觉、换药，到了深夜才离开。儿子失而复得，他们的心情李嘉玉完全理解。

李嘉玉留下来陪夜，段伟祺小睡了片刻，精神好很多。病房里只有他跟李嘉玉了，他开心地唠叨："李总，你可以呀，居然敢跟富昌董事会干上了。我老婆就是牛，哎呀，好想在现场啊。"

"怎么会，这里头肯定有误会。我胆子这么小。"李嘉玉一边收拾着衣物，一边淡定应他。

段伟祺在玩他的新手机，好多App得重新下，资料需要重新倒腾回来。

"嘿，我随便吹吹牛，你还厚脸皮地自己对号入座了。去拿镜子照照，你对你自己是有什么误会。"

李嘉玉用手机调出镜子，照了照自己说："大美女，端庄可爱。"

她把手机拿过去照段伟祺，段伟祺严肃地看着镜中的自己说："大帅哥，稳重老实。"

李嘉玉给他个白眼，把手机收起来。段伟祺哈哈大笑，又问她："你那天究竟怎么了？你知不知道我接通电话的时候听到你突然这么大吼大叫的，又高兴又害怕呀。我那时心想，老子这通电话打到哪里去了，李嘉玉居然敢对老子说出心里话了？"

"滚吧你。"

"真的。你们女人口是心非，可以把地球包装成月球。"

"你们男人还自以为是，以为自己可以把地球撬出银河系呢。"

段伟祺沉默了。

李嘉玉莫名其妙地看他。

他道："李嘉玉，你好黄啊。"

李嘉玉不明所以。

段伟祺道："我受了伤，腿不行，如果你实在想，我忍痛也要奉陪啊，我的骑士为我冲锋陷阵，这点犒劳还是要给的。不过得你自己动了。能不能出银河系，得看你自己的了。"

李嘉玉终于反应过来了，抄起她这边的枕头捶他道："我说的是精神！精神！"

段伟祺笑到不行，一边笑一边喊痛，说扯到腿了。

李嘉玉气呼呼地把枕头收走，过了一会儿忍不住怼他："一天到晚脑子里想什么，还真以为自己的杠杆有多强呢。"

段伟祺不干了："不带这么人身攻击的啊，杠杆强不强，你这个支点不知道吗？"

李嘉玉抄起枕头又过去了，段伟祺哇哇大叫："好痛啊，我的腿，不行了。"

李嘉玉把枕头甩他枕头边，喝道："过去一点。"

段伟祺可怜分分地自己慢慢挪，给李嘉玉空出半边床位。

李嘉玉放下枕头也不上床，转身又走了，过了一会儿回来，手上拿着面膜贴，这次段伟祺真的喊救命了："救命啊，你是变态吗？为什么住院还会带面膜？"

"一直在我包里放着呢，挺久了。刚才看到，正好拿出来用。"

面膜只有一张，李嘉玉贴在了段伟祺脸上。

段伟祺一动不动，嘟囔道："腿被砸到的时候，我确实是想，幸好没伤到脸，不然李嘉玉会更嫌弃我了。"

李嘉玉在他身边躺下，怕碰到他的伤口，小心翼翼地抱着他说："不会的。反正你本来就不帅。"

"你瞎！"段伟祺咬牙切齿地说。

李嘉玉依偎着他，柔声道："段伟祺，我爱你的钱，也爱你的颜，很爱。"

段伟祺弯了嘴角说："嗯，我知道的。"

第二十七章
总裁，骑士整装待发

段伟祺在住院的第二天就开始工作了。

付厂长更拼，昨天从医院回去，先回了趟家报平安，然后又扎到厂子里去了。

这趟缅甸之行遭遇天灾，后续的计划得有些变动。付厂长自觉压力很大，回厂子里跟大家交代了行程状况，再鼓鼓士气。

段伟祺当天晚上就收到了付厂长的电话，付厂长跟他报告了厂里管理层的一些想法，段伟祺与他讨论了一番。第二天段伟祺就联络富昌的相关人士，让他们改方案，重新调整项目时间线和执行方向。

段伟祺失联的这段时间，富昌也发生了这样那样的情况，需要高层决策的东西攒了一堆。段伟祺没了音讯，公司管理层也很慌张。段延孝很果断地迅速安排了高层会议，先把局势稳住，下了封口令，虽有些风声外传，但外头传闻并不大。只是许多业务能延后的延后，不能延后的，段延孝等人来处理。

现在段伟祺回来，秘书赶紧把分类的文件送上。段伟祺一要审之前处理的结果，二要把延后的进度赶上。

段伟祺在床上小桌叭叭叭地敲电脑，电话一个接一个。李嘉玉坐沙发上也抱着笔记本在磨案子。邱丽珍进病房的时候,看到的就是这么一副小两口表情严肃、互不搭理的场景。

邱丽珍按捺住脾气,这哪是历劫受伤回来住院该有的样子。儿子不懂事,这儿媳妇也不懂事。她把给段伟祺带的补汤放在一旁,动作有些重。

段伟祺和李嘉玉同时抬头看她,同时道:"妈,你来了。"

然后段伟祺很自然地对李嘉玉说了一句,李嘉玉很顺畅地同一时间也说了一句。

"嘉玉,让给妈坐。"

"妈,你坐。"

李嘉玉抱着笔记本从沙发上起来,挪到床边去了。

真是有默契。

邱丽珍抿抿嘴,不说话。自从知道儿子与儿媳妇签了那份财产协议后,她对李嘉玉的观感就变得微妙起来。

在李嘉玉没成为她的儿媳妇之前,她是很不喜欢这个姑娘的,这当然是基于段伟祺与李嘉玉有感情纠葛的前提。若是陌生人,邱丽珍自然不会费什么心思。

不喜欢的理由也特别简单——丢脸。

家世拿不出手,还有一段令段家特别尴尬、难堪的感情史。

李嘉玉成为她儿媳妇后,邱丽珍适应了好一段时间,她猜测过儿子与李嘉玉结婚的许多原因。后来与李嘉玉长谈了一回,她觉得这姑娘理性从容,是个拎得清的人,而儿子打破誓言结了婚,也算是好事。于是她便心存希望,想着李嘉玉能把儿子的毛病掰一掰,以后生两个孩子,别一天到晚瞎胡闹。如果这样,那这个儿媳妇也算不错。

但那天她知道了那份财产协议,整个人便不好了。这岂止是胡闹?这是发疯。

于是她又得重新评估李嘉玉,有手段哄得男人结婚是一回事,哄得男人疯成这样,或者说,陪着一起疯成这样,那就真不是一般人了。

邱丽珍不动声色地坐在沙发上,道:"那汤煲了几个小时,趁热喝吧。"

李嘉玉趴床边又敲了两个字,抬眼问段伟祺:"你喝吗?我给你盛。"

段伟祺看了一眼母亲的黑脸,把"不想喝"这话咽回去,道:"行。"

李嘉玉把笔记本扣上,到桌子那边给段伟祺装汤。邱丽珍趁这会儿道:"医生说至少观察个三天,然后才能回家静养。富昌那头,你别跑来跑去的。让你爸帮着你处理。"

"嗯。"段伟祺回了一封邮件,道,"不能白让嘉玉做坏人。反正都跟董事会摊牌了,我打算趁这个时机让爸回到集团管理层去。"

李嘉玉看了段伟祺一眼,很好奇父子兵在管理理念上要是出现了分歧,意见不一致的时候怎么处理。毕竟儿子职位比爸爸高,这情况挺微妙的。儿子听爸爸的,似乎不符合段伟祺的个性;爸爸听儿子的,又好像不太有面子。这种平衡挺难的吧。

段伟祺似乎知她所想,对她笑笑说:"没那么复杂,就是工作而已,占好位置,遇到什么情况就不那么被动。集团挺大的,不是什么位置都有冲突。"

李嘉玉把汤端过来,摆在段伟祺面前。她不担心公公的为人,就怕段伟祺把公公气着。毕竟看上去,公公这人要比自己老公老实。

邱丽珍等了一会儿,见李嘉玉没说话,于是又道:"你们那个协议的事,还是需要处理一下,毕竟阿祺在这样的位置,是需要跟董事会和公众交代的。"

段伟祺立马把脸沉了道:"这事昨天我们说过了。这属于我个人的私事,我的财产,我的老婆,跟别人没关系。"

邱丽珍忍着气说:"你的财产里有富昌的股份,这就跟别人有关系了。"

段伟祺哼道:"我昨天不是说了吗,我再签个文件,看我死后股份是给你还是爸,都可以的,你们商量好了告诉我就行。这次真是个意外,是我没预先安排好,所以嘉玉才手忙脚乱的,以后不会了。"

邱丽珍一口气差点提不上来,谁稀罕他的股份!什么叫手忙脚乱,他是没见到李嘉玉当时那架势。真是什么都不怕,硬气得很。

谁会愿意自己儿子的财权完全捏在另一个女人手里,人生这么长,还有几十年好活,如果他们的婚姻真的有什么变故,难道儿子还真净身出户?况且在她看来,他们小两口的婚姻生活还真是挺不稳定的,两个人脾气又这样,风险很大。

李嘉玉见气氛不太好,便道:"我去买点东西,一会儿再回来。"

"不用。"段伟祺脸还是黑的,"妈,我还住院呢,你要有什么不满意,过了这段时间再说吧。我现在有很多事要处理,不想在这种事上浪费情绪。"

邱丽珍想了想,确实是自己着急了。她看了眼李嘉玉,李嘉玉垂着眼,很温顺老实的样子,邱丽珍心里颇不舒服。这倒是她落下风了。

邱丽珍硬着语气道:"行,以后再谈,你喝汤吧。"

段伟祺看了看那汤,觉得很腻,但不想让他妈更不高兴,于是硬着头皮喝了两口。

李嘉玉看他的表情就忍不住笑,段伟祺忍不住戳她道:"没心没肺的,高兴什么?"

当着邱丽珍的面，李嘉玉不好说看他被人怼还得忍气吞声的样真是挺过瘾的。她家段总虽然浪子模样，又皮又贱，但其实还算是个孝顺孩子。她想起当初她带着父母吃饭，而段伟祺带着邱丽珍逛街，两边在商场遇见时的情形，段伟祺可是帮着妈妈拎包，手上大包小包的，乖儿子范。

李嘉玉想到当初段伟祺那样子，忍不住又笑。

邱丽珍和段伟祺一起瞪她。

李嘉玉忙道："你快喝，我一会儿收拾。"

段伟祺瞪她道："你过来。"

李嘉玉乖乖站到他跟前。

"坐下。"

李嘉玉在床边的椅子上坐下了。段伟祺端了碗，塞了一勺汤进她嘴里。

李嘉玉怕那汤洒一床，赶紧张嘴喝了。结果段伟祺一勺接一勺，李嘉玉皱眉头，但还是喝了，不一会儿被喂完了一碗。

段伟祺很满意，放了碗对李嘉玉道："好了，收拾吧。"

李嘉玉暗地里给了他一个别太皮的警告眼神，默默地收拾了碗勺，拿出去了。

走到门口时就听段伟祺跟他妈吹牛："看，多乖，小绵羊似的，我就说她翻不出大浪，你们真的不用担心。她要敢提离婚分我家产，我打断她的腿。"

神经病。这种话谁信。

李嘉玉把碗拿出去了。其实病房里就有洗手间可以冲洗，但她特意去了开水房，在那里把碗勺洗干净。她没回房，而是在走廊窗口那儿站了一会儿，给段伟祺母子谈话的空间。

病房里，邱丽珍与段伟祺谈得并不愉快。段伟祺最后道："妈，你真的不用担心。我不开玩笑，真的。嘉玉不稀罕钱，她对自己的生活很有把握，她并不依赖我，所以她随时可以跟我签解约协议。她不当众表这个决心，是给我留面子。协议是我要签的，她把做决定的权利留给我。我跟你们意见不一致，她站在我这边支持我，就是这个态度而已，不代表她在乎钱，不想解约。你能明白吗？"

字面上的意思邱丽珍当然明白，她不高兴地道："你的意思是你就坚持要保留这个协议，是吗？"

"对。"段伟祺点头，"妈，有些事我没法跟你说，但我并不糊涂。嘉玉这个人，你给她越多，你从她身上就能得到更多。"他看着母亲，很认真地道，"我挺需要安全感的。"

把钱全塞李嘉玉手里，自己就有安全感了？邱丽珍无法理解儿子。

邱丽珍离开的时候，看到李嘉玉站在走廊窗口。微风拂过她的发梢，将她的短发吹起。邱丽珍想起从前李嘉玉是长发的，她长发的外形，是儿子最喜欢的那类。后来她剪了短发，就一直没留长了。

邱丽珍抿抿嘴角，这姑娘，确实挺自傲的。

李嘉玉看到邱丽珍出来了，忙拿了碗勺迎过来说："妈，要走了吗？"

"嗯。"邱丽珍点点头。

李嘉玉便道："妈，你别生气，你相信我。我自己工作挺稳定的，有房有车，我对现状满意，太多的钱，对我来说不是什么好事。但协议是伟祺拟的，当初签这个的原因也有些复杂，我以为马上会再签一份解约协议，结果没签上。我会跟伟祺好好谈，但当他的面我就不说了，还是给他留些面子。只是你跟爸不用担心这个，真的。现在他特别需要你们的支持，一家人，火力都对外吧。"

邱丽珍听了，一时间心情复杂，她点点头，走了。

李嘉玉回了房，段伟祺正对着电脑敲字，抬头看是她，便道："时间掐得这么好？见到我妈了？"

李嘉玉把东西放好，回道："说了几句话。"

她去拿自己的笔记本，顺便看了一眼段伟祺的电脑屏幕，又看了几眼，觉得很有兴趣，于是坐下再多看几眼："可以呀，段总，有眼光。"

"看什么看，商业机密知道吗？"段伟祺一边说一边帮她翻页。

李嘉玉把案子看完了，叹气道："创业真不容易啊，能遇着像你这样的投资人也挺难的。"

"从昨天到今天，你夸我这么多句，我就觉得这句最真心。"段伟祺也叹气。

李嘉玉哈哈笑，拿着自己的笔记本回沙发那儿，继续改方案。

段伟祺看着她，问道："现在你那项目什么进度了？"

"遇到点小麻烦。"李嘉玉道，"我正改方案呢。"

"又改？"段伟祺皱眉道，"什么麻烦？"

"要谈落地。"

"不是谈好了吗？"

"商场上风云变幻，随时有变动的。"

段伟祺扬了扬眉头问："需要用老公的脸还是用老公的钱？"

"不是说了改方案了吗，我有新对策。老公的脸和钱留着揭不开锅的时候再用。"

"等你揭不开锅好像挺难的。"

李嘉玉哈哈笑道:"说不定快了。"

"看你摩拳擦掌的,我觉得难。"

李嘉玉做作地拨了拨头发说:"也是啊,毕竟我是追过飞机的女人,轻易不会输。"

"啧。"段伟祺嫌弃道。

"等你出院了,我就回去了。"李嘉玉道,"看我怎么跟他们死磕。"她加个握拳动作表气势。

段伟祺周六那天出了院。

因为腿脚不方便,他暂时搬回了父母家中住。李嘉玉陪他住了两天,周日晚上走了。

在天下父母心里,儿子都是自己的心头宝。就算这个儿子再叛逆不听话,也是一样的。邱丽珍虽然对儿子有怨气,嫌弃这个嫌弃那个,但她还是真心希望儿子什么都好。所以娶了个儿媳妇回来,她当然也希望儿媳妇是贤惠温顺、处处照顾儿子的类型。

这么一对比,李嘉玉完全不合格。

除了有些小强迫症,看到没对齐没摆正的东西手痒非要去摆一下之外,李嘉玉非常不爱做家务,更别提下个厨,洗手做羹汤,给老公做顿爱心大餐了。

李嘉玉自己也不讳言这一点,她很坦白自己不会做饭,不爱下厨。所以病号老公瘫在一边,要是没家政帮忙做饭煲汤,邱丽珍真的怀疑这位儿媳妇要点外卖了。

但儿子似乎毫不在意。小两口还互相揶揄对方的厨艺,光是拿他们在C市合作下厨的那顿爱心方便面开涮对方,追究那顿方便面么难吃究竟是谁的错,就聊了半个小时。

邱丽珍无法体会这里头的乐趣。想她也是十指不沾阳春水的大小姐,家里有保姆照顾,出行有司机跟随,但她都认真学了做饭,为段延富洗手作羹汤。段延富夸她做得好吃时,她心里多高兴。这才是情趣呀。

现在的年轻人,真是搞不懂。

尤其是她儿子,那个比她年轻20岁的儿子,她真的看不下去。明明没什么事,他都能自己发神经。

比如见李嘉玉过来了,他就故意把抱枕放歪。李嘉玉不觉有异,坐下时顺手把抱枕整理了一下。坐下没几秒,段伟祺又把沙发巾扯歪半边,李嘉玉不经意转头看到,又顺手摆正了。然后段伟祺自己就在那儿笑,这一笑,就招李嘉玉打他了。打完了他笑得更开心,笑得邱丽珍眼睛疼。

出院回家后,段伟祺腿脚不方便,总坐屋里太闷,就到客厅玩。自己待着不行,就叫李嘉玉:"嘉玉,快来,你喜欢的动画片开始了。"

"我不喜欢动画片。"

"你喜欢的财经新闻开始了。"

"我不喜欢财经新闻。"李嘉玉应着就过来了,"我喜欢《海滩小将》。"

《海滩小将》是一档真人秀节目,几个年轻新星在国外海滩想办法挣钱,要挣够足够的钱才能回家。于是有的做翻译导游,有的做救生员,还有的在海滩小卖店打工,也有自己摆摊的。年轻男孩们个个帅气、秀泳技、秀身材、秀智商。

电视上还正好就开始播这节目,段伟祺直接把电视关了说:"啊,电视坏了。"

邱丽珍也想打儿子了。这档节目她也非常喜欢看,里面的小伙子都很帅,她特意开着这个台等着的。邱丽珍觉得无须再忍,便道:"你们搬到大宅去吧,那儿有管家帮你们安排起居,方便。"

"别啊。"段伟祺道,"你可是我亲妈。现在大宅不是归珊姐了吗,我住那儿,她也住那儿,我们俩得打起来。我现在伤残,打不过她的。"

邱丽珍白他一眼,胡说八道什么,谁会跟你打架。

段伟祺又道:"嘉玉明晚就走了,我一个人,跟你们一起住方便一些。我还有公司的事要跟爸商量。"

"明晚就走了?"邱丽珍扬高声音,很惊讶,儿子今天才出院。

"不走留这儿干吗,又不会做饭,地也拖不干净。"段伟祺的语气嫌弃得要死,手却去拉李嘉玉,把她拉进怀里。

邱丽珍皱起眉头。

李嘉玉没说话,段伟祺替她道:"她公司那边有事,就是因为我出了意外,她才丢下那头赶回来,现在我没事了,她当然得回去处理。公司一大家子要养活呢,又不是摆个摊爱做不做的。"

邱丽珍也说不出什么来,只得道:"你们自己的事,自己心里有数就好。"

李嘉玉回C市了。

味香的20万当然还没付,阳光的合同也还没有签回来。贺亦春曾经去过电话询问进度,那边没说签,也没说不签,只说还在流程中。

贺亦春没联系李正辉，当时李嘉玉跟李正辉在电话里已经说得非常清楚了，所以贺亦春也没打算向他弯腰低头。合同签得下就签，签不下她就当暂时失败第三次，重新再来。

所以贺亦春没干等着，她已经迅速投入到新的工作里，在谈两个新客户了。

李嘉玉也是这个态度。她回来后，拿新方案与贺亦春过了一遍，然后就出发了。

她去了城市管理局大楼，找廖主任。

当初与他们直接对接的廖主任仍在任，他还记得李嘉玉，也记得她们的项目。但他仍是那话："这项目不可能批了，牛市长当时把这个当形象工程，曾局长在报告里又吹嘘了一番，现在他俩都下台了，杜市长接手烂摊子，新官上任三把火，林局长当然得避避嫌。而且财政亏空挺多的，短期内这类项目都不会批的。先把刚需解决了。原话，真的。"

李嘉玉道："我们的方案已经改了，不需要市政拨款了。"她把印装成册的方案递给廖主任，"您看看，完全不会给政府添麻烦，我们的育婴室、资金、客服还有App系统，都已经完成，就差落地了。我们只是需要政府帮我们解决落地的问题。"

廖主任犹豫了一会儿，接过了。

李嘉玉继续道："就是请政府允许我们把育婴室摆出来，建造育婴室所有的资金和服务都由我们公司承担，想请政府支持的，就是投放场地。我们公司希望，政府能让我们免费摆放我们的育婴室。"

李嘉玉把方案翻到后面，指着做好的图片给廖主任看："您看，比如像这样，在治安管理亭旁边放一个，既为大众提供安全保障，又给市民提供了哺乳服务。还有这个，商业街里，妈妈带着宝宝逛街，也可以用。再有这里，景区服务，我们可以提供育婴室，免费的。再有停车场，还有地铁站、火车站……"

廖主任看了看，问道："你们找到投资了？"

"是的，廖主任。我们只差落地了。解决了落地，我们的育婴室才能下厂，投资才敢到位。所有的细节我们都弄好了，真的是需要政府的支持，希望政府允许我们摆放育婴室。"

廖主任把方案大致翻了翻，道："小李啊，你们这事是好事，之前谈了这么久，我是清楚的。但现在这事真的不行，换班子之后，多少项目都压下了，每个都跑来游说，真的不夸张，从大厅排到街头公厕那儿……"

"廖主任，哺乳妈妈想排队都没地方排去呀。总不能在臭烘烘的公厕里喂奶，您说是不是？"

"唉！"廖主任想埋怨，又被李嘉玉的笑脸逗笑，"你别抓着机会就贫，你们这事是好事，我不是说了吗？但现在市长要抓的工程项目太多了，你们这个当初是在文件里列得清清楚楚放弃不做的，而且你们这个虽然现在不需要市政拨款了，但是商业性质的，你们有广告，要收费，这里头又有钱的事了，我不好往上提。"他摆摆手，让李嘉玉看看自己桌面上的那堆文件，"你看，这么多没处理的，你们这个，不但不好提，提了也不能这么插队。"

李嘉玉看了看，没说话。

廖主任又道："小李啊，不是我泼冷水，当初我也是这么跟小贺说，但凡有希望了，我就跟你们说试试了。但真的不容易，我见了太多过来碰钉子的，到时上头不高兴，我们下面工作更不好开展。你听我的，别浪费时间了，什么赚钱做什么去，这年头，赚了钱才有发展。你们公司小，小船好掉头。"

"我明白的，廖主任。"李嘉玉很耐心地说，"我们不缺钱，就想把这事做起来。"

廖主任摇摇头道："我还有很多事要做，你回去吧。"

廖主任说完，欲回办公室去，李嘉玉忙叫住他："廖主任，能不能跟我说说现在新班子市政管理的理念和方向呀，我多领悟领悟，让我们的服务能更贴合，也许还有机会。"

廖主任摆摆手道："别浪费时间了。"

廖主任进办公室去了。李嘉玉看着他，看到他在办公位上坐下，她们的母婴室项目书被他随手放在了桌上。桌上的文件真的很多。李嘉玉站了一会儿，就看到好几人找廖主任谈事，几份文件递来递去，桌上的东西翻来翻去。一小时后，她们的母婴室项目书被压在了下面。

李嘉玉想了想，下了楼，找了其他办公人员，以咨询业务办理为理由问了许多关于现在市政管理的新规定，又打听了现任林局长和其他管理班子的情况，最后人家还是让她找廖主任。

李嘉玉谢过了，给廖主任订了一份外卖大餐做午饭，给他发了条短信打了招呼，然后回公司去了。

李嘉玉回到公司，翻查现任政府的项目和新政策，看遍了所有新闻稿，然后她把方案里的内容精简提炼，找了美编重新做了方案。这次不是一个精美的册子，而是一张纸，正反两面，像张小小的海报。

一周后，李嘉玉再次去了城市管理局，廖主任再次接待了她。

"廖主任，我把宣传材料重做了，这次简单明了，一眼看完，绝不会耽误你们的时间。"李嘉玉把海报亮出来，给了廖主任好几张。

海报颜色非常漂亮，正面有连旭和他家宝宝MV里的镜头，非常抢眼。乍一看，不是什么干巴巴的项目方案，倒像是电影海报了。

廖主任愣了愣，笑了："小李啊，你还真是不死心。"

"廖主任，既然我们做的是好事，那就应该坚持做下去，是吧？没做成，那就是方法没用对，条件没满足。有条件就做到最好，没条件就创造条件做到最好，您说呢？"

廖主任看了看手上的海报，这次不是详细华丽的报告分析式的方案书了，只是漂亮的画面，简单的说明，但是项目重点都列出来了。

"廖主任，看这张项目方案只需要30秒。您费心，帮我往上递一递，可以吗？"

廖主任再看一眼这海报，叹口气。

李嘉玉见他有心软的迹象，又道："不管成不成，有戏没戏，就是先让领导们有个认识我们母婴室的机会。拜托了！"

廖主任想了想，道："行吧。"

李嘉玉笑了，赶紧又道："我多给您几张，您放在您桌上，可以吗？"随手拿出一沓就递过去。

廖主任简直哭笑不得："你这也太狡猾了吧。"

李嘉玉合掌道："多谢，多谢廖主任！"

廖主任最后答应了。他把海报拿回了办公室，放在了桌角。

李嘉玉在外头看了一会儿。半小时内，有三个人去了廖主任的位置谈事，每个人都拿起了"宝宝来了"母婴室海报，上面的连旭很显眼，确实能让人的目光多停留几秒。

李嘉玉走的时候，看到有一个女生跟廖主任要了一张海报，大概是粉丝，她猜。

李嘉玉又给廖主任订了豪华午餐外卖，给他发了短信打招呼。

第二天，李嘉玉接到了廖主任的电话，他说他已经把她的海报和项目方案册子给局长办公室放过去了。但是局长那边有没有兴趣，他就没办法了："毕竟你们是商业项目。"

李嘉玉谢过廖主任，舒了口气。

让他们给钱不行，拉来了钱让他们干看着也不行。

市场关系，真是颇微妙啊。

这几天段伟祺那头也有了麻烦。富昌地产有个项目被卧底记者曝光偷工减料，那个地产公司的经理不知被人偷拍，还扬扬得意地大放厥词，新闻播出来，全民哗然。

段伟祺简直是暴怒，他坐着轮椅开了个新闻发布会，带着那家地产公司的新任高层公开道歉，声称原管理层已全部被开除，并已报警处理。

这事在富昌就是枚炸弹，股价暴跌，董事会震荡。

李嘉玉看到新闻，赶紧给段伟祺去了电话，别的没说，只嘱咐他一定要养好伤，不能因为这事不顾身体。第二天她买了机票飞回去陪了他一天。

段伟祺的腿其实已经好了许多，坐轮椅开新闻发布会也是一种策略。但他非常生气，这事幸好没造成人祸。还有董事会那头，他原本也做了些工作，想找机会把与李嘉玉的婚事公开摆上议程，结果来这么一出，董事会顿时又把他与李嘉玉的财产协议拿出来说事，要求他务必处理好，说富昌再经不起这类负面消息。

段伟祺差点一个杯子砸过去，他跟他老婆的正经财产分配怎么会跟一个贪污工程丑闻一个性质！

段伟祺在办公室忙到深夜，李嘉玉就一直在他办公室陪他。夜里两人温存说话，互相鼓励。

段伟祺问李嘉玉的项目情况，李嘉玉把进展说了。

"你觉得局长这边能磕下吗？"段伟祺用鼻尖蹭蹭她鼻尖，叹口气，还是抱着老婆舒服，其他人和烦心事都滚蛋吧。

"不知道呢，就算有希望，大概也得等很久，要慢慢磨。我没时间这么磨。"

"那你打算怎么办？"

"我去堵他，你觉得怎么样？"

"哈哈。"段伟祺笑，"上哪儿堵？局长办公室的大门都能让人随便堵，那保安留着干吗用？"

"那就不堵办公室了，堵男厕所。"李嘉玉挥挥手，很豪迈地说。

段伟祺真是拿她没办法。

"堵完局长堵市长，我就不信了！"

段伟祺敲她脑袋道："行了，你还演上了。"

"就像古代民女拦轿喊冤那样。"李嘉玉举高手，假装手里举着状纸，"青天大老爷在上，求老爷为民女做主啊！"她语调夸张，而后做严肃状，"我举着海报去。"

段伟祺哈哈大笑。

李嘉玉回去后与贺亦春商量，然后贺亦春通过她的关系，找朋友打听政府的路子，希望能把李嘉玉直接引见过去。贺亦春朋友的政府关系在原先的旧班子上，跟新上任的班底交情有限。而且新官上任之后就是一系列的人事调整，这调整陆陆续续进行，也刚刚稳当下来。她的朋友答应先去做做工作，打听打听消息。

李嘉玉继续去城市管理局蹲守。

廖主任看到她："你来了呀。"

再看到她："你又来了呀。"

后来再看到她："我说小李啊……"

再然后："今天很准时嘛。"

李嘉玉见廖主任："主任，方案您觉得怎么样，在市政文明建设需求上我们母婴室有什么可以配合的地方，您给点建议。"

再见到廖主任："主任，咱们讨论的那些，您有没有跟林局长说呀？"

后来一次又一次来："主任，今天林局长有没有时间，我可以见见他吗？我们项目的细节，我可以向他阐述，让他多了解。"

"主任，今天林局长有时间见我吗？"

"主任，真的，我只需要三分钟。"

李嘉玉一礼拜去三次，一、三、五，每天上午9点，定点定时，有规律。这频率虽然有些高，但她每次待的时间不长，而且从不打扰廖主任办正事，不会缠人到让人反感。虽然她送午餐讨好，但很低调，不讨人嫌，廖主任还是挺满意的。

李嘉玉一直坚持，在城市管理局混了个脸熟，交了些朋友，也把廖主任磨得没了脾气，磨成了自己人。李嘉玉在城市管理局这么坚守，林局长当然也听说了，可这个月林局长又是出差又是开会，虽没有硬气回绝，但也没打算见见她。

"林局长说，让我先多了解了解，以后再说。"廖主任告诉李嘉玉，"那这事也算是还有戏，起码你那页海报林局长看了，可比从前毫无希望要强。"

这当然不是坏消息，但对李嘉玉来说，也不是什么好消息。

拖得越久，她们前期花大力气积攒的热度就会慢慢消退，白做工，再一次浪费，再一次必须重新开始。这个结果李嘉玉不接受，看来她还得继续努力。

这天下着雨，李嘉玉没来。

廖主任有些担心，怕李嘉玉会不会因为车技不行，下雨天开车路上出了什么状况。

要说李嘉玉车技不行，廖主任是亲眼所见。那天在停车场，他就这么眼睁睁地看着李嘉玉折腾了五分钟，愣是没把车子倒进停车位。廖主任看不下去，过去帮她停了车。

这种车技的司机下雨天开车，确实让人担心啊。

廖主任这么想着，却见李嘉玉来了。

她穿了件风衣，肩上还挂着雨滴。一手拿着雨伞，一手拎着两杯咖啡。

她看到廖主任，吐了口气，嘿嘿笑起来。

廖主任也笑道："车子不好开吧？"

"我就猜到您会这么说。"李嘉玉笑得不好意思，"雨天确实得开慢一点。"

李嘉玉把手里的热咖啡给廖主任递了过去。

廖主任接了，咖啡还热乎的，暖着手，不错。

两个人靠在走廊上一起看雨景，喝咖啡，闲聊着。

廖主任问李嘉玉，她们公司还做什么别的业务。李嘉玉跟廖主任说了，随口也说了说自己和贺亦春创业的经历。

"啊，你们俩都是从B市过来的呀？"

"是呀。当初是因为这边有政府关系嘛，联络很久了，但一直没人做这项目。贺姐自己当了妈妈后，就决心要做了。在我们过来之前，已经谈了一年多。"

"你们过来也两年了吧？"

"是啊。"李嘉玉笑笑道，"这两年，承蒙廖主任照顾了。"

"嘿。"廖主任挥挥手道，"你说好听的，我也没办法按着林局长的头给你批项目呀。"

"廖主任您再帮帮忙嘛，不然项目黄了，我就得回B市继承百亿家产了。"

廖主任哈哈大笑道："尽拿网上的段子逗乐子。"

李嘉玉也笑。

廖主任道："哎呀，我现在也确实没办法，我这个位置，不好催。要是害得你得回去继承百亿家产，我真是太过意不去了。"

这回换李嘉玉大笑。

廖主任笑道："我们这年纪也是有幽默感的。"

"是，是。"

"百亿家产。"廖主任念叨着，"挺有意思的。"

两人笑了一阵，李嘉玉道："廖主任啊，我是不敢给您添麻烦，但这事情我真不能这么等，我们投入大，已经黄了两回。这次幸亏得朋友们鼎力相助，所有的脸面人情都押上去了。如果又黄了，我都没脸再见他们了。"

"嗯。"

"所以呢……"李嘉玉认真道，"我提前跟廖主任说一声，万一我跟林局长偶遇什么的，抓住机会跟他聊一聊，还希望廖主任多支持啊。"

廖主任抬抬眼皮，看了看她。

李嘉玉笑了笑说："比如在洗手间门口遇到，我跟他往办公室走，走到门口，怎么也得有两分钟吧？"

廖主任没好气地说："你还真敢去堵厕所？"

"那怎么不行？廖主任您太好说话，没给我发挥的余地。不然我先堵一堵廖主任。"

廖主任赶紧摆手说："可别跟我来这一套。"

李嘉玉哈哈大笑。

廖主任沉默了一会儿，抚了抚咖啡杯道："你这丫头呀，还挺有毅力的。"

"那是。"李嘉玉扬扬下巴，还想再夸夸自己，被廖主任打断了："行了，敢堵厕所不算。"

李嘉玉又笑。

廖主任道："从林局长那楼层的洗手间到他办公室，两分钟用不了。但从我们这大厅走到停车场，三五分钟肯定是需要的，看走得快慢了。"

李嘉玉眼睛一亮。

"你跟我打招呼，有商有量的，我当然也不为难你。"廖主任道，"敢不敢做，做了之后是招林局长讨厌还是高兴，你也自己承担后果咯。"

"当然，后果自负嘛，这道理我懂。多谢廖主任。"

没什么不敢的！

当天李嘉玉走了之后，给廖主任发了消息："廖主任，我掐表算了，从门口走到停车场，我快快走，六分钟。"

廖主任笑了笑。

他又接到李嘉玉下一条消息："廖主任，我等你消息。多谢你。"

廖主任轻哼一声，谁说要给你消息了。

没过两天，李嘉玉接到廖主任的电话。他说林局长第二天下午要出差，去县里。局里下午1点有个会，林局长主持。

李嘉玉懂了。就是说，林局长开完会，便要从办公室出发，乘车去县里。

楼门口到旁边的露天停车场——必经之路。

李嘉玉谢过了廖主任。

第二天下午1点，李嘉玉去了城市管理局，坐在大厅里等着。她给廖主任发了短信，说她在大厅。

"刚开始开会。"廖主任给她回了消息。

李嘉玉舒口气,耐心等。

等着等着,她忍不住给段伟祺发消息:"总裁,骑士整装待发。"

段伟祺一直没回。李嘉玉集中注意力在脑子里把方案又整理了一遍,又上网查了查林局长要去的县的情况,再搜了搜本市政务报道。快1点40分的时候,廖主任给她发消息:"散会了。"

过了一会儿他又发来一条:"林局长直接从会议室走了。"

李嘉玉忙站了起来,看向电梯。

这时候电话响了,是段伟祺。

"你干吗呢?"

"堵局长啊。"

"厕所门口?"

"不是。"李嘉玉说着,看到电梯下来了,"我现在没空跟你说,一会儿聊。"她挂了电话,整了整衣冠。

"嘀"的一声,电梯门开了。

林局长和他的秘书走了出来。

李嘉玉忙赶凑上前去说:"林局长……"

她话还没说完,就被穆秘书拦了。李嘉玉这阵子的工作,让她在城市管理局里也算小有名气。穆秘书是知道李嘉玉的,倒没有不客气,只用公事公办的口吻道:"对不起,有什么事请联络各窗口。"

李嘉玉谢谢他,然后继续往前凑。

穆秘书是男的,不好与李嘉玉有什么肢体上的接触,只愣了这一会儿的工夫,李嘉玉便跟上林局长的脚步说:"林局长,我是积木咨询的李嘉玉,我们公司的项目是'宝宝来了'母婴室。我送您去停车场可以吗?"

她生怕被人打断,一口气说完。最后那句话大家都笑了。

林局长也笑道:"送我去停车场?"他脚步未停,迈大步往前走。

见林局长没责备,穆秘书便不拦了,只挡在李嘉玉和林局长之间。

林局长腿长,走得快,他面容严肃,做事比较保守,往好了说,就是谨慎。李嘉玉很早就查过他的资料,对他的行事风格也算了解,她小跑跟着,道:"林局长,我们希望能够获准在警亭边、停车场、景区和各公共场所提供母婴室,可以与市民卡联通,为哺乳妈妈和带宝宝出行的家长提供便利服务。"

李嘉玉的语速很快,话却说得很清楚:"我们的母婴室设计获得设计大奖,有母婴品牌支持,有明星效应、社会关注,资金也不是问题了。母婴室项目对市政建设的美誉度大有助益，我们不需要政府拨款一分钱，服务有App、人工客服、线上支持……"

李嘉玉知道自己的时间不多，但她话还没说完，林局长的手机就响了。他接了起来，李嘉玉顿时闭了嘴。

林局长一边接电话一边继续走，李嘉玉紧紧跟着。离停车场越来越近，李嘉玉暗暗焦急。这个电话，把她的时间都占了。林局长电话未停，她也没法插嘴。

一行人终于走到了林局长的专用停车位旁。

司机为林局长打开了车门。

李嘉玉站在车边等。

林局长终于打完了电话："好的，我知道了。有消息你再通知我。"他挂了电话，抬腿要上车，想了想停了下来，对李嘉玉道，"停车场到了。"

"是的，林局长。"

林局长道："我知道你们的项目。下次有机会再说吧。"

下次？下次是有机会进办公室谈，还是说继续送他到停车场？李嘉玉犹豫了一下。下一次，又要等到什么时候？

林局长说完，也不等李嘉玉反应，坐上了车。

司机关了车门，绕到车头。穆秘书与司机都上了车，然后车子启动了。

李嘉玉下意识地退后了两步，给车子让出道来。

"她经常来。"穆秘书看了看车外站着不走的李嘉玉，对林局长道。

"听说了。"林局长应。

"我也见过她好几次。"司机也道。

"挺有毅力的。"林局长往车椅上靠了靠，闭目养神。

车子转眼就开到了停车场出口，车子停了下来，等保安打开通行栏。

"林局长！"穆秘书忽然喊了一声。

林局长睁开了眼睛。

"林局长，你看！"穆秘书指了指后视镜。

林局长看了一眼，然后扭过身从车后玻璃往外看。

李嘉玉踩着高跟鞋，向着他们车子的方向狂奔。她的速度很快，姿势还挺标准，那高跟鞋对她丝毫不构成阻碍，反而更添气势。她的风衣因为快速奔跑掀起了后摆，就像身后刮起了一阵凌厉的风。

呼啸而来！

通行栏打开，司机轻踩油门，车子开出了停车场。

李嘉玉仍在奋力奔跑，车子的启动并没有让她放弃。

"林局长。"秘书太惊讶,忍不住唤了一声。

林局长沉默数秒,最后道:"靠边停一停吧。"

司机踩了油门,停下了。

李嘉玉奔到车旁,大口喘气。

林局长滑下车窗,问她:"还有事?"

"刚才忘了跟林局长约时间,不知道下次再见林局长是什么时候?"

林局长愣了愣。

"如果林局长不介意,不知道我能不能上车,林局长去县里这一路有没有时间听听我介绍我们的项目?"

林局长不语。

"见林局长一次不容易,我怕下次没机会了。"李嘉玉喘着气,语调显得可怜。

穆秘书忍不住插嘴了:"李嘉玉,我们是下乡公干的。"可没人送她回来。她不怕路上出事,他们还怕她出了什么事得他们担责任呢。

"不能上车的话,要不林局长再拨给我一点时间,10分钟就好。"李嘉玉一脸无辜和恳切地说,"我知道下面申请的项目特别多,林局长特别忙。要不我就上车向林局长阐述10分钟,到高速公路前我就下车,行吗?绝不给林局长添麻烦。"

穆秘书心想,这是美女外形的狗皮膏药吗?

"要不就到新华路口?"李嘉玉仍在争取。车子都给她停了,有机会的。她就使劲磨。

"明天下午2点钟,到我办公室来。"林局长终于开口。

李嘉玉淡定应道:"好的,林局长。明天下午2点钟,对吧?林局长,我能要一下穆秘书的手机号吗?这样联络起来方便些。"

她已经把手机递过来了:"穆哥,您输入一下。"

"给她吧。"林局长道。

穆秘书没接李嘉玉的手机,只把自己的号码念了一遍,李嘉玉记下了:"那我明天下午2点准时到。谢谢林局长,谢谢穆哥!"

林局长把车窗滑上了,示意开车。

车子开起来,穆秘书抹了抹额头不存在的汗水,道:"这么难缠啊。"

林局长和司机都笑了笑。

李嘉玉站在原地,看着车子消失在车流中,猛地握拳:"Yes!"

李嘉玉回到停车场,上了自己的车,兴奋的感觉还在,脚上的痛感也有了。

不穿高跟鞋不够美，穿了高跟鞋跑得不帅。

李嘉玉脱了鞋让脚歇歇，给贺亦春打电话。事情说完了，贺亦春一个劲地笑："你可以的，追完飞机追汽车，就差轮船、火车了。"

"唉，可别再来了。"李嘉玉揉揉脚说，"年纪大了，跑不动了。我还是想靠智慧和美貌取胜的，体魄不是我的优势。话说回来，想想也是险，我一时没反应过来，就这么眼睁睁看着他走了。后来一想，下回廖主任也未必给我通风报信了呀，天天堵电梯哪行啊。什么事做过头了就讨人厌了。现在反正招惹一次了，干脆拼拼看。装斯文没戏，讲客气更不行了。"

贺亦春笑死。

"你没看到那穆秘书的表情……"

贺亦春笑得更大声了。

李嘉玉与贺亦春沟通完，又给她家段总回了个电话。

段伟祺接了："怎么样了，小绵羊骑士？"

李嘉玉寻思，小绵羊叫上瘾了？对着小绵羊她老公完全没有倾诉的心情了。

段伟祺自己在电话那头笑："哎，这称呼挺好笑的呀。"

李嘉玉淡淡应道："那你好好笑。"

"这么冷漠啊，是不是被拒绝了？"

"嗯，一开始是的。"李嘉玉把经过又说了一遍。

结果段伟祺发飙了："李嘉玉！你穿着高跟鞋跑个屁啊，摔掉一嘴牙你看我还要不要你！大马路这么多车子多危险，被车子碾成泥你看我还要不要！"

李嘉玉不敢说话。

段伟祺继续耍威风道："你说，你还干什么了？"

"我打算，现在上楼跟廖主任道个谢，然后回公司工作。"惹不起，她还是别显摆了，炫错了地方。

廖主任正等着李嘉玉的消息，听闻她居然成功约到局长明天见面，也替她高兴："我就是打算帮你这么一回，没有下次了。还好，结果也算如你意。你好好加油吧。"

李嘉玉谢了，心道幸好啊，果然不能松懈，抓到眼前的机会才是真的。等下次？太缥缈了。

李嘉玉第二天准时来的，提前了10分钟在局长办公室外头等着。穆秘书看见她还有些警惕，李嘉玉笑了笑。

见面过程还算顺利。林局长没提昨天的事，但他真的只给了她10分钟。

李嘉玉也没有废话，她直接进入正题，认真讲解了她们的项目，重点在数量运营和服务保障上。当初的提案为什么会被毙，她没有置喙，只强调了现在这个新提案的优势和她们进步的地方。

林局长问了她几个问题，也算认真听进去了，然后还是那套官话，说他会综合考虑，如果可以合作，会再通知她。

这回李嘉玉没多纠缠，笑着说她等消息。

当然不会这么快有消息。

李嘉玉没放弃其他渠道的推进，贺亦春也在积极打点关系，她与李嘉玉去见了几个政府其他部门的人，推荐了她们的项目。

与此同时，味香依旧没有付款，面对积木的催款函也没有反应。阳光集团这边盛燕倒是联络了李嘉玉，说是集团最近项目比较多，这边先放一放，让她们再等等，等相关项目安排好，看看有没有能跟积木结合的地方，再一起审。

李嘉玉谢了，但心里不抱太大希望。她一边分担着贺亦春那边的咨询工作，一边完善"宝宝来了"项目细节。她联络了苏文远，提出想要几个"宝宝来了"母婴室小型玩具模型。

若是对别的人，李嘉玉倒是不会提这样的要求，但苏文远她太了解，他能做到，并且做得很好。从前他俩恋爱的时候，苏文远就曾经把他的设计做成小玩具模型送她，做得小巧可爱，逼真精致。他有一个好脑子以及一双巧手。

苏文远倒是没拒绝，只问她做什么用。

李嘉玉答了："做公关的礼物。"

苏文远就明白了："我得收费的。"

"嗯。没打算白拿。我把具体需求发给你，你给我报价单。"

"行。"苏文远很痛快。

这家伙从软骨头变成上进青年后，李嘉玉真是不太适应。她有些好奇他变化的原因，但又排斥在他身上花费心思和情绪。

让苏文远做玩具模型的事，李嘉玉没告诉段伟祺，省得为这事再闹不痛快。

说到段伟祺，这段日子他特别忙，百忙之中，还挺关心李嘉玉的项目进展，时常问问她需要什么。

可惜C市并非他的地盘，人脉他倒是有，但李嘉玉明白，他找朋友，朋友再找人，这中间周转几次，全是卖面子欠人情的事。她是小人物，她的人情不算什么，但段伟祺以现在这样的位置，去欠别人人情，回头怕是得双倍还。她若是天大的事倒也罢了，现在这样的情况，已经走到了这一步，并不值得给他添麻烦。

倒是这位段总，也不知是什么体质，富昌这么混乱的局面下，他瘸着腿忙成狗样，还能闹出点绯闻来。

段老爷子去世后，富昌各种大小事件不断，段伟祺的曝光度增加了。尤其是先前富昌地产公司出了事，段伟祺雷厉风行、毫不手软，不给自己和富昌留脸面的处理方式，让他在热搜待了一星期。

段老爷子在世时，管着他让他稳重，让他按套路讲话，现在没人管得了他，他又在气头上，于是直接放飞天际，语惊四座。

炒人报警，炸楼重建，奖励卧底记者10万块；整顿集团企业的风气，严查严惩；自罚半年薪水；对分管地产公司的集团高层做降职处理，罚三个月薪水；公开监督举报邮箱和热线电话，欢迎社会各界的监督，所报情况一旦查实，必有重奖。

对那个很红的新闻发布会兼富昌道歉会，网上有许多调侃。

"这位段总是即兴发言吗？看他身边那些人的表情，他们听到段总的话，比记者还震惊。"

"你炸楼就算了，你罚我薪水！哈哈哈哈哈！"

"演得不错，道具也新潮，轮椅都上了。"

"没看把那个卧底记者吓得赶紧发声明，不要那10万块。"

"好害怕，哈哈哈哈哈！"

网上甚至还整理了段伟祺在新闻发布会上的警言金句，配上了音乐。

段伟祺红了。富昌股价经历几次暴跌，随着段伟祺的走红和一系列的举措出台终于稳住趋势。

在这样的情势下，段伟祺和父母一起，与另一位富商的家庭聚会被拍，就显得微妙起来。正巧这位赵姓富商有一位24岁的千金，相貌姣好，气质出众，在聚会上与段伟祺相谈甚欢。照片摆出来，引发了许多联想。

段、赵即使没联姻，但两家也有撮合的意思。网上有人这样说。

这种家庭聚会是怎么被拍到的？预先安排的吧。这是不是想告诉大家：股民们，别慌，相信富昌，我们有感情深厚的靠山。网上还有这样的言论。

李嘉玉看到了，特别不爽。但她接到了邱丽珍的电话，她是来跟她解释那个家庭聚餐的事。她说赵家是她娘家的世交，与她和段延富的关系都不错。她的基金会与他家有合作，那天是她请吃饭，不关段伟祺的事。又说赵家千金是有男友的，只是没公开。是赵家说好久没见到段伟祺了，她才把他叫上。两边家庭都没什么别的意思。

李嘉玉笑着应道："放心吧，妈，我没误会。"她一边说一边把新闻截图了，图片也存下来，加进段伟祺的绯闻记录文件夹里。

好气啊，连婆婆都知道来哄哄她，她那个骚包老公呢，居然没反应！

周末回B市的时候，李嘉玉把这则绯闻的链接发给段伟祺。

"你快点看看。"

"好。"段伟祺坐在床边，正拿着手机刷。

李嘉玉看他这么认真，赶紧打开音乐App搜索，调成最大音量，播放《太委屈》。

歌声在房间里响起，李嘉玉伸长了脖子偷偷看段伟祺的反应。

"当她横刀夺爱的时候，你忘了所有的誓言，她扬起爱情胜利的旗帜，你要我选择继续爱你的方式……"

这么应景的歌，配着绯闻服用，挺来劲的吧？

李嘉玉一直等着，结果段伟祺没反应。

李嘉玉爬过去，趴他背上看他手机。

喵！这家伙自己的绯闻不看，看别人的绯闻！

蓝耀阳居然跟18线小女星闹起绯闻来了？李嘉玉趴在段伟祺背上与他一起津津有味地看完了。

段伟祺问她："你刚才让我看什么？就这个吗？"

"什么鬼！你打开微信点一下行吗？"李嘉玉拧他耳朵，听他吸气喊痛又揉揉。

段伟祺又刷了两下网页，这才关上准备看微信。他道："就这绯闻，蓝家股票还涨了。"

"有直接关系吗？胡说八道。"

"二蓝非说是他的功劳。"

"为什么？"

"大概枯木逢春，铁树开花？"

李嘉玉拍拍他说："你别管别人，管好你自己。"

段伟祺看到微信上的链接了，李嘉玉圈住他的脖子道："你看看你，你就是枯木不入夏，铁树花不停。"

段伟祺转头亲亲她的脸问："枯木不入夏是什么梗？"

"永远在春天。"

段伟祺没接她这话，他看了他的绯闻报道，还认真刷了评论。李嘉玉等着他跟她解释。结果段伟祺道："可以呀，你看下面评论很热闹，大家很关心我呀。可惜没拉动我们股票。"他退出网页打电话。

难道他还要问责，为什么这绯闻没拉动股票？

李嘉玉靠在他脑袋上，偷听他讲电话。

段伟祺让电话那头的人联络一下媒体，放话出去说他愿意接受采访。

电话那头的人也惊讶道："段总，现在时机不太好吧？"

"哪里不好？"段伟祺振振有词，"不就是丑闻加绯闻吗？现在热度高，正好。没绯闻，社会大众关注度低，现在时机不错。你联络吧。访谈的话题我有要求，希望媒体能配合下。"

"好的。段总想让他们问什么？"

"重点聊纺织艺术展的事，其他的内容随便加加。"

电话那头也沉默了两秒。李嘉玉忽然想笑，没忍住，笑出声。

电话那头刚说了个"段总"，听到女的笑声又沉默了。

段伟祺用脑袋撞撞李嘉玉说："笑什么，下次看到这种有热度的事赶紧告诉我，这次差点错过时机。"

"段总。"电话那头终于找回声音。

李嘉玉的手机响了，她放开段伟祺，爬过一边拿她的手机，来电的是贺亦春，她现在正在A市出差。

"嘉玉，刚收到消息，周二晚上有个商界论坛活动，活动结束后有个小型酒会，杜市长会参加。"

李嘉玉精神一振，问道："这么棒？"

"里面全是有头有脸的人，现场巴结的会很多，未必近得了身。涛哥找了组委会的关系，能让你进去，但你进去后得自己找机会了。"

"没问题。"李嘉玉脑子已经开始转，想着在会场能变出什么花样来。

贺亦春又与她商量了几句，挂了电话。

李嘉玉琢磨了一会儿，偷偷看了段伟祺一眼，微信上问苏文远，他的玩具模型做得怎么样了。

苏文远没回话，倒是段伟祺问她："鬼鬼祟祟干吗？"

李嘉玉忙切出微信界面道："准备订机票回去了。"

段伟祺过来敲她脑袋道："要你有什么用，待不了一天又要走。"

"要你有用？"李嘉玉也用脑袋撞他，"招蜂引蝶，勾三搭四。闹绯闻了只想着炒作自己的事，也不顾着自己老婆的感受。"

"我老婆什么感受啊？"

"攻下市长，拿下局长。时机已到，整装待发。"她拨拨头发道，"好久没参加酒会了，我的美貌与智慧又有用武之地了。"

"呵呵。"段伟祺冷笑，翻身趴在床上说，"所以我还是炒作我的艺展吧。"

过了一会儿,他忽然道:"我跟你说,别穿那件白色的礼服,真的,那件特别衰。上场就得撕。"

李嘉玉哈哈大笑道:"你还记得我那件礼服。"

"都告诉过你我对那礼服印象深刻。"

"那怎么办?我只有那一件。"李嘉玉装焦急。

段伟祺冲衣帽间方向扬扬头说:"你去看看,有没有合适的?"

李嘉玉狐疑地走了过去,打开门进去。

没一会儿,她的大叫声传出来:"段伟祺!"

段伟祺枕着胳膊笑。

李嘉玉跑出来叫:"这么多衣服!"

段伟祺懒洋洋地道:"想你就买一件,想你就买一件……"

"哎哟,男人啊,甜言蜜语最厉害了。"李嘉玉蹦回去挑衣服,一会儿忽然又出来问道,"你是不是又买车了?"

段伟祺道:"不要这么犀利。"想了想又道,"我要说特别想你的时候就买了辆车,你觉得甜吗?"

李嘉玉心想,算了,她回去试衣服。

段伟祺洗澡的时候,苏文远回消息了。他说快做好了。

李嘉玉说她周二晚上要用,问这个时间之前能不能拿到。

过了一会儿苏文远回复:"行吧,我加加班,周二上午给你。"

李嘉玉答应了,谢谢他。她想了想还是没告诉段伟祺,到了周日晚上,她才说有别的业务要留下,周二下午走。

段伟祺没多问,但很高兴她能多留两天。

周二晚上,段伟祺上一个直播节目做访谈。这段日子众媒体已经发现这位总裁风格挺奔放,于是面对他的时候胆也大了,玩笑也敢开了。

8点,访谈开始。

8点,李嘉玉迈进了酒会。

酒会里充满衣香鬓影、美酒佳肴,确实挺气派。因为是商政两界的小型酒会,现场男士占了大多数,个个西装笔挺的,李嘉玉艳红的晚礼服倒成了会场上的一抹亮光,挺显眼。

演播厅,主持人问段伟祺:"段总,为什么会答应来我们这个节目?"

"想改变一下大家对我坐轮椅的深刻印象,让大家看看没断腿的我,还是很挺拔英俊的。"

弹幕上一片"哈哈哈哈"。

酒会里，响起一片笑声，李嘉玉从酒台上拿了一杯柠檬水，接收到身边人的目光，她大方地笑笑，拿着水走进场中。她看到几位眼熟的政府官员，也有一些本地商界的人，居然还有阳光集团的。她看见了李正辉。

李正辉正跟一位政府官员说着什么，讨论得颇为热烈。他一转头，看到了李嘉玉。

李嘉玉对他笑笑，举了举杯，转身走了。李嘉玉转了一圈，然后在偏厅里看到有一群人围成一堆，她晃过去，从人群夹缝里看到，被围在正中间的，是杜市长。

果然不好近身啊。

演播厅里，段伟祺接着又说："也希望大家对富昌的印象，能从偷工减料、某些高管贪污受贿的这一面，转为直面错误、积极改进、越来越好。"

主持人想说什么，段伟祺却抢先道："其实大家之前对富昌的了解也确实片面了，我们还有很多既有趣又有魅力的业务，不只房产、金融、电商这些。我们还做些很传统、很美的东西，比如布艺纺织……"

C市酒会里，李嘉玉观察了一会儿，然后去存放处拿了她存放的一本A4大小的书册。她拿着书册，走向了杜市长的包围圈。

杜市长正与人握手，那人握完手刚起，另一人又上去了。

李嘉玉就站在人群里静静等待时机，等了好一会儿，她这一抹艳红终于引起了周围人的注意。周围人多看了她几眼，李嘉玉毫不客气地继续往圈子里凑，周围人挪了挪，又多看她两眼。

这些动静终于引来了杜市长的目光，当他看向李嘉玉时，李嘉玉抓紧机会大声说："杜市长，我是积木咨询的李嘉玉，想跟您说三句话。"

李嘉玉人美声娇，在一众大老爷们儿的人群里很醒目，她这么高声一喊，大家都停下来看她。

李嘉玉落落大方，微笑着接受众人的审视。

她看到了李正辉站在人群外看着，于是笑得更甜。

有人笑道："三句话，还要计算得这么精准吗？"

"刚才那句算在里头吗？"

李嘉玉笑了笑："算。"

于是众人都笑了。

"那还有两句话了。"

杜市长也笑了："这倒是让我好奇了，一定得让你说才行。"

演播厅里，段伟祺拿出好几块花纹奇美的布料，侃侃而谈里面的故事。

他是个很会说故事的人，从古讲到今，从悬疑讲到爱情，还会引申很多别的内容。比如把超跑的漆、钻石的亮、口红的色号等与布料的花纹、色彩、历史等结合起来讲。

"这是一个被财富耽误的故事大王。"

"如果我的老师这样讲课，我一定好好听。"

"不是，战友们，亲们，难道没人就他的绯闻提问了吗？别被敌军迷惑了！"

弹幕唰唰，不是"哈哈哈哈"就是各种仰慕和调侃的话，气氛非常热烈。

C市酒会里，李嘉玉当着众人的面，走进包围圈，有人给她让了座，她坐到杜市长面前。旁边的人越围越多，她从容地拿出她那本书册，在大家和杜市长面前展开，说道："第二句话——想送您一个礼物，希望您喜欢。"

书册打开了，是一本非常精美的立体书，颜色艳丽，制作逼真。书非常厚，但其实只有三个折页，每一页都非常精彩。

第一页，是C市地标性的商圈广场。一打开，商场、店铺、广场都立了起来。李嘉玉一拉书边隐藏的小拉杆，路灯立了起来，再拉另一根，绿化带和广场装饰喷泉等立了起来。每拉动一次，这商圈广场就美丽一分。

一开始大家只是好奇，但随着李嘉玉一次一次地拉动拉杆，大家都"哇"地惊叹。

杜市长也看得津津有味。

李嘉玉最后一拉，商圈里立起了几个漂亮的母婴室。这母婴室非常显眼，几个拉折后，它呈现出立体的姿态，还能开门。李嘉玉拉动一个活动的折杆，页面上立起的人群像在走动，其他人都是黑、白、黄、灰这样的单色，只有带着宝宝的人群是彩色的。

李嘉玉很耐心地演示完三页。

商圈、创业园工厂、公园。

然后李嘉玉笑着说："杜市长，我的第三句话是——积木咨询的'宝宝来了'母婴室，愿为C市创办成为全国十大文明示范城市贡献力量。"

第二十八章
我很委屈但我不说

李嘉玉的这句话一出,旁边有人喝彩。

李嘉玉只是微笑,看着杜市长。

杜市长哈哈笑了,赞道:"很好。"他指指李嘉玉,对着周围那群人道,"看看人家的意识,企业不要只想着赚钱。"

李嘉玉忙道:"我们确实是抱着强烈的社会责任感在做母婴室的。"

周围人又笑起来。

李嘉玉把立体模型书合起来,双手捧着递到杜市长手里说:"杜市长,送给您。"

"谢谢了。"杜市长大方收下。

李嘉玉趁这会儿工夫道:"我们母婴室的设计是经过重重筛选的得奖作品,设计师在国外也接了不少相关方面的订单,也就是说,国外的城市,在用同系列母婴室为市民提供服务。我们有明星、商界各方知名人士的支持,《宝宝来了》的MV和歌曲热度很高,影帝连旭为我们喊了一声'宝宝快来'。我们做过一系列的预热和推广,'宝宝来了'母婴室还没有大规模落地就已经有了社会影响力。我们解决了资金问题,拿下了母婴品牌的合作,我们有App,

跟地图App也谈了合作，家长带着宝宝上街，可以很方便地搜索到母婴室的位置。我们建立了客服系统，母婴室的使用还可以跟市民卡联通。所有的这些服务，C市将会是全国首个实现的城市。市长，我们现在正在城市管理局申请落地合作，请市长也多多支持。"

李嘉玉落落大方，语调轻快，口齿清楚，一番话顺畅流利，毫不卡顿。

杜市长又笑了，回道："好的，谢谢你。我会了解的。"

"谢谢杜市长。"李嘉玉并不纠缠，她站起来，微微欠身点头施了个礼，然后转向人群包围圈，笑道，"我们积木咨询也为企业提供各类咨询服务，各位商界大佬如果需要找咨询公司，也请记得我们。我们的名字特别好记，叫积木。"

众人笑。李嘉玉对大家欠欠身，离开了。

身后有议论声，也有人在喊杜市长，继续着新话题，但李嘉玉没有回头。她走到酒水台那儿，拿了一杯冰柠檬水，喝了两大口，狂跳的心还没有平复，只有她自己知道刚才有多紧张。

"表现得不错。"

身后有人说话，李嘉玉转身，看到李正辉。

"你好，李总。"李嘉玉客套地假笑。

"你好，李总。"李正辉也招呼。

李嘉玉把柠檬水饮尽，转身把空杯子放回台上。

李正辉道："李总的母婴室项目，看来推进得不错？"

李嘉玉笑道："还行，一直在努力。"

"我们这边是在综合评估，合同方面，确实是让李总久等了。"

李嘉玉笑笑，笑容里带着些嘲讽，但语气还是客套："李总客气了。阳光这么大的集团，是要好好评估的。"

李正辉顿了顿，道："贵公司与味香的纠纷，我确是不知内情，那天纯粹想为两边说和。我与蔡总认识很久了，但也并非李总以为的过命交情，想来那天让李总有些误会，我也是遗憾。只是后来倒不好再与李总说什么，一时没拉下脸面来。"

李嘉玉道："李总言重了。李总与蔡总什么交情，我们可管不了。在商言商，有理讲理，依法论法，我们做事就是这样的。"

李正辉笑了笑。

这时有两个人走过来，等在李嘉玉与李正辉的交谈圈外，李正辉便不再说什么，点点头道："合同我会催一催。"

李嘉玉心里将他怼了一通，但忍着没说难听话，只客气地跟李正辉说："李总，再见。"

李正辉走了，等在一旁的两个人过来，自报家门。他们是一家广告代理公司，手上有本市以至于全国的各类产品客户，他们之前就关注到"宝宝来了"的推广，看到项目里有广告合作空间，只是一直不见落地，便只是观察。现在见到李嘉玉，便过来先认识认识。

李嘉玉知道这公司，是家全国排得上前三的广告公司，这家是C市分公司。她很高兴地与他们交换了名片，互留了手机联络方式。

之后陆陆续续，不少人过来跟李嘉玉结交，有对"宝宝来了"有兴趣的，有需要了解咨询服务的，还有纯粹过来勾搭聊骚的。李嘉玉这一晚上留了不少联络方式，满载而归。

李嘉玉回到家里，踢掉高跟鞋，疲倦地倒在沙发上。躺了一会儿，她想起在酒会上时看到手机上有段伟祺的留言，只是当时忙着应酬，没点开看。

这会儿有空了，她拿出手机。

"我跟你说，这届网民素质不行，只关心绯闻，不热心探究婚姻。"

李嘉玉笑了笑，去搜段伟祺的访谈。

访谈热度还挺高的，好几个大V和媒体都转载链接，有标题《富昌新派掌门亲口承认绯闻》。

可以呀！段总你胆子挺大的！一长排的链接里，李嘉玉很果断地就选这条点进去了。

内容摘要里写，段伟祺在富昌房产丑闻道歉会后，首度亮相媒体，侃侃而谈生意经，大秀他正操作的纺织艺术展，一反往常在公众面前的任性痞帅形象，展现了其知性与学识丰富的一面，并亲口承认了绯闻。

整个访谈40分钟，李嘉玉津津有味地看着。前面大部分内容都是他在讲富昌讲纺织艺术，还有别的一些冷门行业。段伟祺的口才了得，李嘉玉觉得自己真不是戴了老婆滤镜瞎吹，她觉得只要段伟祺愿意，凭他的阅历、思想和学识，真的能讨任何一个女人的欢心。

这看弹幕里一条又一条的表白就能确认了。

访谈的最后，终于谈到绯闻了。李嘉玉精神一振，先点了暂停，去换了身舒服的家居服，上了个厕所，再喝了口水，抱着手机窝到床上去，找了个舒服的姿势，这才点开始。

主持人从弹幕里挑问题，很刻意地挑了段伟祺的几则绯闻问，包括很久之前的大小明星，还有不久前的段赵两家聚会闹出来的那一则。段伟祺都否认了，他还无奈地道："以前媒体愿意报我的绯闻，不是因为我，是因为正好我与几位知名的女士碰巧在一起，借了女士们的光。现在媒体也不管我跟谁在一起，只要是个女的，就报道一下。这么说起来，我这几年的进步也是显而易见了。但是也请各媒体多做功课,我跟我妈在一起的时候,就别写我搭上富婆了。我妈是年轻漂亮,她挺高兴,我高兴不起来啊。"

主持人笑,弹幕上也一片"哈哈哈"。

李嘉玉愣了愣,居然还有这一则?她都没看到就被删了?

主持人顺嘴问:"那段夫人对段总的绯闻是什么态度?"

"哪位段夫人?"段伟祺问,"我老婆大概会收集起来吧,哪天生气了糊我脸上?"

李嘉玉心想,这家伙是不是偷看她电脑里的文件夹了?

弹幕一下子疯了,全屏"哈哈哈"。

"段总对未来老婆很纵容啊。"

"老婆影子还没有就秀恩爱真的太犯规了。"

"我不会糊你脸上的,老公。"

"注意,漏题了。谁能做段夫人?答:要了解对手,摸清段总的所有绯闻对象!"

后来主持人又挑了个问题:"段总做事看来是雷厉风行的那种风格,很果断的。这么干脆地就自罚半年薪水,有网友问半年不领薪水怎么办。"

段伟祺道:"其实他并不是真的关心,对吧?"

主持人笑。当然不是真的关心,"资产阶级"哪在乎薪水。大家只是想看看他怎么答而已。

段伟祺道:"跟其他男人一样啊,没薪水了,就找老婆养我啊。"

弹幕一大片"啊啊啊啊啊啊"。

"老公,没问题,我养你。"

"我以为他会趁机回答,这样严重的错误当然就要罚,薪水不重要,重要的是企业的态度。"

"那个企业态度真是标准答案,可惜我们段总没有标准答案。找老婆养,哈哈哈哈哈!"

"做他老婆真不容易啊,这么帅的男人,养起来肯定很费钱。但是我不怕。来吧,我养!"

"我答应你,老公。"

"注意了,又漏题了,谁能做段总的老婆呢?答:有钱女人。"

主持人看到弹幕大笑,段伟祺扬眉毛:"不问问我老婆是谁?"

"还用问吗!"

"我不听我不听。"

"老公,我在这里。"

"我不问,因为我知道。就是我。"

"老公,不是说好了低调不曝光的吗?"

"那些认老公的都是妖魔鬼怪吧!恶心!"

主持人看着弹幕继续笑,接着道:"好了,现在能总结出来段总的夫人是位怎样的女性了。第一,对段总的绯闻了若指掌;第二,有钱养得起段总;第三,她一定很漂亮。"

段伟祺点头道:"对。"

"长发美女。"

段伟祺摇头道:"不是,是短发。"

弹幕又小激动起来。

"看吧,就说都在瞎编。段总喜欢长发美女,全世界都知道。"

"我就是短发。"

"主持人,快问他,他老婆是男的还是女的!短发,哼!"

主持人继续聊:"那她会是什么类型?"

段伟祺又答:"职业女性,女强人类型,她很可爱的。"

"哈哈哈哈哈!"

"花花公子型配女强人型,莫名有喜感。"

"我就是职业女性,女强人型,我也很可爱。"

"太有心机了,故意说这种不落俗套的答案来吸引粉丝。"

段伟祺继续说:"她既像小绵羊,又像骑士。"

李嘉玉看不下去了,她翻了个身捶枕头:"你才小绵羊!胡说八道,毁我形象!"可是脸很红,心里在冒粉红泡泡。

弹幕上的字在屏幕上跑着:"可以了,已经了解段总的老婆类型,就是——不存在。"

李嘉玉忽然明白段伟祺发来那消息的意思了。

有点可怜。

李嘉玉给段伟祺打电话,段伟祺接了,但他那头还在跟人说话:"好了,别再说了,我哪里惹祸了?我说了人家也不信啊。就当我提前预热,以后直接公布的时候大家不会太惊讶,比较容易接受。"

李嘉玉听到段延富和另一个男人的声音,看来段伟祺今晚在访谈中透露自己已婚让富昌很紧张。

唉,李嘉玉在心里叹气。

"他们能有什么看法,以后我肯定要把嘉玉带出去亮相的呀!让他们看看,什么是小绵羊和骑士的合体!女强人型萌成这样,他们见过没?只会哈哈哈，没见识。"

李嘉玉还没聊就想挂电话了。

想想有点可怕，原想安慰他的心顿时没了，超想加入讨伐的队伍。以后她得被人拿着这访谈对比吧？

萌萌的女强人？

小绵羊骑士？

这得戴什么滤镜看呀！

"喂，嘉玉？"

没等李嘉玉回过神，段伟祺那边就招呼她了，他对他那边的人说："我接个我老婆的电话，等会儿再说。"

李嘉玉赶紧道："你有事就忙吧，我就是告诉你一声，我今晚挺顺利的。"

"是吗？"段伟祺孩子气一般地抱怨，"我不算顺利。"

李嘉玉忍笑道："早点睡吧，睡一觉起来就好了。"

"我这边还有个小会。"

"那你忙吧，我挂了。"

"等等，"段伟祺道，"我的访谈，你看了吗？"

"还没来得及呢。"李嘉玉生怕被他拉着理论，当着他那边"小会"成员的面，她还是维持一下小绵羊的尊严吧。

"那你快看。"

"行，行。"李嘉玉安抚他道，"你开完会早点休息。"

挂了电话，李嘉玉洗澡收拾一通忙。待上床准备睡觉，一刷手机，看到段伟祺给她发了微信。

"你肯定看了，骗子。"

猜得这么准。

"你肯定给我记小账了。"

你说得都对。

"不过除了秀恩爱没成功，其他的部分我还是讲得很过瘾的。"

李嘉玉终于忍不住回他："讲得特别好，太有魅力了，我都要嫉妒了。"

过了好一会儿段伟祺才回复。

"刚才去洗澡了。"

他又发一条："她们叫我老公，你吃醋了？"还发过来一串"脸红"表情、"开心"表情、"自信"表情。

李嘉玉道："不是，她们是谁呀？你认识吗？打都不用打。我就是嫉妒你的才华和风度。"

段伟祺惊奇了："你不嫉妒情敌,你嫉妒自己老公!你拍马屁的路数与众不同啊,李总。"

李嘉玉哈哈笑。

"现在开心了没?"她问他。

段伟祺回过来一个"开心得转圈圈"的图。

李嘉玉也开心,她发过去一个"亲亲"的图。

两个人又说了一阵子无聊的话,各自睡了。

李嘉玉躺床上,想着段伟祺,觉得很骄傲。他真的优秀,她庆幸他这么优秀,让自己有追赶的动力。

第二天,李嘉玉又去了城市管理局。

她带过去两本立体模型书。一本送给了廖主任,另一本要送给林局长。另外还有一个拼装好的袖珍母婴室的积木模型,小巧精致,从外面的屏幕到里面的椅子,同比例缩放,逼真得实物似的。门可以打开,广告牌上面的贴纸可以换,桌、椅、隔板、婴儿床通通可以拆下。

林局长不在,李嘉玉就一起交给了廖主任。

廖主任笑道:"小李可以啊,套路越来越多了。"

李嘉玉笑道:"这哪是套路,这是表现诚意的方式越来越多了。"

廖主任又说:"我还听说了一个事呢,说你在停车场狂追林局长的车子,林局长怕你踩着高跟鞋摔毁容找局里麻烦,所以停车答应让你第二天去办公室推项目。"

李嘉玉哈哈笑道:"这当然不是真的。"

"不是真的吗?"

李嘉玉眨眨眼道:"必须是谣言啊。不然所有想谈事的,全穿着高跟鞋在停车场排队等着追车,那林局长得多讨厌我,我们母婴室项目肯定得黄。"

廖主任笑道:"可不,没看停车场保安都增加了。"

"真的假的?"李嘉玉嘻嘻笑道。

廖主任也笑,他放下母婴室积木模型,又打开立体书,一个拉杆一个拉杆玩了一遍,夸赞道:"很厉害啊,做得很漂亮。"

"我也觉得。"李嘉玉道,"一本送给您,一本给局长。设计师连着几天加班赶工,也就做出三本。我昨天刚回C市,晚上去参加了个酒会,正好遇着市长了,我就送了他一本。"

廖主任指指李嘉玉问:"还说你套路不多?"

李嘉玉笑笑,指了指跟立体书夹一起的卡片说:"还有这个,麻烦廖主任一起给局长。"

卡片上写着"愿为C市创办成为全国十大文明示范城市贡献力量"。

廖主任点点卡片说:"我一定帮你送到局长手里。"

李嘉玉谢过了,回去等消息。

李嘉玉与贺亦春整理了酒会上联络上的各家公司资源,按公司业务和接触的情况发了邮件联络,并安排业务部门跟进。

李嘉玉每天都与廖主任联络,也会跟穆秘书问好,客气地询问一下进度。

周五,廖主任很高兴地通知李嘉玉,听说市长那边询问了林局长有关"宝宝来了"母婴室落地合作的事。林局长把项目书发给了市长办公室。

李嘉玉非常振奋。

周一,李嘉玉接到了穆秘书的电话,穆秘书请她去局里,有事情商量。

李嘉玉去了。

到了那儿一看,廖主任也在,林局长还是那副严肃的表情。他说市长跟他沟通了,在公众场所设立母婴室,对C市的文明建设有正面积极的作用。按规则这类项目是该开个公开招标会的,但目前申请这项目的只有积木咨询一家。

"也许你们不会遇到强有力的对手,可该走的流程还是要走。所以就算不是招标,也需要办一个公开的项目说明会,其他相关部门和市长办公室都会来人,会就项目细节提问。你们需要多长时间准备?"

李嘉玉的心狂跳:"已经准备很久了,随时可以上场。"

林局长看了穆秘书一眼,穆秘书看了看行事历:"那就下周五上午10点。"

"可以。"李嘉玉一口答应。

从城市管理局离开,李嘉玉心情激动,迫不及待地给贺亦春打了电话,向她报告这个好消息。

两个人在电话里一起尖叫。

门一次又一次被关上,但她们坚持摸索,硬是推开了一扇窗。

现在,她们期待着,探出窗去,迎接阳光。

李嘉玉回到公司,城市管理局的项目说明公示已经出来了。

李嘉玉把流程手续做足,提交了早已准备好的材料。

周三下午,阳光集团的联络人盛燕给李嘉玉来电话,她说合同已经审过了,法务那边的流程和高管的流程都已经走完,随时可以签字了。

"我把我们这边最后确认过的版本发你邮箱了,你看看。如果没有问题,你们签好了快递过来,我们这边就安排签字。"

李嘉玉点开邮箱查看,道:"好的,已经收到了。不过我们这边现在也有些新状况,大概也需要你们再等等了。因为真的拖太久了,我们项目的合作有些新变化,我们也需要综合评估,看看有没有更多可以合作的地方。等我们都理顺了,到时再具体沟通,盛姐你看可以吗?"

李嘉玉把原先阳光集团拖延搪塞她们的理由又照搬推回给他们。

"这样啊。"盛燕很意外。

"嗯。"李嘉玉又道,"真是不好意思了,确实是拖太久了,项目有些变化也很正常。我上周二在商业论坛酒会上遇到你们李总了,我还跟他说来着。他知道我们的情况的。"

盛燕在电话那头顿了顿,道:"那行吧,我跟上头说一声。"

"我会回一封邮件给你,抄送李总,不会让你难办的。"李嘉玉客客气气,"我们会尽快把项目情况整理清楚,尽快给你们回复。"

每一句的应对说辞,都是按阳光当初应付积木的来,李嘉玉说得流畅,毫不心虚。

盛燕大概也是明白意思了,应了下来。

李嘉玉给盛燕回了邮件,意思跟电话里说的一样,并且抄送了李正辉的邮箱。

邮件发送后,她也不再花心思在阳光集团上,李正辉会是什么反应,她完全没空理会。现在他们积木正全力备战项目说明会,调动人手,大家全都在忙这事。

这周末李嘉玉没跟段伟祺碰面,她把项目目前的进展告诉他了。段伟祺也很理解,鼓励她加油。

一转眼,周五到了。

李嘉玉事先得了廖主任的消息,项目公示文件放出去后,还真有些别的公司来打听了。其实很多公司也都是知情的,因为"宝宝来了"确实还挺有知名度的。但母婴室项目不好做,营利空间小,操作难度大,所以之前也没别的公司跟进。但一看现在突然有项目说明会了,就来问问有没有分一杯羹的可能性。

李嘉玉哈哈笑道:"让大家来呀,众人拾柴火焰高。廖主任,不是我吹,我们的项目方案改进了19次,有一版就是与别的公司合作运营的。毕竟这事成本高,有人一起分担是好事。我们接受加盟。您把我的电话发出去,想问的都来。"

廖主任按她说的办了,但还没有公司来联络她。李嘉玉知道大家都在观望,想看看最后的结果。

周五,李嘉玉、贺亦春带着公司几个同事到了城市管理局。

项目说明会在这里的小礼堂开。

李嘉玉看了看,台下还挺多人的,她深呼吸一口气,很紧张。

李嘉玉给段伟祺发微信:"要上场了。我们会成功吧?"一定不能出差错,一定要把项目讲得通透、给劲、鼓动人心,要经得住推敲、扛得住质问。

段伟祺知道她的时间安排,就等在手机旁,马上给她回复:"别紧张,你可以这样开场——大家好,我是嘉玉岛岛主,我叫李嘉玉。"

李嘉玉笑起来,这人怎么这么烦人。

项目说明会开始了。

贺亦春做的开场:"大家好,我是贺亦春,是一位两岁半孩子的母亲,也是'宝宝来了'母婴室项目发起人。"

李嘉玉道:"大家好,我是李嘉玉,还没有孩子,也是'宝宝来了'母婴室项目发起人。"

另一位女同事接着道:"大家好,我是刘燕,是一位半岁孩子的母亲,是'宝宝来了'母婴室项目客服经理。"

另一位男同事道:"大家好,我是董涛,还没有对象,是'宝宝来了'母婴室营销经理。"

"没有对象"几个字他咬得特别清楚,惹笑了众人。

贺亦春也笑,她笑着摆手,指向大屏幕。

屏幕上显示出积木的公司照片,员工合影。

李嘉玉道:"我们的团队很年轻,是激情而有干劲的团队,我们为这个项目筹备了3年,方案改版19次,产品改良4次,商务合作谈判67次,合同签署15份。"

她每说一个数字,屏幕上就出现一个数字。李嘉玉不急不缓,简洁地把整个项目的筹备情况说清楚,既表现了项目磨合的成熟度,又体现团队对这个项目执着的热情。

接着,刘燕做了个手势,屏幕上出现一张数据表单,表单上记录着各位家长对母婴室的需求和感想:"我们面对面、电话、网络访问了20000名家长,总结分析了他们对母婴室的需求。"

表单快速滚过,屏幕上显示出一位又一位家长,他们是"宝宝来了"母婴室的体验者。他们说了他们的孩子多大,他们带宝宝上街时遇到的喂养和休息的困难,还有他们对母婴室具体的需求。

这些内容剪辑到位,节奏快,不让人觉得闷,同时也很能表现问题。

对"宝宝来了"母婴室从筹备之初到现在的进展,设计情况、项目细节、客服方案和技术支持等方面,积木的几个人各有分工,在李嘉玉主讲的带领下，把情况介绍得清清楚楚。

李嘉玉最后道："各位领导大概对我比较熟悉，因为是我一直在向各位领导推荐我们的项目，但今天不是我一个人来讲项目，是因为这项目不是我一个人的，是我们团队的。团队优秀，项目执行才有保障。刚才所有的问题，都是相关负责人直接回答，希望各位领导能满意。母婴室也不光是妈妈们用的，也不是光靠爸爸们支持的，是我们全社会的需要。解决这个全国都没能解决的公众设施需求问题，在我们C市，积木咨询做好准备了。"

"积木咨询做好准备了。"

这句话，李嘉玉说得特别肯定。

她大方从容地站在台上，语调和肢体仪态将她的自信散发开来。她的身边，站着她的同事们，大家的脸上，有紧张、有期待、有决心。

屏幕上，还在展示着积木咨询的项目说明会视频内容。

李嘉玉用清亮的声音说着："最后，积木咨询向这些支持者和合作方说声感谢。积木咨询的准备做好了，也同样依靠了他们的力量。"

第一个亮相的是连旭，他英俊的脸突然出现在屏幕上，下面有轻微的议论声。

"宝宝快来。"这播放的是连旭在MV里的镜头。

这句话让在座的众人发出了笑声。

李嘉玉道："连旭先生。"

镜头里下一个出来的是连旭的儿子宝宝。是他在MV里咧着嘴笑得开心的特写。

李嘉玉道："宝宝先生。"

众人大笑。

下一个镜头是一位中年女士，她表情严肃地在检查刚下生产线的婴儿用品，产品上的品牌标识很显眼。这位是合作品牌的董事长，也在MV里露面，体现了他们的品牌对产品质量的要求。检查完产品质量的她，转到商场时对着逛街的宝宝和蔼一笑。

"薛正霞女士。"李嘉玉报她的名字。

薛正霞是全国有名的企业家，她出现的效应与连旭一样，引得台下有些私语。

"蓝耀阳先生。"

李嘉玉一个接一个地将支持者和合作方品牌快速展现出来，其中不乏知名人士和实力品牌。台下除了已经知情的，不少人都感到惊讶，这样的项目，居然有这种实力。

李嘉玉念着这些名字,看到台下众人的神情,忽然有种强烈的感觉。此时此刻,在如此重压的环境下,在接受最重要的审核评估的时候,这种感觉如此强烈、清晰地涌现在她心头——

感谢失败,如果没输过,她们的方案真的没这么好,她们的资源真的没这么多。她也不会认识这么多可爱的人,获得这么多的帮助和进步。

如果没有失败过,同样站在这个地方,她不会如此有底气,如此有信心。

屏幕上一大串的鸣谢名单终于走到尾声,积木团队再次集体亮相。

台上的李嘉玉看了贺亦春一眼,她也正好看向她。李嘉玉在她眼里看到同样的情绪。

"谢谢!"

屏幕里和台上的积木咨询团队同时向台下众人道。李嘉玉和贺亦春微鞠躬,抬起头来时,李嘉玉看到了杜市长和林局长眼里的肯定。

贺亦春握住了她的手,用力握着。

谢谢伙伴,谢谢自己。

一个星期后,积木咨询接到城市管理局的通知,让他们拟合作协议。要求按项目说明会上他们应答的标准来定条款,所有的产品、服务等都要像他们公开承诺的那样实现。

李嘉玉当天就把合同发过去了。

没有水分,没有讨价还价,他们在项目说明会上的一字一句,宣传片里的每一条内容,全都是真实不掺假的。所以,合同内容也早就定好。他们知道自己能做到什么,也给自己保留了进步的空间。

两周后,李嘉玉收到了正式的回复,合同上只修改了一条,就是持市民卡的市民可以免费使用母婴室,使用的费用,由政府承担。这要求积木的母婴室系统在对接市民卡消费系统时,要把相应功能开发出来。

李嘉玉颇有些动容。政府愿意给市民福利,这当然再好不过。

可以签约,李嘉玉很快与廖主任确认了细节。

消息被通报给团队,积木上下还算平静,庆祝的红酒和拉炮已经准备好,但他们并没有动。好消息、坏消息、坏消息、好消息,这是个被折腾了不少次的团队,大家耐心等到最后。

周一,贺亦春和李嘉玉带上公章,去了城市管理局。在局长办公室,有一个简单的签约仪式。城市管理局请了三家媒体,还准备了新闻通稿。

贺亦春和李嘉玉带去了摄影师,为他们的签约拍了照片和视频。

合同签好了。李嘉玉握了握林局长的手,又去拥抱了廖主任:"谢谢,积木绝不辜负信任。"

贺亦春和李嘉玉带着签好的合同回公司。

这一次，全公司都沸腾了！

贺亦春站在椅子上，对着全公司举着合同道："伙伴们！这一次，我们真的做到了！"

大家用力鼓掌，还有人激动地流下眼泪。那些熬过的加班夜，那一次又一次的变故和挫折，在胜利的这一刻，全都消散了。

拉炮"砰"地散开了碎纸花，红酒打开了，订好的蛋糕切开了。

李嘉玉紧紧拥抱了贺亦春，然后她给段伟祺打电话。

"李总啊。"段伟祺秒接。知道她今天要签约，他从昨晚她上飞机回C市开始就一直守着电话。

"签约了，段总。"李嘉玉难以言说自己的心情。

"恭喜你了。"

"嗯。"

两个人竟然沉默，都在等对方，然后过了一会儿，又突然一起笑了起来。

"这个一定要庆祝一下了。"段伟祺道。

"是呀。"李嘉玉应。

"可惜才周一。"段伟祺回想了一下行事历，一堆会和一堆事，想开溜去C市是不可能的。

"一周很快过去的。"刚签约，马上就要进入执行阶段，一堆事等着办，李嘉玉当然也不可能回B市去，"我已经想好要怎么庆祝了。"

"你说。"

"我们结婚也这么久了，现在是时候把你的房产交给我打理了。"

段伟祺愣了愣，然后哈哈大笑道："可以的，李总，可以的。"

李嘉玉也笑道："那你让你的财务顾问列清单给我呀，我不管别的，先看看房子。"

"好。"段伟祺一口答应。

李嘉玉问他："你怎么不问问我要干吗？"

"你还能干吗。"段伟祺笑着答，"你就是想选一个合适的房子，重新装修成自己想要的样子，你在为回来做准备了。是吧，李总？"

"嘿，真是没惊喜。"李嘉玉调侃道。

"好吧。重新来。"段伟祺装模作样道，"你要干什么？"

"已经没惊喜了，不重来。"李嘉玉问他，"你想住哪儿，还住你现在的公寓吗？"

"我是打算重新买一套的。"

"别啊,让我先检查一遍,如果有合适的就别买了,重新装修就行。"

"也是。我家李总长这么大还没装修过自己的家吧?"段伟祺逗她,"之前买个小破房子还是带装修的,拎包入住,啧啧。"

"嘿,你这人会不会聊天?我那房子现在已经快值400万了好吗?"

"真有钱,真有钱。"段伟祺夸得很敷衍,接着装修房子的话头说,"我跟你说,我也没有别的要求,就是卧室要大,衣帽间要大,我的衣服鞋子还挺多的。色系可以按你喜欢的来,但不能娘气。还有,浴室也要大,买个双人浴缸,我早就想好好跟你一起泡个澡了,单人浴缸太小,不舒服。对了,要有花园,弄个秋千,你坐上面,我帮你推。还有,装个室内滑梯,我们可以抱着一起滑滑梯,从楼上滑到楼下,肯定很好玩。

"还有,车位多买几个。要不我们重买一个别墅好了,靠近市区,上下班方便,要独栋的,这样可以改建一下,多扩几个车位出来。呀,不行,改建的话,物业可能会不让。干脆我们买块地,自己建一幢吧……"

李嘉玉忙打断他:"行了行了,你可以了。"越说越离谱了。她只是想重新装修,跟他商量下去估计他得开发个新社区出来。

"真的,我真的觉得,如果想弄成完全符合我们俩需求的,还是得自建一幢楼。"

看看,刚才还别墅呢,现在成楼了。

"我没需求,一直是你在说。"李嘉玉觉得自己必须阻止他。

"我的需求就是你的需求。真的,要不我看看哪块地……"

"你赶紧打住吧。不买地不建楼,没有自建别墅。你把你的房产清单交出来就行。"

"哦。"段伟祺嘟囔。

"不许装委屈。"

"哦。"

"行了,会给你多准备车位的。"李嘉玉觉得自己简直是在管儿子。她突然想到若是日后有了孩子,跟段伟祺一样皮怎么办?房子里有没有秋千不重要,估计得准备鸡毛掸子,到时老公、儿子一起揍。

"爱你,老婆。"段伟祺在电话那头说。

李嘉玉很高兴。

稍晚的时候,她看到段伟祺在朋友圈发的"今天真的是值得庆祝的日子",觉得更高兴了。只有她明白,他在期待她回去。

李嘉玉也发了朋友圈,还发了微博。

她把"宝宝来了"的项目图片弄成九宫格发了出去，有MV截图，有母婴室图片，有立体书的美丽广场效果，有项目品牌标识，有合作方鸣谢名单，有合同最末尾签字的截图，有积木的集体合照，有今天办公室里庆祝的照片，还有签约的照片等。

李嘉玉写道："责任重大，认真前行。感谢所有的支持和帮助，爱你们。"

后面是"飞吻"的表情图。

成功签约、即将落地的消息已经通知各合作方，于是李嘉玉的这条微博很多人转发。

蓝耀阳转了，他发了个大拇指，写着："铁杆加油。"

连旭转了，他写："宝宝来了。"后面是"大笑"和"拉炮庆祝"的表情。

两个男神级的人物一转发，微博沸腾了。

蓝耀阳评论里有不少人捂心口："你怎么有铁杆？""意思是单纯的铁杆吗？""蓝可爱你长大了吗？"

连旭的微博下面也一堆调侃的，最多的当然是"来了，我来了"这类认领连旭的宝宝的身份的话，还有高喊"连夫人你快来看，连旭在外头有宝宝了"的。

段伟祺上微博的时候已经晚了一步，好位置都被别的高人气男人抢走了。他扫视了一轮，好气，这些家伙抢什么热门。最顶上的热门评论位置应该是他的才对呀。

必须买水军了！

段伟祺正琢磨写什么留言好，再一刷，竟看到另一条热门评论兼转发被顶上来了。

是苏文远。

苏文远写的是："恭喜，也不枉我加班加点熬夜帮你做模型了。"

段伟祺心里很不是滋味。

没心思琢磨怎么留言了，他点到苏文远的微博看了看。

苏文远写了那样的话，转发之后果然很能吸引眼球。还别说，那话还挺有讲究的，有一点点暧昧，显得两人关系不一般，但又很正面，被解读成为了共同目标一起努力奋斗也可以。

苏文远微博下面两种评论都有，但关于暧昧的评论，占了绝大多数。

"哇，好暖啊。"

"这语气，太宠了，这不是一般的合作方吧。"

"我没记错的话，这是前女友？这看上去是旧情复炽的节奏啊。"

"有点感动是怎么回事？"

"嗯，作为老粉，看着你经历了这么多，为你坚持了下来，看着你一天天成长，也很欣慰。你不再有绯闻，只专心工作，竟然是为了她吗？除了爱情，我也想不出什么别的原因了。"

这类留言迅速扩散，很快，很多新粉开始打听是怎么回事。忠粉们就开始自行科普苏文远的情史，但在忠粉心里，苏文远的形象高大，科普出来的，自然也是才子佳人和平分手，双双被网黑，才子一肩担当之类的剧情。再加上现在这个暧昧倾向，不难猜粉丝心里都幻想出什么样的破镜重圆、携手奋斗的美好剧情了。

段伟祺看了一长串留言，真的生气。撇去他自己对苏文远与李嘉玉的旧情的醋意之外，苏文远的为人，苏文远对李嘉玉、段珊珊的伤害，是他对这个男人深恶痛绝的原因。而现在这样的情形，也是他当初会这么反感李嘉玉与苏文远合作的原因。

苏文远这样的网红，太会抓住机会经营自己了。他跟李嘉玉的项目绑在一起，借题发挥，炒热度，而自己还不好做什么，不然给"宝宝来了"项目带去麻烦，岂不是毁了李嘉玉的心血。

对李嘉玉不利的事，段伟祺当然不会干。

眼睁睁看着这渣男拿自己老婆炒作，却不能对付他，段伟祺简直要气爆炸。他觉得当初自己真的是完全没有反应过度。看，现实就摆在眼前，这个男人就是这么恶心！

段伟祺不想再看，但又管不住手，他又刷新了一下，发现苏文远发了一条新微博。

微博内容是有关设计的。苏文远为"宝宝来了"设计了一套立体书和一个袖珍积木模型，亮出了设计图和他带着团队在制作过程中的一些记录，包括文字和照片。

苏文远微博上写着："没什么暧昧，用不着乱猜。过去的事都已经过去，不论合作方是谁，我都会全力以赴。只是她懂我，知道我能做什么，能做到哪一步，所以提出的需求非常明确，省去了大量的沟通时间。感谢她的信任，这本立体书和这款积木模型是我近期最得意的作品。"

无可否认，作品做得确实是非常棒。

这让段伟祺更郁闷。

然后，他注意到了照片上的日期，又刷了刷长图里的文字记录，气得把鼠标重重拍在桌上。

他咬牙，站起来在办公室里来回走着。这个日期他记得，因为正是他参加直播访谈的日子。这两个月他就参加了这一次直播类型的访谈，还炫妻失败，所以他印象深刻。那个星期，李嘉玉少有地周二才回C市，苏文远是那天交的货，也就是说，李嘉玉拖到那天走，是要等苏文远。

但她一个字都没有说。

她瞒着他，虽然不是什么大事，但她瞒着他！

心虚才会隐瞒。

好吧，他家李总肯定不是心虚。段伟祺安慰自己。

但那就是不信任，她不信任他，所以她不告诉他。她以为他会做什么？破坏她的公关道具吗？阻止她让苏文远帮她做事？

他在她心里就这么无理取闹？！

段伟祺非常不爽，对李嘉玉的不爽甚至超过了对苏文远的。

段伟祺退出苏文远的微博，回到李嘉玉的微博，她毕竟只是个"普通人"，微博下面再热闹也只限于那几个"名人"的转发留言。李嘉玉对每个合作方都诚恳道谢，包括苏文远。

也有几条留言是询问她与苏文远的关系的。这些提问李嘉玉都回复了，她说他们只是合作关系。

但这也平息不了段伟祺的怒火。哼，对这些男人都这么殷勤，也不见她@他一下。

段伟祺盯着李嘉玉的微博发愣，努力憋大招。

憋半天还没憋出来，李嘉玉在微信上敲他了。

段伟祺点开一看，她居然给他发了一个苏文远微博的截图。

苏文远10分钟前刚发的微博，他说大家都在猜他的感情生活，那他干脆趁现在公开一下好了。原本不想说的，因为他这人招黑，担心会对另一半造成伤害。但迟早要说，正好努力的项目有了好结局，那他蹭一蹭喜气，希望自己也能有一个好结局。他的女朋友，名字叫文铃，学历不高，长相甜美，个性很好。他与文铃也曾分分合合，但文铃很执着地一直守护着他。他自认不是什么好男人，做过对不起别人的事，但文铃让他觉得，也许他值得重新来过。所以他打算春节时去文铃家里提亲，明年结婚。求婚的事已经做了，文铃已经答应。从前的事，他希望真的就过去了。他圈了李嘉玉和李铁。

段伟祺愣了愣，回复李嘉玉："他真让人恶心。"

李嘉玉回他："李铁回复他了，祝福他了。我也得去表个态，不然场面不好看。先跟你报备一声。"

段伟祺啪啪地敲键盘输入："你找他做什么立体书时怎么不想着跟我报备？"

输入完了，想了想又删掉了。

李嘉玉又发了一条，是她回复的截图。她回得很简单，就四个字："好好珍惜。"苏文远也回复了她："会的，谢谢你。"

李嘉玉跟段伟祺道："看，已经回完了。"

段伟祺噎了半天，挤出了一个字："嗯。"

他什么都没心情说了，也不想抢什么热门评论了。段伟祺把办公椅转了一圈，想念他原先在耕田的办公室，那里有很多可以消遣的玩具，富昌这里，太正经老气了。

他拿过桌上的笔把玩，万宝龙暮蓝，李嘉玉送他的。她说婚都结了，让他就别总拿着那支红色梦露装可怜了，她还把他那笔没收了。

哼，她其实不懂，他一直拿着那笔，并不是装可怜，而是那笔承载着他那段日子的心情。他是真的喜欢那笔，即使它是红色的，他也很喜欢，用着也觉得顺手。

她难道以为他真的钢筋铁骨，什么事都可以打哈哈过去吗？过不去的。不然他也不会死死栽在她这儿。

段伟祺忽然矫情起来，他受了委屈，但发作不得。

段伟祺点开自己的大号微博，发了一条新消息。

"从现在开始，转发本微博夸一句'宝宝来了'母婴室，并@嘉玉不是玉@李铁铁铁李，10日后抽一辆兰博基尼。"

配了兰博基尼一款车的图片，还有"宝宝来了"母婴室的照片。

段伟祺发完了自己的微博，又跑到李嘉玉微博下给本次抽奖活动打了广告；接着又去了连旭的微博、蓝耀阳的微博，还有其他几个转了李嘉玉微博的大V的微博，甚至还在李铁的微博下打了广告。

很快，李嘉玉他们几个都跑来给段伟祺的微信留言。

李嘉玉发来一个省略号。

连旭问了一句："段总，我让粉丝转发的时候带个统一标识，你抽奖的时候多看她们一眼可以吗？"

蓝耀阳只有三个字："你死开！"

段伟祺贱兮兮地把这三个人的微信留言截图，放到了微博上。

段伟祺的微博很快炸了，原子弹级别的爆炸。

所有人都疯了。

"真的吗？是车模还是真车？"

段伟祺亲自回复："车模舍不得送，送真车。"

底下一阵狂笑。

"大家稳住,快截图为证,如果段总敢赖账,大家到富昌追讨。"

"我想说,段总应该不会赖账。因为段总长得这么帅,又有才,还有钱,这么优秀的男人怎么会赖账!@嘉玉不是玉 @李铁铁铁李 对了,差点忘了,'宝宝来了'母婴室是个好母婴室。"

"楼上有心机!'宝宝来了'母婴室特别棒,帅呆,豪气,全国第一!跟段总一样!@嘉玉不是玉 @李铁铁铁李"

一时间,转发的数量疯狂增长。

李嘉玉和李铁被@疯了。

然后段伟祺那条三人回复的截图在微博上被放出来,网友们又疯了。

"李嘉玉好好笑,她肯定蒙了。"

"李嘉玉是在说,发生了什么事?"

"李嘉玉蒙掉了,哈哈哈哈,突然得到豪门宠幸,好慌,哈哈哈!"

"我家连旭超级帅,超级帅,超级帅,宇宙第一宠粉帝!但是我们究竟要用什么标识,暗语是什么呀?"

"蓝可爱最耿直了,哈哈哈哈哈!"

"蓝可爱是想说车车我没有吗?我没有吗?"

"我来分析一下,从这三个回复来看,蓝可爱跟段总最熟,影帝跟段总挺熟,李嘉玉跟他一般熟。"

"等等,没有李铁啊!最有骨气的李铁!"

"艺术家的气节,我家李铁棒棒的。"

很快,大家发现李铁转发了这条微博:"'宝宝来了'母婴室宇宙第一帅,就跟段总一样帅!@嘉玉不是玉 @李铁铁铁李 虽然不知道关我什么事,为什么要@我,但是不要兰博基尼的是傻瓜啊,我自己转!"

然后,苏文远的粉丝跑来:"'宝宝来了'母婴室是我们苏宝设计的。"

段伟祺看见了,呵呵。不理你。

花钱的感觉真是爽啊。

买什么水军呀!现在热门评论第一有了,微博热搜肯定也会有的。

段伟祺给李嘉玉发微信:"老婆,我想买新车。"

 MEMORY HOUSE

MEMORY HOUSE
记忆坊文化

任性遇傲娇

下

明月听风 著

北方文艺出版社

霸道总裁的任性，是只要喜欢，就不顾一切——

嘉玉，签了这份财产转让协议，我的颜，我的钱，我的人，都是你的。

第二十九章
我们相爱,理所应当

李嘉玉没回话,她在手机记事本的购物清单里加上了鸡毛掸子,然后截屏给段伟祺发过去了。

段伟祺看完,发过来一个"抱大腿"的图:"只买一辆!"

李嘉玉心想,她家这位30岁的成年男子,看起来还像13岁。

李嘉玉正要再回段伟祺,来电铃声却响了,一看,是方勤。

自方勤与李铁去了L市,李嘉玉和她的联络慢慢少了。一开始每周都要通三四次电话,介绍一下近况,后来方勤在L市慢慢稳定下来,新鲜事越来越少,挫折感慢慢平复,越来越得心应手,忙碌起来。李嘉玉也自顾不暇,两人联系的次数便少了。

每次联络,方勤也会说起李铁如何如何,但说自己的时候更多。这与从前她和熊绍元在一起时倒是有些差别。李嘉玉也曾与方勤讨论这个问题,后来两人一致同意,从前说男友说得多,那是因为她们天天在一起,对对方太熟悉;再有,当初太年轻,学业顺利,经济不愁,生命里最大的事,开心也好,挫折也罢,大概就是爱情,现在长大了,情况就不一样了。

爱情只是生活的一部分,弄清楚这件事,生活才会真正充实和富足。

方勤跟李嘉玉说，她在L市就觉得生活过得很好。不是这个城市多美好，是因为李铁在身边。又不只是因为李铁在身边，而是她全力以赴为生活奋斗的时候，这个包容她、支持她、愿意与她同步调的男人在身边。

熊绍元也很好，但他有自己想过的生活，他的生活里可以没有方勤，所以他们分开了。

陆勤也不错，但他的感情里不只有方勤，所以他们分开了。

李铁这个人呢，缺点也挺多的，方勤能念叨三天三夜数落他哪里哪里烦人，但他对她真心，以她为重，又不会让她太有压力。李铁有自己的事忙，工作努力，上进踏实，热爱工作，也热爱她。

方勤觉得这样的状态就很好。

不同于当初她对熊绍元有太多要求和耍太多脾气，也不同于她对陆勤太过讨好和迁就，现在她跟李铁的相处方式，才是她觉得舒服合适的。

大概是，大家真的都长大了吧。

方勤在电话里跟李嘉玉说的第一句话就是："苏渣还能更恶心一点不？"

看来她也看了微博内容。

李嘉玉正想跟方勤说不用理他什么的，结果方勤第二句话就来了："你家段总那车子，真抽假抽啊，能暗箱操作不？求走后门！"

李嘉玉忍不住笑道："你不是上次才说李铁太闹心了，不做饭给他吃，现在帮他讨车子来了？"

"不是啊，我也转了，让段总抽我啊。"

"你会开车了？"

"没有，但就是这样才过瘾啊。"方勤道，"你想想，两口子，不会开车的那个拥有一辆好车，然后就是不给那个会开车的开。哎呀，想象一下老铁那表情，我就可以笑10分钟。"

李嘉玉也笑道："那你直接去找段伟祺啊，又不是不认识。"

"我可不敢找段总。他一任性起来，真抽我了怎么办。"

李嘉玉哈哈大笑。

方勤接着贫道："我们社会主义好姑娘和好青年过点普通人的生活就好。彩票都不买，生怕中大奖。钱多了得打起来。"

李嘉玉笑得不行。

方勤又道："恭喜你啊，亲人。这项目太不容易了。"

"是啊，确实。我真的太高兴了。"

"段总也高兴吧，看，忍不住又炫起来了。"

"拉倒吧，我看他是小心眼发作了，故意闹我们呢。没看转发还要圈我和老李，我已经不敢上微博了，被@傻了。"

方勤笑完了，道："他是针对苏渣那条微博吧，什么前尘往事一笔勾销，真的好恶心，太惺惺作态了。老铁还无所谓，这么快就回复了。男人呀，真是靠不住。连累你了吧？我把老铁骂了。这家伙太分不清局势了，我说你摆个什么大度姿态，让嘉玉怎么办？单圈你俩，你上赶着表演云淡风轻，嘉玉要是不表态，岂不是落人口实？他真是的，缺心眼啊这是。"

"好了。都过这么久了，他跟苏文远又没仇，当初他离开，也是因为苏文远的经营理念跟他不合。老李还是很有设计师的态度的。我与苏文远的事，跟他又没关系，他当然不用放在心上，而且当初他也帮了大忙。你也要讲道理。"

"我讲道理啊，我的道理就是他必须站我这边啊。我这边就是苏渣的敌对面。"

"谢谢啊，亲人。"李嘉玉心里暖暖的。有些事，真的只有方勤懂她。她明了她的心情，总能在最合适的那个点上给她安慰。

方勤道："话说苏渣来这么一出，是想洗白自己吧？"

"不清楚，也不想太琢磨他的心思。"

"不用你琢磨，不琢磨最好，我还怕你心软呢。因为我觉得，他根本没变，只是厌的方式不一样了。你想想，当初他走的路，是名利比作品重要吧，但后来出了这么多事，他知道名利不能白拿，段珊珊差点没命，你当他不怕啊，段家没弄死他真是厚道。所以他老实了，然后呢，又不甘沉寂，有名气了，利用利用，再收收心重新拿起设计来。他有这个本事，我不否认，就是他心不正，不踏实。他要是用心做设计，真是挺好的。你看这回母婴室还有母婴家居系列红火了，他尾巴又翘上天了吧？趁机想跟从前的自己说拜拜，洗白呢。"

李嘉玉没说话。

方勤又道："文铃还是那个文铃，苏文远还是那个苏文远。他俩在一起也挺好，希望苏文远别去祸害别的人了。"

"嗯。"李嘉玉也这样认为。文铃也真是三观奇歪，李嘉玉理解不了。所以这两人也许就真是传说中的天生一对吧。但是苏文远想洗白过去，洗掉愧疚阴暗，又哪有这么容易。反正李嘉玉觉得，段珊珊这一段他就过不去。

她倒是没听说段珊珊与苏文远还有联系。如果有，段伟祺一定会告诉她的。李嘉玉忽然明白过来段伟祺的反应为什么这么大，还搞什么豪车抽奖的心思了。

她家段总受委屈了，他是真的极其厌恶苏文远。

李嘉玉正想跟方勤说这个，忽听见办公室外有人叫她，于是她跟方勤说有事，回头再联系。

　　待出去把事情办完，回来再看手机，发现方勤给她发了微信语音。

　　"我把最重要的事情漏了，其实这次打电话是想跟你说，我跟老铁打算结婚了。春节会带他回家，要是两家没问题，我们先领证，明年办婚礼。本来就打算今天给你打电话说这事的，结果这么巧，苏渣在微博上宣布他跟文铃的婚讯，计划居然跟我们一样，真是扫兴啊，我的喜悦心情顿时大打折扣。

　　"不管他了，反正就是这事。我明年结婚，你要给我当伴娘啊。结婚礼物你跟段总悠着点给，别太贵重，我害怕到时所有人都不记得是我跟老铁结婚，只记得段总的礼物了，你千万把他管住。还有，伴郎他就不用当了，我们用不起。让他别想着你是伴娘，他就非要挤过来当伴郎，这个心思你要提前把他灭掉。好了，嘱咐完毕，就这样。"

　　结婚！李嘉玉真为方勤高兴。但是伴娘，她做不了呀。

　　李嘉玉想起这个顿时心虚，完蛋，她一直没跟方勤说过她跟段伟祺结婚了。有时候是想着要说来着，但不是这事就是那事，有时候她又觉得这婚结得太冲动，婚姻关系还不够稳定，而且她跟段伟祺分居两地，实在不像正常夫妻，有些别扭，没脸说。她拖延了一下再拖延一下，最后变得不好说了。

　　现在才说，她会被方勤打死吧。

　　总之是会死。

　　李嘉玉给方勤打电话，方勤接了。

　　李嘉玉恭喜方勤，然后不得不提起那件为难的事："那个什么，伴娘我当不了啊。"

　　"为什么？"

　　"嗯，那个，那什么，我跟段伟祺已经结婚了。"

　　方勤在电话那头一阵沉默，然后她问："什么时候的事？"

　　李嘉玉犹豫了一会儿，小声道："一年……了……吧？"

　　"吧？你自己听听你的语气。"方勤怒了，"一年了你都不告诉我？"

　　"不是，因为结得很突然。"李嘉玉心虚得不行。

　　"可不突然吗？我现在也觉得很突然啊！"

　　"不是，我保证，当初我肯定比你现在还感到突然。"

　　"你滚蛋吧。"

　　"我不滚，我抱紧你大腿。"

　　"走开。"方勤很有气势地怼她，"少跟我来这一套，你当我是段总呢。咦，不对。"她反应过来了，"段总跟你结婚了，怎么没有公告啊？你们什么时候办婚礼？怎么一点风声都没有？啊，他是不是人渣！他还时不时来点绯闻，什么意思啊？他不是应该表明态度，有妇之夫在此，旁人莫要近身一米之内。亲人，你是不是被强迫的？他把你怎么了……"

"不是，不是。"方勤越说越离谱，想象力飞到天际，李嘉玉忙把她打住。她把自己与段伟祺结婚的原因，还有他们之间的那个财产协议，大致跟方勤说了一下。

方勤听完沉默了，过了一会儿，她说："我不确定我的耳朵有没有出问题。"接着来了一句，"我们现在，是不同阶层了吧？"

"别啊。"

"没什么好聊的了。我还替你打抱不平，我太傻了。"

"不是，别这样。我还有事相求呢。"

"你要求我什么？"

"刚才想跟你说来着，结果被人打断了。就是段总今天被苏文远恶心到了，这事怪我。我想补偿一下，我想给他买辆车。你家老李不是对车子有研究吗？"

"是有研究啊，我家老铁只看不买。"

李嘉玉被噎住了。

方勤连忙安慰她道："好了，逗你的。你的意思是，想给段总买辆车哄他开心对吧？你的预算是多少啊？想买什么牌子？"

"没预算，反正用段总的钱。"

方勤很淡定地说："行，你接着炫，想要什么车型品牌，我跟老铁问问，看他有什么仰慕半世、流口水一生的好车给你推荐一下。"

"车型品牌啊？"李嘉玉道，"对了，我要先看看他的清单，别买重了，你等我消息啊。"

"你等等，还要看清单？你家段总几辆车啊？"

"之前说是，80多辆？"

方勤用力叹气："看吧，社会主义好姑娘嫁入豪门后就变了，这波炫富我给满分。要不是我太熟悉段总的风格，就该嫌弃你了。"

李嘉玉不敢出声。

"友谊地久天长，亲人。"方勤再道，"我看这样吧，我反正不急，我给你当伴娘吧。你们总该办婚礼的吧？我们两个人，当初说好，要给对方当伴娘的。"

李嘉玉忽然眼眶热了："好。"

"你也不必慌，豪门怕什么呀，你是李嘉玉呀。"方勤道，"婚礼搞起来，财产接下来，社会主义好姑娘，什么都不怕。"

李嘉玉握紧手机道："方勤啊，我真的好爱你啊。"

"那必须的，我们都这么优秀，相爱是应该的。我等你的婚礼。"方勤笑嘻嘻地鼓励她。

李嘉玉回B市的事被列入了计划，但其实并没有这么快。

"宝宝来了"是个大项目，产品、落地、广告运营、产品赞助、市场合作、客户服务、App的运营以及与各平台合作，还有巡检维护、技术支持，等等，每一项工作都需要一个小团队。

产品没上线之前，许多工作都只落到纸面上的筹备，现在合同签了，母婴室下厂制造组装，之后马上就要落地运营，所有的工作都即将启动起来。

贺亦春和李嘉玉早有准备，先前该培养的中层干部都已经培养，职能分工和工作目标相当明确，因此各小组工作很快转入运营阶段，积木咨询按计划招人，扩张团队。

贺亦春盯产品和项目，而李嘉玉负责把手上的合作谈完。因为母婴室最后的落地问题已经解决，所以她很快又拿下两笔投资。

而先前还在观望的各方，在积木与城市管理局签约后，纷纷与李嘉玉联络，讨论合作的模式和机会。

李嘉玉给阳光集团发邮件，阐明目前项目的进展，指出因为阳光集团当初审核合同的时间太漫长，足足花了三个月的时间，而这期间积木与政府的合作谈判有了新进展，鉴于阳光集团的工作效率，以及与合作伙伴的长远合作关系的综合考量，积木选择与城市管理局签约。目前，"宝宝来了"母婴室的投放量已经达到积木能提供优质服务的上限，所以为了保证用户的使用体验，积木不再考虑无偿提供母婴室的合作方式，此次未能与阳光集团合作，她深表遗憾。

李嘉玉把邮件发给了李正辉，抄送盛燕。然后她给盛燕打了电话，客客气气地与她说已经发了邮件回复合同的事，请她查收。然后，她简单说明了一下不合作的原因，那些客套话跟邮件里的一样。盛燕也没有说什么，只说理解，也祝积木的"宝宝来了"母婴室顺顺利利，越来越好。

李嘉玉笑着应，把电话挂了。这事就算这么了结了。

但李嘉玉没想到会接到李正辉的电话。

说起李正辉，李嘉玉搞不太明白，觉得这人有毛病。先前跟蔡恩哥俩好得不行，帮着他占她们20万的便宜，一转头就能像没事人一样，说他只是误会了。然后她拖着阳光集团的合同不签，他也没任何表态。倒是在积木与城市管理局签约的那天，李正辉让人送来一束花和一瓶酒，没写送她，写着送给积木咨询，祝贺积木咨询成功签约。

弄得跟个搔首弄姿的花花公子似的。

李嘉玉对花花公子这种属性比较敏感，或者说反感。她的定义里，这类人就是骚包。不是真的喜欢谁，而是喜欢找存在感，让人注意到他，关注他，做目光的焦点能让他建立自信，满足他的虚荣心。

李正辉这人长得其实挺正经的，但行为有点让人倒胃口啊。

"李总，"李正辉在电话里客客气气，似乎骚包事他没干过，恶心事他也没干过，他们之间的不愉快没发生过，"邮件我收到了。首先我得为耽误的那三个月道个歉，但真不是故意的。那段时间确实事情挺多的，我又总出差，还有商场那边也在跟一些品牌谈合作，我是想着把品牌和活动的事定下来，把咱们'宝宝来了'母婴室加进去，所以才拖了拖，没想到让李总误会了。"

"李总言重了。"李嘉玉也装模作样地说，"不管是不是误会，确实是效率太低了。我们只好选择别家合作。"

李正辉又道："理解，我看到李总说的了。李总说不再考虑无偿的合作方式，就是说，如果我们出费用，'宝宝来了'还是可以落地我们这儿的，是这样吗？"

"目前我们人手有限，得先把城市管理局的合同执行完毕，再考虑与别家的合作。但与别家的合作肯定是不能像我们之前谈的那样免费了，我是这个意思。"

"好了，了解了。"李正辉道，"那我们过一段时间再联络吧。这个合作，我们阳光还是很需要的。"

李嘉玉应付了两句，挂了。

李嘉玉把事情跟贺亦春说，贺亦春大呼大开眼界，男人的脸皮能够厚到什么程度，真是超乎想象。前有一个为了20万满地打滚的，后有一个没脸没皮装大度的。

"等我们有精力增加合作方了，再说吧。"贺亦春道，"李正辉家里有钱，虽然他只是副总，但听说是有实权的，阳光集团有他家股份。"

李嘉玉不以为然。有钱什么的，现在在她这里起不到震慑作用。她也很有钱啊，但她不说。

后来李正辉发过来一封回复邮件，意思就是他们还是很希望能合作，希望能继续沟通，保持联络。

李嘉玉没回复。她的直觉告诉她，这个人能避着点就避着点。

味香这边，积木未放弃追讨欠款。蔡恩依旧一副死猪不怕开水烫，有本事你去告我的姿态，于是在味香逾期仍未付款3个月后，积木提起了诉讼。

这是个挺好打的官司，因为要赖那一套到法庭上并不管用。况且积木手上的证据非常详尽，所有服务的文件、工作流程记录都清清楚楚，显示出她们的工作认真负责。再有就是，积木能提供当时蔡恩赖账并要胁她们不得追讨的录音。

李正辉作为事件当事人，被法庭传唤出庭做证。他很惊讶，对李嘉玉她们手上有录音证据更是惊讶。

他给李嘉玉打电话："李总啊，你们还真是挺有意思的。"

李嘉玉回他："没办法，蔡总做事这么地道，我们也只好认真一点了。"

李正辉笑道："这事我本来不管的，因为确实不关我的事。我说我是被他蒙骗了才帮他一把，你又不信。但是现在打扰到我了，我还是出个面吧。"

李嘉玉原以为他说的是出面做证，结果不是。等来的结果，是味香提出庭外和解。

味香愿向积木支付欠款和滞纳金以及利息，希望积木撤诉。

这个结果积木乐于接受，于是事情就这么定了。

那天李嘉玉收到李正辉的短信，他问她："满意了吗？"

李嘉玉白眼要翻到天上去。

神经病，恶心死了。

李嘉玉没理他。

与城市管理局签约后，积木干得红红火火，资金到位，产品落地，换了大的办公室，公司架构调整完毕，各部门人员得到扩充，项目的各个环节磨合得也很好。

第一批100个母婴室是在签约后的三个月内全部部署完成的。这三个月，新的客服系统上线，客服团队经过三个月的强化训练，对各类问题已经应答如流。而相关技术模块也已经开发完毕，成功对接市民卡。

三大地图App将"宝宝来了"母婴室指引服务纳入本市地图中。当在手机中搜索"母婴室"，地图上许多小点点亮起时，贺亦春与李嘉玉击掌相庆。

11月23日，段伟祺生日。虽然这天是周三，并非周末，但李嘉玉还是特意请了假，回B市帮他庆祝。

"宝宝来了"母婴室落地后，李嘉玉虽然忙碌，但因为有意识地要把后续工作转交出去，所以她一直很上心地栽培公司里的几位中层干部。该啃的硬骨头，她都已经啃下来了，后期执行上让别人来做，她带着，这也是可以的。这么一来，她倒不像原来那样抽不开身了。

段伟祺却恰恰相反，富昌地产出事后正是他稳固自己势力、排除异己的好时候,他主导的几个项目也到了重要阶段,他就跟刚开始创业似的,许多事都需要亲力亲为。

所以他与李嘉玉定好的几个约会都泡汤了。

比如10月的车展。李嘉玉跟他说好陪他一起去看车,结果他出差了。后来又拟了计划,说他生日的时候,抽出一周的时间,陪李嘉玉去完成她未遂的心愿——徒步戈壁。

然后这个计划很快就被打碎,他根本抽不出这么多时间。转眼他的生日到了,李嘉玉特意请假回来,段伟祺却有一天的会,脱不开身。

于是李嘉玉就在他的办公室里坐了一天。

她也没闲着,远程办公,还刷了网上的直播新闻。

这天是杜市长为C市的新地铁线开通剪彩的日子,这个活动对积木挺重要,因为市长会顺带去考察地铁站里的母婴室。新闻里播出了市长对地铁设施完善的夸奖,而且提到了母婴室。整个直播里由不同的人前前后后说了三遍:只要持市民卡刷一下,就能使用母婴室。

主持人还拍了母婴室内部,做了简单的使用说明。对出行市民进行采访时,市民们也对母婴室最为关注。

李嘉玉看得很高兴,在线上一直与贺亦春聊。还有品牌合作方,也在线上很高兴地与李嘉玉交流。

"宝宝来了"母婴室是以品牌产品的广告包装外墙的,因为设计得好,这些广告既贴合环境,又很有氛围,非常显眼,一点没有生硬突兀感。在新闻里播出后,效果很好。

品牌方高兴地与李嘉玉敲定元旦、春节的活动,整个运营组的聊天群热火朝天。

段伟祺开会回来就看到李嘉玉坐在自己的办公桌前敲键盘,他过去将她抱到腿上,自己坐下,道:"皇位你也敢坐?"

李嘉玉把该说的话都敲完,这才有空理他:"一直在等着一个女人闯进来。"

段伟祺一头雾水。

"结果都没人进来,闷死我了。"

"没听懂。"

李嘉玉演给他看:"你是谁?你为什么坐在段总的位置上?"

段伟祺敲敲她的脑袋说:"你不是不看剧的吗?什么乱七八糟的。"

"这不是等你等得闷了。"

"没看出你闷。"段伟祺看李嘉玉还在跟人线上聊天,"就你这样,还闷？"

"总得给自己找事做。"

"你不是说要看装修方案？"

"看了。"李嘉玉很善解人意地看了看表，"你下一个会是什么时候？"

"没了。"段伟祺也就着她的手看看表，"还有一个小时，我把邮件看完，该签的字签了，然后我们就走。"他们的生日活动最后变成了很老套的吃大餐，也是很无奈。

"行吧。"有人在线上找李嘉玉，她继续敲键盘。

段伟祺只得起身去了旁边的茶几上办公。过了一会儿，李嘉玉忽然道："段总，你说我长得漂不漂亮啊？"

段伟祺警觉地抬头看她。

"我是不是像狐狸精？"

这个问题好危险，像陷阱。

段伟祺更警惕了。

但李嘉玉没看他，她正托着下巴盯着电脑看。

"为什么我就这么招渣男喜欢呢？"

段伟祺心里道，生日这种日子，骂自己老公渣男不合适吧？

等等，哪个渣男？

"谁呀？"段伟祺装作不经意的样子，眼睛盯着手里的文件，耳朵竖得老高。

如果是苏文远还在耍贱纠缠，段伟祺发誓他真的要不顾后果，百忙之中抽空去揍他了。

上次送兰博基尼的活动虽然引起轰动，把苏文远的风头整个压制住，但段伟祺冲动过后并没有开心，他反而有些后悔。倒不是因为车子，而是这活动是顶着苏文远去的，大多数的网民只凑热闹，不知所以，但还是有少部分人仍记得苏文远与段家的纠葛。

尤其是当初段珊珊与任明俊打官司时，曾被人挖出来起因是不雅视频，视频主角是苏文远和段珊珊。这事虽然经过公关处理并没有掀起太大的风浪，但曾经在网上曝光是事实。所以当送车那条微博引发轰动后，有人便凭着那微博内容联想到了是针对苏文远。

于是再提起当年恩怨，说段总这是为了堂姐段珊珊，用豪车与苏文远杠上了。

"看起来段总就是要压着苏文远，不让他得意。"

"苏文远居然在网上高调宣布结婚，还圈了前任女友和好友，得到了祝福。那段大小姐算什么？只有她最惨吧？"

"话说苏文远把段大小姐害成这样，居然什么事都没有？这不合理呀。段家不把他打残也该封杀他，让他找不着工作路边乞讨。"

"说打残和封杀的，是脑残吗？黑道片看多了吧？"

"所以这事说不定还有内情，不然段家为什么放过苏文远？"

"我也是目瞪口呆了。难道那事情里苏文远不是受害者吗？豪门恩怨，没有社会地位的设计师无辜被卷了进去，他是男的，所以被拍了视频就不是受害者了吗？还要打残他，让他乞讨，你们是什么三观？"

"好了，大家不要偏题，重点是苏文远更渣一点，还是段总更幼稚一点？"

"我也想像段总这么幼稚，可惜我没钱。"

"我想像段总这样幼稚，可惜我没钱，我还想抽中这辆车。"

话题从转发抽奖一路歪到天际，段伟祺这才想到他这举动会引发的后果。所幸关心当年八卦的人远远不及只想要豪车的群众人数，他再找公关压制一下，这些话题火苗终于被抽奖热度扑灭。

这事让段伟祺又被段家批了一顿，不只父亲段延富，大伯段延孝更是抓住了机会从各种角度斥责他。从私事讲到公事，从感情讲到公司经营，从家庭讲到董事会，总之就是段伟祺往干草堆丢了个烟头，无脑、任性、自以为是。

段伟祺无从反驳，确实是他做得不对。

真庆幸这届网民不行，没人联想到他跟李嘉玉。虽然他的初衷就是想曝光他老婆，气死苏文远。你准备结婚神气个什么劲，拉我老婆炒作，你怎么不去死一死。看，这是我老婆，又美又甜又能干。我老婆看不上苏文远，早把他甩出银河系了。

他的心声有点复杂，大家没懂，感谢。

但他又挺不服气的，这多明显啊。明明他都说过了，短发美女，女强人，事业型，萌萌的小绵羊女骑士，这特征都摆出来了，直接@了本人，就这样大家还能完美避过，真是可以。

段伟祺因为犯了这个错误，着实老实了好一阵子。从抽了大奖之后，他就安安分分，不敢再作妖。虽然有许多人在他微博上认"爸爸"认"老公"，呼吁下次抽奖，但他一点没敢亮出风骚本性，乖乖地只讲业务，发发鸡汤。

现在听李嘉玉说有渣男，段伟祺只花了一秒就决定不当乖巧总裁了。

"你不认识的。"李嘉玉一边答一边"啪啪啪"敲起了电脑。

段伟祺起身过去，不认识的渣男，那就更不需要装乖了吧。

段伟祺看了看李嘉玉的电脑，她在跟一个人聊天。

"阳光集团的副总，叫李正辉。"李嘉玉抬头看看他，"认识吗？"

"不认识。"段伟祺摇头。他看到聊天界面上,这个李正辉在约李嘉玉吃饭,说希望能有机会让她了解自己,消除过去的误会。

"他谁呀?"还误会?呸,他老婆除了他,基本没误会过别人,直觉超准,眼光独到。

李嘉玉把李正辉的事跟段伟祺说了说,描述了一番这男人怎么皮厚无耻,自我感觉超好:"年纪大,有老婆,人品差,油腻腻,就这样还搞便秘式暧昧,肯定是个蒜头症患者。"

"便秘式暧昧?"

"就是挤半天没挤出什么来,只有臭味。"

段伟祺又问:"蒜头症患者?"

"就是明明自己是蒜,却总以为是水仙。"李嘉玉皱鼻子,一脸嫌弃,"一股子蒜味,硬是自己闻出花香来。"

段伟祺心里嘀咕,为什么他老婆这么多梗?

这时李正辉又说话了,他吹嘘了一番阳光集团的业务,又说了自己掌握的资源,他说相信除了母婴室,两家公司还能够找到更多的合作点。

段伟祺恶心地"啧啧"两声。

李嘉玉回复李正辉说,有业务合作意向请联络项目总监杨勋,还把杨勋的联络方式发过去了。然后她又说了一句自己很忙,没空说话,再见,就把窗口关了。

段伟祺很不满地说:"应该把他拉黑。"

"不拉。咱们用文明方式解决。"李嘉玉很淡定地赶他去把工作忙完,"你快干完活儿,我们去吃饭,我等你很久了。"

段伟祺嘟嘟囔囔地回沙发上坐着了。

当晚,李嘉玉换了小礼服盛装与段伟祺去预定好的餐厅吃饭。她戴上段伟祺送她的大粉钻戒指,配上粉钻手链,拉着段伟祺同样戴上男款婚戒的手,在桌上交握,一起拍了个手部的照片。

又拍了餐厅的烛光,满桌的佳肴,还有红酒瓶。

然后她发了朋友圈,写道:"打个飞的回来陪某人过生日。"

段伟祺飞奔过去点赞,然后他不满了:"等一下,为什么没有我们手挽手在车子前面的合影,我那辆帕加尼特别衬你今天的晚礼服。"

"九张图已经满了!"

"那不行!"段伟祺加重语气道,"你炫富怎么能少了我呢?我不是你最大的财富吗?"

李嘉玉无语。

"必须炫。"段伟祺斩钉截铁，铿锵有力。

"爸妈交代了这段时间还是低调点。"谁让他弄什么抽豪车的活动，这几个月只能夹着尾巴做人。

"把爸妈屏蔽掉。"段伟祺教唆她。

李嘉玉瞪他一眼道："你怎么不屏蔽！被抓到死得更快！"

话是这么说，但她还是挑了一张照片发了。停车场里光线不好，天又黑了，这张照片拍得有些糊，人脸不是太清楚，段伟祺这边光线不好，更是黑乎乎的看不清。李嘉玉配文字："亲爱的，生日快乐！（某人说一定要把他炫一下，我真的是被逼的。）"

段伟祺看了，虽然不是很满意，但聊胜于无。他点了赞，留言："这男的是谁呀？黑暗也隐藏不住的帅气。"

李嘉玉差点没拿住手机。

两人共同认识的朋友，全都"哈哈哈哈哈"。

"臭不要脸的生日快乐。"

"黑暗也隐藏不住的骚气啊。"

"嘉玉辛苦了，你必须是被逼的，我理解。"

邱丽珍评论："没换成狗头还是一眼认出是谁了。"

蓝耀阳看到，补了一句："马赛克打得确实不行。"

而李嘉玉的朋友则纷纷表示惊叹，毕竟她一直为公司奔走，小公司运营困难没有钱的形象深入人心，突然冒出来个豪车、男人跟珠宝、奢侈礼服、奢华大餐，简直亮瞎眼。

段伟祺对别人的反应都没兴趣，他问李嘉玉："那个蒜头症患者，会看到的是吧？"

"对。"

段伟祺非常开心地说："这种文明的回击方式，我喜欢。"

李嘉玉无语，她就知道他会喜欢。他喜欢，她也就高兴了。其他人，真的不必放在心上。

李嘉玉回C市后颇受了一阵子的关注，大家都很好奇她的真实背景，时不时试探一下。李正辉再没找她，也没在她面前显摆阳光集团和他的资源。李嘉玉对此非常满意。

此时近年末，公司正是忙碌的时候。品牌方与积木推出了一系列的活动，又配合圣诞、元旦和春节几个大节日，做了街拍小视频节目——寻找街头母婴室，暗拍母婴室使用情况，考验市民素质，等等，获得了巨大反响。

春节过后，有世界级会议在C市召开，全市各级单位都严阵以待。"宝宝来了"母婴室也做了特别的准备，把中国风、国际时尚元素相结合着来装点，成为街头靓丽一景，在众多的会议采访街拍中多次出镜。城市宣传片里，"宝宝来了"母婴室也被镜头收纳其中。

廖主任为此还特意给李嘉玉来电话，说他们的后续服务做得很好，局长在会上还夸奖了。

元旦那天，"宝宝来了"同名小游戏上线，衍生产品上市。

这是整个项目里最后的一个重要策划。游戏上市后，市场反响不错。一边玩游戏一边在游戏环节里学习母婴知识，凭游戏成绩兑换母婴产品，凭游戏成绩为母婴室的使用充值，让他人可以免费使用母婴室，等等，既有趣，又能实现公益目的。短短几个月时间，游戏用户迅速增长，合作方对营销成果满意。游戏及衍生品收入节节攀高，也快速填补了母婴室的营收缺口，投资方对此表示满意。

至此，李嘉玉已经完成了项目书里每一项策划的执行，实现了对所有合作方的承诺。

积木咨询也已完成了工作上的交接，李嘉玉办完了离职手续。

积木咨询为李嘉玉办了个欢送会。欢送会积木没花钱，因为段伟祺说必须他来出。欢送会办得很大，不但积木所有员工参加，还请了所有的合作方。

那天天气很好，李嘉玉接到了林局长亲自打来的电话，他告诉她，C市申报全国文明城市，成功了。

"听说你要走了，这个消息就当是送你的临别礼物吧。李总，当初你夸下海口，现在实现了。省长对我们C市的母婴室试点工作很满意，会在全省推广。过不了多久，会有人跟你们积木联络的。无论后续你们还能做多少，这个先河是你们开创的。谢谢你，谢谢积木。祝你前程似锦，未来一帆风顺。"

那一刻，李嘉玉忽然落泪。

第三十章
我，李嘉玉，富昌老板娘

段伟祺为了参加李嘉玉的欢送会，亲手把她从C市带回来，特意压缩了行程，把工作挤得满满的，以便抽出时间去C市，但最后还是没排上合适的航班。

当他赶到会场时，欢送会已经到尾声。

一进去就听到大笑声和掌声。他往人群聚拢的地方走，抬头看，看到他妻子站在舞台上致辞。

李嘉玉喝了不少酒，带着微醺的醉意，双颊粉红，眼波潋滟，她似乎刚说完什么，笑着冲大家摆了摆手，众人安静下来。

"很多人都劝我不要走，说现在发展得这么好，公司这么好，同事这么好，合作伙伴这么好，这个城市这么好，这里这么好。"李嘉玉轻轻吐了一口气，把手掌压在心口，"说真的，我真的舍不得。我晚上躲在被子里哭，真的舍不得。"

下面有小姑娘同事感伤，抹了抹眼泪。

"但是我没有忘记，我来这里的时候，也是放弃了很好的工作，很好的前景。很多人都知道，那是华美啊，多少人挤破头想进去。我那时在公司发展得也很不错，不只我，还有贺姐。贺姐放弃得比我更多，她放弃的可是全国前五的咨询公司合伙人的位置。"李嘉玉顿了顿，"因为我们的放弃，所以有了今天的积木。"她扬高了声音，"也因为我们不放弃，所以有了今天的'宝宝来了'母婴室。"

大家鼓掌。

李嘉玉又道："有人跟我说，先别走，很快，积木到B市开分公司，到时你顺理成章，回去主持业务。"她停下来，看了看众人，"我跟你们说，别等。你永远不知道下一步会发生什么。我记得积木的第一年，我们'宝宝来了'合同都递上去了，结果项目黄了。我找投资不成功，一度陷入僵局。我到处找朋友，想办法，在以为不会有进展的时候，突然一个朋友给我们带来了连旭。"

台下许多人都笑了，连旭是"宝宝来了"母婴室的关键转折点，这是许多人都知道的。

李嘉玉继续说："我在华美辞职，要来C市的时候，也有人劝过我，说如果你不想再做咨询，也不必去C市啊，以后也会有别的合适的机会，你别着急。我很庆幸我没等，所以今天我可以说，我完成了我想完成的事，我做到了。如果没有当初的当机立断，也许我现在还坐在华美的办公室里等着机会。同样，如果我现在没有走，也许三年后我还在这里，走不了。"

李嘉玉看到了下面的段伟祺，她绽开了笑容，对他挥挥手。段伟祺回她一个笑，嘟了嘟嘴，给个小小飞吻。

大家顺着李嘉玉的视线望过去，段伟祺周围的人都看他。段伟祺环顾一圈，大方地对大家微笑点头。

李嘉玉等大家的目光转回来，又道："说到开分公司，业务发展到B市，战友们、伙伴们，这事我跟贺姐商量过，我们的想法是一致的，别着急，别贪心。一件事，要做到精益求精不容易。外头的人看着'宝宝来了'很漂亮，但只有我们知道这里面有多大的不足，还需要付出多少精力才能完善，才能更好。我们现在名声在外，意味着什么？意味着竞争要来了。"

贺亦春站在一旁点点头。

李嘉玉看看她，笑了笑，视线转回到台下，道："其实很多项目是没有太艰深的技术含量的，创意呢，也没有多难。你能想到的东西，别人一定能想到。大家凭个'勇'字，凭个'勤'字，凭耐心，凭毅力。我们'宝宝来了'走在前面，走过不少弯路，碰过不少壁，后头的人看清楚了，他们再做，就会快很多，又快又好。他们去谈资源，都不用自己的成功案例，拿着我们的案例就行。你看，积木的'宝宝来了'这模式，我们就是要做这样的。服气吗？轮不到我们不服气。市场就是这样的。一家奶茶店生意红火，很快就会出现不同的奶茶店。母婴室也一样，对社会是好事，对积木是挑战。只是我要去挑战别的了。'宝宝来了'母婴室，靠大家继续努力。"

贺亦春补充道："我也听过不少说法，虽然非常鼓动人心，但我还是借这机会在这儿说一下。积木不着急扩张，我们积木，要稳稳在C市扎根，在本省扎根。只有根基牢固，顶上的枝叶才能长得茂盛。"

李嘉玉拉过贺亦春，把她拉到自己身边。她揽着贺亦春的肩膀，对大家说："还想借这个机会，跟大家吹吹牛，吹爆我们贺姐，真的，她太牛了。"

大家笑。

李嘉玉道："看看贺姐，人又不是顶漂亮，身材也不好……"

"嘿，嘿。"贺亦春笑着抗议。

李嘉玉也笑道："她也不玩偷奸耍滑、饭桌陪酒、夜总会公关那一套，但是她的业务就是做得好，专业就是强。想当初，我就是一个职场菜鸟，真的是贺姐手把手把我带出来的。我特别特别感谢贺姐。"

"别客气。"贺亦春大方接受了她的谢意，回抱了她一下。

"我经历过三家公司。"李嘉玉道，"第一家是我跟同校同学一起创办的，刚开了个头，我就不得不离开了。我没有机会验证，那家公司如果以我的业务能力和经营思路能不能活下去。第二家公司是华美，那是一家成熟的大公司，流程完备，各个岗位职能明确，同事们个个是牛人，我只是其中一颗螺丝，没有机会验证，如果我真的参与一家公司业务，从无到有，我行不行。"

李嘉玉看着贺亦春笑道："但是贺姐给了我机会，让我知道，我行！是你们给了我机会，让我知道，我行！"她向大家鞠躬，"谢谢你们！"

她抬起头来，看到段伟祺在对她笑。

她知道，他肯定明白，她的谢里，有很多很多是给他的。是他包容了她的任性，是他放手任她冒险飞翔，是他在她身后用心支持。

"谢谢！"李嘉玉看着段伟祺的眼睛道，她眼眶有些红了，"我真的很舍不得，但我又很高兴。我已完成了这个阶段我要做的事情，我要迈入新的旅程了。"

李嘉玉指一指台下道："跟大家介绍一下，我闺密，方勤。"

方勤站出来，大方冲大家挥手："嗨。"

"她非要来蹭吃的。"

众人大笑。

方勤鞠个躬道："不好意思了。"

李嘉玉也笑道："她说，今天是我重要的日子。"她学方勤夸张的口吻，

"告别仪式啊，人生多少个离别能有仪式。这么隆重，又难过又开心的，怕是只有毕业典礼了吧。"

方勤点点头道："嘉玉的毕业典礼，我一定要到场。"顿了顿，"蹭吃蹭喝。"

大家哈哈大笑。

李嘉玉道："我曾经对方勤说过，我特别羡慕贺姐。我觉得她就是成功女人的典范。她的成功在于，她可以选择自己的生活方式。她热爱工作，享受工作，她想休息的时候可以休息，想转换跑道的时候可以换。她有幸福家庭，有坚强个性，有可爱灵魂、人格魅力。"

"只是不是美女，还有点胖。"贺亦春笑道。

大家笑成一片。

李嘉玉也笑得不行，笑完了，她大声道："今天是我人生中重要的毕业典礼。我要离开了，难过，但是不遗憾。因为我想来的时候敢来，想走的时候能走。我来的时候心怀梦想，走的时候踌躇满志。我享受了工作，在生活里创造了乐趣，我有爱的人，有朋友，有导师，有目标。谢谢你们，未来可期，我们再见。"

众人尖叫，掌声雷动。方勤跑上台去，给她献了一大束鲜花。

许多女同事跑上台，拥抱她。

李嘉玉过了好一会儿才得以脱身，她走下来，每一步都有人与她握手、寒暄，很多人都打听她回B市后的打算。有人说希望以后继续合作，也有人问她有没有兴趣去某某公司任职等。

李嘉玉一连答复了好几个，干脆停下来，对大家朗声道："对了，各位，说说我将来的计划，我想去投资公司。"

"我自己经历过，所以太知道一个新项目找投资有多难。所以我要换跑道了，我要找那些认真做事、努力创业的未来的企业家，给他们钱，给他们资源，让他们好好干。"她顿了顿，"就像我们积木一样。"

有人大声附和，有人大声道："李总必须投我啊。"

李嘉玉又笑："至于哪家公司啊，我还没有找。但你们知道我的，我脸皮这么厚，我说想干这个就一定会干的。想谈投资做项目的，别删我的号啊。"

大家哈哈笑。

几番客套，几番鼓励，许多合影，许多拥抱。李嘉玉最后终于得以脱身。她找到被人群挤到角落的段伟祺，他正在吃东西，他旁边站着李铁。两个人不知聊着什么，还聊得挺好似的。

"哎呀，居然没人来巴结段总，不科学呀。"李嘉玉调侃他。

"已经围堵过了。"李铁道,"我刚把他救出来,保镖费记得付一下。"

"居然有人趁乱摸我。"段伟祺很不满意地说,"也不知男的女的。"

李嘉玉大笑。

段伟祺摸摸她的脸问:"喝醉了吗?"

"有点吧。"

"话特别多。"段伟祺搂着她的腰,"说个没完。"

"我是把自己当成优秀女企业家在演讲的。"李嘉玉哈哈大笑。

"厚脸皮。"段伟祺点了她一下。

"方勤呢?"李铁四下里看了看,在找人。

方勤很快过来了,笑嘻嘻地说:"居然有人跟我搭讪,来一趟还有艳遇呢,不错不错。"

李铁很淡定地说:"喝多了,做梦呢。"

方勤瞪他,拍了他一下。

"婚礼定什么时候呀?"李嘉玉问,"赶紧,趁我还没有找到工作,有时间帮你们张罗。"

段伟祺看到又有人围过来,便道:"出去聊吧,找个地方好好吃点饭,我一天没怎么吃。"

于是一行四人去跟贺亦春打了招呼,先走了。

方勤和李铁过来,李嘉玉给定了酒店。四个人去了酒店附近的饭店吃饭。大家讨论方勤与李铁的婚礼。

方勤原本是想趁着自己未婚,先给李嘉玉做伴娘,但段伟祺因为豪车抽奖被家里训了一顿,家里人担心被苏文远利用炒作,段珊珊的疤痕被揭开。李嘉玉闻讯挺烦躁,这种事还没完没了了,照这逻辑,她跟段伟祺还不一定什么时候才能公开。她干脆也不管了,便对方勤道,哪有这么多讲究规矩,别因为她,把他们的婚期耽误了。

她来给方勤做伴娘,等她婚礼,方勤来给她做伴娘,谁也不落下,管他呢。

方勤当然不介意,立马押着李铁定婚期。两人的户口都在B市,还没转到L市去。于是两人当天就给各自家里打了电话,买了第二天的飞机票跑回B市领证。

李嘉玉趁机给自己洗白说:"你看,你们也风风火火的吧,当初我也是。所以你能理解我的心情了吧。"

"你滚蛋。这账必须记着。"方勤才不管她。

现在大家讨论婚礼,方勤想要甜美系,李铁想要大气硬朗一些的。就放不放漫画,他们还展开了激烈辩论,差点打起来。

这边段伟祺一边吃东西一边跟李嘉玉商量:"我们也该落实一下怎么公开。"

"嗯。"李嘉玉点头。

段伟祺听了几耳朵方勤他们的讨论,道:"不然我们也拍个宣传片,富昌宣传片,然后我站出来,一指远方,镜头拍到你,我就说富昌老板娘。

"把我当初被采访的片段剪辑对比。短发、美女、女强人、职场型、小绵羊、萌萌的。每一个词粗体跳出来,你就正好换一个造型。"

李嘉玉真是说不出话来。

段伟祺故意皱眉道:"你不喜欢?那就你很酷地走进镜头,自己说,我,李嘉玉,富昌老板娘,短发、美貌、凶悍、萌萌的!"

"我打死你。"李嘉玉拍他。

段伟祺演不下去了,哈哈大笑,笑得李铁和方勤都看过来。

李嘉玉叹气道:"算了,还是继续低调吧。等你稳重点再议吧。30来岁还是太年轻。"

李嘉玉和段伟祺跟方勤他们吃完了饭,又与他们一起步行,送他们回酒店,然后两个人打了车,回自己的寓所。

李嘉玉已经零零星星地收拾了一些行李,几个大箱子摆在那儿,不常用的东西都收好了。寝具、衣服和日常用品还在用,就没动。

李嘉玉在这里住了几年,东西还是很多的。能留下的她都留下,打算送给贺亦春和其他同事。前几天已经跟大家都说好了,列好了清单。走的时候她把钥匙留给贺亦春,让她善后和帮忙跟房东交接。

比较麻烦的是段伟祺的衣物、饰品和杂七杂八的东西。这几年他虽然不常住,但每一次来几乎都会留下点东西,每一样还都不便宜,李嘉玉没乱动,全留给他。

段伟祺一进屋子,看到屋里阵势,顿时嚷嚷:"李总啊,你在外一猛将,在家净添乱。"

"还挺押韵是吧?说相声呢?"李嘉玉累得要死,把高跟鞋甩开,然后瘫在沙发上说,"我累死了,你的东西都没动呢,你自己挑挑看哪些拿走,哪些不要。"

段伟祺也不管什么东西,他走到沙发那儿,往下一扑,瘫在李嘉玉身上:"我也好累。"

嘴里说累,手上却开始不老实。

李嘉玉被他摸得发痒，咯咯笑起来，笑得段伟祺心痒。他撑在她身上看她的眼睛，亲亲她的鼻头，再亲亲眼睛，最后吻住了唇。

　　跟以往一样，他们每一次相聚都分外热情。李嘉玉很快被撩拨得薄汗微出，她喘着气，轻轻推他说："你等等，你刚才还说我坏话呢，现在就想占便宜，不行。"

　　"那我说你好话。"段伟祺温柔地吻她，"夸夸你行不行？"他忽地笑起来，"在家一猛将……"

　　"去你的。"李嘉玉想也知道他脑子里想什么，"不许说我小绵羊。"

　　"床下小绵羊，床上大灰狼。"

　　这是好话？

　　大灰狼和小绵羊在沙发上奋战许久，然后一起去洗澡。李嘉玉决定不收拾了，直接上床睡觉。

　　段伟祺伺候她上床，道："明天下午的飞机，你确定一上午能收拾完？"

　　"不是有你吗？"李嘉玉拍拍他的胳膊委以重任。

　　"行。"段伟祺心情好，卷了袖子开始干活。"乒乒乓乓"的动静让李嘉玉没法睡，她干脆趴床上看他。

　　段伟祺把自己的衣服拿出来塞箱子里，箱子关不上，他重新整理了一次，还是没关上。

　　他很爽快地就放弃了。

　　"还是明天等你弄吧。"

　　李嘉玉用困倦的声音告诉他，明天她想睡懒觉。

　　"你明天一睁眼，看到屋子里乱糟糟就会睡不下去了。"段伟祺脱了衣服躺她身边，一起睡。

　　李嘉玉踢了他的腿一下，提醒道："你刚才答应你来收拾的。"

　　"我错误高估了自己的能力。"段伟祺淡定地答。

　　"那你平常出差的行李不都是自己收拾的吗？"李嘉玉知道段伟祺的生活习惯，他还真不是一个饭来张嘴、衣来伸手的人，他不喜欢外人在家里走来走去，所以家政只用钟点工。

　　"出差的时候哪有这么多行李，随便收拾收拾就能走了。"

　　"那在我这儿怎么这么多东西。"李嘉玉喃喃地道，她真的很困了，然后她突然醒了一半，想起来了，又踢了他一下，控诉道，"你每次带东西过来，走的时候不拿走。"

　　"你这儿没我衣服，当然要带过来。"

　　"不是。我想说你很久了，老忘。你自己看看，有些衣服长一样的。你是不是穿一件过来,回去又想穿这件,没有了,干脆又买一件?"

"那不这么处理,难道我要飞过来拿衣服?"

"那你为什么要把同样的衣服再拿过来?"

"忘了呗。"段伟祺理直气壮地回答。

"等我回去审你的衣柜,如果发现有三件以上一样的,你就死定了。"李嘉玉凶巴巴地道。

段伟祺沉默了一会儿说:"要不我明天早起帮你收拾行李吧?"以劳役换赦免这招可行吗?

"行。"李嘉玉很痛快地答应。

段伟祺觉得自己上当了。

过了一会儿,他又道:"李总,我想到一个好方法,能让咱俩都不这么累,不用太收拾。"

"嗯?"

段伟祺道:"我们把这房子买下来吧。"

李嘉玉又被他惊住了。

段伟祺用胳膊碰碰她说:"你觉得怎么样?"

李嘉玉翻个身,不想理他。

"多好呀,正好这屋子是你在C市打拼的记忆,留作纪念,挺好的。就当毕业礼物了,你觉得怎么样?"

不怎么样。

李嘉玉没好气地道:"我见过懒的,没见过你这么懒的。为了躲避干活,居然想出买房子这招。"

"我只是提供了一个高效可行的办法。"

"睡觉。"

"好吧。"

"起床后一起收拾。"

"行……吧。"

第二天段伟祺醒过来的时候都快中午了,他发现外卖已经送来了,还挺丰盛的。行李也收拾得差不多了。他的衣服除了今天要穿的,其他的都进了行李箱。李嘉玉正在擦茶几,屋子里已经干净锃亮。

"贤妻。"段伟祺猛拍马屁。

"滚蛋。"

段伟祺不滚,他抱起老婆在屋里转圈圈,要带老婆回家了,感觉真好。

李铁和方勤与李嘉玉他们一起回了B市。因为B市有他们的许多同学和朋友,所以他们打算在B市先办一场婚礼,把双方父母接来,顺便带他们在B市旅行一趟。之后回到L市,他们再办一场小型婚礼,只请些当地的同事、友人。这趟反正假都请了,干脆先回B市看看场地,做做计划。

飞机上,方勤和李铁终于就漫画的问题达成了一致,打算一半做粉红公主梦幻系,一半做漫画铁血英雄系。他们也再一次拒绝了段伟祺提出的他来担任伴郎的要求。

李嘉玉想象了一下婚礼的场景,兴奋地与方勤讨论个不停。段伟祺故意摆出不高兴的脸,不让他做伴郎,那他老婆跟谁凑一对呢?

可是没人理他。段伟祺很不服气,有钱人在这个小团体里,也太没地位了。

李嘉玉搬回B市,对双方的老人来说,都是件大事。所以她刚一落地,人还没到家里,宋音的电话就来了。

宋音问她情况怎么样,什么计划,怎么安排,要不要回H市一趟什么的。李嘉玉都一一答了。她是有打算回去一趟陪陪父母,这些年一直为事业忙,关心父母不够,她也觉得挺内疚。

"我把方勤他们送走了就回去一趟,大概住一星期吧……伟祺啊?再看他时间吧,他未必有空。"

李嘉玉这边还在讲着电话,那边段伟祺的电话也响了,来电人是邱丽珍。

邱丽珍问他们到哪儿了,住哪里,这几天怎么安排,什么时候回家。段伟祺也一一作答。

邱丽珍催得紧,段伟祺只得答应回家里跟父母一起吃晚饭。

方勤小声跟李嘉玉道:"估计你婆婆想催你生孩子呢。"

李嘉玉扬扬眉头。

方勤道:"我跟老铁还没结婚呢,两边家长就问我们打算什么时候要孩子了。"

李嘉玉也小声道:"他妈妈好像说过一次?后来就没再提了。"

"这次你回来了,又有空,肯定得提。"方勤看看前座的段伟祺,他还在打电话,方勤把声音压得更低,"段总以前不是说不要孩子吗?"

"他以前还说不结婚呢。"李嘉玉道。

方勤笑起来:"也是。"

晚上,李嘉玉、段伟祺回段家吃饭。

邱丽珍很隆重地让人准备了一大桌子菜。席上,段延富和邱丽珍很是高兴,显然对李嘉玉回来这件事非常满意。

李嘉玉等着邱丽珍催生娃，她已经想好了，她是打算30岁之后再要，现在她还年轻，而且刚回来。她离开这几年，在B市的人脉和资源丢了不少，如果马上要孩子，求职路就断了。做过母婴项目的她很清楚，如果没工作就要孩子，那大概最少得两年时间没法工作了。况且怀孕的时间也不一定，她不能一边备孕一边求职，这样算下去，可能就不止两年。

这两三年，对她这个年纪和这个职场经历的女性来说，太宝贵了。两三年过后，她之前积累的所有职场财富，基本就没了。别说李总了，怕是李经理都混不上，那得重新开始。李嘉玉觉得，这是不必要的牺牲，明明可以两全其美。

所以李嘉玉打定主意，她要先在B市站稳脚跟，然后再要宝宝。这样，工作和育儿才能两不误。

但邱丽珍一直没提要宝宝的话题，只提了几句让李嘉玉不着急找工作，先好好休息一阵子，又问了亲家那边情况，说趁李嘉玉有空，不如她们一起去趟H市，探探亲，旅行旅行。

段伟祺不太高兴地说："嘉玉回去看妈妈，你跟着去算什么呀。"

"我是另一个妈妈。"邱丽珍更不高兴，瞪儿子。

李嘉玉很怀疑两个妈妈凑在一起能多和谐。不和谐也头疼，太和谐更头疼。

段伟祺还在跟他妈妈顶嘴，李嘉玉的微信提示音响了，她看了一眼，是方勤。

"李铁那浑蛋，屁股还没坐热乎就出去玩了，说是同学聚会。哼，我刚刚才知道，那聚会上有苏渣！是苏渣攒的活动，气死我了。男人啊，到手了就不一样了。之前怎么跟我保证的，说一定跟苏渣在人格上划清界限。我以前没注意呢，现在想想这话怎么这么玄乎啊，什么叫在人格上划清界限，敢情肉体上接近一下没事，是吧？气死我了！"

"你的房子里要是发生命案了，你介意吗？"

方勤和李铁这几天是住在李嘉玉原来的小公寓里。李嘉玉一直没卖，也没出租。

李嘉玉无奈地回："别在我这儿秀恩爱，不然我要反击了。"

方勤没再说话，李嘉玉想了想，不知道苏文远想干什么。李铁走的这几年，也没见苏文远怎么惦记，现在往上凑，真是让人不舒服。

一会儿方勤发来一句："你还是反击吧，我心情不好，想看你秀一下。"

李嘉玉无语。

段伟祺看她的表情，便去瞄她手机，看到对话内容，便拿了自己的手机给方勤发微信。

李嘉玉看他拿手机便警觉，扑过去抢，已经来不及。段伟祺发了一个小视频给方勤，还有一句话："她爱我的时候是这样的。"

小视频里，李嘉玉脸蛋粉红，笑得甜蜜蜜，傻乎乎在唱："如果感到幸福，你就拍拍手……"

李嘉玉满脸通红，伸手就要打段伟祺。段伟祺哈哈大笑，跳起来逃跑："不是要秀一下？我帮你啊。"

李嘉玉追着他打："太过分了。"

段延富和邱丽珍看着他们一脸尴尬，他们年纪大了，还要看这个？

段延富对妻子道："不用担心，看起来他们感情好得很。"

一顿饭也算热热乎乎吃完，长辈们没在饭桌上多说什么，李嘉玉也挺高兴的。她能理解长辈的心情，但她有自己的打算，长辈不提，她也就不自己往上凑。

李嘉玉跟婆婆商量了一下时间，约好了周五一起回H市，便跟段伟祺回去了。

这几天正是"五一"假期，方勤和李铁三天假加上年假、请假什么的，可以待到周四。

这天晚上，李铁和方勤闹了点小矛盾，方勤心情很不好，缠着李嘉玉聊了半天。要不是段伟祺拦着，李嘉玉能飞车过去陪方勤住小公寓。

两个姑娘抱着电话说个没完，从痛批李铁到骂苏文远，再到回忆校园，再到说起熊绍元的近况。大熊这两年发展得很不错，称得上事业有成，是科技新贵，但据说感情还没有着落。之前谈了一个，三个月就分了。方勤也没有多问，经历了陆勤之后，她也有所感悟，跟李铁在一起了，就与熊绍元疏远了。

"大熊大概也是这个意思吧，反正他后来也很少找我。他有女朋友的事，还是他同学告诉我的。反正我是没去问他，就祝福他吧。他一心要做大事业，说国外的环境更开放更适合他，希望他心想事成。"方勤念叨叨，"不过大熊肯定没问题，他这么努力，又聪明。算了，我现在这种心情不适合聊什么前任。"

李嘉玉附和几句，她一直遵守着对熊绍元的承诺，没有将他当初急匆匆从国外赶回来，只为确认方勤好不好的事说出来。李嘉玉觉得熊绍元也是个通透的人，他清楚自己想要什么。在他心里，事业摆在爱情前面。就算他很爱方勤，爱到分手后依旧可以不顾一切回来悄悄看她一眼，再悄悄离开，也没法说服自己放弃理想。

李嘉玉不知道日后熊绍元会不会后悔，但她挺感激他的。因为他这样的大度与成全，方勤才可以这么毫无顾虑地真正放下，重新开始一段新的感情。

　　李嘉玉跟方勤聊了很久，挂电话时，李铁还没有回来。方勤放出豪言壮语，说今晚绝不给李铁开门。

　　等到快12点时，李铁发了一条朋友圈，是条自拍的小视频，看背景是在李嘉玉小公寓的客厅里，他对着镜头很认真地说："我、李铁、老李、老铁，爱党爱人民，爱国爱老婆。无论东西还是人，老婆喜欢的，我不一定喜欢；老婆讨厌的，我一定讨厌。"

　　然后配文字："点赞破百，不睡沙发。请各位点个赞。"

　　李嘉玉刚洗完事后澡，趴在床上等段伟祺出来帮她擦身体乳，然后一起敷面膜，看到这条朋友圈简直要笑死。

　　"这么晚了，睡吧，点什么赞。"

　　"大家注意了，最好能保持99个赞，一定要稳住。"

　　"评论过百不算吧？还是睡沙发吧？如果这样我就多'哈哈哈'几条。"

　　"哈哈哈哈哈，老李你这个是要留着做婚礼素材吗？"

　　"男人啊，没老婆的时候睡单人床，有老婆的时候睡沙发。"

　　李嘉玉笑到眼泪都出来了，她跟李铁共同认识的人也挺多的，所以评论她能看到不少。她截图给方勤看："留着做婚礼素材这个点子不错。"配上一串"大笑"的表情。

　　"哼，生气。"方勤还气呼呼。

　　段伟祺擦着头发出来，正好看到李嘉玉笑，便凑过来看是怎么一回事，看清楚了，叹口气道："可怜。"

　　他拿出手机，给李铁那条朋友圈点了个赞。

　　"方勤的脾气真是不行。"段伟祺抱着李嘉玉亲一口，"还是我老婆好。"

　　李嘉玉斜睨他一眼道："你心虚个什么劲，这种违心话都说得出来。惹我生气了，说不让进门就是不让进门，不可能给你什么机会积百赞就能上床的好待遇。"

　　段伟祺皱皱眉头，马上改口："方勤真是骨头软，不可靠。还是我老婆有原则，说一不二。"

　　李嘉玉装不下去了，被他逗笑。

　　李铁和方勤没有隔夜仇，第二天高高兴兴与李嘉玉、段伟祺会合。四个人一起去逛了逛婚庆公司，有人认出了段伟祺，以为是豪门大宴，直接推荐最顶级的策划方案。李铁淡定地摆出自己的手机和钱包说："你看我用的东西，像是摆得起这样架势的人吗?"

那婚庆策划狐疑地看了看段伟祺,李铁又道:"不用看他,他就是帮我们开开车,我才是新郎,花多少钱我做主。"

这家店当然聊不下去了。

李铁出了店立即蹦两下:"哎呀,嘚瑟了一回,好爽啊。"

李嘉玉和方勤一直笑。段伟祺看大家都开心,赶紧推荐自己:"既然这么合拍,还是让我来当伴郎吧。"

三人一起摆手,扭头走了。

段伟祺委屈,但后头更委屈,因为大家逛婚庆公司时,把他支到另一边的精品店逛,假装跟他不是一路的。说如果不这样,今天出来肯定没收获。

段伟祺一委屈就想花钱,等他们三人从婚庆公司出来,他已经从第一家店买到最后一家店去了,还美其名曰是为他跟李嘉玉的新房买些家具和摆设。

说到新房,李嘉玉买了一套楼中楼,带顶层大花园,400多平方米的房子,比较好改造,可以满足段伟祺的各种要求。但她B市、C市两头跑,装修的事盯得不紧,设计师出了好几套方案,最近才定下来。

为了房子的事,李嘉玉没少跟段伟祺闹分歧,她想这样,段伟祺要那样,两口子最后用扑克牌抽大小,赌赢的那个做主。房子没装修好,赌王快训练出来了,就连设计师都被拉着打了好几顿斗地主。

李嘉玉为了房子已经被段伟祺磨得脾气火爆,一听他给新房买东西,顿时上火,去各店里转了一圈,退了好多订单。

这一天四个人光斗嘴、耍贫、讲段子,效率确实差。

段伟祺后来还总刷微博,李嘉玉问他做什么,他说看看有没有人偷拍他们曝光一下,结果没有。

段伟祺觉得这些公司和商场的职员素质真不行。

后头几天,"五一"假期也过了,段伟祺回去上班,李嘉玉陪着方勤两口子逛,这下子进度一下便加快了。他们选定了一家公司,敲定了总体风格,婚礼的日子定在国庆节,又约定好后期具体细节由李嘉玉帮他们盯婚庆公司,两口子便回L市去了。

段伟祺上班后,段延孝特意到他办公室来,关注李嘉玉回来之后的安排。

"嘉玉是怎么打算的?就在家当少奶奶还是自己开个公司玩玩?我跟你爸爸商量了一下,嘉玉什么都不干也不合适,这样你们公开婚讯的时候不好公关。"

段伟祺知道伯父明知故问,他道:"我跟我爸说过了,嘉玉想去投资公司。"

段延孝点头道:"那挺好,那就让她来富昌吧。集团这么多职位,给她安排一个也不是难事。你们都在富昌,这样发生什么事公关部也好应对。"

理是这个理,但段伟祺听着段延孝的语气特别不舒服。他曾经也想过让李嘉玉进富昌,但他多想了一层,这几年虽然他把爷爷留下的一些公司拉起来了,但营收并不是那么好做,发展需要时间。所以若以赚钱来算成绩,他不算优秀。段延富在富昌帮他笼络了一些势力,可也增加了该由段延孝、段延富兄弟二人共掌富昌的呼声,段伟祺这个小辈还是在辈分上吃了亏。

李嘉玉刚回B市,正是重新启航的重要阶段,从哪里起步很重要。来富昌是能让他安心,他可以照顾她,为她撑腰,但也有很大可能,她会被卷入还在持续的派系斗争中,成为众人与他拉扯的筹码。如果那样,那她在业务上肯定会受到各种限制,日常工作里,大概要分出很多精力来应付这样那样的钩心斗角。

段伟祺心疼老婆,应该让她享受工作,而不是被各种复杂的人际关系束缚手脚。他把利弊跟李嘉玉说了,让她自己定,李嘉玉也早想好:"不去富昌,我现在在B市没资源,什么都得重新来。我伸手问你要也好,自己出去死磕也好,在富昌被别人看到,岂不是成了笑话。我没面子,你也没面子。到时别人再趁机给我穿穿小鞋,把我做得不好的地方当成你的把柄,你也太吃亏了些。"

李嘉玉窝在段伟祺怀里,拍拍他的胳膊说:"你好好做你的段总,把富昌把握住。我呢,我要在外头做个能闯能拼、不怕被人说闲话、不会拖你后腿的李总,等我像在C市那样稳住了,我想去富昌就去富昌,想自己开公司就自己开公司。"

口气很大,段伟祺笑起来。

李嘉玉又道:"到时候你在富昌遇着了麻烦,自己搞不定,镇不住场子了,你说一声,我马上化个漂亮的妆,穿上漂亮衣服,拿着我的电脑就过去。然后富昌的人就这样……"李嘉玉学了个惊叹的夸张表情,"哇,段总,你居然请到了投资圈大名鼎鼎的李总。"

段伟祺大笑,笑到肚子疼。

李嘉玉也笑,她继续演:"然后你就特神气地说,介绍一下,我太太,李嘉玉,她将过来主持这个那个项目,管理这个那个部门。富昌那些人就鼓掌,好耶,牛,富昌有救了!"

段伟祺笑得不行,抱着李嘉玉使劲亲了几口。

"要的是这个效果啊,段总。"

"是,是,必须这样。"

"绝不能是，咳咳，各位，这位是李嘉玉，我太太，她刚从外地来，什么都不太懂，刚刚入行，麻烦大家关照一下。谢谢大家。"李嘉玉演着客气哈腰。

"是，是，绝不能这样。"段伟祺认真附和。

两个人笑成一团。

段伟祺想起当时李嘉玉的神情，对段延孝道："大伯，嘉玉不来富昌，她有自己的打算。我们公开婚讯会挑一个好日子，其实我们也没怎么瞒着，关系好的朋友们基本都知道。我们出门也都大大方方的，顺其自然。大伯不必担心，我会好好处理的。这事又不是什么作奸犯科的坏事，不必心虚。"

段延孝看了看段伟祺："你记住富昌是你爷爷的心血便好。做什么事，三思而后行。"他顿了顿，又道，"我要把珊珊送到国外去。李嘉玉回来了，我担心舆论上又有什么风波。你们不当回事，我却担心珊珊的病情。"

段延孝走了。段伟祺垂眸想想，也是有些无奈。

邱丽珍与李嘉玉一起回了趟H市，周五去，周一回来。

李齐与宋音周末两天都用来招待亲家。邱丽珍还去看了李嘉玉的爷爷、外公等长辈，送了些礼，做足了礼数。

宋音在李嘉玉刚结婚的那会儿还挺挂心婚礼的事，女儿女婿两地分居也让她压力挺大，但现在她想开了，女儿过得开心就好。他们两口子有自己的相处方式，外人眼里的婚姻该是什么样子，不该影响到他们。宋音原先对段家家世还有顾虑，但这几年什么不好的事都没发生，网上一些言论对李嘉玉没任何影响，她跟李齐的生活也如常，他们便也觉得挺好。

邱丽珍的想法跟她老公段延富不一样，她希望趁着李嘉玉这段时间没工作，不如就先把心思放在家庭上。想弄新房就好好弄，完了调养调养身体，生个孩子。等孩子稍大一些了，李嘉玉再出去工作，也是可以的。段家的媳妇，想做什么工作不行？自己开公司也是件容易事，完全不是问题。

邱丽珍做李嘉玉的婆婆也不是一天两天了，对李嘉玉的脾气、个性也算了解，对自己儿子的德行当然也清楚，所以她没把让儿媳妇不工作、先生娃这事拿出来说，特意等来了H市，想悄悄与宋音当面商量。让亲妈与女儿沟通，比她这个婆婆说话强。

但邱丽珍没想到在宋音这儿会碰钉子。宋音其实也很想抱外孙，但她有自己的心眼，若这婆婆是一般家庭便算了，段家这样的，她一直持谨慎态度对待。无论发生什么，她觉得她这个做母亲的，都得站在女儿这边。女儿在这样的家庭里维持住和睦关系挺不容易，她和丈夫只是普通人家，帮不上什么忙，不添乱就是好的。

于是宋音很委婉地跟邱丽珍说，他们两口子有自己的打算，做长辈的尊重他们的意思就好。邱丽珍有些不高兴，丈夫与她意见不一致，亲家这头居然也不支持她。但她心里清楚，明明所有人都希望两个孩子早早生个娃，可最后结果却是她成了坏人似的。

宋音也是聪明人，见了邱丽珍的脸色，便跟她分析两个孩子的情况，说他们这样的个性，长辈说得越多怕是越会适得其反，不如让他们自己安排生活。她女儿对母婴项目这么热心和喜爱，对同时在职场打拼和做母亲肯定是有心理准备的，用不着催，他们肯定心里有数。现在的社会环境里，大家要孩子都晚，女儿还不到30岁，还有时间，不着急。

邱丽珍也不好再说什么，只得说过了30岁，身体状况就会慢慢走下坡路，怕对孕育宝宝不利。宋音便道："那我们也得讲究点技巧，就说让他们自己多注意些身体，该锻炼该保养了。"

后来在饭席上，宋音当着邱丽珍的面，跟李嘉玉说不能老坐着，要多走多运动，女人到了30岁就是一道坎，老得快。李嘉玉奇怪地看了看母亲，应了好。邱丽珍便也让李嘉玉督促着段伟祺，让他也多注意，李嘉玉当然也应好。

事后，宋音私下里把她与邱丽珍的谈话跟李嘉玉说了，让李嘉玉心里有个数："不是不催你们，是不帮着你婆婆催你们，懂吗？"

"懂，懂。"李嘉玉抱着母亲的胳膊撒娇。

李嘉玉回去以后，还把这事跟段伟祺说了说。段伟祺感叹："丈母娘的段数还真是高啊。"

"重点是这个吗？"李嘉玉拍拍他的肚子说，"重点是想跟你说，你已经30多岁了，再不锻炼该有啤酒肚了。"

"不带这么睁眼说瞎话的，看我的腹肌！"段伟祺作势要脱衣，"小腰！"拍拍腰侧，"还有翘臀。"转过身要给李嘉玉看。

"行了行了，别演了。"李嘉玉手机响了，她拿起手机看，没理段伟祺的身材展示。

段伟祺不满她的态度，用屁股顶她，没控制好力道，差点把她挤出沙发。李嘉玉差点要摔，段伟祺忙把她拉住，见她伸脚要回击，赶紧闪开，叫道："翘臀杀，必须翘臀来杀，不让用脚。"

李嘉玉真是没好气："你几岁了？"

段伟祺蹭回她身边坐："这么年轻，肯定是老婆滋养得好。"

"滚吧你。"李嘉玉拍他，"别成天瞎贫，认真点，多注意身体，以前我不在，不能盯着你，现在得好好管管了。"

"这话怎么听着应该是我说才对。"段伟祺没好气,"我们两个里头,工作起来不要命的那个应该不是我吧?"

李嘉玉道:"我也要改了呀,我要好好锻炼,过几年工作稳定了,找个时机,生个娃。"

她一边说一边看手机。手机里贺亦春在跟她说C市有些传言,说她是段伟祺的情妇。居然是李正辉在酒席上跟别人说的,席上正好谈到积木如何如何,李正辉便大放厥词,与贺亦春关系不错的友人也在席上,听后便把这事告诉了贺亦春。

李嘉玉皱眉头,回道:"男人贱起来真是没女人什么事了。"自从她在朋友圈炫了一把富,秀了一回老公,李正辉便从她的社交圈里消失了,没再给她发过信息。没想到背后却憋着一肚子坏水呢。

段伟祺听了李嘉玉的话皱皱眉,道:"我不要孩子,我觉得我们过二人世界就挺好的。我不喜欢小孩。"

李嘉玉看了他一眼,没说话,只靠在他身上继续看手机。

"你听到了没?"段伟祺扯她耳朵。

"听到了。"李嘉玉不高兴。现在不着急,不跟你计较。等她想生的时候再说。不生?没收财产打断腿。哼!李嘉玉不理他,继续跟贺亦春聊。

段伟祺见她应了,松了口气。

这边贺亦春说,她已经跟朋友解释了,说李嘉玉跟段伟祺是领了证的夫妻,他们公司的人基本都知道。上次段总过生日,李嘉玉在朋友圈就算公开了。但人家当事人没大张旗鼓,大家也就没到处说。朋友那边还惊讶,说消息藏得够好的呀,这种豪门婚姻不是应该上个热搜什么的?贺亦春便说那是人家的家事,李嘉玉这么低调的人,上回段总生日她在朋友圈炫一次就差不多了。那朋友才想起李嘉玉那次炫富,便也明白了,说难怪李正辉酸得都臭了。

李嘉玉便嘱咐贺亦春小心点,她是不在C市了,风言风语影响不了她,但贺亦春还在那儿,别被李正辉背后捅刀子。

贺亦春说她知道,让李嘉玉放心。

李嘉玉放下手机,怔了一会儿,软软地窝进段伟祺怀里。

段伟祺受宠若惊,把她抱好了亲亲她的脸蛋问:"怎么了,嘉玉宝宝?"

"好久没上班了,好寂寞啊。"

骑士没龙可屠,刀痒痒。

段伟祺心想,这才休息几天你就不行了?这位宝宝你真不是享福的命啊。

李嘉玉这次找工作其实挺顺利,她挑公司,所以简历投出去的不多,也就三份，但都有回音，让她去面试。加上她要找工作的消息放出去，好几位朋友都想给她推荐，但她一心想去投资公司做项目，不合适的便都推了。

6月，李嘉玉找到了工作。创达资本，业界大公司，以创新、大胆闻名。跟段老爷子偏爱扶持传统业务型企业不一样，创达着力于创新科技、医疗、消费品等领域，对新概念、新业务形态尤其支持。

李嘉玉研究过这家公司投资的企业和项目，对他们的方向把握和果断作风颇为欣赏。在她投简历的三家公司里，她最属意的也是这家。段伟祺认识创达的老板余进，余进比段伟祺整整大了20岁。当初段老爷子在世时，余进曾得到段老爷子的投资支持和点拨，所以两家的关系还不错。创达和富昌也有不少共同投资的项目，彼此都熟悉。

段伟祺对创达的印象不错，也欣赏余进。李嘉玉听了余进的事迹，得出个结论："这人就跟以前的你似的，凭喜好做事。"

"当然不一样。我是觉得有意思才要做，做了之后才去想怎么挣钱。余进是先想怎么挣钱，看到挣钱的希望后就觉得有意思了。"

"那余进是个正常人。"李嘉玉道。

"对。我有钱，真是没为钱发过愁，所以跟一般生意人不一样。"

这么平实诚恳的语气，找不到半点炫耀的痕迹。

李嘉玉觉得聊不下去了。

周五下午3点，李嘉玉要到创达复试。但她一早就接到段珊珊的电话，说她想见她一面，李嘉玉拒绝了。她觉得这跟第二天苏文远的婚礼有关系，而她不想听。

她跟段珊珊没交情，跟苏文远也不算友好。事实上，她收到了苏文远的结婚请柬，想也不想便丢了，说没空去。一来她自己都尴尬，二来她也不想惹段伟祺不痛快。

她感激苏文远当初愿意给她一年的免费授权，让她渡过最困难的那个时期，但之后项目成功给苏文远的"远光"也带来了丰厚利润。李嘉玉自认公事上没欠苏文远什么。而当年苏文远在感情上对她的伤害，她没法忘记。他至今没有诚恳地反省过他的错，让她连带段伟祺去打他的脸都没兴趣。当然，不带段伟祺去凑热闹很大程度上也是为了段珊珊。

他们四个人之间的关系确实有些复杂。这种复杂并不是什么感情纠葛，李嘉玉自认在感情上处理得干净利落，只可惜他们活在现实社会里，现实社会最喜欢这种复杂关系的谈资，她不乐意被人嚼舌根，能避就避。

但段珊珊给她打了三次电话，前面两次还找了理由，最后一次她直接说："我就是想聊聊苏文远的事，有些事，真的没人可以说。"

李嘉玉道:"你不是有心理医生?"

"我对心理医生又没有愧疚。"段珊珊顿了顿,"只这一次,我保证。说完了,我觉得就真的可以放下了。李嘉玉,你就当还我上次通风报信的人情吧。"

李嘉玉想了想,说她考虑一下。

李嘉玉打给了段伟祺。段伟祺听了之后,道:"去听听吧,听大伯说,想送她出国,她不愿意。就当帮帮她吧。"

说到底,段伟祺也还是心疼这个姐姐。李嘉玉便给段珊珊回了电话,约她中午吃饭。约这个时间是因为她下午要面试,正好能有个截止时间,到点便能理直气壮地离开。

李嘉玉许久没见段珊珊了,这次见面有些吃惊。段珊珊模样变了许多,长裙宽衫,纤细柔弱,没了棱角,倒多了几分艺术气息。

她点的餐很少,李嘉玉也不跟她客气,点了许多自己爱吃的。

段珊珊沉默了好一会儿,李嘉玉看表,提醒她自己两点得走。

段珊珊皱起眉头有些暴躁地说:"你让我再酝酿一下。"

李嘉玉放松了,很好呀,这才是段珊珊的语气嘛。

段珊珊酝酿够了,对李嘉玉道:"我欠你一句对不起。"

李嘉玉点点头。

"如果不是我,大概你跟阿祺也不用瞒着结婚的消息,会过得轻松一点。"

"你是为这个对不起?"

段珊珊瞪眼道:"苏文远不遇到我也会遇到别人,不对,他已经遇到了别人,所以你跟他分手,也不是一件坏事。早分早好。"

李嘉玉扬扬眉毛道:"你的三观,也挺新奇的。"不对,她应该早就知道的,毕竟当初她当小四的时候就挺理直气壮的。

"我付出代价了。"段珊珊自嘲道,"什么因种什么果。当初我太得意,自以为是,太飘飘然,所以摔得粉身碎骨,只好重新粘起来。"

李嘉玉皱了皱眉,不说话。

什么因种什么果,可两人一起种下的因,摔得粉身碎骨的却只有女人。苏文远翻身重来,也没有太难。同样的事,对女人太不公平。

"我想告诉你,当初发生了什么。"段珊珊道。

第三十一章
带神奇女侠融入社会

李嘉玉不确定自己到底想不想听。当年的事,她多多少少从段伟祺那里知道了一些,但从当事人嘴里听到又是另外一回事。她承认她是有些好奇,可她很不乐意接收负能量。

段珊珊大概能猜到她的心思,道:"你放心,我不是来找安慰的。我又不傻,要安慰就不找你了。"

她看了李嘉玉一眼说:"有些事情我得说出来,但我想大概没人能明白我想表达什么,可也许你会懂。"

话都说到这份儿上了,李嘉玉只好道:"你说吧。"

段珊珊喝了一口水,缓了缓情绪,说道:"当年的事,你应该知道吧。我和苏文远被拍下来,任明俊拿来当筹码,那人渣给我发了视频片段,又给阿祺发,还给苏文远发。他跟苏文远说,让他杀了阿祺,视频就不公开。跟阿祺说,只要他跟他跪着磕头认错,视频就不公开。而我……"她顿了顿,"我什么都不用做,只能接受他的羞辱。"

李嘉玉皱起眉头,她倒是不知道任明俊居然让苏文远杀段伟祺,还让段伟祺跪下磕头,这些事他们两人一个字都没提过。

"阿祺也没跟我说这些,是任明俊说的。"段珊珊看李嘉玉惊讶的表情,猜她并不知道这里面的细节。

段珊珊继续道:"苏文远当然不敢杀阿祺,他很惊慌地问我怎么办,我就出面把事情了结了。"

段珊珊是怎么了结的,李嘉玉知道。她看了看段珊珊,段珊珊苦涩一笑:"任明俊给我安排的角色,就是等着男人来解救的受害者。他没想到我会最快反应过来,最快做出决定。所以他有些措手不及,还没来得及享受他那变态的快乐,就被他家里收拾了一顿。他当着大家的面把视频删了,签那份协议也是为了确保如果他留了一手,也不能公开。他确实不敢公开了,但他拿来在精神上凌虐我。"

李嘉玉心情沉重,她当时是听说了一些。段伟祺告诉她任明俊给段珊珊打电话、发照片、放录音,说了很多不堪入耳的下流话,虽然没说事情的细节,但她能想象那是多么恶劣和残忍的事。只是毕竟隔着一层,事情也过去很久了,李嘉玉对这些的感觉已经有些淡了。但现在面对段珊珊,面对着当事人,段珊珊没有多说什么,李嘉玉却忽然体会到了她的痛苦。

对他们这些外人来说,事情过去就是过去了,可是对段珊珊来说,这些却是深深刻在心上的伤。难怪她后来病了。李嘉玉觉得,如果换了她,她可能都做不到段珊珊这么坚强。李正辉那种程度的,她都觉得恶心,她不敢想象当时段珊珊遭受的伤害。

"任明俊原来是想拍你的。"段珊珊沉默了一会儿忽然道。李嘉玉一愣,后背一阵发冷。

"但他没有找到机会。"段珊珊道,"阿祺把你保护得挺好。"她自嘲地笑笑,"阿祺曾经责备过我的男女关系,我还跟他吵过。我一直觉得我挺有理的,现在回想起来,如果我不……"

段珊珊发着呆,话停往了。

李嘉玉忙道:"被拍不是你的错,无论你做了什么,被拍这件事不是你的错。是拍的那个人,是任明俊的错。"

段珊珊低头,拿起杯子喝口水:"医生也一直是这么说,但我有时候还是忍不住怨自己。"她放下杯子,"生病以后,我时常埋怨自己,很多事,我特别后悔。有时候会出现幻觉,能回到过去。"

她静静一会儿,忽笑了笑:"哎呀,离题了。不是想跟你说这些的。其实,我是想说,我很后悔的一件事,是他们还没发现我有异样的时候,就是任明俊总骚扰我的时候,我对谁也不敢说,但我找了苏文远。我以为我自己能解决这事,想了一个解决的办法,我问苏文远,我们结婚好吗?"

李嘉玉愣住了,她非常吃惊。这件事她是万万没想到的,她猜段伟祺也不知道。

"我没告诉过任何人,连医生都没告诉。因为出事后,我爸差点要找人把苏文远毁了,我拦住了,我听话去了国外。所以我跟苏文远求婚这事,对谁也没说,我怕我爸真把他杀了。"

李嘉玉忍不住开口:"你……"说了一个字又问不下去了,怕自己伤害她。

段珊珊摇头道:"不是因为爱他。有点复杂,我是说,当时的心情。那时候很害怕,又愤怒,觉得自己勇敢得可以杀掉任明俊,又害怕第二天全网都在看我的不雅视频。我总忍不住去想任明俊说的话,做梦都梦见走在路上每个人都拿着手机对我笑,把自己关在家里还看到家政拿出手机对我笑。"

段珊珊用力咬了咬唇,说道:"所以我忽然想到一个办法,荒谬,但这是我当时混乱的脑子里想到的唯一办法,我想跟苏文远结婚。我觉得跟他结了婚,视频这事就能翻篇似的。我们是夫妻了,夫妻做爱怎么了?不行吗?"

李嘉玉理解她的心情。

"这是我最后悔的事,我怎么会有如此愚蠢的念头。"

李嘉玉不敢问,她猜是不是苏文远拒绝了,不然他们怎么没结婚。

"苏文远连拒绝的勇气都没有。"段珊珊忽然笑出声,那笑容带着苦楚,又似庆幸,"他就在电话里沉默着,一个字都不敢说。我等啊等,听着他沉重的呼吸声,仿佛听到他惊恐的心跳。我等了很久,也许也没那么久,我把电话挂了。"

段珊珊盯着餐桌布上的花纹,拿起了筷子,又放下了。

李嘉玉看着她,忽然明白她为什么这么迫切地需要找人聊一聊了。明天,是苏文远的婚礼。

当初她想用婚礼来解救快溺亡的自己,他连个"不"字都不敢应,如今,他要跟别人结婚了。

李嘉玉忽然也想笑了,太荒谬了,她们这两个前女友,为了一个渣前任坐在一起,说着被他的婚礼惊扰出来的往事。

"后来我病得很重,家里终于发现了,把我送去了医院。我捡回一条命。"段珊珊轻轻地呼吸着,有些小心翼翼地抚了抚桌面,然后长长吸了一口气,再吐出来,"后来我再没有联络过苏文远,也没有见过他。"

但她会在网上偷窥他的动态。李嘉玉这么想,没揭穿。

"他后来,也没联络你吗?"

"打过两次电话,我没接。有时候神志不清了,也不确定是不是他来电话，也不敢接。后来我在医院的时候，有一次我想，如果他打来第三次，我就接，但没有了。"

李嘉玉喝了一口水，她忽然想起苏文远这些年的变化，想起他想跟他们这些往事纠葛里的人了结恩怨，也不知是不是受到这事的影响。她甚至在想，苏文远在这通电话里的静默回应，会不会就是压垮段珊珊的最后一根稻草。

李嘉玉没问，她又喝了一口水，平复了一下心情。

段珊珊道："我就是想跟你说这个，我曾经，跟苏文远求过婚，我很后悔，我居然做过这种事。幸好他没答应，不然真结了婚，怕会闹得天翻地覆吧。生病了可以治，结了婚，不好治啊。"

最后那句话让李嘉玉想笑，但又笑不出来。

段珊珊道："你别告诉阿祺，给我留些脸吧。"

"好。"李嘉玉答应了。

段珊珊看看她说："其实我不爱苏文远。真的，不是那种爱。我跟医生一起分析过我自己，我大概是太要强了，我想证明女的比男的强。这应该是因为我爸妈的缘故。小时候，爷爷偏爱阿祺，去哪儿都带着他，我爸很不服气，但是表面上又不好说，所以他总回家跟我妈埋怨，埋怨她生了个女儿。埋怨着埋怨着，他们就会吵起来。他们还想再生一个，要个弟弟，但一直没成功。我妈怀过，又流掉了，后来她就没再怀上。她可能也有些抑郁吧，总之就跟我爸各种吵，也怨我。我还不太懂事，他们一吵我就害怕，我就哭。所以小时候我特别讨厌阿祺。"

李嘉玉安慰她："就算没你父母那层关系，我猜以段伟祺的个性，小时候一定也挺讨人厌的吧。"

段珊珊笑起来："确实，他是真的烦人。我小时候不只讨厌他，还讨厌所有男生。我也挺坏的，常告状，有时候为了能告状，还冤枉他们，各种使坏。我跟他们打架、恶作剧，把他们欺负了，我特别高兴。所以蓝耀阳他们到现在还怕我。那时候我就告诉自己，做女生真好啊，他们敢碰我一根指头，我就可以大哭说他们打女生，然后大人们就会打他们。如果我打了他们，大人们就会说，珊珊是女孩子，你们男孩子让着点。"

段珊珊想起往事，又笑了笑："做女生真好啊。后来我长大了，就觉得自己特别了不起，我有钱，我漂亮，我要什么有什么。心理医生说，我自卑，我都不敢相信，我居然会自卑。但后来我明白了，我真的自卑。"

李嘉玉很意外。

"我喜欢比我年轻的男孩子，性格比较软，需要我、崇拜我。"

李嘉玉懂了，就像苏文远。

"就像苏文远。我解救他于不公的环境,我挥一挥手,他就青蛙变王子。他长得帅,又有才华,我是他的英雄,我喜欢这样。但是结婚,我想都没想过。玩玩而已,怎么可能结婚,门不当户不对的。我知道他有女朋友,我还见过你,那时候我不喜欢你,我觉得你跟我挺像的。就是那种张扬,挺像的。"

"那你真是感觉错了,一点都不像。"李嘉玉不接受这种看法。

"确实不像。我后来知道了,确实不像,我的张扬是虚张声势,你的却是真的。"段珊珊苦笑,"出事之后,我这种基于性别的自卑就爆发出来了。医生说得对,他引导我认识了我自己。我从前,其实不知不觉,一直在模仿男人们,他们花天酒地,对感情不负责任,小美女换了一个又一个,我就也要这样。我要做给他们看,女人也一样,也可以这样对待他们。社会不谴责他们,当然也不可以谴责我。所以阿祺指责我的时候,我反应特别大。我并没有接纳我自己,我把自己放在自己的对立面来证明我自己。我的快乐不是真的,我的爱情,也不是真的。"段珊珊耸耸肩,"挺可笑的吧。"

"还行吧。"李嘉玉为段珊珊不值,她很介意苏文远面对段珊珊求婚时的态度。那时候的段珊珊,该多绝望。虽然求婚不是好主意,但两个人应该一起承担才对。

段珊珊笑笑:"后来我听了医生的建议,重新认识了自己。我不必用这么蹩脚的方式来证明我的价值,我不必像男人一样,也不必做他们的主宰,不是英雄也没关系,不那么坚强也无妨。"

"你能走出来,挺好的。"李嘉玉真心地说。

"努力吧。我爸想让我回美国去,我不想再去了。"段珊珊托着下巴说,"不想逃了。我已经重新开始了,总不能为了过去的事把自己囚禁一辈子。明明每个人都过得不错,没理由我不行。李嘉玉,你会理解吧?两个当事人,没理由男的就没事了,女的还躲起来想象着别人的眼光。"

"我能理解。"李嘉玉道,"我懂你的意思。"

再要强的灵魂,也需要被平等对待。这不是一个公平的环境,所以不能低头。

"他结婚了,挺好的。我觉得就像一个仪式,了断的仪式。我终于可以不再关注他的消息,可以跟过去的我,正式地说个再见。其实我过得一直算不上好,我觉得他亏欠我,最起码欠我一个'不'字,但我憋着不能说,不想再跟他联络,也不知道还能跟谁说。现在说出来了,真的舒服多了。"

"吃饭吧。吃饱了更舒服。"李嘉玉道。

段珊珊终于开始吃东西。过了一会儿,她忽然问:"李嘉玉,他结婚,你什么感觉啊?"

"关我什么事？"

"什么？"

李嘉玉道："他结婚，关我什么事？"

"对啊。"段珊珊咬了咬筷子，"关我什么事。"

段珊珊不再说话，低头认真吃饭。李嘉玉看了看她，她觉得段珊珊离真正走出来，还有一段距离。

结束与段珊珊的午餐，李嘉玉开车去创达复试。停好了车，她还在想段珊珊的话，其实她自己，又哪里有表现出来的这么潇洒，她忍不住给苏文远拨了个电话。

苏文远接了，他问她："你改主意了吗？愿意来我的婚礼吗？"

"不是。苏文远，我不去。"

"真遗憾。"

"苏文远，你为什么要邀请我？"

"李嘉玉，我不是说过，过去的事就过去了。我们在公事上合作也算愉快，就此翻篇不好吗？"

"翻不过去，苏文远。你对我的伤害，我还记得。就算事情过去很久了，我也还记得。我不想假装释怀了。你帮助我，我感谢你，但我没占你便宜。我感觉不到你对过去的愧疚，你没有诚恳反省过自己，是吗？你没有认真地跟我说过抱歉，没有检讨过自己犯过的错。然后你还要用这种施恩的态度，告诉我翻篇了。"

苏文远沉默片刻，问她："那你打这个电话什么意思呢？"

"你邀请段珊珊了吗？"

这次苏文远沉默的时间久了一点："她不会来的。"

李嘉玉心想，那凭什么觉得她就会去？她道："你是不是也欠她一个道歉呢，苏文远，哪有这么容易翻篇的？我这篇你翻过去了，她呢？你用婚姻弥补文铃，用事业弥补我，是吗？你是想求个心安，是吗？"

苏文远没说话。

李嘉玉叹气，算了，真的没什么好说的，翻篇就翻篇吧。她道："你好好对文铃吧。祝福你，苏文远。别再犯错了。"

明明每个人都过得不错，没理由我不行。

李嘉玉想起段珊珊，真的有些难过。

李嘉玉走进创达时心情已经平复，她向前台说明身份和来意，便被安排在小会客室稍等。

趁着这个时间空当，李嘉玉给段伟祺发微信，告诉他自己已经在创达了，跟他姐姐的午餐挺和谐的，没什么问题。段珊珊看起来也挺不错，应该不会出国，精神状态挺好，她还提到想开画展，正在积极做准备。

等了一会儿，段伟祺回复了。他问李嘉玉开始面试了没有，让她面试完了到富昌来找他。他听说有家新开的酒店特邀三星米其林大厨主理西餐厅餐点，想带她去试试看。

"好呀。"李嘉玉很高兴。

"你直接过来就行，我帮你买了新的小礼服，到这里换就好。"

"什么礼服呀？你的审美不行。上次那件我不喜欢，显得我的腿好粗。"

"腿粗是长的就这样，关衣服什么事呢？"

李嘉玉不再回复他。

段伟祺迅速又发来一条："所以既然你的腿笔直纤细，那肯定穿什么都漂亮。"

李嘉玉发了一个"气得脑袋弹出一堆爆米花"的表情图："来不及了。"

"什么来不及，我话还没说完，你不要打断人家。"

"你就继续鬼扯吧。"

"说的都是真心话，那件礼服很漂亮，我老婆的腿也很漂亮，就这样！"

李嘉玉发了个"呵呵"的表情。

段伟祺再接再厉继续补救："怎么能嫌弃我的审美呢？我的审美那是万无一失，什么贵买什么，绝对不会买错。我的眼光也棒棒的，运气特别好，在人群之中挑中我老婆，无价之宝。"

李嘉玉飞快地回："拍马屁也不管用了。"

段伟祺问她："那三星米其林吃不吃？"

"吃。"

段伟祺就笑了，继续给她发消息："我去开个小会，然后就没什么大事了，会一直在办公室。你直接上来。"

"好的。"李嘉玉笑了笑，将手机屏幕按灭了。

李嘉玉又坐了一会儿，看了看表，她已经等了13分钟。从她坐的位置往会客室的玻璃墙外头看，能看到偶有人经过，但约她来的人事总监和应该来面试的投资部副总一直不见踪影。李嘉玉心里暗暗给这公司扣了点分数，别看业绩风光，办事细节不太周到啊。

李嘉玉干脆拿手机出来刷购物网站，给新家挑些家具、小玩意儿什么的，刷了一会儿，10分钟又过去了。她把手机丢进包里，出去找了前台，让前台联络一下人事总监，看看是什么情况。

前台拨了电话,跟人事总监倪颖说了两句,然后把电话递给了李嘉玉。

李嘉玉接了,倪颖很不好意思地说她现在开个小会,马上就过去,让李嘉玉再等她几分钟,李嘉玉应了。她挂了电话后,跟前台姑娘说她想去一趟洗手间,问洗手间的位置。前台姑娘给她指了方向,她就过去了。

在洗手间打理了一下自己,又补了补妆,听到手机微信响,她拿起一看,是段伟祺,他已经开完了他的那个小会,问李嘉玉面试完没有。

李嘉玉便给他回:"还没见着人呢。人事总监和副总都没过来。"

"不是约的3点?"

"对。我问了,人事总监说在开会。"

段伟祺皱了眉头,约了人面试,自己跑去开会,就把人晾那儿?

李嘉玉这时发过来消息:"这么大公司,做到人事总监这位置不至于这么不靠谱,我见过她,谈吐挺有修养的一个人,我猜大概会有什么变故。我再等等,看他们怎么说。"

段伟祺看了这话更不高兴了。李嘉玉应聘的职位是投资经理,主要工作就是寻找、筛选项目,需要做尽职调查和写报告,收集资料,分析数据,判断市场前景,然后根据公司的情况,看是否适合投资。完成投资之后,投资经理还需要承担项目的投后管理工作,尽可能地帮助投后企业解决问题,实现营利,确保投资收益。

这不是什么太高层的职位,投资经理上面还有投资总监、合伙人、总裁,等等。若是到富昌,段伟祺会让李嘉玉直接做投资总监,倒不是他偏心,而是他太了解她的能力。她不但有在咨询公司运作项目的经验,还有成功创业的经历,她对公司管理的各个层面都有认识,也有跟投资公司打交道的丰富经验,这些都对成为一个优秀的投资人大有助益。放到哪家公司,这份履历都是很漂亮的。她专业知识过硬,业务上手快,交际能力强,人脉和资源这些也都是他很容易能帮她解决的事,其他的,她自己就能做好。

段伟祺觉得李嘉玉可以更多地承担决策和管理的工作,站在大局的高度去处理业务,而不是花时间在调查和文书这些基础的烦琐事务里。但她跑到外头求职,重新开始,起步做个投资经理已经不错,只能在工作中慢慢体现自己的价值。

段伟祺觉得屈才了。但现实就是这样,李嘉玉自己也愿意,他也就不多说什么。她在创达面试时,人事总监对她非常满意,都没让她回去等消息,直接定了复试时间,说见见他们副总。李嘉玉自己觉得胜算应该挺大的,结果现在这样被别人晾着,段伟祺心里很不痛快。

段伟祺点开手机的通讯录,在里面搜余进的号码。

李嘉玉这边给段伟祺发消息说她先回去等等,一会儿完事了就去富昌。她一边低头按手机,一边往洗手间门外走,一时没留心,走错了方向。等她收起手机一看,反应过来,发现自己绕到办公区的另一边了。她不好意思乱闯,忙转身掉头回去,却看见人事总监倪颖和一个中年男子在一个开着门的小会议室里说话。

李嘉玉正要走开,却听到了自己的名字。

"刘总,我觉得李嘉玉是这几位应聘者中最优秀的,要不你还是再见一见吧?"

李嘉玉下意识地看小会议室一眼,那位刘总和倪颖都没注意外头,倪颖的面前摆着一份像是简历的文件,她看见上面有照片。在他们对面的位置上,有一个杯子,但是没有人。看那架势,他们刚刚面试完一个人。

那位刘总道:"不用见了,我不是说了吗,女的不合适。已婚,28岁了,还没生育,那就是说她入职后随时可能怀孕休产假,工作还做不做了?浪费公司资源。就刚才那个陈浩吧。"

倪颖道:"陈浩的薪资要求太高了。"

刘总道:"那你再去沟通一下。"

倪颖还想努力劝说:"刘总,李嘉玉各方面真的挺优秀的,外形也好,谈吐大方,经验和专业都很好,薪资谈得也合适。我觉得你见见她再做决定……"

她说到这儿,发现刘茂在往外看。她顺着视线看出去,顿时一愣。

李嘉玉被逮个正着,只得对倪颖点点头打招呼:"我上洗手间,走错方向了,正打算回会客室。"

倪颖有些尴尬地拨了拨头发,对刘茂道:"刘总,这位是李嘉玉。"

刘茂表情很不好看,硬声硬气道:"倪总有事忙,就去吧。"言下之意很明显了。

倪颖没办法,只得收拾了东西,起身对李嘉玉道:"我跟你一起过去吧。"

"好的。"李嘉玉看了刘茂一眼,跟着倪颖走了。

倪颖领着李嘉玉往会客室的方向走,走到会客室门口,道:"真是不好意思,挺尴尬的。"

"没关系。谢谢你。"李嘉玉感谢她为自己说话。

倪颖叹了口气。

李嘉玉看了看会客室,道:"我们不必再回会客室面试了,对吧?"

倪颖道:"真是抱歉。我只约了你一个,你是首选,如果复试没过,再约别人。但刘总突然自己约了人过来，让我过去见见，我以为很快就结束，但聊得有些久，耽误你的时间了。"那位陈浩太能吹了，长篇大论，跟刘茂聊了很长时间。倪颖觉得这人并没有李嘉玉踏实，但刘茂喜欢。

李嘉玉道："现在想起来，贵公司的高管里，还真是少有女性。"她研究过创达，之前倒是没注意这点。

倪颖想了想，点点头道："我们这儿工作压力挺大的。"

李嘉玉笑笑道："我认识不少女性投资人，都挺优秀的。"

倪颖更不好意思了："每个公司氛围不一样，我也想多挖掘一些女性人才给公司。"

李嘉玉道："看得出来，多谢你了。"

"今天真是抱歉。"倪颖道，"要不这样，如果你需要，我可以帮你推荐到别的公司去。"

李嘉玉正要说什么，一个50岁左右、西装革履的男子走了过来。倪颖见了，忙打招呼："余总。"

余进看了看李嘉玉，笑问："李嘉玉？"

"是我。"

余进的笑容更亲切了，他向李嘉玉伸出手说："你好，我是余进。"

李嘉玉忙伸手与他一握："余总你好，久仰大名。"这人比网站的照片上看着年轻些。

余进转向倪颖问："面试完了吧？"

"呃……"倪颖惊疑不定，不知道大老板突然冒出来是什么意思，忙点点头。

余进便向李嘉玉客客气气道："欢迎你加入我们公司。"

正路过这边准备回办公室的刘茂也愣住了。

余进又问："什么时候来上班？"

李嘉玉看看倪颖，倪颖看看刘茂。刘茂看了看李嘉玉，再看看余进，然后又看看李嘉玉。

余进没管他们的反应，道："没定时间吗？看你方便吧。"

倪颖觉得这里面肯定有什么事，但余总不知道刚才尴尬的情形，现在弄得更尴尬了。她忙圆场："入职的事，我跟李嘉玉再协商一下。"

李嘉玉却笑起来，道："谢谢余总。很高兴能成为创达的一员。我还需要一点时间安排些家里的杂事，我下下周的周一上班。"她看了看手机，"26号，您看可以吗？"

"可以。欢迎你。"余进哈哈笑道，捡到宝似的。

刘茂根本没弄明白怎么回事,在一旁脸色一阵青一阵白,很不好看。

李嘉玉大大方方道:"很期待加入创达,希望能给创达带来些新风气。"

她明明没看刘茂,也没提到他,他却觉得噎得不行。

"好的,好的。"余进应声。

倪颖心想,这事真是魔幻了。

李嘉玉出了创达,给段伟祺发微信,说她现在过去找他。

想着马上见面了,李嘉玉就没多说什么,开了车,奔着富昌去。

富昌大堂前台认得李嘉玉,与她微笑打招呼。李嘉玉拿着段伟祺给的电梯卡直接刷上了30层。一路畅通无阻,到了段伟祺办公室,却见他正在讲电话。

李嘉玉便到沙发那儿等着。

段伟祺很忙碌,电话一个接一个,他还出去了一趟,到隔壁办公室找人商量了些事。李嘉玉吃好点心喝好茶,上网研究招投项目。

段伟祺回来,去沙发那儿看她,看到她手机屏幕上的内容便笑:"这么快就要开始找项目了?今天面试怎么样?"

"余总没给你打电话?"李嘉玉喂他吃一块蛋糕。

"打了,他就说见到你了,谈得不错,你挺开心能入职。还说你下下周一去上班。"

"嗯。"李嘉玉好笑地看他,"说得挺详细的呀。你做了什么?"

"没做什么,我就是打了个电话,说我老婆去他那里求个职,想练练手,干干投资经理的活儿,现在正复试呢。"段伟祺这会儿空了,挤在李嘉玉身边坐下。

"然后他就很客气地过来认个脸,打个招呼。"李嘉玉道。

"是吧?"段伟祺笑笑。事实上余进很惊讶地问他:"啊,什么时候的事,怎么没提前说一声,那还面试什么?"

段伟祺便趁机道:"那怎么好意思,交情归交情,工作是工作。她很认真的,不想走后门。我想让她来富昌,她还不乐意呢。我就是知道她现在在你们创达复试,跟你打声招呼,别回头你发现她跟我是夫妻关系,埋怨我没告诉。"

余进何等通透,一点就明了。段伟祺太太想在投资圈谋份工作,哪里需要这么大费周折地投简历一关关面试。既然是走了普通流程来求职,那又怎么会在复试的时间里突然给他打电话打什么招呼,肯定是出什么问题了。

于是余进接了这事,道:"我正好在公司,过去认识认识。你小子结婚这么大的事怎么一点风没透?"

段伟祺笑道:"透着呢,但大家都当耳旁风,吹过去没留痕迹。"

余进哈哈大笑,只当他说笑委婉躲避,也就没多问。过不久,余进又给段伟祺打电话,说他见着李嘉玉了,正好遇到她面试完准备离开。他夸赞了一番李嘉玉漂亮能干,大方有气质,又说找个时间约上段伟祺父母,两家一起出来吃个饭云云,喜糖要补上,段伟祺应了。

现在段伟祺问起李嘉玉面试时的具体情形,李嘉玉便跟他仔细说了。段伟祺听完黑了脸:"可去他的吧,这性别歧视也过了吧,他怎么不开间庙呢?菩萨还有女的呢。不去那儿上班!什么好地方没有呀,找你的公司这么多,再挑一家。"

"干吗不去。"李嘉玉扬下巴,"哪儿哪儿都是好地方,这地方有脑残,想教育一下他们。"

"你的大刀又痒痒了?"

"不是。"李嘉玉靠在他的肩膀上说,"原先是觉得生气,想着我这么优秀,去哪里不行,还要让这种油腻男鸡蛋里挑骨头。但后来余总一来,直接问我上不上班,我就开心了。老娘后台这么硬,不跟他正面杠,对不起我老公卖的脸。"

"哎哟,这么威风。"段伟祺捏捏她的脸蛋,心里很高兴。能让她依靠,他的男性虚荣心顿时膨胀。她轻易不用他的资源,不想他欠人情,现在能让她因为他的支持而得意一把,他甚满意。

"不威风。"李嘉玉叹气,"挺无奈的。段总啊,这就是现实,母婴室也好,职场里的性别歧视也好,我年纪越大,看得越多,越努力,就越能明白这里头的不公平。但这不公平就是存在,无法消除。我想起贺姐,她这么优秀,老板这么赏识,也因为怀孕而曾经错失机会。但从生意人的角度,我也能理解为什么这样。我做母婴室,见过太多妈妈,很多人其实也挺坦然的,她们说有得必有失,得到子女,享受到做母亲的快乐,失去一些,她们觉得可以承受。还有位妈妈跟我说,就当是花了一年时间去进修了一趟,给自己充了电,然后再继续往前走。去读书充电的拿到一份证书,宝妈们是生娃充电,收获一个宝贝,比证书强。"

段伟祺扬扬眉头道:"这妈妈的想法倒有趣。"

"是啊,可不是每个人都这么想的,也不是每家公司都乐意让员工去充个电啊。"李嘉玉道,"更重要的是,这种不公平,不能靠宝妈们的自我安慰来解决呀。所以我觉得女人一定要有底气,要有知识,要有钱,要安排好自己的人生,不能退让,真的。要从男性手里争取到相应的社会资源,要有越来越多的成就,要提高自身的社会地位。与其等男人们自行觉醒,不如动手把他们打醒。"

段伟祺被她最后那句话逗笑："别打我，我是醒着的。"

李嘉玉拍他一下，道："今天真的生气。我还是第一次听到因为我是已婚适合生育的年纪，所以不录用我这个理由，哼！所以既然有人给我撑腰，那我还客气什么，光是赖在那里看那个刘总被打脸的样子就很爽了。"

"那姓刘的我应该见过。对不上号，但见到人我肯定就知道了。"段伟祺道，"你也不要小看他。余进这人虽然说话和气，但其实挺有手腕，他可不养闲人，也是利益至上的。你看创达的投资风格就知道了。所以姓刘的能坐到那个位置肯定有两把刷子，是有本事的。"

李嘉玉点点头，问道："余总也是个厉害人物吧，特别圆滑。"

段伟祺笑了："你还看出他圆滑来了。"

"对。他跟我那三言两语，既没揭穿尴尬局面，又给下属留足了面子，没摆老板威风，给所有人都留了余地，却也把事情定了。"李嘉玉把当时的情形仔细跟段伟祺说了，然后道，"他怎么可能不知道出问题，那人事总监尴尬的表情都是加大加粗的，但他就当没看见，表演得相当逼真，也是厉害了。"

"所以我说了，你别以为你后台硬，你的长刀悠着点使。创达能有今天的业绩，那里面一个个都是牛人。"

李嘉玉点头，她也是这么想的，所以她更想去了。

"不过也没关系，耍大刀耍坏了，你就回富昌来。谁让你老公也厉害呢，随时收留你。"

李嘉玉给他个白眼。

当晚，李嘉玉兴高采烈地跟段伟祺去吃饭。她认真打扮过，艳光四射，在餐厅里收获不少目光。

李嘉玉一晚上的话题都围着创达打转，段伟祺就告诉她创达在业界的许多事迹，还有余进其人其事，又指点她许多投资业界的技巧、规则，等等。李嘉玉听得津津有味，连连点头。

第二天周六，李嘉玉与段伟祺睡了个大懒觉，原本想着无所事事在家里腻一天，结果段珊珊打来电话，非要约李嘉玉一起去逛画展。

李嘉玉并不太想去，找了个借口，说今天要跟段伟祺布置新居。但段珊珊又打给段伟祺。

段伟祺举着电话给李嘉玉看来电人的名字，李嘉玉把脑袋埋进枕头里："你姐不会就这样赖上我了吧？"她突然想起今天是苏文远婚礼，想到段珊珊的话，又觉得有些心软。

"要不我们一起去？这样你帮我挡挡，我们想开溜的时候也容易。"

"我姐打死都不会跟我逛画展的。"段伟祺说着，接通了电话。

李嘉玉叹气，把自己埋在被子里说："行吧，我跟她去。"

段伟祺在电话里与段珊珊一通互损后，用很勉强的语气答应放弃布置新居，把老婆放出来陪她逛街，然后道："条件是今天我老婆看中的所有东西，你都要替她买单。"

段珊珊在电话里的咆哮，李嘉玉隔着段距离都能听到："你到底是怎么有脸说出这话的！"

"一家人有什么不好意思的。"段伟祺笑着应，对李嘉玉眨了眨眼睛。

李嘉玉振作地一拍床，爬起来了："很好，有人买单，我起床了。"

段伟祺挂了电话，跟进洗手间，问正在刷牙的李嘉玉："你准备让她帮你买什么？"

"保养品什么的吧。"李嘉玉也不是太认真。

段伟祺哼着："真是出息了。"

李嘉玉不理他。

段伟祺给她建议："要不买辆车吧，我把牌子型号给你。"

李嘉玉作势要用毛巾砸他，段伟祺哈哈笑着跑掉了。

一会儿李嘉玉把自己打理好了，出来问他："要不我也挑几幅画？正好新房那边墙面还空着。不过我对画不是太在行，怕挑错了。"

"这简单啊。你跟着我姐挑。她对画对艺术品挺狂热的。我收藏车，她收藏画。她有两幢房子专门用来放画。"

李嘉玉想了想问："你70岁的时候，是在她的画展旁边开车展吗？"

段伟祺笑："她不是今年年底就要开了吗？"

"那我到底要不要买画啊，该不该等年底的时候给你姐的画展捧场时再买？"

"别啊。我姐的画能值几个钱，还是买正经画家的。"

"那我更不会挑了。"

"都说了你跟着我姐挑。她喜欢哪幅，你就买下来。"

"你姐喜欢的，她自己不买？"

"所以你要眼疾手快，在她还没来得及买之前，你先买下来。你注意她的眼神，她盯着哪幅画两眼发光，你就买。我试过了，万无一失，每幅都挣了不少钱。"

李嘉玉惊奇了："你姐这么有眼光？"

"不是，是我方法得当。把画放一段时间，然后加个价再卖给她，她虽然气得半死,但她准买。"

李嘉玉觉得段伟祺能活这么大真是太幸运了。

李嘉玉陪段珊珊去画展了,但最后她一幅画都没买成。因为段珊珊对哪幅画都没两眼发光,她甚至总有些走神。

李嘉玉也猜到是什么原因。她没问,也没挑这话题。两个人最后还是去了商场,买了衣服和保养品。李嘉玉没让段珊珊出钱,她刷的段伟祺的卡。

于是段珊珊请李嘉玉吃下午茶,又把段伟祺叫出来一起吃晚饭。她说感谢李嘉玉陪了她一天。

"我就知道有你在就一定行。你在旁边的时候,我就能忍住不去刷微博看他的消息。今天这一天,完美过去。真的过去了,我好开心。"段珊珊看起来真的挺高兴。

一起吃晚饭的时候,她很有精神地跟段伟祺吵了一顿饭的时间。两人从小时候的账一直算到现在。后来段珊珊又把蓝耀阳他们还有她自己的朋友叫了出来,大家一直玩到深夜。

李嘉玉看着段珊珊的笑容,也替她感到高兴。

人总会犯错,重要的是能认错,能重新开始。

时间很快过去,李嘉玉花了一周很有效率地处理新房装修的事,然后周一去创达上班。

创达有三个投资部,李嘉玉被分到了一部。也许是她入职的过程走漏了风声,大家对她还挺好奇的。几个女职员迅速与李嘉玉建立了友谊,午休时间大家凑一起吃饭、聊天。

有人问李嘉玉为什么创业都成功了还跑来做什么投资经理:"投资分析可不好干,累死。你好好的李总不当,干吗来这儿做小李啊?"

李嘉玉被同事这话逗得哈哈大笑:"我就喜欢从小李升到李总这个过程。"

其他人也笑,觉得李嘉玉好大的口气。夸下海口但语气让人这么舒服,也是本事了。

李嘉玉又说:"就是因为创业过,所以知道创业不容易。手上有钱了,想扎扎实实地做些事情出来。先学习学习,锻炼一下眼光。创达的投资风格我很喜欢,就来求职了。"

"你有多少钱啊?"有人抓到的重点就是不一样,李嘉玉随口一说的话被揪了出来。

李嘉玉大方笑笑:"还挺多的。"

她的语气很是俏皮,逗得大家都笑。

有同事拍李嘉玉的肩,赞道:"未来的李总你可以的,你这风格我喜欢,我终于知道为什么老刘会被你噎成便秘脸了。扬眉吐气就靠你了。"

　　李嘉玉在创达的工作上手很快。咨询公司和创业的经验让她没感到什么难度便进入了状态。

　　创达正如段伟祺说的，牛人很多。余进是个很有想法很有魄力的投资人，眼光独到，行事果断。下头各部各组做事也是一样，雷厉风行，激情张扬。整个创达气氛紧张，节奏飞快，当然，竞争与压力也是很大的。

　　李嘉玉所在的投资一部总监叫肖兵，是位40岁的男子。他是余进带进来的人，当初与刘茂竞争失败，刘茂升职，他仍是总监，但他也不介意，安安乐乐继续做事。他是三个部里头脾气最好的总监。

　　李嘉玉有些明白为什么余进把她安排在一部了。

　　刘茂是主管投资的副总，按公司管理架构，投资三个部都归他管。二部、三部的总监都是刘茂带起来的人，也是与他差不多的行事风格，只有一部的肖兵虽是和气，但并不看他脸色行事。

　　李嘉玉上班的第一周就已经摸清楚了公司的派系圈子，果然哪儿哪儿都有斗争。

　　创达的工作节奏快，讲究效率，考核也严格。肖兵得了余进的嘱咐，要特别照顾一下李嘉玉，原想着睁一只眼闭一只眼，对她的工作没什么要求，没料到李嘉玉自己对自己要求挺高，每周的工作报告那叫一个丰富，一点没敷衍。

　　开会的时候讲的内容多、语速快，肖兵担心李嘉玉跟不上，会有情绪，想在会上打打圆场控制一下，但李嘉玉在会上主动提问题、给建议，毫不怯场，融入得飞快。肖兵便觉得自己瞎操心了。

　　李嘉玉复试那天，余进与段伟祺说改天两家人一起吃饭，虽是客套话，但李嘉玉既是在创达工作了，出于礼数，段伟祺还是特意安排了饭局，叫上了父母，请余进及其夫人一起吃顿饭。

　　这么巧，那天段延孝、徐春云和段珊珊也在。原来是段珊珊弄了个公益项目，叫"彩色童年"，组织志愿者免费教贫困家庭的孩子画画，挑选优秀画作拍卖，贴补这些困难家庭的家用。段珊珊认为不应让贫困限制了孩子发现美、创造美的能力，艺术是每个孩子的天赋，艺术能给他们的童年带来快乐，并对眼界拓展、人格养成有重要作用。如果孩子们对艺术有兴趣，那么他们就去帮助孩子们启蒙。

　　段延孝和徐春云看女儿振作起来有了想做的事，自然高兴，于是带女儿出来吃饭，庆祝庆祝。

　　段延孝一家与段伟祺他们正好撞见，他们与余进也是熟人，便凑成一桌一起吃饭。段珊珊抓住机会向在座各位推荐自己的项目，请各位大佬资助一把。

余进与段珊珊开玩笑："要拉投资呀，那必须公事公办了。正好，嘉玉是我们创达的人了，让她跟你对接洽商吧。"

"余总说笑呢。"李嘉玉忙摆手道，"我这小兵弄一公益项目，光出不进的，我的业绩考核怎么办？"她转向段珊珊，"作为这桌上最穷的人，我代表我自己，把我在积木的分红全部捐给你。"

"爽快。"段珊珊举杯，与李嘉玉碰了一下。

段伟祺叫道："哎哟，好大方啊，积木的分红那可是我家这位的大部分财产了，剩下就靠余总发点工资，够不够你买面膜呀？"

李嘉玉佯作怒瞪他，用胳膊肘撞他一下。

段伟祺又叫："别家暴啊，不然油钱都不给你出，让你走着上班。"

众人大笑。李嘉玉嘟嘴装生气，段伟祺笑着给她夹菜："来，多吃点，这样才有力气走远路。"

一桌人谈笑风生，其乐融融。

段伟祺拉着李嘉玉下舞池跳舞，跳着跳着不知道说了什么，惹得李嘉玉踩他的脚，他哈哈大笑，拉着她继续跳。余进的夫人看着这对璧人，好奇地问："怎么小段总结婚，都没发婚讯呀？"

段珊珊低头吃饭，看着舞池，装没听见。

段延富答道："他们直接去领的证，婚礼择期再办。"

段延孝插话道："年轻人毛毛躁躁的，做事着急，也不跟家里商量。这不正好遇到家里一连串的事发生，富昌又接二连三出些小状况，他们这么一弄，婚讯公开就得往后延延了。"

邱丽珍听着不舒服，又不是你儿子，你抢什么话。但她也不好再说什么，说多了倒显得心虚了。

余进在一旁看了众人反应，心里有些明白，便用脚碰了碰妻子，示意她别多话，然后他起了个话题，把话岔开了。事后余进跟老婆解释了一句："李嘉玉的前男友，就是跟段珊珊闹出丑闻的那个。"

这事，还是刘茂上网去查李嘉玉查出来的。刘茂不明白余进为什么对李嘉玉有这样的态度，余进留了个心眼，怕泄露段家的什么事，便只说段伟祺特意打了招呼。没想到刘茂竟然想起了这事，一查，还真是。段家姐弟与李嘉玉那一对，纠葛还挺精彩。这下子余进更不好说得太明白，便没再吱声。

李嘉玉在创达上班感觉还不错，学到不少东西。因为这次工作的心态与从前不一样，她的节奏便没那么紧，不太着急。她从容地吸取着知识，学习同事们的经验，积极地寻找着合适的项目。手头没有太紧急的工作，她也就不怎么加班。她还得顾着新居装修的事，以及方勤和李铁的婚礼筹备事宜。

方勤与李铁的婚礼要用两个主题，一个是方勤的公主梦，一个是李铁的漫画英雄梦。整个婚礼的设计基调是李铁亲自定的，他利用周末时间与方勤过来，拿着设计图到婚庆公司开会，然后后期再由李嘉玉帮他们跟进。

李嘉玉就一直忙忙碌碌，一有空便帮他们张罗。她自己的新居布置，她都没这么上心。

这天李嘉玉与段伟祺到商场逛，打算给方勤他们挑挑结婚礼物。没想好要买什么，于是一家店一家店随便逛，结婚礼物没买上，自己的东西倒是买了不少，名牌纸袋拎了好几个。

李嘉玉要吃冰激凌，拉着段伟祺去买。

段伟祺看着前面是表店，便说一会儿去表店看看。

"要给我买表吗？我要贵的，钻石大颗一点，价格高一点，会升值的那种。"李嘉玉故意这么说，为段伟祺刚才说不给她钱买面膜那事跟他算账。

段伟祺"啧"了一声，板脸道："你说你这女人怎么这么贪财这么虚荣呢？"

"你爱不爱我？"李嘉玉演泼妇，"爱我就给我买。"

"你现在怎么这样，以前多乖巧。"段伟祺一脸恨铁不成钢。

"还要买包包。"

"你以前对物质没这么高的要求。"

"再买几串珠宝。"

"怎么珠宝论串的？羊肉味的吗？"他被瞪了，一脸无奈，"行，行，给你买。你这么漂亮，要什么买什么。"

卖冰激凌的小姑娘全程听着，脸上的表情忍得很辛苦，递冰激凌过来的时候，忍不住多看了李嘉玉两眼。那眼神，太直白了。

李嘉玉好笑地拿上冰激凌，与段伟祺走开了，边走边说："刚才那女生，用看拜金女的眼神看我。"

"你不是吗？"段伟祺咬一口她手上的冰激凌，"幸好我有钱。"

"是，是，就爱你的钱。"

两个人说说笑笑两三口啃干净冰激凌，把包装纸扔进垃圾桶，擦干净手，走进了手表店。李嘉玉完全没注意到，旁边的咖啡座上，坐着刘茂。

刘茂的心理活动颇精彩，他是没料到会撞见这一幕。这位李嘉玉真是可以的，真有手段啊，已婚还敢这么玩。

隔天李嘉玉去上班，在公司里遇见了刘茂。刘茂打量了她几眼，李嘉玉不明白他什么意思，坦然回视过去。刘茂只是笑笑，走开了。

李嘉玉耸耸肩，觉得刘茂这人还挺记仇的。她上班这段日子，他还没给过她好脸。不过她也无所谓，她又不是来看他脸色上班的。

李嘉玉近期找了几个项目，听了两场创业项目路演，觉得还挺有兴趣的。为免白做工，她大致整理了资料，先跟肖兵请教了一番。肖兵与她仔细讨论，委婉地让她再考虑考虑。

李嘉玉想了想，没想明白，便又去问肖兵。正好余进过来找肖兵交代事情，听到了，便问了问，看了李嘉玉的资料，听取她的意向，笑了笑，道："嘉玉，你思维严谨，很有逻辑，理论知识和市场敏感度都有，但你有一个问题。"

李嘉玉点点头，认真听。

"你太理想化了。"

李嘉玉不太明白。

余进便又道："我研究过你的项目，母婴室那个，这样的项目，我不会投。第一，这是个必须依靠政府资源才能做起来的项目，变数太大；第二，这是个需要调动太多资源才能撑起来的项目，太费劲；第三，用户基数小，营利模式不明朗。一看这项目，就是理想型。理想型是这样的，很多人只看到美好，没看到艰难。其实我很惊讶你做起来了，了不起，但不是每个人都像你这样有资源。你太顺利了，所以你低估了这里头的难度。"

李嘉玉张了张嘴，想说她做那项目时并不顺利，她们也是一次又一次地失败后总结问题、变换方法才最终办到的。

余进摆了摆手，道："我知道这过程里肯定也遇到不少麻烦，但你没有真正尝过失败的滋味。不是每个人身后都有小段总，不是每家公司有钱就能请到连旭。蓝少替你站台，Blue旗下多少艺人为你转微博，多少明星和大V一起凑热闹，生怕落人口实，被指责不热爱公益，多少品牌奔着连旭和蓝少的脸去？你简直扯动了最大规模的营销网。这是不可复制的。现在角色变换过来，你得明白，这些项目不是你在做了，投资人不是慈善家，如果你碰到另一个李嘉玉，你不能投她。不能用小段总的思路去做项目。"

他看了看李嘉玉的表情，见她听了进去，在思索，便道："人的精力和时间都是有限的，钱也是有限的，你要找到最高效的事情去做，而不是最想做的事情。如果你想做的正好是可以高效完成的，那当然最好。你好好琢磨一下。"

李嘉玉琢磨了，她拿了资料回家问段伟祺。

她问段伟祺，余进说不能用他的思路去做项目，他是什么思路？

段伟祺笑了笑，搂着她的肩膀，看了看她的资料，道："我的思路？就是这个李嘉玉呀,像神奇女侠一样,武力值爆表,却还带着理想主义者的天真与倔强。我应该保护她,让她继续保有这份特质。"

李嘉玉眨眨眼睛,有些感动:"怎么变神奇女侠了?不是骑士?"

"这么有钱了,总该升级一下。"

李嘉玉笑起来。

"神奇女侠后来融入社会了呢。"

"是啊,但她还是个理想主义者。"

"你是这么想的?"李嘉玉问。

段伟祺点点头说:"是啊。"

"所以我不该投神奇女侠?"

"你为什么不试着带她融入社会?"

李嘉玉眨眨眼睛,然后她笑,捧着段伟祺的脸用力亲他:"我觉得你比余总厉害100倍。"

第三十二章
抱紧段总大腿

李嘉玉买了一个神奇女侠的手办,摆在了自己的办公桌上,她提醒自己,要记得段伟祺的鼓励。

她继续积极寻找项目,这次确实调整了方向,对中短期及远期效益的评估更严苛了些,但她也不再像从前似的随便听听,不合适就走。她会尽可能地多与创业者沟通,无论项目大小,无论是校园创业会还是科技创业展,无论是路演还是网上的创业论坛,若看到认真与诚意,她就多留心一些。如果对方做得好,她就夸几句,给对方增加信心,如果对方的项目她觉得哪里有明显的不足,也会给出一些建议。

这样花费了李嘉玉的许多时间,但她觉得非常充实和开心。有人觉得她太年轻,也会问她操作过什么成功案例,会质疑她,不想多聊,她也不介意。但更多的是愿意与她交朋友的。李嘉玉与他们分享自己的创业经验,分享她所知的投资人评估项目的标准,她从这些创业者身上,也学到了很多,获取了很多新鲜的观点和创意。各种脑洞与活力,让她特别有干劲。

短短的时间,李嘉玉跑的地方,见过的人,数不胜数。她磨坏了两双鞋,蹭花了三辆车,花费的油钱更是让段伟祺装模作样地摇头叹气:"你自己说,你这么能花钱，这么会剐车的，除了我，哪个男人还要你？"

"我的Polo，应该修好了吧？"李嘉玉问他。她觉得自己真的被他带坏了，以前把Polo剐了，她也没这么心疼，现在觉得车子都是珍贵的，要好好疼它们，必须把车擦得锃亮才好意思上路。车上面有剐痕，就跟自己没洗脸一样，见不得人。

段伟祺在帮她按摩小腿，听她问，抬头反问："送去4S店了吗？"

李嘉玉一愣："你不是说你处理吗？"

段伟祺道："我处理了呀，那辆奔驰和奥迪，我让人送走了。"

李嘉玉认真问："你这是歧视我的Polo吗？"

"哪能啊。"段伟祺一脸正经，"我就是歧视我的布加迪也不能看不起老婆的Polo，明天就帮你送去修。"

李嘉玉很怀疑他的诚意。

段伟祺又道："对了，你的Polo停哪里来着，楼下车库大半都是Polo样的车。"

李嘉玉举手要拍他，段伟祺笑着滚到一边，去找他的电话，叫人过来拿车子。安排完了，他问她："明天打算开哪辆？"

"你便宜一点的车还有哪辆？"

段伟祺认真想。

李嘉玉觉得没法指望他，道："算了，明天不出远门，我打车。"

段伟祺道："三辆车都不够你轮着开的，你还是检讨一下自己的车技吧。"

李嘉玉扭头道："我不。主要还是你送修太慢，我才轮不开的。"

"对，对，都是我的错。"

"要不多买两辆Polo备用？"

"滚蛋。丢不起那人。"

李嘉玉经过认真研究，并与肖兵讨论，最终确定了一个早教项目的案子。她与那家企业创始人经过数次沟通，谈得非常好。创业的是一位30多岁的妈妈，叫谢妍。她在国外读的是儿童教育专业，后来打算回国创业，开办一家幼儿园。开办幼儿园的手续烦琐，比她预计花费的时间长很多。手续还没办下来，这时候她却发现自己怀孕了。她怀孕后便干脆将幼儿园的事暂时放下，锻炼、休息，一边为生宝宝做准备，一边重新思考创业方向。怀孕期间，她接触了许多新晋宝妈宝爸，发现国内的早教市场混乱，费用奇高，良莠不齐，许多爸爸妈妈对早教的认识也有误区。于是她灵光一现，打算创办一个线上早教App，将她在国外学习到的早教知识在国内推广。

谢妍从怀孕期间就开始写策划案，张罗资源。现在她的宝宝已经1岁半，她的早教App也已经上线运营了半年，有一批稳定的用户。她在前期拿到了天使投资，现在需要继续融资，以向用户提供更多的服务，扩大营销，稳定运营，拓展收入。

谢妍创办线上早教App的想法有三个：一是现在人们全都用智能手机，这是一个很好的传播工具，也是必须占领的产品平台；二是线上课程产品成本低，推广面大，普通家庭也能承受这个费用，能更好地普及；三是线上课程是让爸爸妈妈学会如何早教，然后自己与孩子互动，自己为孩子早教，早教的过程就是与孩子玩的过程。这样能增加家长陪伴孩子的时间，建立良好的亲子关系。

李嘉玉很喜欢这个项目，也赞同谢妍的理念。她看了谢妍的商业计划书，翔实清楚，对市场分析和远景预期的表述都挺实在。李嘉玉与谢妍沟通几次，问得非常详细，谢妍回答得也很明晰，没什么含糊的地方，看得出来，她确实是思考得挺周全。他们的课件拍得很不错，内容也有趣。

李嘉玉觉得这项目管理团队还好，弱点在营销，技术层面也弱些。但这些都是可以解决的问题。

李嘉玉做了方案往上报，肖兵这边很快通过了，但在刘茂那边被卡住了。

有另一位同事的案子跟李嘉玉的撞车了，他那个也是早教项目，对方是一个新兴的教育品牌，早教是他们的新业务。他们主营的是线下的早教班，有实体教室，目前已在10个主要城市开设了21家课堂。线上主要是一些小知识和用户约课、课后服务的内容。这项目招投的体量是李嘉玉这个项目的四倍，当然预期的利益也比她这个要大得多。

公司最终选择了那个同事的项目，李嘉玉觉得很遗憾。

不过谢妍那边也不发愁，她的项目很快找到了别的资本注入。她与李嘉玉投缘，对李嘉玉给予她的帮助非常感谢。

这事很快就过去了。李嘉玉原也没多想，但后来有位男同事告诉她，她的那个早教项目其实很不错，完全符合过审的标准，他看过另一个同事的方案，严格说起来，并不比她的好，体量大，回报率却没那么高。其实按鼓励新人的惯例，应该选李嘉玉这个项目才对，他们几个私下还讨论，大概是老刘想给李嘉玉一个下马威。

李嘉玉这么一听就不太舒服了。她打听了一下，还真是。通常新人报的项目，如果没什么大问题，公司怎么都会给过一个。做得越多，标准当然会越高。李嘉玉那个项目案子很成熟，挺全面的，但就这么巧撞了车，也是倒霉。

不管最后毙了她的项目是什么原因，反正明面上挑不出什么毛病来。肖兵还鼓励了她，说她的方向把握对了，继续努力。后来余进来找她，说他听说了这事，同一个行业的同种业务，公司确实不能同时投两家，但他看过方案，她这个是移动互联网业务，跟传统线下培训服务还是有差别，让她重新再报一下。

李嘉玉摇头，说那项目已经找到别的投资了。余进听罢也不多说，只道那再看看别的，这次方案做得特别好，很全面仔细，分析的路子也对，数据翔实，以后就按这个标准来。

李嘉玉应了，心里颇郁闷。

这事她与段伟祺提起，段伟祺摸摸她的脑袋说："你长这么漂亮，遇到点挫折也是正常的。"

李嘉玉把他揍了。

事情过去不久，李嘉玉去听了一场路演，这是一个大学生团队，叫"喜巧家居"，做的是积木式家居解决方案，通过折叠、摆放等方式便能变化出不同家具，专门针对租房、小户型、学生宿舍等生活家居的使用需求。设计很漂亮，实用性也强，已经有三个产品系列，目前在线上销售，生意还不错。他们想融资建立自己的生产线，并在各城市的大学城附近开设门店。

李嘉玉想起当初自己与苏文远一起创办"远光"时的情形，当初他们还没这个路演的条件，创业的环境也没现在这么好。她对这个团队顿生好感，与他们聊了聊。因为有着同样的创业经历，所以聊得很投机。李嘉玉介绍了当初自己在大学创业时遇到的问题，也从现在的市场环境出发，给予这个团队一些建议。

"喜巧"明显要比谢妍的项目稚嫩，李嘉玉谈了半个小时便发现不少问题，她耐心地给他们分析，鼓励他们改进。大家交换过了名片，约好保持联络。

之后"喜巧"的团队负责人，一个叫荣兴的男生跟李嘉玉联络，又咨询了不少问题。李嘉玉一一解答。后来她去了他们的办公室，与他们团队又谈了一次。李嘉玉认为，现在这个团队产品是好的，做网店没问题，但想发展下去，管理架构和运营规划还有不足，不能撑起他们设想的那个宏大的未来。且很多细节他们还想得不太明白，列出的数据有些想当然，这样的项目，哪家都不敢乱投资。

李嘉玉说得比较直白，她能感觉到荣兴和另外一个男生不太服气。她能理解男生们在这个年龄阶段的自傲，尤其是有才气的男生，大概在学校也颇受追捧，现在网上生意也不错，所以他们还是非常自信。但李嘉玉是与他们沟通得最多最深入的人，给的意见也很专业，他们虽然受了打击，但还是认真受教了。

过了两周,李嘉玉收到了他们修改后的商业计划书,这次好了太多,显然他们把她说的话听进去了,李嘉玉很高兴。这两周她一边在看别的商业计划书,一边分析"喜巧"的市场前景,所以她又给荣兴他们指出了些数据上的问题。荣兴说收到了,会好好再琢磨一下。

之后李嘉玉在跑肖兵分下来的一个项目,做尽职调查的工作,早出晚归,天天伏案。离方勤、李铁的婚礼也近了,李嘉玉忙得分不出神来,待终于能喘口气,她发现她还没有收到荣兴改过来的方案,这时候却看到二部有位叫方普的同事报的项目,赫然就是"喜巧"。

李嘉玉有些傻眼,简直不敢相信。她去找方普问,方普的态度却不太好,他上下扫视李嘉玉几眼,挺横地道:"你什么时候跟他们接触的?我很早就联络了。"

李嘉玉被他的语气惹怒,压着脾气,道:"很早是多早?我跟他们谈的时候问过了,我们公司没人跟他们接洽过。"

一家公司当然不能两个投资经理抢同一个项目,这个常识她还是有的。

方普道:"他们团队好几个人呢,你问的大概跟我接洽的不是同一人。"

这是耍无赖?李嘉玉冷了脸:"是吗?那得找他们团队来对质了。"

方普"啧"了一声,问道:"不是,你什么意思?现在这项目是我的,我方案都做好了,已经报上去了,你手上有什么?你立项了吗?"

李嘉玉转身走了。

李嘉玉回到座位,给荣兴打电话,荣兴没有接。过了一会儿,她再打,还是没有接。于是她给"喜巧"团队的其他人挨个打,连打了三个,对方都没有接。

李嘉玉这会儿也明白怎么回事了。不是误会,就是她的项目被抢了,"喜巧"和方普两边都是心知肚明的,他们串通好了。

李嘉玉继续打,终于打到最后一个的时候,对方接了。

李嘉玉按下了录音键。

"姐姐,"小女生声音压得低,有些小心,"你是不是知道了?刚才在办公室,他们都不敢接你的电话。我说买东西,就跑出来了。"

李嘉玉松了一口气,还是有人站在她这边的。她问那姑娘:"怎么回事?"

"我觉得他们做得不对,但我没劝住他们。方经理来找我们谈的时候,荣兴说了,已经跟你在谈了。方经理说没关系,多了解没坏处。大家聊得挺好的,他也给我们提了好多想法,荣兴他们听得挺高兴的,把商业计划书给他看了。他就说挺好的，肯定能成，后来又说公司里头好项目特别多，通过的很少。他说姐姐你报的肯定过不了，但是他报就能过。他还说了好多，差不多就这意思吧。说你是新到公司的，其实不太懂，都没操作过案子。"

李嘉玉听得火冒三丈，这也太恶劣了，简直闻所未闻。

李嘉玉挂电话后，坐在座位上平复情绪。一旁的同事问她怎么了，她便说了这事。

同事傻眼道："这他也干得出来，他是没业绩急疯了吗？"

李嘉玉觉得自己够冷静了，推开座椅站起来说："又或者他觉得我一个新来的，好欺负。"

李嘉玉再次去找了方普，她冷冷地杵在他的座位旁边，俯视着他道："你拿到的'喜巧'商业计划书是第几版？"

"什么意思？"方普没料到李嘉玉这么难缠，有些毛了。

"从第2版改到第3版，再改到3.3版，都是我给的建议，我指导的。我手上有他们发给我的所有资料和微信上通话往来的记录。我的意思是，你剽窃我的工作成果，抢我的项目，还对外说我报的项目过不了，你报才能过，你哄骗他们转而跟你合作。"

旁边有二部的同事帮方普说话："这样也太难看了吧，怎么是抢你的项目，你都没立项，公司OA里有你的申报吗？这项目方普跟进很久了，我们开会讨论过好几次的。"

有人帮腔，方普嗓门也大起来："别说什么你指导的，你多大本事，别人都是傻子？我按公司流程走的，我已经报了项目，你现在胡搅蛮缠想干什么？"

"我想让你承认错误，撤回项目，向我道歉。"

"你有病吗？"方普恼羞成怒。

李嘉玉也没指望他马上认怂，她盯着他，冷冷道："我不会就这么算了。"

她转身离开时，听到二部这边有人小声道："她神气什么？"

"她这么凶啊。"

"她是谁啊？"

李嘉玉挺直脊梁，大步离开二部的办公区。

这天晚上，李嘉玉很委屈地窝在段伟祺怀里求安慰："段总，我把神奇女侠带着融入社会，她却转投了德军的阵营。"

"这么惨？"段伟祺搂着她说，"那一定是冒牌的神奇女侠。"他抚着她的肩膀，懒洋洋的语调，"不是穿着抹胸和迷你裤的都是神奇女侠，你得把眼睛擦亮。"

男人眼里的神奇女侠到底什么样啊？重点是抹胸和迷你裤？

李嘉玉想打人。

段伟祺看到李嘉玉谴责的眼神，赶紧转移话题："那你打算怎么办？"

"把德军一起灭了。"

李嘉玉向公司发起了对方普的投诉。

她把这事也通报了"喜巧"。她给喜巧团队的那几个人群发消息："抱歉，因为公司内部的不良竞争，我已向公司发起投诉。不论我的投诉会得到什么结果，也不论你们的项目在方普手上最后能走到哪一步，我都想跟你们说，诚信是一切成功的基础。对自己诚信，对他人诚信，方可长远。我相信'喜巧'的'巧'，是灵巧，而非投机取巧。日后你们还会有不同的机遇，也会面对很多诱惑，希望这次的波折，能给你们积累有益的经验。祝好。"

消息发出去没多久，荣兴便给李嘉玉打来了电话，他有些慌张，大概是没想到还会有投诉这种事，也担心融资受到阻碍。

荣兴结结巴巴地跟李嘉玉解释，说他们不知道会是这种情况，因为跟方普也是差不多的时间接触的，也听了方普的建议，跟他开过会。后来有段时间李嘉玉没跟他们联络，他们便以为她对他们的项目没有兴趣了，而方普一直很积极地与他们接洽，又说谁跟公司报都一样。他们年轻没经验，也不知道究竟应该是个什么流程，所以就按方普说的办了，没想到会让李嘉玉这么不高兴。他们现在知道了，以后不会再犯，希望她不要怪他们。

这样的解释并没有说服力，但李嘉玉相信这是这些孩子能想到的最体面的说辞了。

李嘉玉道："原因是什么不重要，事情结果摆在眼前，我必须要这样去处理。每个人所处的环境不一样，追求的东西不同。你们想要的，是融资，是得到资本支持发展你们的公司，你们把这个愿望交付到了方普的手里，是你们的选择。结果怎样，你们自己承担。我在我的工作环境里，也有公平公正要追求，我对人对事认真负责，我该得到尊重，如果得不到，我就去争取，投诉就是我争取的手段。你们经验不足是事实，事情做得不厚道也是事实。我不会再支持你们的项目，但可以再诚恳地给你们建议——来日方长，好自为之。未来还请脚踏实地，多加努力。"

李嘉玉通过电子邮件进行投诉的，她发给了肖兵、刘茂，抄送投资二部总监何亮、方普以及余进。邮件里提出了明确要求，要求方普撤回项目申请，公开道歉，并希望公司就此类事件表明态度，避免公司内部的恶性竞争，破坏团结积极的工作氛围,损害公司利益。

发邮件的当天,她并没有得到任何反馈。李嘉玉也不着急,她照常工作,按时下班。

下班的时候,她在电梯口碰到方普和二部的同事,方普铁青着脸,见到她就一脸怒容,很不客气地"哼"了一声。二部的那些同事对她侧目,聚首窃窃私语。李嘉玉这边的同事见状往她身边一站,帮着她瞪了回去。李嘉玉当然也不示弱,她大方回视,直盯得那些人转开目光为止。

第二天,肖兵约谈李嘉玉,就她投诉方普的事与她沟通。

肖兵说二部总监何亮已经向方普了解了情况。方普的说辞是他与李嘉玉两人在差不多的时间接触了这项目,那个团队太年轻,不太懂事,两边都维持着关系,大概是想看哪边最有戏就跟哪边合作。最后这个团队选了方普。

虽然这事方普是做得不地道,但项目已经报上去了。何亮跟肖兵商量的意思,就是想让方普跟李嘉玉道个歉,这事就算了。

李嘉玉也不说话,她把她与喜巧团队那个小姑娘的通话录音调出来,放给肖兵听。

肖兵听完,默不作声。

李嘉玉道:"这不是什么糊涂不小心竞争同一个项目,这是处心积虑明抢,煽动诱惑,忽悠恐吓。"

肖兵自然知道是李嘉玉占理,他沉默了一会儿,道:"为这事,昨天刘总找我们过去商量了,余总也是知道的。"搬出余总,总行了吧。

"所以我就应该当这事没发生过,大家和和气气就算了?"李嘉玉冷静地道,"肖总,如果方普这种行为得不到警告严惩,那以后大家在公司里头如何做事?'喜巧'团队毫无诚信,怎么能在他们身上投资,这风险也太大了。我还是坚持我的想法,我要求方普撤回项目,公开向我道歉,公司也要公开处理这事,发邮件通报批评,向大家表明态度,维持好公司内部的竞争秩序。"

肖兵道:"我是建议你,得饶人处且饶人,让方普跟你道个歉就好,大家一个公司,面子上也不要做得太难看。至于这项目,估值不高,就是个小项目,不值一提,最后投审会批不批得过还不一定。就算批过了,尽职调查合不合格也不一定,所以真是犯不着。我们就当给二部那边一个面子,以后有大项目,再带着你。"

李嘉玉对这番劝说有心理准备,她问:"如果我不同意,公司什么打算?"

肖兵被噎着了,什么打算?又不能把她怎么样。

肖兵和气道:"还是希望能够说服你。这真的不是什么大事,做人留一线，日后好相见。"

李嘉玉抿抿嘴道："他抢我项目的时候，在外头诋毁我的能力，说项目在我手上就过不了的时候，怎么不想着做人留一线，日后好相见啊？圈子就这么大，如果他把项目做成功了，那帮小朋友什么都不懂，还真信了他，转头对别的团队说创达的李嘉玉不行，办不成事，融资还是找方普。一传十，十传百，我成什么人了？"

肖兵又被噎住了。

李嘉玉看看他，放缓了语气，道："肖总，我也不是不识好歹，我知道公司愿意跟我这样商量，也是看在我有人撑腰的分儿上，不然早不搭理我了。"

"不会的。"肖兵试图摆出公平的态度。

"但既然我有人撑腰，我就不客气了。"

肖兵把后头的话咽了回去。

李嘉玉道："余总的面子、你的面子，我给。项目不撤回，可以。给方普和二部留点业绩。那些小朋友做的产品，确实挺惊艳的。这块市场还算得上空白，没有特别强的竞争对手。他们自己随便卖卖就挣不少了，包装好了，管理跟上，股权多拿下点，跟其他品牌资源一起整合，这牌子日后有前途。我的眼光是不错的。"

肖兵一时没反应过来怎么李嘉玉突然夸起"喜巧"还顺带夸夸自己，这时又听她道："这么好的项目，我花了这么多的精力和时间研究，帮着他们调整思路，改进方案，最后送给了方普。公司无论如何，该为我做主吧？他不情不愿地跟我道个歉，转头再给我脸色，公司上下看我笑话，我在公司怎么待得下去？我来这里是想好好工作做出番事业来，结果认真工作被别人欺负不算，还要沦为笑柄。以后大家说起李嘉玉，就会说，知道，就是那个傻子，人家要她的项目她不跪下双手奉上，还投诉，还想讲道理。"

肖兵心想，这是个戏精吗？果然是有后台的，说演就演起来了。他这会儿有些明白了，撤回项目这要求不过是退让一步的筹码，说不要就可以不要的，李嘉玉坚持的，应该是公开道歉和惩处。

但话说回来，都公开道歉和惩处了，这项目方普又怎么有脸继续做下去。一样的结果。

肖兵认真地打量起李嘉玉，这姑娘，还挺有心眼的。

李嘉玉整了整脸色，回视肖兵，继续道："肖总，全公司都知道方普做了什么，而公司一点没指责，那就是说，公司允许这样的竞争手段，那我可要有样学样了。我这人学东西快，咱们一部这么低调不行，也得多出业绩。"

可以的，这是威胁起来了。

肖兵再一次感叹有后台就是不一样。

"如果肖总觉得难办，跟二部的何总不好交代，那我自己去找余总吧。"李嘉玉道。

肖兵很无奈，这种事也要余总出面，那他们这些高管真是可以回家了。而且余总要是愿意出面，早就说话了。

"我也不想为这小事找余总的，显得我很格调很低。我的要求挺简单的，就是方普公开跟我道个歉，公司群发邮件批评一下这样的行为，杜绝日后再出现这种恶性竞争。也不用扣他薪水，也不用降他的职，项目还让他继续做，我已经退让很多了。我的要求真不高，对吧，肖总。"

肖兵点头也不是，摇头也不是。

最后他只得让李嘉玉先回去好好工作，别想太多，他会跟刘总、何总再协商这事。

"多谢肖总。"李嘉玉就差握着肖兵的手使劲摇，"我就指望你给我撑腰了。"

肖兵一脸尴尬，真是撑不起，撑不起。

李嘉玉不知道肖兵是怎么跟何亮、刘茂说的。反正下班的时候她在电梯口遇到方普，他的脸更黑了，二部的人脸色也挺精彩。李嘉玉不管他们，神情自若地跟一部同事说着话，一起下楼。

到了停车场，李嘉玉走到停车位，就听身边同事叫道："嘉玉，你车子怎么被划了一道？"

李嘉玉定睛一看，还真是。她的Polo引擎盖上，有一道小划痕，说大不大，说小不小，仔细看还挺明显的。她愣了愣，忽听得有人"哧"的一声笑，转头看，是二部的人。

李嘉玉身边的同事立马恼火，大声喝问："是不是你们干的呀？"

"神经。"二部的人回了一句。

李嘉玉笑笑，故意道："肯定不是他们，多贱啊，划Polo。明天我开辆好的来再划嘛。"她看看那人，又看到不远处方普正看着这边，她扬扬下巴，朗声道，"我说真的，明天我开辆好的，你们再划。"

那些人悻悻然走了。李嘉玉身边的同事还生气地说去查监控，李嘉玉道这么小的划痕监控这么远怎么拍得出来，算了。

"别生气，别生气。"李嘉玉笑着哄。

"你开车小心点。"同事对李嘉玉还是很不错的。

李嘉玉应了，上了车挥挥手，走了。

段伟祺还没下班，李嘉玉直接去了富昌找他。

见到了段伟祺，李嘉玉就炸毛了。她在段伟祺的办公室里走来走去，挥舞着拳头说："他们竟敢伤害我的Polo！"

段伟祺也很生气，但李嘉玉的反应这么大，他反而不好生气了。

"那是我的战友！跟了我这么多年了！"

"嗯，知道你们感情深。"完蛋，老婆生气的样子好漂亮，想拉过来亲亲。

"你那辆布加迪呢？"

"啊？"段伟祺吓一跳，他跟他的车感情也挺深的。

"就是有划痕一直没修那辆，划痕还在吧？"

段伟祺不知她要干什么。

"上牌了吧？"

"上了。"

"明天给我开。"

段伟祺心想，社会主义好姑娘你真的学坏了。

第二天，李嘉玉特意迟到了一会儿，晚点去了公司，避开了上班的人群，将布加迪开进了大厦停车场。

午休的时候，李嘉玉跟同事一起吃饭，引了话题到车上，昨天跟她一起下班的同事向一旁不知情的同事说起李嘉玉的Polo被人划了一道的事。李嘉玉便似不经意地道："我今天开布加迪来的。"

众人俱是一惊。

一人问："布加迪？不是比亚迪？"

李嘉玉龇牙。

一众人火速把饭吞下肚，一起下楼去看布加迪。

参观的场面颇为火爆，人群情绪激动，反响热烈。忽然一人小心翼翼道："嘉玉，你的车，又被划了。"

"啊？"李嘉玉惊讶。

众人忙围过去仔细看："我的天，真的！"

几分钟之后，整个公司都知道，李嘉玉的豪车被人划了。

二部全都傻眼，互相悄悄咬牙斥问，没人承认。李嘉玉沉着脸，没提追究的事。

整个二部缩着脖子做人，安静极了。

"他们再也没嚣张了。"李嘉玉向段伟祺报告，"布加迪真是辆好车。"

段伟祺只觉得心疼布加迪。

李嘉玉第二天又换了一辆车,这次是法拉利。

下班的时候法拉利完好如初,跟李嘉玉关系好的几个同事还认真地帮她检查了一番,见着二部的人就多盯他们几眼。二部的人远远绕道,生怕又惹上什么嫌疑。

李嘉玉项目被抢、Polo被划的事传遍公司,起初大家不以为意,毕竟只是个很小的项目,而且两人同时接触项目方,最后项目方选择有经验的资深投资经理,这也是很好理解的。有人说,换了我,我也会这么做的。还有人说,谁想抢谁的还不一定呢。

李嘉玉初来乍到,又是个女性,在创达这样男多女少的公司,当然没法火速与同事们打成一片,比不上方普在公司几年时常与同事们喝酒唱歌、一起加班出差的交情。众同事听说李嘉玉不依不饶,要求公司严惩方普,还觉得女人小题大做,竞争不过就撕破脸,吃相难看。Polo被划这事,大家也只是说说,觉得不应该。也有人说又没证据表明是方普和二部的人干的,说不定是李嘉玉自己开车蹭到的呢,女司机的水平大家都懂的。

直到布加迪也遇害,气氛就不一样了。

对布加迪居然也敢下手!这真是过分!

一次又一次地,说不是故意针对李嘉玉也没人信。这真的太欺负人了。

而李嘉玉接连开来好车,大家也有所议论。

看来李嘉玉不是开玩笑的,她是真的有钱,有后台。难怪听说她入职的时候是余总亲自邀请的。

有些没听说过这事的,后知后觉地说:"哇,李嘉玉是这种人?看不出来啊。"

"她有病吗?有布加迪的人为什么要开Polo?"

"她还有法拉利。"

"老董说还见过她开奥迪。"

"我就遇到过一次她取车,我一直以为她的车是奔驰。"

"所以她究竟有几辆车?"

"人家一直老老实实开Polo,你们非要把人家的布加迪逼出来。"

"关我什么事?"

"划车真的太下作了。"

"神经病。"

二部那几个帮着方普的,这下也老实低调了。

这段日子公司里的女同事们走得挺近,原本公司领导就重用男性,薪资、奖励、资源分配、升职等好事都是男同事优先,女同事能出头的很少。李嘉玉这事给大家一个抱团的契机。大家都来安慰她,中午一起吃饭,下班一起下楼。

抢项目、划豪车、欺负女人。私底下虽有人不服,但没人再在明面上帮着方普说什么,关于抢项目的版本,大家也渐渐倾向于李嘉玉这边的说辞。

方普压力巨大,每天沉着脸。

李嘉玉却不一样,她神清气爽,每天都精神抖擞,工作效率高,结交朋友多。也不知是真的出于业务需要,还是肖兵希望李嘉玉忙碌起来别惦记着搞事,他给了李嘉玉两个客户,让她跟进投后公司的管理。李嘉玉当然不会客气,正好跟投后部门接洽,积累业务经验。

但李嘉玉并没有因为这样而把方普抢她客户的事忘了。公司迟迟不表态,她也不生气,但她三天两头发邮件向公司相关管理层询问对投诉处理的结果,并"建议"公司建立一个投诉处理机制,以便更好地为员工创造一个公平和谐的工作环境,更高效地处理员工投诉事件。

肖兵再次找李嘉玉谈话,他说二部总监何亮已经让方普把"喜巧"的项目申报撤下来了,并且对他进行了批评,会做内部处罚。现在这项目李嘉玉可以报。今天公司还会发邮件强调业务竞争纪律,禁止这类事情再发生。这是公司的处理结果,希望李嘉玉可以接受。

李嘉玉不接受。

"项目是他通过诋毁我的方式抢走的,现在弄得好像他让给我一样,这合适吗?我之前就说过了,项目他可以继续做,但他必须公开向我道歉,而且公司要对他通报批评,并完善内部竞争管理机制。现在公司避开公开惩处他的环节,只打算默默处理就完了。我觉得这是姑息和袒护的表现。"

肖兵道:"李嘉玉呀,以后你跟他还要在一个公司共事的,没必要做太绝,真的。"

"这句话,公司有没有跟方普说过呢?"李嘉玉学肖兵的语气,"方普啊,以后你跟李嘉玉还要在一个公司共事的,不能这么欺负人。有错就要勇于承担,去跟她好好认个错,调整好自己的心态,以后踏踏实实,多做好项目。这才是男人该有的担当,真的。"

肖兵噎了噎,只得道:"公司跟方普谈过话了,已经严厉批评过他。这件事,就算了吧。"

李嘉玉想了想,点点头说:"我再继续投诉下去,公司是不是就该觉得我不识好歹了?"

"话也不是这么说……"肖兵想安慰她。

"我这人确实挺不识好歹的。"

可以的,又来了。这姑娘完全不需要安慰,没有低落这种情绪。

李嘉玉道:"肖总,公司是基于什么考虑,不支持让方普公开向我道歉的要求?"

肖兵道:"李嘉玉,方普怎么也是个大男人,他犯错,公司已经处理了,就可以了。"

"大男人,所以不该向女人认错道歉?"

"不是这个意思。"

李嘉玉笑了笑:"他抢我项目的时候怎么不想着大男人别欺负女人,别占女人便宜?肖总,我就这么说吧,他抢我项目,算是公事上的纠纷,我公事公办,按流程投诉,但他打击报复,划我的车,这就是私人恩怨了。他诚心认错,保证悔改,那事情还可以商量。但他压根一点认错的态度都没有,公司还护着他,那我只能说,这事没完。"

肖兵皱眉道:"李嘉玉,你这样不依不饶的,便让同事们看笑话了。已经有人说了,这事若是发生在男同事之间,也闹不成这样。项目竞争,自己私下里就解决了。"

"谁说的?"李嘉玉道,"这问题还挺深刻的,我可以跟他辩论辩论。"

肖兵摆摆手,让她别闹。

李嘉玉道:"肖总,其实我知道,二部从前是刘总带出来的,他们跟刘总一个风格,也不奇怪。不只二部,整个投资部都有股奇怪的风气。明明两个平级的同事一起做项目,女的前期做了大量的工作,但在分配责任的时候,男的成了负责人,女的做配合,变成了整理数据、写报告的角色,还美其名曰女性更适合做这个。最后论功行赏发奖金,当然负责人拿得多些。"

这是事实,肖兵无法反驳。

李嘉玉又道:"肖总,公司里头就这些人,那些风言风语,我也能听到。方普就是看我是新人,又是女的,之前我那个早教项目被刘总刷下来,他们也看在眼里,所以他依照他过去有限的认知,对我有误解,不知道我是块铁板。"她顿了顿,笑道,"若说男同事处理纠纷闹不成这样,也是,他们不投诉,他们划车啊。确实是私下里解决的。"

肖兵心里道,确是事实,无法反驳。身为男性,他面上无光。

李嘉玉看看肖兵,道:"肖总,你还记得那时候我向你请教如何挑选项目,余总正好过来,他教导我的话吗?"

她也不待肖兵回答,继续道:"余总说,我太理想主义了,应该回归现实,脚踏实地。我觉得他说得非常有道理,所以我也是这么做的。现在看来,刘总和方普他们也是很理想主义的,他们以为,他们身处在一个女性不该竞争，没能力竞争，没有话语权的世界。他们理想中的和谐，是男人可以因为气不过就去划女人的车，而女人却不能因为他们的恶行要求一个道歉。刘总护着男人的自尊心和面子，却把我们女同事的尊严踩在脚底下。余总该给他们上上课的，要让他们回归现实。"

她顿了顿，接着道："现实就是，虽然无论男女，许多人会选择息事宁人，但还是有我这种论本事不比他们差，论钱不比他们少，论脾气不比他们小、爱计较、小心眼、脸皮厚、有毅力的女人。他们得认清，并且适应这个现实社会。"

李嘉玉看了肖兵一眼，道："当然，这个就不劳肖总转达了，我会亲自告诉他们的。"

李嘉玉结束了与肖兵的谈话，她没再写投诉信。经过这段时间，她已经对各方的态度心里有谱了。

与她关系不错的几个同事都为她抱不平，觉得不公平，又觉得无奈，盼着她能拼出头、讨个好说法、为女同胞扬眉吐气的女同事们，对这个结果也挺失落的。

当天公司果然给所有人发了邮件，没提方普和李嘉玉的事，只是强调了业务竞争的纪律，并呼吁大家团结友爱，将心思放在工作上，同事们共同进步。

李嘉玉看完邮件，捧着她的奶茶慢悠悠地晃去二部。

二部现在对她可是相当熟悉，见她来了，有人怪笑，有人装看不见，也有人和善地打招呼。

方普属于怪笑的那类，公司的处理结果尘埃落定，他放下心中大石，这会儿又得意起来："哎哟，看谁来了，李嘉玉呀，你来干什么？找我要道歉吗？"

李嘉玉笑笑，平淡地道："你不用道歉，你继续神气。"

方普摊摊手，怪声怪气道："不如你神气，你继续写投诉信嘛，说不定刘总就按你要求的办了。我一大老爷们儿，不跟你计较，你随便投诉。"

李嘉玉摇头道："不投诉了，现在你想道歉也来不及了。我就是过来通知你一下，你跟我的梁子，结得深了。我一定会打击报复的。"

方普愣了愣，没料到她竟然当众这样说。

李嘉玉又道："你一定要好好工作，别被开除。因为我的目标是成为你的上司，对你高标准严要求……"她顿了顿，压低声音道，"整死你。"

方普不由得脸色一变，还没来得及反应，却听李嘉玉道："别慌，我吹牛的。升职多难啊，你混了几年也没升出个模样来。"

旁边有人窃笑，方普的脸一阵红一阵白。

李嘉玉又道:"靠职权上的碾压来取胜这个周期太长,要不这样吧,我们赌一把,就赌谁能先签下项目,无论大小,签约就行。赌金100万。"

此言一出,周围立即有人起哄。

"100万,没多少,跟她杠。"

众人笑。

"100万,方普跟她拼了。我愿意做公证人。"

"老方,我现在谈的这个让给你,要是赢了,你分我一半。"

方普铁青着脸,喝道:"李嘉玉你有病,你自己去疯吧。"

李嘉玉喝口奶茶,淡定道:"真尿,有什么不敢的。吹牛的时候说自己是大老爷们儿,现在尿下来就忘了自己的性别。100万而已嘛……"她拖长了声音,忽道,"其实我也拿不出来。"

周围人大笑。

李嘉玉也笑道:"我开玩笑的。你要是答应了,我就说是100万越南盾。现在你没答应,我又可以吹了,我要赌的是100万美金。可惜你不答应。"

周围人又笑。

李嘉玉施然道:"挺好笑的吧。我就是过来笑话你的。敢做不敢当,死不认错,毫无反省,你也算男人?"

周围笑声顿停。

"虽然前面是玩笑,但现在这句话绝对真心。我一定会教训你的,方普,你等着。"

李嘉玉说完,捧着奶茶慢悠悠地走了,留下二部的人,笑容还残留在脸上,表情却已僵硬。

李嘉玉回到家,跟段伟祺说了今天在公司发生的事,段伟祺道:"可以呀,李总你越来越厉害了。"

"一般般吧。"

"你打算怎么做?"

"抱紧你大腿。"

段伟祺大笑。

李嘉玉跺脚道:"我牛都吹出去了。"

"是,是,一定帮李总实现。"

"你帮我,我起码能省两年时间呢。"

"也没省。"段伟祺道,"你搞定我这个大腿,也花了两年的。"

李嘉玉想想道:"有道理。"

第三十三章
兔子装为什么会有男款

这周末就到国庆假期了。李嘉玉把其他事都放一边，全力张罗方勤的婚礼。

方勤、李铁提前两天回到B市为招呼安顿亲朋好友做准备。

李嘉玉为他们把自己的小公寓装点一新，小公寓变成了迎亲婚房。段伟祺提供了10辆豪车做迎亲车队，还在城郊度假村为他们订了4间豪华套房，让他们带父母游玩度假。

李嘉玉和方勤两人在迎亲前一晚住在小公寓里，整夜睡不着，一直聊一直聊，说不完的话。这套小公寓她们从离开学校就开始住，一直到今天，房价翻了好几倍，而她们个人的自我价值增长多到无法计量。

"感觉毕业就在昨天，又好像自己已经过完了一辈子，已经是另外一个人了。"

她们聊了很多从前的事，聊她们在学校的初识、各种趣事。李嘉玉读书早，比方勤小一岁，但她老成稳重，更像姐姐。她们曾经一起通宵熬夜写论文，一起为了看帅哥狂奔一公里，一起因为食堂的饭菜不好吃、管理混乱发起投诉抗议，一起为了参加舞会把衣柜里的每一件礼服都翻出来试妆。

她们又聊了许多现在的事,聊工作、聊爱人,最后没忍住抱在一起哭。

"为什么你结婚,我却感觉我们要分离似的?"

"不知道啊,明明早就分离了。"

两人又一起笑,觉得对方神经病。

不知不觉睡着了,迷迷糊糊天亮了。

化妆师、造型师还有伴娘们陆续赶到,李嘉玉看到方勤穿着婚纱的样子,感动得红了眼眶,忽然觉得自己真的太草率了,可是倘若那时候没结婚,也不知她现在还会不会跟段伟祺在一起,以后会不会结婚。没有结婚的结果,大概还是分手了吧。

她也许还在C市做她的李总,会成为另一个李嘉玉。

李嘉玉紧紧地拥抱着方勤说:"你太好看了,亲人。"

"你也是。"方勤又紧张又激动地说,"我跟你说,从明天开始你一定要好好健身,平常少吃一点,别到婚礼时像我现在一样,觉得腰好紧啊,一会儿不敢吃东西了,是不是会被虐一天啊?今天能撑得住吗?"

李嘉玉惊讶:"半个月前试的衣服,你怎么能两周胖出个腰围来?"

"不是。我试衣服的时候就觉得腰那块有点紧,那时候老铁在旁边看着呀,我不能丢面子,就没说这事。我以为两周时间够我减减肥的。"

"结果没减?"

"一高兴减什么肥呀!当然没有。"

"其实想减来着没减成功吧?"

方勤伸手要打李嘉玉。李嘉玉哈哈大笑,拎着裙摆就跑。

迎亲车队准点到达,新郎李铁塞进来一个大红包,没有受到任何阻碍就进来接到了新娘。他一进门就打量了方勤一番,全屋子人在等他夸奖新娘甜言蜜语一番,结果他看了半天,挤出两个字:"还行。"

方勤又想打人了。

方勤的父母在客厅招呼亲朋好友喝茶吃糖,问李铁什么时候走。李铁说不急,还有时间。他在方勤身边坐下,道:"熊绍元昨晚找我,说想看看你穿婚纱的样子。"

熊绍元想看她的样子,却没找她。方勤眨了眨眼睛,有些感动。他很尊重李铁,尊重她的另一半。

"我打给他?"李铁问。

方勤点点头,觉得自己很幸运,遇上两个这么好的男人。

李铁拿出手机拨给熊绍元,李嘉玉带着屋子里的众人退了出去。

熊绍元秒接,可见一直是等在手机旁的。

李铁跟他说:"方勤在呢,先给你看个全身的?"

熊绍元说不出话,只是点点头。

方勤配合着站了起来,李铁也起身退开几步,把镜头对准方勤,将她全身照了进来。方勤对着镜头扮了个鬼脸,拉着裙摆微蹲行了个屈膝礼,又转了个圈圈,然后两只手在身体左右抡着唱了起来:"左三圈,右三圈,脖子扭扭屁股扭扭,早睡早起我们来做运动。抖抖手呀抖抖脚呀勤做深呼吸,学爷爷唱唱跳跳你才不会老。"

方勤一边唱一边跳,穿着婚纱做这样的动作简直滑稽到不行,李铁受不了地叫道:"你差不多行了,我手机都要拿不住了。"他忍笑忍得很辛苦,他老婆是神经病。

方勤停下来,自己也哈哈大笑。

李铁把手机交给方勤,坐在了她身边。

方勤对着镜头笑道:"大熊。"

熊绍元也在笑,但声音有些哑:"很好看呀,特别漂亮,跟我想象的差不多。"

"那当然,肯定漂亮。"方勤道。

熊绍元张了张嘴,想不出别的话,只得道:"祝福你呀,方勤,祝你幸福。"

"会的。"方勤笑道,"不幸福我就揍死他。"说完一拳捶在李铁胳膊上。

李铁龇牙,揉揉胳膊,一声不吭,一副小媳妇的乖巧样。

方勤看看他,转头对熊绍元道:"我们要去婚礼现场了。再见了,大熊。"

"再见。"熊绍元应着,目光一直盯着屏幕。

"再见。"方勤笑盈盈地又说了一次,然后将通话挂了。

屏幕关上了。方勤的笑容慢慢收了起来,眼眶有些红,她抱住李铁说:"谢谢你。"

李铁抚抚她的背说:"哭一下下没关系,还来得及补妆。"

这一句真的把方勤的泪水引了出来。

"谢谢你。"方勤把脸埋在他的肩头,谢谢当初他告诉她,他爱她,谢谢他给她勇气放弃这边的一切去他身边。她很高兴,嫁的人是他。

"你的脸脏了没事,我的礼服不行啊。你要哭,就悬空哭呗。"

行吧,感动结束了。

方勤和李铁的婚礼进行得很顺利,每一个细节都没有出错。露天花园的公主风甜蜜喜气，满满的气球和鲜花，全是方勤喜欢的样子。场馆里的漫画酷炫，是李铁想要的模样。露天办仪式，在场馆里吃喝玩闹，这是他们的婚礼。

方勤与李铁站在花台上交换戒指时，主持人问他们为什么要这样安排婚礼，方勤说："这样可以兼顾两个人的爱好，不至于打架。"

李铁说："这意思很明显了啊，在外头给她面子，在家里按我说的办。"

众人大笑。

婚礼的证婚人是段伟祺，当他站上台，主持人介绍身份时，台下一片欢呼。主持人问他："段总是第一次做证婚人吧？"

"是的。"

"为什么会选段总做证婚人？"主持人问新郎新娘。这个角色通常是由长辈或是很重要的人担当的。

段伟祺自己帮新郎新娘答了："我赞助了婚礼。"

大家笑。

段伟祺照着证婚词念完了，道："我被一再告诫，在这个场合一定要稳重，不许耍花样，不许放飞，不许出风头。"

台下众人笑得不行。

"所以呢，我什么多余的话都不说了，我就低调稳重地送他们一件结婚礼物。"

段伟祺说完，一辆车缓缓开进会场。

这个环节李铁和方勤都不知道，两人都傻眼。方勤转头去看李嘉玉，李嘉玉笑笑，对她点点头。

开进来的是辆法拉利，是迎亲车队的头车。

段伟祺道："10辆车，你选这辆做头车，我猜你应该最喜欢这辆。你用它把新娘接到这里，举行婚礼，你再用它把新娘接回家去吧。它是你们的了。"

李铁目瞪口呆，简直太惊喜。他呆呆的喜悦的样子让方勤很感动，她忍不住上前一步道："段总啊，借我抱一下。"她虚虚地抱了段伟祺一把，感谢他让李铁今天这么快乐。

李铁终于反应过来了，段伟祺真的送他这辆法拉利，而且他老婆同意他收下。

"让我也抱一下。"李铁上前用力抱住段伟祺，在他背上拍了拍，"感觉抱住块金锭，后半生肯定财源滚滚。"

众人大笑，段伟祺淡定接话："发财别忘交税。"

大家更笑得不行。

段伟祺又道："这礼物是幸福的见证，如果你们离婚了，就把车子还给我。"

大家都安静。

段伟祺道:"我开玩笑的,不好笑吗?"

一束伴娘捧花砸到他身上:"好笑。"

有李嘉玉带头,所有伴娘都把花束砸向段伟祺。段伟祺狼狈跳下台,哇哇叫:"太过分了,你们就是这么对待金锭的?"

大家笑成一团,方勤把新娘花束也砸向段伟祺,砸到他怀里:"谢谢你段总,也祝你们幸福。"

婚礼结束得很圆满,每位宾客都满意而归。伴手礼不只有糖、品牌蛋糕店兑换券,还有李铁亲自设计的定制手链以及手账本。手账本的每一页右下角都有一幅小画,虽然是黑白的速写画,但是画得特别可爱,小姑娘一看就是方勤的样子。捏着本子唰地松手让书页快速翻滚,那些小画就连成了一个小故事。

小故事其实没什么情节,就是方勤模样的小姑娘吃吃喝喝玩玩,有一天一个男生走到她身边,为她画画,最后两人相爱手牵手,头慢慢靠近,吻住了。倒数第二页是婚礼,最后一页是一个老奶奶跟一个老爷爷坐一起,老爷爷在给老奶奶画画。

甜蜜又圆满的一生。

跟婚礼一样,又甜又圆满。李嘉玉激动地把方勤和自己的合影,还有婚礼上的照片发到了微博和朋友圈。

"各位!我老婆,我老公,我爱人,我亲人,我家属,我姐妹,我闺密,我朋友,我知己,今日大婚,祝她幸福一生。"她圈了方勤和李铁。两人都转发了。

各方留言有些混乱。

"所以究竟是谁结婚?"

"几个人结婚呀?"

"李嘉玉,你太花心了啊,好多老公、老婆、爱人。"

"婚礼好豪华啊,羡慕。"

"等等,我看到了谁?铁哥吗?我偶像。"

"那是谁,段总吗?"

"段伟祺也在!今天他送车了吗?"

"楼上的,据可靠消息,他送了。新娘是他公司前员工。"

"今天段总送车了?!"

"豪气就算了,还傻豪气。就喜欢这样的。盼着段总下次再送车。"

因为结婚的喜讯，李铁和方勤的微博、微信着实热闹了两天。很多亲朋好友还有李铁的粉丝送上祝福。方勤有了个新称呼：铁嫂。那是李铁的粉丝起的。

方勤很喜欢这称呼。婚礼结束后她就一直泡在李铁的微博上与他的粉丝互动，感谢大家的心意。这两年方勤与李铁感情稳定，她也慢慢适应且主动地承担起部分帮李铁宣传的责任。

李铁不像苏文远那样在乎名气，但他的才华在四木的团队支撑下得以充分发挥。注重产品的四木给了李铁很大的发展平台，他的设计接二连三地拿奖，四木对他很看重。四木也需要一位明星设计师来做营销，李铁很有自己的风格，人也称得上帅气，说话有梗，颇有个性，正合四木心意。

所以李铁虽无心插柳，但这几年也确实小有名气。比不上苏文远的大吹大捧，他扎扎实实，细水长流，也吸引了不少粉丝。李铁冷梗虽然不少，但他懒，跟不熟的人不太说话。方勤便时常到他的微博上看看，催他发些作品，告诉他该回复留言了。有时她也在自己的微博上转转李铁的冷笑话微博，把他发的画吹到天上，也会调侃李铁的一些毛病。久而久之，粉丝们不见铁哥就去找铁嫂，方勤在李铁微博下面用自己ID帮他回复留言也成了常事。

方勤挑眼熟的ID回复着，刷着刷着，看到苏文远，他留言："很为你高兴，兄弟。祝你幸福。"

方勤看到他的名字就来火，李铁居然还回复他了，说："谢谢。"

然后苏文远继续回："结婚礼物我寄给你。"

这句李铁没有回，也不知是不是还没看到。方勤咬牙，心里直嘀咕，没微信还是怎么着，非要在这公共地方发这些找存在感呢。

果然是很有存在感的。关注产品设计师、画手之类的差不多都是一个群体，两个人有很多共同的粉丝，看到二人的互动顿时生疑。

"怎么苏大神没去铁哥婚礼呀？礼物要用寄的。"

"苏神结婚的时候铁哥好像也没去。这交情成谜？"

"谜个屁。人家铁杆哥们儿，一个学校一个寝室一起创业出来的。铁哥原先也在'远光'，后来被四木挖走了。"

"什么铁杆呀，你看铁嫂理他吗？"

真是火眼金睛，方勤很想给这位留言的朋友点赞。铁嫂不但不理这渣，还很想见他ID一次骂一次。但她不想给李铁惹麻烦，也不想为苏文远炒热度，忍得很辛苦才没直接在微博上怼。

稍晚的时候，李铁终于从朋友堆里脱身，两口子得以独处。方勤看李铁拿手机，便与他道："苏渣的微博就别给他回了，省得他加戏。"

"好，好。"李铁应了，过了一会儿想想似乎有些不忍心，道，"那天不是跟他们聚了聚吗，文远也在。我感觉，他跟以前不一样了。然后呢，我们大家都走出来了，可他没有。他其实还在耿耿于怀，不像他表面表现的那样……"

"哪样？"方勤怒了，"你还走进他内心了是不是？"

"没有，没有。"李铁赶紧认错，"我错了，我就是嘴贱。"

"你还代表大家了是吗？谁走出来了？"方勤还是气，"我告诉你，我跟苏渣没交情。你也好，嘉玉也好，你们这些跟他有过感情的，因为这样那样的事，心软也罢，不想跟他再计较也罢，那都不关我的事。我就是根据他的所作所为断定他人品不好，我唾弃他，讨厌他。就这样。"

"是，是。"大婚的日子，李铁可不敢惹她。

方勤吸口气，也是想到今天的日子，她缓缓情绪，道："你没见到嘉玉被他伤了心之后的样子。她装得很坚强，但夜里躲在被子里哭。她怕我听到，憋着声音，憋得喘不上气。我怕她听到我醒着，我也憋得喘不上气。什么样的人渣，能若无其事脚踏三只船？他被人拍过，也许还被人打过，或者有更多的什么糟糕事，那又怎样？他为了满足私欲到处睡女人的时候，就该想到会有不幸发生。每件事，都是有代价的。简单一点总结，这叫活该。"

李铁不说话，想想方勤说的，两个女生在宿舍里各自努力隐藏伤心的样子，他叹口气。

"没有人能走出来。就是一根刺，扎久了，不痛了，但那根刺还在。想起来会感慨，会尴尬，会动容，会伤心，会有情绪，怎么可能全身而退。说真的，你不是当事人，我也不是。所以我装都不用装，不必在意别人怀疑我小气还耿耿于怀，在意别人以为我可怜还是怎样，我就是讨厌他。我管不了别人，但我得管你。"

"是，是，服管。"李铁赶紧哄，他家这位脾气大，真是属炮仗的。

方勤这晚拨通语音通话找李嘉玉聊天，狂怼李铁。

段伟祺在一旁一个劲给白眼。李嘉玉觉得好笑。

乱七八糟扯一堆，李嘉玉也忍不了了，她道："亲人啊，今天你洞房花烛，快别抱怨老公了，还是去睡老公吧？"

在一旁狂按手机打游戏乖乖等老婆的李铁，闻言顿时停下手里的活儿，转头看向方勤，猛点头。

方勤道："老夫老妻的，都睡腻了，没点新意。"

李铁一脸委屈。

段伟祺张大嘴无声地哈哈大笑。

李嘉玉便道:"你腻我不腻,你换别人聊吧,我要去睡老公。"

段伟祺猛点头。

方勤道:"哎呀,你们还能有新意呢?"

李嘉玉装听不见,淡定道:"再见。"把语音通话关了。

段伟祺摊开双手一脸不满道:"挂了?居然挂了?"

李嘉玉惊讶道:"我再拨回去?"

段伟祺哼道:"必须呀!告诉她,我们特别有新意!"

李嘉玉没好气道:"快拉倒吧。"

这边李铁也不满,丢了手机过去扑老婆:"快再打回去,告诉她,你刚才开玩笑的。新意不缺,缺的是体力。"

"滚蛋。"方勤一掌把李铁的脑袋拨开。

第二天一早,方勤给李嘉玉发消息:"昨晚开玩笑的,其实50年后才是老夫老妻呢。"她敲字的时候看到对方正在输入信息,还稍稍奇怪了一下。

消息发出去了,正好李嘉玉发来了。

"昨晚挂太快了,没来得及说,不缺新意,10年也换不完花样的。"

方勤赶紧回消息:"你说这个是被逼的吗?"

"对,跟你一样。"

方勤哈哈大笑。

假期转眼即过,李嘉玉趁着国庆假期段伟祺有空,拉着他指导功课——各种投资案例、实操知识、陷阱、细节、各种可能的状况,等等。

段伟祺叹气道:"我们几天足不出户,人家还以为在家里干票大的呢,结果呢?居然讨论投资案!"

李嘉玉推他一把说:"我的问题单子你仔细看没有,黄段子就出来了?什么叫干票大的?现在这个就是干票大的。20多亿投资,不大吗?"

"大,很大。"段伟祺仔细看她画的问题,一点点给她讲,末了道,"我跟你说,你得心里有谱,这世上任何一个人都不可能全赢,投资这东西,邪乎一点说,除了技术层面之外,还有运气的成分。我也不是每次都判断正确,我曾经亏钱的那几个项目,都是想太多之后投的。我想都不用想,一高兴就投的,反而挺赚。"

李嘉玉无语。

"真的。"段伟祺一脸正经地说。

李嘉玉严肃地道:"你是锦鲤这件事,国家知道吗?"

段伟祺愣了愣,哈哈大笑道:"你记得替我保密。"

"当然。但你的灵气要分给我用用。"

"对付姓方的那个小子,还需要你老公的灵气?"

"不是。"李嘉玉摇头晃脑道,"那才是个多大的人物,犯得着吗?我跟他放狠话就是吓唬他呢。我的目标不是他。"

"那位刘总?"

"对。"李嘉玉拍拍资料道,"我要快点进步,当机会来的时候,我已经准备好了,这样的状态才可以。"

"很上进啊,李总。"

"那肯定。"李嘉玉道,"我想过了,余总这人吧,老奸巨猾的,他跟爷爷不一样。他完全跟着资本走,能帮公司赚到钱的人,是男是女,有什么紧要。他就是个资本家,脑子特别灵,手腕也有,所以特别懂办公室政治这一套。各种路数性格的人配一套,互相制衡。刘总呢,他没余总那个高度,说得不好听点,也就是个打工的,不过薪水拿得多些,权势大些,手上还有点股份。他是能干有本事,他也是真心看不起女人。我听说他老婆不能出来工作,他还在外头养了小蜜。"

"嗯,这种人是有的。"

"所以刘茂受不了女人能干,在他掌权的投资部,女的要升职太难了。我听同事说,好多人打的主意是在创达滚一圈,镀一层金就走。所以之前有两个特别牛气的姑娘,做了一年多就走了。现在人家在外头可厉害了。"

"所以呢?"

"我在外头已经牛过了,我要在创达牛一把。方普不过是小虾,我要对付的,是刘总。"李嘉玉认真道,"我想让余总看到我的能力,这样我才有可能与刘总平起平坐讨论业务,职位肯定不会比他更高,但起码能跟那几个骨干一样,坐在同一间会议室里审核项目。"

"想做总监?"

李嘉玉点点桌子道:"我得有真本事,才担得起李总这个称呼。我就是想让刘总看看,他再看不起,再针对我们,女人的能力和才华他也是压不住的。我气死他。"

"然后呢?"

"什么然后?"

"可能你改变不了什么。余总还是那个余总,刘总还是那个刘总。"

"但我已经不是那个我了。我会升级成李嘉玉4.0。他们是磨刀石,我是那把刀。"

段伟祺笑起来。

国庆假期最后一天，段伟祺请余进吃饭。余进赴约。

段伟祺与他谈了些合作的事，然后话题转到李嘉玉身上，他跟余进说听李嘉玉说她在公司里头做项目经理不是很顺利，张罗了两个项目都没报上。

余进有心理准备，便道："新入公司是得有个磨合期，业务、人际关系各方面都需要时间适应。不只是嘉玉适应公司，也得让公司有个适应她的过程。别担心，我会跟下面说，让他们给嘉玉多些机会。"

段伟祺道："我不是这个意思。我是觉得，嘉玉不适合做项目经理，她就是太理想化，当自己灰姑娘呢，还磨炼什么，几百万几千万的小案子有什么好磨炼的，她也待了几个月了，该进步了。一点长进都没有，我都不好意思说她。我想请余总带带她，教她点真本事，也不必做什么经理，换个助理职位也行呀。"

余进懂了。听这语气，不知道的还以为是说可以让李嘉玉降职呢，总裁助理不比经理强？这是明降暗升吧。

"也不会耽误余总的生意。刚才我们聊的联合投资基金，我想交给嘉玉对接，这样业务上的东西，我自己也能点拨她一些。余总和我都省事，正好也能让嘉玉练练手，余总你看呢？"

余进想了想，那130亿，7个项目，有眼有谱，他当然想稳稳当当拿下。虽然惊讶于段伟祺敢拿这个给李嘉玉撑腰，但他答应下来没坏处。

"行。"

"谢了，余总。"

国庆假期结束，所有人回归工作岗位。

假期回来一堆工作压着，李嘉玉忙着跟进肖兵交代的几家投后公司的管理工作，踏实低调，看不出什么波动。

方普在节后第二周就接洽到一个挺好的项目，方案成熟，盈利模式清晰，数据报表漂亮，已经进入A+融资环节。这项目颇抢手，方普谈得还不错。他有些得意，那日在电梯口遇到李嘉玉，便叫道："李嘉玉，你的项目谈得怎么样？还赌吗？"

李嘉玉便笑道："你要赌呀？行，300万。"

方普嗤之以鼻道："又越南盾？"

"看你诚意咯。"李嘉玉不急不缓道，"你有诚意赌，咱们就美金。"

"你怎么不往1000万喊呢？"方普讽刺她。

"我这不是怕你接不住吗。"

周围众人笑。

方普自讨没趣，丢了面子，便叫道："100万，你敢吗？"

"美金？"

"人民币。"

"行，签个约。输了不赔就上法院。"李嘉玉道。

她这么笃定，这么敢，方普又犹豫了，但话已出口，只得道："行，我回头空了拟个合同。"

"行呀。"李嘉玉笑笑说，"我等着。"

方普先不敢拟合同，他玩命地盯那项目，各种跟进紧贴。就在他觉得很有希望的时候，公司的一纸调令下达：即日起，李嘉玉调总裁办公室任总裁助理。

同时公司里有一重大新闻，李嘉玉签回个130亿的联合投资基金合作，涉及7个大项目，够公司啃好一阵子的。难怪人家去了总裁办公室。

方普脸上火辣辣的，一个星期没怎么在公司说话。

李嘉玉到总裁办公室上任两周后，方普辞职。

李嘉玉由始至终都没有找他追要打赌合约，问都没问过。

方普灰溜溜地离开，却不知道，自己压根没成为李嘉玉的对手。

她的对手，还在公司里。

因为方普与李嘉玉的过节在公司里尽人皆知，所以方普的离职成了公司里的重要八卦，大家工作之余议论了好一阵子。

有人说方普是因为跟李嘉玉打赌，被狠狠打脸后自尊心受伤太重，觉得在公司待不下去，于是走了。有人说是因为李嘉玉放过话，她要升职整死方普，现在升的虽然不是方普直接上司的职位，但也是可以给方普穿小鞋的，方普受到威胁，不得不离开。也有人说方普谈的那个项目被另一家一起竞争的投资公司看中，那家公司直接把他挖走了。

传言不少，但大家意见一致的就是，李嘉玉这个有后台的女人不简单。

嚣张的时候是真嚣张，低调起来也是真质朴。能在Polo和布加迪之间自如切换不违和的，也是真本事了。

李嘉玉对传言是有耳闻，但她不在意，道："你们别小看方普，能进创达做这么久，人家不差的，业绩也是不错的好吗？而且大老爷儿们，哪有这么玻璃心，我开开玩笑就吓走了？别逗了。肯定是别家挖走的。应该祝福他越来越好，前程似锦。"

众人心道：真的，这段数就是不一样。

方普走了之后还跟前同事们叫嚣："那个李嘉玉，你们看着好了，她得意不了太久的。我问过刘总，听说她是富昌太子爷段伟祺的情人，网上之前说的那些,都是真的。知道什么叫无风不起浪吗?她也是脸皮厚,这样也好意思在公司里横着走,换了别个有着耻心的,早埋着头做人了。"

相比之下,李嘉玉淡定从容的姿态和言论,比方普高端多了。

其实网上的事,大家多少都知道一些。毕竟就凭李嘉玉的出身和年纪,哪能天天换豪车,她的后台是谁,大家也都好奇。这一好奇,当然就会有各种"真相"流传。加上国庆时设计师李铁的婚礼上,段伟祺也爆出一波新闻,他跟李嘉玉都参加了婚礼,但网上发出的照片里,他俩在现场完全没亲昵互动。

另一个奇怪的地方是,李嘉玉一个已婚妇女,怎么可能当伴娘?而且,从来没听她说过她老公,但也完全没必要在入职的时候填假消息未婚装已婚呀。

有人提出会不会段伟祺就是她老公,遭到众人的驳斥。段总夫人不去富昌当个副总裁,来创达受这个气?如果老公是段伟祺,有什么好瞒的,第一天上班就该跟大家说:"大家好,我老公是段伟祺。"毕竟金融圈子,不知道段伟祺的应该没有吧。而且段总结婚,这事怎么可能瞒得住,一点风声都没听到。

绝对不可能。

有人找到了网上不知哪个黑子画的人物关系表,就在李铁婚礼那条微博那儿发的——苏文远跟李嘉玉分手,苏文远跟段珊珊被拍,李嘉玉跟段伟祺有一腿,段珊珊、段伟祺是亲姐弟,苏文远与李铁是铁杆,李嘉玉与方勤是铁杆,李铁与方勤结婚了。

关系图表附言:"贵圈真乱,全扎堆了。"

这留言李铁还回复了,他说:"优秀的人当然扎一堆,跟你不沾边。"

这也表明情况了吧,关系表看来是真的。网上全部可查,没什么掩藏。段伟祺是李嘉玉的金主这绝对真实。其他还有好多谜团,就继续谜着吧。

这些言论倒是没人告诉李嘉玉了。方谱的例子摆在眼前,谁也不会傻得再去踢李嘉玉这块铁板。人家到底结没结婚,老公是谁,不重要。不知道真相又不会少块肉。总之好好上班,安稳挣钱才紧要。

虽然没人说,但不少好事者也在看戏。这么大的合作项目砸过来,据说由李嘉玉对接富昌,协助工作。为什么,大家心知肚明。只是这活儿不好干,不是长得漂亮开着几辆豪车就能做好的。这种量级的操作,是数家资本共同出手,N多股东需要交代,大老板亲自跟进的大生意。李嘉玉想在里头做好业务联络人,这得八面玲珑,业务能力超强,沟通细节不出差错,统筹能力一把抓才可以。

职位是升了,但火坑也是跳进去了。

李嘉玉在火坑里待得挺爽的。

她跟着余进出席一个又一个的会议,整理会议记录,收集分发报表,跟进执行进度，推动项目进程，与各合作方沟通项目情况。琐碎的事情特别多，光是需要的文件就能列出两页单子。

李嘉玉的细心和严谨在这个岗位上得到了充分发挥。她有些强迫症，喜欢表单和记录的工作方式也正适合眼下的工作要求。一开始她是有些手忙脚乱，但好在身边有段伟祺，她白天奔波在创达和各合作方公司之间，晚上回去段伟祺就给她补课。

在这个高度上，李嘉玉见识到了从前没有见识过的格局和思维，大佬们全都是高手，各有见地，操作巧妙，给了她许多启发。她终于明白自己当初想在创达做一个小小的投资经理真是错误，白耽误了时间。起点的高度决定了成长的速度啊。

"难怪你这么厉害。"李嘉玉对段伟祺说。

"怎么？"

"方勤说，她在耕田的时候，听说别家孩子坐家长膝上喝奶，你坐家长膝上听业务会议。"

段伟祺简直无言以对。

"反正都得走后门，当初就该直接抱上余总大腿进总裁办公室。"李嘉玉道，"我真后悔，浪费了几个月时间。"

"你才干了几天，就这觉悟？"

"你当初没劝说我。"

"干吗劝你，你高兴怎样就怎样。不高兴了，想换一样就换一样。"

这真是太惯着她了。李嘉玉很感动："干得好，段总，继续保持。"

受宠的李嘉玉决定也要好好向段伟祺表达心意。她反省了一下自己，她从前给段伟祺过生日都太不走心了，不只是生日，有时候她还会把工作摆在第一位，觉得工作得马上做，老公可以以后宠。她错了，她要改正。

工作马上做，老公也马上宠。

今年段伟祺的生日，她想给他惊喜。

"所以你的计划是什么？"段伟祺问她。

李嘉玉认真道："你知道住一起之后有一点特别不好，就是想给你什么惊喜吧，都没地方藏。如果我还在C市，就可以偷偷准备，你都不知道。"

段伟祺想了想说："你的计划不会是生日那天亲手给我做顿饭吧？"

李嘉玉抽出沙发靠枕打他，问："你怎么猜到的？"

"你天天早上起来练做早餐，我都吃了三天煎坏的蛋了。"段伟祺控诉。

"当然不是。生日才没有煎蛋。我这个就是日常练练手感。"

"别练了，放弃吧。"

李嘉玉又拿抱枕打他，怒道："你居然敢看不起我的手艺。"

段伟祺哇哇叫，躲着凶器解释："不是看不起，我相信你一定会做得很好的。"

李嘉玉喘口气，抚了抚乱发，叉腰道："那是肯定的。"

"但你没时间啊，所以做不好，一定是你没时间。"

李嘉玉心想，她都没展现结果呢，他就下结论做不好了？还给她找好了借口？

李嘉玉很不服气地说："你等着。我要亲手做一桌大餐，还有生日蛋糕。"

"听起来好可怕呀。"段伟祺忍住不要笑，高兴到飞起。他老婆是最讨厌做饭的，居然想为他做顿饭，想到就觉得甜。他装模作样地拖长声音："算了，真的，别挣扎了，不如那天我们一人发一片面膜，大家谈谈心就算了。"

"你死定了，段伟祺。那天你必须把我做的饭菜全吃光，蛋糕也要吃完。不然你就睡沙发。"

"唉。"段伟祺叹气，"我怕我吃完了睡医院。这么忙，不能病啊。"

李嘉玉忍不住揍了他一顿。

段伟祺今年的生日是周四。为了能有时间好好表现，给他过个浪漫生日，李嘉玉跟他商量了，把时间挪后一天，周五过。

段伟祺当然没意见。

周五下午，李嘉玉请了半天假准备，到了下班时间，她去富昌接段伟祺下班。

段伟祺得意扬扬，满面春风地跟着李嘉玉走了。

"我好惊喜啊。"段伟祺坐上车就开始叫。

"闭嘴。"李嘉玉斥他，"太破坏气氛了。"

"惊喜第一波，老婆接下班。"

"这不是早告诉你了？"李嘉玉白他一眼。

"这不是为第二波、第三波做好心理准备？"段伟祺顿了顿，问，"一共几波来着？"

"不知道。"李嘉玉又白他一眼，"全告诉你了就不惊喜了。"

"好的。"段伟祺乖得不得了。

过一会儿他又说了："李总啊，你今天真漂亮呢。"

"那肯定的，我天天都漂亮。"

"不是，这个称赞的目的是让你也夸夸我。"

李嘉玉趁红灯的时候认真看他一眼，说："你跟平常一样啊。"

段伟祺不说话了，一路都没再说。

李嘉玉把车子开到了他们的新家，装修和买家具这两项活动一直陆陆续续进行着，他们又忙，也不缺地方住，所以一直没搬。李嘉玉打算今天正式搬到新房，这算第二波惊喜。

段伟祺还真是惊讶了："可以呀，老婆，这个确实瞒住我了。我说怎么没找到别的东西，原来你藏这里了。"

"你还找了？"

"这不是好奇吗，打算找着礼物了再当不知道的，结果没找到。"

李嘉玉忍耐，有这种不老实的老公，怎么玩情趣？幸好啊，藏住了，他肯定会惊喜。

段伟祺打开门，一个心形的大气球飘在眼前，他哈哈大笑道："好俗气啊。"

李嘉玉没忍住，拍了他一下。

段伟祺笑个不停，把气球抱怀里检查："真的很俗。咦，写的情话呢？"

"没写。"李嘉玉的表情明显一愣。

"你忘了？"

还真是忘了。"没有，本来就没打算写。气球好好的，写什么写。"李嘉玉道。忙得要死，时间根本不够用，差一点就没赶上，忘了多正常。她开始紧张，完了，后头的环节有没有还忘了什么？

"……你的表情，很可疑啊。"

"去，去，玩滑梯去。"李嘉玉推他。房子装修时按段伟祺的要求装了个室内滑梯，从楼上滑下来。装好后他还玩过几次，不过他很久没来过了，屋里装饰已经多了许多。

"为什么我要去玩滑梯？"段伟祺不听话。

"你今天超级帅，西装是新的吧，皮鞋也很漂亮。衬衫是我说花纹好看的那件，袖扣是去年我送的，手表也是我挑的。你还喷了我喜欢的古龙水。下楼的时候是不是刚洗过脸还擦了护肤霜，干干净净香喷喷的。"李嘉玉亲了他的脸一下，"很帅。快去玩滑梯。"

段伟祺被哄得飘飘然。还说跟平常一样呢，其实她全注意到了。骗子啊骗子，真是骗感情。段伟祺上了二楼，看到滑梯口那儿摆了一个小木台子，台子上有一辆车模。

他很高兴，过去把车模拿上了。是今年的份，她真的每年都不落。

他拿着车模从滑梯上滑了下去，没看到李嘉玉，便大声喊："我滑下来了,看到车模了。"

"把车模放好就去餐厅。"李嘉玉的声音从楼上卧室传下来。

段伟祺心里一动,暗想她是不是会换身性感睡衣下来?嗯,空调暖气都打开了。肯定是这样的。

他喜滋滋的,觉得自己明察秋毫。他拿着车模去了客厅偏厅,那里特别设计了一个车展区,摆了好几辆车模,他把新的车模摆进去,还根据品牌、车型和颜色调整了一下各车模的位置。

然后他去了餐厅。

李嘉玉还没有来。餐桌上摆了一大桌菜,还有一个蛋糕。段伟祺"哇"的一声,简直不敢相信。他老婆要是决心做什么事,还真是说到就能做到。厉害!

段伟祺在位置上坐下,大声喊:"我等着呢。"

"再等一下。"李嘉玉回他。

段伟祺满心期待,高兴地用脚打拍子。

过了一会儿,李嘉玉下来了。果然穿得很性感,但不是内衣,是小兔女郎性感套装。纤腰长腿尽显,还戴着兔耳朵。她背着手,有些拘谨的样子。

段伟祺看呆了,然后忍不住大笑,他站起来,走向李嘉玉道:"让我看看。"

李嘉玉后退了一步。

段伟祺追过来道:"这么漂亮,抱一下。"

李嘉玉让他抱了。段伟祺抱着她便笑,摸摸腰,摸摸屁股,特别高兴。

"你没觉得哪里不对?"

"这么一把年纪了装可爱确实不对。"段伟祺道,忍不住好好吻了她。他老婆太可爱了,今年生日真的超级棒。

"尾巴找不到了。"李嘉玉委屈地道。

段伟祺摸了摸,把她扳过来看,确实啊,没尾巴。

"刚买回来的时候试了一下,那会儿有尾巴的。可我刚才怎么都找不到了。"

"没尾巴,也挺好看的。"段伟祺的心被挠出血痕,好想看老婆的小尾巴,过了今天是不是以后没机会了?今天必须把尾巴翻出来呀!

"没事,我上去帮你找找。"段伟祺道。

"我都找过了,没有。"李嘉玉摇头道,"不过幸好男款的尾巴、耳朵都是全的。"

李嘉玉把手里的袋子递过来。

段伟祺蒙了。

"我们得穿情侣装吧?"李嘉玉把袋子又伸了伸,塞到段伟祺手里。

段伟祺在心里暗骂,为什么兔子性感装会有男款!

段伟祺警惕地看了看李嘉玉手中的袋子,又看了看她身上漂亮性感的兔子装。

直直软软的兔耳朵,露肩蕾丝抹胸,低腰蕾丝小裤,镂空丝袜……女款长这样,男款还能长什么样?

再看看李嘉玉期待的眼神,他的目光又落回那个袋子上。他清了清嗓子,认真道:"我们先去找你的尾巴吧。"

"你先穿上嘛。"

"这不是要凑成情侣装?你的尾巴没了,我穿上也不成套。"

"那把你的尾巴也摘下来好了。"

"我拒绝。"严肃的段总假正经道,"我拒绝做只没尾巴的兔子。"

李嘉玉蹙眉道:"那找到我的尾巴你就穿吗?"

"对。"

"你保证?"

"当然了。我可想跟你穿情侣装了,但咱们得成套啊。"段伟祺牢牢抓着这个理由不放松,"我上楼帮你找找,如果找不到的话,那我们下回……"

话还没说完,就见李嘉玉不知从哪里变出来一只小短尾巴,"啪"地一下往自己尾骨位置上一贴!

"找到了!"她大声宣布,眉飞色舞,一脸得逞的笑。

段伟祺很是绝望,居然,中套了!

"你看。"李嘉玉转过身来,展示一下自己的小短尾巴。

段伟祺猛地朝她扑过去。李嘉玉早有准备,尖叫着就跑。

"你这戏精。"段伟祺追到沙发边,将她抓住了。

李嘉玉笑到跑不动,返身抱住他喘气道:"你说话要算数,段总。"

"你就是这么对待寿星的?小骗子。"段伟祺咬牙切齿,又道,"啊,你不小了。一把年纪了,还装可爱骗感情,可耻!"

李嘉玉笑得瘫在他身上,催他道:"快点换嘛。"

段伟祺把她拉直,扳过身来道:"让我看看。"

李嘉玉让他看,还扭了扭屁股,小尾巴跟着颤啊颤。

"好不好看?"她笑嘻嘻地问。

好看死了,看得身体都激动了。

段伟祺伸手摸摸小尾巴,哑着声音道:"现在穿不了兔子装了。"他拉过她的手也摸摸他,"肯定穿不进去了。"

李嘉玉眨眨眼睛,故意嫌弃道:"也没怎么样啊,你以为有多大。"

也不等段伟祺说话,她说完这句马上跑,但没跑出两步就被他抓住了。李嘉玉一边笑一边尖叫,被段伟祺按在沙发上教训了一顿。

兔子装男款还没穿,女款先被扒了。

李嘉玉将段伟祺抱紧,咬他耳朵。段伟祺亲亲她的耳朵,又摸摸兔子耳朵:"耳朵太多,都忙不过来了。"

李嘉玉大笑,然后被段伟祺堵住了嘴。

室内开着空调,温度适宜,但他们很热。

沙发很大,也很软。

过了许久,李嘉玉从余韵中缓过劲来,抚抚段伟祺汗湿的背说:"去冲个澡,正好穿穿兔子装给我看。"

段伟祺埋首在她颈间笑道:"你怎么这么执着。"

"执着是我的优点。"

"今天难道不是庆祝我生日?"

"是啊,所以我陪你一起穿。"

"很公平。"段伟祺忍着笑说。

"对。"李嘉玉亲亲他脸蛋说,"很公平。"

"好吧。"段伟祺拉着她一起起身去冲澡,"老夫老妻的,一起穿。"

冲好澡,两人一起换上兔子装。李嘉玉一直在笑场,从段伟祺戴上兔耳朵开始就笑到直不起身,被他用眼神严厉警告。原本两分钟就能穿好的衣服,因为李嘉玉在闹,弄得10分钟才穿好。

两人互相帮忙,将魔术贴黏着的尾巴贴在了对方的尾骨位置,正式完成着装。

两只性感兔兔对着镜子,李嘉玉又笑得站不住了。

"严肃点。"段伟祺居然忍得住,李嘉玉笑得更大声。

"你之前尾巴怎么动的来着?"

李嘉玉笑得没力气:"现在做不出来了,等我缓缓。"

"这样?"段伟祺左右扭扭屁股,身后尾巴颤啊颤。好不容易才停下笑的李嘉玉再次大笑。

"还是这样?"段伟祺上下动了动臀,身后尾巴又颤啊颤。李嘉玉伏他肩上大叫"不行了"。

段伟祺也哈哈笑,扶着她,问:"开不开心?"

"开心。"她笑得满脸是泪。

"开心就好。"段伟祺俯身吻掉她的泪水。

李嘉玉停住了笑,踮起脚尖,回了他一个温柔的吻。然后她摸了摸他的兔耳朵,软软的,手感很好:"真可爱啊,段总。"

"帅吗?"段伟祺问。

"帅死了。"

"帅就行,不用死。"段伟祺不满意。

李嘉玉又笑:"好的,非常帅。"她还拍了拍他屁股,赞道,"臀肌挺发达的。"

"你试试?"段伟祺再次展现了一下上下动臀颤尾巴的功夫。

李嘉玉试了试,不行。她再次笑哭:"我认输了,不如你。"

"笨死了,不是肌肉动,是胯骨动。"段伟祺抓住她,"我教你。"

"不要。"李嘉玉笑得脸都酸了。

段伟祺抱着她说:"该健身了,李总,你太不行了。"

两个人对着镜子,看着镜子中相拥的身影,李嘉玉道:"好想把你现在的样子拍下来啊。"

"拍呀。"

"不行。万一手机丢了,照片外泄,你的形象还要不要了。"从这种照片可以揣测出来的故事可就多了去了。

段伟祺脸上的笑容收敛了几分,被偷拍影响到的,又何止是段珊珊而已。

"我多看几眼,深深地印在脑海里就行。"李嘉玉知道他想到了什么,笑嘻嘻地圆场。

"那必须帮助你加深印象了。"段伟祺轻轻咬她脖子,李嘉玉痒得直笑,缩着躲。

段伟祺又道:"一会儿完事了,你记得给方勤发消息,告诉她,我们有很多新意,20年不腻。"

李嘉玉再度被逗笑。完蛋,感觉今天就是一直笑一直笑。

两个人在浴室又做了一次。

段伟祺很温柔,他说:"明年我们也办婚礼吧,明年你生日的时候办。一年时间,总该来得及筹备。"

"好呀。"李嘉玉紧紧抱着他,抚他的发尾。

"可以在嘉玉岛上办。"

"行。"她已经锻炼出来了,他要做什么她都不会觉得太夸张。

"婚讯发布的方式我都想好了。"段伟祺柔声道,"给他们一人发一张地图,然后我告诉他们,地图上,有我老婆的名字。"

李嘉玉就笑："地图上有名字，哪用得着跑这么远，我跟你说，每个城市都有嘉玉这名字。什么嘉玉大厦、嘉玉美发、嘉玉路……"

"确实，太多嘉玉了。我原本想建个嘉玉公园的，把你喜欢的滑梯放里面，请艺术家来设计，各种各样的滑梯，有高有低，有宽有窄，不同造型，各种主题，适合不同的年龄层。它是恋爱圣地、表白首选场所、青梅竹马纪念地。还有各种好吃的，招牌麻辣烫配奶茶。还可以顺手申请个吉尼斯世界纪录什么的。世界上最多滑梯的公园，听起来挺酷的。"

李嘉玉听得两眼发光，颇是向往地问："后来怎么没建？"

"我真的去找地皮来着。我开着车，一路看到两个嘉玉什么什么，顿时没兴趣了。"段伟祺学着小女生的声音说，"我们去嘉玉公园玩吧？好呀，还可以去嘉玉甜品喝碗紫薯糖水。"

李嘉玉哈哈大笑。

段伟祺一脸愤愤地说："抢我风头，肯定不行。"

"怪我名字太普通了。"李嘉玉装诚恳道个歉。

"可不。"段伟祺很配合地鄙视她，"所以我得去找一个嘉玉这名字很特别的地方，让别人一眼就会记住的。挺不好找的。"

李嘉玉感动地抱紧他。

这就是他最可爱的地方。他固然是有钱，但他愿意为她花的心思，比钱贵重。

她忽然想说明年他们可以要个宝宝，但现在气氛这么好，她不想用来劝说他，来日方长，他们还有很多时间慢慢沟通。

段伟祺和李嘉玉重新冲了个澡，回到餐厅时已经换了正常衣服。因为段伟祺说他看着李嘉玉穿兔子装会吃不下饭。

"这一定是褒义吧？"

"那肯定的。"

"所以你愿意重新组织一下语言吗？"

段伟祺沉思道："得保存些体力吃饭，这样表达可以吗？"

李嘉玉也同意换回正常衣服吃，因为她会笑场。光想象一下段伟祺吃饭的时候耳朵一动一动的，她就能笑个不停。

两人终于情绪稳定地坐到了餐桌前。菜已经凉了，重新热了一下。段伟祺尝了一口，用力夸赞："老婆你太厉害了，味道很好。我收回以前的话，我不该小看你的厨艺。"

"不用收回。"李嘉玉撑着脸皮镇定地道，"这些是跟饭店订的菜。"

段伟祺的筷子还举在半空呢。

李嘉玉一脸无辜地道："是你说的,让我放弃啊。"

"你就放弃了?"段伟祺一脸恨铁不成钢地道,"你怎么这样呢?"

"因为没时间啊。"李嘉玉把段伟祺想好的理由拿来用。

段伟祺摇头叹息:"骗子啊骗子,骗我感情。"

李嘉玉不理他,继续吃饭。

段伟祺还在说:"难怪让我在餐厅等呢,肯定想着让我看到满桌菜先感动一下,然后哄我穿兔子装。"

"你穿得挺来劲的好吗!"尾巴动个不停,耳朵一直晃,还要求她多摸几下的不知道是谁。

段伟祺道:"我还不是为了哄你开心。要不这样吧,每年我们都穿一套,明年可以穿小猫的。"

还上瘾了是吧?李嘉玉白他一眼:"不行。"

"为什么不行?"段伟祺不服气,"我想看你穿。"

"第一,没新意了;第二,我怕你玩得太开心一冲动开个情趣用品公司。爷爷这么保守的人,我怕他从棺材里跳出来打你。"

段伟祺想了想,哈哈大笑,还真是很可能。

"如果真开这样的,必须叫嘉玉成人用品店。"

他这是真想把爷爷召唤出来啊。

第三十四章
余生,一起挣钱一起花

那天晚上他们过得很开心。段伟祺的生日庆祝家庭宴算得上是顺顺利利,除了一个小插曲——就是饭吃到一半的时候,忽然一片黑暗。

"嘉玉。"段伟祺很镇定地唤,以为是老婆玩的新花样,却听到李嘉玉问他:"你手机在手边吗?点个亮。"

"没有。可能在沙发那儿。"段伟祺四平八稳地坐在椅子上,怀疑问他手机在哪儿也是她在下套。

"你等一下,别乱动。"李嘉玉的声音在黑暗中响起。

段伟祺坐着没动,他皮皮地道:"我跟你说,这顿饭我吃完又有体力了。虽然只吃了一半,但一半体力够对付你10次了。"

他看不清李嘉玉在哪儿,却能听到她的动静,她走到了窗边。然后"唰"的一声,紧闭的窗帘被打开了。外头的灯光、月光透进来,隐隐能看见屋子里的景象。

段伟祺见她拉开窗帘,摊摊手:"所以没有半裸草裙舞什么的?"

"想什么呢?"李嘉玉找到了她的手机,点开手机电筒,"还10次,你怎么不往100次吹呢?"

"100次太夸张了，吹不出来。"段伟祺借着光站起来，去沙发那儿找他的手机。这下有两个手电筒了，屋子里又稍稍亮堂起来。

"所以为什么会停电？"

李嘉玉苦着脸，坐到段伟祺身边说："我刚想起来，忘了给电卡充值了。"这小区的电、燃气都是自助充值使用，省了物业追缴欠费的工夫。因这屋子他们还没入住，李嘉玉只在装修前充了一大笔，但装修费电，她之前查看过，觉得还能撑一阵子便没马上充，结果后来她忘了。

段伟祺哈哈大笑道："还以为一亮灯眼前会出现一个半裸美女，没想到只有一个沮丧的老婆。"

李嘉玉叹气道："我跟你说，果然直觉是很准的。我就总觉得似乎有什么事情没有做，但一直想不起来。刚才你穿兔子装的时候我又想起来一件，应该把你跳钢管舞那个落地钢管拿过来，你穿那个跳肯定比穿西装跳有意思。"

"你也不怕眼睛疼。"

"然后就是忘了交电费。"李嘉玉泄气道，"原本以为肯定能办一个满分的生日会。"

段伟祺搂着她说："挺好，分数太高，下个月你生日的时候我就不知道该怎么办了，输给你我会不服气。现在各种出错，刚刚好。"

"哪有各种出错？！"李嘉玉瞪他了，"只有停电是个意外，而且不耽误吃饭。这种气氛正好，浪漫死了。"

"我数给你听。"段伟祺正儿八经开始数，"来接寿星的时候司机没有穿漂亮制服。"

李嘉玉打他。

段伟祺哈哈笑，继续说："进门气球没有写爱的宣言。生日会活动环节顺序安排有问题，应该先吃饱再做爱，结果你安排成先做爱再吃饭了，饿着肚子上战场很伤身体的。"

李嘉玉忍不住又打他："你不是说再来10次也没问题？"

"我说的是你不行。"段伟祺抓住她的手，"然后，电费也不交，只能摸黑吃饭。"他顿了顿，"对了，你的爱的宣言要写什么？"

"这么俗，没想过。"

"现在想一下。"段伟祺摸摸她的耳朵，"弥补一下气球环节。"

李嘉玉想了想说："嗯，余生，一起挣钱一起花？"

段伟祺哈哈大笑，搂过她亲亲，夸奖道："这句特别好，一点不俗气。"

李嘉玉一脸骄傲地说："那当然不俗。"

段伟祺道："老婆这么能干，那我就只管花钱好了。"

"吹吧你就。就你这样的，让你不工作你得难受死。"

"唉！"段伟祺叹气，"我跟你说，我很小的时候立过志向，一定要认真花钱，让家里经济不要这么紧张。"

李嘉玉给他白眼："……是钱多得紧张吗？"

段伟祺摆摆手，表示不要明知故问："小时候不太懂花钱，大了知道怎么花了，花着花着觉得不对，怎么回来的钱比花出去的多呢？"

李嘉玉坐到他对面去："完全不想跟你聊天。"

你使劲炫，接着炫。

段伟祺笑着去拉她："你这人，怎么听不得真话呢？"他把她拉过来，搂在怀里，"下个月你生日，我知道怎么帮你庆祝了。"

"怎么庆祝？"

"保密。"

李嘉玉的生日与段伟祺的生日隔了一个月，12月27日，过了圣诞，临近元旦。

这段时间正好是最忙的时候，富昌和创达合作的投资基金富创基金计划，将在2月初举办的一个创投论坛上正式亮相。他们还想借论坛招募更多的优秀合作者。

这其中有许多环节，余进非常慎重，与段伟祺数次开会。

论坛的重要环节，是关于富创基金的重磅演讲，这也是整个大会的核心内容。余进带着团队与富昌那边的团队，以及其他合作公司，开会确认分工。末了，段伟祺邀请他到办公室喝咖啡，两人就基金业务和操作又探讨细化，说到演讲这事，段伟祺忽然道："这次还是余总来讲吧。"

余进愣了一愣。这基金涉及大大小小10多家投资，富昌和创达是主投，而发起和牵头的都是富昌，富昌占的份额最大。论坛核心演讲极其重要，这个主讲就是项目领袖，是标杆，怎么排序都该富昌上。让给创达？这简直就是白送金子。

段伟祺又接着道："我认识的人里，项目书和PPT做得最好的，能做出电影效果，具有现场煽动力的，就是嘉玉了。"

余进懂了。

段伟祺道："如果嘉玉在富昌，我会把这个工作交给她负责。可惜她在余总那儿。"他顿了顿，"哪家公司做代表上台演讲都好，最重要的是内容要好，简洁有力，触动人心，把台下都震住。PPT很重要，它会影响整个演讲效果。"

余进笑起来。

"所以，为了整个项目好，只要演讲内容做好了，我是不介意让余总做主讲人的。"段伟祺也笑。

余进很识趣，打了个电话，把李嘉玉叫进来了。

李嘉玉进来，跟余进和段伟祺问好，很职业，没因为与段伟祺关系不一般而轻浮松懈。

余进也用公事公办的口吻对她道："刚才开会讨论的论坛大会，段总建议由我们创达来做演讲。"

李嘉玉自然明白这个演讲的意义，她看了段伟祺一眼，不动声色，心里隐隐猜测到他的打算。

余进继续道："演讲的PPT交给你负责，你有把握吗？"

"可以。"果然是这样，李嘉玉大方应，"多谢余总信任，多谢段总。"

余进笑笑，到现在为止，无论他交给李嘉玉什么工作，还没见过这姑娘露出半点为难的神情来，她总是信心满满地接下，然后交出漂亮的结果。

他没听过李嘉玉演讲，只见过她做的项目书，项目书是做得很漂亮，但不代表PPT就做得好。

PPT不只是审美水平和软件效果制作的问题，最难的地方，在于逻辑与提炼，要把厚厚的项目书做成激情四射的PPT演讲稿，让枯燥的陈述和死板的数据变得易懂有趣，这是一件非常难的事。做的人不但要把项目本身吃透，还要对行业、对案例、对数据有深刻的理解。不能贴上长篇大论，要精简重点，抓住关键。言之有物不只要求讲的人肚子里有料，他还得会表达，懂得怎么讲。一个合格的管理者，要知道什么是好的PPT，怎样做好的演讲，因为他必须真正懂业务，知道要表达什么。

余进参加过很多论坛与大会，在金融业务这部分，只听过两次他认为称得上有创造力让人惊喜的演讲，其他的，只是普通演讲而已。达到及格线的是大多数，还有少数惨不忍睹，余进不明白这种水平为什么还要上台。

现在既然给他这个机会，他当然不会放过。李嘉玉做得怎么样，他拭目以待。他倒也不担心，要讲什么，他心里有数，所有的东西他都能提出具体细致的要求，照做出来当然不会差到哪里去。

余进和段伟祺当场把演讲的大纲都定好了，李嘉玉做了记录。

回到创达，余进带着李嘉玉把相关团队人员都叫去开会，最后定了一个三人小组，由李嘉玉带着一起完成这个工作。刘茂对这个安排颇意外，他认为应该会安排一个更资深的人牵头，毕竟这工作要求很高。余进没多说，只道："这事我亲自盯。"

刘茂无话可说，当然没有比老板更资深的，老板说了算。

当天李嘉玉回到家里，抱着段伟祺狂亲："大腿！谢谢你，大腿！"

总裁助理就只是助理，虽然是个很好的学习位置和高度，但能让她展现能力的机会太少了。段伟祺用主讲人位置，换了一个让李嘉玉展现能力的机会。李嘉玉自然明白。

"加油啊，李总。"段伟祺回抱老婆，"让老余对你刮目相看吧。"

圣诞和李嘉玉生日那天，她和段伟祺都没有时间，但两天后就是元旦假期，于是他们把工作往前赶，元旦放假的时候再一起庆祝。

周六那天是元旦假期的第一天，晚餐的时候段伟祺要求李嘉玉与他一起盛装外出。

"仪式感很重要。"他说。

两个人穿好小礼服，然后段伟祺开车带李嘉玉去了一家私房菜馆，馆子很小，一共五张桌子，但只有他们两个客人。段伟祺神气得很："我可不像某人，订个外卖假装是自己下厨。我多老实，踏踏实实花钱，认认真真吃饭。"

李嘉玉也不脸红，她也认认真真吃饭。

小馆子提前布置过，有许多鲜花和心形气球，气球上都写着："余生，一起挣钱一起花。"

李嘉玉看了哈哈大笑。

段伟祺对李嘉玉道："气球里有字条，字条上写着礼物，给你10秒，看你能弄破几个，拿到多少礼物。"

李嘉玉抓过一个气球握着，压了压，找找手感："气打得挺足呀。"里头确实能看到字条的影子。

"准备好了没？"段伟祺拿出手机调出秒表，"准备计时了。"

李嘉玉叫道："再酝酿一下。"她背转身，深呼吸。

"准备……"段伟祺刻意弄出紧张气氛。

"开始！"李嘉玉大叫一声，手里也不知拿了什么，迅速朝那些气球扎过去，"砰砰砰砰"一连串的巨响，吓了段伟祺一跳，他还没反应过来，秒表都没点下去，气球就全被扎破了。

李嘉玉哈哈大笑，笑得弯了腰。

"你作弊。"段伟祺指控。

李嘉玉叉腰道："又没说不能用工具。"小礼服上的小胸针正好用上，不要太方便。

段伟祺完全无语，他想象的场景是：李嘉玉捧着气球一脸紧张地挤气球，不敢用力，怕炸。

好吧，那只是想象。他现在明白了。

李嘉玉笑得不行，嘲笑段伟祺太天真。

两个人嘻嘻哈哈吃完饭，段伟祺带李嘉玉去了电影院，是Blue旗下的电影院。这天正是假期，看电影的人很多，但段伟祺带李嘉玉去的那个VIP小厅只有他们两人。

李嘉玉笑道："又包场啊？什么电影啊？"

"非常好看的电影。"

李嘉玉笑道："段总，我怎么有预感，你今天不太行。"

"不太行是什么意思？"段伟祺不乐意了，"不太行这个词能乱对男人说吗？"

李嘉玉大笑道："行，行。我期待。"

她也准备了礼物与她家段总分享的，她的直觉告诉她，她准备的与他差不多，但她胜。

电影开始了。

PPT似的电影，一开场李嘉玉便笑了。

"专心点。"段伟祺捏了捏她的手。

李嘉玉轻咳两声，坐直些。段伟祺搂着她，一起看。

片子一开始讲了二十世纪七八十年代的社会变迁，背景音乐挺燃，画面布局很好，图片搭配很对，案例也很有意思。短短几分钟，李嘉玉看得颇有些热血。

突然，讲到八十年代的重大事件时，忽地插入一张婴儿的照片。

"段伟祺先生降临人世。"解说语调丝毫不变，一个个事件讲过去，仿佛这件事也真的很重要似的。

李嘉玉哈哈大笑。

段伟祺睨她一眼说："这位女士，请注意观影秩序。"

李嘉玉简直要笑出眼泪，她抚抚眼角说："我有心理准备你会做类似的事，但没料到你做得这么过分。"

段伟祺忍着笑说："哪有过分，一直在陈述事实。"

李嘉玉笑得不行。段伟祺拍拍她说："别走神，越来越精彩。"

重大事件说完，画面刷出两个大字"聚焦"。李嘉玉鼓掌道："段伟祺先生。"

段伟祺绷不住脸，终于也笑出声。

画面果然跳转到段伟祺出生时的各种花絮，有段老爷子和段奶奶抱着小小的红彤彤的段伟祺的照片，有段延富抱着妻子和儿子的照片，还有段家全家福，有小小的段珊珊拉着婴儿段伟祺的手的画面。

"我第一次看到奶奶啊。"李嘉玉沉浸在这合家欢的气氛里，小声道。

"奶奶脾气很好的。"段伟祺也小声道，"我对她的记忆很少了。就记得她脾气很好，很疼我。她走的时候，我特别伤心，哭得天昏地暗，谁哄都没用。后来时间久了，爸妈再问我，奶奶当年怎样？你还记不记得？我都不记得了。我那时候，太小了。记得自己为她哭泣，却不记得她究竟对我如何好。"

李嘉玉抱着他的胳膊，头枕在他肩膀上。

电影屏幕上继续切换着画面，这是段伟祺成长史、富昌成长史。家庭的照片也出现不少。有一张是段奶奶快去世时，段老爷子握着她的手，将她抱在怀里，对着镜头笑的照片。

段伟祺说拍这张是应奶奶的要求，她说以前嫌弃自己不好看，现在时间不多了，这才想起跟爷爷的合照太少了，所以想补一张。后来没多久，她就走了。

接下来的照片里，家庭照片就很少了，三三两两的合影。老爷子抱着段伟祺视察工地，段伟祺坐在办公室里玩积木，段伟祺穿着小学校服，一脸不高兴，段伟祺和爸爸坐在会议室开会，段伟祺做作业，段伟祺和几个小朋友的合影……

"有蓝少、卓少吗？"李嘉玉问。

"左边最胖的那个，脸脏脏的是耀阳，他旁边光头那个是卓恺。"

李嘉玉道："你小时候挺帅的嘛。"

"现在不帅？！"段伟祺捏她的后颈，李嘉玉缩着脖子哈哈笑。

然后她看着看着，发现一件事："段总，你小时候照相都是板着脸啊。"

"嗯，大概觉得酷吧，又或者是不开心？"段伟祺道，"我小时候，我爷爷差点再娶，我爸妈差点离婚。再娶的事我不太记得了，也不是有什么真感情，也许只是他寂寞吧，也可能那女的很会进攻一个孤独老男人的心。因为这事，家里闹了很久，那时候我上小学，快升初中了吧。我爸挺孝顺的，我爷爷想再娶，他也同意，我妈不同意，觉得太丢脸了。她认定那个女的就是为钱，不怀好意。"他顿了顿，"我妈说我那时候人小鬼大，居然在他们吵架的时候说，那当然是为钱，一个老头子，她不为钱难道为了我爷爷长得帅？"

"后来没娶？"

"对。"

"那女的呢？"

"嫁别人了，另一个有钱老头。具体细节我不知道，不关心。"段伟祺看着屏幕上的画面，想起当年，道，"我爸妈也没离婚，他们不是因为爷爷没娶不离的，是因为我说你们要离赶紧，离完就不吵了，吵架太烦了。还有，离就离，也别说是因为爷爷或者因为我。"

"哇！"李嘉玉惊奇了，"你这么叛逆啊？那时候年纪这么小，不是应该害怕父母分开吗？父母分开了，你到哪里去？"

"我一直跟我爷爷比较多。我爷爷重男轻女，觉得我单传，宝贝得不得了，所以常接我到他那儿住。他那儿耀阳他们家很近，我们一个院子，有人陪我玩，所以我也喜欢去他那儿。我爸我妈那会儿拼事业呢，有人帮他们带孩子正好。但其实我爷爷哪里会带孩子，还不是管家和保姆带着我。我爷爷能随时看到我就好。我姐也喜欢去我爷爷那儿，赖着不走。她小时候也不知道为什么，反正特别讨厌我，整天找我麻烦，又讨厌我又要跟着我，烦死了。"

李嘉玉倒是知道段珊珊为什么讨厌段伟祺，但她没告诉他。

"那时候我特别浑，到处打架，看这个不爽，看那个不高兴，我爸我妈说我的叛逆期来得早，持续时间还长。"

"持续到现在吗？"

"对。"段伟祺笑笑，"那时候我就觉得婚姻很没有意思。我爷爷可以在奶奶临终的时候说他爱她，这辈子只有她是他妻子，转身没过几年，就想再娶了。我爸妈更好笑，吵架离婚还要赖到别人头上，还说为了孩子。我爷爷后来也说为了我，他没再婚。关我什么事，孩子真是好借口啊。"

李嘉玉不说话，她不知道能说什么。她跟段伟祺虽然结婚几年了，但他们从来没有谈论过这些，她只知道他的任性，对他小时候的事所知甚少。段家跟她家也不一样，她公公婆婆也很少说"我家阿祺小时候……"，倒是她妈妈总跟段伟祺说"嘉玉以前小时候啊……"。

李嘉玉忽然很感动，她觉得她想错了，今天的礼物她赢不了段伟祺。虽然形式上差不多，但段伟祺把陈年照片翻了出来，用心做这些，是把心意摆在她的面前，把他们夫妻关系的一个缺角补上了。他想让她了解他，知道真正的他是什么样的。

这些内容，没有人会告诉她，甚至大概没有人会记得这么全。她猜她的婆婆也好，公公也好，段珊珊也好，他们印象里的段伟祺，肯定也不是一致的。

现在，段伟祺把自己整理出来，呈现在她面前。

"其实我爷爷虽然没再婚，但一直也有女朋友，或者叫女伴？一直到我大学创办完'恐怖故事'出国，他还有女伴，但我没过问，那时候我已经很少去他那儿了。在俗世眼里，大概那真的不能算女朋友吧。反正都是在一起几年又分开了，她们拿到钱，坚持几年，走了。后来我回来，爷爷身边倒是再没有人了。可能他也厌烦了吧，哪里还会有跟奶奶在一起的感觉呢？寂寞就是寂寞，没法填补的。"

"他们现在重聚了。"

"哈。"段伟祺笑笑，"不知道我奶奶还理不理他。如果真有另一个世界，说不定我奶奶知道爷爷这样，她也另外找一个了。"

"你怎么不想点好的。"

"现实就是这样，很残酷的。凭什么他另找，而奶奶却在另一个世界等他？不可能。几十年，干吗等。她肯定也遇到另一个好男人，这样才公平。"

"段伟祺，"李嘉玉道，"你一定很爱你奶奶，虽然你不记得了。"

"是啊。真可惜。"段伟祺道，"我想大概小时候有奶奶的时光特别快乐，所以奶奶走了之后，家里的不开心让我变得特别皮吧，他们想让我怎样，我就偏不。然后爷爷这样，爸妈这样，我就下定决心，不要婚姻，不要小孩，自由自在，想恋爱就恋爱，不爱了，大家洒脱分手。想工作就工作，不想工作了，就去玩。人生这么短，说不定什么时候就没命了，有意思的事这么多，干吗要勉强自己被束缚被压抑。"

"你现在，脸很疼吧？"李嘉玉问他。

段伟祺沉默了一会儿，突然笑起来，捏她脸蛋。李嘉玉哈哈大笑着躲，被他抓回来。

李嘉玉笑着推他说："快看快看，演到'恐怖故事'了。"

段伟祺将视线转向屏幕，李嘉玉叹道："三分之一的人生，就这样过去了。"

"你的数学很差劲。"

李嘉玉咯咯笑。影片里一幕幕地说着段伟祺的事业，一个又一个项目，全是吃喝玩乐和冒险，照片里的他意气风发，少年得志，整个人都闪耀着飞扬的光彩。之后就是他跟李嘉玉的合影，或者对他们来说有纪念意义的场景照片，这一段没有旁白解说，一张一张照片倒是让李嘉玉想到很多从前的事，她甚至看到段伟祺攀登珠峰的照片，她笑着窝进段伟祺怀里。

后头没什么太意外的内容，都是李嘉玉知道的事，时间线一直到今年今日。

屏幕上忽然跳出来几个字：李嘉玉，生日快乐。

然后就是段伟祺从婴儿到孩童，从少年到青年，直到近期的各种照片闪现，最后定格几秒，紧接着又跳出来几个字：这个优秀的男人，是你的。

然后屏幕内容又变了，段伟祺在屏幕里问她："开不开心？"

李嘉玉大笑，对屏幕挥手道："开心。"

屏幕里的段伟祺又问她:"满不满意?"

李嘉玉猛点头道:"满意。"

屏幕里的段伟祺笑道:"生日快乐,老婆。"

身边的段伟祺也道:"生日快乐,老婆。"

李嘉玉哈哈大笑,用力拥抱段伟祺,给他鼓掌道:"段总这创意不错。"

"那肯定的。"

李嘉玉继续笑道:"就是太考验脸皮了。"在片子里把自己夸成宇宙第一优秀,除了她家段总干得出来,恐怕没别人了。

段伟祺把她抓过来咬她脸蛋一口,李嘉玉推他说:"妆花掉了。"

段伟祺瞪大眼睛道:"啊,真的,糊了一大片,你究竟擦了多少粉?"

"滚蛋。"

段伟祺哈哈笑,咬她耳朵道:"我还是喜欢你卸了妆的样子。"

"不行。"李嘉玉叉腰道,"你必须喜欢我所有的样子。"

"行,行,所有的样子。"

段伟祺拉着她回家。路上李嘉玉一直追问段伟祺的片子里那些事的细节,有些细节段伟祺都不记得了,便道:"这片子的中心思想就是你老公牛、帅,其他的都不重要。"

可真是牛坏了。

李嘉玉不服气,于是回家后,她把她准备的礼物拿出来了。

一个PPT。

"你生日为什么要送我PPT?"

"不是,送我自己的,只是邀请你一起看。"

"感觉是个陷阱。"

"怎么可能。"李嘉玉调好设备,把PPT投影放好,"你不是夸我是你认识的人里做PPT最好的吗,我要展现一下。这版内容也是很棒的,正好是对你那部影片的有力补充。"

PPT还真是讲段伟祺的。

从兰博基尼开始讲的。

段伟祺哈哈大笑。

PPT里调侃了段伟祺的许多事,完全是电影院影片里段伟祺的另一面。播到后来是一页页绯闻剪报。

段伟祺大叫道:"这地方没法待了。"

李嘉玉拉住他说:"不行,要看完。"

"看不下去了。"段伟祺夸张地捂住眼睛说,"这是个饱受冤案折磨的灵魂。"

李嘉玉把他的手拉下来，哈哈大笑。

这个影片挺短，一会儿就播完了。影片最后也是跳出字幕：李嘉玉，生日快乐。

然后又跳出一行字：这么难搞的男人你都搞定了，你是最棒的！

段伟祺笑得倒在沙发上，抱着肚子喊"不行了"："李总，你的脸皮还在吗？"

"比你用半小时歌颂自己强多了。"

李嘉玉说着，也笑起来。

做段总的老婆，脸皮真的很受考验。

元旦假期一过，马上就是2月初的创投论坛大会。这次论坛对富昌和创达都很重要，两家公司极为重视，紧锣密鼓地筹备。

李嘉玉带着小组为余进的论坛演讲做准备，PPT写了200多页，再从200多页压缩到了100多页。每一个数据认真查验，每一个词仔细琢磨，再把100多页浓缩成87页。李嘉玉一遍一遍细读，再拓展案例和延伸分析，写到93页。之后小组讨论多次，一遍又一遍调整，最后定稿85页。

余进一直带着刘茂忙碌于基金运作和企业洽商，论坛会议筹备的事由富昌主导，创达这头余进是交给他的首席助理和肖兵跟进。这次论坛也请了许多业界大佬和相关政府人员，这是展示门脸的大事，自然不会错过一个贵客。

对于演讲，余进很有经验，可以说是驾轻就熟，就算不给他稿子，他也可以在台上讲够10分钟，这当然不可能称得上表现优秀，但也不会太丢人。余进自认为起码比那些他觉得不合适的演讲者强。所以对于李嘉玉准备的演讲PPT，余进并不担心，差也不可能差到哪里去，而且大纲他和段伟祺都跟她说清楚了，不太可能偏离方向。

这段日子里李嘉玉会就些细节与他讨论，并将稿子发给他看过。余进获知进度，在他要求的时间范围内，他觉得满意。余进给李嘉玉的最后定稿时间，是论坛会议前一周，这样如果需要调整，还有时间。

余进跟李嘉玉定好下周一让她交PPT，但李嘉玉这周五就把PPT全部确认完毕，余进刚好在公司又有空，于是就把会议提前了。

李嘉玉和三个组员在会议室调试好投影仪和电脑，余进讲着电话便进来了。组员们坐到了墙边椅子那儿，有些紧张。余进在会议桌前随便找了把椅子一坐，漫不经心地问："可以开始了吗？"

李嘉玉点点头，一个组员赶紧过来，把打印好的PPT和演讲稿摆在余进的手边。

李嘉玉问:"余总,我给您讲一遍?"

余进点头应声:"行。"他的手机响了一声,他低头刷开看了一眼,手指按啊按,回复信息。

李嘉玉耐心地等着,余进处理完,把手机放到会议桌上,也没看打印稿,只道:"行了,开始吧。"

李嘉玉按了一下遥控器,PPT背景音乐响起,富昌与创达的LOGO(徽标)滑过屏幕,富创基金的标识闪现出来。

余进挪了挪身体,在大背椅上往后靠,坐稳了,手撑着下巴,看着墙上的屏幕。音乐和特效都很好,很有氛围,能抓住眼球。

音乐继续,屏幕上出现一组又一组数字,年份、创业人群、行业比例、变化情况。数字与分类逻辑和次序非常清楚,配合的图片也清晰了然,不需要任何旁白便能让人明明白白。

余进看着,觉得这个开场节奏还不错。

数字的分析结束,画面定格在一个大表单和投资发展趋势图上,李嘉玉开始说话了。她拿着遥控器,每说一段就按一下,随着她的发言,屏幕上的画面不停变化。她的语调不急不缓,音乐节奏搭配得天衣无缝,屏幕上图片、文字、数字、表格结合,一项又一项地跳了出来。

李嘉玉没有看屏幕,像是对着满场观众一般,很投入地进行着演讲。

讲到五分钟的时候,屏幕上进行到一组饼图展示,余进忽然叫停。

他身后墙边的一个组员紧张地轻呼一声,李嘉玉停了下来,余进冲她摆了摆手说:"等一下。"他转身,对着刚才发出声音的李嘉玉的组员道,"你去把刘总、肖总他们全都叫来。"

"全都"这个词包含的范围还挺广,那组员小心确认:"刘总和三个部的老大都来,是吗?"

"业务部门带个'总'字的都叫过来。"

"好的,好的。"那组员很紧张地看了李嘉玉一眼。李嘉玉也不知道发生了什么,她对这份演讲PPT是有自信的,但余进这个反应,让她也有些不确定了。难道哪里有问题,又或者是余总突然有了什么新想法?

组员匆匆忙忙跑出去,到门口时,余进又补了一句:"让刘总把投资部那些骨干也带过来。"

组员应了一声,推门出去了。

余进拉过桌上打印好的演讲稿翻着看,没叫李嘉玉继续。

李嘉玉便问:"余总,还需要准备什么吗?"

"等他们来。"

李嘉玉便转到余进身后,低声让组员去把备用的打印稿拿进来,又交代一会儿做好会议记录,要调整的细节记清楚。

组员马上奔了出去,李嘉玉就站在会议室里等着。

不一会儿,各位高层和骨干人员拿着笔记本进来了,大家各自找椅子坐了。余进扫了一眼,点了几个名字,这几人有的没在公司,有的不知道需要来开会,于是众人又赶紧张罗,又等了几分钟,人终于到齐了。

会议室里满满当当地坐满了人。

大家一头雾水,不知道是什么情况,面面相觑。因着余进在,也不敢开口议论。

余进这时候便对李嘉玉道:"从头来,你再讲一遍。"

李嘉玉把PPT调回开头,听余进对与会人员道:"你们都听听。"

李嘉玉扫了一眼在场人士,除了她还有角落里她的一个女性组员,其他的,全是男士。李嘉玉对他们点点头道:"多谢各位,我要开始了。"

有人帮忙关了灯,李嘉玉按了一下遥控器,投影大屏幕亮了起来,音乐响起,富昌与创达的LOGO在画面上滑过……

数据展示,图片跳出……一页一页演示过去,李嘉玉看了余进一眼,这次他的态度严肃许多,非常专注地盯着大屏幕,皱着眉头,不知在想什么。

李嘉玉在心里给自己鼓鼓劲,然后她开始演讲了。一屋子的人盯着她看,很有现场气氛,这让她紧张、兴奋,却也更有状态。

PPT里的每一页,李嘉玉都非常熟,演练过太多次,她对每一页的进度了然于心,不需要回头看,她就知道说到哪里。她并非照念PPT,因PPT展示的是经过高度提炼的最简洁有效的信息,配合演讲人的发挥,这才叫演讲。李嘉玉很放松地借用数据,征引案例,加入她自己的一些话。

她来讲,与余进来讲,又是不一样的。所有论点、案例以及余进想表达的观念,李嘉玉都写在了演讲稿上,表达上更偏向于余进习惯的方式,所以她相信如果由余进来讲,会更有煽动力。

李嘉玉讲到五分钟的时候,就是刚才余进喊停的地方,她小心翼翼,但余进表情严肃,什么话都没说。李嘉玉不动声色,顺畅地讲了过去。一屋子人安静无声,整个会议室只有PPT的音乐以及李嘉玉演讲的声音。

当进行到第12分钟的时候,余进忽然抬手喊了"停"。

李嘉玉按了遥控器,停下了。

她的心提了起来,看着余进,等着他说话。

余进站起来,指着投影幕布向众人大声道:"这个,就是我要的东西。"

会议室里更安静了，李嘉玉听到自己的心跳声。

余进继续道："你们好好听一听，认真学学。同一个市场，同样的钱，拿着杯蓝山咖啡谈论着资本市场，什么是资本市场？什么叫资本游戏？行业都是那些行业，高喊着创新但捧上桌的都是包装炒作。假大空太多了，拿出来的项目能看吗？以后，"他又指了指屏幕，"项目方案都按这个标准来。别扯些乱七八糟的空话口号，精准、有逻辑、有条理，废话不要有。自己把数据吃透了，市场整明白。"

一屋子人很多都感到委屈，李嘉玉这个跟单个项目方案还是有挺大区别的呀，老大是怎么听着听着就把方案标准拔得这么高，不是一个东西呀。

"我知道你们想什么，逻辑是一样的。蛋糕跟面包是不是一个东西？我要求蛋糕做得跟面包一样好看、好吃、卖得好，就这么简单。"

大家面面相觑，刘茂代表大家应了一句："好的，余总。"

余进对着李嘉玉挥一挥手说："你继续。"完了又接一句，"做得很好，继续讲。"他又坐了下来，这次眉头舒展开了，眼睛里亮着光。

李嘉玉的心落回原地，心跳得更快，喜悦涨满心胸："谢谢余总。"她扫了一眼会议室，这里坐满了精英，全都是神奇女侠，而她这个骑士，感觉打了场胜仗。她为这个想象笑了笑，道："那我接着说。"

李嘉玉顺利地把后半部分说完了，余进这次没再打断她。

当PPT最后一页的"谢谢"跳了出来，有人把会议室的灯按亮了。屋内安静了几秒，余进问大家："有什么问题没有？"

静默一会儿后，有人就一组分析提问，李嘉玉一边回答一边用连着投影的电脑调出文档，大屏幕上显示出他们小组做分析的原始资源扫描件。调文档的时候，她的资料夹分类整整齐齐，许多人想起自己的电脑，自愧不如。

后头又有五个问题丢了出来，李嘉玉道："这里头有大量的工作，是我们小组共同完成的，我希望能请组员上来一起为大家解答。"

靠墙坐的三个有些紧张。余进笑笑："行。"

那三人便上来了。他们分工挺清楚的，按那五个问题各人负责的范围进行了解答。下面有人讨论辩驳，组员也能应得上来，李嘉玉在一旁适时补充，这部分也顺顺利利结束。

会议结束后，余进最后一个走，他问李嘉玉："演讲稿用我的语气写的？"

"语气称不上，尽量配合余总的演讲风格和习惯。"李嘉玉道，"我们把余总的演讲视频都看了几遍。"

余进点点头，摆手示意，与李嘉玉一起出会议室。

两人朝着余进办公室的方向走,余进忽然问李嘉玉:"你未来的目标是什么,李嘉玉?"

李嘉玉眨眨眼睛道:"总监。余总,我想做总监,投资四部。"

余进哈哈笑,没说什么,回办公室去了。

李嘉玉回到座位上,终于松了一口气。她没辜负段伟祺给她搭桥铺路卖的人情,也没辜负自己的辛苦工作。她给自己倒了杯茶,在心里为自己点个赞。

由于李嘉玉小组的PPT和演讲稿出色得超出预期,余进对这个演讲态度变了。他原本觉得讲来讲去都是那些东西,差不多就行。但他现在的期待值高了许多,在演讲准备上花的时间和精力多了起来。他也期待着,能在那个舞台上出个风头。

李嘉玉按照余进的意思,将PPT和演讲稿重新修订了一次。余进多念了几遍,觉得很满意。

余进为此还特意给段伟祺发了信息,夸李嘉玉能干,感谢他的推荐。

这里头虽然也有客套的成分,但段伟祺见有人这么给面子夸他老婆,他也高兴。

转眼便到了论坛活动当日。原本一切顺利,却忽然有了个小插曲。在宾客坐满会场,活动马上开始的时候,却传出了一个业内丑闻,一支投资基金出现重大失误,高层为了维持繁盛假象,在账目和项目上做了手脚。现在被曝光出来,崩盘了。这里头不只是业务出了问题,还有严重的管理和职业操守问题。

业内知名大V公众号刚刚发的曝光长文,许多媒体转载转发,这长文末了还提了一句,富创基金与这基金是同一个模式同一个路子,但富昌与创达的风格如何如何,等等。虽没唱衰富创,也只似随口一提,但这节骨眼上,莫名把两家联系起来,就很损了。

那边崩盘,你这边搭台子给自己唱赞歌,似乎挺让人质疑你所承诺的那些内容的可信度。因为失败的例子活生生摆在眼前,你却强调你很行?

余进和段伟祺马上都收到了消息。他们与几位重要干部在会场楼上的休息室里开了个紧急小会商量口径。究竟要不要提这个新鲜出炉的丑闻,提了,好像有些有损自己形象;不提,又似乎有些心虚不够底气。况且余进的演讲里,还真有这个基金的数据和模式举例。

段伟祺的意思是,必须得提,现在全场有大半的人估计都在看这个消息,大家都有所讨论,我们得凑这个热点。

但话怎么讲得得体,还让大家对他们有好感和信任,就只能靠演讲人的机智和情商了。

"靠你发挥了，余总。"段伟祺这样说。

一旁的秘书提醒余进，会议还有10分钟开始。

余进点点头，在脑子里过了一遍演讲内容，只能在丑闻基金数据和模式举例的那个位置插入话题。他有些紧张，除了承诺他们与这基金不一样，再提两句他与段伟祺的成功案例增强一下人们的信心，他也不知道还有什么更好的方式。

这样有些干巴巴。

余进皱着眉，时间太紧张了。演讲稿和PPT都没时间改了。忙中出错，他不想冒这个险，宁可这样干巴巴讲过这一段，用后头的好内容弥补，也不想修订出错，破坏整个演讲。

余进站起来，与段伟祺往外走。段伟祺与他道："有卡的地方，就把话题引到我这里，我在台下拿着话筒等着，可以用互动圆个场。"

余进点头，脑子里还在想措辞。他很懊恼，因为先前太期待太乐观，现在突遇变化，完美的演讲将有瑕疵，他心里很不爽。

这时候李嘉玉急匆匆抱着笔记本电脑跑过来："余总，第57页这里……"

余进道："来不及改了，别改动。"

李嘉玉道："这样的丑闻，宋教授在投资理论课上曾经举过例子。"她将案例内容快速地说了一遍，"你可以说，今天经济学家宋伟平宋教授也来了，宋教授在课堂上曾经举例叮嘱，还时不时拿来考试验一验大家有没有好好听。老师谆谆教诲，但还是总有人犯错，不好好听课的下场就是这样的结果吧。"她学着演讲的语气道，"不只在校园里有课堂，在这里我们也上了生动的一课，引以为戒。"

她快速继续道："宋教授就坐在第3排中间的位置，头发全白的那位。他是我的导师，我刚才与他打过招呼了，如果你在台上介绍他，这段内容他愿意配合。"

余进脚步一顿，心头顿时一松。这样与台下有些互动，那真的会有趣许多。且这内容很好地将他们与那丑闻基金对立起来，有助于他们树立良好形象。

这时候李嘉玉的一个组员匆匆跑过来说："查到了，我让小苏发到手机上了。"

李嘉玉低头看了一眼手机，点了转发，道："余总，我们小组查了信息，10排3号座位友佳，8排18号华金，曾经有类似的经验，后来他们重定战略，做了调整，现在业绩很漂亮，具体数据发你手机上了，你看看这些能不能用上。"

余进一边走一边看了看手机,飞快地浏览了一遍,心里有数了。他点点头说:"行,很好。"

众人走到会场门口时,李嘉玉小组的另一人打来了电话,告诉她数据发过来了。李嘉玉一直留心信息,已经收到。她再次与余进确认,给他增加了新的演讲素材。

余进看到了,停下来看完,然后对李嘉玉点点头,走进了会场。

段伟祺跟在他身后,进场前对她赞许地一笑,抚了抚她的背。李嘉玉心里一暖,回他一笑。刘茂看了李嘉玉一眼,也进去了。

李嘉玉回到控制台,她的一位组员守在那里,她确认了设备都没问题,检查了一遍电脑和PPT,然后等待。

几位大人物相继进场,主持人宣布活动开始。一道道流程顺利走完,终于到了重磅环节。主持人邀请余进上台。

余进在掌声中站到了台上,他西装笔挺,气宇不凡,举手投足颇有气势。李嘉玉听见身边的组员赞叹:"老板不愧是老板,真有大佬风范。"

李嘉玉笑了笑,暗想她老公才是年轻有为的真大佬,等他到余总的这年纪,肯定比余总帅气100倍。这么想着,她偷偷看了台下第一排的位置,未料段伟祺也在朝她这边看。

两人目光一碰,各自朝对方皱眉头,用眼神示意警告"专心点"。

余进控场能力超强,短短的开场白引来了一阵掌声。余进对着台下笑:"那么,请允许我代表创达和富昌向各位就我们的基金,做一个说明。"

李嘉玉按下了启动键,会场里响起了音乐声,余进背后的大屏幕上出现了画面。余进转身,与众人一起观看。

李嘉玉又偷看段伟祺一眼,结果又逮到了他直视过来的目光。李嘉玉冲他皱眉瞪眼,段伟祺却笑了,笑得颇荡漾,转过头看着台上大屏幕,手指托着下巴做一本正经状,眼睛里还带笑。

李嘉玉心里嘀咕,也不看看场合,这种时候笑得跟吃了春药似的,太破坏工作情绪了,回家必须打死他。

余进开始演讲了,他确实是个很棒的演讲者,语气得体,肢体语言到位,台下人都被演讲吸引。讲到第57页时,台下有人"哇"的一声,余进心里有数,倒也不慌。他道:"这里我得插些话了。今天呢,我们圈子发生了件大事。"

台下人纷纷点头,余进三语两语把大事带过,道:"今天经济学家宋伟平宋教授也来了。"他向宋教授的位置摆了摆手,宋教授站了起来,转身朝会场众人点头致意，又坐下了。

余进道："我们公司有一位宋教授的学生，她看了这报道便跟我说，宋教授曾经在课堂上教导过他们，有案例。"

宋教授接话，说了两句。一旁等待着的组员赶紧递上话筒，宋教授把课堂上的那些说了一遍。余进又道："听说您还考试。"

众人笑。

宋教授便道："是的，一说考试，学生们的反应跟大家现在的反应正相反。"

众人更是笑。

"这案例的考题每个人都答对了吗？"

"10个有9个对吧。"

余进便笑："我打赌，答错的那个也混我们金融圈呢。"

大家大笑。

余进谢过宋教授，把李嘉玉的那段话用他自己的语言说了出来，最后掷地有声地道："引以为戒。"

台下有人鼓起掌来。

这一段进行得非常好，余进越来越放松，后面的内容一路推进，他举了案例，说了数据。李嘉玉的组员们握紧双拳低声欢呼"YES"，他们十万火急准备，全都派上了用场。

李嘉玉也笑，松了一口气，她知道，这后头的演讲都没问题了。她再看段伟祺一眼，他也在看她，又在笑。然后他拿出了手机，没一会儿，李嘉玉的手机振了一下，她点开看，段伟祺给她发微信："么么哒！"

么他的头，净捣乱。

李嘉玉摆出正经脸，扭头不理他。过了一会儿，她偷偷看一眼，看见段伟祺认真地盯着台上，她把脸转回来，没多久又收到微信。

还是段伟祺发的："我看到你偷看我了。"

真烦人啊。李嘉玉板脸，过一会儿没忍住，嘴角弯了弯。过了一会儿，她的手机又振了下，她没理。又振了下，她还是不理。

身旁的组员小苏听余进的演讲两眼发光，对李嘉玉道："我第一次听到这么精彩的演讲，这里头有我出的力，感觉真好呀。"

李嘉玉笑着搂搂她的肩。

小苏又道："80多页PPT，我简直不敢相信。我以前做过的，最多20来页。我觉得大家都好棒，觉得自己好棒。"

李嘉玉拍拍她道："你很棒，真的。"

台上，余进已经讲到尾声。台下第N次爆发掌声。

小苏看着台上，没再说话。

过了一会儿，余进讲到鸣谢这部分，他道："有请段伟祺段总，来为大家介绍我们的合作伙伴。"

李嘉玉有些意外，看来这位余总还真是个人精，很会做人啊，这部分完全没有难度，但是又给段伟祺亮相的机会，给了他十足的尊重。

段伟祺上台，经过操作台的时候，对李嘉玉眨眨眼。

李嘉玉真的一口气差点提不上来，骚气死你。

小苏在一旁低声叫："嘉玉姐，段总对我们眨眼睛感谢呢。"

"嗯。"李嘉玉其实想发出"呵呵"的声音。

小苏又道："段总好帅，很有风度啊。"

"呵。"这回真没忍住，看吧，乱骚的结果，让小姑娘误会了。所以闹绯闻能怪别人吗？

段伟祺上台后，与余进握手，然后开始感谢各位合作伙伴。大屏幕上一页一个名字，非常显眼。段伟祺点到一家公司吹嘘一番，点到一个名字夸奖一顿。他吹得特别真诚，让人一听就是吹的，但又很有趣，台下的合作伙伴干脆起身认领夸奖。

段伟祺干脆招手道："上来呀！我真的不胡说，胡总真的帅，他的公司最大特点就是老板帅，跟我们富昌一样。"

于是台下大笑，那位胡总真的上台了。

最后变成各合作方纷纷上台，原本定于整场论坛后的酒会大团圆环节就被段伟祺生生提前了。

李嘉玉忙通知助理组，那边赶紧把香槟车推了过来等着。

李嘉玉觉余进对段伟祺还不够了解，他只想着客气客气让段伟祺也亮个相，别委屈，但肯定没想到这家伙一亮相就要开屏，骚气四溢啊。

最后大家在台上倒香槟杯塔，一起举杯，台下掌声雷动，倒也算是出了个大高潮。

段伟祺这时候才道："还没结束啊，大家别散场。"

余进搭着段伟祺的肩道："段总啊，难得你记得。"

全场大笑。

李嘉玉点开外卖网站，在水果店订了个榴梿，打算晚上请她家段总吃。

整个论坛举办得非常成功，余进的演讲得到许多赞许，大家齐夸精彩。事后与余进相熟的一些友人还跑来问他，想要这PPT和演讲稿文档回去参考学习下。

余进送走宾客,遇上李嘉玉,拍拍她的肩说:"做得好,李嘉玉。"

李嘉玉笑笑说:"应该的。"

李嘉玉是出来送宋教授和另一位B大老师的。宋教授没想到会在这里遇到李嘉玉,便在会后又聊了几句。听李嘉玉简单说了这几年事业上的经历,宋教授身边的那位老师道:"挺好的呀,就是有些折腾呢,不过年轻,敢打敢拼,挺好。我记得你,那会儿老许是不是还问过你要不要留校?"

宋教授道:"她可不愿留校,心野着呢。"又道,"这丫头一直挺有数的。人啊,越经历越知道自己需要什么,想做的事能去做,做好它,就是成功。这不是折腾。最重要的是知道自己一直朝着目标走。很好,李嘉玉。"

"谢谢教授。"李嘉玉笑嘻嘻地说,"日后我成功了,您请我回学校演讲呗,我不做老师,但我能作为成功女性企业家代表,回校忽悠学弟学妹们好好努力呀。"

宋教授和那位老师哈哈大笑,连说:"行,行。"

李嘉玉告别宋教授,想起当年她毕业前听的最后一次校园演讲,是段伟祺的。那时候他真是让她刮目相看,比兰博基尼还让她长见识。

这晚李嘉玉先回的家,段伟祺与余进一样,会后还有一堆应酬,没法脱身。李嘉玉回家把榴梿吃了,榴梿壳留在了桌上。段伟祺很晚没回来,她就先睡了。

第二天一早,她发现榴梿壳没了,连垃圾桶都清得干干净净,不禁想笑。通常垃圾都是她早上上班时一起带下楼的,段总这半夜三更回来还紧急丢了个垃圾,也是辛苦了。

"李总,早上好呀。"段伟祺也起了床,看见李嘉玉就黏过来,很主动地展开撒娇模式,仿佛根本不知道榴梿壳的事。

厌得还挺可爱的。

李嘉玉就忍不住笑,算了算了,这么可爱,不跟他计较了。

论坛活动过后,很快便到了春节。

直到放假前,余进都没再对李嘉玉表示过什么,似乎之前对她的赞誉就这么过去了,他问她在公司未来的目标是什么,也只是问问而已。他忙忙碌碌,见客户、谈项目、出差,李嘉玉见到他的机会都不多。她也不着急,踏踏实实地把手头的工作高质量完成。

今年春节,李嘉玉把父母接到B市来过。两家人坐一起有说有笑,倒也和睦。除夕团圆饭是在段老爷子的旧宅吃的,段延孝夫妇带着段珊珊,段延富一家子带着李嘉玉父母一起,一大家子一起吃团圆饭。

李齐与宋音之前就见过段延孝夫妇，但这是第一次见到段珊珊。两人心里都顿了一下，这就是当初包养苏文远的那个富家女，也是后来被偷拍视频的那个。

原以为段珊珊是个飞扬跋扈的类型，或者像段伟祺一般张扬夺目，没承想却是个纤纤弱弱、一身文艺气质的姑娘。

其实事情已经过去很久了，李嘉玉和段伟祺也已经结婚数年，李齐与宋音倒也不再介意段珊珊其人，只是看到她与预想中的模样差距颇大，还是意外了一番。

这个意外感觉让他们一开始有些尴尬，但很快恢复如常。只是段珊珊挺敏感，还是察觉了。她给李齐和宋音敬酒，说当年自己不懂事，做了些错事，现在的她认真悔改，重新开始，请李嘉玉及其父母原谅她。

她这么郑重其事，倒是让李齐和宋音不好意思了。李嘉玉很惊讶，认识段珊珊这么多年，还是第一次见到她认真低头认错，且是当着家里所有人的面，真的是一点面子都没给自己留，这真的不像那个骄傲的段珊珊。看来她说事情过去了，她走出来了，重新开始，是真的重新开始了。

李嘉玉把酒喝了，笑道："这么开心的时刻，让伟祺给大家唱首歌。"

这么没头没尾的，不商量就瞎使唤，结果段伟祺马上开口："往事不要再提，人生已多风雨。"

段伟祺摇头晃脑，还唱走调了，逗得众人都笑，气氛立即轻松起来。段珊珊抚抚眼角，反应过来自己有些太紧张了，也笑笑，把杯子里的酒喝尽。

段伟祺见大家笑便停了下来，他在桌下把手放在了李嘉玉的腿上，冲她眨眨眼睛，讨赏。

李嘉玉没理他，若无其事地转头与她父母说话，说段珊珊前一段刚办完个人画展，最近在用她画展的收入，筹备一个公益项目。话题转了个方向，段珊珊很自然地就接了过去，向李齐、宋音介绍自己的项目是做什么的，目前什么进度，等等。

李嘉玉一边听一边手里忙活，不一会儿剥了好几只虾，放在小碟里，转手就放到了段伟祺面前。段伟祺抿嘴笑，特别得意地一口一只把虾全吃了，嘴故意张得老大，夸张得让人不忍直视。

一旁的邱丽珍真是忍不住，对他道："注意点吃相。"

"帅得不行了吗？"段伟祺跟妈妈贫。

邱丽珍不想理他了，30多岁的人了，怎么越大越皮。

李嘉玉马上掏手机调出镜子递到段伟祺面前，段伟祺一把推开道："不看，怕帅瞎。"

邱丽珍拍了段伟祺一下，说："这也是富昌集团的总裁，说出去都没人信吧。"

李齐在一旁哈哈笑道："过年就是要这样，开开心心的。嘉玉再给伟祺剥几只虾。"

李嘉玉在家人面前特别给段伟祺面子，当下把手机收起来，擦了擦手，默默给段伟祺剥虾。这贤妻状让段珊珊都看不下去了，她道："嘉玉啊，这人真的不能惯着，对他严厉点他都能上天，你这么宠他，他要飞出宇宙。"

"瞎教唆什么？"段伟祺牛气哄哄地说，"破坏夫妻感情是人干的事？再这样我要退画了啊。"

"你赶紧退，我还没跟你算账。"说到这个，段珊珊就来气。这家伙到她的画展上，说要买画支持她，别人按幅买，他按墙面买，好像她的画没人要，得他大发善心似的。

李嘉玉把虾放段伟祺面前，柔声细气道："剥好了。"用眼神警告他，不许在这种场合跟家人吵架，她爸妈还在呢。

段伟祺赶紧顺台阶下，对段珊珊道："逗你呢，退不了啦，我把你的画都捐给儿童福利院了。这不是你说的？让无论哪里出身的孩子，都感受一下艺术之美。我就一家摆一幅，让孩子们都好好感受感受。你好好画，多画几幅，把这事做起来。你那个公益培训，孩子们画出来的画，也可以跟福利院的孩子们画的作品互换一下，一来结交朋友，体验友谊；二来让他们互相鼓励，有一起画画的小伙伴，比较容易坚持。"

段珊珊一听，顿觉欣喜："好吧，这主意不错，放过你。"

段伟祺笑笑，把李嘉玉剥的虾吃完了。李嘉玉坐那儿继续剥虾，邱丽珍道："嘉玉别剥了，不用管他。"

李嘉玉刚剥完一只，打算自己吃的，刚想放嘴里，听婆婆这么一说，只得再往段伟祺盘子里放，说道："最后一只了。"

段伟祺便把虾给她夹回去，说："我吃够了。"

"好吧。"李嘉玉笑笑，把虾放自己嘴里。

段伟祺得意地给妈妈丢了个"我才是家里老大"的眼神，然后笑道："对了，今天人挺齐的，借这个机会说一下，我跟嘉玉打算今年办个婚礼，就在年底嘉玉生日的时候吧。"

几位长辈一听，顿时停下手上的动作。宋音第一个道："那好呀。"

邱丽珍也是大喜道："这是有了吗？"

段伟祺一脸惊吓道："妈，你是怎么能联想到那边去的？不是说过好几次吗，我们不要孩子的。"

宋音皱起眉头,有这事?两口子打算丁克?

李嘉玉对妈妈摇摇头,没说话。

宋音放下一半的心,打算过后再跟女儿说说这事。

段伟祺没看到李嘉玉跟他丈母娘之间的互动,他还在跟他母亲笃定道:"这事就别再说了,我跟嘉玉自己会安排。"

段延孝插话问段伟祺对集团那边和外界反应的应对计划,段伟祺说目前集团业务稳定,富创基金运作良好,大多数人也对他这个总裁服气了。除非有人故意使绊子,不然不会有什么状况。

段延富也帮腔道:"现在时机确实应该可以了。"

邱丽珍趁着他们在聊公事,便看向李嘉玉。李嘉玉也对她摇摇头,笑了笑,邱丽珍也放下一半心来。

段伟祺聊完这头,一转脸见母亲在跟自己老婆挤眉弄眼,便严肃地道:"我得跟各位长辈说一声啊,我们家里的事,我做主的。你们有什么不满意的,有别的想法或者建议,请来找我沟通,别给我老婆压力。"

是,是,不给压力。邱丽珍转话题道:"婚礼打算在哪里办?有想法了吗?"

"在嘉玉岛办。"段伟祺说。

"什么岛?"

段伟祺清清嗓子,道:"我给嘉玉买了座岛。"

众长辈目瞪口呆。

李齐小心翼翼地问:"那岛在哪里啊?"

"加那利群岛。"

邱丽珍一脸忍耐,真是懒得说他儿子,牛哄哄地说什么自己是一家之主,什么事得他拍板呢。买个岛!呵呵。

邱丽珍把原本想说的她来帮忙筹备婚礼的话咽了回去,道:"那你定好婚庆公司啊,早点筹备,这么远,要做的工作挺多的。"

李齐就在想,那到时是不是不会有礼车队了?包机去加那利群岛,然后组个船队?

他也懒得管了,好复杂,他管不起:"对,快定好婚庆公司吧。"

第三十五章
何以解忧，唯有工作

这晚李嘉玉与段伟祺躺在床上，她忽然决定这个时候应该跟他说清楚。她摸了摸段伟祺的耳朵，道："段总，我从来没有说过，我不要孩子。"

"嗯？"段伟祺都快睡着了，迷迷糊糊以为自己听错了，"你说什么？"

"我说，我的人生计划里，是有孩子的。"

段伟祺愣了好一会儿，睁开了眼睛，人似乎清醒了一半，又似乎没有。他转过头来，看着李嘉玉。那表情似困惑，又似很惊讶。

李嘉玉抚了抚他的鼻梁，放柔了声音，道："今年有事忙，那我们明年或者后年，反正就这几年，要个宝宝，好不好？"

段伟祺张了张嘴，闭上了。他干脆坐起身来，揉了把脸，道："我们不是说过……"

"我没有说，是你说的。"

段伟祺皱了眉头，说："好，是我说的，但你一直也没有反对过。"

李嘉玉也坐了起来，耐心道："可我也没同意过。只是那时候我还年轻，还没打算要孩子，为这个跟你争执也没有意义。在决定要孩子之前，谁知道我们会不会因为别的什么事已经分手、离婚了……"

段伟祺扬高声音，发火了："你什么意思，你跟我在一起，还随时准备着分手、离婚吗？"

他这样的态度，李嘉玉也不高兴了："你看看你现在的样子，能不能好好说话。谁也不是活在童话里的。你讲道理，你之前是不是不婚主义者？我们在一起，是不是分手过？我们之间的差距大不大？你是不是任性妄为、说风就是雨的人？你这样的男人，说你感情稳定能跟人长相厮守，你自己信吗？"

段伟祺咬牙道："信！怎么不信！老子就是打算跟你长相厮守、白头到老，怎么了，不行吗？"他越说越大声，很生气。

"不是……"李嘉玉一时噎住，有些缓不过神来，怎么突然变成她无理取闹了？

"段伟祺，我在跟你讲道理。"

"讲啊，你讲。"段伟祺这么说，却掀被子下了床。

李嘉玉太生气了。她躺了下来，背对着他，用被子蒙住头，不理他了。

跟他讲个屁。

过了一会儿，她听到"嗒嗒"的脚步声，段伟祺离开了床边，走远了。

她心里更是气，气得眼睛都疼。真的，这男人真没法说。顺着他的意，他能把你捧上天当王后，稍不顺着他，立马张牙舞爪，冷言冷语。但就算童话里也还有毒苹果和坏巫婆，哪有可能全世界都按你的意愿活？两口子怎么可能没有分歧，有分歧就好好沟通，这不是常识吗？

他可好，话还没说两句就发火，大声嚷嚷，转身就走。

李嘉玉眼睛更酸了。这几年她真的过得太幸福，都忘了这位"一家之主"的冷暴力前科和他的臭脾气了。

房间里很安静，李嘉玉心很乱，很有想哭的冲动，但她忍着。这样就哭也太矫情了些，这可不是她的风格。

段伟祺的离开让被子里的热度一下子少了，李嘉玉僵硬地躺着，感觉越来越冷。她也冷静了下来，回想了一番刚才他们的对话，她想也许是她说他这人不适合相伴终生，所以他生气了？

应该是这样，所以他气冲冲地说什么他打算与她白头到老。

李嘉玉一下子便泄了气，开始内疚。

她不该这么说话的，太没技巧了。他一个不婚族愿意放弃坚持，与她结婚，婚后又各种迁就、照顾、支持她，是他对她太好，他肯定也克服了内心的许多纠结和不情愿。听到她这么说他，像是在否认他的付出，他当然会恼火。

换了她，她也会的。

李嘉玉竖起耳朵，没听到什么动静，也不知道段伟祺气着气着跑到哪里去了。客房都没铺被褥床单，没法睡人，就算他想睡沙发以示抗议，也该拿床被子吧。这么冷的天，可别冻感冒了。

李嘉玉叹口气，正打算起身去找找他，把他哄回来，却听到"咚咚咚"的脚步声由远而近。

李嘉玉立马躺好闭眼，保持原来的姿态一动不动。

脚步声到了床边，段伟祺很夸张地用力跳上了床，动作很大地掀开了被子钻了进来，还一把紧紧抱住了她："哇，上个厕所太冷了，快给老公一点温暖。"

他身上确实挺冷的，带进来一股冷空气。李嘉玉被冻得"嘶"了一声。

她反手拍他一下，他抱得更紧。

他还问她："老婆，你想去厕所吗？"

"不去。"

她又不是某人，发个脾气还要装上厕所。

"那你接着说。"

李嘉玉顿时心软了："不说了，好困，睡吧。"她翻过身来，面对着他。屋子里没有开灯，只有窗外透进来的光线，让她能隐隐看到他的脸。

他也看着她，忽然低了头，在她唇上轻轻一吻："好，睡吧。"

她闭了眼睛，窝进他怀里。她想着，下次再跟他说这件事的时候，一定要起个好头，换个沟通方式。她想着想着，睡着了。

春节假期一晃就过去，大家很快又重返工作岗位。

余进在春节后找李嘉玉谈了一次话，想给她调整一下工作岗位。当然不会是总监，李嘉玉有自知之明。虽然她向余进表明了这个意愿，但她其实清楚，这位置和她的距离虽不是遥远到离谱，但也并不近。

不是一抬脚就能站过去的，她有心理准备。

余进安排的人事调动，是将李嘉玉立为投资战略组组长，薪职等级与总裁助理一样，岗位归属还是总裁办，但就是让她当了个小官。原先因为做演讲PPT组成的临时小组，现在保留下来，那三位组员，继续跟着李嘉玉，一起做市场分析与投资战略设定。

简单地说，就是有大项目的时候，这个小组提供分析与评估来帮助老板做决策；没项目的时候，为老板选择投资方向，制定前瞻性计划等。

其实这小组的职能与其他岗位的职能是有重合的，毕竟每一个提交上来的项目，都是经过分析和评估的，不然一拍脑袋就说想投钱，那真是可以回家种地去了。

那既然投资经理和总监都做好工作再把项目交上来,却还要小组再评估一遍,显而易见,这小组就是道关卡,像摆在总裁办公室门口的镇妖石狮。什么东西进门之前先掂量掂量,不能有侥幸心理,也别搞花样,全都得老老实实、安安分分地把工作做仔细了,被挑出错来,那就后果自负。

李嘉玉他们那个小组工作能做得多细致,经PPT一事,全公司可是都看在眼里,所以余进这个岗位设得巧妙,不需要多说什么,每个方案交上来,质量都高了许多,连格式都整齐漂亮了。

余进也是想借这个小组,把资讯和投资两部分都进行优化后,再让他们交到他这儿,省却他的一些工作量,这样他能有精力做更多的有效工作。

于是接受人事调动的李嘉玉从外头的办公格子间搬进了专属办公室,办公室里四个位置,他们小组正好全坐下。

3月1日,总裁办投资战略组正式上任。李嘉玉很有仪式感地在他们小组办公室里摆上了鲜花,外头摆了庆祝花篮,摆上糖果,贴上办公室名牌,还请了整个总裁办和投资部喝饮料。

苏敏愁眉苦脸道:"嘉玉姐,我觉得我们小组肯定很招人恨。"

另一个组员葛钟道:"确实啊,拦下不好的项目被投资部恨,没拦下不好的项目被余总恨。"

李嘉玉便问:"是投资部的喜怒重要还是余总的喜怒重要?"

"当然是余总的。"

"所以没什么纠结的。"李嘉玉手一挥,道,"开开心心,拦下所有该拦下的,然后投资部个个跑来抱大腿,我们小组就是香饽饽,哪有什么恨,全是汹涌的爱意。"

大家便笑。

战略组的工作一开始还挺顺利,因为投资各部有了压力后,很自觉地提高了项目门槛,绝不糊弄,项目方案全都分析得当,数据翔实。

而李嘉玉说得也没错,投资部把她的小组当成了抱大腿的对象。尤其是二部,当初与李嘉玉闹过不愉快,现在那是相当低调,还有人试图讨好她,工作之余还开几句玩笑,说什么可惜方普不在了,不然现在肯定很好看。李嘉玉就是厉害,说要当领导整死方普还就办到了。现在战略组这个位置,可不就能整死投资经理吗。

李嘉玉便笑:"我看你是想整死我吧。我们小组夹着尾巴小心谨慎,生怕做错什么惹各位大佬不快,你一顶帽子扣下来说我们要整投资经理,那就是不让我们审核给意见呗。本来我们就战战兢兢的,胆子再小真是字都不敢写了。行,行,我请喝奶茶好不好?快把帽子收回去。"

那人听罢自知失言，李嘉玉给的台阶特别好，他赶紧顺势下来。

李嘉玉真的请大家喝了奶茶，又抓着机会与大家交心，说什么别管什么部门，其实只有一个共同目标，就是让老板满意，工资每年涨点，奖金每月多点，经济环境好一点，项目都争气点。所以必须团结呀，消息互通呀，八卦共享呀，有困难多沟通，枪口一致对外。她连说带笑，带哄带忽悠，战略组组员们就眼睁睁地看着自家组长与"敌军"顺利结盟。

但战略组的好日子在两个月后结束了。

余进开始频频交代李嘉玉工作，要战略分析，要市场预期，要投资目标，要企业消息。有些内容，资讯部都没有，都得战略组现找现做报告。李嘉玉不禁感谢自己过去的工作经验，当初在咨询公司幸好练出来了。

但她并没有顺心一会儿，因为她的报告一次又一次被余进批评。

"眼界，李嘉玉，你不够有眼界。"余进这样说她。

李嘉玉不服气。

她问段伟祺："余总说我没眼界。他为什么这么说？"

"他是老板。"段伟祺道。

"所以他想怎么批评都行？"

"不是。所以他是老板的眼界。"

"那你会对你的助理有多高的眼界要求？"

"助理当然没多高。"段伟祺想想，"也许他只是对你要求高。"

李嘉玉忽然就释然了。

接受了批评的李嘉玉开始扩大她的学习面。

学得越多，她就对自己越有认识。一旦接受了自己有弱项，承认不足，她就能跳出来认真审读。她很擅长细节，在执行层面，她对自己有绝对的信心，而她也确实能把一件工作做得很好。但前提是，有人把工作交给她，给她设定好了范围。她知道需要去挖掘什么，就算是新的、她不熟悉的，她也有个目标。

有目标，就知道该向哪个方向使劲。而能在一片杂乱的信息当中找到方向，确是需要眼界和高度。

李嘉玉总结自己，与大多数人一样，属于机遇型，就是大海捞针一般，忽然看到一件宝藏，然后冲上去拿下。她觉得段伟祺也是这样的类型，只是他更随心所欲一些，他挑自己喜欢的方向走，然后再捞。不管那个方向有没有人烟，是不是热点，他也不着急，不像她，四面八方乱走。

余进算是狩猎型。与许多投资人一样，他们跟随市场的血腥味前进，哪里人多，证明那里一定有宝。谁能抢到，那就各凭本事。有时候运气好，能拐在别人的前头；有时候运气差点，但也能分到一点残余。大多数的时候，是看着别人满载而归的背影，结交一下英雄。

有时候李嘉玉这类机遇型就是站在场外，看着狩猎型们风风火火地杀伐，然后叹一句："原来是这样。"

李嘉玉觉得，余进这样的老板，其实很清楚自己的特点，他这么一个圆滑的人，很会盘算。刘茂也好，其他的高层也好，都是余进那样的风格，抓大放小，杀伐决断，唯利是图。这种特质放在商人身上也未尝不是好事，所以创达这几年业绩亮眼，令人叹服。

但现在经济环境和投资环境已经不一样了，"快、狠、准"虽是制胜法宝，但"快""狠"容易，"准"却很难。

以前随手一抓一把热点，投个热点就能赚钱，现在却不一样了。茫然四顾，硝烟群起。李嘉玉猜，余进也终于觉得大家的方法必须改变。跟着别的猎人跑，有时不过成了帮忙制造热度假象的人，除了吸引更多的人跟在屁股后面跑，别无所用。

真正的宝藏，其实已经被人捡走了。

余进数次向李嘉玉似不经意地打听富昌的项目或是投资，叹一句："段总真是好眼光。"

李嘉玉心里有数，便接一句："我一定多向段总学习。"

余进想要一个段伟祺二号在身边，没有比李嘉玉更适合的。原以为这只是个花瓶关系户，不料却是个实力派。虽做事风格大相径庭，但潜力无限。

李嘉玉没多久就发现了这一点。

因为有李嘉玉的关系，创达与富昌的合作关系较以往更紧密了些，余进频频与段伟祺碰面，走得比段老爷子在世时还近乎。段伟祺也乐得抱住创达的大腿，有这样的实力伙伴，自然有利无害。

李嘉玉摸清了路数后，开始有意识地训练眼界。每周资讯部的报告到她这儿，她再提炼或是细化一遍。一开始做了很多无用功，但越磨越得心应手。她看着每一次她当面报告时余进的表情和反应，默默做修正和提升。

她的组员也在高强度的训练下，渐渐独当一面。他们当中的任何一个人单独去与投资部开会，都丝毫没有怯场，言之有物，可展开有效讨论。

终于，李嘉玉发现她的报告能让余进感兴趣了，偶尔他眼睛一亮，分明是得到了启发。再后来，她的报告被总裁办专门发回资讯部，让资讯部以此为标准提高。

年中时，由刘茂牵头提交了一个大型综合视频网站的投资计划，这网站很有名气，营销做得好，用户黏度高，各项数据都非常漂亮，本次已是D轮融资,紧接着就要在美国上市。这是个体量20亿美金的项目,同时也是热度很高的项目,除了创达,还有别的资本公司一起参与。余进非常重视。

刘茂做足了功课,亲自接洽对方公司商谈数月,资讯部和投资二部做分析、制定方案,花了许多心力。余进带着刘茂和两位高层人员以及李嘉玉,与对方老板见了两次面,又与其他资本公司开过会。

意向挺明确,投资意愿强烈。

这项目在圈子里就是香饽饽,那公司因为运营好,所以融资门槛高,条件还挺苛刻,不是哪家公司都能吃得下。但也因为如此,圈子里也有不同的声音,不看好的也大有人在。

总之这就是个话题项目,大家翘首以盼,都在等着看最后花落谁家,还有另一种说法就是,最后谁做了冤大头。

眼看着时间紧迫,准备工作也做得差不多了,余进召集了几位高层人员和相关人员一起开会讨论,要做最后的决策。列席者中,李嘉玉是唯一的女性。

刘茂带头发言,他对这项目太熟悉,说起来头头是道,分析有理有据,数据清清楚楚。项目公司的上市计划已经列上日程,现在就是融资造船,奔向大好"钱程"的关键时候。这个项目投资虽然大,但是回报丰厚。

大家都对这项目看好,也有人没说话,毕竟体量这么大的投资,少说少错,反正老板做决定。

余进认真听了每个人的发言,然后转向了角落里的李嘉玉。

"李嘉玉,我看到你做了功课。"

"是的,余总。"李嘉玉答。她看到刘茂翻了个白眼,她装没看见,不理他。

余进道:"那你说说。"

李嘉玉想了想措辞,认真道:"我认为,这项目风险巨大,应该谨慎考虑。"

所有人都一愣,然后刘茂很大声地冷哼。余进很冷静,只道:"你继续说。"

李嘉玉点点头,没有马上开口。在这屋子里,她年纪最轻、资历最浅、职位最低,刚才多位高管都说了许多,大家都疲了,她没有机会再用长篇大论说服大家,只能挑最简洁的说。

李嘉玉想了想,道:"第一,数据造假,三分之一的流量是用营销买的。受国家税务政策影响,营销公司很快会受重创,连带影响到所有网络相关公司的数据情况。第二,盗版太多,违规内容太多,网站大部分流量来自这些内容。在现有的版权环境下,一旦严打,他们的内容必遭重创。而依相关部门这两年的态度看,严打不远了。到时,会有大量的内容下架。他们现在还有三个版权官司在打,赔偿标的也非常高,累计上亿。第三,未来收入可期,但眼前每年都靠烧钱。烧完了前几轮融资,准备烧下一轮。未来前景很好,但能不能走到未来,还未可知。第四,对方的马总是个极富冒险精神的人,业务太依赖上述几个风险手段,任何一方面出了问题,不能成功上市,那我们就无法顺利退出。后头再找接盘侠,也不容易了。"

大家面面相觑。李嘉玉说的这些,其实是把大环境里默认可以的条件单拎出来强化了。这些别人不知道吗?当然知道。但所有的同类型公司都差不多,其他公司都已经成功运作上市,赚得盆满钵满。太多的成功案例,都不需要查,背都能背出来。

李嘉玉看余进没说话,便继续道:"我知道很多同类型公司有着同样的成功经验,但是,时间不一样了。今年的政策跟去年不一样了,今年的经济环境也不一样了。时逢寒冬,是该谨慎些。我这里有我们小组整理的最新情况分析,如果各位老总有兴趣,可以看一看。"

余进用下巴指了指墙面道:"放投影上,你来说。"

这就是给她很大鼓励了。李嘉玉精神一振,忙应了好。她拿了笔记本电脑,把投影接上。一屋子人等着她。

刘茂不耐烦地转着笔道:"李嘉玉,你硬是要从成熟方案里挑点新料出来,当得起业界第一分析员了。"

这话讽刺意味深厚,李嘉玉却只是笑,道:"余总,刘总的意思是,该给我升职加薪了。"

大家闻言便笑。

余进接话:"行呀,在创达,好好工作,升职加薪当然不成问题。"

"谢余总,谢刘总。"李嘉玉卖乖。

众人更是大笑。

气氛忽然就放松了下来。李嘉玉调好电脑,调出报告,开始跟大家讲。视频网站行业,大家都研究得很透,她没再多言。她的报告里主要都是政府政策分析,包括近年文化产业政策、影视、视频管理政策、税改政策、自媒体运营方面的规定,等等。除了视频网站本身没讲,其他配套行业和政策、法律法规,她全讲了一遍,最后甚至讲了政治、外交现状。

"同类型公司确实有成功上市的。那都是老牌公司,它们上市圈钱后,迅速调整,但其实还在亏损。也正因为他们的调整导致的内容短板,马总的网站发展势头才如此迅猛。但也正因为老牌公司太多,市场规则因为它们而改变。这个改变的效应,很快就会在市场上体现出来。马总前进得太快,照着前辈的模式搭平台很快,但深耕内容却是需要时间的,他们现在做不到。今年正是在风口上,制作、营销全都会受影响,这些配套没了,平台方面又怎么会好过。加上版权官司、政治因素等,这轮投资,确实风险太大了。"

李嘉玉说完,举了几个案例,都不是大案子,但形式和逻辑是一样的。

"没什么数据好分析的。"李嘉玉道,"就是看政策吃饭。"

会议室里久久没人说话,之后余进开始提问,李嘉玉一一答了。

最后余进问:"别人还有问题吗?"

没人说有。

于是余进道:"散会。"他板着脸,率先走了出去。

李嘉玉慢吞吞地收拾她的电脑。刘茂盯她几眼,也黑着脸出去了。

李嘉玉走的时候,肖兵与她一路,他夸她:"分析的角度挺好,挺有道理的。"

李嘉玉便笑道:"谢肖总。多亏当初肖总教导有方。"

"你拉倒吧。"肖兵被她逗笑,又道,"可是投资这东西,哪有可能没风险。有时就是看胆识看魄力。"

"对,幸好不是我的钱。"李嘉玉道,"反正老板让说说看法,我就说说。老板最后投了赚了,我也没错,薪水能发出来,好事。如果老板没投没赔,我也算立了功,奖金发一点,我也高兴。"

"嘿。"肖兵指指她道,"你呀,狡猾这点学得最快。"

李嘉玉哈哈笑,心里道,难道我要跟你说我当自己是老板,才想这么多吗?

李嘉玉回了办公室,把会上的情况跟组员们说了说,大家知道多日的辛苦终于还是能在会上表达出来,都挺振奋。李嘉玉请大家喝下午茶,对他们鼓励了一番。

会议结束一小时后,李嘉玉给余进发了封邮件,然后给他打电话:"余总,我给你发了封邮件,你有空看看吧。"

余进应了,挂了电话。

过了一会儿,他把李嘉玉叫过去了。

"这是你的投资建议?这App做内容推荐和版权保护?"余进敲敲电脑,问她。

"是的,余总。"李嘉玉点头道,"社会进步的方向,政策支持,把住好内容的源头,以后平台方还不是任选吗?有概念,有新意,还站在需求点和法律正面上。这是资源的纽带,拓展性非常强。"

余进忽然笑起来,道:"行,行,李嘉玉。"

"谢余总。"

"你去谈吧。"余进道。

"好的。"李嘉玉很开心。这是她调到总裁办后,第一次获准单独去谈项目。

两天后,余进宣布退出那家视频网站的D轮融资。业界纷纷打听状况,余进没多与人谈,只说是公司内部讨论决定。创达的退出对这公司的这轮融资产生了影响,但两个月后,有新的资本公司加入。

三个月后,营销公司遭到政策清算,死了一半,许多公司数据受到影响。同时国家政策收紧,把视频制作的资质要求和审核要求提高,对版权严审,那家公司一大批节目遭到下架。一年后,与境外版权公司的官司有了结果,该视频网站败诉。原本在美国上市的计划延后。

也就在那视频网站数据断崖式下滑时,创达与版权保护App成功签约,成为其最大股东。签约后不到一周,国家版权保护新政策出台,创达正赶上了好时候,项目估值翻了四番。

那天李嘉玉向余进推荐了两个新方向:社区管理、健身。

余进对她说:"去谈吧。"

李嘉玉应了好。

余进又说:"印个新名片,别总是顶个助理头衔出去。"

李嘉玉便问他:"什么头衔好?"

"总监。投资四部,总监。"

这个总监位置来得如此迅速,让李嘉玉既意外又欣喜。

见她愣了一愣的模样,余进便笑道:"怎么,你不是说要做投资四部总监?"

"是。"李嘉玉回过神来,便谢了余进。两人两三句敲定了职位的事,原来的战略小组还跟着李嘉玉,一起被划为投资四部,办公室不用搬,还在原处。

那就是整锅端了。

李嘉玉跟现在这些组员合作默契,对这个安排感到满意。

余进当即叫来了人事部的人,当着李嘉玉的面把事情交代了,李嘉玉薪金上涨,与肖兵他们同级,她的组员也获得涨薪。李嘉玉替同事们谢过了。

人事部的人又问余进,那原来战略组的空缺怎么办?

余进便道:"交给资讯部。这事原本就该他们做,战略组做的工作,他们也很熟了。"他转向李嘉玉,又道:"你一会儿跟人事部的人一起去刘总那儿,跟他报个到。刘总经验丰富,你多向他学习。"

李嘉玉忽然明白了，她笑，应了好。

李嘉玉出了余进办公室，随人事部的人去拜访了刘茂，看着刘茂听闻消息后既惊讶又了然的表情，她更明白了。

李嘉玉将消息带给小组同事，让他们等人事部的正式通知，组员们一片欢呼。他们这么高兴，李嘉玉也感到振奋。

晚上，李嘉玉回到家里，迫不及待地把好消息跟段伟祺分享了，段伟祺直呼余进真是老狐狸。

"可不。"李嘉玉道，"我还想着他们是我的磨刀石，可原来余总把我当成公司各部的磨刀石了。"他利用她的小组，把资讯组的业务要求逼上一个新高度，又利用她的钻研与较劲，把投资部的标准提高一大截。他用她给刘茂施加了压力，敲打了刘茂，满足了她的愿望，让她当上投资四部的总监，却变成了刘茂的直接下属，安抚了刘茂。

上一次李嘉玉进总裁办是明降暗升，现在她当上投资四部总监却像是明升暗降。

"余总真是玩得一手好政治。"李嘉玉叹道。

段伟祺道："那可不，上次不就与你说了，那个视频网站的提案，余进自己感到犹豫，但大家都高呼着上，他不好太掉脸子，于是才开什么讨论大会，希望会上有个人提出反对意见。他需要参考也罢，需要有理由退缩也罢，反正正好让他能更清楚地思考，也有台阶下。刘茂就算对他退出投资不满，也不会觉得是他出尔反尔，反而是你这出头鸟挡了枪。他那个位置的人，面对这么成熟的项目书，如果下了决心要做，哪里还要开什么讨论会。"

"是啊。"李嘉玉笑笑说，"但是又有什么关系，反正我是李总了。"她想了想，使劲夸自己，"你看，我李嘉玉说到做到。当初我去创达时，就跟余总说了，我要给创达带去新气象。现在果然如此。"

段伟祺看她得意扬扬的样子，便道："那么李总，你是否有时间管一管我们婚礼的事？"

李嘉玉一愣，问他："你不是说不用我管？"

其实自从她与他说了要孩子的事之后，他便似乎有些阴晴不定。李嘉玉不能确定。毕竟人还是一样，日常相处也正常，而且他这半年工作上也遇到不少问题。他也有焦头烂额的时候，也有许多工作压力，出差、熬夜、不停开会。再加上婚礼的事，要说他分身乏术一点不夸张。

但他确实有点……李嘉玉不知怎么形容，就像她这样，有些刻意回避。

他们谁都没有主动提要还是不要孩子的事，其实再忙，一起认真聊聊的时间还是有的。但谁也没有提起这个话题。

李嘉玉起初是抱着把沟通主动权交给段伟祺的想法，所以才沉默的。她在心里盘算了好几次该如何与他沟通。她想知道他会有丁克的想法，究竟是因为先确定不想结婚、不想有家庭束缚，所以当然也不会要小孩呢，还是他不想要小孩，然后便不想结婚？

　　现在已经结婚了，与他之前的预期本就不同，那在要小孩的这件事上，他的想法是什么？可以谈吗？会让步吗？

　　李嘉玉想，这次让他先开口。他开口，便表示他准备好了。

　　但段伟祺一直没出声。

　　李嘉玉等啊等，后来心情就不爽了，心理活动就是：行啊，我看你能拖到什么时候说。办婚礼之前，怎么都该把孩子的事谈出个结论来吧。

　　这事像是一个隐患，压在两人中间，不解决掉，怎么可能安心办婚礼。婚礼日期，也就是她的生日，不需明说，他俩都知晓，那是一个截止时间线。

　　现在段伟祺突然问她有没有时间管管婚礼，李嘉玉顿时做好了沟通的心理准备。事实上，从去年段伟祺提出想办婚礼之后，除了与婚纱品牌的首席设计师沟通婚纱的样式之外，他就没让李嘉玉插手任何婚礼筹备的事。在他们春节向父母说这事之前，段伟祺就已经在找婚礼策划公司洽商，并对李嘉玉严格保密细节，看起来是想给她个大惊喜。

　　现在离大惊喜还有段时间，李嘉玉希望他们能沟通协商好孩子的事，别只有惊和丧。

　　李嘉玉看着段伟祺，段伟祺也看着她，却道："你刚升了职，应该也没时间管吧？我今年公事上比较糟糕，比预期差远了，时间不够用，所以盯得不够紧。你的婚纱还没有做好，我担心后头还需要改。婚礼策划那边的进度也不理想，他们是找当地的公司合作的，似乎是出了点问题。这样太赶了，我想，为了确保婚礼完美，别出状况，要不然，我们把日子挪到明年'五一'怎么样？"

　　李嘉玉惊讶得呆住了。

　　段伟祺移开目光，似乎有些心虚："只是延后了四个月而已。我觉得，时间宽裕些比较好。"

　　李嘉玉的心沉了下来，她平板板地道："好。我没意见，听你的。"

　　段伟祺松了口气，道："那行，就这么定了。我去洗澡。"

　　段伟祺说完就跑了，上楼拿了衣服进浴室。

　　李嘉玉坐沙发上，听着楼上隐约的哗哗的水声，很想冲上去大声对段伟祺说，有些事，就算拖过四个月，它还在那里。但她越想越不高兴，这份不高兴慢慢变成了怒气，气得她不想搭理他，连发脾气都懒得。

李嘉玉抱着电脑去了书房加班，后来段伟祺来问她洗不洗澡，她板着脸说不洗。过一会儿，段伟祺又来问她要不要叫个消夜，她板着脸说不吃。

后来很晚了，段伟祺再来问她要不要睡，她说还得加班。

于是段伟祺自己去睡了。

李嘉玉熬啊熬，终于熬不住了。她回了卧室看，段伟祺给她留了夜灯，朦胧的灯光里，隐隐见他侧躺在床上，毫无动静，应该是睡着了。李嘉玉拿了衣服，轻手轻脚地到楼下浴室洗了澡，洗漱完毕后，再轻手轻脚地上了床。

她躺下来，觉得身体僵硬。这一天就这样过去了。白天升职的喜悦现在已经荡然无存。

李嘉玉闭上眼，告诉自己快睡，等明天醒过来，又是穿着骑士装的神奇女侠了。

她这么想着，竟然很快睡着了。意识迷迷糊糊之际，她感到有人将她抱进了怀里。那怀抱这么熟悉和温暖，她挪了挪，更深地偎了过去，然后她睡着了。

第二天，夫妻两人如常上班。

李嘉玉走进办公室便跟打了鸡血似的振奋。

何以解忧，唯有工作。

李嘉玉想象不出如果不工作，生活会是什么样的，她也想象不出她不做母亲会如何。她想当妈妈，她想抱着宝宝亲亲，喜欢宝宝粉嫩嫩的小脸蛋，爱听他们甜糯糯的咿呀声。她想生个女儿，她可以帮女儿绑漂亮的发带，为她打扮，还可以给她配美美的公主裙和小皮鞋。她要告诉她，女儿，你跟妈妈一样，要爱自己，要打扮得漂漂亮亮让自己高兴，但你也别忘了，你是个骑士。

李嘉玉坐在办公位上，看着电脑，完全没想公事。但她觉得这状态比在家里好太多，她又坚强了起来，脑子清楚多了。她知道自己想要什么样的生活，她必须争取。

李嘉玉决定再给段伟祺一段时间，如果他一直逃避不解决，那么她来当坏人。他生日那天，不，还是让他过个好生日，她生日那天，必须把这事谈出个结论来。

这天，人事部给全公司发了邮件，宣布了李嘉玉和她的战略小组集体升迁一事。

许多人哗然，有惊讶，有羡慕，也有些酸溜溜的语气。

"这晋升的速度，是坐了火箭吧？"

"美女就是不一样啊。就算你比她工作能力强，比她工作还努力，最后还是拼不过她。长得漂亮又愿意嗲，想要什么没有？"

同事男甲刚说完，就听身后有人道："你哪里比我强，哪里比我努力？不如我漂亮倒是真的。"

几个在背后说人是非的同事顿时一惊，有被烟呛到的，有被水噎的，还有什么事没有，想装失忆的。

李嘉玉笑笑，伸手从窗台拿了他们一根烟，从旁边男同事手里借了火，熟练地吸了一口，对同事男甲扬扬下巴道："想要什么没有？想要不被人看低，这不是没有吗？"

"嘿。"一旁一个叫江恩的男同事跟李嘉玉比较熟，帮着打圆场说，"好了，李总监，他这不是有些羡慕，开开玩笑。"

"好笑才是开玩笑，不好笑那是羞辱。"李嘉玉用开玩笑的语气说，见大家一脸僵硬，又笑道，"好了，好了，我知道是开玩笑。"

江恩松了一口气，拍拍同事甲的肩膀，继续圆场，对李嘉玉道："这么巧啊，跑来这里做什么？"

"不巧。"李嘉玉道，"我看到这里有人聚集，知道肯定有人说我坏话，过来抓现形的。"

大家脸色又僵硬起来，李嘉玉笑出声，轻轻挥手："这才是开玩笑。"她吐了一口烟，下巴朝江恩那边扬了扬，笑着问他，"我们四部需要人，你来吗？"

大家俱是一愣，哟嗬，可以呀，居然到敌人堆里挖墙脚？

江恩扬了扬眉毛，摆出副受宠若惊的表情来。

大家便笑了。

李嘉玉也笑，她道："余总让我从三个部里挑人，当然你情我愿的才行。就一个位置，我想从社区安保和服务行业里找合适的项目，你不是有资源？这方向我跟余总谈过了，就差好项目。来吗？"

有人在江恩后背拍了拍，有些看好戏的意思。

"这类型项目在你们二部报不上去了，我占了。在我这边就能报。"李嘉玉笑笑，"这话耳熟吗？"

众人被她逗笑："李嘉玉，你真记仇啊。"

"所以别惹我啊。"

大家又笑。

李嘉玉拍拍江恩的肩说："你考虑一下。"她把烟掐了，笑笑走了。

有人在她身后喊："李嘉玉，干吗跟我们二部过不去？"

李嘉玉回头说："说了我记仇嘛，还有呀，记得叫李总。"

两天后，李嘉玉成功从二部挖走一人。

这事件被二部戏称为"李总的复仇"。

江恩在投资二部两年，在创达已经四年。

与李嘉玉一进来就是投资经理不一样，江恩是从分析师升到投资经理的位置的。他业务能力不错，脑子灵活。李嘉玉看过他提交的项目书，与他开过好几次会。发生方普那件事时，江恩一边凑热闹看戏一边打圆场，给他们双方搭台阶，随机应变能力强，而且还挺有事业野心的。

李嘉玉以火箭速度升上总监，但其实她的投资四部战斗力不足。

她带的三个组员，一个是资讯部调过来的，一个分析师，还有一个实习生。这个阵容，做PPT准备演讲可以，做投资资讯整理分析也可以，内部会议讨论过关，行业理解也算到位，但是任投资经理，去跟创业公司或是发展中的企业老板谈投资，还是差些火候。

李嘉玉有丰富的管理经验，马上反应过来她的部门欠缺什么。她向人事部、刘茂和余进提出了招聘的需求。余进与刘茂商量后，让李嘉玉从投资三个部门里选一个，对方同意到她的四部就可以。

余进的理由也挺充分的："你招一个外来的，就算行业经验丰富，但也需要跟公司磨合，公司也得跟他磨合。你年轻，未必压得住资深大拿，经验不足你压得住的，又跟你现在手底下的人有什么区别？从现有的老人里挑，马上上手能做事，能帮你把四部带起来，这样比较好。"

合情合理，虽然李嘉玉觉得这也有些给她出难题的意思。她在公司的情况大家都知道，人缘不好不坏，走得近的有，讨厌她的有，看热闹的也多。何况刘茂对她不满几乎是公开的事实，所以有能力、愿意跟随她的，也不好找。说白了，跟对外招聘一个道理，太强的都是刘茂的阵营的，她怕是压不住；能力不怎么样的，她请过来也没用。

李嘉玉觉得刘茂就等着看她笑话呢。她思前想后，将目标对准了江恩。

江恩这人，李嘉玉从来没见他跟谁急眼过，也没见他服气过谁，自傲也淡定，情商挺高，所以人缘特别好。他在安保、物业这块有些资源，李嘉玉与他开会时听他提了一句，但他没报过这类项目。李嘉玉第一天去挖墙脚时非常高调，当着这么多的人邀请江恩，江恩只是笑笑，没理她。

下班的时候李嘉玉又去了他的办公位，当着二部众同事的面，问他考虑得怎么样了，江恩直接说他没考虑。旁边的同事便笑。

李嘉玉便说请江恩吃饭："我们部门小聚，新开始，整装待发，自己给自己打打气。要不你也一起来，互相认识一下，这样对你考虑来不来也有参考意义，你觉得怎么样？"

一旁同事便起哄，说也要参加。

李嘉玉一口答应，于是变成了二部与四部吃大餐，新上任的李总监请客。

一群人也不拘谨，吃喝谈笑，打成一片。后来李嘉玉请大家去唱歌。席中，江恩出去上厕所，正遇着李嘉玉回来，两人便在过道里聊了几句。

江恩道："李总，很给面子啊，不知道的还以为我多大牌。"

李嘉玉便笑道："你觉得高兴就好。"

江恩又道："如果我就是不想去四部呢？"

"不来就不来呗。"李嘉玉很爽快地说。

"那你多没面子。"

"干吗，怕我打击报复？"李嘉玉道，"放心吧，你不来我就找别人。以后公司里同事就会说，那个江恩啊，当初李总这么请他，他都不去，你看那谁谁，现在多牛，后悔去吧。"

江恩哈哈大笑。

李嘉玉道："我觉得你会来的。"

"为什么？"

"你混得不好不坏，需要机会。在二部，你只是普通投资经理；来四部，你就是部门里资深老大。在二部，升职加薪你得排队；在四部，升职加薪你排第一顺位。"

江恩笑笑说："听起来挺好的。"

李嘉玉又道："我知道你顾虑什么，在创达，我是第一位业务部门的女总监。"

江恩点头说："你知道这公司氛围的。在女人手底下做事，没面子。"

"所以我这不是一开始就摆足了场面给你面子吗？"李嘉玉认真说，"江恩，你应该证明给他们看，真正有本事的人，就算在女领导手底下，也会有好业绩。"她顿了顿，又说，"江恩，你相信我，我这个女总监，不会埋没自己，也不会埋没人才。"

江恩想了想，问李嘉玉："为什么选我？"

"觉得你挺有胆的，不怕事，又沉得住气。你也知道我的处境，如果刘总找我麻烦，我想找一个敢帮我说话的人。再有呢，你在公司里人缘好，正好弥补了我的不足。"

江恩不说话，但也没拒绝。

李嘉玉便道："今天周四，你周一给我回复吧。你不来，我就找别人。"她说完，回包厢去了。

这晚江恩与李嘉玉再没对话。

第二天大家如常工作。到了快下班的时候，江恩去了四部的办公室，办公室门开着，他便在门上敲了敲。

屋里四人全抬头看他。

江恩对李嘉玉道："我跟何总谈过了，我来四部。先跟你说一声，看看手续怎么办。"

"哇！"部门里最年轻的男生小江很高兴，"江哥，欢迎你。你来了，你就是老江，我是小江。"

"行，行。"江恩把小江凑过来的脑袋按回去，看了看办公室，皱眉头，"你们这儿很小啊，有没有我的位置呀？哎呀，还没有搬，我就后悔了。还想着周一过来直接开工干活别浪费时间，我可是要做出大业绩，以后当总监的男人。"

李嘉玉笑盈盈地道："别搬，你暂时还坐在二部的原位。我们这儿真不好腾地方。"

江恩一摊手道："你比我后悔得还快。"

李嘉玉摆了个手势，神神秘秘地道："腾不出地方，所以我们四部要求换地方。"

"换哪儿？"苏敏也神神秘秘问。

李嘉玉看了大家一圈，笑得有些调皮："刘总办公室出来不远，斜对角那儿，不是阅览区吗？那地方大，隔出一个总监办公室和几个工位绰绰有余，旁边就是大窗户，空气好，风景好，我这两天看了，就那儿最好。我会跟公司申请，把那儿腾出来，我们搬那儿去吧。"

"好呀。"三个年轻人异口同声，非常高兴。

江恩清清嗓子，提醒他们："你说搬就搬？这么大动静，把那里重新装成办公区？"

"余总会同意的。"李嘉玉道。在招聘这事上，余进顺了刘茂的意，帮着给她难看了，现在她解决了问题，他当然会安抚她，平衡关系。

江恩半信半疑地问："你确定？"

李嘉玉老实坦白道："我争取。"

江恩心想，怎么有上了贼船的感觉？

李嘉玉又道："但那块宝地太好了，我一定要争取到。你想想，每次刘总去投资部办公区，都要经过我们四部的地盘，他想不看见我们都不行。"

江恩额角抽抽道："行，你高兴就好。"看来确实是贼船啊。

"走，我们现在去找刘总、余总。"李嘉玉与江恩一起往外走。路上她问他："怎么这么快就决定了？我以为得等到下周。"

江恩故意道:"我想了想,女领导有女领导的好。你这年纪,结婚生娃,差不多了。我在四部既然是老大,你一生娃离开,总监之位舍我其谁。"他看看她,"有道理吧?"

李嘉玉道:"放心,生孩子之前一定先把你安排好。"

江恩大笑道:"可怕。我还是回二部吧,何总说随时欢迎我回去。"

李嘉玉冷笑道:"想得挺美。"

招人的事就这么解决了。李嘉玉提出的换办公位置的事也如她所料,得到了余进的首肯。行政那边很快安排,把阅览休闲区的那片地方改建成了办公区,两周后,李嘉玉的投资四部搬了过去。

江恩果然没有辜负李嘉玉的期待,他给四部带来了经验、资源和执行力,分担了她的许多压力,也带着四部,融入投资部的大集体。一个部门五个人并不多,但他们配合默契,合作良好,整个团队非常有干劲,每天朝气蓬勃的。

刘茂每次走过,目不斜视,李嘉玉暗暗好笑。

公事是摆平了,一切向前推进,但生活里的问题却还压在李嘉玉的心头。

段伟祺仍没有主动提孩子的事,李嘉玉揣测他的心思,疲劳倦怠。公司和工作成了她的避难所,她一上班就开心,下班回家却觉得疲倦。

段伟祺还总出差。李嘉玉虽觉得自己这样不对,但仍忍不住往坏处想。她想起当初他们分手,想起段伟祺曾经消失的一个月,她等着哪天他又失联,她想着如果他这样,她一定要严重警告他。

但这次段伟祺没有丝毫怠慢,虽然他逃避话题,虽然他延后婚礼,但他很及时地向李嘉玉报备着自己的行程。就算出国出差,忙碌一天,还有时差,他也会给李嘉玉留个言,说明自己在哪里。

这天是周末,段伟祺终于出差回来,李嘉玉觉得他这趟行程不是非去不可,所以心里不爽。与他吃完了饭等了半天,他还是没与她说什么孩子或是婚礼的事,她便故意道:"你这段时间忙成这样,婚礼明年'五一'来得及吗?要不要取消?"

段伟祺一愣,被她的语气惹得有些恼火,但忍住了,只道:"婚礼的事我在盯的。"

李嘉玉便问:"所以'五一'这个时间不会变了,是吗?"

"是啊。"段伟祺低头看手机,没看她,说完这两个字,他站起来便要走,"我上楼了,还有些邮件要回。"

李嘉玉气得也站了起来。

段伟祺停下脚步,看了她一眼,李嘉玉也看着他,两个人对视着,最后段伟祺移开目光,上楼了。

李嘉玉忍了很久，终于忍住没冲上楼找段伟祺谈孩子的事，现在这种情绪，不是讨论的好时机。李嘉玉用手机买了机票，给方勤去了电话，然后她在沙发上坐了许久，这才上楼。她去书房找了段伟祺，告诉他，自己明天飞L市，想去探望一下方勤。

段伟祺看了看她，点点头道："行啊。"

李嘉玉对他的反应很失望，回卧室去了。

第二天一早，李嘉玉独自飞L市，在方勤家里住了一天。闺密二人聊了很多很多。李嘉玉把她与段伟祺的矛盾告诉方勤，问她怎么办。

"跟他直说呗，摊牌。问清楚他到底怎么想的，然后告诉他你怎么想的。"方勤还是很干脆。

李嘉玉道："我以前觉得这样是可以的，但现在我有些怕，好像一开口就会吵架。我不知道会有什么后果，真的。我不知道……"李嘉玉词穷，形容不出那种惶恐，"结婚的时候真的没想过会这样。他这段时间真的不对劲。他为什么不跟我谈呢？"

"你们两个都尿啊。谁先开口然后吵起来就是谁的责任，是不是？"

李嘉玉叹气道："如果，我是说如果，他很坚决地说，他就是不要孩子。那我怎么办？"

方勤张了张嘴，又闭上。她不知道怎么办。

"他不找我谈，是不是不忍心告诉我，他一定、肯定不要孩子。"李嘉玉很难受，"不然，我真的不明白到底有什么原因能让他这么退缩。"

方勤见好友这般模样，忽然很生段伟祺的气，她想说如果那样，这姓段的就是骗婚，当初结婚之前怎么不说清楚呢？大家讲明白，达成一致意见再结婚。

方勤没忍心说，事情都这样了，说这些只会让他们夫妻关系更糟糕。她把李嘉玉搂在怀里，开个玩笑说："最坏的情况，就是你成了个百亿富婆。"

李嘉玉听了，泪水忽然落了下来。

"我能想象我是百亿富婆的样子，却无法想象我老公不是段伟祺。"

她真的，真的很爱他呀。

第三十六章
爱情就像芥菜

李嘉玉回B市了。原定最晚的那班飞机走，但看李铁一脸哀怨，一问才知原来他签了一本设计类图书的出版合同，早早定了今晚带方勤去吃大餐庆祝。李嘉玉大笑，便改订了下午的机票提前走。

方勤送她到机场。李嘉玉登机之前，对方勤道："我刚才忽然得出了一个结论。"

"什么？"

"无论最后结果怎么样，我都不会怪他的。"李嘉玉转过来看着方勤，"真的。就像你与大熊一样，我虽然想到最坏的那个结果会慌张、会害怕、会难过，但我不怪他，我也有责任。我想起从前，刚开始我就知道他不是一个好的恋爱对象，他是不婚主义者。跟他谈恋爱，不会有结果。但我还是决定要跟他在一起。在一起了，我也很自私，既想要事业，也想要他。我丢下他去C市。他什么都没埋怨，陪我三年异地恋。没人逼我跟他领证，是我自己愿意的。从一开始我就知道他是什么样的人，我只是以为……"

她说到这里噎住了。她只是以为，他打破原则结了婚，当然生孩子也不会有问题。她只是以为，他什么都迁就她，这件事必定也会这样。她还以为，他们两人之间,是她说了算,就像他以为他说了算那样。

也许那个时候他也以为,她知道他不喜欢小孩,所以她愿意跟他结婚,也应该有可能在这事上妥协。

而她呢,被爱情冲昏了头,被幸福蒙了眼睛。结婚的那一刻,她脑子里只有他,他这个人而已。不然,她怎么敢嫁他——想想他的家庭、他的钱、他的不婚不育的人生原则。

"我懂。"方勤抱住她,"我懂。"当初她明知大熊定好了出国的目标,也确定自己不想到国外生活,但她还是爱上他了啊,与他恋爱,义无反顾,抱着侥幸与幻想。万一呢,万一他最后就改主意了呢?

结果他没有,而她也没有。

两个同样坚定的人,最后分道扬镳。

方勤道:"上个月,大熊跟我说,他恋爱了,还发了照片过来。他们俩看上去,挺甜蜜的。大熊说,他们恋爱半年多了,之前一直没有说,是因为他怕这回又不成功,到时让我看笑话。现在他觉得非常好,感情稳定,他们有更长远的打算。"

李嘉玉听了,心里颇有感触。她当然还记得熊绍元出国前的那段日子,方勤常以泪洗面,她记得他们的争吵,记得他们的难舍难分。

方勤又道:"这也算皆大欢喜吧。"

李嘉玉点点头。

方勤再道:"无论如何,好好谈一谈。"

李嘉玉又点点头。

李嘉玉在飞机上想了许多,方勤的陪伴让她平静了许多。飞机带着她飞上高空,她看着外头的云海,想起有一次段伟祺带着她跳华尔兹,一边跳一边一脸正经地讲笑话,她被逗得哈哈大笑,差点没站住,舞步也乱了。他就批评她,说她舞技太差。那时候她那么开心,一直笑一直笑,脚底在打飘,她当时对他说的就是,不怪她没跳好,她脚下有云朵。

李嘉玉还记得段伟祺笑得眼角弯起细纹的表情。他说他想象了一下,如果他们脚下真有云朵,那还跳什么舞,应该抓紧时间在云朵上做个爱。这种体验千载难逢。

李嘉玉说不,感觉会摔下去,没安全感。段伟祺却说她胆子太小,太古板,必定会错过许多人生乐趣。

她闭了眼睛,靠在椅背上。飞机将她带回他的身边,她再次感觉到了下班回家的压力。

李嘉玉下了飞机没有直接回家,她去了街心公园,玩了一会儿健身器械,又回了一趟B大,在熟悉的校园里瞎逛。她去了她和方勤之前住的宿舍楼,在宿舍楼前拍了张照片,发给了方勤。

方勤很快回复,说楼体是不是重新刷过,看着挺新的。

李嘉玉回她:"舍管阿姨换人了。"

"那时候我们多年轻。"方勤道。

李嘉玉发了她一个"龇牙"的表情:"我现在也很年轻。"

方勤回过来一连串"大笑"的表情:"对对,说真的,我觉得我能年轻一辈子。"

李嘉玉笑笑。她也是,她也觉得她能年轻一辈子。

一辈子在学习,一辈子有活力,一辈子热爱生活。

一辈子,很长的。

一群20岁左右的小姑娘嬉闹着从李嘉玉身边跑过,不远处还有一对年轻小恋人躲在墙角拥抱道别,自行车铃响,有人在宿舍楼前喊楼上的姑娘下来。

这些声音如此熟悉,夹着岁月的遥远距离带来小小的心情波动。天色越来越暗了,校园里的街灯忽地一下全部亮起。李嘉玉在灯下笑了笑,觉得没那么消极了。她转身走出校园,回家去。

回到家已经8点多,李嘉玉开了门,竟然听到了厨房里传来锅铲的声音。她悄悄过去,探头一看,段伟祺皱着眉在认真炒菜,抽油烟机的声音嗡嗡作响,但她还是能闻到些煳了的味道。厨房料理台上一片杂乱,一个盘子里盛着一堆黑乎乎的不知是什么。

哇!李嘉玉在心里暗暗感叹,那些菜看起来有点危险的样子。

段伟祺没听到开门的声音,在抽油烟机和锅铲的嘈杂声里打着电话:"还要炒多久?一会儿是多久?你到底会不会啊?什么?看网上菜谱?看网上菜谱不需要时间吗?我有这么多时间就请个老师来教了,打给你干什么。算了算了,来不及了。她一会儿该回来了,我打电话订饭店的菜好了。嗯,嗯,我订点最普通的家常菜,摆得乱一点,要下不下锅再翻炒一下,应该看不出来。"

李嘉玉轻手轻脚退了出去,重新穿上鞋,拎上她的小行李袋,轻轻开门关门,溜了。

李嘉玉在附近溜达,找了个休息长椅坐着等。过了挺久,收到段伟祺的微信,他问她飞机落地了没。

李嘉玉看看时间,确实是她最早订的那班飞机落地的时间,她又等了一会儿,给他回:"一会儿就到家。"

段伟祺很快回复:"好的。"

李嘉玉算着时间走回去,这次开门段伟祺听到了,他跑到大门口来接她:

"玩得好不好啊？"

"还行。"

"李铁和方勤都好吧？"

"挺好的。"李嘉玉把包递到段伟祺伸过来的手里，自己换鞋。

两人一前一后进屋。李嘉玉把方勤和李铁的现状跟段伟祺说了说，然后道："怎么有饭菜香？"

"这航班时间卡着饭点，我怕你吃不好，就做了两个菜给你当消夜。"

"你做的？"

"当然。"段伟祺的脸上一点没有心虚的样子来。

"我要看一看。"李嘉玉往餐厅走，"我正好没吃，好饿。"

段伟祺跟过去说："我给你盛饭。"

"你吃了吗？"李嘉玉问他。

"没有。等你呢。"段伟祺拿了两个碗。

李嘉玉看了看菜色，炒青菜，蒸排骨，炒蘑菇，看上去特别普通，真是难为饭店了。

"你别看不好看，味道还行。"段伟祺还在吹。

李嘉玉夹了一口菜吃："居然不错。我怎么这么不敢相信是你做的？"

"那就不信呗。"段伟祺一脸从容地说，"你去看厨房垃圾桶，厨余垃圾满满的，我还做失败了一道菜，这些是成功的。"

"好吧，那夸夸你。段总果然牛，做什么都厉害。"

段伟祺笑了笑，给她夹菜。

两个人安静吃饭，吃得挺快，不一会儿便将饭菜一扫而光。李嘉玉收拾碗筷，段伟祺又跟着她进了厨房。李嘉玉进厨房便吸吸鼻子："怎么有檀香的味道？"

"油烟太重了，我点了香去去味。"

李嘉玉忍得颇辛苦才没有揭穿他。

李嘉玉把碗、盘冲了冲，放进洗碗机里。她按了开关，站在一旁看了一会儿，确认洗碗机运行良好。段伟祺在一旁，几度欲言又止，最终还是没开口。

李嘉玉用眼角余光看到他的表情，她在心里叹气，其实她也是一直在找机会说话，却又不舍得打破这样的氛围。

最后两人一起看了一场电影，洗澡上床。

段伟祺伸手将李嘉玉抱在怀里，很自然地吻住她，抚她的肩膀。他有些小心翼翼，像是讨好地试探，她没有拒绝，回吻了他。

然后他便像被点着的篝火堆一样燃烧了起来。李嘉玉也很热情，带着汹涌的爱意，紧紧将他拥抱。

两个人都没说话，只是尽全力地讨好着对方，他们在房事上一贯是默契、和谐、满足的，这次甚至超过以往任何一次。

最后两个人的喘息渐渐平复，段伟祺将李嘉玉紧紧抱着，头埋在她的肩窝，一言不发。

许久之后，李嘉玉听到他的呼吸声依旧不变，他还没有睡着，她便问了："阿祺，你有话想对我说吗？"

好半晌，她听见段伟祺低沉的声音："有的。"

李嘉玉的心跳快了好几拍，她咽了咽口水，心一横，道："你说吧。"

段伟祺沉默许久："我还没有想好怎么说。"

李嘉玉的心被重重一击，松了口气又很伤心。

她转过身来，与段伟祺面对面，与他道："我也是。"她顿了顿，补充了一句，"我还没有准备好。"

她这样说，段伟祺也沉默了。他的眼中有痛苦，李嘉玉不想再看他的眼睛，她抱着他，将头枕在他的肩膀。

段伟祺很想问她是没有准备好听他说，还是没有准备好跟他摊牌。

但他终究没问，他也怕。

肯定得有一个人让步，而他让不了。他不知还能说什么，太残忍，对他和对她都一样。可他爱她，孩子并不是幸福的必需品，不是吗？

他听见李嘉玉道："我今天想了想，我们这样，怕是都没法冷静思考。我在你身边，总觉得压力很大。我之前，盼着你开口，后来，既盼着，又怕你开口。现在，我觉得恐怕是害怕更多些。我想，我们都需要些空间。"

段伟祺不知道需要空间是不是他想的那样，但他觉得不舒服，不想听下去了。

"我先搬回我的小公寓住。等我们都准备好了，我们好好谈一次，行吗？"

段伟祺闭了闭眼，真的是啊。他开始觉得生气，有一种他拼尽全力却还被无情抛弃的感觉："你是要分居？"

"我是觉得我们分开住可以轻松一些。这样有助于思考。"

"思考什么？"段伟祺的声音硬了起来，他坐了起来，大声道，"思考怎么离婚吗？思考那份财产协议怎么执行吗？"

李嘉玉顿时僵住了，她瞪大眼睛，也坐了起来："段伟祺，你把这句话给我咽回去。"

段伟祺越想越气："咽什么咽，老子说错了？不就是想分居吗？分居之后呢？老子当初敢签这协议就不怕执行。"

李嘉玉爬起来，火速穿衣。穿好衣服，她冲到书房翻抽屉，找出一份文件，然后冲回卧室，当着段伟祺的面，把那份文件撕得粉碎，一把甩到他面前，大声道："我们认识的时候，你对我的评价非常正确，我就是眼瞎！"

　　她说完，怒气冲冲转身就走。

　　大门被甩上的巨大声响让段伟祺跳了起来，他赤身裸体，抓起那些纸片扔地上踩，嘴里咒骂着。他的手机响了，他以为是李嘉玉，扑过去一看，却是蓝耀阳。

　　蓝耀阳嘻嘻笑着说："你最后的晚餐怎么样啊？有没有把她哄好啊？那些衣服给她看了吗？一柜子新款，这惊喜绝对赞。"

　　段伟祺大吼："惊喜个屁。"一晚上小心翼翼，他都忘了衣服这事了。

　　蓝耀阳吓了一跳，忙问："你们又吵架了？到底为什么吵啊？"

　　"我是浑蛋。"段伟祺把手机甩了出去，砸在那一堆碎纸片上。

　　段伟祺呆呆地坐了一会儿，然后慢吞吞起身去捡手机。捡起来一看，屏幕上出现了一条裂痕。他按了键，屏幕不亮。

　　段伟祺皱眉，用力按，还是不亮。他按开关键，手机没动静，按声音键，还是没动静。他烦得又把它丢地上，想了想再捡起来，晃了晃，再把所有键都按一遍。开关键长按着，还是没动静。

　　他破口大骂："你这么不经摔，你当什么手机呀！要你干吗用！老子自己造手机！"

　　他扒了扒头发，垂头生了会儿闷气，把破手机随手丢床上道："造个屁。"

　　段伟祺打算去书房，走出卧室觉得有点冷，才想起来没穿衣服，又折回去把衣服穿上，到了书房打开电脑，点开微信。

　　微信正好还停在他最后通话的聊天界面上，对话人是李嘉玉。他问她飞机落地没有，她说她很快就回来，他说好的。

　　段伟祺盯着这界面看了一会儿，琢磨半天，将鼠标点在输入框里，敲下一行字："家里扫把你放哪儿了？"

　　想了想，这样说好像有点贱，一点气势没有。他把这行字删了。

　　片刻后，重新又输入："我手机坏了。"

　　手指在回车键上停了一会儿，没按下去，又把这句话删了。这有点丢脸，怎么坏的都丢脸。

　　这么联络太没气势了，还是要打电话，嗓门大一点，语气彪悍一点。必须让她知道，谁没谁不能活呀，他付出一片真心，真的全心全意对她，这辈子除了他自己，他没再对谁这么用心过。就算再艰难，再憋屈，他也没想过放弃他们的婚姻。

　　他从前躲避去爬山想冷静，她说分手。他是错了，他想着过几天联络，过几天就好。几天之后又想，从山上下来就联络，一定跟她说清楚。后来又想，当面说更好。总之一拖再拖，他便差点错过。她说分手，他也认错，现在他不会跑掉，只是开口坦白确实艰难，他确实还没有准备好，但他在储备勇气，只差这么一点点，结果被她一棒子打死。

　　要怎么对她才可以？他对她还不够好？说分手是她，说分居是她，下一步，该离婚了是吧？

　　段伟祺越想越气，把笔记本扣上了。

　　发个屁，什么都不想跟她说了。

　　段伟祺去了客厅，开了一瓶酒，翻出一包烟，跷起二郎腿自己坐沙发上发呆，其实酒也喝不下，烟也不想抽。

　　茶几上摆着一束花，是李嘉玉跟花店订的。她跟花店订了一年，一周送两束鲜花来，一束摆在客厅，一束摆楼上。家里还有她亲手挑的许多小摆设，她很注重细节，又有些许强迫症，什么都喜欢摆得整整齐齐。摆桌上的东西，造型要搭配，颜色要相衬，摆的时候连边角都要对齐。李嘉玉自己说的，这么努力工作，就是要让自己过上满意的生活。家里应该整洁、美丽，还有香气。

　　段伟祺指着那束花大声道："知道什么叫整洁、美丽，还有香气吗？有了孩子还能整洁？好吧，我们不要求整洁，那可以养宠物啊。狗狗不行的话，还可以养猫啊。"

　　屋子里没有人回话，只有他的声音。段伟祺瞪着电视柜上的照片，李嘉玉对他笑着，笑得这么甜。

　　段伟祺心口如遭一击，他要失去她了吗？

　　他跑上楼，找他的手机。地上没有，床尾沙发没有，床头柜没有，床上没有。他心头冒火，又找了一遍，越着急越找不到。他把被子拉起抖了抖，还是没有。

　　他气得把枕头掀起来扔地板上，然后听到一声闷响，是某物砸到木地板的声音。手机被枕头带起，一起摔在地上。

　　段伟祺瞪着那手机，脚打拍子。真贱啊，不摔你不出来。

　　他把手机捡起来说："如果你好了，我就原谅你。"

　　结果没有。再摔一次除了屏幕上又多一道痕，别的什么都没变，依旧是死的。

　　他去书房，再次把电脑打开，这次看到蓝耀阳发给他的微信："你电话怎么打不通了，怎么回事？需要帮忙吗？"

段伟祺给他回："我手机坏了。"

"怎么坏的？"

"原因不重要。"段伟祺用力敲键盘，咬牙切齿。

"挺重要的呀，如果是你发脾气摔的就没事，如果是你失足滚下楼梯把手机摔坏了，就有事，万一你受伤动不了呢。我还想着要是再联络不上，我就过去找你了。"

"我谢谢你啊。"

"别客气。毕竟朋友一场。我都没敢打给铁杆，怕惹她不高兴。"

段伟祺的手指在键盘上轻轻点，他想了想。

蓝耀阳继续发消息过来："她是不是离家出走了呀？"

这是怎么猜出来的？段伟祺皱眉头。

蓝耀阳道："你是不是想问我怎么猜到的？"

段伟祺看着屏幕等他往下说。

蓝耀阳道："因为你之前跟我大吼自己是浑蛋。如果铁杆在那儿，这么没面子的事你怎么会干？"

段伟祺觉得汗颜。

"我会成为神探的，我跟你说。"

"神探，你不知道我怎么了，所以你给嘉玉打个电话，问我怎么了。

"你就说有急事找我。但打我电话打不通，所以打到她那儿，让她叫我接一下电话。

"她说她不在我身边。你就问她是不是出差了，然后你就着急，问是不是我出了什么事，为什么电话不通，会不会滚下楼什么的。其他的就不用多说了。你就说再想想办法找我，然后挂电话。"

蓝耀阳终于回了："行吧。我现在打。"

段伟祺往后靠在椅背上，等着蓝耀阳的消息。

过了一会儿，蓝耀阳的微信有动静了，正在输入消息。

段伟祺坐直了等着。

"打完了，就是按你编的说的。然后嘉玉说，下次我们串通的时候，编个好点的词。

"我就说，真的，不信你打他电话试试。

"结果她说，她知道你微信在线呢。肯定跟我聊半天了，怎么可能联络不上。"

段伟祺心想，可以啊，他身边全是神探吗？

蓝耀阳补充道："她还说，手机坏了肯定是你发脾气摔的。这笔账她会记得，因为手机是她买的。"

段伟祺咬着牙一字一字地敲："要！你！何！用！"

他把笔记本盖扣上了，眼不见，心不烦。

回到卧室，看着一地的碎纸片，他捡起来，丢进了垃圾桶。情绪很糟，但他已经不愤怒了，只剩下难过。他捡起枕头，和衣躺在床上。他想如果李嘉玉在，看到他这样，肯定会骂她。她会说他枕套也不换一下就放上床，很脏。她还会说他枕头跟枕头没有对齐边。如果他被赶去换枕套，一定得换一对，不然不配套，她会嫌弃。

段伟祺难过地想，他不分居，分居的下一步就是离婚。他宁可听她唠叨，被她嫌弃，但他想跟她住一起。

她在C市的时候，他很想念她。想念的时候，他就告诉自己，坚持下去，时间很快的，他们以后肯定能住在一起，然后住一辈子。

好不容易才有了这个家。这屋子是她亲手打理、装修收拾的，是她和他都最喜欢的样子。怎么能分居？不能。

她不会这么丢下他的。她知道他有口无心，他当然不会认为她拜金。如果她真的拜金就好了，可惜她不是。他只是气急了乱说话，她一定懂的。

段伟祺忽然跳了起来，奔回书房，再次打开了电脑。他给蓝耀阳发去："微信没有在线提示吧？"

蓝耀阳很快回复道："没有吧？"

"那她怎么知道我在线的？"

蓝耀阳好一会儿没回复，估计在思索。

段伟祺接着发道："好了，我知道了。用不着你了。还神探呢！呵呵。"

这回蓝耀阳不同意了："你可以羞辱我的总裁头衔，但不能质疑我的神探之名。不然我就要给你唱歌了。"

"滚蛋！"

"所以她为什么知道你在线？！"

"因为我给她发消息的时候，她正看着和我的对话框。"

"你这话挺肉麻的，你觉得呢？"

"你快滚去睡觉吧。不对，你怎么这么晚还在线？"

"我在跟别人聊天呀。"

"行了，不用介绍了。肯定不是什么正经聊天。"

"正经得不得了。"

"我走了。"

"算了，你走吧。"

段伟祺回卧室，把卧室垃圾桶里的碎纸片翻了出来，一张一张对着，拼在一起。

幸好她撕得不太碎，他这样想。

他用透明胶带，把这份财产协议小心地贴补起来。想拿手机拍张照片给她看，告诉她，他承诺过的事，从来都是兑现的。但他说那句话，真的不是她想的那个意思，然后他想起他的手机坏了。

段伟祺把贴好的合约放好，换了睡衣裤，又把床单和枕套全换了，这才睡下。

他想半天没想起来他上一部旧手机放哪里了，现在这部用了挺久，搬了几次家，旧的杂物都是李嘉玉收拾，也不知她放在哪个房子里。明天起来先去买手机。

睡了一会儿睡不着，他又想，不知道她今晚睡哪里？

他又爬起来，去检查衣帽间，去看了门厅。她只拿了她的小包和这次去L市带的小旅行袋，开走了她的Polo。

她应该不会冻着的，他想。她以前好多旧衣服似乎都放在她的小公寓了，她应该是回那里去了。

李嘉玉确实是回她的小公寓了。

气头过去之后，她也稍稍冷静下来了。

虽然过程很不愉快，但终究她还是自己回了这里。

段伟祺这一晚几乎没睡，李嘉玉也一样。

第二天，李嘉玉早早起来，洗了个澡振作精神，化了个明艳的妆，在旧衣打包袋里翻出以前的衣服，熨好了，干干净净、漂漂亮亮地上班去。

外头阳光明媚，天空的云彩很美。李嘉玉拍了张照片发朋友圈："天气很好，心情不错。"

到了公司，她又在办公室的洗手间镜子那儿自拍一张："衣服不名贵，人长得美，还是好看。"

这条朋友圈她设置了只对段伟祺可见。

段伟祺一早火急火燎地买新手机。买来了，其他的都还没装就先上微信看朋友圈，一看顿时生气。哎，这谁家老婆，挑衅是不是？

他干脆开车回家，拍了张衣帽间照片。

"名牌、新款。摆着高兴。"

这一条他设置了只对李嘉玉可见。

李嘉玉看到了段伟祺的微信，简直一声冷笑，用力给他点了个赞，又留言:"你高兴就好。"

段伟祺看到了,不甘示弱,也在李嘉玉发的那条朋友圈下边点了赞,留言道:"美就美呗。"

真是生气。

这天两人都没有联络对方,朋友圈倒是发了四五条。

什么天气宜人、咖啡醇香、午餐丰富、工作带劲、钱赚到手软,等等。

李嘉玉去了段伟祺最喜欢的那家海鲜炒饭的餐厅吃晚饭,她发的朋友圈,是那家餐厅的牛排的照片,这是遭段伟祺几次批评的餐点。他的评价是,这家主厨肯定是米饭养大的,对牛肉不在行。

李嘉玉一人点了牛排和沙拉,还有段伟祺喜欢的浓汤,发朋友圈:"牛排也很好吃。"

段伟祺去了李嘉玉喜欢的面馆,点了一碗她吃不腻的牛霸王汤面。牛肉、牛肚、鹌鹑蛋、香菇、白菜丝、牛肉丸一大堆好料,为了加强视觉效果,他还特意加了双份料。这是李嘉玉去L市的前一天才跟他说特别想吃的,分居第一天,他特意跑来这儿。

挑了好几个角度拍照,那碗面被他摆来摆去,旁边的人都在看。也许觉得他傻,也许觉得他好像有点眼熟,总之有人又多看他几眼。段伟祺一个白眼翻过去,一点不在乎自己的形象。

他把照片加了滤镜,然后发了朋友圈:"一个人吃,加双份料,美味。"

把朋友圈发出去了,一刷新,才发现李嘉玉也发了朋友圈。她居然去那家餐厅啊。段伟祺懊恼死了,早知道他去吃他的海鲜炒饭好了,还能偶遇成功。

李嘉玉刷了刷朋友圈,也看到了段伟祺的朋友圈。她顿时觉得这个男人太不值得原谅了,居然还点双份料!太过分!早知道她去面馆好了,她可以当着他的面,不要面,来三份料。

李嘉玉多看了几眼那张汤面的照片,觉得牛排索然无味。段伟祺的评价是对的,这个厨师对牛肉不在行。

两个人各自吃完晚饭,开着车在街上游荡,转来转去,最后还是各自回家。

段伟祺这晚被蓝耀阳和卓恺在群里嘀嘀嘀的消息烦个不停。卓恺问他跟Polo怎么了,今天一天他们都在各自秀幸福。蓝耀阳问他把铁杆哄回来了没。

于是卓恺问蓝耀阳怎么回事,蓝耀阳就一番介绍。说着说着,变成两个人在那儿瞎聊胡侃,压根没段伟祺什么事。

段伟祺更烦了,退出微信,想了想,拨了个电话到美国。

"嗨,Herman。"

电话那头是一个爽朗的中年男子的声音,他笑着应:"Chris? 好久不见。"

你好吗?"

"还行吧。"段伟祺与他闲聊了几句,问候了近况,然后道,"你还记得当年你对我说的话吗?"

"当年?什么时候?哦。"Herman想起来了。

段伟祺道:"我觉得,可能你说得对。"

Herman愣了一愣,道:"不是吧?真的?真糟糕。我不知道说什么好。"

段伟祺也不知道说什么好。

李嘉玉这晚接到了方勤的语音通话邀请,方勤问她怎么了,回去之后谈得不好吗?今天一天就看段总跟她两个人在朋友圈较劲。

李嘉玉便将她回来之后的事跟方勤说了:"他对我好是真好,他气我也是真气我。"

方勤道:"所以你们还是没机会好好谈一次?"

"谈个鬼,气都气死了。"

李嘉玉叹了口气。

方勤能感受到她隔着屏幕的失落,问她:"那现在你们算分居了?"

"今天这样就算是吧。"李嘉玉道,"反正他也没找我。"

李嘉玉顿了顿,又愤愤道:"本来不用分居的,我的意思就是我们给彼此一个空间,这样能真正放松独处,然后大家准备好了,认真谈谈。结果话没多说,他马上就发脾气了。"

方勤道:"你脾气肯定也挺大。"

李嘉玉不得不承认:"确实,气死我了。"

"那你现在什么打算?"

李嘉玉想了很久,叹口气道:"不知道啊,方勤。真的不知道。我好像死心了,又没死心。"

"你答应我一件事好吗,亲人?"方勤道。

"你说。"

"如果他真的非常坚持,别轻易妥协。"方勤的声音清清楚楚地传进李嘉玉的耳朵里,"人生这么长,世界这么大,我们现在见到的只是很少很少的一部分。太多的事你还没有经历,太多的人你还没有见过。你现在这个年纪,还有选择的机会。女性跟男性不一样,他们五六十岁还可以反悔,你却不行了。你懂我的意思吗?"

"我懂。"李嘉玉非常难过地说,"我懂。"

方勤叹口气道:"真不愿意你面对这些。这比我当初需要做出的选择更艰难。"

"真高兴你现在这么幸福。"

"我运气好。"方勤道。

李嘉玉笑道:"我其他方面运气特别好,人美钱多本领强。"

方勤大笑。

"所以老天爷总要给我均衡一下,在感情上,给我点难题。"

方勤道:"那你要乐观点,你总会在最后关头出现转机。说不定他会妥协呢。"

李嘉玉沉默了一会儿,道:"那要看他是怎么妥协吧。如果他并不情愿,那我大概也没办法接受。"她又顿了顿,继续道,"孩子跟其他的事不一样,那是一个生命,会长大,会有思想,会有感情,会有疾病,会需要爱。抚养教育是一个很费心费力的过程,是会改变现有生活状态的过程。段伟祺不想要,也许就是负责任的态度。如果他无法成为一个好爸爸,那他确实不该要。我想要孩子,是想拥有天伦之乐,是想拥有这样一个与自己有着紧密关系的生命,让我付出爱,付出关怀。我不能让他出生后在一个没有爱的环境中长大,如果我不能保护他,不能让他幸福,我做母亲又有什么意义?"

方勤轻叹一口气道:"说得也是。"

"而且正常的夫妻还会因为孩子的事吵架,我们这种勉强生孩子的,以后怕是吵得更凶。到时候别说亲情了,爱情都死了。"

"唉,那你太乐观了。请听现实主义者方勤女士的总结……"

李嘉玉大笑道:"你又来了。"

"真的,爱情就跟芥菜一样,保质期有限,只有两条路,一是放任它不管,任它慢慢蔫坏腐烂;第二条路就是及时将它存放腌制,变成饱含亲情的老坛酸菜,越久味道越好。"方勤振振有词,"像我现在吧,可烦可烦李铁了,可是没他就是不行。这就是老坛酸菜的感情了。"

李嘉玉笑得不行:"我谢谢你啊。"

"心情好点了?"

"幸好我还有你啊,方勤。"

"先让自己幸福吧。"方勤道,"无论你以后要过什么样的生活,人生不就这样?有没有孩子,要不要工作,自己幸福最重要。所以别轻易心软,如果有一丝一毫的犹豫和不情愿,就不要妥协。"

"我哪会心软。"

"唉,那你真是高估自己了。你的心超级软,一点都不狠。真的。"

结束了语音通话,李嘉玉刷了刷朋友圈,段伟祺没有发新动态。她又点开与段伟祺的通话界面,那上面什么动静都没有。她去了微博,段伟祺今天没发微博。

李嘉玉把手机丢一边，打算去洗澡，再敷个面膜，但是她好消极，一点都不想动。

发了一会儿呆，想起了什么，她又去拿手机，点开了段伟祺的微博小号，还是什么都没有。

这小号没什么内容，除了多年前他发的寥寥几条。

李嘉玉看着他发的第一条内容："如果微信没了，手机号也没了，可以在这里找到我。"

下面有段伟祺自己留的评论："但我不会原谅你了，找到也没用。"

李嘉玉盯着这两句话看了一会儿，忽然潸然泪下。

找到也没用。

无奈又心伤。

李嘉玉把手机屏幕按灭了，跳起来，拿了衣服去洗澡。先让自己幸福，否则人生没意义。她把今天买好的全新的保养品都拆了，一一摆好，认真洗了个澡，给全身擦了乳液，敷上面膜，打开笔记本，上网工作。

最后收拾好自己，把明天的工作内容提前安排好，早早躺上了床。她再度刷了一下朋友圈，没有段伟祺的新动态，于是她自己发了一条："工作是最可爱的伙伴，晚安。明天见。"

段伟祺也躺在床上，时不时刷一下朋友圈，终于刷出了李嘉玉的动态，顿时有了精神。看到那句话，却是无语。

第二天，李嘉玉早早起床，精神饱满，依旧化了个明艳的妆，上班去了。

李嘉玉近期的工作说顺利也顺利，说不顺也有一点。

社区安保及服务的项目，李嘉玉有两个目标公司，但她对这行的研究不深，所以她把这项目交给江恩。社区服务的App还算是新兴产业，业主们安装App后，通过身份审核，便可绑定出入门禁、停车交费、电车充电、支付物业、水电费等，还可以一键报警、联络管家、报修家中设备、接收物业通知，等等。

江恩最初是做安保系统这行出来的，所以对产品挺有发言权。两个公司的产品都不错，资源各异，各有优势，二选一还挺不容易。江恩带着小江去洽谈，做调查，一直在推进。

李嘉玉这头就主要负责健身App。越研究，她就越觉得这个行业会是有大发展的一个行业。传统健身房弊端显现，健身概念在发展，全民健身意识觉醒，线上线下相融合提供配套的健身服务一定是趋势。市场上健身App不少，拿投资抢资源正风风火火，李嘉玉有自己的想法，她希望能找到一家踏实做产品、认真营销、长线服务的公司,理念相合,把事情真正做起来。

就像社区服务App一样,是真正服务到位,解决现代生活需求,传统服务与现代手段相结合的优秀产品。

但李嘉玉一开始接洽的这家,产品不错,用户数量亮眼,已经有了些品牌效应,融资拿了两轮,正是上升期。她唯一觉得不足的是,创新不够,他们提供的服务满足的是现在的需求,产品同质化,只因营销好,抢占了市场,所以暂时名列前茅。如果不能预见未来的需要,抢先培养用户习惯,优势很快就会没了。

而在沟通过程中,这公司的老板并没有危机感,他觉得大家的产品都差不多,营销为王,快速增长用户是关键。有用户,有收入,有数据。

李嘉玉有些失望。有数据,好融资,转手一卖,身价百倍。这样的创业理念,她见过太多了。也可以理解,创业就是为了挣钱,应该的。

她想再继续寻找,找一家更合适更值得投资支持的公司。

段伟祺已经一周没与李嘉玉联络了。头一天他们两人还贱兮兮地发朋友圈互撩,后来就没有了。段伟祺挺讨厌这种默契的,他想念李嘉玉,也想念她给他买的那手机。现在这部新手机虽然是同款,但就是觉得用得不顺手。

这天,他接到了段珊珊的电话,她说起自己的那个公益项目,她要开画展了,义卖孩子们的画。这次是蓝耀明和其他几位画家一起支持的,包括她在内,所有人拿出一幅画来,与孩子们的画一起展出,共同义卖。她还要把被选中画的孩子们接来B市旅游一番,让他们见见大都市,参观艺术展,并出席他们自己的画展。

段珊珊邀请段伟祺和李嘉玉来观展,段伟祺大喜,满口答应。

段伟祺酝酿了挺久,想好了措辞,给李嘉玉打电话,他的声音沉稳淡定:"喂,嘉玉吗?"

李嘉玉重重叹口气说:"段总,难道你打算听我说,是啊,我是李嘉玉?"

段伟祺心想,对啊,他这说的是什么开场白。他赶紧把手机拿远点,悄悄清了清嗓子,把情绪稳住,然后继续沉稳淡定地道:"刚才我姐给我打电话……"他把段珊珊与他说的事说了一遍,道,"这是件好事,不去不合适。我也不好推托,所以只能答应了。咱们俩都得去……"

"行啊。"没等段伟祺继续发挥他那套准备好的劝说词,李嘉玉爽快道,"你姐刚才也打给我了,我答应了。"

段伟祺简直弄不明白,他那个拖后腿的姐姐是怎么回事?

他便继续装:"那行,那我们是分别去还是我来接你?"

"肯定你来接我呀。"李嘉玉继续爽快地说,"你带两套礼服过来,还有我的高跟鞋。"

"行。"段伟祺一高兴,应得太快了。应完马上后悔,他应该说不会挑,让她自己回来穿的。现在改口太没面子,他只得暗暗懊恼。

"你还记得我家在哪儿吗?"李嘉玉道。

"不记得了。"段伟祺不高兴。

"那我把地址发给你。"

段伟祺更不高兴了:"那里不是你家,是你暂住的房子。自己家都不认识了,你什么脑袋。"

"你脑袋才不好。你姐说你答应得飞快,乐得跟傻狗似的,转头你却说不好推托只能答应,你就装吧。"

段伟祺很生气,这么揭穿一个要脸面的男人,合适吗?

"呵呵,我姐说的你也信?什么脑袋!"他反驳得特别正经有气势,紧接着再来一句,"那周六早上9点,我去你那儿。就这么定了。"

说完火速挂电话,表现得毫不留恋。

等了等,李嘉玉把地址发来了。段伟祺松了口气。

他打电话到餐厅,定了周六中午的两人位,预订鲜花和红酒,还有李嘉玉喜欢的菜。

周六那天的画展很热闹。艺术圈许多人都来了。小朋友们的画即便限定了一人只能买一幅,半天之内也全被买下了。

小朋友们进场的时候是上午10点。他们是前天到的B市,昨天去了动物园,段珊珊和其他志愿者们带着这12个孩子在动物园里参观,写生画动物,玩了一天。今天早上让他们稍睡了一会儿懒觉,又带他们去吃了一顿麦当劳,然后再一起去看他们自己的画展。

小朋友们穿着自己的衣服,有些是家里特意准备的新衣,有些是旧衣,还有的并不合身,但都洗得干干净净,熨得整整齐齐。孩子们全都认真打理过,头发梳得整整齐齐,脸蛋干干净净。他们有些胆怯紧张,又兴奋好奇,手拉着手互相鼓励,跟着段珊珊和志愿者老师们一起走了进来。

迎接他们的是热烈的掌声。

关于小朋友们的着装,段珊珊他们曾经考虑过为他们订制礼服,让他们享受一次当小公主、小王子的感觉。但后来经过讨论,推翻了这个想法。衣服只能穿一时,当他们回到山里脱下衣装,又成了贫困山区的儿童,那一次华服体验又能带来什么?

最后大家一致同意,就让他们做着自己,用自己本来的身份和面貌走进大众视野,享受他们努力学习、获得帮助,以及能够用自己微薄的力量回报社会所带来的成就感。

穿什么是一时的,拥有的才华和思想虽然从外表不能看出来,却是伴随自己一世的。

希望这些孩子,能在这一刻,为自己骄傲。

为了这个目的,段珊珊和志愿者们通知了所有参加画展的人,让他们不必讲究以往的观展礼仪,着普通便装出席,不要给孩子们带来压力。

于是段伟祺最后也没机会带礼服,但李嘉玉仍让他来接,他对此满意。此刻两人穿了简单大方的日常衣物,站在人群中,为那些孩子鼓掌。

孩子们被掌声们吓了一跳,而后欣喜。他们脸上有藏也藏不住的喜悦和兴奋。段珊珊为他们介绍各位画家老师,还有资助他们学习绘画的善心人士。孩子们端端正正地行礼说谢谢,众人再度鼓掌。

段伟祺偷偷看了李嘉玉一眼,她看着那些孩子,嘴角弯起,眼睛里是温柔的光彩。段伟祺的心口似被大石压着,简直不能呼吸。他本打算今天中午吃饭时与她好好谈一谈,但看她现在的反应,他更感艰难。

耳边掌声再起,众人在笑,李嘉玉也在笑。段伟祺顺着人群的视线看出去,是一个孩子在接受蓝耀明的访问,童言童语,把大家逗乐了。段伟祺再偷偷看李嘉玉,她碰巧也转头看了他。她似不经意地对他笑了笑,又把头扭了回去,继续看孩子们。

段伟祺想握她的手,但那一刻她再度抬手鼓掌,与他的手一碰,错开了。

李嘉玉一边鼓掌一边又看了看他,大概是因为刚才撞到了他的手,下意识地想看看怎么了。

段伟祺抿抿嘴角,改去搂她的腰,李嘉玉拍了他的手一下,轻声道:"有记者。"

段伟祺抿了抿嘴,也明白现在他们有问题没解决,被记者挖出来,怕事情会更复杂,于是他努力认真听孩子们说话。这时候说话的是一个圆脸的8岁小姑娘,有人问她最想画什么。她说今天吃的汉堡特别好吃,她奶奶没吃过,她想画出来给奶奶看,告诉她这个很好吃。

"真可爱啊。"李嘉玉对段伟祺说。

段伟祺轻轻"嗯"了一声。

李嘉玉不再说话。

两人都怀着心思,似乎眼神和话里都带着些暗示意味。不暗示不甘心,暗示多了又烦心。

现场来了挺多记者，社会新闻、文化娱乐的记者都有，但现场来了许多大牌。蓝家三姐弟来了，蓝家姐夫连旭也来了，其他大大小小的明星还有社会名流一群人，段伟祺在其中便也不算抢眼。

简单的欢迎仪式过后，孩子们被志愿者带着去欣赏画作，段珊珊接受访问，其他记者也各自散开寻找采访目标。李嘉玉赶紧往旁边躲，离段伟祺几步远。

段伟祺便瞪她："这会儿躲来得及吗？"

"挺及时的。"李嘉玉淡定地答，"我要找蓝姐和姐夫聊几句去。"

段伟祺刚要跟过去，一个声音叫住他："段总。"

段伟祺转头一看，是富昌一个品牌的代言女星，他还没来得及应声，这边一个记者跑过来了："段总，可以聊几句吗？"

没等段伟祺答，便直接开聊了："段总是来支持令姐的活动吗？富昌在这次活动里参与了多少？段总买下哪幅作品了吗？"

段伟祺只得停了脚步，耐心应答。毕竟是段珊珊的大事，他当然要给足面子帮她撑场面。

一旁那女星也凑过来听，偶尔插一句。几个回合对话之后，那记者请求拍张照。段伟祺不好拒绝，那女星也很自然地站在了他身边，记者便拍了一张合影。

段伟祺在心里猛翻白眼，真是见了鬼了。

记者走开了，段伟祺又应付了那女星几句，然后转身去找李嘉玉。转了两圈看到她，她在和连旭及蓝耀阳聊天，三个人一起哈哈大笑。段伟祺刚想过去，又被一位商界的友人叫住了。

待他把人都应酬完，场上已经不见了李嘉玉的身影。倒是段延孝和妻子赶了过来，要给女儿的活动捧场。段伟祺与伯父又聊了几句，被带着见了两位长辈。最后他忽然看到段珊珊与李嘉玉一起从楼上下来，两人脸色虽然如常，但段伟祺还是觉得有什么事。他便过去问了李嘉玉，她说没事。

段伟祺未动声色，待寻得空，直接问了段珊珊。段珊珊比李嘉玉坦率，她说她昨天晚上发了微博，有宣传今天的活动的，有转发项目官博内容的，还有发昨天孩子们在动物园的一些画作，以及转发志愿者的相关微博，感谢大家共同努力等。苏文远居然给她点了赞，还留言恭喜她，说她现在过得好，他也高兴。大家都在往前走，很好。

这是段珊珊出事后这么多年第一次发微博。她发微博，也确实是觉得太久了，她该能重新面对大众的目光。她必须尝试一下，她想走回来。她的号早就荒了,没什么人注意,她觉得挺好的,不需要太多人关注她,只要真正关心她的人知道她还好,那就行了。

她昨晚太累,今天一起来便忙,都没怎么看留言。但刚才有工作人员告诉她,她的微博有大量转发。她吓了一跳,马上就有些慌。上微博一看,却是因为苏文远发来那些话。苏文远一来,他的粉丝还有当年的一些好事者便激动了。于是有人鼓舞,有人讽刺。有人说苏文远和段珊珊都很坚强,也有人翻出当年的新闻链接放到段珊珊的微博下面,问她,你还记得当年的事吗?

段珊珊下意识地就把苏文远的留言删了,还把他拉黑。但她这一举动,却又让大家有了新的解读。有人猜测有人议论,风波竟然更大了些。

段珊珊便有些后悔,她想再发一条微博,但又怕自己不够冷静,弄得更糟,于是便去找李嘉玉商量。

李嘉玉听了她说的情况,顿时大怒,打了通电话把苏文远骂了一顿。说他没事找什么存在感,不要再用从前的事来给自己刷什么励志"人设",什么从苦难低谷中爬起的才子设定,他爱怎么用就怎么用,但不要扯上她们这些旧识来炒作。

苏文远在电话里与她争执了几句,李嘉玉气呼呼地挂了电话,没再理他。

段珊珊见状,就更坚定要再发一条微博的想法。虽然李嘉玉让她别再说话,说多错多,可她觉得错就错吧,反正她的一生里挺多错误的,让她不说话,她难受。

于是她发了新微博:"前尘往事,像留在身上的疤,痛是不痛了,但还记得。都是教训,刻骨铭心。所以女生们应以我为戒,有钱也好,没钱也罢,自尊自爱是对自己的最佳爱护。爱与虚荣这两样东西,少量获益,过量却会致命,小心小心。有错要知错,知错就改错,改了错还能重来,还能骄傲。另外,我还是那个段珊珊,所以想看热闹可以,站远一点,别跑到我面前冷嘲热讽找麻烦,不然就等着瞧了。"

段珊珊发完这条,舒坦了。

李嘉玉无话可说,果然还是那个段珊珊。他们姐弟俩,其实还真挺像的。

段珊珊没再管微博的事,她把密码给了工作人员,让她帮看着点,有诽谤的存证,有说难听话的拉黑,别的就不用理。

段伟祺听了这事很不高兴,这苏文远真的像一只苍蝇,非常烦人讨厌。而想到李嘉玉一碰到苏文远的事就不想跟他说,他又心塞。

此时展厅里孩子的声音越来越大,刚刚进门还拘谨的小朋友们,现在已经放开了。他们提问、讨论、笑闹着。段伟祺心情不好,听着孩子的吵闹声更是头疼。他转了一圈,去找李嘉玉,发现她躲在角落玩手机。他走过去,李嘉玉见到他便问："走了吗？"

段伟祺点点头。他看到李嘉玉正在手机上与苏文远说话，没看清说的什么，他也不问。

很多贵宾已经都离开，但还有些记者在。李嘉玉与段伟祺嘴里没说，但默契地一前一后隔了段距离去停车场。段伟祺先上了车等着，心里很不痛快，如果不是因为孩子的事，他们今天是不是就能大大方方地面对记者了？今天跟她谈开了，是不是以后会更没机会一起面对记者？他还能不能跟别人介绍说，这是我老婆？

李嘉玉上车了，段伟祺安静地将车子启动上路。李嘉玉看他的表情，也猜到他的意图："一会儿聊聊？"

段伟祺犹豫一秒，点头。

李嘉玉也有些紧张，便笑："那一定得是一顿特别好吃的大餐才行了。"

段伟祺终于没绷住脸，被她逗笑："抱着必死的决心似的。"

李嘉玉看了看他侧脸，心想还真的是："一会儿我们吃饱了再说正事。"

段伟祺心里叹气，他也是这么想的。

餐厅很快到了，是家高级会所，挺隐蔽，私密性比较好，很适合谈事。

一进包厢便有鲜花，是李嘉玉喜欢的粉玫瑰，浪漫轻柔的音乐声响起，气氛很浪漫。李嘉玉抱着花难过起来，脸上的笑却灿烂："老夫老妻了，多久没收到你的花了。"

"你上回不是还嫌弃来着。"

"我居然嫌弃吗？"李嘉玉夸张地捂住心口说，"哎呀，我的少女心呢？"

"应该在我这里吧。"他哈哈大笑，问她，"接得好不好？"

"接得太好了，这回合我输。"

段伟祺又是一阵笑，张嘴想说什么，又咽了回去。然后他按铃叫服务员上菜。

李嘉玉也不说话，屋子里竟安静了下来。

过了一会儿，段伟祺找话说，问她工作上的事怎么样了，这是一个很安全的话题。李嘉玉也松了口气，她刚开口，手机微信却响了，她拿起来看了一眼，没管，放下了。然后她开始跟他讲健身App这行业，讲她对长远市场的预期，对现有产品的了解和分析。她还说了她原本看中的那家公司老板，投资案谈着谈着，居然还想来泡她。

"是泡，不是追，特别人渣。"李嘉玉一脸恶心地说，"长得也不帅，不知道他到底在自信什么。"

段伟祺心不在焉,竟然错过了这么好的一个自夸机会,等他反应过来,李嘉玉的话题已经转到另一边了。

李嘉玉滔滔不绝,像是恨不得一口气把自己的工作状况都汇报总结了。中途她的微信响了两次,她看了一次,后来再没理。

服务员来上菜,段伟祺给她夹菜,把问微信的冲动吞回肚子。

有饭菜可以吃,加上段伟祺也不回话,李嘉玉也渐渐不说话了。每道菜都是她爱吃的,她却觉得并不那么美味,吃着吃着竟然难过起来,觉得自己是个傻瓜。撑了一会儿忍不住了,她起身去洗手间。

李嘉玉一走,段伟祺也立马端不住,他放松下来,扒扒头发,想起刚才她说那个科技公司的老板长得不帅还自信什么,这话真像是当初对他的评价。他老婆就是个颜控,只喜欢帅哥,男明星里她爱看的全是帅哥,剧情弱爆,她都能靠看脸吃下10集,真的是很厉害了。

她嫌他不帅,但她爱他。所以说,她的爱情也鄙视她的审美,自动把审美结果屏蔽。她的眼瞎,爱情都看不下去了。

段伟祺忽然拿过李嘉玉放在桌上的手机,用指纹按开了。一打开就是微信的聊天界面,苏文远哗哗地发过来好几条,李嘉玉都没理。段伟祺看着,越看越气。之前苏文远一直在跟李嘉玉争执,说他不是要借她们炒作,李嘉玉是往他身上抹黑,恶意揣测他的善意。他又提当初李嘉玉做育婴室的项目他全力帮忙的事,谴责她严于律人、宽于律己。他有心改过,与她和解,所以拼了命地帮她。她成功了,便过河拆桥,现在又要装好人,把他打成坏人。他问李嘉玉是不是在段珊珊面前说了他很多坏话,他问要怎么样她才能放下对他的恨。

李嘉玉回了一句:"你拼命给自己加戏,不累吗?你总幻想着别人恨你,是想给自己安慰吗?没人恨你,没人在乎你。懂吗?"

这之后她再没说话。

但苏文远却开始道歉了。发过来的四条全是这些话,还跟李嘉玉说等她方便的时候再给她打电话。

段伟祺没忍住,他用李嘉玉的手机直接回复了:"滚蛋,有多远死多远。"然后他把苏文远拉黑删了,又在电话通讯录里搜苏文远的名字,搜出来了,拉黑删了。

李嘉玉在洗手间冷静了一会儿,做好了心理建设,觉得可以面对了,才回来。一回来就看到段伟祺拿着她的手机在按。她皱眉头,问他:"你在干吗?"

段伟祺把她的手机摆回她那边的桌面,道:"我帮你把苏文远删掉了。"

李嘉玉愣了愣，简直不敢相信："什么？"

段伟祺不说话。

李嘉玉拿过手机打开看，再把手机重重拍回桌面道："我给你随意打开我手机的权限，不表示我允许你删除我手机里的内容。"

段伟祺也不再控制怒气，道："那个人渣你不删了留着怀念吗？"

"段伟祺，这不是为什么不删的问题，是你到底有没有尊重我的问题！"

"我怎么不尊重你！我要是不尊重你，你能有今天！"

李嘉玉的脸和声音都冷了下来："我的今天怎么了？我是当上女王继承了皇位吗？"

段伟祺自知失言，但怒气让他不愿低头，他道："我很尊重你，我尊重你的喜好，你的理想，所以我陪你异地恋，我跟你结婚，但你最起码也该尊重我。你跟这位前男友男士，既然理念不合，连朋友都不值得做，你留着他做什么？你应该也考虑考虑我的感受。"

"让你感受不爽的事这么多，我怎么顾全得过来。"李嘉玉不肯让步，忍着一走了之的冲动，直截了当地道，"我尊重你，所以你说吧，你对生孩子这事是怎么考虑的？"

太直接了，硬邦邦的。这不是段伟祺想要的沟通方式，但事已至此，骑虎难下。他不得不同样以硬邦邦的口吻回答她："我不要孩子，我做不了爸爸。"

"谢谢你的通知，段总。"李嘉玉拿起自己的包包，把手机放进去，"我想要孩子，我想当妈妈。"她不看他，转身朝门口走，"再见了，段总。多谢款待。"

李嘉玉夺门而出，段伟祺呆立片刻，转身追了出去。他只来得及看到李嘉玉弯腰上了一辆出租车，他跑过去，叫了一声："嘉玉！"

李嘉玉没回头。

车子开了起来。

段伟祺隔着车窗，看到李嘉玉满脸的泪。

李嘉玉回到家里，关好门窗，坐在沙发上抱着抱枕流泪。

可以的，可以的，不就是重新开始，她总是能够重新开始的。事业可以，当然爱情也可以。

世上再没第二个段伟祺，那又怎么样，她也不需要第二个段伟祺。

她好好工作，好好生活，她让自己好好的，社会主义好姑娘，什么都不怕！

她还是她,她还是那个李嘉玉,不怕输的李嘉玉。她这么好,她会找到一个很好的男人,那男人也许没那么风趣,也许没那么有才华,也许没那么懂她,但他一定也爱她,一定喜欢孩子,一定也很有上进心,一定是个温暖的人。

李嘉玉再忍不住,放声大哭。

可是那个人不会是段伟祺,为什么那个人不能是段伟祺?

李嘉玉不知道自己哭了多久,隐隐听到了手机铃声响,但她不想动。一定是段伟祺打来的,她不想听,不知道该说什么,不知道还能说什么。

这样挺好的,这样真的挺好的,都说清楚了,谁也别欠着谁。

不管过去怎么样,他们都有责任。她不怪他,她怎么可能不怪他!

"段伟祺你王八蛋!"李嘉玉拍着抱枕大骂。

"你王八蛋,你为什么动我的手机!"她忍不住又哭,如果他不动她的手机,是不是她就不会这么生气?她态度好一点,是不是他的态度也能好点?

李嘉玉抱着抱枕起身去找纸巾,鼻子已经堵得喘不上气了。她光着脚,发现鞋子东一只西一只地乱丢在地上,她捡起来,正准备拿到门口鞋架去放,忽听到手机又响。她丢掉鞋子去翻包包,吸吸鼻子发现自己说不了话,又赶紧扯过纸巾擤了擤鼻涕,清了清嗓子,这才慌张地把手机拿了起来。

一看来电名字,愣了。

段珊珊。

不会是段伟祺找她诉苦,让她来劝和吧?

她满心疑虑,接通电话。

"嘉玉,苏文远出事了。"

李嘉玉一愣:"什么?"

"他来画展找我,过马路的时候被车撞了。我现在在医院,他在急救,情况很不好。"

李嘉玉惊呆了,苏文远这次作妖把自己作死了?

第三十七章
这是买给我老婆的

"他就在我面前被撞的。"段珊珊到现在还没从惊吓中缓过来。苏文远已经被推进手术室,而她脑子里还充满着他被撞倒在地,鲜血染红他衣衫的情景。

李嘉玉说不出话来,这简直太狗血了。

"我跟同事送他来医院,现在需要找他家属过来,你知道怎么联络吗?"

"你在他手机里找个叫文铃的,那是他老婆。"

"他手机摔坏了。"

"呃……"李嘉玉想了想,"那我联络看看。"

"好的,尽快吧。"段珊珊很着急,她报了医院的名字,"让他老婆赶紧来。"

"行。"

李嘉玉挂了电话,翻通讯录,找到了郭荔的号码,给郭荔拨了过去。郭荔听了她所述,也是惊得目瞪口呆,说话都结巴了。她说她马上通知文铃,让李嘉玉在医院等她们。

李嘉玉想说她不在医院,结果郭荔已经挂了。

李嘉玉只得在微信上给她发消息,说她不在医院,让她们去了之后直接找医生护士。

过了一会儿,郭荔打了电话过来,她说她已经通知了文玲,也通知了两个同事,他们现在都出发往医院去。

"你在哪儿?"郭荔问她。

"在家。"

"好吧。那我走了,到那儿有什么消息再告诉你。"

李嘉玉挂了电话,再打给段珊珊:"已经联络上了。他妻子和同事现在赶去医院。"

"好的。"段珊珊重重舒了一口气,"那我走了,这儿留个同事等着。"

李嘉玉"嗯"了一声,她也觉得段珊珊离开比较好,跟文铃打照面不是什么好事。

段珊珊问她:"你在哪儿?"

"在家。"李嘉玉揉揉额头,怎么所有人都关心她在哪儿。

"我去找你行吗?我想找个人说说话。"

李嘉玉犹豫,她现在不想跟人说话。尤其还牵扯上苏文远,她真的一点都不想听。

"李嘉玉?"那边段珊珊在叫她。

李嘉玉叹气道:"我不在家。"

"你声音怎么了,跟阿祺吵架了?"

"嗯。"

"那你在哪儿?"

"在我自己的公寓。"

"我去找你行吗?"

李嘉玉再叹口气道:"如果你能不提苏文远,就来吧。"

"行。不提。"段珊珊一口答应。问了李嘉玉地址,挂了电话就准备过来。

李嘉玉发了会儿呆,去洗了把脸,抹了点唇膏让自己精神点。她烧了热水,准备了茶包,等着段珊珊来。

段珊珊进门的时候,有个电话正打进来,李嘉玉不认识号码,她给段珊珊开了门,然后接通了电话。

电话一接通,她就听到了一个女人痛哭咆哮:"李嘉玉,如果文远有什么三长两短,我不会放过你的。"

那声音太大,震得李嘉玉耳朵疼,段珊珊也听到了,愣了一愣。

李嘉玉莫名其妙，反应了一会儿，问道："文铃？"

"李嘉玉。"文铃在电话那头大哭，"你怎么能这样！"

"我怎么了我！"李嘉玉火气也上来了。都嫌不够乱是吧，什么事都挤一起了，关她什么事呢？除了段伟祺，其他人关她什么事呢？！

文铃吸了口气，骂道："你一直在给他压力！他这么希望能得到认同，你却一次次打压他。别人犯错可以重来，他为什么不可以！你以为你是谁，凭什么总是呼来喝去，他不欠你的，李嘉玉。你有困难，他尽心尽力帮你，得不到真心感谢，还要一次次受你们质疑。你凭什么骂他！你还诅咒他！让他去死！拉黑他！如果不是你刺激他，他也不会今天出门去找段珊珊。他说当面道歉，当面说总可以了吧。他原本说过不再见她的，都是你，都是你……"

文铃说着说着语无伦次，再度大哭起来。

段珊珊在一旁听得脸都白了，小声问道："他死了？"

李嘉玉直接对着电话问："他抢救过来了吗？"

文铃尖叫："李嘉玉！"

李嘉玉冷道："不用叫，我听得见。在我还有耐心，挂你电话之前，你给我听清楚。我不欠他，更不欠你。他在工作上帮过我，我感谢他。他欺骗和辜负过我，我厌恶他。所有的事，一码归一码，别说什么我诅咒他拉黑他害了他，如果诅咒有用，七年前你们两个都一起滚蛋了。都是成年人，别跟个无知小儿似的，你不觉得丢脸，我却不想奉陪。文铃，七年前我没找过你麻烦，因为你跟我没关系，但如果现在你要冲着我无理取闹，就别怪我不客气。"

"你……你……"文铃只凭一股蛮劲，被李嘉玉这么一喝，一时便噎住，想不到话反驳。

"他现在什么情况？"李嘉玉继续喝问。她气势太强，文铃下意识地答："还在手术室。"

"那你哭什么哭！有这精力撒泼骂人胡乱埋怨，你不如好好了解情况，安排相关事务。你们家里人要不要通知，公司这头跟郭荔怎么安排，他是网红，舆论方向要不要控制？交通事故警方这边怎么处理，肇事司机控制了没有，苏文远有没有保险，要不要请律师？"

李嘉玉摆出一连串的待处理事项，文铃彻底愣了，过了一会儿她喃喃道："李嘉玉，你是冷血的吗？"

"怎样才不冷血？跟你对骂，还是热心肠地在苏文远不停地找存在感，试图用别人的谅解和崇拜来实现自己内心的满足，建立良好形象的时候温情鼓励他？"李嘉玉冷道，"文铃，我和你是站在对立面来看的。你觉得他很努力，对别人友善，我和段珊珊却觉得受到了打扰。尤其段珊珊，她经历过什么你也知道，正常人，我是说心怀体贴，能真正为别人考虑的人，就不会再去打扰她了。网上是什么环境，说错一句就谣言满天飞，恶意揣测漫天铺地，苏文远若真心觉得大家都在变好，觉得高兴，他哪怕发个私信表达一下呢。他偏偏要在公开的平台去说这些，这是摆好姿势等他的粉丝夸奖吗？无论他是蠢还是坏，他就是骚扰到别人了，明白吗？"

文铃说不出话来。

李嘉玉继续道："我跟你一次性说清楚，省得你有样学样，以后没完没了。我告诉你，苏文远是帮过我，我的母婴项目陷入困境时，他伸出援手，我很感激。但帮过我的不止他一个，可是只有他，在我公布项目成果的时候用那样暧昧的话来转发，故意引起话题惹大家关注讨论，我对此非常厌恶。那时候你已经跟他在一起了，你介不介意不关我的事，毕竟当初你也不介意他有女友还要来插足，你的三观我不评价，但我跟你不一样。所以，你给我听好，同样的事我不希望再发生。我祝愿他手术顺利，尽快恢复健康，但我也希望你们不要再想着借这个事趁机做文章引发关注，尤其不希望他去找段珊珊出车祸这事到处流传。任何由你们这边传出的能够引发负面议论的话题，我都不希望有，不然，我会让你们后悔的。"

文铃大叫道："李嘉玉！"

李嘉玉又道："现在我要挂你电话了，挂你电话之后，你自己平复情绪，认真思考。作为成年人，你的任何行为，引发的任何后果，都是由你自己负责。别说我的电话刺激你了，让你冲动做了什么傻事，会让人笑话的，明白吗！"

李嘉玉说完，直接挂了电话。

段珊珊在一旁看着李嘉玉教训当年的小三，自己不禁对号入座，小心翼翼不敢说话。

李嘉玉看她一眼，段珊珊老老实实地站好。

"你坐。"李嘉玉指指沙发说。

段珊珊坐过去了。李嘉玉一边给她泡茶，一边问："苏文远怎么去找你的？"

段珊珊老实答："他给我打电话，我没接。后来隔了一会儿，他发短信过来说他在艺术馆外头等我，就是街对面的那个咖啡座。我还是没回。后来我送一位朋友出去，送到停车场。回来的时候就听到他叫我，我装听不见往里走，然后就突然听到旁边有人尖叫，还有很尖锐的刹车声音。我回头一看，正好就看到他被撞倒。"

李嘉玉沉默了一会儿，又问她："你给你的公关打电话了吗？"

"啊？"

"事情弄不好，又是一波舆论。你赶紧联系一下，别到时突然在网上发现有人传你跟苏文远这个那个。他一个已婚的人，先在网上给你温情脉脉留言，被你删了，转头为了见你被车撞，这话题很有热点。"

段珊珊旁听训话，这会儿也冷静了许多："我，刚才没想这些。"

"现在打电话。"

"哦。"段珊珊下意识应了，她拿出手机，偷偷再看李嘉玉一眼。

李嘉玉没理她，她在打电话。听上去像是打给苏文远那边的人。

"是我。刚才文铃打给我。你在旁边？好，我怕她脑子不清楚，我再跟你说一下。苏文远出事，谁也不想的。事故责任在他或是那个司机，由交警去判，后头会不会进行法律上的动作，那是你们的事了。无论如何，我希望'远光'在处理这事上能低调一点，意外就是意外，不要再去说什么煽情故事。不要涉及我，不要涉及段珊珊，更别沾上富昌的边。你明白吗？"

段珊珊垂眸看着手机，心里明白李嘉玉在保护她和富昌，或者说，在保护段伟祺。

李嘉玉这边很快结束了谈话，她态度极强势，说什么过去的事你也知道，我手上还有他出轨的证据，如果你们控制不了舆论，我或是段珊珊又或者是富昌被泼了脏水，那我逼不得已，只能自保反击。现在这个状况，大家都希望苏文远渡过难关，就都好好的，别搞事。

段珊珊不由得在心里叹服，李嘉玉厉害起来，还真是很厉害的。

这边李嘉玉挂了电话，看了看她。段珊珊马上拿起手机拨给她的同事，当着李嘉玉的面把事情都交代清楚了。李嘉玉这才点头，然后她又道："你再联络一下段伟祺。"

段珊珊愣了愣道："关他什么事？"

"或者联络你爸妈。你目睹交通意外，身上还沾了血，我不了解你的病情，不知道你需要什么照顾，会不会有什么应激创伤之类的，万一你在我这里又出了什么事，我没法交代。"

段珊珊不是很情愿："我来这里就是想清净一下，找个依靠。"

李嘉玉也不客气："你打扰了我的清净，还想要什么清净。我这里没依靠，就差门口贴个靠自己俱乐部了。"

段珊珊撇嘴道："那我都进了靠自己俱乐部了，干吗还要通知家人啊。"

"你不打我打。由我来通知，就不一定怎么说话了。"

"行了行了。"段珊珊脾气也起来了，"我自己打。"

她拿出手机装模作样划了划，问李嘉玉："你跟阿祺吵架了？吵的什么？"

"吵家务事。"李嘉玉言简意赅,没打算透露。

段珊珊心里嘀咕着,李嘉玉盯着她,报了一串数字。段珊珊茫然:"什么?"

"段伟祺的号码。"李嘉玉道,"我看你半天拨不出去,提醒你一下。"

"唉。"段珊珊夸张地叹气,拨给了段伟祺。电话还没接通,李嘉玉又道:"你让他来接你一趟。"

段珊珊故意道:"你是想赶我走,还是想借机见他和好呀?"

"一会儿你下楼等他。"

段珊珊"啧"了一声:"我嘴真欠。"电话通了,李嘉玉站了起来回房间,把门关上了。

段珊珊看着她的背影,跟段伟祺说:"我在李嘉玉这儿呢。"

段伟祺沉默了一会儿,问她:"你干吗去?"

段珊珊把事情说了,原以为会遭到段伟祺的狂轰滥炸和谴责,结果他什么都没说,只说:"那你现在要干吗?"

"李嘉玉让你过来把我接走。当然你可以表示不愿意……"段珊珊话还没说完,段伟祺便道:"我20分钟就能到,你下楼来等。"然后他把电话挂了。

20分钟后,段珊珊上了段伟祺的车。她很八卦地问:"你不上去看看她?"

段伟祺有些别扭,把车子开起来,不一会儿忍不住问:"她怎么样?"

"挺好的。我本来心情低落,一到她这儿就听她骂人,被吓冷静了。"她看段伟祺一眼,"你老婆厉害起来是真厉害。"

"嗯,确实。"段伟祺点点头,很认真地开车。

"送我回老宅吧。"

段伟祺又点点头,过了一会儿又问:"她跟谁吵架?"

"那不是吵架,那是单方面训斥。"段珊珊把情况跟段伟祺说了,"李嘉玉还是很好的,虽然跟你吵架了吧,但出事后第一反应还是保护你和我们段家人。"

段伟祺不说话。

段珊珊又道:"所以你们为什么吵架?我问她,她不说。"

段伟祺还是不说话。

段珊珊长舒一口气道:"好吧,算我多事。"她看着窗外风景,许久之后突然道,"世事难料啊,阿祺。谁知道会发生这种事呢?如果我去见他,是不是就不会这样了?但我为什么要去见他呢,我不想见他。可还是会觉得,如果去见了就好了。希望他没事吧。毕竟,人命一条,我不想他死啊。从来没想过。"

段伟祺依旧沉默。

这天晚上,段珊珊收到李嘉玉的消息,说朋友告诉她,苏文远手术成功,没有生命危险,已经转入ICU(重症加强护理病房)观察。段珊珊松了一口气,把事情告诉了段伟祺。

段伟祺看到微信消息时正在家里喝酒,他对着车模展台已经愣了好一会儿。展台的正中间,放着一辆Polo的车模,那车型真的普通得不能再普通,在一堆名车中间,非常显眼。

段伟祺闷闷地干掉了半瓶红酒,给李嘉玉打电话。

嘟嘟的声音响了很久,李嘉玉接了。

两人都沉默着,但都知道对方在认真听。

"对不起,嘉玉。"段伟祺终于先开口,"我不该擅自动你手机里的东西。"

"嗯,你确实不该。"李嘉玉道。

而后两人又沉默了。

过了一会儿李嘉玉忽然笑:"好像第一次听你这么正经地道歉。"

段伟祺也笑道:"以前肯定也有。"

"你自己说,哪一次?"

"我记性不好,但肯定有。"

李嘉玉没说话,一会儿道:"谢谢你,伟祺。"

段伟祺心里猛地一紧,问她:"谢我什么?"

"谢谢你跟我道歉。"

段伟祺觉得,她说的道歉,不是指删好友这件事,那件事他也确实抱歉,非常非常深地抱歉,而她体贴他的骄傲,自己把这个道歉包含进去了。

"我真的,很抱歉。"

"我明白。"李嘉玉经过大半天,已经挺平静了,"爸妈那边先别说吧,等我们都准备好了,再一起跟他们说。"

"嘉玉,除了孩子,我什么都能给你,我保证。我可以改掉坏脾气,你要什么我都给你。不会乱吃醋,再不让你生气。"

"你别这样,你当然有权利决定你的生活要怎么过。我们只是不凑巧,没能达成一致。"李嘉玉的声音低下去,有些哽咽。

"我很爱你,嘉玉。"

"我也很爱你。"李嘉玉道,"所以别逼我这么快做决定。我们暂时就先这样，好吗？"

"好。"段伟祺飞快地应。

两个人不知道还能说什么，又沉默了。李嘉玉听着段伟祺的呼吸声，觉得心跳都跟着这个频率。从认识他到现在，她抗拒过他很多次，现在，她得再试一次，也是最后一次了。

"那个，我听说苏文远没有生命危险了。"

"嗯。"

段伟祺清清嗓子说："我并不希望他出这样的事。"

"我知道，我也一样。"

"嘉玉，世事无常，不知道什么时候会出意外，所以，你好好考虑我，可以吗？"

"呸呸，乌鸦嘴，你能有什么事。段伟祺，你才说完不会惹我生气。"

"这怎么又惹你生气了，你也太容易生气了吧？"

"你又来了？皮不痒一下真是不行吗？"

"你自己喜怒无常还怪别人。"

"行了，快别说了。"

"更生气了？"

"我要挂了。"感觉这次尝试还是会很艰难，李嘉玉为自己哀悼一下。

李嘉玉早早上床睡觉，想着这一天起码还算勉强有个好消息，苏文远闯过了鬼门关，很好。这很好。

只是这份庆幸没能维持太久。

一周后，医生下了病危通知。苏文远细菌感染，原本是常见的状况，但抗生素竟然对他无效。郭荔说不清楚那一长串的术语，只知道可能是从前他生病用抗生素太多，造成很强的耐药性。医生换了几种方案，但都没能让他好转。

又过了一周，苏文远离世。

所有的人都震惊。

李嘉玉简直不能相信。

车祸没有夺去他的生命，小小的细菌却做到了。

郭荔说，医生说了，这样的案例几乎没见过。苏文远的情况，在他们医院是第一例。

苏文远的去世，引发了广泛议论，不是绯闻，不是丑闻，是关于病毒、细菌、干扰素、抗生素的讨论。

李嘉玉病了。

那个周六与段伟祺摊牌回来，她大哭一场，又碰上了苏文远出车祸，文铃兴师问罪这种糟心事，当天晚上她就隐隐有些头疼。第二天她无所事事，发呆，看综艺，然后想起了段伟祺，便上网刷微博。看到不少关于周六段珊珊的慈善画展的报道，段伟祺当然也露脸了，被发的最多的，是他与一位女星的合影。

李嘉玉哈哈大笑，一点都不开心，但就是觉得好笑。昨天她与段伟祺大多数时间都在一起，但是偏偏没传他们的绯闻。真的好邪门，她跟他就这么不像一对儿呀。

那一刻李嘉玉悲观地想，也许一切老天都有安排。

所以阴错阳差，有意无意，他们是夫妻，无人知晓。

上班后李嘉玉便觉得好多了，果然工作是治愈良药，上次段伟祺不告而别去登珠峰，她也是靠着工作缓过来的，这一次当然也可以。

那一周分外忙碌，刘茂分了些杂活到他们部门，余进也有个大型活动要参加，需要上台演讲，这事也交到他们四部。还有一个大学生科技创业展，以及健身行业的一个活动。

李嘉玉的工作排得满满的，马不停蹄，她很刻意地给自己安排了加班。一空闲下来，她会想起段伟祺。每天段伟祺也给她发微信，只是告诉她自己在做什么，没扯太多别的。她有时候回，有时候不回，但她会一遍一遍看他的消息。

周四，李嘉玉出了趟差。

收到苏文远病危的消息时，她在外地。等她回来时，病危变成了离世，这一切来得措手不及，她完全没有心理准备，一下子便蒙了。

那一刻忽然觉得所有的压力都聚集在一起，随着他的死讯排山倒海而来。

网上各种消息沸沸扬扬，但并没有什么太负面的。大家的焦点主要在医学领域，死者为大，苏文远的那些八卦，没什么人提了。

李嘉玉这时候也完全顾不上去想这些，就算有人炒他们几个的丑闻，她也完全没力气去理会。微信上面各种消息嘀嘀作响，许多人给她留言，向她传递或是核实苏文远的死讯。有老同学、旧同事、合作方，在他们看来，苏文远与李嘉玉曾是校友、情侣、合作伙伴、朋友……李嘉玉第一次如此强烈地感觉到，她与苏文远的关系如此深刻和复杂，一如她对他的感觉。

他竟然离开了，永远离开了。一个活生生的人，突然没了。

李嘉玉一时间情绪低落得喘不上气，工作的、婚姻的、旧情恩怨的，所有负面的东西，沉甸甸地压在她的心口。她晚饭也没吃，躺在床上迷迷糊糊睡着，待醒过来时，发现自己又头疼了，还出了许多汗，虚弱得似乎连抬手都没有力气。

　　她翻身下床时摔倒了，突然就害怕起来，矫情地把自己当豌豆公主，娇柔脆弱。她费劲地扒拉出手机，拨给段伟祺。忙音响了很久，段伟祺都没接，李嘉玉更慌了，呜呜大哭。

　　待接通时，李嘉玉已经哭得上气不接下气："段伟祺，我要死了，我生病了。"

　　哭得鼻子堵，她张着嘴喘气道："我好难受，我喘不上气，我还头疼。我起不了床，我还摔了，我要死了，段伟祺。"

　　段伟祺正在宴请客户，听到这些大惊失色，猛地站了起来，椅子都倒了。让他慌张的不是李嘉玉说的那些内容，是她的语气和情绪，她从来没有这么崩溃过。

　　一旁的富昌高层看着段伟祺，叫道："段总。"

　　段伟祺已顾不上他，只对客户道："我有急事得马上走，真是不好意思。改天再赔罪。"他说完便急匆匆往外赶，对着电话道，"你别怕别怕，我马上过去，马上就到。"

　　一桌子人目瞪口呆，富昌这边的人很快回过神来，代段伟祺道歉，接着与客户应酬。

　　段伟祺转眼已经奔出会所，他急得额头上出了薄汗，但理智还在，喝了酒不能开车，也等不及叫代驾，跑到路边招了辆的士便往李嘉玉的公寓赶。

　　李嘉玉只顾着哭，又重复道："我生病了，我会死的。"

　　"不会的，别瞎说。"段伟祺催司机快些，靠在椅背上松口气，他隐隐知道她怎么回事了，心里颇不是滋味。上午段珊珊告诉了他苏文远去世的消息，他还挺担心，结果段珊珊情绪还算稳定。倒是李嘉玉，反应这么大。

　　"李嘉玉，你别胡说八道。现在擦了眼泪，好好说话。"

　　"你还这么凶。"李嘉玉矫情得不行，哭咧咧地说。

　　"还要不要我管你了？"段伟祺更凶地回应。

　　李嘉玉立马老实了。

　　"哪里不舒服？"段伟祺问她，得判断要不要打120。

　　李嘉玉从头到脚数了一遍，没有不难受的地方。

　　可以的，全身重病。段伟祺觉得用不着救护车。

　　"能站起来吗？"

　　"不能。"李嘉玉答得太快。

　　"那你就躺着，别挂电话，我们说说话。"

　　"说什么？"

"出差顺不顺利?"段伟祺把话题往她工作上靠。

"一般吧,没什么惊喜。"李嘉玉吸吸鼻子。段伟祺听到了擤鼻涕的声音,他放下心来,觉得她情绪好些了。

他又问她:"家里有没有药?"

"没有。"

"没有就好,别乱吃。"

"嗯。"

"我很快就到了。"

"嗯。"李嘉玉应着。段伟祺听到了她翻东西的声音,谁说不能下床,这都翻箱倒柜了。

"你在干吗?"

"我觉得脸有些热,可能有点低烧。我找片面膜敷一下。"

面膜还管退烧?段伟祺彻底放心了。他觉得李嘉玉的情绪现在很稳定了。

段伟祺赶到李嘉玉公寓的时候,她顶着张面膜来开门,把他放进来了,便自己到洗手间洗脸。段伟祺跟了进去,帮她把脸擦了,仔细看了看,又摸摸她额头,没觉得烫。

"面膜退烧还挺管用的。"

"我都没力气给你白眼。"李嘉玉拖着脚走路。

段伟祺干脆把她打横抱起来,送她回卧室。

"我肚子好饿。"李嘉玉一边抹乳液一边说,"你能带我去喝粥吗?"

"行。"

"我都没力气。"

"是,我看出来了。"段伟祺道。她确实没力气给他白眼,也没在他调侃她的时候捶他,但是化妆还是挺稳的。等等……

"干吗化妆?"

"不是要去喝粥?"李嘉玉有些迷糊的样子,茫然地问。

"喝粥要化妆?"

"要跟你一起出门啊,我现在脸色这么差,当然得打扮一下。不然万一被人拍到了,人家会说这个女人一定是段总绯闻女友里最丑的一个。万一以后我们真离婚了,人家还会拿这些照片说,难怪会变下堂妻。"

段伟祺心想,算了,她不舒服,不跟她计较。

"那你化得认真点,确实只能靠化妆来取胜了。"

李嘉玉转头瞪他。

"快点。"段伟祺还催她。

算了,看在他这么快赶来的分儿上,不跟他计较。李嘉玉继续化妆。

段伟祺开衣柜帮她找衣服,看了一圈只有嫌弃。

李嘉玉已经化好了简单的一个淡妆,人看上去清爽又漂亮,精神多了。她随手拿了一件衣服便要换,段伟祺道:"这件不好看。"

李嘉玉瞪他一眼说:"我穿什么都好看。"

段伟祺摸摸鼻子,不说话了。

两个人终于出了门。段伟祺先带她去粥店喝了粥。怕她没胃口,多点了几样,他虽然吃过了,但也陪着她吃了几口。两个人没怎么说话,绝口没提苏文远的事。

快吃完的时候,段伟祺接到了他母亲的电话。

"儿子。"邱丽珍的声音怒气冲冲的。

"怎么了?"

段伟祺还以为他母亲听到风声,知道了他丢下客户的事,在心里已经想好了应对的说辞,结果她道:"我跟你爸吵架了,想去你那儿住几天。"

段伟祺看了李嘉玉一眼,分居这种事还会传染?

李嘉玉用嘴形问他怎么了。段伟祺小声道:"妈说跟爸吵架了,要来我们这儿住几天。"

李嘉玉摇头。婆婆一来,那他们分居的事不就穿帮了吗?

段伟祺心里有些失望,但还是顺着李嘉玉的意思,对他母亲道:"嘉玉发烧了,你过来不方便。万一传染呢?你去住酒店吧。"

邱丽珍不高兴地说:"你是有多不孝才会赶自己亲妈去住酒店?嘉玉生病了,我更要去看看。我今晚收拾东西,明天就去。"说完,也不等段伟祺反应,挂了电话。

段伟祺举了举手机,对李嘉玉做了个无奈的表情。

"回去住?"段伟祺问她,"或者我跟我妈把事说清楚。"

"回去住。"李嘉玉根本不用犹豫。要是现在把事情向公婆和她爸妈摊开,大家少不得又要各种唠叨做工作。她父母该多伤心。她觉得自己已经受不了这些压力了。况且她今天真的太低落,她很需要段伟祺。

段伟祺小心地观察她的表情,牵了她的手,把她领回家了。

家还跟原来一样,每一样摆设都没变,但不知怎么的,李嘉玉就是觉得冷清了许多。她离开了一个多月,重新踏进这里,竟觉得似离开了半生。

李嘉玉鼻头一酸,又要落泪。

段伟祺将她搂进怀里。李嘉玉伏在他怀里紧紧环抱着他的腰叫:"段伟祺。"

"回来吧，好不好？"段伟祺趁机哄她。

李嘉玉犹豫。

段伟祺低头吻住她。

这个吻温柔得融化了李嘉玉的心。她踮起脚尖回吻他。

段伟祺便有些激动起来，分别得有些久，他真的非常想念她。他的手探进她的衣服下摆，温暖光滑的肌肤让他心跳加速。他往上挪了手掌，感觉到掌心下李嘉玉的心跳也是飞快。

她的脸很红，眼睛很亮。她解开他的扣子，吻他的锁骨。段伟祺再也忍不住，一把将李嘉玉抱上了沙发。

这一次有点快，两个人都很激动。李嘉玉把段伟祺的嘴角咬破了，段伟祺在她身上留下了好几个深色的吻痕。两人气喘吁吁，很自然地再度准备好要来第二次，这时候忽然门铃响了。

段伟祺一声咒骂，李嘉玉蒙住了眼睛。

这种时候会是谁？

段伟祺不理它，但门铃一直响。

李嘉玉听得心烦，便用力推了他一把。段伟祺提了裤子裸着上身，骂着脏话去开门，打算无论是谁都要教训一顿。

结果门一开，不等他教训，门外的人先骂了："气死我了，你跟你爸一个样。我有这么讨厌吗？我来住几天不行吗？"邱丽珍一脸怒容地走进来。段伟祺只来得及叫一声"妈"，没能把人拦住。

邱丽珍一进门就看到沙发上坐着的李嘉玉。她虽然穿着衣服，但凌乱糟糕，一看就是胡乱穿了穿，她的头发，她的表情，还有沙发上丢着的段伟祺的衬衫……

不是说李嘉玉发烧病得厉害，还会传染吗？

邱丽珍有些尴尬，转头骂儿子："你是禽兽吗？嘉玉病着……"

骂不下去了，因为她看到儿子破了的嘴角。

最先反应过来的是段伟祺。他上前接过她的旅行袋，领着她往客房去。

"还挺重，你离家出走还挺认真的？"他调侃道。

邱丽珍不理他，跟着他进了客房。

李嘉玉简直想死。看！矫情吧、软弱吧、纵欲吧，被婆婆捉奸在沙发上，真是可以的。丢脸死了。

李嘉玉火速跳起来，把沙发收拾了，把段伟祺的衣物抱上了楼。她对着镜子打理好自己，梳好头，然后再下去。

段伟祺已经从客房出来了，拉着她往楼上走："都弄好了。"

"床单被子给拿了吗？"

"哦。没有。"段伟祺站住了。

李嘉玉真是服气："不是把人领进去贫嘴五分钟就叫都弄好了。那些寝具在客房衣柜最上面。"

"行。"段伟祺转身又要下楼。

李嘉玉叫住他，给他拿了件衣服穿上了。

段伟祺笑了笑，俯身在她脸上亲了亲。李嘉玉脸有些热，没说话，跟他一起去了客房。

李嘉玉跟婆婆打了招呼，若无其事地帮她铺床，拍松枕头。在这过程中，她一直感觉到婆婆在打量她，她装不知道。她又帮婆婆拿了新的水杯、牙刷、毛巾，等等，转过头发现她的表情有些暧昧。见她看过来，邱丽珍便凑过去低声问："孩子的事，你跟阿祺谈过了吗？"

李嘉玉顿时一僵，还没反应，段伟祺便过来一把将她搂到一边说："好了，你快点休息，记得给爸打个电话报平安。这么大年纪了，还闹这些。"

邱丽珍一听这个就来气道："报什么平安，反正他也不在乎。爱怎么样就怎么样吧，我也不在乎。没他我也一样过得好好的。"

"别又来了啊。"段伟祺也不客气，语气中带着警告。他小时候就特烦父母吵架，整日闹闹闹。一吵起来就拿孩子当挡箭牌，说什么如果不是为了儿子，我早就跟你离婚了云云。为这个，段伟祺离家出走好几次。后来他们不吵了，过得越来越好，但他也长大了，搬出了家自己单住。

在这个事上，邱丽珍是觉得亏欠了儿子的，没能给他一个好的童年环境。当初段老爷子常把段伟祺带走，她这个当妈的也没能像其他母亲一样天天抱他疼他带他玩，她埋怨丈夫，丈夫却说孩子在家的时候，也没见她怎么带他，不还是阿姨照看更多。

邱丽珍想起这些，抿抿嘴，不再说赌气话，但又气儿子不帮着自己说话，便挥手赶段伟祺和李嘉玉道："行了行了，赶紧走吧。生个儿子有什么用，还不如不生。"

段伟祺不说话，拉着李嘉玉走了。

邱丽珍想想不对，刚才说的气话有误导嫌疑，她赶紧出去，对着正上楼的两人喊道："我是说，多生几个总有一个好的。"

两个人都没说话，默契地都装没听见，步子稳稳地回到了楼上。

被邱丽珍这么一搅和，李嘉玉和段伟祺再度被打回现实。两人默默分头洗漱，静静地上床，不经意间目光触碰，看到眷恋与无奈。两人肩并肩躺好，段伟祺把灯关上。黑暗之中，听到彼此的心跳。

段伟祺握住了李嘉玉的手,李嘉玉转过身来,投入他的怀抱。段伟祺将她紧紧抱住,下巴抵在她的头顶,终于忍不住道:"没有孩子我们也会过得很好的,嘉玉。我们都热爱工作,总有忙不完的事,我们过得很充实。我们还可以每年去旅行,一起去看世界。年纪大了,我们一起建一个基金,办一所学校,那学校就是教大家怎么学习,怎么玩,怎么工作,怎么过好自己的人生。一定很有趣,对不对?那样终老也挺好的,不是吗?"

李嘉玉没说话。听上去是挺好的,但是这跟有没有孩子不冲突。

等不到她的回答,段伟祺便将手紧了紧。

李嘉玉许久之后突然道:"我现在,没办法说服自己无怨无悔。"

段伟祺沉默了。

李嘉玉很想问"你呢",但终究还是没开口。

这晚李嘉玉和段伟祺都没睡好,两人早上起床有些迟了。李嘉玉嗷嗷叫唤要迟到。段伟祺跟在她身后叫"不慌不慌"。李嘉玉急匆匆地洗漱,下楼时却见餐桌边坐着公公婆婆。段伟祺替她打包好了早餐,递到她手里。

李嘉玉也顾不上想太多,跟公公婆婆打了招呼就要走。

邱丽珍便唤她:"晚上回不回来吃饭啊?"

李嘉玉下意识地答:"回。"

她看了段伟祺一眼,段伟祺对她耸耸肩,又抬了手腕指指手表。李嘉玉赶紧跑了。

坐电梯下楼时,她给段伟祺发消息:"不会你爸也来住吧?"

过了一会儿,段伟祺回复:"问他了,他说不住,但让晚上准备他的饭。"

可以的。段家男人一个风格,嘴硬。

她回复段伟祺一个"苦笑"的表情。

段伟祺看了,放了手机继续吃早饭。吃完了,看了看父母,这两人各吃各的,互不搭理。一顿早饭吃了许久,还在慢吞吞地磨时间。段伟祺叹气道:"我说你们……"

两人同时抬头盯着他看。

段伟祺闭了嘴,顿了顿又说:"我是想说,你们的婚姻,还挺励志的。"

"不孝子。"邱丽珍要不是顾及教养和形象,真想拿包子砸他。

段延富也不高兴,皱着眉训他:"怎么这么跟你妈说话呢?"

邱丽珍转头瞪段延富道:"怎么是说我?他说你们的婚姻,怎么是说我?你没份?你什么意思?是我的错了?"

段伟祺拉开椅子站了起来,一脸高兴地说:"你们慢慢吵,我去上班了。"

他说完,也不管父母瞪自己的目光,悠哉悠哉地走了。

几十年了也没离成婚,看来以后也不会离的,越吵感情越好,不是励志是什么。段伟祺觉得自己还是有希望的。

邱丽珍在段伟祺这里住了一个多星期。段延富天天过来吃晚饭,有时候遇着下雨,或者太晚了,还找借口住下。李嘉玉怕露馅,也只得天天回来。

段伟祺挺高兴的,李嘉玉觉得有些尴尬。公公婆婆这样,她做小辈的劝也不是,不劝也不是。最重要的是,段延富和段伟祺果然是父子,为了哄老婆回家,还跟段伟祺斗气秀恩爱,比一比谁家夫妻感情深。

每每这个时候,李嘉玉只觉得自己是个被牵连的无辜路人,实在不想参与肉麻的演出。

而婆婆这边呢,终于当众开口问了,问他们计划什么时候要孩子,是不是婚礼过后就开始备孕。

在邱丽珍的印象里,婚期还是12月底李嘉玉的生日前后那几天。

段伟祺还是硬邦邦地说"你们别管",邱丽珍瞪眼就要骂他。李嘉玉只好道:"我今年升了总监,正想好好发展一下事业,工作也特别忙,婚礼是赶不及年底办了,等明年看看时间吧。孩子的事也不急,再等等。我会跟伟祺商量的。"

邱丽珍似听出了什么端倪,皱起了眉头,但没再说话。

过后段伟祺与李嘉玉道:"你不用替我挡,以后都推我身上,是我的责任。"

"也挡不了多久的。能清净一时是一时吧。"李嘉玉只得这样说。

后来邱丽珍又趁两人独处时,向李嘉玉细问怎么回事,李嘉玉守口如瓶,还是原来的说辞。但这些压力让她不舒服,她向来是坦荡勇敢的行事风格,现在这样,她觉得难受。

还好邱丽珍也没有住太久,周四那天她吃完晚饭,终于被段延富说服,跟他一起回去了。

段伟祺有文件落在了车上,送父母下楼,顺道去停车场拿文件。

而这时候李嘉玉接到了一个电话,是文铃打来的。

李嘉玉没存文铃的号码,接之前没想到会是她。文铃这次冷静了许多,声音有些哽咽,但说话清清楚楚,态度也好了许多。她说这段时间一直在处理苏文远的后事,有很多乱七八糟的事。房子啊公司股份啊什么的,她不太懂理财这方面的事,公司的事更不懂。苏文远去世之前,跟她说实在不行,让她可以咨询一下李铁或是李嘉玉,他担心"远光"里头的人为了利益坑文铃和母亲。

所以文铃就来问问李嘉玉。

李嘉玉不知道说什么好，临终之时，苏文远在心里，居然还认为她是可以托付的人吗？认为她会善良地照应一下他老婆？

李嘉玉对苏文远的这份信任简直啼笑皆非，却也五味杂陈。她叹气，耐心地问了问文铃具体情况。苏文远占有"远光"的大部分股份，他把股份分成了两半，一半给了母亲，一半给了文铃。房子还有贷款要还，他把房子留给文铃，但要求文铃给母亲一半的房款作为养老金，不必一次性付，按月给就行。其他的资产没有太多，也差不多是这样分。

这么算起来，苏文远的遗产里，最值钱的公司股份和房子都是需要变现的，而房贷压力对文铃来说是个重负。她没能力还，而且也不懂公司运营的事，她打算把股份卖了。郭荔告诉她一个数，文铃不放心，便跟李铁和李嘉玉打听打听，想看看怎么卖更合适。

李嘉玉其实是觉得可惜的，"远光"的基础挺好，不过苏文远不在了，"远光"的招牌也就没了，以后怎么样，还真是不好说，文铃要卖股份也是正常想法。李嘉玉给了一个大概的意见，但她不了解"远光"的具体状况，也不打算介入，于是她说她可以介绍一个律师给文铃，让律师帮她处理。

文铃应了之后，又说她想把房子也卖了。说着说着，她哭了起来，她说苏文远死了，她什么都没有了。她不知道该怎么活。

李嘉玉忽然意识到一个问题，开始生气，她问文铃："你这些年，在做什么？"

文铃哑了好一会儿，道："没做什么。我跟海哥辞职，离开咖啡屋后就没再做事了。"

"什么都没做吗？"李嘉玉觉得不可思议。

"就……做做饭，收拾家里。"

李嘉玉不知道说什么好。她当然没有资格去评价别人的生活与人生，但她是真的觉得，文铃浪费了她生命里最宝贵的几年。

她从前就知道文铃家里条件不好，父母在农村开了家小卖店。文铃出来打工，高中毕业，没有其他技能，也只能找到服务生这样的工作。她跟苏文远在一起后，苏文远身边这么多资源，这么好的学习和进步的机会，这么多拓宽眼界的平台，她完全错过了。

现在苏文远突然没了，她的人生也就突然没了依靠。因为她无法靠自己去创造好的生活。

李嘉玉也不知道为什么，对文铃有种恨铁不成钢的感觉，也许是因为同为女性，也可能是因为她完全无法认同文铃的生活态度。她觉得自己帮不了文铃，她把律师的号码找出来，给文铃发了过去，告诉她找这个律师，其他的，她这个局外人真的无法插手太多。

就在挂电话之前，文铃突然问她："李嘉玉，你看不起我是吗？"

李嘉玉沉默了一下，道："不是，我挺同情你的。"

无论是当年你愿意当小三还是现在你一事无成。

李嘉玉把电话挂了。

李嘉玉决定搬回自己的公寓，她还没有做决定，不能失去自我。

李嘉玉等段伟祺回来，问他："爸妈走了吗？"

"走了。"段伟祺心情不错，觉得又可以过二人世界了。他抱着李嘉玉亲了一口。

李嘉玉也亲了亲他，对他道："既然爸妈回去了，那我也先搬回去。"

段伟祺一下愣了。

李嘉玉拿了个行李箱，打算收拾些衣物和日常用品。她一边收拾一边道："婚礼的事，妈提醒得对，还是先缓缓吧，你让婚礼策划公司停了吧。"

段伟祺板着脸，更不高兴。

李嘉玉才收了两件衣服，没听到段伟祺的声音，便回头看他，一看他的脸色，便知道资本家大老爷脾气来了。

李嘉玉柔声道："我们说好的。"

"说好什么了？"段伟祺冷哼，"你想搬就搬，我拦着了吗？"

这语气，李嘉玉不想理他。她加快收拾东西的速度。

段伟祺见她迫不及待要走，又想起她说婚礼不办了，都是毫不留恋。当年她也是这样，想睡他便睡，睡完了说自己要走。当年他心里那个委屈，硬生生地忍下。现在她说走就走，却是可能再不回来。

段伟祺便冷着声音道："你要走便走，但这些衣服是我买给我老婆的。"

李嘉玉手上动作一停。她收拾的时候没想太多，衣柜里有她的各种衣服，意思是她还不能拿了。李嘉玉慢慢回头，瞪着段伟祺，段伟祺也瞪着她。

"你什么意思？"

段伟祺再说一次："这些衣服是我买给我老婆的。"

李嘉玉猛地起身，转身就走，行李箱和衣服全不要了。

段伟祺目瞪口呆地看着她风一般卷着怒气走了。

段伟祺也怒，憋着气，过了一会儿对着楼下大声喊："你说一句你就是我老婆不行吗？"

"砰"的一声，回答他的是李嘉玉甩上大门的巨响。

"莫名其妙。"段伟祺生气地跳起来。他把他给李嘉玉买的新衣胡乱塞进行李箱,然后拎着箱子追下楼,按了电梯奔到停车场,但那里已经没了李嘉玉的Polo的身影。

段伟祺好气。刚才他路过李嘉玉的车子,还疼爱地抚了抚,现在那车位空空如也,他简直要吐血。

段伟祺把行李箱就丢在车位那儿,还拍了好几张照片,拍出了阴暗恐怖孤零零的效果。他想发给李嘉玉,犹豫了一会儿,没发出去。

回到楼上,看着乱糟糟的衣帽间,他的怒气又高涨起来。他拍了一张空了一大块的衣柜的照片,连着刚才被遗弃的行李箱的照片,一起发给李嘉玉,写道:"丢了,反正没人要。"

发了出去之后并没有太爽。几秒后,他就后悔了,赶紧点了撤回。

李嘉玉开车听着手机嘀嘀响,不想理会。

等回了公寓,她点开手机看,看到三条撤回,也不知段伟祺发了什么。

她皱了皱眉,发了个表情:

"楼上的你撤回也没用,我都看见了。"

段伟祺看到李嘉玉的回复时正从地下停车场上楼。

一看微信吓一大跳。

她这么久没回复,他以为肯定是没看到,哪承想反击竟然等在这里。那手指楼上的丑萌丑萌的小人颇为刺眼,调侃的语气在他看来充满怒气。难道说,她这么久没回复是因为气坏了?

段伟祺心虚。

他刚才下楼想把行李箱拿回来,衣服挂好,一切如常,就当没发生过。

可是,行李箱不见了。

太过分了。

他找了一圈,确实没有。那行李箱是李嘉玉大学时用的旧箱子,她念旧,一直没舍得丢,现在竟然不见了。段伟祺紧张了,新款好买,旧物难寻呀。

段伟祺转着转着,遇着一个保安,他便问了问有没有看到某某停车位附近有个旧箱子。保安说没看到,但见得段伟祺脸黑黑的,吓得直问里头是不是有什么贵重东西。

"挺重要的。"段伟祺道。

保安便赶紧用对讲机联络上级,说查一查监控,又问段伟祺里头是什么,什么样的外形,是否需要报警,等等。那一连串的问题,加上热心保安亮闪闪的目光,让段伟祺觉得十分丢脸。他面子一时挂不住,便道:"算了,也没什么。"

段伟祺灰头土脸地上了楼,满心后悔。

他发现自从为了那件事极度后悔后,他就时不时又干些后悔的事来。明明说好了不再嘴贱,不要发脾气,就是没忍住。

现在段伟祺盯着微信,颇有些忐忑。

紧接着李嘉玉又发过来一条:"我不生气,没什么好气的。"

这肯定严重了。透过这行字,段伟祺都能听到李嘉玉冷笑的声音,赶紧认错:"我给你买个更好的箱子。"

李嘉玉皱皱眉,一时没懂这什么意思。

下一句接着来了:"衣服我也会全买回来。"

这句话一发出去,段伟祺猛然反应过来应该是上当了,他赶紧又点撤回。

但这次是真的来不及了。

李嘉玉气极反笑,道:"没关系,你尽管丢,反正是你老婆的东西。"

段伟祺火速地发:"我也是我老婆的。"再配一个"大哭"的表情。

哼!李嘉玉真是好气。三岁小孩吗这是!

她气着气着,又觉得心酸。

她也发了一个"哭泣"的表情。

这个表情发出去,李嘉玉退出了微信。她躺在床上,疲倦。

段伟祺看着那个"哭泣"的表情,觉得很难过,满满的心疼,心里更是后悔。他呆呆地坐了一会儿,空荡荡的房子里充满了李嘉玉的身影与气息,一如他空荡荡的心。

段伟祺打电话给蓝耀阳和卓恺,卓恺没在城里,只有蓝耀阳一人陪他喝酒。

蓝耀阳到的时候,段伟祺已经喝上了。他包了一个小包厢,话筒就摆在蓝耀阳面前:"今晚你随便唱。"

蓝耀阳吓着了:"你突然这么想不开,我很惶恐啊。"

"好久没听你唱歌了。"

"犯贱了是吗?"蓝耀阳小心翼翼地问。

段伟祺扫了他一眼,居然没骂他。

蓝耀阳更小心了,坐在他身边,把两人的酒杯倒满。

一口气干了两杯,段伟祺说话了:"一会儿我喝醉了,你就打给嘉玉。"

"行。"原来是这目的啊。蓝耀阳觉得段伟祺真的挺贱的。

过了一会儿,段伟祺又道:"算了,别打给她。不然她更生我的气了。"

"哦。"原来是这样啊,难怪这么贱。

"你不问我她为什么生气?"

"她为什么生气？"蓝耀阳觉得自己真是知心好兄弟，对哥们儿特别宠。你说问我就问。

"我不要小孩，她要小孩。"

蓝耀阳明白了，觉得为难，这种事没办法啊。不是对错的问题，这是人生目标不一样。大家想过的生活，不是一个类型。

蓝耀阳喝两口酒问："你们聊过了？"

"算是吧。"

"什么叫算是吧？"

"就是我明确说了，她明确回复了。"

蓝耀阳更为难了，那还有什么好说的："谁也不能劝服对方，是吧？"

段伟祺沉默了好一会儿，道："她说给她一点时间，但我觉得没戏。"又沉默了一会儿，道，"她搬出去了。前一段我妈来，她搬回来，我妈一走，她马上也走了。"

蓝耀阳不知道还能说什么，这样看起来确实是没戏了。

段伟祺看了他一眼，蓝耀阳顿时觉得自己无情，于是劝道："天涯何处无芳草……"

"闭嘴吧。"

"哦。"

两个人又继续喝酒。

过了一会儿，蓝耀阳忍不住了，便道："既然你那么坚决，就算了吧。我说真的。长痛不如短痛。"

段伟祺抿抿唇，又给自己倒杯酒。

"嘉玉也已经30岁了吧？其实年纪也差不多了。你们现在分开，各自养养情伤也需要个一年半载的，她再找下一个伴侣，从认识到发展恋情，也需要时间。她也挺倒霉的，遇着苏文远那个渣，又遇着你这个……"

蓝耀阳停了下来。

段伟祺斜睨他一眼道："渣？"

"又遇着你这个不合适的。反正呢，等到她真的找到能共度一生，与她志同道合，一起生孩子过日子的男人，也三十好几了。现在还来得及，你说呢？"

段伟祺想到这种可能性，心里一绞，他艰难地道："我也不是那么坚决……"

"啊？"蓝耀阳一愣，不坚决什么？

"我确实很早就确定我不会结婚也不想要小孩。因为不结婚，要什么小孩。我真的,很早就这样认为。我其实……"段伟祺犹豫半天,把事情跟蓝耀阳说了。

蓝耀阳目瞪口呆地说:"我喝醉了?"

段伟祺都没心思跟他贫。

"不是。"蓝耀阳终于反应过来,"你真的?你爷爷得从棺材里爬出来。不是,你家列祖列宗的棺材板都要按不住了吧?"

段伟祺不说话。

看他那副丧气的狗样,蓝耀阳把"活该"两个字咽了回去。他想了想说:"不然,你跟嘉玉坦白吧。"

"然后呢?"段伟祺问他,"能改变什么结果?"

改变不了。

"除了让她震惊,还能怎么样?结果都是一样的,我还要丢脸,惹她讨厌。"

蓝耀阳也丧气地说:"那你就尊重你年少时候的选择吧。没有老婆,不要小孩。既然都这样了,你更不该纠结了。有点良心,放李嘉玉走吧,真的。"

话说到这里,惊见段伟祺红了眼眶,蓝耀阳不再说话。

这一晚蓝耀阳喝醉了,拼不过段伟祺。

想醉的人没有醉,打包票一定会把段伟祺安全送回家的蓝耀阳,被段伟祺送回了家。段伟祺自己不想回家,他让的士开去了李嘉玉的公寓所在的小区,在小区外头停了一会儿,然后又在城里转了一圈,最后他实在困得睁不开眼才回去。

第二天醒来头痛欲裂,他发现自己睡在床边地板上,就是曾经撒了一地协议碎纸片的地方。他爬了起来,给秘书打电话,说自己今天不去公司,有事就发邮件或者线上联络。

段伟祺洗了个澡,吃了早饭,煮了咖啡。然后他回衣帽间,把东西都收拾整齐。他家李总有点小小的强迫症,东西要对齐,款式颜色要分类。他摆好了,看了看,然后打电话给品牌店,让她们把当季新款再送过来。

这一天段伟祺没有离开家,他等着品牌店送货,买齐了所有他觉得李嘉玉会喜欢的新品,对应了衣帽间里有的,重复的让品牌经理拿走,没有的留下,又多配了几双鞋。他又让人买了李嘉玉喜欢的护肤品和彩妆,把她的梳妆台重新摆满。

一切弄完毕,已经是晚上。段伟祺最后查看了一遍,这个家,一切都如她还在的模样。

然后他拿了些衣物和电脑包,离开了。

这里是他跟李嘉玉的家，不是他独居的地方。

段伟祺回到了他从前常住的房子，什么都不想干，空虚寂寞加无聊，脑子空空。忍了一天没看李嘉玉的微信，现在憋不住了。点开一看，李嘉玉没给他发任何消息。又点开朋友圈，一直往前拉，看到她下午时发了一条，说的是工作上的事。段伟祺看了几遍，点了一个赞，然后又留言："加油啊，李总。"

而后又翻回李嘉玉的微信，看了看自己与她的最后对话，觉得自己好蠢。

段伟祺开始搜表情包，精挑细选，然后一口气给李嘉玉发了一长串。

"我很蠢，可是我也萌啊。"

"你是风儿我是沙，你一吹我就上了天。"

"再也不撤回了，反正总被看见。"

"我常常因为有钱而感到与你们格格不入。"

"你的小可爱上线了。"

"你的小可爱知道错了，想要个抱抱。"

一个接一个的表情把他跟李嘉玉最后不愉快的对话刷过去了，屏幕上再看不到那段对话了，段伟祺心里终于舒服了。

又转到朋友圈，发现李嘉玉回复了："谢谢段总。你也一样啊，都加油。"

段伟祺正看留言，忽听得"叮咚"一声，微信有消息了。他赶紧转过去，正是李嘉玉。

她发过来一个问号，显然是被他的表情包刷得莫名其妙。

段伟祺就跟她说："你猜。"

过了一会儿，李嘉玉发过来一张图片，白底上面写了字，应该是她刚才自制的表情："你这么蠢还敢装萌。"

段伟祺哈哈大笑。

李嘉玉问他："这样可以吗？"

段伟祺心里一暖，她真的懂他。去哪里再找另一个李嘉玉呢？找不到了。

段伟祺又想起蓝耀阳的话：放她走吧。

段伟祺的胸口像被顶了一块巨石，推不开化不掉。他回复："挺好的。"然后又说，"对不起。"

过了一会儿，李嘉玉道："这样又要刷好多图把不开心刷掉了。"

"要是能刷掉就好了。"

"可以的。"

然后她也发了一串表情。

"我跳起来就是一个么么哒。"

"我跳起来就是两个么么哒。"

"我跳起来就是三个么么哒。"

"我么么哒到你服气。"

段伟祺哈哈笑，笑得眼睛有些酸。他挡住眼睛，没再回复。

李嘉玉也没再说话。

这一晚，他们各自躺在床上，手机放在枕边。

连着几天，段伟祺都没再给李嘉玉发微信。但他很关注李嘉玉的一举一动，她发的朋友圈每一条他都看了，只是他不再点赞。

每看一次，他就对自己说一次：放她走吧。

百爪挠心，血淋淋的。

第10天的时候，段伟祺实在忍不住了，坐立不安，做什么都难受，就像毒瘾发作的人，急需救治。他给蓝耀阳打电话："我不行了，真的，我想给她打电话，很久没有听到她的声音了。"

"那就打呗。"

段伟祺就气道："找你是让你说这个的吗？"

"那说什么？"

"你应该阻止我。"

"你犯贱啊，打什么电话。人家理你吗？也不照照镜子。你少跟她说一句，她就离幸福更近一步，现在就是考验良心的时候。"蓝耀阳一口气骂完，问他，"效果怎么样？"

段伟祺没答，把电话挂了。

过了一会儿，蓝耀阳看到朋友圈里段伟祺发了一条新动态："我是谁呀，怎么可能经得起考验。"

这个败类！

蓝耀阳给段伟祺拨电话，结果占线。啊，他果然没良心。他便给段伟祺发微信："以后别找我劝你，心累。"

过了很久，段伟祺才回复，他发过来一个"开心笑脸"。

蓝耀阳再打给他。

这次电话通了。

段伟祺一开口便道："我没打给她，是她打给我的。"又道，"她问我怎么了，是不是遇着什么麻烦了，什么考验。"

蓝耀阳心里道，你主动撩的，你怎么有脸高兴？

段伟祺继续道："我就说没什么事，又问她最近怎么样啊，她说她找到一家挺合适的健身App的公司，叫飞扬。啊，你知不知道这个App，挺好的。嘉玉研究这行挺久了,健身产业现在有国家政策扶持,之后肯定会有一大批新的商业模式出现,现在进场还不晚,因为目前真正能把产品做好的并不多。"

蓝耀阳不知道自己为什么要听这些。

段伟祺滔滔不绝,讲了10多分钟李嘉玉怎么努力,怎么有眼光,怎么有理想,怎么优秀,就像一个熊家长在夸他家小孩特别聪明,成绩特别好,全世界第一,完全不允许反驳。

蓝耀阳忍无可忍,把电话挂了。

然后他到他们三人群里发消息,呼叫卓恺:"快出来,我们来赌100块。"

卓恺在线,很快出来了:"你少写了一个'万'字是吗?"

"就段伟祺那货,值得加个'万'吗?"

"确实不值得。赌什么?"

"赌他最后跟李嘉玉分不开。"

没等卓恺回复,段伟祺发了两个红包,每个100块。

蓝耀阳和卓恺飞快地收下了,然后再问:"你押的什么?"

段伟祺回复:"我赌我生日那天,会收到一个车模。如果收到,我就把实情告诉她。"

蓝耀阳补刀:"这样好让她死心,一脚把你踢开?"

段伟祺刚才跟李嘉玉通话太高兴,一冲动脑抽了,还想着万一她会心软……现在顿时又想退缩了。

卓恺说:"就这么定了。摸着自己的良心,收到车模就坦白。"

蓝耀阳接着补刀:"我赌他不会坦白。10天都忍不住的厮货,还坦白,呵呵。"

很快,段伟祺生日到了。

他收到了一个车模。

第三十八章
回到热恋期

他生日那天是周五,车模是用快递送过来的,送到了他的办公室。

礼物到的时候段伟祺正在开会。结束会议回来的时候,秘书跟他说有他的邮件,已经替他拆开了,是个礼盒,她放到了他的办公桌上。

段伟祺心一跳。从昨晚开始他就在等了,但李嘉玉一点动静都没有,他也不敢问。

他几个箭步蹿回办公室,一眼就看到了盒子。

是车模。

他收到过太多次,简直太熟悉。

段伟祺喜滋滋地打开盒子,确是一个精致的小车模型。他非常高兴,他拿出手机,打算给李嘉玉发信息,点开却发现他开会的时候,她给他发过信息。那是一个小时之前了。

"段总,生日快乐。礼物我已经让快递送出了,注意查收啊。"

"我出差了,就不陪你过生日了。生日快乐。"

"我想,也许我没法陪你到70岁开车展了。但如果70岁的时候我还在,我一定会去观展的。你一定要实现你的理想啊。"

"谢谢你。"

段伟祺的笑容僵在脸上，满身的喜悦瞬间被抽干。那些她会心软，她会选择他而非孩子的幻想，再一次消沉，沉进黑暗的阴影中。他一时之间不知该如何反应。

李嘉玉坐在酒店里，一遍又一遍地查看手机微信，没有段伟祺的回复。她很不安，不知道他是没看到还是不想回复她。

其实这次出差并不是绝对必要，但因为段伟祺生日正好是周五，再加上周六周日两天全是空闲，如果他以生日为由约她见面，她觉得自己无法拒绝。但方勤说得对，她想要的生活，与段伟祺想要的生活不一样，不是谁委屈谁的问题，是他们两个人都委屈。就算现在他们妥协在一起，日后时间长了，她依然会把这些旧账算在他身上。以她与他的脾气，恐怕会是吵架、冷战，与其等到那时感情破裂，不如现在就了断了好。起码好聚好散，大家还是朋友。

李嘉玉的理智告诉她，这话有道理。这道理不需要别人说，她也懂。可是理智归理智，感情归感情。她一度怀疑自己老了，如果还是年少时候，她就算再伤心也能扭头就走，再不回头，现在却不行了。

她甚至还迷信起来。她事后想起，他们最后一次在家里，她正好是排卵期，也没有做措施。万一老天爷帮她呢？她知道这样很自私，但她就是幻想着，如果她怀上了，那她就把孩子留下来，就算段伟祺与她翻脸，说绝不要孩子，她也不妥协。

但大姨妈还是按时到访了。那天她很失望，但终究还是做了决定。她买了机票，在段伟祺生日前一天，逃了。

微信"咚"的一声响起，李嘉玉一震。点开一看，是段伟祺。

"礼物收到了。谢谢。"

云淡风轻的一句话，他还发过来一张摆在桌上的车模照片以兹证明。

他这么平静啊。李嘉玉捏紧手机，心刺痛，回了一个"微笑"的表情。

过了一会儿，段伟祺又发来消息："去哪里出差啊？下雨了吗？最近到处下雨，注意身体。"

李嘉玉便回他："在T市，现在没下雨。"

段伟祺看她这冷淡的回复，心里难受。他退出微信，点进了天气预报，看了T市这几天的预报。

T市的天气不太好呢。

段伟祺关了手机界面，试图把注意力转到工作上，但报表里的数字在他眼前晃，入不了脑子。他忍不住又点开了微信，给李嘉玉发信息："你带够衣服了吗？T市这两天正降温，天气预报说晚上有雨。"

李嘉玉很快回："够的，不冷。我晚上不出门，放心吧。"

段伟祺又发了一个"笑嘻嘻"的表情，写道："趁现在还有操心的资格，就多操点心。"

"嗯。"

李嘉玉这简单的一个字，让段伟祺咬了咬牙根。他并不知道，手机那端的李嘉玉对着他发的那句话，泪流满面。

段伟祺这晚约了卓恺和蓝耀阳喝酒。他已经好几年没有跟朋友们一起过生日了。今年的状况比较特殊，段伟祺并没有提前约，但卓恺和蓝耀阳还是把这晚的时间空了出来，等着他。

三人在会所聚头。蓝耀阳首先示好："今天我可以为你唱一整晚。"

"滚蛋。"段伟祺完全不给面子。

卓恺与蓝耀阳互视一眼道："嗯，他正常。"

但很快他们发现，其实也没多正常。段伟祺喝了许多酒，绝口不提李嘉玉，反而滔滔不绝讲起了生意经，说项目，聊投资，点评世界时政，分析经济热点。

两位好友蒙了，别说打听他跟李嘉玉怎么样了，连个"李"字都不敢提。

趁段伟祺去洗手间的工夫，蓝耀阳赶紧跟卓恺咬耳朵道："你说，要是老段真跟李嘉玉分手了，老段是不是就升华了？"

"升华成什么了？"

"全国十佳青年企业家。"

"这目标太小了。你看他刚才那架势，我觉得是奔着全球经济贡献奖去的。"

"所以不算坏事，对吧？"

"绝对的，全球经济靠他了。"

"我脑子里已经有他领奖的画面了。"

"你的脑子还好吗？"

"他高举奖杯大声说：'让我们一起，为振兴地球努力奋斗！'"蓝耀阳举着酒瓶当奖杯，演了起来。

"不。"卓恺拿起另一个酒瓶也开始演，"他肯定是这样，单手举奖杯，然后手指着摄像机，说道：'李嘉玉，我拿到了。'"

最后一句话刚出口，段伟祺走了进来。

三人面面相觑，卓恺和蓝耀阳把酒瓶放下了。

段伟祺已经有些醉意，但脑子还清楚，便问："你们在干什么？"

卓恺道："我们是想给对方倒酒来着。"

"你们举的是空瓶子。"

蓝耀阳道："拿起来才知道是空的。"

段伟祺冷哼："说李嘉玉什么？"

卓恺和蓝耀阳互相看了一眼。

"哎呀！"蓝耀阳挥手道，"我们就是脑补了一下你获得优秀企业家大奖时的获奖感言。你知道的，你这么优秀，拿个什么称号是迟早的事。"

段伟祺没反驳，只问："我会说，李嘉玉，我拿到了？"

蓝耀阳道："你换个词也行。"

段伟祺笑笑说："我不会那样说的。"

"随便了。"蓝耀阳有些别扭，怎么抓个现行就不肯放了呢。

段伟祺道："我会在那里遇到李嘉玉，然后她说段总你也拿奖了，我就说，是啊，你也是啊。"他继续道，"她这么优秀，拿个什么称号是迟早的事。"

卓恺和蓝耀阳都不再作声。

话头一起就打不住了，段伟祺又开始滔滔不绝，这次聊的全是李嘉玉。

李嘉玉有多聪明，李嘉玉有多能干，李嘉玉有多努力，李嘉玉有多勇敢。

李嘉玉脾气大，李嘉玉爱讲道理，李嘉玉很幽默，李嘉玉有强迫症，李嘉玉偷偷学了抽烟，李嘉玉喜欢钢琴，李嘉玉喜欢红色，李嘉玉喜欢吃辣的，李嘉玉喜欢面膜。

李嘉玉挺矫情，李嘉玉真可爱。李嘉玉长头发的时候像仙女，李嘉玉短头发的时候像剪了短发的仙女。

李嘉玉，李嘉玉，全是李嘉玉。

李嘉玉笑起来像可爱的公主，生气起来像厉害的公主，工作的时候像长大了的公主，开玩笑的时候像小时候的公主。

卓恺面对面地给蓝耀阳发微信："今晚很难熬啊，现在才8点。"

蓝耀阳回道："我都被自己感动了。"

李嘉玉早早睡了，她一个人没事干。天气预报挺准的，晚上下起了雨，有些冷。她跟方勤聊了很久。她主要就是报告自己对段伟祺说了狠心话，他应该领会意思了，所以他对她的回应也挺冷漠。

方勤直指要害道："狠心话谁不会说，你们俩时不时吵一架，难听话说得少吗？"

"挺少的。"李嘉玉忍不住顶嘴。

方勤"啧"的一声，李嘉玉理亏，便道："我知道你的意思，我懂的。"

"你懂什么了，你懂。"

"重要的不是说什么,是做什么。"

"说起来容易做起来难。"

"对。"李嘉玉道,心里很苦涩。

"我知道挺难的。"方勤很心疼她。

"我回去就跟他谈谈协议的事,把财产协议解决了,就可以办离婚手续了。"

方勤能听出好友声音里的犹豫:"坚强点,亲人,会过去的,拿出你的魄力来。"

"我会不会后悔啊,方勤?"

"不知道啊。"方勤老老实实地说。这事情,必须是当事人自己决定。后不后悔,也只有当事人自己心里才清楚。

李嘉玉沉默许久道:"行,就这么定了。"

方勤叹气道:"好吧。"

李嘉玉又问她:"你说,他以后,会不会再结婚?"

"就算他再婚,也是他的权利。"

"嗯,我知道。"李嘉玉踢踢地毯,又说,"他会不会,以后跟别人结了婚,然后就同意生孩子啊?"

"嗬!他要是那样,那你现在跟他离,完全正确。渣渣不该留恋,懂吗?"

"我就随口乱问的。他不会的,他不是那种人。"李嘉玉帮段伟祺说话,"真的。"

方勤又想叹气了:"别想了,早点休息吧。"

"嗯。"李嘉玉要挂了,方勤又说:"我明天过去陪你吧。"

"什么?"

"你一个人在外地,我不放心。反正周末你也没事,我过去吧,我们一起逛逛T市。"

"下雨呢,挺冷的。"李嘉玉真的感动,她的好闺密,友情的确经得起考验。

"那正好看看T市雨景。"

"神经病。"李嘉玉笑了,"不好看。"

方勤道:"我带两把漂亮的伞过去就好看了。"

李嘉玉哈哈大笑。方勤便与她约好,定上午的机票,中午到。然后她们俩中午一起出去吃大餐,下午购物,晚上扫荡小吃街。

方勤挂了电话,李嘉玉片刻的轻松心情又随之消失了。

李嘉玉躺下,很久没睡着。她想她一定要好好保重身体、保养容颜,到

70岁的时候还是漂漂亮亮的,到时她去段伟祺的车展,他看到她,还会眼前一亮。

过了一会儿,李嘉玉又想,她一定要努力工作,在投资圈闯出名堂来。到时段伟祺能常看到她的名字,他会知道她过得挺好,这样他也会为她高兴的。

她胡思乱想,也不知过了多久,迷迷糊糊有些睡意了,忽然电话响了。她一看,竟是段伟祺。再看时间,1点多了。

她忙把电话接起。

"嘉玉,"段伟祺像是喝醉了酒,语气里有些孩子气的委屈,"你在哪里呀?"

"我在T市呀。"李嘉玉柔声细气地哄他,"今天跟你说过的。"

"T市哪里呀?"

李嘉玉说了酒店名,继续哄他:"你喝多了吗?身边有人吗?"

"有人。卓恺和二蓝都在。"段伟祺答完继续问,"哪个房间呀?"

李嘉玉又报了房间号,跟他道:"你把电话给蓝少好吗?"

然后她听到段伟祺跟人说:"她让我把电话给你。"

接着是蓝耀阳的声音:"那你给我呀。"

"我不。"电话挂断了。

李嘉玉开始拨蓝耀阳的电话,忙音响了很久,然后被挂掉了。李嘉玉不确定是不是段伟祺把蓝耀阳的手机抢了。她决定等一分钟再拨。

一分钟很快到了,李嘉玉正准备再拨号,却听见酒店房间的门铃响了。

门外传来段伟祺的声音:"嘉玉。"

她吓了一跳,赶紧跳起来去开门。

段伟祺惨白着脸,淋得头发和衣服都湿了。他身后跟着蓝耀阳和卓恺,两人看上去好些,没那么狼狈。

李嘉玉惊讶得呆住了。

"他非要来,哭着喊着还蹬腿。"卓恺说,"我录下来了,你要看吗?"

"滚。"段伟祺骂。

"我们赶了最后一班机,还晚点了。"蓝耀阳补充,"你别看他现在像是醉酒的样子,他其实一点不糊涂,你别上当了。他还会打电话给余进问你住哪个酒店,余进大半夜地打给你们部门助理。"

李嘉玉叹气,真是丢脸。

这家伙知道酒店,但不知道房间,所以到了再问。可以啊,她确定他很清醒,她不会上当的。

"谢谢你们。"李嘉玉道,"订房了吗?"

"订了，我们走了。"卓恺和蓝耀阳跑得飞快。蓝耀阳走开两步又跑回来，从段伟祺手上抢回自己的手机。这次是头也不回地走了。

李嘉玉转头看段伟祺，段伟祺撇嘴，一脸委屈。

李嘉玉把他拉进屋子，给他开热水，推他去洗澡。然后发现他两手空空就这么来了，什么都没带。这么晚了，也没地方买去。李嘉玉真是没脾气了。

"你就裸着吧。"她没好气，"明早再去帮你买新的。"

"嗯。"段伟祺孩子一样乖。他洗了澡，自己把内裤洗了，找了衣架挂着，又自己把头发吹干，然后喝了水，爬到床上去了。

"好困啊。"他说。

真是还有脸说。李嘉玉帮他把其他衣物收拾了，都挂好晾着。等她出来，段伟祺已经睡着了。

李嘉玉俯身抱着他，他轻轻哼了两声，没有醒。

她忽然难过，想起以后再不能这样与他亲昵拥抱，她的眼眶便热。

"段伟祺。"她叫他名字。

他动了动，挣扎着想从睡意中醒过来，没成功，只迷糊地拍了拍她说："快点睡。"

李嘉玉钻进了被子，他马上习惯性地把她抱住了，轻浅的绵长呼吸就在她耳边，温柔得可以融化她的心。

李嘉玉睁着眼睛，无法入眠。

他突如其来地出现了，什么都没说，什么都没做，而她就后悔了，后悔了自己的决定。

她错了，其实没什么艰难的，因为根本没有胜算。

所有的防御在他出现时，便会土崩瓦解。

李嘉玉躺了许久，想起要过来的方勤，忙给她留言，告诉她段伟祺过来了，让她别过来了。发完信息，李嘉玉终于慢慢睡着了。

段伟祺醒过来的时候还有些反应不过来，一时没明白自己身在何处。然后他听到了李嘉玉的声音，细细碎碎的，他想起来了。

看了看表，才6点多。他坐起来，看到洗手间的灯亮着，李嘉玉的声音就是从那里头传出来的。

段伟祺下了床，轻手轻脚走了过去。洗手间的门关着，但隔音并不好，他能把李嘉玉的声音听个七八成。

"大概就是这样吧，我以后真的就没孩子了，没有就没有吧。"

她的声音有些哽咽，明显是伤心的。

"真的,我后悔了,我不知道怎么说,但是,我真的忽然就觉得,没有无怨无悔,但是这个结果,我能承担。人生本来就会有很多遗憾的,我只是遇上了这一个。"

"我没办法离开他,真的。起码现在不能,我真的爱他。"李嘉玉吸了吸鼻子,"我不该把年老时候可能会有的悔恨,提前到现在。"

段伟祺垂眸,心刺痛。

电话那头不知说了什么,李嘉玉笑起来说:"好啊,那我们一定要做邻居,我要做干妈。哈哈,不要他养老,养孩子不是为了养老,等我们老了,孩子早就飞到天边去了。养育,就是为了让他们有本事展翅高飞呀。养老我有段伟祺呀。嗯嗯,生女儿,我喜欢女儿。那就这么说定了啊,我好爱你啊,方勤。"

洗手间里有些动静,段伟祺忙回到床上,假装没有醒。

说话的声音停了。过了一会儿,李嘉玉出来了,她爬上了床,钻进被子里,抱住了段伟祺的腰。

段伟祺不敢动,但他觉得自己的眼睛热了。

时间在寂静中悄悄流逝。

段伟祺感觉到身后的李嘉玉很放松,她的手软软地环在他的腰际,她的呼吸轻悄,抚着他的后颈脖,一如她的爱,抚在他的心上。

段伟祺感觉到李嘉玉睡着了,不像前一段时间,她心事重重,睡过去的时候都带着些紧张。

段伟祺睁开了眼睛。

李嘉玉昨晚没有拉好窗帘,还露着一掌宽的缝隙。雨夜让室外的光线都阴沉,该天亮了,但没有阳光。段伟祺就透过这掌宽的空间望着窗外,过了许久。

然后他翻过身来,把李嘉玉搂进了怀里。

李嘉玉没有醒,"嗯嗯"了两声,在他怀里找了个舒服的姿势,继续睡过去。

她后来是被吹风机的声音吵醒的。她看了看手机,10点多了。起床去了洗手间,看见段伟祺正裸着拿吹风机吹内裤。李嘉玉揉揉眼睛,进去刷牙洗脸。

她一边刷一边道:"你什么时候走啊,需要买点什么?我一会儿出去给你买。"

段伟祺皱着眉头道:"一会儿就能吹干了,我跟你一起出去。"

李嘉玉把嘴里的泡沫漱干净,洗好脸,转身过来摸摸他的额头道:"有没有头疼?你穿得太少了,又淋了雨。"

"没事。"段伟祺配合地俯身把额头递给她,等她确认好了,把内裤和吹风机交到她手上说，"帮我吹一下，我刷牙。"

李嘉玉没拒绝，帮他接着吹。段伟祺一边刷牙一边嫌弃地说："酒店的牙刷真难用。"

"谁让你这么跑过来。"

段伟祺又说："我用一下你的毛巾。"

两个人挤在小小的洗手间里，把洗漱工作完成了。段伟祺穿了衣服，出来翻李嘉玉的旅行箱问："你的面膜呢，让我用一下。"

"你干吗突然这么臭美。"李嘉玉嘟嘴道，"我只带了两片。"

"小气。"段伟祺把面膜找出来，交到李嘉玉手里道，"我昨晚喝多了，又没睡好，脸色太差，一会儿要跟你出门的，总不能你漂漂亮亮的，我一脸萎靡。"

他到床上躺好，等着老婆服务，还说："要不路人以为你是妖精，采阳补阴，误会你了多不好。"

李嘉玉把面膜敷他脸上，没好气地说："我谢谢你啊，真是体贴了。"

段伟祺便笑，伸手要抓她的手。李嘉玉帮他把面膜敷好，把左手交给他握，右手翻自己的手机："一会儿跟蓝少、卓少去吃饭吧？"

"不管他们。他们回去了。"

李嘉玉刷开手机微信，看到蓝耀阳给她发的微信："铁杆，我跟卓恺先走了，等你回B市再约饭。"

卓恺也给她发了消息，还有一段视频："昨晚跟你说的视频，你留作纪念吧。等你日后想写回忆录，这段是个好素材。"

李嘉玉没点开视频。她看了看段伟祺，他也正看她。她笑了笑，按了按他脸上的面膜，起身去洗手间："我去化妆。"

"你不管我了。"段伟祺顶着面膜跟着她，像黏人的小狗一样。

"你就自己待着，还要别人管什么？"李嘉玉开始擦乳液、各种化妆品。段伟祺就靠在洗手间门口看她。

李嘉玉扫他一眼，忍不住笑，赶他："你快走开，你那张脸太好笑了。"

段伟祺愤愤道："哪里好笑，要不是为了你，我也不爱用这些。"

李嘉玉又笑道："你自己臭美找什么借口。"她看着他的脸，有些蠢蠢欲动，"要不我给你抹点粉底液遮瑕，提提气色，比面膜管用。"

段伟祺赶紧退出去："娘气。"

李嘉玉哈哈大笑，接着化妆。

段伟祺在外头待了一会儿，又走进来，面膜已经扯掉了。他挤开李嘉玉把脸洗干净，又给她让开了位置。李嘉玉把口红抹好，把他拉过来，给他抹眼霜、润肤霜。

两人四目相对，段伟祺心里泛起无限柔情，忍不住低头吻她。

轻轻的吻让李嘉玉弯了嘴角，然后她又嫌弃道："我才化好的妆。"

段伟祺"啧"的一声，抬了头，忽又低头用力啄了一口，这下把她唇妆弄花了。他哈哈大笑，李嘉玉伸手要打他，他站着给她打，她却将他抱住了，踮起脚尖吻他。

两人吻了好一会儿，李嘉玉把他推开，对着镜子补妆，道："我要去吃东西，饿死了。"

"那你自己快点啊，谁抱着我不放的。"段伟祺看着镜子中的李嘉玉，觉得她真好看，怎么都好看。化妆也好看，不化妆也好看，长头发好看，短头发也好看。

李嘉玉怼他："一直是你在捣乱，不然我自己早就出门了。"

段伟祺不反驳，只是看着她笑。

李嘉玉看着他这样就来气，又想起自己的妥协和退让，虽是自己做的决定，但还是来气。她便瞪着他说："你什么时候走啊？我是来出差，有正经事做的。"

"你什么时候回去？"

"周二吧。"

"我明天晚上走。"

两人的目光在镜子中相遇，心中各有心思。

段伟祺忽地上前环抱住她，道："等有时间了，我就去美国一趟。"

李嘉玉不以为意地说："去就去呗，不用跟我报告。"

段伟祺把头埋在她颈脖间说："不是说好了，去哪儿都要给你打报告。"

这话里的讨好意味很明显了。李嘉玉又爱他又气他，一点都不想给他好脸色："行了，别装乖，我不吃这套。"

"不是，我是真乖。"

李嘉玉把他脑袋推开，他有脸说，她都没脸听。

她拿了包包率先出门，段伟祺摇着尾巴跟在她身后。

两个人都没提分手还是和好。李嘉玉是心里有怨，不想这么快便宜他。而段伟祺超级听话，她说什么便是什么，她不说他也不问。

两个人就在T市待了一天，出门吃了一顿饭，李嘉玉给段伟祺买了厚衣服，然后就再没出过酒店。外头阴雨绵绵，两人躲在酒店里玩游戏，从成语接龙玩到拼字游戏，再从手机连连看玩到扑克比大小。

段伟祺输光了三个月的薪水，外加脸上被眉笔、口红画成了大花猫。李嘉玉开心得哈哈笑,他觉得很满足。

段伟祺是乘周日晚上的飞机走的。他没让李嘉玉送,怕她回来的时候不安全。李嘉玉也没跟他客气,挥挥手就再见。

段伟祺等飞机的时候跟蓝耀阳通电话,蓝耀阳问他,情况怎么样?跟李嘉玉说清楚了吗?她什么反应?

段伟祺道:"没说。我想去美国一趟,看结果怎么样。"

"概率很低吧?"

"嗯,很低。没什么希望吧,大概。"

蓝耀阳叹气:"那何必呢?白受罪。"

段伟祺把他听到的李嘉玉跟方勤的通话告诉了蓝耀阳,蓝耀阳沉默许久,道:"你上辈子一定做了很多好事吧?"

段伟祺苦笑道:"如果真是这样,希望积下的德能保佑我得偿所愿。虽然她说她能接受这个遗憾,但我还是希望她没有遗憾。"

蓝耀阳忍不住嘴贱道:"那如果结果就是不好呢?"

段伟祺也不生气,道:"那也没办法,我也不是神仙,结果不是我说了算。但起码我努力过了,而且无论结果怎么样,她把她终身幸福托付给了我,我就好好对她。这次她不是冲动的,不是赌气的,是认真思考纠结过后,决定把余生交给我,我得对得起她的信任。"

"好吧,那你好好对她。"

"不敢不好啊。"段伟祺笑笑说,"我家李总可不是善茬,对她不好会被她甩的,不够优秀也会被她甩的,长得不帅也会被她甩的。还有啊……"

"快打住,救命啊。"蓝耀阳夸张地大叫道,"我知道你的李嘉玉超级好了行不行,别再唠叨了。"

段伟祺叹气道:"我真怕被她甩啊。"

蓝耀阳听不下去,把电话挂了。

蓝耀阳跟卓恺一顿倒苦水,结果卓恺忽道:"完了,他打给我了。"

10分钟后卓恺发过来信息:"救命啊。"

蓝耀阳幸灾乐祸,发了一串"哈哈大笑"的表情。

卓恺干脆打电话过来说:"恋爱中的男人真可怜。"

"你自己一单身狗,是怎么好意思可怜别人的?"

卓恺冷笑道:"说得跟你不是单身狗一样。"

蓝耀阳无言以对。

段伟祺确实觉得自己在热恋期,仿佛年轻了七八岁,回到了刚刚认识李嘉玉那会儿。在带动心跳的音乐声中，她撞进他的怀里，转头退开时，秀发划过他的纽扣，在他心里留下涟漪。

涟漪不散，符印一般地刻下痕迹——李嘉玉。

段伟祺搬回了家，期待着老婆归来，但李嘉玉一直没有表态。

真是傲娇啊。段伟祺理解，以他家李总骄傲的个性，不能这么轻易就放过他，怎么也得让他吃吃苦头，这段日子怕是她给他设的考察期。段伟祺小心翼翼地应对，把自己的脾气管得好好的，丝毫不敢犯贱。

工作忙碌，他还抽不出时间去美国，于是常哄李嘉玉开心，给她送花，请她吃饭，偶尔气氛好，他还能跟她回家过个夜。李嘉玉工作也忙，她的投资四部又进了两个人，业务量也多了起来。她看好的两个行业都已经找到了合适的公司，都在洽谈中，其中她尤其看好那家叫飞扬科技的公司，对其旗下的健身App满口夸赞。不只是产品，她还非常欣赏这公司的老板，那个叫孟文飞的年轻创业者。

"他跟我同年同月同日生。"李嘉玉告诉段伟祺，段伟祺心里直抽抽。

"特别踏实的一个人，很有理想，有创业的信念，是认真做产品的，对产品和市场都很有想法，不是那种捞一把快钱就跑的人。"李嘉玉聊起工作就停不下来，但话题总围绕一个男人就让段伟祺不痛快了。

"我去过他们公司考察了，公司氛围特别好，布置得很温馨，他们还有自己的健身房，他本人也是真正的健身爱好者，跟那些IT宅男完全不一样。他们公司的小厨娘做饭还很好吃，咖啡也很地道。"

段伟祺叹气，不敢抗议。

"啊，我突然知道为什么觉得他很亲切了。"李嘉玉道。

"同年同月同日生。"段伟祺没好气地说。

"他像是没钱版的你，不过比你稳重。"

段伟祺还没见过孟文飞，就已经很不喜欢他了。

在李嘉玉生日之前，段伟祺终于安排好了时间，飞了一趟美国。

段伟祺原计划在李嘉玉生日那天赶回来，但欧洲那边的公事又出了问题，他临时改行程又去了欧洲。行程受阻，私人事务和公事都超出计划时间，他只得在线上祝李嘉玉生日快乐，并安排人给她送去礼物。

礼物看上去挺普通，就是一束鲜花和一个信封，在外人看来，像是普通礼节上的问候，那信封里应该是张贺卡之类的。

但李嘉玉打开信封一看，却是只有她才懂的玄机。

那是几张海岛照片，那海岛有个名字——嘉玉岛。

岛上已经开发出了许多设施，比她上次去要好太多，看上去有些度假村的样子了。

照片里，度假木屋群屋檐挂着鲜花装饰，上面有一条横幅，用中英文写着"嘉玉生日快乐"。另外几张照片也是岛上的景色，以及从岛上木屋看出去的海景。每一处入镜的景色里，都有"生日快乐"的字样。

另外还有一张照片，是木屋一间卧室的内景。那卧室布置得非常漂亮，典雅又喜气，照片的正中，是一件挂在模特架上的婚纱。

那婚纱，正是当初李嘉玉与品牌的设计总监讨论确定的款式。

李嘉玉心头一热，有些感慨。

她还以为，婚礼的准备工作已经停了呢。

这礼物真的很有心了。李嘉玉今天的日子不好过，这些照片真是给了她安慰。她给段伟祺发微信，说她收到礼物了，谢谢他。

过了一会儿，段伟祺回复："这语气，我紧张了。"

李嘉玉又给他发："我的项目被截和了，心情特别糟，全靠你的礼物给了一口气。"

"怎么了？要说说吗？"

"我先去处理吧，今天大概会挺忙，我晚上回去再跟你联络。你早点休息。"

段伟祺便不再说什么，但他心里很不爽，他这边的事情不顺利，而他老婆还被人欺负了。最近的运势真是不太行啊。

段伟祺没睡好，一直等着李嘉玉来电。B市那边的时间很晚了，她才来电话。

她特别生气，这是段伟祺见过的她在公事上最生气的一次。

那家李嘉玉很欣赏的飞扬科技，经过她跟团队的调研以及谈判，最终确定了合作的意向，项目也过审了，目前已经进入了最后签字的阶段。李嘉玉万分期待，摩拳擦掌准备大干一场。

可她万万没料到，这项目竟会被刘茂截了下来。刘茂拿出了另一份同样的项目书，各方面条件都与飞扬类似，产品类型也一样。但这个项目是友兴集团旗下新注册的一家子公司，也就是说，大集团友兴，进军健身App市场。

事情当然不是今天才发生，刘茂肯定也是准备了一段时间，但是他偏偏挑了今天。公司上下祝李嘉玉生日快乐，人事部中午还端出订好的生日蛋糕为她庆生，大家喜气洋洋齐贺同欢，李嘉玉为了表示感谢，订了奶茶饮料给投资部所有的同事。

刘茂看准了时机，送李嘉玉这份大礼。

他去了李嘉玉办公室，笑眯眯地告诉她飞扬的项目不会签的，让她去通知飞扬。

李嘉玉大吃一惊，问他怎么回事，刘茂只笑道："你以为，只有你办得到？"

刘茂扬长而去。李嘉玉虽气急，但也还有理智，便让江恩去打听情况。得知真相，她差点就要去刘茂的办公室掀桌子。要不是段伟祺的礼物到得及时，李嘉玉恐怕今天真得跟刘茂打起来。

她跟段伟祺细说今天发生的种种："真的，我真打算去他办公室算账了。可一看那婚纱，我就厌了。今天要是闹大了，日后万一被人挖出来，人家说，就那个段伟祺，他老婆，打了创达的副总。唉，到时候多丢脸。"

段伟祺道："怎么会，人家只会说，你听说了吗，创达的那个刘茂，竟然敢欺负段伟祺的老婆，然后被打了，活该。"

李嘉玉哈哈笑，笑完又叹道："真的好生气。"

是与友兴合作还是与白手起家、名不见经传的小公司飞扬科技合作，这个选择毫无难度。利益至上如余进，很痛快地就签了刘茂的项目。李嘉玉今天真的气得饱饱的，都没等余进来安抚她，就离开了公司，约了飞扬的孟文飞见面。项目是她谈的，如今出了变故，就算难堪，她也得亲自出面交代。

"他们真的太过分了，在商言商，但商就表示为了利益不讲信誉吗？我对余总太失望了。"

"合同没签之前，当然有不签的权利。"段伟祺安抚她，"友兴有这么多的资源，它与飞扬科技摆在任何一个投资人面前，谁都会选友兴的。"

"我不会。"李嘉玉愤愤不平道，"友兴根本不缺钱。如果他们真的有心深耕一个行业，打造款好产品，完全有实力自己投入。注册个新壳就出来融资，这一看就是想圈钱。"李嘉玉顿了顿，"我怀疑刘茂在里头拿好处了。友兴那子公司才注册几个月，怎么可能拿得出一个像样的扎实的产品平台出来。飞扬可是深耕细作了几年的。"

"没有不缺钱的公司。这行业友兴刚刚涉足，为减小风险，这样操作也可以理解。毕竟不是它们的主业，想锦上添花圈点钱也没错。既然是热点，那抢个先机，占领赛道，回头像模像样倒个手卖掉或者上市都行。"

李嘉玉突然道："刘茂会不会跟友兴的人串通了，拿了我的项目书给友兴抄？友兴就是做手机做电子的，一堆程序员。他们去扒人家的产品代码，弄个差不多的样子出来，先凑合着应付一下。反正有刘茂给他们打掩护，里应外合，会不会？"

"通常是不会的。"段伟祺实事求是地说，"不可能搭个架子就来骗钱了，友兴和创达都是有头有脸的。必定是产品和概念都好，这才能拿得出手。"

"但刘茂拿这项目来恶心我是肯定的。如果不是我，孟文飞也用不着遭遇这种事。"李嘉玉为飞扬打抱不平，"他们正是发展的关键期，需要尽快融到钱。我这儿摆了他一道，耽误了他的宝贵时间。"

"如果他足够优秀，那就应该有风险预估，不会死守着创达一家的。他们肯定同期也在接触别家。"

"他对投资方的要求挺高的，合作条件也严苛，别家不一定合适，也不一定同意他的条件。"

"听起来也是个理想主义者。"

李嘉玉笑道："确实是个有决心的人，毕竟我们同年同月同日生。"

段伟祺叹气道："我怎么这么不喜欢听到这个人的名字啊。"

李嘉玉也叹气道："我估计你也没什么机会听到这名字了。"

"别往心里去。"段伟祺安慰她说，"要不聊点开心的事吧。"

"什么开心的事？"

"比如那件婚纱喜不喜欢？"

这件事确实让她开心，李嘉玉便笑道："我的审美一向很好。"

"呵呵。"段伟祺冷笑道。

"承认不承认？"李嘉玉凶巴巴地问。

"承认。"段伟祺马上认怂。

"你什么时候回来？"李嘉玉问他。

段伟祺道："还得两个礼拜吧。"

"你回来的时候会把婚纱带回来吗？"

"我让品牌那边处理，到时他们约你试一下，你穿上看看还有哪里要改的。还有几件定制的礼服，听说也快做好了。"

"你的礼服呢？我等你回来一起试。不然我一个人感觉怪怪的，好像自己唱独角戏。"

"嗯，行。是我没考虑好。"

李嘉玉沉默了一会儿，问他："这次还会有变化吗？"

"这个得问你呀，你也没说要搬回来。"

"一天没签约，一天就有不签的权利，这不是你刚说的？"

"是，是。"段伟祺继续怂，但话都说到这份儿上了，他还真是挺担心的，"那什么，婚讯公开的方式我都想好了。"

"说来听听。"

"先发一张婚纱照片，就发给你的那张就行。什么话都不说，特别嚣张地只发一张照片。"

李嘉玉哈哈大笑道："然后呢？"

"然后再发一段视频剪辑，就是上次我去接受采访，说我老婆是可爱的女强人，短头发什么的，大家全都不信的那段。我要把那段话重复10遍，弄个视频发给他们看。"

李嘉玉笑得不行："我突然想起，你生日那天卓少拍的你的视频，我一直没舍得看呢，想着留到生日看的，结果今天被气忘了，一会儿看。"

"什么乱七八糟的。"

"那个你别管了，你接着说。"

"然后就给他们来个抽奖。第一轮，抽同品牌婚纱和礼服，抽9套。"

"哇！"李嘉玉大叫道，"段总大手笔。"

"第二轮，抽嘉玉岛参观旅程，可来观礼，抽99人。"

"99是单数啊。"

"不是长长久久的意思？"

"是单数。"

"那99对好了。"

"那来个集体婚礼。"

"李嘉玉你别捣乱。"

李嘉玉笑得不行。

"第三轮，就送婚礼伴手礼好了。"

"要不就弄个大型网络相亲现场。"

段伟祺训她道："皮死你。"

李嘉玉抹掉笑出来的眼泪，问："那得花挺多钱吧？"

"不用。这种场面多的是赞助商冲上来。"

"哈哈哈哈哈！"李嘉玉再度大笑道，"你怎么不说为了老婆花再多钱也值得。"

"这么俗气。"段伟祺的语气很嫌弃。

李嘉玉一直笑，很开心。

"心情好点了？"

"嗯。"李嘉玉又道，"不过我觉得，婚礼定在'五一'太赶了，而且假期也短。定到国庆长假吧。这样亲戚朋友们的时间比较好安排。"

"那国庆，就不再变了。"段伟祺小心道。

"行。"李嘉玉很爽快地应。

段伟祺松了口气。

国庆确实比"五一"更合适，但他当初实在不好太延后，现在她提出来，客观在理，双方都照顾到了。段伟祺觉得自己真的是幸运的。

李嘉玉项目被刘茂黑掉的事，似乎就这样过去了。合同已经签了字，一切成了定局。

以李嘉玉的个性，她当然不会当什么都没发生过。她去找余进谈了一次，冷静且诚恳，余进也与她分享了想法。他当然明白友兴做这样的项目与飞扬科技做这样的项目的区别：一个小试牛刀，倒手赚快钱的可能性很大；一个全力以赴，押上所有。二者当然不一样。

但创达呢，与友兴合作，得到的不只是一个项目，而是两个集团的资源合作，里头的利益关系盘根错节，是几家飞扬科技都比不上的。

"作为一个管理者，我要看的不是一个小项目，而是更长远和更宽广的局面，就像与富昌的合作一样。有时候理想是好的，但更要注重现实。"

余进把话点到这里，李嘉玉就明白了。

再说下去就会有些不好看，李嘉玉也并不想把段伟祺扯进来。李嘉玉向余进告辞，走出了他的办公室。没错，这个App，对创达和友兴来说，都只是一个小项目，但对飞扬科技来说，却是全部身家和理想。胳膊拧不过大腿，这就是现实。李嘉玉想起当初自己在C市创业的时候被味香和阳光集团羞辱欺负的往事，到底是怨难消、意难平。

江恩见她回来后脸色不好，便劝她道："算了吧。这是钱的世界，何况金融界投资圈，资本和利益就是老大。"

李嘉玉点头道："这是现实，我接受。接受只是表示我承认和面对，但不表示我甘心沉沦。"

江恩扑哧一笑道："是，是，你的理想主义还在闪光。"

李嘉玉也笑道："人生就靠这点闪光指引了。"她拍拍江恩的桌子说，"加油啊，江总，别放弃你的全自动化花园。等我成了投资公司老板，我给你投资。"

江恩一脸嫌弃地说："来点实际的，我觉得你深藏不露，现在是不是就能当投资公司老板啊？"

"不能。"李嘉玉挥挥手道，"还是耐心等吧。"

江恩在她身后唠叨说："等不起等不起。"

李嘉玉便笑。

谁没有理想呢，像江恩这样的金融男，其实私下里的爱好是花草，为了拥有一个花园，舍弃市区的高档公寓，在郊外买房。他参观过国外的自动园艺系统,关注国内的科技进展,他的想法是为自己的花园装一个好用的服务系统,不但能为他这样的半小白指导园艺,还能为他这种工作忙碌人士分花区自动施肥、浇水、遮阳以及提供光照等功能。每天下班回家,出差回来,看一眼美丽花园,人生幸事。

一次公司同事小聚,大家谈兴正浓,江恩分享了他的这个想法,几个同事大叫道:"你需要的不是花园系统,是个老婆,让老婆整理花园。"

李嘉玉和几个女同事也大叫道:"凭什么呀,我们职场女性也想回到家就能看一眼美丽花园。"

"男人的想法要不得,又想回家看到美丽老婆,又想看到美丽花园。让老婆这么辛苦,怎么美丽?"

"所以男人最差劲的地方是回家想看美丽花园,出门去看美丽女人。"

几个男同事大喊冤枉。最后男女双方和解,戏谑道:"还是把花园交给自动系统,男人女人过好自己的生活就行。"

"对,总要给江恩的理想留条活路。"

"江恩这个产品名字特别好起,就叫:单身狗。"

江恩大笑,说他只是想想,这种产品不现实,需求太少,成本太高,不能盈利,不可能实现。他还是老老实实上班挣薪水,为了提成与奖金努力奋斗。那天江恩趁着醉意,在朋友圈发了一条:"理想之所以美好,大概是因为它遥不可及吧。"

第二天李嘉玉看到了,给他评论:"遥不可及的,那叫梦想。"

李嘉玉这天也发了一条朋友圈:"我活在现实里,所以我知道,现实就是,为了实现理想,必须强大。"

同一天,李嘉玉收到了孟文飞的消息,他告诉她,他的项目确实是被友兴抄了,但不是因为她。友兴是他的老东家,他当初创业,从友兴辞职,并带走了几个同事。现在,他们飞扬的产品成熟,平台稳定,盈利模式和市场远景都很清晰,友兴便找上了他的一位创业伙伴,许诺职位、股权和高薪……

"他带走了我的两位技术骨干,还有产品代码。"孟文飞道。

李嘉玉懂了,所以友兴能这么快地拿出产品和项目书、数据什么的,有钱也好办。

"你不必自责,是我遭遇了背叛。"孟文飞对她说。

李嘉玉便问他:"你打算怎么办?"

虽然她也给孟文飞介绍了几家新的投资公司,但现在状况并不好。不只是因为孟文飞太有主意,对股权和经营权卡得死,不愿让步,还有就是,他真的是被友兴黑了。友兴拿出与他一样的东西,那他的产品,哪里还有竞争力?哪家投资公司也不会傻得拿同样的东西去跟友兴和创达硬碰硬,但让孟文飞短期之内就把产品做飞速的提升,以达到与友兴差异化的结果,那又不太可能。

打磨一个产品是需要时间的,每一次产品更新都得经过大量的市场考证和策划,以及大量的开发工作,才能完成。李嘉玉仿佛看到当初自己面临的困境。

"我打算向法院起诉友兴和创达。"孟文飞对她没隐瞒,直截了当地透了底。

"什么?"李嘉玉惊讶,然后大笑道,"你要告友兴和创达。"

"是啊,李总。"孟文飞也笑道。

"可以的,孟总,你可以的。"李嘉玉简直要给他竖大拇指了。太够胆了,这个男人。

"我们的代码里有防盗字段、产权标记,我那位同事虽然就是负责技术的,但他们短时间上线,不可能去除得干净。况且他们去友兴,也违反了竞业限制协议。你跟我谈到签约这一步,对我们的商业机密也很了解。我们飞扬与创达之间也有保密协议,所以现在出了这样的事,友兴侵犯知识产权、不正当竞争,创达商业欺诈,我要告,是有法有理可依的。"

"但你知道跟大集团打官司占不着便宜吧?"

"那当然。胳膊与大腿的差别。但这么欺负我,想让我不打一仗就认输,缴械投降,那不可能。"

李嘉玉太欣赏他了,这就是个战士。

"赢面不大啊。"李嘉玉在脑子里迅速分析了一下状况。

"光脚的不怕穿鞋的。这算丑闻了吧?官司赢不赢,我也没有股价可跌。我一个快被干掉的小公司,损失当然是比不上大集团的。"

李嘉玉大笑。她对孟文飞的评价错了,他不是战士,他是将军,有勇有谋。

她不了解友兴,但她了解余进。余进大概没想到他的利益优先原则会踢到孟文飞这块大铁板,若是友兴侵犯知识产权这案子真的成立,创达被拖下水,涉嫌商业欺诈,不管结果如何,这过程里的难堪和损失,都不是他想要看到的。而按合约里的条款约定,友兴如不能保证它的知识产权正当性,又身陷官司,这投资协议恐怕就要解除了。

"我支持你,孟总。你该讨回公道。"

孟文飞雷厉风行,很快,创达收到了律师函。

因为李嘉玉与飞扬是业务对接人,所以律师函送到了她手里。李嘉玉把律师函放到刘茂桌上时,看到他诧异的表情,心里颇是快意。

李嘉玉按流程将此事通过邮件做了书面汇报,抄送余进。

余进当天就把李嘉玉和刘茂等人一起叫进了办公室。刘茂一口咬定与友兴是正常的业务往来，没有牵涉他们与飞扬的纠葛，他对友兴与飞扬之间挖角也好，抄袭剽窃也罢，完全不知情。

"很有可能是诬陷。"刘茂皱着眉，一本正经地说。

李嘉玉直接"扑哧"笑出了声。

办公室里几个男人转头看她。李嘉玉道："我觉得，法务和公关还是做好准备吧。几个月的时间，友兴的App产品和业务就能这么快这么齐备地上线，新公司的CEO（首席执行官）也刚从飞扬被挖过去上任，要说没有猫腻，没什么人信吧。不管事实如何，没人信就会有坏影响，友兴那边事情再糟，可以推给新任CEO，可以推给那新公司，大不了砍掉。我们创达，可是实打实被拖下水全身湿，没臂可断。投资款还没有付，应该及时止损，重新调查他们的数据、财务和产品是否有瑕疵，解约还来得及。"

刘茂脸都黑了，道："李嘉玉，是你在捣鬼吗？"

李嘉玉和气地笑着说："我能捣什么鬼？又不是我签的项目惹来的官司。"

刘茂被当众嘲讽，脸色阴沉，待要说些什么，被余进喝住了。

"行了，就这么办。法务那边处理一下这事，找飞扬谈，能撤诉最好。李嘉玉，你配合一下法务。友兴那边重新做尽调。什么乱七八糟的。"他又看向李嘉玉道，"李嘉玉……"

"我拒绝。"李嘉玉不等他把话说完，便道，"我是这事情里头的当事人，飞扬是我的部门谈的，尽调是我的部门做的，人家告我们商业欺诈，我可有重大嫌疑。现在我不能再参与友兴的尽调，扯不清楚。我没接触过友兴，也不应该接触他们。"

余进确实是想把这事交给李嘉玉，但她说得合理，余进便皱了眉头，想了想说："交给肖兵。"

这态度明显是不信任刘茂，要跳过他来处理了。刘茂忍着气，瞪了李嘉玉一眼。

大家散会出去时，刘茂压低声音对李嘉玉道："李嘉玉，你好样的。"

"谢谢刘总。"李嘉玉回视他道，"这事是你没处理好，太心急了，没找好合作伙伴。赶紧跟他们商量商量吧，别最后竹篮打水一场空。"

刘茂停了脚步，瞪着李嘉玉，直到她的背影消失。

创达法务积极应对这场起诉，在他们看来，孟文飞完全没有胜算，他的起诉就是在耍赖。李嘉玉也按公司要求与孟文飞协调，相关的邮件往来她也转发公司管理层。孟文飞态度坚决，李嘉玉对余进据实以告。

创达年会上，在优秀员工评选环节，李嘉玉和投资四部得到了表彰。她不能确定这个表彰是不是又是余进一贯的给个巴掌再给个甜枣的手法，因为他帮着刘茂黑了她的项目，现在给她点甜头安抚。但给她奖，她就要，她还大大方方地上台发表感言。

　　创达年会办得大，还邀请了许多商界友人与明星。段伟祺也在其中。

　　李嘉玉下台的时候，路过段伟祺这桌，段伟祺悄悄地伸手握了她的手，还对她轻佻地眨眨眼。刘茂在一旁看到，对李嘉玉嘲讽一笑，李嘉玉也对他嘲讽一笑。稍晚的时候，段伟祺给一桌人敬酒，碰倒了刘茂的酒杯，洒了他一身。

　　刘茂觉得他是故意的，但敢怒不敢言。

　　"我给你报仇了。"段伟祺给李嘉玉发信息，"结束的时候一起走？"

　　"我已经走了。"李嘉玉心情并没有多爽。段伟祺顶多就是让刘茂难堪一下，这种小朋友级别的教训满足不了她的正义感。她在年会上早退，回到了公司。刘茂今天去年会没带他的笔记本电脑。机会难得，李嘉玉想趁这机会找找刘茂受贿的证据。

　　收到段伟祺信息的时候，她正打开刘茂的电脑。

　　"你去哪儿了？"

　　"回公司了。"

　　段伟祺心里有不好的预感，这种时候回什么公司。他看了刘茂空着的座位一眼，突然站起了身。

　　段伟祺往外走，给李嘉玉打电话。

　　李嘉玉接了，段伟祺急急问："你在干什么？"

　　"没干什么。"

　　"刘茂被泼了酒，有可能会回公司换衣服。"年会的酒店就在创达办公大厦的斜对面，走着就能到。

　　李嘉玉一惊，忙道："我马上就好。"

　　段伟祺简直要被她气死，撒腿就往创达跑。

　　李嘉玉已经打开了刘茂的电脑。当初开会时她坐刘茂旁边，余进让她用刘茂电脑里的资料做说明，刘茂当着她的面输入过密码，密码太简单，她就记住了。没想到他一直没变过密码，她一试就进去了。

　　李嘉玉快速浏览了一下刘茂的微信，看到最新的对话里有一条说什么"你得尽快解决，不然你的那份你也拿不到"。语气特别不客气，说了好几段。刘茂也解释了推进支付投资款的难处，说余进那边卡住了，不让付。

　　说的正是与友兴的合作案。李嘉玉刚想往前翻看他们更多的对话记录，却听到外头有人走动的声音。她拿出手机迅速给那段话拍了照，然后关了微信界面，扣上了笔记本电脑。

扣电脑时发出了"砰"的一声轻响，李嘉玉自己也被吓了一跳。

脚步声快了起来，有人在往这边走。李嘉玉不确定刚才扣上电脑的声音那人有没有听见。她离开了刘茂的办公桌，脑子里飞快闪过一会儿应对的说辞。如果真是刘茂，恐怕说什么他都不信，但也没办法了。

李嘉玉看到刘茂桌上摆着一份他们四部提交的报告，她顺手抄了起来，做好准备。

这时忽听到外头有人喊："刘总。"是段伟祺的声音。

李嘉玉舒了一口气，顿时放下心来。

她放下报告，悄悄探头出去看，刘茂被段伟祺拦住了，两个人在说酒会上的事。段伟祺就说刚才不好意思什么的，刘茂背对着李嘉玉的方向。李嘉玉趁着这机会赶紧出来了。刘茂似感觉到身后有人，又回头。

李嘉玉擦着双手，像是刚出洗手间似的。

刘茂皱了皱眉。

段伟祺对李嘉玉笑道："嗨。"他把她拉过来，搂进怀里，"看来想趁着没人约在这里也不合适，被刘总撞到了。"他把她推往她办公室，"快拿你的东西，我们走了。"

李嘉玉赶紧回办公室，装模作样地拿了个小盒子出来。段伟祺便对刘茂笑了笑，道："走了。拜拜。"说完揽着李嘉玉走了。

刘茂回到办公室，打开电脑看了看，把微信打开，看到那个对话，他把对话内容删掉了，又改了电脑的密码。

段伟祺带着李嘉玉离开了大厦，上了车，气得横眉竖眼，都等不到回家，停在路边就开骂："你脑子有屎吗？你好好当你的李总，还想当李警官吗？"

"他受贿了，我猜得没错，他就是跟人合伙捞钱。我找到证据了。"李嘉玉想把手机给他看。

"你找到屁的证据。"段伟祺厉声骂，"你差一点就被抓现行，然后他整不死你！"

"他敢！"李嘉玉比他还凶地回道。

"你也就对我横，在外头你是个屁！"

"段伟祺，你说的什么混账话！"

"普通话！"

李嘉玉好气："段伟祺！"她转身就去拉门把手要下车，"在你能好好说话之前不要跟我说话。"

段伟祺把中控锁锁上了,喝道:"我还没说完!"

"不想听!"

"你给我马上辞职!"

"不可能。"

"李嘉玉!"

"开门!"李嘉玉气得眼眶都红了。

段伟祺瞪着她,忽地一赌气,把车门锁打开了。

李嘉玉转身打开车门就跑。段伟祺猛地捶了一下方向盘,车喇叭尖锐地响了一声,李嘉玉头也不回奔进夜幕里。段伟祺启动车子跟上,看见她拦下了一辆的士,钻了进去。

段伟祺一路跟着那的士,直到看到李嘉玉安全抵达她的小公寓,这才放心。

段伟祺的车子就停在楼下,犹豫了半天还是没有上楼找她。现在他与她都在气头上,还是不要吵架的好。

段伟祺给李嘉玉发微信:"我只是担心你的安全。"

李嘉玉给他发了张图片,是她拍的刘茂的电脑屏幕,上面有微信对话。

段伟祺按捺住脾气认真看了,给她回复:"这说明不了任何问题。他可以说是项目黄了影响他的奖金。虽然一听就是强词夺理,但余进不会因为这张照片就把他开除,更不可能报警。"

李嘉玉很久没有回话。

段伟祺又生气了,这么倔,不听话。他启动车子,不等她回复,回家去了。

待回到家中,看到李嘉玉回复了一个字:"嗯。"

段伟祺真是没好气,便给她拨电话。

李嘉玉接了。

段伟祺劈头就问:"'嗯'是什么意思?"

"就是我知道的意思。"

"你知道什么你知道!你知道就不会干这种蠢事!"段伟祺的嗓门又大起来。

"不看到怎么会知道?我又不是故意的,今天正好看到机会了就试试。"

"你就不能安分一点?管什么闲事呢!"

"这怎么是闲事?这是我工作上的事。我不防着他,谁知道他以后还会干出什么来,万一我经手的什么工作被他使黑招,给我招麻烦怎么办?我当然想知道他到底做了什么。"

"你辞职!"段伟祺再次说。

李嘉玉把电话挂了。

段伟祺简直要气成河豚。他在屋子里打转,最后又觉得自己说话真的难听。停下来认真想想,好像是真的难听。但是李嘉玉真的不对,而且她的态度也不好。

全是孟文飞的错。

段伟祺跟李嘉玉冷战了。

两个人互相不发消息,但是在朋友圈炫自己过得多好。

蓝耀阳在群里问段伟祺:"你们又开始了是吗?"

"什么开始?"段伟祺装傻。

卓恺道:"二蓝你还没看透他俩吗?他们哪天不吵架肯定是感情破裂了。"

"滚蛋。"段伟祺懒得理他俩。他正在网上给李嘉玉挑花,让花店每天送一大束,要占满办公室桌面那么大束。务必让刘茂知道,李嘉玉是谁家的,他惹不起。

今天是粉色玫瑰,看看时间,应该差不多送到了。

正想着,微信来消息了。

是李嘉玉。

她发过来一张图,还有一个"呕吐"的表情。

段伟祺仔细一看,也要吐了。

那是一张卡片,他猜是花店帮他随花一起送过去的,因为他让秘书交代了,要写上一句霸道总裁示爱的话,要有气势,感情强烈的那种。

但是这上面写的是什么鬼?

"只有美丽的玫瑰,才能配得起我的女人。你,是我的女人!"

恶心死了。

全是孟文飞的错。

段伟祺与孟文飞虽未谋面,但在心里已与他结下了不共戴天之仇。然后,那一天,他见到了他。

那天他与集团下属公司的负责人吃饭兼开会,一转头,看到他家李总跟一个很有型的帅气男人面对面相谈甚欢。那男人30岁左右的样子,五官端正,宽肩窄腰,整洁英气,很有职场男人气质。

段伟祺第一直觉就是三个字:孟文飞。

李嘉玉与那男人聊着聊着,忽然往他这边看了一眼,都与他四目相对了一下,然后竟然装看不见,别过头去了。

这态度！段伟祺顿时不爽，哪里还忍得住。他与那公司负责人很快把该说的说完，就此别过，然后他装模作样地过去了。

"李总。"很刻意的语调，段伟祺听到自己的声音也恶心了一下。

"段总。"他家李嘉玉笑起来假假的，但就是很可爱。

"这位是飞扬科技的孟总，这位是富昌资本的段总。"李嘉玉客套地介绍，拿腔作调，完全配合他的演出。

果然是孟文飞。段伟祺心里更不爽了，而且给她机会，她居然也不给他正名，装得这么不熟。他随便演一下，她可以揭穿他呀，娇嗔地骂骂他装什么装，不是挺亲热的吗？可她居然也演上了，好气。

只有孟文飞是正常的，客套地回应了。不对，孟文飞也不正常，他太平静，稳重得好像他一点不缺钱似的。段伟祺就更不爽了。这位老板，你不是迫切地需要融资吗？你能不能对业界知名的投资公司的老板表现得热情一点？

孟文飞并没有，完全没有要巴结段伟祺的意思。

三个人一起聊了几句，气氛莫名尴尬。段伟祺明明想自然地表现出淡定从容，且与李嘉玉关系匪浅，让孟文飞知道她名花有主，但开场真的失算，进入角色的角度非常失败，后头一路失控，演得有些用力过度，油腻了。

什么"到我家吃饭吗""我想看你卸妆的样子"等，惹得孟文飞警觉地观察他，并用眼神示意李嘉玉询问她要不要帮忙。段伟祺看在眼里，非常不满，就你是正人君子，难道我是流氓？

好吧，段伟祺想了想自己的演技，确实挺像流氓的。

腿上的肉又被拧了，段伟祺听李嘉玉道："我跟孟总虽然有同年同月同日生的缘分，又彼此欣赏，还有共患难的交情，联络不多可话很投机，但真的只是公事上的关系。"

这样直接揭穿他的心思真的好吗？会显得他这个业界知名投资公司的老板很幼稚。

段伟祺握住李嘉玉拧他大腿的手，用力捏了捏。

孟文飞这时候抬头，对段伟祺笑了笑。他笑起来牙挺白，段伟祺想给他白眼。

"孟总有什么话要说吗？"段伟祺语气很不好地问。笑成这样，是笑话他吗？

孟文飞正经道："要不段总我们加个微信交换一下电话号码，我认识一个很好的私厨，改天你需要在家中宴请女伴，可以考虑请她的团队上门做大餐。"他还把手机亮了出来，上面是菜品照片。

真的假的？这人刚才一直玩手机，是看菜品照片？

段伟祺有些愣，这套路风格怎么似曾相识。

李嘉玉在一旁哈哈大笑，段伟祺打赌其实她也不清楚发生了什么。然后段伟祺忽然反应过来了，这反常套路，这机敏反应，像李嘉玉。

段伟祺抿紧嘴，没好气地把手机掏出来，划出微信界面拍在桌上："加上！"

孟文飞还真加了，一边加一边道："我认真帮我家大厨拉生意的。"

什么鬼！

段伟祺想起当年李嘉玉还年轻时，就有这乱七八糟的小招数，让人忘不掉。

这位孟文飞哪里是没钱版的他，分明是男版李嘉玉。

这晚，李嘉玉与段伟祺一起吃饭。自上次吵架后，两人第一次一起吃饭。

叫的外卖，地点是李嘉玉的小公寓。李嘉玉说这样比较好，再吵起来也不会被外人看到。

"吵个屁啊，每次都是我让着你。"段伟祺夹了菜塞李嘉玉嘴里。

两个人这次真没吵，心平气和地聊了事情的进展。

刘茂对李嘉玉没什么异样，也没再对她说什么狠话。他最近有些焦头烂额，因为孟文飞那边的律师逼得挺紧，舆论上人家也做了工作。创达的压力挺大，而友兴的压力更大。年会之后余进就正式跟刘茂下了通牒，如果友兴不能解决官司的事，就跟友兴解约。

刘茂当然不希望解约，他成天往友兴跑。按这路子，友兴应该会跟飞扬谈和解，给飞扬赔偿金。

李嘉玉说到这儿，再次夸赞了孟文飞有勇有谋。段伟祺也没想到孟文飞居然还有这一招："其实他的重点不是真要打官司吧？"

"他被友兴这么阴一把，短期内很难融资了。现实艰难，他告不倒友兴，更不可能告得赢创达。他把事情闹得这么难看，是想和解，要和解金。这笔钱，能让他渡过难关。"李嘉玉叹道，"他硬生生咽下了这口气，为了公司能生存。"

段伟祺不得不同意，现实确实是如此。这么看起来，这个孟文飞也算是个能屈能伸的人物，他更觉得他像李嘉玉了，真不愧是同年同月同日生。

"可惜我这边帮不了他什么了。希望他能顺利拿到钱，找到合适的投资人。"

"你已经说了一晚上孟文飞。我们应该换话题了。"

"好吧，你想换什么？"

"你什么时候搬回来？"

"婚礼之后吧。"李嘉玉看到他控诉的眼神就笑,"现在我觉得挺好的,像在谈恋爱。"

"老夫老妻了,谢谢。"段伟祺把夹给她的菜抢回来。

"你的意思是老夫老妻没爱了是吗?"李嘉玉也抢他的菜,"婚礼之后再住在一起,感觉这样比较正式,以前我们就是太草率了。而且你总跟我吵架,我气还没有消。"

段伟祺抿抿嘴说:"我想跟你睡一张床。"

"允许你偶尔睡一下。"

段伟祺超级不满意:"哪有两口子要做个爱还要先约饭的?"像他这样总出差总加班的,回家就能抱老婆一起洗个澡然后上床多好。现在启用的恋爱模式就差很远,要先约会才能睡,他没有这么多时间约会。如果遇上吵架冷战,约饭的机会都没有,想来个床头吵床尾和也没可能。

结婚有结婚的好,但他现在享受不到。

"注意点你的语言表达。"李嘉玉提醒道,她手机响了,看了一眼,是法务那边的信息,她看完了,问段伟祺,"你说,孟总拿到赔偿的可能大吗?"

段伟祺简直要翻白眼:"当初你还说,我应该没什么机会再听到这个男人的名字了。"他的表情有点夸张,李嘉玉忍不住笑,探过身来亲他一脸菜汁。

段伟祺虽然对这一晚的话题不满意,但可以跟李嘉玉回家睡觉,他还是很高兴的。终于和好了,简直不要太得意。这一晚他打算不走了,如果运气好,还可以多住两天。

许久没能温存的热情总是很足的,段伟祺心满意足。李嘉玉去了卫生间洗漱,他赖着不想动,看了看自己手机快没电了,他打开李嘉玉的抽屉想找充电器,却看到抽屉里有长条状的东西。没有包装,段伟祺没见过,不认得。他拿起来仔细看了看,还没研究明白,李嘉玉却出来了,她一看到那东西,一个箭步冲过来劈手夺下。

"是很久以前买的。"李嘉玉有些尴尬,"我现在没这个想法了。"她把东西丢进抽屉,想了想又拿出来丢到了垃圾桶。

段伟祺忽然懂那是什么了。

验孕棒。

他顿时一阵心疼。

李嘉玉站了一会儿,想提醒段伟祺他没做措施,但想想不说了。她钻进被子里说:"睡觉。"

"嗯。"段伟祺起身道,"我去厕所。"

段伟祺进了厕所,拿出手机查行程,春节肯定是不行了,春节过后又有一连串的活动。他盘算完时间，又写了一封邮件发到美国，这次应该能顺利吧。他有些忍不住想跟她说了，但还是很想有了结果再告诉她，因为害怕再一次让她失望。

段伟祺把事情都安排了，回到卧室，钻进了被子，把李嘉玉搂在怀里。

李嘉玉翻身过来抱着他，道："我好像一直没正式跟你说。"

"说什么？"

"我尊重你想要的生活方式。"

段伟祺心里一紧。

李嘉玉道："没有孩子就没有吧。虽然你总跟我吵架，但我还是对我们的将来有信心，我对我自己也有信心。方勤说，到时她生两个，然后要跟我们做邻居，她的孩子也是我的孩子。我觉得挺好的，我也可以给他们买玩具，教他们念书，给他们讲道理。如果是两个女儿就更好了，我可以给她们打扮，给她们买漂亮衣服，然后看着她们长大，成为优秀的人，创造出自己想要的生活，那多美满。"

"嗯。"段伟祺说不出话。李嘉玉的声音里没什么情绪，但他忘不了她那天哽咽的声音。

"所以我得提醒你，你自己做好措施。不要孩子是你的决定，我尊重你，但如果是因为你自己疏忽的原因，我们有了，我会留下他。到时你别跟我闹。我不会再一次在你跟孩子之间做选择。我丑话说在前面，第二次，我不会再选你了。"

"嗯。"段伟祺抱紧她。

李嘉玉有些狐疑，其实是他好几次都没做措施，她才想到得正式跟他再谈谈，但看他现在不着急的样子，是他也改主意愿意要孩子了？可他又没说。

李嘉玉皱皱眉，算了，男人拖泥带水起来，真没女人表现的机会。反正她说清楚了，安心睡觉。

段伟祺很久才睡着。他做了一个梦，梦见李嘉玉怀孕了，她高兴得又蹦又跳，他赶紧劝她："冷静，小心点，别一会儿跳出来了。好不容易有的。"

结果李嘉玉道："怎么是好不容易？想要几个就有几个。"

段伟祺吓了一跳。

他醒过来的时候还在想，等到他确认可以跟她有孩子的时候，得跟她定好，只要一个。

第三十九章
夫妻之间

春节后段伟祺的工作排得很满,与李嘉玉约会的时间少了。李嘉玉便也主动起来,有时陪陪他加班,也会跟他一起回家。次数多了之后,基本上也就住家里了。

段伟祺抓住机会显摆家里挂满李嘉玉新衣的衣帽间,以示他已诚心悔过弥补。但李嘉玉追究起她的旧箱子来,一番"严刑逼问",段伟祺只得细述当初他拎着箱子追下楼想给她送衣服,结果车去人空,他一生气便把箱子丢在车位,待下去寻时,已经没有了。

李嘉玉气得直叫:"你要是年轻20岁,我真打你屁股。"

段伟祺把自己的屁股递过来,李嘉玉一把推开他说:"停车场有监控,谁拿的那不是一查就出来了吗?"

段伟祺沉默了。

后来被李嘉玉瞪得不得不开口,他别别扭扭很没底气地说:"那不是丢人吗!人家会问我里面都有什么,为什么要放在那里……我要脸啊。"

"你还有脸!"

李嘉玉四处找武器,可惜家里没有鸡毛掸子,因为不做饭也没有擀面杖,最后她找来把尺子。段伟祺抱着沙发抱枕笑得不行："哎哟，要被打手心了，好激动。"

段伟祺太嚣张的结果，是这晚他得睡客房。

睡在客房里也不安分，想到李嘉玉气呼呼地举着尺子过来的样子，他心里就甜，觉得她特别可爱。于是他就发微博："气得想打人，满屋子转却只找出把尺子的女人，太适合做老婆了。"

很快下面就一堆留言。

"这哪是想打人，这就是撒娇。"

段伟祺得意。

"你是不是跟人同居了？"

"重点是，这女人是谁？"

段伟祺更得意了。悬念！知道吗，网友们，这叫悬念！

"这么蠢，可不适合当老婆嘛。"

"听上去是个挺会装的女人。"

"又蠢、又爱装、喜欢撒娇、年轻、漂亮、跟段总有一腿的女人，大家可以下注了。"

于是下面各种女星、网红、嫩模的名字冒了出来。段伟祺等了半天，就是没等到有人报李嘉玉的名字。但是他等到了李嘉玉的微信。

"大型捉奸现场。"李嘉玉发了这句话，后面跟着好几张截图。

段伟祺点开看，那些截图上全是网友猜的名字。

唉，真是手贱啊，发什么微博呢？

段伟祺这晚没能回主卧睡，他安分了好几天。李嘉玉倒是没太跟他计较，这事后来再没提，弄得段伟祺很不适应，贱兮兮地很想老婆跟他再算算账，可惜人家并没有。

她非但不追究他的"绯闻"，还总跟他提起孟文飞，弄得段伟祺对飞扬科技的一举一动都了若指掌了。

比如友兴迫于各界压力，包括创达方面的施压，终于决定花钱摆脱孟文飞的纠缠，与飞扬协商和解。这很好理解，毕竟和解付出去的是小钱，与创达合作拿到的是大钱。

于是孟文飞拿到了钱，公司资金困境得以缓解，但也只能放弃追究友兴。友兴和创达的协议继续执行，而余进与友兴的老大吃了顿饭，这次风波在推杯换盏间就过去了。

刘茂终于松了口气，脸上也有了笑容，在公司行走间也恢复了意气风发的模样。他对李嘉玉的态度始终淡淡的，李嘉玉倒也不怕他，但看到他小人得志的样子就是不爽,她常跟段伟祺说起来。

段伟祺跟余进打过招呼,业务竞争的事情他不管,磨炼什么的也可以,但是他老婆不能被别人欺负。余进当然是让他放心,说对刘茂等人都嘱咐过了。

这一场风波终于结束,每个人似乎都得到了自己想得到的。

孟文飞继续为他的公司奋斗。经过这件事,飞扬科技不但竞争力大打折扣,技术骨干被挖走也是极大的损失。飞扬需要在产品上创新,并在市场营销中有所突破。孟文飞斗志昂扬,李嘉玉很为他高兴。她帮他找了些资源,也介绍了一些朋友给他。

但李嘉玉自己的工作热情却消退不少。段伟祺是第一个察觉这件事的人。

从前,李嘉玉与他在一起,总会或多或少说到工作相关的内容,案例、行业、经济,等等,请教也好,讨论也罢,有时只是纯粹分享,反正她总是有说不完的事业上的话题。她说那些的时候神采奕奕,两眼发光,但最近这些内容她聊得很少了。

那天段伟祺在书房加班,想出来泡杯咖啡,却听到李嘉玉在客厅与贺亦春聊语音。积木咨询现在发展得很好,是本省的知名企业了。贺亦春还投资了一家母婴课堂,线上线下联动,还配合了"宝宝来了"。初期盈收还没起来,但运营前景很不错。

段伟祺就坐在楼梯那儿,听着李嘉玉与贺亦春热烈讨论着业务。这时候他才惊觉,自春节后,就没见到她有这样的状态了。

她终究还是对余进和创达失望了吧。

段伟祺有些心疼。

他希望李嘉玉能从创达离职,现在他更希望她这样做了。那里在消耗她的精神和时间,他的神奇女侠,不该消极的。

之后某日,段伟祺开完了会,回到办公室,扫了一眼邮件,然后给李嘉玉打电话。他今天得加班,他想让她下了班到他这儿来。

电话通了,她几乎是秒接。段伟祺便笑,正想笑她是不是一直等他电话,却听见她说:"怎么回事,刚才你电话掉线了吗?我说的话你没听到吗?"

段伟祺心一跳,压低声音问她:"怎么了?"

"没事,我出来抽烟,正好遇到刘总。"李嘉玉笑道,语气轻松得很刻意。

段伟祺的心却拧紧了,什么意思,应该不是普通的同事间的口角:"你一个人?"

"嗯。"

"在哪里?"段伟祺拼命告诫自己要冷静。

"楼梯间。"

还真是个做坏事的好地方。

李嘉玉又接着说："我刚才说不跟你出去吃饭了，你听到了吗？我还有事呢。"

段伟祺懂了，刘茂肯定就在她身边，肯定是出什么事了。他抄起车钥匙就往外跑，大声吼道："你马上给我滚回办公室，我现在就过去收拾你。"

声音很大，他想应该足够让刘茂听到了。他马上就会出现，无论是什么事，姓刘的最好识相点，别碰他老婆一根手指头。

段伟祺提心吊胆地飞车赶到创达，李嘉玉好端端地坐在办公室里。段伟祺真是气不打一处来，这女人是真的要吓死他才甘心。一次这样，两次又这样。

段伟祺去了一趟刘茂的办公室，随意寒暄客套了两句，其实就是让他知道自己真的为了李嘉玉马上来了，在意的姿态摆得十足。刘茂客客气气的，起码表面上看起来，还是很给面子。

段伟祺光明正大地跟余进打了招呼，拉了李嘉玉早退了。

李嘉玉与段伟祺出来，一五一十地把发生的事说了。原来她之前心情不好，便拿了烟到楼道里想一个人静静，没想到刘茂在下面的楼道里悄悄打电话，听内容，电话那边应该是友兴的人。他们说孟文飞阴了他们一把，弄得他们焦头烂额，他们打算找人教训他，还要弄成意外的样子。刘茂打完电话上来，正碰上李嘉玉，她躲不了只好装作给段伟祺打电话，打算拿段伟祺镇一镇他。结果刚装上样子，段伟祺的电话就真来了。

"他们会不会是想找人装成打劫什么的把孟文飞打一顿？"李嘉玉非常生气地说，"不会更过分了吧？你看，我就说刘茂这人特别坏，他肯定不止干了一回这种事。应该找出他们的罪证，报警，让法律惩罚他们。"

段伟祺比她冷静，他问她："你跟那个孟文飞说了这事吗？"

"嗯，提醒他了。"李嘉玉皱着眉头道，"他们还打算在业界给他使绊子，绝飞扬的后路。他们说，要让孟文飞翻不了身。"

段伟祺也皱眉，这样真的太下作了。

挖了人家的技术骨干，偷了人家的知识产权，抢了人家的资金，最后还容不下人家留有一口气吗？

"那孟文飞什么反应？"

"他反应还好吧，挺冷静的。他还问我安不安全，毕竟我偷听被抓个正着。"李嘉玉叹气，忧心忡忡地问，"怎么办呢，段伟祺？还能怎么帮他呢，这样太不公平了。他人很好，也有能力，这么努力取得了现在的成绩，不该被这些下三烂的败类这么欺负。"

"别天真了。"段伟祺道,"你不可能找得到罪证。"

"但他们也是怕的。我听刘茂说的,别引火烧身。他也怕出问题被抓。"李嘉玉认真地看着段伟祺问,"你说,余总会知情吗?"

段伟祺摇摇头道:"不清楚。但余进是个很现实的人。"

李嘉玉蹙眉,细细品着这话。

段伟祺忽然道:"我认得友兴的人。"

"嗯。"李嘉玉一点不奇怪,她家段总似乎谁都认得,"我听孟文飞说,友兴那人姓萧。"

"我不知道你说的是谁,但我跟友兴的董事长熟。"

"董事长还管下面小公司的恩怨?"

"不管吧。"段伟祺划拉手机,找孟文飞的手机号,然后他给孟文飞拨了过去。

孟文飞接了。

段伟祺开门见山直接道:"孟总吗?我是富昌段伟祺。我对你的公司挺感兴趣的,找个时间聊一聊吧,我看看项目书,没什么大问题就能定。"

电话那边的孟文飞惊讶。前不久才知道有人要灭他,现在又突然跳出个人来说要救他?

李嘉玉也傻眼,她家段总这口气,买白菜吗?

段伟祺对李嘉玉的眼神不满意:"干吗,不是已经对他公司很了解了吗,你做事比别人细致多了,你确认过可以的,当然没问题。"

李嘉玉实事求是地与他道:"可是他的产品被侵权了,友兴推出一样的东西,飞扬的优势没了。我看了最近的App市场和数据,友兴砸钱抢了飞扬不少资源,在渠道上打压飞扬。飞扬的下载排行,被挤到很后边了。还有些自媒体大V开始批评飞扬App的用户体验,吹捧友兴的。这一看就是花钱打点过的。现在这项目的处境已经跟之前不一样了。"

"所以要跟他谈啊,差不多就行了。做事行不行,最重要的是人。整个行业前景是好的,有资金有人才有资源,企业前景也不会差。"

李嘉玉便高兴起来,补充道:"对,孟文飞这人做事没问题,我看好他。他们公司整体氛围都好,技术实力也是有的,市场概念新,产品理念超前,对健身和手机应用的理解都挺透的。他家App的用户黏度真的高,我也爱用。我跟他聊过目前的困境,他也是有想法的,他们公司新的技术人员到位,社区化新功能很快能上线。目前最短板的还是管理人才和钱,但钱有了,人才也就好请了。"

段伟祺看着她眉飞色舞起来,有些久违的感觉,便摸摸她脑袋。

逗小朋友呢？李嘉玉撇嘴拍掉他的手。

"我先跟他聊聊，顺道解决一下友兴跟他的事。友兴不找他麻烦，刘茂自然也就不会在这事上惦记着找你麻烦。"

说到底，一切都是为了她。

段伟祺着手处理这事。他先是择机与友兴的董事长陈文星透了风，说他对做健身App有兴趣，他正在接洽的这家老板听说从前是在友兴做事的，这么巧友兴也在做健身App了，他先来打个招呼，以后说不定有竞争有合作。

陈文星对下面新的小公司具体业务自然不清楚，但他也知道那是与创达合资的。这点小业务哪用得着段伟祺来说话，何况也跟他这样的位置说不着。陈文星是何等老江湖，听出些意思了，便找下面人问了问孟文飞这人，又问了下新公司跟这人没什么事吧。负责那公司的萧立当然说没有，只是因为CEO是从飞扬挖过来的，所以之前有些法务纠纷，但也都解决了。

陈文星便不再说话。

后来某日，段伟祺打听到陈文星与萧立约了客户在某会所吃饭，他便把孟文飞约了过去。两人与友兴那帮人坐了个斜对角，互相看得见，但听不到声音。

段伟祺对着陈文星遥遥举杯，萧立也见着了孟文飞，脸色不算好看，但也维持着体面互相笑了笑算是招呼。

段伟祺便对孟文飞道："好了，这下他们知道你跟我有关系了，除非他们真是想不开，想把我卷进来找麻烦，不然不会再对你下手了。"

孟文飞倒似不在意这个，一本正经地问："段总对飞扬有投资兴趣吗？"

"5000万吧。"段伟祺很痛快地回，"我看过你给嘉玉的项目书，也调研过。5000万给你把公司重新拉上轨道，足够维持到你进行下一轮融资。"

孟文飞道："在接触李总之前，我也向富昌的投资经理递过项目书，但他说富昌暂时不投这类项目。"

"对，投资策略方向确实不同，那位经理没说谎。但我要投什么，我自己说了算。"他顿了顿，"你不会怀疑我逗你玩吧？"

孟文飞拿出一本厚厚的项目书，推到段伟祺面前道："不是，我不怀疑段总。段总的做事风格我打听过，是个爽快人。我只是想说，能面对面向段总推荐自己项目的机会不多。所以我想抓住机会。这是我们飞扬新的项目书。李总手上那份，已经过时了。"

段伟祺愣了愣，道："我已经说了我会投。"

孟文飞淡定道："5000万我想收下，但我还想争取更多的资源。如果段总对我们飞扬的业务不了解不欣赏不认可，那今后当然不会花心力在我们身上，甚至等热情消退了，还有可能撤资。一个公司需要发展起来不只需要钱，还需要平台、合作、通路、技术、产品、市场支持，等等。就像相亲一样，两个人看对眼了，就得考虑日后如何一起过好日子，有感情基础的婚姻当然会经营得更好。段总既然愿意花时间与我见面，我还想多争取一些段总对我们公司业务运营和市场前景的赏识。"

段伟祺笑了："孟总，你胃口挺大的。"

"我们飞扬是小公司，就不装什么矜持了。"

段伟祺又笑，这语气，真像李嘉玉啊。

孟文飞认认真真地跟段伟祺谈了一次。他没有局限在一家企业和一个行业的范围，而是从整体经济、消费理念、国家政策、国内外趋势等各方面推展开来，最后归结到他的企业经营上。

段伟祺不得不承认，这个人确实如李嘉玉夸奖的那样，是个人才。但他也跟李嘉玉一样有个毛病——太理想化了，有理想，很固执，胆子还大。

段伟祺接受了他的项目书回去研究。

这晚，比段伟祺还认真看飞扬项目书的人是李嘉玉。她看得津津有味，还画重点，还要跟段伟祺讨论一番，这样行不行，那样好不好；这个执行上应该如何，那个应该找谁谁可以谈；这部分可以这样做，那部分其实改一改更好。她调研这行业挺久了，接触了不少公司，对渠道、对产品、对运营都很有想法和体会。

段伟祺忽然对她道："不如，你去试试吧。"

"什么？"

"飞扬的管理结构不行，全靠孟文飞一人，他缺一个真正懂业务、有资源、像他一样有热情的合伙人。"

李嘉玉愣了愣，问他："你认真的？"

段伟祺坐到她身边，将她耳旁的头发拨到耳后，亲亲她的脸颊道："还记得积木吗？记得你为积木努力时候的热血吗？记得那种为自己的事业拼搏获得成功的喜悦吗？"

李嘉玉看着他，内心有些许澎湃。

当然记得，怎么会忘。那种感觉还不时地在她血管里涌动，让她蠢蠢欲动。

"你是为了我放弃的。放弃已经开创好的事业，放弃了你热爱的项目，还有那些难得的志同道合的朋友。你是有遗憾的，不是吗？"段伟祺将她搂进怀里说，"重新再来一次怎么样？我们不用异地，就在一起。这公司底子不错，你不需要从零开始。我投资，就当给你的创业金。你这把刀，已经磨了很久，该实战一下看看好不好用了。"

李嘉玉看着他。

"用不着在你不喜欢的地方浪费时间，理念不合是最辛苦的。时间这么宝贵，该去做自己想去做的事，这才有意义。"段伟祺道。

李嘉玉心动了。

她对这行业很有兴趣，对孟文飞也很欣赏，她也觉得飞扬是家好公司。

李嘉玉去找了孟文飞，向他毛遂自荐。

孟文飞看她递过来的简历，非常惊讶，更多的是惊喜。"我怕是请不起你呀。"孟文飞很坦白地说。

李嘉玉便笑道："孟总拿多少薪水，我就拿多少。"

孟文飞也笑道："那你太吃亏了。"

"那我们一起努力，把大家的薪酬都提高些。"

孟文飞认真想了想，伸出手来，与李嘉玉一握。

李嘉玉的离职在创达掀起了不小的波澜。她是创达第一位升到业务部门总监位置的女性，也是老板余进摆在明面上最欣赏的员工之一。但这个女人从进公司开始就风波不断，最后一次闹出动静，是被刘副总抢了项目。

李总与刘总的不和不是什么秘密，大家都很佩服李嘉玉，在这样的压力下她还能在公司混得开，一次一次拿出好成绩。

刘茂与李嘉玉近期关系非常紧张，他不敢对她怎么样，还得处处小心，警惕着她对他怎么样。听说李嘉玉辞职，刘茂的喜悦难以言表，得意直接挂在了脸上。

而余进在刘茂与李嘉玉的不和关系里算是左右逢源，维持着竞争又协调着平衡，整个投资部其实他都看在眼里。只是这一次，大家都说，老板终于翻船了。

余进也没想到李嘉玉会辞职，他找了李嘉玉谈话，挽留她，只是李嘉玉去意已决。

"如果你是在意项目被抢的事……"余进斟酌着话怎么说，"嘉玉，你还年轻，以后经历的项目多了，你会明白其中的取舍。创达有很好的资源，这不是一个项目的问题，是长远发展的问题。你在创达，会有很好的前景，这个是我可以向你承诺的。"

"我明白，谢谢余总的照顾。"李嘉玉很诚恳地说，"我在创达这些年，也多得余总的栽培和指点，我跟着余总，真的学到了不少东西。这是真心话。但也正是考虑到了长远发展，我觉得，我需要一个更适合我的平台。"

"是富昌吗？"余进想不到有什么地方给她的条件能比创达更好。李嘉玉非常优秀，损失这员大将，他很遗憾。

"是飞扬。"

余进一愣。

李嘉玉笑了笑，说："就是那个被创达抛弃的飞扬。那是一家很好的公司，我很看好它的前景。那里有跟我一样怀揣理想的创业人，我想跟他们一起奋斗看看。

"日后要跟创达竞争，我一定全力以赴。"

李嘉玉留下这句话，走了。

这个结果，很快传遍公司。人人都知道，刘茂把李嘉玉的项目截和了，李嘉玉反手一刀，宣战了。

"挺牛的啊。"江恩和投资部的同事给李嘉玉办了送行宴，这么说她，"跳槽到个小不拉叽的公司，跟我们创达叫板呢。"

李嘉玉哈哈大笑道："怕不怕？"

一同事笑道："我看到刘总听说你是去飞扬，那脸色可精彩了。"

"这就是教训了。别做亏心事，不然总有一天，会被教训的。"李嘉玉道。

"你还挺有信心能教训创达和友兴？"

"那当然了。我是李嘉玉。"

江恩信她。

余进也相信。

有能力，聪明，还很拼，加上她背后有段伟祺，李嘉玉敢用飞扬这小破公司来叫板，她真的不是吹牛。

余进忽然觉得自己被打脸了。选友兴，选错了吗？

李嘉玉很快便在飞扬科技走马上任。

因为前期对行业的研究以及对飞扬的了解非常透彻，她几乎不需要适应期便进入了角色。她与孟文飞的分工非常明确，孟文飞负责技术和运营，李嘉玉负责品牌与市场。两个人在经营理念上非常契合，能力上又正好互补，又都是对这份事业热爱且热情饱满的人。这使得遭受了重创，在困境中奋力挣扎的飞扬，犹如被注入了一针强心剂，瞬间迸发了强悍的战斗力。

李嘉玉上任几把火。

首先，她与段伟祺仔细沟通了业务需求，经过通盘考虑，投资追加到6000万。李嘉玉成为飞扬科技大股东、合伙人兼首席运营官。资金的问题解决了，她与孟文飞迅速调整了公司的组织架构，扩展部门结构和人员编制，为业务的发展做好人才培养与储备。

紧接着，业务上，飞扬与友兴展开了正面竞争。

友兴做了大量的工作，烧钱铺路，在口碑和运营上全面向飞扬施压。各应用市场的下载排行、测评推荐、自媒体的宣传等，友兴全都拔得头筹。友兴还在App里做了登录打卡发红包的活动，只要每天使用App计步或是完成任何一组运动打卡，便给用户发金额不等的现金红包，还可以提现。这使得友兴App的用户数和用户在线时间猛增。

但飞扬的优势也很明显。飞扬经过几年的运营，已经有了大批的忠实用户，社区化运营比友兴更好。当然因为友兴的猛力营销，飞扬的用户流失以及与友兴的用户之间有重叠，那是肯定的。但李嘉玉与孟文飞做了用户分析之后，觉得眼下这个情况危机还不是很大，红包吸引只是一时，但时间久了肯定不行，两种产品过于相似，这意味着飞扬的用户在友兴的使用体验也不会太差，时间久了，倒培养出新的使用习惯了。

必须有相对应的竞争活动。

孟文飞紧锣密鼓地开发新功能，李嘉玉带着市场部推出活动：定制个性化免费健身课程，为自己的身材和健康定个小目标，在线打卡21天，赢取万元大奖。

在App上输入自己身体的各项数据以及想要锻炼的位置和想达成的效果，App自动推荐课程，也可自行选课。按照定下的目标，社区伙伴们互相督促、共同努力，坚持21天，每天打卡，最后评选出十名万元大奖获得者和百名千元鼓励金获得者。

这个活动激发了许多用户的健身热情。与每日随机发个几毛几块的小钱比，万元千元当然更抢眼些，而且21天的课程坚持下来，就算没赢大奖，自己的锻炼效果也绝对比三天打鱼两天晒网强。而且这活动跟线上社区捆绑，许多用户为了能坚持，组队打卡，互相鼓励。

飞扬还安排了专业健身教练在线上每日定时答疑指导，用户参与的积极性高涨。

飞扬的公司标识和App图标都是一个字母"F"。李嘉玉制定了品牌定位：Free（自由的），Flag（旗帜），Fine（美好的）。

三个F，蕴含多种含义——自由的，免费的，有目标的，励志的，健康的，好的。

飞扬在网上投放了广告，三个单词配合动感十足的健身画面，几秒钟就让人印象深刻。

友兴的App签约了明星代言,做了几场落地活动,联合了几个运动大品牌联动,大规模投放广告,拉动了一波粉丝效应,高大上的品牌形象也树立了起来。

孟文飞与李嘉玉都明白,友兴的这公司是要在短时间内炒出热度,抢占业界老大位置,创立品牌效应后快速进行下一轮融资。短期效应是他们看重的,融资赚快钱才是他们的重要目标。产品更新升级和用户维护,他们做得并不如飞扬。飞扬不能被他们牵着鼻子走。

李嘉玉主张:"我们不签明星,我们签素人,捧出明星。"

李嘉玉与孟文飞带着产品部、市场部一起讨论,策划了一档与飞扬健身App联动的健身真人秀节目《坚持就是胜利》。

节目的主角全是素人——健身教练和报名参与健身的普通人。三名教练要自行从报名的群众里挑出他们觉得合适的五个素人,组成自己的小组,然后分别对他们指导授课,设置60天的比拼时间,看哪一组的效果更好。

节目考核评选每组健身的专业性、全面性和健身效果。所以教练们挑选组员时不能光挑年轻力壮来减肥的,还得兼顾全面性这一要求。他们得制定计划,除了减重,还要挑选不同年龄的有不同需求的组员:纠正体态、塑形、改善劳损、术后产后康复,等等。

因为组员年龄不同,职业不同,家庭背景和环境不一样,需求和锻炼强度也不一样,这样组成的团队,需要磨合。而胜利是以团队效果来评定的。所以组员们不但得自己练好,还得帮助和鼓励其他人一起练好。坚持60天,是一个巨大考验。

从教练选择组员开始,残酷的竞争就已经开始。是否选对了人?选择的组员是否有毅力能坚持?他们能团结吗?对教练信任、满意吗?团结是力量,坚持才有胜利。

这个节目,集健身知识、人性考验和励志热血于一体。所有参与者都需在飞扬App注册,并且在飞扬社区里进行互动。

李嘉玉先将节目策划案进行了版权登记,然后拿到平台方洽谈。几家网站和娱乐公司都挺有合作兴趣。她也把方案投给了Blue,蓝耀阳自己很感兴趣,让节目策划部开会讨论,大家一致觉得形式很新颖,值得做,但建议加入明星元素。

李嘉玉坚持了他们的品牌战略,不要明星。

Blue的节目策划部便觉得投资价值大打折扣,反馈回来的合作条件压低了许多。李嘉玉也不在意,她排除了坚定要求加入明星和其他元素的合作方,在保留了他们的方案核心的基础上,与一家网络平台签订了节目合约。而营销合作，她还是交给了蓝耀阳。

节目从筹备到拍摄到后期是一个漫长的过程。李嘉玉不着急，每件事都扎扎实实地做细致，进行了节目宣传和参与报名的营销推广后，她配合着宣传势头，开始推出第三波营销卖点——客服。

李嘉玉当初在做咨询和母婴项目时，积累了许多经验，其中客服系统和产品后期服务体系是她一手领着客服部建起来的。现在，她将经验放到了飞扬。

孟文飞与她配合得很好。她提出来的系统要求，孟文飞这边的技术支持都及时跟上，开发出了配套的在线系统。飞扬在业界开创了"服务第一"的口号，开发了VIP客户服务的产品。

所有的客服人员都经过健身、营养相关的系统培训。客服不但能解决用户在App使用上的问题，还能解答一般常见的健身问题。如果有更高的指导要求，还可以选择付费的VIP客服产品，有健身教练、营养师和在线客服共同提供健身指导。针对你的健身需求，应该怎么练，怎么吃，健身工具怎么用，都有专门指导，客服还会在线督促你今天的锻炼和饮食，传授各种健身知识。

不是有自媒体黑飞扬的用户体验不好？飞扬用服务质量直接给予了正面回击。

另外，李嘉玉也利用自媒体和用户在社交平台上的宣传，打造了飞扬的企业形象——我们不但对用户服务好，我们对员工也好。薪资水平高，工作环境好，公司上下全员健身真不是开玩笑。码农爱举铁，你见过没？

一个新潮、欢乐的健身应用科技公司，一个有励志情怀、有服务用户信念的健身App。飞扬的品牌形象与口碑慢慢在市场中扩散开来。

来到飞扬，李嘉玉终于找到了用武之地，她忙碌，但是开心。她辛苦、绞尽脑汁，但是有成就感。

李嘉玉、段伟祺与孟文飞成了很好的朋友。在孟文飞看来，段伟祺这位百亿富翁就是个作精，他其实根本不担心李嘉玉变心，但偏偏要表现一下在意和吃醋，又尴尬又无聊还有点幼稚。大概只有李嘉玉能受得了他吧。

孟文飞亮出了他亲爱的女友，她叫方靖，一个立志要成为厨神的姑娘。方靖和孟文飞请李嘉玉、段伟祺吃了顿饭。方靖亲自下厨，为他们做了情侣大餐，其中一道"刻骨铭心"专门送给他们，这让段伟祺很高兴。

李嘉玉也很高兴，这段日子是她这几年最开心最充实的时光，关于要孩子的问题虽有遗憾，但她也接受了。生活就这么一直过下去，她觉得满意。她要与孟文飞一起努力，把飞扬打造成国内一流大企业，开发出更多的好产品，日后也能投资帮助更多的好企业。等到她家段总70岁的时候，这世界大概已经是另一个模样，但他们肯定不会落伍，还会享受美好时光，会开车展，会为自己这一生的努力和成就而自豪。

如果不出意外的话,应该就这样了。

李嘉玉看着日历,安排着自己的时间。离他们的婚礼日期越来越近,她需要把时间排出来。同样忙得脚不沾地的段伟祺要去美国出差,李嘉玉没怎么在意,反正他经常飞到这里飞到那里,出差真的是常态了。但这次他走之前有些黏人,周末的时候抱着她在床上不肯放,后来她不得不拍拍他劝道:"悠着点用,对你的老腰好点,毕竟不年轻了。"

段伟祺愤愤地咬她,为了证明自己的老腰很好使,又来了一次。

然后他出差去了。过了两天,李嘉玉突然接到了他的电话,他有些支吾,然后又只说想她了。

李嘉玉看了看,现在是那边的上午,这种时候他没有行程安排吗?李嘉玉陪他聊了几句,忽听到旁边有位女士用英文叫着某人名字,又说医生如何如何说。声音很快过去了,但李嘉玉感觉不对,便问段伟祺:"你在哪里?"

段伟祺似乎没注意到旁边的杂音,只说在美国分公司的办公室,又说一会儿开会,然后要出去谈事,一天都很忙,可能明天才有空联络了。

李嘉玉那种不好的预感更强烈了,你忙就忙,为什么要强调不好联络了?

"你身体没事吧?"她有些心慌地问。

段伟祺愣了愣,很快笑道:"没事啊!你怎么这么问?"

李嘉玉对他太熟,熟得像是自己的一呼一吸,便察觉他这话里透着的心虚:"你没什么事瞒着我吧?"

"当然没有。"段伟祺答得很快,但马上又说,"我回去跟你说啊,现在得挂电话了,一屋子人等我呢。"

段伟祺挂了电话,李嘉玉却越来越心慌。联想起他近期的种种反常,她紧张得手心冒汗,他不会得了什么病吧,需要瞒着她的,肯定是特别艰难的情况。李嘉玉认真想,段伟祺确实有过背着她偷偷打电话的情况,最近吃饭也没什么胃口似的,很黏人,像是要诀别……

李嘉玉没法阻止自己的想象,越想越觉得情况很糟糕,难道是什么癌症之类的?他需要在美国偷偷确诊吗?

李嘉玉坐不住了,很想马上打电话给段伟祺求证,又不知道他在那边医院是什么状况,她冒冒失失给他压力,会让他更难受。

李嘉玉左思右想,拨给了蓝耀阳。

蓝耀阳很快接了,笑嘻嘻地调侃:"怎么了,李总?"

李嘉玉很严肃地道:"伟祺刚才在医院给我打电话了。"

"哦。"蓝耀阳的语气立马正经起来,而且一点不意外。

李嘉玉在沙发上坐好,这才稳住情绪,她努力佯装镇定道:"他都告诉我了。"

"这样啊。"蓝耀阳拖着声音说,"他手术结束了吗?"

李嘉玉一阵眩晕,居然严重到要手术了?她定了定神,道:"没有呢,刚准备开始。我很担心啊。"

"不用担心,真的就是小手术。"

"任何手术都是有风险的。"

"那倒是,所以他才说等手术结束了再告诉你,这样知道结果了才好跟你说。他提前说,肯定也是压力太大了,他很需要你的支持。你也别怪他。"

"他不说我才会怪他呀。"

"唉,这种事,是男人都难以启齿的。而且这么多年了,复通的成功率很低很低的。但他也愿意去试一下,对你真是没说的。"

复通?李嘉玉怀疑自己听错了,是她以为的那个复通吗?

"这种事怎么可能不怪他!他当年也是在美国做的?"

"哎呀。"蓝耀阳觉得挺尴尬,真是命苦,怎么还得做帮着兄弟安抚老婆这种事呢,"他那时候太年轻了。他的个性你也知道,说风就是雨,那时候年少轻狂,跩得不行。他一直说不结婚不要孩子嘛,段叔邱姨越骂他,他越来劲。那时候他在美国有帮朋友,其中有丁克夫妻,他跟他们玩得好,觉得无拘无束的生活特别好。然后有人指责他们说,男人说丁克都是假的,什么不结婚,什么不要孩子,以后就反悔了,很多这样的。伟祺就很生气,觉得被污蔑了,他跟那个叫Herman的朋友,还有另外一个朋友,就一起去做了结扎。"

李嘉玉觉得手机都要拿不住了。

"那时候他真的是下定决心的。他也不恋爱,整日玩车赛马,有那种想法也很正常。真的,你不要怪他。"

"我不怪他。"李嘉玉觉得再不挂电话就要忍不住骂人了。

她跟蓝耀阳道了谢,把电话挂了。然后她怒气冲冲,抡起抱枕一通打。

段伟祺,你可以的,这种事也敢瞒着!扎也好,通也好,有跟老娘商量过吗!你任性到了天上了是吧!你爱结扎就结扎,还搞什么团购!还拿冲动消费当借口!

段伟祺,你死定了!

段伟祺对发生的事一无所知。

他回国的时候,李嘉玉出差去了,两个人没能碰上面。段伟祺毫无危机意识,他还被自己感动着,盘算着找个好时机,安排一顿浪漫的烛光大餐,向李嘉玉宣布他同意要孩子。

　　复通手术确实是个小手术，但男性复通成功率很低，何况像段伟祺这种时隔多年的，简直就像撞大运。段伟祺很幸运，手术还成功了，虽然修复了，但生育能力受损是肯定的，还能不能生，就跟买彩票等中奖似的。他想着，他已经拼成这样了，老天爷应该会照顾吧。

　　如果实在不行，李嘉玉又真的很想要孩子，那他们最后还可以做试管。

　　只是段伟祺了解了试管的流程，心里还是排斥的。这毕竟对女方的身体有伤害，过程太折腾也痛苦，他并不愿意李嘉玉去受这个罪。最好还是能自然怀上，他好好恢复，养养身体，勤做检查多进补，应该会有机会的。

　　又或者，要不上，那最糟就是跟现在一样，他们两人丁克，反正李嘉玉已经接受了。

　　段伟祺在这事上又有犹豫。既然接受了，那他重新给了她希望，最后要不了，岂不是让她痛苦？所以究竟该不该说，要不要等她有孕了再表示能接受？

　　可是她上次已经提醒他要做措施，如果他一直不做，她又会生疑，到时候一样要解释。

　　算了算了，段伟祺最后决定还是老实交代。至于最后怎么样，他们两人共同承担。最后李嘉玉选择什么，他都配合。

　　这样真是太有诚意了，他真是绝世好老公。

　　李嘉玉终于出差回来，段伟祺装作若无其事，她也一如平常。出差回来特别忙碌，两个人都不例外，几天后终于有了时间，那天段伟祺提前在会所订了位置，约上李嘉玉，说有喜讯跟她宣布，一起吃大餐。李嘉玉答应了。

　　段伟祺很高兴，换了身时髦的休闲装，打扮了一番，很期待一会儿能看到李嘉玉感动地抱着他笑。

　　李嘉玉临下班前有个会，耽误了一会儿时间。段伟祺便在会所等着她。

　　李嘉玉来的时候，一身干练的职业装束，脸上妆容精致，明艳的色调凸显了她的五官，正红的唇色让她很有气势。

　　段伟祺便笑道："你开会都这气场，所以效率特别高吗？"

　　李嘉玉也笑道："特意补了妆给你看的。"

　　段伟祺哼道："不要总想着强调你的美貌，老夫老妻早看厌了。"

　　"哦。"李嘉玉淡淡地应道。

　　"我开玩笑的。"段伟祺马上改口。

　　"好笑死了。"李嘉玉也哼道。

　　"不是我吹，我老婆很漂亮的。不化妆更好看。"

　　李嘉玉看菜单。

段伟祺道:"你该接句话。"

"刚才不是说了吗,好笑死了。"

段伟祺寻思着,老婆的心情好像不太好啊。

"公事上有什么问题吗?"他问。

"没事啊,都挺顺利的。现在大家干劲十足,非常好。"

"那就好。"段伟祺不再说什么,只催服务员快上菜。

李嘉玉也不主动找话题,段伟祺与她聊了些业界八卦,很快菜上来了。李嘉玉安静地吃饭,段伟祺也不言语,他有些紧张了,想着什么时候切入正题,入正题后怎么说,李嘉玉会是什么反应。他在脑子里演练了一遍,心里泛起小激动。

李嘉玉这时候问他:"不是说有喜讯宣布,签下什么超级好的项目了?"

"不是。"段伟祺清了清嗓子,觉得时机来了,他坐直了,认真道,"嘉玉,我觉得,既然你这么喜欢孩子,我们就生一个吧?"

李嘉玉抬眼看着他,问:"怎么改主意了?"

"我就是觉得,你很喜欢孩子嘛,看你这么难过,我心里也不好受。所以,我们试试看吧。"

李嘉玉道:"我什么时候难过了?"

段伟祺愣了愣,这反应不对啊。

"孩子的事,我们不是都说好了吗?你要丁克,我同意了。"

段伟祺有些支吾道:"我怕你,以后后悔。"

"确实是。我并不确定我以后会不会后悔。"

"对,所以我改主意了。"段伟祺忙道。

"那你以后后悔怎么办?"李嘉玉问他。

"不会的。"

"怎么不会呢,我以后有可能后悔,你以后当然也有可能。孩子生不出来,跟孩子生出来塞不回去一样,都是不可逆的。如果你不喜欢孩子,生下来对他不好,那我干吗生?"

"我不会的。我考虑清楚了才做的这个决定。"

"你怎么考虑的?又怎么知道考虑清楚了?"

李嘉玉一个问题接一个问题,段伟祺接得有些手忙脚乱:"我真的考虑清楚了,所以,我去做了一个小手术。"

李嘉玉不说话了,等着他继续说。

段伟祺被她盯得有些心虚,原本设想的场面都没有出现,他乱了阵脚,只得硬着头皮交代道:"我那什么,我大学那会儿,不是创办了'恐怖故事'

吗，然后我出国，那会儿玩得特别疯，投资了赛车俱乐部，又弄了赛马队，还经常出海……"他看到李嘉玉皱起了眉头，立即加快了陈述的进度，"总之就是，我那时候真的是下定了决心，这一生不会结婚，当然也不要孩子。那时候身边一起玩的，有丁克的夫妻，他们过得很幸福，我更坚定了这样的想法。"

李嘉玉插嘴道："人家是丁克夫妻，你是不婚主义顺便不育，人家过得幸福，你是怎么坚定不婚想法顺便不育的？"

"啊？"段伟祺愣了愣。

李嘉玉继续道："羡慕别人夫妻生活幸福，不是应该愿意结婚然后丁克？你为什么还是不婚主义？"

段伟祺继续愣。等一下，审案吗？还要挑他话里头的逻辑问题？想法这东西，哪有什么逻辑？人家丁克夫妻过得好，跟他还是不想结婚没冲突啊。他哪想得这么多，还要自行推理一下自己的想法逻辑缜密不缜密？他那时候就是打定主意不想结婚不要孩子，就是这么简单。

李嘉玉看着他，段伟祺也看着她。

他小心翼翼地问："你生气了吗？"

李嘉玉板着脸道："你继续说。"

"那都是过去的事了，我现在想法不一样了。我那时候不知道会遇到你嘛。"

"那肯定的，你又不是神仙。"

"唉。"段伟祺头疼，怎么老婆大人的反应完全不在他的预测范围内，"你怎么突然这么杠精呢？"

"怎么是突然，你认识我的时候就说我是杠精，这都多少年了，不是早该适应了？"

段伟祺张了张嘴，无法反驳。

"接着说呀。"李嘉玉催他道。

段伟祺已经没心情了："说到哪里了？"

"说到我是杠精。"

唉，为人夫真是不容易。段伟祺打起精神，继续努力解释："反正就是，大家一起哄，觉得立志不要孩子必须丁克的男人，别光嘴上说说，有本事就真的用行动表示。所以我和几个朋友，就一起去做了结扎。"

段伟祺说到后头声音小了，他看了李嘉玉一眼，飞快补充道："我前一段去美国，就是去做复通手术了。之前还去过一次，那次只来得及咨询，没安排上，所以又去了一次。你问我怎么确定想清楚了，这就是证明。我下定了决心，所以才去做的。"

李嘉玉不说话。

段伟祺等了等，忍不住问她："你不高兴吗？虽然复通后也不能保证能要上，但我们可以试试。医生开了些药，我自己也多保养保养，还是有机会的。"他没提试管，他不希望用到这个选项。

"段伟祺，我们结婚几年了？"

这问题明显意有所指，段伟祺警觉。

"我们结婚的时候都冲动了，所以我也就不说什么了，翻旧账没意思。但我们结婚这么多年，你有无数的机会跟我说，你结扎了，你不要孩子，可你为什么一次都没提过？"

段伟祺很想说，你说翻旧账没意思，但你提结婚这么多年就是在翻旧账。可他理亏，他没胆挑刺。

他看了李嘉玉一眼，她正盯着他，等他回话。段伟祺没办法，只得支吾道："这个，太没面子了。而且不要孩子就是不要孩子，有没有结扎都是一样的。"

"意愿上不要孩子和没有生育能力，当然是不一样的。"

他又看了眼李嘉玉，试图窥破她的心思，但他看不透，不明白她到底在想什么："不是，嘉玉，现在重点难道不是我同意要小孩了吗？我已经同意了啊。从前的事，过去就过去了。谁年轻的时候没冲动过呢？人生这么长，随时有意外，那时候的我确实没想到以后会遇到一个自己很喜欢的姑娘，而那个姑娘与我不一样，她想结婚想要小孩，但我想要她，所以总要有人做出让步。现在我让步了啊！"

段伟祺越说越大声，觉得很委屈："我都已经牺牲成这样了，你还有什么不满意呢？你想要什么，我都尽力去满足你，你还要怎么样呢！"

"段伟祺！"李嘉玉彻底被惹怒了，她站起来，居高临下地瞪着他说，"牺牲？你还真是伟大。但你别忘了，当我愿意跟你交往，做你女朋友的时候，我是接受了你的不婚，愿意跟你只保留恋爱关系，不看将来，没有将来。是你自己作，你失联，对我冷暴力，我才要跟你分手的。第二次，我明知道你不婚，你作，但我还是愿意跟你在一起，不看将来，没有将来。"

段伟祺看着她，一时被镇住了。

"我们结婚了，你没有明确跟我提过要不要孩子的事。可既然不婚原则已经被打破，那是不是不育也并非不可更改，我有这样的想法，正常吧？是我错了，我觉得还年轻不着急，以后感情深了慢慢沟通，所以没有第一时间跟你谈判。后来你坚定地说不要孩子，我挣扎又挣扎，也接受了。我那么痛苦，也接受了。"李嘉玉瞪着他，眼里泛起泪光，清清楚楚地道，"我没有想过我是牺牲。"

段伟祺张了张嘴,想说说话用到什么词,哪有这么考究。"牺牲"这词也只是随口说出来的,拿来批斗就不合适了吧。

"段伟祺,每一次,当我妥协了,愿意配合你的想法,接受那样的生活状态的时候,你总要再给我狠狠一击。"李嘉玉的泪水终于夺眶而出,她用力抹掉,像要抹掉自己的脆弱。

知道实情以来,她想了很多,她以为自己早就想透了,可以冷静处理,好好谴责他一番。但没想到事到临头,还是会激动。他同意要宝宝的喜悦,真的无法冲淡她受欺骗的伤害。他自认委屈的姿态更是让她愤怒。

夫妻之间,比谁付出更多,真的太幼稚了。

幼稚得,让人心碎。

"段伟祺,你怎么能这么对我。"

"我怎么对你了?"段伟祺也站起来,无法理解为什么事情会变成这个走向,"你妥协,我难道不是吗?你每次妥协的时候,难道不是我也挣扎的时候?我为你打破我长久以来的原则,这不是事实吗?你愿意跟我没将来只是恋爱,我给你将来。你愿意不生孩子,我同意给你孩子。不是吗?我什么都依你了,你还发脾气?你简直无理取闹。"

无理取闹?!

李嘉玉什么都不想说了。在泪水无法控制地涌出来之前,她拎起她的包包,夺门而出。

段伟祺没追上去,他气呼呼地坐下,在会所待了一会儿,余怒难消。开车回了家,没看到李嘉玉,他便更生气,在卧室里指着床道:"又不回家是吧,真是惯得你。这次我绝对不会先低头了,你等着。"

当然没人回他话。段伟祺又等半天,等到深夜,李嘉玉一个消息和电话都没有。段伟祺翻她的朋友圈,她没发任何东西。

不理她,睡觉!

段伟祺气呼呼地关灯上床。黑暗里没有一点声音,安静得让人心惊。他忽又担心起来,怕李嘉玉出了什么意外。他躺在床上胡思乱想,忍不住开灯拿手机,再刷一次朋友圈,如果她还是没动静,就让蓝耀阳随便找个什么理由打电话给她。

段伟祺这么想着,点进朋友圈。

李嘉玉还真发了一条:

"没吃饱。必须来点夜宵。"配图是一碗方便面。

段伟祺把手机一丢,灯一关,继续睡。

段伟祺等李嘉玉来跟自己道歉等了三天。每一天他都抱着这个女人撑不久、自己必须坚持下去的想法,每一天都失望,然后重新鼓励自己一番。到了第三天,他觉得真的太难忍,于是把卓恺和蓝耀阳叫出来了。

三个人去喝酒。

"你们说,是不是莫名其妙!"段伟祺拍着桌子大叫,"老子这次真不惯着她!老子就是牺牲大了,哪里说错了?她干吗钻牛尖角、抠字眼!"

卓恺劝他道:"你也确实是骗了人家好几年。"

"可我不是顺着她了吗?不是去做手术努力满足她的愿望吗?"

蓝耀阳道:"嘉玉脾气这么硬,你这种施恩的语气,她当然会生气了。"但他总觉得哪里怪怪的,不管了,先喝口酒压压惊。

"不是,正常人,我是说很想要一个孩子的女人,突然听到老公说同意生孩子,不是应该不可置信、高兴、欢呼吗?"

突然?

正喝酒的蓝耀阳"噗"地一下把酒喷了出来。

他懂了。

"你干吗?"段伟祺瞪他。

"没事没事。"蓝耀阳赶紧擦擦嘴,不能承认自己蠢,老早被人套话了。

段伟祺也顾不得理他,又拍桌子说:"她怎么就跟别人不一样呢?"

卓恺道:"她要跟别人一样,早就受不了你了,还能等到现在?"

蓝耀阳补充道:"她要是跟别人一样,你早就受不了她了,还能等到现在?"

段伟祺张了张嘴,把话咽回去,又道:"反正这次我不会先低头了。哼,等不了几天,她就得回来跟我服软道歉。"

蓝耀阳心虚不说话,不敢承认从他被套出真相后到现在,其实已经有一段时间了,足够冷静了吧,但李嘉玉还能跟他吵起来。女人的心真的好难琢磨啊。

卓恺问:"那现在已经过了几天?"

段伟祺一噎,不说话了,自己给自己倒酒。

卓恺又问:"如果她就是不跟你道歉呢?"

段伟祺把酒杯用力一放,道:"你怎么这么乌鸦嘴呢,你学学二蓝。"

蓝耀阳更心虚了:"要不,你还是先道歉吧。"

段伟祺一扭头,对卓恺道:"算了,你别学他。"

李嘉玉这头,也在跟方勤通电话。方勤听了经过,也是叹气道:"亲人啊,男人听不懂的。我家李铁这样的,十次吵架有八次他不知道发生了什么事。"

李嘉玉抿紧嘴,其实已经不那么气了,但段伟祺一直不找她,连个留言都没有,她也委屈:"他说话太伤人了。"

"你又不是第一天认识他。"方勤吐槽她。

"可我也不知道他到底在想什么。"

方勤沉默了。

"我以为我懂他的,其实并不懂。"李嘉玉很难过。

"好吧,我帮你分析下。就是他瞒了你这么多年,你很受伤害,对吧?"

"嗯。"李嘉玉应着。

"然后他说到这事的时候,轻描淡写,还觉得自己有功,态度伤了你,是吧?"

"嗯。"

"但是他瞒着你的这件事,是过去的事情了,没错吧。"

"嗯。"

"过去的事,总不能揪着不放,你还爱他,还是要跟他过下去的。所以最重要的是看将来,是不是?重要的是,将来他不再这样了,对吧?"

李嘉玉犹豫了一下,答道:"对。"

"那就别生气了,跟他讲清楚,以后再这样弄死他。好了,搞定。"

李嘉玉无语。

"对,我就是站着说话不腰疼。给你参考一下。"方勤道。

李嘉玉想了又想,应了句:"哦。"

"当然,死罪可免,活罪难逃。"方勤又道,"但首先你得把他先抓牢了,再收拾他,对吧?"

李嘉玉叹口气道:"他是真心愿意要孩子吗?我不敢相信。他总是很任性,随意就去做事。说结扎就扎了,说复通就通了,到底不要孩子有多坚定,要孩子又有多坚定呢?他什么都不说,想一出是一出。我真的担心呀,我好怕有了希望,最后还不如没希望。"

"这个我真的帮不了你。最懂他的人是你,继续跟他一起生活的人也是你,只有你的判断才是真的。你好好考虑一下,找个机会谈谈吧。"

"嗯。"

段伟祺这边,酒已经喝到第三瓶。他开始敲瓶子放狠话:"真的,这次我就等她找我。"

卓恺和蓝耀阳玩骰子,没理他。

段伟祺自己无聊了,拿出手机刷啊刷。

卓恺凉凉地道:"不是说不找她吗?"

"没找。"段伟祺语气硬邦邦地回道。

"所以你在干吗?"

"看朋友圈不行吗?"段伟祺凶巴巴地说。

两个人继续不理他。

段伟祺从朋友圈退出来,李嘉玉什么都没发,真是不开心。他想了想去翻行事历App,查了查李嘉玉的行程安排。前面几项都点了完成,那就是说她挺好的,都在工作。

心塞。在她心里是不是工作比他重要?

行事历上写着明晚有一个投资圈的酒会,段伟祺知道她最近在跑融资的事,他想了想,给公司的业务负责人发消息,问明天某某酒会,公司有没有人去。

卓恺和蓝耀阳停下手里的骰子,看着他。

段伟祺按着手机一通聊之后,抬眼看着他们说:"怎么了,谈公事,不行啊?"还把手机亮出来,"跟公司同事谈事呢。"

蓝耀阳撇嘴道:"臭不要脸。"

卓恺冷笑道:"死鸭子嘴硬。"

段伟祺一人瞪一眼:"滚蛋。"

第二天晚上,段伟祺在李嘉玉的朋友圈看到酒会的消息,她真的在。他从另一个会议下来便赶了过去,下车之前在后视镜看了看自己的模样,可以,帅。

段伟祺没有邀请函,下了车便打电话让公司与会的同事拿函出来接他。刚挂电话,忽听得有个女声喊:"段哥。"

段伟祺停步转头,看到来人后皱起眉头问:"你怎么在这里?"

姜雨讨好地对段伟祺笑了笑,说:"段哥,你带我进去吧。"

"干吗?你要从商了?"

姜雨是他父母好友的女儿,喜欢唱歌,想进演艺圈,常在网上唱歌,准备发单曲,人气一般般。前些日子两家一起吃饭,他正好顺路就把她接到酒店,结果他的绯闻体质又发作了,当晚就被爆他与网红小歌手在酒店同出同进,还说他亲自开豪车接送,献尽殷勤。

报道出来,姜家有些尴尬。姜雨父母向段延富夫妇道歉,姜雨也向段伟祺和李嘉玉道歉。李嘉玉倒不在意，只说这种事女方比较吃亏。段伟祺在一旁听得猛翻白眼。现在姜雨又冒出来，段伟祺又要翻白眼了。

"宋晨在里头。我发了微信，他都没理。"姜雨小小声道。宋晨是她高中学长，也是她喜欢的男生。对方也喜欢她，但拒绝了她，理由是家世配不上。姜雨不死心，希望能有见面机会。

"在这种场合偶遇的话，他不好意思扭头就走的。我们可以多说几句话。"

段伟祺听了就皱眉道："搞什么偶遇，幼不幼稚。"

姜雨撇嘴道："我看朋友圈了，嫂子也在里面。"她就是看李嘉玉在，所以才赶过来的，没想到在门口就遇到了段伟祺，"你要不肯带我，我就找嫂子。"

说话间富昌的人拿着邀请函出来了，段伟祺便挥挥手道："跟上。"

姜雨大喜，跟着段伟祺一起进去了。

进场的时候，正遇上主办人拿着话筒在台上致辞，他一眼看到了段伟祺，忙摆手向大门处，道："今晚富昌的段总也来了，欢迎。"

全场同时转身望向段伟祺，段伟祺淡定地对大家点头道："谢谢，来晚了，不好意思。"

姜雨就是想悄悄进来找情郎，没想到一进门就遇上这阵仗，她吓了一跳，但也笑着，维持住形象。

台上的人继续说话，一部分人转过头去，另一部分人还在看段伟祺和姜雨。段伟祺给姜雨使了个眼色，姜雨赶紧往旁边撤退，躲进角落里用目光寻找宋晨。

段伟祺和他公司的同事走进人群里，与同行友人们轻声打招呼，一同看台上。

李嘉玉在人群的另一边，她也看到了段伟祺和姜雨。待台上的人继续讲话，她把头转了回去。过了一会儿，她再转头过来寻找段伟祺的身影时，正对上他的目光。

两个人遥遥一望，而后各自转头。

台上的讲话结束了，人群散开，段伟祺很快被人包围。他从人群中看出去，看到李嘉玉正看他，他咧嘴还没来得及对她笑，她便转开头走开了。

段伟祺与人一顿寒暄，又聊了些事，待转头回来，不见了李嘉玉。倒是姜雨鬼鬼祟祟地过来与他道："段哥，我走了，谢谢你啊。我没看见嫂子，你帮我打声招呼。"她说完，转头要朝门口奔，段伟祺隐隐看到门口有位年轻男士在等她，他怕小姑娘犯傻出事，便叫住她，嘱咐了几句。

姜雨走了后，段伟祺继续找李嘉玉，竟还找不到。他便烦躁起来，给她发微信，问她在哪儿。

她没答，反而问他："你来干吗？"

段伟祺在"想见你"和"公事"之间犹豫了一秒，回复："不能来？"

李嘉玉正从洗手间走回酒会会场，见了他的回复真是要叹气，这人，就不能好好说话？她离会场还有几步之遥，一边用手机按下"随便你"，一边正要迈进去，却听到有人叫她："李嘉玉。"

李嘉玉转头，看见刘茂。他正与另一人在门口不知说些什么，看着她的眼神里尽是嘲讽。

李嘉玉不想理他，继续走。会场里的江恩看到她这边的情形，忙迈步过来。

"江恩也在呢。"刘茂拿腔拿调道，他旁边的人笑了起来，显然刚才刘茂与他八卦了些不好听的。

江恩刚被李嘉玉挖到飞扬不久。跟江恩一起过来的，还有四部的两个年轻人，都是当初她从战略组一手带起来的。李嘉玉给江恩打电话邀约的时候，江恩跟当时被邀约到四部一样意外，他笑："飞扬出得起我的工资吗？"

"你过来好好干活，把你那份工资挣回来。"

李嘉玉和孟文飞做事风格很像，所以短板也很相似。他们都有些清高，理想化，爱面子，手腕上便不够圆滑。李嘉玉和孟文飞也明白，在这方面他俩是没法给对方补充了。人才是他们急需的，李嘉玉第一个就想到江恩。江恩听了李嘉玉所说的岗位职能描述，要谈融资，要投资合作，要与其他平台及品牌建立战略合作关系，等等，确实是他的强项。

江恩考虑了一天，答应了。

江恩和其他两人的离职惹怒了刘茂，他把这笔账算到了李嘉玉头上，觉得她故意从他手底下抢人，给他难堪。虽然对他影响不大，但他就是咽不下这口气。他积怨已久，现在见了李嘉玉，又喝了不少酒，忍不住讥讽道："李总本事大，我还以为去了飞扬能多牛呢，结果还不是被友兴按着打？业绩不太行啊。"

"来日方长啊，刘总。"李嘉玉可不想跟他废话，烧钱烧得猛，死得快。

刘茂阴阳怪气地笑道："是来日方长啊。当初李总多得意，在男人身上榨了不少好处吧？不过从来只闻新人笑，哪闻旧人哭。段总身边这么快就换人了？人家小姑娘，年轻貌美，李总怎么比？段总换了人，李总也得换人吧？江恩是小虾，没意思的，李总想不想找个大鳄？"

李嘉玉顿时怒了："你刚吃完屎吗？"

"我吃屎？那李总吃的什么？"他猥琐地笑了起来，继续说，"有本事别光吃不拉呀，你这样的女人，我见得多了。你跟余总是不是也有一腿？也拿不到好处吗？余总老婆管得严，是不好弄。你继续巴结着段总嘛，人家不理你了吗？我跟你说，光睡是不行的，你可以靠肚子呀，用孩子求个荣华富贵也是有机会的，小姑娘爱美豁不出去，你这年纪不拼不行。得抓紧时间，你年纪大了……"

刘茂话还没说完，李嘉玉夺过江恩手上的酒杯，直接朝刘茂脸上砸过来。刘茂吓了一跳，忙往旁边一躲，酒杯撞到他的肩膀，酒水溅他一脸。他大怒，骂着便扑过来："你敢泼我！"

李嘉玉扬手就是一巴掌，"啪"的一声响，刘茂的脸被打歪了，差点没站住。李嘉玉上前便要踹他："你再说一句！以为老子好欺负！"

江恩吓得有些傻，刚过来没站稳，这就打起来了。他赶紧把李嘉玉拉住，将她护到身后。

刘茂回过神来，又朝李嘉玉扑过去："臭婊子敢打我！"他的朋友赶紧拉住他劝道："老刘，你喝多了，别闹。"这什么场合，闹大就太难看了。

这次酒会上还有记者。江恩当机立断，推了推李嘉玉道："赶紧走。"

李嘉玉气得手都在抖，江恩又推了她一把，拉着她迅速离开。其他人都围着刘茂，将他们隔开。这些"精英"，打嘴炮是在行的，真有人动手也会吓破胆。刘茂酒兴上头，怒火中烧，火辣辣的脸让他颜面尽失，他失去理智，大声骂道："贱人，李嘉玉你等着，我弄不死你！"

一个冰冷的、压着怒火的声音突然响起："你要弄死谁？"

"段总。"刚与刘茂一起八卦的人脸一白，赶紧用力推一把刘茂，解释道，"他喝多了。"

刘茂还要骂，又被推了一把，他转头看到段伟祺，被他脸上的怒意震住了，酒醒了几分。

"好了，老刘，喝点茶去，别碰酒了。没事了没事了，大家散了。"

段伟祺盯着刘茂看半晌，直到他被人拖走再看不到身影，段伟祺才问身边人："怎么回事？"

旁边人也只看了个大概，具体冲突细节也不清楚，便将大概说了说。段伟祺拿了手机拨给李嘉玉，她很快接了，只说了一句："我没事。"

"嗯。"段伟祺应了，挂了电话。今晚不适合跟老婆谈心，他有重要的事要干。

李嘉玉简直要跳脚，就这样？就这样？多说一句会死？

稍晚，酒会差不多散了。平复了情绪的刘茂叫了代驾，准备回家。代驾把他载到了一个偏僻处，一个高大的西装笔挺的人把他从车子上拖下来，狠狠揍了一顿。

刘茂被打得毫无还手之力,他看着那人的眼睛,不敢叫他的名字。

第二天,孟文飞上班的时候,看到李嘉玉怒气冲冲,带着隔夜仇的脸。他看向江恩,江恩一脸无奈的样子。孟文飞挑了挑眉。

孟文飞进办公室才坐下没多久,忽然外头大办公区炸了,所有人骚动,似乎发生了什么大事。

孟文飞只得出来问:"怎么了?"

同事指着电脑,都没反应过来应该隐藏自己上班刷微博的举动,实在是太震惊了。

孟文飞凑过去一看,段伟祺发了一条微博,微博内容很简单:"老子已婚,有老婆!"

配图是一本打开的结婚证,证件上一男一女并肩坐着,脸看得清清楚楚。

段伟祺和李嘉玉。

第四十章
长相守，到白头

结婚证一出，舆论哗然。

所有人都震惊了。

创达上下无心工作，飞扬全体都在八卦。

是那个李嘉玉吗？他们认识的那个李嘉玉？反正是长得一模一样。

江恩瞪大眼睛，不可置信地再看一遍。跟他一起跳槽过来的小江激动地扑过来大叫："江哥，你看到了吗？看到了吗？"

江恩被他掐得说不上话，小江还在激动地喊道："我跟自己说钱财如粪土，年轻时就要放下钱财为理想拼搏一把，结果我追随的大佬是个富豪。我太英明了，做人就是要这样脚踏实地。"

乱七八糟地说些什么，江恩简直无力说他。他的微信响个不停，电脑的消息也不停跳出来，小江也一样，全是创达的旧同事在追着问。

"江恩，你们是不是早知道了？难怪创达都不待了，愿意去那小破公司。"

"真的假的啊，李嘉玉真的是富昌的老板娘吗？这算什么，微服私访？"

"江恩你太不够意思了，你早说啊。"

"江恩，你们那个飞扬是不是暗藏玄机，不像表面上看到的这么简单，对吧？"

"江恩，你告诉我，你们飞扬的停车场，停的都是什么车？你们的工作餐，吃的都是什么菜色？"

江恩被骚扰得烦不胜烦，于是跑到创达的同事群里回复："都别问我了，最新进展，真实爆料，请关注段伟祺先生微博。"

这还用提醒？大家早就关注了。

但段伟祺只发了那一条微博，就再无后续。他的这条微博下面很快就挤满了各种留言。有震惊于他的已婚身份的，有质疑真假的，有说照片是PS的，还有说这没头没尾的，肯定是打赌赌输了上来发个P图接受惩罚的。

最后一个脑洞居然还得到了不少人的赞同。

但还是有很多人觉得这事是真的。上面的钢印和日期都清清楚楚。

于是渐渐地，漫骂的声音多了起来。

有骂段伟祺渣男的，居然已经结婚了这么多年，却还对外装未婚人士到处撩妹。

这种论点附和的人最多，毕竟段伟祺时不时就出一个绯闻，每次对象还不一样。虽然他每次都否认，但这都是渣男套路。前一段时间，他跟个网红小歌手还亲密上酒店，昨晚还带那小网红去参加商界酒会，俨然已经亲证其女友身份，这消息到今天早上还在微博流传，转眼就亮个结婚证！什么意思？把老婆和情人摆什么位置了？还是说干脆就挑明了，我有老婆，我跟你们玩玩而已，别抱幻想，别当真。

也有说段伟祺的老婆可怜。这么多年都没有得到公开的名分，还得忍受老公到处留情。

有人认出了结婚照上面的李嘉玉，说这女人不简单，你们的同情心用错了地方。拜金女有钱花就好，占着正室的位置心满意足，管他外头有多少莺莺燕燕。

也有人说李嘉玉这人何止是不简单，这里面的黑料可多了去了。记不记得苏文远？李嘉玉甩了苏文远搭上段伟祺，害苏文远积郁成疾。苏文远与段珊珊的丑闻，也是李嘉玉为了摆脱苏文远一手搞出来的吧，两个人中招，被坏人利用，才有了当年的案子。段家不敢拿李嘉玉怎么办，她手上肯定有段家的把柄。段家不待见她，自然不会承认她是段家媳妇。现在段伟祺公布，肯定也有内情。

也有人支持段伟祺。说人家否认绯闻你们不信，人家只好亮出结婚证，你们又不信。人家老婆什么话都没说，你们就能编出场大戏。就你们对，你们站在人家身边目睹了全程，了解了真相。

但这样的声音没有掀起太大水花，大家沉浸在豪门婚姻狗血剧情的想象中。无论如何，隐婚都是不正常的、畸形的，这对夫妻的生活必定不圆满不幸福，现在突然宣布，肯定有内幕。

大家展开脑洞，已经得出了多个版本的结论。

段伟祺没再说什么，也没有回复任何留言。但是富昌的公关部发声了，富昌的官博发了一则声明，就段伟祺与李嘉玉的婚事做了一个正式的官方说明。

声明里说，段伟祺与李嘉玉两情相悦，于某年某日登记结婚，婚事得到了两家人的祝福。婚后恰逢富昌创始人段弘文先生因病去世，基于礼俗暂未公开举办婚礼。后经与家人协商，为保护家人生活不受打扰，暂不高调向社会宣布婚讯。亲密的家人朋友均知悉此事。段伟祺先生及李嘉玉女士也并未蓄意隐瞒自己的已婚状态，段伟祺在公开采访时亦说明过自己已婚。对于媒体捕风捉影、看图说话、编撰段伟祺先生与其他女性的绯闻，段伟祺先生多次解释此乃无中生有。所有的网络言论均未删除，可以查证。

声明里还说，两个人的婚姻其实是私事，基于段伟祺先生受社会关注的程度，公开婚讯意味着家人受到打扰，不公开又让不明真相的人对家人有误解。最后他决定相信这个世界的善意和美，希望他与妻子都能得到大家的祝福。但若有人借机散布谣言，恶意损害段伟祺先生与李嘉玉女士的名誉，富昌集团也将采取相应的法律手段追究其责任。

除了声明文本、原件扫描图片外，这条微博还附上了段伟祺与李嘉玉在民政局领证时手持结婚证的合影照片，李嘉玉投给创达的简历的照片，婚姻状态一栏她勾选了"已婚"，以及段伟祺接受采访描述过他老婆是什么类型的视频。

这条官方声明下面的留言要比段伟祺微博下面的留言理性很多。很多人排队留一句："知道了。"

还有人留言："好了，祝福祝福。"

也有人道："这锅甩得好，段老先生都用上了。还什么保护家人，那现在公布了，不保护了吗？借口真多，莫名恶心。"

有人这样反驳："看你那酸得要死的嘴脸，就知道人家保护家人的顾虑是什么了。"

李嘉玉坐在办公室里，把微博和评论都看了。她没有转发，也没有评论。她还看到许多认识的人@她，给她祝福。蓝耀阳和卓恺以及段伟祺的那些哥们儿就不用说了，约好了似的，全部上线。那些合作方、旧同事也都纷纷发来了消息。被卷入风波的姜雨转发了段伟祺的微博，写道："我嫂子。"她@了段伟祺和李嘉玉。

她的留言下面更精彩,许多黑子蹦跶得很欢,不敢在段伟祺和富昌那边现形的全跑到姜雨这边来了。

说什么"可怜小三""还要抱正室大腿,好贱"……

姜雨心理素质也是过硬,在下面与黑子们大战:"可怜智障!""没你什么事,非要过来找喷,你更贱!"……

李嘉玉无语,简直是乱套了。

她给妈妈打电话,妈妈接了。李嘉玉把网上的事告诉她,让他们留点心,最近出入有个心理准备,大概会有挺多人问他们这事。

她妈妈道:"放心吧,昨晚伟祺来电话,我们都知道了。我们商量好了,先出来玩一阵子避避风头,伟祺帮我们买了最早的机票,现在已经到D市了。"

李嘉玉完全反应不过来。

她妈妈又问:"刚才伟祺妈妈还打电话给我,也是担心我们没安排好。放心吧。对了,你不知道吗?"

"我知道,我就是确认一下你们没事。"李嘉玉道,又想拿尺子打段伟祺手心了。这臭毛病什么时候能改改,他以为他什么都瞒着她安排好,她得感动一把吗?

李嘉玉挂了电话,看到方勤发来微信:"怎么突然公开了?你俩谈清楚了?"

"还没有。"李嘉玉刚回复完,段伟祺的电话就来了。

"能翘班出来吗?"他问她。

"你说呢?"她学他反问。

段伟祺便笑,听起来心情不错:"还是翘吧,记者马上就会找你了。"

对呀,她还真是没有做"名人"的心理准备。

"我在停车场了,你下来吧。"段伟祺这样说。

李嘉玉跟方勤说回头找她,然后飞快收拾东西准备撤。她去找了孟文飞,孟文飞挥挥手道:"放心吧,我收到段总发过来的公关稿了,知道怎么应付。你走吧,休息两天。我会跟同事们开会讲清楚这事,会处理好的。"

还真是什么都准备好了啊。李嘉玉便也不客气,万事拜托给孟文飞,溜了。

到了停车场,看到一辆眼熟的玛莎拉蒂,李嘉玉奔过去,火速上车:"怎么开这辆啊,不是要躲记者?你这是生怕别人认不出是你吗?"

段伟祺不说话,只是笑,拉着李嘉玉上下左右看了又看,然后夸道:"我老婆真好看。"他倾身向前把她抱住撒娇，"我想你了。"

这讨好的意味颇明显。李嘉玉便哼了哼，心道他也知道自己擅作主张不合适，心虚了。

李嘉玉一哼，段伟祺更笑出声。他在她脸上亲了亲，坐端正了。李嘉玉看他眼底下有些乌影，便问他："昨夜没睡好吗？"

"嗯。"段伟祺揉揉眼角说，"把事情都安排好了才睡的。"

"怎么突然公布了？"

"也不算突然，这不是也按计划走的吗？咱们说好的，婚礼前公布婚讯。"他说着，小心翼翼地看她的表情。

李嘉玉这会儿也没脾气了，她也看着他。

段伟祺便撇嘴道："老婆，我跟你说，这种时候你一定不能抛弃我，我话都放出去了，结婚证都晒了。所有亲戚朋友还有公司那帮人、法务律师等都安排了，你如果不要我，我颜面扫地，无法苟活，我还不如死了算了……"

"行了行了。"李嘉玉都没眼看他，"快开车吧，别在这里演，丢人。"

段伟祺抿着嘴角，用委屈的眼神控诉她。

"你以为你真的三岁？"李嘉玉伸手揉着他的头发说。

段伟祺便笑了，把脑袋递过来道："帮我弄漂亮了。"

李嘉玉叹气道："好了，很漂亮了。"短短的头发还能怎么弄，意思意思抚两下搞定。

段伟祺启动了车子，开出了停车场。出了车库，看到一辆马自达停在旁边，车前面不远处，一个胸口挂着相机的男人在跟车库管理员说着什么，车库管理员一直摇头，挥手让那人走开。段伟祺用力按了两下喇叭，那男人转头一看，脸色一变，飞快地往自己车子那儿跑。

段伟祺放声大笑，很嚣张地加速驶进了车流中。

从车后视镜里看，除了马自达，还有另外一辆车也试图跟上来。段伟祺扬扬眉毛，拐弯，加速，再拐弯，把他们甩掉了。

"稳重点，段总。"李嘉玉忍不住提醒他。

"嗯嗯，稳着呢。"话是这么说，但他脸上的笑意藏也藏不住，雀跃欢喜的样子。过了一会儿，他道："其实公开了也就这么回事，怕什么呀。早就该公开了。"

"嗯。"李嘉玉没跟他提网上全是骂他渣男的。他还当是冒险活动，新鲜刺激呢。

段伟祺昨晚收拾了刘茂之后一顿联络安排，跟所有相关人员、合作公司打好招呼，今天一早又赶去公司开会，解决了一些紧要问题，就马上赶过来接李嘉玉，确实没空细看网上说了什么。

待回到了家，正正经经与李嘉玉坐下，打算好好说说话，李嘉玉手机响了，她接了个电话。段伟祺就顺手刷了一下微博，看到了各种言论，他不禁皱起眉头。李嘉玉看到他这表情，有些担心。段伟祺却把手机丢一边，拍拍沙发。李嘉玉又坐下，两人面对面，无语相视。

"别生气了。"最后是段伟祺先开口。

李嘉玉张了张嘴，把指责他又不跟她商量，什么都爱瞒她的话咽了回去。她换了种方式，道："以后，你无论想做什么，要做什么决定，与我有关的，都必须先与我商量。不论这件事你预计我同不同意、什么想法，反正与我有关的，都必须先与我商量。你同意吗？"

"同意。"段伟祺很乖巧地答应。

"我们是夫妻，所以你的事就是我的事，所有的事肯定都与我有关，你同意吗？"

段伟祺张张嘴，又闭上。这是给他下套呢。"老婆，你狡猾了。"绕这么一大圈，直接说所有的事都必须与她商量不就完了。

"同意不同意？"

"同意。"段伟祺继续乖巧地应下。

"你刚才同意了什么？"

"嘿。"段伟祺乖巧不下去了，倒在沙发上装死。

李嘉玉板不住脸，笑起来，去推他。

段伟祺坐起来道："好了，我懂你的点了，你就是想让我什么事都先跟你商量，我知道了。"他捧住她的脸，亲亲她的额头，"真的，以后我都跟你说。"

"这……"李嘉玉下意识想说这次又没说，但她忍住了，改口道，"这就行了，我的要求也不高。"

"可有时候真的太丢脸了怎么办？"段伟祺撒娇道，想争取点空间。

这回李嘉玉没忍住，问他："你还有比团购结扎更丢脸的事呢？"

段伟祺表情复杂。

李嘉玉忙补救道："好了，过去的事不提了。"

段伟祺拍沙发道："你看，我就说这事难以启齿，你还发脾气，你自己也说这很丢脸。"

"丢脸你也做了啊，又没人逼你。"

得，这么一总结显得他更傻更丢脸了。他便大声道："我什么都告诉你，你也得保证，不发脾气，好好沟通。就算你有不同意见，也要尊重我。"

"我什么时候不尊重你？我都是讲道理的。"李嘉玉的声音也大起来。

"并不是每一次都有道理可讲。你脾气大，你有什么不承认的。"

"我脾气比你好多了。"

"太不客观了。"段伟祺控诉，"你看，你就是这样，总是别人不对。你得督促自己，用客观理性的态度对待我。"

"你是我老公，我怎么对你客观理性？肯定都会带主观情绪呀。"

"你这不是在给自己的不讲理找借口吗？"

"我这就是在讲道理啊！"

"你还总贬低我的颜值。"

"怎么又扯到这上面去了？"

"是你自己刚才说你带主观情绪。"

李嘉玉叉腰了，瞪他。

段伟祺的头扭到一边，又转回来道："刚才说到哪里来着？哦，对，我什么都告诉你。"

李嘉玉脸上没绷住，伸手扯他的脸颊："厚脸皮。"

"你脸皮薄？"段伟祺也扯她的脸颊，"你也保证，什么都告诉我，有什么不满意，不高兴，好好说。"

"嗯。"李嘉玉点点头说，"我担心你没做好准备当爸爸。"

"要怎么准备？"段伟祺问她，"我只是没有像你一样挣扎太久。我做了决定，就去做了。就是这样。这个过程，我觉得就是准备了。"

李嘉玉看着他。

段伟祺把她拉到怀里，道："那些想多子多福的男人，也不一定就是好爸爸。我确实不喜欢小孩子，我觉得他们会很吵闹，有了小孩就不能到处去玩，有了小孩生活品质就会下降，有了小孩就不能无拘无束，因为当爸爸是有责任的。有了小孩，就得担起责任。我也不喜欢做富昌的总裁，也不喜欢做富昌的大股东，不喜欢富昌的董事会，但我觉得，我这个总裁做得挺好的。"

李嘉玉将他紧紧抱住。

"我也没什么勉强的，真的，你别想太多。我决定了的事，就是决定了。"

"因为你总是很冲动，想一出是一出，我怕你后悔。我不希望你后悔。"

"你跟我结婚，后悔过吗？"

李嘉玉沉默片刻。

"行了，不用答了。"段伟祺没好气地说。

李嘉玉笑起来。

"后不后悔,谁也不能保证,所有事后才有的情绪和反应,都是马后炮。我们管理好现在,就是对自己的人生负责了。"

李嘉玉顿时轻松起来,她高兴地抱住段伟祺,认真地说:"那你要答应我,如果真有了宝宝,你要对她好。"

"嗯,当然。"

"我想要女儿。"

"生出什么就是什么,你还挑剔?"

"你要帮忙带孩子。"

"啊?"

"不然呢?"李嘉玉瞪他道,"你刚才说半天父亲的责任,你以为父亲的责任是什么?"

"行。"

李嘉玉眉开眼笑道:"你保证?"

"保证。"

李嘉玉将他紧紧拥抱住。段伟祺的心终于彻底放了下来,用力回抱住她。所有事后的情绪和反应,都是马后炮,但所幸他们都来得及弥补,他们都爱着对方。

当天,李嘉玉和段伟祺没有离开家,他们一起上网,对网友们的各种评价也品评一番。

"总结下来,骂你渣的比骂我贱的人多。"

"我感觉你的蛇蝎形象似乎更深入人心。"

"骂你渣的都是女的,骂我贱的有男有女,女人何苦为难女人。"

"哎呀,我才发现一件事。"段伟祺赶紧发微博。

"忘了@嘉玉不是玉,我老婆。"

这条一发出去,网上一片狂笑。

"都闹一天了,没必要@了,都知道是谁。"

"搞笑死了,忘了@老婆。"

李嘉玉叹气:"这个才真的叫马后炮啊。"

段伟祺很无辜:"我亲自@一下才显得正式。上午发得着急了,真忘了。"

李嘉玉转发了那条@,配了个"摸头"的表情。

公布婚讯确实引起了不小的风波,"富昌当家段伟祺自爆隐婚"登上了热搜,三天没下来。各种揣测和议论纷纷扰扰,但段伟祺和李嘉玉都不在意了。

这段时间两个人的电话不断，许多事需要处理。两个人在家办公三天，然后经段伟祺的授意，富昌公关部安排了一场线上直播的访谈。消息一出，大家奔走相告。拿下这次访谈的平台高层笑得合不拢嘴。

段伟祺按时到场，西装笔挺、神采奕奕、帅气大方。主持人是位男性，已婚，这是段伟祺的要求。

一开始主持人就把段伟祺的要求亮了出来，问他为什么提这样的要求。

段伟祺便道："这次接受采访，肯定躲不过一定会被问婚姻，这种话题，经历过的才能有共鸣，已婚男人与已婚男人之间比较好说话。"

主持人道："听起来是要寻找惺惺相惜的人。"

段伟祺笑道："也有这个原因吧。还有就是，如果遇到难堪的问题，我可以用反问的方式丢回给你，问，你呢？看你怎么接招了。如果你接不住，下个问题你就会谨慎了。你知道，如果是女性，我不好太不礼貌。而且女性角度跟男性角度不一样，不好反击。"

主持人大笑。

弹幕上也一片"哈哈哈哈哈哈"。

"有心机。"

"这种战略准备就不要讲出来了嘛，我好想看你遇到难堪问题把主持人怼回去会怎样，现在提前透露，主持人肯定不敢问了。"

段伟祺又道："还有一点就是，我特别想有这么一个机会，向我太太证明一下，她的审美有问题。"

"怎么了呢？"

"她居然觉得我不帅。"段伟祺摊了摊手，一脸无奈和不平，满脸写着"怎么可能"。

主持人大笑，弹幕上也满屏的"哈哈哈哈""扎心了"。

段伟祺问主持人："你说呢？我帅吗？"

主持人笑到抹眼泪，连声应道："帅，帅。"

段伟祺便道："你看，如果是个女主持，这问题我也不好问了，得避嫌，但问一位男士毫无压力。"

主持人又大笑，段伟祺调侃道："你笑点有点低啊。"

弹幕上又是一片"哈哈哈哈哈""主持人扎心了"。

主持人又问："你跟太太，谁的笑点低？"

"在一起的时候都挺低的吧。"

弹幕里大家都在闹。

"那肯定在一起的时候智商也挺低。"

"年纪也低。"

"我拒绝这样秀恩爱。"

主持人看着这些弹幕一直笑,段伟祺看了只说:"你们赶紧说正事,我太太也在看直播呢,快告诉她我帅不帅。"

主持人哈哈大笑,真的笑点低。

观众很配合,弹幕里开始了。

"帅,帅,帅死了。"

"真心话,挺帅的。"

"我不,我得说老实话,不帅。"

段伟祺看着一旁的屏幕道:"那些违心说不帅的,我完全看不到。"

大家又是一阵狂笑。

主持人趁机问道:"我原以为这次能访问到段总和太太两位,结果却是段总一人来,是太太不想被当众逼问段总帅不帅的问题吗?"

段伟祺摇头道:"不是。因为如果在这个时候过来接受访问,她会被当作段太太,段伟祺的妻子,大家都这么想她,以后印象很难改变。但她不只是我的妻子,她还是我的伴侣、我的老师、我的学生,我们一起经历过许多事,也常常吵架,一起成长,她还是一位优秀的企业家。我曾经说过,我太太是一位很可爱的女强人,这是认真的评价。所以我跟她的想法都是,希望有一天她站在面对公众的舞台上时,是作为她自己,李嘉玉,作为一个成功的职场女性让大家认识。到时候大家提起段伟祺,会说,啊,知道他,他是富昌当家人,也是李嘉玉的先生。"

主持人愣了愣,原以为还是搞笑风格调侃式的回答,没想到他这么正经。

"段总不介意被当成李嘉玉的先生看待?"主持人用了比较委婉的方式问。

"没人会把我当成吃软饭的吧?"段伟祺就直接多了。

弹幕里又一堆"哈哈哈哈"。

段伟祺道:"我是李嘉玉的先生,这是事实啊,我是优秀的企业家也是事实。"

弹幕上又活跃起来。

"自信。"

"赞赞赞赞。"

"但因为我是段弘文的孙子,段延富的儿子,所以自带富豪光环,又是位男性,在社会舆论里占了先天优势,而我家李总却不一样。她是很辛苦地做事才能获得肯定的,女性在职场受到的不公平待遇和压力,我相信大家都是知道的。我小时候因为家族的关系,也被人质疑说成绩好、做得好还不是因为家里有钱?我小时候不懂事,还苦恼过挺长一段时间。我不希望这样的事发生在我家李总身上,不希望别人说她取得的成绩是因为她是我的妻子。我想认真地跟大家说,因为她优秀,所以她才能成为我的妻子。而我们在一起,让彼此更优秀,更快更圆满地达成我们的奋斗目标,这是能让我们都感到幸福的事。"

主持人赶紧问一个大家都关注的问题:"这是隐婚的原因之一吗?"

段伟祺笑笑,道:"我们领证后,我爷爷就过世了。后来也发生了挺多事。那时候我们都年轻,都有想做的事。她当时在C市创业,我需要在富昌站稳脚跟,我们是异地的,每个星期或是一段时间就团聚一次,我们压力都大,真的比现在辛苦太多。现在公布婚讯,也惹来许多谩骂,骂的话还很难听。现在的我们,可以一起看评论,一起调侃这些。那个时候压力巨大,大概不会有这样的好心态。"

主持人道:"所以现在已经渡过那个时期了,稳定了是吗?"

"对。"

"那么听段总的意思,对于太太在职场打拼一事,还是挺支持的,对吧?不会有什么别的计划吗?"

段伟祺反问:"你的意思是想问她会不会回家相夫教子,不上班了,是吗?"

"可以这么说。就是她会不会不再以事业为重,回归家庭,你们商量过这事吗?"

段伟祺道:"'回归'这个词用得不对,没有离开过吧?我们都很爱家,为这个家付出,一直都在呀。那么男人上班拼事业是不是离家?你看,这网友说了,男人出轨回心转意叫回归家庭。"

主持人赶紧求饶道:"我说错了,改正。"

"真的,你该庆幸我家李总今天没来,不然她跟你讲道理,你会很惨的。"

主持人抚额苦笑道:"会怼得我说不出话吗?"

弹幕上又是一片密密麻麻的发言。

"怼到你怀疑人生。"

"哈哈哈哈,惹不起惹不起。"

"段总:'老子被怼得经验丰富。'"

段伟祺道:"回到这话题啊,我不知道我们以后会怎么安排,现阶段我们都很享受工作,并且觉得这种状态会维持很久,贯穿一生。嘉玉说过,一个成功的女人,对生活是有选择权的。想工作的时候可以工作,想换个环境重来,也可以重来。想休息充电就可以休息充电，想专心带孩子照顾家庭，她也可以照顾家庭，这都没问题。但这个选择权是她的，她可以过想过的生活，就是这样。"

"那段总你自己的想法呢？"

段伟祺道："我觉得，一个成功的男人也应该是这样。想工作的时候可以工作，想换跑道可以换跑道，想在家做饭带孩子照顾家庭也可以。如果男士这样选择，大家应该尊重并接受。让男人可以过他想过的生活，你说呢？"

主持人笑起来，弹幕上也一片笑声。

主持人道："段总家里讲究男女平等。"

段伟祺点头道："确实，但家里平等还不够，还要在社会上也平等。这挺难的，需要所有人都努力和包容，大家都要进步。"

主持人接口："这个议题就很大了。"

"确实，但其实道理很简单。"段伟祺道，"比如说，很多人说现在女人太拜金，但说真的，抱我大腿的，男人比女人多。"

主持人笑。

弹幕上——

"太敢说了。"

"总裁界泥石流不是浪得虚名，哈哈哈哈哈。"

段伟祺接着说："当然这也是因为职场上跟我接触的，男性比女性多。这又是另外一个问题。但这已经可以说明，光谴责女人拜金确实太片面了，同时也要思考一下男人，因为男人也拜金。人人爱财，但要取之有道。"

主持人便问："李总会在家里跟段总讨论这样的问题吗？"

"会。"段伟祺道，"她也曾经因为在求职栏里写着已婚而被企业拒之门外。"

主持人笑道："那她如果把先生的名字写上，肯定各家抢着要吧？"

段伟祺点头道："对，但那也是不公平，她明明可以靠实力，却还得靠老公。不应该出现这样的现象，可现实中这情况还挺多。所以既然说到这里，我也想多聊几句。企业雇佣女性职员，确实是会面对女性适龄生育等一些不可避免的问题，企业的成本和付出乍一看似乎多了，但所有的事都因果循环，别忘了男性在职场里出问题的同样很多，但他们不会生孩子，所以大家反而忽略了这个比例。就像男司机出车祸的比例更高，但大家印象里却只觉得女司机开车不好。

"如果越来越多的女性因为偏见和企业的短视，失去工作的机会和空间，男性霸占所有机会，那么对不起，男性很快会发现自己活得太不容易了，谈恋爱很难，娶老婆很难，生孩子很难，幸福感很少，竞争超级大。女性可以靠工作过得很好的时候，她们努力上进，与男人一起奋斗，男女搭配，干活不累。女性不能工作只能盯着男人的时候，男人想过得舒坦？天真。所有的事，都是互相影响的。别怪她们要求高，因为你没让她们过得好。"

弹幕上各种说法喷涌，占了满屏，有说好的，也有说没道理的。有站在女性这边的，也有觉得现状无法改变的。

段伟祺继续道："虽然我说的是极端现象，但值得大家警醒。造成这种现象的原因有传统旧观念，有政策，有社会现实，所以不容易，需要努力。我觉得最起码，我们从自己做起，虽然力量微小，但如果越来越多的人有这样的意识，并且付诸行动，那么现实就一定会改变。别等别人来救你，没用的。"说到这里，他转向男主持人，问他，"你说呢？"

男主持人忙道："说得对。"

段伟祺又问他："你遇到过这样的情况吗？"

男主持人被问住了，说没有就有点假了，只得回话，说了一个他知道的职场女性被歧视的案子，段伟祺又问他怎么看，主持人只好表达了一下自己支持男女平权，维护正当工作权利的看法。

弹幕上又活跃起来。

"难怪指明要男主持人，在这里等着呢。"

"主持人别怕，跟他正面杠。"

"段总厉害！他不是让女主持人自己说女性多辛苦，而是找男主持人来一起表达对女性的支持，这个角度大赞！"

"同情主持人10秒。"

"哈哈哈哈，到底谁是主持人？"

互动聊了几句后，段伟祺终于接过话头，说了说富昌在这方面正在执行的措施，比如工作流程设计上的优化，及时、透明，任何一个人离岗，另一人能马上接手工作。拜访客户及客户资源的管理，业绩考核标准，等等，不针对女性员工，无论男女，离职也好，休假也好，都能确保公司业务的正常运行。他还在富昌大厦设立了母婴哺乳休息室，也办了托儿所。另外也规定富昌的下属公司，最起码设立好母婴休息室，让哺乳的妈妈可以有地方吸奶、存奶和休整。

男主持人问段伟祺："看来段总很注重这个，是受到夫人的影响吗？"

段伟祺道："我爷爷去世的时候，跟我和嘉玉说，企业家跟资本家是不一样的，我们两人都记着这话。另外说到影响，确实也受到我家李总职场遭遇的鞭策。她这么努力和优秀的人，还会受到歧视，真的让人不爽。所以，从我做起吧,就算影响力有限,但哪怕只有点滴,也是汇成大海的点滴。"

弹幕里忽然有人留言:"段总,你老婆夸你帅。"

一会儿又有人说:"真的啊。"

"审美没障碍了?"

"哈哈哈,去看了微博,真的。"

导播提醒了一下正在聊天的主持人,主持人告诉了段伟祺。段伟祺便要翻手机。

李嘉玉几分钟前发了一条微博:"我家段总,超级帅!"后面跟一串大拇指。

段伟祺看完,眉开眼笑,对着摄像机道:"谢谢老婆,你眼光不错。"

主持人大笑。

弹幕上又疯了。

"那狗腿样,没眼看。"

"霸总与妻奴间自由切换。"

"唉,我是来听企业家成功史的,不要塞我狗粮。"

段伟祺才不管,他跟主持人说他先回个微信,然后发了个"亲亲"的表情给李嘉玉,李嘉玉回了他一个白眼。段伟祺笑得不像样,把手机收好。

这一晚的访谈,他一直兴致很好,有问必答。他说了他与李嘉玉的恋爱史,避开了苏文远和段珊珊。他与李嘉玉,从来没蹭过苏文远这位红人的热度,这次也不例外。他说了李嘉玉吸引他的地方,也说了他们并非完美夫妻,他说他有很多缺点,李嘉玉也是,不敢说天长地久,但直到现在,他们仍在相爱。

这次访谈,充分满足了各路人士的八卦欲和好奇心。网上热热闹闹了一阵子,然后大家很快被新的明星八卦夺走了注意力。

段伟祺最终还是没有按他原来设想的那样公布婚讯,但这么闹腾一番,效果也达到了。他与李嘉玉的婚礼办得挺低调,没有请任何记者,只是亲友团一起去了一趟嘉玉岛旅行。

回来之后,段伟祺发了几张嘉玉岛的照片。照片上,小小的岛屿布置得宛若天堂,建筑群装饰得美轮美奂。鲜花、绿树、轻纱、海滩,还有夜空中的烟火。

段伟祺写道:"神奇女侠有天堂岛,我家李总有嘉玉岛。"

八卦大军纷纷赶来。

"秀恩爱就算了,你还炫富。"

"炫富就算了,你还秀恩爱。"

段伟祺喜滋滋的，拿手机给李嘉玉看，炫他的人气，李嘉玉给他一个嫌弃的表情。

两个人自谈开后，开始积极备孕，但一直没有动静。段伟祺定期检查，李嘉玉也去检查了一次，两人戒烟戒酒，锻炼身体，认真进补。孩子没有来，孟文飞那边却出了意外，他的未婚妻方靖被人蓄意制造了车祸，险些丧命。后来虽然康复，但右臂和肩膀受伤，医生说她再无法完成精细的菜品的制作。这对心怀厨神梦想的方靖来说是致命打击。

孟文飞在这个时候做出了选择，他把公司交给了李嘉玉，自己陪伴方靖养伤、做复健，鼓励她振作，重拾梦想。

李嘉玉接下重任。

飞扬正处在发展的关键时期。人员猛增，产品更新升级快，《坚持就是胜利》节目已经进入了录制和选拔阶段，B轮融资正在洽谈。而市场变幻莫测，刘茂离开了创达，友兴的萧立被警方立案调查经济犯罪，据说扯出了一大群人，包括刘茂。友兴的健身App业务很快就被挤出赛道，原先忽悠来的几批投资全都赔得血本无归，创达投入的资金当然也拿不回来了。但友兴倒下去了，另一家健身App却迅速崛起，挟着资本来势汹汹。李嘉玉认真应战，最忙的时候，四个月一天都没有休息。

某日李嘉玉出差，遇到了段珊珊。段珊珊刚从县里回来，在那个县考察合作的艺术学校。她仍是单身，虽然公益团队里有一位男士对她展开了追求，但她没有接受。她与李嘉玉一起吃了饭，聊了挺多。

她说她现在过得很充实，完全没有恋爱的心情，对生活非常满意。她还说她在县里遇到了文铃。她跟着一个挺胖的男人在一起，大着肚子，穿得一般，精神一般，完全融入了县里的环境。

李嘉玉没说什么。其实之前郭荔也跟她联系过，说苏文远死后，文铃把他留给她的股权卖掉了，换了不少钱。文铃父母是乡下人，眼光窄浅，让她把钱拿回乡下盖房。那时候文铃才发现自己居然怀了苏文远的孩子，两个月不到。文铃父母怕她带着孩子不好再嫁，让她打掉。

后来有没有打，郭荔就不知道了。郭荔只是觉得，苏文远把所有的东西交付给文铃，太亏了。郭荔也没敢把这事告诉苏文远的母亲。苏文远母亲手上的股份最终没有卖，郭荔为她安排了律师托管，每年把分红打给他母亲，也算让他母亲能好好养老吧。

李嘉玉没做任何评价。她只是觉得，文铃自己亏待了自己。

人生变化无常，必须珍惜当下。

李嘉玉带着飞扬一个项目一个项目地做了下来。

那一年，《坚持就是胜利》大获成功。

飞扬B轮融资到位。

飞扬App入选年度用户最喜欢App大奖。

孟文飞与方靖联手策划的美食App开始进行开发。

飞扬健身线下体验馆开张。

飞扬健身获得健身教练培训资格牌照。

飞扬与红十字红联合推出初级救护员线上课程。

再后来，方靖经过艰苦的复健，终于重拿菜刀。她参加了厨神大赛，赢得了"厨神"称号。

李嘉玉在那一年获得"B市优秀女企业家"称号。

再后来，孟文飞重回公司，而方靖怀孕了。

李嘉玉顿时受到了打击。她什么都成功，就是没有怀上宝宝。

获知方靖的喜讯的那一天，她窝在段伟祺怀里跟他商量："如果这个月还怀不上，我们下个月去医院做试管好不好？"

"这不是没到那步吗？"段伟祺劝她耐心点，"要不再等两个月。医生都说情况还好，你不要有压力，放松心情反而容易中。"

"唉。"李嘉玉有些着急，她爬起来，拿了验孕棒进洗手间。

"你今天已经测了两次了，老婆。"段伟祺喊道，"你等大姨妈该来却没来的时候再测不行吗？"

李嘉玉不理他，关了洗手间的门。

段伟祺坐着等，等了一会儿，莫名有些不安。他也下了床，朝洗手间走去。刚到门口，手还没碰到门把手，就听到李嘉玉在里面一声尖叫。

段伟祺忙把门打开，李嘉玉一下子冲到他怀里。"你看，你看！"她举着验孕棒。

段伟祺扫了一眼，没看出来。

"是十字，你看，有杠了。"李嘉玉有些兴奋地说。

"传说中的意念灰？"段伟祺整日跟着李嘉玉看备孕论坛，都快背下来了，"这牌子灵敏度太高，你别着急，明天再看看。"话是这么说，但他也认真在看，好像还真是有印。

这一晚李嘉玉没睡好，翻来覆去，弄得段伟祺也没睡好。迷迷糊糊的时候，忽然有人推他。段伟祺睁开眼，看到李嘉玉对他笑。

"怎么了？"段伟祺看了看枕边的手机，才6点。

"比昨晚的深了。"李嘉玉说，把刚测的验孕棒给他看。

段伟祺坐了起来看，确实深了，这次挺明显的。

"明天肯定会更深的。"李嘉玉这次很有信心。

"好。"段伟祺附和她。

李嘉玉喜滋滋地躺回被窝里,段伟祺抱着她继续睡。刚要睡着,感觉到她起身了。

"我再去测一下。"

段伟祺叹气。

过了一会儿李嘉玉回来,拿着新测的给段伟祺看:"有没有更深一点?"

段伟祺皱着眉头道:"才过了一个小时,怎么会更深点?"

他干脆起床了:"好了,洗漱换衣服,我们去医院验个血吧,不然我担心你今天玩一天尿。"

"滚蛋。"李嘉玉中气十足地吼。

两个人去了医院,等了两个小时,拿到了验血报告,确实,怀孕了。

李嘉玉兴奋地摇着段伟祺的胳膊叫:"你记不记得你说过什么?"

"生女儿挺好?"

"不是,你同意你会带孩子。"

段伟祺完全不懂他老婆是怎么建立起他可以带孩子的信心的。

38周后,方靖先入院,但李嘉玉先发动。

段、李两家长辈全都赶到医院,段伟祺拉着医生说如果有什么意外,保大人。医生白他一眼:"少上点网吧。"

10个小时后,李嘉玉生了个儿子。

"儿子?"李嘉玉笑了笑,很快接受,"儿子好呀,以后可以让他干家务,体力活儿男人干比较好。"

段伟祺也接受了:"那就叫他达志吧?"

邱丽珍不满道:"你别一拍脑袋就来,回去好好查查字典,找先生算一算再定。"

"别这么迷信。"段伟祺道,"达成志向的意思,挺好。"

李嘉玉问:"他才出生,你就替他定好志向了?"

"子承父志,我早就帮他定好了。"

"是什么?"

"凭本事,把钱花光。"

李嘉玉长叹一声道:"幸好生的是儿子。"

家长们都瞪向李嘉玉:就这么定了?不反抗一下?

段伟祺俯身抱住李嘉玉道:"老婆,你辛苦了。"

李嘉玉拍拍他的肩道:"你也准备好,也挺辛苦的。"

她坚持母乳喂养,虽然做过母婴项目,但直到自己亲身体会,才真的知道到底有多辛苦。段伟祺守诺,帮忙带孩子。虽然他总被请来的育婴师说做得不好,但他在认真学。

李嘉玉休完产假,重返职场,段伟祺继续学带孩子。

李嘉玉对孩子很宠,但也严格。段伟祺对孩子很宠,一点都不严格,他对自己也不严格。辅食不爱做,他干脆带着孩子去孟文飞家蹭饭,后来干脆把老婆也带上,全家蹭饭。

李嘉玉和孟文飞把飞扬经营得很好。飞扬成功上市,李嘉玉再获殊荣,这次是"十大杰出青年企业家"。

那天,李嘉玉受邀回到B大商学院演讲,她不禁想起了当年,对台下的学弟学妹们说:"10年前,我就在这个礼堂,听了一场很重要的演讲,那个演讲人,是段伟祺。"

台下的学生们当然知道这两人的关系,大笑。

"当时他说,职场人,要把自己当成强者用;强者,是不分性别的。"李嘉玉扫视台下,清清楚楚地道,"很荣幸,今天我能在这里跟大家证明,这句话说得对。"

再后来,当初采访段伟祺的那位男主持人,采访到了全国知名女企业家李嘉玉。李嘉玉最后说的那句话,与段伟祺当年一样:"不敢说天长地久,但直到现在,我们仍在相爱。"

【正文完】

番外一
宝宝（1）

作为工作非常忙碌的企业界人士，段伟祺和李嘉玉在准备成为爸爸、妈妈的成长道路上与大多数人还是一样的。

嗯，大多数的情况是一样的。

比如说，会讨论孩子的性别问题。

段伟祺和李嘉玉都想生个女孩。段伟祺的理由很简单，因为女孩子会乖一点。以他不太喜欢孩子吵闹的个性，他觉得生个女孩还可以接受。

"不要我姐那样的。"他说。

李嘉玉看了他一眼。

他想了想，问："你小时候乖吗？"

"还行吧。"李嘉玉答。

段伟祺没说话。

李嘉玉又看了他一眼。

段伟祺问她："干吗？"

"在等你说下一句。"

"我下一句要说什么？"

"要一个像我老婆那样的女儿。"李嘉玉用段伟祺的口吻说。

"还是别了吧。"段伟祺认真道,"一个老婆就够了。大老婆不会哭闹,还可以讲道理,这样就已经挺难应付了,再来一个会哭还讲不通道理的小老婆,这日子怎么过?"

段伟祺看看她的脸色,补救道:"我的意思是,老婆一个就够。"

李嘉玉还是不说话。

段伟祺继续挣扎道:"当然,我们说的是女儿。"

李嘉玉板着脸道:"任何一个小女孩都会哭,讲不通道理。"

"对。但她长大了之后就会不一样了。"这回段伟祺学聪明了,没直说女儿长大了像李嘉玉那样的脾气,他怕天天被女儿顶嘴。

李嘉玉也不追究他的言下之意,只问他:"那你想要什么样的女儿?"

什么样的啊?段伟祺认真想了半天,最后道:"算了,还是你这样的吧。"起码他差不多能摸清脾气。反正小朋友哭闹都一样,长大了成了小嘉玉,让大嘉玉对付她,肯定没问题。咦,如果是嘉玉对付,那什么样的都没问题才对呀。

所以他接着说道:"哦,无所谓了,什么样的都行,女儿就行。"

都盼着女儿的两口子,最后迎来了儿子:段达志。

对于段伟祺起的这个名字,家里没人满意。但四位长辈提的意见,段伟祺不接受,邱丽珍愤愤地想,可惜他爷爷不在了,镇不住这臭小子。

邱丽珍为此找李嘉玉谈了谈,李嘉玉回道:"对一个原本不想要宝宝的男人来说,他想给宝宝起什么名字,就随他吧。"

邱丽珍顿时一惊,觉得确实如此。儿媳妇这样处理是对的,比起不要孩子,宝宝叫什么名字这事真的不太重要,还是要将家庭和睦摆在首位。一人让一步,挺好。

于是长辈们对起名这事不再提。

大家唯恐李嘉玉对段伟祺太忍让,带孩子太辛苦,便时常嘘寒问暖,对家里请的家政以及育婴师还各种提点,让她们务必尽心照料。

后来问得多了,邱丽珍忽然发现一件事。儿媳妇除了哺乳辛苦之外,好像其他许多照料宝宝的事,都是她那个作天作地、任性狂妄的儿子在干。

难道有了儿子之后段伟祺先生突然被激发出浓浓的父爱了?

家政和育婴师都觉得段总特别稳重。

稳重?邱丽珍嘴角抽抽,儿子真能装。

她们还说段总对太太特别尊重。

尊重?是怕老婆吧?邱丽珍想叹气。

总之，段太太管喂奶，段总管换尿布和哄睡，还有就是，段小公子超级乖，特别乖。

于是邱丽珍明白了，小段和小小段都这么乖，想让小段妥协重新给他儿子起个名字，对李嘉玉来说压力其实应该不大。

真相难道是这两口子都太懒？

邱丽珍很不满，跟段延富说了一番。段延富想得开，劝道："行了，没叫段股权、段上市就不错了。"

"可以了，明白了。"邱丽珍让老公闭嘴。

从此真的再没人表示过嫌弃这名字。

虽然名字不洋气不大气，但段达志小朋友很争气地继承了爸妈的好样貌。他长得非常漂亮，眼睛大又亮，美若星辰；睫毛长而卷，秀气可爱；皮肤白皙，唇瓣粉红，是漂亮又精致的长相。

他长得好，还乖，聪明，见人笑，要抱抱。

所有见过他的人都非常喜欢，爷爷、奶奶、外公、外婆更是爱到不行。李齐和宋音来了就不想走，为了宝宝都想换城市定居了。

段伟祺说："换城市定居挺好，但为了阿志就算了。长大就不好玩了。"

众人心想，谁拿宝宝来玩？真该打死段伟祺。

段伟祺每天都活在被打死的边缘。

"哎呀，你说我儿子是不是长得太娘了？"

"不是，这小子怎么这么喜欢撒娇啊？是不是男生啊？看见美女笑就算了，看见男的也笑是怎么回事？想要玩具别光哭啊，拍桌子啊儿子！"

"阿志阿志阿志，你看这是什么？这是钱。传说，别家小朋友在玩泥巴的时候，你爸我就在玩钱了。来，子承父业，你玩吧。"

李嘉玉在游戏室找到他们父子俩的时候，段达志小朋友在撒钱玩，段伟祺小朋友在玩儿子的橡皮泥。

段伟祺玩了一会儿抬头看到老婆和她那不怎么愉快的表情，忙道："我这是有童心。"

李嘉玉用下巴指了指啥也不懂只会咧嘴笑的宝宝，问："他呢？"

"有雄心？"段伟祺看着李嘉玉的脸色，小心道，"大志嘛。"

番外二
宝宝（2）

段伟祺家的孩子与孟文飞家的孩子，在同一家医院，同一个产房，相差了半天时间前后出生。

一个是儿子，一个是女儿。

自家儿子长得比人家女儿还秀气，段伟祺颇为遗憾。

于是段伟祺经常看看儿子再看看孟家闺女，希望儿子长快一点，长开了还有可能不被女性小朋友比下去。

对于段伟祺先生关注自家女儿，孟文飞夫妇有些疑惑。而段伟祺还常欣慰地说："啊，甜甜好像越长越漂亮了。"

那口吻，跟养了什么急切盼着长大似的。

方靖还好，孟文飞有些小心了，这位不按常理出牌的富豪，不会懒到打算早早给儿子订个娃娃亲，然后把儿子交给未来亲家养吧？

结果段伟祺后头又来一句："唉，我家阿志也越长越漂亮了。"不争气啊。

孟文飞顿时放下一半的心，嗯，段总只是日常嫌弃儿子，没事。

段、孟两家住得近，孟文飞和李嘉玉又共同经营一家企业，加上宝宝同龄，所以两家的共同话题很多，也常互相照顾。尤其在孩子的问题上，四个大人都忙，照顾孩子这事上都不放心完全交给保姆，所以四个人常按工作安排轮流值岗。为了互通消息，他们还有一个四人家长群。

李嘉玉和孟文飞不愧是同年同月同日生，带娃风格很一致。轮到他们带孩子的时候，他们都是认真规划，所有东西准备得井井有条，家政保姆都能接到明确的指示，需要做什么，时间怎么安排，等等。

方靖和段伟祺带孩子就是亲子娱乐场了。

方靖是拿过厨神大赛冠军的人，做吃的简直太拿手，她带着小朋友一起做各种小动物的糕点逗他们开心，一边吃一边给小朋友们讲动物的故事。两位小朋友连玩带吃听故事，能消磨一整天，保姆都跟着美滋滋地吃上一天美食。

段伟祺的玩就是真正的玩了。家里一堆玩具，他翻出来倒一地，作为开明的家长，他还会跟小朋友商量："我们玩什么游戏呢？"

稍后没多久，四人家长群里收到了段伟祺发来的消息："孩子们要玩过家家，怎么办？"

"玩。"忙碌的李嘉玉过了五分钟才回消息，简单、明了、果断。

"甜甜喜欢演老师。"方靖过了好一会儿才看到消息，回道。

孟文飞扫了群里一眼，看到两位妈妈都回话了，也就不说什么了。

又过了好一会儿，段伟祺又发消息了："玩不下去了，我真的努力了。他们要演爸爸妈妈带宝宝去游乐园，让我演宝宝。"

那三个人完全愣住，现在的孩子都这么贼精贼精的吗？

"所以我可以带他们去游乐园吗？"段伟祺问。照他看来，这是最简单最有效的处理方式。

李嘉玉马上说："不行，太惯着他们，以后他们会变本加厉。不能让他们耍小聪明得逞。"

方靖也不赞成："最近流感挺厉害，还是不要去人多的地方吧。"

孟文飞来了一句："她们说得都有道理。"

过了好一会儿，段伟祺又在群里发言了："求夸奖。我把小爸爸小妈妈搞定了。他们现在都睡着了。我终于可以休息几小时了。"

孟文飞见到留言，心里一惊，忙问："你干了什么？"这么短的时间是得让他们玩多疯才能这么快哄睡着。

段伟祺答道："我说宝宝要先睡个午觉再去游乐园，爸爸、妈妈要先哄宝宝睡觉。他们很认真地哄，把自己哄睡了。"

孟文飞心里直呼：可以！这波操作可以夸奖。

由于段伟祺几次带娃都表现不错，于是其他人对他放松了警惕。

这天,三位家长都没空,又轮到段伟祺带孩子了。一上午都挺好,孩子们午饭也吃得不错,三位家长在群里看到了段伟祺发的照片,还有给孩子们录的视频,表示很满意。

可到了下午,李嘉玉接到了保姆打来的电话,保姆说先生要带两个宝宝购物,不让她跟。李嘉玉便让保姆务必一起去。她给段伟祺打电话,说商场人多地方大,孩子太小了,容易走丢。必须带上保姆,还有司机也要跟着。

段伟祺叹气道:"好吧。"

这有什么好委屈的。李嘉玉忙着,便挂电话了。

晚上李嘉玉回到家,孟甜已经被方靖接走了。段达志刚跟他爸一起洗完澡,弄得一地的水。父子俩在卧室里笑闹,看上去其乐融融。

李嘉玉发现宝宝的保姆表情怪怪的,还以为父子俩洗澡的时候怎么了,便问她。保姆欲言又止,后来还是说了。

"太太,我觉得先生这样教孩子不太好。"

"他怎么了?"

"他今天带孩子去商场,让他们想买什么买什么。孩子们就很高兴,挑了不少东西。他们太小了,根本不知道那些东西是什么,颜色漂亮一点就拿。"

李嘉玉淡定地点点头道:"嗯。"她家段总皮痒痒了,教小朋友乱花钱,确实不应该。难怪他不想带保姆呢,肯定是心虚怕被人告状。

保姆接着说:"孩子们拿太多了,全堆在地上,先生就让店员过来算账,然后跟孩子们说让他们给钱。阿志就说爸爸给,先生说是你们挑的,当然你们给。给不起,就被押在这里不能回家。"

李嘉玉听得很是紧张。

"先生说得挺吓人,孩子们快吓哭了。"保姆一脸不赞同,顿了顿又说,"先生吓唬完了,又跟阿志说,现在知道钱的重要性了吗?"

李嘉玉抚额道:"我会去跟先生谈谈的。"

保姆忙道:"后来先生付款了。"

"那些东西呢?"

"先生让孩子们现场送人了。那时我跟司机帮先生拿他买的东西到车上,再回去时都送完了。"

李嘉玉点点头,进了卧室。段达志已经换好了睡衣,看见妈妈就要抱。李嘉玉抱了抱他,先给了段伟祺一个谴责的眼神,然后问段达志:"今天阿志去商场,买了什么?"

段达志皱着眉头想了想说:"没买成。等我大一点,会用钱了再买。"

李嘉玉就不懂了,她又问:"不是买了一堆东西送人吗?"

段达志想起来了,摇着小脑袋道:"爸爸说那些不算。"

李嘉玉还是没明白:"那阿志说没买成的是什么?"

段达志认真道:"爸爸说,钱很重要,我得学会花。"

李嘉玉心想,怎么跟保姆说的不一样?

段伟祺在一旁道:"我给他上了理财课。钱很重要,没钱万万不行,一点小东西都买不起,让甜甜跟着他丢人,所以他要努力。但是家里钱多,所以钱也不是太重要。他得学会怎么花。

"他得有大志,要买就买商场什么的。

"花钱就要有收获,买下商场再赚钱,这叫投资。买下东西送人,让别人开心,这也叫投资。做人要会投资,所以钱很重要,但也不是太重要。"

李嘉玉叹气,转向儿子问道:"能懂吗?"

段达志小朋友认真地点头道:"懂。"

李嘉玉不信。

段达志继续道:"就是买商场,让甜甜开心。"

李嘉玉心里道,这基因,很明显了。

番外三
宝宝（3）

段伟祺是一个成功的投资人、管理者，这一点没人质疑。他有魄力、有能力、眼光独到、知识渊博、经验丰富，这些也无人否定。

最开始他由段老爷子领着进富昌，段老爷子离世后，他成了没靠山的资质浅的后辈，艰难地梳理着集团业务，试图在各方势力中站稳脚跟，并在这样的处境中坚持住段老爷子的经营方针，在现有的经济和市场环境中找到老爷子所坚持的理念的生存之道。直到数年后，他在这个基础上改革成功，带动一批传统产业在新科技应用的大潮中确定新定位和新市场，得到了集团董事会及各位股东大佬的肯定和支持。

他当选集团董事会主席的那天，富昌举行了记者酒会，除了宣布段伟祺任董事会主席外，还有与两家公司的签约仪式。

多家合作公司到场庆贺，财经类记者来了不少，还有一些娱乐版记者也来了。

"段总还挺跨界的吧？"记者们吃着点心聊着天，财经版的调侃着娱乐版的。

"可不。"娱乐版的记者一点都不尴尬，"点击率在那儿摆着呢。"

"人家婚讯曝光之后,你们也没什么绯闻可以编的吧?"财经版继续"攻击"。

"不用编。"娱乐版记者继续淡定地说,"照片拍出来就有人看。哎呀,齐琪居然也来了,我干活儿去了啊。"

娱乐版记者飞奔着冲向门口,生怕拍不到好素材,挤啊挤啊,发现刚才调侃他的财经版记者也在身边挤:"你干吗?"

"齐琪也算财经人物。"财经版记者振振有词地说。

齐琪顶着影后和影视投资人的身份,在酒会上抢了一波风头。后来又来了好几位一线大牌艺人,闻讯而来但没拿到酒会请柬的记者在外头堵了好几层。

段伟祺带着段达志踩着点进了会场,一大群人将他们父子包围。

有人大叫:"大家散开些,别吓着孩子。"

段达志抬头挺胸的,倒也没怕,但嘀咕了一句:"挤到太前面了拍出来不好看。"

听到他这话的人笑了起来,小公子还挺臭美的呀。这基因,很明显了。

作为酒会主人家,段伟祺照例是要上台演讲的。他上台之后,段达志也跟着上去,高大笔挺的男人身后跟着个小小人儿,这画面引发台下一片笑声。

段伟祺听到笑声,一转头,看到儿子。

他对儿子挑了挑眉,段达志抿了抿嘴,背着手不肯下去。段伟祺便让人搬了把椅子上来,放在演讲台的后面。段达志走过去,让爸爸扶着,站上了椅子。

演讲台上便露出个小脑袋,大家笑了起来。这也太宠了吧。

"大家好。"段达志露出有些害羞的表情,但也大方地跟大家打招呼。

台下众人又笑。

段伟祺便问儿子:"你什么意思?你来?那我走了。"

段达志害羞地抿着嘴,扯住了爸爸的衣服说:"我就看看。"他稚嫩的声音透过台上的麦克风传出来,悦耳可爱。

台下有人叫道:"就让小朋友看看。"

段伟祺摸摸儿子脑袋,对着麦克风道:"很明显,今天又轮到我带孩子了。"

台下一片笑声。

自从李嘉玉怀孕后,段伟祺经常在微博和朋友圈里各种唠叨。

"老婆今天吃得有点少,孕妇不是应该吃很多的吗?我批评她,然后我被骂了。委屈。"

"老婆今天吃太多了吧,这样健康吗?""好吧,我错了。老婆吃得不多。"后面发这条,明显是因为他被训了。

"老婆去跑步了。我要不要起床？算了，不起了，就这样吧。反正我肚子不大。""我错了，下次我一定起床陪老婆跑步。"后面发这条，明显是因为他又被训了。

段达志出生之后，这些内容就变成了以下这类：

"那些什么伪科普，坐月子这不能吃那不能喝，这凉那热，奶有毒，你们才最有毒。科学育儿啊同志们，科学养老婆啊同志们。"

"我跟你们说，最难的不是喂奶，最难的是两三个小时就要喂一次奶。老婆整晚都不能睡。"

"话说小朋友真的不能宠，哄个睡还要讲姿势，幸好我练出来了，不然还得继续惨。"

"我错了，话说得太早了。这周阿志睡觉前要抱抱的姿势换了。"

"拍奶嗝你会吗？我必须要炫一下，炫富都没这个过瘾。"

段达志慢慢长大，段伟祺带娃日发的内容就会多些，粉丝们嗷嗷待哺地喊话："段总今天带娃了吗？"

段伟祺带娃的机会其实并不算多，爷爷、奶奶、外公、外婆会抢，老婆盯得紧，孟文飞夫妇也太积极。原本他还是因为老婆交代了任务，所以必须带，后来也被激出斗志了，不但要带娃，还各种秀带娃本领。秀本领就算了，还要秀理念。

他的理念，嗯，一言难尽。

别人家晒娃，大家都夸娃。段总家晒娃，别人都夸爹。

"想要段总这样的爸爸。"

"段总你家缺宝宝吗？大学已经毕业三年的这种，前期抚养的费用和时间都省了。"

有一阵子段伟祺出国两个月，都没怎么炫带娃"神技"，"段总今天带娃了吗"这个话题居然还有了些热度。所以现在段伟祺说"今天又是我带娃"，大家便会意大笑。

"今天我们有一点迟到了，不好意思。因为这孩子为了自己的小西装要配什么颜色的领结，跟我斗争了好半天。我跟他说必须父子装，他说不好看，必须让他妈妈确认。对了，他妈妈今天出差了。各位记者朋友们，各位与会人士，希望明天网上不要出现段氏夫妇冷战，夫人缺席酒会，段伟祺独自带儿孤独赴会这样的内容。"

下面一片笑声。

段伟祺又道："还有，请各出版社也不要再联络我出什么'段式育儿'的书了，你们看连穿衣都不能达成一致，我搞不定他，实在没什么可以向其他爸爸传授的。"

下面又笑。

他继续道:"而且呢,我儿子这么优秀,跟基因有关系,看看我,看看我老婆。"

大家笑得不行。果然是靠基因的,段小公子一脸淡定地臭美,跟他爸一样。但比他爸可爱的地方就是人家自带小朋友式害羞。

"教育的问题,也看家庭环境,我们的家庭环境,大家懂的。"

连展开这种话题也要炫富吗?娱乐记者和财经记者拍得很高兴,点击率肯定不会差了。就喜欢段总这种泥石流招人嫌的。

"经营企业呢,其实跟带娃一样,看基因,看环境,看家长的理念。所以今天我得郑重地向大家说说富昌旗下的两家公司……"

这话题转得,居然就聊生意了?不对,聊生意才是正经啊,应该的。

段伟祺讲了差不多20分钟的生意经,段达志很乖地在上面没有闹。等段伟祺讲完话了,他跟着大家一起鼓掌,把众人又逗笑了。

父子俩手牵手一起走下台的画面,让台下的记者猛按快门。

段达志下台后放开了爸爸的手,直奔第一排的齐琪而去,问她:"齐琪姨,有没有拍到好看的照片?"

"有呀。"齐琪太喜欢这个娃了,把他揽到怀里一起挑照片。段达志挑了几张,让齐琪发给他爸,然后他又飞快地奔去他爸那儿,拉着他爸让他看手机,催促道:"快收一下齐琪姨发的照片,帮我转一下。"

段伟祺看了手机,把照片转给了方靖。

然后段达志就用段伟祺的手机拨过去了,方靖很默契地把电话给了女儿。

"甜甜,你看到了吗?"

"看到了。"孟甜答。

"嘿嘿嘿嘿……"段达志便笑了。

段伟祺简直没眼看。还基因呢,他跟他老婆明明都挺聪明的呀。

第二天,网上确实没人写"段氏夫妇冷战,太太拒不出席晚宴"这类的话题,但有人说"段家小公子与齐影后熟稔亲密,引发猜疑",还配上了齐琪抱着段达志一起笑眯眯地看手机的照片,看上去他们亲得跟母子似的。

这才几岁的孩子,跟影后再亲密,能引发什么猜疑啊?

段伟祺瞪儿子。

段达志正跟甜甜玩过家家呢,一点不知道,他帮他爸惹来点没人信但有人传的"绯闻"。遗传这件事,真是说不好。

番外四
青梅竹马

段达志特别喜欢跟孟甜在一起。

一开始是因为跟孟甜在一起总有好吃的,方靖妈妈特别会做饭,还会讲很有趣的故事。后来是因为他觉得孟甜对他好,有什么好吃的会给他留一份,有好玩的也会想着他。

但段达志并不知道,那个时候有什么吃的都想着叫上他,或者给他留一份,是因为孟甜以为他很可怜。

"要让着阿志一些啊。点心让阿志多吃一块,他回家就吃不上了。"方靖好几次都这样跟女儿说。

孟甜便觉得阿志真可怜,回家没饭吃,就多给了他两块。

孟甜小时候,爸爸就跟她说,家里人的职业全是"师",比如爷爷是律师,奶奶是会计师,爸爸是软件工程师,妈妈是厨师。那甜甜长大了要做什么呀?

孟甜觉得她可以做老师,就像幼儿园的宋老师一样,漂漂亮亮的,笑起来真好看。

做老师要做什么呢?就是对小朋友好呀。

尤其是可怜的小朋友，像段达志那样的。

所以孟甜有什么好玩的，就想着要带着阿志一起玩；有什么事，都要帮着阿志。

段达志小朋友特别神气，觉得自己在孟甜小姑娘心里一定有着重要的位置。

"甜甜特别喜欢我。"段达志跟爸爸宣布。

"嗯。"段伟祺一边点头，一边想着现在小姑娘的眼光都不太行，等长大了就会挑剔了。

"所以我会对甜甜好的。"段达志继续跟爸爸宣布。

"你等等，"段伟祺忽然觉得就这问题必须好好教育儿子，"如果你喜欢人家，才要对人家好。如果不喜欢，就别献殷勤。"不然就是不道德的，这话段伟祺咽回去了，他觉得儿子肯定不能明白什么叫"道德"。"花花公子"这个词他也没说，他觉得儿子肯定也不能明白。

"爸爸你真傻。"段达志哈哈大笑道，"哪有什么喜欢不喜欢啊。"

段伟祺在心里叹气，果然啊，小毛头一个懂个屁，就会吃。

段达志继续道："怎么会有人不喜欢甜甜啊，甜甜最可爱了！"

不是，这逻辑不对啊。不是说甜甜喜欢他，所以他才要对人家好吗？现在是说没人不喜欢甜甜，所以他对甜甜好不是因为甜甜喜欢他，是因为他喜欢甜甜，对吗？

段伟祺看了看儿子，儿子在玩小车子，想想算了，跟小朋友讲什么逻辑。

小朋友果然是没逻辑的。

这天段达志回来，一脸沮丧，说跟甜甜吵架了。

段伟祺就问他了："为什么吵架呀？"

"我说甜甜好看。"

这个吵架的理由他不懂。

他便问儿子："你少说了一个'不'字，是吗？"

"爸爸！"段达志小朋友非常生气地说，"你怎么能说甜甜不好看！"

"我没说甜甜不好看，我是问你是不是说甜甜不好看。"

"我不是说了吗！甜甜好看！"段达志小朋友好恨自己为什么有个这么蠢的爸爸，听说他经营的公司还非常大，养活了不少人。这么蠢是怎么做到的？

"是你说你们吵架。"

"对呀，甜甜跟我说，宋老师好看，我说宋老师不好看，甜甜好看。甜甜就不高兴了呀，我就问她不高兴什么，说她好看还不行吗？然后她就更生气了。然后我就说她不能这么小气，然后她就更更生气了。爸爸，甜甜为什么生气?"

段伟祺认真想了想,说:"因为你说她小气。女生最讨厌别人说自己小气。"比如他老婆。

"可我说她小气之前她就已经生气了。"

段伟祺心想,承认自己真不懂会不会有些丢脸?

后来李嘉玉回来了,段伟祺忙悄悄去跟老婆请教。李嘉玉把儿子叫过来,问他:"为什么要说宋老师不好看呀?"

"宋老师确实没有甜甜好看嘛。"

"可是甜甜又没有说自己不好看,甜甜是说宋老师好看。你就算附和一下也可以呀,甜甜觉得好,你非要说不好,甜甜当然会不高兴。就比如你说甜甜好看,爸爸非说不好看,你也会生气,对不对?"

段达志想了想,点点头。

"然后你问她不高兴什么,夸她还不行吗,这样的态度会让甜甜觉得你夸她不是真心的,好像很不情愿似的,然后你还要说她小气。"

"我懂了,妈妈!"

段达志找爸爸给甜甜拨电话,哄甜甜去了。段伟祺问老婆:"孩子这么小,你就教他泡妞,这样合适吗?"

"我什么时候教他泡妞了?"

"刚才那样就是泡妞啊。他没事夸甜甜好看,应该也是这么学来的,这样太花花公子了吧?"

"段伟祺,不许说我儿子花花公子。小朋友正常相处怎么不行?青梅竹马感情好怎么不行?这样就花花公子了?麻烦你上网搜一搜自己的名字,看看出来的都是什么新闻。"

"你又扯到哪里去了,现在在说儿子。"

这边段达志跟孟甜已经和解了,他跟孟甜悄悄道:"我爸我妈又吵架了,他们感情肯定不好。"

孟甜道:"我爸我妈不吵架,他们感情很好的。"

"那以后结婚还是去你家吧。"

"行啊。"

过了一礼拜,段达志回来找妈妈哭诉:"妈妈,甜甜又生我气了,不让我去她家结婚了。"

"啊?"李嘉玉没反应过来,"去甜甜家结婚是怎么回事?"

"那个不重要,甜甜又生气了比较重要。"

"不不,妈妈觉得结婚比较重要。"

"就是我扮新郎,甜甜扮新娘啊。"

"哦。"李嘉玉反应过来,是过家家呀,"那甜甜为什么生气?"

"我们几个小朋友一起玩,大家说铃铃的裙子好看,甜甜也说好看,所以我也跟着甜甜说好看,然后甜甜就不高兴了,她不让我去她家里结婚了。"

"妈妈,不是你说的吗?甜甜说什么,我应该附和一下,跟她说一样的,这样就对了。可是我跟她说一样的,她就生气了。"

李嘉玉心里道,妈妈怎么会知道你这么傻呢,儿子,灵活应用不懂吗?

段伟祺在一旁哈哈大笑。

"妈妈!"段达志叫她。

李嘉玉装忙:"去找你爸爸,他帮你解决。"

段伟祺马上就不笑了,他也很忙,非常忙。

这天晚上,段达志很生气,晚饭也没吃好。后来是甜甜打电话过来把他哄好了。段达志早忘了追究甜甜的责任,只记得爸爸妈妈不好。

"我们小朋友也是很辛苦的。"他说。

"嗯。"甜甜附和他。

"我们家真的不太行。"段达志又说。

"嗯。"

"所以我还是去你家结婚吧。"

"行。"

番外五
方勤与李铁

在发展出不一样的感情之前,方勤认识李铁挺久了。

她还记得他们第一次见面是因为李嘉玉与苏文远谈恋爱,于是两个寝室一起约饭。李、苏两人正式确定关系的那天,李嘉玉回寝室甜甜蜜蜜地宣布恋情。那还有什么客气的,恋爱了,男生必须请女生全寝室吃饭啊。

那时候方勤和李嘉玉还住在四人寝室,她与李嘉玉被保送读研,一位同寝室的姑娘已经找着工作搬出去了,于是加上另一位同寝姑娘,她们一共三个人。

苏文远家里经济条件不好,这顿饭是李嘉玉请客,但为了苏文远的面子,李嘉玉没说。方勤知道,但也不说。

李嘉玉读书早,小学还少读一年,这么算起来,她比同年级的人小了一两岁,但因为她漂亮有气势,平常又特别有主意,所以倒是更像当家姐姐。

苏文远比李嘉玉还小一岁,所以在方勤看来,两个寝室在一起,就是姐姐们与弟弟们的会面。

苏文远寝室也只来了三人,当然苏文远最让大家印象深刻,不只是因为他是李嘉玉男友的关系,最重要的是他真的长得太帅了。盛世美颜,360度无死角,说的就是这个男生。但方勤对李铁的印象也挺深的,后来一直没忘。

因为李铁当天穿着一条睡裤似的裤子,趿拉着拖鞋,顶着一头乱糟糟的头发,像是刚从床上爬起来就奔进餐馆的模样。这姿态有些糟糕,吃得还不少,简直是饿虎扑食,让人想忽略都难。

多年后他们说起从前,李铁说他当时确实是从床上爬起来就奔着餐馆去了。那时候他赶一个设计作业,又很穷,啃了三天面包。听到要聚餐的时候,他正睡死在床上,还神志不清地应了一句"不去"。等他神志清醒一半的时候,苏文远和寝室的另一个同学已经拉开门走了。李铁在床上回味了一会儿刚才的对话,待彻底清醒后赶紧跳下床,套了件外套冲出门跟上大部队。

"你那时候为什么这么穷?"方勤不明白。李铁父母都是公务员,家境不坏,不至于让读书的儿子啃三天面包啊。

"买手办了啊。"李铁答。

这败家男人。

"那你当初对我的第一印象是什么?"方勤问他。

李铁认真想了想,说:"当时真的只顾着吃了……"

"行了,闭嘴吧。"方勤后悔问这个问题了,早该想到才对。

其实方勤那时候对李铁的印象也就是,艺术生,苏文远的同学,听说成绩不错。李嘉玉与苏文远恋爱三年,方勤见过李铁几次,他们互相知道,打过招呼,仅此而已。他们两拨人正好同一年毕业,李嘉玉和苏文远决定一起创业,开办一家设计公司,起名"远光"。李铁有能力,设计的作品也拿过奖,为人踏实肯干,所以被苏文远拉来一起创业。那时候方勤听李嘉玉说了一番他们创业公司的合伙人,李铁夹在几个人当中,方勤对他并没有特别留意。

方勤真正对李铁刮目相看,是在李嘉玉发现苏文远出轨后,她帮着李嘉玉去品牌店找线索时。那时候李嘉玉判断苏文远傍上了一个富婆,而方勤要帮着李嘉玉把这个富婆的身份查出来。方勤去了那富婆买包包的品牌店外蹲守,却正遇着李铁去隔壁一家品牌店帮苏文远取一套高档晚礼服。方勤顿时来气,觉得李铁是苏文远出轨的帮凶,但那个时候苏文远的出轨对象富婆珊姐已经拿到包包走了,方勤没时间多想,便悄悄跟了上去。

从楼上跟到楼下,商场里人多,挡了她的视线,方勤没能拍下那位珊姐的照片,正懊恼时,却被李铁抓住了。

"你是来帮李嘉玉捉奸的吗?"李铁很直接地问她。方勤吓了一跳,行动计划败露了。

李铁会回去告诉苏文远吧?那样,李嘉玉就没了主动权,不好谈判拿回她的钱了。

"我刚才看了单子，帮他买衣服的女人叫段珊珊。"

方勤又吓一跳，这位兄弟是敌是友？

她紧张得没反应过来，却被李铁拉到一边又问："是刚才那个红裙子女人？你拍到了吗？"

方勤当然没拍到，但李铁接下来的举动让方勤从此深深地记住了这个男人。他从包包里拿出速写本，当着方勤的面唰唰唰地画了起来，没几分钟，一张惟妙惟肖的速写像画好了。

李铁道："那个女人长这样。"

方勤惊叹不已。

后来，李嘉玉与苏文远的事情解决了。方勤很久都没有再见到李铁，只听李嘉玉说，她与苏文远分手后，苏文远彻底放飞自我，决定凭借自己的好相貌，往网红方向发展，想靠着名气与粉丝，拉动"远光设计"的运营。李铁身为合伙人，与他理念不合，李铁觉得设计师就该好好设计，用产品说话，把精力和时间花在炒红自己攒粉上，不是正道。于是李铁也离开了"远光"。

这位弟弟三观可以的，方勤听到消息时这样想。

后来她跟李铁再有交集，又是因为李嘉玉。

当时李嘉玉跟方勤的老板段伟祺恋爱，下班了正准备杀到方勤公司给段伟祺一个惊喜，结果半路上遇着了李铁做好事。这好事有些风险，就是他救助了一个被别的车子撞倒的老人。老人已经昏迷，撞人的车子逃逸，李嘉玉当时开车经过，行车记录仪正巧拍到了过程，她一看这么巧，冲上去助人为乐的人是李铁，赶紧靠边停车帮忙。

方勤接到了李嘉玉的电话，便也赶到医院帮忙，生怕她遇着麻烦。

李嘉玉确实遇着了麻烦，却不是因为这事。李铁同学再一次发挥了他那识脸辨人的"火眼金睛"本事，他发现了一个男人在跟踪李嘉玉。而第二天，有人在网上瞎编黑料往李嘉玉身上泼脏水，事情闹得挺大，因为李嘉玉的前男友苏文远现在真的很红，苏文远被绿、李嘉玉傍富豪乱搞男女关系等消息，在网上炒翻了天。那跟踪者拍了李嘉玉跟李铁在医院的照片，所以还把李铁卷了进去。

制作黑料的人看图说话，把李嘉玉和李铁一起去医院往男女关系、看妇产科上引。这两人当初都与苏文远关系紧密，都与苏文远闹翻，前后脚离开了"远光"。现在一起出现在医院，简直是一出狗男女大戏。

方勤正上班，看到网上这些顿时火冒三丈，她赶紧联络李嘉玉。李嘉玉也已经看到了消息，她说段伟祺说了会处理，让她等着。

方勤又想到了李铁，那天李嘉玉赶着去见段伟祺，后来跟受伤老人的家属交涉,处理各项杂事是她跟李铁办的。李铁这人心善仗义,被家属质疑也能好脾气地应付。方勤看不过去,直接帮他怼了。一件件、一条条,讲得对方认了错。只不过李铁做了这件善事没惹上什么被人误会是肇事者的社会新闻,却被人泼了乱搞男女关系给兄弟戴绿帽的狗血脏水。方勤那日与李铁一起奔走处理事务,感觉算是与他结下了革命友谊。李嘉玉有大佬段伟祺撑腰,李铁却是个平头小百姓,虽然说这种事女性会比较吃亏,但平白受这种侮辱,是个人都受不了吧。

方勤替李铁抱不平,正准备联络他慰问安抚一番,却接到了他的电话。

"网上我跟李嘉玉被黑的事你知道吧?"李铁还是直截了当的风格。

"知道。"方勤赶紧答。

"我联络了昨天受伤的老人一家还有警方,还找了一个做记者的同学帮着去采访做澄清,我叫上了李嘉玉,你昨天也在场,方便一起去帮个腔做个证吗?"

"当然。"方勤顿觉振奋,这位李铁兄弟有意思啊,还是个行动派。

方勤请了假,赶到医院与李铁和李嘉玉会合。

李铁真的找了位做记者的高中同学来帮忙,不是什么大媒体的,就是个新闻网站,但怎么也是记者。那同学一脸兴奋,还调侃李铁居然成了热点人物,李铁自嘲了几句,领着大家去病房。方勤觉得李铁表现得还挺酷的。

到了病房,受伤老人和家属都在呢。因为提前打好了招呼,所以事情进行得很顺利,那位记者同学做了采访录了音,还拍了几张照片。方勤正暗想不知这稿子发出去会不会有人信时,李铁忽然从包里掏出一面锦旗来,上面写着"助人为乐,雷锋精神"。他把锦旗展开,道:"我们一起来张合影吧。"

方勤很惊讶,忍不住哈哈大笑。

可以的,这位同学真的心思缜密,居然还准备了道具。

李铁看了方勤一眼,方勤忙敛了笑,但她觉得真的好笑,没坚持住一秒又笑了。

李铁又看她一眼,方勤赶紧招呼大家道:"来来,时间紧迫,快合个影。"

没人反对,大家都很配合地一起拿着锦旗合了影。

离开医院后,他们去了公安局。那位记者同学又采访了昨天出警的警察。大概是因为公安局环境的关系,大家都很认真严肃,没想到结束时李铁又掏出一面锦旗来,上面写着"热心市民,见义勇为"。

这次没等李铁说话,方勤就先哈哈笑起来。

所有人都看向她,李铁那句"我们一起来合个影"堵在嘴边,方勤赶紧弥补道:"那什么,警官,拍个照好好宣传弘扬一下这样的正能量,您看行吗?"

这话问得,警官哪能说不行,一众人拥着锦旗又拍了照。方勤就站在李铁旁边,李铁小声道:"同学,你的笑点有点低啊。"

方勤甜笑着回应:"叫学姐。"

"学姐,你的笑点有点低啊。"李铁又说了一遍。

方勤忍不住又笑了,笑得咧大了嘴,正好记者同学咔嚓一声,把照片拍完了。方勤一愣,刚才自己的表情不太好吧,掩盖了美貌,正想说再拍一张,李铁已经道:"好了,谢谢大家,谢谢警官。"

收工解散。

方勤抿唇沉思,刚才那照片,自己的表情行吗?她问记者同学:"照片怎么样啊?"

"非常好,放心吧。"同学一脸兴奋地说,"我回去就写稿子,很快就能上线。"

方勤觉得这位同学肯定没明白她的意思。

这边李铁跟记者同学一本正经地嘱咐道:"写得热血一点,牛一点啊。"

这要求,一听就办不到啊。扶了个老人,怎么写得牛气、热血?方勤觉得不靠谱。

但记者同学大声道:"那肯定的,放心吧。"

方勤心想,男人之间的互相哄骗也是挺可怕的。

记者同学走了。李嘉玉为了感谢李铁、方勤帮忙,要请他们吃饭。李铁道:"这事其实算不上帮你,我也被泼了脏水,而且就算帮忙也不必客气。但饭总是要吃的,谢谢了。"

方勤马上联想到当初第一次见面时的聚餐,顿时多看李铁几眼。

李铁回看她道:"这位学姐,你是在我身上发现了什么光辉吗?"

方勤猛点头道:"闪闪发光。"

这男人身上简直有着人性的普遍光辉啊,有才华,贪吃,机智,厚脸皮。方勤自己琢磨了一遍这个总结,又笑了。

李铁被她笑得,给了她一个无奈的表情。这让她又哈哈笑了起来。

完了,真的笑点有点低。明明今天是应该愤怒丧气的一天,但两面锦旗一出,似乎一切不好的事都会烟消云散,真的很有镇邪的功效。方勤觉得李嘉玉的心情也很好,作为被全网黑的当事人,她能有这样的精神状态真是太好了。

方勤觉得这里面有李铁的很大一部分功劳,在心里暗暗给他点了赞。

时间还早,还没到饭点,于是三个人先确定了要去的一家火锅店,然后一起去了火锅店所在的商场，先随便逛逛，到时间再用餐。女生们逛街当然就是看化妆品、看衣服、看饰品，李铁完全没兴趣，也没打算表现一下耐心与绅士风度，只陪她们走了一家店，就把两位学姐的审美揶揄了好几遍。然后他就开溜了，要去逛鞋店和书店，只约了个时间，大家在火锅店碰头。

到了时间点，李铁准时赶到，大家点好了菜，等着火锅上桌。这时候李铁掏出两张卡片，这是他在书店刚买的普通卡片，他在上面画了些小画，送给了方勤和李嘉玉。

李嘉玉笑道："这是回报我请的这顿饭吗？"

"可不。"李铁道，"请两位务必好好收藏，他日我李铁大红大紫，声名远扬，这张卡片就值万金。"

方勤哈哈大笑道："真是礼轻情意重，一定要好好收藏。"

两人打开卡片一看，李嘉玉那张上的小画，是她本人的速写，画得很像她。画上的她比画着胜利的"V"形手势，很可爱，还带着点气势。上面还写了四个字：胜利、幸福。下面是李铁的签名和日期。

方勤的这张，也是画的速写。画里方勤叉着腰，很有气势地大笑着，上面也写了四个字：开心永远。下面同样有李铁的签名和日期。

方勤不服气了："老铁啊，你这明显是偏心，你看看，你把我画得多傻气啊。我是这么笑的吗？"

李铁二话不说，掏出了手机，调出了一张照片递给方勤看。方勤接过一瞧，一口气差点没提上来。那是他们在公安局拿着锦旗的合影，照片里的大家都挺端庄的，只有她咧大了嘴，笑得像个傻子，后槽牙都能看到了。

方勤垮了脸道："不会吧。"这个太不能接受了，她是觉得当时表情管理没做好，但没想到会差成这样，"老铁，你的同学太不靠谱了。这照片没发出去吧？"

"我给你看的就是网上的照片。"

方勤差一点想问能不能撤下来，但一想算了，这是帮李嘉玉澄清黑料的，自己那点形象算啥。况且，谁知道她是谁呀。

"算了算了。"方勤沮丧地说。

"一会儿多吃点。"李铁安慰她。

"我谢谢你啊。"方勤瞪眼，却看见李铁笑了。

笑点真低。

不过他笑起来还挺帅的。方勤这样想。他笑的时候，眼睛弯弯的，眼睛旁边有细细的纹路，一口白牙，整个人看着很温柔。

"看在你助人为乐的分儿上，"方勤指着李铁道，"就不跟你计较了。"

李铁又笑了。他笑着侧了侧头，用手指挠了挠眉梢，方勤注意到，他的手指很长，骨节分明，还真是好看。嗯，这一看就是个艺术家的手。

这顿饭李铁和方勤都没客气，放开了吃，为了颗肉丸差点打起来，后来两人石头剪子布，待决出胜负，最后那颗丸子已经进了李嘉玉的肚子。在两人谴责的目光下，李嘉玉哈哈大笑。大家一边笑闹，一边关注网上事情的进展。李铁那个记者同学的报道出来后，李铁转发并做了声明。苏文远也发了声明，表示他与李嘉玉分手是因为个性不和，他自己有错，对不起李嘉玉，等等，还道了歉。方勤真是惊奇了，苏渣渣是吃错药了吗？

李铁便说了今天他给苏文远打了电话，让苏文远澄清。说如果苏文远不澄清，那他来说，当年的事，他也是知道得清清楚楚的。苏文远自己说，还可以想好措辞把握主动权，等他来说，那情况就不一定怎么样了。苏文远大概是怕他乱说话吧。

方勤哈哈大笑，狠夸李铁够哥们儿。

三个人这顿饭吃得非常高兴，这两天的经历让他们建立了革命友谊，于是拉了个小群"哥们儿三人群"，约好继续助人为乐，好吃好喝。

就从这之后，方勤与李铁迅速地熟悉起来。三个人经常在小群里说话，方勤的话比较多。李铁不说话便罢，一说起来大多挺搞笑，反正是挺戳方勤的笑点，常逗得她哈哈大笑。

两个人还有一个新交集，就是方勤上班的公司耕田与李铁所在的公司四木，正好有一个合作项目，用古镇的元素设计文具及文化装饰产品。方勤正好是版权方耕田的业务对接人，项目初期她去四木与产品部、市场部开会，都不知道李铁居然就在四木工作，那天在医院聊起来才晓得，原来他在设计部，与产品部、市场部楼层不一样，难怪他们连偶遇都不曾有。

后来方勤再一次到四木开会，这一回听说会有设计部的人参加，她还在想会不会有李铁时，就见他拿着个本子和一支笔，晃晃悠悠，非常不像精英地走了进来。

四木负责这个项目的产品经理叫廖毅，方勤不太喜欢他，觉得这个人挺爱摆谱的，事儿多，但是大家是合作关系，也没什么冲突，所以她也没什么。但这个廖毅见了李铁，居然语气挺蛮横地问："怎么是你来？"

会议室里一下都安静了。方勤心头的火起来了，这什么意思？欺负她好哥们儿吗？方勤正想帮李铁说话，结果李铁自己很淡定地反问："你想让谁来？"

廖毅愣了愣，问："什么？"

李铁找了个空位坐下了，把本子摊开，笔拿好，摆好做笔记的姿势，又道:"我问你,你想让谁来啊,我记一下,回去反馈给姜总监。"

廖毅皱皱眉问:"小蒋呢?"

"上次跟产品部开完会回去就哭鼻子了,小姑娘不够坚强。"李铁一本正经地答。

这风格果然很李铁,方勤"扑哧"一声笑了出来。

李铁看了她一眼,面不改色地把后半句说完:"所以以后我来跟这个项目。"他顿了顿,诚恳地问廖毅,"可以吗?"

廖毅被噎住。他哪里有资格说不可以,便挥挥手道:"那你坐下吧。项目的需求,小蒋跟你说过吗?会议时间有限,没太多时间再重新跟你讲,你先听着吧,回头你再找我,我再跟你说。"

"不用重新说。"李铁还是那副淡淡的样子,回道,"上次小蒋给你们发的针对产品需求的回复,就是我的意见。我是李铁,跟廖经理初次见面,以后还请多多关照。"

"李铁?"廖毅又愣了,问道,"A组的那个李铁?"

"是的。"李铁点点头。

方勤感觉到廖毅态度有微妙的变化,她便问李铁:"你们分组有什么讲究?"

"A组通常做核心产品设计,其他组对接项目或是做专题设计,必要的时候,A组会跟其他组配合。"李铁简单一句,方勤立马就懂了。A组就是设计部的大神部。

一旁的廖毅道:"李铁,这位是……"

方勤笑着打断廖毅,道:"不用介绍,我们认识的。我来的时候,段总还问呢,能不能让李铁做主设计,这样他放心。我正打算今天过来问问呢。"

廖毅又一愣。

李铁笑了笑,知道方勤故意这么说,捧高他,想帮他在这廖毅面前争回口气。他道:"设计工作怎么安排,要看项目的大小和产品需求,我先来听听你们最后的产品方案。"

这话给廖毅打了个圆场,廖毅忙道:"好,那我们开会吧。"

方勤递给李铁一个眼神,表示自己看不惯这个廖毅,李铁笑笑没说话,埋头看他的本子。

方勤没好气,觉得自己这么帮他,他还不领情,也就不管他,投入到会议里去了。

会议全程李铁一句话都没说过,一直伏首在本子上画来画去。会开到一半,廖毅的心情颇有些不爽,他们的产品营销方案被方勤挑了些毛病,他终于没忍住，转向了李铁："李铁，方总她们的想法你都记清楚了吗？"

李铁似才反应过来，惊讶地说："方总？"

方勤差点又要被他逗笑了。

廖毅似乎终于抓到了把柄，道："产品营销与产品设计需求是有关联的，你既然来参加会议了，就认真听听。"

李铁"哦"地答应一声，然后把刚才他们双方讨论的重点说了说，居然一点没说错，然后他又道："我没体会出来这跟我们设计的关系在哪里。"

若说之前他回复方勤的话是给廖毅搭台阶，那现在他就有些正面杠的意思了。

方勤这回是真笑了。老铁还真是有趣，一开始先给面子，大家和气，但要是再不识趣，他就不客气了。

见方勤笑，李铁又看了她两眼。

这回是市场部的打圆场，他们与耕田这边提了提设计方面的想法，结合营销方案说了说，这话题就过去了。

会议结束，廖毅的脸色有些不好看。李铁却若无其事，把他的大本子平平整整地撕了一页下来，递给廖毅道："送给你。"

方勤伸长脖子一看，是廖毅的画像。画得特别像，但又比本人帅。画上面还有李铁的签名和日期。

廖毅很吃惊，又有些恼火。这家伙来开会不好好开，难道一直在画他？他是故意以开会之名来偷懒不工作的吧？不过画得还真是不错。廖毅这一愣神，李铁便说了："好好收藏呀，以后万一我红了，这个就值钱了。"

廖毅接过了，脸上的表情非常精彩。赞同又不是，不赞同又不是。毕竟这话一听就是在吹牛，但是万一呢？廖毅只得本能地说了句"谢谢"，拿了画走了。李铁笑了笑，又撕下了一张画送给了别人。

方勤站旁边一直看他。等他把画送完了，人都走了，她笑问："你这招真的管用？"

李铁反问她："要管什么用？"

方勤挥手示意了一下说："就是勾搭呀，示好呀，泡妞呀什么的。"

"我像是干这种事的人吗？"

方勤给他一个鄙视的眼神，那他刚才一直在干吗？

李铁翻本子，撕下了一张给她。

方勤接过一看，这张画的是她。画里的她趴在一个山谷边探头看，旁边有一行字：你的笑点低到了谷底。

方勤抬手就要拍他，李铁哈哈笑着跑掉了，留下在门口等方勤的四木的市场部的姑娘迟疑地看看李铁的背影，又看看方勤。

方勤拨了拨头发，轻咳一声，试图挽救形象，解释道："我们是校友，认识挺久了。"

市场部的姑娘点点头，笑了笑，没说什么。

李铁带着笑容回到楼下设计部，周围的同事俱是一惊，纷纷问道："那廖毅今天开会脑抽给大家发红包了？"

"怎么可能。"李铁坐下了，喝了口水之后说。

同事们更疑惑地问："那你笑什么？今天真的怼他了？总监不是说你保证不怼人才同意让你接手这项目的吗？"

"我没有怼他。我对他特别客气。"

同事A道："我怎么不敢相信。那廖毅可是有名的刺头。"

"然后呢？"李铁问。

"你是有名的锤子。"同事B答。

李铁还真不知道自己有这名气。

这时候小蒋过来了，对李铁道："铁哥，谢谢你，我请你吃饭吧。"她是真的快被廖毅气死了，幸好李铁主动说他来接手。李铁在总监那儿有分量，总监就同意了。

李铁忙推辞说："不用客气，都是工作。我这人不喜欢饭局，心意就心领了。"

不喜欢饭局的锤子先生估摸着方勤回到公司的时间，然后在"哥们儿三人群"里发微信："方总？"后头附一个"大笑"的表情。

过了一会方勤回复："你的笑点低到了地心。"

李铁看到，笑出声。

李嘉玉忙到飞起，看到微信消息提示，发了个问号意思意思。

李铁没解释，只继续跟方勤聊："你不是助理吗？怎么变'总'了？"

"总裁助理，官也好大的好不好？"方勤附上个"白眼"的表情。

李铁捧着手机笑得不行。

方勤又道："难道那廖经理要叫我方助理吗？算起来我真的比他职位高。"

"是，是。今天才知道你这么牛。你必须请客吃饭了。"

"你上辈子是饿死的吗？整天就会吃。"

李铁不出声，没想好要怎么回。

过一会儿，方勤又发消息："行吧，反正都要吃饭的，去吃麻辣烫，等嘉玉一起。"

李铁又笑了,回复:"行。"

结果当晚李嘉玉没时间,方勤觉得都说好了又改不好意思,而且她也真的想吃那家麻辣烫了,有个人陪比自己吃要有味道,于是跟李铁两个人去了。

到了那儿没有位置,两人捧着碗蹲坐在店外路边的小塑料桌前吃,姿态真的不优雅。

方勤一边吃一边埋怨道:"唉,跟着浪子型艺术家吃饭,只能蹲路边,太毁我职场精英的形象了。"

李铁不服道:"是你领着我蹲这里的,记得吗?我们艺术家更讲究文艺清新范的。"

"不要绑架文艺清新。"

"你还冒充精英呢。"

两个人一边斗嘴一边吃,还分享了有关项目的八卦。

吃完了麻辣烫,李铁说他没饱。方勤便瞪眼了:"你是猪啊?"

李铁哈哈笑道:"真的,你才发现。"

方勤嫌弃得不得了。

"去吃烤串吧,我知道有一家特别好吃。"李铁说,"我请客。"

方勤心动了,她也喜欢吃烤串,被李铁这么一说,她也觉得自己没吃饱。

于是两个人坐公交车,去了烤串店。

烤串店里有位置,两人对坐于一桌,一把烤串一口啤酒,还聊起了从前学校里的事。方勤问李铁有没有交过女朋友,李铁说高中时交过一个,半个学期就被班主任发现,然后家长被叫来了,就分手了。方勤想象了一下李铁那时候的样子,觉得很好笑:"那大学时候呢?"

李铁反问:"你觉得我们寝室有个叫苏文远的校草先生在,我这样的平民级同学,能有女生表白吗?"

这个就更好笑了,方勤哈哈大笑。

"你呢?"李铁问她,"我记得你好像有男朋友的,后来出国了是不是?"

方勤吃着肉,点点头,喝了口啤酒,把肉咽下去了,这才道:"大熊,我爱的男人。"然后她又叹气,"可惜呀,我在他心里不是排第一位的,事业才是。"

李铁不说话。

方勤轻轻踢他一脚说:"干吗,不用觉得冒犯了,我早渡过难关了。真的。"她顿了顿,摇摇头,"不过我可能还喜欢他。"又顿了顿,仔细想想,"也不是,应该还是喜欢他,但也不会再喜欢他了,毕竟不可能了。我这么现实的人。"她咯咯笑起来,"我是不是喝醉了,有些语无伦次。"

"我明白你的意思。"李铁说。

方勤睁大眼问:"你明白吗?"

李铁点点头,然后笑起来说:"好吧,其实不是太明白。"

"我正想着如果你说明白,我就要让你仔细说说看了。"

李铁大笑道:"救命,幸好我及时坦白了。"

方勤用手撑着脑袋说:"你都没认真恋爱过,怎么可能明白?爱情这东西呀,勉强不得,但其实也能勉强。比如我跟大熊吧,我们是真的很爱对方的,但我们就真的可以分开,真的理解对方分开的心情。我是真心埋怨他,但也真心希望他在美国能过得好。我真心希望他下一个女朋友不如我,也真心希望他得到幸福。"她指了指李铁,"你没有经历过,你不会懂的。"

李铁也学方勤撑着脑袋,认真地想了想,然后扮了个鬼脸道:"算了,我还是吃肉吧。"

方勤哈哈大笑。

这晚两人聊了许多,一直吃一直聊,待回到家,已经很晚了。

方勤洗漱完上床,困得打个哈欠,但还记得翻微信看李铁有没有留言,他送她回来,走时她交代了,回到家要报声平安。

等啊等,没见他的消息,她不禁有些担心起来,虽然他是男的,但毕竟太晚了。想着李铁其实长得也不错,认真收拾起来肯定也是帅哥,万一这大半夜的被人劫了色……方勤被自己的胡思乱想逗笑了,笑着笑着又想着完了,果真笑点越来越低。

再看手机一眼,李铁还是没发来消息,他住得有这么远吗?她忘了问他住哪里了。

其实李铁这人,真的挺好的,有趣,又仗义。

方勤太困了,没等到消息,睡着了。

李铁回到小区还没上楼就给方勤发消息说他平安到家,让她不用担心,但她没回复。李铁猜她应该睡着了,回家路上她就打了好几个哈欠。

李铁回到家里,收拾洗漱完,躺床上睡不着,想了想,拿着手机跑到设计论坛群里留言,说愿意接私活儿,有活儿的找他。

一个好友跟他私聊:"你不是说钱够用就好吗?不是视钱财如粪土吗?居然肯接活儿了。"

"我有病啊,我视钱财如粪土?"李铁回他。

"是,是,你爱财,你就是懒。"好友直言。

"嗯。决定不能懒了。"李铁道。

这顿饭后，李铁与方勤面对面的接触机会，就是工作会议。但两人在网上常聊天，原本常在"哥们儿三人群"里，但因为李嘉玉太忙，回话很少，他们慢慢变成私聊更多。李嘉玉这边的感情出了些状况，工作运却是红红火火，她签下了一个大项目，并被委派到外地入场调研，算是项目的主力军。

李嘉玉出差，方勤上班就没人送了，李嘉玉有心把车子给她开，但她不会开车。李嘉玉临出差前请"哥们儿三人群"聚餐，拜托李铁照应一下方勤，后来调侃方勤不会开车，有车摆着却也只能走着上班的事。三个人说着说着，最后变成了李铁要教方勤开车。

其实大三时候李嘉玉去学车时，方勤看她学得开心，拿驾照特顺，便也想去学。但她也不知怎么的，一把着方向盘就会紧张。偏偏她碰上了一个脾气特别差的教练，那教练把方勤骂成猪头，她的自尊心很受伤，干脆跟驾校闹了一场，把学费拿回来，不学了。后来坐上司机位还是会紧张，干脆就暂时放弃了学车的念头。

李铁听她跟李嘉玉这么一说，反而跃跃欲试，想挑战一把。方勤便道："我跟你讲，我这人玻璃心，真的不能受批评。"

"我不会的。"李铁丝毫不知人间艰难，"我这人最有耐心了。"

李嘉玉放心出差去了，李铁开始了每个周末教方勤开车的日子。李嘉玉关心他们的学习进度，在群里留言问来着，隔了很久，是方勤到群里回答的："老铁老师现在到路边树下蹲着去了，他说他必须要冷静一下。"

李嘉玉哈哈大笑。

方勤并没有学会开车，但她跟李铁学开车的日子过得非常开心。李铁说的笑话，她都觉得很好笑，甚至他没有说话，只是露出被她的蠢笨折磨得无奈的表情，她都能哈哈大笑。她学车真的有很多糗事，李铁会画简单的Q版漫画，情景重现给她看，她又能笑很久。她存了好几页漫画了，那天晚上拿出来看第N遍的时候，她忽然惊觉自己是不是有点喜欢李铁。

好像情况不太妙。

认真想一想，似乎真的是。她经常想到他，有什么事就想告诉他，看到网上有趣的东西会转发给他，听到好听的歌会推荐给他，上次同事聚餐，她甚至觉得有点无聊，还不如约李铁吃饭。

这样真的有点危险啊。她跟李铁？那肯定是不可能的事。方勤觉得自己挺可笑的。他们俩虽然相处融洽，但其实是完全不同圈子的两个人。他们的审美不一样，他们听的歌不同，他们想看的电影不同，他们的穿衣风格不同，他们的朋友圈不同。最适合她的类型，是熊绍元那样的。

李铁，真的不合适。

方勤对自己忽然生出的情愫有些慌张，不能这样发展下去。她不能爱上李铁，感情无法勉强，明知道不合适的两个人，真的不能再硬凑在一起了。她可是受过教训的人。同样的错，不能再犯。

而且，李铁也不可能喜欢她啊。

若她发展成单恋，也太可笑了吧。

她不想失去李铁这个朋友。

方勤看了看手机微信，那上面，有她给李铁转发的一则她在网上看到的笑话，发出去已经很久了，而李铁并没有回应。

方勤忽觉得脸有些烧，有着些许难堪。

此时的李铁正在赶一个商标设计的活儿，完全没注意手机上的信息。等他全部完成交工，已经凌晨1点了。他看到了那则笑话，但时间太晚了，怕手机的信息提示音吵醒她，就没回复。他把笑话又看了一遍，笑了笑。赶完活儿脑子有些兴奋，他暂时不想睡，在网上逛着，想找找有什么礼物适合送给女生。像方勤这样的职场女性，什么样的小礼物会让她惊喜呢？不能太贵重，也不能太便宜了。

选礼物这种事真挺难的，李铁觉得比画画难多了。

方勤跟李铁说她放弃学开车，不打算再折腾自己的时候，李铁刚接下一个设计的私活儿，工作量还挺大的，他计算着自己的时间，恐怕得有一段日子加班加点熬夜了。所以方勤说不学车了，李铁虽然有些遗憾，但又觉得庆幸，正好，把时间空下来赚钱，选择礼物的范围可以更大些。

方勤正处在一个敏感期，在她看来，李铁听到周末不用教她开车的时候似乎有些高兴，而且只答应了一声，并没有多说什么。方勤顿时觉得自己及时打住是对的，幸好幸好，没造成什么尴尬情况，真是太好了。

这么一想通了，她也就坦然了。毕竟也是受过情伤的人，她并没有在这个自行扑杀萌芽的小事上纠结太久，很快就恢复了开朗。

方勤内心的这点小波折，没告诉任何人，对李嘉玉都没说。

事情说来也是巧，方勤收拾好情绪，摆正了态度之后，没过多久，她遇见了陆勤。

陆勤是做外贸的，30岁，西装笔挺，相貌堂堂，一看就是职场人士，跟熊绍元是一个类型的。陆勤就职的公司就在耕田楼下，在他们正式认识之前，方勤其实就在电梯和楼下食堂见过他好几次。但她没有李铁的本事，没记住人脸，只是觉得他脸熟。

说起相识的场面，也是搞笑。那是在大厦食堂，方勤的同事叫方勤，陆勤的同事叫陆勤，两边同一时间，都很大声。

"方勤。"

"陆勤。"

叫完了，两边都愣了愣，而后都笑起来。

那次买完餐点后，两边的人坐在了一起，互相认识了。方勤与陆勤加了微信，相谈甚欢，互生好感。

陆勤正式约方勤出去的那天，向方勤表白了，她也不扭捏，接受了。对方勤来说，陆勤怎么看都挺合适，相貌顺眼，职业不错，性格挺好，谈吐不俗。他想约她出来，也是认认真真、诚诚恳恳地表白，没有敷衍。这样的落落大方，很让方勤喜欢。

约会非常愉快，方勤很开心。

方勤当天就向李嘉玉报告了她的新恋情，李嘉玉也为她高兴。

而方勤是在两周之后才向李铁透露，她交男朋友了。

那时候李铁手上接的私活儿已经进入尾声，他正泡了杯速溶咖啡准备奋战一晚把它了结，却看到方勤发来的微信。

他愣了好半天，然后发过去一个"大笑"的表情，写道："恭喜恭喜，必须发红包。"

方勤很快发过来一个8.8元的红包，李铁收下了。两个人一如既往地又瞎贫了几句，李铁揶揄方勤居然还能找到男朋友，方勤回敬他说："你以为你这样的黄金单身汉不好找吗？我这样的平民女子找对象不要太容易！"

"是太容易了。"李铁说。

"那肯定的。"方勤发过来一个"鬼脸"的表情。

李铁犹豫挺久，还是问了："他是做什么的呀？"

方勤答得飞快，把陆勤好好夸奖了一番。

李铁给方勤发了个66块的红包："这次睁大眼睛看清楚了，顺顺利利、圆圆满满啊。"

方勤开心地把红包收了："那必须的，这次一定圆满。"

对话结束了。李铁坐在椅子上久久没动，然后他把那杯半凉的咖啡一口气干了，接着一口气把那需要收尾的私活儿漂漂亮亮地完成。做到快结束的时候，朋友发来消息，说有一个活儿，问他什么时候有空接，他把事情都做完，打好包发出邮件后，给那朋友回："不接了，累了，得休息一阵子。"

那朋友还在线，又问他："休息一阵子是休息多久啊？"

"挺久吧，大概。"

这晚李铁躺床上对自己说："是好事，存下了一笔钱。"他以为他会失眠，但也没多久，他睡着了。

方勤交了男朋友后，与李铁联络得少了。李铁埋头工作，灵感如泉涌，设计出来的产品得到了总监的当众夸奖。他提了一个文具产品系列的设计构思，画了草图，在图上手写了设计理念。不像产品经理们那样长篇大论、辞藻华丽，但这个系列的构思惊动了大老板肖杰。肖杰把李铁叫去了办公室，与他讨论他对高端文创产品的想法。

这样的礼遇让李铁在公司里受到了众同事的巴结奉承，但他不以为意。他的心情并不好，总感觉提不起劲，他想大概是前一段时间接私活儿太拼了，果然还是懒散一些适合他。所以懒散的人工作起来需要用什么样的文具？李铁忽然又有了些灵感，他正唰唰地在本子上画着，忽然听到微信提示音响，他拿起一看，有个新朋友加他。

"你好，我是熊绍元。"对方在自我介绍中是这么写的。

熊绍元？这个名字很熟啊。

李铁知道他是谁，把他加上了。

加上后，熊绍元久久没说话，李铁不理他，继续画。过了好一会儿，熊绍元小心翼翼地发过来两个字："你好。"

李铁便回他："你好。"然后不再说话。

熊绍元等了一会儿，又发来："不好意思，打扰了，有些冒失。我是方勤的朋友。"

李铁又回："我知道，前男友大熊，方勤经常提起你。怎么了，有什么事吗？"

熊绍元这次很快说话："方勤也经常跟我提起你。"

"哦。"李铁不知道这位大熊先生是什么意思。

熊绍元等了一会儿只等到这个字，于是又说："因为经常听她提起你，所以冒昧认识一下。我没有别的意思，请别误会。"

李铁皱眉头，他是没误会，因为他完全没想法，领悟不出大熊先生的用意。

"嗯。"李铁想了想，回了一个字。

熊绍元过了一会儿又道："好吧，其实我就是想确认一下，你们是在交往吗？既然她常跟你提起我，那你应该知道我们的事，所以我还会担心她，希望她能够得到幸福。如果你们正在交往，我祝福你们，也想请你好好照顾她。"

李铁火冒三丈，这男人书读得多了有病吗？

李铁懒得敲字，干脆发了语音过去，语气非常严厉："大熊先生，我知道你跟方勤的事，所以我知道你们之间有遗憾，我也觉得大概你们之间还有些感情，这感情就算称不上爱情也不会比爱情差多少。可是分手了就是分手了，你这样去打扰她的生活合适吗？我不是方勤的新男友，你应该庆幸我不是，因为你现在的行为很低级。这不是一个受过高等教育有素质的男人应该干的事。你关心她，但你用错了方法，或者，你根本就是在用关心当借口在报复她。你这样冒冒失失地去找她的新男友做什么？谁想跟你结交啊，你想过这样做的后果吗？这样除了造成误会，让她的男友心怀芥蒂之外，还有什么用处？你有什么事，应该跟方勤沟通，而不是这样去找男方。"

熊绍元听了语音，过了很久发过来三个字："对不起。"

李铁盯着这三个字，忽然又心软了："算了，我理解你。虽然很蠢，但我能理解。幸好我不是她的男友，真的，幸好我不是。你这样做不对，会破坏他们的感情。"

"真的对不起。"熊绍元也发过来一条语音，"我听她说了你的许多事，觉得你是一个特别潇洒酷炫的人，很风趣、大度、仗义，我以为你们在恋爱，我也真的想认识一下。其实我们以前在学校的时候见过的，我不知道你还记不记得，总感觉其实我们已经认识了。我是从别的同学那儿问到你的微信号的。你骂得对，我这样做确实不应该。不管是谁，都会介意前男友吧。我应该经过方勤的同意，让她介绍的。我一时昏头了，真的对不起，向你道歉。"

"算了，都说没事了。方勤挺好的，你不用担心她。"

"嗯，谢谢你。"熊绍元回复。

李铁想了想，没忍住，又发了条消息："方勤确实挺好的，她也确实在恋爱了，你的感觉没有错。只是如果她没有告诉你，那她应该是有她的想法。你现在的身份，只是过去式了，无论如何，你应该尊重她，尊重她的新男友。别告诉她你找过我，别让她生气。我也不会说的。"

"谢谢你。"熊绍元再一次说。

李铁再没有回。两个男人隔着千山万水，对着小小的手机屏幕，各有思虑。

熊绍元诚恳反省了，他是怎么了，确实不该做这种事，幸好啊幸好。李铁说得对，幸好他不是新男友。不然他真的犯了大错。熊绍元发了会儿呆，想起李铁说的，他理解他，也不知道为什么，他觉得李铁真的理解他。

李铁在这头愤愤地给自己泡了一杯速溶咖啡，都是什么破事，人家好歹还是前男友，他连前男友都不是。

喝着咖啡，想着方勤提起熊绍元时的样子，这两个人真的对彼此还有感情，这真是挺让人介意的。呸，介意个屁，又不关他的事，他没资格介意。

日子如常过去，李铁和方勤的生活没什么变化。一个是努力工作的单身狗设计师，一个是工作恋爱两不误的幸福女人。方勤和陆勤相处得很好，感情渐深,方勤甚至给他们起了个绰号叫"勤恳恋人"。

"这个名字多有意思,多可爱!"方勤在群里吹嘘着,秀恩爱。

李铁道:"我决定了,我找女朋友要找个名字里带霞字的,这样我们凑一对钢铁侠恋人。"

方勤哈哈大笑,调侃李铁果然是钢铁直男。

李铁当场画了个方勤笑到露后槽牙的Q版头像图,在群里发给她,说留给她做表情包。

方勤开心地收下了。

李铁觉得这样挺不错,她开心,他也挺开心的。

一段日子后,方勤要去美国出差,出差的地点,是熊绍元所在的城市。她有点紧张,在群里唠叨着这事。熊绍元也给李铁发消息,说方勤要来了,问她最近怎么样,他有什么要注意的吗?

李铁很想给这两人一人一个白眼,但他又觉得自己理解,真的理解。

方勤去了美国,见到了熊绍元。

李铁不知道他们见面的情况怎么样,看着时间,有点紧张。然后又觉得自己莫名其妙,有什么好紧张的,根本不关他的事。该担心他们旧情复燃,担心方勤被劝动去美国的人,应该是那个陆勤吧。

当天,方勤和熊绍元都给李铁发来了信息。

方勤先发的,她说她回到酒店了,跟大熊的见面很开心,他们聊了很多很多。她告诉大熊自己的新恋情,也告诉大熊自己的工作和生活。她觉得这次见面最重要的收获是,她放下了。她觉得自己真的可以放下了,一身轻松,如获新生。她夸赞大熊的好,她说她很幸运,爱过这样一个男人。

李铁恭喜她。又为她画了一张表情,这次是微笑着的表情。方勤很喜欢,收下了。

过了好一会儿,熊绍元也给李铁发消息,他说他今天见到方勤了,她确实过得很好,他觉得很开心。他希望她一直这样好,永远幸福下去。他说谢谢李铁,幸好上次他误会了,联络了李铁,李铁骂他那一番话特别好,不然他也不会和方勤有如此圆满的结果。

分手亦是朋友。这是圆满的结果吗?

李铁又想泡咖啡了。没交往,但他们是朋友,这大概也算是圆满的结果吧。

方勤回国了,她和陆勤一起请李嘉玉和李铁吃饭,她向陆勤介绍说这两位就是她常提起的铁杆哥们儿。

李铁笑了笑,与陆勤握了握手。

这应该就是圆满的结果了。李铁想，希望方勤一直幸福。

他在情场上不如意，工作上倒是一帆风顺。他设计的产品拿了大奖，拿到了一大笔奖金，升任设计部副总，他获奖的事成了产品营销的卖点。不少版权方为了能与他合作，找上了四木。李铁这个名字，有了很大的商业价值。他与四木签了形象代言合约，他作为产品设计师及形象代言人被印在了产品包装上。他的粉丝越来越多，他的微博不太经营，但他的画和冷笑话梗很受欢迎。

当年李铁离开"远光"的时候，跟苏文远说，名气的事不用着急，我们做设计的，产品才是第一位的。用产品说话，靠作品积累，名声自然就来了。李铁觉得虽然现在自己不算顶级设计师，但也算证实了当年自己的理念。认真做事的人，才华必定会被别人看到的。

可惜，再看到苏文远，他已经没有机会跟苏文远探讨这个层次的问题了。

苏文远选了一条他认为正确的捷径，而他付出了代价。明明是他们同学之中最帅最有才华，最早拿到全国大奖的人，现在却身陷泥潭。李铁陪着李嘉玉去处理苏文远的烂事，坐着枯等的时候，他习惯抱着他的画本随手画画，他的心很乱，觉得挺难过，他为苏文远难过。

李嘉玉说他们先离开，让苏文远与段家姐弟商量如何处理。方勤先走出来，她路过李铁的位置时候，腿正好撞到了他正要收起的画本的一角，画本甩飞出去，她去帮他捡起，却看到上面画的全是自己。

李铁的心乱跳，心虚得厉害，但他面不改色地接过画本，放进了包包。

他率先走了出去，装作若无其事的样子。但他知道，他的耳朵很热，热得快烧掉了。他希望方勤不要对那些画多想，也不要注意他的耳朵。

方勤似乎什么都没发现，有些太刻意了。李铁也没说，他心里的念头翻转了好几次，犹豫要不要表示一下自己没对她有什么想法，让她别误会，又或者告诉她别担心，他对她早没什么想法了。想来想去，说什么都不合适，说什么都开不了口。他决定什么都不说。

就当是两个人的默契吧，李铁这样想。

但终究还是不能像从前那样坦然了，李铁有些遗憾。

李铁的工作成绩再上一层楼。四木拿到了文具设计大奖，获奖作品正是李铁设计的那个系列。因为李铁的关系，四木还签下了一个国际知名版权，并与一个奢侈品品牌合作推出周年纪念文具产品。四木摩拳擦掌要去攻占国际市场，这是四木筹划准备了三年的事，如今市场环境有了，品牌知名度够了，设计这块又有了李铁，简直如虎添翼。

四木花了一年多的时间在L市建了一个设计中心兼产品基地，需要调派人手过去，核心设计部门要整个搬过去。公司高层找了李铁谈话，问了问他的意愿。公司愿意在园区为李铁提供单独的公寓作为宿舍，将他升职为设计中心总监，薪水再涨20%。

这当然是大好事，李铁在这个城市也没什么牵绊，就毫不犹豫地答应了。

李嘉玉和方勤得知了消息，都为李铁高兴。方勤甚至很搞怪地为他定制了一面锦旗，上书八个大字：德才兼备，钱途无量。

李铁哈哈大笑，将锦旗收下了。

他懂。

心照不宣，这样很好。

这是她对他的感谢和夸奖，还有祝福。

李铁离开得很潇洒。

李铁和方勤还在一个城市的时候，两人也只是常在网上联络，现在异地了，更只能在网上联络了。

李铁刚去L市的时候，大家联络得比较勤，方勤对他的新生活很好奇，对园区很好奇。李铁就拍照片拍视频给她看，把自己分到的公寓宿舍也给她看。方勤大呼羡慕嫉妒恨，有才华的人就是得宠啊，怎么能宠成这样。

方勤没有去过L市，李铁新到一个地方，也常出去走走，走到哪儿有美丽的风景，或是吃上了好吃的，也在哥们儿群里跟方勤说，拍照片给她看。

但后来新鲜感过去了，李铁的工作开始忙碌，两个人联络的次数就少了。方勤倒是还常在群里说说她跟陆勤的趣事，后来，说得也越来越少了。

李铁总觉得哪里不对，有天他终于没忍住，问方勤："你最近好吗？是不是有什么不开心？"

方勤瞪着那句话，既惊讶于他这个钢铁直男、粗神经居然也会敏感心细到这程度，又感动于他的关心。"没事。"她回复，"最近工作特别忙，总被批，确实心情不太好。没事的，工作嘛，总是这样。"

李铁琢磨半天，只能随便安慰了一句。

对话结束。

事实上，方勤过得确实不好。陆勤出轨了。

这是陆勤的同事告诉她的。不论那同事出于什么心态，但他说的是事实。陆勤心里有个白月光，就是他的初恋，两人在大学的时候相恋，毕业了因为工作的关系被迫异地。两个人也坚持了几年，但终究没有敌过距离与寂寞，和平分手了。但两人心中还有对方，现在白月光回来了，想跟陆勤复合。

这故事似曾相识，简直就是方勤跟熊绍元故事的翻版。只除了结局不同，其他套路竟也差不多。方勤觉得极度讽刺，但也更增加了她的愤怒。愤怒之余，她也希望能给陆勤机会，毕竟自己处理过这样的状况，她不希望听信了别人的话而冤枉了陆勤。她向陆勤问过往，陆勤否认。她等陆勤坦白，陆勤只给她送礼物献殷勤。就这样熬过了一段时间，陆勤的不对劲仍在继续，方勤便在心里冷笑了，她之前是没遇过渣男，但她见过。苏文远这么大号的渣渣摆在眼前，当初还是她帮着李嘉玉一起找证据捉奸的。

方勤很难过，她没想到有一天她也必须经历这种痛苦。

方勤去捉奸了，她找了陆勤的那个同事。那同事乐意报信，于是方勤一捉一个准，正好目睹陆勤与那白月光拥吻。方勤无法形容自己的愤怒和恶心，她气得浑身发抖，她想吐，她不想哭，但泪水模糊了她的视线。她听到陆勤解释，陆勤说他们结束了，这个吻，只是结束了。从此之后，他会一心一意对方勤，他选择了方勤，他真的与初恋结束了。

方勤抖着手找她的手机，她翻出熊绍元的微信，指着熊绍元的头像给陆勤看，她大声地说她把她跟熊绍元的往事告诉过陆勤，她跟熊绍元也是真感情，也有遗憾。"知道我们是怎么结束的吗？"方勤哭着咆哮，"我们坐在咖啡厅里，像朋友一样聊事业，聊未来，我向他介绍我现在的男友叫陆勤，我们连手都没有握，更不会在谈了新对象之后还跟前任接吻。这才叫分手才叫结束！"

方勤吼完，看到陆勤的白月光站在一旁看着他们，像在看一个笑话，方勤更愤怒了，她冲着陆勤大叫："你选择了我？凭什么由你选！你当老子是什么！"

方勤头脑发热，按通了熊绍元的视频，她骂着："谁还没个初恋，谁心里没有白月光？"她发现视频已经接通，便对熊绍元哭着叫，"大熊！你告诉这个人渣，告诉他老娘有多好！"

屏幕转过来，熊绍元见到了"传说"中的陆勤，但他不知道发生了什么事。

方勤骂着陆勤："你知道什么叫拒绝吗！老娘这样的才叫拒绝，放下所有从前的感情，屏蔽掉其他的好感，只一心一意地对现任。你连这么简单的事都做不到！吻别？你是猪吗！编出这话你自己听听吐不吐！"

视频断掉了。熊绍元给方勤拨电话，她没有接。熊绍元很担心。

李铁也很担心，他并不知道方勤在B市发生了什么事，他只是单纯地担心。这姑娘都不怎么在网上联络他了，在群里也不说话，肯定不是工作的问题，要不要再问问她呢？李铁犹豫又犹豫，正好古镇项目第三阶段产品开发提上议程了，他觉得用这个借口聊聊不错。怕微信上说不清，他拨了电话。

方勤很快就接了，然后李铁听到了她的大哭声："大熊……"

李铁蒙了，她为什么会以为来电的是大熊呢？他们刚才在通话？她为什么哭，出了什么事？

李铁还没来得及问，方勤就大声道："陆勤是人渣，他是渣男，我错看他了，我当初跟你保证，跟他在一起我会幸福的，我错了。"

李铁的心沉到了谷底，原来如此："方勤，是我。"

那边的方勤愣住了，哭声都停顿下来。

"李铁。"

"嗯，是我。"

李铁陪方勤讲了两个多小时的电话，从督促她回家，一路陪她聊到安全到家，再听她细说最近种种。他安慰她，开解她，讲冷笑话，他听到她哭泣着笑了，然后听到她埋怨其实一点不好笑。手机聊到发烫，李铁把手机放桌上开了免提。方勤去洗脸，倒水喝，他就一直开着手机陪着她。

最后方勤累了，她说谢谢李铁，她好多了。

通话结束。

李铁一夜无眠。第二天一早，他在微信上问方勤怎么样了，方勤说她挺好的，李铁说那就好。这天是周五，李铁工作心不在焉的。第二天他终于忍不住，买了张机票飞回了B市。他给方勤打电话，方勤说她在家里，他就去了。

方勤再接到李铁电话时，李铁说他在她家楼下。方勤很惊讶。她下了楼，看到李铁背着他那个旧旧的帆布包，就跟从前一样，像是下了班一起约饭，一点都看不出他坐了飞机，跑了这么远的路途。

方勤的心被乱七八糟的思绪塞满了，她理不清楚，觉得委屈，又觉得感动。

她看着李铁，说不出话来。李铁被她看得有些不自在，便道："我就是顺路过来看看你是不是真的挺好的。"

方勤扑到他怀里，放声大哭。

李铁紧紧地拥抱她。

什么都不用说，他们都懂。那心照不宣的默契，一直都在。

李铁只待了一天，坐周日下午的飞机赶回去了。方勤真的好多了，她跟李铁去大吃了一顿，两个人都没提陆勤。但李铁问到了熊绍元，问方勤那天是不是跟熊绍元通电话，所以当他来电话时，她以为是熊绍元。方勤特别糗，直说快别提了，她那天特别蠢，丢脸死了，回想起来简直想挖个洞把自己埋了。

"一点气势都没有，除了让人渣觉得我有病之外，没达到任何效果。"方勤后悔得不行。

李铁没笑话她，只提醒她要记得跟熊绍元报声平安，她那样是吓不住人渣，但会把熊绍元吓到。

"报了报了，放心吧。那天跟你通完电话，大熊的电话就来了，我们聊了很久的。他知道我现在的状况。"方勤说着，李铁又沉默了。

也是，熊绍元怎么会不打电话确认呢，他这么关心她。李铁觉得自己能理解。

李铁回到了L市，方勤在B市，两个人隔得很远，在网上互相报告自己的消息。

方勤很利落地结束了与陆勤的关系，至于陆勤会不会与白月光重新在一起，她不关心。她在朋友圈里宣布自己恢复单身，又在群里活跃起来。她向朋友们保证，她还是那个积极生活的方勤。

一周后，李铁给方勤打电话。

方勤接电话的时候莫名有些紧张，也没什么事，居然要打电话。

李铁也紧张，他是鼓足了勇气才拨了方勤的号码。他清咳了两声，说道："我就是想跟你说，我喜欢过你。"

方勤咬了咬唇，小声应他："我后来知道了。"知道的时候，已经晚了。她当是他们错过的缘分，她那时候有陆勤了，她是一心一意对陆勤的。不过这些，就没有必要再提吧。

李铁又道："那你知不知道，我现在还喜欢你？"

方勤愣住了。

"你要不要试试看，你会不会喜欢我？"

方勤的心飞快地跳着。

李铁憋了半天，没等到方勤的回复，硬着头皮继续推销自己："试试看呗，也没说现在，知道你现在没心情谈恋爱。但不是要先卡个位吗，上次就是没早点说，结果错过了。我也没什么白月光，现在收入挺好的，以后发展还可以，家庭条件也不差，父母开明，我们性格也挺搭的。异地的问题你也不用担心，我可以回B市……你干吗总不说话？"

"这不是等等看，你究竟还有多少优点？"

"那就算卡位成功了啊。"

三个月后，方勤决定去L市。

她跟李嘉玉说，她不想网恋，不想异地恋，她想跟李铁在一起。权衡比较了一番，她去L市比李铁回B市更划算。

李铁帮方勤在L市找了份工作，为她到L市铺好了路。

方勤问李嘉玉："我这次，会成功吧？"

恋爱这件事，无论刚发生的时候多么笃定，但事实证明，总是有风险的。方勤经历过两次失败，没什么信心了。

但那个人是李铁，她觉得应该再冒险一次。

兜兜转转，幸好这个男人还在。

 MEMORY HOUSE